HEYNE

Das Buch

Das unscheinbare Haus in der Nähe von San Franzisko ist eine gruselige Touristenattraktion – denn nachts, so heißt es, soll dort eine Bestie ihr Unwesen treiben und Menschen ermorden. Deshalb finden nach 16 Uhr auch keine Führungen mehr statt. Doch einige glauben nicht, dass diese Bestie wirklich existiert. Sie halten das sogenannte »Horrorhaus« für einen gewaltigen Schwindel, den es mit allen Mitteln zu entlarven gilt. Ein katastrophaler Fehler …

Ein Psycho-Thriller im Breitwandformat – mit »Der Keller« hat Richard Laymon, der Bestsellerautor von »Die Insel«, »Das Spiel« und »Das Treffen«, sein absolutes Meisterwerk geschrieben. Ein Buch, das Ihnen unter Garantie schlaflose Nächte bereiten wird!

»Richard Laymon ist einzigartig. Ein Phänomen. Ein Genie des Grotesken und Makabren.« *Joe Citro*

»Richard Laymon geht an die Grenzen – und darüberhinaus!«
Publisher's Weekly

»Einmal mit dem Lesen begonnen, können Sie einfach nicht mehr aufhören!« *The Guardian*

Der Autor

Richard Laymon wurde 1947 in Chicago geboren und studierte in Kalifornien englische Literatur. Er arbeitete als Lehrer, Bibliothekar und Zeitschriftenredakteur, bevor er sich ganz dem Schreiben widmete und zu einem der bestverkauften Spannungsautoren aller Zeiten wurde. 2001 gestorben, gilt Laymon heute als Horror-Kultautor, der von Schriftstellerkollegen wie Stephen King und Dean Koontz hoch geschätzt wird.

RICHARD LAYMON

DER KELLER

Aus dem Amerikanischen
von Kristof Kurz

Deutsche Erstausgabe

WILHELM HEYNE VERLAG
MÜNCHEN

Titel der amerikanischen Originalausgaben
THE CELLAR
THE BEAST HOUSE
THE MIDNIGHT TOUR
Deutsche Übersetzung von Kristof Kurz

FSC
Mix
Produktgruppe aus vorbildlich bewirtschafteten Wäldern und anderen kontrollierten Herkünften
Zert.-Nr. SGS-COC-1940
www.fsc.org
© 1996 Forest Stewardship Council

Verlagsgruppe Random House FSC-DEU-0100
Das für dieses Buch verwendete FSC-zertifizierte Papier *München Super* liefert Mochenwangen Papier.

Deutsche Erstausgabe 9/08
Redaktion: Marcel Häußler

www.heyne.de
Printed in Germany 2008
Umschlaggestaltung: Hauptmann und Kompanie, München – Zürich
Satz: Christine Roithner Verlagsservice, Breitenaich
Druck und Bindung: GGP Media GmbH, Pößneck

ISBN: 978-3-453-43351-9

INHALT

IM KELLER

Prolog

Jenson griff nach dem Funkgerät. Sein Daumen verharrte auf dem Sprechknopf. Noch einmal warf er einen Blick auf das Fenster im ersten Stock des alten viktorianischen Gebäudes, konnte aber nur das Spiegelbild des Mondes auf der Glasscheibe erkennen. Er ließ das Funkgerät sinken.

Dann zuckte ein zweiter Lichtblitz durch das ansonsten völlig dunkle Haus.

Er hob das Funkgerät und zwang sich, den Sprechknopf zu drücken. »Jenson an Hauptquartier.«

»Hier Hauptquartier, was gibt's?«

»Einbrecher im Horrorhaus.«

»Dafür bist du zuständig, Dan. Was ist da los? Erbitte Antwort.«

»Ich wiederhole: Ein Einbrecher im Horrorhaus.«

»Himmel! Du gehst besser rein.«

»Schickt mir Verstärkung«

»Sweeny ist außer Dienst.«

»Dann *ruf ihn an*, um Himmels willen! Er isst jeden Abend im Welcome Inn. Ruf ihn an.«

»Geh da rein, Jenson.«

»Ohne Verstärkung geh ich bestimmt nicht in dieses beschissene Haus. Hol mir Sweeny her, sonst kannst du die ganze Sache vergessen.«

»Ich werde versuchen, ihn zu erreichen. Bleib, wo du bist, und behalte das Haus im Auge, wenn du dich schon nicht reintraust. Und hör auf, über Funk solche Ausdrücke zu benutzen, Freundchen.«

»Alles klar.«

Streifenpolizist Dan Jenson ließ das Funkgerät sinken und blickte zu dem Fenster im ersten Stock hinauf. Von dem Schein der Taschenlampe war nichts mehr zu sehen. Er ließ den Blick über die anderen Fenster und den Balkon über der Eingangstür wandern, der im tiefen Schatten lag.

Dort, im von ihm aus nächstgelegenen Fenster, vollführte der dünne, weiße Strahl einer Taschenlampe einen Schnörkel und erlosch wieder. Jenson spürte, wie es ihm kalt den Rücken hinunterlief, ganz so, als wäre eine Spinne in seinen Kragen gekrabbelt. Er kurbelte das Fenster hinauf und drückte mit dem Ellenbogen auf den Verriegelungsknopf der Tür. Die Spinne kroch weiter.

Im Haus versuchte der Junge verzweifelt, nicht loszuheulen, während ihn sein Vater am Arm festhielt und von einem finsteren Raum in den nächsten schleifte.

»Siehst du? Hier ist nichts. Oder siehst du irgendwas?«

»Nein«, wimmerte der Junge.

»Keinen Geist, keinen Butzemann, keine Bestie?«

»Nein.«

»Also gut.«

»Können wir jetzt gehen?«, fragte der Junge.

»Nicht so schnell, junger Mann. Wir waren noch nicht auf dem Dachboden.«

»Sie hat gesagt, er wäre abgesperrt.«

»Wir kommen schon irgendwie rein.«

»Bitte nicht.«

»Glaubst du, dass die Bestie dort oben auf uns wartet? Oh bitte.« Er öffnete eine Tür auf dem Korridor und ließ den Schein der Taschenlampe in den Raum fallen. Es war ein leerer Wandschrank. Grob zerrte er den Jungen durch den engen Korridor zu einer weiteren Tür.

»Dad. Lass uns nach Hause gehen.«

»Hast du Angst, dass die Bestie dich erwischt?« Der Vater des Jungen lachte bitter. »Wir werden diese Bruchbude erst verlassen, wenn du zugibst, dass es kein Monster gibt. Ich werde nicht dulden, dass einer meiner Söhne als Feigling durchs Leben geht, der sich bei jeder kleinen Gelegenheit in die Hose macht und Angst vorm Dunkeln hat.«

»Aber die Bestie gibt es *wirklich*«, widersprach der Junge.

»Dann zeig sie mir.«

»Die Führerin hat gesagt …«

»Die Frau hat uns nur Quatsch erzählt. Das ist ihr Job. Du merkst nicht mal, wenn dir jemand direkt ins Gesicht lügt, junger Mann. Monster sind Quatsch. Geister und Kobolde und Hexen sind Quatsch. Genau wie diese Bestie.« Er packte den Knauf, riss die Tür auf und ließ den Schein der Taschenlampe auf eine steile, enge, tunnelartige Treppe fallen, die nach oben zu einer weiteren geschlossenen Tür führte. »Los.«

»Nein, Dad. Bitte nicht.«

»Widersprich mir nicht.«

Der Junge versuchte vergeblich, sich aus dem Griff seines Vaters zu befreien. Er fing an zu weinen.

»Hör auf zu flennen, du kleiner Schisser.«

»Ich will nach Hause.«

Der Mann schüttelte den Jungen heftig. »Wir gehen jetzt diese Treppe hoch. Je eher wir da oben sind und nach deinem Monster suchen, desto schneller können wir wieder von hier verschwinden. Aber keine Minute früher, verstanden?«

»Ja«, brachte der Junge mit Mühe heraus.

»Also gut. Dann los.«

An der Seite seines Vaters ging der Junge die Treppe hinauf. Die Holzstufen ächzten und knarrten. Die Taschenlampe warf eine helle, kleine Lichtscheibe auf jede Stufe. Ihre Beine und die Wände waren in trübes Licht getaucht.

»Dad!«

»Ruhe.«

Der Lichtstrahl fiel auf die Speichertür weit über ihnen.

Der Junge wollte schniefen, traute sich aber nicht, ein Geräusch zu machen. Der warme Rotz lief seine Oberlippe herunter, bis er ihn ablecken konnte. Er schmeckte salzig.

»Na also«, sagte sein Vater. »Wir sind fast …«

Von oben ertönte ein Geräusch, das wie das Schnüffeln eines Hundes klang.

Der Mann wich zurück, und seine Finger bohrten sich schmerzhaft in den Arm seines Sohnes. Der Junge machte einen Satz, als sich die Speichertür langsam öffnete.

Im Schein der Taschenlampe war nichts dahinter zu erkennen.

Dann durchbrach ein heiseres Lachen die Stille. Für den Jungen klang es wie das Gekicher eines sehr alten Mannes.

Aber was durch die Tür sprang, war kein alter Mann. Die Taschenlampe fiel zu Boden, und ihr Strahl beleuchtete eine haarlose Schnauze.

Dan Jenson hörte den Schrei und wusste, dass er nicht länger auf Sweeny warten konnte. Er nahm die Browning-Schrotflinte aus ihrer Halterung, riss die Wagentür auf und stürmte auf die Straße. Er rannte an der von einer Straßenlaterne beleuchteten Bude vorbei, in der die Eintrittskarten verkauft wurden. HORRORHAUS stand auf einem Holzschild in roten, tropfenden Buchstaben, die an Blut erinnern sollten.

Er drückte gegen das Drehkreuz, das jedoch nicht nachgab. Also sprang er darüber.

Weitere Schreie ertönten. Die Schmerzensschreie eines Kindes.

Jenson rannte die Treppe zur Veranda hinauf, wobei er immer zwei Stufen auf einmal nahm. Die Tür war verschlossen. Er ließ eine Patrone in die Kammer der Schrotflinte gleiten, zielte auf das Schloss und drückte ab. Die Waffe riss ein Loch in die Tür. Er trat sie ein und stürmte ins Foyer.

Von oben hörte er reißende Geräusche und atemloses, tierisches Grunzen.

Das Mondlicht reichte aus, um den Fuß der Treppe erkennen

zu können. Er stieß sich am Geländer ab und rannte hinauf. Bald stand er in völliger Finsternis und musste sich am Geländer festhalten und vorsichtig weitertasten. Oben angekommen blieb er stehen und lauschte. Von links ertönten grunzende, knurrende Geräusche.

In der Dunkelheit war ein einzelner heller Fleck auf dem Boden zu erkennen. Er stammte von einer Taschenlampe.

Jenson brauchte diese Lampe. Aber sie lag zu weit weg, zu nahe an der unheimlichen Quelle dieses schnellen, lauten Keuchens.

Mit der Schrotflinte im Anschlag rannte er auf die Taschenlampe zu. Seine Schritte hallten im Korridor wider, und sein eigenes scharfes Keuchen übertönte die anderen Atemgeräusche. Dann trat er auf etwas Rundes, ähnlich einem Baseballschläger, nur weicher. Möglicherweise ein Arm. Dann stolperte er über einen harten Gegenstand, spürte, wie seine Zähne aufeinanderschlugen, als er in die Finsternis stürzte. Die Schrotflinte quetschte beim Aufprall seine Finger.

Er streckte den rechten Arm aus, konnte die Taschenlampe erreichen und richtete sie in Richtung des Grunzens.

Die Kreatur löste ihre Zähne aus dem Nacken des Jungen und wandte sich zu ihm um. Ihre Gesichtshaut war weiß und aufgequollen wie der Bauch eines toten Fisches. Die Kreatur schien zu grinsen, als sie den Jungen von sich schleuderte.

Jenson ließ die Taschenlampe fallen und versuchte, die Schrotflinte in Anschlag zu bringen.

Er hörte ein leises, trockenes Lachen. Dann holte ihn die Bestie.

Kapitel eins

1

Donna Hayes legte den Hörer auf, wischte ihre zitternden, schweißnassen Hände an den Laken ab und setzte sich auf.

Sie hatte geahnt, dass es früher oder später passieren würde. Sie hatte darauf gewartet, sich davor gefürchtet und sich sogar Pläne dafür zurechtgelegt. Und jetzt war es so weit. »Es tut mir leid, dass ich Sie zu dieser späten Stunde stören muss«, hatte er gesagt. »Aber ich weiß, dass Sie das so schnell wie möglich wissen wollen. Ihr Mann wurde gestern Morgen freigelassen. Das habe ich auch eben erst erfahren …«

Lange starrte sie in die Dunkelheit des Schlafzimmers. Sie brachte es nicht über sich, die Beine aus dem Bett zu schwingen. Erst als der Morgen graute, konnte sie nicht mehr länger warten.

An diesem Sonntagmorgen war die Luft wie kaltes Wasser, das über ihre Haut lief. Zitternd schlüpfte sie in ihren Morgenmantel. Sie ging durch den Korridor und lauschte. Die gleichmäßigen Atemgeräusche verrieten ihr, dass ihre zwölf Jahre alte Tochter noch schlief.

Sie ging zu ihrem Bett. Eine schmale Schulter unter gelbem Flanell ragte aus der Decke. Donna legte ihre Hand darauf und schüttelte sie sanft. Das Mädchen rollte sich auf den Rücken und öffnete die Augen. »Guten Morgen«, sagte Donna.

Das Mädchen lächelte, strich sich eine blonde Locke aus den Augen und streckte sich. »Ich hatte einen Traum.«

»War es ein schöner Traum?«

Das Mädchen nickte ernst. »Ich hatte ein ganz weißes Pferd, das war so groß, dass ich nur mit einem Küchenstuhl draufsteigen konnte.«

»Das ist aber ziemlich groß.«

»Es war ein Riesenpferd«, sagte sie. »Warum bist du schon auf?«

»Ich habe mir gedacht, wir könnten unsere Sachen packen, ins Auto steigen und einen Ausflug machen.«

»Einen Ausflug?«

»Genau.«

»Wann?«

»Jetzt sofort.«

»Wow!«

Sie brauchten etwa eine Stunde, um sich zu waschen, anzuziehen und genug Kleidung für eine Woche einzupacken. Während sie ihre Sachen zum Carport hinuntertrugen, musste Donna das heftige Verlangen unterdrücken, Sandy alles zu erzählen, ihr zu sagen, dass sie nie wieder zurückkehren würden, dass sie keine weitere Nacht in ihrem Zimmer und keinen angenehmen Tag mehr am Strand von Sorrento Beach verbringen würden. Und dass sie ihre Schulfreunde nie wieder sehen würde. Trotz ihrer Gewissensbisse schwieg Donna.

Es war ein verhangener, für Santa Monica typischer Junimorgen. Donna fuhr aus dem Carport und sah sich um. Keine Spur von ihm. Er war gestern Morgen um acht am Busbahnhof von San Rafael abgesetzt worden. Genug Zeit, um ihre Adresse herauszufinden. Aber er war nicht zu sehen.

»Wo willst du hinfahren?«, fragte sie ihre Tochter.

»Mir egal.«

»Nach Norden?«

»Norden?«, fragte Sandy.

»Das ist eine Himmelsrichtung. Wie Süden, Osten, Westen …«

»Mom!«

»Na ja, da liegt San Francisco. Wir können ja mal gucken, ob sie die große Brücke inzwischen in der richtigen Farbe gestrichen haben. Dann Portland, Seattle, Juneau, Anchorage und der Nordpol.«

»Können wir in einer Woche da hinfahren?«

»Wir haben alle Zeit der Welt.«

»Was ist mit deiner Arbeit?«

»Die macht jemand anderes für mich, wenn ich weg bin.«

»Okay. Dann auf nach Norden.«

Der Santa Monica und der San Diego Freeway waren so gut wie verlassen. Der alte Ford Maverick machte keine Probleme. »Alles im grünen Bereich?«, fragte Donna.

»Roger, Big Mama.«

»Hey! Pass bloß auf!«

Tief unter ihnen lag das sonnendurchflutete Fernando Valley. Die übliche gelbe Smogglocke war um diese Zeit noch ein kaum wahrnehmbarer, tief hängender Dunst.

»Aber du brauchst doch einen Codenamen«, sagte Sandy.

»Wie wär's mit ›Mom‹?«

»Langweilig.«

In der Nähe von Santa Monica hielten sie bei Denny's Imbiss und bestellten Würstchen und Eier. Donna seufzte auf, als sie den ersten Schluck Kaffee des Tages nahm. Sandy, ein Glas Orangensaft in der Hand, äffte sie nach.

»Bin ich so schlimm?«

»Wie wär's mit ›Kaffee-Mom‹?«, schlug Sandy vor.

»Vielleicht ›Java-Mama‹. Damit könnte ich leben.«

»Okay. Von jetzt ab bist du ›Java-Mama‹.«

»Und du?

»Du musst mir einen Codenamen geben.«

»Wie wär's mit ›Goldstück‹?«

»*Mom*!« Sandy sah sie erbost an.

Donna genehmigte sich drei Tassen heißen, schwarzen Kaffee zu ihrem Frühstück. Sie würden innerhalb der nächsten Stunde sowieso noch einmal anhalten, um zu tanken.

Sobald Sandy aufgegessen hatte, fragte Donna sie, ob sie weiterfahren könnten.

»Ich muss noch einen Boxenstopp machen«, sagte das Mädchen.

»Wo hast du denn *diesen* Ausdruck her?«

Sandy zuckte grinsend mit den Schultern.

»Von Onkel Bob, da möchte ich wetten.«

»Kann sein.«

»Na gut. Ich muss auch einen Boxenstopp machen.«

Dann machten sie sich wieder auf den Weg. Nördlich von San Luis Obispo hielten sie an einer Chevron-Tankstelle, um den Ford aufzutanken und noch einmal auf die Toilette zu gehen. Zwei Stunden später stoppten sie im von greller Sonne durchfluteten San Joaquin Valley, um sich in einem Drive-In Cola und Cheeseburger zu besorgen. Das Tal schien sich endlos hinzuziehen und erst als sie die Berge im Westen erreicht hatten, wurde die Luft weniger drückend. Kurz darauf konnten sie die Radiosender aus San Francisco empfangen.

»Sind wir bald da?«, fragte Sandy.

»Wo?«

»In San Francisco.«

»Fast. Noch ungefähr eine Stunde.«

»So lange noch?«

»Leider ja.«

»Werden wir dort übernachten?«

»Ich glaube nicht. Ich will richtig weit weg, du nicht?«

»Wie weit?«, fragte Sandy.

»Zum Nordpol.«

»Ach, *Mom.*«

Es war etwa gegen drei Uhr nachmittags, als sie auf dem Highway 101 San Francisco erreichten. In einer zwielichtigen Ecke verfuhren sie sich, warteten an einer Ampel, wendeten, suchten nach Schildern, die sie auf den 101 zurückführen würden, und wendeten erneut.

Sie fuhren die Van Ness Avenue entlang, bogen an der Lombard ab und nahmen die kurvige Straße zur Golden Gate Bridge.

»Erinnerst du dich, wie enttäuscht du warst, als du sie zum ersten Mal gesehen hast?«, fragte Donna.

»Ich bin immer noch enttäuscht. Wenn sie nicht golden ist, sollte sie auch nicht so heißen. Findest du nicht auch?«

»Ganz deiner Meinung. Sie ist trotzdem schön.«

»Aber sie ist orange. Nicht golden. Sie sollten sie Orange Gate nennen.«

Donna warf einen Blick auf das offene Meer und erkannte die ersten Ausläufer einer Nebelbank. Im Sonnenlicht wirkte sie strahlend weiß. »Sieh dir den Nebel an«, sagte sie. »Ist der nicht schön?«

»Geht so.«

Sie ließen die Golden Gate Bridge hinter sich und fuhren durch einen Tunnel, dessen Öffnung wie ein Regenbogen bemalt war.

»Hey! Können wir nicht über Stinson Beach fahren?«, fragte Sandy, als sie sich der Ausfahrt Sausalito näherten und sie das Schild entziffert hatte.

Donna zuckte mit den Schultern. »Wieso nicht? Das wird zwar länger dauern, ist dafür aber die hübschere Strecke.« Sie blinkte, folgte der Ausfahrt und verließ dic 101.

Der Highway, der an der Küste entlangführte, war sehr eng. Viel zu eng und kurvig für Donnas Geschmack, besonders wenn man den gähnenden Abgrund bedachte, der neben der linken Spur lauerte. Sie fuhr so weit rechts wie möglich.

Der Nebel hatte inzwischen fast die Küste erreicht. Er war so weiß und dicht wie Watte und schien langsam näher zu kommen, war aber immer noch ein gutes Stück entfernt, als sie das kleine Städtchen Stinson Beach erreichten.

»Bleiben wir über Nacht hier?«, fragte Sandy.

»Fahren wir noch ein Stück, okay?«

»Müssen wir?«

»Warst du schon mal in Bodega Bay?«

»Nein.«

»Dort haben sie den Film *Die Vögel* gedreht.«

»Ooooh, der war gruselig.«

»Sollen wir nach Bodega fahren?«

»Wie weit ist das?«, fragte das Mädchen.

»Eine Stunde vielleicht.« Donna hatte bereits Rückenschmerzen. Trotzdem konnten sie es sich nicht erlauben, anzuhalten. Sie mussten so viele Meilen wie möglich hinter sich bringen. Also würde sie auch die Schmerzen noch eine Weile lang aushalten müssen.

»Fahren wir noch ein Stückchen«, sagte sie, als sie Bodega Bay erreicht hatten.

»Muss das sein? Ich bin müde.«

»*Du* bist müde? Ich bin *todmüde.*«

Sobald sie Bodega Bay verlassen hatten, tauchten sie in den Nebel ein. Weiße Finger streckten sich nach der Straße aus, tappten blindlings voran. Offensichtlich schien ihnen das, was sie erspürten, zu gefallen, denn bald wurde die ganze Straße von der gewaltigen Nebelbank verschluckt.

»Mom, ich kann nichts mehr sehen!«

Donna konnte durch die dichte, weiße Masse kaum die Motorhaube erkennen, geschweige denn die Straße dahinter. Sie bremste, hoffte, dass niemand direkt hinter ihnen fuhr, hielt an der rechten Straßenseite. Knirschend rollten die Reifen über den Schotter. Dann rutschte der Wagen ab.

2

Sekundenbruchteile vor dem Aufprall, der Donna gegen das Lenkrad schleuderte, versuchte sie, einen Arm vor die Brust ihrer Tochter zu legen. Sandy krümmte sich zusammen, stieß den Arm weg und prallte mit dem Kopf gegen das Armaturenbrett. Sie fing an zu weinen. Schnell schaltete Donna den Motor ab.

»Lass mich mal sehen.«

Das Armaturenbrett hatte einen roten Streifen auf der Stirn des Mädchens hinterlassen.

»Tut dir noch was anderes weh?«

»Hier.«

»Wo dich der Sicherheitsgurt festgehalten hat?«

Sie nickte schniefend.

»Zum Glück warst du angeschnallt.« Vor ihrem inneren Auge erschien das Bild von Sandys Kopf, der durch die Windschutzscheibe krachte. Glassplitter zerfetzten ihren Körper, bevor er auf Nimmerwiedersehen im Nebel verschwand.

»Aber es tut weh.«

»Ich mach dich los. Warte.«

Das Mädchen stemmte sich gegen das Armaturenbrett, und Donna öffnete den Gurt.

»Okay. Wir steigen jetzt aus. Ich zuerst. Rühr dich nicht, bevor ich es dir sage.«

»Okay.«

Donna stieg aus und rutschte prompt auf dem feuchten Gras des Abhangs aus. Sie hielt sich an der Wagentür fest, bis sie das Gleichgewicht wiedergefunden hatte.

»Alles in Ordnung?«, fragte Sandy.

»So weit, so gut.« Auf zitternden Beinen sah sie sich um. Offensichtlich hatte sie übersehen, dass die Straße eine Biegung nach links gemacht hatte, und war geradewegs in den Straßengraben gefahren. Das Heck des Wagens ragte noch in die Straße hinein. Wenn der Nebel nicht noch dichter wurde, konnten die anderen Fahrer ihn zum Glück nicht übersehen.

Vorsichtig kletterte Donna den rutschigen Abhang hinunter. Die Stoßstange des Maverick hatte sich in den Schlamm gegraben. Dampf stieg zischend aus der Motorhaube. Sie kletterte über die Haube zur Tür auf der anderen Seite, half Sandy aus dem Auto und gemeinsam rutschten und stolperten sie den Graben hinunter.

»Tja«, sagte Donna mit der fröhlichsten Stimme, zu der sie im Moment fähig war, »jetzt stehen wir hier. Lass mich dich mal ansehen.«

Sandy knöpfte ihre karierte Bluse auf und zog sie hoch. Donna ging in die Hocke und zog ihr den Jeansbund herunter. Quer über ihren Bauch verlief ein roter Striemen. Die Haut über ihren Hüftknochen wirkte wund und aufgerieben, als wäre sie mit Sandpapier bearbeitet worden. »Tut das weh?«

Sandy nickte. Donna zog die Jeans wieder hoch.

»Ich muss mal.«

»Such dir einen Baum aus. Moment.« Donna kletterte zum Auto hinauf und nahm ein Päckchen Taschentücher aus dem Handschuhfach. »Hier. Nimm die.«

Mit den Taschentüchern in der Hand ging Sandy den Graben entlang, bis sie völlig im Nebel verschwunden war. »Hey! Hier ist ein Pfad!«, rief sie.

»Geh nicht zu weit weg.«

»Keine Angst.«

Donna hörte die knackenden toten Zweige und Piniennadeln unter den Füßen ihrer Tochter. Die Geräusche wurden langsam schwächer.

»Sandy! Bleib stehen!«

Entweder war sie tatsächlich stehen geblieben, oder ihre Schritte wurden bereits von den Geräuschen des Waldes übertönt.

»Sandy!«

»Was?« Die Stimme des Mädchens klang genervt und ziemlich weit entfernt.

»Findest du wieder zurück?«

»Himmel, Mom!«

»Okay, okay.« Donna lehnte sich zurück, bis das Gesäß ihrer Kordhose das Auto berührte. Sie fröstelte. Ihre Bluse war viel zu dünn. Sobald Sandy wieder da war, würde sie die Jacken vom Rücksitz holen. Bewegungslos starrte sie auf die graue Wand, hinter der Sandy verschwunden war.

Mit einem Mal wischte der Wind einen Nebelfetzen beiseite. »Das war aber ein ziemlich langer Boxenstopp«, sagte Donna.

Sandy antwortete nicht. Sie blieb einfach reglos stehen.

»Schatz, was ist los?«

Sie stand einfach nur wie erstarrt am Rand des Grabens und sagte kein Wort.

»Sandy, was ist los?«

Donna spürte, wie es ihr kalt den Rücken hinunterlief und wirbelte herum. Nichts. Sie wandte sich wieder Sandy zu.

»Himmel, was ist denn los?«

Sie stieß sich vom Auto ab und rannte auf die wie gelähmte, stumme Gestalt ihrer Tochter am Waldrand zu. Lief durch den grauen, undurchsichtigen Schleier. Als sie näher kam, verwandelte sich die Gestalt ihrer Tochter langsam in einen ihr auf den ersten Blick ähnlichen, etwa eineinhalb Meter hohen Pinienschössling.

»Oh Gott«, murmelte Donna. »Sandy!«, kreischte sie dann.

»Mom«, ertönte eine weit entfernte Stimme. »Ich glaube, ich hab mich verirrt«.«

»Beweg dich nicht.«

»Werd ich nicht.«

»Beweg dich nicht. Bleib wo du bist! Ich komme!«

»Beeil dich!«

Ein schmaler Pfad schien in die Richtung der Stimme zu führen. Donna rannte los.

»Sandy!«, rief sie.

»Hier.«

Ihre Stimme schien jetzt näher zu sein. Donna ging schnell durch den Nebel. Sie stieg über einen abgestorbenen Pinienstamm, der über dem Pfad lag.

»Sandy?«

»Mom!«

Sandy schien sich jetzt direkt zu ihrer Rechten zu befinden.

»Ich bin gleich bei dir.«

»Schnell!«

»Moment.« Sie verließ den Pfad und kämpfte mit feuchten Ästen, die ihr den Weg versperrten. »Wo bist du, Schatz?«

»Hier.«

»Wo?«

»Hier!«

»Wo?« Bevor das Mädchen antworten konnte, kämpfte sich Donna durch ein dichtes Gebüsch und sah ihre Tochter.

»Mom!«

Sie umklammerte das rosa Taschentuchpäckchen so fest, als würde es sie vor irgendetwas beschützen können.

»Ich hab mich verirrt«, sagte sie.

Donna nahm sie in die Arme. »Nicht so schlimm, Schatz. Keine Angst. Bist du fertig?«

Sie nickte.

»Dann gehen wir zum Auto zurück.«

Wenn wir es noch finden, fügte Donna in Gedanken hinzu.

Doch sie fanden den Pfad, der sie zum Straßengraben zurückführte, ohne weitere Schwierigkeiten. Als sie an dem Pinienschössling vorbeikamen, den sie für Sandy gehalten hatte, richtete Donna den Blick auf den Boden. Sie wusste, dass das kindisch war, und trotzdem hatte sie Angst, den Baum anzusehen. Was, wenn sie ihn wieder mit Sandy verwechselte – oder mit einem Fremden, mit *ihm*?

»Bist du sauer?«, fragte Sandy.

»Ich bin nicht sauer.«

»Du siehst aber sauer aus.«

»Wirklich?« Sie lächelte, und die beiden kletterten den Abhang hinauf. »Ich hab nachgedacht«, sagte Donna.

»Über Dad?«

Donna konnte nur mit Mühe eine Reaktion unterdrücken. Weder atmete sie tief ein, noch drückte sie plötzlich fest die Hand ihrer Tochter oder sah sie erschrocken an. »Wieso sollte ich über Dad nachdenken?«, sagte sie mit betont ruhiger Stimme.

Das Mädchen zuckte mit den Schultern.

»Komm schon. Raus damit.«

Die dunkle Masse des Wagens schälte sich vor ihnen aus dem Nebel.

»Ich habe auch an ihn gedacht.«

»Warum?«

»Da hinten war es ziemlich gruselig.«

»Ist das der einzige Grund?«

»Es war kalt, genau wie damals. Und ich hatte meine Hose runtergelassen.«

»Oh Gott.«

»Ich hatte Angst, dass er mich beobachtet.«

»Das muss wirklich ziemlich gruselig gewesen sein.«

»Ja.«

Sie blieben vor dem Auto stehen. Sandy sah zu Donna auf. »Was, wenn er uns hier findet?«, sagte sie mit piepsender Stimme. »Wir sind ganz allein.«

»Das ist unmöglich.«

»Er würde uns umbringen, stimmt's?«

»Aber nein, natürlich nicht. Außerdem wird er uns hier nicht finden.«

»Vielleicht schon. Wenn er ausgebrochen ist. Oder wenn sie ihn freilassen.«

»Selbst wenn, wird er uns hier niemals finden.«

»Doch, das hat er gesagt. Er hat gesagt, er wird uns überall finden. ›Ich werd euch aufspüren‹, hat er gesagt.«

»Pssst.«

»Was ist los?«, flüsterte Sandy.

Für einen Moment hatte Donna die Hoffnung, dass es nur die Wellen des Ozeans waren, die sich am felsigen Strand brachen. Doch das Meer lag jenseits der Straße, tief unterhalb der Klippen, und sie hatte es vorher auch nicht gehört. Das Geräusch wurde lauter.

»Da kommt ein Auto«, flüsterte sie.

Das Mädchen wurde kreidebleich. »*Er ist es!*«

»Nein, er ist es nicht. Steig ins Auto.«

»Er ist es! Er ist ausgebrochen! Er ist es!«

»Nein! Und jetzt ins Auto. Schnell!«

3

Sie sah den Mann zunächst nur im Rückspiegel. Er hatte sich über das Heck ihres Wagens gebeugt und drehte den Kopf zu ihnen. Seine winzigen Augen, die Nase und der grinsende Mund wirkten viel zu klein für das breite Gesicht – als gehörten sie zu einem Kopf, der nur halb so groß war.

Eine behandschuhte Hand klopfte gegen die Rückscheibe.

»Mom!«

Sie sah zu ihrer Tochter hinab, die sich im Fußraum unter dem Armaturenbrett versteckt hatte. »Alles in Ordnung, Schatz.«

»Wer ist das?«

»Ich weiß nicht.«

»Ist *er* es?«

»Nein.«

Das Auto schwankte, als er den Türgriff packte. Er klopfte gegen das Fenster, und Donna wandte sich ihm zu. Trotz der tiefen Falten in seinem Gesicht konnte er nicht älter als vierzig sein. Er schien weniger an Donna als an dem Plastikknopf des Türschlosses interessiert zu sein. Mit einem Finger deutete er darauf und klopfte wieder gegen die Scheibe.

Donna schüttelte den Kopf.

»Lassen Sie mich rein.«

Donna schüttelte den Kopf. »Nein!«

Der Mann grinste, als würden sie ein Spiel spielen. »Ich komme schon rein.« Er ließ den Türgriff los und sprang in den Straßengraben. Um ein Haar wäre er hingefallen. Beim Aufrichten warf er einen Blick über die Schulter, als wollte er sich vergewissern, dass er Donna damit beeindruckt hatte. Er grinste. Schwer hinkend ging er den Graben entlang. Schließlich hatte ihn der Nebel verschluckt.

»Was hat er vor?«, fragte Sandy vom Boden des Wagens aus.

»Keine Ahnung.«

»Ist er weg?«

»Er ist im Graben. Ich kann ihn nicht mehr sehen. Der Nebel ist zu dicht.«

»Vielleicht haut er ab.«

»Vielleicht.«

»Wer ist das?«

»Ich weiß es nicht, Schatz.«

»Will er uns was tun?«

Donna antwortete nicht. Im Nebel erkannte sie eine dunkle Gestalt. Sie kam langsam näher – es war der seltsame, hinkende Mann. In seiner linken Hand trug er einen Stein.

»Ist er wieder da?«, fragte Sandy.

»Er kommt auf uns zu.«

»Was macht er?«

»Schatz, bitte. Setz dich hin.«

»Was?«

»Steig auf den Sitz. Wenn ich es dir sage, springst du aus dem Auto, rennst in den Wald und versteckst dich.«

»Und was ist mit dir?«

»Ich komme nach. Aber du darfst dich nicht um mich kümmern. Renn einfach los.«

»Nicht ohne dich.«

»Sandra!«

»Nicht ohne dich!«

Donna beobachtete, wie der Mann den Abhang hinaufkletterte. Er zog sich am Türgriff hoch, klopfte wieder gegen die Scheibe und deutete auf den Knopf. »Ich komme jetzt rein«, sagte er grinsend.

»Verschwinden Sie!«

Er hob die linke Hand und tippte mit dem grauen, keilförmigen Stein gegen die Fensterscheibe. Dann sah er sie an.

»Okay«, sagte Donna.

»Mom. Nicht.«

»Hier drin können wir nicht bleiben«, sagte sie leise.

Der Mann grinste noch breiter, als Donna den Arm ausstreckte.

»Mach dich bereit, Schatz.«

»Nein!«

Sie zog an dem Knopf, packte den Türgriff und warf sich mit aller Wucht gegen die Tür. Die Tür schwang auf und erwischte den Mann. Mit einem überraschten Schrei fiel er hintüber und ließ den Stein fallen. Mit einem verunglückten Purzelbaum landete er im Graben.

»Jetzt!«

»Mom!«

»Hauen wir ab!«

»Er wird uns kriegen!«

Donna sah, dass er reglos auf dem Rücken lag. Seine Augen waren geschlossen. »Keine Angst«, sagte sie. »Guck doch. Er ist bewusstlos.«

»Er tut nur so, Mom. Er wird uns kriegen.«

Mit einem Fuß auf dem nassen Gras spähte Donna aus dem Wagen. Zumindest *wirkte* er bewusstlos. Seine Arme und Beine waren auf seltsame Weise abgewinkelt. Bewusstlos, vielleicht sogar tot.

Tat er nur so?

Sie schloss die Wagentür und sperrte sie wieder ab. »Okay«, sagte sie. »Wir bleiben hier.«

Das Mädchen seufzte und zwängte sich wieder vor den Sitz.

Donna gelang ein Lächeln. »Alles klar?«

Sie nickte.

»Ist dir kalt?«

Ein weiteres Nicken. Etwas unbeholfen streckte Donna den Arm aus und holte erst Sandys, dann ihre eigene Jacke vom Rücksitz.

Sandy hatte sich an die Beifahrertür geschmiegt und benutzte die Jacke als Decke, so dass nur ihr Gesicht frei blieb.

Donna zog sich ihre blaue Windjacke über.

Der Mann im Graben bewegte sich nicht.

»Es ist schon fast dunkel«, flüsterte Sandy.

»Ja.«

»Wenn es dunkel ist, holt er uns.«

»Sag so was nicht.«

»'tschuldigung.«

»Außerdem holt der niemanden mehr. Ich glaube, er ist verletzt.«

»Er tut nur so.«

»Keine Ahnung.« Donna hatte ihr Kinn auf das Lenkrad gestützt und beobachtete ihn. Sie wartete auf das Zucken eines Arms oder Beins, das Drehen des Kopfes oder das Öffnen der Augen. Konzentriert versuchte sie zu erkennen, ob er noch atmete.

Bei seinem Sturz hatte sich der Pullover unter seiner geöffneten Jacke nach oben geschoben. Sein Bauch war entblößt. Donna beobachtete ihn genau.

Er bewegte sich nicht, aber aus dieser Entfernung konnte sie nicht sicher sein, seine Atemzüge wahrzunehmen.

Besonders unter diesen vielen Haaren.

Er schien am ganzen Körper behaart zu sein. Bis auf den kahlgeschorenen Kopf, der mit dunklen Stoppeln übersät war. Offensichtlich hatte er ihn seit mehreren Tagen nicht rasiert.

Seinen Bauch sollte er auch mal rasieren, dachte sie.

Noch immer konnte sie keine Bewegung ausmachen.

Seine graue Hose hing so tief, dass man den Gummizug der Unterhose erkennen konnte. Es waren weite, gestreifte Boxershorts. Seine Füße steckten in schmutzigen grauen Turnschuhen, die mit Klebeband zusammengehalten wurden.

»Sandy?«

»Hmm?«

»Bleib, wo du bist.«

»Was hast du vor?« Angst lag in der Stimme des Mädchens.
»Ich geh mal kurz nach draußen.«
»Nein!«
»Er kann uns nichts tun.«
»Bitte nicht.«
»Ich glaube, er ist tot.«

Sie öffnete die Wagentür und stieg vorsichtig aus. Dann schloss sie die Tür hinter sich und sperrte sie ab. Rüttelte am Griff, um sicherzugehen. Sie hielt sich am Auto fest, um das Gleichgewicht nicht zu verlieren, und kletterte den Abhang hinunter, bis sie über dem Mann stand. Er bewegte sich nicht. Sie schloss ihre Windjacke und kniete sich neben ihn.

»Hey«, sagte sie und rüttelte an seiner Schulter. »Alles in Ordnung?«

Sie legte eine flache Hand auf seine Brust und spürte, wie sie sich hob und senkte. Selbst seinen Herzschlag konnte sie ertasten.

»Wachen Sie auf«, sagte sie. »Wir werden Ihnen helfen. Sind Sie verletzt?«

In der Dämmerung bemerkte sie die behandschuhte Hand erst, als sie sich um ihr Handgelenk schloss.

4

Mit einem Schreckensschrei versuchte Donna, sich zu befreien, konnte gegen den festen Griff des Mannes jedoch nichts ausrichten.

Seine Augen öffneten sich.

»Lassen Sie mich los. Bitte.«

»Es tut weh«, sagte er.

Er drückte fester zu. Irgendetwas stimmte mit seiner Hand nicht. Donna sah hinab und bemerkte, dass er sie nur mit zwei Fingern und dem Daumen der rechten Hand gepackt hatte. Die anderen beiden Finger blieben ausgestreckt. Mit einem leichten Gefühl des Unbehagens erkannte sie, dass dort in dem Handschuh gar keine Finger steckten.

»Das tut mir leid«, sagte Donna. »Aber im Moment tun Sie auch mir weh.«

»Sie werden abhauen.«

»Nein. Ich schwöre es.«

Sein Griff lockerte sich. »Ich wollte Ihnen nichts tun«, sagte er. Offensichtlich war er den Tränen nah. »Ich wollte nur ins Auto. Sie hätten mir nichts tun müssen.«

»Ich hatte Angst.«

»Ich wollte nur rein.«

»Wo sind Sie verletzt?«

»Hier.« Er deutete auf seinen Hinterkopf.

»Ich kann nichts sehen.«

Ächzend drehte er sich herum. Wo sein Kopf gelegen hatte, erkannte Donna den blassen Umriss eines Felsbrockens. Obwohl es ziemlich dunkel war, war sich Donna einigermaßen sicher, dass er nicht blutete. Sie berührte sanft seinen Kopf, spürte die weichen Haarstoppeln und ertastete eine Beule. Danach besah sie sich ihre Finger und rieb sie aneinander. Kein Blut.

»Ich heiße Axel«, sagte er. »Axel Kutch.«

»Ich bin Donna. Sie bluten nicht. Glaube ich zumindest.«

»Doh-nah.«

»Genau.«

»Donna.«

»Axel.«

Mühsam kam er auf alle viere und sah sie an. »Ich wollte nur rein.«

»Ist schon in Ordnung, Axel.«

»Muss ich jetzt gehen?«

»Nein.«

»Ich kann bei Ihnen bleiben?«

»Vielleicht sollten wir von hier verschwinden. Können Sie uns irgendwohin fahren, wo man uns helfen kann?«

»Ich bin ein guter Fahrer.«

Donna half ihm auf die Beine. »Sollen wir abwarten, bis sich der Nebel verzogen hat? Dann können Sie uns in Sicherheit bringen.«

»Nach Hause.«

»Da, wo Sie wohnen?«

Er nickte. »Da ist es sicher.«

»Wo wohnen Sie?«

»Malcasa Point.«

»Ist das in der Nähe?«

»Da fahren wir hin.«

»Wo liegt das, Axel?«

Er deutete in nördlicher Richtung in die Dunkelheit.

»Wir fahren heim. Dort ist es sicher.«

»Okay. Aber wir müssen warten, bis der Nebel weg ist. Sie warten in Ihrem Wagen, und wir in unserem.«

»Kommen Sie mit.«

»Sobald sich der Nebel verzogen hat. Bis dann.« Sie befürchtete, er würde sie davon abhalten, in den Wagen zu steigen, aber er ließ es geschehen. Sie schloss die Tür und kurbelte das Fenster herunter. »Axel?« Er humpelte auf sie zu. »Das ist meine Tochter Sandy.«

»Säään-Dih«, sagte er.

»Das ist Axel Kutch.«

»Hi«, begrüßte ihn Sandy mit unsicherer, leiser Stimme.

»Bis später dann«, sagte Donna. Sie winkte ihm zu und kurbelte das Fenster wieder hinauf.

Einige Augenblicke lang starrte Axel sie stumm an. Dann kletterte er den Abhang hinauf und war verschwunden.

»Was ist denn mit dem los?«, fragte Sandy.

»Ich glaube, er ist … etwas schwer von Begriff.«

»Du meinst, er ist ein Behindi?«

»Sandy, das ist kein schöner Ausdruck.«

»Auf unserer Schule gibt es welche. Behindis. Weißt du, wie man sie nennt? *Besonders.*«

»Das klingt doch schon viel besser.«

»Vielleicht. Wo ist er hin?«

»Zurück zu seinem Auto.«

»Haut er ab?« Hoffnung lag in Sandys Stimme.

»Nein. Er wartet, bis sich der Nebel verzogen hat, und dann fährt er uns zum nächsten Ort.«

»Wir sollen in seinem Auto mitfahren?«

»Mit unserem kommen wir nicht weit.«

»Ich weiß schon, aber …«

»Willst du lieber hierbleiben?«

»Er macht mir Angst.«

»Aber nur, weil er ein bisschen seltsam ist. Wenn er uns wirklich was tun wollte, dann hätte er es schon längst getan. Eine bessere Möglichkeit als hier wird er so schnell kaum finden.«

»Vielleicht, vielleicht auch nicht.«

»Wie dem auch sei – hierbleiben können wir nicht.«

»Ich weiß. Dad wird uns finden.« Die Augen des Mädchens wirkten wie schwarze Löcher in ihrem Gesicht. »Dad ist nicht mehr im Gefängnis, stimmt's?«

»Nein, der Bezirksstaatsanwalt … du erinnerst dich doch an Mr Goldstein? … er hat mich heute Morgen angerufen. Sie haben Dad gestern freigelassen. Mr Goldstein hat mich gewarnt.«

»Und jetzt sind wir auf der Flucht?«

»Genau.«

Das Mädchen verfiel in Schweigen. Donna lehnte sich gegen das Lenkrad und schloss die Augen. Irgendwann schlief sie ein und wurde von einem leisen Schluchzen wieder geweckt.

»Sandy, was ist los?«

»Das hilft doch alles nichts.«

»Was hilft nichts?«

»Er wird uns kriegen.«

»Schätzchen, ich …«

»*Er wird uns kriegen*!«

»Versuch zu schlafen, Schatz. Es wird alles gut werden. Du wirst schon sehen.«

Bis auf ein gelegentliches Schniefen war von dem Mädchen fast nichts mehr zu hören. Donna versuchte, wieder einzuschlafen. Schließlich fiel sie in einen anstrengenden, verspannten Halbschlaf mit lebhaften, fiebrigen Albträumen. Als sie aufwachte, musste sie aussteigen. Ihr Körper konnte alles ertragen – nur ihre gefüllte Blase nicht.

Sie hob die Taschentücher auf, die neben Sandy auf dem Boden lagen, und kletterte leise aus dem Wagen. Die kalte Luft ließ sie zittern. Sie atmete tief ein und versuchte, ihre verspannten Nackenmuskeln zu dehnen – ohne großen Erfolg.

Bevor sie den Türgriff losließ, spähte sie über das Wagendach. Neben der Straße, keine zehn Meter vom Heck des Maverick entfernt, stand ein Pick-up.

Axel Kutch saß auf dem Dach der Fahrerkabine und ließ die Beine vor der Windschutzscheibe baumeln. Er hatte das vom Mondlicht beschienene Gesicht dem Himmel zugewandt und starrte wie in Trance in die Nacht.

Leise kletterte Donna den Abhang hinunter. Selbst am tiefsten Punkt des Straßengrabens konnte sie Axels Kopf erkennen. Sie behielt ihn im Auge, während sie ihre Kordhose öffnete. Der riesige Kopf starrte immer noch mit geöffnetem Mund den Mond an. Vorsichtig ging sie neben dem Auto in die Hocke.

Sie spürte den kalten Wind auf ihrer Haut.

Es war kalt, genau wie damals. Und ich hatte meine Hose runtergelassen.

Es wird schon alles gut gehen, dachte sie.

Er wird uns aufspüren.

Als sie fertig war, kletterte sie zur Straße hinauf. Axel schien sie nicht zu bemerken.

»Axel?«

Er zuckte zusammen. Dann schaute er sie an und lächelte. »Donna«, sagte er.

»Der Nebel ist weg. Wollen wir losfahren?«

Ohne zu antworten sprang er vom Dach des Wagens. Sein linkes Bein knickte ein, als er auf dem Asphalt landete, doch es gelang ihm, das Gleichgewicht zu behalten.

»Was ist los?«, rief Sandy ihnen zu.

»Wir fahren.«

Zu dritt holten sie das Gepäck aus dem Maverick und warfen es auf die Ladefläche des Pick-up. Dann stiegen sie ein. Donna setzte sich zwischen Axel und ihre Tochter.

»Vergiss nicht, wo das Auto steht«, sagte sie zu Sandy.

»Holen wir es wieder?«

»Aber sicher.«

Axel fuhr auf die Straße und lächelte Donna an. Sie lächelte zurück.

»Sie riechen aber gut«, sagte er.

Sie bedankte sich.

Dann schwiegen sie. Im Radio sang Jeannie C. Riley über die bigotte Schulverwaltung von Harper Valley. Donna schlief ein, noch bevor das Lied zu Ende war. Irgendwann später öffnete sie kurz die Augen und sah, dass die Scheinwerfer des Lieferwagens die kurvige Straße beleuchteten. Dann wachte sie wieder auf, als Axel mit rauer, tiefer Stimme zu Kenny Starrs »The Blind Man in the Bleachers« sang. Wieder nickte sie ein, bis eine Hand auf ihrem Oberschenkel sie aufweckte.

Axels Hand.

»Wir sind da«, sagte er, nahm die Hand weg und deutete auf ein von den Scheinwerfern beleuchtetes Metallschild: WILLKOMMEN IN MALCASA POINT. EINWOHNERZAHL: 400. FAHREN SIE VORSICHTIG.

Hinter einem schmiedeeisernen Zaun erkannte Donna ein dunkles Haus in viktorianischem Stil: Es war eine bemerkenswerte Ansammlung aus Erkerfenstern, Giebeln und Balkonen. An einem Ende des Daches ragte ein kegelförmiges Türmchen in die Nacht. »Wo sind wir hier?«, fragte sie flüsternd.

»Das Horrorhaus«, sagte Axel.

»*Das* Horrorhaus?«

Er nickte.

»Wo diese Morde passiert sind?«

»Das waren Idioten.«

»Wer?«

»Sie sind nachts da reingegangen.«

Er fuhr langsamer.

»Was haben Sie …?«

Direkt gegenüber der Bude, in der die Eintrittskarten für das Horrorhaus verkauft wurden, bog er links ab. Vor ihnen, etwa fünfzig Meter von der Hauptstraße entfernt, stand ein zweistöckiger Ziegelsteinbau samt Autowerkstatt.

»Da wären wir«, sagte Axel.

»Was *ist* das hier?«

»Zuhause. Hier sind wir sicher.«

»Mom?« Es klang wie ein verzweifelter Hilfeschrei.

Donna griff nach Sandys verschwitzter Hand.

»Es ist sicher«, wiederholte Axel.

»Das Haus hat keine Fenster. Nicht ein einziges Fenster.«

»Nein. Es ist sicher.«

»Axel, wir werden auf keinen Fall da reingehen.«

5

»Gibt es kein Hotel oder etwas Ähnliches, wo wir die Nacht verbringen können?«, fragte Donna.

»Nein.«

»Wirklich nicht?«

»Ich will, dass ihr hierbleibt.«

»Wir bleiben nicht hier. Nicht in *diesem* Haus.«

»Mutter ist auch da.«

»Darum geht es nicht. Bringen Sie uns einfach nur woandershin. Hier muss es doch ein Hotel oder so etwas geben.«

»Sie sind sauer auf mich«, sagte er.

»Das stimmt nicht. Bringen Sie uns nur irgendwohin, wo wir bis morgen bleiben können.«

Er stieß rückwärts aus der Einfahrt und durchquerte Malcasa Points überschaubares Geschäftsviertel. Am Nordende der Stadt befand sich eine Tankstelle. Sie war geschlossen. Nach einer halben Meile bog er in den beleuchteten Parkplatz des Welcome Inn. ZIMMER FREI, verkündete ein Neonschild über ihnen.

»Sehr gut«, sagte Donna. »Jetzt holen wir nur noch unser Gepäck. Dann kommen wir schon alleine klar.«

Sie stiegen aus, und Axel begann, die Koffer auszuladen.

»Ich fahre jetzt nach Hause«, sagte er.

»Vielen Dank für Ihre Hilfe.«

Er grinste und zuckte mit den Achseln.

»Ja«, sagte Sandy. »Vielen Dank.«

»Warten Sie.« Sein Grinsen wurde noch breiter. Er griff in die Gesäßtasche und holte seinen Geldbeutel heraus. Das schwarze Leder war alt, abgenutzt und glänzte speckig. Die Ecken waren ausgefranst. Er öffnete den Geldbeutel, der prall gefüllt war – nicht mit Geld, sondern mit einem Sammelsurium aus Papieren und Visitenkarten. Er hielt sich den Geldbeutel dicht unter die Nase und kramte leise fluchend darin herum. Schließlich warf er Donna und Sandy ein verlegenes Lächeln zu, mit dem er um etwas Geduld zu bitten schien. »Moment«, sagte er, wandte ihnen den Rücken zu und biss in die Fingerspitzen seines rechten Handschuhs.

Donna warf einen Blick auf die Rezeption des Hotels. Sie war leer, aber erleuchtet. Das Café gegenüber war gut besucht, und sie konnte Pommes frites riechen. Ihr Magen knurrte.

»Ah!« Axel wirbelte herum. Der Handschuh hing aus seinem Mund. In seiner Hand – oder dem, was davon übrig war – hielt er zwei blaue Kärtchen. Seine Haut war mit Narben überzogen, und von seinen beiden fehlenden Fingern waren nur kleine Stümpfe zurückgeblieben. Die Spitze seines Mittelfingers fehlte, und zwei fleischfarbene Verbände bedeckten seinen Daumen.

Donna nahm die Karten und lächelte trotz des unguten Gefühls, das sich in ihrer Magengrube breitmachte. Sie las, was auf dem obersten Kärtchen stand: FREIKARTE. Die winzige Schrift darunter war im schwachen Licht des Parkplatzes kaum zu erkennen: »Diese Karte berechtigt den Inhaber, an einer kostenlosen Führung durch Malcasa Points berüchtigtes, weltbekanntes Horrorhaus teilzunehmen«, las sie laut vor.

»Ist das dieses gruselige Haus hinter dem Eisenzaun?«, fragte Sandy.

Axel nickte grinsend. Donna bemerkte, dass er sich den Handschuh wieder übergezogen hatte.

»Hey, das ist ja toll!«

»Ich arbeite dort«, sagte er stolz.

»Gibt es da wirklich eine Bestie?«, fragte Sandy.

»Nur nachts. Und die Führungen enden um vier Uhr.«

»Also, vielen Dank für die Eintrittskarten, Axel. Und dafür, dass Sie uns gefahren haben.«

»Werden Sie kommen?«

»Wir werden es versuchen«, sagte Donna, obwohl sie nicht die geringste Absicht hatte, so einen Ort zu besuchen.

»Machen Sie die Führung?«, fragte Sandy.

»Ich putze nur. Schrubb-schrubb.« Er winkte ihnen zu und stieg in den Lieferwagen. Donna und Sandy sahen ihm nach, als er den Parkplatz verließ und sich auf den Rückweg nach Malcasa Point machte.

»Also.« Donna holte vor Erleichterung über Axels Verschwinden tief Luft. »Jetzt checken wir ein, und dann gehen wir eine Kleinigkeit essen.«

»Eine Kleinigkeit wird nicht reichen.«

»Dann fressen wir uns quer durch die Speisekarte.«

Sie nahmen ihre Koffer und gingen auf die Rezeption zu.

»Gehen wir morgen ins Horrorhaus?«, fragte Sandy.

»Mal sehen.«

»Heißt das nein?«

»Wenn du unbedingt hinwillst, dann gehen wir eben.«

»Cool!«

Kapitel zwei

Roy klingelte bei Appartement Nr. 10 und wartete. Nichts war zu hören. In schneller Folge drückte er fünfmal auf den Klingelknopf.

Blöde Schlampe. Warum machte sie nicht auf?

Vielleicht, weil sie nicht zu Hause war.

Aber sie musste zu Hause sein. Wo zum Teufel sollte man um halb zwölf an einem Sonntagabend sonst sein?

Möglicherweise schlief sie schon.

Er trommelte mit den Knöcheln gegen die Tür. Wartete. Klopfte erneut.

Am anderen Ende des Flurs wurde eine Tür geöffnet. Ein Mann im Schlafanzug erschien. »Ruhe, verdammt!«

»Fick dich!«

»Hör mal, Freundchen …«

»Noch ein Wort, und ich prügle die Scheiße aus dir raus.«

»Raus hier, oder ich rufe die Bullen.«

Roy eilte auf ihn zu. Der Mann knallte die Tür zu. Roy hörte das Rasseln einer Türkette.

Der Typ ging wahrscheinlich in diesem Augenblick zum Telefon.

Die Cops würden einige Minuten brauchen, bis sie hier waren. Zeit, die er nicht untätig verstreichen lassen wollte.

Er stellte sich vor die Tür von Appartement 10 und trat mit aller Kraft dagegen. Die Sohle seines Schuhs traf das Türblatt genau neben dem Schloss. Mit lautem Krachen schwang die Tür auf. Roy duckte sich und zog das Klappmesser aus der Scheide, die er an seinen rechten Unterschenkel gebunden hatte. Das Messer hatte er erst an diesem Tag in einem Sportwarengeschäft gekauft.

Er schaltete das Licht ein, durchquerte das Wohnzimmer und ging rasch durch einen schmalen Korridor. Der Raum zu seiner

Linken – höchstwahrscheinlich Sandys Zimmer – war verlassen. Genau wie das Zimmer rechts von ihm. Er öffnete die Kleiderschränke und stellte fest, dass fast alle Kleiderbügel leer waren.

Verdammt!

Er rannte aus der Wohnung, die Treppe hinunter und durch den Hinterausgang auf eine Seitenstraße. Gegenüber befand sich eine Reihe Garagen. Hinter der letzten Garage entdeckte er ein Gartentor. Er drückte es auf und folgte dem Gehweg, der an einer der Mietskasernen entlangführte, bevor er wieder in die Straße mündete.

Keine Autos in Sicht.

Er überquerte die Straße.

Dieser Straßenblock bestand aus Einfamilienhäusern. Das war viel besser. Er versteckte sich hinter einem Baum und wartete, bis ein Auto vorübergefahren war. Dann schritt er zügig den Gehweg entlang und überprüfte jedes einzelne Haus.

Ein kleines Stuckhaus mit dunklen Fenstern schien ihm am vielversprechendsten zu sein. Und das nicht, weil kein Licht brannte, sondern wegen des Mädchenfahrrads, das er im Vorgarten entdeckt hatte.

Wie leichtsinnig, es einfach dort liegen zu lassen.

Als ob dieser lächerliche Gartenzaun einen Dieb abhalten könnte.

Roy griff über den Zaun und schob vorsichtig den Riegel des Gartentors zur Seite. Es quietschte, als er es öffnete. Behutsam schloss er es wieder und lief zur Veranda. Es gab keinen Türspion, was die Sache nur noch einfacher machte.

Er klopfte schnell und fest gegen die Tür, wartete ein paar Sekunden und klopfte erneut dreimal.

Im Wohnzimmer ging das Licht an.

»Wer ist da?«, fragte ein Mann.

»Polizei.« Roy trat einen Schritt zurück und kauerte sich neben die Tür.

»Was ist los?«

»Wir müssen das Viertel evakuieren.«

»Was?«

»Wir müssen evakuieren. Eine Gashauptleitung ist leckgeschlagen.«

Die Tür öffnete sich.

Roy sprang los. Die Türkette spannte sich und riss aus ihrer Verankerung, die Tür selbst prallte gegen den Mann und warf ihn hinterrücks um. Schon war Roy über ihm, hielt ihm den Mund zu und rammte ihm das Messer in die Kehle.

»Marv?«, rief eine Frau. »Was ist da draußen los?«

Roy schloss die Haustür.

»Marv?« Furcht lag in ihrer Stimme. »Marv, ist alles in Ordnung?«

Als er das Surren einer Wählscheibe hörte, rannte er in den Flur, an dessen Ende Licht durch eine geöffnete Tür fiel. Ein Mädchen trat aus einem dunklen Zimmer, starrte ihn an und keuchte erschreckt auf. Roy packte es an den Haaren.

»Mami«, rief Roy. »Leg auf, oder ich schlitze deiner Tochter die Kehle auf.«

»Herr im Himmel!«

»Ich kann nichts hören.« Er zerrte an ihrem Haar, bis das Mädchen aufkreischte.

Der Telefonapparat klapperte. »Ich habe aufgelegt! Haben Sie gehört? Ich habe aufgelegt!«

Grob drehte Roy das Mädchen herum, indem er an einem Haarbüschel zog. »Los«, sagte er. Mit der Messerklinge an ihrer Kehle betrat er das Schlafzimmer am Ende des Flurs.

Die Frau stand starr vor Schreck und zitternd neben dem Bett. Sie trug ein weißes Nachthemd und hatte die Arme vor der Brust verschränkt, als würde sie frieren.

»Was … was haben Sie mit Marv gemacht?«

»Dem geht's gut.«

Ihre Augen wanderten zur Hand, in der Roy das Messer hielt. Die Hand glänzte blutrot. »Okay, das war gelogen«, sagte er.

»Herr im Himmel! Gütiger Gott!«

»Ruhe.«

»Sie haben ihn umgebracht!«

»Ruhe!«

»Sie haben meinen Marv getötet!«

Unsanft stieß er das Mädchen auf das Bett und eilte auf die hysterische Frau zu. Sie hatte den Mund weit geöffnet und wollte gerade losschreien, als er ihr Nachthemd packte, sie zu sich zog und ihr das Messer in den Bauch jagte. Verzweifelt schnappte sie nach Luft.

»Hältst du jetzt die Schnauze?«, fragte Roy und stieß noch einmal zu.

Sie krümmte sich zusammen, presste die Arme gegen den Bauch und fiel vornüber.

Das Mädchen auf dem Bett rührte sich nicht. Es starrte ihn einfach nur an.

»Also, du willst doch nicht auch noch erstochen werden, oder?«, fragte er.

Sie schüttelte den Kopf, zitterte und sah aus, als würde sie jeden Moment zu schreien anfangen.

Roy sah an sich herab. Sein Hemd und seine Hose waren mit Blut durchtränkt. »Ganz schöne Schweinerei.«

Sie sagte nichts.

»Wie heißt du?«

»Joni.«

»Joni, wie alt bist du?«

»Bald zehn.«

»Warum hilfst du mir nicht beim Aufräumen?«

»Ich will nicht.«

»Soll ich dich abstechen?«

Sie schüttelte den Kopf. Ihre Lippen bebten.

»Dann komm mit.« Er nahm ihre Hand und zog sie vom Bett,

führte sie den Korridor entlang zum Badezimmer, schaltete das Licht an und schubste sie hinein.

Das Bad war ziemlich groß. Das Waschbecken befand sich direkt neben der Tür, die Toilette am anderen Ende des Raums. Vor der Badewanne gegenüber der Toilette waren Duschtüren aus Milchglas angebracht.

Roy führte das Mädchen zur Toilette. Der grüne, wuschelige Deckelbezug passte genau zum Teppich davor. »Setz dich.«

Joni gehorchte.

Roy kniete sich vor ihr hin und öffnete die Knöpfe ihres Schlafanzugoberteils. Sie schluchzte. »Hören Sie auf.« Er ließ das Oberteil über ihre Arme gleiten. »Jetzt machen wir dich mal ordentlich sauber«, sagte er, öffnete die Schleife ihrer Pyjamahose und zog die Hose herunter. Sie presste die Knie zusammen, verbarg ihre Brust, die nicht größer als die eines Jungen war, hinter verschränkten Armen und beugte sich so weit vor, dass ihre Schultern beinahe ihre Knie berührten.

Roy drehte das heiße Wasser auf. Während es in die Wanne plätscherte, zog er sich aus. Sobald seine Klamotten auf einem Haufen auf dem Boden lagen, überprüfte er, dass das Wasser warm, aber nicht brühheiß war.

Joni saß noch immer zusammengekrümmt auf dem Toilettensitz und umklammerte ihre Knie.

Roy packte ihren Arm. Sie versuchte, sich zu befreien, also verpasste er ihr eine Ohrfeige. Sie schrie auf, bewegte sich aber nicht. Roy stellte sich vor sie, nahm sie an beiden Armen und stellte sie auf die Beine. »Nein«, schrie sie, als er sie in die Badewanne schleuderte. Sie trat um sich, ein Fuß stieß gegen den Wasserhahn, und sie kreischte vor Schmerz auf. Roy hätte beinahe das Gleichgewicht verloren, aber schließlich gelang es ihm, das Mädchen mit dem Hinterteil voraus ins Wasser zu stoßen. Roy kletterte ebenfalls in die Wanne.

Er kniete sich hin. »Das reicht jetzt«, warnte er sie. »Sitz still.«

Sie trat nach ihm. Ihre Ferse traf seinen Oberschenkel.

»Also gut.«

Er packte ihre Füße und zog daran, bis ihr Kopf unter der Wasseroberfläche verschwand. Sie hielt Augen und Mund fest geschlossen. Mit den Händen schlug sie gegen die Wand der Badewanne. Blindlings versuchte sie, sich irgendwo festzuhalten. Vergebens. Wasser spritzte. Genüsslich beobachtete Roy den verzweifelten Kampf des panischen Mädchens. Ihr dünner Körper und die Spalte zwischen ihren haarlosen Schenkeln erregten ihn.

Er ließ ihre Knöchel los. Das Gesicht des Mädchens durchbrach die Wasseroberfläche. Augen und Mund waren wie vor Überraschung aufgerissen. Sie schnappte nach Luft und setzte sich auf.

»Mach mir ja keinen Ärger mehr«, sagte er.

Sie schniefte und wischte ihre laufende Nase mit dem Handrücken ab. Dann überkreuzte sie die Arme und krümmte sich erneut zusammen.

Roy griff hinter sich, drehte das kalte Wasser ab und ließ nur das heiße weiterlaufen. Bald war die Wanne angenehm temperiert und ordentlich gefüllt.

»Tauschen wir die Plätze«, sagte er, richtete sich auf und stieg über sie hinweg. Sie rutschte vor. Ihr Hintern quietschte auf dem Emailboden. Roy lehnte sich mit dem Rücken gegen die kühle Wand der Wanne und streckte seine Beine aus.

»Jetzt machen wir uns mal ordentlich sauber«, sagte er.

Er nahm ein Stück Seife aus der Schale und fing an, ihren Rücken einzuseifen. Er zog sie zu sich, so dass er ihre glitschige Haut spüren konnte. Indem er über ihre Schultern griff, seifte er ihre Brust und ihren Bauch ein. Ihr Körper war warm, weich und schlüpfrig. Er zog sie noch näher heran, legte die Seife beiseite und griff ihr zwischen die Beine.

In diesem Moment tauchte die Mutter des Mädchens neben der Wanne auf. Sie hob ein Fleischermesser. Mit der linken Hand knallte Roy die Duschtür zu, und die Messerspitze schrammte an der

Milchglasscheibe entlang. Roy gab dem Mädchen einen Schubs und rammte ihr ein Knie in den Rücken. Während er sich aufrichtete, hielt er die Tür fest. Die Mutter taumelte zur Seite. Mit der linken Hand, mit der sie das blutdurchtränkte Nachthemd festgehalten hatte, griff sie nach der hinteren Hälfte der Schiebetür. Roy musste mit seiner freien Hand dagegenhalten. Als wäre überhaupt keine Glasscheibe vorhanden, zielte die Frau mit dem Messer auf Roys Gesicht. Die Spitze der Klinge brachte die Tür zum Erzittern, als sie wieder und wieder zustieß. Das Geräusch, das aus ihrer Kehle drang, war eine Mischung aus einem Knurren und einem Schrei des Schmerzes und der Frustration.

Joni packte Roys Bein und zog daran.

»Schlampe! Lass mich los!«

Er schlug Joni mit dem Handrücken ins Gesicht. Ihr Kopf wurde nach hinten geschleudert und prallte gegen die geflieste Wand.

Die Mutter versuchte, die Duschtür aufzuschieben, doch Roy hatte schnell genug wieder seine Hand an der Tür. Mit einem wütenden Knurren packte sie den Rahmen der Schiebetür und zog sich daran hoch, bis sie auf dem Rand der Badewanne stand. Ihr Gesicht mit den wild rollenden Augen erschien über Roy. Sie holte mit dem Messer aus und stach zu. Nur um Haaresbreite konnte Roy der Klinge ausweichen.

Wenige Zentimeter von seinem Gesicht entfernt verschmierte das blutige Nachthemd die Milchglastür. Die Frau stand barfuss auf dem Wannenrand und presste ihren Körper fest gegen die Scheibe.

Grunzend ließ sie die Klinge über seinem Kopf hinwegzischen. Dann stützte sie sich mit ihrem linken Knie auf der Handtuchstange ab, die sich auf halber Höhe der Schiebetür befand.

Verflucht. Sie wollte drüberklettern!

Roy rüttelte an der Tür und stieß sie so heftig auf, dass sie gegen die Wand krachte. Mit beiden Händen packte er den Fußknöchel der Frau und zog daran. Seine Hände fanden auf der blutverschmierten Haut kaum Halt. Mit einem Schrei des Entsetzens fiel die Frau hinterrücks um und knallte mit dem Kopf auf den Boden. Sie blieb reglos liegen. Roy stieg aus der Wanne, packte ihr anderes Bein und schleuderte es von sich.

Dann hob er das Messer auf, schnitt ihr sauber die Kehle durch und kehrte in die Wanne zurück.

Joni starrte ihn aus ausdruckslosen Augen an.

Er kniete sich in die Wanne. Das Wasser war nur mehr lauwarm, also füllte er heißes nach. Als er mit der Temperatur zufrieden war, setzte er sich hin und lehnte sich zurück.

Er griff Joni unter die Arme, zog sie zwischen seine ausgestreckten Beine und spürte ihren Körper, der gegen seinen Penis drückte.

»Also«, sagte er und nahm die Seife wieder in die Hand. Seine Kehle war wie zugeschnürt. Auf diesen Augenblick hatte er lange, sehr lange gewartet. Danach hatte er sich immer gesehnt. »Also«, sagte er. »Jetzt können wir anfangen.«

Kapitel drei

1

Die nubischen Wächter, gekleidet wie Zuhälter, bedrängten Rucker von allen Seiten. Ihre dunklen Gesichter glänzten vor Schweiß, ihre großen Zähne leuchteten weiß in der Finsternis. Manche zielten mit Pistolen auf sein Geicht, andere eröffneten das Feuer aus ihren AK-47-Sturmgewehren. Er mähte sie nieder, doch immer weitere eilten schreiend und mit gezückten Säbeln auf ihn zu. Seine American 180-Maschinenpistole riss tiefe Löcher in ihre hellen Hemden. Sie fielen wie die Fliegen, doch der Strom riss nicht ab.

Wo zur Hölle kommen die nur alle her?, fragte er sich.

Aus der Hölle eben.

Er feuerte weiter. 170 Schuss in sechs Sekunden. Sechs Sekunden, die sich wie eine Ewigkeit hinzogen.

Immer weiter strömten sie heran. Manche trugen Speere. Andere waren nackt.

Er ließ die Munitionstrommel fallen, schob eine neue in die Waffe und schoss weiter.

Jetzt schienen alle nackt zu sein. Ihre schwarze Haut schimmerte im Mondlicht. Ihr Grinsen war breit und grausam. Sie trugen keine Feuerwaffen mehr, nur Messer, Schwerter und Speere.

Die Zuhälter hab ich erledigt, dachte er. Was sind das jetzt für welche? Die Reserve. Wenn ich die auch noch kaltmache, bin ich frei.

Doch dann stieg große Angst in ihm auf und flüsterte ihm eine Todesbotschaft zu. Er sah hinab und bemerkte, dass der Metalllauf seiner Waffe schmolz und sich verbog.

Oh Gott, oh Gott, jetzt haben sie mich. Sie werden mich fertigmachen. Sie werden mir den Kopf abschneiden. Oh Gott!

Keuchend schreckte er auf. Das Herz klopfte ihm bis zum Hals.

Er war allein in seinem Schlafzimmer. Schweiß lief in Bahnen seinen Rücken hinab. Er fuhr mit einer Hand durch sein feuchtes Haar und wischte sie am Bettlaken ab.

Dann sah er auf den Wecker.

Fünf Minuten nach Mitternacht. *Verflucht.* Viel früher als sonst. Üblicherweise weckten ihn die Albträume gegen vier oder fünf Uhr morgens, so dass er aufstehen und frühstücken konnte. Dass die Träume so früh kamen, war ein schlechtes Zeichen.

Er stand auf und spürte den kalten Schweiß auf seiner Haut. Im Bad trocknete er sich mit einem Handtuch ab und schlüpfte in seinen Morgenmantel. Dann ging er ins Wohnzimmer, schaltete alle Lichter und das Fernsehgerät an. Er zappte durch die Kanäle, bis er bei *Der Bankraub*, einem Klassiker mit W.C. Fields, hängenblieb. Der Film musste um Mitternacht angefangen haben. Er holte eine Dose Bier und Erdnüsse aus der Küche und kehrte ins Wohnzimmer zurück.

Als er die Erdnussdose öffnen wollte, bemerkte er, dass seine Hände zitterten.

Und sie zitterten niemals, wenn er einen Job zu erledigen hatte.

Judgment Rucker hat Eier aus Stahl.

Wenn sie ihn jetzt sehen würden.

Das lag alles nur an diesen verdammten Albträumen.

Sie würden vorübergehen. Wie immer. Es war nur eine Frage der Zeit.

Schau dir den Film an.

Er versuchte es.

Als er das Bier ausgetrunken hatte, ging er in die Küche, um sich ein frisches zu holen. Er öffnete es und sah aus dem Fenster. Das Mondlicht zeichnete einen silbernen Pfad auf die Oberfläche des Meeres.

Auf der anderen Seite der Bucht waren die Hügel über Sausalito unter einer schneeweißen Nebelbank verborgen. Auch die Golden Gate Bridge war in Nebel gehüllt. Nur das rote Blinklicht auf der

Spitze des nördlichen Turms war zu erkennen. Die Sicht auf den anderen Turm wurde von Belvedere Island verdeckt. Er lauschte dem tiefen Ächzen eines Nebelhorns, dann trug er das Bier ins Wohnzimmer hinüber.

Er wollte sich gerade setzen, als der heisere, erschrockene Schrei eines Mannes die Stille durchbrach.

2

Jud lauschte an der Tür von Appartement 315 und konnte das schnelle Atmen eines Mannes hören. Jud klopfte leise.

Am Ende des Korridors spähte eine Frau mit Lockenwicklern im Haar aus der Tür. »Geben Sie Ruhe, ja? Wenn Sie nicht aufhören, werde ich die Polizei rufen. Wissen Sie eigentlich, wie spät es ist?«

Jud warf ihr ein Lächeln zu. »Ja«, sagte er.

Der Ärger verschwand aus ihrem Gesicht und machte einem zögernden Lächeln Platz. »Sie sind der neue Mieter, nicht wahr? Wohnen Sie nicht in 308? Ich bin Sally Leonard.«

»Gehen Sie wieder schlafen, Miss Leonard.«

»Stimmt etwas mit Larry nicht?«

»Ich kümmere mich darum.«

Sally lächelte noch immer, als sie sich wieder in ihre Wohnung zurückzog und die Tür schloss.

Jud klopfte noch einmal.

»Wer ist da?«, fragte ein Mann durch die Tür.

»Ich habe einen Schrei gehört.«

»Tut mir leid. Habe ich Sie geweckt?«

»Ich war noch wach. Wer hat geschrien?«

»Ich. Das war nichts. Nur ein Albtraum.«

»Und das nennen Sie nichts?«

Jud hörte, wie die Türkette gelöst wurde. Ein Mann in gestreiftem

Pyjama öffnete ihm. »Das klingt ganz so, als würden Sie sich mit Albträumen auskennen«, sagte er. Obwohl sein vom Schlaf zerzaustes Haar so weiß wie der Nebel war, konnte er nicht älter als vierzig sein. »Ich heiße Lawrence Maywood Usher.« Er streckte Jud die Hand hin. Sie war knochig und verschwitzt. Sein Händedruck war von erstaunlicher Kraftlosigkeit.

»Ich bin Jud Rucker«, sagte Jud und betrat die Wohnung.

Der Mann schloss die Tür. »Also, Judson …«

»Mein Name ist Judgment.«

Larry sah auf. »Das ist ein ungewöhnlicher Name. Biblischen Ursprungs?«

»Mein Vater ist baptistischer Prediger.«

»Judgment Rucker. Faszinierend. Kann ich Ihnen einen Kaffee anbieten, Judgment?«

Er dachte an die geöffnete Dose Hamms in seinem Appartement. Egal, er konnte das Bier genauso gut morgen zum Kochen verwenden. »Klar. Einen Kaffee könnte ich jetzt gebrauchen.«

»Sind Sie ein Feinschmecker?«

»Nicht unbedingt.«

»Na ja, macht nichts. Er wird Ihnen trotzdem schmecken. Haben Sie schon einmal jamaikanischen Blue Mountain probiert?«

»Nicht dass ich wüsste.«

»Tja, dann sollten Sie die Gelegenheit beim Schopf packen.«

Jud grinste. Die plötzliche Lebhaftigkeit des Mannes, der soeben noch vor Angst geschrien hatte, überraschte ihn.

»Kommen Sie mit in die Küche?«

»Sicher.«

Larry öffnete eine kleine braune Tüte und hielt sie Jud hin. Jud roch das starke Kaffeearoma. »Gut«, sagte er.

»Das will ich auch meinen. Es ist der beste Kaffee der Welt. Was machen Sie beruflich, Judgment?«

»Ich bin im Baugewerbe«, sagte er. Das war die übliche Story, die er zur Tarnung benutzte.

»Ach?«

»Ich arbeite bei den Brecht Brothers.«

»Klingt nach einer Marke für Hustenbonbons.«

»Wir bauen Brücken, Kraftwerke und so weiter. Was machen Sie?«

»Ich bin Lehrer.«

»An der Highschool?«

»Gott bewahre! Ich hatte schon vor über zehn Jahren von diesen groben, anmaßenden und fluchenden Jungspunden genug. Nie wieder! Gott bewahre!«

»Und wen unterrichten Sie dann?«

»Die Elite.« Er schüttete Kaffeebohnen in die Kaffeemühle. »Amerikanische Literatur an der University of San Francisco. Nur höhere Klassen.«

»Und die fluchen nicht?«

»Jedenfalls nicht über *mich*.«

»Das ist natürlich ein Unterschied«, sagte Jud und beobachtete, wie sein Gegenüber Kaffeepulver aus der Mühle in die Maschine löffelte.

»Ein *gewaltiger* Unterschied. Wollen wir uns setzen?«

Sie gingen ins Wohnzimmer zurück, und Larry ließ sich auf das Sofa fallen. Jud nahm auf einem Sessel Platz, lehnte sich jedoch nicht zurück.

»Es freut mich, dass Sie vorbeigeschaut haben, Judgment.«

»Nennen Sie mich Jud.«

»Wie wäre es mit Judge?«

»Judge wie Richter? Ich bin noch nicht einmal Anwalt.«

»Sie sehen aber nach einem guten Richter aus. Zumindest wirken Sie so, als könnten Sie Personen und Situationen beurteilen und Richtig von Falsch unterscheiden.«

»Das wissen Sie nur aufgrund meines Aussehens?«

»Natürlich. Also werde ich Sie Judge nennen.«

»Okay.«

»Sagen Sie mir, Judge – was hat Sie bewogen, an meine Tür zu klopfen?«

»Sie haben geschrien.«

»Wussten Sie, dass ich einen Albtraum hatte?«

»Nein.«

»Ich hätte ja auch ermordet werden können.«

»So etwas Ähnliches habe ich mir auch gedacht.«

»Und nichtsdestotrotz sind Sie zu meiner Rettung geeilt. Unbewaffnet. Sie müssen ein Mann sein, der keine Furcht kennt, Judge.«

»Wohl kaum.«

»Oder Sie haben vielleicht schon einmal so große Angst gehabt, dass die Möglichkeit einem Mörder zu begegnen Sie nicht besonders schreckt.«

Jud lachte. »Na klar.«

»Wie dem auch sei, ich bin froh, dass Sie gekommen sind. Gegen das Grauen der Nacht gibt es kein besseres Gegenmittel als ein freundliches Gesicht.«

»Und packt Sie dieses Grauen öfter?«

»Jede Nacht. Seit etwa drei Wochen. Also, nicht genau drei Wochen – das wären ja einundzwanzig Tage –, und ich habe diese Albträume erst seit neunzehn Tagen. Erst! Ich kann Ihnen versichern, dass mir diese Zeit wie eine Ewigkeit vorkommt.«

»Kann ich mir vorstellen.«

»Manchmal frage ich mich, ob ich überhaupt ein Leben vor diesen Albträumen hatte. Natürlich hatte ich eines. Ich bin nicht verrückt, verstehen Sie? Nur aufgewühlt. Nervös, schrecklich nervös war ich und bin ich noch; aber weshalb soll ich wahnsinnig sein?«

»Das behauptet ja niemand.«

»Natürlich nicht.« Einer seiner Mundwinkel verzog sich zu einem Grinsen. »Das war aus ›Das verräterische Herz‹ von Edgar Allan Poe. Ein weiterer unglücklicher Bursche, verzweifelt und am Rande des Wahnsinns. Wirke ich wahnsinnig auf Sie?«

»Sie wirken müde.«

»Neunzehn Nächte.«

»Können Sie sich vorstellen, woher diese Albträume kommen?«, fragte Jud.

»Ich kann es Ihnen sogar zeigen.« Er zog einen Zeitungsausschnitt unter einer Ausgabe des *Time Magazine* hervor, die auf dem Beistelltisch lag. »Lesen Sie das, während ich mich um den Kaffee kümmere.« Er stand auf und reichte Jud den Artikel.

Jud lehnte sich im Sessel zurück und fing an zu lesen:

HORRORHAUS FORDERT DREI OPFER

(Malcasa Point) – Die verstümmelten Leichen zweier Männer und eines elfjährigen Jungen wurden am letzten Mittwoch im so genannten Horrorhaus gefunden, Malcasa Points berüchtigter Touristenattraktion.

Den örtlichen Behörden zufolge betrat Streifenpolizist Daniel Jenson am Mittwochabend um 23.45 das Anwesen, da er dort Einbrecher vermutete. Als er sich nicht mehr im Hauptquartier meldete, wurde Verstärkung geschickt. Mit Hilfe der freiwilligen Feuerwehr sperrten die Beamten das Gelände weiträumig ab und betraten das geheimnisvolle Haus.

Jensons Leichnam wurde zusammen mit denen von Mr Matthew Ziegler und seinem Sohn Andrew in einem Korridor im ersten Stock des Anwesens aufgefunden. Offensichtlich waren sie einer Messerstecherei zum Opfer gefallen.

Laut Mary Ziegler, der Frau des Verstorbenen, war Matthew erzürnt über die ängstliche Reaktion seines Sohnes auf eine Führung durch das Horrorhaus, an der sie am gleichen Tag teilgenommen hatten. Offenbar war er fest entschlossen, ihm die »Bestie zu zeigen«. Kurz nach 23:00 Uhr fuhr er mit seinem Sohn zum Horrorhaus, um dort einzubrechen und den jungen Andrew mit seinen Ängsten »zu konfrontieren«.

Das Horrorhaus wurde im Jahre 1902 von der Witwe von Lyle Thorn erbaut, dem Anführer der berüchtigten Thorn-Bande. Seitdem war es Schauplatz von nicht weniger als elf mysteriösen Morden. Maggie Kutch, die derzeitige Besitzerin, verließ das Haus im Jahre 1931, nachdem ihr Mann und ihre drei Kinder von einer »tobsüchtigen, weißen Bestie in Stücke gerissen« worden waren, die angeblich durch ein Fenster im Erdgeschoss in das Haus eingedrungen war. Nur kurze Zeit nach diesen brutalen Morden öffnete Mrs Kutch das Haus für öffentliche Führungen.

Der nächste Vorfall ereignete sich im Jahre 1951. Zwei zwölfjährige Jungen aus Malcasa Point betraten nach Einbruch der Dunkelheit das Haus. Einem der Jungen, Larry Maywood, gelang es, mit leichten Verletzungen zu entkommen. Der verstümmelte Leichnam seines Freundes Tom Bagley wurde am nächsten Morgen von den Ermittlern gefunden.

»Nach Einbruch der Dunkelheit gehört das Haus der Bestie«, kommentierte die 71-jährige Besitzerin die jüngsten Vorfälle. Laut Billy Charles, dem Polizeichef von Malcasa Point, ist »auf keinen Fall irgendeine Bestie für den Tod von Jenson und der Zieglers verantwortlich. Sie wurden von einem Mann mit einem scharfen Gegenstand ermordet. Wir rechnen damit, den Täter in Kürze zu verhaften.«

Die öffentlichen Führungen durch das Horrorhaus sind bis zum Abschluss der Ermittlungen für unbestimmte Zeit ausgesetzt.

Jud beugte sich vor und bemerkte, dass Larry, der gerade mit zwei Kaffeetassen den Raum betrat, nervös lächelte. Er nahm eine der Tassen entgegen und wartete, bis Larry sich gesetzt hatte. »Sie haben sich mir als Lawrence Maywood Usher vorgestellt«, sagte er schließlich.

»Ich habe Poe immer sehr bewundert. Wahrscheinlich ist auch sein Einfluss dafür verantwortlich, dass ich in jener Nacht mit Tommy das Horrorhaus erkunden wollte. Später wurde mir klar, dass ich um meiner geistigen Gesundheit willen einen neuen Namen annehmen musste – ich entschied mich für den Roderick Ushers, einem Charakter aus einer von Poes unheimlichen Geschichten.«

3

Lawrence Maywood Usher nippte an der zerbrechlich wirkenden, weißen Porzellantasse. Jud beobachtete, wie er die Flüssigkeit wie Wein in seinem Mund behielt, um den Geschmack zu genießen. »Köstlich.« Er sah Jud erwartungsvoll an.

Jud hob seine Tasse. Das intensive Aroma gefiel ihm, und er nahm einen Schluck. Der Kaffee war stärker, als er ihn üblicherweise trank. »Gar nicht schlecht«, sagte er.

»Sie sind ein Meister der Untertreibung, Judge.« Die Miene des hageren Mannes verfinsterte sich. »Schmeckt er Ihnen *wirklich*?«

»Prima. Sehr gut. Ich bin wahrscheinlich so etwas Gutes einfach nicht gewohnt.«

»Gewöhnen Sie sich *nie* an die Dinge, die sie lieben. Dann sind Sie nicht mehr in der Lage, sie angemessen zu würdigen.«

Jud nickte und trank einen weiteren Schluck. Dieses Mal schien der Kaffee besser zu schmecken. »Diese Albträume – haben sie mit dem Horrorhaus zu tun?«, fragte er.

»Immer.«

»Es überrascht mich, dass sie durch einen einfachen Zeitungsartikel ausgelöst wurden, wenn man bedenkt, was Sie damals durchgemacht haben.«

»Dieser Artikel hat die Albträume sozusagen wiederbelebt. Nach meiner … Begegnung dort litt ich monatelang darunter. Die Ärzte schlugen eine psychiatrische Behandlung vor, doch meine Eltern wollten das nicht. In all ihrer Weisheit waren sie zu dem Schluss gekommen, dass die Psychiatrie nur etwas für Narren und Verrückte sei. Wir verließen Malcasa Point, und die Albträume verschwanden. Meiner Meinung nach ein Sieg des gesunden Menschenverstandes über die Quacksalberei.« Er lächelte, offenbar mit seiner Schlussfolgerung zufrieden, und genoss seinen Kaffee.

»Zu unserem Unglück«, fuhr er fort, »war es uns nicht möglich, diesen Vorfall gänzlich hinter uns zu lassen. Immer wieder spürten uns neugierige Journalisten auf, die eine Geschichte über diese elende Touristenfalle schreiben wollten. Und jedes Mal fingen die Albträume erneut an. Vergessen Sie nicht – jedes größere Magazin hat darüber berichtet.«

»Das ist mir aufgefallen.«

»Haben Sie diese Artikel auch gelesen?«

»Nein.«

»Sensationslüsterner Blödsinn. Reporter! Wissen Sie, was ein Reporter ist? ›Jemand, der sich schreibend zur Wahrheit vortastet, und sie mit einem Schwall von Worten verjagt‹. Ambrose Bierce, ›Aus dem Wörterbuch des Teufels‹. Nur einmal erlaubte ich es einem dieser Aasgeier, mich zu interviewen. Er drehte mir die Worte im Munde um, und ich stand da wie ein unzurechnungsfähiger Schwachkopf. Er kam zu dem Schluss, dass mir dieser Vorfall den Verstand geraubt hätte! Kurz darauf änderte ich meinen Namen. Seitdem ist es keinem dieser Mistkerle mehr gelungen, mich aufzuspüren, und auch von den Albträumen war ich befreit – bis jetzt. Jetzt hat es wieder zugeschlagen.«

»Es?«

»Offiziell ist es nach der Attacke auf die Lyles ein *Er*, ein messerschwingender Irrer vom Kaliber Jack the Rippers. Und bei jedem der Angriffe handelt es sich angeblich um einen anderen Täter.«

»Und das stimmt nicht?«

»Natürlich nicht. Es ist die Bestie. Immer ein und dieselbe Bestie.«

Jud versuchte nicht, den Zweifel zu verbergen, der sich in seine Miene schlich.

»Ich hole Ihnen noch eine Tasse, Judge.«

4

»Ich weiß nicht, *was* die Bestie ist«, sagte Larry. »Vielleicht weiß das niemand. Aber ich habe sie gesehen. Wahrscheinlich bin ich – mit Ausnahme der alten Maggie Kutch – der einzige lebende Mensch, der sie gesehen hat.

Sie ist nicht menschlich, Judge. Und wenn doch, dann ist dieser Mensch auf unaussprechlich groteske Weise missgebildet. Und sie ist sehr, sehr alt.

Der erste Angriff fand im Jahre 1903 statt. Zu dieser Zeit war Teddy Roosevelt Präsident, und die Gebrüder Wright unternahmen ihre ersten Flugversuche. Stellen Sie sich das vor! In diesem Jahr tötete die Bestie drei Menschen.«

»Und die ursprüngliche Besitzerin des Hauses?«

»Lyle Thorns Witwe? Sie überlebte. Aber ihre Schwester und ihre beiden Kinder wurden ermordet. Die Behörden schoben einem geistig zurückgebliebenen Mann, den sie irgendwo aufgegabelt hatten, die Schuld zu. Er wurde angeklagt, verurteilt und am Balkon des Hauses aufgeknüpft. Selbst damals versuchte man schon, die ganze Sache zu vertuschen. Ohne Zweifel *wussten sie genau*, dass der Mann unschuldig war.«

»Und woher wussten sie das?«

»Die Bestie besitzt Krallen«, sagte Larry, »scharfe, nagelförmige Krallen. Damit reißt sie ihre Opfer in Stücke, die Kleidung, den Körper, alles. Die Bestie hält sie damit fest, während sie sie … missbraucht.« Die Tasse in seinen Händen stieß klappernd gegen die Untertasse. Er stellte beides auf den Tisch und faltete die Hände.

»Wurden Sie …«

»Lieber Gott, Nein! Mich hat sie nie berührt. Mich nicht. Aber ich habe mit eigenen Augen gesehen, was die Bestie Tommy dort oben im Schlafzimmer angetan hat. Sie war wohl zu … beschäftigt damit, sich an Tommy zu vergehen. So konnte ich entkommen! Durch meinen Sprung aus dem Fenster zog ich mir einige hässliche

Schnittwunden zu, und beim Aufprall brach ich mir den Arm, aber ich konnte entkommen. Verdammt noch mal, ich konnte entkommen und lebe noch!«

Er schaffte es, einen weiteren Schluck Kaffee zu trinken und stellte mit zitternder Hand die Tasse auf den Tisch zurück. Offenbar half ihm der Kaffee, die Fassung wiederzugewinnen. »Natürlich glaubt mir niemand diese Geschichte«, fuhr er mit leiser Stimme fort. »Also behalte ich sie lieber für mich. Jetzt glauben Sie aber zweifellos, dass ich verrückt bin.« Er sah Jud an. Verzweiflung lag in seinen müden Augen.

Jud deutete auf den Zeitungsausschnitt.

»Da steht, dass elf Menschen im Horrorhaus gestorben sind.«

»Nun ja, wenigstens stimmen die Fakten.«

»Das sind ziemlich viele Morde.«

»In der Tat.«

»Jemand sollte diesem Treiben ein Ende setzen.«

»Ich würde die Bestie ja selbst umbringen, wenn ich den Mut dazu hätte. Doch allein der Gedanke daran, dieses Haus bei Nacht zu betreten – niemals! Das brächte ich nicht über mich.«

»Hat es denn schon jemand versucht?«

»Bei Nacht? Nur ein Narr …«

»Oder ein Mann mit einem ziemlich guten Grund.«

»Was könnte das für ein Grund sein?«

»Rache, Idealismus, Geld. Wurde eigentlich jemals eine Belohnung ausgesetzt?«

»Auf die Bestie? Sie geben ihre Existenz ja noch nicht einmal zu – bis auf die alte Kutch und ihren schwachsinnigen Sohn. Und die haben sicher kein Interesse daran, dass der Bestie etwas zustößt. Dieses verdammte Ungeheuer und sein Ruf sind ihre einzige Einnahmequelle. Und dazu vielleicht alles, was die Stadt überhaupt noch am Leben hält. Das Horrorhaus ist nicht gerade so berühmt wie das Hearst Castle oder das Winchester House, doch Sie wären überrascht, wie viele Menschen bereit sind, vier Dollar für eine Führung durch ein altes Gemäuer zu bezahlen, in dem nicht nur ein legendäres Ungeheuer sein Unwesen treiben soll, sondern das zudem auch der Schauplatz elf brutaler Morde war. Sie kommen aus ganz Kalifornien, aus Oregon, aus jedem Bundesstaat. Eine Familie, die nach Kalifornien unterwegs ist, kann sich Malcasa Point keine fünfzig Meilen nähern, ohne dass die Kinder nach einer Führung durch das Horrorhaus schreien. Die Dollars der Touristen sind der Motor dieser Stadt. Wenn jemand die Bestie zur Strecke bringen würde …«

»Denken Sie an die Touristen, die ein ausgestopftes Ungeheuer anlocken würde«, gab Jud grinsend zu bedenken.

»Aber das Geheimnis wäre gelüftet. Alles dreht sich nur um die Bestie. Ohne sie würde das Haus der Vergessenheit anheimfallen, und damit auch Malcasa Point. Und das liegt sicher nicht im Interesse der Einwohner.«

»Sie meinen, es wäre ihnen lieber, wenn das Morden weitergeht?«

»Aber sicher. Ein gelegentlicher Mord wirkt Wunder für das Geschäft.«

»Wenn diese Stadt so denkt, hat sie es verdient, unterzugehen.«

»Ihr Vater hat große Weitsicht bewiesen, als er Ihnen Ihren Namen gegeben hat.«

»Sie behaupten, Sie würden die Bestie selbst umbringen, wenn Sie könnten.«

»Sofort, wenn ich nur den Mut aufbringen würde.«

»Haben Sie jemals daran gedacht, jemanden für diesen Job anzuheuern?«

»Wen könnte ich dafür wohl anheuern?«

»Das kommt darauf an, was Sie bereit sind zu bezahlen.«

»Tja, was ist ein ruhiger Schlaf wert?« Das Grinsen in seinem eingefallenen Gesicht wirkte grotesk.

»Und dazu wäre es ein Beitrag zum Wohlergehen der Menschheit«, sagte Jud.

»Ich nehme an, Sie kennen jemand, der dazu imstande wäre, nachts das Haus zu betreten und dieses Vieh zu erledigen?«

»Könnte sein«, sagte Jud.

»Was würde das kosten?«

»Kommt auf das Risiko an. Natürlich müsste der Betreffende weitere Informationen einholen, bevor er eine verbindliche Aussage treffen könnte.«

»Nur ungefähr?«

»Mindestens fünftausend.«

»Und das Maximum?«

»Es gibt kein Maximum.«

»Meine Mittel sind nicht unbegrenzt, aber ich bin entschlossen, einen nicht unbeträchtlichen Teil davon in ein derartiges Projekt zu investieren, wenn sich die Gelegenheit ergeben sollte.«

»Haben Sie morgen schon etwas vor?«

»Weshalb fragen Sie?«

»Warum fahren wir nicht in aller Frühe auf eine Spritztour die Küste entlang und besuchen dieses Horrorhaus?«

5

Jetzt konnten auch die beiden Tassen Kaffee Jud nicht mehr wach halten. Sobald er in seiner Wohnung war, fiel er in tiefen Schlaf, und als am Montagmorgen um sechs Uhr sein Wecker klingelte, konnte er sich an seine Träume nicht erinnern.

Kapitel vier

Roy wachte in einem großen Bett auf. Neben ihm lag das kleine Mädchen – Joni – auf dem Bauch. Ihre Hände waren hinter dem Rücken zusammengebunden. Sie war nackt, und ein Stück Wäscheleine führte von ihren Handgelenken zu Roys rechter Hand. Diese befreite er zuerst, dann löste er ihre Fesseln.

Er rollte Joni auf den Rücken. Ihre Augen standen offen. Sie sah ihn an, sah durch ihn hindurch, an ihm vorbei. Als ob sie blind wäre.

»Gut geschlafen?«, fragte er.

Sie schien ihn nicht zu hören.

Er legte eine Hand auf ihre Brust, spürte das stetige Pochen ihres Herzens und das Heben und Senken des Brustkorbs bei jedem Atemzug.

»Was ist los, wo ist dein Unternehmungsgeist geblieben?«, fragte er und lachte.

Sie rührte sich nicht, blinzelte nicht einmal. Nicht, als er sie kniff, ihren Körper streichelte, daran saugte oder hineinbiss. Nicht, als er in sie eindrang. Nicht, als er in ihr kam. Nicht, als er sich von ihr löste und das Bett verließ.

Er fesselte sie trotzdem wieder.

Dann zog er die Kleidung ihres Vaters an und kochte Kaffee. Während der Kaffee durchlief, bereitete er sechs Speckstreifen, drei Spiegeleier und zwei Scheiben Toast zu. Er trug alles ins Wohnzimmer und schaltete den Fernseher ein.

Das Telefon klingelte. Er hob ab.

»Hallo?«

»Hallo?« Die Stimme der Frau klang verwirrt. »Kann ich bitte Marv sprechen?«

»Er ist gerade nicht da. Kann ich ihm was ausrichten?«

»Hier ist Esther, seine Sekretärin.«

»Ach so. Sie fragen sich sicher, warum er nicht zur Arbeit gekommen ist.«

»Er hat nicht einmal angerufen.«

»Ach so, nein. Er hatte letzte Nacht einen Herzanfall. Am frühen Morgen, um genau zu sein.«

»Nein!«

»Es tut mir leid. Sie haben ihn mit dem Krankenwagen abgeholt.«

»Ist er … lebt er noch?«

»Ich denke schon. Ich bin bei Joni, babysitten sozusagen. Seit sie ihn weggebracht haben, habe ich nichts mehr von ihm gehört.«

»In welches Krankenhaus haben sie ihn gebracht, wissen Sie das?«

»Lassen Sie mich überlegen. Himmel, ich weiß nicht so genau. Es ging alles so schnell …«

»Könnten Sie mich anrufen, sobald Sie von ihm hören?«

»Natürlich.«

Sie gab ihm die Telefonnummer des Büros, die er sich natürlich nicht notierte. »Ich werde mich sofort melden, wenn ich etwas Neues erfahre.«

»Haben Sie vielen Dank.«

»Kein Problem.«

Er legte auf, ging zur Couch zurück und begann zu essen. Das Frühstück war noch einigermaßen warm.

Als er fertig war, suchte er nach dem Telefonbuch. Er fand es in einer Küchenschublade, schenkte sich Kaffee nach und ging ins Wohnzimmer zurück.

Erst suchte er nach Hayes, Donna. Kein Eintrag außer der Hayes, D., die er letzte Nacht besucht hatte. Er war in der richtigen Wohnung gewesen, das stand fest. Er hatte einige der Möbelstücke wiedererkannt.

Ob sie immer noch in diesem Reisebüro arbeitete? Wie hieß es noch? Es hatte einen eingängigen Werbespruch, irgendetwas mit Gold – *Mit Gould reisen Sie goldrichtig*. Gould Reisen. Das war es. Er blätterte das Telefonbuch durch, bis er den Eintrag gefunden hatte, und wählte.

»Gould Reisen, hier Minnow.«

»Ich würde gerne mit Mrs Hayes sprechen.«

»Hayes?«

»Donna Hayes.«

»Hier gibt es keine Donna Hayes. Hier ist Gould Reisen.«

»Sie arbeitet aber bei Ihnen. Oder hat es zumindest mal getan.«

»Einen Moment bitte.« Er wartete fast eine geschlagene Minute. »Sir, Donna Hayes hat schon vor mehreren Jahren gekündigt.«

»Wissen Sie, wo sie jetzt zu finden ist?«

»Leider nicht. Kann ich sonst etwas für Sie tun? Vielleicht kann ich Sie für eine Kreuzfahrt interessieren? Wir hätten da einige unglaubliche Angebote …«

»Nein, vielen Dank.« Er legte auf.

Dann suchte er nach Blix, John – Donnas Vater. Ihre Eltern wussten sicher, wo sie war. Er schrieb sich Adresse und Telefonnummer auf.

Scheiße, er hatte nicht die geringste Lust, ihre Eltern zu treffen. Sie waren die letzten Menschen auf der Welt, die er sehen wollte.

Doch was war mit Karen? Er grinste. Karen hätte er sehr gerne wieder mal gesehen. Und zwar von oben bis unten. Vielleicht hatte sie eine Ahnung, wo die beiden Schlampen abgeblieben waren.

Einen Versuch war es wert.

Und selbst wenn sie es nicht wusste, könnte es doch ein interessanter Besuch werden. Sie hatte ihm schon immer gefallen.

Wie hieß noch mal der Kerl, mit dem sie verheiratet war?

Bob soundso. Irgendetwas wie ein Schokoriegel. Milky Way? Nein. Mars? Ja, Mars. Bob Marston.

Er suchte nach Marston im Telefonbuch, fand einen Robert und notierte sich auch diese Adresse und Nummer.

Er würde ihnen einen netten Besuch abstatten. Später. Er wollte noch etwas bleiben, seinen Spaß haben.

Er ging ins Schlafzimmer zurück. »Hallo, Joni. Was machst du gerade so?«

Sie starrte an die Decke.

Kapitel fünf

1

Donna wurde vom hellen Sonnenlicht und den kreischenden Möwen geweckt. Sie wollte wieder einschlafen, doch auf diesem engen, vom Alter schiefen Bett war das ein Ding der Unmöglichkeit. Sie stand auf und streckte ihre steifen Glieder.

Sandy, die im anderen Bett lag, schlief noch.

Leise ging Donna über den kalten Holzboden zum Fenster. Sie zog die Jalousien hoch und spähte hinaus. Auf der anderen Seite des Innenhofes verließ ein schwer mit Koffern bepackter Mann einen der kleinen, grüngestrichenen Bungalows. Eine Frau und zwei Kinder warteten bereits in einem Kombi auf ihn. Vor mehr als der Hälfte der Bungalows des Welcome Inn parkte entweder ein Auto oder ein Wohnmobil. Irgendwo in der Nähe bellte ein Hund. Sie schloss die Jalousie wieder.

Dann suchte sie nach dem Telefon, fand aber keines.

Sandy wachte auf, als sie sich anzog.

»Morgen, Goldstück. Gut geschlafen?«

»Ja. Wo willst du hin?«

»Ich muss ein Telefon suchen und Tante Karen anrufen.« Sie band sich die Turnschuhe zu. »Nicht dass sie sich noch Sorgen um uns macht.«

»Okay.«

Sie knöpfte die karierte Baumwollbluse zu und schnappte sich ihre Handtasche. »Du darfst niemandem aufmachen, verstanden?«

»Verstanden.«

Die frische Morgenluft duftete nach Pinien, was sie an die schattigen Wanderpfade in der Sierra erinnerte, auf denen sie mit ihrer Schwester gewandert war, bevor Roy in ihr Leben getreten war. Roy hatte sich in der Wildnis wie die sprichwörtliche Axt im Walde verhalten und ihr jeglichen Wanderausflug gründlich verleidet. Jetzt, wo sie ihn los war, könnte sie eigentlich mal wieder wandern gehen. Bald …

Sie betrat die Veranda vor der Rezeption und entdeckte eine Telefonzelle am anderen Ende. Das Holz knarrte unter ihren Füßen, als ob sie über die verwitterten Planken eines alten Piers gehen würde.

In der Zelle warf sie Münzen in den Apparat und wählte.

»Hallo?«

»Morgen, Karen.«

»Oh-oh.«

»Was ist denn das für eine Begrüßung?«

»Sag mir nicht, dass dein Auto schon wieder kaputt ist.«

»Du bist eine Hellseherin.«

»Soll ich dich zur Arbeit fahren?«

»Nein. Ich musste heute leider frei nehmen.«

»Du Arme.«

»Unfreiwillig.«

»Haben sie deine freien Tage verschoben? Dabei hatten wir montags doch immer so viel Spaß zusammen. Wann hast du jetzt Schicht? Freitag und Samstag oder Dienstag und Mittwoch?«

»Jetzt haben dich deine hellseherischen Fähigkeiten aber verlassen.«

»Ach?«

»Ich rufe aus dem bezaubernden Küstenstädtchen Malcasa Point an. Heimat des berühmten Horrorhauses.«

»Bist du betrunken?«

»Leider stocknüchtern. Wir sind ungefähr hundert Meilen nördlich von San Francisco, fünfzig Meilen mehr oder weniger.«

»Himmel, das weißt du nicht?«

»Nicht genau. Klar, auf der Karte könnte ich's dir zeigen …«

»Was machst du überhaupt an diesem gottverlassenen Ort?« Noch bevor Donna antworten konnte, platzte sie heraus: »Oh Gott, sie haben ihn rausgelassen.«

»Ja.«

»Um Himmels willen.«

»Ich dachte, es wäre besser, wenn wir uns aus dem Staub machen.«

»Gut. Was soll ich tun?«

»Sag Mom und Dad, dass es uns gut geht.«

»Was ist mit deiner Wohnung?«

»Kannst du unsere Sachen irgendwo einlagern?«

»Klar. Denke schon.«

»Gut. Sag mir, was es gekostet hat, dann schicke ich dir einen Scheck.«

»Wie soll ich dich überhaupt erreichen?«

»Ich melde mich.«

»Kommst du wieder zurück?«

»Keine Ahnung.«

»*Weshalb* haben sie ihn freigelassen? Wie konnten sie das nur *tun*?«

»Wahrscheinlich wegen guter Führung.«

»Himmel!«

»Es wird schon alles gut gehen, Karen.«

»Und wann sehe ich euch wieder?« Sie war den Tränen nahe.

»Wir müssen warten, bis Gras über die Sache gewachsen ist.«

»Klar. Bis Roy an einem Herzinfarkt stirbt oder gegen einen Brückenpfeiler fährt oder …« Ein Schluchzen erstickte ihre Stimme. »Himmel, so etwas … wie kann so etwas nur passieren?«

»Hey, jetzt wein doch nicht. Es wird schon alles gut gehen. Sag Mom und Dad einfach nur, dass bei uns alles in Ordnung ist. Wir bleiben in Verbindung.«

»Okay. Ich werde mich … um deine Wohnung kümmern.«

»Und pass auf dich auf.«

»Klar. Du auch. Richte Sandy einen schönen Gruß von mir aus.«

»Werd ich machen. Bis dann, Karen.«

»Bis dann.«

Donna legte auf, atmete tief durch und versuchte, ihre aufgewühlten Emotionen unter Kontrolle zu bekommen. Dann überquerte sie die Veranda. Als sie die Stufen hinunterging, hörte sie das Quietschen einer Tür.

»Hallo?«

Donna drehte sich um und bemerkte ein Mädchen im Teenageralter, das in der Rezeptionstür stand. Offensichtlich die Tochter der Besitzerin.

»Ja?«

»Sind Sie die Lady mit dem kaputten Auto?«

Donna nickte.

»Bix von der Werkstatt hat angerufen. Er ist mit Kutch auf dem Weg, um es zu holen. Er hat gesagt, Sie sollen zu ihm kommen, sobald er wieder da ist.«

»Aber er hat die Autoschlüssel doch gar nicht.«

»Die braucht Bix auch nicht.«

»Hat er sonst noch was gesagt?«

Das Mädchen hob eine bis auf den Träger ihres Tanktops nackte Schulter. Offensichtlich trug sie keinen BH. Ihre dunklen, vollen Brustwarzen schmiegten sich gegen den dünnen Stoff. Donna fragte sich, wie sie ihre Eltern nur so herumlaufen lassen konnten.

»Okay. Danke für die Nachricht.«

»Kein Ding.«

Das Mädchen wirbelte herum. Ihre abgeschnittene Jeans war an den Seiten aufgeschlitzt, so dass man die gebräunten Beine fast bis zur Hüfte hinauf sehen konnte.

Dieses Mädchen ist drauf und dran, vergewaltigt zu werden, dachte Donna. Wenn sich Sandy eines Tages so anziehen sollte …

Donna ging zu ihrem Bungalow zurück und wartete auf Sandy, die im Badezimmer war.

»Willst du hier oder im Restaurant frühstücken?«, fragte Donna. »Wir können unser Glück auch in der Stadt versuchen.«

»Fahren wir in die Stadt«, sagte Sandy erwartungsvoll. »Ich hoffe, die haben einen Dunkin' Donuts. Ich könnte sterben für einen Donut.«

»Und ich für eine Tasse Kaffee.«

»Java Mama.«

Als sie den Bungalow verließen, kniff Sandy die Augen zusammen und suchte in ihrer Jeanshandtasche nach der Sonnenbrille. Die runden Gläser verdeckten fast ihr ganzes Gesicht. Donna, die nur selten eine Sonnenbrille trug, fand, dass ihre Tochter damit wie ein Käfer aussah – ein *süßer* Käfer, zugegeben –, aber trotzdem ein Käfer.

Sie passte höllisch auf, diese Ähnlichkeit Sandy gegenüber nicht zu erwähnen.

»Was hat Tante Karen gesagt?«, fragte Sandy.

»Ich soll dir einen schönen Gruß ausrichten.«

»Wolltet ihr heute nicht Tennis spielen?«

»Ja.«

»Ich wette, sie war überrascht.«

»Sie hat es schon verstanden.«

Als sie die Straße erreicht hatten, deutete Donna nach links. »Da geht's in die Stadt«, sagte sie. Sie machten sich auf den Weg. »Ich glaube, Tante Karen hat noch nie von Malcasa Point gehört. Dabei ist es doch eigentlich ganz nett hier, findest du nicht?«

Sandy nickte. Die Sonnenbrille rutschte ihre Nase hinunter, und sie rückte sie mit dem Zeigefinger wieder zurecht. »Nett ja, aber …«

»Was?«

»Ach, nichts.«

»Nein, sag's mir. Was ist los?«

»Wieso hast du es Tante Karen erzählt?«

»Was erzählt?«

»Wo wir sind.«

»Ich dachte, sie sollte es wissen.«

»Ach so.« Sandy nickte und rückte die Brille erneut zurecht.

»Wieso fragst du?«

»Glaubst du, dass das eine gute Idee war? Ihr es zu erzählen? Jetzt weiß sie, wo wir sind.«

»Sie wird es niemandem verraten.«

»Außer er *zwingt* sie dazu.«

Sie traten an den Straßenrand, um ein Auto vorbeifahren zu lassen.

»Was meinst du damit, ›er *zwingt* sie dazu‹?«

»Na ja, macht, dass sie es ihm erzählt. Genau wie er es mit dir gemacht hat.«

Donna ging schweigend weiter und hatte jede Freude an der kühlen, nach Pinien duftenden Morgenluft verloren. Sie stellte sich vor, wie ihre Schwester nackt ans Bett gefesselt war. Roy saß daneben und erhitzte mit einem Feuerzeug die Spitze eines Schraubenziehers.

»Aber du hast doch gar nicht mitbekommen, was er mit mir gemacht hat, oder? Er hat immer die Tür abgesperrt.«

»Oh, *das* hab ich nicht gesehen. Nicht, was er im Schlafzimmer gemacht hat. Nur, wenn er dich geschlagen hat. Was hat er denn im Schlafzimmer mit dir gemacht?«

»Er hat mir weh getan.«

»Das muss ja schrecklich gewesen sein.«

»Ja.«

»Wie hat er dir weh getan?«

»Auf alle möglichen Arten.«

»Und das macht er jetzt auch mit Tante Karen.«

»Das wagt er nicht«, sagte Donna. »Das wagt er nicht.«

»Wann fahren wir weiter?«, fragte das Mädchen ängstlich.

»Sobald das Auto repariert ist.«

»Und wann ist das?«

»Weiß ich nicht. Axel ist heute Morgen mit einem Mann von der Werkstatt rausgefahren. Wenn es keine größere Sache ist, können wir sofort weiterfahren.«

»Das wäre gut«, sagte Sandy. »Wir sollten besser ganz schnell von hier verschwinden.«

2

Sie beschlossen, gegenüber der Werkstatt in Sarah's Diner zu frühstücken. Sandy beäugte die Auswahl an Donuts in der Kuchentheke und entschied sich dagegen. Stattdessen bestellte sie Eier mit Speck.

»Hier ist es eklig«, sagte sie.

»Dann essen wir in Zukunft nicht mehr hier.«

»Ha, ha.«

Sandy steckte eine Hand unter den Tisch und verzog angewidert die Nase. »Da klebt ja Kaugummi unter dem Tisch.«

»Unter jedem Tisch ist Kaugummi. Nur sind manche Menschen so schlau, ihn nicht anzufassen.«

Sandy schnupperte an ihren Fingern. »Eklig.«

»Dann geh und wasch dir die Hände.«

»Das Klo ist bestimmt die *Hölle*«, sagte sie und stand auf, um diese Theorie schnell zu überprüfen.

Lächelnd beobachtete Donna, wie ihre Tochter selbstbewusst durch das Restaurant marschierte. Die Kellnerin schenkte Donna Kaffee in die große, angeschlagene Tasse nach.

»Vielen Dank.«

»Jederzeit, Schätzchen.«

Ihr Blick folgte der Kellnerin bis zur Tür, die sich in diesem Augenblick öffnete.

Zwei Männer betraten das Lokal. Einer war ziemlich ausgemergelt und wirkte viel zu jung für sein schlohweißes Haar. Obwohl er einen ordentlichen blauen Anzug trug, machte er einen gehetzten Eindruck, wie ein Sträfling auf der Flucht. Der Mann in seiner Begleitung hätte als sein Aufseher durchgehen können. Tiefblaue Augen lagen in einem Gesicht, das an geschnitztes, blankpoliertes Holz erinnerte. Er strahlte das Selbstbewusstsein eines Cops oder Soldaten aus. Genau wie der Führer, der vor vielen Jahren ihren Vater, Karen und sie selbst bei einem Jagdausflug begleitet hatte.

Die beiden Männer setzten sich an die Theke. Der Stämmigere hatte braunes, sauber geschnittenes Haar, das bis zum Kragen reichte. Sein breiter Rücken füllte das beige Hemd völlig aus, und ein nagelneu wirkender schwarzer Gürtel steckte in einer Jeans, die bereits so abgetragen war, dass eine Gürtelschlaufe abgerissen war und über der rechten Gesäßtasche baumelte. Seine Wanderstiefel schienen noch älter zu sein.

Als hätte er ihren Blick gespürt, schaute der Mann über die Schulter. Donna musste sich anstrengen, um nicht wegzusehen. Für einen Augenblick trafen sich ihre Blicke, dann sah sie seinen Begleiter und schließlich unbeteiligt die Theke an. Sie hob die Kaffeetasse, aus der kein Dampf mehr stieg. Stattdessen befand sich auf der dunklen Oberfläche ein öliger Film, der in allen Regenbogenfarben schimmerte und sie irgendwie an gammeliges Roastbeef erinnerte. Sie trank den Kaffee trotzdem. Als sie die Tasse wieder abstellte, riskierte sie einen weiteren Blick auf den Mann.

Er beobachtete sie nicht mehr.

Donna war erleichtert und gleichzeitig enttäuscht und behielt ihn weiter im Auge. Er hatte sich dem nervösen, weißhaarigen Mann zugewandt. Die Schulter eines anderen Gastes versperrte die Sicht auf seinen Mund. Auf seiner Nase befand sich ein kleiner Höcker. Offensichtlich hatte er sie sich mindestens einmal gebrochen. Eine Narbe führte vom Ende einer Augenbraue bis zum Wangenknochen. Um keine Aufmerksamkeit zu erregen, starrte Donna wieder in ihren Kaffee.

Dann hörte sie schnelle, vertraute Schritte. Der Mann wandte sich um und warf Sandy und Donna einen Blick zu, bevor er sich wieder seinem Freund widmete.

»Alles klar?«, fragte Donna – vielleicht eine Spur zu laut.

»Da gab's nichts, woran ich mir die Hände abtrocknen konnte«, sagte Sandy und setzte sich.

»Und woran hast du sie abgetrocknet?«

»An meiner Hose. Wo bleibt das Essen?«

»Wenn wir Glück haben, kommt es vielleicht gar nicht mehr.«

»Aber ich verhungere.«

»Dann müssen wir es wohl doch probieren.«

Bald darauf erschien die Kellnerin und brachte Eier mit Speck, Würstchen und Kartoffelpuffer. Überraschenderweise sah alles ziemlich gut aus. Als Donna in ein Würstchen stach, knurrte ihr Magen laut und deutlich.

»Mama!«, kicherte Sandy.

»Da zieht wohl ein Gewitter auf«, sagte Donna.

»Mich kannst du nicht veräppeln. Das waren deine Gedärme.«

»Gedärme ist kein besonders schöner Ausdruck, Schatz.«

Das Mädchen grinste. Mit leicht gerümpfter Nase nahm sie einen Strunk Petersilie von den Kartoffelpuffern und schnippte ihn vom Tisch.

Donna warf erneut einen Blick auf den Mann, der gerade seinen Kaffee trank. Während sie frühstückte und mit Sandy redete, ließ sie ihn nicht aus den Augen. Er hatte nichts zu essen bestellt. Offensichtlich waren er und sein Kumpel nur auf eine Tasse Kaffee gekommen. Bald darauf erhoben sie sich.

Der Mann griff in seine Gesäßtasche und ging zur Kasse. Trotz der Proteste seines nervösen Freundes bezahlte er die Rechnung, dann zog er eine dünne Zigarre aus der Brusttasche und wickelte sie aus. Während er das Zellophan zu einer kleinen Kugel zusammenknüllte, ließ er seinen Blick auf der Suche nach einem Mülleimer durch den Raum schweifen. Als er keinen fand, steckte er die Plastikkugel in die Brusttasche und klemmte sich die Zigarre zwischen die Zähne. Dann sah er plötzlich Donna direkt ins Gesicht. Er fixierte sie, so dass sie sich fühlte wie ein Reh, das hilflos in die näher kommenden Scheinwerfer eines Autos starrt. Der Mann riss ein Streichholz an, führte die Flamme zur Zigarrenspitze, schüttelte das Streichholz wieder aus, drehte sich um und ging durch die Tür.

Donna atmete tief aus.

»Alles klar?«, fragte Sandy.

»Ja.«

»Was ist los?«

»Nichts. Alles in Ordnung.«

»So siehst du aber nicht gerade aus.«

»Bist du fertig?«

»Fertig«, sagte Sandy.

»Können wir aufbrechen?«

»*Ich* schon. Willst du nicht aufessen?«

»Nein, ich glaube nicht. Machen wir uns lieber auf die Socken.« Sie nahm die Rechnung und griff mit zitternden Händen nach ihrem Geldbeutel. Dann legte sie drei Vierteldollarstücke unter ihren Tellerrand und stand schnell auf.

»Was ist denn los?«

»Ich will nur raus hier.«

»Okay«, sagte ihre Tochter mit zweifelnder Miene und folgte Donna zur Kasse.

Vor dem Restaurant sah sich Donna um. Eine Straße weiter stieg eine alte Dame mit Pudel unbeholfen von einem Randstein. Die beiden Männer waren nirgends zu sehen. Sie sah in die andere Richtung.

»Was suchst du denn?«, fragte Sandy.

»Ich weiß nicht, in welche Richtung wir gehen sollen.«

»Da waren wir schon«, sagte Sandy und deutete mit ihrem Kinn nach links.

»Okay.« Sie gingen nach rechts.

»Glaubst du, dass wir heute Morgen noch von hier abhauen können?«, fragte Sandy.

»Ich weiß nicht, wie lange es noch dauert. Ich glaube, das Auto ist ungefähr eine Stunde von hier entfernt liegen geblieben. Aber das Mädchen im Hotel hat mir nicht gesagt, wann Axel losgefahren ist.«

»Wenn wir noch bleiben müssen, können wir uns dann das Horrorhaus ansehen?«

»Ich weiß nicht so recht, Schätzchen. Bist du sicher, dass du dir so etwas Grässliches angucken willst?«

»Was ist eigentlich in dem Horrorhaus?«

»Dort soll ein schreckliches Ungeheuer hausen, das Menschen umbringt und sie in Stücke reißt. Erst vor ein paar Wochen wurden dort drei Menschen getötet.«

»OOOOOh, *das* ist das Horrorhaus?«

»Genau das.«

»Wow! Können wir's uns ansehen?«

»Ich weiß nicht so recht, ob ich Lust dazu habe.«

»Och, bitte. Wir sind doch gleich da. Bittebitte.«

»Na ja, wir können ja mal gucken, wann die Führungen losgehen.«

3

Sie standen an der nordöstlichen Ecke des schmiedeeisernen Zauns. Donna starrte auf das düstere, verwitterte Haus und hatte nicht die geringste Lust, sich noch näher heranzuwagen.

»Schatz, ich glaube, ich will da lieber nicht rein.«

»Aber du hast *versprochen*, dass wir uns nach den Führungen erkundigen.«

»Ich will da aber überhaupt nicht reingehen.«

»Wieso denn nicht?«

Donna zuckte mit den Schultern. Sie konnte ihre düstere Vorahnung nicht in Worte fassen. »Weiß nicht«, sagte sie.

Sie blickte von einem schrägen Erkerfenster über einen Giebel und einen mit einem Geländer versehenen Balkon zu dem Turm am südlichen Ende des Gebäudes. Die Fenster des Turms wirkten wie blinde Augen. Das Dach ähnelte einem spitzen Kegel – einem Hexenhut.

»Hast du Angst, dass du dir in die Hose machst?«

»Deine Ausdrucksweise macht mir Angst.«

Sandy lachte und rückte die Sonnenbrille zurecht.

»Also gut, wir sehen mal, wann die Führungen anfangen. Aber sonst mache ich keine Versprechungen.« Sie gingen auf die Bude zu, in der die Eintrittskarten verkauft wurden.

»Ich kann auch alleine gehen, wenn du Angst hast.«

»Sie werden da bestimmt nicht alleine reingehen, junge Frau.«

»Warum nicht?«

Weil du vielleicht nie wieder rauskommst, dachte Donna plötzlich. Sie holte tief Luft. Der Pinienduft beruhigte sie etwas.

»Warum denn nicht?«

Donna grinste so böse, wie sie konnte. »Ich will nicht, dass die Bestie dich frisst«, murmelte sie.

»Du bist schrecklich!«

»Nicht so schrecklich wie das Monster.«

»Mama!« Lachend schwang Sandy ihre Jeanshandtasche nach ihr.

Donna wehrte die Tasche mit dem Arm ab, sah auf und bemerkte den Mann aus dem Café. Lächelnd wich sie einem weiteren Angriff ihrer Tochter aus.

Der Mann hielt eine blaue Eintrittskarte in der Hand.

»Okay, Schatz, das reicht. Wir machen die Tour.«

»Wirklich?«, fragte sie freudig.

»Seite an Seite werden wir uns diesem grässlichen Biest stellen.«

»Ich werde es mit meiner Handtasche zu Brei schlagen«, sagte Sandy.

Als sie sich dem Tor näherten, sah Donna, wie der Mann sich beiläufig seinem Freund zuwandte und etwas sagte.

»Guck mal.« Sandy deutete auf ein hölzernes Zifferblatt über der Ticketbude, dessen Zeiger auf zehn Uhr standen. Auf einem Schild darüber stand »Nächste Führung:«.

»Wie spät ist es?«

»Gleich zehn«, sagte Donna.

»Können wir mit?«

»Na gut. Stellen wir uns an.«

Am Ende der Schlange stand ein dicklicher Junge, der erwartungsvoll die Hände über dem Bauch verschränkt hatte. Er warf Donna und Sandy einen kritischen Blick zu und grunzte leise, als würde ihn ihre bloße Anwesenheit beleidigen.

»Was hat *der* denn für ein Problem?«, flüsterte Sandy.

»Pssst.«

Donna zählte vierzehn Menschen in der Schlange. Obwohl darunter acht Kinder waren, schienen nur zwei vom »Kinder unter zwölf zahlen die Hälfte«-Angebot profitieren zu können. Sofern nicht alle anderen auch Freikarten hatten, schätzte sie, dass diese Führung 52 Dollar einbringen würde.

Gar nicht schlecht, dachte sie.

Der Mann aus dem Café stand drei Reihen vor ihnen.

Ein junges Pärchen mit zwei blonden Kindern näherte sich der Schlange.

»Vierundsechzig«, sagte Donna.

»Was?«

»Dollar.«

»Wie spät ist es?«

»Noch zwei Minuten.«

»Ich hasse warten!«

»Schau dir die Leute an.«

»Wieso?«

»Sie sind interessant.«

Sandy sah zu ihrer Mutter auf. Auch mit Sonnenbrille war die Skepsis in ihrer Miene nicht zu übersehen. Trotzdem trat sie aus der Schlange, um die Leute genauer betrachten zu können.

»Teufel!«, kreischte jemand hinter ihrem Rücken. »Leichenfledderer!«

Donna drehte sich um.

Eine dünne, blasse Frau kauerte mitten auf der Straße und deutete auf sie, auf Sandy – auf alle. Sie konnte nicht älter als dreißig sein und trug einen kurzen Männerhaarschnitt. Ihr ärmelloses gelbes Kleid war zerknittert und dreckig, die blassen Beine voller Schmutz. Sie war barfuss.

»Du, du und du auch!«, kreischte sie. »Leichenfledderer! Grabräuber! Ihr seid Vampire! Ihr sauft das Blut der Toten!«

Die Tür der Ticketbude öffnete sich, und ein Mann rannte heraus. Sein hageres Gesicht leuchtete rot. »Hau ab, verdammt noch mal!«

»Ihr Maden!«, rief sie. »Maden, ihr alle! Ihr bezahlt auch noch, um euch diesen Dreck anzusehen. Aasgeier! Feiglinge!«

Der Mann zog seinen breiten Ledergürtel aus den Laschen und faltete ihn in der Mitte. »Das ist meine letzte Warnung!«

»Leichenficker!«

»Das reicht«, murmelte er.

Die Frau taumelte zurück, als der Mann mit erhobenem Gürtel auf sie zurannte, bereit, auf sie einzuschlagen. Sie stolperte und landete hart auf dem Asphalt. »Los doch, du Made! Das gefällt den Leichenfledderern! Sieh nur, wie sie gaffen! Die wollen Blut sehen! Deshalb sind sie gekommen!« Sie kniete sich hin und riss ihr Kleid auf. Für eine so kleine Frau waren ihre Brüste ziemlich groß. Wie reife Früchte baumelten sie über ihrem Bauch. »Sie wollen eine Show! Sie wollen Blut sehen! Prügle mich blutig! Sie lieben das!«

Er hob den Gürtel über den Kopf.

»Halt.« Es war nur ein Wort, schnell und scharf ausgesprochen.

Der Ticketverkäufer drehte sich um.

Donna sah, wie der Mann aus dem Café aus der Schlange trat.

»Halt dich da raus, Kumpel.«

Unbeirrt ging er weiter.

»Das können wir schon alleine regeln.«

Ohne den Mann mit dem Gürtel weiter zu beachten ging er zu der Frau. Er half ihr auf die Beine, zog das Kleid hoch, legte es über ihre Schultern und schloss es vorsichtig. Mit zitternden Händen hielt die Frau das zerrissene Kleid vor der Brust zusammen.

Dann sprach er leise mit ihr, woraufhin sie sich gegen ihn warf, ihn ungestüm auf den Mund küsste und davonhüpfte. »Rennt! Rennt um euer Leben!«, rief sie. »Rennt um eurer Seelen willen!« Und damit verschwand sie die Straße hinunter.

Ein paar Leute in der Schlange lachten. Irgendjemand verbreitete flüsternd, dass die Frau wohl Teil der Show wäre und erntete sofort heftigen Widerspruch. Der Mann aus dem Café reihte sich wieder schweigend neben seinem Freund in die Schlange ein.

»Okay, Leute!«, rief der Ticketverkäufer, während er sich wieder den Gürtel anlegte. »'tschuldigung für die Verzögerung. Wir alle fühlen mit dieser armen Frau. Vor drei Wochen hat die Bestie ihren Mann und ihr einziges Kind geholt. Hat sie in Stücke gerissen. Das alles war anscheinend zu viel für die Gute. Seit ein paar Tagen hängt sie hier herum – seit wir die Führungen wieder aufgenommen haben. Doch hier ist eine andere Frau, eine Frau, die durch das läuternde Feuer des Schmerzes gehen musste, um ein besserer Mensch zu werden. Ich rede von der Besitzerin dieses Anwesens und ihrer Gastgeberin auf dieser Tour.« Mit einer weit ausladenden Geste lenkte er aller Augen auf den Rasen vor dem Horrorhaus, über den eine dicke, gebückte Frau gehumpelt kam.

»Willst du immer noch da rein?«, fragte Donna.

Sandy zuckte mit den Schultern. Sie war kreidebleich. Die hysterische Frau hatte ihr offensichtlich einen Schrecken eingejagt.

»Ja«, sagte sie. »Denke schon.«

Kapitel sechs

1

Sie gingen durch das Drehkreuz und versammelten sich auf dem Rasen vor der alten Frau, die sich auf einen Gehstock aus Ebenholz stützte. Ein Kleid mit Blumenmuster flatterte um ihre Beine. Obwohl es ein heißer Tag war, trug sie einen grünen Seidenschal um den Hals, an dem sie herumspielte, bevor sie anfing zu sprechen.

»Willkommen im Horrorhaus.« Ihre heisere, tiefe Stimme klang fast ehrfurchtsvoll. »Ich bin Maggie Kutch, die Besitzerin dieses Hauses. Es ist seit 1931 für Besucher zugänglich, kurz nachdem mein Mann und meine drei Kinder einer fürchterlichen Schandtat zum Opfer fielen. Jetzt fragen Sie sich sicher, weshalb ich Menschen durch ein Haus führe, das der Schauplatz einer solch schrecklichen, persönlichen Tragödie war. Die Antwort ist einfach: G-E-L-D.«

Die Gruppe brach in verhaltenes Gelächter aus. Die Frau lächelte höflich, wandte sich um und humpelte die Treppe zur Veranda hinauf. Sie legte eine mit Altersflecken bedeckte Hand auf den spindelförmigen Pfosten des Geländers und deutete mit dem Gehstock über ihren Kopf.

»Dort oben haben sie den armen Gus Goucher aufgeknüpft. Er war erst achtzehn Jahre alt und auf dem Weg nach San Francisco, um mit seinem Bruder in den Sutro Baths zu arbeiten, einer Badeanstalt, die inzwischen nur mehr eine Ruine ist. Am zweiten August des Jahres 1903 machte er hier Halt, um Feuerholz für Lilly Thorn zu schlagen, der damaligen Besitzerin des Hauses. Im Gegenzug bekam er eine warme Mahlzeit, bevor er sich wieder auf den Weg machte. Und genau in dieser Nacht schlug die Bestie zum ersten Mal zu. Nur Lilly überlebte den Angriff. Sie rannte auf die Straße und schrie, als wäre sie dem Leibhaftigen begegnet.

Sofort fanden sich einige beherzte Männer, die das Anwesen

vom Keller bis zum Dach durchsuchten, ohne eine lebende Seele zu finden. Alles, worauf sie stießen, waren die zerrissenen, halb gefressenen Leichen von Lillys Schwester und ihrer zwei kleinen Jungen. Die Männer durchstreiften die Wälder und Hügel hinter dem Anwesen und entdeckten dort den selig schlafenden Gus Goucher.

Ein paar Leute erinnerten sich, dass sie ihn an diesem Tag auf dem Gelände der Thorns gesehen hatten – offensichtlich konnte nur er diese Tat begangen haben. Es gab eine Gerichtsverhandlung. Leider ohne Zeugen, da außer Lilly alle tot und sie selbst vor Kummer nicht bei Sinnen war. Obwohl das Urteil schnell gefällt wurde, bildete sich noch in derselben Nacht ein Mob, der Goucher aus dem Gefängnis zerrte, ihn an genau diesen Ort brachte und am Balkonpfosten dort oben aufknüpfte.

Natürlich war Gus Goucher völlig unschuldig. Die Bestie hat es getan. Folgen Sie mir nun bitte ins Haus.«

Die Gruppe betrat die überdachte Veranda.

»Wie Sie sehen, haben wir eine neue Tür anbringen lassen. Auf die Originaltür wurde vor drei Wochen mit einer Schrotflinte geschossen, als einer unserer örtlichen Polizeibeamten versuchte, sich Zugang zum Haus zu verschaffen, obwohl es besser für ihn gewesen wäre, wenn er sich von hier ferngehalten hätte.«

»Eine Frage«, warf der dickliche Teenager ein. »Wie sind die Zieglers eingedrungen?«

»Wie die Diebe in der Nacht. Sie haben ein Fenster auf der Rückseite eingeschlagen.«

»Vielen Dank.« Er warf einen Blick auf die anderen Gäste. Offenbar war er mit seinem wertvollen Wortbeitrag höchst zufrieden.

»Die Behörden«, fuhr Maggie Kutch fort, »haben ein wertvolles, antikes Schloss zerstört. Zum Glück gelang es uns, die ursprünglichen Türangeln und dies hier zu retten.« Sie zeigte mit dem Krückstock auf einen Türklopfer aus Messing. »Er soll an eine Affenpfote erinnern. Lilly Thorn persönlich ließ ihn hier anbringen. Sie hatte ein Faible für Affen.«

Maggie öffnete die Tür, und die Gruppe folgte ihr ins Innere des Hauses. »Würde bitte jemand von Ihnen die Tür schließen? Die Fliegen sind um diese Jahreszeit eine echte Plage.«

Sie hob ihren Krückstock. »Hier ist übrigens noch ein weiterer Affe.«

Donna hörte, wie ihre Tochter aufstöhnte. Man konnte es ihr nicht verdenken. An der Wand stand ein ausgestopfter Affe, der die Arme ausgestreckt hatte, teuflisch grinste und so wirkte, als würde er jeden Moment zubeißen wollen.

»Ein Schirmständer«, erklärte Maggie. Sie ließ ihren Gehstock in die Arme des Affen fallen und nahm ihn wieder auf.

»Jetzt zeige ich Ihnen den Platz, an dem der erste Angriff stattfand. Folgen Sie mir in den Salon.«

Sandy nahm Donnas Hand und blickte ängstlich zu ihr auf, als sie in den Raum links von der Eingangshalle geführt wurden.

»Ich betrat dieses Haus zum ersten Mal im Jahre 1931. Und es sah genauso aus, wie Lilly Thorn es exakt 28 Jahre vorher panisch verlassen hatte. Niemand hatte sich seitdem hierher gewagt. Keiner hatte den Mumm dazu.«

»Aber *Sie* hatten den Mumm?«, fragte der dicke Dreikäsehoch.

»Und das hat einen einfachen Grund: Mein Mann und ich wurden übers Ohr gehauen. Damals waren wir noch der festen Überzeugung, dass der arme Gus Goucher für die Morde an den Thorns verantwortlich war. Von einer Bestie hat niemand ein Wort gesagt.«

Donna warf dem Mann aus dem Café einen Blick zu. Er stand genau vor ihr neben seinem weißhaarigen Freund. Donna hob die Hand. »Mrs Kutch?«

»Bitte?«

»Weiß man inzwischen mit Sicherheit, dass Gus Goucher unschuldig war?«

»Nun ja, *wie* unschuldig er war, weiß ich natürlich nicht.«

Einige der Besucher lachten. Der Mann sah sich um. Sie vermied jeden Blickkontakt.

»Wahrscheinlich war er ein Radaubruder, ein Einbrecher und Tunichtgut. Auf jeden Fall ein dummer Mensch. Nichtsdestotrotz wusste jeder in Malcasa Point, der ihn auch nur einmal ansah, dass er die Thorns bestimmt nicht ermordet hatte.«

»Woher konnten sie da so sicher sein?«

»Er hatte keine Krallen, Schätzchen.«

Die Gruppe kicherte. Der dicke Junge hob eine Augenbraue, beäugte Donna kritisch und ging weiter. Nur der Mann aus dem Café starrte sie unbeirrt an. Ihre Blicke trafen sich. Seine Augen schienen sie förmlich zu durchdringen, und Donna spürte, wie sich eine angenehme Wärme zwischen ihren Schenkeln breitmachte. Sie wandte sich ab und versuchte, die Kontrolle über sich zu behalten. Schließlich gelang es ihr, ihre Aufmerksamkeit wieder auf die Führung zu richten.

»… durch das Küchenfenster. Wenn Sie bitte um diese spanische Wand herumtreten wollen.«

Die Gruppe schob sich an einer dreiflügligen Pappwand vorbei, die eine Ecke des Raums abtrennte. Jemand kreischte auf. Mehrere Besucher waren schockiert und holten tief Luft. Andere murmelten vor sich hin oder stöhnten vor Abscheu auf. Donna folgte ihrer Tochter und sah hinter der Ecke des Raumteilers eine ausgestreckte, blutige Hand auf dem Boden liegen. Sandy blieb abrupt stehen. Donna prallte gegen sie und stolperte.

Die Reaktion der Gruppe brachte Maggie zum Kichern.

Donna führte Sandy ganz um die spanische Wand herum, hinter der die Gestalt einer Frau auf dem Boden lag. Ein Bein ruhte auf einem staubigen Couchkissen. Die glänzenden Augen waren zum Himmel gerichtet, und ihr Antlitz war von Schmerz und Furcht verzerrt. Sie war nur mit einem dreckigen Leinenkleid bedeckt, das notdürftig ihre Brüste und den Intimbereich bedeckte.

»Die Bestie riss die spanische Wand in Stücke«, sagte Maggie, »sprang über die Couch und erwischte Ethel Hughes, während diese in der *Saturday Evening Post* las. Das hier ist genau jene Ausgabe, in der sie zum Zeitpunkt des Angriffs blätterte.« Maggie hob ihren Krückstock und tippte damit gegen die Zeitschrift.

»Es ist alles genauso, wie es in dieser grässlichen Nacht war.« Sie lächelte zufrieden. »Bis auf den Leichnam natürlich. Diese Kopie wurde von mir in Auftrag gegeben und im Jahre 1936 von Mr Claudie Dubois angefertigt. Bis hin zu den Bissspuren an ihrem armen Hals ist jedes Detail genauestens reproduziert. Dafür wurden Photographien des Leichnams benutzt.

Das Nachthemd, das Ethel trägt, ist natürlich authentisch. Die dunklen Flecken stammen von ihrem Blut.«

»Gab es einen sexuellen Übergriff?«, stammelte der weißhaarige Mann, sichtlich um Fassung bemüht.

Maggies freundliche Augen verhärteten sich, als sie sich ihm zuwandte. »Nein«, sagte sie.

»Da habe ich aber etwas anderes gehört«, sagte er.

»Was Sie gehört haben, Sir, liegt nicht in meiner Verantwortung. Ich weiß nur das, was ich weiß, und das ist mehr, als jede andere Person, sei sie noch am Leben oder bereits verstorben, über die Bestie weiß. Und ich kann Ihnen versichern, dass das Ungeheuer, das in diesem Haus sein Unwesen treibt, niemals irgendjemanden missbraucht hat.«

»Ich bitte vielmals um Entschuldigung«, sagte der Mann mit kühler Stimme.

»Sobald die Bestie mit Ethel fertig war, schlug es den Salon kurz und klein. Es hat diese Alabasterbüste von Julius Cäsar umgestoßen, wobei die Nase abbrach.« Besagte Nase ruhte neben der Büste auf dem Kaminsims. »Außerdem warf es ein halbes Dutzend Plastiken ins Kaminfeuer und beschädigte Tische und Stühle. Dieses erlesene Rosenholzpodest beispielsweise wurde durch das Erkerfenster geschleudert. Der Lärm weckte natürlich den Rest des Hausstandes. Lillys Zimmer ist gleich hier drüben.«

Schweigend führte sie die Gruppe aus der Eingangshalle und über eine breite Treppe in den ersten Stock. Maggie wandte sich nach links und betrat durch einen Seiteneingang eines der Schlafzimmer.

»Wir befinden uns jetzt genau über der Eingangshalle. Hier schlief Lilly Thorn in der Nacht, in der die Bestie zuschlug.« Eine Wachsfigur in einem spitzenbesetzten Nachthemd saß aufrecht auf einem Stuhl und schien mit Entsetzen über die Messingverzierungen am Ende des Bettes zu blicken. »Der Lärm weckte Lilly auf, und sie schleppte ihren Frisiertisch von hier,« sie deutete mit ihrem Stock auf eine schwere Rosenholzkommode samt Spiegel, »nach hier, um die Tür zu verbarrikadieren. Dann floh sie durch das Fenster. Sie landete auf dem Dach des Erkerfensters und schließlich auf der Straße.

Zeit meines Lebens frage ich mich, warum sie nicht versucht hat, ihre Kinder zu retten.«

Die Gruppe folgte Maggie aus dem Schlafzimmer.

»Sobald die Bestie erkannt hatte, dass sie nicht in ihr Zimmer gelangen konnte, rannte sie diesen Korridor hinunter.«

In der Mitte des Korridors oberhalb der Treppe war ein Areal mittels vier hölzerner Brentwood-Stühle, um die eine Wäscheleine gespannt war, abgesperrt. Die Gruppe musste sich im Gänsemarsch zwischen Wäscheleine und Geländer hindurchzwängen.

»Hier werden wir unsere neueste Erwerbung zur Schau stellen. Die Puppen sind bereits bestellt, doch vor dem Frühjahr werden wir sie wohl nicht zu Gesicht bekommen.«

»Das ist aber schade«, sagte der Mann mit den beiden Kindern in sarkastischem Ton zu seiner Frau.

Maggie trat durch eine Tür zu ihrer Rechten. »Schließlich erreichte die Bestie diesen Raum«, sagte sie.

Durch die Fenster des Zimmers waren die Wälder hinter dem Anwesen zu sehen. Die Messingbetten ähnelten dem in Lillys Raum. Nur dass die Überdecken völlig durcheinandergeworfen waren. In einer Ecke stand neben einem Waschbecken ein Schaukelpferd, das schon bessere Tage gesehen hatte.

»Earl war zehn Jahre alt«, sagte Maggie, »und sein Bruder Sam erst acht.«

Ihre zerfetzten, misshandelten Wachsleichen lagen bäuchlings zwischen den Betten. Beide trugen die Überreste gestreifter Schlafanzüge, die gerade so ihre Hinterteile bedeckten.

»Wir gehen«, sagte der Vater der beiden Kinder. »Das ist ja wohl der ekelhafteste, geschmackloseste Voyeurismus, der mir jemals untergekommen ist.«

Seine Frau schenkte Maggie ein entschuldigendes Lächeln.

»Zwölf Dollar *hierfür*!«, zischte der Mann. »Gütiger Gott!« Seine Frau und die beiden Kinder folgten ihm aus dem Raum.

Eine durchtrainierte Frau in einer weißen Bluse und Shorts packte ihren Sohn beim Ellenbogen. »Wir gehen auch.«

»Mami!«

»Keine Diskussion. Wir haben mehr als genug gesehen.«

»Och, Mami!«

Sie schob den Kleinen aus der Tür.

Sobald sie verschwunden waren, lachte Maggie leise in sich hinein. »Jetzt verpassen sie das Beste«, sagte sie. Nervöses Gelächter machte sich im Rest der Gruppe breit.

2

»Wir wohnten seit genau sechzehn Tagen in diesem Haus, als die Bestie erneut zuschlug.« Sie führte sie den Korridor entlang an den Stühlen und dem Treppenhaus vorbei. »Mein Mann Joseph hielt sich nicht gerne in den Räumen auf, in denen die Morde passiert waren. Also machten wir es uns so gut es ging in den anderen Zimmern gemütlich. Cynthia und Diana waren nicht so empfindlich, deshalb schliefen sie in dem Zimmer der Jungen, das wir gelassen hatten, wie es war.«

Maggie führte die Gruppe in einen Raum gegenüber von Lillys Schlafzimmer. Donna suchte vergeblich nach Wachspuppen, obwohl eine vierflüglige spanische Wand eine Ecke samt Fenster verdeckte.

»Das war Josephs und mein Schlafzimmer. Es geschah in der Nacht des siebten Mai 1931. Und obwohl das schon fünfzig Jahre zurückliegt, haben sich diese Vorkommnisse unauslöschlich in mein Gehirn eingebrannt. An diesem Tag regnete es wie aus Eimern. Wir hatten die Fenster geöffnet, und ich lauschte dem Plätschern. Meine Mädchen schliefen tief und fest am anderen Ende des Flurs, und Theodore, mein armes Baby, war in seinem behaglichen Kinderzimmer untergebracht.

Nichtsahnend schlief ich ein und wachte erst auf, als ich Glas splittern hörte. Das Geräusch schien aus dem ersten Stock zu kommen. Joseph, der es ebenfalls mitbekommen hatte, stand leise auf und ging auf Zehenspitzen zum Kleiderschrank, um seine Waffe zu holen.« Sie öffnete eine Schublade und zog eine .45er Automatik der Marke Colt daraus hervor.

»Es war genau *diese* Pistole hier. Glauben Sie mir, wenn er sie abfeuerte, machte sie wirklich ordentlich Lärm.« Sie klemmte sich den Gehstock unter den Arm, packte den schwarzen Griff der Waffe und ließ mit einem leichten, metallischen Klicken den Schlitten vor- und zurückgleiten. Mit dem Daumen spannte sie den Hahn. Dann legte sie die Waffe in die Schublade zurück.

»Joseph nahm sie mit sich, als er den Raum verließ. Als ich seine Schritte auf der Treppe hörte, ging ich so leise wie möglich den Korridor hinunter, um meine Kinder in Sicherheit zu bringen. Was Sie sicherlich nur zu gut verstehen.«

Die Gruppe folgte ihr wieder den Korridor hinab.

»Genau hier, an dieser Stelle, hörte ich die Schüsse aus der Eingangshalle. Joseph schrie – und ich kann Ihnen versichern, etwas Ähnliches hatte ich in meinem Leben noch nicht gehört. Ich vernahm die Geräusche eines Kampfes, dann eine Art Husten. Ich war vor Schreck wie erstarrt, als ich Schritte hörte, die sich mir näherten. Mein einziger Gedanke war, mich und meine Kinder in Sicherheit zu bringen, doch das blanke Entsetzen lähmte mich.

Dann tauchte aus der Finsternis unter mir die Bestie auf. Ich konnte nicht genau erkennen, wie sie aussah – nur so viel: sie ging aufrecht wie ein Mensch. Mit einem Geräusch, von dem ich glaube, dass es ein Kichern war, stürzte sich das Monstrum auf mich. Es warf mich zu Boden und ging mit Zähnen und Klauen auf mich los. Ich versuchte, mich nach Kräften zu wehren, doch ich hatte keine Chance. Ich hatte schon mein letztes Gebet gesprochen, als der kleine Theodore im Kinderzimmer plötzlich zu schreien anfing. Die Bestie ließ von mir ab und stürmte auf das Kinderzimmer zu.

Obwohl ich verletzt war, rannte ich hinterher. Ich *musste* doch mein Baby retten.«

Die Gruppe folgte ihr zum Ende des Korridors. Maggie blieb vor einer verschlossenen Tür stehen.

»Diese Tür stand offen«, sagte sie und klopfte mit ihrem Stock dagegen. »Und ich sah, wie diese blasse Bestie mein Kind aus der Wiege zerrte und sich darauf stürzte. Da wusste ich, dass es nicht in meiner Macht stand, meinen kleinen Theodore zu retten.

Während ich alles mit Entsetzen beobachtete, griff jemand nach meinem Nachthemd. Meine Töchter Cynthia und Diana standen tränenüberströmt hinter mir. Leise nahm ich sie an der Hand und führte sie den Korridor hinunter.«

Wieder führte sie die Gruppe an den durch das Seil verbundenen Stühlen vorbei.

»Wir waren genau hier, als die Bestie knurrend aus dem Kinderzimmer stürzte. Dies hier war die nächste Tür.« Sie öffnete sie. Dahinter befand sich eine steile, enge Treppe, die vor einer weiteren Tür endete. »Wir rannten hinein und in letzter Sekunde gelang es mir, die Tür vor der Bestie zu schließen. So schnell wie wir konnten, rannten wir die Treppe hinauf, stolperten kreischend durch die Finsternis. Oben angekommen schlug ich auch diese Tür hinter uns zu und schob den Riegel vor. Dann saßen wir in der muffigen, dunklen Dachkammer und warteten ab.

Wir hörten, wie die Bestie die Treppe hinaufkam. Sie gab zischende Geräusche von sich, die an ein Lachen erinnerten. Und dann wurde die Tür mit einer derartigen Schnelligkeit aufgestoßen, dass wir gar nicht erst reagieren konnten. Das Monstrum fiel über uns her. Innerhalb von Sekunden tötete es Cynthia und Diana. Dann wandte es sich mir zu. Es hielt mich mit seinen Klauen am Boden fest, und ich glaubte, mein letztes Stündlein sei gekommen. Doch es blies mir einfach nur seinen stinkenden Atem ins Gesicht. Schließlich ließ es von mir ab, rannte die Speichertreppe hinunter und verschwand. Seitdem habe ich es nie wieder gesehen. Andere schon.«

3

»Warum hat es Sie nicht umgebracht?«, fragte ein Mädchen mit rundem, von Akne überzogenem Gesicht.

»Das habe ich mich oft gefragt. Ich glaube, ich werde in diesem Leben keine Antwort darauf finden. Vielleicht hat mich die Bestie verschont, damit ich weiterlebte, ›um mein Geschick zu melden‹, wie es schon der sterbende Hamlet von Horatio verlangte. Vielleicht wollte sie auch vermeiden, dass ein weiterer Gus Goucher für seine Taten aufgeknüpft wird.«

»Mir scheint«, sagte der weißhaarige Mann, »dass Sie dieser Bestie eine gewisse Sympathie entgegenbringen.«

»Ich will den Dachboden sehen«, sagte der dicke Junge.

»Der Dachboden ist nicht Teil der Führung. Er ist abgeschlossen – immer.«

»Dann das Kinderzimmer.«

»Auch diesen Raum zeige ich nicht.«

»Gibt's denn noch mehr Puppen?«

»Von meinen Verwandten gibt es keine Wachsfiguren. Das erlaube ich nicht.«

Mit erhobenen Augenbrauen musterte der Junge die Gruppe. Offensichtlich suchte er nach Mitstreitern, die sein Missfallen über die recht eigenwillige Führung der alten Frau teilten. »Und was ist mit diesen beiden Typen? Mit denen sind Sie ja wohl nicht verwandt.«

»Die *beiden Typen*, von denen der junge Mann spricht, sind Tom Bagley und Larry Maywood.« Maggie schloss die Tür zur Speichertreppe und führte die Gruppe wieder zu ihrem Schlafzimmer zurück. »Tom und Larry waren zwölf Jahre alt. Ich kannte die beiden gut. Sie hatten die Führung des Öfteren mitgemacht und wussten wahrscheinlich mehr über das Horrorhaus als irgendjemand sonst.

Gott allein weiß, was sie geritten hatte, nachts hierherzukommen. Sie waren keine Dummköpfe wie diese Zieglers. Sie wussten genau, was sie erwarten würde. Und trotzdem sind sie hier eingebrochen. Es geschah im Jahre 1951.

Sie schnüffelten eine geraume Zeit im Haus herum. Schließlich versuchten sie, die Schlösser zum Kinderzimmer und zum Dachboden aufzubrechen, was ihnen jedoch nicht gelang. Sie waren gerade in diesem Raum, als die Bestie auftauchte.

Während sie sich über den kleinen Tom Bagley hermachte, rannte Larry Maywood auf das Fenster zu.«

Maggie zog eine weitere Pappwand beiseite, die das Fenster und den Fußboden davor verdeckte. Einige Leute aus der Gruppe machten einen Satz zurück. Das Mädchen mit der Akne wirbelte herum und würgte. »Also wirklich!«, sagte eine Frau angewidert.

Die Wachsfigur von Larry Maywood, der gerade versucht hatte, das Fenster zu öffnen, blickte genau wie alle anderen Schaulustigen auf einen zerfetzten Körper. Die Kleidung war zerrissen und bedeckte gerade so sein Hinterteil. Die Haut an seinem Rücken wies klaffende Wunden auf, und der Kopf lag etwa fünfzehn Zentimeter vom blutigen Rumpf entfernt und starrte die Besucher aus weit aufgerissenen Augen an. Der Mund war geöffnet und schmerzverzerrt.

»Larry Maywood sprang aus dem Fenster und überließ seinen Freund seinem Schicksal …«

»Ich bin Larry Maywood!«, rief der weißhaarige Mann. »Und das ist eine Lüge! Tommy war tot! Er war tot, noch bevor ich gesprungen bin. Ich habe gesehen, wie ihm die Bestie den Kopf abriss. Ich bin kein Feigling! Ich habe ihn nicht im Stich gelassen!«

Sandy umklammerte fest Donnas Hand.

Eines der Kinder fing an zu weinen.

»Das ist Rufmord! Üble Nachrede!« Der Mann wirbelte herum und verließ den Raum. Sein Freund aus dem Café folgte ihm.

»Ich glaube, ich habe genug gesehen«, flüsterte Donna.

»Ich auch.«

»Meine Damen und Herren, damit ist die Führung beendet.« Mit der Gruppe im Schlepptau verließ Maggie den Raum. »Unten ist ein Souvenirgeschäft, in der Sie eine illustrierte Broschüre über die Geschichte des Horrorhauses erwerben können. Außerdem gibt es dort Farbdias des Anwesens, Horrorhaus-T-Shirts, Aufkleber und viele andere hochwertige Souvenirs. Die Figuren der Zieglers werden im Frühjahr aufgestellt. Das sollten Sie auf keinen Fall versäumen. Bis dahin, und beehren Sie uns bald wieder.«

Kapitel sieben

1

»Man stelle sich die Frechheit dieser Hexe vor. Als hätte ich Tommy im Stich gelassen, um meine eigene Haut zu retten! Diese verdammte alte Wachtel, diese Missgeburt, ich werde sie verklagen!«

»Sie hätten Ihre Identität nicht preisgeben dürfen.«

»Tja, das tut mir leid.« Er schüttelte verzweifelt den Kopf. »Aber Judge, Sie haben doch auch gehört, was sie über mich gesagt hat.«

»Ich habe es gehört.«

»Diese verabscheuungswürdige Qualle!«

»Verzeihung«, ertönte eine Frauenstimme hinter ihnen.

»Na großartig«, murmelte Larry.

Sie wandten sich zu der Frau um, die mit einem blonden Mädchen an der Hand auf sie zugeeilt kam. Jud erkannte sie sofort.

»Sollen wir die Beine in die Hand nehmen?«, schlug Larry flüsternd vor.

»Ich glaube nicht, dass das nötig sein wird.«

»Judge, bitte! Sie ist zweifellos eine Reporterin oder irgendeine andere ungehobelte Schnüfflerin.«

»Sie sieht gar nicht so ungehobelt aus.«

»Um Himmels willen!« Er stampfte mit dem Fuß auf. »Bitte!«

»Sie können ja schon zum Auto vorgehen. Ich werde mich um sie kümmern.« Jud hielt ihm die Schlüssel hin. Larry schnappte sie sich und eilte davon, bevor die Frau bei ihnen war. »Er hat eine Heidenangst vor der Presse«, erklärte Jud.

»Ich bin nicht von der Presse«, sagte sie.

»Das habe ich auch nicht vermutet.«

Sie lächelte.

»Aber wenn Sie nicht von der Presse sind, weshalb verfolgen Sie uns dann?«

»Damit Sie mir nicht entwischen.«

»Ach ja?«

»Ja.« Sie legte den Kopf schief und zuckte mit den Schultern. »Ich bin Donna Hayes.« Sie streckte ihm die Hand hin, die Jud sanft schüttelte. »Und das ist meine Tochter Sandy.«

»Ich bin Jud Rucker«, sagte er, ohne ihre Hand loszulassen. »Was kann ich für Sie tun?«

»Wir haben Sie im Café gesehen.«

»*Ich* nicht«, sagte Sandy.

»Also, ich schon.«

Jud runzelte die Stirn. Er hielt noch immer ihre Hand und fühlte sich wohl dabei. »Aber natürlich«, sagte er schließlich. »Sie saßen am Tisch hinter uns, stimmt's?«

Donna nickte. »Und die Führung haben wir auch mitgemacht.«

»Genau. Hat sie Ihnen gefallen?«

»Ich fand sie furchtbar.«

»*Mir* hat's gefallen«, sagte das Mädchen. »Es war richtig eklig.«

»Das stimmt.« Er sah Donna in die Augen und wartete schweigend.

»Wie dem auch sei«, sagte sie und holte tief Luft. Trotz ihres Lächelns wirkte sie besorgt.

»Was sagen Sie zu dieser verrückten Frau, die vor der Führung aufgetaucht ist?«, wollte Sandy wissen.

Die Besorgnis verschwand aus Donnas Gesicht. »Deshalb wollte ich mit Ihnen sprechen«, sagte sie mit ehrlicher Stimme. »Deshalb habe ich Sie … verfolgt.« Sie lächelte schüchtern. »Es war sehr mutig von Ihnen, dieser Frau beizustehen. Ihr zu helfen. Überaus heldenhaft.«

»Vielen Dank.«

»Sie hätten diesem Blödmann eins überziehen sollen«, sagte Sandy.

»Das habe ich mir durchaus überlegt.«

»Sie hätten ihm in den Hintern treten sollen.«

»Er hat vorher den Schwanz eingezogen.«

»Sandy hat ein Faible für Gewalt.«

»Tja«, sagte Jud. Dieses Wort wirkte wie ein Schlusspunkt, mit dem er die Unterhaltung für beendet zu erklären schien.

»Tja«, wiederholte Donna. Obwohl sie weiterhin tapfer lächelte, spürte Jud, dass ihr die Luft ausging. »Ich wollte Ihnen nur sagen … wie sehr ich es bewundere, was Sie für diese Frau getan haben.«

»Dankeschön. Hat mich gefreut, Ihre Bekanntschaft zu machen. Und deine auch.«

»Ebenfalls«, sagte Sandy.

Donna wollte ihre Hand zurückziehen, doch Jud verstärkte seinen Griff. »Haben Sie Zeit für eine Bloody Mary?«, fragte er.

»Also …«

»Sandy«, sagte er. »Willst du eine Cola oder eine 7-up?«

»Klar!«

»Wie wär's?«, fragte er Donna.

»Sicher. Wieso nicht?«

»Vielleicht sollten wir ins Welcome Inn gehen. Sind Sie zu Fuß unterwegs?«

»Den ganzen Morgen über schon«, sagte Donna.

»In diesem Fall werde ich Sie persönlich chauffieren.« Er ging mit ihnen zu seinem Chrysler. Der Wagen war verschlossen. Larry grinste zufrieden aus dem Auto. Jud machte eine kurbelnde Geste. Mit einem Summen öffnete sich das Beifahrerfenster.

»Ja?«, fragte Larry mit unschuldiger Miene.

»Das sind Freunde.«

»*Ihre* Freunde vielleicht.«

Jud wandte sich zu Donna um. »Lassen Sie mal Ihren Charme spielen.«

Sie beugte sich vor, bis sie mit Larry auf Augenhöhe war. »Mein Name ist Donna Hayes.« Sie streckte eine Hand durch das Wagenfenster. Larry schüttelte sie kurz und lächelte angestrengt.

»Geben Sie es zu«, sagte er. »Sie sind eine Reporterin.«

»Ich arbeite in einem Reisebüro.«

»Das ist gelogen.«

»Aber nein.«

»Nicht gelogen!«, sagte Sandy.

»Wer hat dich denn gefragt?«, zischte Larry.

Sandy kicherte.

»Wer ist das?«

»Sandy, meine Tochter.«

»Tochter, ja? Dann sind Sie also verheiratet?«

»Nicht mehr.«

»Aha! Eine Feministin!«

Sandy konnte einen Lachanfall nicht unterdrücken.

»Mögen Sie keine Feministinnen?«, fragte Donna.

»Nur mit Sauce Béarnaise«, sagte er.

Donna lachte. Larrys Mundwinkel zitterten. Er konnte seine Belustigung nur schlecht verbergen. »Ich glaube …« Er schluckte. »Ich glaube, ich werde mich zu dieser kleinen Kichererbse auf den Rücksitz bequemen.« Er öffnete die Wagentür und stieg aus.

Donna rutschte in die Mitte der Sitzbank. »Ich glaube, dass Miss Kichererbse allein auf dem Rücksitz klarkommen wird.«

»Eine *Lady*! Ich darf neben einer *Lady* sitzen!«, sagte Larry, während er sich neben Donna auf die Vorderbank zwängte. »Wo fahren wir hin?«, fragte er und klopfte sich auf die Schenkel.

»Zum Welcome Inn«, sagte Jud. »Auf ein paar Drinks und ein Mittagessen.«

»Wunderbar. Eine Party. Ich liebe Partys.« Er sah über die Schulter. »Magst du auch Partys, Miss Kichererbse?«

»Ich finde sie ganz bezaubernd«, antwortete Sandy und prustete wieder los.

»Da steht unser Auto!«, rief sie, als sie an der Tankstelle vorbeifuhren.

»Ist es krank?«, fragte Larry.

»Wir hatten gestern Nacht einen kleinen Unfall«, sagte Donna.

»Ist Ihnen etwas passiert?«

»Nur ein paar Kratzer.«

»Soll ich anhalten?«, fragte Jud.

»Wenn es Ihnen nichts ausmacht.«

Er bog in die Tankstelle, und Larry stieg aus, um Donna aus dem Auto zu lassen.

»Üblicherweise haben Frauen keine Schwierigkeiten, ein Auto zu demolieren«, sagte Larry. Er stieg wieder ein und drehte sich zu dem Mädchen um. »Auf welche Art und Weise hat es deine Mutter fertiggebracht?«

Jud hörte nicht zu. Seine ganze Aufmerksamkeit galt Donna. Er beobachtete, wie ihr braunes Haar in der Sonne schimmerte, sah die sanfte Kurve ihres Rückens und ihre runden Hinterbacken, die in der Kordhose hin und her wackelten. Vor dem Eingang zur Werkstatt stand ein Mann im blauen Overall, der ein schiefes Lächeln aufgesetzt hatte. Während Donna sich mit ihm unterhielt, verlagerte sie ihr Gewicht auf das linke Bein und schob eine Hand in die Gesäßtasche. Sie nickte und folgte dem Mann mit einer eleganten Drehung zu ihrem Auto. Er öffnete die Motorhaube und schüttelte den Kopf.

»Oh-oh«, sagte Sandy.

Der Mann schlug die Motorhaube wieder zu.

Donna nickte zustimmend, während er sprach. Jetzt hatte sie beide Hände in die Hosentaschen gesteckt. Schließlich drehte sie sich um und ging mit großen Schritten auf Juds Auto zu. Sie zuckte mit den Achseln, machte ein übertrieben verzweifeltes Gesicht und lächelte schließlich.

Larry stieg wieder aus.

»Also«, sagte sie zu Jud. »Noch ist der Wagen nicht völlig am Ende. Aber sie müssen in Santa Rosa einen neuen Kühler bestellen.«

»Das wird sicher ein paar Tage dauern, oder?«

»Er hat gesagt, dass wir morgen weiterfahren könnten.«

»Morgen?« Sandy klang besorgt.

»Tja, früher geht es nicht, Schatz.«

»Haben Sie es eilig?«, fragte Jud und fuhr wieder auf die Straße.

»Nein, eigentlich nicht. Zwei Tage in dieser Stadt sind nur zwei Tage länger, als wir geplant hatten.«

»Ich habe zwölf Jahre in diesem Nest verbracht«, sagte Larry. »Sie werden erstaunt sein, was man hier alles unternehmen kann.«

»Zum Beispiel?«, fragte Sandy.

»Eine der beliebtesten Freizeitbeschäftigungen ist es, an der Kreuzung Front und Division zu sitzen und zu beobachten, wie die Ampel umschaltet.«

»Oh Mann.«

»Wo werden Sie übernachten?«, fragte Jud.

»Wir haben einen Bungalow im Welcome Inn.«

»Was für ein glücklicher Zufall!«, verkündete Larry. »Wir auch! Wir könnten Bridge spielen.«

»Bridge hab ich noch nie kapiert«, sagte Jud.

»Spielverderber.«

»Außerdem haben wir heute Abend schon etwas vor.«

»Oh.«

»Ja, wir müssen noch was erledigen«, sagte er.

»Sind Sie nur heute in der Stadt?«, fragte Donna.

»Vielleicht bleiben wir ein paar Tage. Das ist im Moment noch schwer zu sagen. Kommt darauf an, wie die Sache läuft.«

»Was haben Sie denn zu erledigen?«

»Wir sind …« Mit einem Mal begriff er, dass er diese Frau nicht anlügen wollte. Ihr gegenüber schienen die üblichen Heimlichtuereien nicht nötig und auch nicht angebracht. »Ich möchte lieber nicht darüber reden«, sagte er.

»Oh. Natürlich. Ich wollte nicht unhöflich sein.«

»Aber nein, ich …«

»Ich kann Ihnen erzählen, was wir vorhaben.«

»Larry!«

»Wir haben vor, die …«

»Nicht!«

»… die Bestie zu töten.«

»Was?«, fragte Donna.

»Wow!«, rief Sandy aus.

»Die Bestie. Das Ungeheuer aus dem Horrorhaus. Judgment Rucker und ich werden es zur Strecke bringen!«

»Wirklich?«, fragte Donna.

»Glauben Sie, dass es wirklich eine Bestie gibt?«, fragte Jud.

»Irgendetwas muss ja diese vielen Menschen umgebracht haben«, sagte sie.

»Oder *irgendjemand*«, gab er zurück.

»Das, was Tom Bagley ermordet hat, war kein Mensch«, stellte Larry klar.

»Was war es dann?«, fragte Sandy.

»Wir werden dir seinen Kadaver zeigen«, sagte Larry. »Dann kannst du dir selbst einen Reim drauf machen.«

»Was ist ein Kadaver?«

»Eine Leiche, Schatz.«

»Iii. Eklig.«

»Unser Plan ist, herauszufinden, was – oder wer – diese Menschen getötet hat«, sagte Jud. »Und dann werden wir es uns vorknöpfen.« Er lächelte ihr zu. »Ich wette, dass Sie keine Ahnung hatten, dass Sie mit zwei Verrückten zu Mittag essen werden. Haben Sie immer noch Lust auf eine Bloody Mary?«

»Jetzt brauche ich sogar zwei.«

2

»Entschuldigen Sie mich«, sagte Donna und rutschte mit dem Stuhl zurück. »Sollten die Drinks kommen, während ich weg bin, fangen Sie ruhig schon einmal an.«

»Ich komm mit«, sagte Sandy.

Jud sah ihnen hinterher, dann beugte er sich zu Larry vor. »Das gerade war kein besonders geschickter Schachzug«, sagte er mit leiser Stimme. »Sollte nur noch eine einzige weitere Person herausfinden, was wir hier vorhaben, dann blase ich die ganze Sache ab. Ich behalte meinen Vorschuss, fahre nach San Francisco zurück, und das war's.«

»*Bitte,* Judge. Was macht es schon …«

»Keine weitere Person.«

»Also gut. Wenn Sie darauf bestehen.«

»Ich bestehe darauf.«

Während des Essens erwähnte niemand das Horrorhaus. Als sie fertig waren, erzählte Larry von einem kleinen Pfad, der durch eine Schlucht zum Strand führte.

Gemeinsam gingen sie zur Rezeption, um für eine weitere Nacht zu buchen. Danach trennten sie sich, damit Donna und Sandy in ihre Badesachen schlüpfen konnten. Jud streckte sich auf dem Bett aus, legte die Beine übereinander und verschränkte die Hände hinter dem Kopf. Sofort war er eingeschlafen.

»Da sind Sie ja!«, verkündete Larry und weckte ihn. Er wirkte nervös, als er sich in einem Spiegel über der Kommode betrachtete. »Wie sehe ich aus?«

Jud warf einen Blick auf die roten Shorts und das mit roten Blumen bedruckte Hemd. »Jetzt fehlt nur noch der Panamahut.«

»Tja, ich hatte nicht genug Zeit, um ihn einzupacken.«

Sie verließen den Bungalow. Larry eilte voraus, um die beiden in Empfang zu nehmen, während Jud zurückblieb, um einen langen Blick auf Donna zu werfen. Sie trug ein blaues Hemd mit hochgekrempelten Ärmeln. Ihre Beine unter den flatternden Hemdzipfeln waren schlank und gebräunt. Von einem Badeanzug war nichts zu erkennen.

»Ich hoffe, dass Sie unter dieser Bluse nicht völlig *au naturel* sind«, sagte Larry.

»Warten Sie's ab.«

»Oh bitte, gestatten Sie uns einen Blick. Nur einen klitzekleinen.«

»Keine Chance.«

»Bitte.«

Sandy schwang lachend ihre Handtasche nach Larry. Er wirbelte herum und ging in Deckung. Die Tasche prallte gegen seinen Rücken. »Du grausamer Zwerg!«, rief er.

Das Mädchen holte erneut aus.

»Das reicht, Schatz.«

»Aber er ist so unverschämt«, keuchte Sandy lachend.

»Ist er immer so?«, fragte Donna Jud.

»Ich kenne ihn auch erst seit gestern Nacht.«

»Wirklich?«

»Judgment lügt nie«, sagte Larry.

Sie stiegen in Juds Chrysler, und Larry dirigierte sie über die Front Street an der Tankstelle, Sarah's Diner und einer Reihe weiterer Geschäfte vorbei. Auf der linken Seite ragte das Horrorhaus bedrohlich auf. Obwohl niemand ein Wort darüber verlor, verstummten ihre Unterhaltung und das Gelächter sofort.

»Jetzt rechts in den Feldweg«, sagte Larry schließlich.

Jud bog ab.

»Da wohnt Axels Mutter?«, fragte Sandy und deutete auf den Ziegelsteinbau.

»Genau«, sagte Donna.

Jud sah sich das Haus an. Er konnte nicht ein einziges Fenster erkennen. »Seltsam«, murmelte er.

»Allerdings«, pflichtete Larry bei. »Woher kennen Sie Axel?«, fragte er Donna.

»Er hat uns letzte Nacht in die Stadt gefahren.«

»Ein seltsamer Vogel.«

»Er ist behindert«, erklärte Sandy.

»Kein Wunder, bei einer Mutter wie Maggie Kutch.«

»Was?«, fragte Sandy.

»Maggie Kutch ist Axels Mutter. Die Besitzerin des Horrorhauses und Veranstalterin der Führungen.«

»Die?«

»Ganz genau.«

»Hat sie nach den Morden wieder geheiratet?«, fragte Donna.

»Jetzt rechts, Judge. Nein, aber sie hatte eine Reihe von Affären. Man munkelt, dass Wick Hapson Axels Vater ist. Sie arbeiten schon sehr lange zusammen, und sie wohnen im gleichen Haus.«

»Der Mann aus der Ticketbude?«, fragte Donna.

»Richtig.«

»Eine reizende Familie«, sagte Jud. »Ich hatte den Eindruck, dass das Haus gar keine Fenster hat.«

»Hat es auch nicht.«

»Und warum nicht?«, fragte Sandy.

»Damit die Bestie nicht eindringen kann, selbstverständlich.«

»Aha.« Sandy schien ihre Frage zu bereuen.

Der Feldweg endete auf einer kleinen Lichtung.

»Ah, wir sind da! Parken Sie einfach irgendwo, Judge.«

Er wendete und stellte den Wagen am Straßenrand ab.

»Sie werden von dem Strand begeistert sein«, sagte Larry und stieg aus.

Bevor Jud die Tür öffnete, warf er einen Blick auf Donna. Jetzt sah er, dass sie einen Badeanzug unter ihrem Hemd trug. Oder zumindest ein Bikinihöschen. Der blaue Stoff schimmerte, als sie ausstieg.

Sie standen neben dem Auto und genossen den Wind, der die Hitze etwas milderte.

»Kann es losgehen?«, fragte Larry.

»Von mir aus. Jud?«

»Ich bin bereit. Bist du auch bereit, Sandy?«

»Ihr seid alle irgendwie komisch.«

Im Gänsemarsch gingen sie einen schmalen Pfad entlang, der zwischen zwei Sandhügeln hindurchführte. Jud kniff die Augen zusammen. Der Wind flatterte in seinen Ohren und verschluckte selbst Larrys laute Stimme, als er etwas erzählte, das er in seiner Kindheit an diesem Strand erlebt hatte.

Der Pfad machte eine Biegung, und vor ihnen erschien der Ozean. Auf den rauen Wogen, die gegen einen Felsbrocken schlugen, ritten Gischtkronen. Neben dem Felsmassiv rollten die Wellen sanft auf einem Sandstrand aus. Jud konnte weit und breit niemanden sehen.

»Wundervoll!«, rief Larry, breitete die Arme aus und holte tief Luft. »Der letzte am Strand ist ein lahmes Kamel!« Er rannte los, Sandy hinterher.

Jud wandte sich zu Donna um. »Keine Lust auf einen Wettlauf?«

»Nein.« Der Wind blies Haarsträhnen in ihr Gesicht. Jud strich sie zur Seite. Er konnte seinen Blick nicht von ihren Augen abwenden.

»Ich weiß auch, warum«, sagte er.

»Warum?«

»Weil Sie Angst haben, gegen mich zu verlieren.«

»Ach ja, glauben Sie?« Ihr Blick wirkte amüsiert und gleichzeitig um Ernst bemüht, als wollte sie sich unter keinen Umständen von ihm provozieren lassen.

»Habe ich Recht?«, fragte er.

»Ist Ihr Name wirklich Judgment?«

»Ja.«

»Ich wünschte, wir wären alleine hier, Judgment.«

Er legte seine Hände auf ihre Schultern und zog sie zu sich. Er spürte ihren Körper, die leichte Berührung ihrer Hände auf seinem Rücken, die warme, feuchte Öffnung ihrer Lippen.

»Leider sind wir nicht allein«, sagte sie nach einer Weile.

»Dann hören wir wohl besser auf damit.«

»Man soll ja aufhören, wenn es am schönsten ist.«

»Was für ein blöder Spruch«, sagte Jud.

»Das finde ich auch.«

Händchenhaltend gingen sie den Pfad entlang. Unter ihnen rannte Sandy vor Larry her über den Strand und sprang ins Wasser. Larry blieb am Ufer stehen und kniete sich hin. Das Mädchen winkte ihm zu, aber er schüttelte den Kopf. »Kommen Sie rein!«, hörte Jud sie über den Wind und die Wellen hinweg rufen.

Sandy watete durch das Wasser, ging in die Hocke und spritzte Larry nass.

»Wir sollten uns beeilen«, sagte Donna. »Sonst zerrt meine bezaubernde Tochter den armen Larry noch in die Fluten.«

Noch während sie sprach, war das Mädchen auf Larry zugerannt und zog an seinem Arm.

»Lass ihn zufrieden, Sandy!«

Der kniende Larry konnte sich nur mit Mühe zu ihr umsehen. »Ist schon in Ordnung, Donna. Wirklich«, rief er. »Ich werde schon mit ihr fertig.«

Sandy ließ seinen Arm los, rannte um ihn herum und sprang auf seinen Rücken. »Hüa!«, schrie sie.

Er drehte sich um und machte einen Satz nach vorn, kroch auf Händen und Füßen durch den Sand und gab ein Geräusch von sich, das wie das Wiehern eines Pferdes klang. Dann war er mit einem Mal auf den Beinen. Sandy hatte seinen Hals umklammert und schaute zu Donna und Jud hinüber. Obwohl sie nichts sagte, war deutlich der Schrecken auf ihrem Gesicht zu erkennen. Larry drehte sich um die eigene Achse und zerrte an den Armen des Mädchens. Jud sah blanke Angst in seinen weit aufgerissenen Augen. Das Wiehern hatte sich in panisches Keuchen verwandelt. Verzweifelt versuchte er sich zu befreien.

»Oh Gott«, rief Donna und rannte los.

Jud eilte an ihr vorbei auf das inzwischen vor Entsetzen kreischende Mädchen zu.

Dann fiel Sandy hintüber. Ihre Beine hielten noch immer Larrys Hüfte umklammert, doch ihre Arme wedelten ohne Halt durch die Luft. Mit einer ihrer kleinen Hände gelang es ihr, Larrys Kragen zu packen. Sein Hemd zerriss, und er schrie auf. Jud fing das fallende Mädchen auf und zog sie an sich.

Larry wirbelte herum und starrte sie mit wilden Augen an. Er taumelte zurück, fiel hin und stützte sich auf einem Ellbogen auf, ohne den Blick abzuwenden. Langsam verschwand der irre Ausdruck aus seinem Gesicht, und sein keuchender Atem beruhigte sich etwas.

Jud lieferte Sandy in den Armen ihrer Mutter ab und ging zu ihm hinüber.

»Sie hätte … sie hätte nicht auf meinen Rücken springen dürfen.« Seine Stimme war nur noch ein hohes Piepsen. »Nicht auf meinen *Rücken*.«

»Jetzt ist ja wieder alles in Ordnung.«

»Nicht auf meinen Rücken.« Er lag im Sand, bedeckte das Gesicht mit den Unterarmen und weinte leise.

Jud kniete sich neben ihn. »Ist schon gut, Larry. Es ist vorbei.«

»Es ist nicht vorbei. Es wird niemals vorbei sein. Niemals.«

»Sie haben das Mädchen zu Tode erschreckt.«

»Ich weiheiheiß«, schluchzte er und dehnte das Wort zu einem Schrei der Verzweiflung aus. »Es tut mir leid. Vielleicht … sollte ich mich entschuldigen.«

»Das wäre angebracht.«

Er schniefte und wischte sich über die Augen. Als er sich aufsetzte, sah Jud die Narben. Sie verliefen in einem wilden Zickzackmuster über seinen Rücken und waren noch heller als seine blasse Haut.

»Die stammen nicht von der Bestie, falls Sie das vermuten. Ich habe sie mir beim Sturz aus dem Fenster zugezogen. Die Bestie hat mich niemals berührt. Niemals.«

Kapitel acht

Roy überprüfte noch einmal, ob er Joni auch wirklich ordentlich gefesselt hatte. Obwohl es wahrscheinlich egal war. Anscheinend war sie übergeschnappt. Aber Roy wollte nichts dem Zufall überlassen.

Im Wohnzimmer zündete er die Kerze an. Er schob die Zeitungen noch einmal zusammen und stellte sicher, dass der Stapel ganz dicht an der Kerze lag. Dann bahnte er sich einen Weg durch die zerknüllten Zeitungen und die Kleidungsstücke, die er auf dem Boden verstreut hatte, in die Küche.

Möglicherweise würde das Feuer nicht alle Beweise zerstören, aber schaden konnte es auch nicht.

Er setzte sich eine Sonnenbrille und eine ausgewaschene Dodger-Baseballkappe auf, die Marv gehört hatte, und verließ das Haus durch den Hintereingang. Er zog die Tür zu und verwischte die Fingerabdrücke am Griff. Dann ging er die Veranda hinunter und die Einfahrt entlang.

Das Nachbarhaus war nicht weit entfernt. Er beobachtete die Fenster, konnte jedoch niemanden erkennen.

An der Doppelgarage öffnete er das linke Tor. Dahinter stand ein roter Chevrolet. Er stieg ein und suchte aus den drei Schlüsselbünden, die er aus dem Haus mitgenommen hatte, den passenden heraus.

Er ließ den Motor an, fuhr aus der Garage und blieb neben der Hintertür stehen. Dann holte er Joni aus dem Haus und warf sie in den Kofferraum.

In weniger als zehn Minuten hatte er Karens Haus erreicht. Seltsamerweise sah es anders aus, als er es in Erinnerung hatte. Aber es war zweifelsfrei die richtige Adresse. Dann erinnerte er sich, dass sie und Bob kurz nach dem Prozess umgezogen waren. Also war es doch das richtige Haus.

Er parkte davor und sah auf die Uhr – Marvs Uhr, die jetzt ihm gehörte. Fast halb drei.

Es war ein ziemlich ruhiges Viertel. Roy sah sich um, als er zur Haustür ging. Vier Häuser weiter zu seiner Rechten beschnitt ein japanischer Gärtner gerade einen Strauch. Links kauerte eine gefleckte Katze auf dem Nachbarrasen und schien irgendetwas zu beobachten. Offensichtlich witterte sie Beute. Genau wie Roy.

Grinsend betätigte er die Türklingel. Er wartete und klingelte noch einmal. Anscheinend war niemand zu Hause.

Er ging um das Haus herum und blieb abrupt stehen.

Da war sie. Vielleicht war es nicht Karen, aber irgendeine Frau lag auf einer Chaiselongue und hörte Musik aus einem Transistorradio. Die Lehne der Liege verdeckte alles bis auf ihre schlanken, gebräunten Beine, ihren linken Arm und den Schirm ihrer Matrosenmütze.

Roy sah sich um. Der Garten war von hohen Hecken umgeben. Das war ideal. Er beugte sich vor, schob sein Hosenbein hoch und zog das Messer aus der Scheide.

Geräuschlos trat er näher, bis er über die Lehne der Chaiselongue sehen konnte. Die Frau trug einen weißen Bikini, dessen Träger von ihren Schultern baumelten. Ihre Haut glänzte vor Sonnenöl. Sie hielt eine Zeitschrift in der Hand und achtete darauf, dass sie keinen Schatten auf ihren Bauch warf.

Als Roy seine Hand auf ihren Mund presste, ließ sie die Zeitschrift fallen.

Er drückte die Klinge des Messers gegen ihre Kehle.

»Kein Laut, sonst schlitze ich dich auf.«

Sie versuchte, etwas zu sagen.

»Schnauze. Ich werde jetzt meine Hand wegnehmen. Keinen Laut, verstanden?«

Sie nickte einmal.

Roy nahm die Hand von ihrem Mund, riss die Mütze von ihrem Kopf und packte ihr braunes Haar. »Okay. Steh auf.« Er half nach, indem er an ihrem Haar zog. Sobald sie vor ihm stand, drehte er ihren Kopf zu sich herum. Das gebräunte Gesicht gehörte Karen, kein Zweifel. Das konnte er trotz der Sonnenbrille genau erkennen. »Kein Wort«, flüsterte er.

Er scheuchte sie zur Hintertür.

»Aufmachen«, sagte er.

Sie betraten die Küche, die im Vergleich zum sonnendurchfluteten Garten ziemlich dunkel war. Roy hatte jedoch keine Hand frei, um seine Sonnenbrille abzunehmen. »Ich brauche ein Seil oder so was«, sagte er. »Wo finde ich das?«

»Heißt das, ich darf jetzt wieder reden, oder wie?«

»Ein Seil, verdammt!«

»Wir haben kein Seil.«

Er verstärkte den Druck auf die Klinge. »Ich will für dich hoffen, dass du eins hast. Wo?«

»Ich habe kein …« Sie keuchte auf, als er an ihrem Haar riss. »Ich glaube, bei den Campingsachen ist eines.«

»Zeig's mir.« Er nahm das Messer nur ein paar Zentimeter von ihrer Kehle weg und ließ sein Handgelenk auf ihrer Schulter liegen.

Sie gingen aus der Küche in einen Flur, vorbei an einer Reihe geschlossener Türen und dem Badezimmer, bis sie ein Arbeitszimmer mit Bücherregalen, einem unordentlichen Schreibtisch und einem Schaukelstuhl erreicht hatten.

»Hast du Kinder?«

»Nein.«

»Schade aber auch.«

Sie blieb vor einer Tür neben dem Schaukelstuhl stehen. »Da drin«, sagte sie.

»Aufmachen.«

In dem Wandschrank hinter der Tür befand sich ausschließlich Campingausrüstung. Zwei Schlafsäcke hingen an Haken, Wanderstiefel standen auf dem Boden, und ein Wanderstock mit Metallspitze lehnte neben zwei Rucksäcken an der Wand, darüber lagen zwei weiche Filzhüte. Gelbe Schaumgummimatten standen ordentlich zusammengerollt neben den Rucksäcken. Auf einem Regal lag eine große rote Tasche, die offensichtlich ein Zelt enthielt. Auf Kleiderbügeln hingen Regenponchos, Flanellhemden und sogar eine graue Trachtenlederhose.

»Wo ist das Seil?«

»In einem der Rucksäcke.«

Er ließ ihr Haar los, nahm das Messer von ihrer Kehle und presste die Spitze der Klinge gegen ihren Rücken. »Hol es.«

Sie ging in den Schrank, beugte sich vor und öffnete einen der roten Rucksäcke. Sie kramte darin herum und förderte eine Rolle steife, nagelneue Wäscheleine zum Vorschein.

»Hast du noch mehr?« Er nahm ihr das Seil ab und warf es hinter sich.

»Reicht das nicht?«

»Sieh im anderen Rucksack nach.«

Als sie ihn öffnete, erstarrte ihre Hand plötzlich.

»Tu es nicht.« Roy fuhr mit der Klinge durch Karens Haar, bis die Messerspitze ihren Hinterkopf berührte. Sie holte tief Luft. Roy beugte sich vor, legte einen Arm über ihre Schulter und zog eine kleine Axt mit Holzgriff aus dem Rucksack, deren Schneide in einem Lederetui steckte. Auch die Axt warf er hinter sich. Schwer fiel sie auf den Teppichboden.

»Okay. Das andere Seil.«

Sie zog eine weitere Wäscheleine hervor, die vom vielen Gebrauch grau und weich war.

»Steh auf.«

Sie richtete sich auf.

Roy drehte sie zu sich herum. »Streck die Hände aus.« Er nahm ihr das Seil ab, steckte das Messer in seinen Gürtel und schnürte ihre Hände fest zusammen. Das Ende des Seils behielt er in der Hand, damit er sie wie einen Hund an der Leine herumführen konnte, hob die andere Wäscheleine und die Axt auf und ging durch den Flur ins Schlafzimmer.

»Rate mal, was jetzt passiert«, sagte er.

»Bin ich dir nicht zu alt?«

Er grinste und dachte an Joni. »Du bist mir viel zu alt«, sagte er. Er führte sie über den Teppichboden zu einem Wandschrank, öffnete die Tür zur Hälfte und schubste Karen gegen die Wand, so dass sich die Tür zwischen ihnen befand. Dann legte er das Seil über die Tür und zog daran.

»Verdammt«, murmelte sie.

»Halt's Maul.«

»Roy!«

Er riss an der Leine und spürte, wie Karen auf der anderen Seite gegen die Tür geschleudert wurde. Als er das Seil gespannt hatte, bis ihre Fingerspitzen am oberen Rand der Tür auftauchten, musste er feststellen, dass es auf der Innenseite der Tür keine Möglichkeit gab, das Seil zu befestigen. Verdammt! Er führte die gespannte Leine unter der Tür durch und hob einen von Karens Füßen an. Sie trat nach ihm. Er boxte sie in die Kniekehle, und sie schrie auf. Dann zog er das Seil zwischen ihren Beinen hindurch und über ihren rechten Oberschenkel hinweg. Schließlich knotete er es an dem Türgriff in Hüfthöhe fest.

Er trat einen Schritt zurück und bewunderte sein Werk. Karen war mit ausgestreckten Armen an die Tür gefesselt.

»Und jetzt sag mir, was ich wissen will.«

»Und das wäre?«

»Wo sind Donna und Sandy?«

»In ihrem Haus?«, gab sie zurück. Trotz ihrer misslichen Lage hatte sie ihren Sarkasmus nicht verloren.

Roy durchtrennte erst den einen, dann den anderen Bikiniträger. »Da sind sie nicht, und das weißt du auch.«

»Nicht.«

Er zog das Bikinioberteil hinter ihrem Rücken hervor. »Sag mir, wo sie sind.«

»Wenn sie nicht zu Hause sind, dann weiß ich auch nicht ...«

Er schnitt die linke Seite ihres Höschens auf, sodass sie die Beine zusammenkneifen musste, damit es nicht hinunterrutschte.

»Wann kommt dein Mann nach Hause?«

»Bald.«

»Wann genau?« Er zog das Höschen bis zu ihren Knöcheln hinunter.

»So gegen halb fünf.«

»Es ist erst drei. Wir haben also viel Zeit.«

»Ich weiß nicht, wo sie hingefahren sind.«

»Ach ja?« Er lachte. »Ich weiß nicht, wie viel Schmerzen du ertragen kannst, aber ich werde es gern herausfinden. Und eines sag ich dir: Wenn du deinen Mann wirklich liebst, dann erzählst du mir, was ich wissen will, bevor er nach Hause kommt. Wenn du es mir sagst, haue ich ab. Dann tue ich dir nichts und deinem Mann auch nicht. Aber wenn ich immer noch hier bin, wenn er kommt, bringe ich euch beide um.«

»Ich *weiß nicht*, wo sie ist.«

»Aber sicher weißt du das.«

»Ich weiß es nicht.«

»Tja, das ist aber ziemlich schade für euch beide, findest du nicht auch?«

Sie schwieg.

»Wo sind sie hingefahren?«

Er ging in die Hocke, schnitt ein Fragezeichen in das weiße Fleisch ihrer linken Hinterbacke und beobachtete, wie das Blut daraus hervorquoll.

Kapitel neun

1

Von seiner Position auf der Front Street, nahe der Südseite des schmiedeeisernen Zauns, beobachtete Jud ein halbes Dutzend Leute, die aus dem Horrorhaus strömten. Die letzte Führung des Tages war beendet. Er sah auf die Uhr. Es war fast vier.

Maggie Kutch verließ als Letzte das Haus und sperrte hinter sich ab. Langsam ging sie die Verandatreppe hinunter, wobei sie sich schwer auf ihren Stock stützte. Die anstrengenden Führungen hatten offensichtlich ihre Spuren hinterlassen. Ihr Gang wirkte müde.

Bei der Ticketbude traf sie auf Wick Hapson, der gerade abschloss. Er nahm ihren Arm und führte sie über die Straße. Langsam gingen sie den ungepflasterten Weg hinauf und verschwanden schließlich in ihrem fensterlosen Haus.

Jud fischte eine Zigarre aus der Brusttasche. Er wickelte sie aus und knüllte die Verpackung zu einem kleinen Ball zusammen, den er auf den Wagenboden warf. Aus derselben Tasche nahm er ein Streichholzbriefchen, zündete die Zigarre an und wartete.

Um exakt 16:24 Uhr fuhr ein alter Lieferwagen aus der Garage neben Maggie Kutchs Haus. Er zog eine Staubwolke hinter sich her, als er auf die Front Street bog und auf Jud zukam, der so tat, als würde er eine Straßenkarte studieren. Der Lieferwagen fuhr an ihm vorbei und wurde langsamer.

Jud sah von der Karte auf und bemerkte einen Mann, der aus dem Wagen stieg und auf den Zaun zuhumpelte. An der Ecke befand sich ein großes Tor, das mit einer Kette und einem Vorhängeschloss gesichert war. Der kleine, dicke Mann öffnete das Schloss, entfernte die Kette und schob das Tor auf. Dann fuhr er hindurch und sperrte hinter sich wieder ab.

Der Lieferwagen rumpelte über die tiefen Reifenspuren im Rasen und parkte direkt neben dem Horrorhaus. Der Fahrer stieg aus, öffnete die Heckklappe und sprang in den Laderaum. Er benutzte ein Brett als Rampe, um einen elektrischen Rasenmäher herunterzufahren.

Sobald der Mann anfing, den Rasen zu mähen, ließ Jud den Motor an und wendete. Er fuhr langsam, um die linke Seite der Straße inspizieren zu können. Zwei Meilen außerhalb von Malcasa Point entdeckte er einen Feldweg, der in den Wald führte. Er war für seine Zwecke jedoch viel zu weit entfernt. Er wendete und fuhr in die Stadt zurück.

Etwa hundert Meter hinter der Position, von der aus er zuvor das Haus beobachtete hatte, fuhr er von der Straße ab, parkte und stieg aus. Außer der kurvigen Straße und den bewaldeten Hügeln war nichts zu sehen. Sicherheitshalber blieb er ein paar Sekunden stehen und sah sich um.

Er hörte das entfernte Brummen des Rasenmähers, den Wind, der in den Blättern über ihm rauschte und das Zwitschern zahlloser Vögel. Eine Fliege summte an seinem Gesicht vorbei. Er verscheuchte sie und öffnete den Kofferraum.

Zuerst schlüpfte er in seinen Parka. Dann legte er unter der Jacke einen Gurt um seine Hüfte und schloss ihn. Er zog einen Rucksack aus dem Kofferraum und schulterte ihn. Schließlich holte er noch seinen Gewehrkoffer heraus.

Vorbei an Felsbrocken und umgefallenen Baumstämmen marschierte er einen bewaldeten Hügel hinauf, bis er eine sonnenbeschienene Lichtung erreichte. Er wischte sich den Schweiß aus seinen brennenden Augen und trank lauwarmes Wasser aus einer Feldflasche. Dann ging er auf der Suche nach der Felsbank, die er an diesem Morgen durch die Fenster auf der Rückseite des Horrorhauses erspäht hatte, die linke Seite des Hügels hinunter.

Der untersetzte, humpelnde Mann war offensichtlich mit dem Vorgarten fertig und mähte jetzt den Rasen an der Rückseite des Gebäudes. Jud beobachtete, wie er langsam den Garten durchquerte, hinter einem verwitterten Pavillon verschwand und wieder auftauchte.

Es würde eine lange Wartezeit werden.

Er hatte nicht vor, die ganze Zeit über auf einem Felsen zu kauern. Das war viel zu unbequem. Auf der Kuppe des Hügels fand er eine einigermaßen gerade, mit Zwergpinien bewachsene Fläche. Er nahm den Rucksack ab und ließ ihn gegen eine der Pinien fallen. Dann zog er den Parka aus, damit er die kühle Brise spüren konnte. Er legte auch das Hemd ab, wischte sich damit über das Gesicht und breitete es zum Trocknen auf einem Felsen aus.

Dann öffnete er den Rucksack und holte sein Fernglas und ein in eine Papiertüte eingewickeltes Sandwich heraus. Donna hatte ihm das Sandwich am Nachmittag zurechtgemacht.

Nach dem Vorfall mit Larry am Strand waren sie zum Welcome Inn zurückgekehrt. Donna und Sandy hatten sich umgezogen, während Larry sich einen Drink an der Hotelbar genehmigt hatte. Jud war in Begleitung der beiden Frauen in die Stadt gegangen, wo sie in einem Supermarkt eingekauft hatten. Donna hatte dann in ihrem Bungalow die Sandwiches zubereitet. Vier Stück. Als sie ihn fragte, wo er die Nacht verbringen würde, hatte er ihr nur gesagt, dass er am Morgen wieder da sein würde.

Mit Fernglas und belegtem Brötchen bewaffnet suchte er nach einer geeigneten Beobachtungsposition und fand eine ebene, von einem Felsen geschützte Fläche.

Er wickelte das Sandwich aus: Sauerteigbrot mit Mayonnaise, Montereykäse und Salami. Während er aß, beobachtete er die Rückseite des Horrorhauses.

Der Kerl war noch immer dabei, den Rasen zu mähen.

Jud beobachtete ihn durch sein Bushnell-Fernglas. Der kahle Kopf des Mannes glänzte vor Schweiß. Trotz der Hitze trug er einen Pullover und Arbeitshandschuhe. Immer wieder wischte er sich mit dem Handrücken über die Stirn.

Der arme Teufel.

Beim Anblick des schwitzenden Mannes wurde ihm bewusst, wie gemütlich er es hatte. Er spürte die kühle Brise auf seiner Haut, roch den Pinienduft, aß sein Sandwich und dachte an die Frau, die er heute kennen gelernt hatte und die ihm wirklich etwas bedeutete.

Sobald er fertiggegessen hatte, kletterte er wieder zu seinem Rucksack und dem Gewehr zurück. Das Hemd war noch immer feucht. Er stopfte alles in den Rucksack und kehrte zu seinem Beobachtungspunkt zurück.

2

Als der Lieferwagen das Anwesen endlich verließ, war alles ruhig in der Umgebung des Horrorhauses. Jedenfalls soweit Jud sehen konnte. Und er hatte die gesamte Rück- und Südseite des Hauses im Visier.

Die Vorderseite interessierte ihn nicht. Sowohl im Falle der Thornals auch der Kutch-Morde war der Angreifer durch ein Fenster auf der Hinterseite des Hauses eingedrungen. Also musste er aus dem Wald hinter dem Anwesen gekommen sein.

Wenn heute Nacht jemand einbrach, würde Jud einen Blick auf ihn werfen können.

Schießen würde er nicht.

Noch nicht. Er konnte ja nicht einfach jeden umbringen, der nachts in ein Haus einbrach. Vielleicht handelte es sich nur um einen Scherzkeks in einem Affenkostüm. Er musste sichergehen.

Er spähte weiter durch sein Fernglas, aß noch ein Sandwich und spülte es mit Wasser aus der Feldflasche hinunter.

Als die Sonne langsam unterging und es kälter wurde, zog er das inzwischen trockene, etwas steife Hemd wieder an und stopfte es in seine Jeans.

Dann zündete er sich eine Zigarre an und lehnte sich gegen die Felswand hinter ihm. Vorne gaben ihm einige Gesteinsbrocken

Deckung. Zwar schränkten sie auch seine Sicht ein, aber die gesamte Rückseite des Hauses hatte er so im Blick. Das war besser als die ganze Nacht kauernd oder kriechend verbringen zu müssen.

Nach einer Stunde setzte er sich auf seinen Parka.

Er dachte an viele Dinge. Noch einmal ließ er sich alles, was er über die Bestie wusste, durch den Kopf gehen und suchte nach der plausibelsten Antwort auf die Frage ihrer Identität. Die Zeitfrage war entscheidend. Die ersten Morde waren im Jahre 1903 verübt worden, die letzten 1977. Es ließ sich also mit an Sicherheit grenzender Wahrscheinlichkeit ausschließen, dass es sich um ein und denselben Täter handelte.

Mit der Vorstellung von einem unsterblichen, klauenbewehrten Ungeheuer konnte er sich auch nicht anfreunden. Trotz allem, was Larry ihm erzählt hatte. Trotz Maggie Kutchs Geschichten.

Trotz der Narben auf Larrys Rücken?

Diese Verletzungen hätte ihm auch ein Mensch zufügen können. Vielleicht nicht mit den Fingernägeln, aber mit Klauen an künstlichen Tatzen. Ein Mensch, der in einem Kostüm steckte – einem Monsterkostüm.

Aber wie erklärte man den Zeitraum von fast fünfundsiebzig Jahren, in denen die Bestie immer wieder zugeschlagen hatte?

Mehrere Menschen in Kostümen.

Aber wer und weshalb?

Plötzlich hatte er eine Theorie. Je mehr er darüber nachdachte, desto schlüssiger wurde sie. Während er sich überlegte, wie er an Beweise für diese Theorie gelangen konnte, wurde es dunkel.

Er kroch bis zum Rand der Felsbank. Das Haus war stockfinster und der Rasen davor eine schwarze Ebene, die an die Oberfläche eines Sees in einer bewölkten Nacht erinnerte. Er griff in seinen Rucksack und holte eine Ledertasche heraus, in der sich sein Nachtsichtgerät befand, ein Starlight Noctron IV. Im gespenstischen roten Licht des Infrarotobjektivs war nichts Ungewöhnliches in der Umgebung des Anwesens zu erkennen.

Als seine Beine anfingen zu schmerzen, kroch er zurück und lehnte sich wieder gegen die Felswand. Er legte kurz das Nachtsichtgerät ab, um seinen Parka anzuziehen. Dann setzte er seine Observation fort.

Wenn er mit seiner Theorie richtig lag, war es eigentlich sinnlos, hier eine kalte Nacht zu verbringen. Die Bestie würde ihm sicher nicht über den Weg laufen.

Nun ja, schaden konnte es natürlich auch nicht.

Er hätte jemanden im Haus positionieren sollen. Als Köder.

Aber wer hätte sich da reingewagt?

Ich. Nur ich.

Aber dafür war es noch zu früh. Zuerst musste er das Ziel observieren, seinen Feind kennen lernen.

Das Nachtsichtgerät wurde langsam schwer. Er legte es beiseite und aß in der Finsternis das letzte Sandwich.

Nach einer Weile kroch er wieder nach vorne und stützte sich mit den Ellbogen auf dem Felsen am Rand des Vorsprungs ab. Er überprüfte den Garten, den Waldrand, den Pavillon und sogar die Fenster des Hauses, obwohl die Glasscheiben die Wärmestrahlung, die das Nachtsichtgerät aufspürte, zurückhielten.

Er ging um seinen Rucksack herum und pinkelte in die Finsternis.

Dann beobachtete er weiter. Nichts. Er warf einen Blick auf die Uhr. Halb elf. Eine Stunde lag er regungslos da und grübelte weiter über seine Theorie nach. Dachte an andere Nächte, die er mit Nachtsichtgerät und Gewehr verbracht hatte. Dachte an Donna.

Wie sie heute Morgen in Kordhose und Bluse aufgetaucht war und die Hände in die Gesäßtaschen gesteckt hatte. Ihre Hände wurden seine Hände, die die warmen, sanften Kurven ihres Hinterteils streichelten, die Knöpfe ihrer Bluse öffneten und Brüste berührten, die er noch nie gesehen hatte, sich aber lebhaft vorstellen konnte.

Sein steifer Penis drückte gegen seine Hose.

Zurück zur Bestie.

Dann erinnerte er sich an das fette Gesicht von Generalfeldmarschall und Kaiser auf Lebenszeit, Euphrates D. Kenyata. Eines seiner großen, runden Augen verschwand, als es von einer Kugel durchbohrt wurde, die dem Kaiser den Hinterkopf wegriss.

Die Bestie von Kampala war erledigt.

Genau wie Juds Erektion.

Nicht auszudenken, wenn ihn die Wachen erwischt hätten. Hatten sie aber nicht. Sie waren nicht einmal nahe dran gewesen. Nicht näher, als er es zugelassen hatte. Und trotzdem, wenn sie ihn erwischt hätten …

Da!

Am Zaun.

Er versuchte, das Nachtsichtgerät ruhig zu halten. Irgendetwas – wahrscheinlich ein Busch – verdeckte einen Teil des Wärmebildes. Trotzdem konnte er die gebückte Gestalt erkennen, die zumindest auf diese Entfernung menschenähnlich schien.

Die Gestalt legte sich flach auf den Boden. Offensichtlich schob sie etwas unter dem Zaun hindurch. Dann quetschte sie sich selbst durch die Lücke, hob den Gegenstand wieder auf und stellte sich aufrecht hin. Das Wesen hatte zwei Beine. Es sah sich um.

Im Profil waren eindeutig Brüste zu erkennen.

Die Gestalt rannte zur Rückseite des Hauses, ging die Verandatreppe hinauf und verschwand unter einem Balkon.

Einige Augenblicke verstrichen. Dann hörte Jud das leise Klirren von zerbrechendem Glas.

3

Keuchend und mit Seitenstechen erreichte Jud den Zaun. Er war den Hügel hinuntergestürmt. Anstatt seine Zeit damit zu verschwenden, die Lücke zu suchen, warf er seine Taschenlampe durch die

Gitterstäbe, sprang hoch und packte mit beiden Händen die Querstrebe unterhalb der Zaunspitzen. Er machte einen Klimmzug und drückte sich mit den Armen hoch. Aus dem Haus ertönte ein erstickter Schrei. Als er sein Gewicht zu weit nach vorne verlagerte, näherte sich eine gusseiserne Zaunspitze gefährlich seinem Bauch. Er lehnte sich zurück und hob das linke Bein. Mit dem Fuß konnte er die Strebe ertasten. Er drückte sich ab und sprang über die Spitzen. Als er auf der anderen Seite aufschlug, rollte er sich ab, richtete sich auf und hob die Taschenlampe auf. Er rannte auf das Haus zu.

Während er die Veranda hinaufstürmte, zog er seine .45er Colt Automatik. Er überlegte kurz, ob er das siebenschüssige Standardmagazin durch das übergroße mit 20 Schuss austauschen sollte, das in seinem Parka steckte. Andererseits – wenn sieben Kugeln nicht ausreichten, um die Bestie zu erledigen …

Die Haustür stand offen. Eines der Türfenster war eingeschlagen worden.

Er ging hinein, schaltete die Taschenlampe an und sah sich um. Die Küche. Er rannte in einen Flur und sah den Affenschirmständer und die Vordertür vor sich. Er leuchtete über seine linke Schulter und entdeckte die Treppe.

Der Strahl der Taschenlampe fiel auf einen roten Benzinkanister, der auf der Mitte der Treppe lag. Der Deckel war noch festgeschraubt. Ein etwa einen Meter langes Stück Seil war um den Griff geknotet. Als er den Kanister aufstellte, hörte er, wie Flüssigkeit darin herumschwappte. Er steckte die Waffe weg, öffnete den Deckel und roch hinein. Benzin, kein Zweifel. Dann hörte er Atemgeräusche über sich. Ein trockenes, heiseres Lachen.

Der Schein seiner Taschenlampe wanderte die Stufen hinauf, fand ein nacktes, blutendes Bein, eine mit Wunden übersäte Brust, ein hinter Haarsträhnen verborgenes Gesicht. Blut tropfte vom Kinn. Ein Stück Haut hing von der Stirn herunter und bedeckte ein Auge.

Die Gestalt lachte erneut. Es wirkte, als würde das Gelächter zusammen mit einem Rinnsal aus Blut aus dem geöffneten Mund sickern.

»Mary?«, rief Jud leise die Treppe hinauf. »Mrs Ziegler?«

Sie schien auf ihn zuzugleiten. Ihre Arme schwangen hin und her, und ihre Beine bewegten sich nur unmerklich.

Jud senkte die Taschenlampe und sah, dass ihre Füße etwa zwei Zentimeter über dem Boden schwebten.

»Oh Gott«, flüsterte er und griff nach seiner Pistole.

Der Körper flog auf ihn zu.

Er ging in die Hocke. Der Leichnam rollte mit leisen, klatschenden Geräuschen über seinen Rücken hinweg und landete mit einem dumpfen Aufschlag am Fuß der Treppe.

Dann sprang etwas anderes auf seinen Rücken.

Er rammte seinen Ellbogen in weiches Fleisch und hörte ein tiefes Keuchen. Der saure Gestank ließ ihn würgen. Er stieß noch einmal mit dem Ellbogen zu, wobei er die Taschenlampe verlor, und wirbelte herum. Etwas Scharfes schlitzte seinen Parka und die Haut darunter auf. Das schwere Gewicht löste sich von seinem Rücken. Vor Schmerz ließ er die Automatik fallen.

Er tastete im Dunkeln die Treppe danach ab und fand stattdessen den Benzinkanister. Von unten ertönte Grunzen und Knurren.

Jud schwang den Kanister und verteilte Benzin in der Dunkelheit. Eine blasse, gebückte Gestalt erschien auf der Treppe. Sie kreischte auf, als sie mit Benzin übergossen wurde, wedelte mit den Armen und schlug Jud den Kanister aus den Händen. Rückwärts stolperte er die Treppe hinauf und griff auf der Suche nach den Streichhölzern in seine Brusttasche.

Klauen bohrten sich in seine Hüfte.

Er riss ein Streichholz aus dem Briefchen und strich damit über die Reibfläche. Blaue Funken sprühten.

Das Streichholz entzündete sich nicht.

Dann sprang das Ding über das Geländer in die Dunkelheit.

Es grunzte, als es tief unten auf dem Boden landete und in die Küche rannte.

Endlich ertastete Jud Taschenlampe und Pistole. Er setzte sich irgendwo über dem zerfetzten Leichnam von Mary Ziegler auf die Treppe und lauschte in die Dunkelheit.

Kapitel zehn

Roy tat alles weh, besonders seine Schultern und der Rücken. Es schien ihm, als wäre er schon eine Ewigkeit unterwegs, obwohl es in Wirklichkeit nur sieben Stunden gewesen waren. Eigentlich hätte er sich nach sieben Stunden Fahrt nicht so schlecht fühlen dürfen.

Er griff in die Tüte auf dem Beifahrersitz, ertastete die warmen Big Macs und nahm einen heraus. Dann ließ er ihn wieder in die Tüte fallen. Der Burger konnte warten. Bald würde er anhalten.

Als er über die Golden Gate Bridge fuhr, sah er aus dem linken Fenster in Richtung Alcatraz. Außer einem Signallicht war nicht viel davon zu erkennen. Egal. Wer wollte schon einen Scheißknast sehen?

Es ist kein Knast mehr, erinnerte er sich.

Oh doch. Einmal Knast, immer Knast. Alcatraz würde nie etwas anderes sein.

Wenn er weiter auf der 101 blieb, würde er in etwa zehn Minuten San Quentin erreichen. Scheiße, von San Quentin hatte er wirklich die Schnauze gestrichen voll.

Er wollte gar nicht daran denken.

Stattdessen wickelte er doch einen Big Mac aus und aß ihn langsam, während er die Straßenschilder las. Mit dem letzten Bissen steuerte er den Pontiac Grand Prix auf die Ausfahrt Mill Valley.

Der Wagen fuhr sich grandios. Er mochte ihn. Bob hatte in Bezug auf Autos einen sehr guten Geschmack gehabt.

Mill Valley hatte sich kaum verändert. Es war nach wie vor ein kleines, verschlafenes Provinznest. Das Tamalpais-Theater-Festzelt lag im Dunkeln. Der alte Busbahnhof sah so aus wie immer. Zu seiner Linken hatten sie ein paar alte Gebäude abgerissen und durch ein großes, hölzernes Bauwerk ersetzt. Der Ort veränderte sich doch – wenn auch nur langsam.

Am Stadtrand angekommen fuhr er auf die Straße, die nach Mount Tamalpais, Muir Woods und Stinson Beach führte. Nach einigen verstreuten Häusern führte die Strecke durch dichten Wald. Manche der engen Kurven konnte er nur im Schritttempo passieren.

Als er einen Feldweg erreichte, fuhr er hinein und blieb stehen. Er schaltete die Scheinwerfer aus und saß nun völlig im Dunklen. Aus dem roten Rucksack auf der Rückbank holte er eine Taschenlampe. Er schloss die Wagentüren, schulterte den Rucksack und ging eine sanfte Anhöhe hinauf in den Wald hinein.

Äste strichen gegen seine Hosenbeine. Er stolperte über einen niedrigen Stacheldrahtzaun, der seine Jeans durchlöcherte und sein Schienbein zerkratzte. Er befreite sich und ging weiter.

Auf der Hügelkuppe angekommen stapfte er durch das dichte Gestrüpp. Er wollte seine Suche schon aufgeben, als er im Schein der Taschenlampe eine Lichtung entdeckte. Grinsend ging er darauf zu.

Die Lichtung hatte einen Durchmesser von etwa sechs Metern und war flach genug, um seinen Schlafsack darauf auszurollen. Ein Steinkreis umschloss eine alte Feuerstelle. In der Asche fand er ein halbes Dutzend verkohlte Konservendosen. Roy berührte sie. Sie waren kalt.

Um die Lichtung herum war dunkler, undurchdringlicher Wald.

Ideal.

Er zog eine Plastikfolie aus dem Rucksack und breitete sie aus. Dann nahm er Bobs Schlafsack aus seiner blauen Hülle und legte ihn auf die Folie.

Ich hätte auch noch eine dieser Isomatten mitnehmen sollen, dachte er. Das hatte er glatt vergessen.

Im Wald suchte er nach Feuerholz, stapelte tote Äste neben der Feuerstelle zu einem großen Haufen auf und warf die Konservendosen in die Büsche.

Mit Toilettenpapier aus dem Rucksack entzündete er ein Feuer, das knisternd und knackend immer höher schlug. Die Flammen wärmten seine Hände. Ihr Schein flackerte über die Lichtung. Er legte weitere Äste in die Glut.

»Ein richtig schönes Feuerchen«, murmelte er.

Drei schöne Feuerchen an einem Tag. Er arbeitete wirklich hart.

Als er durch den Wald zum Auto zurückging, sah er sich ständig um. Das Feuer war fast bis zum Wagen durch die Äste zu sehen.

Langsam und vorsichtig kletterte er den Hügel hinunter. Er nahm die McDonald's-Tüte vom Beifahrersitz, ging zum Kofferraum und öffnete ihn.

Joni kniff die Augen zusammen, als er ihr mit der Taschenlampe ins Gesicht leuchtete. Sie lag auf der Seite unter einer karierten Decke.

»Hunger?«, fragte Roy.

»Nein«, sagte sie schmollend.

Seit sie Santa Monica verlassen hatten, hatte er stündlich nach ihr gesehen. Sie hatte sich weder gerührt noch etwas gesagt. Genau genommen hatte sie seit gestern Nacht im Badezimmer kein Wort mehr gesprochen.

»Du bist also doch noch nicht ganz übergeschnappt.« Er zog an der Decke. Joni wollte sie festhalten, war aber zu schwach dazu. Er riss sie ihr aus den Händen.

Sie rollte sich noch enger zusammen.

»Komm da raus«, sagte Roy.

»Nein.«

»Raus da, oder ich werde dir wehtun.«

»Nein.«

Er griff unter ihren Faltenrock und kniff sie in die Hüfte.

Sie fing an zu weinen.

»Hab ich's dir nicht gesagt? Und jetzt komm raus.«

Auf Händen und Knien kletterte sie über den Rand des Kofferraums und ließ sich zu Boden sinken.

Roy schloss den Kofferraum und griff nach der Hand des Mädchens. »Wir machen einen Campingausflug«, sagte er und zerrte Joni den Hügel hinauf. Sie stolperte und weinte. Offensichtlich zerkratzten die Äste ihre nackten Beine. »Soll ich dich tragen?«, fragte er.

»Nein.«

»Ich kann dich huckepack nehmen, dann tun dir die Füße nicht mehr weh.«

»Das will ich nicht. Sie sind böse.«

»Ich bin nicht böse.«

»Doch. Ich weiß, was Sie getan haben.«

»Ich hab gar nichts getan.«

»Sie …«

»Was?«

»Sie …« Und plötzlich verfiel sie in ein lautes, schrilles Heulen. »Waaaaaa!« Wie ein Baby.

»Scheiße«, murmelte Roy.

Das markerschütternde Geschrei wurde nur durch gelegentliche Schluchzer unterbrochen, und sie machte keinerlei Anstalten, damit aufzuhören. Sie verstummte erst, als ihr Roy mit dem Handrücken ins Gesicht schlug. Jetzt war nur noch leises Schluchzen zu hören.

»Hinsetzen«, befahl Roy, als sie das Feuer erreicht hatten.

Joni setzte sich auf den Schlafsack und umklammerte ihre Knie. Mit dem Oberkörper pendelte sie vor und zurück und schniefte.

Roy brach ein paar Äste über seinem Bein und legte sie ins Feuer. Als es wieder hoch und heiß loderte, setzte er sich neben Joni. »Gefällt's dir?«, fragte er.

»Nein.«

»Warst du schon einmal auf einem Campingausflug?«

Sie schüttelte den Kopf.

»Rate mal, was hier drin ist.« Er wedelte mit der weißen McDonald's-Tüte vor ihrer Nase herum. Schnell wandte sie sich ab, doch

Roy war das Verlangen in ihren Augen nicht entgangen. Er schnupperte an der Tüte. Der Duft von Pommes war überwältigend. Er griff hinein und zog eine Fritte heraus.

»Sieh mal, was ich hier habe«, sagte er.

Er hielt die Fritte hoch und schüttelte sie wie einen blassen Wurm. »Sie gehört dir. Mund auf.«

Sie presste ihre Lippen fest zusammen und schüttelte den Kopf.

»Wie du willst.« Roy legte den Kopf in den Nacken, riss den Mund auf und ließ die Fritte hineinfallen. Sie war sehr salzig.

Er nahm eine warme Bierdose aus dem Rucksack. Als er sie aus Karens Kühlschrank genommen hatte, war sie noch kalt gewesen. Aber warmes Bier war besser als gar keines. Als er die Dose öffnete, spritzte eine Bierfontäne auf Joni. Sie zuckte zusammen, verzichtete jedoch darauf, ihr Gesicht abzuwischen. Roy trank und spülte den Salzgeschmack aus seinem Mund.

»Willst du eine?«, fragte er und bot ihr eine weitere Fritte an. »Nicht? Auch gut.« Er aß sie. Schließlich nahm er die ganze Pommesschachtel aus der Tüte. »Da ist noch ein Big Mac drin. Der ist für dich.« Er aß noch mehr Fritten und spülte sie herunter. »Ich mag ihn nicht. Iss ruhig.«

»Ich will nicht.«

»Klar willst du.«

»Will ich nicht.«

»Ich hab ihn für dich gekauft. Also wirst du ihn auch essen.«

»Sie sind nicht mein Vater.«

Das war gefährliches Terrain. Er wollte nicht, dass sie wieder losheulte. »Wie du willst. Es ist dein Big Mac.«

»Ich will ihn nicht. Wahrscheinlich haben Sie ihn vergiftet.«

»Ich hab überhaupt nichts vergiftet.« Er aß Fritten und trank noch mehr Bier. Schließlich war er mit beidem gleichzeitig fertig, warf die fettige Pommesschachtel ins Feuer und sah zu, wie sie von den Flammen verschlungen wurde. Dann nahm er ein frisches Bier aus dem Rucksack. Dieses Mal schüttelte er die Dose und zielte direkt auf Jonis Gesicht. Sie biss sich auf die Unterlippe. Bier tropfte von ihrer Nase und ihrem Kinn. Roy lachte. »Du solltest dich mal sehen!«

Er zog den übriggebliebenen Big Mac aus der Tüte und wickelte ihn aus. »Willst du?«

»Nein.«

Er hob ihn hoch und öffnete weit seinen Mund. Joni warf ihm einen kurzen Blick zu, dann sah sie schnell weg. »Doch, du willst ihn.«

Sie schüttelte den Kopf.

»Doch, doch. Hier.« Er hielt ihr den Burger vors Gesicht. »Mund auf.«

Wieder schüttelte sie den Kopf.

Roy wischte mit dem Big Mac über ihren Mund und hinterließ eine feuchte Spur aus Fleischsaft und Soße. Er wartete auf ihre vorschnellende Zunge.

Sie hielt den Mund geschlossen.

»Mach schon, Mund auf.« Wieder schmierte er ihr den Burger übers Gesicht. »Tu, was ich dir sage.«

»Mmmmm-mmmm.«

Roy stellte die Bierdose ab und ging vor ihr in die Knie.

»Iss jetzt, Joni.«

Sie schüttelte den Kopf.

Mit seiner linken Hand hielt er ihr die Nase zu und drückte ihren Kopf nach hinten. Sie schaffte es, erstaunlich lange die Luft anzuhalten, öffnete dann aber doch keuchend den Mund. Roy stopfte den Hamburger hinein, drehte daran herum und schmierte ihn über ihren Mund, ihr Kinn und ihre Nase. Als sie anfing zu würgen, ließ er sie los und warf die Überreste des Big Mac in die Büsche.

Hustend setzte sich Joni auf. Mit den Fingern fischte sie Brötchenstücke und Fleischbrocken aus ihrem Mund.

»Mach mir bloß den Schlafsack nicht dreckig«, warnte sie Roy und schubste sie nach vorn.

Auf Händen und Knien spuckte sie hustend die Reste des Big Mac ins Feuer.

Roy betrachtete ihr Hinterteil in dem kurzen Faltenrock. Er selbst hatte ihn an diesem Morgen für sie ausgesucht. Joni hatte weder geholfen noch sich gewehrt, als er ihr eine frischgewaschene weiße Bluse und das grüne Kleid übergezogen hatte. Es war, als würde man eine Schaufensterpuppe einkleiden. Der einzige Unterschied: Diese Puppe besaß echte Gliedmaßen, und es hatte ihm Spaß gemacht, sie zu berühren. Auf Unterwäsche hatte er verzichtet.

Joni hatte mittlerweile aufgehört zu husten und weinte wieder.

Roy tätschelte ihr Bein. Bei seiner Berührung versteifte sie sich. Er ließ seine Hand über ihren Körper gleiten, genoss die weiche, kühle Haut ihres Schenkels. Seine Hand wanderte höher. Joni wirbelte herum und schlug sie zur Seite.

Er packte sie am Arm, zog sie zu sich und wischte ihren tropfenden Mund mit einem Taschentuch ab, das er anschließend ins Feuer warf.

Sie schlug nach seinen Händen, als er ihre Bluse öffnete, doch er schenkte ihren Hieben keine weitere Beachtung. Bis sie seine Nase traf. Das tat weh. Er packte ihr Haar und zerrte daran, bis sie vor Schmerz aufkeuchte. Jetzt wagte sie es nicht mehr, ihn zu schlagen. Als er ihr die Bluse ausgezogen hatte, ließ er sie los. Zitternd schlang sie die Arme um ihren Körper, während er die Bluse zusammenlegte und in den Rucksack steckte.

»Ist dir kalt?«

Sie antwortete nicht.

Roy kroch hinter sie. Er streichelte ihre Schultern und ihren Rücken, dann zerrte er am Reißverschluss ihres Rocks.

»Steh auf.«

Sie schüttelte den Kopf.

Roy kniff ihr in den Rücken. »Steh auf.«

Sie gehorchte. Roy zog den Rock herunter.

»Bleib stehen.«

»Mir ist kalt«, flüsterte sie.

»Dann stell dich näher ans Feuer.«

Zögernd verließ sie das weiche Nylon des Schlafsacks und trat näher an das verlöschende Feuer heran.

»Du kannst Holz nachlegen, wenn du willst.«

Er beobachtete, wie sie sich vorbeugte, Äste vom Stapel nahm und sie ins Feuer warf, das bald aufloderte und ihre Haut in ein flackerndes Orange tauchte. Sie kauerte sich neben die Flammen, so dass er nur die Seite ihres Körpers sehen konnte.

Er schnürte die teuren Wanderstiefel auf und zog sie aus. Auch hier hatte Bob exzellenten Geschmack bewiesen.

»Stell dich auf die andere Seite«, sagte er. »Mit dem Gesicht zu mir.«

Da rannte sie los.

Roy zog das Messer und nahm die Klinge zwischen Daumen und Zeigefinger. Dann warf er es. Es drehte sich immer wieder um die eigene Achse und blitzte im Licht des Feuers auf.

Das Mädchen hatte fast den dunklen Waldrand erreicht, da hörte Roy ein dumpfes Geräusch und ein erschrockenes Keuchen. Sie fiel vornüber.

Langsam zog er die Stiefel wieder an, ohne sie zuzubinden. Er steckte die Senkel einfach unter die Zungen und stand auf.

Äste und Piniennadeln knackten unter seinen Sohlen, als er auf den blassen, hingestreckten Körper des Mädchens zuging.

Kapitel elf

1

Donna wurde von einem leisen Klopfen an der Tür aufgeweckt. Sie hob ihr Gesicht vom Kissen. Irgendetwas war mit dem Fenster. Es befand sich nicht wie gewohnt direkt über ihrem Bett. Ein fremder Raum. Draußen war es noch dunkel. Irgendjemand klopfte. Vor Furcht krampften sich ihre Eingeweide zusammen.

Dann wusste sie wieder, wo sie war, und erinnerte sich an alles.

Jud. Das war sicher Jud.

Sie stand auf. Es war kalt, aber sie nahm sich nicht die Zeit, in der Dunkelheit nach ihrem Morgenmantel zu suchen. Schnell ging sie zur Tür und öffnete sie einen Spalt.

Vor ihr stand Larry in einem gestreiften Pyjama und zitterte im kühlen Wind.

»Was ist los?«, flüsterte Donna mit einem unguten Gefühl im Bauch.

»Judge ist zurück. Er ist verwundet.«

Sie warf einen Blick über ihre Schulter auf Sandys Bett und entschloss sich, das Mädchen nicht zu wecken. Stattdessen zog sie die Tür hinter sich zu und prüfte, ob sie wirklich verschlossen war.

Als sie Larry über den Parkplatz folgte, spürte sie die kalte Brise. Unter ihrem Nachthemd wippten ihre Brüste, als wäre sie splitternackt. Egal. Nur Jud zählte. Außerdem würde sie in seinem Bungalow sicher etwas finden, das sie sich überziehen konnte.

»Wie schlimm ist es?«, fragte sie.

»Die Bestie hat ihn erwischt.«

»Oh Gott!« Sie hatte plötzlich die in Fetzen gerissenen, blutverschmierten Wachsfiguren vor Augen. Aber ihn konnte es unmöglich so schlimm erwischt haben. Doch nicht Jud. Er ist verletzt, aber nicht tot. Das wird schon wieder werden.

Larry öffnete die Tür zu Bungalow Nr. 12. Die Nachttischlampe war eingeschaltet, doch die beiden Betten waren leer. Offensichtlich hatte in einem davon überhaupt niemand geschlafen. Donna sah sich um. »Wo ist er?«

Larry schloss die Tür und sperrte ab.

»Larry?«

Sie bemerkte, dass er sie von oben bis unten musterte, als fiele ihm erst jetzt auf, dass sie nur ein Nachthemd trug.

»Er ist nicht hier«, sagte Donna.

»Nein.«

»Wenn Sie glauben, dass Sie …«

»Was?«, fragte Larry und sah von ihren Brüsten auf. Seine Miene war nicht zu entschlüsseln.

»Ich gehe wieder.«

»Warten Sie. Warum denn? Es tut mir leid, wenn ich Sie in eine peinliche Lage gebracht habe, aber … Ich wollte nur …«

»Ich weiß genau, was Sie wollten. Sie dachten, Sie könnten Jud als Vorwand benutzen, um mich hierherzulocken und …«

»Um Himmels willen, nein! Ach du liebe Güte.« Er lachte nervös. »Judge hat mich zu Ihnen geschickt.«

»Und, wo ist er?«

»Hier drüben.«

Sie folgte ihm durch das Zimmer.

»Judge wollte das Bett nicht besudeln, verstehen Sie?«

Er öffnete die Badezimmertür. Donna sah auf dem Boden verstreute Kleidungsstücke. Dann fiel ihr Blick auf Jud, der in der leeren Badewanne saß. Blut bedeckte seinen Rücken und hatte seine Unterhose durchtränkt. Er war gerade dabei, einen dicken Verband um seinen Oberschenkel zu wickeln.

»So, das wäre geschafft«, sagte er und sah auf.

Sie kniete sich vor die Badewanne und gab ihm einen Kuss. Mit der Hand fuhr sie durch sein feuchtes Haar.

»Du siehst fürchterlich aus«, sagte sie.

»Du hättest mich mal vor dem Duschen sehen sollen.«

»Stellst du dich immer mit Unterhose unter die Dusche?«

»Ich wollte dich nicht erschrecken.«

»Verstehe.« Sie küsste ihn noch einmal, diesmal länger. Ein warmes Gefühl machte sich in ihren Lenden breit. Sie wünschte, Larry wäre nicht hier.

»Sie sollten nicht die ganze Nacht mit Knutschen verbringen«, sagte Larry. »Immerhin *blutet* dieser Mann.«

»Kannst du mir die Schulter verbinden?«, fragte Jud.

»Klar.«

»Larry ist ziemlich zimperlich.«

»Ich kann kein Blut sehen«, sagte Larry und verließ das Badezimmer.

Donna drückte einen Waschlappen über den Wunden an der Schulter aus, und das Wasser spülte das Blut fort. »War das die Bestie?«

»Irgendetwas war es auf jeden Fall«, sagte er.

»Sieht nach Krallenspuren aus.«

»Fühlt sich auch so an.«

Vorsichtig säuberte sie die Wunden.

»Mach etwas Chlorwasserstoff drauf. Das Zeug müsste hier irgendwo rumstehen.«

Sie schüttete die Flüssigkeit über seine Wunden. Mit einem großen Mullverband aus dem Erste-Hilfe-Kasten, der auf dem Toilettendeckel lag, bedeckte sie die Schnitte. »Du bist wirklich auf alles vorbereitet«, sagte sie, während sie den Verband festklebte.

»Hmmm-hmmm.«

»Gibt's sonst noch was zu reparieren?«, fragte sie.

»Das wäre alles, glaube ich. Vielen Dank.«

»Dann wollen wir dich mal sauber machen. Kannst du dein Bein hochhalten, wenn ich die Wanne einlasse?«

»Solange das Wasser nicht zu tief ist.«

Sie steckte den Stöpsel in den Abfluss und öffnete den Wasserhahn. Jud hob das Knie und gab Acht, dass der Verband an seinem Oberschenkel nicht nass wurde. Donna wusch seinen Rücken mit einem seifigen Waschlappen.

»Warst du im Haus?«, fragte sie.

Er nickte.

»Das war nicht besonders schlau.«

»Findest du?«

»Du hättest draufgehen können.«

»Wäre ich auch beinahe.«

»Wie bist du entkommen?«

»Ich habe Benzin auf das Ding geschüttet. Es hatte offenbar Angst davor, in Flammen aufzugehen.«

Juds Rücken war jetzt sauber und feucht. Sie beugte sich vor, um ihn zu küssen, und spürte die nasse Haut auf ihren Lippen. »Fertig«, sagte sie.

»Vielen Dank, Madame. Gibst du mir bitte ein Handtuch?«

Sie reichte es ihm, und er drückte es gegen seinen Oberschenkel, um den Verband vor dem Wasser zu schützen, das an seinem Körper hinablief, während er aufstand.

»Ich komme sofort nach«, sagte er, als er aus der Wanne stieg.

»Ach ja?«, fragte sie und lächelte ihn an. Sie tat so, als hätte sie nicht verstanden, dass er sie aufforderte, das Badezimmer zu verlassen.

»Willst du hierbleiben?«

Sie nickte und schloss die Tür hinter sich.

»Hier ist es nicht gerade bequem«, sagte Jud.

»Das macht mir nichts aus.«

Jud fuhr mit den Händen über ihre Schultern und zog die Träger ihres Nachthemds herunter. Sie ließ es zu Boden gleiten. Die Auswirkungen, die ihre Nacktheit auf ihn hatte, waren nicht zu übersehen. Donna kniete sich nieder und befreite seinen steifen Penis aus der Unterhose. Als sie wieder aufstand, betrachtete er von oben bis unten ihren nackten Körper. Dann folgten seine Hände den Kurven ihrer Schultern und den Hügeln ihrer Brüste. Er zog sie zu sich. Sein steifer Penis stieß gegen ihren Bauch.

Als sie sich küssten, erkundete Donna seinen muskulösen Rücken und die festen Hinterbacken. Mit einer Hand befühlte sie seine Hoden und den langen, glatten Penis. Seine Finger fanden ihren Weg zwischen ihre Beine, und sie stöhnte auf.

Jud schob mit dem Fuß die am Boden liegenden Kleidungsstücke beiseite und breitete zwei Handtücher aus. Donna legte sich rücklings darauf, spreizte die Beine, und Jud kniete sich über sie.

Sie spürte die leichte Berührung seiner Zunge, erst auf der einen, dann auf der anderen Brustwarze. Endlich drang er in sie ein.

Sie schnappte mit weit geöffnetem Mund nach Luft und versuchte, möglichst wenig Geräusche zu machen. Sie wollte nicht, dass Larry sie hörte. Doch ihr Keuchen wurde lauter – sie konnte nichts dagegen tun. Bald verschwendete sie keinen Gedanken mehr darauf. Es gab nur noch Jud, auf ihr, in ihr. Eine unerträgliche Spannung baute sich in ihr auf, wurde größer und größer und entlud sich schließlich. Er erstickte ihren Schrei mit seinen Lippen.

2

»Um Himmels willen, was habt ihr so lange da drin getrieben?«, fragte Larry, der vom Fernsehbildschirm aufsah.

»Für meinen Geschmack ging es ziemlich schnell«, sagte Donna grinsend.

Jud trug nur seine Verbände und ein Handtuch um die Hüften. Er nahm einen Morgenmantel aus dem Schrank und schlüpfte hinein.

»Willst du bleiben?«, fragte Jud.

»Gerne«, sagte sie. »Mir ist kalt. Darf ich?«

»Aber bitte.«

Sie zog die Decke des unbenutzten Betts zurück, setzte sich auf die Matratze, stopfte das Kissen gegen die Wand und lehnte sich zurück. »Fertig«, sagte sie und zog sich die Decke über die Schultern.

Jud erzählte ihnen, was ihm zugestoßen war, von seiner Observation auf dem Hügel, über die Frau, die er beim Einbruch ins Horrorhaus beobachtet hatte, bis hin zu dem Benzinkanister, über den er auf der Treppe gestolpert war.

»Oh«, sagte Larry. »Was für eine tolle Frau. Sie war drauf und dran, das ganze Haus in Schutt und Asche zu legen.«

»Ich frage mich, wieso sie es nicht schon früher getan hat«, sagte Donna.

»Das kann viele Gründe haben. Vermutlich hat sie nach den Morden die Stadt verlassen, um ihren Mann und ihren Sohn zu beerdigen. Wissen Sie, wo sie herstammten?«, fragte Jud.

»Aus Roseville. Das liegt in der Nähe von Sacramento«, antwortete Larry.

»Nach Sacramento und wieder zurück braucht man nur ein paar Tage. Was hat sie die übrige Zeit gemacht?«

»Ihren Racheplan geschmiedet, nehme ich an. Vorbereitungen getroffen. Sie hat sich durch eine Lücke im Zaun eingeschlichen. Offensichtlich hat sie dieses Loch vorher gegraben, und sich überhaupt gründlich darauf vorbereitet, das Haus dem Erdboden gleichzumachen.«

Larry legte die Augenbrauen in Falten. »Und warum, um Gottes willen, haben Sie sie davon abgehalten?«

»Das war nicht meine Absicht. Ich bin in das Haus eingedrungen, um herauszufinden, wer dort herumschleicht. Bis ich den Schrei hörte.«

»Oh Gott.« Donna lief es trotz der warmen Decke eiskalt den Rücken hinunter. »War sie schwer verletzt?«

»Sie war bereits tot.«

»Ist sie auf dieselbe Weise wie die anderen gestorben?«, fragte Larry.

»Ganz genau wie die Frau im Salon. Wie hieß die noch mal? Ethel? Sie war in demselben Zustand wie ihre Wachsfigur. Ich hab mir die Leiche genau angesehen, nachdem der … Mörder … geflohen war.«

»Wurde sie sexuell missbraucht?«, fragte Larry.

Jud nickte. »Das war ziemlich offensichtlich.«

Bei diesen Worten presste Donna ihre Schenkel fest zusammen. Sie konnte Jud immer noch in sich spüren, ganz so, als hätte er einen Abdruck in ihr hinterlassen. Einen Augenblick lang fragte sie sich, wie sie es anstellen könnte, noch einmal mit ihm allein zu sein.

»Das war mir klar«, sagte Larry. »Die Bestie … Das ist ihr Ziel – sexuelle Befriedigung. In dieser Beziehung kann ich mich wohl glücklich schätzen. Dieses Ding war mehr daran interessiert, sich an Tommy zu vergehen, als …«

»Ich glaube nicht, dass der Sex eine große Rolle dabei spielt.«

»Ach?« Larry klang skeptisch.

»Hört euch meine Theorie an: Die Bestie ist in Wirklichkeit ein Mann.«

»Dann ist Ihre Theorie Scheiße.«

»Hören Sie mir doch zu. Die Bestie ist ein Mann in einem Kostüm. Ein Kostüm mit Krallen.«

»Niemals.«

»Jetzt hören Sie mir doch zu, verdammt noch mal. Donna, du auch. Also: die ersten Morde wurden wirklich von Gus Goucher verübt.«

»Niemals«, wandte Larry ein.

»Und weshalb nicht?«

»Die Opfer wurden in Stücke gerissen. Und zwar von Krallen.«

»Wer behauptet das?«

»Die Fotografien aus dem Leichenschauhaus.«

»Haben Sie diese Fotos zu Gesicht bekommen?«

»Ich nicht. Aber Maggie Kutch.«

»Und kann man ihr trauen? Wer hat die Fotos derzeit?«

»Maggie, nehme ich an.«

»Vielleicht können wir sie uns ansehen.«

»Das möchte ich stark bezweifeln.«

»Also gut, vergessen wir die Fotos für einen Moment. Sie sind nicht so wichtig. Aber die Geschworenen müssen bei Gus Gouchers Prozess diese Fotos gesehen haben und außerdem hatten sie ein Geständnis …«

»So stand es jedenfalls in den alten Zeitungsartikeln.«

»Zumindest reichte es den Geschworenen, um ihn zum Tode zu verurteilen.«

»Zugegeben.«

»Das sollten wir überprüfen. Trotzdem – ich glaube, dass bis zu den Morden, die dreißig Jahre später stattfanden, kein Zweifel daran bestand, dass Gus Goucher der Mörder der Thorns war.«

»Es sollte zumindest danach aussehen. Er war der Sündenbock.«

»Nein. Sie brauchten nur einen Verdächtigen. Und er war verdächtig und vermutlich auch schuldig.«

»Aber Goucher wurde aufgeknüpft«, sagte Donna. »Somit kann er für den Angriff auf Maggie Kutch und ihre Familie keinesfalls verantwortlich sein.«

»Auf bestimmte Weise schon. Erinnere dich an das, was Maggie nach den Morden getan hat. Sie fing eine Affäre mit Wick Hapson an und öffnete das Haus für die Führungen. Ich glaube, dass sie und Mr Wick dachten, sie wären ohne Mr Kutch besser dran. Also töteten sie ihn genau auf dieselbe Weise, auf die auch die Thorns umgebracht wurden. Danach verbreiteten sie überall, dass die Bestie es getan hätte. Und als sie begriffen, was für ein großes Interesse an diesem Monster bestand, wollten sie daraus Profit schlagen, indem sie eine Touristenattraktion aus ihrem Haus machten.«

Larry schüttelte stumm den Kopf.

»Trotzdem«, sagte Donna. »Wieso sollte eine Mutter ihre eigenen Kinder umbringen?«

»Darüber habe ich auch lange nachgedacht. Und tatsächlich bin ich noch immer nicht völlig überzeugt. Aber sie musste die Kinder beseitigen, damit ihre Monstergeschichte wirklich wasserdicht war.«

»Das hätte sie niemals fertiggebracht. Niemals.«

»Einigen wir uns darauf, dass es zumindest unwahrscheinlich ist«, warf Jud ein. »Trotzdem kennen wir genug Fälle, in denen Mütter ihre eigenen Kinder getötet haben. Plausibler erscheint mir jedoch, dass Wick die Kinder um die Ecke gebracht hat.«

»Ihre Theorie grenzt ans Lächerliche«, sagte Larry.

»Weshalb?«

»Weil in diesem Haus eine Bestie umgeht.«

»Diese Bestie ist ein Mann in einem Gummikostüm mit künstlichen Klauen.«

»Niemals.«

Donnas Miene verdüsterte sich. »Glaubst du, dass es Wick war, der dich heute Nacht angegriffen hat?«

»Wenn es Wick war, dann ist er für einen Mann seines Alters verdammt kräftig.«

»Was ist mit Axel?«

»Axel? Keine Chance. Axel ist zu klein und hat breitere Schultern. Außerdem ist er ziemlich ungeschickt.«

»Und wer kommt dann in Frage?«

»Keine Ahnung.«

»Die Bestie natürlich«, rief Larry aus. »Wir haben es hier nicht mit einem Mann in einem Gummikostüm zu tun. Sondern mit einer Bestie!«

»Dann verraten Sie uns doch, weshalb Sie da so sicher sind.«

»Ich weiß es.«

»Woher?«

»Ich weiß es eben. Die Bestie ist kein Mensch.«

»Wenn ich Ihnen das Kostüm zeige – glauben Sie mir dann?«

Larry verzog den Mund zu einem schiefen Lächeln und nickte. »Natürlich. Wenn Ihnen das gelingt. Zeigen Sie mir das Kostüm, und ich werde Ihnen sofort Glauben schenken.«

»Wie wäre es mit morgen Nacht?«

»Morgen Nacht passt mir …« Er wurde durch ein Klopfen an der Tür unterbrochen.

3

Jud öffnete die Tür.

»Ja, hallo!«, sagte er.

»Ist meine Mutter hier?«

»Aber sicher. Komm rein.«

Mit ungekämmtem Haar und mit ihrem viel zu kleinen, verknitterten Nachthemd betrat Sandy das Zimmer. Als ihr Blick auf Donna fiel, atmete sie übertrieben erleichtert aus. »Da bist du ja. Was machst du denn in dem Bett?«

»Ich wärme mich auf. Solltest du nicht eigentlich in deinem Bett sein?«

»Du warst plötzlich weg.«

»Nur für ein paar Minuten.« Sie warf Jud einen Blick zu. »Aber gut, gehen wir wieder in unseren Bungalow.« Sie stieg aus dem Bett und führte Sandy zur Tür, die Jud höflicherweise für sie öffnete. Sie wollte ihm einen Gutenachtkuss geben, ihn an sich drücken, seine Stärke und Wärme spüren. Aber nicht vor Sandy. Und bestimmt nicht vor Larry.

»Bis morgen«, sagte sie.

»Ich begleite euch.«

»Das ist doch nicht nötig.«

»Keine Widerrede.«

Er ging neben Donna her, ohne sie zu berühren. Sandy rannte voraus, öffnete die Bungalowtür und wartete.

»Geh nur rein«, sagte Donna. »Ich komme gleich nach.«

»Ich warte.«

»Geh rein, Schatz.«

Das Mädchen gehorchte.

Donna lehnte sich gegen die Tür und streckte die Arme aus. Jud ging ihr entgegen und umarmte sie. Sie roch seinen feinen Duft nach Seife. »Es ist so kalt hier draußen«, sagte sie. »Und du bist so warm.«

»Larry hat mir heute Morgen erzählt, dass du nicht verheiratet bist.«

»Geschieden«, sagte sie. »Was ist mit dir?«

»Ledig. Schon immer.«

»Hast du nie die Richtige getroffen?«, fragte sie.

»Da gab's schon ein paar ›Richtige‹, nehme ich an. Aber in meinem Geschäft ist es einfach zu … riskant.«

»Und dein Geschäft ist?«

»Ich mache Jagd auf Bestien.«

Sie lächelte. »Wirklich?«

»Jawohl.« Er küsste sie. »Gute Nacht.«

Kapitel zwölf

1

Jud wurde von einem Angstschrei geweckt und spähte durch die Finsternis nach Larry. »Alles in Ordnung?«

»Nein!« Der Mann beugte sich vor und presste die Knie gegen seine Brust. »Es wird niemals in Ordnung sein. Niemals!« Er fing an zu weinen.

»Na, zumindest ist Ihnen nichts passiert.«

»Es wird niemals aufhören. Sie *glauben* nicht einmal daran, dass es die Bestie überhaupt gibt. Sie sind keine große Hilfe.«

»Was es auch ist, ich werde es töten.«

»Wirklich?«

»Schließlich bezahlen Sie mich dafür.«

»Werden Sie mir seinen Kopf bringen?«

»Lieber nicht.«

»Aber ich bestehe darauf. Ich will, dass Sie dem Ding den Kopf abschneiden. Und den Schwanz, und ...«

»Lassen Sie es gut sein, okay? Ich werde es töten. Und das war's. Keine Verstümmelungen, keine Trophäen oder so einen Scheiß. Davon habe ich weiß Gott genug gesehen.«

»Tatsache?« Die Stimme aus der Dunkelheit klang plötzlich überrascht und interessiert.

»Ja. Damals in Afrika. Ich habe nicht nur einen Kopf rollen sehen. Ich bin sogar jemandem begegnet, der diese Köpfe im Gefrierschrank aufbewahrte und sie bei Gelegenheit anschrie.«

Jud hörte leises Gelächter aus dem anderen Bett. Es klang seltsam auf eine Art, die ihn nervös machte. »Vielleicht sollten Sie morgen nach Tiburon zurückfahren. Ich kann das auch alleine klären.«

»Oh nein, kommt nicht in Frage.«

»Vielleicht wäre es aber das Beste für uns beide, Larry.«

»Ich muss dabei sein, wenn Sie die Bestie zur Strecke bringen. Ich will sie sterben sehen.«

2

Juds Wecker klingelte um Punkt sechs Uhr. Larry schien das nicht zu stören. Jud verließ das Bett, stellte sich auf den kalten Fußboden und löste den Verband um seinen Oberschenkel. Die vier parallelen, etwa zehn Zentimeter langen Schnitte hatten sich inzwischen geschlossen und zeichneten sich dunkel von seiner Haut ab. Noch schmerzten sie, aber sie würden bald verheilt sein. Er ging ins Badezimmer, warf die blutgetränkten Verbände auf den Kleiderstapel und wickelte eine frische Mullbinde um seinen Schenkel. Dann betrachtete er im Spiegel den Verband an seiner Schulter. Das Blut darauf schien eingetrocknet zu sein. Er konnte warten, bis ihn entweder Larry oder Donna später am Tag wechselte.

Er wusch sich und schlüpfte in saubere Kleidung. Die wenigen unbenutzten Klamotten, die noch in seinem Koffer waren, kippte er auf das Bett. Dann ging er mit dem Koffer ins Badezimmer, stopfte die getragenen Sachen hinein und verließ den Bungalow.

Um diese Zeit schien außer einigen Vögeln niemand wach zu sein. Er warf einen Blick auf Bungalow Nr. 9. Donna schlief anscheinend noch. Gerne hätte er diesen wunderschönen Morgen mit ihr verbracht, aber er wollte sie nicht aufwecken.

Er stellte sein Gepäck in den Kofferraum seines Wagens und kehrte zum Bungalow zurück. Mit Waschlappen und Seife beseitigte er alle Blutspuren im Badezimmer. Glücklicherweise hatten die weißen Handtücher und Waschlappen nichts abbekommen. Nur der Lappen in seiner Hand war rosa von verwässertem Blut.

In dem mit einer Plastiktüte ausgekleideten Mülleimer im Badezimmer befand sich Verbandsmaterial und blutgetränktes Toilettenpapier. Er steckte den schmutzigen Waschlappen hinein und warf Plastiktüte und Erste-Hilfe-Kasten in den Kofferraum. Niemand war zu sehen.

Nachdem er aufgeräumt hatte, setzte er sich auf die Veranda und zündete sich eine Zigarre an. Sie schmeckte sehr gut; ihr Aroma mischte sich vortrefflich mit dem Geruch der frischen, nach Pinien duftenden Morgenluft.

Sobald er fertig geraucht hatte, stieg er in den Wagen und fuhr die Front Street entlang. Die Stadt schlief noch. Einmal musste er scharf bremsen, um einen Straßenköter nicht zu überfahren. Ein blau-weißes Polizeiauto parkte vor Sarah's Diner. Der einzige Wagen, den er sonst noch sah, war ein Porsche, der scheinbar Mühe hatte, die Geschwindigkeitsbegrenzung auch nur annähernd einzuhalten.

Zu seiner Linken lag das Horrorhaus, verlassen und öde. Sobald er die Hügel hinter dem Anwesen erkennen konnte, nahm er den Fuß vom Gas. Bald würde er dort hinaufklettern müssen, um den Rest seiner Ausrüstung zu holen.

Am Stadtrand angekommen kehrte er um, fuhr wieder am Horrorhaus vorbei und parkte vor einem noch geschlossenen Friseurladen. Dann schlenderte er zur Ticketbude hinüber.

An den Wänden der Bude waren mehrere Zeitungsartikel in Glasrahmen angebracht. Einige davon handelten von den Morden, andere von den Führungen. Er konnte sie nicht alle durchlesen – dafür hatte er keine Zeit. Außerdem wollte er keine Aufmerksamkeit auf sich lenken.

Er verglich die große Zeitanzeige über der Ticketbude mit seiner Uhr. Die erste Führung begann um zehn Uhr – also in drei Stunden.

Jud steckte die Hände in die Hosentaschen und schlenderte den Gehweg entlang, tat so, als würde er ein Gebäude bewundern, und versuchte, wie ein Tourist mit zu viel Zeit und einer Vorliebe für Morgenspaziergänge auszusehen.

Hinter der nächsten Kreuzung verschwand er im Wald und schlich sich zum Horrorhaus zurück.

An einer Stelle fand er mehrere Meter vom Zaun entfernt eine Lücke zwischen den Bäumen, die sowohl einen exzellenten Blick auf das Horrorhaus als auch gute Deckung bot.

Er ging in die Hocke und wartete.

3

Kurz nach halb zehn parkte ein Wohnmobil an der Front Street. Ein Mann stieg aus, besah sich die Ticketbude und kehrte zu seinem Gefährt zurück, um seine Frau und seine drei Kinder zu holen. Bald darauf erschien ein junges Pärchen in einem VW.

Jud ging ebenfalls zur nach wie vor verlassenen Ticketbude.

Im Horrorhaus konnte auch niemand sein, es sei denn, er hätte sich eingeschlichen, nachdem Jud seine Observation beendet hatte. Und das bezweifelte er stark.

Immer mehr Leute strömten heran. Jud beobachtete das fensterlose Haus gegenüber. Seine Tür blieb geschlossen. Der grüne Lieferwagen stand vor der Garage.

Endlich – zehn Minuten vor Beginn der ersten Führung – traten Maggie und Wick aus dem Haus.

Maggie hatte sich bei Wick untergehakt. Den Gehstock schleifte sie wie eine nutzlose Last hinter sich her. Gemächlich überquerten sie die Front Street.

Wick half ihr über den Bordstein, dann ließ er ihren Arm los. Maggie stützte sich schwer auf ihren Gehstock. »Willkommen im Horrorhaus. Ich bin Maggie Kutch, die Besitzerin dieses Anwesens«, rief sie mit lauter Stimme. »Eintrittskarten können Sie bei meinem Mitarbeiter hier kaufen.« Sie deutete mit dem Stock auf Wick Hapson, der gerade dabei war, die Ticketbude aufzuschließen. »Erwachsene bezahlen vier Dollar, Kinder unter zwölf Jahren die Hälfte. Nicht viel für ein unvergessliches Erlebnis.«

Das Publikum lauschte schweigend und gespannt. Als Maggie ihre Ansprache beendet hatte, rannten diejenigen, die noch keine Eintrittskarten hatten, auf die Bude zu.

Maggie öffnete das Drehkreuz und ging hindurch.

»Sie schon wieder?«, fragte Wick, als sich Jud der Bude näherte.

»Ich kann einfach nicht genug kriegen.« Er schob eine Fünf-Dollar-Note unter der Glasscheibe am Schalter hindurch.

»Wo ist denn Ihre Freundin?«

»Welche Freundin?«

»Na, die, die hier so einen Radau veranstaltet und jedem ihre Titten gezeigt hat.«

»Tja, das frage ich mich auch«, entgegnete Jud.

»Ist wohl in der Klapse gelandet.« Wick kicherte und entblößte dabei seine krummen braunen Zähne.

Jud trat durch das Drehkreuz. Sobald sich die Gruppe um sie versammelt hatte, setzte Maggie ihre Rede fort.

»Das Haus ist seit 1931 für Besucher zugänglich, kurz nachdem mein Mann und meine drei Kinder einer fürchterlichen Schandtat zum Opfer fielen. Jetzt fragen Sie sich sicher, weshalb ich Menschen durch ein Haus führe, das der Schauplatz einer solch schrecklichen, persönlichen Tragödie war. Die Antwort ist einfach: G-E-L-D.«

Unsicheres Gelächter ertönte.

Maggie humpelte die Treppe zur Veranda hinauf und deutete mit ihrem Stock auf den Balkon. »Dort oben haben sie den armen Gus Goucher aufgeknüpft.«

Jud hörte aufmerksam zu. Er verglich jedes Detail, das Maggie preisgab, mit seiner Theorie. Nichts, was Maggie erzählte, sprach gegen die Täterschaft Gouchers. Er folgte Maggie zur Eingangstür. Diese schilderte inzwischen Officer Jensons Eindringen und zeigte den Besuchern den Türklopfer, der wie eine Affenpfote aussah. Dann öffnete sie die Eingangstür.

Der durchdringende Gestank von Benzin stieg in Juds Nase.

»Ich bitte Sie, diesen Geruch zu entschuldigen«, sagte Maggie.

»Mein Sohn hat hier gestern etwas Benzin verschüttet. Aber keine Angst – es riecht nur hier an der Treppe so schlimm.«

Jud betrat das Haus.

»Wie Sie sehen, hat das Benzin auf dem Teppich wirklich hässliche Flecken hinterlassen.«

Jud ging um die Gruppe herum, bis er die Treppe deutlich im Blick hatte. Nichts. Wo gestern noch Marys Blut gewesen war, fand sich jetzt nur ein dunkler Fleck. Jemand hatte alle Blutspuren sorgfältig beseitigt, bevor er den Teppich mit Benzin getränkt hatte.

Kapitel dreizehn

1

Roy erwachte mit einem Lächeln auf dem Gesicht. Er hatte mit dem Kopf auf seiner zusammengerollten Jeans geschlafen und stützte sich nun auf die Ellbogen. Das Feuer war seit langem verloschen. Ein Spatz pickte neben der Feuerstelle an einer der Brotkrumen, die Joni in der vorigen Nacht ausgespuckt hatte. Der Rucksack stand aufrecht und gut verschlossen neben ihm.

Im hellen Tageslicht wirkte die Lichtung gar nicht mehr so abgelegen wie noch in der Nacht zuvor. Er hatte die umstehenden Bäume viel näher und dichter eingeschätzt. Und, was noch schlimmer war, die Lichtung lag am Fuße eines Hügels, von dem aus man sie gut einsehen konnte.

Plötzlich hörte er das Brummen eines Motors und sah ein blaues Auto vorbeirauschen.

»Ach du Scheiße«, murmelte er.

Roy öffnete den Schlafsack, kroch hinaus und griff nach seiner Jeans. Er zog seine Unterhose aus dem Hosenbein und versuchte auf einem Fuß hüpfend hineinzuschlüpfen.

Dann hörte er Stimmen.

»Ach Scheiße, ach du Scheiße.«

Er ließ sich auf den Schlafsack fallen und zog sich schnell die Jeans über.

Auf dem Hügel über dem Lagerplatz erschienen zwei Wanderer – ein Pärchen –, das ähnliche Filzhüte trug, wie er sie auch im Wandschrank von Karen und Bob gesehen hatte. Sie kamen immer näher.

Hastig schloss er Reißverschluss und Gürtel.

Das Pärchen betrat die Lichtung.

Er konnte es kaum glauben! Der beschissene Wanderweg führte direkt an seinem Lagerplatz vorbei.

»Ja, hallo«, sagte der Mann und wirkte angenehm überrascht.

»Hi«, sagte die Frau an seiner Seite. Sie konnte nicht älter als achtzehn sein.

»Hallo«, antwortete Roy. »Jetzt hätten Sie mich fast mit heruntergelassenen Hosen erwischt.«

Das Mädchen grinste. Sie hatte einen breiten Mund und große Vorderzähne. Und außerdem sehr große Brüste, die unter ihrem engen, dunkelgrünen Tanktop hin und her wippten. Ihre Beine waren gebräunt und muskulös.

Der Mann zog eine Pfeife aus der Hosentasche. »Sie haben Ihr Zelt ja mitten auf dem Wanderweg aufgeschlagen«, sagte er.

»Ich wollte mich nicht verirren.«

Er nahm einen Tabaksbeutel aus der Gesäßtasche und stopfte die Pfeife. »Wo haben Sie Ihr Wasser her?«

»Ich bin ohne ausgekommen.«

»Ungefähr eine Meile von hier gibt es einen öffentlichen Campingplatz.« Er deutete mit dem Pfeifenstiel auf den Hügel hinter sich. »Hier ist campen nämlich verboten.«

»Das wusste ich nicht.«

»Doch, doch. Es ist nur in ausgeschilderten Bereichen erlaubt.«

»Da gefällt's mir nicht. Zu überfüllt. Da bleibe ich lieber zu Hause.«

»Ja, es ist schrecklich«, pflichtete ihm das Mädchen bei.

»Jau«, sagte der Mann und zog an seiner Pfeife.

»Wohin sind Sie denn unterwegs?«, fragte Roy in der Absicht, sie loszuwerden.

»Stinson Beach«, antwortete der Mann.

»Wie weit ist das denn?«, fragte Roy.

»Wir wollen gegen Abend dort ankommen.«

»Na dann, gute Reise«, sagte Roy.

»Sie sind ziemlich gut ausgerüstet. Darf ich fragen, wo Sie sich eindecken?«

»Ich bin aus L.A.«

»Wirklich? Kennen Sie Kelty's in Glendale?«

»Ja, da kaufe ich normalerweise ein.«

»Ich auch. Diese Stiefel habe ich mir dort besorgt. Das dürfte inzwischen sechs Jahre her sein.« Selbstzufrieden sah der Mann auf seine Schuhe.

»Wer liegt denn da noch in Ihrem Schlafsack?«, wollte die Frau wissen.

Roys Eingeweide krampften sich zusammen. Er dachte an sein Messer. Er hatte es in sein Hemd gewickelt – es lag in Reichweite seiner rechten Hand.

»Meine Frau«, sagte er.

Der Mann grinste und klemmte sich die Pfeife zwischen die Zähne. »Sie schlafen in einem Schlafsack?«

»Klar. Ist sehr kuschelig.«

»Aber da können Sie sich ja überhaupt nicht umdrehen.«

»Muss ich auch nicht.«

Der Mann lachte. »Das sollten wir auch mal ausprobieren, was meinst du, Jack?«

Jack – die Frau – wirkte nicht besonders amüsiert.

»Unsere Schlafsäcke haben denselben Reißverschluss. Man kann sie aneinander befestigen«, sagte der Mann. »So etwas sollten Sie sich auch mal zulegen. Da hat man viel mehr Bewegungsfreiheit.«

»Was ist mit ihr?«, fragte Jack.

»Nichts, gar nichts. Wenn sie einmal schläft, dann schläft sie.«

»Kriegt sie da drin überhaupt Luft?«, fragte der Mann.

»Klar. Sie schläft immer so. Ganz tief eingekuschelt. Sie friert immer zuerst am Kopf.«

»Ja?« Die Frau namens Jack sah ihn skeptisch an.

»Schönen Tag noch«, sagte Roy.

»Ebenfalls.«

Sie gingen an ihm vorbei.

Er sah ihnen hinterher, bis sie zwischen den Bäumen verschwunden waren, dann wickelte er das Messer aus seinem Hemd und steckte es in die Scheide, die er mit Klebeband an seinem Schienbein befestigt hatte.

Er zog Jonis Bluse und den Rock aus dem Rucksack, kniete sich vor dem Schlafsack nieder und sah sich um. Niemand zu sehen.

Joni ächzte, als er ihren Arm packte und sie aus dem Schlafsack zerrte. Sie öffnete ein Auge und schloss es sofort wieder. Roy drehte sie auf den Rücken.

Der Anblick ihres nackten, sonnenbeschienenen Körpers erregte ihn.

Später.

Scheiße, jetzt nicht.

Er streifte ihr den Rock über. Dann richtete er ihren Oberkörper auf und zwängte ihre Arme durch die Ärmel der Bluse. Er ließ sie zurückfallen und knöpfte die Bluse zu.

»Aufwachen«, sagte er und schlug ihr ins Gesicht.

Vor Schmerz kniff sie ihre Augen kurz zusammen, dann öffnete sie sie.

»Aufstehen.«

Langsam rollte sie sich herum und kniete sich hin. Ihr Haar war am Hinterkopf blutig und verklebt – der Messerknauf hatte ihr eine ordentliche Beule verpasst.

Das Aufräumen schien eine Ewigkeit zu dauern. Während er zusammenpackte, behielt er Joni im Blick, sah sich ab und an um und lauschte nach Stimmen. Als schließlich alles verstaut war, packte er Jonis Hand und zog sie hinter sich den Hügel hinab.

Ein Lieferwagen fuhr an ihnen vorbei.

Er winkte und lächelte.

Sobald die Straße wieder frei war, öffnete er den Kofferraum des Pontiac. »Einsteigen, Schätzchen.«

2

Unterwegs hörte Roy im Radio die Nachrichten von einem Brand und einem Doppelmord in Santa Monica. Die Namen der Opfer wurden nicht genannt, doch ein achtjähriges Mädchen wurde als vermisst gemeldet. Karen und Bob Marston wurden mit keiner Silbe erwähnt.

Das machte ihm Sorgen.

Er ließ das Ganze noch einmal vor seinem geistigen Auge Revue passieren. Karen hatte schließlich den Aufenthaltsort seiner Ex ausgespuckt: Malcasa Point. Sie hatte wirklich überrascht gewirkt, als er sie dann trotzdem geknebelt und so lange bearbeitet hatte, bis sie den Geist aufgab. Dann hatte er im Flur auf Bob gewartet. Bob hatte den Kopf geschüttelt und aufgestöhnt, als er seine Frau an der Tür hängen sah, und Roy erinnerte sich an das Geräusch, mit dem die Axt seinen Schädel gespalten hatte. Schlussendlich hatte er eine Kerze neben einem Haufen alter Zeitungen angezündet; eine Methode, die sich nicht nur einmal bewährt hatte.

Möglicherweise hatte ein Nachbar das Feuer bemerkt und es gelöscht.

Oder die Kerze war ausgegangen.

In diesem Fall hätten sie die Leichen vielleicht noch gar nicht gefunden. Aber darauf konnte er sich nicht verlassen. Also musste er Bobs Wagen loswerden und sich schleunigst einen neuen besorgen.

Er bog in einen Feldweg, bremste so abrupt, dass er eine Staubwolke aufwirbelte, stieg aus, öffnete die Motorhaube und beugte sich darüber. Dann wartete er.

Bald hörte er das Geräusch eines näherkommenden Autos.

Er griff nach dem Keilriemen. Das Auto fuhr vorbei. Er versuchte diese Taktik noch bei zwei weiteren Wagen. Ohne Erfolg.

Beim nächsten Geräusch eines ankommenden Autos spähte er in die Motorhaube, bis der Wagen wirklich dicht herangekommen war, dann richtete er sich auf und schnitt eine frustrierte Miene.

»Der ist mir verreckt, Kumpel«, wollte er mitteilen. Der Fahrer schüttelte den Kopf. »Keine Chance, Freundchen«, schien er zu sagen.

»Leck mich doch!«, rief ihm Roy hinterher.

Beim nächsten Auto hielt er einfach den Daumen raus, aber die Beifahrerin sah den Fahrer an und schüttelte den Kopf. Der Wagen fuhr weiter. Der nächste auch.

Als er gerade die Motorhaube zugeknallt hatte, näherte sich ein Kleintransporter, auf dessen Front eine hellgelbe Sonne gemalt war. Eine Frau mit glattem, schwarzem Haar saß hinterm Steuer. Sie trug ein Stirnband und eine Lederweste und deutete mit der rechten Hand auf Roy. Er winkte. Sie gefiel ihm.

Der Mann, der sich aus dem Beifahrerfenster beugte, als der Wagen anhielt, gefiel ihm umso weniger. »Panne?«, fragte er mit heiserer Stimme. Er trug einen ausgeblichenen, mit Schweißflecken übersäten Cowboyhut, eine Sonnenbrille, einen schwarzen, zottigen Schnurrbart und eine ärmellose Jeansjacke. Auf seinem Unterarm befand sich eine Tätowierung, die einen bluttriefenden Dolch darstellte.

»Nein, nein, kein Problem«, sagte Roy. »Ich war nur kurz mal für kleine Jungs.«

»Peace, Bruder.« Der Mann streckte ihm die erhobene Faust entgegen und der Wagen fuhr davon.

Roy wartete, bis er außer Sichtweite war, dann öffnete er den Kofferraum.

Joni sah ihn an. Der Hot Dog, den er an diesem Morgen in Stinson Beach gekauft und in den Kofferraum geworfen hatte, war verschwunden. Eine Pepsidose lag geöffnet und geleert daneben. Sie während der Fahrt im Kofferraum auszutrinken musste ziemlich schwierig gewesen sein.

»Steig aus.«

Er half ihr hinaus und schloss den Kofferraum.

Joni sah sich verwirrt um. Offensichtlich fragte sie sich, wo sie hier gelandet war, und konnte keine Antwort darauf finden. Schließlich sah sie Roy an.

»Wir brauchen ein neues Auto«, sagte er. »Und du wirst mir helfen, eines zu organisierten.«

Er führte sie die Straße entlang. Als sie etwa zwanzig Meter vom Auto entfernt waren, befahl er ihr, sich quer über die rechte Fahrspur zu legen.

Joni schüttelte den Kopf.

Na ja, egal. Er konnte ihr sowieso nicht vertrauen. Wahrscheinlich würde sie bei der ersten Gelegenheit die Beine in die Hand nehmen.

Wie konnte er das erledigen ohne sich selbst an den Händen zu verletzen? Mit einem Stein, einem Ast oder dem Messergriff? Er wollte sie nicht umbringen. Noch nicht. Also entschied er sich doch für seine bloßen Hände. Er packte sie am Kragen und zog sie hoch.

Als sie auf ihn zutorkelte, schlug er ihr mit der Faust gegen die Schläfe. Sie sank zu Boden. Er schleifte sie in die Mitte der Fahrbahn. Schnell breitete er ihre Arme und Beine so aus, dass es nach einem Unfall aussah. Dann versteckte er sich im Unterholz.

Er musste nicht lange warten und konnte sein Glück kaum fassen – ein schwarzer Rolls-Royce kam direkt auf ihn zu, gesteuert von einem Chauffeur. Eine Frau saß auf dem Beifahrersitz.

Der Wagen fuhr um Haaresbreite an Joni vorbei, wurde langsamer und kam hinter Roys Pontiac zum Stehen. Der Chauffeur verließ den Wagen, ließ die Türe weit offen stehen und näherte sich mit schnellen Schritten dem Mädchen. Er war mindestens zwei Meter groß und musste über 100 Kilo wiegen.

Ein gottverdammter Footballspieler!

Scheiße.

Der Mann kniete sich neben Joni auf den Boden. Er berührte ihren Hals – offensichtlich versuchte er, ihren Puls zu ertasten. Der Rolls-Royce war ungefähr fünf Meter von Roy entfernt. Alle Fensterscheiben waren hochgekurbelt. Die Frau spähte durch das Fenster.

Der Mann zog sein Jackett aus.

Roy sprang aus den Büschen hervor. Beim Geräusch der knackenden Zweige unter seinen Sohlen sah der Mann über seine Schulter. Auch die Frau wandte sich um. Mit einem großen Satz katapultierte sich Roy auf die Motorhaube. Das Auto gab unter seinem Gewicht nach.

Der Mann richtete sich auf. Roy sprang auf der anderen Seite herunter und quetschte sich auf den Fahrersitz. Die Frau kreischte, und kurz bevor der Mann ihn erreichen konnte, schlug ihm Roy die Tür vor der Nase zu.

Die schreiende Frau warf sich gegen die Beifahrertür. Roy packte sie am Kragen, der sich mit einem reißenden Geräusch löste. Dann vergrub er eine Hand in ihrem Haar und zerrte sie zu sich heran. Sie prallte mit einer Wange gegen das Lenkrad. Roy zwang ihren Kopf in seinen Schoß, dann schlug er ihr gezielt mit der Handkante ins Genick.

Der Mann rollte wild mit den Augen und presste sein Gesicht gegen die Scheibe, während er mit den Fäusten gegen das Glas trommelte.

Roy bemerkte, dass der Motor des Wagens noch lief, legte den Rückwärtsgang ein und trat aufs Gaspedal. Der Rolls machte einen Satz zurück. Der große Mann war zurückgesprungen und sah ihm durch den aufgewirbelten Staub hinterher.

Er schien etwas zu ahnen.

Roy legte den Vorwärtsgang ein und gab Gas. Der Chauffeur sprang auf den Kofferraum des Pontiac. Roy spannte alle Muskeln an, dann prallte der Rolls-Royce heftig gegen den Pontiac. Der Mann segelte mit wirbelnden Armen auf die Motorhaube des Rolls. Roy setzte zurück, und der Chauffeur fiel vom Wagen herunter.

Dann gab Roy wieder Gas. Mit einem zufriedenstellenden Rumpeln rollte das Auto über den Mann.

Als würde man über einen Bordstein fahren, dachte Roy. Gar kein Problem.

Er grinste und hielt an.

Das Grinsen verschwand aus seinem Gesicht.

Was, wenn ein weiterer Wagen hier entlangkommt?

Die Frau auf seinem Schoß war bewusstlos, vielleicht sogar tot.

Er ließ den Wagen im Leerlauf und stieg aus. Glücklicherweise lag der Körper des Chauffeurs direkt neben dem Heck des Pontiac. Roy hatte einen gewissen Abscheu davor, den Leichnam anzusehen oder zu berühren, ganz besonders, wenn er den Brei betrachtete, der einst sein Kopf gewesen war. Aber er hatte keine andere Wahl. Als er den Toten hochhob, gab es ein schmatzendes Geräusch. Er warf ihn in den Kofferraum und übergab sich über die Leiche. Dann schlug er die Kofferraumtür zu.

Während er zu dem Mädchen zurückeilte, sah er an sich herab. Sein Hemd und seine Hose troffen von Blut. Trotz des Brechreizes lief er weiter, hob Joni auf, wobei er sie mit dem Blut des toten Mannes beschmierte, trug sie zum Rolls hinüber und setzte sie auf den Rücksitz. Dann holte er seinen Rucksack aus dem Pontiac, stieg in den Rolls-Royce und fuhr los.

3

Roy fuhr fast eine Stunde lang, bis er einen Feldweg entdeckte, der ihm zusagte. Der Weg führte über eine Reihe kahler Hügel und würde ihn früher oder später zum Ozean bringen.

Obwohl Joni auf dem Rücksitz bei Bewusstsein war, machte sie keinen Mucks, blieb auf der Seite liegen und starrte ins Nichts. Die Frau auf dem Beifahrersitz war tot. Roy fand es mehr als unangenehm, dass ihr Kopf auf seinem Schoß lag. Aber er konnte sie nicht aufrecht hinsetzen. Zwar war kein Blut zu sehen, doch ihr Gesicht war blau angelaufen und zu einer Grimasse des Schmerzes verzerrt. Jeder Passant würde sofort erkennen, dass hier etwas faul war. Er musste den Kopf in seinem Schoß genau wie das Blut an seinen Händen, auf seiner Hose und seinem Hemd wie ein Mann ertragen. Zumindest, bis er ein verlassenes Stück Strand fand.

Und was nun vor ihm lag, war äußerst vielversprechend.

Der Weg endete nur etwa hundert Meter vom Ufer entfernt, und weit und breit war nichts außer ein paar grasenden Kühen zu sehen. Zu Roys Linken fiel das Gelände zu einem dicht bewachsenen Krater ab. Ein Fußweg führte am Rand des Kraters entlang zum Strand hinunter.

Er überlegte, ob er die Leiche der Frau ins Wasser ziehen und weit damit hinausschwimmen sollte. Doch das war viel zu anstrengend und zu gefährlich.

Am besten, er rollte sie einfach den Abhang hinab.

Aber zuerst mussten er und Joni sich ordentlich waschen und startklar sein. In der Zwischenzeit konnte er die Leiche jedoch nicht einfach so im Auto liegen lassen. Was, wenn jemand vorbeikam?

Dann hatte er eine Idee. Er sah sich noch einmal um, dann stieg er aus und zog die tote Frau über den Fahrersitz aus dem Auto, wobei sie einen ihrer Plateauschuhe verlor. Er schleppte sie vor den Wagen und legte sie ausgestreckt auf den Weg. Ihre Arme und Beine waren bereits etwas steif geworden.

Roy stieg wieder ein und fuhr langsam los.

Er sah über die schwarze Motorhaube hinweg. Das Auto schien sie zu verschlingen.

Dann stieg er aus und sah nach. Er musste sich hinknien, um sie unter dem Wagen überhaupt erkennen zu können.

Ein großartiges Versteck.

Er zerrte Joni vom Rücksitz. Gemeinsam gingen sie den Pfad zum Strand hinunter.

4

Das Wasser war zunächst etwas kalt, doch Roy fühlte sich schon bald pudelwohl. Joni stand dichter am Ufer, so dass nur die höchsten Wellen ihre Füße erreichten.

Roy zog das Hemd aus und versuchte, mit den Fingerknöcheln die Blutflecken aus dem Stoff zu waschen. Die Wellen packten ihn, hoben ihn hoch und zogen ihn mit sich. Er schwamm auf Joni zu, richtete sich auf und hielt das Hemd gegen das Sonnenlicht. Das Blut war kaum noch zu erkennen.

»Joni! Komm rein und mach dich sauber!«

Sie schüttelte den Kopf, trat vom Ufer zurück und setzte sich in den Sand.

»Du weißt doch, was passiert, wenn du mir nicht gehorchst!«, rief Roy.

Sie sah den Strand hinab, wo ein Felsbrocken ins Wasser ragte, an dem sich die Wellen brachen. Gischt sprühte auf. In der entgegengesetzten Richtung machte der Strand eine Biegung und verschwand hinter dem Horizont. »Denk nicht mal dran«, rief Roy und watete auf sie zu.

Sie stand auf und näherte sich ihm, bis das Wasser ihre Knöchel umspülte. Eine hohe Welle schlug gegen ihre Hüfte und durchnässte ihren Rock, der an ihrer Haut kleben blieb. Sie blieb stehen und beugte sich vor, um die Blutflecken aus ihrer Bluse zu waschen. Eine weitere hohe Welle riss sie von den Beinen. Sie fiel nach hinten, und ihr Kopf verschwand in der weißen Gischt.

Roy ging auf sie zu, hob sie hoch und küsste ihre Stirn. Dann zog er sie tiefer ins Wasser, um das Blut aus ihrem Haar zu waschen. Als er die Wunde berührte, die der Messergriff an ihrem Hinterkopf hinterlassen hatte, riss sie den Kopf zur Seite. Sobald sie sauber war, ließ er sie frei.

Am Strand zog er ihr Kleid und Bluse aus, um die Sachen auf dem Sand zu trocknen. Seine eigene Kleidung legte er daneben.

Roy setzte sich in den von der Sonne erhitzten Sand.

»Schlaf ein bisschen«, sagte er.

Sie legte sich hin und schloss die Augen.

Roy betrachtete sie. Wassertropfen hingen in ihren Wimpern. Ihre Haut war gebräunt, und man konnte deutlich erkennen, dass sie in diesem Sommer einen Bikini getragen hatte. Eine richtige kleine Dame.

Das Wasser auf ihrer Haut glitzerte im Sonnenlicht. Er wünschte, er hätte Sonnencreme oder, noch besser, Babyöl dabei. Dann hätte er sie damit einreiben können, bis ihre Haut glitschig und warm war.

Er legte sich auf die Seite und stützte den Kopf auf einen Ellbogen. Ihre Augenlider flatterten. Sie tat nur so, als würde sie schlafen.

Als er sie berührte, öffnete sie die Augen.

Sie wandte den Kopf und starrte ihn an. Ob sie so traurig war, weil sie ihre Eltern verloren hatte? Oder war sie so betrübt über das, was er ihr angetan hatte?

Nicht, dass es ihn einen Dreck gekümmert hätte.

Er rückte näher heran und küsste sie auf den Mund. Seine Hand wanderte über ihre warme Haut.

Kapitel vierzehn

1

»Er sollte heute ankommen. Mehr kann ich Ihnen leider nicht sagen. Sobald er da ist, baue ich ihn ein.«

»Glauben Sie, dass wir heute noch weiterfahren können?«, fragte Donna.

»Wie gesagt – das hängt davon ab, wann der neue Kühler eintrifft.«

»Wie lange haben Sie geöffnet?«, fragte sie.

»Bis neun.«

»Kann ich das Auto dann abholen?«

»Wenn es fertig ist. Ich habe um fünf Feierabend, und dann übernimmt Stu für mich. Der ist aber kein Mechaniker. Wenn der Kühler bis fünf Uhr nicht hier ist, müssen Sie bis morgen warten.«

»Vielen Dank.«

Sandy stand neben einem Snackautomaten. »Kann ich eine Tüte Chips haben?«, fragte sie.

»Na ja …«

»Bitte. Ich bin am Verhungern.«

»Wir essen ja gleich. Du kannst dir doch Pommes bestellen.«

»Wo gehen wir denn essen?«, fragte sie.

»Ich weiß nicht so recht«, sagte Donna.

»Nicht da, wo wir gestern waren. Da war's eklig.«

»Versuchen wir's mal in dieser Richtung.« Sie gingen die Front Street in südlicher Richtung hinab.

»Wann ist denn das Auto endlich fertig?«

»Keine Ahnung.«

»Hä?« Sandy rümpfte die Nase, und die große Sonnenbrille rutschte daran herunter. Mit dem Zeigefinger rückte sie sie wieder zurecht.

»Der Kerl wollte mir nicht sagen, wann es so weit ist. Aber ich glaube fast, dass wir noch bis morgen warten müssen.«

»Wenn uns Dad nicht vorher erwischt.«

Bei der Erwähnung ihres Exmannes krampfte sich Donnas Magen zusammen. Nachdem sie Jud getroffen hatte, war es ihr gelungen, ihre Ängste in eine dunkle Ecke ihres Verstandes zu drängen und dort zu vergessen. »Er weiß doch nicht, wo wir sind.«

»Aber Tante Karen weiß es.«

»Pass mal auf: was hältst du davon, wenn wir Tante Karen anrufen?«

Sie sah sich um und entdeckte eine Telefonzelle neben der Werkstatt, aus der sie gerade gekommen waren. »Wie teuer sind die Chips?«

»35 Cent.«

Sie gab Sandy einen Ein-Dollar-Schein. »Hier. Du musst ihn dir bei dem Mann wechseln lassen.«

»Willst du auch was?«

»Nein, vielen Dank. Geh nur.«

Als ihre Tochter gegangen war, betrat Donna die Telefonzelle und wählte Karens Nummer. Nach dem zweiten Klingeln nahm jemand den Hörer ab. Donna wartete auf Karens Stimme, hörte aber nichts.

»Hallo?«, fragte sie schließlich.

»Aha.«

»Bob?«, fragte sie, obwohl die Stimme nicht nach Bob geklungen hatte. »Bob, bist du's?«

»Wer spricht da?«

»Wer spricht *da*?«

»Sergeant Morris Woo, Polizei von Santa Monica.«

»Oh Gott.«

»Aha. Was wollen Sie von Mrs Marston?«

»Ich wollte nur … sie ist meine Schwester. Ist ihr etwas passiert?«

»Von wo aus rufen Sie an?«

Woher weiß ich, dass du wirklich ein Cop bist?, fragte sie sich. Gar nicht, lautete die Antwort. »Aus Tucson«, log sie.

»Aha.«

Sie stellte sich vor, wie der Mann auflegte und Roy angrinste, weil sie ihm so leicht auf den Leim gegangen war. Doch er legte nicht auf.

»Wie ist Ihr Name, bitte?«

»Donna Hayes.«

»Aha. Ihre Adresse und Telefonnummer?«

»Was ist mit Karen passiert?«

»Bitte. Hat Ihre Schwester Verwandte in Los Angeles oder Umgebung?«

»Verdammt noch mal!«

»Aha. Mrs Hayes, es tut mir leid, Ihnen mitteilen zu müssen, dass Ihre Schwester aus dem Leben geschieden ist.«

Aus dem Leben geschieden?

»Sie und ihr Mann, Robert Marston, sind gestern Abend aus dem Leben geschieden. Aha. Also, wenn es Verwandte gibt …«

»Unsere Eltern.« Sie war starr vor Schreck. »John und Irene Blix.«

»Blix. Aha. Mrs Hayes, können Sie mir die Adresse Ihrer Eltern mitteilen?«

Sie gab ihm Adresse und Telefonnummer durch.

»Aha.«

»Wurden Sie … umgebracht?«

»Ganz genau, umgebracht.«

»Ich glaube, ich weiß, wer es getan hat.«

»Aha?«

»Was meinen Sie mit *Aha*?, verdammt noch mal? Ich weiß, wer sie getötet hat!«

»Aha. Und wer wäre das, bitte?«

»Mein Exmann. Er heißt Roy Hayes. Er wurde gestern – Verzeihung, am Samstag – aus dem Gefängnis entlassen.«

»Aha. Aus welchem Gefängnis?«

»San Quentin.«

»Aha.«

»Er musste sechs Jahre dort absitzen, weil er unsere Tochter vergewaltigt hat.«

»Aha.«

»Und Karen hat er getötet, weil er herausfinden wollte, wo ich mich im Moment aufhalte.«

»Und wusste sie, wo Sie sich aufhalten?«

»Ja.«

»Aha. Dann sind Sie in größter Gefahr. Würden Sie diesen Roy Hayes bitte beschreiben?«

Während Donna ihn beschrieb, kehrte Sandy mit einer geöffneten Chipstüte zurück. Sie nahm einen Chip nach dem anderen zwischen Daumen und Zeigefinger und steckte ihn sich in den Mund.

»Aha. Hat er einen Wagen?«

»Ich glaube schon, aber ich weiß nicht, was für einen. Vielleicht hat er eines von Karens Autos gestohlen. Sie haben einen gelben VW und einen weißen Pontiac Grand Prix.«

»Aha. Baujahr?«

»Das weiß ich nicht.« Sie beobachtete ihre Tochter, die weiter vor der Telefonzelle Kartoffelchips knabberte. Dann wandte sie sich um und begann zu weinen.

»Bitte, Mrs Hayes. Sind es neue Autos?«

»Der VW ist glaube ich von '77. Beim anderen Auto bin ich mir nicht so sicher. '72 oder '73 vielleicht.«

»Aha. Sehr gut, Mrs Hayes. Sehr gut. Ich würde vorschlagen, dass Sie die Polizei von Tucson anrufen und sie über Ihre Situation in Kenntnis setzen. Die Beamten werden Sie sicher zum Flughafen begleiten.«

»Flughafen?«

»Sie sollten Ihren Eltern in dieser schweren Stunde Beistand leisten, finden Sie nicht?«

»Ja. Da haben Sie Recht. Ich werde mich sofort auf den Weg machen.«

»Aha.«

»Vielen Dank, Mr Woo.« Sie legte auf. Sandy klopfte gegen die Plastikwand der Telefonzelle. Donna ignorierte sie und suchte in ihrer Handtasche nach Kleingeld. Dann wählte sie erneut.

»Polizei von Santa Monica«, sagte eine Frau. »Officer Bleary am Apparat. Kann ich Ihnen helfen?«

»Gibt es einen Morris Woo bei Ihnen?«

»Einen Moment, bitte.«

Donna hörte, wie ein Telefon klingelte. »Mordkommission, hier Detective Harris.«

»Gibt es einen Morris Woo bei Ihnen?«

»Er ist gerade nicht im Büro. Vielleicht kann ich Ihnen weiterhelfen?«

»Ich habe gerade mit einem Mann telefoniert«, sagte sie, schniefte und wischte sich über die Nase. »Er hat behauptet, sein Name wäre Sergeant Morris Woo. Ich wollte nur sichergehen, ob er wirklich bei der Polizei ist.«

»Aha.«

2

Nach einem kurzen, tränenreichen Gespräch mit ihren Eltern legte sie auf und verließ die Zelle. »Gehen wir zum Hotel zurück.«

»Was ist los?« Jetzt hatte auch Sandy angefangen zu weinen. »Sag schon!«

»Tante Karen und Onkel Bob. Sie wurden ermordet.«

»Nein. Das ist nicht wahr!«

»Ich habe gerade mit einem Polizisten geredet, Schatz.«

»Nein!«

»Komm, wir gehen ins Hotel zurück.«

Das Mädchen schlang ihre Arme fest um Donna und heulte los.

Kapitel fünfzehn

1

Als Jud aus dem Auto stieg, sah er Donna vor ihrem Bungalow sitzen und wusste sofort, dass irgendetwas nicht stimmte. Er ging auf sie zu. Als sie ihn bemerkte, stand sie auf. Er nahm sie in die Arme, und sie fing leise an zu weinen. Ihr Rücken zitterte, als sie ihre tränennasse Wange gegen sein Gesicht drückte. Er hielt sie lange in seinen Armen.

Dann sah Donna ihn an. Sie schniefte, murmelte eine Entschuldigung und wischte sich mit den Ärmeln übers Gesicht. »Danke«, sagte sie.

»Geht's einigermaßen?«

Sie nickte mit zusammengepressten Lippen. »Machen wir einen kleinen Spaziergang?«, fragte sie.

»Ich weiß auch, wohin. Dafür müssen wir aber ein Stück mit dem Auto fahren.«

»Ich muss vorher noch eine weitere Nacht buchen«, sagte sie.

»Gute Idee«, sagte Jud. »Das muss ich auch noch erledigen.«

Gemeinsam gingen sie zur Rezeption. »Wo ist Sandy?«, fragte er.

»Sie schläft.«

»Sie schläft ziemlich viel, findest du nicht?«

»Wahrscheinlich eine Form der Flucht.«

»Ist alles in Ordnung mit ihr?«

»Nein. Das glaube ich nicht.«

Nachdem sie ihre Zimmer verlängert hatten, stiegen sie in den Chrysler und fuhren die Front Street entlang.

»Ich habe heute Morgen im Ort dein Auto gesehen«, sagte Donna. Offensichtlich wollte sie das Thema wechseln.

»Ich habe die Führung noch einmal mitgemacht.«

»Es gibt diese Führungen *immer noch*? Hat die Polizei nicht …«

»Die Polizei weiß offensichtlich nichts von dem Mord. Die Leiche ist weg, genau wie das Blut. Anscheinend hat da jemand gründlich geputzt.«

»Schrubb, Schrubb.« Ihre Blicke trafen sich, und Donna legte die Stirn in Falten. »Dafür ist Axel zuständig. Er macht dort sauber.«

»Axel steckt bis zum Hals in der ganzen Sache drin. Genau wie seine Mutter. Sie alle zusammen. Und ab und zu brauchen sie einen Mord, damit der Touristenstrom nicht abreißt.«

»Aber wenn sie die Leiche haben verschwinden lassen …«

»Ich glaube, sie sind nervös. Jedenfalls nervös genug, um den letzten Mord zu verschleiern.«

»Aber warum haben sie sie überhaupt umgebracht? *Sie.* Jetzt hast du mich von deiner Theorie auch schon fast überzeugt. Also, warum haben sie es getan, wenn sie nicht wollten, dass es jemand erfährt?«

»Sie wollte das Haus niederbrennen.«

»Tja, das ist wohl Grund genug. Was hast du als Nächstes vor? Willst du die Leiche suchen?«

»Nein, das würde uns nicht weiterbringen. Wir müssen den Mann im Affenkostüm aufstöbern.«

»Und dann?«

»Dann bringe ich ihn um, wenn es sein muss.«

»Du bist fest dazu entschlossen, stimmt's?«

»Ich glaube nicht, dass er mir eine Wahl lassen wird.«

Schweigend fuhren sie am Horrorhaus vorbei. »Hast du viele Menschen getötet?«, fragte Donna, nachdem sie um die Kurve gebogen waren.

»Ja.«

»Und musst du oft … daran denken?«

Er warf ihr einen Blick zu und hielt am Straßenrand an. »Willst du wissen, ob mich deshalb mein Gewissen plagt?«

»Ja, genau.«

»Ich habe niemanden umgebracht, der es nicht verdient hätte.«

»Wer sagt das?«

»Ich sage das. Ich urteile über sie und vollziehe die Strafe.«

»Mit welchem Recht?«

»Ich höre Stimmen.«

Sie lächelte. »Im Ernst.«

»Das ist mein voller Ernst. Ich höre eine Stimme, üblicherweise meine eigene. Und die sagt: ›Jetzt bringe ich dieses Arschloch lieber um die Ecke, bevor er dasselbe mit mir macht‹.«

»Du bist schrecklich.«

Er lachte leise. Dann spürte er, wie sich in seiner Magengrube ein eiskalter Knoten bildete. Er schluckte. »Manchmal höre ich auch die Stimmen der Toten. Menschen, die ich niemals kennen gelernt habe, deren Leichen ich auf Pressefotos oder mit meinen eigenen Augen gesehen habe. ›Ich könnte jetzt noch am Leben sein, wenn dieses Arschloch nicht wäre‹, sagen diese Toten zu mir. ›Dieses Arschloch wird mich morgen umbringen‹, sagen die Lebenden. Und dann richte ich und exekutiere, soweit es in meiner Macht steht. Räche die Toten und rette ein paar Leben. Das mag hart klingen, doch mein Gewissen kann damit ziemlich gut leben.«

»Tötest du auch für Geld?«

»Bei den Leuten, mit denen ich normalerweise zu tun habe, gibt es immer einen, der bereit ist, gut dafür zu bezahlen.«

Sie stiegen aus. Jud nahm Donnas Hand und führte sie über die Straße. »Bereit für ein bisschen Sport?«, fragte er.

»Klar.«

Sie betraten den Wald. Jud ging voraus und suchte einen Weg zwischen den dicht stehenden Pinien hindurch, an Felsbrocken und umgefallenen Baumstämmen vorbei. Zweimal hielten sie an, damit Donna verschnaufen konnte.

»Mit einem Hindernislauf habe ich nicht gerechnet«, sagte sie.

Die letzten Meter ging es ziemlich steil bergab, und Jud warf Donna einen fragenden Blick zu. Sie wischte sich einen Schweißtropfen von der Nase, schien aber fest entschlossen, ihm zu folgen.

Feuchtes Haar klebte auf ihrer Stirn. »Wir sind fast da«, sagte er und hielt ihr die Hand hin. Er zog sie auf einen toten Baumstamm, dann hüpften sie auf der anderen Seite herunter. »Geschafft.«

Sie umrundeten die Hügelkuppe und erreichten eine windige Lichtung.

Donna streckte sich. »Ah. Diese Brise ist eine echte Wohltat.«

»Warte hier. Ich habe da unten ein paar Sachen liegen lassen.«

»Also deshalb sind wir hier!«

Sie folgte Jud zum Rand der Lichtung. Er deutete in das Unterholz dahinter. »Ich habe meine Ausrüstung dort bei den Felsen zurückgelassen.«

»Also hier warst du letzte Nacht?«

»Genau hier.«

»Ich komme mit, okay?«

Gemeinsam kletterten sie den Hügel hinunter und erreichten die Stelle, von dem aus die Rückseite des Horrorhauses einsehbar war.

»Wie konntest du nur in der Nacht hier herumstapfen«, sagte Donna. »Das ist ja schon bei helllichtem Tag ziemlich gefährlich.«

»Ich hole schnell meine Sachen.«

»Klar. Ich warte hier.«

Während sich Donna auf eine Felsbank setzte, kletterte Jud zu dem Vorsprung mit den beiden Zwergpinien hinunter. Rucksack, Gewehr und Nachtsichtgerät waren genau dort, wo er sie letzte Nacht zurückgelassen hatte. Er schulterte den Rucksack, nahm den Gewehrkoffer und ging den Hügel hinauf.

»Gehen wir wieder zur Lichtung zurück?«, fragte Donna.

»Klar.«

»Es gefällt mir nicht, dieses Haus so direkt anstarren zu müssen.«

»Aber es ist doch nur die Rückseite.«

»Egal.«

Als sie die Lichtung erreicht hatten, ließ Jud seine Ausrüstung fallen, und Donna legte ihre Hände auf seine Brust.

»Ich würde gerne mit dir reden.«

»Gut.«

»Es geht ums Töten.«

»Wenn du darauf bestehst.«

»Heute ist etwas passiert …« Sie ließ den Kopf sinken. »Ich habe erfahren, dass meine … Schwester …« Sie verstummte, wandte sich um und holte tief Luft. Jud legte seine Hände auf ihre Schultern. »Meine Schwester wurde umgebracht!«, platzte sie heraus und brach in Tränen aus.

Jud drehte sie zu sich herum und nahm sie sanft in die Arme.

»*Ich habe sie getötet*, Jud. Ich war es. Ich bin weggelaufen. Sonst hätte er es niemals getan. Himmel! Ich wusste es nicht! Ich *wusste* es einfach nicht besser. Ich habe sie umgebracht. Alle beide!«

2

Nach einer Weile hatte sich Donna wieder beruhigt und weinte leise vor sich hin.

Jud half ihr, sich ins Gras zu setzen, lehnte sie gegen den Rucksack und hielt sie fest. Ihre Tränen durchnässten sein Hemd. Endlich hörte sie auf zu weinen.

»Wir sollten lieber wieder zurückgehen«, sagte sie. »Ich will Sandy nicht zu lange alleine lassen.«

»Wir gehen erst, wenn du mir erzählt hast, was hier vor sich geht. Donna, wer hat deine Schwester ermordet?«

»Roy Hayes, mein Exmann.«

»Weshalb?«

»Um herauszufinden, wo ich bin. Aber nicht nur deswegen, nehme ich an.«

»Warum will er das unbedingt wissen?«

»Er war im Gefängnis. Er … er hat Sandy vergewaltigt. Sie war erst sechs Jahre alt, und er hat sie auf eine Spritztour mit seiner Geländemaschine mitgenommen und … sie vergewaltigt. Vorher hat er auch mir schon schlimme Sachen angetan.

Ich wusste, dass sie ihn irgendwann wieder freilassen würden, also hab ich mich darauf vorbereitet, im Falle eines Falles alles liegen und stehen zu lassen und abzuhauen. Und Sonntagmorgen ist dieser Fall dann eingetreten.

Aber ich hätte niemals … es wäre mir im Traum nicht eingefallen, dass er zu Karen gehen würde. Himmel, ich weiß nicht, was ich mir dabei gedacht habe. Aber ich habe es einfach nicht für möglich gehalten. Mein Gott, er muss sie gefoltert haben. Und das alles nur wegen mir!

Wir hätten nicht abhauen dürfen. Wir hätten bleiben sollen. Ich hätte mir eine Waffe zulegen und auf ihn warten sollen. Aber so weit habe ich nicht gedacht. Ich habe angenommen, wir würden einfach nur die Stadt verlassen, unsere Namen ändern, und alles wäre vorbei. Aber es ist nicht vorbei. Und jetzt weiß er, wo wir sind.«

»Wo hat deine Schwester gelebt?«

»In Santa Monica.«

»Das ist etwa zehn, zwölf Stunden von hier.«

»Keine Ahnung. So etwas in der Art, ja.«

»Weißt du, wann genau deine Schwester ermordet wurde?«

»Gestern Nacht.«

»Um welche Uhrzeit?«

»Das weiß ich nicht.«

»Also könnte er jetzt schon in der Stadt sein.«

»Möglich.«

»Wie sieht er aus?«

»Er ist fünfunddreißig Jahre alt und fast 1,90 groß. Ziemlich kräftig, oder zumindest war er das, als ich ihn zum letzten Mal gesehen habe. Er muss über hundert Kilo gewogen haben.«

»Hast du ein Foto von ihm?«

Sie schüttelte den Kopf. »Die hab ich alle verbrannt.«

»Seine Haarfarbe?«

»Schwarz. Er hatte immer kurzes Haar.«

»Sonst noch etwas?«

Sie zuckte mit den Schultern.

Jud richtete sich auf und half ihr auf die Beine. »Bist du wirklich sicher, dass abhauen nichts bringt?«, fragte er.

»Davon hat er mich jetzt überzeugt.«

»Fahren wir zum Hotel zurück und warten auf ihn.«

»Und dann?«

»Wenn's sein muss, bringe ich ihn um.«

»Das sollte eigentlich mein Job sein.«

»Keine Chance. Du gehörst jetzt zu mir.«

»Ich will nicht, dass du jemanden … für mich tötest.«

»Ich tue es nicht für dich. Ich tue es für mich. Und für die Stimmen.«

Kapitel sechzehn

1

»Larry und ich müssen für einen Augenblick weg«, sagte Jud, als er Donna nach dem Mittagessen über den Parkplatz begleitete. »In der Zwischenzeit bleibst du zusammen mit Sandy in unserem Bungalow.«

»Okay.«

Keine Widerrede. Keine Fragen. Jud war froh, dass sie ihm völlig vertraute.

Er beobachtete Sandy, die neben Larry ging. Der Vorfall am Strand schien die beiden einander nur noch näher gebracht zu haben. Während des Essens hatten sie wie beste Freunde miteinander geplaudert.

Jud fand ihre Beziehung unter diesen Umständen etwas sonderbar, aber durchaus beruhigend.

»Sandy«, sagte Donna, »wir bleiben eine Weile bei Jud und Larry. Willst du dir dein Kartenspiel oder ein Buch holen, damit dir nicht langweilig wird?«

Das Mädchen nickte.

»Wir sind gleich wieder da«, sagte Donna. Sie betraten ihren Bungalow, ohne die Tür zu schließen.

»Dieses arme Kind ist am Boden zerstört«, sagte Larry mit leiser Stimme.

»Ja, es muss hart für sie sein.«

»Allerdings. Sie wird ihr Leben lang Angst haben. Dieser brutale Dreckskerl sollte erschossen werden.«

»Vielleicht wird er das auch.«

»Ich hoffe es.«

»Wenn wir Glück haben, dann schon heute Nacht.«

»Heute Nacht?«

»Höchstwahrscheinlich wird er früher oder später auftauchen. Und ich werde mit meiner Waffe auf ihn warten.«

»Was ist mit dem Horrorhaus?«

»Das kann noch einen Tag warten.«

»Da haben Sie wahrscheinlich Recht. Trotzdem würde ich mich besser fühlen, wenn wir diese Sache ein für alle Mal …«

»Ich werde nicht zulassen, dass dieser Kerl Sandy und Donna noch einmal in die Finger bekommt. Er hat ihnen schon genug angetan.«

»Natürlich. Wir dürfen sie auf keinen Fall im Stich lassen.«

»Außerdem wäre es etwas verfrüht, heute schon Jagd auf die Bestie zu machen.«

»Weshalb?«, fragte Larry.

»Ich will erst mehr herausfinden. Und deshalb werden wir den Kutchs heute Nachmittag einen Besuch abstatten.«

»Im Horrorhaus?«

»Nein. In dem anderen Gebäude. Dem ohne Fenster.«

2

Sobald Jud sichergestellt hatte, dass Donna problemlos mit seinem Gewehr umgehen konnte, fuhr er mit Larry los. Von der Front Street aus nahmen sie den schmalen Feldweg, der zum Strand führte. Jud hielt im Schatten einer Baumgruppe an.

Dann holte er seine .45er Automatik aus dem Kofferraum. »Die wird die Bestie nicht aufhalten«, sagte Larry.

Jud steckte die Waffe in seinen Gürtel und verbarg sie unter seinem Hemd. »Wie kommen Sie darauf, dass wir der Bestie überhaupt über den Weg laufen werden? Bis jetzt hat sie sich bei ihren Gräueltaten doch auf das Horrorhaus beschränkt.«

»Trotzdem.«

Er beobachtete, wie Larry eine Machete aus dem Kofferraum zog. »Trotzdem was?«

»Man weiß ja nie.«

Jud knallte den Kofferraum zu. »Sie können ja im Auto warten, wenn Sie wollen.«

»Nein. Das geht schon in Ordnung. Ich begleite Sie. Ich kann es kaum erwarten, einen Blick in dieses seltsame Gemäuer zu werfen. Außerdem haben Sie Recht: Dort sollten wir vor der Bestie hundertprozentig sicher sein.«

Jud sah auf die Uhr. »Okay. Die Ein-Uhr-Führung müsste gerade angefangen haben. Also los.«

»Was ist mit Axel?«

»Um den kümmere ich mich schon – sofern er überhaupt im Haus ist. Sie bleiben einfach in meiner Nähe.«

»Ich hoffe, Sie wissen, was Sie tun.«

Ohne zu antworten ging Jud voran durch das kleine Wäldchen. Dann rannte er über eine freie Fläche bis zur Rückseite der Garage. Larry folgte ihm.

»Wissen Sie, ob es einen Hintereingang gibt?«, fragte Jud.

»Keine Ahnung.«

»Finden wir's raus.« Er umrundete das Gebäude und achtete sorgsam darauf, dass sie hinter der Garage blieben und so vor neugierigen Blicken aus der Ticketbude geschützt waren.

Die Rückseite des Hauses bestand aus einer soliden Backsteinmauer.

»Keine Tür«, sagte Larry.

Jud ging durch den überwucherten Garten zum anderen Ende des Hauses. Auch hier war keine Tür – nur der graue Metallschacht der Klimaanlage. Jenseits der Front Street war der südliche Teil des Horrorhauses samt Zaun und Rasen zu sehen. Dort war niemand. »Bleiben Sie hier an der Wand«, sagte Jud, wischte sich den Schweiß aus den Augen und ging los.

An der Ecke zur Vorderseite blieb er stehen und signalisierte

Larry, zurückzubleiben. Er warf einen Blick auf die Ticketbude. Auf der Seite, die zur Straße zeigte, war nur eine verschlossene Tür, aber keine Fenster zu erkennen. Solange Wick Hapson in der Bude blieb, würde er Jud nicht bemerken.

Hinter der Bude hatten sich die Teilnehmer der Führung um die Veranda des Horrorhauses versammelt und hörten wahrscheinlich gerade vom Schicksal des armen Gus Goucher. Jud wartete, bis die Gruppe im Haus verschwunden war.

»Warten Sie auf mein Zeichen.«

»Ist Axel zu Hause?«

»Sein Pick-up steht jedenfalls vor der Tür.«

»Ach du meine Güte.«

»Keine Angst. Das könnte die ganze Sache leichter für uns machen.«

»Wie denn das, um Himmels willen?«

»Es besteht die Möglichkeit, dass er nicht abgesperrt hat.«

»Na wunderbar. Großartig.«

»Warten Sie hier.« Jud warf noch einen letzten Blick auf die Bude, dann ging er schnell durch den Vorgarten zur Eingangstür, die sperrangelweit offen stand.

Jud presste das Gesicht ans Fliegengitter und spähte hinein. Viel war nicht zu sehen. Das Innere lag in völliger Dunkelheit. Leise zog er das Fliegengitter auf und ging ins Haus.

So schnell wie möglich trat er aus dem Licht der Eingangstür, stand eine Minute lang völlig bewegungslos da und lauschte konzentriert. Als er davon überzeugt war, allein im Haus zu sein, suchte er die Wände nach einem Lichtschalter ab, entdeckte einen neben der Tür und drückte darauf. Eine Lampe tauchte die Eingangshalle in trübes, blaues Licht.

Direkt vor ihm führte eine Treppe zum ersten Stock. Zu seiner Rechten befand sich eine geschlossene Tür, zur Linken ein Raum, den er betrat. Er schaltet auch dort das Licht an und eine weitere blaue Glühbirne leuchtete auf.

Der Boden war mit dunklem Teppich ausgelegt, auf dem Kissen und Polster verstreut lagen. Bis auf eine weitere Lampe in einer Ecke waren keine Möbel zu erkennen.

Jud ging zur Fliegengittertür am Eingang zurück und sah hinüber zur Ticketbude. Von Wick Hapson keine Spur. Er öffnete die Tür einen Spalt und winkte Larry zu.

Als Larry die Tür erreicht hatte, presste Jud den Zeigefinger an die Lippen. Larry nickte.

Jud zeigte ihm den Raum mit den Kissen, dann ging er zur geschlossenen Tür rechts vom Eingang. Er öffnete sie und betätigte den Lichtschalter. Der Kronleuchter über dem Esstisch war ebenfalls mit blauen Glühbirnen bestückt.

Bis auf die seltsame Beleuchtung konnte Jud nichts Ungewöhnliches entdecken. Eine Vitrine mit Porzellan stand in einer Ecke, und über einem Büffet hing ein großer Spiegel. Um den Tisch standen sechs Stühle, zwei weitere neben einer Aufsatzkommode.

Hinter dem Tisch befand sich eine weitere Tür. Jud öffnete sie – die Küche. Er schlich leise über den Linoleumboden und warf einen Blick in den Kühlschrank, dessen Innenbeleuchtung ebenfalls blau war. Er deutete auf das unterste Fach und grinste Larry an. Dort standen mindestens zwei Dutzend Bierdosen.

Neben dem Kühlschrank war eine weitere Tür. Als Jud sie öffnete, schien ihm blaues Licht entgegen. Eine steile Treppe führte zum Keller hinunter.

Leise schloss er die Tür wieder, holte einen der Stühle und klemmte ihn mit der Lehne unter den Türknauf.

Mit Larry im Schlepptau durchquerte er das Esszimmer und ging die Treppe zum ersten Stock hinauf. Sie durchquerten den Flur und betraten ein Schlafzimmer. Jud schaltete das blaue Licht ein. Larry zuckte zusammen und umklammerte den Griff der Machete. Dann lachte er leise und nervös. »Sehr extravagant«, flüsterte er.

Alle Wände und die Decke waren mit Spiegeln verkleidet. Auf dem Bett lag nichts außer einigen blauen Satinlaken.

Larry kniete sich hin, um unter dem Bett nachzusehen, während Jud sich den Kleiderschrank vornahm. An den Kleiderbügeln hingen nur Morgenmäntel und über ein Dutzend Nachthemden. Als er eines herauszog, blähte es sich im Luftzug auf, als wäre es schwerelos. Zierliche rosa Schleifchen an den Schultern und Hüften waren das Einzige, was Vorder- und Rückseite des Nachthemds miteinander verband. Durch den dünnen Stoff konnte Jud Larry erkennen, der gerade zu einer Kommode hinüberging. Er hängte das Nachthemd wieder zurück.

»Oh Himmel«, flüsterte Larry.

Jud eilte zu ihm hinüber. In der obersten Schublade der Kommode lagen vier Handschellen, in einer weiteren eine Stahlkette mit Vorhängeschlössern, in einer dritten eine Sammlung von BHs, Höschen, Hüfthaltern und Nylonstrumpfhosen. Zwei der Schubfächer enthielten nur Lederklamotten: Hosen, Jacken, ein knapper Bikini, Westen und Handschuhe. Neben der Kommode hing eine Reitgerte an einem Nagel in der Wand.

Sie schlossen alle Schubläden und verließen den Raum.

Im Badezimmer roch es nach Desinfektionsmittel. Sie fanden nichts Ungewöhnliches. Nur die Badewanne war ziemlich groß. Darüber waren mehrere Metallringe ungefähr auf Kopfhöhe an die Fliesen geschraubt.

»Was ist das denn?«, fragte Larry.

Jud zuckte mit den Achseln. »Sieht wie Haltegriffe aus.«

Am anderen Ende des Korridors befand sich ein Arbeitszimmer mit Bücherregalen, Schreibtisch und einem Sessel. Jud schaltete eine Lampe hinter dem Sessel an.

»Ah, endlich richtiges Licht«, flüsterte Larry, als weißes Licht den Raum durchflutete. Er besah sich sofort die Bücher.

Jud überprüfte unterdessen den Schreibtisch. Die oberste linke Schublade war geschlossen. Jud kniete nieder und zog aus seiner Tasche ein Ledermäppchen, dem er einen Dietrich entnahm. Das Schloss war kinderleicht zu knacken.

In der Schublade lag nur ein einziges, ledergebundenes Buch, das ebenfalls mit einem kleinen Schloss versehen war. Jud knackte auch dieses und öffnete den Band auf der Titelseite: »Mein Tagebuch – der wahrhaftige Bericht meines Lebens samt höchst privater Aufzeichnungen, Band 12. Geschrieben im Jahre des Herrn 1903.« Der Eintrag war mit Elizabeth Mason Thorn unterschrieben.

»Was ist das?«, fragte Larry.

»Lilly Thorns Tagebuch.«

»Herr im Himmel.«

Er blätterte in dem Buch, bis er nach etwa zwei Dritteln den letzten Eintrag gefunden hatte. 2. August 1903: »Letzte Nacht wartete ich, bis Ethel und die Jungen eingeschlafen waren. Mit einem Seil begab ich mich in den Keller.« Jud schloss das Buch. »Das nehmen wir mit«, flüsterte er. »Jetzt sehen wir uns noch die anderen Räume an, und dann nichts wie raus hier.«

Am gegenüberliegenden Ende des Korridors war eine weitere Tür. Jud öffnete sie vorsichtig.

Larry umklammerte seinen Arm.

Aus dem Raum drangen seltsame, pfeifende Geräusche.

Jud lauschte angespannt. Er hörte Zischen, Seufzen und ein Geräusch, das einer Windbö ähnelte, die durch einen Canyon fegt. Leise schloss er die Tür wieder.

»Das war die Bestie«, flüsterte Larry, als sie wieder im Erdgeschoss waren. »Sie schläft.«

»Ich glaube, das war nur Axel.«

»Also Axel war das bestimmt nicht!«

»Und er war nicht allein.«

»Bestimmt nicht!«

»Ich habe mindestens drei verschiedene Personen gehört. Hauen wir ab.«

»Glänzende Idee. Ich stehe zu hundert Prozent hinter Ihnen.«

Kapitel siebzehn

WILLKOMMEN IN MALCASA POINT. EINWOHNERZAHL: 400. FAHREN SIE VORSICHTIG, stand auf dem grünen Metallschild. Roy bremste den Wagen auf die vorgeschriebenen 35 Meilen pro Stunde ab.

Ein Dutzend Menschen hatten sich um eine Ticketbude vor einem alten, viktorianischen Haus versammelt. Er warf einen Blick auf das Schild, dessen Buchstaben an frisches Blut erinnern sollten: HORRORHAUS. Roy grinste und fragte sich, was zum Geier das wohl war.

Er fuhr langsamer, um die Gesichter der Wartenden zu studieren. Niemand ähnelte Donna oder Sandy, selbst wenn man die Veränderungen in Betracht zog, die sechs lange Jahre mit sich brachten.

Er hielt auf den Gehwegen nach ihnen Ausschau und suchte die Parkplätze nach ihrem Wagen ab. Ein blauer Ford Maverick, hatte Karen gesagt. Und da hatte sie mit Sicherheit die Wahrheit gesagt. Zu diesem Zeitpunkt war sie schon lange jenseits aller Lügen gewesen.

Schließlich entdeckte er einen blauen Maverick vor einer Autowerkstatt. Er konnte sein Glück kaum fassen. Karen hatte irgendetwas von einem kaputten Auto erzählt, aber so lange dauerte eine Reparatur normalerweise nicht. Er hatte damit gerechnet, dass Donna mindestens einen Tag Vorsprung hatte.

An den Tanksäulen hielt er an. Ein dürrer, höhnisch lächelnder Mann kam auf ihn zu. »Volltanken, bitte. Super«, sagte Roy und fragte sich, ob der Rolls wirklich Superbenzin brauchte. Doch wenn dem nicht so wäre, hätte ihn der Tankwart sicherlich darauf hingewiesen.

Roy stieg aus. Endlich konnte er sich ausstrecken. Seine Jeans war immer noch etwas feucht. Er kratzte sich die juckende Haut darunter und ging zum Tankwart hinüber.

»Der Maverick da«, sagte er, »gehört nicht zufällig einer Frau, die mit ihrer Tochter unterwegs ist?«

»Kann schon sein.«

»Die Frau ist dreiunddreißig, blond, eine richtige Schönheit. Die Tochter ist zwölf.«

Der Typ zuckte nur mit den Schultern.

Roy zog eine Zehndollarnote aus dem Geldbeutel. Der Mann starrte sie eine Weile an, dann nahm er sie und stopfte sie in seine Brusttasche.

»Wie heißt die Frau?«, fragte Roy.

»Ich könnte nachsehen.«

»Hayes? Donna Hayes?«

Er nickte. »Genau. An eine Donna kann ich mich erinnern.«

»Hatte sie ein Kind dabei?«

»'n kleines, blondes Mädchen.«

»Wie lange steht der Wagen schon hier?«

»Seit ein paar Tagen. Er kam Montagmorgen rein, also gestern. Geplatzter Kühler. Wir mussten einen in Santa Rosa bestellen, der is' grade angekommen.«

»Also sind sie noch hier in der Stadt?«

»Na, wo sollten sie denn sonst sein?«

»Wo in der Stadt?«

»Hier gibt's nur ein Hotel, das Welcome Inn. Etwa 'ne halbe Meile weiter, rechts.«

Roy gab dem Mann weitere fünf Dollar. »Hier. Damit Sie auch schön den Mund halten.«

»Wieso suchen Sie eigentlich nach ihr?«

»Ich bin ihr Mann.«

»Ach so?« Er lachte. »Ist Ihnen wohl durchgebrannt.«

»Genau. Und jetzt kriegt sie die Quittung dafür.«

»Kann's Ihnen nich' verdenken. Ist ein richtiges Prachtstück.

Mann, wenn mir so eine weglaufen würde, wär' ich auch stinksauer.«

Roy bezahlte das Benzin und fuhr weiter. Zuerst entdeckte er das Restaurant, ein rustikales, von Bäumen umgebenes Gebäude: GUT ESSEN IM WELCOME INN. Gleich dahinter war ein Café. Eine Einfahrt führte zu einem Innenhof, der von einem Dutzend Bungalows umgeben war. Die Rezeption befand sich gleich daneben. ZIMMER FREI stand in roten Neonlettern auf einem Schild vor der Tür.

Roy fuhr weiter. Mit einem Mal war er ziemlich nervös.

Er war so nahe dran, da durfte er es nicht vermasseln. Er musste nachdenken.

Oben auf einem Hügel stellte er den Rolls-Royce ab und sah auf die Uhr. Gleich Viertel nach drei.

Also gut, dachte er. Donnas Auto war in der Werkstatt. Okay. Wenn sie es heute noch abholt, fährt sie entweder gleich weiter oder bleibt noch eine Nacht. Wenn sie die Stadt verlässt, muss sie hier vorbeikommen.

Er konnte einfach auf sie warten.

Und wenn sie nun nach Süden fuhr? Ausgeschlossen. Aus dieser Richtung kam sie ja gerade.

Trotzdem …

Vielleicht blieb sie ja noch eine Nacht.

Das herauszufinden war kein Problem. Er musste einfach an der Rezeption nachfragen. Wenn sie vorhatte zu bleiben, hatte sie sicher das Zimmer schon reserviert.

Nein, so einfach war es nicht. Sie konnte irgendwie Wind davon bekommen, dass er sich nach ihr erkundigt hatte.

Es sei denn, er ließ sich gleich ihre Zimmernummer geben, fuhr einfach vor und trat ihre Tür ein, noch bevor sie die Chance hatte, die Cops zu rufen oder sonstige Vorbereitungen zu treffen. Er könnte sich die beiden schnappen, bevor irgendjemand etwas bemerkte.

Das funktionierte auch nicht. Die Leute würden ihn sehen. Und schon hätte er die Bullen am Hals …

Aber weshalb musste er denn irgendwohin fahren? Er konnte einfach hineinspazieren und die Tür hinter sich schließen. Genug Privatsphäre, sogar Betten. Und er konnte so lange bleiben, wie er wollte.

Was, wenn sie gerade nicht da waren? Dann könnten sie zurückkommen und an der Rezeption erfahren, dass er nach ihnen gefragt hatte.

»Scheiße«, murmelte er, als er bemerkte, dass sein Plan nicht aufging.

Er hatte nur eine Möglichkeit herauszufinden in welchem Bungalow sie sich befanden: Er musste das Hotel beobachten.

Nachdem er einige Augenblicke überlegt hatte, wie er das am besten anstellen konnte, stieg er aus, nahm seinen Rucksack vom Rücksitz und öffnete den Kofferraum. Joni war bei Bewusstsein. Er zog sie an den Armen heraus.

Sie gingen die Straße entlang, bis die Rezeption des Welcome Inn noch etwa fünfzig Meter von ihnen entfernt war. Er führte Joni in den Wald, und die Äste und Pinienzapfen zerkratzten ihre Füße. Sie fing an zu weinen.

»Ruhe.«

»Es tut weh.«

»Soll ich dich tragen?«

Sie nickte.

Roy grinste zufrieden. Erst gestern hatte sie ein ähnliches Angebot abgelehnt. Vielleicht fing sie ja endlich an, ihm zu vertrauen. Sie legte einen Arm um seinen Hals. Offensichtlich machte sie so etwas nicht zum ersten Mal. Roy ließ einen Arm hinter ihren Rücken und den anderen unter die Knie gleiten. Dann hob er sie hoch.

Es gefiel ihm, Joni zu tragen. Sie war ziemlich leicht, und der Arm um seine Schultern fühlte sich fast an wie eine freundliche Geste. Obwohl er natürlich wusste, dass sie es nur geschehen ließ, um ihre

Füße zu schonen. Ihre Gesichter berührten sich fast. Mit einer winzigen Bewegung rieb er seine Wange an ihrem weichen Haar. Während er weiterging, streichelte er die samtene Innenseite ihrer Oberschenkel. Sie machte keinen Versuch, ihn mit ihrer freien Hand davon abzuhalten.

Bald sah er die Bungalows vor sich. Sie waren aus grüngestrichenem Mammutbaumholz und besaßen steil abfallende Dächer. Auf ihrer Rückseite befanden sich Fenster, aber keine Türen.

Er umrundete die Bungalows in angemessenem Abstand, bis er den Parkplatz sehen konnte. Von den Fenstern des Bungalows auf der linken Seite, der ihm am nächsten war, konnte man alle anderen Türen einsehen.

Grinsend ging er zur Rückseite des Bungalows. Von der Straße aus konnte man ihn unmöglich entdecken. Er setzte Joni ab.

»Was haben Sie vor?«, flüsterte sie.

Es gefiel ihm, dass sie flüsterte.

»Wir brauchen einen Platz, wo wir übernachten können.«

Das Fenster befand sich etwa auf Augenhöhe und war verschlossen.

»Ich werde dich jetzt hochheben«, flüsterte er. »Und du sagst mir, ob jemand drin ist.« Er ließ den Rucksack fallen und klopfte sich einladend auf die Schulter.

Joni gehorchte, wobei sie sich an seinem Kopf festhielt. Er packte ihre Knie und richtete sich langsam auf, bis sie durch das Fenster sehen konnte.

»Näher«, sagte sie. Sie beugte sich vor, wobei sie ihre Schenkel an seinen Kopf presste, legte die Hände um die Augen und blickte hinein. »Höher«, flüsterte sie.

»Ist jemand drin?«

»Niemand.«

»Bist du sicher?«

»Hm?«

»Ist jemand drin?«

»Nein.«

»Sicher?«

»Ja.«

Er ließ sie wieder hinunter. »Du lügst mich doch nicht an, oder?«

»Ich lüge nie«, sagte sie mit ernster Miene.

»Na gut. Will ich dir auch geraten haben.«

»Ich hab Hunger.«

»Wir essen, sobald wir drin sind.«

»Und was?«

»Ich habe haufenweise Essen im Rucksack. Erst müssen wir aber da rein.«

»Wie?«

Er antwortete nicht, sondern führte sie stattdessen auf die rechte Seite des Bungalows. Dort befanden sich zwei weitere Fenster, die man jedoch vom gegenüberliegenden Bungalow aus problemlos beobachten konnte. Er kehrte wieder auf die Rückseite zurück.

Er hatte keine andere Wahl als dort einzubrechen.

Und das bedeutete Lärm.

Gab es Alternativen? Er konnte an einem anderen Bungalow klopfen und dann gewaltsam eindringen. Aber dabei konnte er gesehen werden. Wenn er es vermasselte, würden die Bewohner anfangen zu schreien. Und das war viel schlimmer als etwas splitterndes Glas.

Er überlegte sich, ob er unter das Häuschen kriechen sollte. Es war genug Platz dort, aber er dachte an den Schmutz, die Spinnen, Schnecken und Ratten. Er hatte keine Ahnung, wie lange er dort warten musste. Und wo sollte er Joni in der Zwischenzeit lassen? Ein Scheißplan.

Mit dem Messer löste er die beiden unteren Schrauben des Fliegengitters, nahm es ab und lehnte es gegen die Wand.

Dann zog er die Taschenlampe aus dem Rucksack. »Okay«, sagte er. »Steig wieder auf meine Schultern.«

Joni gehorchte.

Roy reichte ihr die Taschenlampe und richtete sich auf. »Siehst du, wo das untere Fenster aufhört?«

»Da?« Sie deutete auf das hölzerne Fensterkreuz.

»Genau. Schlag die Scheibe über dem Fensterkreuz ein, dann kannst du den Riegel lösen. Nimm das untere Ende der Taschenlampe. Und schlag fest zu.«

»Da?«

»Etwas mehr nach links.«

»Da?«

»Genau. Und jetzt schlag fest zu, damit es beim ersten Mal bricht.«

Sie stützte sich an seiner Stirn ab und holte aus. Roy hörte, wie die Taschenlampe gegen die Scheibe prallte. Das Glas brach nicht. »Fester!«, flüsterte er. »So fest du kannst!« Er wartete. »Los doch, verdammt!«

Die Taschenlampe krachte gegen seinen Kopf. Noch mal. Und noch mal. Schmerz durchfuhr seinen Schädel. Er hob die Hand, und die Taschenlampe traf seine Finger.

Dann beugte er sich vor und rammte Joni gegen die Wand. Sie schrie auf und ließ die Lampe fallen. Roy packte ihre Bluse und zog. Das Mädchen wurde über seinen Kopf geschleudert und landete mit dem Rücken auf dem Boden.

»Hey!«

Roy sah sich um. Ein jugendliches Mädchen mit Handtüchern im Arm stand an der Ecke des Bungalows.

»Was machen Sie denn da?«, fragte sie. Sie klang eher verärgert als ängstlich.

Sofort hatte Roy sein Messer gezogen und hielt es Joni an den Bauch. »Komm her, sonst schlitze ich dieses kleine Mädchen hier auf.«

»Das würden Sie nicht wagen.«

»Wenn du wegrennst oder schreist, nehme ich sie aus wie eine Weihnachtsgans.«

Das Mädchen schüttelte den Kopf. »Sie sind ja krank.«

»Komm her.«

Das Mädchen näherte sich ihm mit kurzen, zögerlichen Schritten. Sie beobachtete ihn genau, versuchte, seine Absichten einzuschätzen.

Die Nachmittagsbrise zerzauste ihr Haar, und ihre kleinen Brüste wippten verführerisch unter ihrem weißen T-Shirt. Roy betrachtete ihre schlanken, gebräunten Beine.

»Was machst du hier?«, fragte er.

»Dasselbe könnte ich Sie fragen.«

»Antworte.«

»Ich bin die Besitzerin.«

»Du?«

»Meine Eltern.«

»Dann hast du auch die Schlüssel«, sagte er grinsend.

Kapitel achtzehn

1

Über das Geräusch des Fernsehers hinweg hörte Donna, wie ein Auto vor dem Bungalow hielt. Sandy warf ihr einen besorgten Blick zu. Donna legte die Zeitung beiseite, stieg vom Bett und ging zum Fenster. Ein dunkelgrüner Chrysler parkte direkt vor der Tür. »Es sind Jud und Larry«, sagte sie und öffnete die Tür für sie.

»Ist er schon aufgetaucht?«, fragte Jud.

Donna schüttelte den Kopf. »Nein. Wart ihr erfolgreich?«

»Ist nicht schlecht gelaufen.«

»Es ist allerdings nicht schlecht gelaufen!«, sagte Larry. »Wir sind ungeschoren davongekommen, wie die Diebe in der Nacht. Und werfen Sie bitte einen Blick auf *das hier*!« Er wedelte mit einem ledergebundenen Buch vor ihrer Nase herum. »Dies hier ist Lilly Thorns Tagebuch. Ihre persönlichen Aufzeichnungen! Meine Güte, was für ein Fund!« Er setzte sich neben Sandy auf das Bett. »Und wie war dein Nachmittag, mein kleiner Marienkäfer?«

Donna wandte sich zu Jud um. »Habt ihr das Monsterkostüm gefunden.«

»Nein.«

»Und Mary Zieglers Leiche?«

»Die auch nicht. Aber wir konnten nicht alle Räume durchsuchen.«

»Wurdet ihr gestört?«

»Nein, aber in einem Zimmer war jemand, und in den Keller wollten wir auch nicht, weil dort Licht brannte.«

»Dann war also jemand zuhause?«

»Nicht nur einer, möchte ich meinen.«

»Aber dort wohnen doch nur Maggie, Axel und Wick«, sagte Donna.

»Und Maggie und Wick haben die Führung abgehalten.«

»Wer war es dann?«

»Axel, vermute ich. Und mindestens noch zwei andere Personen.«

»Aber wer?«

»Keine Ahnung.«

»Das macht mir Angst.«

»Kann ich verstehen. Ich bin auch nicht gerade begeistert.«

Sie setzte sich auf Juds Bett. »Wie sah das Haus aus?«, fragte sie. Fasziniert hörte sie Juds Bericht. Er erzählte ihr von den blauen Glühbirnen, dem unmöblierten Wohnzimmer mit den Polstern und dem Badezimmer mit den seltsamen Griffen. Am meisten interessierte sie das Schlafzimmer.

»Für so eine hätte ich Maggie Kutch nicht gehalten. Und Hapson erst, dieses alte Wiesel! Kaum vorstellbar, dass sie überhaupt Sex haben, und noch dazu in einem verspiegelten Zimmer. Die Fesselspielchen und dieses Sadomaso-Zeug scheinen mir hingegen durchaus plausibel. Habt ihr den Ausdruck in seinem Gesicht gesehen, als er mit dem Gürtel auf Mary Ziegler losgegangen ist?«

Jud nickte.

»Es war mir von Anfang an klar, dass das Perverse sind. Wie sonst könnte man seinen Lebensunterhalt mit Führungen durch das Horrorhaus bestreiten?«

2

Bis auf einen halbstündigen Spaziergang auf einen Hügel mit Blick auf den Ozean verbrachten sie den ganzen Nachmittag in Bungalow Nr. 12. Larry las das Tagebuch innerhalb einer Stunde komplett durch. Manchmal schüttelte er dabei ungläubig den Kopf oder murmelte etwas vor sich hin. Sandy sah fern. Donna saß mit Jud am Fenster.

Um halb fünf wollte Donna nach ihrem Wagen sehen. Zu viert gingen sie zur Werkstatt, und entdeckten den blauen Maverick neben zwei anderen Autos auf dem Parkplatz. »Ich wette, er hat ihn noch nicht einmal angerührt«, sagte Donna.

Jud ging mit ihr ins Büro, wo der dürre Mechaniker gerade telefonierte. Sie warteten draußen, bis er das Gespräch beendet hatte.

»Alles fertig«, verkündete er.

»Der Wagen ist repariert?«, fragte Donna. Sie konnte ihren Ohren kaum trauen.

»Klar doch. Der Kühler is' um Mittag rum reingekommen.« Er führte sie zu ihrem Wagen und öffnete die Motorhaube. »Da ist er. Bin schon mal Probe gefahren. Schnurrt wie ein Kätzchen.«

Sie gingen ins Büro zurück, wo ihr der Mechaniker die Rechnung präsentierte. »Zahlen Sie bar oder mit Karte?«

»Mit Kreditkarte.« Sie öffnete ihre Handtasche, um danach zu suchen.

»Wo übernachten Sie eingentlich?«, fragte er.

»Drüben, im Welcome Inn.«

»Hab's mir doch gedacht. Wo auch sonst?« Er nahm ihre Kreditkarte entgegen. »Das hab ich auch dem Typen gesagt, der nach Ihnen gesucht hat.«

Sie wurde starr vor Schreck und starrte den Mann so lange an, bis Jud nach ihrem Ellbogen griff und sie in die Realität zurückholte. »Was für ein Typ?«, fragte sie.

»So ein Kerl in einem '76er Rolls. Hat behauptet, dass er Ihren Wagen kennt. Haben Sie ihn schon getroffen?«

Sie schüttelte den Kopf.

»Plaudern Sie denn immer so viel über Ihre Kunden aus?«, fragte Jud.

»Eher selten.« Seine Augen verengten sich zu Schlitzen. »Steckt ihr in irgendwelchen Schwierigkeiten?«

»Nein. Aber Sie vielleicht.«

Der Mann gab Donna die Kreditkarte zurück und ließ sie unterschreiben. Dann wandte er sich Jud zu. »Verpissen Sie sich, Mister. Sonst trete ich Ihren verschissenen Arsch von hier bis nach Fresno.«

»Halten Sie den Mund!«, brüllte Donna ihn an. »Mit welchem Recht konnten Sie diesem Mann überhaupt *irgendetwas* über mich erzählen?«

»Verdammt, ich hab ihm gar nichts erzählt. Er kannte Ihren Namen. Er hätte Sie sowieso gefunden. Es gibt kein anderes Hotel außer dem Welcome Inn. Wär er von alleine drauf gekommen.« Der Mechaniker warf Jud einen bitterbösen Blick zu, dann wandte er sich wieder an Donna. »An Ihrer Stelle wär ich mal ganz ruhig. *Sie* sind schließlich Ihrem Mann weggelaufen.« Er grinste und drehte sich um.

»Fahren wir!«, rief Donna ihrer Tochter und Larry zu, die sich gerade die Schaufenster auf der gegenüberliegenden Straßenseite ansahen. »Sandy darf davon nichts erfahren, okay?«, sagte sie zu Jud.

»Wenn sie es weiß, ist sie vorsichtiger.«

»Sie hat eine Todesangst vor diesem Mann. Nach allem, was sie schon durchgemacht hat …«

»Ich sage ihr nichts. Aber von jetzt an müssen wir alle verdammt vorsichtig sein. Besonders, wenn wir wieder im Hotel sind.«

Donna nahm seine Hand und bemerkte die Zuversicht in seinem Blick. »Ein Wunder ist geschehen«, sagte sie lächelnd zu Larry und Sandy. »Das Auto läuft wieder.«

3

Auf dem Weg zum Welcome Inn hielt Donna nach einem Rolls-Royce Ausschau, konnte aber keinen entdecken. Auch auf dem Parkplatz stand keiner.

»Fahr direkt bis zur Tür«, sagte Jud.

Jud führte sie über die Straße zu seinem Bungalow. Nachdem er sich kurz umgesehen hatte, winkte er sie hinein. »Ich muss kurz zur Rezeption«, sagte er. »Bin gleich wieder da.«

Nach nicht einmal fünf Minuten kehrte er zurück. Mit einem Kopfschütteln ließ er Donna wissen, dass sich niemand nach ihnen erkundigt hatte. »Vielleicht sollten wir etwas essen gehen«, schlug er vor.

»Ich verhungere!«, rief Sandy.

»Du bist ein Fass ohne Boden«, sagte Larry.

»Selber Fass«, sagte sie lachend.

Gemeinsam gingen sie zum Hotelrestaurant. Donna hatte ihren Arm um Juds Rücken geschlungen. Ihre Hand stieß gegen einen harten Gegenstand, der in seinem Gürtel steckte.

»Deshalb hast du also das Hemd nicht in der Hose.«

»Und weil ich ein unordentlicher Typ bin.«

»Unordentlich, aber gut bewaffnet.«

Das Restaurant war so gut wie leer. Als die Kellnerin sie hereinführte, sah Donna sich jeden Gast genau an. Roy war nicht darunter.

»Einen Ecktisch, bitte«, sagte Jud.

»Hier?«, fragte die Kellnerin.

»Ausgezeichnet.«

Jud setzte sich mit dem Rücken zur Wand, damit er den ganzen Raum überblicken konnte.

»Wollen Sie einen Cocktail?«, fragte eine weitere, blonde Kellnerin.

Donna bestellte eine Margarita, Sandy eine Pepsi.

»Einen doppelten Martini«, sagte Larry. »Trocken, bitte. Staubtrocken. Wissen Sie was, lassen Sie den Wermut einfach weg.«

»Also einen doppelten Gin mit Olive.«

»Ganz genau. Sie sind ein Schatz.«

»Und Sie, Sir?«, fragte sie Jud.

»Ein Bier, bitte.«

»Budweiser, Busch oder Michelob?«

»Ein Bud.«

»Was für ein unverbesserlicher Snob«, murmelte Larry.

Donna lachte, lauter, als es die Bemerkung verdient hatte. Doch in der letzten Zeit hatte sie nicht viel zu lachen gehabt, und es tat ihr gut. Nach einem Augenblick kicherte Larry los, und bald darauf fiel auch Sandy ein. Die drei schüttelten sich vor Lachen. Jud grinste, behielt aber weiterhin den Raum im Auge.

Während des Essens ließ Jud immer wieder den Blick durch den Saal schweifen. Ganz so, als wäre er nicht Teil der Gruppe, sondern ihr Leibwächter. Schließlich bestand er darauf, die Rechnung zu bezahlen.

Als sie das Restaurant verließen, packte Donna ihn am Arm.

»Was …«

»Danke für die Einladung.« Sie umarmte ihn fest, küsste ihn und spürte, wie die Anspannung aus ihm wich. Dann entzog er sich ihr.

»Wir sollten Sandy im Auge behalten«, sagte er und verdarb ihr damit die gute Stimmung. Jetzt hätte sie am liebsten losgeheult.

Kapitel neunzehn

Von seinem Fenster aus beobachtete Roy, wie Donna, Sandy und zwei Männer Bungalow Nr. 12 betraten. Donnas Auto stand vor Nr.9. Er vermutete, dass sie Nr. 9 und die Männer Nr. 12 gemietet hatten.

Das machte die ganze Sache erheblich einfacher. Irgendwann würden Donna und Sandy allein zu ihrem Bungalow zurückkehren. Vielleicht in fünf Minuten, vielleicht erst in ein paar Stunden. Aber irgendwann würde es so weit sein. Trotzdem wollte er bis zum Einbruch der Dunkelheit warten.

Er wandte sich den beiden Mädchen zu, die er geknebelt und an die Betten gefesselt hatte. Die Ältere von beiden – die Tochter der Hotelbesitzer – schniefte immer noch. Sie war sechzehn, vielleicht siebzehn Jahre alt. Ihren Namen kannte er nicht. Aber es hatte Spaß mit ihr gemacht. So feucht, wie sie gewesen war, musste es ihr ebenfalls gefallen haben. Nachdem die vier zum Essen gegangen waren, hatte er sich etwa eine Stunde lang mit ihr befasst. Erst danach hatte sie angefangen zu heulen. Womöglich aus Schuldgefühlen.

Er fragte sich, weshalb niemand nach ihr suchte. Vielleicht waren ihre Eltern schon daran gewöhnt, dass sie ab und zu sang- und klanglos verschwand.

Roy hob eine Ecke des Vorhangs hoch und warf erneut einen Blick auf Bungalow Nr. 12. Nichts regte sich.

Im Moment hatte er auf keines der beiden Mädchen Lust. Trotzdem waren sie schön anzusehen, wie sie so nackt und hilflos im Dämmerlicht lagen.

Vielleicht würde er sich später um eine von ihnen kümmern.

Nur um welche?

Verflucht, er würde genug Zeit haben, darüber nachzudenken. Jede Menge Zeit.

Er stand auf. Die Augen des älteren Mädchens folgten ihm durch den Raum. Er beugte sich über sie und beschrieb mit dem Finger einen Kreis um ihre rechte Brustwarze. Die dunkle Haut zog sich zusammen. »Gefällt dir das?«, flüsterte er und grinste sie an.

Dann riss er das Kissen unter ihrem Kopf hervor und polsterte damit die Lehne des Holzstuhls. So saß es sich gleich viel besser.

Er zog den Vorhang beiseite und setzte seine Beobachtung fort.

Kapitel zwanzig

1

Jud ließ die anderen im Bungalow zurück und umrundete das Hotel. Er sah weder einen Rolls-Royce noch einen Mann, der auf Donnas Beschreibung passte. Dann kehrte er zum Bungalow zurück und winkte Donna zu sich nach draußen.

»Ich würde vorschlagen, dass wir jetzt zu euch rübergehen und auf ihn warten.«

»Was ist mit Sandy?«

»Sie kommt mit.«

»Muss das sein? Ich will nicht, dass … dass sie ihn sieht, wenn das möglich ist.«

»Da gibt es nur ein Problem. Es sieht nicht so aus, als wäre er im Moment in der Nähe, aber die Möglichkeit besteht durchaus. Vielleicht habe ich ihn nur nicht bemerkt. Wenn er uns beobachtet, weiß er, dass Sandy in Nr. 12 ist und greift sie zuerst an.«

»Aber nehmen wir mal an«, sagte Donna, »dass Sandy mit uns kommt und sich Roy irgendwie … an dir vorbeischleichen kann. Dann ist Sandy ihm ausgeliefert. Es sei denn, wir lassen sie hier bei Larry.«

»Wie du meinst.«

»Glaubst du, dass er es merkt, wenn wir sie in Nr. 12 lassen?«

»Möglich wäre es«, sagte Jud.

»Aber nicht wahrscheinlich?«

»Nein.«

»Also gut. Dann bleibt sie bei Larry.«

»Okay.«

Er trug Larry auf, im Bungalow zu bleiben, die Tür abzuschließen und die Vorhänge zuzuziehen. Beim ersten Anzeichen von Gefahr würde er einen Warnschuss abgeben und sich mit Sandy im Badezimmer einschließen. In der Wanne waren sie sicher vor Schüssen, bis Jud ihnen zu Hilfe eilen konnte, was nicht länger als fünf Sekunden dauern würde.

»Vielleicht«, sagte Larry, »kann ich diesen Irren ja mit meinem Warnschuss zur Strecke bringen.«

»Wenn Sie freie Schussbahn haben, dann nutzen Sie sie. Aber gehen Sie kein Risiko ein. Im Badezimmer sind Sie sicher.«

Jud gab ihm das Gewehr, nahm Lilly Thorns Tagebuch mit sich und ging mit Donna über den schattigen Parkplatz zu Bungalow Nr. 9 hinüber.

Er ging voraus, durchsuchte das Zimmer, schloss die Tür hinter Donna und zog die Vorhänge zu. Schließlich schaltete er die Lampe auf dem Nachtkästchen zwischen den beiden Betten an.

»Was soll ich tun?«, fragte Donna.

»Ich werde mich zwischen den Betten verkriechen, damit er mich nicht sehen kann. Leg dich einfach auf ein Bett. Am besten auf das hier.« Er deutete auf das Bett, das am weitesten von der Tür entfernt war.

»Okay. Was machen wir, während wir warten?«

»Du kannst fernsehen, wenn du willst. Egal. Ich werde mal sehen, was Lilly so schreibt.«

»Das interessiert mich auch. Soll ich es dir vorlesen?«

»Okay.« Er lächelte. Diese Vorstellung gefiel ihm außerordentlich gut.

Donna zog die Turnschuhe aus. Ihre Füße in den weißen Socken wirkten sehr zierlich. Sie setzte sich aufs Bett und lehnte den Kopf gegen die Wand. Er legte seine .45er Automatik neben sich auf den Boden.

»Fertig?«, fragte Donna.

»Fertig.«

»Mein Tagebuch – der wahrhaftige Bericht meines Lebens samt höchst privater Aufzeichnungen«, fing sie an zu lesen.

2

»›1. Januar.‹ Ich nehme an, dass es sich um das Jahr 1903 handelt. ›Dieser Neujahrstag war ernsthaftem Nachdenken gewidmet. Ich danke unserem lieben Herrgott im Himmel dafür, dass Er mir zwei so prächtige Knaben geschenkt hat und dass es uns an nichts mangelt. Ich bat Ihn, mir meine Verfehlungen nachzusehen und betete für die Seele meines armen Lyle, der ein so großes und gütiges Herz hatte und nur aus Liebe zu seiner Familie vom rechten Pfade abgekommen ist.‹«

»Er hat eine Bank überfallen«, sagte Jud.

»Trotz seines großen und gütigen Herzens.«

»Vielleicht solltest du das überspringen.«

»Und gleich zur Sache kommen?« Sie blätterte langsam durch die Seiten. »Ah, hier ist etwas. ›12. Februar: Heute litt ich schlimmste Seelenqualen. Der Herr erinnert uns ständig daran, dass wir in dieser Stadt nicht willkommen sind. Einige Schulkameraden griffen in ihrer Bösartigkeit Earl und Sam auf dem Nachhauseweg an. Die Feiglinge warfen Steine nach meinen Jungen, dann verletzten sie sie mit Faustschlägen und Stöcken. Den Grund für ihre Grausamkeit vermag ich nicht zu nennen. Vielleicht ist die Ursache der schlechte Ruf, den der Vater der Jungen hier genießt.‹«

Donna blätterte weiter. »Sieht so aus, als wäre sie durch die Stadt gezogen und hätte den Eltern von den Vorfällen berichtet. Die Einheimischen waren höflich, aber reserviert, und kurz darauf wurden ihre Jungs erneut verprügelt. Einen hat es ziemlich schwer am Kopf erwischt, also brachte sie ihn zu einem gewissen Dr. Ross. ›Dr. Ross ist ein freundlicher, herzensguter Mann, der wohl knapp über vierzig Lenze zählt. Offenbar hegt er trotz meiner Verbindung zu Lyle keinen Groll gegen mich oder meine Kinder. Im Gegenteil, er sah uns mit dem wärmsten Blick an, der mir seit vielen Monaten zuteil wurde. Nachdem er mir versichert hatte, dass ich mir keine Sorgen um Earls Wohlergehen machen muss, bat ich ihn zum Tee. Wir verbrachten mehr als eine Stunde bei netter Konversation.‹«

Donna blätterte weiter.

»Anscheinend sieht sie diesen Ross jeden Tag. Sie nennt ihn schon Glen. ›14. April: Glen und ich gingen mit einem Picknickkorb auf einen Hügel hinter dem Haus. Zu meiner freudigen Überraschung zog er eine Flasche feinsten französischen Burgunder aus seinem Medizinkoffer. Wir amüsierten uns königlich, labten uns an Huhn und Wein und genossen die angenehme Gesellschaft des anderen. Je später es wurde, desto höher schlugen die Flammen unserer Leidenschaft. Ich konnte diesen Mann nur mit Mühe im Zaum halten. Obwohl er mich mit einem Überschwang küsste, der mir den Atem raubte, erlaubte ich ihm keine weiteren Freiheiten.‹«

Donna sah zu Jud hinunter, lächelte und setzte sich neben ihn. »Ich erlaube dir einen Kuss.«

Er küsste sie zärtlich, und sie presste ihre Lippen gegen seinen Mund. Als er eine Hand auf ihre Brust legte, schob sie sie beiseite.

»Zurück zu Lilly«, sagte sie.

Schulter an Schulter saßen sie da, während sie die Seiten überflog. Jud bemerkte die sanften Härchen auf ihrer Wange, die im Schein der Lampe golden glänzten. Das Buch lag aufgeschlagen auf ihren Knien. Fast hätte Jud Lilly Thorn völlig vergessen.

»Sie verrät keine Details, aber ich glaube, über das Küssen sind die beiden inzwischen weit hinaus. Sie schreibt nur noch über Glen.«

»Hmmmm.« Jud legte eine Hand auf Donnas Oberschenkel und spürte durch die Kordhose hindurch die Wärme ihrer Haut.

»Aha! ›2. Mai: Gestern Nacht schlich ich mich, nachdem die Kinder zu Bett gegangen waren, zur verabredeten Stunde in den Garten, um Glen im Pavillon zu treffen. Nach vielen Liebesschwüren hielt er um meine Hand an. Ich nahm seinen Antrag ohne Umschweife an, und freudig drückte er mich an seine Brust. Die ganze Nacht über lagen wir uns in den Armen und planten die gemeinsame Zukunft. Schließlich übermannte uns die Kühle der Nacht, und wir schlichen in den Salon. Dort umarmten wir uns aufs herzlichste auf der Couch und genossen die Vollkommenheit des Augenblicks.‹«

Donna schloss das Buch und markierte die Stelle mit ihrem Zeigefinger. »Weißt du, irgendwie komme ich mir … schmutzig vor, das zu lesen. Wie eine Spannerin oder so. Es ist ja ziemlich privat.«

»Aber vielleicht können wir herausfinden, wer ihre Familie umgebracht hat.«

»Möglich. Ich lese weiter. Aber … besonders gut fühle ich mich nicht dabei.« Sie senkte den Kopf und blätterte in dem Tagebuch. »Offensichtlich sollte die Hochzeit am 25. Juli stattfinden.«

Jud legte seinen Arm um ihre Schulter.

»›8. Mai: Eine Stunde nach Mitternacht trafen wir uns zu einem weiteren Rendezvous im Pavillon. Glen hatte die Geistesgegenwart, eine Decke mitzubringen. Derart vor der Kälte geschützt, kannte unsere Leidenschaft keine Grenzen mehr. Es war, als würden wir von einer Woge des Verlangens überrollt und hilflos in einen Strom gesogen, der mich mit nie gekanntem Entzücken erfüllte.‹ Ich glaube, das soll heißen, dass sie es miteinander getrieben haben«, sagte Donna.

»Ach du lieber Himmel, und ich dachte schon, sie wären mit einem Floß gekentert.«

Lachend boxte ihn Donna gegen das Bein. »Du bist schrecklich.« Sie küssten sich. »Schrecklich«, flüsterte sie in seinen Mund.

Mit den Fingerspitzen strich er über ihre Wange, folgte den Konturen von Kinn und Kehle. Sie legte das Buch beiseite, wobei eine ihrer Brüste Jud streifte. Dann knöpfte sie sein Hemd auf, ließ ihre Hand hineingleiten und streichelte seine Brust und seinen Bauch.

Jud zog sie zu sich. Sie lag auf der Seite. Er zog ihre Bluse aus der Hose und ließ seine Hand den Kordstoff hinunterwandern. Er spürte die sanften Rundungen ihrer Hinterbacken. Dann wollte er ihren BH öffnen.

»Warte«, sagte sie.

»Was ist los?«

»Der Fußboden war letzte Nacht dran«, sagte sie, entzog sich ihm und stand auf.

Sie hatte ihre Augen auf ihn gerichtet, öffnete mit etwas ängstlicher Miene ihre Bluse und warf sie auf das Bett neben der Tür. Der BH folgte kurz darauf. Sie setzte sich auf die Bettkante und zog ihre Socken aus. Schließlich stand sie wieder auf, öffnete den Gürtel und ließ die Hose über ihre Knöchel gleiten, stieg daraus und hatte nur noch ein Höschen an. Durch den dünnen blauen Nylonstoff war deutlich ihr dunkles Schamhaar zu erkennen. Dann war sie auch aus dem Höschen geschlüpft.

»Steh auf«, sagte sie. Jud bemerkte ein Zittern der Furcht oder Aufregung in ihrer Stimme.

Er zog Schuhe und Socken aus und legte die .45er neben die Lampe. Während er sein Hemd aufknöpfte, zog ihm Donna die Hose herunter, kniete sich vor ihn hin und ließ ihn in ihren Mund gleiten.

Er stöhnte auf. Donna stand auf, und er hielt sie fest an sich gedrückt. Lange küsste er sie, erkundete die Höhen, Tiefen und Öffnungen ihres Körpers.

Dann zog Donna das Laken zurück, und sie legten sich auf das Bett.

Sie ließen sich Zeit.

Jud war nicht ganz bei der Sache. Immer wieder lauschte er wachsam. Dann wurde er von ihrer Sanftheit aufgesogen, von ihrem Haar, den leisen Geräuschen, die sie von sich gab, von ihrem Duft und Geschmack. Schließlich umfing ihn ihre feuchte Öffnung, und seine Spannung wuchs ins Unerträgliche.

Er hob sein Becken und stieß zu, immer tiefer, tiefer als jemals zuvor. Mit einem Schrei schlang Donna ihre Arme um ihn. Er fiel auf ihren Körper, stieß immer weiter zu, bis sich endlich alle Spannung aus ihm entlud.

Danach lagen sie lange Seite an Seite.

Sie redeten leise, ohne etwas zu sagen. Donna schlief ein, während er ihre Hand hielt. Schließlich stand Jud auf, zog sich an und setzte sich, die Automatik zu seinen Füßen, zwischen die beiden Betten.

3

»Habe ich lange geschlafen?«, fragte Donna.

»Nur eine halbe Stunde.«

Sie richtete sich auf und küsste Jud. »Soll ich weiterlesen?«

»Darauf warte ich schon die ganze Zeit.«

»Ich war irgendwie weggetreten.«

»Ja.«

Sie lächelte. »Deine Schuld.« Mit einem nackten Arm griff sie nach dem Buch.

»Vielleicht solltest du dich anziehen.«

»Hmmm.« Sie klang nicht besonders begeistert.

»Nur für den Fall, dass wir noch Besuch kriegen.«

»Himmel, musstest du mich daran erinnern?«

Er strich ihr über die Wange. »Du ziehst dich an, und ich sehe nach Larry und Sandy. Einverstanden?«

»Okay.«

Als Jud die Tür öffnete, bedeckte sie sich mit einem Laken.

Die Nacht war hereingebrochen. Licht schien aus den Fenstern von Bungalow Nr. 12. Jud stand neben Donnas Maverick und warf einen Blick über den Parkplatz. Aus Nr. 14 kam eine Frau mit zwei Kindern und stieg in ein Wohnmobil. Sobald sie verschwunden waren, ging Jud zu Bungalow Nr. 12 hinüber und klopfte leise an der Tür. »Ich bin's, Jud«, sagte er.

»Moment.«

Larry öffnete die Tür. Jud sah Sandy im Schneidersitz vor dem Fernseher sitzen. Sie sah sich zu ihm um.

»Alles klar?«

»Bis gerade eben schon. Sie haben mir einen Mordsschreck eingejagt.«

»Also gut. Bis später.«

Er ging zurück zu Donnas Bungalow. Sie saß angezogen auf dem Boden zwischen den Betten und hatte das Tagebuch vor sich aufgeschlagen. Er setzte sich neben sie und zog die Automatik zu sich heran. »Alles klar«, sagte er.

»Gut. Dann zurück zu Lilly. Wie du dich erinnern kannst, hatten sie gerade einen Bootsunfall.«

»Ja. Sie wurden von den Wogen der Leidenschaft verschlungen.«

»Und da bist du auf die Idee gekommen, selbst ein paar Wellen zu schlagen.«

»Tatsächlich?«

»So war's.«

Er küsste sie, und sie lächelte.

»Schluss jetzt«, sagte sie. »Weiter im Text.«

»Weiter im Text.«

»Also, nach dieser ersten Nacht wurde es zu ihrer Gewohnheit, gemeinsam mit Glen ›der Leidenschaft zu frönen‹. Fast jede Nacht, wie es aussieht. Aber davon willst du sicher nichts hören, stimmt's?«

»Im Moment nicht unbedingt.«

»Okay, was kommt als Nächstes …« Sie überflog mehrere Seiten. »›17. Mai: Heute schrieb ich einen Brief an Ethel, in dem ich sie zu den Hochzeitsfeierlichkeiten einlud. Ich bin voller Hoffnung, dass sie die weite Reise von Portland auf sich nehmen wird …‹« Den Rest las Donna schweigend. Jud sah, wie sie ihre Lippen zusammenpresste, während ihre Augen über die Zeilen flogen.

»Was ist?«, fragte er.

Ihre Blicke trafen sich. »Jetzt kommt's«, flüsterte sie. »›18. Mai: An diesem Morgen machte ich eine höchst beunruhigende Entdeckung. Ich begab mich in den Keller, um ein Glas von jenen Äpfeln zu holen, die ich im letzten Herbst eingemacht und dort gelagert hatte. Im Licht der Gaslampe sah ich, dass zwei meiner Einweckgläser in Scherben auf dem Boden lagen. Ein drittes Glas war unversehrt, aber völlig geleert. Natürlich hielt ich zunächst die Jungen für die Übeltäter. Die Aufschrift auf den Gläsern jedoch besagte, dass sie Runkelrüben enthalten hatten – ein Gemüse, das beide Kinder gleichermaßen verabscheuen. Diese Entdeckung fuhr mir in Mark und Bein – bedeutete sie doch, dass ein Fremder in mein Heim eingedrungen war, dessen Absichten mir völlig unbekannt waren. Entgegen meinem Drang, den Raum eilends zu verlassen, begab ich mich daran, den Keller zu durchsuchen.

In einer Ecke nahe der östlichen Wand – verborgen hinter einem halben Dutzend Scheffelkörben – entdeckte ich ein Loch im Lehmboden. Es war groß genug, um einem Mann oder einem Tier des Waldes Durchgang zu gewähren. Schnell floh ich mit meinen eingemachten Äpfeln aus dem Keller.

19. Mai: Ich dachte lange darüber nach, Glen vom Besuch des Fremden zu berichten, entschied mich jedoch, ihn nicht in Kenntnis über diese Sache zu setzen. Sein Beschützerinstinkt hätte ihn wohl dazu bewogen, dem Eindringling sofort den Garaus zu machen – eine allzu strenge Maßnahme, die ich nicht dulden will. Bis dato hat der Unbekannte niemandem ein Leid zugefügt.

Ich nahm mich persönlich der Sache an, indem ich beschloss, das Loch zu versperren. Zu diesem Behufe holte ich einen Spaten aus dem Werkzeugschuppen und ging in den Keller hinab. Zwei weitere Einmachgläser lagen völlig geleert auf dem Boden. Dieses Mal hatte sich der Eindringling an meinen Pfirsichen gütlich getan. Beim Anblick der leeren Gläser durchfuhr eine Welle des Mitgefühls mein Herz.

Ich erkannte, dass mein Besucher nichts Böses im Schilde führte. Sein einziges Bestreben war, seinen quälenden Hunger zu lindern. Möglicherweise handelte es sich um einen unglücklichen, von der Gesellschaft verstoßenen Vagabunden. Da mir selbst weder Einsamkeit noch Furcht fremd sind, schloss ich diese leidende, verzweifelte Seele, die sich nur aus purer Not einen Weg in meinen Keller gegraben hatte, sofort in mein Herz. Ich schwor mir, mich ihm zu offenbaren und nach Kräften zu helfen.

30. Mai.‹ Das ist eine Lücke von elf Tagen, Jud.«

»Stimmt.«

»›30. Mai: Ich zaudere und zittere beim Gedanken daran, meine Taten zu Papier zu bringen. Doch wem sonst kann ich mich anvertrauen? Reverend Walters? Er würde mir nur bestätigen, wessen ich mir bereits gewiss bin: Dass meine Taten ein Dorn im Auge Gottes sind und ich meine Seele den ewigen Flammen der Hölle überantwortet habe. Auch Dr. Ross kann ich kein Geständnis machen. Ich weiß nicht, zu welchen Gräueltaten er mir oder Xanadu gegenüber fähig wäre.

Am 19. Mai entschloss ich mich endlich, dem Gast in meinem Keller von Angesicht zu Angesicht gegenüberzutreten, um ihm meine Unterstützung angedeihen zu lassen. Nachdem die Kinder zu Bett gegangen waren, besuchte mich Glen und verführte mich auf gewöhnliche Weise.‹ Wo sind denn die Wogen der Leidenschaft hingekommen?«, fragte Donna, bevor sie weiterlas. »›Als er sich an mir ergötzt hatte, plauderten wir noch ein wenig. Endlich verließ er mich.

Ich ging in die Vorratskammer und öffnete leise die Kellertür. In der Finsternis stehend wartete ich ab und lauschte. Aus dem Keller war kein Geräusch zu vernehmen. Vorsichtig tastete ich mich die Treppe hinunter, die unangezündete Lampe in meiner Hand.

Als ich den Lehmboden unter meinen bloßen Füßen spürte, setzte ich mich auf die unterste Stufe.

Meine Geduld wurde schlussendlich belohnt. Aus dem Loch drang ein gedämpftes Geräusch, das an das Atmen eines zu Tode erschöpften Mannes erinnerte. Danach folgte ein Kratzen, als würde ein schwerer Körper über harte Erde kriechen. Schließlich erschien sein Haupt über den Scheffelkörben.

Die Finsternis verbarg sein Antlitz. Nur die blasse Silhouette des

Kopfes war undeutlich zu erkennen. Der Mann musste lange Zeit fern der segensreichen Strahlen der Sonne zugebracht haben.

Dann richtet sich mein Gast zu seiner vollen Größe auf, und Entsetzen erfüllte mein Herz. Er war weder Mann noch Affe.

Als er näher kam, entschloss ich mich, unverzagt und ohne Rücksicht auf meine leibliche Unversehrtheit seine Identität zu lüften. Zu diesem Zwecke entzündete ich ein Streichholz. In seinem Schein offenbarte sich mir für einen Augenblick sein grässliches Antlitz, bevor er sich mit einem Knurren abwandte.

Dadurch hatte ich Gelegenheit, seinen Rücken und die Hinterpartie zu studieren. Ob er eines von jenen seltsamen Geschöpfen, die der Herr in seiner Unergründlichkeit geschaffen, oder eine Ausgeburt des Teufels ist, vermag ich nicht zu sagen. Obwohl mich seine Hässlichkeit und Nacktheit über die Maßen entsetzte, befiel mich doch ein unwiderstehliches Verlangen, seine missgebildete Schulter zu berühren.

Das Streichholz erlosch. In der undurchdringlichen Finsternis spürte ich, wie sich die Kreatur zu mir umwandte. Sein warmer Atem auf meinem Gesicht duftete nach Erde und wilden, unergründeten Wäldern. Er legte seine Hände auf meine Schultern, und Krallen bohrten sich in meine Haut. Starr vor Schrecken und Verwunderung stand ich hilflos vor der Kreatur, die den Stoff meines Nachthemdes zerriss.

Als ich völlig entblößt war, leckte er mich wie ein Hund ab. Seine Zunge fuhr über meine Brüste. Er schnupperte selbst an meinen intimsten Körperteilen und stieß mit seiner Schnauze dagegen.

Dann trat er hinter mich. Seine Klauen in meinem Rücken zwangen mich in die Knie.

Ich spürte die glitschige Wärme seines Fleisches und erkannte mit einem Mal, was er mit mir vorhatte. Diese Vorstellung widerte mich an, doch gleichzeitig war ich von seinen Berührungen auf das Seltsamste erregt.

Er nahm mich von hinten, eine für Menschen ungewöhnliche,

bei niederen Tieren jedoch sehr verbreitete Manier. Bei der ersten Berührung mit seinem Organ durchfuhr mich große Furcht. Ich bangte nicht um die Unversehrtheit meines Leibes, sondern um meine unsterbliche Seele. Doch ich ließ es geschehen. Nun weiß ich, dass ich ihn ohnehin niemals davon hätte abhalten können, mir seinen Willen aufzuzwängen. Aber ich machte nicht einmal Anstalten, mich ihm zu entziehen. Im Gegenteil, freudig erwiderte ich sein Eindringen, als hätte ich seine gewaltige Pracht in meinem Körper vorhergesehen.

Herr im Himmel, wie er mich zerrüttet hat! Seine Klauen zerrissen mein Fleisch! Seine Zähne bohrten sich in meine Haut! Sein erstaunliches Organ bedrängte meinen sanften Bauch. So brutal er in seiner Wildheit ist, so edel ist er doch in seinem Herzen.

Als wir erschöpft auf dem Kellerboden lagen, wurde mir bewusst, dass kein Mann – nicht einmal Glen – meine Leidenschaft je in ähnlicher Weise in Wallung bringen kann. Ich weinte, und die Kreatur, von meinen Tränen verstört, verschwand in ihrem Loch.‹«

4

»›Als ich in der darauffolgenden Nacht die Kellertreppe hinabstieg, wartete er bereits auf mich. Ich entblößte mich eilends, um mein Kleid vor seinen ungestümen Klauen zu schützen. Dann umarmte ich ihn und spürte die glatte Wärme seiner Haut. Schließlich ließ ich mich auf alle viere nieder, und er nahm mich mit keiner geringeren Inbrunst als in der Nacht zuvor. Als die Feuer der Leidenschaft verebbt waren, lag ich erschöpft darnieder.

An einem der nächsten Tage zeigte ich ihm meine Lampe und bedeutete ihm sich abzuwenden, um seine Augen zu schützen. Dann entzündete ich die Lampe und bedeckte sie mit einem indigoblauen Schirm, den ich am selben Tag gefertigt hatte. Der blaue Schein schadete seinen Augen nicht und spendete doch genügend Licht für meine Zwecke.

Ich hatte ein ausgesprochen bemerkenswertes Geschöpf vor mir. Seine außergewöhnliche Anatomie war der Grund für seine erstaunlichen Fähigkeiten als Liebhaber, darunter eine lange, speerförmige Zunge und sein Geschlechtsorgan. Dieses höchst sonderliche und wunderbare Organ war die Quelle sowohl seiner als auch meiner höchsten Lust. Es beeindruckte nicht allein durch seine schiere Größe und die ungewöhnliche Form, auch die Öffnung an seinem Ende ähnelte in nichts derjenigen einer mir bekannten Kreatur. Die Öffnung war wie ein Kiefer geformt, aus dem eine fünf Zentimeter lange Zunge ragte.‹«

»So ein Quatsch«, sagte Jud. »Die Gute hatte wohl Wahnvorstellungen.«

»Ein Penis mit einem Mund?«, fragte Donna ungläubig.

»Eigentlich gar keine so schlechte Idee«, sagte Jud und lachte auf. »Solange er keine Zähne hat.«

»Himmel. Wie viel davon ist wohl ihrer kranken Fantasie entsprungen?«

»Was meinst du?«

»Keine Ahnung. Vieles von dem, was sie beschreibt – die Klauen, die glitschige Haut, die Reaktion auf Licht – passen zu dem, was ich gesehen habe.«

»Und was ist mit dem Penis?«

»Na, den habe ich nicht gesehen. Es war ziemlich dunkel.«

»Weiter. ›Ich bin überzeugt davon, dass er durch diese Öffnung samt Zunge nicht nur meine Lust ins Unermessliche steigern kann, sondern auch seine eigene Leidenschaft durch den Geschmack meiner Säfte erhöht.‹«

»Du liebe Zeit«, murmelte Jud und schüttelte den Kopf.

»›Nachdem ich meine Neugier seine Anatomie betreffend befriedigt hatte, untersuchte er auch mich mit dem gleichen Interesse, bis uns schließlich eine weitere Woge der Leidenschaft überrollte.

Schließlich bot ich ihm eine reiche Auswahl an Speisen dar. Den Käse verzehrte er mit großem Vergnügen, am Brot knabberte er kurz, um es dann zu verschmähen, und den Braten verweigerte er, ohne ihn auch nur anzusehen. Wie ich herausfinden sollte, ist nur rohes Fleisch nach seinem Geschmack, nicht das gut durchgebratene, das ich ihm servierte. Er leckte Wasser aus einer Schüssel, dann lehnte er sich zufrieden zurück.

Ich legte mich auf den Rücken und öffnete mich ihm. Er wirkte verwirrt, da er an die Art und Weise der niederen Kreaturen gewöhnt war. Doch ich bestand darauf, bei unserem nächsten Akt die exotische Schönheit seines Antlitzes zu bewundern und seine glatte Haut auf meinen Brüsten spüren zu können.

Schließlich verschwand er wieder in seinem Loch hinter den Körben. Ich kroch hinterher und lauschte. Dann rief ich leise seinen Namen. Mir war nichts Besseres eingefallen, als ihn Xanadu zu taufen – nach dem seltsamen, exotischen Land, das Mr Coleridge in seinem unvollendeten Meisterwerk so trefflich beschreibt. Für heute war er verschwunden, doch ich wusste, dass er mich in der folgenden Nacht wieder erwarten würde.

Seither schlich ich mich Nacht für Nacht in den Keller, sobald die Kinder eingeschlafen waren. Die Häufigkeit und Leidenschaftlichkeit unserer Begegnungen kennt keine Grenzen. Jeden Morgen vor Sonnenaufgang verschwindet Xanadu in seinem Loch. Wohin er sich zurückzieht, vermag ich nicht zu sagen. Doch ich vermute, dass er ein Geschöpf der Nacht ist, die des Tages ruht, eine Angewohnheit, die ich selbst mir auch in letzter Zeit zu eigen gemacht habe.

Die bleischwere Müdigkeit, die mich tagsüber befällt, ist Earl und Sam nicht verborgen geblieben. Ich erklärte ihnen gegenüber, nächtens kaum Schlaf finden zu können – was einer gewissen Wahrhaftigkeit nicht entbehrt.

Anfangs war Glen Ross mein größtes Problem. Meine Mattigkeit gab ihm Anlass zu höchster Besorgnis. Er verlangte, mich auf verschiedene Krankheiten hin zu untersuchen, was ich aber mit einer an Unhöflichkeit grenzenden Bestimmtheit verweigerte. Er gab klein bei und verordnete mir ein Schlafmittel.

Sein nächtliches Verlangen nach amouröser Zuwendung ärgerte und ängstigte mich über die Maßen. Seine Umarmung ließ mich erschaudern. Seine Küsse widerten mich an. Doch ich hätte diese Folter geduldet und ihm gewisse Freiheiten erlaubt, um seine Bedenken zu zerstreuen, wären da nicht die allzu offensichtlichen Spuren Xanadus auf meinem Körper gewesen – die Kratzspuren, die Bisswunden. Unterhalb meines Nackens fand sich wohl kaum ein Zoll meiner Haut, der nicht die Male unserer Leidenschaft trug. In Anwesenheit meiner Kinder und Dr. Ross' war ich stets mit einer geschlossenen, langärmeligen Bluse und einem langen Rock bekleidet. Die Kratzer auf meinen Händen und in meinem Gesicht erklärte ich mit einer in Rage geratenen Katze, der ich zu nahe gekommen war.

Vor drei Nächten verlangte Dr. Ross schließlich, die Ursache meiner schroffen Verweigerung ihm gegenüber zu erfahren. Obwohl ich einen Ausbruch dieser Art seit längerem erwartete, war ich doch um eine zufriedenstellende Antwort, die zudem die Wahrheit ausreichend verbergen würde, verlegen. Schließlich offenbarte ich nach theatralischem Zögern mit gespielter tiefer Scham, dass unsere fleischlichen Vergnügungen unsere Seelen in Gefahr bringen würden. Zu meinem großen Erstaunen schlug er vor, auf der Stelle zu heiraten. Ich entgegnete, dass ich niemals mit einem Mann zusammen sein könnte, mit dem ich vorher in Sünde gelebt hatte. Mit höhnischem Gelächter merkte er an, dass ich bereits mein Lager mit einem Banditen und Mörder geteilt hätte. Diese ehrenrührige Beleidigung meines verstorbenen Gatten war Vorwand genug, um Dr. Ross aus dem Haus zu jagen. Ich bezweifle, dass er jemals zurückkehren wird.

Gestern teilte ich Ethel in einem weiteren Brief mit, dass Dr. Ross seinen Heiratsantrag zurückgezogen und mir dadurch schlimme Herzenspein bereitet hätte. Ich bat sie, sich für zwei Wochen um

Sam und Earl zu kümmern, da ich einen Kuraufenthalt in San Francisco plante. Nun harre ich gespannt auf ihre Antwort. Wären die Jungen erst einmal in Portland, würde ich meine ermüdende Maskerade fallen lassen können. Xanadu und ich würden in unserem Haus nach Belieben unseren Begierden frönen können.

28. Juni:‹«, las Donna. »Das ist ja fast einen Monat nach dem letzten Eintrag. ›Am morgigen Tag werden die Kinder in Begleitung Ethels aus Portland zurückkehren. Sie ist der festen Absicht, mich für eine unbestimmte Zeit zu besuchen. So sehr ich ihre Rückkehr auch ersehne, so sehr fürchte ich mich auch davor.

Fast drei Wochen lang war ich mit Xanadu allein. Jetzt werde ich ihn wieder in den Keller verbannen müssen. Ich weiß nicht, ob mein Herz dieser Bürde gewachsen ist.

1. Juli: Als Ethel und die Kinder schliefen, schlich ich mich in den Keller. Anstatt mich mit einer Umarmung zu begrüßen, funkelte Xanadu mich böse aus einer Ecke an. Er ergriff das rohe Fleisch, das ich ihm brachte, mit seinen Klauen, kroch in sein Loch und verschwand. Obwohl ich bis zur Dämmerung auf ihn wartete, kehrte er nicht zurück.

2. Juli: Xanadu ließ sich nicht blicken.

3. Juli: Auch in dieser Nacht blieb er verschwunden.

4. Juli: Wenn es in seiner Absicht liegt, mich durch seine Abwesenheit zur Verzweiflung zu treiben, so ist ihm dies vollauf gelungen. Ich weiß nicht, was ich tun soll, wenn er nicht zurückkehrt.

12. Juli: Zehn Nächte sind vergangen, und ich fürchte, dass er nicht in meine Arme zurückkehren wird. Inzwischen ist mir bewusst, wie närrisch es war, ihm Zutritt zum Haus zu gewähren. Jetzt ist er seine Annehmlichkeiten und meine ständige Gegenwart gewohnt. Wie soll ich ihm nur begreiflich machen, dass es um unser beider Leben notwendig ist, dass er sich im Keller verborgen hält? Offenbar fühlt er sich von mir zurückgewiesen.

14. Juli: Anstatt im Keller Wache zu halten, begab ich mich in der Nacht auf einen Streifzug durch die bewaldeten Hügel hinter dem

Anwesen. Obwohl von Xanadu keine Spur zu sehen war, werde ich die Suche heute Nacht fortsetzen.

31. Juli: Meine nächtlichen Expeditionen waren fruchtlos. Ich bin über die Maßen erschöpft. Mit Xanadu ist alle Freude aus meinem Leben verschwunden. Selbst meine geliebten Kinder können mich nicht aufheitern. Ja, ich hege sogar einen Groll gegen sie, sind sie doch die Ursache für meinen herben Verlust. Hätte ich die Seelenqualen geahnt, die sie mir einmal bereiten würden, ich hätte sie ohne zu zögern ungeboren aus meinem Schoß gerissen.

1. August: Wieder verbrachte ich eine Nacht im Keller und erwartete Xanadus Rückkehr. Ich hätte zu unserem Herrn gebetet, doch ich wagte nicht, Ihn auf diese Weise zu beleidigen. Nach langem Überlegen beschloss ich, meinem Leben ein Ende zu setzen.

2. August: Letzte Nacht wartete ich, bis Ethel und die Jungen eingeschlafen waren. Mit einem Seil begab ich mich in den Keller. Lyle hatte mir oft vom Tod durch den Strang berichtet, eine Methode des Dahinscheidens, die er bis zu seiner Erschießung fürchtete. Wüsste ich eine zuverlässigere Art und Weise, ich würde mit Freuden auf die Henkersschlinge verzichten.

Es war mir auch nach längerem Bemühen unmöglich, einen ordentlichen Henkersknoten zu binden. Ich würde mich also mit einer einfachen Schlinge begnügen müssen. Der Tod durch Ersticken würde große Schmerzen bedeuten, jedoch nur eine Frage der Zeit sein.

Schließlich gelang es mir, die Schlinge über einen der Stützbalken zu werfen. Das Ende des Seils wand ich um den Haupttragebalken, dann stellte ich mich auf einen Stuhl, den ich zu diesem Zweck mit in den Keller genommen hatte. Mit der Schlinge um den Hals bereitete ich mich auf das Ende vor.

Doch ich konnte nicht aus dem Leben scheiden, ohne einen letzten Versuch zu unternehmen, meinen geliebten Xanadu noch einmal zu sehen.

Ich stieg also vom Stuhl und näherte mich der Öffnung seines

Erdlochs. Ich rief nach ihm, und als ich mehrere Minuten vergebens auf eine Antwort wartete, war ich nur umso fester entschlossen, ihn in seiner Höhle aufzusuchen. Sollte ich bei diesem Versuch mein Leben lassen, umso besser. So würde mir die Pein des Hängens erspart bleiben.

Ich entledigte mich meiner Kleidung und tauchte mit dem Kopf voran in die Höhle, genau wie ich es ihn so oft hatte tun sehen. Das Erdreich war feucht und kalt, die Finsternis vollkommen. Der enge Tunnel machte ein Fortkommen auf allen vieren unmöglich. Wie eine Schlange musste ich auf meinem Bauch dahinkriechen. Ich weiß nicht, wie lange ich so unter Mühen immer tiefer in den Tunnel drang. Die Wände schienen sich um mich zu schließen und die Luft aus meinen Lungen zu pressen. Doch unbeirrt kroch ich voran.

Als ich mich nicht mehr bewegen konnte, rief ich mit der Kraft all meiner Liebe und Verzweiflung nach Xanadu, bis meine Lungen wie Feuer brannten. Ich wollte diese Welt nicht verlassen, ohne mich von meinem Geliebten zu verabschieden.

Endlich, endlich hörte ich das Geräusch seiner glatten Haut, die über den Lehm glitt, seinen zischenden Atem, sein Seufzen, als seine Zunge über mein Gesicht wanderte. Er verbiss sich mit seinem mächtigen Kiefer in meinem Haar und zerrte mich voran. Der Schmerz war eine willkommene Abwechslung für meine betäubten Sinne. Als er mich schließlich freiließ, spürte ich, dass keine Wände mein Fortkommen mehr einengten. Stattdessen atmete ich frische Luft. Später sollte ich erfahren, dass er mich in seine unterirdische Behausung gebracht hatte, eine ausgehöhlte Kammer, gerade groß genug, damit er aufrecht darin stehen oder sich der Länge nach zur Ruhe betten konnte. Die Kammer befindet sich nur eine kurze Distanz von meinem Grundstück entfernt mehrere Meter unter der Erdoberfläche. Die frische Luft entstammte einer versteckten Deckenöffnung und mehreren anderen Tunneln, die den Hügel hinaufführten. Dies alles sollte ich jedoch erst am nächsten Morgen in Erfahrung bringen. Für den Moment war ich kaum bei Sinnen und zitterte vor Kälte. Erst in den Armen meines Geliebten fand ich Geborgenheit, Wärme und erquickenden Schlaf.

Er weckte mich kurz vor der Morgendämmerung. Ich war ausgeruht und munter, und Xanadu liebte mich sanfter als je zuvor, ohne es an tiefer Leidenschaft fehlen zu lassen. Danach führte er mich zu einem Ausgang aus seiner Behausung. Dem stürmischen Abschied nach zu schließen wird er heute Nacht gewisslich wieder zu mir kommen.

Nackt und allein ging ich durch das taufeuchte Gras.

Den Morgen verbrachte ich damit, mein weiteres Vorgehen zu planen. Kurz vor der Mittagsstunde wurden meine Gedanken durch einen jungen Mann namens Gus gestört, der mir seine Arbeitskraft im Tausch gegen ein warmes Mahl anbot. Ich übertrug ihm die Aufgabe, Feuerholz zu hacken. Das Klopfen der Axt war den ganzen Nachmittag über zu hören, während ich weiter über meinen Plänen brütete.

Während ich diese Zeilen niederschreibe, ist es Abend geworden. Gus nahm mit uns das Nachtmahl ein, dann verabschiedete er sich. Die Kinder schlafen. Ethel ist noch nicht zu Bett gegangen, doch egal – Xanadu wartet. Bald werde ich ihn aus dem Keller befreien, und das Haus wird wieder unser sein‹.«

»Das ist alles?«, fragte Jud.

Donna nickte.

Kapitel einundzwanzig

Jeden Moment konnte es so weit sein.

Roy zog sich im trüben Licht, das durch das Bungalowfenster fiel, an. Er warf einen Blick auf die Mädchen. Ihre Körper zeichneten sich dunkel von den weißen Laken ab.

Er hätte zu gern ein Feuer gelegt, um die Mädchen und alle Beweise verschwinden zu lassen. Das wäre perfekt gewesen – aber nur mit einer gewissen Vorlaufzeit.

Kerzen hatte er nicht.

Auch eine Zigarre oder Zigarette konnte als improvisierte Zündschnur dienen, doch er hatte beides nicht zur Hand.

Vielleicht hatte das Mädchen Zigaretten.

Er beugte sich über ihre Klamotten, hob das T-Shirt hoch und durchsuchte die Taschen ihrer abgeschnittenen Jeans. Nichts.

Verdammt!

Sofort Feuer zu legen kam nicht in Frage. Er musste sich Zeit verschaffen, um sich die Bewohner von Nr. 9 und Nr. 12 vorzuknöpfen und sich dann mit Donnas Auto einen gewissen Vorsprung herauszufahren.

Moment.

Nr. 9 und Nr. 12 würde er ebenfalls anzünden müssen.

Das konnte er vergessen.

Den ganzen Plan konnte er vergessen.

Stattdessen würde er einfach seine Fingerabdrücke entfernen.

Mit dem T-Shirt des Mädchens durchquerte er den Raum und wischte alle Oberflächen, die er berührt hatte, sorgfältig ab. Bald kam es ihm sinnlos vor. Aus irgendeinem Grund hatte er ein ungutes Gefühl bei der ganzen Sache, als wäre irgendetwas mächtig schiefgegangen. Als hätte er etwas sehr Wichtiges vergessen.

Er kippte den Inhalt des Rucksacks auf den Boden. Zusammen mit der Plastikfolie und den Schlafsäcken rollten vier Dosen mit Chili und Spaghetti daraus hervor.

Er hatte seit längerem nichts gegessen. Daher das mulmige Gefühl.

Nein, daran lag es auch nicht. Während er die Dosen abwischte, fiel es ihm ein.

Verflucht!

Karens und Bobs Haus! Er hatte noch nicht mit Sicherheit herausgefunden, ob es wirklich niedergebrannt war oder nicht.

Heute Morgen war in den Nachrichten nur von einem Feuer die Rede gewesen. Und wenn Karens Haus nicht abgebrannt war, hatten die Cops inzwischen alle Beweise, die sie brauchten.

Vielleicht war die Meldung mittlerweile auch über den Sender gegangen und er hatte sie bloß noch nicht gehört. Trotzdem musste er auf der Hut sein.

Keine Beweise.

Keine Zeugen.

Er ließ seinen Blick durch den Raum schweifen und fragte sich, ob er etwas vergessen hatte. Schließlich ging er ins Badezimmer, um zu pinkeln. Dann zog er das Messer aus der Scheide um sein Schienbein.

Ein schneller, gerader Schnitt durch die Kehle würde reichen. Er musste sich nur vor dem spritzenden Blut in Acht nehmen.

Als er auf Jonis Bett zuging, sah er, dass das Mädchen verschwunden war.

Unmöglich!

Er fuhr mit den Händen über das Laken, doch seine Augen hatten ihn nicht getäuscht. Das Bett war leer. Irgendwie war es ihr gelungen, sich zu befreien.

Er warf einen Blick unter das Bett. Von Joni keine Spur.

Da hörte er das Geräusch des Türschlosses. Roy sah, wie das kleine Mädchen die Tür aufriss und hinter sich wieder zuschlug.

»Ach du Scheiße«, fluchte Roy.

Er folgte ihr und schloss leise die Tür hinter sich. Nur hinter wenigen Bungalowfenstern brannte Licht, und der Parkplatz war völlig verlassen. Roy hätte gedacht, dass sie schnurstracks zur Rezeption rennen würde, aber sie war nirgends zu entdecken. Vielleicht war sie hinter dem Haus.

»Also gut«, flüsterte er. »Also gut.«

Erst musste er sich um das andere Mädchen kümmern.

Der Türgriff ließ sich nicht herunterdrücken.

Er hatte sich ausgesperrt.

Roy holte tief Luft, wischte seine schweißnassen Hände an der Hose ab und rannte um den Bungalow herum. Nichts außer Dunkelheit, Bäumen und dem Zirpen der Zikaden.

Er brauchte eine Taschenlampe, aber die lag im Bungalow.

Vorsichtig schlich er in die Finsternis, um Joni zu suchen.

Die kleine Schlampe!

Seine Hand schmerzte. Er hatte sie um den Messergriff verkrampft.

Er würde sie aufschlitzen! Bei Gott, er würde die kleine Schlampe von oben bis unten aufschlitzen.

»Wo bist du?«, flüsterte er. »Glaubst du, du kannst dich vor mir verstecken, du kleine Schlampe? Ich weiß, wie du riechst. Ich kann dich wittern.«

Kapitel zweiundzwanzig

1

»Also so war das«, sagte Donna. »Lilly hat die Bestie ins Haus gelockt, damit sie die Kinder und Ethel tötet.«

»Sieht zumindest danach aus«, pflichtete Jud ihr bei.

»Maggie hat uns bei der Führung aber etwas ganz anderes erzählt. Sie hat behauptet, dass sich Lilly im Schlafzimmer verschanzt hätte, erinnerst du dich?«

»Ich glaube«, sagte Jud, »dass Maggie es mit der Wahrheit nicht so genau nimmt.«

»Dass Lilly den Verstand verloren hat – war das auch eine Lüge?«

»Das möchte ich bezweifeln. Man müsste nur in das Zeitungsarchiv gucken, um das herauszufinden. Lilly ist wahrscheinlich wirklich ausgeflippt. Wenn sie wirklich hinter den Morden an ihren eigenen Kindern steckte, hat sie das offensichtlich endgültig in den Wahnsinn getrieben. So, wie es aussieht, hat dazu sowieso nicht mehr viel gefehlt.«

»Du glaubst, Xanadus Mord an den Kindern war der Auslöser?«

»Wäre möglich.«

»Ich frage mich, was mit Xanadu passiert ist. Ob er im Haus geblieben ist?«

»Kann schon sein. Vielleicht ist er auch wieder zu seinem früheren Leben ohne Lilly zurückgekehrt.«

»Aber als Maggie und ihre Familie dort einzogen, war er wieder da«, sagte Donna. »Vielleicht hat er die ganze Zeit auf Lillys Rückkehr gewartet.«

»Ich weiß nicht so recht«, sagte Jud. »Eigentlich weiß ich überhaupt nicht, was ich von der ganzen Sache halten soll. Das Tagebuch lässt meine Theorie dummerweise wie ein Kartenhaus in sich zusammenstürzen. Vorausgesetzt es handelt sich nicht um eine Fälschung. Und wir *müssen* davon ausgehen, dass es echt ist. Zumindest scheint es aus Lilly Thorns Feder zu stammen. Wer sonst hätte Interesse daran, so eine wilde Geschichte auszubrüten?«

»Maggie?«

»Sie hatte es in ihrem Schreibtisch eingeschlossen. Wenn sie es selbst geschrieben hätte, würde sie sicher bereits Kopien davon in ihrem Geschäft verkaufen. Ich glaube, sie hat es geheim gehalten, um ...«

Ein Klopfen an der Tür ließ ihn verstummen. Er hob die Automatik auf. »Frag, wer da ist«, flüsterte er.

»Wer ist da?«

»Mami?« Die Stimme des Mädchens zitterte vor Angst.

»Mach auf«, sagte Jud.

Donna stand auf, und Jud legte sich flach auf den Boden zwischen den Betten.

Er beobachtete, wie sie den Riegel zurückschob und die Tür öffnete. Sandy stand in der Dunkelheit – auf Zehenspitzen, weil jemand sie an den Haaren zog, mit Tränen in den Augen und einem langen Messer an der Kehle.

»Freust du dich, mich zu sehen?«, fragte ein Mann und lachte. Er schob Sandy vor sich her in den Raum hinein und trat die Tür hinter sich zu.

»Sag deinem Freund, er soll rauskommen«, sagte er.

»Hier ist niemand außer mir.«

»Verarsch mich nicht. Sag ihm, er soll rauskommen, oder ich schlitze sie auf.«

»Sie ist *deine Tochter*, Roy!«

»Sie ist nur eine weitere kleine Fotze. Los!«

»Jud!«

Jud schob die Pistole unter das Bett und richtete sich langsam und mit erhobenen Händen auf.

»Wo ist deine Kanone?«, fragte der Mann.

»Kanone?«

»Hier will mich wohl jeder verarschen. Lass den Scheiß und sag mir, wo deine Knarre ist.«

»Ich habe keine Waffe.«

»Nicht? Dein Kumpel hatte eine.«

»Welcher Kumpel?«

»Ach, Scheiße.«

»Wer sind Sie?«, fragte Jud.

»Also gut, lasst die Mätzchen. Arme über den Kopf und Hände verschränken. Alle beide!«

»Donna, wer ist dieser Kerl?«

»Mein Mann«, sagte Donna. Sie wirkte verwirrt.

»Himmel, wieso hast du mir das nicht gesagt? Hör mal, Sportsfreund, ich hatte keine Ahnung, dass sie verheiratet ist. Tut mir leid. Tut mir echt leid. Meine Frau wird mich umbringen. Glaub mir, gegen die bist du der reinste Chorknabe. Du wirst ihr doch nichts verraten, oder? Mann, nimm doch das Messer runter. Das Mädchen kann nichts dafür. Ich hab dem Typen ein paar Mäuse gegeben, damit er auf sie aufpasst, während wir … na ja, während wir uns ein bisschen amüsiert haben.«

»An die Wand.«

»Was hast du vor? Du wirst doch nicht … hey, wir haben nichts getan. Ich hab sie nicht mal *berührt*. Stimmt doch, oder, Donna?«

Donna schüttelte den Kopf.

»Siehst du?«

»Gesicht zur Wand.«

»Oh, Himmel.«

»Gut so. Lehnt euch dagegen. Genau. Stützt euch mit den Händen ab.«

»Oh Herr im Himmel«, rief Jud. »Er wird uns umbringen. Er wird uns umbringen!«

»Schnauze«, zischte Roy und befahl Sandy, sich mit dem Gesicht voraus auf den Boden zu legen. »Keine Bewegung, sonst mach ich Hackfleisch aus deiner Mami.«

»Oh Herr im Himmel!«, rief Jud.

»Du hältst das Maul.«

»Ich hab sie nicht angerührt. Frag sie doch. Donna, hab ich dich angerührt?«

»Halt's Maul«, sagte Donna.

»Mann, jetzt sind wohl alle gegen mich!«, rief Jud.

»Er hat schon mindestens zwei Menschen umgebracht«, sagte Donna. »Und du bist der Nächste, wenn du nicht die Klappe hältst.«

»Er hat jemanden *umgebracht*?« Jud warf einen Blick über seine Schulter auf den Mann, der sich ihm mit dem Messer näherte. »Du hast wirklich jemanden umgebracht?«

»Gesicht zur Wand.«

»Er hat meine Schwester und ihren Mann auf dem Gewissen!«

»Echt?« Jud sah ihn erneut an.

Das Grinsen des Mannes verriet ihm, wie sehr er es genossen haben musste. »Warum zum Teufel …«, begann Jud.

»Gesicht zur Wand!« Roy trat vor, um Jud einen Schubs zu geben. Als seine Hand Juds Schulter berührte, griff Jud mit der rechten Hand nach hinten, drückte Roys Handfläche fest gegen seine Schulter und wirbelte herum. Roy schrie auf, als sein Handgelenk mit einem knackenden Geräusch brach. In einer einzigen Bewegung ließ Jud seinen Unterarm gegen Roys Hinterkopf krachen, schleuderte ihn gegen die Wand und rammte ein Knie in sein Rückgrat. Das Messer fiel zu Boden. Roy sackte wimmernd und mit Panik in den Augen zusammen.

»Bring Sandy nach nebenan«, sagte Jud. »Und sieh nach, wie es Larry geht.«

2

Donna nahm ihre weinende Tochter fest in die Arme. »Hat er dir wehgetan, mein Schatz?«

Sie nickte.

»Wo hat er dir wehgetan?«

»Er hat mich hier gekniffen.« Sie deutete auf ihre linke Brust, die sich kaum unter ihrer Bluse abzeichnete. »Und er hat seinen Finger da unten gehabt.«

»Hat er ihn reingesteckt?«

Sie nickte schniefend.

»Hat er dich vergewaltigt?«

»Später, hat er gesagt. Und er hat das schlimme Wort gesagt.«

»Welches Wort?«

»Das schlimme Wort.«

»Du kannst es mir ruhig sagen.«

»Später, hat er gesagt. Später wird er mich f…, bis ich nicht mehr gerade sitzen kann. Und dann will er dich f… Und dann wie Weihnachtsgänse ausnehmen.«

»Dieses Arschloch«, zischte Donna. »Dieses beschissene Arschloch.« Sie streichelte Sandy sanft über den Kopf. »Tja, das wird er jetzt wohl nicht mehr machen können, oder?«

»Ist er tot?«

»Keine Ahnung. Aber er kann uns nichts mehr tun. Jud hat dafür gesorgt.« Sie stand auf. »Jetzt sehen wir mal nach Larry.«

»Larry geht's gut. Ich hab ihn ordentlich gefesselt.«

»*Du* hast ihn gefesselt?«

»Musste ich. Sonst hätte Daddy ihn umgebracht.«

Sie überquerten den Parkplatz.

»Ich hab zu Daddy gesagt, wenn er Larry tötet, dann schreie ich. Und er hat gesagt, er wird mich umbringen, wenn ich schreie, und ich hab gesagt, dass mir das egal ist. Und dann hab ich gesagt, wenn er Larry nicht umbringt, mache ich alles, was er will. Und dann musste ich an deine Tür klopfen.«

»Und *weshalb* hat Larry die Tür geöffnet?«

»Daddy hat so getan, als wäre er ein Polizist.«

»Na toll.« Donna fragte sich, wie Larry nur so dumm hatte sein können. Die Tür zu Bungalow Nr. 12 war nicht verschlossen.

»Wo ist er?«

»In der Badewanne. Das war Daddys Idee.«

Larry lag bäuchlings in der Wanne. Sein Hemd war als Knebel um seinen Mund geknotete, und seine Hände waren zusammengebunden und an die Fußknöchel gefesselt.

»Wir haben ihn!«, verkündete Sandy.

Larry antwortete mit einem Grunzen.

Das Mädchen setzte sich auf den Rand der Wanne und machte sich an den Knoten zu schaffen. Kurze Zeit später hatte sie Larry befreit. Er kniete sich mühsam hin und nahm das Hemd vom Gesicht. Dann zog er eine schwarze Socke aus seinem Mund.

»Ein fürchterlicher Mensch«, sagte er. »Ein richtiger Barbar. Hat er euch etwas getan? Wo ist Judgment? Was ist passiert?«

Donna erzählte ihm, was vorgefallen war, und dass sie nicht wusste, wie schwer Jud Roy verletzt hatte.

»Vielleicht sollten wir mal nachsehen.«

Durch die Dunkelheit gingen sie zu Bungalow Nr. 9 zurück. Jud saß auf dem Bett. Roy lag auf dem Boden. Seine Hände waren hinter seinem Rücken gefesselt, und sein Kopf steckte in einem Kissenbezug, der mit einem Ledergürtel fest um seinen Hals geschnürt war. Bis auf sein Atmen lag er reglos da.

»Wie ich sehe, sind Sie Herr der Lage«, sagte Larry.

Sandy sah auf ihren Vater herab und drückte fest Donnas Hand. Donna setzte sich neben Jud.

»Was sollen wir mit diesem Schurken machen?«, fragte Larry und ließ sich auf dem anderen Bett nieder.

»Das ist nicht nur ein Schurke«, sagte Jud. »Er hat Donnas Schwester und ihren Schwager ermordet. Er hat Sandy sexuell missbraucht und Gott alleine weiß, was er noch mit den beiden angestellt hat. Und wir alle wissen genau, was er hier vorhatte. Meiner Meinung nach ist das kein Schurke. Er ist eine Bestie.«

»Was schlagen Sie vor?«

»Wir stecken ihn dahin, wo er hingehört.«

»Ins Gefängnis?«, fragte Sandy.

Donna, der sich die Nackenhaare aufgestellt hatten, sagte: »Nein, Schätzchen. Ich glaube nicht, dass Jud ihn ins Gefängnis werfen will.«

Jetzt war auch bei Larry der Groschen gefallen. »Oh Gott«, flüsterte er und schüttelte den Kopf.

Kapitel dreiundzwanzig

Donna startete den Motor des Chrysler. Sandy saß neben ihr. Roy, dessen Kopf noch immer im Kissenbezug steckte, war gefesselt zwischen Jud und Larry auf der Rückbank eingezwängt. Jud hielt die .45er auf seine Brust gerichtet, Larry hatte die Machete auf dem Schoß liegen, so dass die Spitze der gebogenen Klinge auf Roy zeigte.

»Sobald du uns abgesetzt hast, kehrst du schnurstracks zum Hotel zurück«, sagte Jud. »Dort wartest du eine halbe Stunde, dann holst du uns wieder ab. Wenn wir nicht da sind, fährst du weiter und siehst dann im Abstand von fünfzehn Minuten beim Treffpunkt nach. Noch Fragen?«

»Soll ich nicht einfach in der Nähe anhalten und warten? Schmiere stehen?«

»Das Auto könnte Aufsehen erregen.«

»Wollen die beiden wirklich ins Horrorhaus gehen?«, fragte Sandy, als hätten sie einen Witz gemacht, den nur sie nicht kapiert hatte.

»Ich glaube schon.«

»Ist ja irre.«

»Da stimme ich dir ganz und gar zu«, sagte Larry.

»Sie müssen nicht mitkommen.«

»Oh doch, das muss ich. Schließlich sind Sie ja dabei, die Welt von Lillys Bestie zu befreien, habe ich recht?«

»Zumindest ist es so geplant.«

»Nun, wenn ich schon der Finanzier dieser Operation bin, will ich mich auch mit eigenen Augen davon überzeugen, dass sie korrekt durchgeführt wird. Außerdem kann ich Ihnen ja mit unserem Freund hier zur Hand gehen.«

»Nehmt ihr Daddy mit?«

»Ja«, sagte Jud ohne weitere Erklärung.

»Warum?«

»Zur Strafe.«

»Oh. Werft ihr ihn der Bestie zum Fraß vor?«

»Genau.«

»Wow! Kann ich auch mit?«, fragte sie ihre Mutter. »Das will ich sehen.«

»Auf gar keinen Fall.«

»Wieso nicht?«

»Es ist gefährlich.«

»Aber Jud und Larry gehen doch auch.«

»Das ist etwas anderes.«

»Aber ich will mit. Ich will sehen, wie die Bestie Daddy in Stücke reißt.«

»Sandy!«

»Ich will mit!«

»Glaub mir«, sagte Larry. »Auf diesen Anblick kannst du getrost verzichten. Ich weiß das.«

»Wir sind fast da«, sagte Donna.

»Okay, fahr daran vorbei und kehr irgendwo um.«

»Hier?«

»Nein, erst hinter der Kurve.«

Donna nahm den Fuß vom Gas.

»Genau hier.«

Sie versuchte vergeblich, den großen Wagen in einem Zug zu wenden, setzte zurück und schaffte es im zweiten Versuch.

»Gut«, sagte Jud. »Jetzt mach die Scheinwerfer aus.«

Die Straße vor ihnen lag bis auf einige wenige vom Mond beschienene Flächen im Dunkeln, zeichnete sich aber dennoch gegen den finsteren Wald ab. Als Donna langsam durch die Kurve fuhr und der Wald endete, war die Straße vollständig in fahles, milchiges Licht getaucht.

»Bleib vor der Bude stehen«, flüsterte Jud knapp.

Donna parkte den Wagen.

»Jetzt gib mir kurz die Autoschlüssel.«

Sie schaltete den Motor ab und reichte sie ihm. »Jud?«

Sein Gesicht war kaum zu erkennen.

»Sollten wir ihn nicht doch lieber zur Polizei bringen?«

»Nein.«

»Oder … ihn vielleicht erschießen oder so?«

»Das wäre Mord.«

»Wenn wir ihn der Bestie vorwerfen, ist das auch Mord.«

»Aber dann ist die Bestie der Täter und nicht wir.«

»Ich will nicht, dass du noch einmal in dieses Haus gehst. Nicht nachts. Himmel, Jud!«

»Wird schon nichts passieren«, sagte Jud leise.

»Und wenn doch? Du könntest getötet werden. Das ist nicht fair. Wir hatten nur zwei Tage für uns.«

»Wir werden noch viele weitere haben«, sagte er und stieg aus. Dann zerrte er Roy aus dem Wagen, so dass er auf dem Asphalt auf die Knie fiel.

»Behalten Sie ihn im Auge«, befahl er Larry.

Donna folgte Jud zum Kofferraum.

»Steig wieder ein«, sagte er. »Bitte.«

»Ein letzter Kuss.«

»Also gut.«

Sie presste sich fest an ihn, umarmte ihn und hoffte, dass ihre Körper irgendwie verschmelzen würden und sie sich auf diese Art nicht trennen müssten. Doch bald darauf löste er sich sanft aus ihrer Umklammerung.

Sie beobachtete, wie er in den zerfetzten Parka schlüpfte und zwei Taschenlampen und eine Leuchtfackel hervorholte. Leise schloss er den Kofferraum und gab ihr die Schlüssel zurück.

»Wie spät ist es auf deiner Uhr?«

»Zehn Uhr dreiundvierzig.«

Er stellte seine Uhr danach. »Okay. Wir treffen uns hier um Punkt Viertel nach elf.«

»Jud?«

»Geh einfach. Los. Bringen wir's hinter uns.«

Sie stieg ein, ließ den Motor an und fuhr los, ohne sich noch einmal nach den drei Männern am Straßenrand umzusehen.

Kapitel vierundzwanzig

1

»Hier ist ein Drehkreuz«, sagte Jud. »Du musst drübersteigen.«

Roy schüttelte den Kopf.

Jud versetzte ihm einen leichten Stich mit dem Messer, und Roy hob ein Bein. Larry half ihm hinüber, indem er auf der anderen Seite an einem seiner Arme zerrte. Da hörte Jud ein herannahendes Auto. Schnell schwang er sich über das Drehkreuz, packte Roy und warf den schweren Mann zu Boden. Zu dritt kauerten sie hinter der Ticketbude.

Jud hörte, wie das Auto langsamer wurde. Schotter knirschte unter den Reifen. Er kroch vor und spähte um die Ecke der Bude.

Ein Streifenwagen.

Er hatte am gegenüberliegenden Straßenrand geparkt. Jud konnte den laufenden Motor hören. Nach einigen Augenblicken wendete der Wagen, fuhr langsam an der Bude vorbei und verschwand.

Sie zerrten Roy auf die Beine und führten ihn auf den Rasen. Dann eilten sie zur Rückseite des Hauses und gingen die Verandatreppe hinauf.

Die zerbrochene Glastür war weder ersetzt noch verbarrikadiert worden. Jud steckte das Messer in die Tasche und tastete nach dem Türriegel. Er versuchte, ihn zurückzuschieben. Der Riegel klemmte. Er zerrte daran. Endlich löste er sich mit einem lauten Klappern.

»Jetzt ist es aufgewacht«, flüsterte Larry.

Jud öffnete die Tür, betrat das Haus und zerrte den gefesselten Mann mit sich. Larry folgte ihnen und schloss die Tür.

»Wohin?«, flüsterte er.

»Erst nehmen wir ihm das mal ab.« Jud löste den Gürtel von Roys Hals und zog ihm den Kissenbezug vom Kopf. Roy sah sich hastig um.

»Willkommen im Horrorhaus«, sagte Jud.

Roy schnaufte.

»Ich werde dir jetzt den Knebel abnehmen. Du wirst länger leben, wenn du dich ruhig verhältst.«

Roy nickte.

Jud riss den Klebestreifen von Roys Mund und steckte ihn in die Tasche. Dann legte er sich den Gürtel um und steckte den Kissenbezug hinein. Er wollte keine Spuren hinterlassen.

Bis auf Roy selbst natürlich.

»Gehen wir nach oben«, flüsterte er.

»Wohnt da euer *Monster*?«, fragte Roy und lachte.

»Da greift es üblicherweise an, ja«, sagte Jud.

»Ach wirklich? Und ihr glaubt diesen Scheiß?«

»Psssst.«

Jud schaltete die Taschenlampe ein und betrat die Eingangshalle, in der der groteske Schirmständer in Form eines ausgestopften Affen Wache hielt. Er machte die Lampe wieder aus und zog die Automatik aus seinem Gürtel.

»Wollt ihr beiden Penner mir etwa Angst machen?«

»Pssst«, wiederholte Larry.

»Scheiße.«

»Hier riecht's nach Benzin«, sagte Roy, als sie den Fuß der Treppe erreicht hatten.

»Das ist von letzter Nacht«, flüsterte Jud.

»Ach ja?«

»Eine Frau wurde ermordet«, sagte Larry.

»Ohne Scheiß? Ihr seid ja richtig harte Burschen.«

»Ruhe«, sagte Jud.

»Wollte nur ein bisschen Konversation machen.«

Als sie die Treppe hinaufgingen, zogen die schrecklichen Ereignisse von letzter Nacht noch einmal an Jud vorbei: Die tote Mary Ziegler, die auf ihn geschleudert wurde; das widerliche Geräusch, mit dem sie über seinen Rücken rollte; der grässliche Gestank der Bestie. Er sah auf und hatte Angst, Mary wieder dort stehen zu sehen.

»Hat jemand eine Zigarette?«, fragte Roy.

»Maul halten.«

Sie hatten den ersten Stock erreicht.

»Also gut«, sagte Jud. »Hinlegen.«

»Was?«

»Du sollst dich hinlegen. Auf den Bauch.«

»Leck mich.«

Blitzschnell trat Jud gegen Roys linkes Bein. Hart landete der Mann auf dem Boden.

»Blödes Arschloch.«

»Umdrehen.«

Roy gehorchte.

»Warte nur, du Hurensohn. Ich nehm dich aus wie eine Weihnachtsgans. Ich schneid dir den Schwanz ab und stopf ihn dir …«

»Da rein«, sagte Jud zu Larry und deutete auf eine Tür, die nur wenige Meter von Roy entfernt war.

»Ganz allein?«

»Nur für einen Augenblick.« Jud kniete sich hin. »Okay. Roy. Du bleibst einfach mucksmäuschenstill hier liegen. Du hast mein Ehrenwort: Wenn du bis zur Morgendämmerung überlebst, liefere ich dich bei den Cops ab.«

»Leck mich.«

»Deine einzige Chance ist, ganz ruhig dazuliegen. Wenn du Glück hast, bemerkt dich die Bestie nicht.«

»Leck mich.«

»Wir sind gleich da drüben und werden dich im Auge behalten. Wenn du versuchst zu fliehen, muss ich dich leider um die Ecke bringen. Noch Fragen?«

»Ja. Wie heißt du? Ich will den Namen des Kerls wissen, den ich später aufschlitze.«

»Mein Name ist Judgment Rucker.«

»Quatsch.«

Jud ging zur Tür, hinter der Larry wartete. Er öffnete sie und ließ den Strahl der Taschenlampe über die enge Treppe gleiten, die zur Speichertür führte. »Setzen wir uns hier auf die Treppe«, flüsterte er.

Jud zog die Tür bis auf einen winzigen Spalt zu. Er spähte hindurch und sah Roy im dunklen Flur liegen.

Er nahm die Automatik in die rechte Hand und zog Roys Messer aus dem Parka. Das Gewicht der zusätzlichen Magazine in den Jackentaschen fühlte sich beruhigend an.

»Judge?«, flüsterte Larry. »Werden wir ihn wirklich der Bestie überlassen?«

»Psssst.«

2

Donna wäre am liebsten umgekehrt und zurück zum Horrorhaus gefahren, um dort auf die Männer zu warten. Als sie gerade wenden wollte, bemerkte sie Scheinwerfer im Rückspiegel. Der Wagen näherte sich schnell. Donna sah das Blaulicht auf seinem Dach und überprüfte das Tachometer. Sie hielt sich genau an die vorgeschriebene Geschwindigkeit.

Sandy sah sich um. »Oh-oh«, sagte sie.

»Ja.«

»Willst du anhalten?«

»Erst, wenn er mich dazu zwingt.«

»Wieso fährt er so dicht auf?«

»Er hat eben keine Manieren.«

Der Streifenwagen folgte ihnen bis zum Welcome Inn, bog vor dem Parkplatz links ab und hielt vor dem Restaurant.

Sandy stieß übertrieben die Luft aus. »Puh!«

»Der hat nur Hunger«, sagte Donna und hielt vor Bungalow Nr. 12. »Warten wir, bis er im Restaurant ist.«

»Und dann?«

»Fahren wir zurück.«

»Aber Jud hat doch gesagt …«

»Wir sind einfach ein bisschen früher dran.«

Sie wendete, fuhr am Restaurant vorbei und warf einen Blick auf das Polizeiauto. Der Beamte war nirgends zu sehen.

»Wenn wir schon so früh dran sind«, sagte Sandy, »können wir doch auch reingehen.«

»Hast du sie noch alle?«

»Vielleicht können wir ihnen helfen.«

»Sie kommen schon ohne uns klar.«

»Ich hab keine Angst vor der Bestie.«

»Solltest du aber.«

»Wir können ja Juds Gewehr mitnehmen.«

»Kugeln können ihr nichts anhaben. Hast du bei der Führung nicht aufgepasst?«

»Doch.«

»Maggie hat gesagt, dass ihr Mann auf die Bestie geschossen hat.«

»Nöööö. Sie hat nur gesagt, dass sie Schüsse gehört hat. Vielleicht hat er ja nicht getroffen.«

»Wie dem auch sei – wir gehen auf keinen Fall da rein.«

Die Stadt wirkte verlassen. Nur wenige Autos standen vor den geschlossenen Geschäften, als hätten sich ihre Fahrer vor der Dunkelheit geflüchtet. Straßenlaternen beleuchteten leere Kreuzungen. Eine Ampel blinkte gelb.

Donna parkte vor Arty's Eisenwarenladen. Die Scheinwerfer spiegelten sich im Schaufenster, und sie schaltete sie ab. »Kannst du das Haus von hier aus sehen?«

Sandy spähte aus dem Seitenfenster. »Nur den Vorgarten.«

Donna konnte außer der Vorderseite des Zauns und der Ticketbude auch nicht viel erkennen. »Ich steig mal aus«, sagte sie.

»Ich auch.«

»Okay.«

Sie schlossen leise die Türen und gingen auf ihren Turnschuhen geräuschlos über den Bürgersteig.

Zwischen dem Eisenwarenladen und dem Zaun verlief eine schmale Gasse, die von einem niedrigen Gartentor versperrt wurde. Donna öffnete das Türchen, und sie gingen hindurch. Von der Straße aus waren sie jetzt nicht mehr zu sehen.

Sandy nahm Donnas Hand.

Jenseits der Rasenfläche ragte das Horrorhaus stumm in die Nacht auf. Die Holzvertäfelung wirkte im Mondlicht so bleich und ausgewaschen wie Treibholz. Die Balkone und Galerien warfen tiefe Schatten.

Donna ließ den Blick von den dunklen Erkern über Lilly Thorns Schlafzimmerfenster und die knochenfarbene Wand bis zu jenem Fenster wandern, durch das Larry vor so vielen Jahren entkommen war. Vor ihrem geistigen Auge konnte sie die Wachsfigur sehen, die mit dem Fensterriegel kämpfte.

»Wie spät ist es?«, flüsterte Sandy.

Donna hielt ihre Armbanduhr ins Mondlicht. »Zwanzig nach elf.«

»Sie sind spät dran.«

»Keine Angst.«

»Und wenn sie gar nicht mehr kommen?«

3

»Verdammter Mist!« Jud hörte Panik in Roys Stimme. »Heilige Scheiße, da kommt jemand. Hey, ihr da? Verflucht, Jungs!«

Jud kniete sich hin. Larry spähte über seinen Kopf hinweg durch den Türspalt. Jud wechselte die Pistole in die Linke, wischte sich die schweißnasse Hand an einem Hosenbein ab und zog die Taschenlampe aus der Tasche.

»Oh Gott«, flüsterte Roy mit leiser Stimme, als hätte er jede Hoffnung aufgegeben.

Jud hörte das Knarren einer Treppenstufe.

»Hey, wer ist da? Hallo? Hören Sie mich? Diese beiden Kerle haben mich gefesselt. Ich bin kein Einbrecher, wirklich. Ich wurde entführt. Können Sie mir … oh Scheiße. *Oh Scheiße*. JUNGS!«

Jud hörte ein krächzendes Lachen.

»Oh Gott«, Roy fing an zu heulen. »Oh mein Gott! Helft mir! Jagt es weg!«

Hinter Jud stöhnte Larry vor Schreck auf.

Roy kreischte, als die Bestie auf ihn zusprang. Der Aufprall würgte seinen Schrei ab.

Jud riss die Tür auf und richtete die Taschenlampe auf das knurrende, weiße Ding auf Roys Rücken. Es wandte ihnen den Kopf zu. Blutiges Fleisch hing zwischen seinen Zähnen.

Larry schrie auf.

Bevor Jud die Pistole auf das Ding richten konnte, stieß ihn Larry in den Korridor. Schreiend sprang er über ihn hinweg. Jud zielte mit dem Strahl der Taschenlampe in die Augen der Bestie, sah, wie Larry die Machete schwang. Die Klinge blitzte auf, und der weiße, haarlose Kopf verschwand in der Dunkelheit. Blut spritzte aus dem Stumpf, und der Rumpf der Bestie fiel auf Roys Rücken. Jud hörte, wie der Kopf mit dumpfen Geräuschen die Stufen hinunterrollte.

»Ich hab's erwischt«, flüsterte Larry.

Jud richtete sich auf.

»Ich hab's erwischt. Es ist mausetot!« Larry schwang die Machete wie eine Axt und bohrte sie in den Rücken der Kreatur. »Tot!« Er schlug noch einmal zu. »Tot! Tot! Tot!« Mit jeder Silbe hackte er ein weiteres Mal auf den Kadaver ein.

»Larry«, sagte Jud leise.

»Ich habe es erledigt!«

»Larry, wir sind fertig hier. Hauen wir ab, bevor …« Er hörte ein wildes Knurren hinter seinem Rücken und wirbelte herum.

Die Taschenlampe beleuchtete die Treppe zum Dachboden. Die Tür stand offen. Eine riesige, weiße Kreatur stürmte die Stufen hinunter.

Jud drückte ab. Mit einem ohrenbetäubenden Dröhnen entlud sich der Colt in seiner Hand, gefolgt von einem gewaltigen Heulen. Die Bestie warf ihn mit dem Rücken voraus auf den Boden des Korridors. Jud presste den Lauf der Waffe gegen die Flanke der Bestie und schoss. Ein weiteres markerschütterndes Heulen ertönte, und die Kreatur ließ von ihm ab. Er rollte sich auf den Bauch. Die Taschenlampe hielt er noch immer in seiner linken Hand. Er sah, wie das weiße Ding auf Larry losging, obwohl aus zwei großen Löchern in seinem Rücken Blut spritzte. Larry hob die Machete, doch ein krallenbewehrter Arm riss die Haut von seinem Gesicht. Die Machete fiel zu Boden.

Jud ließ die Taschenlampe fallen, zog das Messer, das er Roy abgenommen hatte, und sprang auf. In der Dunkelheit nahm er undeutlich wahr, wie die Bestie mit Larry in den Krallen herumwirbelte. Er musste einen Schritt zur Seite ausweichen, doch sein Fuß trat ins Leere – er hatte die Treppe zum Erdgeschoss übersehen. Das Messer fiel aus seiner Hand, und er stürzte in die Finsternis.

4

Entsetzt lauschte Donna den gedämpften Schreien und Pistolenschüssen, die aus dem Haus drangen. Sandy stand starr vor Schreck und mit offenem Mund da. Glas klirrte, und ein Körper wurde durch das Fenster von Maggies Schlafzimmer geschleudert.

Nein. Kein Körper – nur die Wachsfigur von Larry Maywood.

Aber wieso schrie die Figur?

Das Mondlicht beschien das weiße Haar des fallenden Mannes. Eine weitere Gestalt schoss durch das Fenster. Ihren starren Gliedmaßen nach zu urteilen handelte es sich diesmal wirklich um die Wachsfigur. Larrys Schrei endete abrupt, als er auf dem Boden aufschlug.

Donna öffnete das niedrige Gartentor und zog Sandy zum Auto. »Steig ein. Schnell.«

»Aber Mom!«

»Los!«

Während Sandy in den Wagen kletterte, öffnete Donna den Kofferraum, holte eine Leuchtfackel heraus und steckte sie in ihre Gesäßtasche. Dann nahm sie Juds Gewehr aus dem Kasten und schlug den Kofferraum wieder zu. Sie zog den Gewehrbolzen zurück und beobachtete, wie eine lange, spitze Patrone in die Kammer glitt. Sie ließ den Abzugsbolzen einrasten und ging zum Wagenfenster.

»Du musst alle Fenster hochkurbeln und die Türen schließen. Warte, bis ich wieder da bin.«

Mit einem abwesenden Gesichtsausdruck verschloss das Mädchen die Tür und kurbelte ihr Fenster hoch.

Donna rannte auf die Ticketbude zu.

5

Jud konnte sich auf halber Höhe der Treppe am Geländer festhalten. Er hörte das Klirren von Glas und Larrys Schrei. Gerade, als er sich aufrappeln wollte, erschien die weiße Kreatur über ihm und sprang auf ihn zu. Er feuerte einmal aus nächster Nähe auf sie, dann schlugen ihm ihre Krallen die Waffe aus der Hand. Mit einem Schmerzensschrei rannte die Bestie an ihm vorbei und die Treppe hinunter. Jud beobachtete, wie die blasse Gestalt auf die Küche zueilte.

Er lief die Stufen hinauf und tastete im Korridor neben Roy und der ersten Bestie den Boden nach der Taschenlampe ab, fand sie und schaltete sie ein. In ihrem Licht entdeckte er Larrys Machete. Jud rannte in Maggies Schlafzimmer und sah das zerbrochene Fenster hinter der umgestürzten Pappwand. Dann fiel sein Blick auf einen kopflosen Rumpf – als er sich darüberbeugte, bemerkte er, dass es nur die Wachsfigur von Tom Bagley war, Larrys Jugendfreund.

Jud rannte zum Fenster und sah hinab. Zwei Körper lagen ausgestreckt auf dem Boden. Eine Frau kniete neben einem von ihnen.

Donna.

»Lebt er noch?«

Donna sah zu ihm auf.

»Jud, alles in Ordnung?«

»Klar«, log er. »Was ist mit Larry?«

»Ich weiß nicht.«

»Dann hol Hilfe. Schnell. Er braucht einen Arzt. Einen Krankenwagen.«

»Kommst du runter?«

»Ich muss die Bestie jagen.«

»Nein!«

»Hol Hilfe.« Er wandte sich vom Fenster ab, steckte die Machete in den Gürtel und ging zur Kommode. Dort nahm er den .45er Colt aus der obersten Schublade. Er lag genau dort, wo Maggie ihn während der Führung herausgeholt hatte, um ihn herumzuzeigen. Jud nahm das leere Magazin heraus und rammte das zwanzigschüssige Magazin aus seiner Tasche hinein. Dann zog er den Schlitten zurück, ließ eine Kugel in die Kammer gleiten und machte sich auf den Weg zur Küche.

Blutspuren führten von dort in den Vorratsraum, durch eine geöffnete Tür und die steile, hölzerne Treppe zum Keller hinab.

Der Keller war feucht, kühl und roch nach Erde. Im Schein der Taschenlampe sah er Scheffelkörbe und Regale mit staubigen Einweckgläsern. Er durchsuchte die Ecke mit den Körben und fand ein Loch im Lehmboden – genau wie es Lilly Thorn in ihrem Tagebuch beschrieben hatte.

Er kehrte zu den dunklen Blutflecken zurück und folgte ihnen, bis sie vor einem vor der Wand aufgestellten Schrankkoffer endeten. Der Koffer war fest verschlossen. Die Bestie konnte sich unmöglich darin versteckt haben.

Dann ertönten zwei weit entfernte Schüsse. Erst war er besorgt, doch dann vermutete er, dass Donna mit seinem Gewehr geschossen hatte, um die Aufmerksamkeit der Sanitäter und Polizisten auf sich zu lenken.

Jud legte die Taschenlampe auf den Boden und steckte den Colt in eine Tasche seines Parkas. Dann schob er die Finger zwischen Koffer und Wand und zog. Mit einem knirschenden, kratzenden Geräusch löste sich der Koffer von der Wand. Von der Rückseite des Koffers baumelte ein mit frischem Blut verschmiertes Seil, das in einem Loch in der Wand verschwand. Jud nahm die Taschenlampe in die Hand und stieg in den Tunnel hinab.

6

Sobald Donna begriffen hatte, dass Larry tot war, rannte sie zur Vordertür des Hauses. Mit zwei Schüssen zerstörte sie das Schloss und warf ihre Schulter so lange gegen das massive Holz, bis die Tür aufsprang. Dann betrat sie die Eingangshalle. »Jud?«, rief sie.

Keine Antwort. Sie hörte überhaupt nichts. Noch einmal rief sie nach ihm, lauter diesmal. Wieder keine Antwort.

Sie hängte sich das Gewehr um die Schulter, zog die Leuchtfackel aus der Tasche und drehte die Verschlusskappe ab. Mit der Reibefläche auf der Rückseite der Kappe rieb sie an der Fackel. Beim zweiten Versuch erwachte die Fackel stotternd zum Leben. Die grelle, blauweiße Flammenzunge erhellte die Eingangshalle und den größten Teil der Treppe. Langsam ging sie die Stufen hinauf und hielt selbst dann nicht inne, als sie die Leichen im Korridor erblickte: Roy mit dem Gesicht zum Boden, sein Genick ein blutiger Brei, und eine seltsame weiße Kreatur, die auf seinem Rücken lag. Als sie den blutigen, kopflosen Stumpf bemerkte, würgte sie und musste sich übergeben.

Aber sie ging weiter den Korridor entlang, bis sie Maggies Schlafzimmer erreicht hatte. »Jud«, rief sie. Keine Antwort. Auch in Lillys Zimmer war er nicht zu finden.

Sie kehrte zur Treppe zurück. Obwohl die Bestie tot zu ihren Füßen lag, zögerte sie und hatte Angst, die anderen Räume zu betreten. »Jud«, rief sie. »Wo bist du?«

Schnell ging sie den Korridor hinunter und umrundete die Stuhlabsperrung, hinter der in nicht allzu ferner Zukunft die Wachsfiguren der Zieglers aufgestellt werden würden. Am Ende des Flurs betrat sie den Raum zu ihrer Linken. Die Fackel warf flackerndes Licht auf das Schaukelpferd, die beiden Betten und die Wachsfiguren von Lilly Thorns abgeschlachteten Kindern. »Jud?«, fragte sie leise. Nichts rührte sich.

Wieder durchquerte sie den Korridor und rüttelte am Griff der Kinderzimmertür. Als die Tür nicht nachgab, erinnerte sie sich, dass Maggie diesen Raum immer verschlossen hielt. Sie trat zweimal dagegen. »Jud? Verdammt.« Sie lehnte die Fackel gegen die Wand, und die Tapete darüber kräuselte sich rußgeschwärzt zusammen. Sie nahm das Gewehr in die Hand und schoss auf den Türriegel, lud nach und rammte die Schulter gegen die Tür. Sie sprang auf.

»Jud?«, rief sie und betrat mit der Fackel in der Hand den Raum. Sie sah eine leere Wiege, einen Laufstall und ein Puppenhaus, das ihr fast bis zur Hüfte reichte, dazu Eimer, einen Wischmopp, drei Besen, eine Teppichkehrmaschine und einen Tisch, auf dem Schwämme, Lappen, Holzpolitur, Bodenreiniger und Glaspolitur herumstanden. Offensichtlich war das Kinderzimmer zu Axels Besenkammer umfunktioniert worden.

Donna rannte zu den Leichen zurück und spähte durch die weit offen stehende Tür zum Dachboden. »Jud?«

Sie stieg die steilen Stufen hinauf. Die Wände schienen sie förmlich zu erdrücken. Vor der Tür zum Speicher hielt sie inne. »Jud? Jud, bist du da drin?«

Gebückt ging sie durch den niedrigen Eingang. Im Schein der Fackel sah sie einen Schaukelstuhl, einen einfüßigen Tisch, mehrere Lampen und ein Sofa. Sie zwängte sich zwischen Tisch und Sofa hindurch und stand vor einem Webstuhl. Dann stieg sie über einen aufgerollten Teppich und hätte beinahe auf eine Hand getreten.

Donna hielt sich an einem Stuhl fest, wirbelte herum und sah weit aufgerissene Augen, abstehendes Haar, eine zerfetzte Schulter und zerrissene Brüste.

Gott sei Dank. Es war nicht Jud.

Es war Mary Ziegler.

Von Marys rechtem Bein waren von den Zehen bis zur Hüfte nur mehr Knochen übrig. Donna wandte sich ab, krümmte sich zusammen und übergab sich noch einmal. Ihr bereits leerer Magen krampfte sich schmerzhaft zusammen. Sie wischte sich die Tränen aus den Augen und wollte zur Tür zurück.

Als sie wieder über den Teppich gestiegen war, fiel die Tür krachend ins Schloss.

Kapitel fünfundzwanzig

1

Kriechend arbeitete sich Jud immer weiter in den Tunnel vor und versuchte, die klaustrophobische Panik zurückzudrängen, die in ihm aufstieg. An manchen Stellen wurde der Tunnel von Brettern gestützt – eindeutig das Werk eines Menschen.

Vielleicht von Wick Hapson. Oder von Axel Kutch.

Noch bevor er den Tunnel betreten hatte, wusste er, wo er hinführte. Seine Länge hatte er jedoch unterschätzt. Aus irgendeinem Grund war der Tunnel nicht gerade, sondern schlängelte sich wie ein Fluss durch Schleifen und Haarnadelkurven. Jud erreichte eine Abzweigung und entschied sich für den linken Gang. Nach einer Kurve vereinigten sich die beiden Stollen wieder und führten weiter in westliche Richtung.

Vor jeder Biegung verkrampfte sich sein Finger unwillkürlich um den Abzug, bereit für einen Überraschungsangriff der verwundeten Bestie. Doch es folgten immer nur weitere Tunnel und Kurven.

Bald fragte er sich, ob er die richtige Abzweigung verpasst hatte. Unwahrscheinlich. Und doch …

Er trat um eine weitere Biegung und fand sich in einem mit blauem Teppich ausgelegtem Kellergewölbe wieder, in dem Kissen und Polster herumlagen. Die Bestie war in einer Ecke des Raums.

Jud ging auf sie zu. Die Kreatur lag auf dem Rücken, die weißen Arme hielten ein Kissen an die Brust gedrückt. Aus einem Mundwinkel hing eine lange, spitze Zunge. Jud kniete sich neben die Bestie und tippte mit dem Lauf der Waffe gegen ihre Schnauze.

Tot.

Der Unterleib der Kreatur war völlig mit Blut bedeckt. Zu seiner Überraschung und seinem Ekel musste Jud feststellen, dass Lilly Thorns Beschreibung des Geschlechtsorgans durchaus korrekt war.

Dann ging er die Stufen zur Küche des fensterlosen Hauses hinauf.

2

Axel Kutch hatte sich wie ein Ringer vor der Speichertür aufgebaut und grinste Donna an. Sein kahler Kopf spiegelte den Schein der Fackel wider. Seine Schultern, die Arme, Brust und Bauch waren mit dicken schwarzen Locken bedeckt – nur sein dicker, glänzender und erigierter Penis war vollkommen haarlos.

»Zurück.«

Er schüttelte den Kopf.

Donna machte eine drohende Bewegung mit der Fackel und versuchte, das Gewehr von ihrer Schulter zu reißen.

Eine zweifingrige Hand packte ihr Handgelenk und verdrehte es. Donna ließ die Fackel fallen, doch Axel riss weiter an ihrem Arm, bis sie das Gleichgewicht verlor und auf den Rücken fiel. Er landete einen Tritt in ihre Seite, hob die Fackel auf und klemmte sie neben Donnas Kopf zwischen zwei Sofakissen. Dann setzte er sich auf ihren Bauch und presste ihre Arme gegen den Boden.

»Du bist schön«, sagte er.

Sie versuchte verzweifelt, ihre Arme zu befreien.

»Halt still«, sagte er.

»Runter von mir!«

»Halt still!«

Er beugte sich vor und presste seinen Mund auf den ihren. Sie biss in seine Lippe und schmeckte salziges, warmes Blut. Trotzdem hörte er nicht auf, sie zu küssen. Noch einmal biss sie mit aller Kraft zu und durchtrennte das Fleisch seiner Lippen. Grunzend riss er sich los und schlug ihr mit dem Handrücken ins Gesicht.

Halb benommen versuchte Donna, ihn von sich wegzustoßen. Er packte ihren Arm und schlug ihr zwei weitere Male ins Gesicht.

Jeder Hieb war eine betäubende Explosion des Schmerzes. Am Rande der Bewusstlosigkeit merkte Donna, wie er ihre Bluse aufriss. Knöpfe rollten über den Boden, und sie spürte die grobe Berührung seiner Hände. Sie fand keine Kraft, ihre Arme zu heben. Er zog an ihrem BH, riss an den Trägern, bis Donna die kühle Luft auf ihren Brüsten spürte. Axel quetschte sie. Der Schmerz half, ihre Sinne zu klären. Sie spürte seinen saugenden Mund. Dann zerrte er an ihrem Gürtel.

Jetzt konnte sie wieder die Arme bewegen. Sie öffnete die Augen und sah Axel vor sich knien und sich an ihrer Hose zu schaffen machen.

Sie streckte den Arm hinter dem Kopf aus, packte die Fackel und rammte das brennende Ende in einer schnellen Bewegung in Axels linkes Auge.

Er kreischte, und der Raum versank in Dunkelheit. Sie drückte die Fackel immer tiefer hinein, bis warme Flüssigkeit über ihre Hand lief. Axels Körper wurde von Todeskrämpfen geschüttelt. Sie stieß ihn von sich.

3

Blaues Licht schien aus dem Wohnzimmer. Jud näherte sich leise und spähte um die Ecke. Der Anblick, der sich ihm bot, ließ ihn zurückschrecken. Die Eingangstür zu seiner linken war nur ein paar Meter entfernt.

Die Kreatur unter Maggie würde sich nicht so schnell auf ihn stürzen können. Die Bestie hinter ihr würde ihn nicht bemerken. Doch das andere Monstrum, das vor ihrem Kopf kniete, sah genau in seine Richtung. Er würde es unmöglich unbemerkt zur Tür schaffen.

Mit dem Rücken zur Wand lauschte er ein paar Sekunden dem Grunzen und Schmatzen. Maggie keuchte. Der Heftigkeit der Geräusche nach zu urteilen würden sie wohl jeden Augenblick zum Ende kommen.

Und dann wären seine Chancen zur Flucht …

Flucht?

Gottverdammt, hatte er denn vergessen, wozu er gekommen war?

Er war gekommen, um die Bestie zur Strecke zu bringen.

Sie davon abzuhalten, weiter zu morden.

Nur, dass es sich nicht um eine, sondern um fünf Bestien handelte. Doch das änderte nichts an seiner Mission. Es änderte nichts daran, dass sie sterben mussten. Im Gegenteil.

Judgment Rucker stieß sich von der Wand ab, ging in die Hocke und feuerte. Eine der Bestien kreischte auf, als sich die Kugel in ihren Kopf bohrte. Das Vieh taumelte nach hinten, wobei sein Penis aus Maggies Mund rutschte und es auf ihr Gesicht und in ihr Haar ejakulierte.

Die Bestie hinter Maggie sah auf. Eine Kugel bohrte sich in ihr rechtes Auge. Sie sackte auf Maggies Rücken zusammen.

Jud stellte das Feuer ein. Maggie warf das tote Monstrum von ihrem Rücken und legte sich auf die Seite, so dass ihr Körper das verbliebene Ungeheuer schützte.

Langsam stand sie auf, wobei sie darauf achtete, Juds Schussbahn weiterhin zu blockieren.

»Bastard«, schrie sie. »Was glaubst du, wer du bist? Du Arschloch! Kommst hier hereingeschlichen und erschießt meine Lieblinge!«

Sie humpelte auf ihn zu. Das Bein, das sie hinter sich herschleifte, war wohl schon vor vielen Jahren angefressen worden und nur schlecht verheilt. Ihre alten, baumelnden Brüste waren mit Narben und frischen, blutenden Schnitten bedeckt. Blut lief an ihrer zerfetzten Schulter und ihrem Hals hinunter. Jetzt war Jud klar, weshalb sie in der Öffentlichkeit einen Schal trug.

»Halt«, sagte er.

»Bastard!«

»Verdammt noch mal, ich werde Sie erschießen!«

»Nein, das werden Sie nicht.«

Plötzlich hörte er ein Knurren hinter seinem Rücken. Er wirbelte herum und feuerte auf die Gestalt, die auf ihn zusprang. Die andere Bestie sprang hinter Maggie hervor und bohrte ihre Klauen in seinen Rücken. Jud drehte sich ein weiteres Mal um und zog die Machete aus dem Gürtel. Noch bevor die Krallen wieder zuschlagen konnten, hatte er den Arm der Kreatur abgetrennt. Er schoss ihr einmal in die Brust, richtete dann die Waffe auf die Bestie, die hinter dem Geländer hervorgesprungen kam, und jagte ihr drei Kugeln in den Leib. Sie sackte zusammen.

Maggie ließ sich neben der Kreatur auf die Knie fallen. Sie umarmte den weißen Körper. »Xanadu. Xanadu, ach, Xanadu!«, jammerte sie. Ihr Rücken war eine missgestaltete Masse aus Narbengewebe und blutigen Schnitten.

»Oh Xanadu«, schluchzte sie mit dem Kopf der toten Bestie in ihrem Schoß.

»Gibt es noch mehr?«, fragte Jud.

Maggie antwortete nicht. Sie schien ihn überhaupt nicht wahrzunehmen.

Er umrundete sie und Xanadus Leichnam, dann näherte er sich der Treppe. Aus dem Korridor im ersten Stock drang schwaches blaues Licht. Leise stieg er die Treppe hinauf.

4

Donna taumelte die Verandatreppe hinunter. Sie musste sich an einem Geländerpfosten festhalten, um nicht hinzufallen. Das Gewehr rutschte von ihrer Schulter. Der Walnussholzschaft schlug gegen das Geländer. Hoffentlich war er nicht verkratzt.

Sie fragte sich, ob sich Jud über einen Kratzer im Holz aufregen würde. Männer konnten in solchen Dingen ziemlich heikel sein.

Wenn sie Jud überhaupt wiedersah.

Wo konnte er nur stecken …

Ein weit entfernter Schuss unterbrach ihre Gedanken und beantwortete die Frage.

Drei weitere, von den Ziegelmauern des fensterlosen Hauses gedämpfte Schüsse ertönten in schneller Reihenfolge.

Sie rannte los. Das Gewehr schlug gegen ihr Bein. Ohne langsamer zu werden, packte sie es fest mit beiden Händen und hielt es vor ihren Körper gerichtet.

In dem Chrysler zu ihrer Rechten konnte sie Sandys Kopf erkennen. Das Mädchen war in Sicherheit.

Ungeschickt kletterte Donna über das Drehkreuz, überquerte die Straße und rannte den Feldweg hinauf. Vergeblich versuchte sie sich zu erinnern, ob der Hahn der Waffe gespannt war. Während sie lief, fummelte sie am Bolzen herum. Eine unbenutzte Patrone schoss heraus und traf sie an der Unterlippe. Sie blinzelte die Tränen aus den Augen und lud eine weitere Kugel in die Kammer.

Als sie sich dem Haus näherte, verlangsamte sie ihren Schritt. Sie nahm das Gewehr in die rechte Hand und stützte es an ihrer Hüfte ab. Nachdem sie das Fliegengitter geöffnet hatte, rüttelte sie am Türknauf. Die Tür war abgeschlossen. Das Fliegengitter schwang zurück und prallte gegen ihre Schulter.

Verdammt!

Dann zielte sie auf das Türschloss.

Das wird ja langsam zur lieben Gewohnheit, dachte sie.

Und dieser Gedanke amüsierte sie nicht im Geringsten.

5

Vorsichtig betrat Jud das Schlafzimmer. Über die Spiegel konnte er jede Ecke des Raums einsehen. Keine Bestie. Er spähte in den offenen Kleiderschrank. Sobald er sich davon überzeugt hatte, dass nichts daraus hervorspringen würde, näherte er sich dem Bett.

Wick Hapson, nur mit einer Lederweste bekleidet, lag bäuchlings auf den Laken. Seine weit gespreizten Arme und Beine waren mit Ketten an die Bettpfosten gefesselt.

Jud kniete sich vor ihm nieder und sah ihm in die Augen. Sie waren vor Schreck weit aufgerissen. Seine Lippen zitterten. »Bitte töten Sie mich nicht«, sagte er. »Um Gottes willen, es ist nicht meine Schuld. Ich hab nur mitgemacht. Wirklich, *ich habe nur mitgemacht*!«

Als Jud den Raum verließ, hörte er von unten einen Schuss.

6

Donna ließ den Bolzen zurückschnellen und sah, dass sich keine weitere Kugel mehr im Magazin befand. Sie dachte an die scharfe Patrone, die sie in der Einfahrt verloren hatte. Die würde sie sicher nicht mehr finden.

Nun gut. Es musste ja niemand wissen, dass das Gewehr leer war.

Sie stieß die Tür auf und sprang zurück, als sie zwei der grässlichen Bestien sah, die ausgestreckt vor der Treppe lagen. Ihre glänzende Haut schimmerte in fahlem Blau. In der Nähe der Wand lag ein abgetrennter Arm.

Sie stieg über sie hinweg und warf einen Blick ins Wohnzimmer.

»Jud?«, rief sie.

»Donna! Verschwinde! Schnell!«

Seine Stimme kam aus dem ersten Stock.

7

Verflucht! In seinem Kopf herrschte Chaos. Was hatte Donna hier zu suchen?

Er lief zu dem Raum, in dem Larry und er an diesem Nachtmittag das Schnarchen gehört hatten. Durch den Türspalt schimmerte blaues Licht. Er trat die Tür auf, sprang in den Raum und sah in der Ecke eine zusammengekauerte Gestalt.

Sein Finger löste sich vom Abzug.

Im Zwielicht erkannte er dunkles Haar, das ihr über die Schultern hing. Sie trug etwas in ihren Armen. Ein Baby. Laut schmatzend sog es an ihrer Brust.

Jud stöhnte auf und trat zurück.

8

Als Donna die oberste Stufe erreicht hatte, humpelte ihr die nackte, mit Wunden übersäte Maggie Kutch entgegen.

»Mom!«

Donna wirbelte herum. Sandy stand tränenüberströmt in der Eingangshalle und sah zu ihr auf. Schnell wandte sich Donna wieder Maggie zu. Die alte Frau schwang ein Fleischermesser. Donna legte mit dem leeren Gewehr auf sie an. »Fallen lassen«, rief sie.

9

Jud drehte sich um, sah Maggie vor sich und wollte die Waffe auf sie richten. Das Messer sauste auf ihn herab.

Er war überrascht.

Er konnte es nicht glauben.

Die blitzende, lange Klinge bohrte sich bis zum Anschlag in seine Brust.

Das kann sie doch nicht tun, dachte er.

Er versuchte, abzudrücken.

Seine Finger wollten sich nicht bewegen.

Unmöglich!

Kapitel sechsundzwanzig

Joni lag in der dunklen Kälte unter dem letzten Bungalow. Sie hatte die Knie fest an ihre Brust gepresst und biss die Zähne zusammen, damit sie nicht klapperten.

Hier würde sie der Mann niemals finden.

Niemals.

Vor langer Zeit, als sie geflohen war, hatte er nicht einen Blick unter den Bungalow geworfen. Aber vielleicht kam er ja zurück.

Sie traute sich nicht, sich zu bewegen.

Äste und Steine bohrten sich in ihre Haut, aber sie gab keinen Mucks von sich. Ab und an krabbelte Ungeziefer über sie hinweg. Sie stellte sich vor, dass es nur Marienkäfer wären, und kümmerte sich nicht darum.

Am schlimmsten war die Kälte. Sie zitterte vor Kälte. Und wenn sie zu stark zitterte, konnte sie der Mann womöglich hören und wieder einfangen.

So verging eine lange Zeit.

Dann hörte sie ein Rascheln. Ein Tier.

Sie hielt den Atem an und hörte ein leises Miauen.

Die Katze schmiegte sich in der Finsternis an ihren Körper. Sie war pelzig und warm und schnurrte wie ein Motor.

»Mietzekatze«, flüsterte sie und streichelte sie.

Sie nahm die Katze in die Arme und drückte sie leicht gegen ihre Brust. Sie schnurrte so laut, dass Joni befürchtete, der Mann könnte sie hören. Schon bald hatte sie aufgehört zu zittern.

Ein Geräusch von oben erschreckte die Katze. Sie sprang auf und verschwand.

Die Bungalowtür schwang auf. Nackte Füße kamen die Verandatreppe hinunter.

»Hey«, rief sie.

Die Füße blieben stehen.

»Hey, du.«

Die Füße drehten sich um. Das andere Mädchen kniete nieder und warf einen Blick unter den Bungalow. »Bist du da unten?«

»Ja.«

»Willst du da übernachten?«

»Ist er weg?«

»Ja, glaub schon. Hab seit Stunden nichts von ihm gehört. Hat bis gerade gedauert, bis ich mich losmachen konnte.«

Auf allen vieren kroch Joni durch die Dunkelheit auf ihre wartende Freundin zu.

Epilog

»Wann nehmen sie uns denn endlich die Ketten ab?«

»Wenn wir nicht mehr weglaufen wollen«, sagte Donna.

»Ich will ja gar nicht weglaufen.«

Donna spähte in die Dunkelheit. Sie konnte kaum ihre Tochter ausmachen, die zwischen den Kissen saß. »Ich schon. Ich würde sofort weglaufen.«

»Warum?«

»Weil wir Gefangene sind.«

»Gefällt dir das nicht?«, fragte Sandy.

»Nein.«

»Magst du Rosy nicht?«

»Doch. Aber sie ist so hässlich wie Axel.«

»Klar. Sind ja auch Zwillinge.«

»Sie hat nicht alle Tassen im Schrank.«

»Stimmt.«

»Wen magst du lieber, Seth oder Jason?«

»Keinen von beiden.«

»Ich mag Seth lieber«, sagte Sandy.

»Aha.«

»Willst du gar nicht wissen, warum?«

»Nein.«

»Ach Mami. Du bist nur sauer, weil Jud tot ist. Dabei war das doch Maggie. Und verdient hatte er's auch.«

»Sandy!«

»Sieh dir nur an, wie viele er umgebracht hat. Sechs! Mann, er hatte es echt verdient. Er hätte noch Schlimmeres verdient gehabt.«

»Verflucht, halt den Mund!« Donna schämte sich, so mit ihrer Tochter zu reden.

»Zumindest hat er Seth und Jason nicht erwischt«, sagte Sandy.

»Schade aber auch.«

»Das sagst du nur, weil du alles verderben willst. Aber du magst sie. Ich weiß das. Ich bin nicht taub.«

»Auf jeden Fall liege ich nicht gern in Ketten im Dunkeln. Das gefällt mir überhaupt nicht. Und das Essen ist ekelhaft.«

»Maggie lässt dich sicher was kochen, wenn du sie fragst. Wick hat gesagt, ich darf mit ihm zum Einkaufen nach Santa Rosa fahren. Wenn sie uns mehr vertrauen, dürfen wir bestimmt noch viele andere Sachen machen.«

»Ich würde gern mal wieder die Sonne sehen.«

»Ich auch. Mom?«

»Ja?«

»Glaubst du immer noch, dass du schwanger bist?«

»Ja.«

»Und wessen Baby ist es? Jasons, wette ich.«

»Keine Ahnung.«

»Ich möchte mal ein Baby von Seth haben.«

»Still jetzt. Ich glaube, sie kommen.«

DAS HORRORHAUS

31. März 1979

Mr Gorman Hardy
Schriftsteller
Verlagshaus Baylor & Jones
1226 Avenue of the Americas
New York, NY 10020

Sehr geehrter Mr Hardy,

soeben habe ich Ihr Buch *Der Schrecken von River Falls* fertiggelesen. Mit diesem Bestseller müssen Sie ein Vermögen verdient haben. Da es ja auf einer wahren Geschichte basieren soll, möchte ich hiermit anfragen, ob Sie nicht Interesse hätten, über eine weitere wahre Begebenheit zu schreiben, die noch viel grausamer ist als die, die sie in Ihrem Buch beschreiben. Ich kann Ihnen garantieren, dass mir nur beim Gedanken daran die Haare zu Berge stehen, und ich bin weiß Gott nicht so leicht aus der Fassung zu bringen.

Es geht um ein bestimmtes Haus in dem Ort, in dem ich lebe. Es ist jedoch kein Spukhaus. Stattdessen geht dort ein *Ding* um, das in den letzten hundert Jahren mindestens fünfzehn Menschen umgebracht hat. Die Opfer wurden abgeschlachtet, regelrecht zu Hackfleisch verarbeitet.

Ich glaube, dass Sie ein fantastisches Buch daraus machen könnten.

Wenn Sie Interesse haben, so lassen Sie es mich sofort wissen, sonst suche ich mir jemand anderen. Aber ich glaube, dass Sie genau der Richtige für diese Geschichte sind. Das Buch könnte den Titel *Der Schrecken von Malcasa Point* tragen. Dort wohne ich und das ist auch der Ort, an dem sich das Haus befindet, in dem das Ungeheuer umgeht. Das Gebäude ist weit und breit als das Horrorhaus bekannt. Vielleicht haben Sie ja schon einmal davon gehört.

Aber nun zu meiner Geschichte. Mir fiel ein sehr altes Dokument in die Hände: ein Tagebuch, das eine gewisse Lilly Thorn im Jahre 1903 geschrieben hat. Ich arbeite im Hotel meiner Eltern und fand das Tagebuch unter mysteriösen Umständen beim Saubermachen in einem der Zimmer. Niemand weiß, dass es in meinem Besitz ist. (Außer Ihnen natürlich. Sie müssen mir versprechen, niemandem davon zu erzählen. Wenn gewisse Leute davon erfahren, stecke ich bis zum Hals ~~in der Sch~~ in Schwierigkeiten. Das meine ich ernst. Es geht um mein Leben.)

Dieses Tagebuch ist *heiße Ware*. Lilly Thorn, die Frau, die es geschrieben hat, war die Erste, die je im Horrorhaus gewohnt hat, und sie beschreibt lang und breit, wo das Ungeheuer herkommt, wie es aussieht und so weiter. Einfach *alles*. Ob Sie es glauben oder nicht – sie hatte sogar Geschlechtsverkehr mit dem Ding. Und das nicht nur einmal, sondern andauernd. Sie konnte gar nicht genug davon kriegen. Ich lege die Kopie einer Seite bei, damit Sie sich davon überzeugen können, dass es wirklich ziemlich schlüpfriges Zeug ist. Außerdem geht es in dem Tagebuch um die ersten Morde. Sie werden sehen, dass bei der Führung durch das Horrorhaus keinesfalls die Wahrheit erzählt wird!

Also, wenn Sie an einem weiteren Bestseller interessiert sind, lassen Sie es mich wissen. Dann machen wir halbe-halbe.

Mit freundlichen Grüßen,

Janice Crogan
Welcome Inn
Malcasa Point, CA 95405

PS: Im Vergleich zu diesem Ding ist Ihr Geist von Black River Falls ein echtes Weichei.

Auszug aus dem Tagebuch, das ich gefunden habe:

Dann trat er hinter mich. Seine Klauen in meinem Rücken zwangen mich in die Knie. Ich spürte die glitschige Wärme seines Fleisches und erkannte mit einem Mal, was er mit mir vorhatte. Diese Vorstellung widerte mich an, doch gleichzeitig war ich von seinen Berührungen auf das Seltsamste erregt.

Er nahm mich von hinten, eine für Menschen ungewöhnliche, bei niederen Tieren jedoch sehr verbreitete Manier. Bei der ersten Berührung mit seinem Organ durchfuhr mich große Furcht. Ich bangte nicht um die Unversehrtheit meines Leibes, sondern um meine unsterbliche Seele. Doch ich ließ es geschehen. Nun weiß ich, dass ich ihn ohnehin niemals davon hätte abhalten können, mir seinen Willen aufzuzwängen. Aber ich machte nicht einmal Anstalten, mich ihm zu entziehen. Im Gegenteil, freudig erwiderte ich sein Eindringen, als hätte ich seine gewaltige Pracht in meinem Körper vorhergesehen.

Herr im Himmel, wie er mich zerrüttet hat! Seine Klauen zerrissen mein Fleisch! Seine Zähne bohrten sich in meine Haut! Sein erstaunliches Organ bedrängte meinen sanften Bauch. So brutal er in seiner Wildheit ist, so edel ist er doch in seinem Herzen.

Als wir erschöpft auf dem Kellerboden lagen, wurde mir bewusst, dass kein Mann

PS: Habe ich Ihnen zu viel versprochen?

GORMAN HARDY
Postfach 253
Cambridge, 03138 Massachusetts

3. Juni 1979

Miss Janice Crogan
Welcome Inn
Malcasa Point, CA 95405

Liebe Janice,

zunächst einmal muss ich mich entschuldigen, dass ich Ihren Brief erst jetzt beantworte. Leider hat mir mein Verlagshaus Ihr Schreiben vom 31. März gerade erst zukommen lassen.

Seit der Veröffentlichung von *Der Schrecken von Black River Falls* wurde ich mit Fanbriefen förmlich überschüttet. Ein nicht unerheblicher Teil davon beinhaltete Vorschläge für einen weiteren Bestseller. Die meisten davon waren wüster Schund, Ihr Anliegen jedoch weckte meine Neugier.

Leider fand ich bei einer ersten Recherche nur wenige Informationen dieses sogenannte »Horrorhaus« betreffend. Durch das Studium mehrerer Reiseführer fand ich heraus, dass ein solcher Ort in Malcasa Point existiert, dass dort angeblich mehrere Morde geschahen und dass auch Führungen durch dieses Haus angeboten werden. Auch wenn diese Informationen dürftig sind, bestätigen sie doch die Behauptungen, die Sie in Ihrem Brief aufstellen.

Die Kopie der Tagebuchseite, die Sie mir freundlicherweise zukommen ließen, erregte mein Interesse aufs Äußerste. Sollte dieses Tagebuch authentisch sein und noch dazu genug Material von jener Qualität beinhalten, die Sie so eindrücklich beschreiben, könnte es durchaus eine Basis für eine eingehendere Untersuchung dieses »Horrorhauses« darstellen.

Natürlich ist es unabdingbar, dass mir das komplette Tagebuch vorliegt, bevor ich eine irgendwie geartete Verpflichtung Ihnen gegenüber eingehen kann. Anbei finden Sie einen Scheck über zwanzig Dollar, der Ihre Ausgaben für Fotokopien und Versand decken sollte.

Mit freundlichen Grüßen,
Gorman Hardy

11. Juni 1979

Gorman Hardy
Postfach 253
Cambridge, Massachusetts 03138

Lieber Mr Hardy,

hiermit schicke ich Ihnen Ihren Scheck zurück. Es freut mich, dass Sie an meiner Geschichte interessiert sind und bin mir auch ziemlich sicher, dass Sie nicht versuchen wollen, mich übers Ohr zu hauen. Trotzdem werde ich Ihnen auf keinen Fall das ganze Tagebuch schicken. Ich bin ja nicht blöd! Das klingt vielleicht ein bisschen paranoid, aber ich will eine schriftliche Vereinbarung, bevor ich Ihnen mehr davon zeige. Ich denke, fifty-fifty wäre fair. Schließlich war es meine Idee, und ohne das Tagebuch haben Sie nichts in der Hand.

Mit freundlichen Grüßen,
Janice Crogan

GORMAN HARDY
Postfach 253
Cambridge, 03138 Massachussets

16. Juni 1979

Miss Janice Crogan
Welcome Inn
Malcasa Point, CA 95405

Liebe Janice,

offen gesagt bin ich von Ihrer Antwort etwas enttäuscht. Natürlich verstehe ich, dass Sie zögern, einem Ihnen völlig Fremden besagtes Tagebuch zu überlassen. Im Laufe meiner fast zwanzig Jahre währenden Karriere als professioneller Autor wurde ich mehr als einmal auf übelste Weise hintergangen – und nicht nur von Fremden, sondern auch von Menschen, die ich für meine Freunde hielt. Man kann nie vorsichtig genug sein.

Obwohl ich nicht davon überzeugt bin, dass jetzt der geeignete Zeitpunkt ist, Vereinbarungen irgendwelcher Art zu treffen, will ich Ihnen trotzdem versichern, dass ich nach wie vor großes Interesse für dieses Projekt hege.

Am letzten Augustwochenende findet ein Kongress der National Library Association in San Francisco statt, an dem ich teilnehmen werde. Wenn Ihnen dieser Termin genehm ist, würde ich vorschlagen, Sie nach dem Kongress in Malcasa Point aufzusuchen, um das weitere Vorgehen zu besprechen, das Tagebuch einzusehen und mit ersten Recherchen zu beginnen.

Mit freundlichen Grüßen,
Gorman Hardy

Kapitel eins

»Was du brauchst«, sagte Nora, »ist ein ordentlicher Fick.«

»Verstehe.«

»Sieh dich um, such dir einen aus. Du bist mit Abstand das schärfste Mädel hier.«

Tyler verzichtete darauf, sich umzusehen. Stattdessen nippte sie an ihrem Baileys.

»Das meine ich ernst«, sagte Nora.

»Du bist doch betrunken.«

»Aber das sehe ich ganz klar. Du brauchst einen ordentlichen Fick. Seit wir in San Francisco sind, jammerst du andauernd nur herum. Scheiße, wenn du keine Lust auf diesen Kongress hast, hättest du zu Hause bleiben sollen.«

»Ich hatte ja nicht die geringste Ahnung, dass es so schlimm kommen würde.«

»Wen hast du erwartet, Siegfried und Roy? Solche Kongresse sind immer stinklangweilig. Was willst du von einem Haufen Bücherwürmer erwarten?«

»Den Kongress habe ich nicht gemeint.«

»Was dann?«

»Die Stadt.«

»Was ist damit? Sie ist wundervoll.«

»Ich weiß.«

»Bist du sauer, weil die Cablecar nicht fährt?«

»Ja, genau.« Tyler versuchte zu lächeln. Ohne Erfolg.

»Sag schon, was ist los mit dir? Spuck's aus.«

»Ich fühle mich einfach beschissen, das ist alles.«

»Wie beschissen?«

»Beschissen einsam.« Tyler wandte sich von Nora ab und starrte auf die Kerze vor sich. Die Flamme verschwamm, als Tränen in ihre Augen schossen. Sie wischte sich mit dem Handrücken über die Augen und nahm noch einen Schluck von ihrem Sahnelikör. »Diese verdammte Stadt«, sagte sie. »Ich dachte, ich wäre drüber weg, aber … überall wo ich hingehe, alles, was ich sehe, erinnert mich an ihn.«

»An einen Verflossenen?«

Tyler nickte. »Einmal hat er mich sogar hierher ins Hyatt ausgeführt, um mir die rotierende Bar zu zeigen. Wir haben Margaritas getrunken. Dann sind wir nach North Beach in den Buchladen, den ich dir gestern gezeigt habe.«

»Wann war das?«

»Vor ungefähr fünf Jahren. Da habe ich noch an der Uni hier studiert. Dan, so hieß er. Dan Jenson. Er war aus Mill Valley in Marin County. Ich hab ihn auf dem Dipsey-Wanderweg getroffen.«

»Was ist denn der Dipsey-Wanderweg?«

»Er führt von Mill Valey über die Hügel um Mount Tam bis nach Stinson Beach. Jedenfalls sind wir uns begegnet, als ich gerade auf einer Wandertour mit meiner damaligen Zimmergenossin war. Er trainierte damals für den jährlichen Marathon …«

»Und es war Liebe auf den ersten Blick?«

»Er ist direkt in mich reingelaufen«, sagte Tyler. Bei der Erinnerung daran erschien ein Lächeln auf ihren Lippen. »Und dafür habe ich ihn wüst beschimpft. Nein, es war nicht gerade Liebe auf den ersten Blick – fünf, sechs Minuten hat es schon gedauert.«

»Und, beruhte es auf Gegenseitigkeit?«

»Ich denke ja.«

»Und was ist … Oh, nein.« Nora wirkte mit einem Mal betroffen. »Ist er gestorben?«

»Nein. Ich ging nach Los Angeles, um meinen Doktor zu machen, und er hatte seinen Job in Mill Valley. Ich wollte meine Ausbildung nicht abbrechen, und er wollte seinen Arbeitsplatz nicht aufgeben. So einfach war das.«

»Mann, das kann ich einfach nicht glauben. Ihr habt eure Beziehung einfach so weggeworfen?«

»Wir wollten beide Karriere machen. Ich hab ihm gesagt, dass er überall als Polizist arbeiten könnte, aber … er war ziemlich stur. Und ich genauso.«

»Und das war's dann?«

»Ich habe ihm einen Brief geschrieben, den er nie … So wie er es aufgefasst hat, war ich an allem Schuld. Wenn es nach ihm gegangen wäre, hätte ich alles stehen und liegen lassen und ihn heiraten sollen.«

»Oh Gott, er hat dir einen *Antrag* gemacht?«

»Genau.«

»Mann.«

»Und weißt du was?«

»Was?«

»Ich bin jetzt sechsundzwanzig, habe einen Job, für den die Hälfte der Leute auf diesem Kongress töten würden, und trotzdem denke ich, dass es der größte Fehler meines Lebens war, Dan zu verlassen.«

»Ist dir diese Erkenntnis gerade erst gekommen?«

»Diese Erkenntnis habe ich schon lange, aber ich dachte, ich würde einfach jemand anderen kennen lernen.«

»Hast du aber nicht.«

»Jedenfalls habe ich mich nicht verliebt.«

»Und was wirst du jetzt tun?«

»Was *kann* ich schon tun? Ich habe meine Wahl bereits vor fünf Jahren getroffen. Jetzt muss ich damit leben.«

»Nicht unbedingt.«

»Tja, da wäre immer noch die Golden Gate Bridge. Sie ist ganz in der Nähe.«

»Darüber solltest du keine Scherze machen«, sagte Nora.

»Manchmal … ach Scheiße«, murmelte sie und brach erneut in Tränen aus. »Manchmal denke ich … dass ich mein Leben weggeworfen habe.«

»Hey, hey.« Nora griff über den Tisch und nahm ihre Hand. »Das ist doch kein Weltuntergang. Hör dir meinen Vorschlag an: Wenn du immer noch so viel für ihn empfindest, warum gibst du ihm nicht eine zweite Chance? Mill Valley ist doch hier ganz in der Nähe, oder nicht?«

Tyler zuckte mit den Achseln und schniefte. »Weiß nicht, vielleicht eine halbe Stunde oder so.«

»Dann fahr gleich morgen los und such ihn.«

»Das geht nicht.«

»Warum nicht, verdammt noch mal?«

»Es ist *fünf Jahre* her! Vielleicht ist er bereits verheiratet … oder weggezogen.«

»Wenn ihm sein Job so wichtig war, dass er dafür sogar auf dich verzichtet hat, wirst du ihn immer noch dort finden.«

»Das kann ich nicht, Nora.«

»Trau dich! Was hast du schon zu verlieren? Wer weiß, vielleicht …«

»Nein.« Allein bei dem Gedanken wurde ihr übel vor Angst.

»Ich kann ja mitkommen, wenn du moralische Unterstützung brauchst.«

»Aber wir müssen doch morgen zurückfahren«, wandte Tyler ein.

»Wieso denn? Wir haben noch zwei tolle Ferienwochen vor uns, ehe der graue Alltag uns wieder einholt. Weshalb hast du es denn so eilig, nach Hause zu kommen? Machst du dir Sorgen um deine Zimmerpflanzen? Gleich morgen früh fahren wir nach Marin County und machen uns auf die Suche nach deinem Dan. Und sollten wir ihn nicht finden – was haben wir schon dabei verloren? Nicht mehr als eine Stunde. Wir können abends schon wieder in L.A. sein.«

»Ich weiß nicht so recht. Lass mich drüber nachdenken.«

»Was gibt's da groß nachzudenken? Gib dir einen Ruck.«

»Ich weiß nicht.« Tyler leerte ihren Baileys und rieb sich das Gesicht. »Ich bin … irgendwie verwirrt. Am besten, ich gehe auf mein Zimmer. Weck mich morgen ganz früh, okay?«

»Geht klar.«

Tyler betrat ihr Zimmer im sechsten Stock und ließ sich auf ihr Bett fallen. Genau wie die Bar, die sie soeben verlassen hatte, schien sich auch die Decke über ihr langsam zu drehen.

Sie hatte wohl zu viel getrunken.

Wie viel eigentlich? Sie rechnete nach. Drei Wodka-Tonic auf der Cocktailparty vor dem Bankett. Wer weiß wie viel Wein während des Essens. Drei, vier Gläser? Dann zwei Baileys mit Nora in der Bar. Kein Wunder, dass die Decke nicht stillstehen wollte.

Kein Wunder, dass sie aus dem Nähkästchen geplaudert hatte.

Wäre sie nüchtern gewesen, hätte sie diese Sache mit Dan für sich behalten. Aber nach ein paar Drinks löst sich die Zunge, und man sagt Dinge, die man hinterher bereut.

Aber vielleicht becherte Nora ja noch weiter, konnte sich morgen an nichts mehr erinnern und sie würden wie geplant nach Hause fahren.

Nein, das konnte sie vergessen.

Aber sie konnte immer noch Nein sagen. Ein Machtwort sprechen.

Ihre Beine baumelten vom Bett herunter. Mit Mühe schaffte sie es, ein Bein hochzuziehen und den Schuh vom Fuß zu streifen. Als sie den anderen Schuh auszog, wurde sie von einem leichten Schwindel erfasst.

Zum Glück war ihr nicht übel. Nur etwas schummrig.

Schummrig, schläfrig, dachte sie, ließ sich zurückfallen und legte den Kopf auf ihren Arm.

Was soll ich jetzt machen?

Raff dich auf, nimm ein paar Aspirin, trink Wasser, und morgen bist du wieder topfit.

Morgen. Himmel. Was soll ich denn morgen machen?

Nein sagen. Nein, Nora, nein. Ich will nicht.

Und weshalb nicht?

Weil sie es verdammt noch mal nicht ertragen würde, ihn wiederzusehen – sie wollte es nicht einmal versuchen. Vielleicht hatte er eine Frau. Und diese Frau hätte sie sein können. Andererseits konnte er auch allein und einsam sein. Und sie immer noch lieben.

Klar.

Wieso habe ich nur meinen Mund nicht gehalten? Weil ich zu viel getrunken habe. Und wenn ich jetzt einschlafe, werde ich es morgen bitter bereuen.

Sie rollte sich auf den Rücken und hob ihr gefüttertes Kleid hoch. Mit erhobenem Bein löste sie ihre Strumpfhalter.

Dan hatte Strumpfhosen gehasst. Also hatte sie aufgehört, die Dinger zu tragen. Bis heute.

Genau wie sie aufgehört hatte, Hasch zu rauchen.

Außerdem trug sie ihr Haar nach wie vor kurz geschnitten, genau, wie es ihm gefallen hatte. Du siehst aus wie Peter Pan, hatte er gesagt. Sie hatte ihn daran erinnert, dass Peter Pan ein Junge war und hinzugefügt, dass ihm die Frisur wohl wegen seiner latenten Homosexualität so gut gefiel. Ach ja?, hatte er gesagt. Komm her und wir werden schon sehen, ob ich eine Schwuchtel bin.

Immer der harte Macho-Cop.

Himmel, sie vermisste ihn.

Sie zog ihr Höschen aus und genoss die kühlen Laken unter ihrem Po und ihren Beinen. Wie leicht es wäre, jetzt einfach einzuschlafen. Mit einem tiefen Seufzen richtete sie sich auf, fummelte an dem Reißverschluss am Rücken ihres Kleids herum, zog es sich über den Kopf und löste den Verschluss ihres BHs. Dann stand sie auf und suchte ihre Kleidung zusammen.

Obwohl sie ihre Frisur behalten hatte, auf Strumpfhosen und Hasch verzichtete und sich generell nur wenig verändert hatte, gab es doch einen gewaltigen Unterschied. Damals war sie ziemlich füllig gewesen. Während ihres ersten Semesters in L.A. hatte sie fast zehn Kilo abgenommen. Als hätte sie mit Dan auch ihren Appetit verloren. Und obwohl der Appetit nach einiger Zeit wieder zurückgekehrt war, hatte sie kein Problem damit, ihr Gewicht zu halten.

Sie nahm ein Nachthemd aus ihrem Koffer, doch anstatt es anzuziehen, stellte sie sich vor den Spiegel. Irgendwie war alles ein bisschen verschwommen – das lag wohl am Alkohol. Dann fuhr sie mit einem Zeigefinger über ihre Wangenknochen. Dan hatte ihre Wangenknochen nie richtig sehen können, von ihrer Taille oder den Hüftknochen ganz zu schweigen.

Sie grinste die Tyler Moran an, die er niemals zu Gesicht bekommen hatte.

Er wird ausflippen, dachte sie.

Mit einem Mal begriff sie, dass sie diesen Ausflug wirklich unternehmen würde. Das Herz klopfte ihr bis zum Hals. Egal, was dabei herauskommen würde. Egal, was sie dabei durchmachen musste. Wenn sie es nicht tat, würde sie es sich ihr Leben lang vorhalten und sich niemals verzeihen, ihre zweite Chance vertan zu haben.

Das rasende Herzklopfen bereitete ihr Kopfschmerzen.

Sie zog das Nachthemd an, nahm drei Aspirin und spülte die Tabletten mit drei großen Gläsern Wasser hinunter.

Dann ging sie zu Bett.

In der Dunkelheit erinnerte sie sich daran, wie Dan Jenson ausgesehen hatte, an seine Stimme, und wie sich sein Körper angefühlt hatte. Sie fragte sich, wie sehr er sich wohl verändert hatte und wen sie morgen mit etwas Glück in Mill Valley vorfinden würde.

Am nächsten Morgen sah Tyler durch ihre Windschutzscheibe den Busbahnhof von Mill Valley und lächelte. »Der Laden da drin war die einzige Möglichkeit, sich in dieser Stadt vernünftige Bücher zu besorgen«, sagte sie. »Wenn ich einen Dollar für jede Stunde bekommen hätte, die ich dort verbracht habe, wäre ich reich.«

»Bist du nervös?«, fragte Nora und grinste sie vom Beifahrersitz aus an.

»Es geht so. Im Moment zumindest.« Sie wischte sich die schweißnassen Hände an ihrer Kordhose ab. In Wahrheit war sie der Panik nahe. Ihr Herz raste, ihr Mund war völlig ausgetrocknet, und unter ihren Achselhöhlen mussten sich gewaltige Schweißflecken gebildet haben.

»Malerisches kleines Städtchen«, sagte Nora.

»Früher war es malerischer.« Langsam fuhren sie an den fröhlich geschmückten Geschäften auf der Throckmorton Street vorbei. Zu ihrer Linken lag tiefer Wald. »Hier war mal eine Sägemühle. Und dahinter beginnt der Dipsey-Wanderpfad.«

»Ach ja, der berühmte Wanderpfad.«

Tyler bog in eine Seitenstraße ein und parkte.

»Sind wir schon da?«

»Hier ist es«, sagte Tyler. Sie holte tief Luft und atmete langsam aus. »Siehst du das Mietshaus gegenüber?«

Nora beugte sich vor und spähte aus dem Fenster. »Sehr rustikal«, sagte sie.

»Malerisch und rustikal.«

»Wirst du es schaffen?«

»Jetzt sind wir schon so weit gekommen«, sagte Tyler und versuchte tapfer zu lächeln.

»Soll ich hier auf dich warten?«

»Hast du sie noch alle?«

Sie stiegen aus dem Wagen. Tyler wartete, bis Nora ihren Pullover ausgezogen und auf den Autositz geworfen hatte. »Ist ziemlich warm«, sagte sie. Sie trug einen kurzen Hosenrock und Tennisschuhe. Ohne den Pullover war es geradezu offensichtlich, dass sie auf einen BH verzichtet hatte. Das hellblaue T-Shirt schmiegte sich eng an ihre Brüste, und ihre Brustwarzen ragten überaus deutlich hervor. Tyler wünschte, sie hätte den verdammten Pullover anbehalten, und fragte sich, ob es wirklich so eine gute Idee gewesen war, sie mitzunehmen.

Was, wenn Dan …? Nein. Das war lächerlich.

Wahrscheinlich war er sowieso schon längst umgezogen.

Sie überquerten die Straße und gingen die kleine Rampe zum Eingang des verwitterten, alten Gebäudes hinauf. Noras Brüste wippten bei jedem Schritt.

Dan würde ihr keine Beachtung schenken. *Oder doch?*

Selbst wenn sie ganz normal gekleidet war, zog Nora die Männer an wie das Licht die Motten. Was nicht zuletzt an ihrer Größe lag. Sie war fast eins achtzig und überragte die meisten anderen Frauen, Tyler eingeschlossen. Sie war schlank, aber nicht schlaksig. Obwohl sie ein etwas langgezogenes Gesicht und große Zähne hatte und ihr schmales Kinn nicht gerade das einer vollkommenen Schönheit war, ließen ihre strahlend blauen Augen alle Unzulänglichkeiten schnell vergessen. Außerdem wirkte ihr breiter Mund mit den vollen Lippen überaus erotisch.

Nora strahlte Sexualität förmlich aus, was nicht nur Männern auffiel. Viele Frauen fühlten sich in ihrer Gegenwart unbehaglich.

Im Moment war auch Tyler selbst nicht gerade begeistert.

Mach dir keine Sorgen, sagte sie sich. Du bist diejenige, die Dan geliebt hat. Außerdem würde ihr Nora niemals dazwischenfunken. Sie war ihre beste Freundin und wusste genau, was sie dachte und wie sie sich fühlte.

Zweitklassig nämlich.

Tyler ging zu den Briefkästen im schattigen Eingangsbereich. »Er hat in Nummer vier gewohnt«, sagte sie.

Der Name, der auf einem roten Plastikschild über dem Briefschlitz stand, lautete »B. Lawrence«. Sie überprüften die anderen Schilder. »Kein Jenson«, sagte Nora. »Bist du sicher, dass wir hier richtig sind?«

»Ganz sicher.« Sie spürte, wie Enttäuschung, aber auch Erleichterung in ihr aufstieg. »Ich habe ja gleich gesagt, dass wir nur unsere Zeit verschwenden«, sagte sie mit leicht zitternder Stimme.

Nora drückte ihre Schulter. Sie wirkte fest entschlossen. »Noch sind wir nicht geschlagen, mein Schatz. Schließlich hast du Nora

Branson, die Top-Collegebibliothekarin, dabei. Was ich nicht weiß, werde ich herausfinden. Als Erstes klingeln wir mal bei diesem B. Lawrence, dann beim Hausmeister. Wenn wir da kein Glück haben, gibt es immer noch das Telefonbuch. Und dann ist da noch die örtliche Polizeiwache. Wenn Dan wirklich nicht mehr hier arbeiten sollte, wissen die bestimmt, wo er hingezogen ist. Schließlich hat er bestimmt noch Kumpels auf dem Revier, von einer Personalakte ganz zu schweigen.«

»Vielleicht sollten wir die ganze Sache vergessen.«

»Auf gar keinen Fall. Hier geht's um deine Zukunft. Es ist ja wohl offensichtlich, dass du diesen Kerl immer noch liebst. Also werden wir ihn auch aufstöbern, koste es, was es wolle. Ist Nummer vier im Erdgeschoss?«

Tyler seufzte. »Im ersten Stock.«

Sie folgte Nora die Holztreppe zu einer Galerie hinauf, die sich über die gesamte Vorderfront des Gebäudes zog. Vor der ersten Tür blieben sie stehen. Jemand hatte das gebeizte Holz in den letzten fünf Jahren mit limonengrüner Farbe überstrichen. Der Rahmen war orange. Ein Windspiel aus tönernen Stäben, das über der Tür hing, klingelte leise.

Tyler war sich sicher, dass Dan ausgezogen war, und trotzdem schlug ihr das Herz bis zum Hals, als Nora auf die Türklingel drückte. Sie holte tief Luft und versuchte, sich zu beruhigen.

Die Tür öffnete sich. Eine kleine, rundliche Frau in einem hawaiianischen Muumuu und Lockenwicklern lächelte sie an. »Hallo«, sagte sie. »Was kann ich für Sie tun?«

»Wir suchen nach Dan Jenson«, sagte Nora, bevor Tyler antworten konnte. »Angeblich hat er hier einmal gewohnt.«

»Stimmt genau. Dan, der Cop. Mein alter Kumpel. Seid ihr Freunde von ihm?«

Nora deutete mit dem Daumen auf Tyler. »Sie ist ebenfalls ein alter Kumpel.«

»Aha!« Die Frau nickte und musterte Tyler, wobei sie ein Auge zukniff und den Zeigefinger hob. »Ich wusste es doch. Ist mir gleich aufgefallen. Sofort, als ich Sie gesehen habe. Sie sind das Mädchen auf dem Foto, das er über dem Kamin stehen hatte. Sie sind es doch, oder?«

Tyler zuckte mit den Schultern. Sie wusste zwar nichts von dem Foto, aber Dan hatte ständig Bilder von ihr geschossen. Er hatte es geliebt, sie ohne Vorwarnung zu knipsen – wegen des »natürlichen Ausdrucks«, wie er behauptet hatte. Einmal hatte er sie sogar erwischt, wie sie gerade aus der Dusche gestiegen war. Bei der Erinnerung daran errötete sie. Hoffentlich war es nicht gerade dieses Bild gewesen, das er sich auf den Kamin gestellt hatte.

»Er hat Sie Tippy genannt, stimmt's?«

Tyler nickte.

»Tippy?«, fragte Nora.

»Die Kurzform von Tippecanoe«, erklärte sie. »Wie in diesem alten Lied: ›Tippecanoe and Tyler too‹.«

»Das ist typisch für ihn. Er gab jedem einen Spitznamen. Mich hat er Barbie getauft. Damals wohnte ich noch in Nummer eins. Er hat manchmal Pizza für mich gemacht. Oh Mann, seine Pizza war echt lecker.«

»Mein Rezept«, murmelte Tyler. Sie fühlte so etwas wie Heimweh. »Ich hab ihm gezeigt, wie es geht.«

»Schon beim Gedanken daran läuft mir das Wasser im Mund zusammen. Ich vermisse seine Pizza wirklich sehr.«

»Ich kann Ihnen das Rezept schicken.«

»Wirklich?« Sie ergriff Tylers Hand und drückte sie fest. »Sie sind ein Schatz. Kein Wunder, dass Dan so in Sie vernarrt war. Er wird vor Freude Luftsprünge machen, wenn er Sie wiedersieht. Und Sie sind …?«

»Dann wissen Sie also, wo er ist?«, fragte Nora.

»Aber natürlich.«

Tylers Herz setzte für einen Augenblick aus.

»Er ist vor … etwa zwei Jahren ausgezogen, und ich habe sofort seine Wohnung übernommen. Mein altes Apartment war bis zur Decke vollgestopft. Jetzt habe ich ein Zimmer zusätzlich und kann mich endlich richtig ausbreiten. Man braucht ja schließlich Luft zum Atmen, nicht wahr?«

»Wohnt Dan denn noch in Mill Valley?«, bohrte Nora nach.

»Nein. Er arbeitet jetzt bei der Polizei von Malcasa Point, weil er die Bay Area satt hatte, aus welchem Grund auch immer. Kennen Sie Malcasa? Nein? Da sagen sich Fuchs und Hase gute Nacht, müssen Sie wissen. Ich frage mich, wieso überhaupt jemand dorthin ziehen will. Aber jedem das seine, nicht wahr? Da gibt's weder ein vernünftiges Restaurant noch ein Kino, und ich möchte bezweifeln, dass man im Umkreis von fünfzig Meilen auch nur ein einziges Einkaufszentrum findet. Tiefste Provinz. Aber so wollte er es nun einmal.«

»Malcasa Point?«, fragte Nora.

»Warten Sie einen Moment, ich suche Ihnen die Adresse heraus.« Sie redete weiter, während sie auf einen Beistelltisch zuging. »Zugegeben, ich habe seit fast einem Jahr nichts mehr von ihm gehört. Letzte Weihnachten hat er mir eine Karte geschickt – nein, warten Sie, das war vorletztes Weihnachten, kurz nachdem er ausgezogen ist. Anscheinend gefiel es ihm dort oben.« Sie nahm ein Adressbuch vom Tisch. »Ich habe ihm eine Ansichtskarte aus Neapel geschickt. Neapel – ach, was für eine wunderschöne Stadt.« Sie blätterte in ihrem Büchlein. »Da ist er ja. Jenson, Dan. Seaside Lane 10, Malcasa Point.«

Mit zitternden Fingern kritzelte Tyler die Adresse in einen Notizblock. »Wie heißen Sie eigentlich? Lawrence?«

»Ganz genau. Barbara Lawrence. Barbara mit drei ›A‹, nicht wie die Streisand. Barbra hört sich doch fürchterlich an, finden Sie nicht? Klingt wie eine Modellbezeichnung für Stahlbüstenhalter.«

»Hat Dan Ihnen geschrieben, dass er geheiratet hat?«

»Aber nein. Soweit ich weiß, ist er Single.« Sie zwinkerte Tyler zu. »Vergessen Sie nicht, mir das Rezept zu schicken, okay?«

»Geht klar.«

»Wie weit ist es bis Malcasa Point?«, fragte Nora.

»Nun, Sie könnten in etwa drei Stunden dort sein. Vorausgesetzt, Sie trödeln nicht. Sie fahren einfach den Küstenhighway hinauf und an Bodega vorbei. Haben Sie eine Straßenkarte?«

»Im Auto.«

»Na, dann können Sie es gar nicht verfehlen. Und richten Sie Dan schöne Grüße von Barbie aus.«

»Machen wir«, sagte Tyler.

»Und verpassen Sie auf keinen Fall die Führung durchs Horrorhaus. Eine unanständige, billige Show – Sie werden Sie lieben. Ein echter Reißer.«

Kapitel zwei

Nach fünf Minuten auf der engen, kurvigen Küstenstraße, nur wenige Meter von den Klippen entfernt, an deren Fuß sich der Ozean brach, legte Tyler den Sicherheitsgurt an.

»Ob das so eine gute Idee ist?«, fragte Nora.

»Du hast Recht.« Sie löste den Gurt wieder. »Vielleicht müssen wir ja schnell aus dem Auto springen.«

»Zum Glück fahren wir auf der inneren Spur.«

»Auf dem Rückweg nicht.«

»Dann können wir ja über Land fahren.« Nora nahm die Straßenkarte und studierte sie mehrere Minuten lang. »Wir können die Eins-Einundzwanzig bis zur Eins-Null-Eins nehmen.«

»Wie auch immer«, sagte Tyler. »Darüber können wir uns Gedanken machen, wenn es so weit ist.«

»Ich glaube, wir sollten uns darauf vorbereiten, die Nacht in Malcasa Point zu verbringen. Bis wir da ankommen, wird es später Nachmittag.«

»Tja, wir improvisieren einfach.«

»Hoffentlich gibt's da überhaupt ein Hotel.« Sie öffnete das Handschuhfach und nahm einen Autoatlas von Kalifornien und Nevada heraus. »Mal sehen. Dass es weder ein vernünftiges Restaurant noch ein Kino gibt, wissen wir bereits.« Sie blätterte durch das Hotelverzeichnis. »Los Gatos, Madera, Mommoth Lakes – aber kein Malcasa Point. Vielleicht müssen wir doch wieder zurückfahren.«

»In jeder Stadt gibt es ein Hotel. Oder zumindest eine Pension.«

»Hoffentlich. Fünf Sterne können wir wohl vergessen. Wahrscheinlich werden wir mit einer flohverseuchten Absteige vorliebnehmen müssen. Ob es in diesem Nest wohl irgendwelche Sehenswürdigkeiten gibt?« Sie schlug den Atlas wieder auf. »Malcasa, Malcasa«, murmelte sie, während sie las. »Aha! Hier ist tatsächlich etwas über Malcasa Point. Ist ja kaum zu glauben. Malcasa Point, zehn Meter über dem Meeresspiegel. Na, hoffentlich bekomme ich kein Nasenbluten. Ein Eintrag: Das Horrorhaus.« Sie las laut vor: »›Horrorhaus, Front Street 10. Angeblich Schauplatz mehrerer grausamer Morde. Das viktorianische Gebäude wurde 1902 von der Witwe des berüchtigten Banditen Lyle Thorn erbaut. Zu den Ausstellungsstücken gehören mehrere nachgestellte Mordszenen mit lebensechten Wachsfiguren der Opfer. Führungen täglich von zehn bis sechzehn Uhr. An Feiertagen geschlossen. Eintritt für Erwachsene vier Dollar, für Kinder unter zwölf zwei Dollar.‹ Vielleicht können wir dieses Haus ja besuchen, wenn wir schon mal da sind.«

»Barbie war ja ganz begeistert davon«, sagte Tyler.

»Stimmt. Billig und Unanständig.«

Tyler bemerkte einen Porsche im Rückspiegel, der auf sie zugeschossen kam. Sie hielt den Atem an, während er ausscherte und sie überholte. Mit röhrendem Motor jagte er an ihnen vorbei und verfehlte ihre Stoßstange nur um Haaresbreite, als er wieder auf ihre Spur wechselte, um einem entgegenkommenden Kombi auszuweichen.

»Arschloch«, murmelte Nora. »Porsche, Käfer und Pick-ups – man kann darauf wetten, dass immer ein Irrer hinterm Steuer sitzt.«

»Nicht zu vergessen die Lastwagen«, sagte Tyler. »Zum Glück dürfen die hier nicht fahren. Es geht doch nichts über einen eighteen-wheeler, der einem im Nacken sitzt.«

»Die sind wirklich gefährlich. Man sollte ein Fernfahrermuseum bauen und dort Wachsfiguren ihrer Opfer ausstellen.«

»Genau. Das Brummi-Museum.«

Sie aßen in einem Restaurant zu Mittag, von dem aus man einen schönen Blick auf die Bodega Bay hatte. Nora trank ein Dos Equiis zu ihren frittierten Muscheln. Tyler, die bei dem Gedanken an die kurvige Strecke vor ihnen ein mulmiges Gefühl in der Magengegend hatte, erlaubte sich nur ein Glas Pepsi zu ihrem Cheeseburger.

»An was erinnert dich das?«, fragte sie und deutete mit dem Kinn auf die glitzernde Wasserfläche hinter dem Fenster.

»Keine Ahnung«, sagte Nora.

»Erinnerst du dich an *Die Vögel*?«

»Den Film?«

Sie nickte und biss in ihren Burger. Fleischsaft lief ihr Kinn hinunter und sie wischte ihn mit einer Serviette ab. »Genau«, sagte sie. »Sieh mal, da drüben. Das ist die Halbinsel, auf der Rod Taylor gewohnt hat.«

»Echt?«

»Erinnerst du dich nicht? Tippi Hedren fährt mit einem Motorboot hinüber, als sie plötzlich von diesem Vogel attackiert wird.«

»Klar. Also hier war das. Mann. Ich hab den Film bestimmt drei- oder viermal gesehen.«

»Das Schulgebäude müsste auch irgendwo hier sein.«

»Und das Bates-Motel?«

»Das ist ein anderer Film.«

»Vielleicht steht es in Malcasa Point. Aber es hat bestimmt keine fünf Sterne.«

»Es befindet sich auf dem Gelände der Universal Studios.«

»Das weiß ich auch, du Schlaumeier. Ich wollte nur einen Scherz machen.«

Als sie durch Bodega fuhren, kamen sie an einem kleinen, holzverkleideten Schulhaus vorbei. »Wetten, dass sie dort gedreht haben?«, sagte Tyler.

»Und wo ist der Spielplatz mit dieser Kletterburg?«

Tyler zuckte mit den Schultern.

»Vielleicht mussten sie sie verbrennen, nachdem die ganzen Vögel draufgeschissen hatten.«

Sie ließen Bodega hinter sich. Es dauerte nicht lange, da war Nora eingeschlafen, die Knie gegen das Armaturenbrett gelehnt und weit im Sitz zurückgesunken. Ihr Kopf war zur Seite gerollt und ihr Mund stand offen. Auch Tyler fühlte sich etwas erschöpft. Sie kurbelte das Fenster herunter und spürte die frische Meeresbrise auf ihrem Gesicht.

Erinnerungen an die gemeinsame Zeit mit Dan stiegen in ihr auf. Sie konnte kaum glauben, dass sie ihn in ein paar Stunden wiedersehen würde.

Er hatte ein Bild von ihr auf dem Kamin stehen gehabt. Das hätte er niemals getan, wenn sie ihm nichts mehr bedeutete. Und er hatte mit Barbie über sie gesprochen.

Barbie. Ein grauenhafter Spitzname.

Er hatte sie auf eine Pizza eingeladen. Ob sie wohl …?

Tyler spürte, wie sich ihre Eingeweide verkrampften.

Nicht Barbie. Aber wieso nicht? Nur weil sie zehn Jahre älter und ziemlich dick ist? Ich war ebenfalls nicht gerade gertenschlank, und das hat ihn auch nicht gestört. Zumindest hat er sich nie beschwert.

Außerdem, was machte es schon, wenn sie eine Affäre gehabt hatten?

Ach, zum Teufel. Sie waren wahrscheinlich einfach nur Freunde gewesen.

Fünf Jahre. Eine lange Zeit, in der er wahrscheinlich eine Menge Frauen gehabt hatte. Und mit manchen von ihnen zweifellos auch ernsthafte Beziehungen.

Sie wischte die schweißnassen Hände an ihrer Kordhose ab.

Es hatte keinen Sinn, darüber nachzugrübeln.

Aber sie konnte einfach nicht aufhören. Mit einem beengenden Gefühl der Verzweiflung fragte sie sich, wie viele Frauen er wohl im Bett gehabt hatte. Was waren das für Frauen gewesen? Hatten ihn manche an sie erinnert? Vielleicht hatte er sie längst vergessen und eine neue Liebe gefunden.

Stop!

Zumindest war er nicht verheiratet. Oder war es zumindest vorletztes Weihnachten noch nicht gewesen. Andererseits konnte es gut sein, dass er es in seiner Grußkarte einfach nicht erwähnt hatte. Vielleicht hatte er Malcasa auch verlassen und war weitergezogen. Und dann?

Sie wurde schlagartig aus ihren Gedanken gerissen, als sie hinter einer Kurve einen grünen Pick-up sah, der ein Wohnmobil überholte und direkt auf sie zusteuerte. Sie hupte und stieg auf die Bremse.

Nora schreckte auf. »Heilige Scheiße!«

Tyler riss das Steuer herum, um dem Lieferwagen auszuweichen. Die Reifen auf der rechten Wagenseite wirbelten Kiesel und Staub auf.

Der Fahrer des Pick-ups grinste und tippte mit dem Finger gegen seinen Cowboyhut, als er an ihnen vorbeirauschte.

Nora streckte ihm den Mittelfinger entgegen. »Arschloch!«, rief sie.

Tyler steuerte den Wagen auf die Straße zurück.

»Himmel«, keuchte Nora. Sie hielt sich die Hände vor die Brust, als hätte sie Angst, dass ihr Herz gleich herausspringen würde. »Gottverdammter Hinterwäldlerarsch!«

Tyler holte tief Luft. Ihr eigenes Herz hämmerte wie verrückt. Ihre Beine fühlten sich wie Pudding an.

»Der Vollidiot hätte uns um ein Haar umgebracht!«, sagte Nora. »Was hab ich dir gesagt? Steck einen von diesen Pennern in einen Pick-up, und er denkt, er wäre der Allergrößte.«

Ein paar Augenblicke später erschien der grüne Pick-up im Rückspiegel. Tyler stöhnte auf. »Er kommt zurück.«

»Du machst wohl Witze.« Nora warf einen Blick über ihre Schulter. »Ach du Scheiße.«

»Vielleicht ist er es gar nicht.«

»Er ist es. Oh Scheiße. Ich hätte ihm wohl nicht den Finger zeigen sollen.«

Der Lieferwagen holte auf. Bald war er nicht mehr als eineinhalb Meter von ihnen entfernt. Der Fahrer hupte wie verrückt. Nora sah nach vorn und sank in ihrem Sitz zurück. Sie lächelte Tyler gequält an. »Was glaubst du – ist er angepisst oder einfach nur scharf auf uns?«

»Das will ich gar nicht rausfinden«, sagte Tyler. Vor ihnen lag nur die zweispurige Straße, die auf der einen Seite von kahlen braunen Hügeln und auf der anderen von einem Abhang begrenzt wurde, der zum Ozean führte.

»Wo ist die Polizei, wenn man sie mal braucht?«, murmelte Nora.

»Wo ist die Zivilisation, wenn man sie mal braucht?«

Tyler gab Gas. Der Pick-up fiel zurück, als ihr Tachometer auf hundert Stundenkilometer kletterte. Bald jagten sie mit mehr als hundertzwanzig Sachen dahin. Noch führte die Straße geradeaus, aber Tyler konnte in etwa einer Meile Entfernung eine enge Kurve erkennen. Der Pick-up holte schnell wieder auf.

»Keine Chance«, murmelte sie und nahm den Fuß vom Gas. Sofort wurden sie langsamer. Sie sah in den Rückspiegel und musste gegen die aufsteigende Panik ankämpfen, als der Lieferwagen immer näher kam. Er machte keine Anstalten abzubremsen. Sie bereitete sich auf den Aufprall vor. Im letzten Moment wechselte der Pick-up die Spur und fuhr neben ihnen her. Die Hupe dröhnte wie ein Schrei in Tylers Ohren. Anstatt zu überholen, jagte der Wagen neben ihnen her. Zumindest war die Straße vor ihnen frei. Schon erwartete sie, dass der Pick-up ihre Flanke rammen und ihren kleinen Dodge Omni von der Straße drängen würde. Sie trat auf die Bremse, und der Wagen schoss an ihnen vorbei, bog jäh auf ihre Spur und wurde langsamer. Jetzt stieg sie voll in die Eisen und sah in den Rückspiegel. Ein Mustang näherte sich ihnen mit hoher Geschwindigkeit. Der Pick-up blockierte die Straße vor ihnen.

»Oh Gott«, rief sie, fuhr an den Straßenrand und hielt an. Der Pick-up stieß zurück, während der Mustang die Fahrspur wechselte und an ihnen vorbeijagte. Der Lieferwagen näherte sich ihnen, bis er fast ihre vordere Stoßstange berührte.

Mit zitternder Hand kurbelte Tyler das Fenster hinauf und drückte auf den Verriegelungsknopf der Wagentür. Durch das Rückfenster des Pick-ups konnte sie sehen, wie der Fahrer seinen Cowboyhut abnahm.

»Du hast nicht zufällig eine Pistole zur Hand?«, fragte Nora.

»Leider nicht.«

»Das hab' ich mir gedacht.«

Der Mann rutschte auf den Beifahrersitz, öffnete die Wagentür und stieg aus. Mit finsterer Miene starrte er auf den Boden, als er auf sie zuschlenderte.

Er war ein großer Mann, etwa dreißig Jahre alt. Seine Augen wirkten zu klein für das riesige Gesicht mit den dicken, vollen Lippen. Sein Kiefer war breiter als seine Stirn.

»Bekackter Neandertaler«, murmelte Nora.

Dann sah er plötzlich auf. Seine winzigen Augen wanderten von Nora zu Tyler, und sein Mund verzog sich zu einem Grinsen. Er hob den Mittelfinger und machte damit eine schraubende Bewegung. Tyler presste unwillkürlich die Beine zusammen.

»Was für ein Schwein«, sagte Nora.

Mit dem Mittelfinger bedeutete er ihnen, auszusteigen.

Nora beugte sich vor. »Nie im Leben, du Schwanzgesicht!«, rief sie.

»Verdammt!«, keuchte Tyler.

Mit einem höhnischen Grinsen brach der Mann die Antenne des Omni ab und schwang sie wie eine Reitgerte. Tyler zuckte zusammen, als er damit gegen die Windschutzscheibe schlug.

»Schieb sie dir in den Arsch!«, rief Nora.

Tyler boxte ihr gegen die Schulter. »Hör auf damit! Wir haben schon genug Ärger. Provozier ihn nicht.«

Er schlug wieder auf die Scheibe ein. Tyler legte den Rückwärtsgang ein und fuhr los. Der Wagen holperte über den Straßenrand.

Dann tauchte mit einem Mal ein großes Wohnmobil hinter ihnen auf. Sie riss das Steuer herum, um ihm auszuweichen, und spürte, wie sich der Wagen auf die Seite neigte. Schnell trat sie auf die Bremse. Das Wohnmobil schoss so nahe an ihnen vorbei, dass ein Luftstoß den Omni erzittern ließ. Tyler legte den ersten Gang ein, stieg aufs Gas und ließ die Kupplung kommen. Ein Hinterrad drehte durch. Das Auto bewegte sich keinen Millimeter vorwärts.

Der Mann kam auf sie zugerannt und blieb kurz stehen, um einen Stein von der Größe eines Tennisballs aufzuheben.

Nora riss die Tür auf, sah sich schnell um, schlug die Tür wieder zu und verriegelte sie. »Wir hängen über dem Straßengraben«, sagte sie.

»Na toll.«

»Er wird die Scheibe mit dem Stein zertrümmern.«

»Das weiß ich!«

Der Mann rannte mit dem Stein in der einen und der Antenne in der anderen Hand auf sie zu.

Tyler versuchte noch einmal, den Wagen in Bewegung zu setzen.

»Gib's auf«, sagte Nora. »Er wird das Fenster einschlagen.« Sie öffnete die Tür wieder.

»Nicht!«

Nora stieg aus und trat vor das Auto.

»Nora!«

Sie lehnte ihr Hinterteil gegen die Motorhaube und verschränkte die Arme über der Brust. Der Mann blieb stehen. Einer seiner Mundwinkel verzog sich zu einem Grinsen. Er warf den Stein weg, nahm die Antenne in die rechte Hand und ließ sie durch die Luft sausen, als er langsam auf sie zuging.

Tyler stöhnte auf, schaltete den Motor ab, zog die Handbremse an und stieg aus. Mit zitternden Knien ging sie zu Nora und stellte sich neben sie.

Der Mann blieb etwa einen Meter vor ihnen stehen. Er ließ seinen Blick langsam über Noras, dann über Tylers Körper wandern.

Tyler spürte eine Übelkeit erregende Kälte in ihrem Inneren aufsteigen. Sie versuchte, nicht die Fassung zu verlieren.

»Gefällt dir, was du siehst, Fettlippe?«, fragte Nora.

Mit einem Knurren ließ der Mann die Antenne knapp vor ihren Gesichtern vorbeizischen.

»Ooooh, jetzt hab ich aber Angst«, sagte Nora.

Er deutete mit der Antenne auf das Gebüsch hinter dem Straßengraben. »Vorwärts«, sagte er.

»Es kann reden«, sagte Nora.

»Los!«

»Was haben Sie vor?«

»Ich werd euch in den Arsch ficken.«

»Ohne Scheiß. Mit was denn?«

Er ließ die Antenne auf ihre Schulter niedersausen. Sie zuckte zusammen und biss die Zähne aufeinander. »Dafür mach ich dich alle, Freundchen«, murmelte sie und ging auf den Mann los. Er rammte ein Knie in ihren Bauch. Als sie sich vor Schmerzen krümmte, schubste er sie zur Seite und sie rollte in den Graben. Tyler schlug dem Mann ins Gesicht und spürte, wie seine Nase unter ihren Knöcheln brach. Blut schoss aus seinen Nasenlöchern. Er blinzelte und schüttelte den Kopf. Dann knurrte er, packte Tylers Kehle und drängte sie zurück. Sie fiel über den Kühler des Wagens und schlug hart auf der Motorhaube auf. Mit seiner freien Hand zerrte er an ihrer Bluse. Blut tropfte auf ihr Gesicht. Sie schlug mit der Faust gegen seine Schläfe, trat nach ihm, aber er drängte sich zwischen ihre Beine und hämmerte ihren Kopf gegen die Motorhaube. Sie blinzelte sich das Blut aus den Augen und sah, dass er die Faust wie einen Hammer erhoben hatte und jeden Moment zuschlagen würde. Doch dann blickte er über seine Schulter, stieß sich von ihr ab und wirbelte herum. Tyler hob den Kopf und sah, dass der Pick-up des Mannes auf sie zugeschossen kam.

»Hey!«, rief er.

Tyler setzte sich auf und bekam die Füße auf den Boden, als der

Wagen vor ihnen anhielt. Nora kletterte gerade aus dem Graben. Haarsträhnen bedeckten ihr Gesicht.

Die Beifahrertür des Pick-ups schwang auf. Ein schlanker Mann in einer weißen Hose und einem Poloshirt sprang heraus und nickte dem Fahrer zu. Der Wagen setzte sich wieder in Bewegung und hielt auf den Straßengraben zu. Dann sprang auch der Fahrer heraus. Mit rudernden Armen versuchte er, das Gleichgewicht zu behalten.

»Nein!«, rief der große Mann, als sein Pick-up in den Graben fuhr und mit einem lauten Krachen zum Stehen kam. Die Scheinwerfer zerbrachen. Der Mann hielt sich die Ohren zu, und fiel auf die Knie, als Nora, die sich ihm von hinten genähert hatte, die Antenne auf seinen Rücken niedersausen ließ.

Tyler bemerkte einen blauen Mustang, der einige Meter entfernt am Straßenrand parkte.

Nora warf die Antenne beiseite und nickte den beiden Neuankömmlingen zu, die vor dem am Boden kauernden Mann standen. »Seid ihr verletzt?«, fragte der Mann im Poloshirt und sah erst Nora, dann Tyler an.

Tyler schloss die Bluse vor ihrem Körper und schüttelte den Kopf.

»Schade um den Pick-up«, sagte der andere Mann kopfschüttelnd. Er schien es offensichtlich ernst zu meinen. Er war kleiner als sein Freund, hatte raspelkurze Haare und ein volles Jungengesicht. Sein Hals war kräftig und ein T-Shirt spannte sich über seine breiten Schultern und den mächtigen Brustkorb. Auf der Gürtelschnalle aus Messing stand das Wort Colt. Seine blaue Jeans wirkte nagelneu, und die Hosenbeine waren aufgeschlagen. Er trug abgetragene, spitze Cowboystiefel. Tyler nahm an, dass er schwul war – und sein Kumpel somit höchstwahrscheinlich auch.

Der Mann mit dem Poloshirt ging vor dem knienden Pick-up-Fahrer in die Hocke und sah ihm ins Gesicht. »Jetzt pass mal gut auf«, sagte er mit ruhiger Stimme. »Du stehst jetzt auf und entschuldigst dich bei den Ladys. Dann bezahlst du ihnen die Antenne. Danach verziehst du dich zu deinem Pick-up und rührst dich nicht von der Stelle.«

»Und wenn nicht?«

Der Mann klopfte ihm auf die Schulter. »Dann reißt dir Jack hier den Kopf ab«, sagte er sanft.

Die beiden richteten sich auf und der Pick-up-Fahrer wandte sich zu Nora und Tyler. Mit gesenktem Kopf wischte er sich mit dem Hemdsärmel das Blut vom Mund. Unter Keuchen und Schluchzen zog er seinen Geldbeutel aus der Gesäßtasche, nahm eine Zehndollarnote heraus und hielt sie Tyler mit zitternden, blutverschmierten Fingern hin. Jack beäugte den Geldschein. »Knickriges Arschloch«, sagte er und riss dem Mann den Geldbeutel aus der Hand. Er zog einen Zwanziger daraus hervor und reichte ihn Tyler zusammen mit dem Zehner. Dann gab er ihm den Geldbeutel zurück.

»Und jetzt entschuldige dich«, sagte der Schlanke.

»'tschuldigung«, murmelte er, ohne aufzusehen.

»Ist schon in Ordnung«, sagte Nora. Sie trat auf ihn zu und rammte ihre Faust in seinen Unterleib. Er sackte zusammen und krümmte sich vor Schmerzen. Nora rammte ein Knie gegen seine blutige Nase. Der Schlag warf ihn nach hinten, und der schlanke Mann wich ihm aus. Der stämmige Mann namens Jack grinste Nora an und applaudierte.

Kapitel drei

»Nora Branson.« Sie streckte dem muskelbepackten Mann die Hand entgegen.

»Jack Wyatt«, sagte er und schüttelte sie.

»Tyler Moran«, sagte Tyler und reichte dem schlanken Mann die Hand.

»Abe Clanton.«

»Das sind ja Namen wie aus einem Wildwestfilm«, sagte Nora, während Jack Tylers Hand quetschte und sie Abes schüttelte. Sein sanfter Griff überraschte sie.

»Yep«, sagte Jack. »Wir sind richtig wilde *hombres.*«

Tyler sah an Abe vorbei und beobachtete, wie der Pick-up-Fahrer den Graben hinunterkletterte und in seinen Wagen stieg.

»Heute muss unser Glückstag sein«, sagte Nora.

»Wir haben mitbekommen, wie er euch von der Straße gedrängt hat«, sagte Abe. »Wir waren direkt hinter euch.«

»Zum Glück. Es war wirklich nett von euch, anzuhalten. Die meisten Leute wären einfach weitergefahren.«

»Genau«, sagte Tyler. »Tausend Dank.«

Abe nickte unmerklich und sah ihr unverwandt und etwas herausfordernd in die Augen, was sie nervös machte. Sie brachte es nicht fertig, den Blick abzuwenden. »Hat er euch verletzt?«

Tyler schüttelte den Kopf. »Eigentlich nicht.«

»Ich hoffe, dass das sein Blut ist.«

»Denke schon.«

»Hört mal«, sagte Nora. »Seid ihr auch Richtung Norden unterwegs? Warum suchen wir uns nicht ein nettes Plätzchen, und ihr lasst euch von uns einen Drink spendieren.«

Bei diesem Vorschlag schlug Tylers Herz schneller. Sie warf einen

Blick auf ihre zerrissene, blutverschmierte Bluse. »So kann ich nirgendwo hingehen.«

»Dann zieh dich um«, sagte Nora.

»Na gut.«

»Was meint ihr, Jungs?«

»Einverstanden«, sagte Abe.

Jack rieb sich die Hände. »*Okay*!«

»Fahrt einfach hinter uns her«, sagte Nora. »Wenn wir was Nettes sehen, halten wir an.«

»Alles klar.«

»Moment mal«, sagte Nora. »Wir sitzen hier fest.« Sie deutete auf die Front ihres Wagens, die aus dem Graben ragte.

»Augenblick«, sagte Jack.

Abe lehnte sich in das Auto und löste die Handbremse. Dann packte er das Lenkrad und den Türrahmen und stemmte sich dagegen. Jack hatte sich am Heck positioniert und schob. Der kleine Omni rollte aus dem Graben. Abe zog die Handbremse wieder an. »So«, sagte er. »Wir warten auf euch.«

»Bis gleich«, sagte Nora.

Während die Männer zu ihrem Wagen gingen, öffnete Tyler das Handschuhfach, holte ein Päckchen Feuchttücher heraus und wischte sich das Gesicht ab. Der Zellstoff färbte sich rotbraun. »Bin ich wieder einigermaßen sauber?«, fragte sie.

»Einigermaßen.«

»Himmel.« Sie reichte Nora die Tücher, umrundete den Wagen und öffnete den Kofferraum, während Nora ihre von dem Sturz in den Graben mit Grasflecken und Erde beschmutzten Arme säuberte. Das Knie, das sie in das Gesicht des Mannes gerammt hatte, war blutverschmiert.

Tyler wartete, bis ein vorbeifahrendes Auto außer Sichtweite war, dann zog sie ihre Bluse aus und stopfte sie in den Kofferraum. »Verdammt«, murmelte sie, als sie die Blutspritzer auf ihrem weißen BH bemerkte. Den konnte sie hier am Straßenrand ja schlecht wechseln. Auch auf ihrer Haut befanden sich rote Flecken, als hätte sie sich an den Stellen einen Sonnenbrand geholt. Mit einem weiteren Taschentuch wischte sie sich über Schultern, Brust und Bauch. »Hab ich was vergessen?«, fragte sie Nora.

»Unter deinem Kinn.«

»Mann.«

»Das war's. Scheiße, der Kerl hat geblutet wie ein Schwein.«

»Schwein ist genau der richtige Ausdruck«, sagte Tyler. Sie nahm eine frischgewaschene gelbe Bluse aus ihrem Koffer und zog sie über.

»Was ist mit mir?«, fragte Nora und drehte sich um.

Tyler wischte Grashalme und Erdkrümel von Noras T-Shirt. »Alles klar«, sagte sie und schloss den Kofferraum.

Sie stiegen ein, warteten einen vorbeifahrenden Lieferwagen ab und fuhren los. Als sie an dem Pick-up vorüberkamen, warfen sie einen Blick darauf. Die Fahrerkabine hing so weit im Straßengraben, dass ihnen der Anblick des Fahrers erspart blieb.

»Der Arsch braucht einen Abschleppwagen«, sagte Nora. »Und ein neues Paar Eier.« Als sie den Mustang passierten, winkte sie.

Abe, der am Steuer saß, nickte ihr zu.

»Eine Eskorte«, sagte Nora. »Nicht schlecht, oder?«

Tyler fuhr schneller. Der blaue Mustang folgte ihnen in gebührendem Abstand.

Nora rieb sich die Schulter.

»Bist du verletzt?«

»Nicht so schlimm wie er, würde ich sagen.«

»Ja, du hast es ihm ordentlich gegeben.«

»Du aber auch. Trotzdem – wenn Jack und Abe nicht vorbeigekommen wären, hätte er uns den Arsch aufgerissen.«

»Ja, wahrscheinlich.«

»Dieser Jack ist ein echter Muskelprotz, findest du nicht?«

»Er macht bestimmt Bodybuilding«, sagte Tyler.

»Glaubst du, dass sie schwul sind?«

»Auf jeden Fall sind es furchtbar nette Jungs.«

»Aber manchmal reicht nett allein nicht.«

»Ich glaub nicht, dass sie schwul sind. Zuerst hab ich das auch gedacht …«

»Bevor Abe dich angestarrt hat.«

Tyler spürte, wie ihr das Blut in den Kopf schoss.

»Trotzdem – zwei Männer, die gemeinsam unterwegs sind.«

»Wir sind auch gemeinsam unterwegs.«

»Stimmt!« Nora lachte auf. »Sie fragen sich wahrscheinlich gerade, ob wir zwei Lesben sind. Ha ha.« Sie rieb sich über den Bauch. »Was hältst du von diesem Abe? Ich würde ihn bestimmt nicht von der Bettkante schubsen. Hast du gehört, was er zu diesem Arschloch gesagt hat? ›Jetzt pass mal gut auf. Du entschuldigst dich bei den Ladys hier.‹ Klang genau wie Dirty Harry. In dem Kerl steckt mehr, als es den Anschein hat, da kannst du Gift drauf nehmen.«

»Wie meinst du das?«

»Der ist ein richtig harter Knochen. Hast du seine Augen gesehen? Eigentlich haben sie beide ziemlich finster geguckt, bis auf den Moment, in dem Abe dich angesehen hat. Da war sein Blick ziemlich weich.« Sie kicherte. »Dafür ist wahrscheinlich etwas anderes hart geworden.«

»Nora!«

»Wahrscheinlich hast du Recht. Das sind keine Schwuchteln. Himmel, das hoffe ich zumindest.«

»Außerdem macht das keinen Unterschied«, sagte Tyler. »Wir wollen sie ja nicht abschleppen, sondern ihnen nur einen Drink spendieren. Danach werden wir sie wohl nie wiedersehen.«

»Wer weiß, Süße, wer weiß?«

Kapitel vier

»Wunderbar! Fantastisch! Brian, fahr mal ran und mach ein paar Fotos! Das ist ja zu schön, um wahr zu sein. Das Horrorhaus! Was meinst du dazu?«

»Ganz nett.«

»Ganz nett? Es sieht wie die Heimstatt des Bösen aus!«

Der Mercedes fuhr langsam an einer kleinen Bude am Straßenrand vorbei, in der offensichtlich die Eintrittskarten verkauft wurden. Auf der Bude war ein Schild aus verwittertem, grauem Holz montiert, auf dem in großen roten Lettern, die an Blut erinnern sollten, das Wort HORRORHAUS geschrieben stand. Gorman Hardy warf einen Blick über die Schulter und sah ein blondes Mädchen, das höchstens vierzehn oder fünfzehn Jahre alt sein konnte, hinter dem Fenster der Bude. Sie las in einem Taschenbuch.

Gorman, der seinen 65. Geburtstag gefeiert hatte, indem er eine leere Flasche Chivas Regal auf den fetten, grauhaarigen Mann geschleudert hatte, der ihm aus dem Spiegel entgegengestarrt hatte, besaß noch immer Augen, die scharf genug waren, um seine eigenen Buchtitel von weitem erkennen zu können. Das Mädchen las *Der Schrecken von Black River Falls.*

Vor dem Haus parkten mehrere Wagen. Brian stellte den Mercedes zwischen einem Datsun und einem schmutzigen Kombi ab, dessen Heck förmlich tapeziert war mit Aufklebern, die Gorman darüber informierten, dass die Wagenbesitzer bereits das Hearst Castle, den Sequoia-Nationalpark, die Muir Woods und das Spukhaus in Winchester besucht hatten. Außerdem hatten sie ihr Herz in San Francisco verloren und ließen die Welt wissen, dass eine Atombombe ihnen den ganzen Tag verderben würde. Ein Aufkleber vom Horrorhaus würde die Sammlung komplettieren.

»Willst du nicht mitkommen?«

»Ich warte hier. Versuch kein Aufsehen zu erregen.«

»Ich bin nur ein harmloser Tourist mit Fotoapparat«, sagte Brian und stieg aus.

Als er die Tür hinter sich schloss, öffnete Gorman das Handschuhfach und nahm sein Panasonic-Diktiergerät heraus. Er legte es auf seinen Schoß, sah sich um und vergewisserte sich, dass ihn niemand beobachtete. »Erste Eindrücke vom Horrorhauses, August 1979«, sagte er, während er aus dem Fenster starrte.

»Das Haus ist etwa fünfzig Meter von der Hauptstraße von Malcasa Point entfernt und von einem über zwei Meter hohen schmiedeeisernen Zaun mit gefährlich aussehenden Spitzen umgeben, um Eindringlinge fernzuhalten oder womöglich auch die Bestie daran zu hindern, über die Stadt herzufallen.« Er lächelte. »Sehr gut. In der endgültigen Version verwenden. Womöglich, um die Bestie daran zu hindern, über die Stadt herzufallen«, wiederholte er mit geheimnisvoll klingender Stimme.

»Der einzige Eingang scheint sich hinter einer Ticketbude zu befinden, in der in diesem Moment ein junges Mädchen in die Lektüre meines letzten Buches, *Der Schrecken von Black River Falls*, vertieft ist.« Warum nicht?, dachte er.

»Im Gegensatz zu den üppig grünen Hügeln in der Umgebung ist das Gelände, auf dem das Horrorhaus steht, eben und außergewöhnlich trostlos. Jenseits des Zauns findet sich keine Blüte oder Blume, und selbst das Gras ist mit braunen Flecken übersät, als wäre der Erdboden selbst von der bösartigen Aura des Gemäuers vergiftet.«

Genial, dachte er. Weiter so, weiter!

»Trotz des sonnigen, wolkenlosen Tages überfällt mich ein kalter Schauer und das Gefühl unendlicher Traurigkeit im Angesicht dieses düsteren Gebäudes.« Er nickte. Gar nicht schlecht. Erinnerte fast an Edgar Allan Poe. »Das viktorianische Gemäuer ist ein Mahnmal des Todes. Seine Fenster funkeln wie bösartige Augen in den stillen Nachmittag, immer auf der Suche nach neuen Opfern.« Was für ein Blödsinn. Die Fenster waren natürlich einfach nur Fenster, und aufgrund des verheerenden Zustands des Gebäudes war Gorman überrascht, dass keines von ihnen zerbrochen war. Die Eigentümer schienen nur das Nötigste zum Erhalt des Hauses zu tun. Der Rasen hatte etwas Wasser dringend nötig, und die verwitterte Holzvertäfelung schrie förmlich nach einem neuen Anstrich. Aber solche Renovierungsmaßnahmen wären der geheimnisvollen Aura des Hauses wohl eher abträglich.

»Besonders beunruhigend wirken die drei kleinen Speicherfenster, die unter Giebeln im steil abfallenden Dach hervorragen und wie düstere Augenlider wirken. Zwangsläufig fragt man sich, welche Schrecken wohl dahinter lauern. Allein bei dem Gedanken daran läuft es mir eiskalt den Rücken hinunter – zu grausig ist der Gedanke, dass plötzlich eine abscheuliche Fratze dahinter erscheinen könnte.« Eleganter Unsinn, dachte er. Trotzdem ertappte er sich dabei, wie er unverwandt auf das am weitesten entfernte Dachbodenfenster starrte. Und tatsächlich standen ihm die Haare zu Berge. *Zu grausig ist der Gedanke …*

Er senkte die Augen und blickte auf das graue Metall des Diktiergeräts. Das leise Summen des Apparats beruhigte ihn. Als er wieder zum Haus hinübersah, gab er sorgfältig darauf Acht, besagtes Fenster nicht anzustarren.

»Am Ende des Daches befindet sich ein Turm«, fuhr er fort. »Sein Dach ist kegelförmig, wie ein Witwenhut … nein, Hexenhut heißt das. Die Fenster darunter …« Er schaltete das Gerät ab.

Er sah sich um. Von Brian war keine Spur zu sehen. Dann bemerkte er den jungen Mann, wie er mit der Kamera im Anschlag vor der Ticketbude stand. Gorman hupte kurz, worauf Brian die Kamera sinken ließ, ihm zunickte und zum Auto zurückkehrte. Anstatt einzusteigen sah er Gorman durch das geöffnete Fenster an.

»Bist du bald fertig?«

»Moment noch. Ich hab ein paar tolle Schnappschüsse gemacht.

Außerdem fängt die nächste Führung in einer Dreiviertelstunde an.«

Diese Neuigkeit gefiel Gorman ganz und gar nicht. Seine Eingeweide krampften sich zusammen. »Nein, heute nicht«, sagte er. »Ich will erst mit dem Mädchen reden.«

»Alles klar«, sagte Brian und stieg ein. »Das Motel ist nur ein paar Meilen von hier entfernt.« Er rangierte aus der Parklücke. »Wir können es gar nicht verfehlen, hat die Kleine gesagt.«

»Das Mädchen in der Ticketbude?«

»Genau die. Sie heißt Sandy. Sehr freundlich.«

»Ist dir jemals ein Mädchen über den Weg gelaufen, das nicht freundlich zu dir war?«

»Selten«, sagte Brian. Ein Lächeln umspielte seine hohen Wangenknochen, und dann warf er Gorman einen der ernsten, durchdringenden Blicke zu, mit denen er beim anderen Geschlecht so großen Erfolg hatte.

»Pass auf, wo du hinfährst«, sagte Gorman mit unverhohlener Bitterkeit in seiner Stimme. Selbst nach den vier Jahren, in denen sie fast täglich zusammengearbeitet hatten, hegte er noch immer tiefen Neid gegenüber Brian. Das füllige blonde Haar, die tiefblauen Augen, die glatte Haut und sein durchtrainierter, junger Körper schienen Gorman verhöhnen zu wollen. Im Vergleich dazu sah er wie eine alte, übergewichtige Bulldogge aus. Das war einfach nicht fair.

»Ich frage mich, ob es in diesem Nest was aufzureißen gibt«, sagte Brian.

»Unsere Freundin Janice wird schon für die nötige Ablenkung sorgen.«

»Hoffentlich sieht sie einigermaßen aus.«

»Das ist völlig unerheblich. Du hältst dich an unseren Plan.«

»Jaja, schon klar.«

Nachdem sie an einer ganzen Reihe von Souvenirläden, Cafés, Sportwarengeschäften und Tankstellen vorbeigefahren waren, erreichten sie den Stadtrand, hinter dem die Straße in den Wald führte. Gorman sah sich um und fragte sich, ob sie das Welcome Inn übersehen hatten.

»Keine Angst«, sagte Brian. »Wir haben es nicht verpasst. Laut Sandy können wir es gar nicht übersehen. Es muss ganz hier in der Nähe sein.«

Und so war es auch.

Zur Rechten entdeckten sie das zum Welcome Inn gehörige Restaurant namens Carriage House, ein anheimelndes Gebäude mit weißer Holzverkleidung, grünen Tür- und Fensterrahmen sowie einer alten Kutsche auf dem Rasen davor. Ein Fußweg führte vom Eingang des Restaurants zu einem Parkplatz, der von einem Dutzend Bungalows umringt war. Bis auf zwei Autos war der Parkplatz leer.

»Sieht nicht so aus, als wäre es überbelegt«, bemerkte Brian.

»Wie scharfsinnig«, sagte Gorman.

Brian parkte vor der Rezeption. »Willst du hier warten?«, fragte er.

»Das wäre wohl kaum angebracht.«

»Ich dachte nur, dass du dir Notizen machen willst oder so.«

Während Gorman das Diktiergerät ins Handschuhfach zurücklegte, überprüfte Brian seine vom Fahrtwind zerzauste Frisur im Rückspiegel. Dann stiegen sie aus und betraten die Rezeption.

Das Büro wirkte hell und freundlich. Niemand war zu sehen, doch Gorman konnte die Geräusche eines Fernsehers hören. Er trat an die Theke und schlug mit der Handfläche auf eine Klingel, während Brian zu dem Regal mit den Informationsbroschüren ging.

»Wenn sie Broschüren über das Horrorhaus haben, nimm ein paar mit.«

Brian nickte, ohne sich umzusehen.

Gorman ließ den Blick über die Kattunvorhänge, die mit Pinienholz verkleideten Wände, den gelben Körper eines ausgestopften Fisches über der Tür und die Couch unter einem der Fenster wandern, deren Tweedbezüge vom Sonnenlicht verblasst waren. Einige Zeitschriften lagen ordentlich gestapelt auf einem Beistelltisch.

An der gegenüberliegenden Wand hing eine große Karte mit dem Schriftzug MALCASA POINT UND UMGEBUNG – IHR URLAUBSPARADIES. Die Cartoonfiguren darauf gingen verschiedenen Aktivitäten wie Angeln, Sonnenbaden und Schwimmen nach. Auf einem Boot waren ein paar heitere Fischer zu sehen, von denen einer gerade einen Taucher am Haken hatte. In den Luftblasen, die der Taucher ausstieß, befanden sich Ausrufezeichen. An Land wiederum vergnügten sich Camper und Wanderer in bewaldeten Hügeln, ein Fliegenfischer mit Wathosen in einem Fluss und einige Kanufahrer, die auf Stromschnellen ritten. Im Zentrum der Karte war eine äußerst detaillierte Darstellung des Welcome Inn, größer als ganz Malcasa Point darum herum. Gormans Augen folgten der Hauptstraße bis zu einer Zeichnung des Horrorhauses. Auf seinem Dach lauerte eine weiße Gestalt, die in etwa doppelt so groß wie das Haus selbst war. Die Kreatur war weder mit Klauen noch mit Reißzähnen bewaffnet, sondern hatte verdächtige Ähnlichkeit mit Casper, dem freundlichen Gespenst. Auf seinen Bauch war das Wort »Buh!« geschrieben.

»Verzeihen Sie, dass Sie warten mussten.«

Gorman wandte sich um und setzte ein Lächeln auf. »Kein Problem«, sagte er.

Sie schloss die Tür zur Wohnung dahinter, warf einen Blick auf Brian und starrte dann Gorman an. »Mr Hardy?«, fragte sie.

»Janice?«

Sie nickte.

Brian konnte zufrieden sein – sie sah wirklich gut aus. Mit Erleichterung stellte Gorman fest, dass sie offensichtlich nicht minderjährig war. Aufgrund ihrer Briefe hatte er vermutet, dass sie nicht älter als zwanzig sein konnte. Jetzt, da er sie vor sich hatte, schätzte er sie auf etwa achtzehn.

Sie war schlank und sehr attraktiv. Goldene Locken hingen ihr in die Stirn. Unter dem dünnen Stoff ihres T-Shirts, auf dem WILLKOMMEN IM WELCOME INN stand, zeichnete sich deutlich ihr weißer BH ab.

Ja, Brian konnte wirklich zufrieden sein.

Das Mädchen warf einen Blick über ihre Schulter, als wollte sie sichergehen, dass die Tür zum Wohnraum auch wirklich geschlossen war. Dann sah sie wieder Brian an, der mit ein paar Broschüren in der Hand zurückstarrte.

»Er gehört zu mir«, sagte Gorman.

Brian trat vor, als wäre er gerufen worden.

»Janice, das hier ist Brian Blake – mein Assistent, Fotograf und Chauffeur.«

Brian streckte ihr seine Hand entgegen, die Janice mit verwirrter und misstrauischer Miene schüttelte. Gorman hatte seinen Begleiter in keinem seiner Briefe erwähnt. Ob sie nun befürchtete, den Profit dritteln zu müssen?

»Freut mich, Sie kennen zu lernen, Janice«, sagte Brian mit voller, ernster Stimme, ohne ihre Hand loszulassen. »Sehr sogar.«

Sie errötete und öffnete den Mund, ohne etwas zu sagen. Dann riss sie plötzlich die Augen weit auf. »Bri… *der* Brian Blake?«, platzte sie heraus. Ihre Überraschung ließ Gorman schmunzeln. Sie sah aus, als hätte sie einen Filmstar vor sich – ehrfürchtig und ein bisschen ängstlich. »Himmel«, murmelte sie.

»Keine Angst«, sagte Brian. »Den Geist habe ich in Wisconsin gelassen.«

»Mann, das glaub ich einfach nicht.«

Brian ließ ihre Hand los, die schlaff auf die Theke fiel. Sie starrte ihn unverwandt an.

»Sie erinnern sich sicher«, sagte Gorman, »dass Mr Blake und ich sehr eng bei *Der Schrecken von Black River Falls* zusammengearbeitet haben. Nicht nur, dass er diese schreckliche Tragödie hautnah miterlebt hat, er hat auch die Fotografien für den Band beigesteuert. Seitdem ist er mein Assistent und nahezu unersetzlich.«

Janice nickte verdutzt. »Das muss furchtbar für Sie gewesen sein«, sagte sie, ohne die Augen von Brian lassen zu können.

»Da halte ich es mit Nietzsche.«

»Hä?«

»Was mich nicht umbringt, macht mich stärker.«

»Ja. Ja, ganz ihrer Meinung.«

»Außerdem ist das alles schon eine ganze Weile her. Ich werde wohl nie darüber hinwegkommen, aber … ich komme klar.«

»Also …«

»Entschuldigung«, unterbrach Gorman, »aber vielleicht ist das hier nicht der richtige Ort …« Er deutete mit dem Kinn auf die geschlossene Tür, hinter der höchstwahrscheinlich Janices Eltern saßen. »Wieso zeigen Sie uns nicht unsere Zimmer und geben uns Gelegenheit, uns von der Fahrt auszuruhen? Wir können uns ja danach treffen.«

»Alles klar«, sagte sie, lächelte gequält und befeuchtete ihre Lippen. »Wollen Sie zusammen oder …«

»Getrennte Räume, bitte.«

»Okay.« Sie legte zwei Anmeldeformulare auf die Theke. »Würden Sie die bitte ausfüllen?«, sagte sie mit fester, geübter Stimme. Anscheinend war es ihr peinlich, die Fassung verloren zu haben, und wollte nun so professionell wie möglich wirken, was Gorman durchaus amüsierte. Dem Ton ihrer Briefe nach hatte er ein starrköpfiges, zynisches Mädchen erwartet – eine raffinierte Schlampe. Jetzt erkannte er, dass sie keine Schwierigkeiten machen würde. Ihre angebliche Härte war nur Fassade.

Er füllte das Formular aus.

»Jeder Bungalow ist mit Doppelbett, Farbfernseher und Gratiskaffee ausgestattet.«

»Was ist mit einem Massagebett?«, fragte Brian.

Sie runzelte die Stirn und sah ihn misstrauisch an, ohne recht schlau aus ihm zu werden. »Da muss ich Sie leider enttäuschen«, sagte sie und schüttelte den Kopf.

»Ach, Scheiße.«

Ihr Mund verzog sich zu einem Grinsen.

»Große Scheiße, findest du nicht auch, Gorman?«

Jetzt lachte sie leise.

Brian warf ihr einen mitleidheischenden Blick zu. »Ohne Massage kann ich nicht einschlafen.«

»Armer Junge.« Sie hob eine Hand, als wollte sie ihm über den Kopf streichen, hielt sich jedoch im letzten Moment zurück und legte die Hand wieder auf die Theke. »Aber da müssen Sie wohl durch«, sagte sie und lächelte Gorman zu. »Ist der immer so?«

»Nur, wenn schöne Frauen in der Nähe sind.«

Janice errötete bis in die Haarspitzen. »Wie dem auch sei.« Sie holte tief Luft. »Wie lange wollen Sie bleiben?«

»Ich glaube, dass zwei Nächte ausreichen werden. Was meinen Sie?«

»Kommt drauf an. Was haben Sie denn geplant?«

»Das sollten wir wohl besser in Ruhe besprechen.«

»Ja, ist wohl besser.« Sie warf einen schnellen Blick auf Brian, bevor sie die Formulare einsammelte. »Zahlen Sie bar oder mit Karte?«

»Akzeptieren Sie Visa?«

»Natürlich.«

Gorman bezahlte für beide Bungalows. Nachdem er den Beleg unterschrieben hatte, verglich Janice die beiden Signaturen. »Junge Frau, ich bin bestimmt kein Betrüger«, sagte er.

»Hä? Oh, tut mir leid. Macht der Gewohnheit. Ich weiß natürlich, dass Sie Gorman Hardy sind.«

»Im Buch ist kein Foto von mir.«

»Ich habe Sie in der *Today-Show* gesehen.«

»Aha. Ich hoffe, dass Sie mich in Wirklichkeit noch attraktiver finden.«

»Aber ja. Natürlich.«

»Vielen herzlichen Dank. Sie sind überaus liebenswert, Janice.«

Sie zuckte mit den Schultern, murmelte ein Dankeschön und holte zwei Schlüssel unter dem Tresen hervor. »Sie haben die Zimmer Nummer fünf und sechs. Sie sind durch eine Tür verbunden.« Sie zeigte über ihre Schulter. »Fahren Sie da durch. Es ist der dritte Bungalow auf der rechten Seite. Die Eismaschine finden Sie hier vor der Rezeption, und daneben steht ein Getränkeautomat.«

Gorman nickte und beugte sich über den Tresen. »Wann haben Sie Zeit für uns?«, fragte er mit leiser Stimme.

»Eigentlich immer. Mom ist normalerweise drüben im Restaurant, und Dad kann jederzeit die Rezeption für mich übernehmen.«

»Fantastisch. Wenn ich Sie richtig verstanden habe, weiß niemand, weshalb wir hier sind.«

»Genau. Nur ich.«

»Es ist von höchster Wichtigkeit, dass das vorerst auch so bleibt«, sagte er.

»Ich werd's bestimmt keinem erzählen«, sagte Janice. »Wofür halten Sie mich? Schließlich geht's hier um meinen Hals.«

Brian besah sich diesen Hals sehr genau. Ihre Blicke trafen sich, bevor sich Janice mit rotem Kopf wieder Gorman zuwandte.

»Eignet sich einer der Räume für unsere kleine Besprechung?«, fragte er.

»Natürlich. Ich werde ein paar frische Handtücher mitbringen, dann schöpft niemand Verdacht.«

»Sehr gut. Sagen wir in einer Stunde in Nummer sechs?«

»Geht klar.«

»Und vergessen Sie das Tagebuch nicht.«

Kapitel fünf

»*Voilá!*«, rief Nora und tippte mit dem Zeigefinger gegen die Windschutzscheibe. Tyler zuckte zusammen.

Zu ihrer Linken befand sich ein weißgetünchter Lehmsteinbau mit einem roten Ziegeldach. Ein Schild, das an einem Miniaturleuchtturm hing, verkündete »Lighthouse Inn – Bar und Restaurant«.

Tyler sah in den Rückspiegel. Der Mustang war etwa hundert Meter hinter ihnen. Sie blinkte, und einen Augenblick später blinkte auch Abe. Dann bogen sie in den gepflasterten Parkplatz.

Nora beugte sich vor, drehte den Rückspiegel herum und fing an, sich das Haar zu bürsten. Tyler hielt an, wartete, bis Nora fertig war, und betrachtete sich dann selbst im Spiegel. Ihre Frisur war durcheinandergeraten, sah aber noch einigermaßen akzeptabel aus. Und Blut schien sie auch nicht mehr im Gesicht zu haben.

Der Mustang hielt neben ihnen. Tyler nahm die Handtasche vom Rücksitz und stieg aus. Eine angenehme Brise wehte vom Ozean herüber, zerzauste ihr Haar und blähte ihre Bluse auf. Da sie darauf verzichtet hatte, den untersten Knopf zu schließen, konnte Abe einen Blick auf ihren nackten Bauch erhaschen. Schnell schloss sie den Knopf, und er sah ihr ins Gesicht. Keine harten Augen, dachte sie. Durchdringend, ja, und auch etwas amüsiert.

»Hätte nicht gedacht, dass wir noch was finden«, sagte Nora.

»Ja, da haben wir Glück gehabt.«

»Verdammte Provinz.«

Jack ging voraus und öffnete ihnen die schwere Holztür. Sie betraten das dunkle Foyer, und eine blonde Empfangsdame in Rollkragenpullover und Schottenrock näherte sich ihnen mit einem Stapel Speisekarten. Als Abe ihr gesagt hatte, dass sie nur etwas trinken wollten, führte sie sie durch einen fast leeren Speisesaal zu einem

Fenstertisch. »Ihre Bedienung kommt sofort«, sagte die Frau und verließ sie.

»Netter Schuppen«, sagte Jack.

»Haben wir extra für euch ausgesucht«, sagte Nora.

»Seid ihr öfter hier?«, fragte Abe und hob eine Augenbraue.

»Immer, wenn wir in der Gegend sind.«

»Wir sind aus L.A.«, sagte Nora. »Und ihr?«

»Mal hier, mal da«, sagte Jack.

»Ihr seid echte Geheimnistuer«, sagte Nora. »Seid ihr Bankräuber oder so?«

Jack grinste. »Wäre mal eine Idee. Was meinst du dazu, Abe?«

»Man könnte uns wohl als Landstreicher bezeichnen.«

»Wanderarbeiter? So wie César Chávez?«

Jack lachte – es war mehr ein hohes, leises Kichern, das so gar nicht zu seinem muskulösen Körper passen wollte. Dafür umso mehr zu seinem Jungengesicht, wie Tyler fand.

Die Kellnerin kam. Nora bestellte einen Wodka Martini und Tyler eine Margarita. Abe verlangte ein Dos Equiis, aber da sie kein mexikanisches Bier hatten, entschied er sich für ein Michelob. Jack nahm das Gleiche.

»Also«, sagte Nora. »Ihr seid also auf der Flucht?«

Abe schüttelte lächelnd den Kopf. »Eigentlich wurden wir gerade aus dem Marine Corps entlassen.«

»Oha! Ledernacken.« Sie grinste Tyler an. »Was hab ich dir gesagt? Es sind harte Jungs.«

»Ihr wurdet gerade entlassen?«

»Seit Montag sind wir Zivilisten.«

»Waren aber seit ’67 dabei«, fügte Jack hinzu.

»Heiliger Strohsack. Zwölf Jahre?«

»Uns hat’s gefallen«, sagte Jack.

»Aber nicht gut genug, um uns noch mal zu verpflichten.«

Jack rümpfte die Nase und schüttelte den Kopf. »Wenn gerade kein Krieg ist, kann es ziemlich langweilig sein.«

»Machst du Witze?«, fragte Nora.

»Es ist nicht so, dass uns das Kämpfen so großen Spaß gemacht hat«, sagte Abe.

»Das ist vielleicht deine Meinung«, wandte Jack ein.

»Trotzdem ist die Armee zu Friedenszeiten eine ziemlich öde Truppe, und nach unserem letzten, weniger glorreichen Krieg werden wir auch so schnell keinen neuen mehr anfangen. Ohne Krieg ist es nicht besonders sinnvoll, ein Soldat zu sein. Also haben wir uns entschlossen, uns mal als Zivilisten zu versuchen.«

»Und was wollt ihr jetzt tun?«, fragte Tyler.

»So wenig wie möglich«, sagte Jack grinsend.

»Im Moment machen wir auf Touristen. Wir haben Camp Pendleton am Montag verlassen, und seitdem waren wir im Hearst Castle in Sant Simeon, haben uns Monterey und Big Sur angesehen, und waren ein paar Tage in San Francisco, um uns dort die Sehenswürdigkeiten anzugucken.«

»Reine Entspannung«, sagte Jack.

Die Kellnerin brachte ihre Drinks.

»Auf unsere glückliche Begegnung«, sagte Nora und hob das Glas.

»Hört, hört«, sagte Jack.

»Und vielen Dank, dass ihr uns geholfen habt«, sagte Tyler.

Abe lächelte. »War uns ein Vergnügen.«

Sie tranken, und nach ein paar Schlucken seufzte Jack laut. »Ah. Genau das habe ich jetzt gebraucht.«

»Also, ihr seid aus Los Angeles«, sagte Abe. »Was führt euch in diese Gegend?«

»Ach, wir …«

»Wir suchen nach Tylers alter Flamme«, platzte Nora heraus.

Warum konnte sie nicht ein einziges Mal die Klappe halten? Tyler spürte, wie sie errötete. »Eigentlich waren wir wegen einem Kongress in San Francisco. Da dachten wir, wir könnten mal nachsehen, was aus ihm geworden ist.«

Abe sah sie an. Lag da Enttäuschung in seinen Augen, oder war es nur Interesse? Neugier?

Tyler zuckte mit den Achseln. »Wir waren … sehr gute Freunde. Ich habe ihn seit fünf Jahren nicht mehr gesehen.«

»Willst du einen Neuanfang versuchen?«

Sie starrte in ihren Margarita. »So etwas in der Art, ja.«

»Er wohnt angeblich in Malcasa Point«, sagte Nora. »Das ist etwa eine Stunde von hier entfernt. Wir wollten dort übernachten.«

»Das ist ja ein Zufall«, sagte Jack. »Wir nämlich auch.«

Abe sah seinen Kumpel an und hob die Augenbrauen.

»Hast du schon vergessen? Vor einer halben Stunde hab ich zu dir gesagt, ›Warum bleiben wir nicht die Nacht über in Malcasa Point?‹, und du hast gesagt, ›Klar, klingt gut‹.«

»Ach ja, stimmt.«

»Vielleicht laufen wir uns ja da über den Weg.«

Jetzt sah Abe auf seine Flasche herunter, die er langsam zwischen seinen Händen drehte.

»Wer weiß?«, fuhr Jack mit breitem Grinsen fort. »Die Welt ist klein.«

»Und Malcasa Point auch«, fügte Nora hinzu.

»Wir könnten euch ja zum Essen ausführen – wenn wir uns dort treffen.«

Tyler sank in ihrem Stuhl zurück. »Ich weiß nicht so recht«, sagte sie leise. »Vielleicht … ändern wir ja unseren Plan, wenn wir Dan gefunden haben.«

»Wenn sie Dan wirklich findet«, sagte Nora. »Bin ich ganz allein in einer fremden Stadt und weiß nicht, was ich anstellen soll.«

»Das können wir ändern«, sagte Jack.

Nora drückte seinen massigen Unterarm. »Hört sich gut an. Warum folgt ihr zwei uns nicht einfach? Dann verirrt ihr euch nicht, und wir haben zwei starke Marines an unserer Seite, für den Fall, dass uns noch mehr Psychos über den Weg laufen.«

»Alles klar«, sagte Jack.

Kapitel sechs

Brian saß auf der Bettkante und beobachtete Janice, die an dem geliehenen Mercedes vorbeiging. Als sie bemerkte, dass er sie durch das Fenster anstarrte, lächelte sie. Sie trug jetzt ein ärmelloses gelbes Sommerkleid mit einer Schärpe um die Taille. Der Wind drückte den Stoff gegen ihre Schenkel. In der Hand trug sie einen Stapel weißer Handtücher, und um ihren Arm hatte sie eine Einkaufstasche geschlungen. »Da kommt sie«, sagte Brian und nippte an seinem Martini.

Gorman öffnete ihr die Tür. »*Entrez*«, sagte er mit einer leichten Verbeugung.

Janice trat ein und schloss die Tür mit der Sohle ihres weißen Turnschuhs.

Gorman nahm ihr die Handtücher ab, legte sie auf eine Kommode und lächelte ihr wie ein zufriedener Gast zu. »Setzen Sie sich aufs Bett, meine Liebe.«

»Danke«, sagte sie mit dünner Stimme. Sie klang ziemlich nervös, lächelte Brian kurz und mit zusammengepressten Lippen zu und ließ sich auf der Kante von Gormans Bett nieder. Nachdem sie ihre Tasche abgestellt hatte, setzte sie sich aufrecht und steif hin und glättete ihr Kleid über den Schenkeln. Sie leckte sich über die Lippen. »Ist … sind Sie mit den Zimmern zufrieden?«, fragte sie und sah erst Brian und dann Gorman an.

»Sie sind ganz reizend«, sagte Gorman. »Darf ich Ihnen einen Cocktail anbieten?«

Sie nickte, wobei ihr Pony auf und ab wippte. »Klar. Okay.«

»Sollte sie uns nicht vorher ihren Ausweis zeigen?«, fragte Brian.

Sie lachte leise und nervös. »Also gut, ich gestehe. Ich bin erst achtzehn.«

»Na ja«, sagte Brian. »Machen wir mal eine Ausnahme. Wenn Sie uns nicht verpfeifen.«

Diesmal klang ihr Gelächter weniger gekünstelt. Sie beobachtete, wie Gorman zwei Fingerbreit Martini aus dem Shaker in ein Glas goss, eine Olive auf einem säbelförmigen Plastikzahnstocher aufspießte und sie in ihren Drink fallen ließ. Er reichte Janice den Martini, bevor er sich und Brian nachschenkte. Schließlich holte er sich einen Stuhl, setzte sich ihr gegenüber und hob das Glas. »Lassen Sie mich einen Trinkspruch ausbringen. Auf das Horrorhaus, unsere Partnerschaft und auf unseren zukünftigen Reichtum.«

Sie stießen die Gläser aneinander und tranken. Janice nippte nur, verzog das Gesicht und lächelte. Beim zweiten Schluck nickte sie – offensichtlich schien dieser ihr besser zu schmecken.

»Zu viel Wermut?«, fragte Gorman.

»Nein, nein. Sehr gut.«

»Also, wollen wir – wie sagt man? – Klartext reden?«

»Einverstanden.«

»Ich habe lange über Ihr Angebot nachgedacht, halbe-halbe zu machen. Obwohl mir dieser Vorschlag etwas unverschämt erscheint, wird es doch, worauf Sie ja nicht müde wurden, mich hinzuweisen, ohne Ihre Mitarbeit kein Buch geben. Schließlich ist das Ganze Ihre Idee. Und außerdem sind *Sie* im Besitz des Tagebuchs. Also kam ich zu dem Schluss, dass Ihr Angebot durchaus annehmbar ist.«

Sie hob die Augenbrauen, bis sie unter ihrem Pony verschwanden. »Das heißt, dass Sie einsteigen wollen?«

»Genau.«

»Toll.«

»Brian?«

Brian stellte sein Glas ab und öffnete einen Aktenkoffer, der neben ihm auf dem Bett lag. Er zog einen Briefumschlag heraus und entnahm ihm zwei sauber getippte Seiten, die er Janice reichte.

»Ich habe mir die Freiheit genommen, einen Vertrag aufzusetzen«, sagte Gorman. »Er beinhaltet – vereinfacht gesagt – dass ich der alleinige Inhaber des Copyrights sein werde, Sie auf alle Rechte an dem geplanten Buch verzichten und dafür fünfzig Prozent von allen erzielten Einkünften erhalten werden. Außerdem garantiert er Ihnen, dass Ihre Beteiligung an diesem Projekt geheim bleibt. Ich nehme an, dass dies in Ihrem Interesse ist, da Sie ja der Meinung sind, dass Sie in Gefahr geraten würden, wenn Ihre diesbezüglichen Aktivitäten bekannt würden.«

Nickend überflog sie die beiden Seiten.

»Das ist eine Kopie«, sagte Gorman.

»Tja, sieht ja ganz gut aus.«

Gorman beugte sich vor und hielt ihr seinen vergoldeten Füller hin. »Wenn Sie nun bitte unterschreiben und das heutige Datum einsetzen würden …«

Sie legte die Papiere auf ihre Schenkel und kritzelte ihren Namen und das Datum auf beide Ausfertigungen des Vertrags. Gorman Hardy hatte bereits vor zwei Wochen darauf unterschrieben.

»Einer ist für Sie, einer für uns«, sagte Brian. Sie reichte ihm einen der Verträge und gab Gorman seinen Füller zurück. Dann faltete sie ihre Kopie zusammen und steckte sie in die Einkaufstasche. Sie kramte in der Tasche und holte unter einem zusammengelegten Pullover ein dünnes, in Leder gebundenes Buch hervor. Auf der Vorderseite befand sich ein Messingschloss, dessen Lasche von der Rückseite herabhing.

»Ist dies das Tagebuch?«, fragte Gorman.

»Es gehört Ihnen.« Sie gab es ihm und nahm einen großen Schluck Martini.

Gorman öffnete das Buch auf der ersten Seite. »Mein Tagebuch – der wahrhaftige Bericht meines Lebens samt höchst privater Aufzeichnungen, Band 12. Geschrieben im Jahre des Herrn 1903. Elizabeth Mason Thorn«, las er laut vor. »Unglaublich«, murmelte er, als er durch die Seiten blätterte.

»Bis zum April ist es ziemlich langweiliges Zeug«, sagte Janice.

»Dann fängt sie was mit ihrem Hausarzt an. Und um den achtzehnten April herum kommt dann die Bestie ins Spiel. Sie nennt sie Xanadu.«

»Xanadu? Wie in *Kubla Khan* von Coleridge? ›In Xanadu schuf Kubla Khan ein prunkvolles Vergnügungsschloss. Wo Alph, der heil'ge Strom durchfloss, die tiefen Höhlen, menschenlos, hinab zum dunklen Ozean.‹«

»Wie dem auch sei«, sagte Janice. »So hat sie das Ding jedenfalls genannt. Ihre Aufzeichnungen klingen ziemlich irre, und wenn es nicht so plausibel erklären würde, was hinter diesen Morden steckt, hätte ich gedacht, dass sie das Ganze erfunden hat. Aber die Morde sind schließlich tatsächlich passiert.«

»Hmmmm.« Gorman öffnete das Tagebuch an einer beliebigen Stelle und fing an zu lesen: »›Sein warmer Atem auf meinem Gesicht duftete nach Erde und wilden, unergründeten Wäldern. Er legte seine Hände auf meine Schultern, und Krallen bohrten sich in meine Haut. Starr vor Schrecken und Verwunderung stand ich hilflos vor der Kreatur, die den Stoff meines Nachthemdes zerriss‹.«

Brian pfiff leise durch die Zähne.

Janice warf ihm ein schiefes Lächeln zu. Offensichtlich stieg ihr der Martini langsam zu Kopf.

»›Als ich völlig entblößt war, leckte er mich wie ein Hund ab. Seine Zunge fuhr über meine Brüste. Er schnupperte selbst an meinen intimsten Körperteilen und stieß mit seiner Schnauze dagegen‹«, fuhr Gorman fort.

Janice presste die Beine zusammen.

»Also«, sagte Gorman und klappte das Buch zu. »Wie es aussieht, haben Sie in Ihrem Brief nicht zu viel versprochen. Erzählen Sie uns – wie gelangte das Tagebuch in Ihren Besitz?«

»Ich habe es in einem der Bungalows gefunden – das hab ich Ihnen doch geschrieben.«

»Könnten Sie wohl etwas ins Detail gehen?«

Sie leerte ihren Martini und nickte.

»Noch einen?«, fragte Gorman.

»Klar. Warum nicht?« Sie riss die Augen weit auf, als wollte sie prüfen, ob ihre Lider noch funktionierten. Gorman nahm ihr das Glas ab, goss die klare Flüssigkeit hinein und reichte es ihr wieder. Sie nahm einen kleinen Schluck. »Also …«

»Macht es Ihnen etwas aus, wenn ich das Diktiergerät einschalte?«

Ein verwirrter Ausdruck erschien auf ihrem Gesicht. »Ich dachte, ich werde in dem Buch nicht vorkommen?«

»Stimmt. Nichts, was Sie erzählen, wird Eingang in das Werk finden. Trotzdem müssen wir bezüglich der Herkunft des Manuskripts hieb- und stichfeste Beweise sammeln. Ich weiß nicht, ob Sie sich bewusst sind, dass die Wahrhaftigkeit einiger Fakten im vorhergehenden Buch angezweifelt wurde.«

»Hä?«

»Beim *Schrecken von Black River Falls* haben ein paar Leute behauptet, dass wir uns die verdammte Geschichte nur ausgedacht hätten«, sagte Brian.

Janice runzelte die Stirn. »Aber das stimmt nicht. Oder etwa doch?«

»Natürlich nicht«, sagte Brian. »Trotzdem hatten wir nur wenig in der Hand, um unsere Behauptungen zu beweisen. Deshalb wollen wir alles, was Sie sagen, aufzeichnen. Wenn uns wirklich jemand auf den Schlips treten will, haben wir eine Aufnahme, die beweist, dass diese Unterhaltung tatsächlich stattfand.«

»Ach so.« Sie nickte. »Verstehe. Okay.«

Gorman nahm das Diktiergerät von der Kommode und schaltete es ein. »Es folgt eine Stellungnahme von Janice Crogan aus Malcasa Point in Kalifornien, in der sie erklärt, wie sie in den Besitz von Elizabeth Thorns Tagebuch gelangte.« Er beugte sich vor und legte den Apparat auf das Bettlaken neben ihrer Hüfte.

»Also gut«, sagte sie. »Mein Name ist Janice Crogan. Meinen Eltern gehört das Welcome Inn hier in Malcasa, und ich helfe ihnen dabei, den Laden zu schmeißen. Das Tagebuch habe ich letzten Sommer in Bungalow Nummer neun gefunden. So gegen Ende Juni. Zimmermädchen haben wir keine, weil Dad der Meinung ist, dass uns die Ausgaben dafür ruinieren würden. Ich und meine Mom – meine Mom und ich – müssen alles alleine saubermachen. Und da habe ich das Tagebuch gefunden. Es lag unter einem der Betten. In Bungalow Nummer neun – habe ich das schon erwähnt? Wie dem auch sei – einer der Gäste muss es dort zurückgelassen haben.«

»Haben Sie eine Ahnung, wer das gewesen sein könnte?«, fragte Gorman.

Sie schüttelte den Kopf und schob die Zunge in die linke Wange. Dann sah sie mit finsterer Miene auf ihren Drink und nahm einen Schluck. »Keine Ahnung, wie lange es dort schon gelegen hat. Ein paar Tage vorher haben dort eine Frau und ihre Tochter gewohnt. Das war, wenn … äh … als dieser Typ …«

Mit einem Mal entglitten ihr die Gesichtszüge. Sie kniff die Augen fest zusammen, und ihr Mund verzog sich zu der Parodie eines Lächelns, während Tränen über ihre Wangen liefen. Sie schluchzte laut auf und legte eine Hand über die Augen. Die andere Hand zitterte so stark, dass sie fast ihren Drink verschüttet hätte.

Brian nahm ihr das Glas ab. Sie beugte sich vor und vergrub ihr Gesicht in beiden Händen. Er setzte sich neben sie und legte einen Arm um ihren bebenden Rücken. »Hey, ist schon in Ordnung«, sagte er mit besänftigender Stimme. »Ist schon gut, Janice.« Er drückte sie an sich.

»Es tut mir leid«, platzte sie zwischen zwei Schluchzern heraus. »Sie müssen ja denken, ich …«

»Pssst.« Sanft strich er über ihr Haar und streichelte ihren Rücken, spürte die angenehme Wärme ihrer Haut durch den Stoff.

Langsam bekam sie sich wieder unter Kontrolle.

Gorman reichte ihr ein Taschentuch. Sie wischte sich die tränennassen Wangen und Augen ab und schnäuzte sich fest. Dann setzte sie sich gerade hin und holte tief Luft.

»Besser?«, fragte Brian.

»Viel besser.« Sie schniefte und schüttelte den Kopf. Offensichtlich war ihr der Gefühlsausbruch peinlich. »Entschuldigung … Ich dachte, ich wäre drüber weg. Sieht aber nicht danach aus, was?« Sie versuchte ein Lächeln. »Also … dieser Kerl, er hat … *Oh Gott.*«

Brians Hand wanderte langsam über ihren Rücken. »Ist schon gut«, sagte er.

»Ich habe ihn ertappt, wie er in einen der Bungalows einbrechen wollte«, sagte sie hastig, als wollte sie es so schnell wie möglich loswerden. »Er hatte ein Mädchen dabei. Es hieß Joni. Er hat ihre Eltern umgebracht und sie entführt und – Gott! – ziemlich schlimme Sachen mit ihr angestellt. Aber das haben wir erst später rausgefunden. Auf jeden Fall, dieser Kerl, er hieß Roy, packte mich und fesselte mich in einem der Bungalows und … hat uns beide missbraucht. Vergewaltigt.«

»Wie schrecklich«, sagte Gorman.

»Ja. Er war ein … es war furchtbar.« Sie presste die Lippen zusammen, biss die Zähne aufeinander und atmete scharf durch die Nase aus. »Das war zwei Tage, bevor ich das Tagebuch gefunden habe. Ich weiß nicht, ob das eine was mit dem anderen zu tun hat. Joni konnte sich befreien, ist weggerannt, und der Typ ist ihr hinterher. Danach habe ich ihn nie wieder gesehen. Er war einfach weg, genau wie vier andere Gäste. Alle fünf …« Sie zuckte mit den Achseln. »Sie sind spurlos verschwunden.«

Sie hob ihr Glas auf und nahm einen Schluck. »Aber da war noch etwas anderes. Diese Leute – sie wohnten in Nummer neun und zwölf – haben ihr gesamtes Gepäck zurückgelassen. Und ihre Autos. Das ganze Zeug lag am Abend noch rum, aber am darauffolgenden Morgen war alles verschwunden. Bis auf das Tagebuch, das ich dann gefunden habe. Ob sie es dort vergessen haben, weiß ich nicht. Vielleicht lag es schon Tage, eine Woche oder wer weiß wie lange dort. Tja, mehr gibt es dazu eigentlich nicht zu sagen.«

»Und Sie haben niemandem davon erzählt?«, fragte Gorman.

»Nein. Ich war allein im Zimmer. Beim Staubsaugen. Aber ich wusste sofort, dass es in dem Buch um das Horrorhaus geht. Den Namen Thorn kennt hier jeder. Lilly hat das Haus gebaut, und ihre Schwester und ihre Kinder waren die ersten Opfer. Sie landete schließlich in einer Klapsmühle. Das weiß ich, weil ich die Führung mitgemacht habe – und das nicht nur einmal. Nicht, dass sie mir besonders gefallen hätte, aber es ist nun einmal die Hauptattraktion hier, und immer, wenn uns jemand von außerhalb besucht hat – Verwandte und so – mussten wir da hin. Daher kenne ich die Führung ziemlich gut, und als ich in dem Tagebuch geblättert habe, sind mir fast die Augen aus dem Kopf gefallen. Ich habe es in meinem Zimmer versteckt und ganz durchgelesen. Es hat mir richtig Angst gemacht.«

»Warum das?«, fragte Gorman.

»Lesen Sie's, und Sie werden es verstehen. Klar, *irgendjemand* hat diese Leute umgebracht, aber ich dachte immer, es wäre ... ach, keine Ahnung, was ich gedacht habe, auf jeden Fall nicht, dass es ein verdammtes Ungeheuer war. Ich habe die Geschichten von der Bestie für ausgemachten Blödsinn gehalten – bis ich das Tagebuch gelesen habe. Jetzt macht mich das Ganze ein bisschen nervös. Wenn bestimmte Leute erfahren, dass ich es habe ...«

»Was für Leute?«

»Na, Maggie Kutch zum Beispiel. Das ist die alte Schachtel, der das Horrorhaus gehört. Sie werden sie ja kennen lernen, wenn Sie die Führung mitmachen. Und nicht zu vergessen dieser ekelhafte Wick Hapson. Er ist ihr Diener oder Geliebter oder so. Er verkauft die Eintrittskarten.«

»Aber heute Nachmittag saß eine junge Frau in dieser Bude, als wir vorbeifuhren.«

Janice zuckte mit den Achseln. »Keine Ahnung, wer das ist. Nach Möglichkeit versuche ich, das Horrorhaus zu meiden. Natürlich komme ich ab und zu daran vorbei, aber seit ich das Tagebuch gelesen habe, kann ich auf die Führung gut verzichten. Vielleicht haben sie irgendein Mädchen angeheuert. Dazu kann ich nichts sagen.«

»Was haben Sie getan, nachdem Sie das Tagebuch gelesen hatten?«

»Nichts. Ich hab es versteckt. Zuerst wollte ich es wegwerfen. Schon allein der Gedanke, es rumliegen zu haben, machte mir Gänsehaut. Aber dann fiel mir ein, dass es ja ziemlich wertvoll sein muss. Als ich letzten März Ihr Buch gelesen habe, wusste ich, dass da eine tolle Story drinsteckt. Und da habe ich Ihnen den Brief geschrieben.«

Gorman beugte sich vor und hob das Diktiergerät auf. »Wollen Sie noch etwas hinzufügen?«

»Nein, ich glaube, das wäre alles.«

Er schaltete den Apparat aus.

Janice leerte ihren Martini und stellte das Glas auf das Bettlaken.

»Jetzt würde ich gerne das Tagebuch lesen«, sagte Gorman. »Morgen werden wir diese Führung mitmachen. Wollen Sie uns begleiten?«

»Lieber nicht. Ich weiß nicht so recht. Vielleicht. Ich denke drüber nach.«

Kapitel sieben

Bald nach dem Lighthouse Inn führte der Pacific Coast Highway landeinwärts. Sie fuhren durch bewaldete Hügel, und der salzige, frische Geruch des Ozeans wich dem süßlichen Duft der Pinien. Der blaue Mustang verschwand hinter einer Kurve, und Tyler ging vom Gas, bis der Wagen wieder im Rückspiegel auftauchte.

»Da!«, sagte Nora.

Zur Linken befand sich ein Straßenschild, auf dem MALCASA POINT – 3 MEILEN stand. Tyler fuhr langsamer, blinkte und wechselte abrupt auf die Abbiegespur.

»Warte auf sie«, sagte Nora.

Sie bremste fast auf Schrittgeschwindigkeit ab, bis der Mustang ebenfalls um die Kurve gebogen war. Die Straße führte eine schattige Anhöhe hinab. Vor ihnen überquerte ein Eichhörnchen die Fahrbahn, dessen Schwanz an ein Fragezeichen erinnerte. Tyler trat auf die Bremse, um das Tier nicht zu gefährden. Hinter dem Hügel konnten sie durch die Bäume den Ozean erkennen. Der Wind, der durch das Autofenster pfiff, war kalt und schmeckte wieder nach Meer.

»Wir sind fast da«, sagte Nora.

Tylers Eingeweide krampften sich zusammen. *Fast da*. Ihre Hände, die das Steuerrad umklammerten, waren schweißnass. Sie wischte sie sich eine nach der anderen an ihrer Kordhose ab. »Wir sollten uns erst um ein Hotel kümmern, bevor wir uns auf die Suche nach Dan machen«, sagte sie.

Nora war einverstanden.

Nach einer Rechtskurve sahen sie ein Schild neben dem Straßengraben: WILLKOMMEN IN MALCASA POINT. EINWOHNERZAHL: 400. FAHREN SIE VORSICHTIG. Tyler holte tief Luft. Sie zitterte am ganzen Körper.

Vor ihnen lag das Stadtzentrum. Malcasa Point war kaum mehr als ein Dorf. Geschäfte säumten die Hauptstraße, die sich schon bald wieder im dichten Wald verlor.

»Tiefste Provinz«, sagte Nora. »Ich hoffe, hier gibt es überhaupt ein Hotel. Und ich hoffe, dass es nicht *dieser Schuppen* ist«, fügte sie hinzu und sah aus dem rechten Fenster.

Tyler folgte ihrem Blick. Durch einen schmiedeeisernen Zaun am Straßenrand konnte sie ein verwittertes, zweistöckiges Gebäude im viktorianischen Stil mit Erkerfenstern und einem kleinen spitzen Turm erkennen.

»Ich dachte, das Bates-Motel steht in den Universal Studios«, sagte Nora.

»Vielleicht haben sie es hierherverlegt.«

»Sollen wir anhalten und die Führung mitmachen?«

»Bestimmt nicht«, sagte Tyler und fuhr weiter. Der Mustang blieb auf dem Weg durch die Stadt immer dicht hinter ihnen.

Nora beugte sich vor und beäugte durch die Windschutzscheibe die Geschäfte zu beiden Seiten der Straße. »Gibt's hier kein Holiday Inn? Oder ein Ritz, oder zumindest ein Hyatt?«

»Irgendwas muss hier ja sein.«

»Bis jetzt sehe ich gar nichts. Halt doch mal an der Tankstelle da an, dann können wir nachfragen.«

»Wir müssen ja sowieso tanken«, sagte Tyler, blinkte lange im Voraus, bog ab und parkte neben einer Zapfsäule. Sie schaltete den Motor ab und warf einen Blick über ihre Schulter. Der Mustang hatte ebenfalls angehalten. Abe stieg aus, nickte ihnen zu und öffnete den Tankdeckel.

Ein dünner, missmutig dreinblickender Mann kam auf Tyler zu und beugte sich zu ihr herunter. Laut eines Schilds auf seinem Hemd hieß er Bix. Er spähte durch das Fenster, als wollte er sie begutachten, und sein Mund verzog sich zu einem schiefen Lächeln. »Ladys?«, fragte er.

»Hi. Volltanken, bitte. Bleifrei.«

Er tippte gegen den Fensterrahmen und schlenderte um den Wagen herum.

»Ich muss mal einen Boxenstopp machen«, sagte Nora. »Die Gelegenheit ist günstig.« Sie stieg aus, ging um die Zapfsäulen herum und auf die Toiletten zu.

Tyler verließ ebenfalls den Wagen, streckte sich und genoss das Gefühl, wie sich ihre Muskeln lockerten. Sie roch die frische Ozeanbrise, die sich mit dem Geruch von Pinien und dem Gestank von Benzin mischte. Die kühle Luft umspielte den vom Schweiß durchnässten Stoff ihrer Bluse, die an ihrem Rücken klebte. Sie griff hinter sich und zog die Bluse von ihrem Körper.

Abe beobachtete die Anzeige auf der Zapfsäule.

Bix kam auf sie zu.

»Soll ich mal unter die Haube gucken?«, fragte er.

»Ja, bitte.«

Er nickte, starrte einen Augenblick lang auf ihre Brüste, dann beugte er sich über die Motorhaube und suchte nach dem Schnappverschluss.

Tyler sah an sich herab, um sicherzugehen, dass sie ihre Bluse auch wirklich zugeknöpft hatte. »Kann man hier irgendwo übernachten?«, fragte sie.

»Suchen Sie ein Hotel oder so was?«

»Genau.«

Er leckte sich über die Unterlippe und starrte wieder auf ihre Brüste, als wäre die Antwort dort zu finden. »Da kommt nur das Welcome Inn in Frage. Das ist das einzige Hotel in der Stadt«, sagte er endlich. »Es ist ungefähr eine halbe Meile von hier.«

»Vielen Dank.«

Er öffnete die Motorhaube, und Tyler war froh, dass sie ihm die Sicht versperrte. Sie überlegte, ob sie ihn nach der Seaside Lane fragen sollte, wollte aber nichts weiter mit dem Kerl zu tun haben. Sie würden Dan auch ohne Hilfe dieses Lustmolchs finden.

Abe war immer noch damit beschäftigt, seinen Wagen vollzutanken. Als sie zu ihm hinüberging, sah er auf und lächelte. »Alles klar?«, fragte er.

»Etwa eine halbe Meile von hier ist ein Hotel. Das behauptet zumindest dieser Kerl.«

»Ich habe mich schon gefragt, ob es hier überhaupt eins gibt.«

»Ja, und zwar genau eines. Das Welcome Inn.«

»Also gut. Wir folgen euch.« Schließlich war der Tank gefüllt, und er zog den Zapfhahn heraus und steckte ihn in die Säule zurück, wobei er aufpasste, dass kein Benzin auf seine Nikes tropfte. Dann schnüffelte er an seinen Fingern, was Tyler ein Grinsen entlockte. »Stinkt«, sagte er.

Sie lachte. »In meinem Wagen sind Taschentücher.«

»Danke«, sagte er. »Aber ich bin ein großer Junge. Ich werde schon klarkommen.« Er schraubte den Tankdeckel zu.

»Ist nicht mehr viel Öl drin«, sagte Bix, der sich ihnen von hinten genähert hatte.

»Danke«, sagte sie. »Bis später.« Sie kehrte zu ihrem Auto zurück, stieg ein und beobachtete durch das Fenster, wie Abe bezahlte und den Geldbeutel wieder in die Hosentasche steckte, wo er eine kleine Beule auf seinem sonst wohlgeformten Hintern bildete.

Die Beifahrertür schwang auf. »Los geht's«, sagte Nora und stieg ein.

»Alles klar?«, fragte Tyler.

»Könnte nicht besser sein. Hast du nach einem Hotel gefragt?«

»Ja. Einfach die Straße runter.«

»Prima.«

Als sich Bix näherte, zog Tyler die Kreditkarte aus ihrer Tasche.

»Elf fünfzig«, sagte er.

Sie reichte ihm die Karte, und er verschwand damit in seinem Büro. »Was für ein Ekelpaket«, sagte sie.

»Weshalb?«

»Deshalb.« Sie starrte auf Noras Brüste, zuckte mit den Augenbrauen und leckte sich über die Lippen.

»Lad ihn doch auf einen Drink ein.«

»Lieber sterbe ich.«

Einen Augenblick später stand er wieder vor ihrem Wagen, notierte sich das Autokennzeichen und ging zu Tylers Fenster. Sie nahm ein Plastikklemmbrett von ihm entgegen und unterzeichnete die Quittung.

»Seid ihr mit diesen Typen da unterwegs?«, fragte er.

Tyler gab keine Antwort.

»Die sind vom Secret Service. Unsere Bodyguards«, sagte Nora.

»Ach ja? Willst du mich verarschen?«

Tyler nahm ihre Kreditkarte von dem Brett.

»Erkennen Sie sie nicht? Das ist Amy Carter.«

Sie riss die oberste Kopie der Quittung ab.

»Können Sie auch nicht«, fuhr Nora fort. »Sie ist nämlich inkognito unterwegs.«

Tyler hielt Bix das Klemmbrett hin, und er riss es ihr aus der Hand. Er beugte sich vor und starrte Nora an. »Bist ja ein echter Spaßvogel.«

Tyler ließ den Motor an, löste die Handbremse und legte den ersten Gang ein.

»Kl…«

Sie ließ die Kupplung kommen. Das Auto machte einen Satz nach vorn.

»Ich kann Sie nicht verstehen!«, rief Nora.

»Ich schon.«

»Und was hat er zu mir gesagt?«

»Klugscheißerfotze.«

»Wirklich?«

»Bitte. Zeig ihm jetzt nicht den Finger. Er weiß, wo wir die Nacht verbringen.«

»Ach so. Na gut, du Feigling.«

»Und?«

»Die Seaside Lane?«, antwortete der freundliche, glatzköpfige Mann an der Rezeption. »Kommen Sie aus Richtung Stadt?«

»Ja«, sagte Tyler.

»Wenn Sie das elende Nest so bezeichnen wollen«, fügte Nora hinzu.

Der Mann kicherte. Jack Wyatt, der neben Abe wartete, schmunzelte ebenfalls.

»Also gut«, sagte der Mann. »Sie fahren zu dem Nest zurück, das ich Stadt nenne. Hinter dem Monsterschuppen ist eine unbefestigte Straße zu Ihrer Rechten.«

»Hinter dem Horrorhaus?«

»Genau. Dem Monsterschuppen. Die Straße heißt Beach Lane. Sie führt zum Strand, aber so weit brauchen Sie nicht zu fahren. Etwa nach hundert Metern kreuzt dann die Seaside Lane.«

»Vielen Dank.«

»Wo ist das beste Restaurant der Stadt?«, fragte Nora.

»Genau hier. Das Carriage House nebenan. Und das behaupte ich nicht nur, weil mir das Lokal gehört. Was Besseres werden Sie hier nicht finden. Wir bieten leckere Steaks, Meeresfrüchte und eine nette Atmosphäre zu vernünftigen Preisen.« Er sah auf die Uhr. Im Gegensatz zu seinem Kopf war sein Arm stark behaart. »Die Happy Hour hat gerade angefangen, wenn Sie Durst haben. Zwei Drinks zum Preis von einem, dazu freie Horsd'œuvres. Dieses Angebot gilt bis 18 Uhr.«

»Sehr gut!«, sagte Nora und drehte sich um. »Sollen wir uns dort treffen? In einer Stunde?«

»Abgemacht«, sagte Jack.

Abe nickte und sah Tyler an. »Wollt ihr jetzt nach deinem Freund suchen?«

»Ja. Denke schon.«

»Waidmannsheil«, sagte er.

»Danke.«

Mit finsterer Miene sah er auf seine Schuhe hinab, dann wanderte sein Blick wieder zu ihr. »Das Angebot fürs Abendessen gilt nach wie vor. Bringt ihn einfach mit.«

»Genau«, sagte sie. »Ihn und seine Frau.«

»Die ewige Pessimistin«, sagte Nora.

»Na ja, dann viel Glück.«

»Das werden wir auch brauchen.«

Abe und Jack blieben in der Rezeption, um sich anzumelden, während Nora Tyler nach draußen folgte. »Willst du Dan immer noch finden?«, fragte sie.

»Wie meinst du das?«

»Sieht ganz danach aus, als hätte unser Freund Abe ein Auge auf dich geworfen.«

Tyler ging die Veranda hinunter und stieg in den Wagen. Nora folgte ihr. »Er ist ein echtes Prachtstück«, sagte sie.

»Ich kenne ihn doch kaum.«

»Aber du musst zugeben, dass er dein kleines Herz schneller schlagen lässt.«

»Du träumst wohl«, sagte Tyler und ließ den Motor an. »Du musst nicht unbedingt mitkommen«, sagte sie, als sie aus dem Parkplatz fuhr. »Wenn du lieber hierbleiben und dich schick machen willst, dann …«

»Stinke ich etwa oder was?« Nora schnupperte an ihren Achselhöhlen.

»Ich will auf keinen Fall, dass du die Happy Hour verpasst.«

»Keine Angst«, sagte sie. »Hey, sieh mal. Die Reichen und Schönen.«

Tyler fuhr an einem grauen Mercedes vorbei und hielt vor dem Bungalow dahinter an. »Das meine ich ernst. Du musst nicht mitkommen.«

»Heißt das, ich bin nicht erwünscht?«

»Aber nein. Ich dachte nur, du hättest keine Lust, mehr nicht. Also so, wie du gerade versucht hast, mir die ganze Sache auszureden …«

»Ich habe dich nur darauf hingewiesen, dass es kein Gesetz gibt, das dich dazu verpflichtet, nach Dan zu suchen. Offensichtlich hast du Angst davor, und genauso offensichtlich machst du Abe schöne Augen.«

»Ich mache überhaupt niemandem ›schöne Augen‹.«

»Ach nein? Gib's zu.«

»Komm, packen wir erst mal aus.«

Ein paar Minuten später hatte Tyler ihren Koffer auf eines der Betten geworfen, sich frischgemacht, Lippenstift aufgetragen und ihr Haar gebürstet. »Fertig«, rief sie durch die Tür, die ihre Zimmer verband.

»Bin gleich so weit«, antwortete Nora.

Sie verließ den Bungalow. Abes Mustang parkte vor dem Häuschen genau gegenüber.

Tyler beobachtete wie ihre Freundin aus der Tür gestürmt kam und die Treppe hinunterhüpfte. Ihre Brüste wippten unter ihrem T-Shirt hin und her. Für einen kleinen Augenblick fühlte sich Tyler von ihr bedroht und sehr müde.

Sie roch einen leichten Hauch Parfüm, als Nora neben ihr ins Auto stieg. »Alles fit im Schritt?«

»Meinem Schritt geht's gut«, sagte Tyler.

»Und sonst?«

»Ich bin nur ein bisschen nervös.«

»Feigling.«

Sie ließen die bewaldeten Hügel hinter sich und fuhren auf die Tankstelle zu.

»Halt an«, sagte Nora. »Ich will Clyde noch mal ordentlich die Meinung geigen.«

»Er heißt Bix.« Tyler bemerkte den Tankwart, wie er vor dem Reifen eines Honda kniete und den Luftdruck überprüfte. Sie trat aufs Gas.

»Vielleicht ist er ja mit dem Arschloch verwandt, das wir auf der

Straße getroffen haben. Du solltest mal den Striemen sehen, den mir der Penner mit der Antenne verpasst hat.«

»Hat bestimmt wehgetan.«

»Na, in Zukunft wird er es sich zweimal überlegen, bevor er noch mal so was abzieht.« Ein paar Minuten vergingen. »Fahr langsamer«, sagte Nora. »Da vorne ist der Monsterschuppen.«

Tyler warf einen Blick auf das alte Haus vor ihnen. Seine Fenster wurden von der Nachmittagssonne beschienen und wirkten wie mit Gold überzogen.

»Zweifellos, das ist er.«

Sie fuhr langsamer und sah zur rechten Seite. Hinter einem Ramschladen befand sich ein bewaldetes Grundstück, durch das sich eine Schotterstraße zog. Sie betätigte den Blinker.

»Das ist die Beach Lane«, sagte Nora.

Tyler bog in die enge, unebene Straße ein.

»Dein Dan scheint es wirklich rustikal zu mögen.«

»Sieht so aus.« Zur Rechten, wo irgendwo sein Haus stehen musste, war nur dichter, schattiger Wald. Im Vergleich dazu wirkte das wellige, mit Gestrüpp bewachsene Feld zu ihrer Linken fast kahl. Hinter dem Feld stand ein einzelnes zweistöckiges Backsteinhaus samt einer separaten Garage.

»Komisch«, sagte Nora.

»Was?«

»Na ja, wie viele Backsteinhäuser gibt's denn in Kalifornien?«

»Vielleicht hat es jemand aus dem Osten geb…«

»Das gibt's doch gar nicht. Schau mal. Keine Fenster.«

Tyler warf einen genaueren Blick auf das Gemäuer. Nora hatte Recht: In der Backsteinwand befand sich nicht die kleinste Öffnung.

»Die schätzen eben ihre Privatsphäre.«

Tyler lachte.

Nora schüttelte den Kopf und blickte wieder nach vorn.

»Da ist die Seaside Lane.«

Tyler hielt neben einer Reihe von Briefkästen an. Die Nummern zwei, vier, acht und zehn waren auf das graue Metall gemalt. Sie fuhr daran vorbei und spähte in den schmalen Weg dahinter. »Vielleicht sollten wir von hier aus zu Fuß gehen«, sagte sie. »So weit kann es ja nicht mehr sein.«

»Aber blockier' ja nicht den Verkehr«, sagte Nora und grinste.

»Gott bewahre.«

Tyler fuhr an der Seaside vorbei. Nach einigen Metern mündete die Straße in einen Parkplatz, und sie hielt vor einem Baum an. Durch eine Lücke in den flachen Hügeln vor ihnen schimmerte der sonnenbeschienene Ozean. Ein schmaler Pfad führte zwischen den Anhöhen hindurch.

»Verdammt«, sagte Nora. »Wir hätten unsere Badeanzüge mitnehmen sollen.«

Als sie ausstiegen, fuhr eine steife Brise durch Tylers Haar und zerrte an ihrer Bluse. Als sie sich umdrehte, schien der Wind sie vorwärtszudrängen.

Nora steckte die Arme in die Ärmel ihrer roten Jacke. Haarsträhnen umspielten ihr Gesicht. Sie knöpfte ihre Jacke zu und sie gingen los.

Vielen Dank, lieber Wind, dachte Tyler.

Auf der Seaside Lane schützten sie die Bäume vor der Brise, hielten jedoch auch die Sonne ab. Schweigend gingen sie durch die tiefen Schatten.

Tyler zitterte – teils vor Kälte, aber hauptsächlich deshalb, weil durchaus die Möglichkeit bestand, dass sie in wenigen Augenblicken Dan Jenson gegenüberstehen würde. Wie groß war die Wahrscheinlichkeit, dass er sie nach fünf Jahren wieder willkommen heißen würde, dass sie wieder dort anfangen würden, wo sie damals aufgehört hatten? Gleich null. Aber jetzt war sie hier, und es gab keinen Weg zurück. Sie biss die Zähne zusammen, um sie am Klappern zu hindern.

Aus einer Hütte auf der linken Seite ertönte das Kläffen eines Hundes. Ein hagerer Mann erschien hinter dem Fliegengitter der

Eingangstür. Nora hob die Hand zum Gruß, doch der Mann stand einfach nur da, eine kaum erkennbare Gestalt, die sie anstarrte.

»Na toll«, murmelte Nora. »Bestimmt fängt dieser Hinterwäldler gleich an, Banjo zu spielen.«

Sie gingen an einer Bretterhütte mit vernagelten Fenstern vorbei, hinter der ein reifenloser Bus auf Holzblöcken aufgebockt war. Auf der Seite des Busses war ein Bild gemalt: Ein Geisterschiff mit schlaffen, zerrissenen Segeln, das auf einer im Mondlicht glitzernden See schwamm. Ein menschliches Skelett stand am Bug, und ein riesiger Albatross mit einem Pfeil in der Brust schwebte vor dem Schiff. Über der Tür des Busses hing ein Schild aus Treibholz: KÄPT'N FRANK.

»Dein Dan hat ja interessante Nachbarn«, sagte Nora.

Dann hatten sie das Ende der tristen Straße erreicht. Ein schmaler Pfad führte zu einer kleinen, grün gestrichenen Hütte mit einer überdachten Veranda.

»Das muss es sein«, sagte Nora.

Tylers Herz klopfte wie rasend. »Da steht aber kein Auto.«

»Vielleicht ist er noch nicht zu Hause.«

Sie gingen auf die Hütte zu. Tyler folgte Nora auf die Veranda. Nora klopfte an der Tür. Bis auf eine Schaukel, die am Dach befestigt war, war die Veranda leer. Tyler fand das sehr sonderbar. Sie konnte sich an Ausflüge mit ihren Eltern erinnern, die sie in ähnlichen Hütten verbracht hatte, und deren Veranden waren immer mit allem möglichem Kram vollgestopft gewesen: Angelruten, Köderboxen, Campinglaternen, Kühlschränke voller Limonade und Bier, Regenjacken und Strandtücher an Haken an der Wand. Aber hier lag überhaupt nichts.

»Keine Klingel«, flüsterte Nora. »Du musst anklopfen.« Sie setzte sich auf die Schaukel, die sich quietschend und knarrend in Bewegung setzte.

Tyler klopfte leise an der Tür. Sie wartete, dann versuchte sie es etwas heftiger. »Niemand zu Hause«, sagte sie schließlich.

»Es ist ja auch erst halb fünf«, sagte Nora.

Tyler schirmte die Augen mit den Händen ab und spähte durch eine Glasscheibe in der Tür, konnte jedoch nur eine leere Küche erkennen. »Vielleicht hat sich Barbie in der Adresse geirrt«, sagte sie.

»Das glaube ich nicht. Sie war vielleicht etwas seltsam, aber nicht bescheuert.«

»Na ja, auf jeden Fall ist niemand zu Hause.«

»Sollen wir warten oder willst du es später noch mal versuchen?«

Tyler zuckte mit den Schultern. Einerseits war sie enttäuscht, andererseits spürte sie Erleichterung. Obwohl sie Dan liebend gern wiedergesehen hätte, war sie fast froh darüber, dass er nicht zu Hause war. »Da können wir lange warten«, sagte sie. »Cops haben unmögliche Arbeitszeiten. Wäre möglich, dass seine Schicht eben erst angefangen hat.«

»Willst du wieder abhauen?«

»Dann verpassen wir wenigstens die Happy Hour nicht.«

»Mir macht es wirklich nichts aus, zu warten.«

»Nein, nein. Fahren wir.«

Sie verließen die Veranda und gingen zum Auto zurück.

»Wenn wir zurück sind, können wir ja mal einen Blick ins Telefonbuch werfen. Vielleicht ist es ja wirklich die falsche Adresse. Du kannst ihn ja auch vorher anrufen, wenn du nicht unbedingt auf einem Überraschungsbesuch bestehst.«

»Gute Idee.« Ein Anruf wäre wohl wirklich besser für meine Nerven, dachte sie. So konnte sie sofort herausfinden, ob er verheiratet oder zumindest liiert war. Sie konnten sich ja trotzdem treffen, auch wenn er bereits in festen Händen war oder aus irgendeinem anderen Grund kein Interesse daran hatte, ihre Beziehung wieder aufleben zu lassen.

Wiedersehen wollte sie ihn auf jeden Fall.

»Ahoi!«, rief ein Mann.

Auf dem Bus mit dem seltsamen Gemälde saß ein Mann mit weißem Bart in einem Liegestuhl und prostete ihnen mit einer Bierdose zu. Er trug einen ausgefransten Strohhut, ein Hawaiihemd und karierte Bermudashorts.

»Käpt'n Frank?«, fragte Nora.

»Zu Ihren Diensten.«

»Wir suchen nach Dan Jenson«, rief Tyler zu ihm hinauf. »Er wohnt doch am Ende der Straße?«

»Nicht mehr.« Käpt'n Frank kicherte leise. »In der Tat nicht.«

»Ist er weggezogen?«

»So könnte man es ausdrücken.«

»Wissen Sie, wo wir ihn finden können?«

»Da werden Sie heute nicht mehr viel Glück haben. Sie können es ja morgen versuchen – wenn Sie sich trauen.«

»Wo ist er denn?«

Er leerte die Bierdose, knüllte sie zusammen und warf sie auf den von Piniennadeln bedeckten Boden vor seinem Bus. »Ach, er ist nicht weit weg. Nur ein kurzes Stück die Straße runter. Sie können es unmöglich verfehlen. Er ist im Horrorhaus, in der Tat.«

»Er *wohnt* dort?«, fragte Tyler.

»So würde ich es nicht ausdrücken. Aber schauen Sie morgen mal dort vorbei. Und richten sie Dannyboy schöne Grüße von Käpt'n Frank aus.« Er machte eine wedelnde Handbewegung.

»Danke«, rief Tyler.

Sie gingen weiter.

»Vielleicht arbeitet er dort als Wachmann«, sagte Nora.

»Ja, wahrscheinlich. Aber wohnen wird er da ja wohl kaum.«

Nora zuckte mit den Achseln. »Das kannst du ihn morgen alles selbst fragen.«

»Was wohl bedeutet, dass wir an der Führung teilnehmen müssen.«

»Unanständig und billig – du wirst sie lieben.«

»Ich kann es kaum erwarten«, murmelte sie.

»Komm, wir fahren zum Hotel zurück und lassen uns volllaufen.«

Kapitel acht

Tyler parkte vor ihrem Bungalow. »Ich brauche ein paar Minuten, um mich frisch zu machen und umzuziehen«, sagte sie. »Du kannst schon mal vorgehen, wenn du willst.«

»Alles klar«, sagte Nora. »Bis dann.«

Sobald sie allein in ihrem Zimmer war, öffnete Tyler die Nachttischschublade, in der eine Bibel und ein Telefonbuch lagen. Sie suchte nach Jenson, Daniel. Die Adresse nach dem Namen lautete Seaside Lane 10.

Doch laut Käpt'n Frank wohnte er dort nicht mehr. In der Tat nicht.

Sie klappte das Telefonbuch zu. Es war vom Februar 1978, also über eineinhalb Jahre alt.

Ob sie die Auskunft anrufen sollte?

Später vielleicht. Im Moment hatte sie weder die Energie noch die Lust dazu. Regungslos saß sie mit dem Telefonbuch auf dem Schoß auf der Bettkante und starrte ins Nirgendwo. Sie war müde, und ihre Gedanken wanderten ziellos umher. In ihrem Magen spürte sie einen kalten Knoten aus Furcht.

Sie wünschte sich ihr alltägliches Leben in ihrer Wohnung in L.A. zurück. Ein Leben ohne Barbie, Irre auf dem Highway und Lustmolche wie Bix. Sie konnte auf geisterhafte Männer wie denjenigen, der sie aus seinem Haus auf der Seaside Lane angestarrt hatte, und auf Käpt'n Frank und seinen grauenvollen Bus gut verzichten. *Richten Sie Dannyboy schöne Grüße aus.*

Dann wurde ihr klar, dass sie morgen einfach nur ins Auto steigen, wegfahren und dies alles hinter sich lassen konnte. Dank dieser Erkenntnis fühlte sie sich gleich viel besser.

Sie konnte jederzeit von hier verschwinden. Niemand zwang sie dazu, Dan aufzusuchen. Niemand zwang sie dazu, das Horrorhaus zu betreten.

Wenn ich nicht will, dachte sie, dann muss ich auch nicht.

Sie legte das Telefonbuch zur Seite, schloss die Vorhänge und zog sich aus. Im schwachen Licht untersuchte sie ihren BH. Die Blutflecken würden wohl niemals wieder herausgehen. Und wenn doch – sie würde nie vergessen, dass es genau dieser BH war, den sie getragen hatte, als der Verrückte auf sie losgegangen war. Die Erinnerung daran würde niemals verlöschen. Sie ging ins Badezimmer und warf den BH in den Mülleimer.

Jetzt bemerkte sie auch, dass etwas Blut durch den dünnen Stoff gedrungen war und rostrote Schlieren auf ihren Brüsten hinterlassen hatte.

Sie stellte sich unter die Dusche und rieb mit einem Waschlappen über ihr Gesicht, ihre Schultern, ihre Arme, ihre Brüste und jeden Zentimeter ihrer Haut, der mit dem Mann oder seinem Blut in Berührung gekommen war. Sie sah an sich herab. Ihre Brüste waren dort, wo sie nicht gebräunt waren, von einem cremefarbenen Weiß, nur die Brustwarzen zeichneten sich dunkel ab. Obwohl sie kein Blut mehr fand, ließ sie den Waschlappen noch einmal über ihren Körper gleiten.

Das Hotelhandtuch war ziemlich fadenscheinig und etwa halb so groß wie ihre Badetücher zu Hause. Nachdem sie sich abgetrocknet hatte, wickelte sie sich das Tuch um die Hüften und verließ das mit Dampf erfüllte Badezimmer. Sie schaltete die Lampe auf dem Frisiertisch ein und setzte sich davor, wobei das Handtuch zu Boden fiel. Dann bürstete sie ihr kurzes, pflegeleichtes Haar, bis nur noch die Spitzen feucht waren.

Sie beugte sich vor und betrachtete ihr Gesicht im Spiegel. Ihre Augen waren eine Katastrophe. Sie wirkten verstört und leicht glasig. Mit einem Abdeckstift aus dem Schminkkoffer bedeckte sie notdürftig ihre Tränensäcke, färbte ihre federweichen Wimpern mit Mascara und entschied sich für einen hellblauen Lidschatten. Eine eindeutige Verbesserung. Während sie Lippenstift auftrug, fragte sie sich, wieso sie sich nicht geschminkt hatte, bevor sie zu Dan hinausgefahren waren. Weil sie es eilig gehabt hatte und nervös gewesen war? Oder lag es an etwas anderem? Vielleicht hatte sie gedacht, dass ihn ihr schmuddeliges Aussehen nicht weiter stören würde. Oder hatte sie tief in ihrem Innersten geahnt, dass sie ihn dort nicht finden würde?

Sie stand auf. Die Tischkante hatte unterhalb ihres Brustkorbs eine rote Linie hinterlassen, die an eine lange Narbe erinnerte. Sie kratzte sich die juckende Haut und brachte das Handtuch ins Badezimmer zurück.

Sie hatte sich bereits entschieden, trotz der eher niedrigen Temperaturen einen Rock anzuziehen, und holte die entsprechenden Sachen aus ihrem Koffer heraus. Nachdem sie ein sauberes Höschen angezogen hatte, schloss sie die Strapse um ihre Hüften und setzte sich auf das Bett, um in ihre Strümpfe zu schlüpfen. Sie hatte einen blauen Tweedrock gewählt, der nicht besonders sommerlich wirkte, und deshalb auch ziemlich gut zum Wetter an diesem Abend passte. Danach folgte ein dünner BH, dessen seidener Stoff ihre Brustwarzen steif werden ließ. Schließlich zog sie sich einen weißen Kaschmirpullover über, der zu dünn war, um ihre hervorstehenden Nippel zu verbergen.

»Egal«, murmelte sie.

Wer würde ihr schon große Aufmerksamkeit schenken, wenn Nora neben ihr saß?

Abe. Er schon.

Ein angenehm aufregendes Gefühl durchfuhr sie, als sie sich die hohen Schuhe anzog und einige lebensnotwendige Dinge – darunter den Zimmerschlüssel – in ihre Handtasche steckte.

»Nora?«, rief sie durch die Verbindungstür. »Bist du schon weg?«

»Seit fünf Minuten«, antwortete Nora und gähnte. »Komm rüber. Meine Seite ist offen.«

Noras Zimmer war genauso eingerichtet wie Tylers. Nora saß vor dem Frisiertisch und wechselte die Ohrringe. »Bin gleich fertig«, sagte sie. Sie trug dasselbe grüne Kleid wie gestern beim Bankett. Mit dem tiefen Ausschnitt und den Spaghettiträgern wirkte es um Längen eleganter als Tylers Garderobe.

»Wo willst du denn hin – zum Abschlussball?«, fragte Tyler.

Nora sah sie grinsend an. »Du siehst aber auch ziemlich adrett aus. Studentenparty?«

»Eher Kaffeekränzchen.«

»Wir müssen den Jungs schließlich was bieten.«

»Dann ist der tiefe Ausschnitt wohl für Jack bestimmt?«

»Du hast es erfasst.« Sie nahm einen weißen, großmaschigen Wollschal vom Bett, schlang ihn um die Schultern und hob ihre Handtasche auf, die farblich genau zu ihrem Kleid passte. »Gehen wir.«

Draußen wehte eine milde Brise, und es war wärmer, als Tyler erwartet hatte. Die Sonne hing tief über den Baumwipfeln und blendete Tyler, so dass sie den Kopf senken und auf ihre Schuhe starren musste. »Wie spät ist es?«, fragte sie.

»Halb sechs. Die Happy Hour ist gleich vorbei.«

»Ich hoffe, dass Abe und Jack nicht ungeduldig geworden sind.«

»Wir sind es ja wohl wert, dass man auf uns wartet.«

»Stimmt«, sagte Tyler. »Hör mal, ich hab nachgedacht …«

»Über was?«

»Über diese ganze Sache mit Dan. Vielleicht sollte ich die Vergangenheit ruhen lassen und alles abblasen.«

»Kriegst du kalte Füße?«

»Ich habe die ganze Zeit schon kalte Füße. Nichts klappt, verstehst du? Es ist fast so, als hätte es mir das Schicksal nicht bestimmt, ihn zu finden.«

»Schicksal? Was für eine faule Ausrede.«

»Selbst wenn wir ihn aufspüren und er immer noch solo ist – wer weiß, ob wir immer noch … na ja, dieselben Menschen wie früher sind? Ich habe mich verändert. Und er sich wahrscheinlich auch.«

»Trotzdem. Du musst es zumindest versuchen. Du hast nichts zu verlieren.«

»Da wäre ich mir nicht so sicher.«

Nora sah sie besorgt an. »Was ist nur los mit dir?«

»Ich weiß nicht. Nur … gestern schien das Ganze gar keine schlechte Idee zu sein. Aber nach allem, was heute passiert ist …« Sie schüttelte den Kopf. »Ich habe einfach ein ungutes Gefühl bei der Sache.«

»Du bist nervös, das ist alles.«

»Nein. Ich habe so eine Ahnung, dass ich es schwer bereuen werde, Dan wiederzusehen. Ich wünschte, wir wären niemals losgefahren.«

Sie gingen durch die Einfahrt und betraten einen schattigen Fußweg.

»Es war ein harter Tag«, sagte Nora. »Kein Wunder, dass du nicht gut drauf bist. Vielleicht geht's dir morgen besser.«

»Ja, vielleicht«, sagte Tyler.

Nora öffnete die Doppeltür zum Restaurant. Das Empfangspult, auf dem eine kleine Lampe die Reservierungsliste anstrahlte, war verlassen. Die gedeckten Tische zu ihrer Rechten waren leer. Eine Frau in knöchellangem Kleid beugte sich darüber, um die Kerzen anzuzünden. Aus dem Raum zu Tylers Linken drangen leise Gespräche und das Klirren von Glas.

Sie gingen am Empfangspult vorbei und betraten die Cocktailbar. Mehrere Leute saßen am Tresen: ein Mann, der mit dem Barkeeper scherzte, eine rothaarige Frau mittleren Alters, die ihre Hand auf den Oberschenkel ihres Begleiters gelegt hatte, und ein stämmiger, grauhaariger Mann in Begleitung eines blonden Burschen. Tyler ließ ihren Blick durch den Raum wandern und entdeckte Abe und Jack an einem Ecktisch. »Da drüben …«

»Das ist Gorman Hardy«, sagte Nora und beugte sich vor, als wollte sie einen besseren Blick auf jemanden am Tresen erhaschen.

»Der ältere Kerl neben dem Blondschopf?«

»Der ›Blondschopf‹ ist Brian Blake.«

Tyler konnte nur den Rücken des älteren Mannes und das Profil des Blonden erkennen. »Möglich wäre es«, sagte sie.

»Natürlich sind sie das. Gehen wir rüber und sagen Hallo.«

»Muss das sein?«

»Er ist nicht so ein schlimmes Arschloch, wie man denken könnte.«

»Hab ich auch nie behauptet.«

»Sicher, er ist blasiert, aufgeblasen und ein Schleimer – na und? Komm mit, lass mich nicht im Stich.«

»Also gut.«

Nora winkte Abe und Jack zu und hob einen Zeigefinger, um ihnen zu signalisieren, dass sie noch eine Minute warten sollten. Tyler warf Abe ein Lächeln zu und zuckte entschuldigend mit den Schultern.

Der jüngere Mann sah über seine Schulter. Es war tatsächlich Brian Blake. Seine grauenhaften Erlebnisse waren die Grundlage für Hardys Bestseller gewesen. Er schien weder Tyler noch Nora wiederzuerkennen, andererseits verweilte sein Blick auch nicht lange auf ihren Gesichtern, bevor er den Rest ihrer Körper musterte. Offensichtlich gefiel ihm, was er sah, und er schenkte ihnen ein Lächeln.

Hardy drehte sich um. »Ladys?«

»Mr Hardy«, sagte Nora. »Wir haben uns auf dem Kongress kennen gelernt.«

Für einen winzigen Augenblick sah er sehr müde aus, dann lächelte auch er. »Ach ja, natürlich.« Sein Blick wanderte von Nora zu Tyler. »Wir haben uns auf der Cocktailparty miteinander unterhalten, nicht wahr?«

»Ich hatte noch nicht das Vergnügen«, sagte Blake.

»Ich bin Nora Branson, und das ist Tyler Morgan.«

»Sehr erfreut«, sagte er und gab ihnen die Hand. »Die Party habe ich leider verpasst, aber ich nehme an, Sie kennen meine Geschichte.«

»Ja. Sie ist faszinierend und erschreckend zugleich«, sagte Nora.

»Vielen Dank.«

»Sie hätten mich fast überzeugt.«

Er wirkte amüsiert. »Nur fast?«

»An Geister glaube ich erst, wenn ich mal einen mit eigenen Augen sehe.«

»*Touché*«, sagte Hardy, lachte und hob seinen Martini. »Ich nehme an, dass Sie das Buch ebenfalls mit einer gewissen Skepsis gelesen haben. Sie haben es doch gelesen?«

»Nun, wer hat das nicht?«

»Tja, wohl nur wenige.«

»Dürfen wir Ihnen einen Drink spendieren?«, fragte Blake.

»Nein, vielen Dank«, sagte Tyler. »Wir sind mit Freunden hier. Und die wollen wir auch nicht länger warten lassen.«

Nora schnippte mit den Fingern. »Ihnen gehört der Mercedes, stimmt's? Wir sind Nachbarn.«

»In diesem Fall werden wir uns sicher noch öfter über den Weg laufen.«

»Sind Sie nur auf der Durchreise oder …« Plötzlich weiteten sich ihre Augen. »Sie sind wegen dem Horrorhaus hier! Sie wollen ein Buch darüber schreiben! Das ist also das ›Geheimprojekt‹, das Sie auf der Party erwähnt haben.«

»Nein, nein«, sagte Hardy. »Da liegen Sie völlig falsch. Wir sind auf dem Weg nach Portland zu einer Lesung.«

»Trotzdem werden wir uns dieses Haus ansehen«, sagte Blake.

»Natürlich. Wer könnte schon auf eine Führung durch das berühmte Horrorhaus verzichten?«

»Wann wollen Sie die Führung mitmachen – morgen?«

»Ganz genau«, antwortete Blake.

Nora grinste. »Also, vielleicht sieht man sich ja.«

Tylers Magen krampfte sich zusammen. »Wir müssen«, sagte sie. »Bis später.«

»Zu schade«, sagte Blake und zwinkerte Nora zu. *Zwinkerte!*

»*Ciao*«, sagte Hardy.

Tyler verzog das Gesicht. »Wiedersehen«, sagte sie und war froh, endlich zu dem Ecktisch gehen zu können.

»Unglaublich!«, flüsterte Nora.

»Meinst du Brian Blake?«

»Den auch. Und dass sie eine Story über das Horrorhaus schreiben wollen.«

»Wollen sie doch gar nicht.«

»Das behaupten sie zwar, aber ich glaube ihnen kein Wort. Sie wollen nur nicht, dass jemand davon erfährt und ihnen zuvorkommt.«

»Möglich.«

»Möglich? Jede Wette, würde ich sagen. Und wir werden live dabei sein, wenn sie die Führung machen. Ein großer Moment der Literaturgeschichte. *Wir waren Zeuge, als Gorman Hardy zum ersten Mal das Horrorhaus betrat*!«

»Du warst Zeuge.«

»Ach, du wirst schon …«

»Tut uns leid, dass ihr so lange warten musstet«, unterbrach Tyler sie.

»Kein Problem«, sagte Abe und stand auf. Er trug eine graue Hose und einen blauen Blazer. Auf eine Krawatte hatte er verzichtet und der Kragen seines gelben Hemds stand offen. »Habt ihr Freunde von euch getroffen?«

»Nicht unbedingt Freunde«, sagte Tyler und setzte sich neben ihn.

Nora ließ sich ebenfalls nieder und tätschelte den Ärmel von Jacks grellkariertem Sportjackett. »Die zwei da an der Bar«, sagte sie. »Das sind Gorman Hardy und Brian Blake.«

»Brian Blake?«, fragte Jack und sah Nora mit vor Neugier blitzenden Augen an. »Der Champion im Mittelgewicht aus Pittsburgh?«

»Aber nein«, sagte Abe. »Der heißt Byron Blake.«

»Wer ist der Kerl dann?«

Abe winkte der Kellnerin, die prompt auf ihren Tisch zukam. »Kennst du das Buch *Der Schrecken von Black River Falls*?«

»Ich hab den Film gesehen.« Er sah Abe an. »Das ist doch der Streifen mit diesem Spukhaus, wo Blut aus dem Wasserhahn kommt und die Frau sich zum Schluss die Pulsadern aufschneidet, oder?«

»Den Film hab ich auch gesehen«, sagte Abe. Er wirkte ziemlich unbeeindruckt.

Sie gaben ihre Bestellung auf.

Jack beugte sich zu Nora vor. »Dieser Blake, ist das der Schönling da? An den kann ich mich gar nicht erinnern. Wen hat er gespielt?«

»Er hat überhaupt nicht mitgespielt«, sagte Nora heiter und ohne den leisesten Vorwurf. »Aber es ist seine Geschichte. In Wirklichkeit war es sein Haus, und seine Frau hat Selbstmord begangen.«

»Quatsch«, sagte Jack.

»Wieso Quatsch?«

»Das Ganze ist nie passiert. Mich können die nicht verarschen. Gut, vielleicht hat sich seine Frau tatsächlich das Licht ausgeblasen, aber Geister? Blut aus dem Wasserhahn? Die Flüche an der Wand? Eine Axt, die einfach so auf den Typen zufliegt? Glaubt ihr an so einen Scheiß? Ich nicht.«

»Frag ihn doch einfach selbst«, schlug Nora vor.

»Glaubst du daran?«

»Ich weiß nicht so recht. Ich habe im Fernsehen gesehen, wie er darüber berichtet hat, und es klang ziemlich überzeugend.«

»Niemand ist glaubwürdiger als ein talentierter Scharlatan.«

»Der andere Typ«, sagte Abe. »Ist das wirklich Gorman Hardy, der Schriftsteller?«

»Ganz genau«, sagte Tyler.

»Ich habe ein paar von seinen Büchern gelesen. Diese Geistergeschichte auch.«

»Und was hältst du davon?«

»Also, ich will nichts ausschließen.«

Jack verzog das Gesicht. »Du liebe Zeit, Abe …«

»Es gibt mehr Dinge zwischen Himmel und Erde, Horatio …«

»Geister?«

»Hast du Denny Stevens schon vergessen?«

»Du mit deinem Denny Stevens. Das war eine Halluzination.«

»Das ganze Platoon hat halluziniert?«

»Massenpsychose.«

Abe warf Jack einen kritischen Blick zu, dann sah er Nora und Tyler an. Er starrte auf seine Hände, die gefaltet auf dem Tisch lagen. »Stevens bildete die Vorhut. Das war '67, im Dschungel in der Nähe vom Vu-Gia-Fluss. Er trat auf eine Antipersonenmine. Sie hat ihm das rechte Bein abgerissen, und als wir ihn erreichten, war er bereits am Blutverlust gestorben. Seine Hauptschlagader …« Er schüttelte den Kopf. »Auf jeden Fall, ein paar Stunden später kamen wir zu einem Dorf. Dem Aufklärungsbericht nach hatte der Vietcong es bereits verlassen, und wir hatten nichts zu befürchten. Wir hielten trotzdem die Augen offen, obwohl wir keinen Ärger erwarteten. Wir waren etwa fünfzig Meter von der ersten Hütte entfernt, als Danny Stevens dahinter auftauchte. Er ging auf uns zu, als hätte er noch beide Beine.«

»Und in gewissem Sinn hatte er sie auch noch«, warf Jack ein.

»Er trug sein rechtes Bein wie ein Gewehr, die Hand um den Stiefel und den Oberschenkel an die Schulter gelehnt.«

»Herr im Himmel«, murmelte Nora.

»Wir waren alle … ziemlich verwirrt. Wir standen einfach nur da und starrten Stevens an. Er winkte uns zu, als wollte er uns warnen. Dann zerschmolz er irgendwie zu einer Pfütze und verschwand. Wir gingen sofort in Deckung. Wir alle wussten, dass er zurückgekommen war, um uns zu warnen. Und dann brach die Hölle los. Wir wurden ordentlich in die Mangel genommen, aber ohne Stevens hätten sie das Platoon komplett ausgelöscht.«

»Ihr müsst Abe entschuldigen«, sagte Jack. »Sonst ist er eigentlich ganz normal.«

»Jeder Überlebende dieses Angriffs wird bestätigen, was ich gesagt habe.«

»Du solltest Hardy diese Geschichte erzählen«, sagte Jack. »Vielleicht macht er ein Buch draus.«

Die Kellnerin kehrte mit einem Tablett voller Getränke zurück und stellte vor jeden zwei Drinks. Abe bezahlte. »Ich bringe Ihnen sofort noch mehr Horsd'œuvres«, sagte sie und verschwand.

Abe wischte mit den Fingern über die Öffnung seiner Bierflasche und hob sie hoch. »Und deshalb«, sagte er, »will ich nicht ausschließen, dass Hardy die Wahrheit schreibt. Aber für bare Münze nehme ich sein Buch natürlich auch nicht.«

»Nora glaubt, dass er hier ist, um über das Horrorhaus zu schreiben.«

»Was er natürlich bestreitet«, sagte Nora. »Aber ich habe ihn durchschaut. Ich weiß, dass er morgen das Haus besucht. Und ich werde auch da sein. Selbst wenn ich allein gehen muss.«

»Soll ich mitkommen?«, fragte Jack.

»Klar. Super!«

Abe sah Tyler an. »Hast du deinen alten Freund gefunden?«

»Nein. Er ist offensichtlich umgezogen.«

»Und er arbeitet im Horrorhaus«, sagte Nora. »Hey, vielleicht kommen wir umsonst rein.«

»Ich weiß nicht so recht«, sagte Tyler.

»Angsthase.«

Kapitel neun

Brian Blake war allein in seinem Zimmer. Er nahm den Hörer ab und wählte die Nummer der Rezeption. Ein Mann ging an den Apparat, aber auch darauf war er vorbereitet. »Entschuldigen Sie die Störung, aber ich kann in meinem Zimmer keinen Eiskübel finden.«

»Ich werde Ihnen sofort einen bringen lassen.«

»Vielen Dank«, sagte er und legte auf.

Er öffnete die beiden Zwischentüren. Gorman, der gerade dabei war, das Tagebuch noch einmal zu lesen, sah auf.

»Sie kommt«, sagte er. »Das hoffe ich zumindest.«

»Großartig. Ich wünsche dir viel Vergnügen, aber geh behutsam mit ihr um. Wir wollen sie ja nicht verschrecken.«

»Du kannst mir vertrauen.«

»Als hätte ich eine andere Wahl.«

Lachend schloss Brian die Tür. Er nahm ein ockerfarbenes Jackett aus seinem Koffer und schlüpfte hinein. Als er es zuknöpfte, hörte er ein leises Klopfen. »Ja?«, rief er.

»Zimmerservice. Ihr Eiskübel.« Es war Janices Stimme. Brian lächelte und öffnete die Tür.

»Ich habe ihn schon gefüllt«, sagte sie.

»Vielen Dank.« Er nahm ihr den Plastikeimer aus der Hand. »Kommen Sie doch einen Augenblick rein.«

Janice betrat den Raum und sah sich um, offensichtlich auf der Suche nach Gorman. Sie trug Jeans und ein hellblaues Sweatshirt.

»Wie geht es Ihnen?«, fragte Brian und schloss die Tür.

»Wegen der Drinks, meinen Sie? Es geht mir schon besser, aber ich musste mich ein bisschen hinlegen. Ich hätte fast das Abendessen verpennt.«

»Was halten Sie von einem kleinen Abenteuer?«

Sie sah ihn neugierig an. »Was haben Sie vor?«

»Gorman bat mich, etwas zu überprüfen. Ich dachte, vielleicht wollen Sie mich begleiten.«

»Wohin denn?«

»Wird nicht verraten.«

»Mit dem Auto oder zu Fuß?«

»Beides.«

»Wie lange wird es dauern?«

»Ungefähr eine Stunde. Kommt drauf an.«

»Auf was?«

»Ob wir Glück haben oder nicht.«

»Das klingt ja ziemlich geheimnisvoll.«

»Sind Sie mit von der Partie?«

Sie zuckte mit einer Schulter. »Im Augenblick hab ich nichts Besseres zu tun. Ich sage Dad, dass ich spazieren gehe.«

»Wird er Ihnen das abkaufen?«

»Klar. Ich gehe oft spazieren. Fahren Sie einfach zur Rezeption und warten Sie dort auf mich.«

Als sie das Zimmer verlassen hatte, holte er seine Kamera, stieg in den Mercedes und fuhr langsam durch den Innenhof. Er blieb am Straßenrand stehen und schaltete die Scheinwerfer aus. Janice kam aus der Rezeption und ging die Verandatreppe hinunter. Schnellen Schritts überquerte sie die Einfahrt. Brian entriegelte die Beifahrertür.

»Alles klar«, sagte sie und stieg ein. Als sie die Tür zuschlug, bemerkte Brian einen schwachen, äußerst angenehmen Duft.

Er lächelte. Dieses Parfüm hatte er vorhin nicht bemerkt. Hatte sie sich die Zeit genommen, es für ihr kleines ›Abenteuer‹ aufzutragen?

»Verraten Sie mir *jetzt*, wo wir hinfahren?«, fragte sie.

Er schaltete die Scheinwerfer ein und fuhr auf die Straße. »Zum Horrorhaus«, sagte er und beobachtete, wie ihr die Kinnlade hinunterfiel.

»Aber ohne mich! Nachts? Sie haben wohl nicht alle Tassen im Schrank.«

Er lachte.

»Sie wollen mich auf den Arm nehmen, oder?«

»Nein, nicht direkt.«

»Nicht direkt?«

»Wir bleiben außerhalb des Zauns. Ich will nur um das Haus herumgehen.«

»Warum?«

»Um das Loch zu finden.«

»Das Loch, in dem das *Biest* haust? Um Himmels willen, weshalb denn?«

»Um zu sehen, ob es wirklich existiert.«

»Oh Mann. Ich weiß nicht, ob ich mitwill.«

»Soll ich Sie zurückfahren?«

Sie seufzte. »Das mit dem Abenteuer war ernst gemeint, nicht wahr?«

»Es wird bestimmt lustig.«

»Oh Mann.«

»Wir werden es sowieso nicht finden. Wenn es das Loch wirklich gibt, dann ist es bestimmt gut versteckt. Vielleicht ist es auch inzwischen eingestürzt. Trotzdem – wissen Sie, was es heißen würde, wenn wir es *tatsächlich* entdecken?«

»Es würde bedeuten, dass das Tagebuch keine Fälschung ist.«

Hinter einer Kurve tauchten die Straßenlampen der Hauptstraße von Malcasa Point auf.

»Und es würde bedeuten, dass wir einen geheimen Zugang zum Haus hätten«, fügte Brian hinzu.

»Es bedeutet vor allem, dass Sie nicht ganz dicht sind.«

Er ließ den Blick über ihren schlanken Körper wandern. »Sie müssten ungefähr die richtige Größe haben, um …«

»Auf gar keinen Fall!«

Brian lachte. »Keine Angst, ich will nur dieses Loch finden und ein paar Fotos machen. Der Tunnel zum Haus ist wahrscheinlich sowieso längst verbarrikadiert. Es sei denn, die Bestie haust immer noch da unten.«

»Das konnten Sie sich jetzt nicht verkneifen, oder? Macht Ihnen das Spaß?«

»Sehr.«

Sie lachte leise und starrte durch die Windschutzscheibe. Dann sah sie ihn an. »Haben Sie das Tagebuch gelesen? Was halten Sie davon?«

»Ich glaube, dass diese Thorn entweder eine sehr lebhafte Fantasie hatte oder in ihrem Keller auf etwas Merkwürdiges gestoßen ist.«

»Etwas Merkwürdiges?«

»Etwas verdammt Merkwürdiges.«

»Das würde ich auch meinen.«

»Schade, dass sie dieses Ding nicht detaillierter beschreibt.«

»Also, was mich angeht, ist die Beschreibung vollkommen ausreichend.« Janice presste die Schenkel zusammen. »Sehen Sie mal, da ist das Haus der Kutchs.« Sie deutete nach rechts.

Brian bemerkte ein Backsteinhaus am Straßenrand.

»Ist Ihnen etwas aufgefallen?«

»Nein.«

»Es hat keine Fenster. Da drin wohnt Maggie. Das ist die, der das Horrorhaus gehört. Es heißt, sie hätte auf die Fenster verzichtet, damit die Bestie nicht eindringen kann.«

»Das scheint mir etwas übertrieben«, sagte Brian. Er wandte den Kopf und beobachtete das Horrorhaus, während sie langsam daran vorbeifuhren. Das Mondlicht spiegelte sich in seinen Fenstern wider, und tiefe Schatten fielen über die tristen, grauen Mauern. »Nachts ist es bestimmt ziemlich abgefahren da drin.«

»Es ist schon am helllichten Tag schlimm genug. Wieso suchen wir nicht ein andermal nach diesem Loch?«

»Wir wollen kein Aufsehen erregen.«

»Die Bestie ist nachtaktiv, schon vergessen?«

»Haben Sie Angst?«

»Ich meine ja nur, dass wir bessere Chancen haben, das Loch bei Tageslicht zu finden.«

»Versuchen können wir es ja mal.«

»Wieso ist Mr Hardy eigentlich nicht mit dabei?«

»Er hat die Hosen voll.«

»Ein schlauer Mann.«

»Ich beschütze Sie«, sagte Brian und tätschelte ihr Knie.

»Ach, vielen Dank.«

Sie fuhren um eine Kurve, und die Lichter des Städtchens verschwanden in der Dunkelheit. Die Straße schlängelte sich jetzt durch bewaldete Hügel. Er musste weiter fahren, als er beabsichtigt hatte, um einen Parkplatz am Straßenrand zu finden, der breit genug für den Mercedes war. Schließlich hielt er an und schaltete die Scheinwerfer aus.

»Oh Mann«, flüsterte Janice.

»Was?«

»Es ist so dunkel hier.«

»Umso besser.« Er schlang den Gurt der Kamera um seinen Hals und stieg aus. Vom Rücksitz nahm er eine Decke und eine Taschenlampe.

»Wofür ist die Decke?«, fragte Janice leise.

»Falls wir ein bisschen kuscheln wollen.«

Sie sah ihn an und sagte nichts.

Als sie die Straße überquerten, blieb Janice dicht bei ihm. »War nur ein Scherz«, sagte er. »Wenn wir dieses Loch wirklich finden und ich ein paar Fotos schießen will, können wir die Decke benutzen, damit niemand das Blitzlicht sieht.«

»Clever.«

»Enttäuscht?«

»Ja, na klar.«

Sie gingen am Straßenrand entlang auf die Stadt zu. Die Sohlen von Janices Cowboystiefeln klapperten laut auf dem Asphalt. Der Wind in den Bäumen klang für Brian wie die Geräusche eines sich nähernden Autos. Mehrmals sah er sich um.

»Nervös?«, fragte Janice.

»Ich will ja nicht überfahren werden.«

»Das ist ziemlich unwahrscheinlich.«

»Man wird vorsichtig«, sagte er, »wenn man dem Tod schon einmal von der Schippe gesprungen ist.«

»Sind Sie …« Sie blickte ihn an. »Aber natürlich, wie konnte ich das vergessen. Sie sind ja wirklich nur um Haaresbreite davongekommen.«

»Wenn man sein eigenes Auto auf sich zukommen sieht, ohne dass jemand am Steuer sitzt – ja, das war wirklich um Haaresbreite.«

»Wie schrecklich«, sagte sie. »Was Sie alles durchmachen mussten. Wie Sie das nur geschafft haben.«

Er schüttelte langsam den Kopf. »Ich habe oft daran gedacht, Marthas Beispiel zu folgen. Als ich sie in der Badewanne gefunden habe, überall Blut …«

Janice tätschelte seinen Unterarm und drückte ihn sanft.

»Aber das ist nun schon ziemlich lange her«, sagte er.

»Sie müssen sie immer noch vermissen.«

»Kein Tag vergeht, ohne dass ich … Aber hören wir auf damit, das verdirbt uns noch die Stimmung.«

»Stimmung?«

»Ich bin drüber weg. Ehrlich.«

Sie ließ seinen Arm los und nickte. Ihr Gesicht war nur mehr ein verschwommener Fleck in der Dunkelheit. Brian strich mit dem Zeigefinger über ihr Kinn. »Suchen wir nach diesem Loch«, flüsterte er.

Sobald sie die Ecke des Zauns erkennen konnten, der um das Horrorhaus verlief, durchquerten sie den flachen Straßengraben und gingen einen Hügel hinauf. Brian marschierte voraus und bahnte ihnen einen Weg durchs Unterholz. Er duckte sich unter herabhängenden Zweigen hindurch, wich Bäumen und Büschen aus und versuchte dabei, sich nicht zu weit vom Zaun zu entfernen. Schließlich erreichten sie einen Felsbrocken. Brian kletterte auf seine einigermaßen ebene Oberfläche und setzte sich, um auszuruhen. Janice ließ sich neben ihm nieder. Er legte eine Hand auf ihren Rücken. »Alles klar?«

»Ja.«

Vom Felsplateau aus hatten sie eine unversperrte Aussicht auf die hintere Ecke des Zauns. Der Rasen um das Horrorhaus war in blasses Mondlicht getaucht. Hinter dem Haus stand ein vergittertes Bauwerk. »Das muss der berühmte Pavillon sein«, sagte er, »wo Elizabeth und Dr. Ross ›von den Wogen der Leidenschaft übermannt‹ wurden.«

»Wahrscheinlich«, sagte Janice. »Glauben Sie wirklich, dass wir das Loch hier finden?«

»Es müsste gleich hier drüben sein«, antwortete er und deutete auf den Hügel hinter dem Haus. »Vor dem Zaun.«

»Es könnte überall sein.«

»Elizabeth hat geschrieben, dass der Tunnel genau hinter dem Grundstück endete.«

»Aber so weit ich mich erinnern kann, hat sie nicht erwähnt, in welcher Richtung. Vielleicht hinter dem Haus, vielleicht auch auf dieser Seite. Möglicherweise sind wir schon dran vorbeigegangen.«

»Oder die Bestie ist *direkt hinter uns*!«

»Idiot«, murmelte sie und stieß ihn mit dem Ellbogen an.

Im Gegenzug kitzelte er sie. Sie wand sich und schrie auf.

»Pssst. Es wird dich hören.«

Sie presste den Arm gegen ihre Seite und klemmte Brians Hand ein. »Hab dich«, sagte sie. »Kein Kitzeln mehr, okay?«

»Versprochen.« Er befreite seine Hand. »Willst du hier warten und dich ausruhen? Ich bin in einer Minute wieder da.«

»Auf gar keinen Fall. Wo du hingehst, geh ich mit.«

»Also gut. Was meinst du, welchen Baum soll ich nehmen?«

»Ach so. In diesem Fall warte ich lieber. Aber bleib in Rufweite.«

Er ging ins dichte Unterholz hinein und drehte sich nach ein paar Schritten um. Janices Kopf war eine undeutliche Silhouette in der Dunkelheit. »Nicht gucken«, sagte er.

»Keine Angst.«

Er öffnete den Reißverschluss seiner Hose und erleichterte sich. Dann kehrte er zu Janice zurück. »Können wir weitergehen?«, fragte er.

»Ich bin bereit.«

Er hob die Taschenlampe auf, klemmte die Decke unter den Arm und kletterte vom Felsbrocken herunter. Sie erreichten eine niedrige Schlucht, die parallel zum Zaun verlief. Obwohl ihnen hier nur wenige Bäume Deckung gaben, bezweifelte Brian, dass man sie von der Straße aus sehen konnte. Nur von den hinteren Fenstern des Horrorhauses aus hätte man sie beobachten können.

Die Fenster waren alle dunkel.

Er wartete auf Janice. »Glaubst du, dass da jemand drin ist?«

»Das bezweifle ich.«

»Bis auf die Bestie natürlich«

»Sehr witzig.« Sie klang nicht besonders amüsiert. »Ob du es glaubst oder nicht, aber es heißt, dass sie nachts dort umgeht.«

»Und nach Elizabeth sucht?«

»Und nach Opfern sucht.«

»Na, hoffentlich hält das Ding sich von den Fenstern fern.«

Janice blieb einige Schritte zurück und starrte das Haus an, dann beeilte sie sich, ihm zu folgen. »Vielleicht sollten wir einfach abhauen«, flüsterte sie.

»Wir haben doch noch nicht mal angefangen, nach dem Loch zu suchen.«

»Ach komm schon, wie groß ist die Wahrscheinlichkeit, dass wir es finden? Nicht sehr groß – das hast du selbst gesagt.«

»Wieso machst du dir solche Sorgen?«

»Ich mache mir keine Sorgen. Ich hab eine Scheißangst.«

»Wovor?«

Sie deutete auf das Haus. »Es kann uns sehen.«

Er wandte sich zu ihr um und schüttelte den Kopf. Dann warf er Taschenlampe und Decke auf den Boden und legte seine Hände auf ihre Schultern. Er spürte, dass sie stark zitterte. »Es gibt hier nichts, wovor du Angst haben müsstest.«

»Tut mir leid. Wirklich. Aber …«

»Das Ganze ist vor mehr als siebzig Jahren passiert«, sagte er mit ruhiger, besänftigender Stimme. »Selbst wenn das, was Elizabeth in ihrem Tagebuch beschreibt, wirklich passiert ist – was ich stark bezweifle –, so muss diese Kreatur inzwischen uralt sein. Außerdem fiel ihm bis auf diesen Jungen seit dreißig Jahren niemand mehr zum Opfer.«

»Was redest du da? Die Bestie hat letzten Sommer drei Menschen umgebracht.«

Brian runzelte die Stirn. »Davon steht nichts in der Broschüre.«

»Die ist auch veraltet.« Sie warf einen Blick auf das Haus. »Sie wurden genau da oben getötet. Auf einer Galerie im ersten Stock.«

»Hat die Polizei den Fall nicht untersucht?«

»Klar, aber sie haben nicht das Geringste herausgefunden. Sie glauben nicht, dass die Bestie irgendwas damit zu tun hat – zumindest behaupten sie das. Sie halten einen Irren für den Täter.«

»Und damit haben sie wahrscheinlich auch Recht.«

»Das haben sie nur gesagt, weil sie ja schlecht zugeben können, dass ein gottverdammtes Monster in diesem Haus umgeht.«

»Es gibt keine Monster, Janice. Das ist Unsinn.«

»Oh nein. Lies das Tagebuch.«

»Elizabeth Thorn war verrückt.«

Janice sah zu ihm auf und lächelte. »Wenn sie so verrückt war, warum zum Teufel irren wir dann hier herum und suchen ein beschissenes Loch?«

Brian lachte kurz auf. »*Touché*«, sagte er.

»Komm schon, verschwinden wir.«

»Gorman ist fest davon überzeugt, dass es dieses Loch gibt. Wahrscheinlich ist er leichtgläubiger als ich.«

»Dann soll er doch danach suchen.«

»Und was soll ich ihm sagen?«

»Sag ihm, dass wir es nicht gefunden haben.«

»Das wäre gelogen.«

Sie sah sich um. »Ich sehe kein Loch. Du?«

Brian lachte. »Janice, du bist wirklich der reine Wahnsinn.«

»Echt?« Sie legte die Hände auf seine Hüften und sah ihm in die Augen. »Wie meinst du das?«

»Später. Wir wollen doch von hier verschwinden, schon vergessen?«

»Nein. Du hast damit angefangen.«

»Du bist witzig«, sagte er. »Gerissen. Und sehr süß.«

»Süß? Hamster sind süß.«

»Also gut – wie wär's mit wunderschön?«

Sie legte den Kopf zur Seite. »Das war nett. Jetzt können wir von hier verschwinden«, sagte sie, ohne die Hände von Brian zu nehmen.

Er zog sie zu sich. Sie schmiegte sich eng an ihn, schlang die Hände um seinen Rücken, öffnete den Mund und sog an seiner Zunge. Dabei stöhnte sie leise.

Brian ließ seine Hände unter ihren Pullover gleiten. Während er ihren Rücken streichelte, stellte er sich vor, wie er Gorman alles brühwarm erzählte. Kein Problem. Ich hab ein bisschen auf die Tränendrüse gedrückt, indem ich ihr von meiner armen verstorbenen Martha erzählt habe. Dann habe ich ihr Angst gemacht und sie getröstet, sie ein bisschen gestreichelt und ein paar Witzchen gemacht, um die Stimmung zu heben. Nicht zu vergessen der sexuelle Unterton – ich habe ihr erzählt, dass ich eine Decke mitgenommen habe, um mit ihr zu kuscheln. Ich hab sogar lautstark in den Wald gepisst, damit sie über meinen Schwanz nachdenken musste.

Exzellente Arbeit, würde Gorman sagen.

Er öffnete Janices BH. Sie versuchte nicht, ihn daran zu hindern. Im Gegenteil, sie trat einen Schritt zurück, damit Brian die Körbchen zur Seite schieben und seine Hände auf ihre Brüste legen konnte. Ihre Brustwarzen fühlten sich wie Gumminoppen an. Sie drückte den Rücken durch, als er mit seinen Daumen darüberstrich.

»Willst du immer noch zurückfahren?«, fragte er.

Ihr Mund war geöffnet, aber sie sagte nichts. Stattdessen schüttelte sie wild den Kopf, so dass ihre Locken hin und her flogen.

Er schob ihr Sweatshirt hoch, kniete sich nieder und ließ seine Zunge über ihre Brüste gleiten. Ihre zitternden Finger fuhren durch sein Haar und pressten ihn an ihren Körper.

Gorman, es war ein Kinderspiel. Sie war spitz wie Nachbars Lumpi.

Nein, das würde er besser nicht erwähnen. Gorman sollte ihn ruhig weiter für einen scharfen Hengst halten.

Was er natürlich auch war.

Er saugte erst an der einen, dann an der anderen Brust. Er knetete ihren festen Hintern durch die Jeans.

Ich hab's ganz langsam angehen lassen, würde er sagen. Um sie nicht zu verschrecken.

Er legte eine Hand auf ihren warmen, feuchten Schritt. Durch den dicken Jeansstoff konnte er ihren Schamhügel spüren. Ungeduldig drückte sie mit ihrer Hüfte gegen seine tastenden Finger.

Brian richtete sich wieder auf und zog ihr den Pullover samt BH über den Kopf. Er streichelte ihren nackten Hals und ihre Schultern, während sie fieberhaft sein Jackett und das Hemd aufknöpfte. Sobald sie es geschafft hatte, drückte sie sich fest an ihn. Er spürte die von seinem Speichel feuchten Brüste, die erst kalt, dann angenehm warm waren. Ihre Hände wanderten auf seine Schultern und rissen ihm Jackett und Hemd vom Leib. Die kühle Nachtluft ließ ihn zusammenzucken, doch er wurde schnell abgelenkt, als sie ihre Hand in seine Hose steckte und seine Erektion umklammerte.

»Wo ist die Decke?«, flüsterte sie, während sie ihre Finger hin und her gleiten ließ. »Dafür hast du sie ja schließlich mitgebracht.«

»Tatsächlich?«

Grinsend drückte sie seine Hoden. Er breitete die Decke aus. Sie stellte sich darauf und trampelte auf dem Unkraut darunter herum, so dass ihre vom Mondlicht beschienenen Brüste auf und ab wippten.

Dann legte sie sich hin und kreuzte die Beine, um Stiefel und Socken abstreifen zu können. Sie öffnete ihre Jeans und hob die Hüften, um die Hose unter sich hervorzuziehen. »Willst du mir nicht helfen?«, fragte sie und hob die Füße.

Brian packte die Hosenbeine und zog. Ihr Höschen war auf ihre Schenkel gerutscht und zeichnete sich weiß unter dem dunklen Dreieck ihres Schamhaars ab. Brian kniete sich hin und zog ihr das dünne Höschen aus.

Während Brian den Rest seiner Klamotten von sich warf, beobachtete er Janice, wie sie sich langsam auf dem Boden wand und sich dabei selbst streichelte. Sie hatte die Knie angezogen und die Fersen in den Boden gestemmt, damit sie nicht die leichte Anhöhe hinunterrollte.

Ihre Beine waren weit gespreizt. Er küsste die Innenseiten ihrer Oberschenkel, knabberte und leckte, bis sein Mund ihre feuchte Mitte erreicht hatte. Sie zuckte zusammen, als er seine Zunge vorschnellen ließ. »Himmel, Brian«, flüsterte sie. Er stieß seine Zunge tief in sie, und sie warf sich ihm stöhnend entgegen.

Dann wanderte sein Mund ihren Körper hinauf. Seine Zunge glitt über ihren Nabel, während sich seine Hände über die kühle Haut ihrer Brüste legten, sie kneteten und massierten. Er ließ ihre Brüste los, warf sich auf sie, küsste sie auf jede Brust und schließlich auf den Mund.

Während sie an seiner Zunge sog, ließ Brian seinen Penis in sie hineingleiten.

Auftrag ausgeführt, dachte er.

Der schwierige Teil jedenfalls war geschafft und der Rest ein Kinderspiel. Jetzt kam es nur noch darauf an, sie morgen Abend zu einer zweiten Runde in seinem Zimmer zu überreden. Er würde mit ihr unter die Dusche springen und so Gorman Gelegenheit geben, ihren Schlüssel zu entwenden, in ihre Wohnung zu schleichen und den Vertrag durch eine Fälschung auszutauschen, mit der sie leer ausgehen würde. Brians Rolle dabei war ein Kinderspiel. Und noch dazu äußerst angenehm.

Außerdem würde es unter der Dusche bedeutend angenehmer als auf dem harten Waldboden sein.

Trotz der Decke schmerzten seine Knie, als er immer weiter in sie eindrang. Janice war wie von Sinnen, warf sich herum, hob ihr Becken und umklammerte seine Hinterbacken.

Bei der Aussicht auf eine durchgevögelte Nacht würde sie nicht mehr zu halten sein.

Warum kommst du nicht rüber, wenn deine Eltern im Bett sind?

Sie würde alle Hemmungen ablegen. Kein Zweifel.

Inzwischen keuchte sie, hatte die Augen fest geschlossen und warf den Kopf von einer Seite auf die andere. Noch einige feste Stöße, und …

Etwas Kaltes und Glitschiges prallte gegen Brians Rücken. Seine Knie gaben unter ihm nach, und er fiel wie ein nasser Sack auf Janice. Ihr Atem blies ihm ins Gesicht.

Was zum Teufel …, dachte Brian.

Dann bohrten sich die Zähne in sein Genick.

Kapitel zehn

Tyler nahm Abes Hand, als sie das Restaurant verließen. »Es war köstlich. Vielen Dank für die Einladung.«

»War mir ein Vergnügen.«

»Was meint ihr, sollen wir uns mal diese Kneipe ansehen?«, fragte Jack.

»Das ist bestimmt eine grauenhafte Hinterwäldlerkaschemme«, gab Nora zu bedenken.

»Dann sehen wir uns eben nach etwas anderem um«, bot Abe an.

»Die Kellnerin schien ziemlich begeistert davon zu sein«, sagte Tyler.

»Für einen gepflegten Absturz wird's schon reichen.«

»Nora ist Spezialistin für gepflegte Abstürze.«

»Auch für ungepflegte.«

Jack stieß sie mit dem Ellbogen an. Kichernd taumelte sie auf eine Hecke zu. Jack hielt sie fest, und sie schlang einen Arm um seinen Rücken.

»Wie dem auch sei«, sagte sie. »Ich bin für jede nur erdenkliche Art von Absturz überaus unpassend gekleidet und muss mich deshalb in mein Boudoir zurückziehen, um eine angemessene Garderobe anzulegen.«

»Sie will sich ihr Ballkleid ausziehen«, übersetzte Tyler.

»Brauchst du Hilfe?«, fragte Jack.

Nora gab ihm einen Klaps auf den Hintern.

»Ich hole mir nur noch schnell eine Jacke«, sagte Tyler.

Sie beschlossen, sich in fünf Minuten bei Abes Auto zu treffen und Nora und Tyler gingen zu ihrem Bungalow. »Sind sie nicht süß?«, fragte Nora, noch bevor sie die Tür geschlossen hatte. Dann stieg sie aus ihrem Kleid und ließ sich auf das Bett fallen, so dass ihre Brüste wippten.

»Alles in Ordnung?«, fragte Tyler.

»In bester Ordnung.« Sie lehnte sich zurück und grinste die Decke an. Ihr Schamhaar schimmerte durch die Strumpfhose.

»Du wirst mir doch jetzt nicht ohnmächtig werden, oder?«

Nora verdrehte die Augen. »Wohl kaum. Mir geht's gut. Und dir?«

»Mir auch.«

»Gut.« Nora seufzte, setzte sich auf und zog ihre Schuhe aus.

Tyler ging durch die Zwischentür in ihr Zimmer und schlüpfte in ihre Windjacke. Dann bürstete sie sich das Haar und frischte ihren Lippenstift auf. Als sie in Noras Zimmer zurückkehrte, lag diese auf dem Bett, hatte die Beine in die Höhe gestreckt und zwängte sich in eine weiße Jeans. Die Strumpfhose lag auf dem Boden.

»Und, was hältst du von ihm?«

»Von wem?«

»Von meinem blütenweißen Hintern? Von *Abe* natürlich. Dem ehrlichen Abe.«

»Ich mag ihn.«

Sie hob ihren nackten Hintern und zog die Jeans darüber.

»Wie sehr magst du ihn?«

»Sehr.«

Nora setzte sich auf und zog Socken und Mokassins an. »Und, wirst du mit ihm vögeln?«

»Himmel, Nora!«

»Vergiss Dan einfach.«

»Klar. Und dann feiern wir zu viert eine Orgie.«

»Wieso nicht? Gute Idee.«

»Du hast nur Sex im Kopf.«

»Und dafür schäme ich mich kein bisschen.« Lachend schlüpfte Nora in eine karierte Bluse, die sie nur zur Hälfte zuknöpfte und in die Jeans stopfte. »Wenn ich du wäre«, sagte sie, »würde ich zuschlagen.«

»War mir klar.«

»Man lebt nur einmal.«

»Wo hast du denn den Spruch her? Aus einer Bierreklame?«

Kichernd zog Nora den Reißverschluss ihrer Hose zu. »Angsthase.«

»Willst du keine Jacke anziehen?«

»Und meinen Luxuskörper verstecken? Vergiss es.«

Abe und Jack warteten bereits im Mustang auf sie. Abe beugte sich vor und öffnete Tyler die Tür. Nora kletterte zu Jack auf die Rückbank.

»Deine angemessene Garderobe gefällt mir aber ziemlich gut.«

»Du solltest mich mal ohne sehen.«

»Nichts lieber als das.«

»Keine Schweinereien da hinten«, sagte Abe, als er den Motor startete.

»Wo denkst du hin?«, sagte Nora und kicherte.

»Seid ihr wirklich Bibliothekarinnen?«, fragte er.

»Nur Nora. Ich bin Medienbeauftragte. So nennen sie die schlecht bezahlten Schulbibliothekarinnen.«

»So seht ihr aber gar nicht aus«, sagte Jack.

»Nora arbeitet am College«, sagte Tyler, »und ich an einer Highschool. Da sind weniger junge Studenten, die an Projektoren und anderen Dingen herumfummeln.«

»Nur wenn ich geil bin«, sagte Nora.

Obwohl kein anderer Wagen in Sicht war, blinkte Abe vorschriftsmäßig, bevor er in die Hauptstraße bog. Die Scheinwerfer schnitten blasse Lichtkegel in die Dunkelheit. »Wenn diese Kneipe zu schäbig ist«, sagte er, »können wir uns ja etwas anderes suchen.«

»Mir kann's nicht schäbig genug sein!«, rief Nora. Jack applaudierte und pfiff durch die Zähne.

»Wir tun einfach so, als würden wir die beiden nicht kennen«, sagte Abe und grinste Tyler an.

»Er will Tyler nur in Sicherheit wiegen«, flüsterte Jack laut. »Abe ist ein echtes Tier. Erzähl ihr doch mal, wie du auf Colonel Lockridge gepisst hast. Himmelarsch, das war krass.«

»Jack!«

»Du … hast auf einen Colonel uriniert?«, fragte Tyler.

»Nur auf seine Beine. Er wollte es ja nicht anders.«

»Mitten im Offizierskasino.«

»Auf dem Klo?«

»Mitten im Offizierskasino«, wiederholte Jack lauter. »›Abe der Pisser‹, wurde er danach genannt.«

Abe lachte leise und schüttelte den Kopf. »Das ist lange her. Seitdem haben sich meine Manieren deutlich verbessert.«

»Es war vor zwei Jahren.«

»Pass bloß auf, was du sagst, Jack.«

»Was hat dieser Lockridge denn getan?«, fragte Tyler.

»Die Hosen gewechselt«, antwortete Jack.

»Nein, ich meine …«

»Er hat einen Freund von mir beleidigt«, sagte Abe.

»Himmel, hoffentlich beleidige ich nie einen von deinen Freunden.«

»Keine Angst.«

»Pisser-Abe ist ein Gentleman, was Frauen angeht«, sagte Jack. »Normalerweise jedenfalls. Obwohl, ich erinnere mich, wie er einmal …«

»Wir sind da«, sagte Abe. »Die Last Chance Bar.«

Das Neonschild vor ihnen tauchte die Nacht in rotes Licht. In seiner oberen Ecke schimmerte der Umriss eines Cocktailglases.

Schotter knirschte unter den Reifen, als Abe hinter einer Reihe abgestellter Autos in den Parkplatz einbog. Das Gebäude, in dem sich die Bar befand, war ein niedriger, kastenförmiger Ziegelbau. In den Fenstern waren Neonreklameschilder für Bier angebracht. Tyler hörte gedämpfte Musik: Waylon Jennings sang »Lukenbach, Texas«. Sie parkten neben einem Pick-up und stiegen aus.

Abe nahm Tylers Hand. Als sie die Bar betraten, verstummte die

Musik. Durch die Gespräche und das Gelächter war das Klingeln eines Flippers und das Klacken von Billardkugeln zu hören. Die warme Luft war von Zigarettenrauch erfüllt. Während sie auf einen freien Tisch zugingen, bemerkte Tyler, wie sich mehrere Köpfe zu ihnen umwandten. Eines der Gesichter gehörte dem rotwangigen, weißbärtigen Käpt'n Frank. Er starrte sie aus zusammengekniffenen Augen an. Sie nickte grüßend, woraufhin er einen Mundwinkel zu einem schiefen Lächeln verzog und sich wieder dem Tresen zuwandte.

»Kennst du den?«, fragte Abe.

»Wir haben ihn getroffen, als wir auf der Suche nach Dan waren.«

Abe zog einen Stuhl für Tyler hervor. Sie setzte sich mit dem Rücken zur Wand. Käpt'n Frank warf einen Blick über seine Schulter. Dann verdeckte ihr Nora die Sicht.

Eine Kellnerin erschien, nahm leere Bierkrüge vom Tisch und wischte mit einem Lappen darüber. Nora betrachtete ihr Outfit: Cowboystiefel, ultraknappe Jeans-Hotpants und eine rote Bluse, deren Muster an ein Halstuch erinnerte. Die Bluse war vor ihren Brüsten zusammengeknotet und stellte ihren nackten Bauch zur Schau. »Was darf's sein, Leute?«

»Gefällt mir, was Sie da anhaben«, sagte Nora.

»Wirklich? Hab ich selbst zusammengestellt. Da haben die Kerle was zu gucken«, sagte sie und zwinkerte Abe zu. »Charlie hält mich natürlich für absolut schamlos.« Sie lachte. »›Du rennst rum wie eine Schlampe‹ und so weiter und so fort, aber wir haben uns von meinem Trinkgeld grade einen nagelneuen Sony-Fernseher mit 70er Röhre gekauft, und darüber hat er sich noch nicht beschwert.«

»Tja, Männer können manchmal komisch sein«, verkündete Nora.

»Man kann nicht mit ihnen, aber auch nicht ohne sie. Seid ihr auf Urlaub hier?«

Nora nickte.

»Wie schön. Ich hoffe, euch gefällt's hier. Also, was kann ich euch bringen?«

Sie berieten sich einen Augenblick, dann bestellten sie zwei große Krüge Bier.

»Kommt sofort. Dazu eine große Schüssel von unserem berühmten Popcorn. Das geht aufs Haus.«

»Die Kerle haben wirklich ordentlich was zu gucken«, sagte Nora, sobald die Kellnerin verschwunden war.

»Bei dir aber auch«, entgegnete Tyler.

Jack starrte ausgiebig in Noras Ausschnitt. »Bin schon dabei«, sagte er.

»Rein damit!«, rief ein Mann am Billardtisch. »*Jawohl*!«

Aus der Jukebox am anderen Ende des Raumes drang die Stimme von Tom T. Hall, der gerade »I Like Beer« zum Besten gab.

»Dieser Schuppen erinnert mich irgendwie an Le Dus Kneipe in Saigon«, sagte Jack und sah Abe an.

»Tatsache. Le Du war ein großer Westernfan«, erklärte Abe. »Er trug ständig diese Cowboy-Beinschützer, die er von irgendwoher aufgetrieben hatte. Egal, wie warm es in seiner Kneipe war. Außerdem besaß er einen Cowboyhut, der ihm hoffnungslos zu groß war.«

»Er war also ein ziemlicher Winzling?«, fragte Tyler.

Abe lachte. »Für einen Cowboy schon.«

»Er hat bekommen, was er verdient hat«, sagte Jack mit geheimnisvollem Grinsen.

»Oh nein!« Nora rümpfte die Nase. »Er hat doch nicht etwa mit dem Vietcong sympathisiert?«

»Nein«, sagte Abe. »Er sympathisierte mit den Jungs von der Ponderosa.«

»Vergiss Randolph Scott nicht. Der war sein Lieblingsschauspieler.«

»Soviel wir gehört haben, ist Le Du der Eigentümer des Hole in the Wall-Saloon in Waco, Texas.«

»Und ich hoffe, dass er inzwischen ein neues Outfit hat«, fügte Jack hinzu. Die Kellnerin erschien mit einem vollbeladenen Tablett.

Sie stellte Bierkrüge, eisgekühlte Gläser und eine Schüssel Popcorn auf den Tisch. Abe wollte seine Brieftasche zücken. »Das ist bereits bezahlt. Mit Grüßen von Käpt'n Frank.«

Abe sah verwirrt drein. »Von wem?«

»Na, von dem Kerl da drüben.« Sie deutete mit dem Kinn auf den Tresen. Käpt'n Frank hatte sich auf seinem Stuhl umgedreht, um sie beobachten zu können. »Er sagt, ihr Mädels wärt seine alten Kumpels.«

»Ach ja?«, fragte Nora. »Wie nett von ihm. Sollen wir ihn fragen, ob er sich zu uns setzen will?«

Tyler spürte, wie sich ihr Magen verkrampfte.

»Seid ihr einverstanden? Anscheinend ist er ganz allein hier.«

Die Kellnerin schüttelte den Kopf und machte sich davon.

»Von mir aus«, sagte Abe.

»Solange er nicht versucht, uns die Mädels auszuspannen«, fügte Jack hinzu. »Sonst werd ich nämlich ungemütlich.«

»Ich hole ihn«, sagte Nora, stand auf und ging auf den Tresen zu.

»Wer ist dieser Kerl?«, fragte Abe.

»Käpt'n Frank«, sagte Tyler. »Nur ein alter Knacker, der sich für einen Seemann hält.«

Abe runzelte die Stirn. »Stimmt was nicht?«

»Nein, nein. Es ist nur … ich finde, er ist ein bisschen seltsam. Du solltest mal seinen Bus sehen.«

»Wenn er dir Angst macht …«

»Jetzt ist es zu spät.«

Nora hatte den Arm des alten Manns gepackt und steuerte mit ihm auf ihren Tisch zu. Während er ging, trank er aus einem zur Hälfte geleerten Bierglas. Er trug immer noch dasselbe verwaschene Hawaiihemd und die Bermudashorts. Seine dünnen Beine wollten so gar nicht zu seinem massigen Oberkörper passen. Außerdem schwankte er leicht.

Nora brachte ihm einen Stuhl und stellte ihn neben Abes. »Aye, vielen Dank.« Er setzte sich.

Nora stellte sie vor.

Während Abe das Glas des Manns aus einem Krug füllte, bedankten sie sich für seine Einladung. »War mir ein Vergnügen«, sagte er mit schwerer, rauer Stimme. »Und ein Anliegen.« Er hob sein Glas, blinzelte ihnen zu und trank. Dann wischte er sich den Mund mit einem von Altersflecken bedeckten Handrücken ab. »Um unsrer Sünden und um unsrer Väter Missetat willen«, murmelte er.

»Sie sind ein Seemann?«

»Aye, in der Tat. Beim Klabautermann, der alte Käpt'n Frank hat alle sieben Weltmeere besegelt. Genau wie sein Vater vor ihm.« Er beugte sich vor und starrte Tyler mit glasigen Augen an. »Gott möge ihm vergeben. Er war es, der es hierhergebracht hat.«

»Der was hierhergebracht hat?«, fragte Nora.

»Die Bestie.«

»Das Ding aus dem Horrorhaus?«, fragte Jack.

»Aye. Diese Ausgeburt der Hölle.«

»Sie wollen uns weismachen, dass Ihr Vater es nach Malcasa Point gebracht hat?«

»Das hat er, so wahr mir Gott helfe. Ich sage euch, das ist eine schwere Last, die ich zu tragen habe. Ein Fluch, in der Tat.« Er nahm einen weiteren Schluck.

Nora und Jack sahen sich an. Offensichtlich war dieser Kerl nicht ganz dicht. Abe blickte ihn düster an.

»Die Schuld.« Käpt'n Frank hob seine großen, schwieligen Hände. »Seht ihr das Blut? Ich sehe es deutlich. Es ist das Blut ihrer Opfer. Gott allein weiß, wie viele es sind. Das erzählen sie euch nicht während der Führung. Gibt es eine Wachsfigur von meinem Vater? Oder von meiner Schwester Loreen, die von diesem Teufel zerrissen wurde, sieben Jahre, bevor ich in diese grässliche Welt geworfen wurde? Nein. Sie sind vergessen, ihre Namen verweht. Wie viele sind es? Zehn? Hundert? Hundertfünfzig? Das weiß nur Gott, in der Tat. Gott und die Bestie. Menschen verschwinden. Seht ihr das Blut nicht?«, fragte er und drehte langsam die Hände um.

»Sie behaupten, dass die Bestie Ihren Vater und Ihre Schwester getötet hat?«, fragte Nora.

»Oh ja, in der Tat. Die kleine Loreen zuerst. Sie war erst drei Jahre alt, als mein Vater die Bestie von einer gottverdammten, namenlosen Insel vor der australischen Küste mitgebracht hat. Er war der erste Maat auf der *Mary Jane* aus Sausalito. Das war im Sommer 1901, in der Tat. Flaute herrschte, kein einziger Windhauch blähte die Segel, Tag um Tag. Der Proviant verfaulte. Das Wasser wurde knapp. Sie dachten, ihr letztes Stündlein hätte geschlagen, und es ist ein verdammter Jammer, dass es nicht so gekommen ist. Am dreizehnten Tag ihrer grauenhaften Reise entdeckten sie Land. Es war eine Vulkaninsel, hügelig und mit dichtem Dschungel bedeckt.

Sie schickten einen Suchtrupp aus, der eine Quelle mit Trinkwasser entdeckte. Früchte und Beeren gab es im Überfluss, doch die Männer sehnten sich nach Fleisch. Was war das nur für ein Dschungel, in dem es kein Wild gab? Noch nie hat jemand so einen Urwald gesehen – nur die Männer der *Mary Jane*. Der Dschungel war ihnen unheimlich, und sie wollten vor Einbruch der Dunkelheit zum Schiff zurückkehren. Selbst mein Vater, der mutigste Mann, der je das Deck eines Schiffs beschritten hat, gestand freimütig, dass er in jener Nacht mit unheiliger Furcht die Morgendämmerung herbeisehnte. Aber er war nicht bereit, die Insel ohne Wildbret zu verlassen.«

Käpt'n Frank nahm einen großen Schluck Bier. Er stützte sich mit den Ellbogen auf den Tisch und starrte in Tylers Augen, als würden die anderen gar nicht existieren. Der Lärm in der Bar – die Gespräche, das Gelächter, das Klirren der Gläser, das Klacken der Billardkugeln und das Klimpern der Flipper, selbst Willie Nelsons Stimme, die aus der Jukebox tönte – schien Tyler von weit her zu kommen.

»Als die Dunkelheit über sie hereinbrach«, fuhr er fort, »versammelten sich die Männer am Wasserloch. Sie versteckten sich zwischen Büschen und kletterten auf die Bäume. Sie waren bis an die Zähne bewaffnet und bereit, jedes Tier zu erlegen, das sich durstig der Wasserstelle nähern würde.

Ihr Plan ging auf. Gegen Mitternacht erschienen die Kreaturen. Zwölf bis fünfzehn von ihnen krochen aus dem Dschungel und wateten in den Tümpel, um zu trinken. Mein Vater hielt sie zunächst für Menschen – für die Mitglieder eines primitiven Stammes – doch dann sah er ihre Gesichter im Mondlicht. Ihre Schnauzen. Und da wusste er, dass es keine Menschen, sondern abscheuliche, höllische Kreaturen waren. Sofort gab er den Befehl, das Feuer zu eröffnen, und die Bestien hauchten ihr Leben aus. Keine entkam. Ich sehe genau vor mir, wie blass das Gesicht meines Vaters war, als er mir von dem Massaker erzählte – und von dem, was danach passierte. Wie einige seiner Männer sich an den weiblichen Kadavern vergingen …«

»Frank«, sagte Abe.

Der alte Mann schrak zusammen, als er aus seinen düsteren Erinnerungen gerissen wurde.

»Wir müssen das nicht unbedingt hören«, sagte er.

»Ich schon«, protestierte Nora. »Das Ganze ist sehr interessant.«

»Ist schon in Ordnung«, sagte Tyler. Sie zitterte vor Aufregung. Obwohl sie die Geschichte des Käpt'n anwiderte, musste sie einfach wissen, wie sie ausging. Sie nahm Abe die Unterbrechung sogar ein bisschen übel. Als sie einen großen Schluck Bier trank, warf Abe ihr einen fragenden Blick zu und schenkte ihr nach.

»Erzählen Sie weiter«, sagte Nora.

Käpt'n Frank sah Abe an, als würde er ihn um Erlaubnis bitten wollen.

»Na, *mir* machen Sie keine Angst«, sagte er.

»Dann werde ich … dieses Schlachtfest … als es vorbei war, entdeckte mein Vater, dass eine der Kreaturen überlebt hatte. Sie lag unter dem Körper ihrer toten Mutter. Ihr Leib hatte das Neugeborene vor den Kugeln geschützt. Dieses Kind nahm mein Vater in seine Obhut. Die anderen, ihre Körper, sie …« Er warf Abe einen unsicheren Blick zu. »Ihr Fleisch reichte aus, um die Mannschaft wohlbehalten nach Perth zu bringen.«

»Sie haben sie gegessen?«, fragte Nora.

»Mein Vater behauptete, dass sie so ähnlich wie Hammel schmeckten.«

»Reizend.«

»Er taufte die Kreatur auf den Namen Bobo, und obwohl er es nie besonders mochte, hielt er dieses schmutzige Ding für eine Kuriosität und nahm es in einem Käfig mit in seine Heimat. Meine Mutter, Gott hab sie selig, verabscheute Bobo, in der Tat. Sie flehte meinen Vater an, ihn loszuwerden, doch die kleine Loreen war entzückt von der Kreatur und verbrachte Stunden damit, vor ihrem Käfig hinter unserem Haus zu sitzen und mit ihr zu reden, als wäre sie einer ihrer Spielgefährten. Schließlich gewann meine Mutter die Oberhand, und mein Vater willigte ein, Bobo nach San Francisco zu bringen, wo er ihn an einen Wanderzirkus verkaufen wollte. Doch zu unserem Unglück hatte Loreen ihr Gespräch mitgehört und öffnete am nächsten Morgen Bobos Käfig. Er stürzte sich sofort auf sie. Meine Eltern hörten ihre grässlichen Schreie, doch als sie ihr zu Hilfe eilen wollten, war es bereits zu spät. Die Bestie, so klein sie damals noch war, hatte sie in Stücke gerissen, doch zuvor …« Käpt'n Frank sah Abe an und schüttelte den Kopf.

»Mein Vater schlug wie verrückt mit einem Spaten auf Bobo ein. Als er ihn für tot hielt, steckte er die Überreste in einen Mehlsack und schleppte ihn in die Hügel hinter dem Anwesen der Thorns. Das Haus wurde damals gerade gebaut. Er hat die Kreatur dort oben begraben.«

»Aber sie war nicht tot?«, fragte Nora.

»Nach etwas mehr als einem Jahr lagen drei Leichen im Haus der Thorns: Lillys beide Söhne und ihre Schwester. Lilly selbst konnte entkommen, aber sie hatte den Verstand verloren und wurde ins Irrenhaus eingeliefert. Sie gaben die Schuld einem armen Teufel namens Goucher, einem Landstreicher, der am Tag vorher vorbeigekommen war, um sich durch Holzhacken eine warme Mahlzeit zu verdienen. Mein Vater hat die Leichen mit eigenen Augen gesehen, und ihn beschlich ein ungeheurer Verdacht. Er verteidigte Goucher und behauptete, ein wildes Tier wäre ins Haus eingedrungen. Bobo erwähnte er mit keinem Wort, da er nicht selbst angeklagt werden wollte. Aber die Leute wollten ihm nicht zuhören. Sie lynchten den armen Goucher, hängten ihn an einem Querbalken auf, in der Tat.

Ich wurde erst sechs Jahre später geboren, das war 1909. Wenn Sie so wollen, bin ich so etwas wie ein Unfall, da meine Eltern kein weiteres Kind wollten – nicht nach dem, was mit Loreen geschah. Ach, sie behandelten mich wie einen kleinen König, und doch lag ein Schatten über unserem Haus. Meine ganze Kindheit hindurch stand das Anwesen der Thorns am Ende der Stadt leer. Niemand war so verrückt, sich auch nur in die Nähe des Hauses zu begeben. Bis 1931 die Kutchs einzogen.

Sie waren gerade aus Seattle gekommen und schlugen alle Warnungen in den Wind. Doch kaum waren ein paar Wochen vergangen, da wurden der alte Kutch und seine Kinder abgeschlachtet. Maggie wurde ebenfalls gehörig in die Mangel genommen, aber … nun, sie wird Ihnen ja alles erzählen, wenn Sie die Führung mitmachen. Was Sie Ihnen aber nicht verraten wird – weil sie es womöglich gar nicht weiß – ist, dass mein Vater in der Nacht nach dem Begräbnis seine Winchester packte und loszog, um die Bestie zu erledigen.

Er war damals zweiundsechzig Jahre alt und hatte seit mehr als dreißig Jahren mit der Schuld gelebt. Doch an diesem Morgen konnte er es nicht mehr länger ertragen. Da erzählte er mir die ganze Geschichte. Er wusste, dass Bobo noch am Leben war und hinter den Morden steckte. Ich flehte ihn an, mitkommen zu dürfen, aber er erlaubte es nicht. Er wollte, dass ich mich um meine Mutter kümmerte, als hätte er zu diesem Zeitpunkt bereits geahnt, dass er nicht zurückkommen würde. Er war ein guter Schütze, also nehme ich an, dass sich Bobo an ihn herangeschlichen hat und ihm in den Rücken gefallen ist.« Käpt'n Frank krümmte die Finger zu Klauen und fuhr damit durch die Luft, wobei er sein Bierglas umstieß. Tyler zuckte zusammen, als es klirrend auf der Tischplatte landete. Bier lief schäumend über das Holz und spritzte auf Abe. »Oh, das …« Der alte Mann schüttelte den Kopf und versuchte, die Pfütze mit der bloßen Hand wegzuwischen. »Oh, ich … Ich hätte nicht … ach, verdammt.«

Die Kellnerin eilte mit einem Lappen herbei. »Hoppla, was ist denn hier passiert?«, fragte sie und säuberte den Tisch.

»Nichts Ernstes«, sagte Abe.

»Wenn Frank euch belästigt …«

»Nein, nein. Alles klar.«

»Ich hätte euch warnen sollen«, sagte sie und warf Käpt'n Frank einen ärgerlichen Blick zu. »Er hat euch bestimmt diese Bobo-Geschichte erzählt. Sobald er ein paar Bier zu viel intus hat, quatscht er jedem die Ohren damit voll. Damit hast du schon viele Gäste vertrieben, stimmt's, Käpt'n?«

Er starrte auf sein Hemd. »Die Geschichte muss erzählt werden«, murmelte er.

»Du bist schlecht fürs Geschäft.«

»Ist doch eine interessante Geschichte«, sagte Nora.

»Glaubt ja kein Wort davon«, sagte die Kellnerin. »Los jetzt, Frank. Lass diese netten Leute zufrieden.« Sie nahm seinen Arm und half ihm, aufzustehen.

»Einen Augenblick«, sagte Abe. Er hob den Bierkrug und füllte das Glas des alten Mannes bis zum Rand.

»Sehr verbunden, in der Tat. Passt auf.« Er sah jedem, der am Tisch saß, tief in die Augen. »Die Stunden der Bestie sind gezählt. Eines Tages wird Käpt'n Frank sich in seine Höhle begeben und sie zur Strecke bringen. Die Seelen der Toten schreien nach ihrem Blut. Ich bin ihr Rächer. Denkt an meine Worte.«

»Wir drücken Ihnen die Daumen«, rief ihm Jack hinterher.

»Mann«, sagte Nora und verdrehte die Augen.

Jack schüttelte grinsend den Kopf. »Wenn der alte Furz noch länger wartet, muss er im Rollstuhl auf die Jagd gehen.«

»Er wird es niemals tun«, sagte Abe. »Ein Kerl, der so große Töne spuckt, hat viel zu viel Angst.«

»Glaubst du, was er über die Bestie erzählt hat?«, fragte Tyler.

»Also, ich will nichts ausschließen.«

»Hey«, sagte Nora. »Wir müssen Norman Hardy von diesem Typen erzählen. Vielleicht werden wir dann in der Danksagung erwähnt. ›Mein besonderer Dank gilt Nora Branson, Tyler Moran, Jack Wyatt und Abe Clanton, durch deren unverzichtbare Hilfe ich die wahre Geschichte von Bobo der Bestie erfuhr.‹ Das wäre doch abgefahren, oder?«

»Fast ein bisschen zu abgefahren«, sagte Tyler.

Kapitel elf

Gorman Hardy wurde durch lautes Klopfen an seiner Tür geweckt. Er setzte sich blitzartig auf, spähte in den dunklen Raum und fragte sich einen Augenblick lang, wo er überhaupt war. Dann fiel es ihm wieder ein.

Das muss Brian sein, dachte er. Aber weshalb klopft er wie ein Besessener?

Vielleicht hatte er seinen Schlüssel verloren.

»Komme schon«, rief Gorman.

Das Klopfen hörte nicht auf.

Er schwang seine Beine aus dem Bett und kniff geblendet die Augen zusammen, als er die Nachttischlampe einschaltete.

Weiteres Klopfen.

Irgendwas ist hier verdammt schiefgelaufen, dachte er. Brian war in Panik – und das bestimmt nicht wegen eines verlorenen Zimmerschlüssels.

Als er aufstand, war er ebenfalls der Panik nahe.

Um Himmels willen, was war nur geschehen?

Da er nackt war, schlüpfte er in einen Satinbademantel, bevor er die Tür öffnete.

Kein Brian.

Dafür warteten ein Mann und eine Frau auf der dunklen Veranda. Der Mann war etwa vierzig Jahre alt, hatte eine Glatze und trug eine blaue Windjacke. Seine Hände waren zu Fäusten geballt. Gorman hatte ihn noch nie zuvor gesehen. Die Frau an seiner Seite, eine attraktive Blondine, kam ihm irgendwie bekannt vor. Sie trug Jeans, eine karierte Bluse und eine offene Lederjacke – eine ältere Version von Janice. Er hatte sie bereits im Carriage House gesehen, wo sie die Gäste bediente.

Es waren Janices Eltern.

Ein ungutes Gefühl stieg in ihm auf.

»Mr Hardy?«, fragte der Mann mit gepresster Stimme.

»Ja?«

»Ich werde mein Möglichstes tun, zivilisiert mit Ihnen zu reden. Aber es ist jetzt zwei Uhr morgens und unsere Tochter ist nirgends zu finden. Ist sie bei Ihnen?«

»Aber nein, natürlich nicht. Kommen Sie rein und sehen Sie sich um.« Er machte ihnen Platz, und das Pärchen betrat den Raum. Die Frau schloss die Tür hinter sich und baute sich davor auf, als wollte sie Gorman an der Flucht hindern.

Der Mann warf einen Blick auf die Betten, dann ging er ins Badezimmer und schaltete das Licht ein. Nach einigen Augenblicken überprüfte er den Wandschrank. Dann wandte sich seine Aufmerksamkeit der Zwischentür zu. »Was ist mit Mr Blake?«

»Ich kann beim besten Willen nicht für ihn sprechen.«

»Sie sind immerhin zusammen angereist. Und Sie haben beide Zimmer bezahlt.«

»Zugegeben, er ist mein Assistent. Nichtsdestotrotz weiß ich nicht, weshalb Sie gerade uns verdächtigen, Ihre Tochter zu beherbergen.« Während er sprach, ging er an dem Mann vorbei zur Zwischentür und klopfte mit der Faust dagegen. »Brian?«, rief er, dann öffnete er seine Seite der Tür und stellte erleichtert fest, dass Brian auf der anderen Seite abgeschlossen hatte. Er wollte dem Mädchen genug Zeit verschaffen, um zu verschwinden, sollte sie sich wirklich dort drüben befinden. »Brian?«, rief er noch einmal.

»Sehen wir nach«, sagte der Mann und ging schnellen Schrittes auf die Tür zu.

»Er ist bestimmt mit ihr weggefahren«, meldete sich die Frau.

»Ich sehe trotzdem nach.«

Gorman beobachtete, wie Janices Vater seinen Schlüssel in das Schloss steckte und die Tür öffnete. In Brians Zimmer brannte Licht, doch Gorman bemerkte mit Erleichterung, dass beide Betten offensichtlich unberührt waren. Er wartete, während der Mann das Zimmer durchsuchte. »Ist der Mercedes noch da?«, fragte er die Frau.

Sie schüttelte grimmig den Kopf, presste die Lippen aufeinander und funkelte Gorman finster an.

»Ich weiß wirklich nicht, was ich sagen soll. Glauben Sie, dass sie mit Brian weggefahren ist?«

»Sie wissen natürlich nichts davon«, sagte sie mit bitterem Ton in der Stimme.

»Leider nicht.«

Der Mann kam zurück. »Okay, Freundchen. Wo sind sie hin?«

»Ich habe nicht die leiseste Ahnung. Ich *kenne* Ihre Tochter nicht einmal. Ist sie die junge Frau, bei der wir eingecheckt haben?«

»Allerdings.«

»Seitdem habe ich sie nicht mehr gesehen.«

»Lügen Sie uns nicht an!«, platzte die Frau plötzlich hervor und stellte sich neben ihren Mann. »Zeig's ihm, Marty. Zeig's ihm!«

Der Mann zog ein gefaltetes Blatt Papier aus der Gesäßtasche und öffnete es mit zitternden Händen. »Das haben wir in Janices Zimmer gefunden«, sagte er und hielt es Gorman unter die Nase.

Gorman nahm das Blatt entgegen und starrte darauf. Die kleine Schlampe, dachte er. Diese gottverdammte kleine Schlampe! Wieso hatte sie den Vertrag nicht versteckt? Das war Brians Schuld. Wo verflucht war er nur? Was war in ihn gefahren, dass er das Mädchen nicht rechtzeitig zu Hause abgeliefert und ihn dadurch in diese missliche Lage gebracht hatte? Er hatte den ganzen Plan ruiniert. Alles war beim Teufel!

»Was haben Sie dazu zu sagen, Mr Hardy?«, fragte die Frau. Sie knurrte fast.

Er versuchte zu lächeln, als er ihnen den Vertrag zurückgab. »Janice wollte Sie damit überraschen«, sagte er. »Wenn dieses Buch so erfolgreich wird wie mein letztes Werk, wird diese Vereinbarung dafür sorgen, dass sie Einnahmen in der Höhe von etwa einer Million Dollar erwarten kann.«

Diese Nachricht hatte den gewünschten Effekt auf Janices Eltern. Sie sahen sich erst gegenseitig, dann den Vertrag an. Ihre unterdrückte Wut schien sich in Wohlgefallen aufzulösen.

»Tatsache?«, fragte Marty. Er klang argwöhnisch, doch das gierige Funkeln in seinen Augen verriet ihn.

»Tatsache. Dieser Vertrag garantiert Janice fünfzig Prozent aller Einkünfte aus dem Buch, eingeschlossen alle Vorauszahlungen und Lizenzeinnahmen. Es geht um das Hardcover, eine Buchclubedition und die Taschenbuchausgaben. Dazu kommen die Auslandsrechte und die Option auf eine Verfilmung. Bis jetzt hat mein letztes Buch mehr als drei Millionen Dollar eingebracht, und ich bin mir sicher, dass diese Horrorhausgeschichte genauso gut, wenn nicht besser laufen wird. Und Janice wird von all dem die Hälfte bekommen.«

Und das ist leider die Wahrheit, dachte er. Herr im Himmel, jetzt konnte er sie nicht mehr übers Ohr hauen. Bei diesem Gedanken wurde ihm übel.

Die Frau löste ihre Augen vom Vertrag. Sie wirkte müde. »Was musste Janice dafür tun?«

»Das Buch war ihre Idee. Sie hat mit mir Kontakt aufgenommen. Und sie hat mir eine Quelle zukommen lassen, die für dieses Projekt absolut unerlässlich ist.«

»Was für eine Quelle?«

»Janice will nicht, dass irgendjemand davon erfährt, aber da Sie ja schließlich ihre Eltern sind, kann ich es Ihnen wohl guten Gewissens verraten. Sie hat das Tagebuch von Elizabeth Thorn gefunden, der Frau, die …«

»Wo ist Janice jetzt?«, fragte ihre Mutter. »Dies alles wirft natürlich ein anderes Licht auf die ganze Sache, aber trotzdem – wo ist sie? Hat ihr Verschwinden etwas damit zu tun?« Sie deutete auf den Vertrag.

»Ich habe keine Ahnung, wirklich nicht. Wann haben Sie sie zum letzten Mal gesehen?«

»So etwa gegen neun«, antwortete Marty. »Sie sagte, sie würde spazieren gehen. Das war kurz nachdem sie Mr Blake einen Eiskübel brachte, den er, nebenbei bemerkt, überhaupt nicht brauchte. In seinem Zimmer stehen bereits zwei.«

»Ich kann nur vermuten, dass Brian sie bat, ihm Gesellschaft zu leisten«, sagte Gorman. »Vielleicht hat sie Sie angelogen, weil sie befürchtete, Sie würden ihr nicht erlauben, mit einem Ihrer Gäste um die Häuser zu ziehen.«

Marty und seine Frau wechselten einen vielsagenden Blick.

»Gehe ich recht in der Annahme, dass sie so etwas nicht zum ersten Mal getan hat?«

»Egal, wo sie hin ist«, sagte Marty, »sie sollte schon seit geraumer Zeit zurück sein.«

»Dafür gibt es keine Entschuldigung«, fügte die Frau hinzu.

»Da muss ich Ihnen zustimmen«, sagte Gorman.

»Wo hat er sie hingebracht?«, fragte Marty.

»Zunächst einmal haben wir keinen Beweis, dass sie überhaupt mit Brian unterwegs ist. Ich glaube aber, dass er vorhatte, die Gegend hinter dem Horrorhaus abzusuchen. Er wollte ein Loch in der Nähe des Zauns suchen und fotografieren.«

»Ein *Loch*?«

»Es wird im Tagebuch erwähnt. Angeblich soll ein unterirdischer Gang von den Hügeln in den Keller des Hauses führen. Wenn Brian den Eingang tatsächlich findet, dann haben wir einen schlagenden Beweis dafür, dass …«

»Janice würde sich nie auch nur in die Nähe dieses Ortes wagen«, sagte ihre Mutter.

»Das hat sie wahrscheinlich auch nicht getan. Ich wollte Sie nur auf das hinweisen, was Brian vorhatte.«

»Sie ist bei ihm, Claire.«

Claire schüttelte resignierend den Kopf. »Ja, dazu ist sie wahrscheinlich fähig«, gab sie zu. »Ich habe diesen Brian im Restaurant gesehen. Er ist ein sehr attraktiver Mann.«

Marty legte eine Hand auf Claires Rücken. »Ich fahre los und hole sie«, sagte er mit sanfter Stimme.

»Sie kommt bestimmt gleich nach Hause«, sagte Gorman.

»Mr Hardy, wir warten jetzt schon seit Stunden. Haben Sie auch nur die leiseste Ahnung, was einem Vater durch den Kopf geht, wenn seine Tochter zu so später Stunde mit einem Wildfremden zu einem verlassenen Ort unterwegs ist? Man hofft, dass sie jeden Augenblick zur Tür hereinkommt, und andererseits fragt man sich, ob sie nicht das Opfer eines Verrückten geworden ist und man sie nie wiedersehen wird.«

»Ich kann Ihnen versichern, dass Brian nicht verrückt ist.«

»Und warum ist sie dann noch nicht zu Hause?«, fragte Marty mit leiser Panik in der Stimme.

Claire seufzte. »Vielleicht hat sie auch einfach nur die Zeit vergessen.«

»Die werde ich lehren, die Zeit zu vergessen«, zischte Marty. »Wehe, wenn sie nach Hause kommt.« Er sah Gorman finster an. »Wo genau soll dieses Loch sein?«

»Ich kann Sie begleiten, wenn Sie wollen. Im Moment bin ich selbst ziemlich besorgt.«

»Wir fahren alle zusammen«, sagte Claire.

»Geben Sie mir fünf Minuten, um mich anzuziehen«, sagte Gorman.

Sie entdeckten den Mercedes kurz hinter der Kurve, die in südlicher Richtung aus der Stadt hinausführte. Marty parkte hinter dem Wagen, stieg aus und leuchtete mit seiner Taschenlampe durch das Beifahrerfenster. Kopfschüttelnd kehrte er zu Claire und Gorman zurück. »Niemand drin«, sagte er.

»Die junge Frau wird aber eine sehr gute Entschuldigung brauchen«, murmelte Claire.

»Brian auch«, sagte Gorman. Eine Erklärung, die eine Million Dollar wert ist, dachte er.

Sie folgten der Straße bis zum Fuß des Hügels und überquerten den Straßengraben an der Ecke des Zauns um das Horrorhaus. Marty ging voran. Er trottete durch das Unterholz und ließ den Strahl der Taschenlampe durch den Wald zu seiner Rechten schweifen. »Janice!«, rief er.

Claire griff nach seiner Schulter. »Nicht«, sagte sie.

»Janice!«

»*Hör auf* damit!«

»Hier ist niemand außer den beiden.«

Sie starrte durch die Stäbe des Zauns auf das Haus. »Du solltest lieber still sein.«

Jetzt blickte auch Gorman auf das Haus, auf die dunkle Veranda und die Fenster. Es waren so viele Fenster – Erkerfenster, Flügelfenster, eine Fensterreihe im ersten Stock und ein einsames Fenster knapp unter einem Giebel. Sogar im Türmchen waren Fenster. Sie waren finster, kein Mondlicht spiegelte sich darin. Wie bösartige Augen, dachte er und erinnerte sich an das, was er diesen Nachmittag in sein Diktiergerät gesprochen hatte. Seine so eloquenten Sätze kamen ihm auf einmal wie leeres Gefasel vor, und plötzlich wünschte er sich nichts sehnlicher, als zurück ins Hotel zu fahren und sich in das warme Bett zu legen. Er hatte das Gefühl, durch die Fenster beobachtet zu werden.

Gorman zwang sich, den Blick abzuwenden, und starrte angestrengt erst auf das Gestrüpp vor ihm, dann auf Claires Rücken, den Schein von Martys Taschenlampe, der über Büsche, Felsen und Bäume strich. Er fühlte sich wie ein Mann, der eine dunkle Straße entlanggeht, leise Schritte hinter sich hört, Angst vor dem hat, was er sehen wird, wenn er sich umdreht, es aber dann doch tut. Also beobachtete er wieder die Fenster, und obwohl er nichts dahinter erkennen konnte, lief es ihm eiskalt den Rücken hinunter.

Morgen bei der Führung würde er das Haus betreten müssen. Allein beim Gedanken daran hatte er Angst. Vielleicht sollte er das ganze Projekt einfach aufgeben. Warum auch nicht? Seine und

Brians Gewinnbeteiligung hatte sich nach den katastrophalen Ereignissen des heutigen Abends sowieso halbiert.

Andererseits – die Hälfte einer Goldgrube war immer noch besser als nichts. Das Buch würde zweifellos ein Bestseller werden. Nach *Der Schrecken von Black River Falls* würde allein sein Renommee für gewaltige Absätze sorgen. Außerdem steckte in dieser Horrorhausgeschichte enormes Potenzial, dieses Projekt konnte den Erfolg des vorigen locker in den Schatten stellen, es wäre Irrsinn, es aufzugeben. Also würde er sich zusammenreißen und diese verdammte Tour mitmachen.

Am helllichten Tag würde das Haus schon nicht mehr so düster wirken. Außerdem hatte er Brian an seiner Seite, und die Eigentümer würden ihre Gäste sicher nicht irgendeiner unbekannten Gefahr aussetzen.

»Marty!«, rief Claire.

Ihr Mann war plötzlich losgerannt und hinter der Ecke des Zauns verschwunden. Claire lief ihm hinterher. »Marty!«, rief sie. »Was ist denn?«

Er antwortete nicht.

Gorman folgte den beiden. Mit einigen wenigen Schritten erreichte er die Ecke und rannte keuchend am Zaun entlang.

Was zum Teufel ist denn in die gefahren?, dachte er.

Er wollte bestimmt nicht allein hier zurückbleiben.

Während er versuchte, sie einzuholen, stieg ein vertrautes, aber lange verdrängtes Gefühl in ihm auf, ein Gemisch aus Verzweiflung und Demütigung – eine Nachwirkung bestimmter »Kinderspiele«, aus denen er viel zu oft als Verlierer und Opfer hervorgegangen war. Los, hängen wir ihn ab! Wir hängen Gory ab! Los doch! Und dann waren seine Freunde auch schon verschwunden, hatten Fersengeld gegeben und ihn allein und verlassen zurückgelassen.

Gorman wusste, dass er in diesem Fall nicht absichtlich zurückgelassen worden war. Marty musste etwas bemerkt haben. Nichtsdestotrotz wurde er dieses schreckliche, verzweifelte Gefühl nicht los. Tränen schossen ihm in die Augen, als er versuchte, mit den anderen mitzuhalten. »Warten Sie!«, keuchte er.

Plötzlich blieben Janices Eltern wie angewurzelt stehen.

Gorman hielt sich an einem der Zaunstäbe fest, holte Luft und wischte sich die Tränen aus den Augen.

»Heilige Mutter Gottes«, stieß Marty hervor.

Claire taumelte zurück, beugte sich vor und übergab sich.

Marty leuchtete mit der Taschenlampe den Zaun hinauf.

Brians Beine baumelten herab. Er war nackt und lag auf dem Rücken. Der Körper war offensichtlich mit gewaltiger Kraft auf die schmiedeeisernen Spitzen gewuchtet worden. Gormans Schließmuskel zog sich zusammen, als er sah, wo eine der Spitzen eingedrungen war. Die Wunden zogen sich in einer geraden Linie über Brians Rücken bis zu seinem Hinterkopf entlang. Sein linker Arm stand in seltsamem Winkel ab – offensichtlich war er gleich unterhalb des Ellbogens gebrochen.

Marty leuchtete den Zaun entlang. Gorman konnte keinen weiteren gepfählten Leichnam erkennen. Der Mann wandte sich den Hügeln zu. »Janice!«, schrie er. Der Schein der Taschenlampe wanderte über Büsche und Gestrüpp, bevor er etwa zehn Meter den Hügel hinauf plötzlich verharrte.

Eine zerwühlte Decke. Verstreute Kleidungsstücke.

Claire kreischte den Namen ihrer Tochter und rannte auf den Hügel zu. Sie fing an zu klettern, fiel auf die Knie, rappelte sich wieder auf und rannte weiter. Marty folgte ihr.

Gorman blieb, wo er war, beobachtete sie einen Augenblick lang und wandte sich dann wieder dem Toten zu. Bei seinem Anblick spürte er so starke Schmerzen, als würden sich die Spitzen in seinen eigenen Körper bohren. Er wollte losrennen, aber die Vorstellung, allein durch die Dunkelheit zu irren, behagte ihm ganz und gar nicht.

Er zitterte und packte eine der Zaunstreben. Das kalte Eisen war feucht und klebrig. Er zog die Hand zurück und starrte mit Entsetzen darauf. Im Mondlicht wirkten das Blut auf seiner Handfläche tiefschwarz.

Dann verließ ihn mit einem Mal die Angst.

Mit seiner sauberen rechten Hand griff er in seine Tasche und zog das Diktiergerät hervor. Er schaltete es ein. »Ich stehe in diesem Moment unter dem Leichnam von Brian Blake – meinem guten Freund und Assistenten, jenem Mann, der den Schrecken von Black River Falls überlebte, nur, um ein grässliches Ende in den Händen der Bestie von Malcasa zu finden. Sein Schicksal ereilte ihn in einer finsteren Nacht, als …«

»Hardy! Verdammt noch mal, kommen Sie hier rauf!«

Er nickte. Bevor er den Hügel in Angriff nahm, ließ er das Diktiergerät in die Tasche zurückgleiten, ohne es abzuschalten. Hätte er nur die Geistesgegenwart besessen, alles aufzuzeichnen, was geschehen war, seitdem Marty und Claire sein Zimmer betreten hatten! Natürlich hatte er zu diesem Zeitpunkt keine Ahnung gehabt, welch fantastische Tragödie sich entfalten sollte.

Brian, von der Bestie abgeschlachtet. Auf so eine grauenerregende Weise. Es war fast zu schön, um wahr zu sein. Das Buch würde alle Verkaufsrekorde sprengen.

Unglaublich!

Wenn jetzt auch noch Janices Leiche da oben lag, hübsch verstümmelt … Ihre Eltern würden nach wie vor die Hälfte des Gewinns einfordern, aber mit einem guten Anwalt war es möglich …

»Sehen Sie sich das an, Sie Bastard«, zischte Marty und ließ das Licht auf den Boden fallen. Gorman erkannte Brians Jackett und seine Ledermokassins, daneben einen Pullover, einen BH, Cowboystiefel, Jeans und ein Höschen. Die dunkle Decke war blutverschmiert.

»Offensichtlich wurden sie …«, begann Gorman.

»Ruhe!«

Claire durchsuchte in einiger Entfernung das Gestrüpp.

»Es tut mir leid«, sagte Gorman. »Aber Sie müssen mir glauben, ich hatte keine Ahnung, dass sie …«

»Sie haben sie da hineingezogen, verdammt! Ich werde Sie umbringen, wenn …«

»Wahrscheinlich ist ihr nichts geschehen. Sie konnte womöglich fliehen.«

»Das hoffe ich für Sie.« Marty wandte sich um. »Janice! Jaaaanice!«, brüllte er den Hügel hinauf.

Gorman beugte sich vor und hob Brians Kamera auf. Er nahm den Deckel vom Objektiv und hielt sich den Fotoapparat ans Auge. Durch den Sucher visierte er die Decke an und vergewisserte sich, dass auch die Jeans des Mädchens und das Höschen im Bild waren. Dann betätigte er den Auslöser. Im Blitzlicht erkannte er, dass das Höschen rosafarben, die Jeans verwaschen und die blaue Decke mit tiefroten Spritzern bedeckt war. Summend transportierte der Apparat den Film weiter.

Die Bilder in *Der Schrecken von Black River Falls* waren nur schwarz-weiß gewesen. Für sein neues Buch würde Gorman auf Farbfotos bestehen. Zumindest für die gebundene Ausgabe.

Er richtete die Kamera auf Janices Stiefel. Sie standen beieinander, einer der Stiefel lehnte gegen die Sohle des anderen.

Fantastisch.

Sie war ohne Stiefel gestorben.

Während er mit der Fingerspitze nach dem Auslöser tastete, erschien plötzlich Marty vor der Linse und rammte eine Faust in Gormans Bauch. Der Schlag ließ ihn hintüber fallen, und er rollte den Hügel hinab. Seine Beine stießen gegen etwas, und er schlug einen Purzelbaum. Während er auf Bauch und Knien über den harten Boden rutschte, versuchte er verzweifelt, sich am Gestrüpp festzuhalten. Durch sein lautes Keuchen hindurch hörte er, wie Claire Marty anflehte, stehen zu bleiben.

Der Mann rannte direkt auf ihn zu.

»Nicht!«, schrie Gorman.

Ohne anzuhalten trat Marty nach seinem Kopf. Gorman presste sein Gesicht fest gegen den Boden und spürte, wie der Schuh nur um Haaresbreite an ihm vorbeizischte. Als er aufblickte, bemerkte er, dass der Tritt den Mann aus dem Gleichgewicht gebracht hatte. Mit rudernden Armen fiel Marty auf den Hintern. Der Rand seiner Schuhsohle berührte ganz leicht Gormans Ohr.

Gorman packte den Schuh und drehte ihn mit aller Kraft herum. Er hörte das knackende Geräusch zerreißender Knorpel. Marty zuckte vor Schmerz zusammen, öffnete den Mund und schrie.

»Marty!«, rief Claire, die die beiden beobachtete.

In wenigen Augenblicken würde sie sich ebenfalls auf Gorman stürzen. Zwei gegen einen. Wie unfair!

Er zerrte an Martys Fuß. Sobald der stöhnende Mann in Reichweite war, boxte ihm Marty in den Unterleib.

»Lassen Sie ihn in Ruhe!«, schrie Claire. »Fassen Sie ihn nicht an, Sie Arschloch!«

Sie war nur noch wenige Meter von ihm entfernt.

Gorman packte einen Felsen von der Größe einer Kokosnuss und ließ ihn gegen Martys Stirn krachen. Er spürte, wie der Schädel unter der Wucht des Aufpralls barst.

Claire machte ein winselndes Geräusch. Sie wich zurück, wobei sie ruckartig den Kopf schüttelte und versuchte, mit wedelnden Armen die Balance zu halten.

Gorman richtete sich auf. »Keine Angst«, sagte er. »Ganz ruhig. Wir bringen ihn zu einem Arzt.«

Claire wirbelte herum und rannte den Hügel hinauf.

Gorman folgte ihr. »Bleiben Sie stehen!«, rief er. »Wenn Sie weglaufen, können wir Marty nicht helfen. Warten Sie doch!«

Sie rannte weiter.

»Verdammt noch mal, bleiben Sie stehen! Ich werde Ihnen nichts tun!«

Ihr Fuß stieß gegen einen von Janices Stiefeln. Sie stolperte, fiel jedoch nicht hin.

Gorman warf den Stein. Er traf sie zwischen den Schulterblättern, und sie ging zu Boden und kroch auf allen vieren weiter. Gorman warf sich mit seinem vollen Gewicht auf sie. Er packte ihr Haar, riss ihren Kopf zurück und hob die Faust, um ihr ins Gesicht zu schlagen. Doch die Position war ungünstig, und er konnte nicht viel Wucht in seinen Hieb legen. Er boxte ihr in schneller Folge immer wieder ins Gesicht. Sie schluchzte und versuchte, sich wegzudrehen. Es gelang ihr sogar, sein Handgelenk zu packen, doch er riss sich los und rammte seinen Ellbogen so hart gegen ihre Schulter. Das ließ ihren ganzen Körper erzitterten. Er fuhr fort mit dem Ellenbogen auf sie einzuschlagen und bei jedem Schlag schrie sie auf und krümmte sich vor Schmerz. Dann jedoch stieß er sich den Musikantenknochen, so dass sein Arm prickelte und taub wurde.

Ohne ihr Haar loszulassen stieß er sich von ihrem Rücken ab und setzte sich auf ihren Hintern. Dem schwachen Beben ihres Körpers schenkte er keine Beachtung – er wusste, dass sie bereits kampfunfähig war. Er schüttelte seinen Arm und wartete, bis das Gefühl der Taubheit verschwunden war. Dabei sah er sich auf dem vom Mondlicht beschienenen Boden nach einem Stein um, fand jedoch keinen in Reichweite.

Sie wand sich unter ihm hin und her.

»Lass das!«, zischte er und riss grob an ihrem Har. »Und hör mit der verdammten Heulerei auf.«

Sobald er seinen Arm wieder bewegen konnte, tastete er in dem Gebüsch neben Claire nach einem Stock. Er fand einen, der jedoch nur wenig länger als ein Bleistift war und keine nennenswerte Spitze hatte. Aber vielleicht würde es ja trotzdem klappen.

Er hielt den Stock wie ein Messer und rammte ihn genau unter ihrem rechten Ohr in ihren Hals. Der Stock rutschte ab und hinterließ einen tiefen Kratzer. Claire schrie auf und warf sich verzweifelt herum. Gorman stach noch einmal zu, wobei ein paar Zentimeter des Stocks abbrachen und eine brauchbare Spitze hinterließen. Beim dritten Versuch durchbohrte das Holz ihre Haut. Ihre Schreie wurden höher. Sie wehrte sich in Todesangst, als er den Stock immer tiefer in ihren Hals trieb. Dann zog er ihn heraus und holte ein weiteres Mal aus. Noch lange, nachdem sie aufgehört hatte zu schreien und reglos unter ihm lag, stach er auf sie ein.

Dann rollte er sich von ihr herunter. Der Ärmel seines Jacketts war mit Blut getränkt. Er wischte sich die Hand am Hosenboden ab und vergewisserte sich, indem er sein Jackett abtastete, dass er weder seinen Geldbeutel noch das Diktiergerät verloren hatte.

Das Diktiergerät! Er nahm es heraus. Himmel, es war die ganze Zeit über angeschaltet gewesen und hatte die Morde aufgezeichnet. Er musste das Band vernichten.

Außerdem würde er seine Kleidung loswerden müssen. Aber das konnte warten.

Er ging den Hügel hinunter und hob Brians Hose auf. Die Unterhose fiel heraus. Er nahm die Autoschlüssel aus der Hosentasche und ging weiter durchs Gestrüpp, bis er auch die Kamera fand. Schließlich kniete er sich vor Martys Leichnam und zog den Vertrag aus seiner Hemdtasche. Er nahm auch Martys Schlüsselbund an sich, obwohl er keine Ahnung hatte, wozu er ihn brauchen konnte.

Als er am Zaun vorbeikam, warf er einen letzten Blick auf Brians gepfählten Körper. Dann rannte er los.

Kapitel zwölf

Kalte Luft strich über Tylers Gesicht. Der Rest ihres Körpers lag unter der warmen Decke. Sie rollte sich herum und begrub ihr Gesicht in der weichen Gemütlichkeit des Kissens.

Das friedliche Zwitschern und Schnattern der Vögel erinnerte sie an längst vergangene Sommermorgen, an denen sie so bequem im Bett gelegen hatte, dass sie eigentlich nicht aufstehen wollte. Doch Abenteuer lockten: Ein Flohmarkt (bei dem sie ein Vermögen verdienen würde), ein Picknick am See mit Sally, Huss und Loretta, ein Ausflug.

Diese Ausflüge waren am schönsten gewesen – sie machte sich entweder zu Fuß oder mit dem Fahrrad auf, um unbekannte Pfade zu entdecken, Waldwegen oder Eisenbahngleisen zu folgen, weiter als sie es jemals zuvor getan hatte.

Später dann die fast schmerzhafte Aufregung, wenn sie an das Freibad dachte und an Skip Robinson, der dort Rückenschwimmen trainierte und vielleicht einmal auf sie aufmerksam werden würde. Ihr Wunsch war in Erfüllung gegangen, obwohl sie so schüchtern gewesen war. Seine Haut hatte nach Sonnenmilch geduftet.

Abe dagegen roch nach *Brut for Men*. Sie presste ihren Körper gegen die Matratze, als sie sich daran erinnerte, wie er sie gestern Nacht in die Arme genommen hatte. Mitten auf der Verandatreppe, wie ein verliebter Teenager, während Nora mit Jack in ihrem Zimmer verschwunden war. Wenn sie Abe hereingebeten hätte, würde er jetzt neben ihr liegen. Doch stattdessen war jeder für sich in sein Zimmer gegangen.

Tyler hatte dies sofort bedauert, und jetzt fühlte sie eine schmerzhafte Leere in ihrem Inneren.

Ich kenne diesen Mann doch kaum, dachte sie.

Sie musste an Dan denken. Mit Abe ins Bett zu steigen kam ihr fast wie Untreue ihm gegenüber vor.

Trotzdem wünschte sie, dass sie es getan hätte.

Sie war Dan nicht das Geringste schuldig. Sie hatten die Entscheidung, sich zu trennen, vor mehr als fünf Jahren getroffen, und selbst wenn sie ihn heute wiedersehen würde (im Horrorhaus?), war ihre Beziehung wahrscheinlich für alle Zeiten beendet. Der Gedanke an Dan hätte sie nicht abhalten sollen.

Aber da war noch etwas anderes. Sie mochte Abe so sehr und wusste doch, dass sie ihn nach dem heutigen Tag niemals wiedersehen würde. Er und Jack wollten nach Norden, sie und Nora würden zurück nach Süden fahren. Eine Affäre hätte alles nur noch schlimmer gemacht.

Wenn sie so darüber nachdachte, trauerte sie bereits über seinen Verlust, als wäre er schon abgereist.

Ein Tag bleibt uns noch, sagte sie sich.

Sie hatten sich zum Frühstück verabredet. Und danach? Die Führung durch das Horrorhaus?

Nora schien fest entschlossen, und wenn Abe und Jack mitkamen … zumindest konnte sie so etwas länger mit ihm zusammen sein.

Abe, das ist mein Exfreund Dan Jenson. Dan, das ist Abe Clanton.

Tyler? Ich kann es kaum fassen. Meine Güte, lass dich mal ansehen. Du bist wunderschön. Hast du abgenommen?

Abe würde eifersüchtig mit den Augen funkeln, wenn Dan sie in die Arme nahm. Abe würde sich umdrehen und weggehen. Nein, warte!

Jetzt war sie viel zu aufgeregt, um noch liegen zu bleiben und stand auf. Sie zog die Vorhänge zur Seite und sah auf den Innenhof hinaus. Ihr Herz machte einen Satz. Direkt gegenüber saß Abe auf der Verandatreppe. Er hatte die Ellbogen auf die Knie gestützt und starrte auf den Boden. Die Morgenbrise zerzauste sein Haar, und seine Miene war düster. Er schien tief in Gedanken zu sein. Ob er über mich nachgrübelt?, fragte sie sich.

Bestimmt nicht. Wieso sollte er auch?

Andererseits …

Mann, er sieht so einsam und verzweifelt aus.

Von ihrer eigenen Entschlossenheit überrascht schlüpfte Tyler in ihren Morgenmantel und öffnete die Tür. Abe sah auf, und ein Lächeln erschien auf seinem Gesicht. »Morgen«, rief Tyler.

»Guten Morgen.«

»Bist du schon lange auf?«

»Nein, nicht so lange.«

»Wie wär's mit einer Tasse Kaffee?«

»Da sage ich nicht Nein.« Er stand auf und klopfte sich den Staub vom Hosenboden seiner alten, abgetragenen Jeans mit fadenscheinigem Stoff an den Knien und ausgefransten Aufschlägen. Seine Cowboystiefel dagegen schienen nagelneu zu sein. Sein weißes T-Shirt lag eng an seinem Oberkörper, so dass sich die Muskeln deutlich darunter abzeichneten.

Tyler war sich plötzlich bewusst, dass sie unter Morgenmantel und Nachthemd splitternackt war.

Aber das war ja wohl kaum als splitternackt zu bezeichnen.

Trotzdem spürte sie, wie die kühle Luft zwischen ihren Schenkeln hinaufwanderte und sich ihre Brustwarzen unter dem seidigen Stoff des Nachthemds aufrichteten. Etwas atemlos machte sie Platz, um Abe einzulassen.

»Und?«, fragte sie und versuchte, möglichst ruhig zu klingen. »Hast du gut geschlafen? Ich hoffe, Bobo hat dir keine Albträume beschert.«

Er sah ihr prüfend ins Gesicht. »Ich hab prima geschlafen. Und du?«

»Wie ein Stein.« Sie wandte den Blick ab und ging mit zitternden Beinen durch den Raum. Dann nahm sie die Kaffeekanne von der Kochplatte und ging damit ins Badezimmer, um sie aufzufüllen. Als sie den Stecker der Platte in die Dose steckte, kam Abe zu ihr. Sie drehte sich um. »Es wird wahrscheinlich ein paar Minuten …« Sie verstummte und starrte in seine Augen.

Seine Handflächen streichelte ihr Gesicht. »Ich hab dich vermisst«, flüsterte er.

Tyler spürte, wie sich ihre Kehle zuschnürte. Sie ließ sich in seine Arme sinken und küsste ihn.

Abe hielt sie fest, noch fester als in der letzten Nacht – als ob sie sich nach langer Zeit wiedersehen würden und er ihren Körper spüren wollte, um wirklich sicher sein zu können, dass sie wieder bei ihm war. Dann lockerte er die Umarmung und strich mit beiden Händen über ihren Rücken.

Tyler sehnte sich danach, seine Hände auf ihrer nackten Haut zu spüren. Doch nachdem er ihr einen Klaps auf den Hintern gegeben hatte, entzog er sich ihr.

Sie öffnete den Morgenmantel, nahm seine Handgelenke und legte seine Hände auf ihre Brüste. Durch das dünne Nachthemd konnte sie seine Wärme spüren. Ihr Atem zitterte, als er sie streichelte und sanft drückte.

Dann schloss er den Morgenmantel wieder, packte sie am Kragen, zog sie zu sich und küsste sie leicht. Er lächelte. »Willst du mich etwa verführen?«, fragte er.

»Ist mir durchaus in den Sinn gekommen, ja.«

»Du schamloses Luder.«

»Tja, so bin ich eben.«

»Und was ist mit Dan?«

Ihr Magen krampfte sich zusammen. »Was soll mit ihm sein?«

»Du bist den weiten Weg hierhergefahren, nur um ihn wiederzusehen.«

»Ja, schon, aber …«

»Wenn ich dich an Dan verlieren werde, dann weiß ich nicht, ob ich … noch weiter gehen will. Ich habe dich jetzt schon viel zu gern. Also machen wir es nicht schlimmer als es sowieso schon ist.«

»Oh Abe«, flüsterte sie. Sein Gesicht verschwamm, als Tränen in ihre Augen schossen. Sie trat auf ihn zu und drückte ihn fest an sich.

»Jetzt geht es schon wieder los, siehst du«, sagte er und streichelte ihr Haar. »Warum ziehst du dich nicht an und ich mache in der Zeit Kaffee? Schließlich hast du mich deswegen reingebeten, schon vergessen?«

Tyler nickte und wischte sich die Tränen aus den Augen.

»Und versuch ja nicht, dich vor mir auszuziehen.«

»Verdammt. Genau das hatte ich gerade vor«, sagte sie mit einem schiefen Lächeln.

»Ich kann hellsehen.«

»Willst du nicht mal einen winzigen Blick auf das werfen, was dir entgeht?«

»Bohr den Dolch nur noch tiefer in die Wunde.«

»Du bist wirklich ein Hellseher. Das war Teil zwei meines Plans.«

Abe lachte leise und schüttelte den Kopf.

Tyler ging an ihm vorbei. Er beobachtete, wie sie sich über den Koffer auf dem unbenutzten Bett beugte. »Ich dachte, du wolltest Kaffee machen?«

»Milch und Zucker?«

»Schwarz.«

Er machte jedoch keine Anstalten, sich umzudrehen. Tyler nahm eine Kordhose, die gelbe Bluse, den dünnen BH, den sie letzte Nacht getragen hatte und ein frisches Höschen aus dem Koffer und hielt Abe alles zur Begutachtung hin. »Wäre dir dieses Outfit genehm?«, fragte sie.

»Sehr schön.«

Sie lächelte ihm schüchtern zu. »Dan hat nie viel von den Dingern gehalten«, sagte sie und ließ den BH aufs Bett fallen.

»Du kannst ziemlich grausam sein, weißt du das?«, sagte Abe.

»Wirklich?« Sie verzog sich mit ihren Klamotten ins Badezimmer. »Ta-ta«, sagte sie, zog die Tür hinter sich zu und lehnte sich dagegen. Sobald sie die Augen schloss, spürte sie wieder seine Arme um ihren Körper, seine begierigen Lippen, seine Hände auf ihren Brüsten. Ich habe dich jetzt schon viel zu gern. Hatte er das wirklich gesagt? Ja, ja, das hatte er gesagt! Sie lächelte und weinte zugleich. Wenn ich dich an Dan verliere …

Keine Angst, Mr Abraham Clanton.

Tyler Clanton.

Leise flüsterte sie diesen Namen.

Mann, jetzt mach aber mal halblang.

Sie fühlte sich fröhlich und schuldig und verwirrt zugleich. Er hat mich gern, aber wie gern? Wie gern? Und was jetzt?

Erst mal frühstücken. Eins nach dem anderen. Frühstück, dann die Führung durch das Horrorhaus und das Treffen mit Dan (Gott, was soll ich nur zu ihm sagen?), und dann? Mittagessen vielleicht. Und wenn es Zeit ist, Lebewohl zu sagen? Denk nicht dran. Noch nicht. Vielleicht können wir ja noch einen Tag hierbleiben. Oder zwei. Oder …

»Kaffee ist fertig!«, rief Abe durch die Tür.

»Ich komme schon«, sagte sie und zog schnell Morgenmantel und Nachthemd aus. Dann ging sie auf die Toilette, wusch sich, putzte sich die Zähne, sprühte Deodorant unter ihre Achselhöhlen und zog sich an. Ohne BH kam sie sich in der fast durchsichtigen Bluse verwegen und sexy vor. Glücklicherweise besaß die Bluse zwei Brusttaschen. Sie stopfte den Saum in die Hose und betrachtete ihr Gesicht eingehend im Spiegel. »Gut siehst du aus«, flüsterte sie und öffnete den obersten Blusenknopf, um etwas mehr Ausschnitt zu zeigen.

Nora hätte noch einen weiteren Knopf geöffnet.

Sie dachte darüber nach und schüttelte dann den Kopf.

Als sie aus dem Bad kam, lächelte Abe. »Sehr hübsch«, sagte er.

Sie sah auf die Bluse herunter. »Dan hat es immer gefallen, wenn ich was Gelbes anhatte.«

Abe warf ihr einen seltsamen Blick zu. Tja, sollte er sich nur den Kopf über sie zerbrechen. Für den Augenblick zumindest.

Er reichte ihr einen Plastikbecher mit dampfendem Kaffee. »Nora war gerade hier. Sie sind bereit zum Aufbruch.«

Tyler nippte an ihrem Kaffee und rümpfte die Nase.

»Es ist Instantkaffee.«

»Na ja, zumindest ist er heiß.« Sie ging mit ihrem Becher zum Frisiertisch hinüber und bürstete sich vor dem Spiegel das Haar. Abe stand hinter ihr und sah ihr zu. »War Jack auch dabei?«, fragte sie und sah im Spiegel, wie er nickte.

»Der Glückliche«, sagte er.

»Und Nora erst.«

Abe stellte seine Tasse ab und massierte ihre Schultern. Sie stöhnte leise auf.

Dann klopfte es. Er ließ sie los und öffnete die Zwischentür.

»Bereit zum Abmarsch?«, fragte Nora, die zusammen mit Jack den Raum betrat. »Wie wär's, wenn wir in der Stadt frühstücken? Habt ihr Lust?«

»Klar«, sagte Tyler und stand auf.

Nora trug ein trägerloses Top, das ihre Schultern bis zu den Ansätzen der Brüste zeigte. Wo sie der Mann gestern mit der Antenne gepeitscht hatte, zog sich eine dünne rote Linie über ihre Schulter. Ansonsten wirkte ihre Haut rosig und frisch, und ihr Haar war feucht. Offensichtlich hatte sie soeben geduscht, und auch Jack war leicht errötet. Ob sie zusammen unter der Dusche gestanden hatten? Sich unter dem heißen Wasserstrahl geliebt hatten?

Abe und ich hätten ebenfalls …

»Hast du deinen Zimmerschlüssel?«, fragte Abe.

Sie nickte und griff nach ihrer Handtasche.

Gemeinsam traten sie in die kühle Morgenluft hinaus, und Tyler legte einen Arm um Abes Rücken.

»Also ich hätte Lust auf Würstchen im Schlafrock«, sagte Nora.

Kapitel dreizehn

Gorman träumte, dass sie ihn verfolgten. Er rannte einen sonnenbeschienenen Hügel hinunter, lachte und wedelte mit einem Blatt Papier – dem Vertrag – herum, um sie zu ärgern. »Ihr kriegt mich nicht«, sang er. Sie würden ihn niemals erwischen. Leichtfüßig eilte er davon, während sie ihm wie Schlafwandler hinterhertaumelten. Nein, eher wie Zombies. Und dann fiel Gorman ein, dass sie ja tatsächlich Zombies waren, was ihn ziemlich stark ernüchterte. Was, wenn sie ihn *tatsächlich* einholten? Zombies würden wohl nicht gerade zimperlich mit ihm umspringen.

Während sie ihn verfolgten, waren sie gleichzeitig mit anderen Dingen beschäftigt. Marty zerriss eifrig ein rosafarbenes Höschen, während Claire in einem ihrer Augen mit einem stumpfen Holzstock herumstocherte.

Dafür kann ich nichts, dachte er. *Das* tust du dir jetzt selbst an, Schätzchen.

Als er sich umsah, winkte ihm Brian vom Zaun herab zu. Janice saß breitbeinig auf den eisernen Spitzen – eine steckte *in ihr* –, warf sich vor Leidenschaft hin und her und lutschte Brians Schwanz. Als sie Gorman bemerkte, sah sie auf. »Hey!«, rief sie, »das ist *mein* Vertrag!«

»Wie gewonnen, so zerronnen!«, rief er zurück und wedelte damit herum.

»Vergiss den Vertrag«, sagte Brian. »Du hast ja mich.«

Mit einem Achselzucken beugte sie sich vor und nahm ihn wieder in den Mund.

Gorman wandte sich ab und rannte weiter den Zaun entlang. Als er sich umsah, bemerkte er, dass Marty und Claire enorm aufgeholt hatten, was jedoch keinen Sinn ergab. Schließlich rannte er wie der

Wind, und sie stolperten nur langsam vor sich hin. Marty stopfte sich Fetzen des zerrissenen Höschens in den Mund. Claire hatte es geschafft, sich einen Augapfel auszustechen, der nun an ihrer Wange herunterbaumelte, und machte sich an dem anderen zu schaffen. Mach nur so weiter, dachte Gorman, und bald bist du blind wie ein Maulwurf.

Dann stolperte er über den Rand einer Badewanne und stürzte auf das rote Wasser darin zu. Eine nackte Frau lag in der Wanne und streckte ihm die Arme entgegen. Ihre Handgelenke waren mit Schnitten bedeckt. Martha! Er fiel auf sie zu, fiel und fiel. »Lass mich in Frieden!«, rief er und wachte plötzlich auf.

Helles Tageslicht durchflutete den Raum. Er schnappte nach Luft und starrte an die Decke. Mit dem Kissen wischte er sich den Schweiß aus dem Gesicht.

Herr im Himmel, dachte er. Was für ein Albtraum.

Er warf einen Blick auf den Reisewecker. Zwanzig nach neun. Er hatte nicht mehr als drei Stunden geschlafen. Zum Glück hatte er sich bereits etwas ausgeruht gehabt, als Marty und Claire geklopft hatten.

Verdammt, wenn das doch auch nur ein Traum gewesen wäre.

Er kroch zur Bettkante und setzte sich auf. Der blaue Fleck auf seinem Bauch, wo Marty ihn geschlagen hatte (*er* hatte angefangen), sah aus wie verschmierter Dreck. Außerdem entdeckte er einige kleine Kratzer auf seinen Handrücken, doch obwohl er Claire ordentlich verprügelt hatte, waren seine Fingerknöchel unversehrt. Er ging zum Spiegel über dem Frisiertisch und betrachtete sein Gesicht. Bis auf die blutunterlaufenen Augen sah er ganz normal aus.

Im Badezimmer hielt er sorgfältig nach Blutspuren auf dem Emaille um den Abfluss herum Ausschau. Die Badewanne schien sauber zu sein. Das sollte sie auch – schließlich hatte er im Meer gebadet, bevor er in sein Zimmer zurückgekehrt war, um zu duschen.

Er drehte das Wasser in der Dusche auf und stellte sich unter den warmen Strahl. Während er sich wusch, ging er alles noch einmal Detail für Detail durch. Hatte er etwas übersehen?

Die Verträge hatte er verbrannt und ihre Asche die Toilette hinuntergespült.

Das Tonband hatte er aus der Plastikkassette gezogen, über die Toilettenschüssel gehalten und in dicken, schwarzen Rauch aufgehen lassen.

Das Diktiergerät, das er mit seinen blutigen Händen angefasst hatte, lag nun auf dem Grund des Ozeans.

Genau wie die Kamera und seine Kleidungsstücke, die er mit Steinen beschwert und in die Brandung geworfen hatte. Die Schuhe waren auch ohne zusätzlichen Ballast versunken.

Das Problem mit den beiden Autos hatte er – seiner Meinung nach zumindest – elegant und entschlossen gelöst. Ohne Nachzudenken hatte er Martys Autoschlüssel an sich genommen. Inzwischen war er davon überzeugt, dass er sich schon zu diesem Zeitpunkt unbewusst einen Plan zurechtgelegt hatte. Doch erst als er tatsächlich die Autos erreicht hatte, war ihm die Lösung dieses Dilemmas wie Schuppen von den Augen gefallen.

Er hatte nicht riskieren dürfen, auch nur die winzigste Spur von Claires Blut im Mercedes zurückzulassen, also war er mit Martys Auto zum Strand gefahren, den er nur durch pures Glück gefunden hatte. Er war einfach einem von Mondlicht beschienenen Feldweg durch die Hügel gefolgt und – *voilá* – war das Meer vor ihm erschienen.

Dann hieß es: Auf Wiedersehen Diktiergerät, Kamera und Klamotten. Der schlimmste Teil war, im Ozean zu baden. Nein, noch schlimmer war es, nackt, nass und frierend zu Martys Auto zurückzueilen, immer in der Angst, von irgendjemandem beobachtet zu werden. Doch die Gegend war verlassen, und das einzige Gebäude, das er weit und breit entdecken konnte, schien keine Fenster zu besitzen.

Unter dem Fahrersitz des Autos fand er einen Lappen, mit dem er die Sitzfläche und das Lenkrad abwischte, bevor er einstieg. Nur für den Fall, dass er Blut darauf hinterlassen hatte. Als er dann kurz darauf hinter dem Mercedes parkte, benutzte er den Lappen, um seine Fingerabdrücke aus dem Auto zu entfernen. Dann warf er die Autoschlüssel in den Wald neben der Straße. Schließlich war er splitternackt in den Mercedes gestiegen und zum Hotel zurückgefahren. Mitten durch die Stadt. Gott sei Dank war ihm niemand begegnet. Als er im Welcome Inn angekommen war, brannte in keinem der Bungalows mehr Licht.

Wenn er jetzt auf die Ereignisse der vergangenen Nacht zurückblickte, war er verblüfft, dass er die Geistesgegenwart besessen hatte, so überlegt zu handeln – er war buchstäblich total von den Socken, dass er nicht von Panik überwältigt worden war und dadurch sein ganzes Leben ruiniert hatte. Und er wäre zwangsläufig am Ende gewesen, wenn er einfach geflohen wäre, ohne die notwendigen Vorsichtsmaßnahmen zu treffen.

In der jetzigen Situation war er sich gewiss, dass er keinen Hinweis hinterlassen hatte. Selbst wenn sie ihn verdächtigen würden, konnten sie ihn niemals mit den Verbrechen in Verbindung bringen. Außerdem hatte er einen entscheidenden Vorteil auf seiner Seite: Die Polizei würde annehmen, dass Brian, Marty und Claire Opfer ein und desselben Täters geworden waren. Und es war ja wohl für jedermann ersichtlich, dass Gorman schon allein körperlich nicht in der Lage war, Brian auf einem über zwei Meter hohen Zaun aufzuspießen.

Nur eines machte ihm noch Sorgen – dass ihn jemand beobachtet hatte. Schließlich war Janice nicht wieder aufgetaucht. Wenn sie noch am Leben gewesen und Zeuge der Morde geworden war … Möglich, aber sehr unwahrscheinlich. Schließlich hatten sie lange vergeblich nach ihr gesucht und sie war vermutlich bereits tot. Andererseits hatte Gorman die Morde in Sichtweite des Horrorhauses verübt. Wenn jemand zu diesem Zeitpunkt aus dem Fenster gesehen hatte, hätte er alles mitbekommen. In diesem Fall hätte dieser jemand jedoch sofort die Polizei gerufen, und diese wiederum hätte ihn bei den Autos gestellt. Da dies aber nicht eingetroffen war, konnte er annehmen, dass er entweder nicht gesehen worden war oder mögliche Zeugen selbst einige Leichen im Keller liegen hatten – wie den Mord an Brian und Janice beispielsweise.

Allein der Gedanke daran, von den Mördern der beiden beobachtet worden zu sein, ließ Gorman die Haare zu Berge stehen. Sein Schließmuskel zog sich zusammen, und sein Penis schrumpfte auf Erdnussgröße, als wollte er sich verkriechen.

Wer konnte Brian nur so etwas Schreckliches angetan haben? Wer hatte diese übermenschliche Kraft aufgebracht?

Vielleicht gibt es wirklich eine Bestie, dachte er.

Jetzt machte ihm das Duschen keinen Spaß mehr. Er spülte sich die Seife vom Körper. Während er sich abtrocknete und anzog, dachte er, um sich wieder aufzuheitern, daran, was er für ein unglaubliches Glück gehabt hatte.

Der Mörder – ganz gleich, ob Mensch oder Bestie –, hatte ihm einen exzellenten Dienst erwiesen. Gorman konnte unter Umständen sogar diesen Vorfall für sein Buch verwenden. Das hing von den Ergebnissen der polizeilichen Untersuchung ab. Jedenfalls würde er seine Einnahmen mit niemandem teilen müssen. Er konnte jeden Cent für sich behalten. Selbst wenn Janice unter wundersamen Umständen wieder auftauchen sollte, waren die Verträge bereits vernichtet. Die Korrespondenz mit ihr enthielt keinen Hinweis auf eine vertragliche Verpflichtung (vielleicht konnte er diese Briefe irgendwie ergattern, was jedoch verdammt riskant war – wieso hatte er nur Martys Schlüssel weggeworfen?), und ohne den Vertrag würde Janice vor Gericht keine Chance haben.

Außerdem war sie tot.

Bitte, lass sie tot sein.

Als er sein Sporthemd zugeknöpft hatte, klopfte es an der Tür – ein leises, zögerliches Klopfen, das seine Eingeweide zusammenkrampfen ließ. Jemand wollte zu Brian. Er holte tief Luft und versuchte, Fassung zu bewahren, als er durch die Zwischentür trat. Die beiden Betten waren unberührt. Leise ging er zum nächsten Bett, schlug die Laken zurück und zerknüllte das Kissen. Dann öffnete er die Tür.

»Guten Morgen, Mr Hardy«, sagte eine Frau mit fröhlicher Stimme.

Sie war jung, attraktiv und toll gebaut. In ihren Shorts und dem grünen, schulterfreien Top, das sich eng an ihre großen Brüste schmiegte, wirkte sie äußerst sexy. Gorman wusste, dass er ihr bereits begegnet war. Dann erinnerte er sich auch wo: Gestern Abend, in der Cocktailbar. Sie war eine dieser Bibliothekarinnen.

»Oh«, sagte er lächelnd. »Nina, stimmt's?«

»Nora.«

»Nora, wie geht es Ihnen an diesem wundervollen Morgen?«

»Einfach großartig. Und Ihnen?«

»Könnte nicht besser sein.« Er atmete tief durch. Die warme Luft duftete nach Pinien. »Ein fantastischer Tag, um am Leben zu sein, finden Sie nicht?«

»Dafür ist jeder Tag ein fantastischer Tag«, sagte Nora. »Sie fragen sich sicher, warum ich hier bin. Also, Sie hatten gestern erwähnt, dass Sie an der Führung durch das Horrorhaus teilnehmen wollen.«

»Ja, das habe ich vor.«

»Meine Freunde und ich wollen jetzt dorthin fahren. Die Führung beginnt um halb elf. Wir wollten Sie fragen, ob Sie nicht Lust hätten, uns zu begleiten?«

Gorman sah auf seine digitale Armbanduhr. Neun Uhr zweiundfünfzig. Es wäre bestimmt angenehmer, die Führung mit Bekannten zu machen, anstatt sich allein in einer Gruppe wildfremder Leute wiederzufinden. »Es wäre mir ein Vergnügen«, sagte er. »Allerdings weiß ich nicht, wo Brian steckt. Anscheinend ist er schon weg, und ich habe nicht die geringste Ahnung, wann er wieder zurück sein wird.«

Nora warf einen Blick auf den Mercedes. »Ist er spazieren gegangen?«

»Anscheinend.« Gorman zuckte mit den Schultern. »Schade aber auch. Ich für meinen Teil wäre natürlich ... oh.« Er schnalzte mit der Zunge. »Zuvor muss ich aber noch etwas erledigen. Wie wäre es, wenn wir uns vor der Ticketbude treffen?«

»Klar. Toll.«

»Um halb elf, richtig? Dann muss ich mich aber beeilen.«

Nora nickte lächelnd. »Also gut. Bis dann.«

Sie drehte sich um und ging los. Gorman beobachtete für einen Moment entzückt ihren Hintern in den engen Shorts.

Sobald er wieder in seinem Zimmer war, schraubte er die Ginflasche auf und nahm einen Schluck. In der Nachttischschublade lag ein Telefonbuch. Mit der Flasche im Schoß blätterte er durch das Branchenverzeichnis. Unter der Rubrik FOTOKAMERAS UND ZUBEHÖR entdeckte er mehrere Einträge. Die meisten Geschäfte schienen sich nicht im Ort zu befinden – das Telefonbuch deckte das gesamte County ab. Für Malcasa Point gab es nur einen Eintrag: Bob's Kamera- und Hi-Fi-Zentrum an der Hauptstraße. »Fantastisch«, murmelte Gorman, nahm noch einen Schluck Gin und eilte zu seinem Wagen.

Fünf Minuten später fuhr er an dem Geschäft vorbei, merkte sich seine genaue Lage und passierte den Feldweg, auf dem er nur wenige Stunden zuvor den Strand erreicht hatte. Dann richtete er seine Aufmerksamkeit auf das Horrorhaus. Sein Blick folgte dem Zaun auf der Rückseite, der kurz vom Gebäude selbst verdeckt wurde, bevor er sich dahinter fortsetzte. Er war sich einigermaßen sicher, die gesamte Länge des Zauns überblickt zu haben. Brians Leiche war verschwunden. Die beiden anderen Leichen waren von der Straße aus natürlich nicht zu sehen.

Er hatte schon erwartet, einen Polizeikordon vorzufinden, aber das Gelände hinter dem Haus wirkte völlig verlassen.

Vielleicht hatten sie die Untersuchung des Tatorts bereits beendet und waren wieder abgezogen. Aber das war höchst unwahrscheinlich. Mit ziemlicher Sicherheit durchstreiften noch immer einige Beamte auf der Suche nach Spuren die Umgebung.

Er fuhr weiter, bis er Martys alten Plymouth im Schatten entdeckte. Er stand noch immer genau dort, wo er ihn gestern Nacht abgestellt hatte. Weder ein Streifenwagen noch das Auto des Leichenbeschauers waren irgendwo zu sehen.

Hinter einer Kurve machte er kehrt und behielt auf dem Rückweg den bewaldeten Hügel genau im Auge. Wieder betrachtete er eingehend den Zaun, den er fast in seiner gesamten Länge überblicken konnte.

Jetzt war er sich endgültig sicher.

Die Leichen waren weggeschafft worden.

Von der Polizei? Das bezweifelte er stark.

Kapitel vierzehn

Janice rollte im Schlaf herum und fiel zu Boden. Stechender Schmerz ließ sie aufwachen. Sie lag reglos auf der Seite, keuchte und hatte die Augen fest geschlossen.

Oh Gott, dachte sie. Es tut so weh.

Sie wimmerte, als eine neue Woge des Schmerzes sie überrollte, und krümmte sich zusammen. Ihre Knie stießen gegen etwas Weiches, Nachgiebiges.

Was ist nur passiert?, schrie sie innerlich auf.

Sie umklammerte ihren Bauch und ertastete einen Klebebandstreifen, dem sie mit zitternden Fingern folgte. Offensichtlich war so etwas wie ein Verband daran befestigt, der bis zu ihren Rippen reichte. Weiter oben entdeckte sie weiteres Klebeband an der Unterseite ihrer linken Brust. Noch ein Verband, der ihre Brustwarze und die Schulter bedeckte. Die Haut darunter brannte. Auch ihre andere Schulter war verbunden. Die rechte Brust war unbedeckt, schmerzte aber, als wäre sie mit blauen Flecken bedeckt. Ein dritter Verband verlief an ihrer Seite bis zur Hüfte hinab. Dort spürte sie einen elastischen Gürtel, mit dem offenbar so etwas wie eine Monatsbinde zwischen ihren Beinen befestigt war.

Was war nur passiert?

Vergewaltigung. Sie war vergewaltigt worden. Daher die schrecklichen Schmerzen in ihrem Inneren. Mit was hatte er sie nur missbraucht, um Himmels willen? Mit einem Baum?

Sie fing an zu schluchzen, und die zuckenden Bewegungen verursachten stechende Schmerzen.

Wer hat mir das angetan? Und warum, zum Teufel?

Brian? War es Brian gewesen? Sie erinnerte sich, dass sie es mit ihm getrieben hatte aber … hatte er den Verstand verloren oder was?

Wo bin ich? Im Krankenhaus?

Leider roch es nicht nach Krankenhaus, sondern nach Zoo. Und sie lag auch nicht in einem Bett, sondern nackt auf einem flauschigen Teppich.

Sie öffnete die Augen und erkannte im schummrigen blauen Licht einen Haufen Kissen neben sich. Darauf hatte sie wohl gelegen, bevor sie heruntergerollt war.

Blaues Licht. Kissen.

Wo bin ich nur?

Behutsam richtete sie sich auf alle viere auf. Vor Schmerz biss sie die Zähne zusammen und versuchte, aufzustehen. Sie taumelte und wedelte mit den Armen, um das Gleichgewicht nicht zu verlieren. Dann sah sie sich um.

Niemand. Sie war allein.

Der Raum war nur wenig kleiner als ihr Zimmer zu Hause. Dann bemerkte sie, dass die Decke mit Spiegeln bedeckt war. Bis auf den Teppich und die Kissen war der Raum völlig leer. Keine Möbel, keine Fenster …

Keine Fenster!

War sie im Haus der Kutchs?

»Oh Gott«, flüsterte sie.

Sie stolperte auf die Tür zu, wobei sie bei jedem Schritt zusammenzuckte. Sie streckte den Arm aus, hielt sich am Türrahmen fest und versuchte, Luft zu holen. Ihr Arm gab nach, und sie fiel gegen die Tür. Sie umklammerte den Türgriff und hielt sich daran fest, bis die schlimmsten Schmerzen vorbei waren. Vergebens versuchte sie, den Griff hinunterzudrücken.

Sie war eingeschlossen. Damit hatte sie gerechnet.

Trotzdem rüttelte sie so heftig am Griff, dass die Tür in ihrem Rahmen vibrierte.

Schließlich gab sie auf.

Sie war völlig außer Atem. Die Schmerzen waren unerträglich. Sie ging in die Knie. Der Verband um ihre Brust hatte sich an der

Unterseite gelöst, und Blut sickerte darunter hervor. Vergeblich versuchte sie, das Klebeband wieder festzudrücken, doch es wollte nicht mehr an der feuchten Haut haften. Vorsichtig lüpfte sie den Verband ein wenig, blinzelte sich Tränen und Schweiß aus den Augen und starrte auf ihre Wunden.

Ihre Schulter war aufgerissen und wund, als wäre sie von einem Hund in die Mangel genommen worden. Darunter zeichneten sich vier tiefe Kratzer ab. Sie rückte den Verband zurecht und sah sich ihre andere Brust an, deren Haut unversehrt, jedoch an über einem halben Dutzend Stellen mit halbkreisförmigen Blutergüssen bedeckt war. Sie hob die Brust an und entdeckte einen weiteren Bluterguss unter der Brustwarze.

Zahnspuren?

Bestimmt nicht von einem menschlichen Gebiss.

Vielleicht von einem wilden Tier. Ein Kojote?

Mach dir doch nichts vor, dachte sie.

Es war die Bestie.

Elizabeth Thorns Bestie.

Sie konnte sich zwar an nichts erinnern, aber es musste so gewesen sein.

Großer Gott, dieses Ding hatte sie vergewaltigt.

Zitternd umklammerte sie ihren Bauch, krümmte sich zusammen und drückte ihre Stirn gegen die Tür.

Es hatte sie vergewaltigt, aber nicht umgebracht. Irgendjemand hatte ihre Wunden versorgt. Und jetzt war sie in Maggie Kutchs Haus gefangen.

Die Bestie wird zurückkommen, dachte sie.

Und über mich herfallen, wieder und wieder.

Kapitel fünfzehn

Hardy stand auf dem Bürgersteig gegenüber und schoss ein Foto des Horrorhauses.

Als er die Kamera sinken ließ, winkte Nora ihm zu. Er nickte zurück und ging in ihre Richtung. Tyler war davon überzeugt, dass er sich in seinem Sportjackett trotz der leichten Brise zu Tode schwitzen musste. Ihr selbst war ebenfalls viel zu warm und sie wünschte, dass sie Shorts oder ein Kleid anstatt der Cordhose angezogen hätte.

»Sie erinnern sich doch an Tyler?«, fragte Nora.

»Natürlich. Wie könnte ich einen so bezaubernden Menschen denn vergessen?«

Zögernd schüttelte Tyler die dargebotene Hand. »Das hier ist Abe Clanton«, sagte sie.

»Sehr erfreut, Sie kennen zu lernen, Mr Hardy. Ich habe alle Ihre Bücher gelesen.«

Hardy schüttelte überrascht Abes Hand. »Bücher? Sie benutzen den Plural?«

»Klar. Vor *Der Schrecken von Black River Falls* haben Sie doch mehr als dreißig andere Bücher geschrieben, stimmt's?«

»Achtundvierzig, um genau zu sein. Viele davon jedoch unter einem Pseudonym. Trotzdem bin ich hocherfreut, jemandem zu begegnen, der weiß, dass ich schon vor dem *Schrecken* existierte. Erfreut und verblüfft.«

»Besonders hat mir Ihre Serie um die *Todesmutigen* gefallen. Während meiner Dienstzeit habe ich sie regelrecht verschlungen.«

»Aha, Sie sind also Soldat. Wundert mich nicht, bei Ihrem selbstsicheren Auftreten. Ein Marine, nehme ich an?«

Abe wirkte amüsiert. »Stimmt genau.«

»Der Autor der *Todesmutigen* ist Matt Scott. Darf ich fragen, wie Sie mein Pseudonym durchschaut haben?«

»Ihr Name steht im Impressum«.

»Sie sind ein sehr belesener Zeitgenosse«, sagte er und wandte sich Jack zu. »Sind Sie auch Soldat?«

»War ich zumindest. Jack Wyatt.« Sie reichten sich die Hände. »Ich hab den Film gesehen.«

»Ah.«

»Ich bin nämlich ein sehr unbelesener Zeitgenosse.«

Nora lachte. »Da fällt mir ein, gestern Abend haben wir einen Typen getroffen, den Sie unbedingt interviewen müssen: Käpt'n Frank. Er wohnt da drüben in einem Bus.« Sie deutete auf die Wälder hinter der Beach Road.

»Interviewen?«, fragte Hardy.

»Er behauptet, dass sein Vater die Bestie auf einer Insel entdeckt und hierhergebracht hat.«

»Die Bestie?«, fragte Hardy.

Sie nickte zu dem alten Haus hinüber.

»Ganz genau. Seine Geschichte ist voller unappetitlicher Details.«

»Und warum sollte ich daran interessiert sein?«

»Damit Sie sie in Ihrem Buch verwenden können.«

Er starrte sie an, und ein Lächeln umspielte seine Lippen. »Ich glaube, ich habe gestern doch ziemlich deutlich zum Ausdruck gebracht, dass ich nicht die Absicht habe, über das Horrorhaus zu schreiben.«

»Ach ja, stimmt.« Nora schnippte mit den Fingern und schien sich über sich selbst zu ärgern, weil sie etwas so Wichtiges vergessen hatte. »Natürlich, das haben Sie gesagt. Ich erinnere mich.« Plötzlich grinste sie und schüttelte den Zeigefinger. »Dann müssen Sie Käpt'n Frank für das Buch interviewen, das Sie nicht schreiben wollen.«

Hardy kicherte.

»Machen Sie sich um uns keine Sorgen. Wir werden niemandem auch nur ein Sterbenswörtchen über Ihr Projekt verraten. Ihr Geheimnis ist bei uns gut aufgehoben.«

Tyler sah sich um. Vor der Ticketbude hatte sich bereits eine Schlange gebildet. Als sie sich dort anstellten, überkam sie eine Welle der Übelkeit. Ruhig bleiben, sagte sie sich. Keine Panik. Vielleicht arbeitet Dan ja überhaupt nicht hier.

Und wenn doch?

Sie konnte draußen warten und so ein Wiedersehen vermeiden.

Aber das wäre nicht richtig.

Sie fummelte am Verschluss ihrer Handtasche herum.

»Lass nur«, sagte Abe.

»Aber nein, du hast doch schon …«

Er kaufte bei der lächelnden Blondine am Schalter zwei Eintrittskarten. Dann traten sie beiseite, um den anderen Touristen Platz zu machen.

»Vielen Dank«, sagte sie.

»Alles klar?«

»Eigentlich nicht.«

»Dan freut sich bestimmt tierisch, dich wiederzusehen.«

»Es wäre einfacher, wenn nicht.«

Abe sah traurig drein. Er streichelte ihre Schulter, bis Nora und Jack zu ihnen kamen.

Nora blickte Tyler finster an. »Bist du sicher, dass du es durchziehen willst?«, fragte sie.

»Nein. Sicher bin ich mir nicht.«

»Gibt es ein Problem?«, fragte Hardy.

»Tylers Exfreund soll hier …«

»Nein, kein Problem«, unterbrach sie Tyler ärgerlich. Wieder einmal hielt es Nora für nötig, ihre Privatangelegenheiten überall herumzuposaunen. Sie wandte sich brüsk um und ging durch das Drehkreuz.

Abe, der bereits auf der anderen Seite stand, nahm ihre Hand.

Tyler sah zu ihm auf. »Manchmal kann sie einfach nicht die Klappe halten.«

»Offenbar kannst du diesen Gorman nicht leiden.«

»Er ist ein Widerling.«

»Da muss ich dir zustimmen.«

»Ich dachte, du wärst so ein großer Fan von ihm?«

»Ich mag seine Bücher. Das bedeutet ja nicht, dass ich automatisch auch den Kerl mögen muss, der sie geschrieben hat.«

Sie blieben hinter der Gruppe stehen, die sich vor der Veranda versammelt hatte. Nora und Jack gesellten sich zu ihnen.

»Was passiert jetzt? Sollen wir einfach reingehen?«, fragte Nora.

»Ich dachte, das wäre eine Führung«, sagte Abe.

Eine Führung? Mit Dan? Tylers Herz machte einen Satz. Sie drückte fest Abes Hand und starrte auf die im Schatten liegende Eingangstür. Als sie sich öffnete, zuckte sie zusammen.

Doch die Person, die auf die Veranda trat, war nicht Dan. Tyler atmete erleichtert aus, als sie einen schlaksigen Mann von etwa sechzig Jahren bemerkte. Er humpelte, so als hätte er Schmerzen, und hielt sich am Geländer fest, als er die Verandatreppe hinunterstieg. »Die Eintrittskarten, bitte«, sagte er mit einer für einen so gebrechlich aussehenden Mann erstaunlich festen Stimme.

Einige Kinder in der ersten Reihe wichen vor ihm zurück.

Tyler hörte ein leises Klicken und sah sich zu Gorman um. Sie hatte erwartet, dass er fotografierte, aber seine Hand ruhte in seiner Tasche. Er lächelte ihr zu und nahm die Hand heraus.

Sie vermutete, dass er ein Diktiergerät dabei hatte und die Führung aufzeichnen wollte.

Ohne Erlaubnis? Natürlich – sonst würde er ja nicht so heimlich tun. Das war zwar illegal, konnte einen Gorman Hardy jedoch nicht abhalten.

Sie fühlte sich in ihrer Meinung über ihn bestätigt.

Gerissenes Arschloch, dachte sie.

Sobald er die Eintrittskarten eingesammelt hatte, ging der dürre

Mann wieder die Stufen hinauf. Oben angekommen drehte er sich um und wischte sich mit dem Handrücken über den Mund. »Sehr verehrte Damen und Herren«, verkündete er, »es ist mir eine große Ehre, Ihnen die Eigentümerin des Horrorhauses vorzustellen, eine tapfere Frau, die durch das läuternde Feuer des Schmerzes gehen musste und umso stärker daraus hervortrat – Maggie Kutch, ihre persönliche Begleitung auf dieser heutigen Führung.« Wie ein müder Ringrichter machte er eine einladende Geste in Richtung Tür und schlurfte zur Seite.

Eine Frau watschelte aus dem Haus und stützte sich dabei auf einen Gehstock aus Ebenholz. Sie wirkte alt genug, um die Mutter des Mannes sein zu können, doch trotz der Gehhilfe strahlte sie eine gewisse Stärke und Entschlossenheit aus. Sie war ziemlich groß mit breiten Hüften und gewaltigen Brüsten, die unter ihrem verwaschenen Kleid hin und her wackelten, als sie sich gegen das Geländer der Veranda lehnte. Tyler kam sie wie eine strenge Großmutter vor. Sie trug hautfarbene Stützstrümpfe und enge, schwarze Schnürschuhe. Als wollte sie diesen eigentümlichen Eindruck noch verstärken, hatte sie einen hellroten Seidenschal um ihren Hals geschlungen. Ihre Miene wirkte finster, bis sich ihr Gesicht zu einem nicht besonders freudigen Lächeln verzog. Es wirkte fast höhnisch.

»Willkommen im Horrorhaus«, sagte sie, während sie ihren Blick durch die Menge wandern ließ. Tyler verspürte Angst, als sich die Augen der alten Frau auf sie richteten. »Ich bin Maggie Kutch, und dies ist mein Anwesen.« Sie machte eine Pause, als würde sie Widerspruch erwarten. Ihr Publikum lauschte gebannt. Die Leute vermieden es, sie anzusehen, und starrten entweder auf ihre Schuhe oder auf das Gebäude vor ihnen.

»Ich machte das Haus zum ersten Mal im Jahre 1931 der Öffentlichkeit zugänglich. Damals waren gerade mein Mann und meine drei Kinder der Bestie zum Opfer gefallen. Jawohl, die Bestie hat sie geholt, und nicht ein messerschwingender Verrückter, wie man sie vielleicht glauben machen will. Wenn Sie meine Worte anzweifeln, dann sehen Sie sich das hier genau an.« Sie zog den Schal von ihrem Hals. Jemand stöhnte auf, als Maggies Finger über das dicke Narbengewebe an ihrer Kehle fuhren. »Dies hat kein Mensch getan. Es war eine Bestie mit Klauen und Reißzähnen.« Ihre Augen glänzten, als wäre sie stolz auf ihre Wunden. »Es war dieselbe Bestie, die in diesem Haus zehn Menschen tötete. Jetzt fragen Sie sich sicher, weshalb ich Menschen durch ein Haus führe, das der Schauplatz einer solch schrecklichen, persönlichen Tragödie war. Die Antwort ist einfach: G-E-L-D.«

Tyler hörte, wie Gorman leise lachte.

Die alte Frau hob ihren Stock und deutete damit auf einen Querbalken über der Veranda. »Dort oben haben sie den armen Gus Goucher aufgeknüpft. Er war erst achtzehn Jahre alt und auf dem Weg nach San Francisco, um mit seinem Bruder in den Sutro Baths zu arbeiten, einer Badeanstalt, die inzwischen nur mehr eine Ruine ist. Am zweiten August des Jahres 1903 machte er hier Halt, um Feuerholz für Lilly Thorn zu schlagen, der damaligen Besitzerin des Hauses, die mit ihren beiden Kindern hier wohnte. Sie war die Witwe des berüchtigten Bankräubers Lyle Thorn, und meiner Meinung nach erbaute sie dieses Haus mit Blutgeld. Wie dem auch sei – im Gegenzug für seine Arbeit bekam Gus eine warme Mahlzeit, bevor er sich wieder auf den Weg machte.

Und genau in dieser Nacht schlug die Bestie zum ersten Mal zu. Nur Lilly überlebte den Angriff. Sie rannte auf die Straße und schrie, als wäre sie dem Leibhaftigen begegnet.

Sofort fanden sich einige beherzte Männer, die das Anwesen vom Keller bis zum Dach durchsuchten, ohne eine lebende Seele zu finden. Alles, worauf sie stießen, waren die zerrissenen, halb aufgefressenen Leichen von Lillys Schwester und ihrer zwei kleinen Jungen. Die Männer durchstreiften die Wälder und Hügel hinter dem Anwesen und entdeckten dort den selig schlafenden Gus Goucher. Da er ein Fremder war, war sein Schicksal so gut wie besiegelt.

Ein paar Leute erinnerten sich, dass sie ihn an diesem Tag auf dem Gelände der Thorns gesehen hatten – offensichtlich konnte nur er diese Tat begangen haben. Es gab eine Gerichtsverhandlung, leider ohne Zeugen, da außer Lilly alle tot und sie selbst vor Kummer nicht mehr bei Sinnen war. Obwohl das Urteil schnell gefällt war, bildete sich noch in derselben Nacht ein Mob, der Goucher aus dem Gefängnis zerrte, ihn an genau diesen Ort brachte und an diesem Querbalken dort oben aufknüpfte.

Doch diese Amateure leisteten schlechte Arbeit. Anstatt ihm das Genick zu brechen, ließen sie ihn dort oben zappeln. Offenbar dauerte es ziemlich lange, bis er schließlich unter grässlichen Verrenkungen den Geist aufgab.«

»Wie reizend«, flüsterte Nora.

»Natürlich war Gus Goucher völlig unschuldig. Die Bestie hat es getan.« Sie ließ ihren Stock zweimal auf den Boden krachen. »Folgen Sie mir nun bitte ins Haus.«

Als sie sich umdrehte, warf Tyler Abe einen Blick zu. Er schüttelte den Kopf, als fände er die ganze Sache auf eine seltsame Art witzig.

»Barbie hatte Recht«, flüsterte Nora. »Unanständig und billig.«

Während sie die Verandatreppe hinaufging, ließ Tyler Abes Hand los, um ihre schweißnassen Hände an der Cordhose abzuwischen. Sie verspürte ein mulmiges Gefühl im Magen.

Die Gruppe versammelte sich in der Eingangshalle. Im Gegensatz zum sonnendurchfluteten Morgen vor der Tür war das Haus dunkel und kühl. Tyler erwartete fast, in der Finsternis plötzlich Dan zu entdecken, der in einer Uniform Wache stand.

»Igitt«, sagte ein Mädchen aus der ersten Reihe.

Lächelnd deutete Maggie mit ihrem Stock auf einen ausgestopften Affen, der an die Wand gelehnt war. Sein Mund war weit aufgerissen, die Zähne gefletscht. »Ein Schirmständer«, erklärte sie und ließ ihren Stock in seine zottigen Arme fallen. »Lilly hatte ein Faible für Affen.« Sie schnappte sich den Stock wieder und schlug damit auf den Kopf des Affen, wobei sie eine Staubwolke aufwirbelte.

»Der erste Angriff fand im Salon statt«, sagte sie. »Bitte hier entlang.«

Gorman rempelte Tyler an. »Verzeihung, meine Liebe«, sagte er und bahnte sich einen Weg durch die kleine Gruppe nach vorn. Er erreichte die Tür vor den anderen und folgte Maggie hindurch.

»Ein echter Draufgänger«, murmelte Abe.

»Was für ein Ekel«, sagte Tyler.

Sie betraten den Salon, und die Gruppe verteilte sich vor einer Absperrung, wie man sie normalerweise in Theatern oder Opernhäusern vorfand. Der Raum dahinter wurde von geschlossenen roten Vorhängen verdeckt. Maggie stand neben der Wand hinter der Absperrung und strich über eine Falte im seidenen Vorhangstoff. »Wir haben diesen Vorhang gerade erst angebracht. Sieht sehr edel aus, finden Sie nicht?« Sie packte eine Kordel.

»Ethel Hughes, Lillys Schwester, befand sich am zweiten August 1903 in diesem Raum. Sie war zu Lillys Hochzeit angereist, die in der nächsten Woche hätte stattfinden sollen, wenn nicht diese furchtbare Tragödie geschehen wäre. Die Bestie drang dort ein.« Sie deutete mit dem Kinn auf eine Tür hinter Tyler. »Und überraschte die völlig nichtsahnende Ethel.«

Sie riss an der Kordel, und die Vorhänge öffneten sich. Tyler hörte verhaltenes Keuchen. Ein Mädchen, das vor ihr stand, schreckte zurück und trat ihr auf die Zehen. Eine rothaarige Frau wandte das Gesicht ab. Ein Junge in einem Cowboykostüm beugte sich über die Absperrung, um besser sehen zu können. Gorman hob die Kamera und Maggie drohte ihm mit ihrem Stock. »Keine Fotos«, warnte sie ihn. »Jeder, der eine Erinnerung an die Tour haben will, kann eine illustrierte Broschüre für nur sechs fünfundneunzig im Souvenirladen erwerben.« Gorman ließ genervt die Kamera sinken.

»Die wurde ja ordentlich in die Mangel genommen«, flüsterte ein Mann neben Tyler.

Widerstrebend warf sie einen Blick auf die Wachsfigur von Ethel Hughes, die ausgestreckt auf dem Boden lag. Ein Bein ruhte auf einem Couchkissen. Die weit aufgerissenen Augen starrten zur Decke, und das Gesicht war vor Entsetzen und Schmerz verzerrt. Das zerrissene, inzwischen vergilbte Nachthemd war mit rostfarbenen Flecken übersät. Die Fetzen bedeckten kaum mehr als die Brüste und den Schambereich. Die bloße Haut war vom Hals bis zu den Oberschenkeln mit klaffenden Wunden übersät und der ganze Körper in ein helles Rot getaucht.

»Die Bestie sprang über die Couch und überraschte Ethel Hughes, die gerade in der *Saturday Evening Post* las.« Maggie ging um den Körper herum und deutete mit dem Stock auf eine aufgeschlagene Zeitschrift, die neben dem ausgestreckten rechten Arm der Figur lag. »Dies hier ist genau jene Ausgabe, in der sie zum Zeitpunkt des Angriffs blätterte.« Sie beschrieb einen Bogen mit ihrem Stock. »Es ist alles noch genau so, wie es in dieser grässlichen Nacht war. Bis auf den Leichnam natürlich.« Sie lächelte. »Aber diese exakte Kopie lässt wohl keine Fragen offen. Sie wurde von mir in Auftrag gegeben und im Jahre 1936 von Monsieur Claudie Dubois aus Nizza angefertigt. Bis hin zur kleinsten Wunde ist jedes Detail genauestens reproduziert. Dafür wurden Fotografien des Leichnams benutzt, die mir in die Hände fielen. Wie gesagt, alles ist authentisch. Das Nachthemd, das Ethel trägt, ist natürlich das Original. Die dunklen Flecken stammen von ihrem Blut.«

»Krass«, murmelte das Mädchen, das Tyler auf den Fuß gestiegen war.

Maggie ignorierte sie. »Sobald die Bestie mit Ethel fertig war, schlug sie den Salon kurz und klein. Sehen Sie die Büste von Julius Cäsar dort auf dem Kaminsims?« Sie deutete mit dem Stock darauf. »Die Nase ist abgebrochen. Das ist das Werk des Monstrums. Es warf die Büste auf den Boden und ein halbes Dutzend Porzellanfiguren in den Kamin. Außerdem zerstörte es diesen Stuhl. Dieses Rosenholzpodest …« – sie klopfte mit dem Stock darauf – »wurde durch das Erkerfenster geschleudert. Der Lärm weckte natürlich den Rest des Hausstandes. Lillys Zimmer ist gleich hier oben.« Sie richtete den Stock zur Decke. »Die Bestie muss gehört haben, wie sie aufstand und eilte auf die Treppe zu.«

Maggie schloss die Vorhänge, humpelte um die Absperrung herum und führte die Gruppe aus dem Salon. Gorman blieb ihr dicht auf den Fersen. »Darf ich fragen, wie Sie so sicher sein können, dass sich alles genau in dieser Reihenfolge abgespielt hat? Wie Sie vorhin erwähnten, gab es keine Zeugen«, fragte er mit lauter Stimme.

»Die Polizeiberichte, Fotos und Zeitungsartikel lassen keinen Zweifel daran, wie alles passiert ist«, erklärte sie, während sie die Treppe erklomm. »Die Polizisten folgten einfach der Blutspur.«

»War die Bestie denn verwundet?«

Sie warf Gorman einen belustigten Blick zu. »Es war Ethels Blut. Es tropfte förmlich von ihr herunter, bis hierher, in Lillys Schlafzimmer.« Am Ende der Treppe angekommen wandte Maggie sich zur Linken.

Tyler sah in die entgegengesetzte Richtung. Rote Vorhänge umgaben einen Bereich am Ende der Galerie, an dem nur ein enger Durchgang zu beiden Seiten vorbeiführte. Ein weiteres Exponat. Wie viele gibt es wohl davon?, fragte sie sich. Und wie viele kann mein Magen verkraften?

Abe drückte beruhigend ihre Hand, und sie betraten Lilly Thorns Schlafzimmer. Wieder gruppierte sich die Menge um eine Absperrung mit roten Vorhängen dahinter. Maggie zog an einer weiteren Kordel, und die Vorhänge öffneten sich. Eine Wachsfigur in einem rosa Nachthemd saß aufrecht auf dem Bett. Sie hatte eine Hand vor den geöffneten Mund gelegt und sah mit vor Schreck aufgerissenen Augen an den Messingverzierungen des Bettgestells vorbei.

»Wir befinden uns jetzt direkt über dem Salon«, sagte Maggie. »Der Lärm weckte Lilly auf, und sie schleppte den Frisiertisch zur Tür, um sie zu verbarrikadieren. Dann floh sie durch das Fenster. Sie landete auf dem Dach des Erkerfensters und schließlich auf der Straße.«

Gorman schnaubte verächtlich, und Maggie warf ihm einen ärgerlichen Blick zu. »Haben Sie eine Frage hierzu?«

»Nein, nein.« Er schüttelte den Kopf. »Ich dachte nur, dass …« Er verstummte. »Bitte fahren Sie fort.«

»Zeit meines Lebens frage ich mich, warum sie nicht versucht hat, ihre Kinder zu retten.«

»Aus Panik«, schlug ein Mann hinter der rothaarigen Frau vor.

»Ja, vielleicht.« Maggie schloss die Vorhänge wieder. »Sobald die Bestie erkannt hatte, dass er nicht in ihr Zimmer gelangen konnte, rannte er diesen Korridor hinunter.«

Er, dachte Tyler. Die Bestie war plötzlich ein *Er* geworden anstatt eine *Sie* oder ein *Es*.

Sie gingen an der Treppe vorbei. Als sie sich dem abgesperrten Bereich näherten, mussten sie eine lange Reihe bilden, um zwischen Wand und Vorhang vorbeizugehen. Tyler ließ Abes Hand los und ging vor. Mit dem Unterarm streifte sie eine Falte des Vorhangs. Sie zuckte zusammen und spürte, wie sie Gänsehaut bekam. Dann hatten sie das Hindernis passiert und die Galerie wurde von einem Fenster am Ende des Flurs erleuchtet.

»Die Bestie fand diese Tür unverschlossen vor«, sagte Maggie.

Sie betrat einen Raum zur Linken, und die Gruppe folgte ihr. Tyler gab acht, nicht hinter dem Mädchen zu stehen, das ihr auf die Zehen getreten war. »Hier schliefen die Kinder, obwohl ich annehme, dass sie bereits wach waren, als die Bestie eindrang – vielleicht versteckten sie sich unter ihren Bettdecken, starr vor Angst. Earl war zehn Jahre alt und sein Bruder Sam erst acht.«

Die Vorhänge glitten zur Seite.

Die beiden Wachspuppen lagen bäuchlings zwischen den Messingbetten. Ihre Schlafanzüge waren in Fetzen gerissen – genau wie ihre Haut. Tyler wandte sich ab. Ein Schaukelpferd mit abgeblättertem Lack stand neben einem Waschtisch. In einer Ecke stand eine indianische Trommel. Dahinter lehnte ein Baseballschläger an der Wand. Plötzlich erschienen Tyler die beiden Jungen ausnehmend real. Sie stellte sich vor, wie sie miteinander spielten, lachten und sich gegenseitig durch das Haus jagten. Sie biss sich auf die

Oberlippe und starrte auf das Fenster. Auf Maggies Stimme achtete sie gar nicht mehr. Sie bemerkte einen verwitterten Pavillon auf dem Rasen hinter dem Haus. Auf der anderen Seite des Zauns erstreckten sich sonnendurchflutete, goldbraune Hügel mit einigen Flecken grünen Buschwerks, Felseninseln und kleinen Wäldchen. Es sah alles so friedlich aus. Eine Möwe glitt herab, ließ sich auf dem Zaun zwischen zwei Eisenspitzen nieder und pickte an etwas herum. Offensichtlich hatte sie etwas Fressbares gefunden. Sie wünschte sich, dort im Freien zu sein, anstatt durch dieses Mausoleum stapfen zu müssen. Vielleicht dachte Gorman dasselbe. Sie beobachtete, wie er ebenfalls aus dem Fenster starrte.

Als Maggie fertig war, folgten sie ihr wieder in die Galerie hinaus. Tyler ging mit dem Rücken zur Wand an der Absperrung vorbei, wobei sie die Arme dicht an den Körper presste. Schließlich erreichten sie wieder die Treppe. »Wir wohnten seit genau sechzehn Tagen in diesem Haus, als die Bestie erneut zuschlug. Mein Mann Joseph hielt sich nicht gerne in den Räumen auf, in denen die Morde passiert waren. Also machten wir es uns so gut es ging in einem der Gästezimmer gemütlich. Meine Töchter Cynthia und Diana teilten seine Bedenken nicht und waren mit dem Schlafzimmer der Jungen, das wir soeben verlassen haben, durchaus zufrieden.«

Sie führte sie in einen Raum zur Rechten, der sich direkt gegenüber Lillys Schlafzimmer befand. Der Großteil davon war abgesperrt, doch rote Vorhänge waren nur in einer Ecke zu erkennen.

Maggie deutete mit dem Stock auf ein Himmelbett. »Am siebten Mai 1931 schliefen Joseph und ich in diesem Bett. Obwohl das schon fast fünfzig Jahre zurückliegt, haben sich diese Vorkommnisse unauslöschlich in mein Gehirn eingebrannt. An diesem Tag regnete es wie aus Eimern. Wir hatten die Fenster geöffnet, und ich lauschte dem Plätschern. Meine Mädchen schliefen tief und fest am anderen Ende des Flurs, und Theodore, mein armes Baby, war sicher in seinem Kinderzimmer untergebracht. Ich fühlte mich geborgen, alles war friedlich, und so schlief ich ein.

Lange nach Mitternacht weckte mich das Geräusch von zersplitterndem Glas. Joseph stand auf und ging auf Zehenspitzen hier hinüber.« Sie humpelte zu einem Sekretär, öffnete eine Schublade und zog eine Pistole daraus hervor. »Das hier ist eine .45er Colt Automatik, wie sie auch die Armee damals verwendete.«

»Cool«, sagte der Junge im Cowboykostüm.

»Joseph lud eine Kugel in den Lauf. Bis heute kann ich das Klicken hören.« Sie klemmte sich den Stock unter einen Arm und ließ den Schlitten der Waffe mit einem metallischen Klick-Klack vor- und zurückschnellen.

»Ich hoffe, die ist nicht geladen«, sagte der Vater des Mädchens.

»Und selbst wenn«, sagte Maggie. »Wir haben letztes Jahr den Lauf mit Blei ausgießen lassen.« Sie zielte auf den Boden und betätigte den Abzug. Es klickte. Dann legte sie die Waffe in die Schublade zurück.

»Joseph nahm die Pistole mit sich«, fuhr sie fort, »und verließ den Raum. Ich wartete, bis ich hörte, wie er die Stufen hinunterging, dann schlich ich mich auf die Galerie. Ich musste doch nach meinen Kindern sehen.«

Ohne dem Vorhang weitere Beachtung zu schenken, ging sie wieder um die Absperrung herum und führte die Gruppe erneut in den Korridor. »Ich war genau hier, als ich die Schüsse hörte, gefolgt von Josephs markerschütterndem Schrei und den Geräuschen eines Handgemenges. Ich wollte losrennen, doch ich war vor Schreck wie erstarrt und spähte in die Finsternis.«

Sie blickte die Stufen hinab, als hätte sie die Erinnerung wieder eingeholt.

»Das Monstrum kam die Treppe herauf«, sagte sie mit leiser Stimme. »Ich konnte ihn nur undeutlich sehen, aber seine Haut war so weiß wie der Bauch eines Fisches und schien in der Dunkelheit zu leuchten. Er ging gebückt, aber auf zwei Beinen wie ein Mensch. Ich wusste, dass ich meinen Kindern zu Hilfe eilen musste, doch ich konnte kein Glied rühren. Er lachte heiser und warf mich zu Boden.

Dann bearbeitete er mich mit Zähnen und Klauen. Ich wollte mich wehren, doch er war stärker als zehn Männer. Als der kleine Theodore plötzlich zu schreien anfing, hatte ich mein letztes Gebet schon gesprochen. Die Bestie ließ von mir ab und stürmte auf das Kinderzimmer zu.

Obwohl ich verletzt war, rannte ich hinterher. Ich *musste* doch mein Baby retten.«

Sie humpelte wieder die Galerie hinunter. Ein weiteres Mal hielt sich Tyler dicht an der Wand, um die Vorhänge nicht zu berühren. Sie wollte auf keinen Fall die verstümmelten Wachsleichen dahinter sehen.

Maggie blieb gegenüber dem Schlafzimmer der Jungen stehen und klopfte mit dem Stock gegen die verschlossene Tür zu ihrer Rechten. »Diese Tür stand offen«, sagte sie, »und ich warf einen Blick hinein. Dort, in der Finsternis …«

»Gehen wir nicht rein?«, fragte die Rothaarige.

Maggie warf ihr einen finsteren Blick zu. »Diesen Raum zeige ich niemals.«

Sie starrte auf die Tür, als könnte sie direkt hindurchsehen. »Dort, in der Finsternis, sah ich die bleiche Bestie, wie sie mein Baby aus der Wiege nahm und entzweiriss. Während ich dies alles mit Entsetzen beobachtete, griff jemand nach meinem Nachthemd. Meine Töchter Cynthia und Diana standen tränenüberströmt hinter mir. Leise nahm ich sie an der Hand und wir eilten in dieser Richtung davon.«

Die Gruppe folgte Maggie zu einer verschlossenen Tür und stellte sich im Halbkreis um sie herum auf.

»Wir waren genau an dieser Stelle, als die Bestie in die Galerie sprang und uns nachstürzte.« Sie öffnete die Tür. Tyler spähte in die Dunkelheit und sah eine steile Treppe. »Wir versteckten uns hier. Ich schloss die Tür, und so schnell wir konnten, rannten wir die Treppe hinauf, stolperten kreischend durch die Finsternis. Oben angekommen schlug ich auch diese Tür hinter uns zu und legte den Riegel vor.

Dann saßen wir wartend in der muffigen, dunklen Dachkammer. Wir hörten, wie die Bestie die Treppe hinaufkam. Er gab zischende Geräusche von sich, die an ein Lachen erinnerten. Er schnupperte an der Tür. Die Mädchen in meinem Armen schluchzten und zitterten. Dann wurde die Tür mit einer derartigen Schnelligkeit aufgestoßen, dass wir gar nicht erst reagieren konnten. Die Bestie fiel über uns her.«

Maggie schloss die Tür, lehnte sich dagegen und seufzte tief.

»Die Schreie«, sagte sie. »Ich werde niemals diese Schreie vergessen, das Knurren der Bestie, die klatschenden, grauenerregenden Geräusche, als er meine beiden kleinen Mädchen in Fetzen riss. Ich kämpfte gegen ihn, bis die Schreie verstummten und er mich überwältigt hatte. Ich weiß nicht, warum er mich nicht getötet hat, und ich habe mir bei Gott oft gewünscht, dass er damals meinem Leben ein Ende gesetzt hätte. Nach einer Minute ließ er mich los, hetzte die Stufen hinab und ließ mich mit den Leichen meiner Töchter allein. Seitdem habe ich ihn nie wieder gesehen. Andere schon.«

Kapitel sechzehn

Janice lag reglos da und starrte auf die Spiegel an der Decke. Im blauen Licht wirkte ihr Körper, der auf den Kissen lag, wie ein Leichnam, den jemand achtlos auf einem Müllhaufen zurückgelassen hatte. Sie überlegte, wie sie sich am besten umbringen konnte.

Ihr waren einige Möglichkeiten eingefallen. Die Glühbirne an der Decke befand sich etwa einen Meter außerhalb der Reichweite ihres ausgestreckten Arms. Wenn sie die Kissen übereinanderstapelte, konnte sie die Birne erreichen, herausschrauben, einen Finger in die Fassung stecken und sich einen tödlichen Stromschlag verpassen. Das könnte klappen.

Eine einfachere Methode, die ihr eher zusagte, war, die Verbände abzunehmen und am Blutverlust zu sterben. Doch als sie sich ihre Wunden genauer ansah, entdeckte sie, dass die meisten nur oberflächliche Kratzer und Bisse waren, die nicht besonders stark bluteten. Sie würde sie weiter öffnen müssen, oder vielleicht könnte sie die Glühbirne zerbrechen und sich mit den Scherben die Handgelenke oder die Kehle aufschlitzen. Das würde sie fertig bringen.

Es gab dabei nur ein Problem.

Sie wollte nicht sterben.

Sie würden sie nicht freilassen, so viel war sicher. Doch sie hatten ihre Wunden versorgt, also wollten sie, dass sie sich erholte. Weshalb? Ihr fiel nur ein Grund ein, und allein beim Gedanken daran wurde ihr übel: Sie sollte der Bestie als Spielzeug dienen.

Beim ersten Mal war sie ohnmächtig gewesen, doch wenn das Monstrum jetzt über sie herfiel, würde sie es sehen und seine Klauen und Zähne und seinen Penis in sich spüren.

Besser nicht daran denken. Möglicherweise hatten sie auch etwas ganz anderes vor.

Aber das bezweifelte sie.

Sie legte eine Handfläche auf die Binde zwischen ihren Schenkeln.

Das darf nicht passieren, dachte sie.

Ich muss hier raus.

Klar. Gar kein Problem. Einfach die Tür eintreten und losrennen.

Letzten Sommer hatte es die kleine Joni geschafft, diesem Irren zu entkommen, der sie im Bungalow festgehalten hatte – und sie war im Gegensatz zu Janice jetzt an ein Bett gefesselt gewesen. Andererseits war die Bungalowtür nicht von außen verschlossen gewesen.

Irgendwann müssen sie ja die Tür öffnen, erkannte sie. Früher oder später würden sie nach ihr sehen, ihr etwas zu Essen bringen oder – ihre Eingeweide krampften sich zusammen – die Bestie auf sie loslassen.

Der Augenblick, in dem sich die Tür öffnete, war ihre einzige Chance.

Sie musste sich darauf vorbereiten.

Sie rollte von den Kissen herunter und stöhnte auf, als stechender Schmerz sie durchfuhr. Auf Händen und Knien schleifte sie einige der großen Kissen in die Mitte des Raums und stapelte sie aufeinander.

Während sie sich abmühte, auf den Stapel zu klettern, fiel ihr ein, dass die Glühbirne sehr heiß sein musste. Also humpelte sie zu der Stelle zurück, an der sie gelegen hatte, und hob ein Satinkissen auf. Sie zerrte so lange daran herum, bis der Bezug zerriss. Dann schüttelte sie das Schaumstoffpolster heraus und wickelte sich den glatten Stoff um die rechte Hand.

Sie stellte sich auf den Kissenstapel. Ihre Füße versanken in den weichen Polstern. Sie wedelte mit den Armen, um auf dem wackeligen Turm nicht das Gleichgewicht zu verlieren.

Mit der rechten Hand packte sie die Glühbirne und spürte ihre Hitze durch das Satin. Die Birne ließ sich leicht drehen und erlosch schließlich.

Janice befand sich nun in völliger Dunkelheit. Während sie weiter an der Birne herumschraubte, verlor sie um ein Haar das Gleichgewicht. Die Kissen unter ihren Füßen schienen sich zu bewegen, und nur ihr sanfter Griff um die Glühbirne hinderte sie daran, umzufallen.

Endlich löste sich die Birne aus der Fassung.

Blindlings machte sie einen Satz nach vorne und hatte das Gefühl, eine Ewigkeit zu fallen, bis ihre Füße endlich den Boden berührten. Mit rudernden Armen fiel sie um und landete auf dem Hintern. Ihr Hinterkopf und die Schultern prallten gegen die Kissen, und sie krümmte sich vor Schmerz zusammen.

Ganz toll, dachte sie. Nach dieser Übung hatte sich bestimmt jede einzelne Wunde wieder geöffnet.

Trotzdem war sie stolz auf sich, und die Schmerzen mischten sich mit Aufregung. *Sie hatte es geschafft!* Sie drückte die Glühbirne an die Brust, bis sie die Hitze spürte.

Also gut, dachte sie. Jetzt habe ich eine Waffe.

Sie wartete, bis die Schmerzen wieder einigermaßen erträglich waren, dann kroch sie auf allen vieren durch die Dunkelheit. Nach einer Ewigkeit ertastete sie eine Wand. Irgendwo zu ihrer Linken musste sich die Tür befinden.

Vorsichtig wickelte sie die Birne aus dem Kissenbezug, packte sie an der Fassung und klopfte mit dem Glas leicht gegen die Wand. Dann fester. Die Birne zerbarst mit einem Knall, der ihr in der absoluten Stille ohrenbetäubend laut vorkam. Sie ließ die Finger den Glaskörper entlanggleiten, bis sie eine scharfe Kante spürte.

Dann kroch sie so lange an der Wand entlang, bis sie die Tür erreicht hatte. Sie setzte sich, lehnte sich gegen die Mauer, zog die Knie an und wartete.

Von irgendwoher ertönte ein Kreischen, das an einen Säugling erinnerte. Womöglich eine Katze, dachte sie. Nein, es klang tatsächlich wie ein menschliches Baby. Wenige Augenblicke später verstummte das Geschrei, und Stille legte sich wieder über das Haus.

Janice runzelte die Stirn. Ein Baby? Maggie Kutch war viel zu alt, um noch ein Kind zu bekommen. War es möglich, dass sie nicht die einzige Gefangene in diesem Haus war?

Kapitel siebzehn

»Zehn Jahre vergingen«, sagte Maggie, »dann schlug die Bestie erneut zu.«

Die Gruppe befand sich wieder im Schlafzimmer und Maggie stand vor den roten Vorhängen, die die Zimmerecke abtrennnten. Sie hielt die Kordel in der Hand.

»Es geschah im Jahre 1951. Tom Bagley und Larry Maywood, zwei zwölfjährige Jungen, brachen nachts in das Haus ein. Sie hätten es besser wissen müssen, hatten sie doch die Führung oft genug mitgemacht. Ich wurde nicht müde, sie zu warnen, dass die Bestie nach Sonnenuntergang in diesem Haus umgeht. Doch offenbar wurden sie neugierig. Neugierige Katzen …«

»… verbrennen sich die Tatzen«, murmelte das Mädchen, das auf Tylers Fuß gestiegen war.

Maggie hörte diesen Kommentar und schnaubte höhnisch. »Und genauso war es«, sagte sie und zog den Vorhang beiseite.

Das Mädchen schreckte zurück. Jack, der hinter ihr stand, hob den Unterarm, um sie sanft abzubremsen.

»Wow!«, sagte der kleine Cowboy.

Der Wachskörper auf dem Boden war regelrecht zerfetzt, die Kleidung zerrissen. Eine zerfledderte Unterhose bedeckte nur notdürftig die Hinterbacken, und der Rücken war mit tiefen Kratzern überzogen. Der Hals war nur noch ein blutiger Stumpf, und der dazugehörige Kopf lag mit aufgerissenen Augen und schmerzverzerrtem Mund daneben. Der andere wächserne Junge war gerade dabei, das Fenster zu öffnen und starrte über die Schulter hinweg auf die verstümmelte Leiche seines Freundes. Sein Gesicht wirkte seltsam verzogen und gequetscht und verängstigte Tyler noch mehr als die grauenerregenden Überreste auf dem Boden.

»Die beiden schnüffelten lange im Haus herum, versuchten erfolglos, die Tür zum Kinderzimmer aufzubrechen und wanderten auf dem Dachboden herum. Die Bestie spürte sie in diesem Zimmer auf. Sie fiel über Tom her, während Larry zum Fenster rannte. Während die Bestie seinen Freund zerriss, entkam Larry, indem er aus dem Fenster sprang. Außer mir war Larry der Einzige, der die Bestie gesehen und überlebt hat.« Maggie lächelte vielsagend. »Aber jetzt lebt er nicht mehr. Larry kam letztes Jahr bei einem Unfall um.«

»Was ist mit seinem Gesicht?«, fragte Nora.

»Die Figur ist uns einmal umgefallen«, sagte Maggie. »Wir versuchten, sie zu reparieren. Ohne großen Erfolg, wie Sie sehen. Ein neuer Kopf ist bereits bestellt.«

Maggie schloss den Vorhang wieder und führte sie vor die Absperrung in der Galerie. »Jetzt kommen wir zur letzten Station der Führung«, sagte sie. »Sie ist erst seit dem vorigen Frühjahr hier aufgestellt. Das ist natürlich eine sehr ungünstige Stelle, aber hier ist es nun einmal passiert.

Es geschah letztes Jahr, im Frühling '78. Eine Familie namens Ziegler besuchte dieses Haus – ein Ehepaar mit einem Jungen von etwa zehn Jahren. Die Führung jagte dem Jungen große Angst ein. Er wollte nicht mehr aufhören zu weinen, also brachen sie die Führung vorzeitig ab. Später erzählte die Mutter, dass ihr Mann sehr verärgert über seinen Sohn war. Er dachte wohl, dass er sich ›unmännlich‹ betragen hatte. Da er keinen Feigling großziehen wollte, zerrte er seinen Sprössling nach Einbruch der Dunkelheit hierher.« Einer von Maggies Mundwinkeln hob sich. »Er wollte ihm beweisen, dass es hier nichts gibt, wovor er Angst haben muss. Leider lag er damit falsch, und sein Junge sollte Recht behalten. Sie gelangten durch die Hintertür ins Haus und befanden sich genau hier, als die Bestie über sie herfiel.«

Sie zog an der Kordel, und die Vorhänge teilten sich.

Der Junge lag auf dem Gesicht. Sein Hemd war vom Körper gerissen, sein Nacken zerfetzt.

Der Mann neben ihm war ebenfalls schrecklich verstümmelt. Ein abgetrennter Arm lag auf einem Oberschenkel.

Auf dem Boden zwischen den beiden war ein Mann in einer zerfetzten beigen Polizeiuniform. Sein Kehlkopf war herausgerissen. Tyler starrte in das schmerzverzerrte Gesicht und blinzelte, als sich die Galerie um sie verdunkelte. Ein greller blauer Lichtschein erschien um den Leichnam herum. Durch das schrille Klingeln in ihren Ohren hörte sie Maggies Stimme. »Ein Polizist namens Dan Jenson, der gerade auf Streife war …«

»Tyler? Tyler?« Es war Abes Stimme.

Sie öffnete die Augen und stellte fest, dass sie auf dem Boden saß. Jemand stützte ihren Rücken. Ihr Kopf baumelte vor ihrer Brust, und ihr war schwindlig und schlecht. Die Leute um sie herum tuschelten leise miteinander. Sie hob den Kopf und erkannte Nora, die an ihrer Seite kauerte und ihre Hand hielt, die so gefühllos war, als hätte man sie mit Novokain betäubt.

»Keine Angst«, sagte Abe in ihrem Rücken. Offensichtlich stützte er ihre Schultern. »Komm. Wir bringen dich hier raus.« Er schob seine Hände unter ihre Achseln und hob sie hoch. Bevor er sie umdrehen konnte, fielen ihre Augen noch einmal auf Dans Leiche. Nein, es war nicht seine Leiche. Nur eine Wachsfigur. Dans Wachsfigur.

Abe führte sie mit festem Griff zur Treppe. »Es geht schon«, murmelte sie und schüttelte den Kopf. Er löste seinen Griff, blieb aber in der Nähe für den Fall, dass sie noch einmal ohnmächtig werden sollte. »Es geht schon«, wiederholte sie. Abe ging um sie herum und nahm ihren Arm.

»Tut mir leid …«, sagte er. Er wirkte traurig und besorgt.

»Ich …« Sie sah sich um. Nora und Jack standen neben Abe. Mehrere Leute auf der Galerie starrten sie an.

»Wir hätten nicht herkommen sollen«, sagte Nora, die richtiggehend verzweifelt aussah. »Tyler, es tut mir so leid. Ich hätte dich nicht dazu überreden sollen … Himmel, wer hätte ahnen können …?« Ihr Kinn bebte, und Tränen stiegen in ihre Augen.

Tyler drückte ihre Hand, dann rieb sie sich über die feuchte, kühle Stirn. »Ich will hier raus«, murmelte sie.

Ich muss mich gleich übergeben, dachte sie, während sie die Treppe hinunterging. »Schnell«, sagte sie. Vier Stufen vor dem Ende der Treppe riss sie sich aus Abes Griff und rannte los. Sie eilte durch das Foyer, vorbei an dem zerzausten ausgestopften Affen, und riss die Eingangstür auf. Die grelle Sonne blendete sie, und die Veranda roch nach modrigem Holz. Sie beugte sich über das Geländer und übergab sich auf das braune Gras.

»Manche stehen es einfach nicht durch«, sagte Maggie. »So etwas kommt öfter vor. Viele brechen zum Glück rechtzeitig ab. Doch im Lauf der Zeit sind mir hier etwa zwanzig Leute ohnmächtig geworden. Und nicht nur Frauen, muss ich hinzufügen. Hier waren schon riesige, stämmige Männer, die wie vom Blitz getroffen in sich zusammengesackt sind.« Sie grinste. »Seien Sie froh – Sie haben eine tolle Show für Ihr Geld bekommen.«

Sie schloss den Vorhang wieder. »Und damit ist die Führung zu Ende.« Gorman trat einen Schritt zur Seite, um ihr Platz zu machen, dann folgte er ihr auf dem Fuße. »Vergessen Sie nicht, unseren Souvenirshop zu besuchen. Dort können Sie eine illustrierte Broschüre über die Geschichte des Horrorhauses und viele weitere schöne Sachen erwerben.«

Am Fuß der Treppe angekommen deutete sie mit dem Stock nach links. »Einfach geradeaus dort hinunter.«

Gorman bemerkte über einer geöffneten Tür ein Holzschild, auf dem SOUVENIRS stand. Er blieb stehen, während Maggie und ein Teil der Gruppe an ihm vorbei ins Freie drängten. Er wollte sich unbedingt das Geschäft ansehen, andererseits wollte er Tyler und die anderen nicht verlieren.

Ein Interview mit Tyler würde *der* Knüller werden. *Das Horror-*

haus ist kein Ort für die Zartbesaiteten. Diese junge Frau aus unserer Gruppe sank ohnmächtig dahin, als …

Er ging auf die Veranda und sah Tyler und ihre drei Freunde, die gerade an der Ticketbude vorbeigingen. Zu spät, doch er konnte sie ja immer noch im Hotel abfangen.

Also ging er in den Souvenirshop und bemerkte mit Erleichterung, dass er nicht der einzige Kunde war. Hinter der Kasse stand der schlaksige, grimmig wirkende Kerl, der die Eintrittskarten abgerissen und Maggie vorgestellt hatte. Gorman griff in seine Tasche und schaltete das Diktiergerät ab.

Hoffentlich war alles, was Maggie erzählt hatte, auf Band. Keine Sorge, versicherte er sich selbst. Schließlich war es ein nagelneues Gerät von demselben Modell, das er im Meer versenkt hatte.

Trotzdem würde er so bald wie möglich die Aufzeichnungen überprüfen. Wenn der Apparat aus irgendeinem Grund defekt war, würde er die Führung noch einmal mitmachen müssen. Eine Vorstellung, die ihm nicht im Mindesten behagte.

Auf die anderen mussten die Wachsfiguren wie groteske Sehenswürdigkeiten gewirkt haben – die Kreationen einer kranken Fantasie, ein billiger Trick, um Touristen das Geld aus der Tasche zu ziehen. Für ihn jedoch waren diese verstümmelten Puppen nicht weniger real als Brians auf den Zaun gespießter Körper.

Brian.

Er blieb vor einem Regal mit Aschenbechern und Tellern stehen und warf einen Blick auf den Mann hinter der Kasse.

Der alte Knacker konnte unmöglich Brian dort hinaufgeschafft haben. Und Maggie erst recht nicht. Nur jemand mit außergewöhnlicher Körperkraft wäre in der Lage gewesen, ihn erst dort aufzuspießen und dann wieder herunterzuholen. Die beiden waren wahrscheinlich nur Komplizen. Laut Tagebuch lebte die Bestie eine ganze Weile lang mit Elizabeth Thorn zusammen, bevor sie ihr erlaubte, ihre Familie abzuschlachten. Jetzt war möglicherweise Maggie ihre Gebieterin. Eine Theorie, über die er weiter nachdenken musste.

Gorman ging an den Regalen und Schaukästen vorbei und belud sich mit allen möglichen Souvenirs: mehrere Fotos, die das Haus und einige Mordszenen zeigten; ein halbes Dutzend Postkarten; eine großformatige Hochglanzbroschüre; ein Schnapsglas mit einem vergoldeten Bild des Hauses; eine Kaffeetasse mit einer farbigen Zeichnung des Gebäudes und der Aufschrift HORRORHAUS – MALCASA POINT; ein Rückenkratzer aus Plastik, der in einer weißen Klauenhand endete; und schließlich zwei Aufkleber – auf dem einen stand ACHTUNG, FREILAUFENDE BESTIE, umrahmt von zwei bluttriefenden Krallenhänden, auf dem anderen ICH WAR IM HORRORHAUS mit einer Illustration des Gebäudes. Gorman konnte sich ein Schmunzeln nicht verkneifen.

Obwohl er den Laden noch eine Weile lang durchstöberte, fand er keine weiteren Artikel, die einen direkten Bezug zum Horrorhaus hatten.

Gorman legte seine Sachen vor dem alten Mann neben die Kasse, und der rechnete sie stumm und ohne eine Miene zu verziehen ab. Er wirkte gebrechlich, und das graue, bis zum Hals zugeknöpfte Arbeitshemd ließ ihn seltsam förmlich wirken, obwohl er offensichtlich an diesem Morgen darauf verzichtet hatte, sich zu rasieren – sein Kinn war mit grauen Stoppeln bedeckt. Gorman räusperte sich, um das Klicken zu übertönen, mit dem er das Diktiergerät einschaltete. »Arbeiten Sie schon lange hier?«, fragte er.

»Lange genug.«

»Haben Sie die Bestie schon mal gesehen?«

»Nö.«

»Glauben Sie, dass sie wirklich existiert?«

»Sie haben doch gehört, was Maggie gesagt hat«, antwortete er, ohne aufzusehen.

»Ja.«

»Nun, diese Leute sind bestimmt nicht am Keuchhusten gestorben.«

Sie wissen nicht zufällig, was mit den drei Leichen geschehen ist, die gestern Nacht hinter Ihrem Haus lagen? Was würde dieser Kerl wohl dazu zu sagen haben, fragte sich Gorman insgeheim.

»Das macht dann neunundzwanzig Dollar und achtundsechzig Cent.«

Gorman bezahlte bar und wartete, während der Mann seine Sachen in eine Tüte packte. »Kann ich bitte einen Kassenzettel haben?«, fragte er.

»Von mir aus.« Der Mann riss den Zettel aus der Registrierkasse und knallte ihn auf die Theke.

Gorman verließ eilends das Haus. Im grellen Sonnenlicht kniff er die Augen zusammen und sah sich nach Tyler und ihren Freunden um, konnte sie jedoch nirgendwo entdecken.

Kapitel achtzehn

»Soll ich dich zum Hotel zurückbringen?«, fragte Abe.

Tyler saß zusammengekauert auf dem Beifahrersitz und hatte die Knie gegen das Armaturenbrett gestemmt. Sie schüttelte den Kopf und wickelte das Pfefferminzkaugummi aus, das Nora ihr gegeben hatte. »Lieber nicht«, murmelte sie. »Ich will jetzt nicht allein sein.«

Abe sah sie ratlos an. Wie konnte er ihr nur helfen? Er wollte sie in die Arme nehmen und trösten, doch er wusste auch, dass nur die Zeit diese Wunden heilen konnte.

»Hey«, sagte Nora. »Wieso fahren wir nicht zum Strand? Mich heitert das Meer immer auf.«

Tyler steckte sich den Kaugummi in den Mund. »Ja, wieso nicht.«

»Meine Badehose liegt im Hotel«, sagte Jack.

»Wir gehen doch nur spazieren.«

»Schwimmen wäre auch nicht schlecht«, sagte Tyler.

Dieser Vorschlag aus ihrem Munde überraschte Abe angenehm. Die meisten Menschen in ihrer Lage hätten sich wohl einfach zurückgezogen und ihren Verlust beweint. Ihre Einstellung dagegen zeugte von Tapferkeit. »Also gut, gehen wir schwimmen«, sagte er.

»Wir haben doch keine Badesachen dabei«, wandte Nora ein. »Also ich jedenfalls nicht. Du?«

»Ich wollte mir sowieso einen neuen Badeanzug kaufen.«

»Klar. Wieso nicht? Dann besorg ich mir auch einen.«

Abe bog langsam auf die Hauptstraße. »Am besten, wir lassen euch irgendwo hier raus. Dann könnt ihr eure Badeanzüge kaufen. Wir holen in der Zwischenzeit unsere Sachen aus dem Hotel. Wollen wir uns in einer Viertelstunde wieder treffen?«

»Könnte auch länger dauern«, sagte Nora.

An der nächsten Ecke entdeckte Abe ein Schild: WILLS SPORTBEDARF. »Wie wär's damit?«, fragte er.

»Wir können ja mal reingucken«, sagte Nora.

Abe hielt neben dem Randstein und sah Tyler an. »Beeilt euch«, sagte sie.

»Machen wir. Bis gleich.«

Bevor sie ausstiegen, warf Nora Abe einen Blick zu, als wollte sie noch etwas sagen. Dann schien sie es sich jedoch anders zu überlegen und ging mit Tyler zum Geschäft. Abe wartete ein vorbeifahrendes Auto ab und fuhr los.

»Mann«, sagte Jack. »Armes Ding.«

»Sie trägt es mit Fassung.«

»Sie ist sehr tapfer.«

»Ja.«

»Nora hat erzählt, dass sie diesen Typen um ein Haar geheiratet hätte. Und jetzt war sie endlich so weit, sich einzugestehen, dass es ein Fehler war, ihn zu verlassen. Sie wollte einen Neuanfang wagen.«

Abe nickte und betrachtete geistesabwesend die Geschäfte an der Straßenseite.

»Nora hat auch gesagt, dass ihr Zweifel an ihrem Entschluss gekommen sind. Und weißt du, warum? Wegen dir.«

Abe antwortete nicht. Er spürte, wie sein Herz schneller zu schlagen begann.

»Sie glaubt, dass Tyler sich bis über beide Ohren in dich verknallt hat. Viel Geschmack scheint sie also nicht zu haben.«

Abe grinste. Dann bemerkte er zwei Fahnenmasten auf dem Gehweg und wendete den Mustang. Was er zunächst für ein Postamt gehalten hatte, stellte sich als das Rathaus von Malcasa Point heraus.

»Was hast du vor?«

»Fahr du zum Hotel, hol die Badesachen und hol mich dann hier wieder ab. Ich will was überprüfen.«

»Geht es um diesen Jenson?«

»Du hast es erfasst.«

Er hielt hinter einem Lieferwagen, ließ den Schlüssel im Zündschloss stecken und gab Jack seinen Zimmerschlüssel. Dann stieg er aus und ging zielstrebig an einem Bürotrakt vorbei auf eine Doppelglastür zu, über der ein fünfzackiger Stern angebracht war. Auf der Tür stand MALCASA POINT –POLIZEIWACHE. Er betrat ein leeres Foyer, das durch eine Theke mit Milchglasscheibe abgetrennt war. Er stellte sich vor eines der drei Fenster in der Scheibe.

»Wir müssen ihn beschlagnahmen«, sagte ein Mann, der mit dem Rücken zu Abe auf einer Schreibtischkante saß.

Sein Gegenüber, eine Polizistin, nickte. Ihre beige Uniform saß etwas zu eng um ihre breite Brust und die ausladenden Hüften. Abe schätzte sie auf einundzwanzig. Ihr kurz geschnittenes Haar erinnerte ihn an Tylers Frisur. Noch hatte sie ihn nicht bemerkt.

»Bix soll ihn abschleppen, und ich will, dass du das beaufsichtigst.«

»Na toll. Ausgerechnet Bix, dieses Ekel.«

»Tja. Schicksal, Lucy. Aber du weißt, was für ein Trottel er ist. Deshalb musst du dabei sein. Er wird bei jeder sich bietenden Gelegenheit Mist bauen, nur um uns zu ärgern. Gib mir Bescheid, sobald der Wagen hier ist. Ich will persönlich einen Blick drauf werfen.«

»Okay.«

»Und wenn Bix dich anmachen sollte, darfst du ihn mit meiner Erlaubnis erschießen.«

Sie hatte ein nettes Lächeln. »Ich werde ihn wohl eher wegen Geruchsbelästigung eines Staatsbeamten einsperren.« Sie wollte sich gerade auf den Weg machen, als sie Abe bemerkte. Mit einem Nicken gab sie dem Mann zu verstehen, dass Kundschaft wartete.

Der Mann sah über seine Schulter, lächelte und ging auf die Theke zu. Er war größer als Abe. Sein Gesicht war hager und wirkte zerknautscht, und sein graues Haar war etwas zu lang, als wollte er damit seine beginnende Glatze wettmachen. Die Augen hatten dieselbe Farbe wie sein Haar. Scharfschützenaugen, dachte Abe. Aber auch die Augen eines Polizisten – wachsam und ein klein wenig amüsiert.

»Tag«, sagte er. »Harry Purcell, zu Ihren Diensten.«

»Ich war gerade im Horrorhaus.«

Das Lächeln wurde schwächer. »Und?«

»Dort gibt es eine Wachspuppe von einem gewissen Dan Jenson.«

Jetzt war das Lächeln völlig verschwunden. »Ich weiß.«

»Ich war mit einer jungen Frau dort, die früher sehr gut mit ihm befreundet war. Vielleicht können Sie mir sagen, was mit ihm passiert ist?«

Purcells Gesicht verzog sich, als hätte er sich gerade einen Zeh angestoßen. »Oha«, sagte er. »Wollen Sie damit sagen, dass sie von seinem Tod nichts wusste?«

»Ganz genau. Und plötzlich starrte sie in sein Wachsgesicht.«

»Oha. Das ist schlimm, sehr schlimm. Wie geht es ihr?«

»Sie trägt es mit Fassung.«

»Dieses gottverdammte Haus. Manchmal hätte ich gute Lust, es niederzubrennen.«

»Wie wurde Dan Jenson getötet?«

»Jenson ging ohne Verstärkung rein. Er war auf einer Routinepatrouille, als er Licht in einem der Fenster bemerkte. Nachts wagt sich niemand dort rein. Nicht mal die alte Kutch oder Hapson – das behaupten sie jedenfalls. Jenson vermutete Einbrecher und rief über Funk nach Verstärkung, aber leider haben wir ziemlich wenig Personal, nur zwei Streifenpolizisten und einen Dienstleiter pro Schicht. Sweeny, der andere Mann auf Streife, war ausgerechnet in diesem Augenblick beim Essen. Jenson wollte erst auf ihn warten, zog dann aber doch allein los. Als Sweeny hinzukam, fand er den Streifenwagen verlassen vor, traute sich aber nicht allein in das Haus. Und da kann ich ihm weiß Gott auch keinen Vorwurf machen. Wir trommelten den Rest der Truppe zusammen – sogar die freiwillige Feuerwehr – und gingen rein. Da haben wir seine Leiche oben auf der Galerie gefunden. Ihn und die beiden anderen, diesen Ziegler und seinen Sohn. Wir haben das ganze Haus auf den Kopf gestellt – ohne Erfolg.«

»Was ist mit Jensons Leichnam passiert?«

»Er wurde zu seiner Schwester nach Sacramento überführt. Was für ein Jammer. Dan war ein feiner Kerl.«

»Gab es denn eine Obduktion?«

»Klar. Die offizielle Todesursache bei allen lautete: ›Tod durch Fremdeinwirkung‹. Wir ermittelten wie bekloppt, konnten diesen ›Fremden‹ jedoch nicht finden. Irgendwann lief sich die Untersuchung dann tot. Wir hatten einfach keinerlei Hinweise. Es war nicht einmal sicher, ob der Täter überhaupt ein Mensch gewesen war. Es hätte auch ein wildes Tier sein können, obwohl ich mir beim besten Willen nicht vorstellen kann, welches. Es gibt Kojoten in der Gegend, aber die sind harmlos. Vielleicht war es ein Hund – aber das hätte schon mindestens eine dänische Dogge sein müssen. Schließlich ging das Gerücht um, ein Bär oder ein Puma hätte es getan, aber wo hätten die denn herkommen sollen? Diese Theorie haben wir schnell wieder verworfen. Alle diese Tiere haben ein Fell, und die einzigen Haare, die wir am Tatort fanden, stammten von Menschen.«

»Hätte ein Mensch solche Verletzungen verursachen können?«, fragte Abe.

Der Polizist zuckte mit den Achseln. »Wenn er ziemlich stark war und außerdem lange Fingernägel hatte.«

»Die Wunden auf den Wachspuppen sahen nach Krallenspuren aus.«

»Wir vermuteten, dass es sich bei der Tatwaffe um eine Forke oder einen mit Dornen versehenen Handschuh gehandelt haben könnte. Klingt weit hergeholt, aber andererseits war die ganze Situation ziemlich seltsam.«

»Glauben Sie, dass es die Bestie getan hat?«

»Zumindest tut Maggie alles dafür, dass die Leute daran glauben. Nach den Morden machte sie doppelt so viel Umsatz – meiner Meinung nach ein mehr als ausreichendes Motiv. Wenn Sie mich fragen, wen ich für den Täter halte – wohlgemerkt, ich habe nicht den kleinsten Beweis für meine Vermutungen – dann steckt Maggie bis zum Hals in der ganzen Sache. Ihr Sohn Axel ist zweifellos kräftig genug, um einem Mann den Arm aus der Schulter zu reißen. Vielleicht waren Maggie und Wick auch dabei. Sie brachten die beiden Zieglers und Dan um die Ecke und benutzten dann irgendein Werkzeug, um den Anschein zu erwecken, die Bestie wäre über sie hergefallen. Danach sind sie schnell abgehauen, bevor wir das Haus umstellen konnten. Tja, das ist zumindest meine Vermutung. Leider kann man mit einer Vermutung nicht vor Gericht ziehen.«

»Was ist mit den anderen Morden?«

Der Polizist beugte sich vor und stützte die Ellbogen auf den Tresen. »Dazu will ich Ihnen eines sagen – und ich bin weiß Gott nicht der Einzige in dieser Stadt, der so denkt: Wenn Sie mich fragen, hat Maggie Kutch, möglicherweise mit Wick Hapsons Hilfe, damals, 1931, ihre Kinder umgebracht, die Leichen verstümmelt und sich dann diese Geschichte über eine geheimnisvolle Kreatur ausgedacht und mit den Morden an den Thorns in Verbindung gebracht, um sich von jedem Verdacht reinzuwaschen. Wick war damals noch auf der Highschool und mähte in seiner Freizeit den Rasen vor Maggies Haus. Schon vor den Morden kursierten Gerüchte, dass die beiden was miteinander hätten. Doch diese Gerüchte verstummten im Lauf der Zeit. Bis in die Fünfziger, als der Bagley-Junge dort abgeschlachtet wurde. Da liefen diese Führungen schon eine ganze Weile, und die halbe Stadt glaubte inzwischen an diese verdammte Bestie. Und dass der Junge, der überlebte – Larry Maywood – behauptete, ein Monster hätte seinen Freund angefallen, trug sein Übriges dazu bei. Klar, er war in Panik geraten, und es war ziemlich dunkel da drin. Er hatte eine Kreatur aus der Hölle erwartet, und seine Augen haben ihm wohl einen Streich gespielt. Es könnte aber auch Wick in einem Kostüm oder so gewesen sein. Das werden wir wohl niemals rausfinden.«

»Was halten Sie von dem, was Käpt'n Frank über die ganze Sache zu sagen hat?«

»Der alte Zausel spinnt von Zeit zu Zeit ziemlich viel Seemannsgarn. Wie nennt er das Ding noch mal, Pogo?«

»Bobo.«

»Wenn der Kerl mir erzählen würde, dass ich eine Nase im Gesicht habe, würde ich mich erst vor den Spiegel stellen, bevor ich ihm glaube.«

Abe grinste. »Sie halten ihn wohl nicht für besonders vertrauenswürdig?«

»Sagen wir's mal so: Er genießt es, im Zentrum der Aufmerksamkeit zu stehen, und außerdem hat er ziemlich schnell kapiert, dass alle – besonders die Touristen – die Ohren ganz weit aufsperren, wenn's um die Bestie geht. Er erzählt ihnen, was sie hören wollen, und dafür kann er sich eine halbe Stunde lang wichtig machen.«

»Er hat behauptet, dass das Ding seine Schwester getötet hat.«

»Das habe ich nachgeprüft. Unsere Akten gehen bis zum Jahr 1853 zurück, dem Gründungsjahr der Stadt. Laut dieser Aufzeichnungen fiel seine Schwester einem Kojoten zum Opfer. Sein Vater fuhr wirklich auf einem Handelsschiff nach Australien, aber es gibt keinen Hinweis darauf, dass er von dort irgendein seltsames Vieh mitgebracht hat. Es wäre schon möglich, aber wahrscheinlicher scheint mir, dass Käpt'n Frank diese Reise geschickt in seine Geschichte eingebaut hat. Wenn sein Vater ein Bergmann gewesen wäre, hätte er die Bestie wahrscheinlich in einem Stollen entdeckt.«

»Ich verstehe«, sagte Abe. »Ich muss los, meine Freunde warten auf mich.« Er reichte dem Mann die Hand. »Vielen Dank, dass Sie sich die Zeit genommen haben.«

»Es tut mir leid, dass Ihre Freundin so eine schlimme Erfahrung machen musste. Sagen Sie ihr, dass Dan in Erfüllung seiner Pflicht gestorben ist. Wir vermissen ihn sehr.«

»Ich werde es ihr ausrichten. Vielen Dank noch mal.« Abe drehte sich um.

»Warten Sie mal. Ich nehme an, dass Sie gestern in der Last Chance Bar waren – sonst würden Sie diese Bobo-Geschichte ja auch kaum kennen.«

»Stimmt.«

»Wohnen Sie im Welcome Inn?«

»Angeblich ist es ja das einzige Hotel in der Stadt.«

»Ist Ihnen dort etwas Ungewöhnliches aufgefallen?«

»Etwas Ungewöhnliches? Was meinen Sie?«

»Die Crogans – die Besitzer des Hotels – werden seit heute Morgen vermisst. Ihr Koch hat angerufen und uns über ihr Verschwinden informiert. Die Rezeption war geschlossen. Wir haben uns ihre Wohnung angesehen, und es sieht ganz so aus, als hätten sie gestern Nacht nicht in ihren Betten geschlafen. Ihr Auto haben wir auf einem Feldweg gefunden, doch sie selbst sind spurlos verschwunden.«

»Seltsam.« Abe schüttelte den Kopf. »Nein, ich habe nichts bemerkt.«

»Wir haben auch nicht viel Aufhebens um die ganze Sache gemacht, bis wir vor ungefähr einer Stunde den Wagen gefunden haben. Jetzt können wir nicht mehr ausschließen, dass ihnen etwas zugestoßen ist.«

»Ich werde meine Freunde fragen, ob ihnen etwas aufgefallen ist.«

»Das ist sehr nett von Ihnen. Wir haben schon einen Beamten losgeschickt, um die Gäste des Hotels zu befragen, aber offenbar haben die meisten schon ausgecheckt. Viele bleiben ja nur für eine Nacht und fahren ganz früh weiter. Diese Touristen haben's ja immer so eilig.«

»Also, ich werde mal nachfragen.«

»Bringen Sie Ihre Freunde einfach hierher, wenn sie etwas gesehen oder gehört haben sollten. Bis jetzt geht's ja nur um eine vermisste Familie. Wenn sich etwas anderes ergibt, werde ich Sie sofort darüber informieren.«

»Alles klar. Ich hoffe, sie tauchen bald wieder auf.«

»Ja, ich auch.« Er tippte mit dem Finger gegen eine Augenbraue. »Schönen Tag noch.«

Abe trat ins Freie und sah sich um. Jack war noch nicht zurück, und auch Tyler und Nora waren nirgends zu sehen. Sie schienen immer noch beim Shopping zu sein. Er ließ ein Auto vorbeifahren, überquerte die Straße und wartete an der Bordsteinkante auf Jack.

Weiter oben an der Straße fuhr gerade ein Polizeiauto aus der Tankstelle. Wahrscheinlich saß Lucy am Steuer und Bix folgte ihr mit dem Abschleppwagen. Als die Polizistin an Abe vorbeifuhr, lächelte sie ihm zu und hob die Hand. Abe grüßte zurück. Bix, der hinter ihr hertuckerte, hatte einen Finger in den Mund gesteckt. Bald waren die beiden Autos in den bewaldeten Hügeln verschwunden.

Abe sah die Straße hinab. Eine Frau schob gerade einen Kinderwagen in einen Laden und versperrte ihm die Sicht auf das Sportartikelgeschäft. Keine Spur von Tyler oder Nora.

Dann hielt der Mustang neben ihm an. Auf einem Stapel Handtücher auf dem Beifahrersitz lag seine blaue Badehose. Er legte die Sachen beiseite und stieg ein.

»Sorry, dass es länger gedauert hat«, sagte Jack. »Ein Polizist hat mich aufgehalten.«

»Wegen der verschwundenen Familie?«

»Du weißt also schon Bescheid. Aber jetzt pass auf.« Er sah in den Rückspiegel und fuhr los. »Sie sind nicht die Einzigen, die vermisst werden. Ich hab gerade mit dem Cop geredet, da kommt dieser Hardy an und sagt, dass sein Kumpel Blake heute Morgen ebenfalls nicht aufgetaucht ist. Hardy hat ihn seit letzter Nacht nicht mehr gesehen.«

»Die Sache spitzt sich zu«, sagte Abe.

»Jau. Der Cop war so fasziniert von dieser neuen Entwicklung, dass er mich grad links liegenlassen hat. Sonst würde ich wahrscheinlich immer noch dort stehen.«

»Nicht so wild. Die Ladys sind offenbar sowieso noch im Geschäft.«

Jack hielt vor Wills Sportbedarf. »Könnte länger dauern«, sagte er. »Zwei Mädels, die sich neue Badeanzüge kaufen? Da können wir unter Umständen den ganzen Tag lang warten. Du kannst mir ja inzwischen erzählen, was du über diesen Jenson rausgefunden hast.«

Kapitel neunzehn

»Hier musst du abbiegen«, sagte Nora.

Tyler sah zu Boden, als Jack in die Beach Lane bog. Sie wollte auf keinen Fall die Straße sehen, die sie gestern entlanggefahren waren. Doch vor ihrem geistigen Auge erschienen das fensterlose Haus, die Wälder zur Linken, Dans Briefkasten. Sie erinnerte sich, wie sie mit Nora den schattigen Pfad entlanggewandert war, erinnerte sich an den unheimlichen Mann, der sie durch das Fliegengitter angestarrt hatte, und an Dans verlassenes Häuschen mit der leeren Veranda davor. Irgendwie hatte sie geahnt, dass ihre Suche nach ihm in einem Fiasko enden würde. Er war seit über einem Jahr tot. Himmel, es war schwer zu glauben. *Er wohnt dort? So würde ich es nicht ausdrücken.* Käpt'n Frank, dieser alte Wirrkopf, hatte es die ganze Zeit über gewusst. Er hatte sie zum Narren gehalten. Selbst letzte Nacht hatte er kein Wort darüber verloren. Vielleicht hatte er aber auch nicht den Mumm gehabt, mit der Wahrheit herauszurücken. Oder er wollte einfach nicht der Bote sein, der die schlechte Nachricht zu überbringen hat. Vielleicht, weil er sich dafür verantwortlich fühlte. Schließlich war er ja überzeugt davon, dass sein Vater Bobo hierhergebracht hatte.

Sie wünschte, er hätte es ihr erzählt. Dann hätten sie keine zehn Pferde an diesen schrecklichen Ort bringen können, wo Dans Leiche … nein, nicht seine Leiche. Nur eine Wachsfigur.

Sie war ohnmächtig geworden. Gott, sie war in Ohnmacht gefallen! Vor der ganzen Gruppe. Schon bei der Erinnerung daran stieg ihr die Schamesröte ins Gesicht.

Sie war ohnmächtig geworden. Hatte gekotzt.

Als ob alles nicht schon schlimm genug gewesen wäre, hielt sie diese Scham jetzt auch noch davon ab, angemessen um Dan zu trauern.

Dan war tot. Sie sollte ihn beweinen und sich keine Gedanken über ihren traurigen Auftritt machen. Doch tief in ihrem Inneren fühlte sie statt Schmerz nur eine Leere, die nichts mit Trauer gemein hatte.

Abe hielt an.

»Alles aussteigen!«, verkündete Nora.

»Geht schon mal vor«, sagte Abe. »Ich werde mich im Auto umziehen.«

»Guckt mal«, sagte Nora, als sie ausgestiegen waren. »Wie es aussieht, sind noch mehr Leute am Strand.«

Auf dem Parkplatz standen zwei weitere Autos und ein Lieferwagen, doch Tyler konnte weit und breit niemanden sehen. »Ich warte auf Abe«, sagte sie.

»Kein Grund zur Eile«, sagte Nora. »Wir können ja alle gemeinsam …«

Jack gab ihr einen Klaps auf den Hintern. »Auf geht's«, sagte er.

Händchenhaltend und plaudernd schlenderten sie den Pfad hinunter, der zwischen den Hügeln zum Strand führte.

Tyler lehnte sich gegen die Motorhaube des Mustang und starrte auf das braune Gras und den staubigen Pfad vor sich. Sie war sich sehr wohl bewusst, dass Abe sie durch die Windschutzscheibe beobachten konnte, während er in seine Badehose schlüpfte. Sie fragte sich, warum er sie nicht wie Jack bereits im Hotel angezogen hatte. Seine Gürtelschnalle klirrte, und das Auto machte einen kleinen Satz, als sich Abe in seinem Sitz aufrichtete, um die Hose auszuziehen. Dabei spürte sie eine gewisse Erregung, die ihre Schuldgefühle noch verstärkte.

Ich bin Dan nicht untreu, dachte sie. Es war bereits entschieden. Und jetzt fühle ich, was ich fühle. Tut mir leid, aber ich kann nicht anders.

Schnell knöpfte sie sich die Bluse auf, ließ sie ihre Arme hinuntergleiten und breitete sie auf der Motorhaube aus. Sie fühlte die angenehme Brise und die warme Sonne auf ihrer Haut und konnte fast körperlich spüren, wie Abe sie anstarrte. Sie fragte sich, ob er seine

Badehose bereits angezogen hatte und ob ihn der Anblick ihres bis auf zwei dünne Bikiniträger nackten Rückens erregte. Nachdem sie die Bikinis bezahlt hatten, hatten sie sie gleich in der Umkleidekabine angezogen. Jetzt wünschte sie, dass sie das Ding in der Einkaufstüte gelassen hatte. Dann hätte sie sich hier nackt ausziehen und Abes verblüfftes Gesicht beobachten können. So seltsam es auch war, doch gerade in dieser Situation fühlte sie sich zu so etwas in der Lage. Es war Irrsinn, gemischt mit Verzweiflung. Warum zog sie ihr Oberteil nicht einfach aus und wandte sich ihm zu?

Er würde denken, dass sie den Verstand verloren hätte.

Und vielleicht war es ja auch so.

Da sie sich nicht entscheiden konnte, ob sie das Oberteil ablegen sollte, öffnete sie zunächst ihre Kordhose, ließ sie die Beine hinabgleiten und legte sie sorgfältig neben die Bluse, ohne Abe dabei anzusehen. Dann lehnte sie sich wieder zurück.

Abe ließ sich wirklich Zeit.

Vielleicht gefiel ihm die Vorstellung.

Ich sollte ihm eine *richtige* Show bieten.

Mann, was ist nur mit mir los?

Sie sah an sich herab und fragte sich, was sie geritten hatte, so einen gewagten Stringbikini zu kaufen. Zwar hatte sie zu Hause ein ähnliches Modell, doch das trug sie nur auf dem Balkon und niemals in der Öffentlichkeit. Warum hatte sie sich nur so ein Teil gekauft? Und warum zum Teufel hatte sie so ein dringendes Bedürfnis, es auszuziehen – obwohl es doch sowieso nur das Nötigste verdeckte – und nackt vor Abe zu stehen und …?

Ich habe *tatsächlich* den Verstand verloren.

Es musste daran liegen, dass sie Dan auf diese grauenhafte Weise wiedergesehen hatte. Es lag an ihrer Angst, ihrer Einsamkeit, der warmen Sonne, der Meeresbrise und dem dünnen Stoff des Bikinis, der ihre Brustwarzen berührte und sich um ihre Hüften schmiegte, und der Tatsache, dass sie sich im Angesicht des Todes so lebendig fühlte.

Das Geräusch, mit dem sich die Autotür öffnete, riss sie aus ihren Gedanken. Sie wandte sich um und warf einen Blick auf Abes schlanken, gebräunten Körper. Er trug eine hellblaue Badehose und hatte einige Handtücher unter dem Arm geklemmt. »Toller Bikini«, sagte er.

»Danke. Du gefällst mir auch ganz gut.«

Er lachte. »Willst du deine Klamotten hier lassen?« Er streckte die Hand aus, und sie reichte ihm die Bluse und ihre Hose. Er legte die Sachen in den Wagen und schloss ab. Als er sich ihr zuwandte, war das Lächeln aus seinem Gesicht verschwunden.

»Was ist?«, fragte sie.

Er nahm sie bei der Hand und führte sie zum Pfad hinunter. »Ich war gar nicht im Hotel«, sagte er. »Stattdessen bin ich zur Polizei gegangen.«

»Zur Polizei?«

»Ich wollte mehr über Dan herausfinden. Ich dachte eben, dass es nicht schaden könnte … mehr über ihn herauszufinden.«

Übelkeit stieg in Tyler auf. »Und?«, flüsterte sie.

»Viel hab ich nicht erfahren. Er wurde tatsächlich im Haus ermordet. Man weiß nicht, wer es getan hat. Seine Schwester hat seinen Leichnam nach Sacramento überführen lassen.«

»Roberta. Sie ist Buchhalterin. Wir waren einmal mit ihr essen. Eine sehr nette Frau.«

Abe ließ ihre Hand los, legte einen Arm um sie und zog sie zu sich. »Das alles tut mir furchtbar leid.«

»Wenigstens … waren seine Eltern bereits tot. Sie hätten es nicht ertragen. War er verheiratet?«

»Das habe ich nicht gefragt. Aber wahrscheinlich nicht, wenn seine Schwester …«

»Wahrscheinlich nicht. Ist schon verrückt. Gestern war meine größte Sorge, dass er verheiratet sein könnte. Und heute habe ich gehofft, dass er noch ledig wäre. Und die ganze Zeit über lag er tot in diesem Haus und jeder konnte ihn anstarren …«

»Das ist nicht er, Tyler.«

»Ja, ich weiß. Das versuche ich mir ja die ganze Zeit klarzumachen. Mann, es sollte verboten werden, Menschen auf diese Weise auszustellen.«

»Bei Madame Tussaud's machen sie das schon seit zweihundert Jahren.«

»Deshalb ist es trotzdem nicht richtig.«

»Nein«, sagte Abe. »Das stimmt.«

»Vielleicht hören sie ja auf damit, wenn ich sie verklage.«

Der Pfad führte um eine Böschung herum, und Tyler entdeckte Nora und Jack am Strand. Hohe Wellen rollten heran. Ein Stück weiter den Strand hinunter stand eine Frau in der Brandung und hielt ein Kind an der Hand. Ein Mann mit einem schwarzen Retriever im Schlepptau joggte vorbei. Am Fuß der Böschung lag sich ein Teenagerpärchen auf einer Decke in den Armen. Abe streichelte Tylers Rücken. Tief atmete sie die frische, salzige Luft ein.

»Wann fährst du?«, fragte sie.

»Ich hab's nicht eilig.«

»Heute? Willst du heute fahren?«

»Kommt drauf an.«

»Auf was?«

»Auf dich.«

Sie blieb stehen. Abe wandte sich ihr zu und ließ die Handtücher fallen. Sie sah ihm tief in die Augen, als seine Hände ihre Arme hinaufglitten und sich um ihre Schultern legten. »Ich bleibe«, sagte sie, »wenn du es willst.«

Er lächelte. »Glaubst du, dass Nora was dagegenhat?«

»Machst du Witze?«

Er zog Tyler sanft zu sich und fuhr mit einer Hand durch ihr Haar. Sie umarmte ihn fest. Sein Körper war warm, glatt und muskulös. Sie erinnerte sich daran, wie seine Hände heute Morgen ihre Brüste berührt hatten. Es schien eine Ewigkeit her zu sein, und Dan war wie ein Gespenst mit im Raum gewesen. *Ich habe dich jetzt schon viel zu gern.* Als sie an diese Worte dachte, klopfte ihr Herz wie rasend. Schuldgefühle stiegen in ihr auf, und sie umklammerte Abe noch fester. Obwohl er sanft über ihr Haar strich, als wollte er sie trösten, spürte Tyler, wie sich sein Penis aufrichtete.

Abe trat einen Schritt zurück. Seine Mundwinkel zitterten. »Ich glaube, ich werde noch eine Nacht hier bleiben.«

Tyler nickte etwas atemlos. »Ja, das wäre schön.«

Er sah auf das Meer hinaus, und Tylers Blick wanderte auf die Beule in seiner Badehose. Der Gummizug hatte sich etwas vom Körper gelöst. »Aber dabei gibt es ein Problem«, sagte er, während er die Handtücher aufhob.

»Was für ein Problem?«

Sie schlenderten den Pfad hinunter.

»Offenbar werden die Eigentümer des Hotels vermisst. Die Polizei hat ihr Auto heute Morgen verlassen vorgefunden. Keiner weiß, was mit ihnen geschehen ist.«

»Glaubst du, dass sie das Hotel schließen werden?«

»Vielleicht springt jemand für sie ein. Keine Ahnung.«

»Na toll. Es ist das einzige Hotel in der Stadt, oder?«

»Soweit ich weiß schon. Außerdem ist Brian Blake ebenfalls spurlos verschwunden.«

»Was zum Teufel geht hier vor?«

»Ich weiß nicht.«

»Oh Mann. Diese Stadt macht mir wirklich Angst. Ich wollte ja letzte Nacht schon abhauen. Wäre ich auch, wenn du nicht gewesen wärst.«

»Ich?«

»Es ist alles deine Schuld«, sagte sie und drückte seine Hand.

»Tut mir leid.«

»Das muss es nicht. Außerdem glaube ich nicht, dass es dir gelungen wäre, Nora von Jack herunterzuzerren.«

Als sie den Sand am Fuß des Hügels erreicht hatten, schleuderte Tyler ihre Sandalen von sich, hob sie auf und hakte sich bei Abe unter. Der Sand war glühheiß. Nora und Jack wateten bereits durch die Brandung. Tyler ließ ihre Sandalen neben den Haufen Klamotten fallen, den sie am Strand liegen gelassen hatten.

»Sollen wir auch ins Wasser gehen?«, fragte Tyler.

»Eine Abkühlung wird uns guttun.«

Lachend rannte sie durch den Sand. Abe folgte ihr mit Leichtigkeit. Sie spürte das kalte Wasser an ihren Knöcheln. Eine Welle schwappte gegen ihre Knie, die nächste ging ihr schon bis zur Hüfte, und dann sprang sie kopfüber hinein. Die plötzliche Kälte raubte ihr den Atem, doch nach wenigen Augenblicken fühlte sie sich pudelwohl und schwamm los, ließ sich von den Wellen treiben. Dann packte etwas ihren Fuß. *Ein Hai!*, dachte sie, und dann: Abe.

Sie befreite sich aus seinem Griff, schnappte nach Luft und wirbelte herum. Einen Moment später tauchte Abe auf. Sein nasses Haar klebte an seinem Kopf. Sie spritzte ihn an, und er tauchte wieder unter. Sie beobachtete, wie er durch das Wasser glitt, die Arme ausstreckte und ihre Hüfte umfasste. Sein Körper schmiegte sich an den ihren, als wäre er mit Öl bedeckt. Er liebkoste ihren Hals und küsste sie auf den Mund. Sie lagen sich in den Armen und tauchten gemeinsam unter. Einer seiner Schenkel schob sich zwischen ihre gespreizten Beine. Sie zitterte, presste die Knie zusammen und schob eine Hand in seine Badehose, folgte seiner Pofalte, bis sie eine seiner festen Hinterbacken umklammern und ihn ganz nah an sich drücken konnte. Schließlich brannten ihre Lungen, und sie tauchte auf und schnappte nach Luft. Gemeinsam wateten sie durch das Wasser.

»Willst du mich ertränken?«, fragte Tyler, nachdem sie wieder zu Atem gekommen war.

»Willst *du mich* ertränken?«, fragte er zurück.

»Ein grausamer Tod«, sagte sie und erinnerte sich sofort an Dans Leiche, die mit zerfleischter Kehle auf dem Boden der Galerie lag.

»Was ist?«, fragte Abe.

»Nichts.«

»Nichts?«

»Ich … ich vergesse Dan ab und zu. Und dann erinnere ich mich wieder an ihn.«

»Verstehe.«

»Macht's dir was aus, wenn wir wieder rausgehen?«

»Wie du willst.«

»Besser wäre es.« Sie zwang sich zu einem Lächeln. »Sonst verlieren wir noch unsere Badesachen.«

»Und das wollen wir ja auf keinen Fall.«

Seite an Seite schwammen sie auf das Ufer zu. Die Wellen schlugen gegen ihren Rücken und trieben sie auf den Strand zurück. »Wollen wir spazieren gehen?«, fragte Tyler.

»Brauchst du ein Handtuch?«

»Die Sonne wird uns trocknen.« Sie nahm Abe bei der Hand, und sie gingen den Strand entlang und ließen ihre Zehen von den Wellen umspülen. Die Sonne war angenehm warm, und kreischende Möwen zogen über ihren Köpfen dahin. Jack und Nora schlenderten auf sie zu.

»Eines muss ich dir noch sagen«, begann Tyler.

»Oh-oh. Jetzt kommt's.«

»Quatsch. Ich meine nur … ich will nicht, dass du denkst … Mann, wie soll ich das nur ausdrücken? Ich habe mich in dich verliebt, bevor ich herausgefunden habe, was mit Dan passiert ist. Erinnerst du dich an heute morgen?«

»Wie könnte ich das vergessen?«

»Das war noch … vor dieser Führung. Und schon da habe ich mich entschieden, nichts mehr mit ihm anzufangen.«

Abe nickte, als hätte er das bereits gewusst.

»Nicht dass du denkst, ich … ich wäre … ich würde das jetzt aus Verzweiflung tun. Es hat nichts mit ihm zu tun. Himmel, ich hätte dich gestern Nacht nur zu gern mit aufs Zimmer genommen. Aber er war immer im Weg, auch wenn … Mann, hört sich das nicht bescheuert an? Er war uns im Weg, und jetzt ist plötzlich die Bahn frei.«

»Ich glaube, ich weiß, was du sagen willst.«

»Wart ihr im Wasser?«, sagte Nora, als sie die beiden erreicht hatte. »Habt ihr euch nicht den Arsch abgefroren?«

»Ist gar nicht so schlimm«, sagte Tyler. »Versucht's doch auch mal.«

»Auf keinen Fall. Ich werde mich jetzt auf ein Handtuch fläzen und ein Sonnenbad nehmen. Wir bleiben doch noch, oder?«

»Klar«, sagte Abe. »Was anderes: Hat jemand was dagegen, noch eine Nacht hierzubleiben?«

»*Cool*!« Nora zwinkerte Jack zu. »Was ist mit dir, Sportsfreund? Bist du dabei?«

»Dabei gibt es nur ein Problem«, sagte Abe. »Das Hotel.«

»Ziemlich abgefahren, oder?«, sagte Nora. »Was ist nur mit diesen Leuten passiert?«

»Ich hab der Polizei versprochen, euch zu fragen, ob ihr letzte Nacht etwas Ungewöhnliches bemerkt habt.«

»Nicht das Geringste«, sagte Nora. Jack schüttelte den Kopf.

»Wir sollten uns lieber schlaumachen, ob sie das Hotel schließen«, sagte Tyler. Ihr Herz klopfte schneller. »Vielleicht sollten Abe und ich schon mal losfahren und nachfragen? Wenn alles okay ist, buchen wir noch eine Nacht und kommen wieder hierher zurück.«

»Geht klar.«

»Einverstanden, Abe?«

»Fahren wir.«

Während Nora und Jack ihre Handtücher auf dem Sand ausbreiteten, gingen sie die Böschung hinauf. Tyler war nervös. Der Parkplatz schien unglaublich weit weg zu sein, ganz so, als hätte sich der Pfad auf wundersame Weise verlängert. Endlich erreichten sie das Auto. Abe schloss die Beifahrertür auf, kurbelte das Fenster herunter und warf die Handtücher auf die Rückbank.

»Moment«, sagte Tyler. »Ich sollte mir besser was anziehen.«

»Du siehst doch gut aus«, sagte er.

Sie zuckte mit den Schultern und stieg ein. Der von der Sonne erhitzte Sitzbezug ließ sie zusammenzucken. Dann beobachtete sie, dass auch Abe das Gesicht verzog, als er das Lenkrad berührte. »Hast du dir wehgetan?«, fragte sie.

»Ich werd's überleben.«

»Wir hätten uns doch was anziehen sollen.«

»So gefällst du mir viel besser«, sagte er und ließ eine Hand über ihr Bein gleiten. Er tätschelte ihren Oberschenkel, und ihre Blicke trafen sich. Dann ließ er den Motor an.

Tyler rutschte tief in ihrem Sitz zurück, als sie durch die Stadt fuhren. Abe beobachtete sie amüsiert, sagte jedoch nichts.

Sie fragte sich, ob er auch so aufgeregt war.

»Wir können ja später zur Rezeption gehen«, sagte er endlich.

Bis auf Gorman Hardys Mercedes war der Innenhof verlassen.

»Gehen wir zu mir«, flüsterte Tyler.

Er parkte vor Tylers Bungalow. Als sie aus dem heißen Auto in den Schatten trat, umspielte eine kühle Brise ihre schweißnasse Haut. Sie beugte sich in den Wagen, um die Handtasche und ihre Kleidung vom Rücksitz zu holen.

Ihre Hände zitterten, und sie ließ den Schlüssel auf der Verandatreppe fallen. Abe hob ihn auf und schloss die Tür auf.

Das Zimmer war dunkel, und die Vorhänge blähten sich vor den geöffneten Fenstern. Das Bett, in dem Tyler geschlafen hatte, war nicht gemacht worden. Sie ging zum Frisiertisch hinüber und ließ ihre Sachen darauf fallen.

Im Spiegel beobachtete sie, wie Abe sich hinter sie stellte und ihren Nacken küsste. Er streichelte ihren Bauch, dann glitten seine Hände nach oben und legten sich über ihre Brüste unter dem dünnen Bikinistoff. Sie stöhnte auf.

»Tyler«, flüsterte er.

»Hm?«

»Ein schöner Name.«

»Ein seltsamer Name.«

»Mir gefällt er. Wie alles an dir.«

»Du Schmeichler.«

»Tja.«

»Was ist mit meinem Schweiß?«

»Der gefällt mir auch. Er macht dich so glitschig«, sagte er und ließ die Hände über ihren Bauch wandern.

»Seife auch.«

»Hmmmm?«

»Wollen wir duschen?«

Er fummelte an den Schnüren ihres Bikinihöschens herum. Sie schob seine Hand beiseite. »Geduld. Wir müssen das Salzwasser aus unseren Schwimmsachen waschen.«

Er lachte leise und folgte ihr in das Badezimmer. Tyler beugte sich über die Badewanne und drehte das warme Wasser auf. Sie hielt die Hand unter den Wasserhahn. Das Wasser war noch kalt. Überrascht zuckte sie zusammen, als Abe ihr Hinterteil berührte. Seine große, warme Hand wanderte tiefer. Sie keuchte auf und spürte, wie ihre Beine zitterten, als er sie zwischen ihre Schenkel schob. Sie musste sich am Rand der Badewanne festhalten, um das Gleichgewicht nicht zu verlieren. Aufsteigender warmer Dampf umhüllte ihr Gesicht. Sie sah sich um. Abe lächelte unschuldig und zog seine Hand zurück.

Während sie die Temperatur des Wassers überprüfte, betasteten Abes Finger ihre Hüften. Er öffnete die Knoten ihres Bikinihöschens. Das weiße Stoffdreieck klappte zur Seite. Abe warf das Höschen über ihren Kopf hinweg in die Wanne.

»Sehr aufmerksam«, sagte sie.

»Ist mir ein Vergnügen.«

Sie hielt noch einmal prüfend ihre Hand unter den Wasserstrahl und war mit der Temperatur zufrieden. »Was ist mit deiner Badehose?«, fragte sie, während sie die Dusche anstellte.

»Das ist dein Job.«

Das herabprasselnde Wasser spritzte sie nass. Tyler richtete sich auf, schloss den Duschvorhang bis auf einen schmalen Spalt und streckte ihre Hand hinein. »Genau richtig«, sagte sie, während er ihren Rücken und ihr Hinterteil streichelte.

»Ladys first.«

Tyler stieg in die Wanne und lehnte sich gegen die Fliesenwand. Abe schloss den Duschvorhang hinter sich, stellte sich unter den Wasserstrahl und kniff ein Auge zusammen. Er grinste albern.

Tyler sank in seine Arme, und während sie sich küssten, regnete das warme Wasser auf sie und benetzte ihre Körper. Seine Hände kneteten und massierten ihre Brüste, als könnte er gar nicht genug von diesen festen Hügeln bekommen. Er öffnete ihr Bikinioberteil und ließ es herabgleiten. Dann starrte er auf ihre tropfenden Brüste, erkundete sie mit seinen Händen, klemmte ihre Brustwarzen zwischen Daumen und Zeigefinger und drückte leicht zu, so dass sie nach Luft schnappte und sich vor Verlangen wand.

Er beugte sich vor und vergrub sein Gesicht zwischen ihren Brüsten. Sie spürte seine Nase, seine Küsse, die rauen Bartstoppeln, ein Augenlid, das sie kitzelte, und seine Zunge, den sanften Druck seiner Lippen und seiner Zähne. Tyler vergrub ihre Hände in seinem Haar. Er ließ ihre Brust so tief in seinen saugenden Mund gleiten, dass es beinahe schmerzte. Schließlich zog sie ihn an seinem Haar zu sich und küsste ihn.

Sie wandte sich mit dem Rücken zum Wasserstrahl, wischte sich die Tropfen aus den Augen und strich über Abes Schultern und Brust. Dann fielen ihre Augen auf die Ausbeulung in seiner Badehose. Genau wie am Strand stand der Gummizug ein wenig von seiner Hüfte ab. Sie ließ die Fingerspitzen in die Lücke gleiten, lehnte die Stirn gegen seine Brust und sah auf ihre Hände, die seinen steifen Penis umklammerten und in seiner ganzen Länge erkundeten. Dann ging sie in die Hocke, um die Badehose herunterzuziehen, ließ ihre Hände über seine Oberschenkel wandern und drückte sanft seinen Hodensack. Sie legte die Finger um seinen Penis, ließ sie langsam hin und her gleiten und küsste seine Eichel. Ihre Zunge glitt über die samtweiche Haut. Sie leckte über die Unterseite seines Glieds, während sie seine Hinterbacken umklammert hielt. Dann schloss sie die Lippen um sein weiches Fleisch und nahm ihn so tief in sich auf, wie sie konnte. Er zitterte und packte ihr Haar. Seine Pobacken spannten sich an.

»Langsam«, sagte er mit heiserer Stimme.

Sie zog den Kopf zurück, küsste seine angeschwollene Eichel, nur um ihn gleich wieder in sich aufzunehmen.

»*Tyler.*« Er zog sanft an ihrem Haar und löste sich von ihr. Sie stand auf, umarmte ihn und spürte, wie sein steifes Glied gegen ihren Bauch stieß.

»Ich will dich. *Jetzt*«, keuchte sie in seinen Mund.

»Hier?«

»Ja.« Sie ließ sich in die Wanne gleiten und spreizte die Beine. Abe beugte sich zu ihr herunter. Das heiße Wasser prasselte ihr ins Gesicht, doch dann schob sich Abes Kopf vor den Strahl. Er stützte sich auf Ellbogen und Knien und küsste sie. Sie spürte, wie sein Penis gegen ihre Spalte drängte. Langsam glitt seine Eichel über ihre Klitoris und sie stöhnte auf, als er sie sanft massierte. Sie wollte ihn tief in sich spüren, doch Abe hielt sich zurück, als wollte er sie foltern. Als er sich wieder zurückzog, vergrub sie aufstöhnend ihre Finger in seinen Hinterbacken. Dann drang er plötzlich und so tief in sie ein, dass sie bald vollständig von ihm erfüllt war.

Sie hielten sich in den Armen und schienen zu einem einzigen Körper zu verschmelzen. Doch sie bewegten sich nicht. Beide spürten, dass sie nahe an einem Orgasmus waren, der ihrer Leidenschaft – jedenfalls für eine gewisse Zeit – ein Ende setzen würde. Sie wollten diesen Moment um jeden Preis auskosten, verlängern.

Wasser regnete auf sie herab, tropfte von Abes Kinn auf ihr Gesicht. Dann küsste er ihre Lippen, ihre Nase, ihre Augen.

»Oh Abe«, flüsterte sie.

Ein dicker, rotgesichtiger Mann in weißem Hemd und Fliege stand hinter der Rezeption. Die Haarsträhnen, die er sich quer über den Kopf gekämmt hatte, erinnerten an schwarze Filzstiftstriche. Er lächelte gequält. »Was kann ich für Sie tun?«

»Wir würden gerne unseren Aufenthalt hier verlängern«, sagte Abe. »Wenn das möglich ist.«

»Ihr Name bitte?«

»Branson.«

»Branson und Clanton«, fügte Abe hinzu.

Der Mann blätterte durch eine Reihe von Kärtchen in einem Karteikasten aus Blech. »Im Moment müssen Sie leider mit mir vorliebnehmen«, sagte er, während er suchte.

»Hat die Polizei bereits mehr über die Crogans herausgefunden?«, fragte Abe.

»Es sieht nicht gut aus. Sie haben Blut in Martys Auto gefunden. Ich bin Teilhaber dieses Hotels, also habe ich die Geschäfte übernommen. Ich hoffe nur, dass meine Frau in der Zwischenzeit meine Apotheke nicht in den Ruin treibt.« Er zog zwei Kärtchen aus dem Kasten. »Da sind Sie ja. Wie lange wollen Sie bleiben?«

»Eine weitere Nacht«, sagte Abe und wollte für beide Zimmer bezahlen. Tyler bestand jedoch darauf, die Rechnung für sich und Nora selbst zu begleichen.

»Ist das Restaurant geöffnet?«, fragte sie.

Der Mann nickte. »Ja, wie üblich.«

»Ich hoffe, dass nichts passiert ist.«

»Ja, das hoffe ich auch, aber ich bezweifle es stark. In dieser Stadt verschwinden immer mal wieder Leute. Und sie tauchen nie wieder auf.«

»Viel Glück«, sagte Abe.

»Ich werde dafür sorgen, dass jemand nach Ihren Zimmern sieht. Wenn Lois keine Zeit hat, muss ich mich eben selbst drum kümmern. Sobald sie die Arbeit gerochen hat, hat sie sich schnell aus dem Staub gemacht. Wahrscheinlich lungert sie mit Haywood am Strand rum.«

»Da wollen wir auch hin«, sagte Tyler.

Der Mann hob die Augenbrauen. »Wenn Sie Lois treffen, würden Sie ihr bitte ausrichten, dass sie hier gebraucht wird? Dafür wäre ich

Ihnen sehr verbunden. Sie ist sechzehn Jahre alt, hat langes braunes Haar und einen getupften Bikini, für den sie sich schämen sollte.«

»Wir werden ihr Bescheid geben, wenn wir sie sehen«, sagte Tyler.

Der Mann bedankte sich bei ihr.

»Das Mädchen am Strand, sah aber anders aus«, sagte Abe, als sie die Rezeption verlassen hatten.

»Ja, aber vielleicht ist sie inzwischen dort. Wir sind immerhin seit ein paar Stunden hier.«

»Ist mir gar nicht so lange vorgekommen.«

Sie grinste, und Abe gab ihr einen Klaps auf den Hintern. Dann öffnete er die Wagentür für sie. »Hoffentlich sind Jack und Nora inzwischen nicht völlig verkohlt«, sagte sie.

»Und wenn schon – das wäre es wert.« Abe schloss die Tür und umrundete den Wagen. Als er einstieg, gab ihm Tyler einen Kuss.

Sie lehnte den Ellbogen aus dem Autofenster und ließ sich vom Fahrtwind das Haar zerzausen. Ihre Bluse flatterte.

»Augen auf die Straße, Freundchen.«

»Leichter gesagt als getan.«

Sie lächelte und legte den Kopf in den Nacken. Abe betrachtete ihren Hals, die gebräunte Haut darunter und den blassen Hügel einer Brust, als der Wind ihre Bluse aufblähte.

Dann wandte er sich wieder der Straße zu. Er fühlte sich ausgezeichnet – angenehm müde und glücklicher als jemals zuvor. Und doch machte er sich Sorgen.

Es könnte doch gar nicht besser laufen, sagte er sich.

Vielleicht ist genau das das Problem.

Seltsames Problem.

Es war alles viel zu schnell gegangen, zu glatt gelaufen. Es war gerade mal vierundzwanzig Stunden her, dass er ihr zum ersten Mal ins Gesicht gesehen hatte. Obwohl ihr Gesicht da vom Blut dieses Irren bedeckt gewesen war, hatte er das Gefühl gehabt, dass er ihr schon einmal begegnet war. Nein – dass er ihr früher *hätte begeg-*

nen sollen. Als ob sie schon immer auf ihn gewartet hätte und er nur nicht gewusst hatte, wo er nach ihr hätte suchen sollen. Es war, als hätte er einen Teil von sich wiedergefunden, den er lange vermisst hatte.

Seit ihrer ersten Begegnung hatte er nicht aufhören können, an sie zu denken. Sorge, Verwunderung und Hoffnung hatten sich abgewechselt. Gestern Nachmittag, als sie aufgebrochen war, um Dan zu suchen, war es besonders schlimm gewesen. Die Bedrohung, die von diesem Dan ausgegangen war, war nicht einmal während des gemeinsamen Abendessens völlig verschwunden. Er hatte die Nacht in einem fiebrigen Halbschlaf verbracht, den Morgen kaum erwarten können und sich doch davor gefürchtet aus Angst, sie zu verlieren.

Er nickte, als er die Quelle seiner Befürchtungen begriff: Er hatte *immer noch* Angst, sie zu verlieren.

Diese Angst schien unbegründet. Offenbar hatte sie sich bereits für ihn entschieden, bevor sie von Dans Schicksal erfahren hatte. Sie wollte ihn – vielleicht sogar so sehr, wie er sie wollte. Der Sex hatte eine Nähe geschaffen, die er kaum für möglich gehalten hatte. Jetzt konnte er es nicht mehr ertragen, sie zu verlieren.

Es war schon erstaunlich.

Und furchterregend.

»Du wirkst so niedergeschlagen«, sagte sie.

»Postkoitale Depression.«

Sie lachte. »Und wie lange dauert die an?«

»Wahrscheinlich bis zum nächsten Koitus.«

»Kann der bis nach dem Abendessen warten?«

»Wenn's sein muss«, sagte er und bog wieder in die Beach Lane ein.

Am Ende des Feldwegs entdeckte er neben dem Lieferwagen einen großen, grauen Mercedes.

»Das ist Hardy«, sagte Tyler. »Ich frage mich, was unseren Bestsellerautor an den Strand treibt.«

Kapitel zwanzig

»Mein Vater hatte seit mehr als dreißig Jahre mit der Schuld gelebt. Doch an diesem Morgen konnte er sie nicht mehr länger ertragen.« Käpt'n Frank führte die Budweiser-Dose an die Lippen, schloss die Augen und trank mit tiefen Schlucken.

Gorman zog ein weiteres Bier aus dem Sixpack, den er gekauft hatte, um die Zunge des alten Mannes zu ölen, und öffnete es. Käpt'n Frank zerquetschte die leere Dose und warf sie auf den Boden vor dem Bus. Gorman erschien es, als würde sie eine Ewigkeit fallen.

»Da erzählte er mir die ganze Geschichte. Er wusste, dass Bobo noch am Leben war und hinter den Morden steckte.«

»Nehmen Sie doch noch eins«, sagte Gorman.

Käpt'n Frank nahm das Bier entgegen. »Herzlichen Dank«, sagte er, lehnte sich in seinem Liegestuhl zurück und nahm einen tiefen Schluck. »Ich flehte ihn an, mitkommen zu dürfen, aber er erlaubte es nicht. Er wollte, dass ich mich um meine Mutter kümmerte, als hätte er zu diesem Zeitpunkt bereits geahnt, dass er nicht zurückkommen würde. Er war ein guter Schütze, also nehme ich an, dass sich Bobo an ihn herangeschlichen hat und ihm in den Rücken gefallen ist.« Der Alte formte seine freie Hand zu einer Klaue, mit der er die Luft durchschnitt. »Genau so.«

»Wurde der Leichnam Ihres Vaters jemals gefunden?«, fragte Gorman.

»Nein, niemals. Ich nehme an, dass sie ihn irgendwo im Keller verscharrt haben.«

»Im Keller des Horrorhauses?«

»In der Tat.«

»Wenn die Bestie Ihren Vater wirklich umgebracht hat, wieso stellt die alte Kutch dann keine Wachsfigur von ihm auf?«

»Gute Frage. Wissen Sie, die alte Hexe wählt sehr genau aus, wen sie zeigt und wen nicht. Nehmen Sie zum Beispiel den kleinen Bagley. Sein Freund Maywood entkam und erzählte alles der Polizei. Wie hätte sie den Mord vertuschen können? Sie versucht es gar nicht erst, sondern schlägt noch ihren Vorteil daraus, indem sie diese Wachsfiguren in Auftrag gibt. Das Gleiche gilt für die drei Morde von letztem Jahr, besonders für Danny Jenson, den Polizisten. Wie soll sie das totschweigen? Aber eins sage ich Ihnen.« Er sah Gorman mit zusammengekniffenen Augen an. »Da sind noch viel mehr Leute verschwunden, und ich nehme an, die meisten gehen auf Bobos Konto. Die alte Maggie nimmt sie nur in ihr Museum auf, wenn sie seine Taten nicht verschleiern kann. Sonst wäre bald wohl kein Platz mehr in ihrem Haus, verstehen Sie?« Er nahm einen tiefen Schluck Bier.

»Letzte Nacht sind vier Menschen verschwunden«, sagte Gorman. »Die Crogans, denen das Welcome Inn gehört …«

»Gütiger Gott.«

»Und ein guter Freund von mir.«

Käpt'n Frank schnaubte verächtlich in seine Bierdose.

»Das Auto der Crogans wurde heute Morgen verlassen auf der Straße zum Highway gefunden.«

»Tja, dann hat sie die Bestie geholt. An Ihrer Stelle würde ich nicht damit rechnen, Ihren Freund noch mal wiederzusehen. Oder die Crogans. Ist ihre Tochter auch verschwunden?«

»Ja.«

Er seufzte tief. »So ein nettes Mädel. Ich hab sie oft am Strand getroffen. Sie war immer freundlich zu mir. Himmel, sie hätten es doch besser wissen müssen. Niemand geht nachts auch nur in die Nähe des Hauses, außer man ist lebensmüde. Sie hätten es wissen müssen.«

»Verlässt die Bestie denn jemals das Haus?«

»Natürlich. Sehen Sie sich Wick und Maggie doch mal an – die beiden wären nie in der Lage, diese ganzen Leute zu entführen.

Nein, es ist Bobo, der durch die Hügel hinter dem Haus streift oder am Strand herumschleicht. Vor zwölf Jahren ist eine Frau aus der Hütte gleich nebenan verschwunden.« Er deutete mit dem Kinn zu seiner Rechten. »Ry, ihr Mann, war erst spät aus dem Last Chance gekommen. Sie war spurlos verschwunden. Die Leute behaupten, dass sie durchgebrannt wäre, weil er sie immer verprügelt hat. Aber ich kannte die Wahrheit und hab sie ihm auch ins Gesicht gesagt. Er nannte mich einen verrückten alten Furz und sagte, ich solle mich um meine eigenen Angelegenheiten kümmern.«

Er warf Gorman einen kritischen Blick zu und hob eine buschige, weiße Augenbraue. »Halten *Sie* mich auch für einen verrückten alten Furz?«

»Natürlich nicht«, versicherte Gorman ihm.

»Tja, viele der Leute schon. Aber wenn ich ihnen eines Tages Bobos Kadaver zeige, werden sie ihre Meinung schnell ändern.«

»Sie wollen die Bestie töten?«

»Entweder die Bestie oder ich.«

»Haben Sie schon einmal Jagd auf sie gemacht?«

»Aber sicher. Ich weiß nicht, wie oft ich mich schon nachts auf die Lauer gelegt habe. Doch sie ist niemals aufgetaucht.«

»Haben Sie die Bestie je gesehen?«

»Niemals.«

»Waren Sie schon einmal nachts im Haus?«

»Nein, das wäre ja Einbruch. Ich will mich nicht strafbar machen.«

Gorman musste sich zwingen, nicht zu grinsen. Ganz offensichtlich hatte der alte Mann Angst davor, das Horrorhaus zu betreten. »Aber wie es aussieht, wäre doch das Haus der beste Ort, um das Monster zu stellen.«

Käpt'n Frank zerknüllte die Bierdose und schleuderte sie von sich. Sie prallte gegen einen herabhängenden Ast, bevor sie auf den Boden fiel. »Passen Sie auf, junger Mann. Was halten Sie davon, mal einen Blick in mein Buch zu werfen?«

»Was für ein Buch?«

»Ich habe alles aufgezeichnet. In der Tat. Sie werden überrascht sein.«

»Das würde ich sehr gerne sehen.«

Der alte Mann blinzelte ihm zu. »Das hab ich mir gedacht. Sie sind viel neugieriger als die meisten anderen.« Er erhob sich aus seinem Stuhl und überquerte mit schwankenden Schritten das Dach seines Busses. »Vergessen Sie das Bier nicht«, sagte er.

Gorman beobachtete, wie Käpt'n Frank die Holzleiter hinabstieg. Sobald er außer Sichtweite war, griff er in seine Tasche und holte das Diktiergerät heraus. Es lief immer noch, doch das Band musste bald zu Ende sein. Der alte Knacker hatte über eine Stunde lang ohne Punkt und Komma geredet – und was für eine Geschichte er erzählt hatte! Gorman war hocherfreut. Alles verlief nach Plan. Alles! Mit vor Aufregung zitternden Fingern nahm er die Kassette aus dem Gerät, drehte sie um und ließ den Apparat wieder in seiner Jackentasche verschwinden. Dann hob er die beiden übrig gebliebenen Bierdosen auf und ging mit wachsender Besorgnis zur Leiter. Der Aufstieg war schon schlimm genug gewesen, da die Leiter einfach nur gegen das Heck des Busses gelehnt war. Was, wenn sie beim Abstieg einfach umfiel?

Gorman Hardy, weltberühmter Autor von *Der Schrecken von Black River Falls*, stürzte zu Tode, als er …

Käpt'n Frank sah zu ihm herauf.

»Könnten Sie bitte die Leiter für mich halten?«

Der Alte schüttelte den Kopf, als würde er Gorman bemitleiden, dann packte er die Längsstreben der Leiter.

Wenn du schon so ein harter Kerl bist, warum hast du dann so viel Angst, die Bestie zur Strecke zu bringen?, fragte sich Gorman. Verrückter alter Furz. Feigling. Doch seine Geschichte war Gold wert. Vorsichtig trat er auf die schwankende Leiter. Die Streben knarrten unter seinem Gewicht. Mit weichen Knien stieg er hinab, bis er endlich festen Boden unter den Füßen spürte.

»Wer hätte es gedacht – Sie sind heile angekommen«, sagte Käpt'n Frank.

Gorman zwang sich zu einem Lächeln und folgte ihm durch eine Ansammlung von leeren Bierdosen hinter den bemalten Bus. »Haben Sie dieses Bild gemalt?«

»In der Tat.«

»So etwas habe ich noch nie gesehen. Darf ich ein Foto davon machen?«

»Aber bitte. Ich gehe schon mal rein und …«

»Warten Sie. Sie müssen auch mit auf das Bild. Der Künstler und sein Werk.«

Käpt'n Frank nickte und stellte sich vor die geöffnete Tür des Busses. Gorman stellte das Bier ab und trat zurück. Durch das Objektiv wirkte der Alte mit seinem Huckleberry-Finn-Strohhut, dem roten Hawaiihemd, karierten Bermudashorts und seinen spindeldürren Beinen, die in verwaschenen grünen Socken und ramponierten blauen Tennisschuhen steckten, wie ein übergeschnappter Tourist. Frank streckte den Arm aus und deutete mit einem Finger auf das Gemälde.

Gorman ging noch ein paar Schritte zurück, bis er den gesamten Bus im Bild hatte und drückte auf den Auslöser. »Großartig! Jetzt gehen Sie da rüber.« Er winkte den alten Mann nach links. »Ja. Genau so. *Die Ballade vom alten Seemann.*«

»Sie kennen das Gedicht?«

»Natürlich. Es ist mein Lieblingswerk von Coleridge.« Er zoomte heran und machte ein weiteres Bild. »Fantastisch. Vielen Dank.«

»Hoffentlich sind sie was geworden.«

»Wollen wir jetzt einen Blick in dieses Buch werfen?«

»Folgen Sie mir.«

Während der Alte in den Bus stieg, schaltete Gorman das Diktiergerät an, dann hob er das Bier auf und folgte ihm. Käpt'n Frank hatte es sich auf dem Fahrersitz bequem gemacht.

»Sehen Sie sich das an.« Mit einem listigen Grinsen zog er die

Sonnenblende herunter, auf der mit Klebeband ein Messer in einer Scheide befestigt war. Er klopfte mit einem Fingernagel gegen den Hirschhorngriff. »Ich bin vorbereitet. Soll der alte Bobo nur kommen.« Er klappte die Blende wieder zurück, beugte sich vor, so dass sein Kinn auf dem Lenkrad ruhte, und griff unter den Sitz. Dann hielt er einen Revolver in seiner Hand, der direkt aus einem Wildwestfilm zu stammen schien. »Mein Baby«, verkündete er, spannte den Hahn und starrte die Waffe an, als wäre sie eine bezaubernde Frau. »Dieses Baby hier ist eine Iver Johnson .44er Magnum. Sie wird Bobo das Hirn aus dem Schädel pusten.«

»Ist sie geladen?«, fragte Gorman.

»Na, ungeladen würde sie mir nicht viel nutzen, oder?«

Gorman hielt den Atem an, bis Käpt'n Frank den Hahn wieder entspannt und die Pistole sicher unter dem Sitz verstaut hatte. Der alte Mann stand auf und trat durch eine Lücke in der fadenscheinigen Decke, die das Führerhaus vom Passagierabteil trennte. Gorman folgte ihm.

Die Fensterreihen zu beiden Seiten waren übermalt, und der Raum war in rotes, blaues, grünes und gelbes Dämmerlicht getaucht. Glücklicherweise waren einige der Fenster geöffnet und ließen strahlendes Tageslicht und eine frische Brise herein. Die Sitze waren ausgebaut und durch ein außergewöhnliches Sammelsurium an Mobiliar ersetzt worden: eine Pritsche mit einer zerknautschten Steppdecke darauf; ein Weidenstuhl mit gerader Lehne; eine einzelne Lampe und mehrere geöffnete Schrankkoffer verschiedener Größe, die Käpt'n Franks Habseligkeiten enthielten. Auf einem Koffer neben der Pritsche bemerkte Gorman eine Ausgabe von Peter Freuchens *Das Buch der sieben Meere*, eine Laterne, eine zerknüllte Bierdose und einen weiteren Revolver. Während sich der Alte auf die Pritsche setzte, zählte Gorman drei weitere Waffen: eine doppelläufige Schrotflinte, die auf zwei verbogenen Kleiderbügeln an einer an der Decke befestigten Stange ruhte, ein Säbel, der neben einem der Notausgänge lehnte, und einen Pistolengriff, der aus dem geöffneten Visier eines alten Taucherhelms auf einem Schrankkoffer ragte.

»Sie haben ja ein richtiges Arsenal hier«, sagte er.

»In der Tat. Bobo soll nur kommen. Egal, wo er mich erwischt, ob hier«, er schnappte sich den Revolver vom Nachtkästchen und wedelte damit herum, als würde er in aller Eile auf eine ganze Armee von Eindringlingen zielen wollen, »oder in der Kombüse.« Er richtete die Waffe auf das Heck des Busses, das durch eine weitere Decke abgetrennt war. »Ich habe eine .38er Smith and Wesson neben meinem Herd liegen und eine Luger im Bug. Egal, wo ich mich befinde, ich bin allzeit bereit, in der Tat. Soll Bobo es nur versuchen.«

Er legte den Revolver zwischen seine Füße auf den Boden. »Setzen Sie sich«, sagte er und klopfte auf die Pritsche.

Gorman befreite die restlichen Bierdosen aus der Plastikverpackung und reichte Käpt'n Frank eine, bevor er sich setzte. Dann öffnete er seine eigene Dose, während der Käpt'n sein behelfsmäßiges Nachtkästchen abräumte. Das Bier war warm geworden. Er nahm ein paar Schlucke und verfluchte sich dafür, keine Flasche Gin für sich mitgebracht zu haben.

Der alte Mann öffnete den Schrankkoffer und nahm ein abgegriffenes, in Leder gebundenes Buch heraus, das er zwischen ihnen auf die Pritsche legte. Dann beugte er sich vor und öffnete es.

»Hochinteressant«, sagte Gorman.

»Das hat mein Vater gezeichnet. Er war zwar kein so großer Künstler wie ich, aber er hat sein Bestes gegeben.«

Die Bleistiftskizze, die so verknittert und verwischt war, als hätte sie lange Zeit gefaltet in einer Hosentasche zugebracht, zeigte eine Fratze mit einer zähnefletschenden Schnauze.

»Das ist Bobo«, sagte Käpt'n Frank. »Mein Vater hat diese Zeichnung auf der Rückreise auf der *Mary Jane* angefertigt.«

Gorman starrte das Bild an. Es zeigte eine Frontalansicht, die aus nicht viel mehr als einem Oval mit schrägen Augen, einem Halbkreis, der die Schnauze andeutete, und einem geöffneten Mund mit zwei Reihen spitzer Zähne bestand.

»Es hat kein einziges Haar am Körper«, sagte der Käpt'n. »Nicht mal Augenbrauen oder Wimpern. Seine Haut ist so blass wie ein Fischbauch. Genau wie bei einem Albino. Es ist farblos, bis auf seine Augen. Mein Vater hat mir erzählt, dass sie so blau wie der Himmel sind.«

Er blätterte um. Die nächste Seite zeigte die Kreatur im Profil. Bis auf die stumpfe Schnauze wirkte der Kopf fast menschlich. Wo sich ein Ohr hätte befinden sollen, war nur ein Kreis von der Größe einer Münze zu erkennen. »Wo ist sein Ohr?«, fragte Gorman.

»Das ist sein Ohr. Nichts weiter als ein Loch mit einem kleinen Hautlappen darüber, damit kein Dreck hineingelangen kann. Mein Vater sagte, dass er diesen Lappen wie ein Augenlid heben und dann so gut wie ein Hund hören konnte.«

»Unglaublich.«

Auf die nächste Seite war eine Skizze der aufrecht stehenden Bestie geklebt. Von der Hüfte bis zu den Knien war die Zeichnung mit hastigen, wütenden Bleistiftstrichen übermalt. Die Spitze des Stifts war sogar durch das Papier gestoßen und hatte ein geriffeltes Loch hinterlassen, das sorgfältig glattgestrichen worden war.

»Was ist damit geschehen?«

Käpt'n Frank schüttelte den Kopf und seufzte. »Das war meine Mutter, Gott hab sie selig. Sie war schrecklich prüde, in der Tat. Leider hatte ich keine Gelegenheit, einen Blick auf die Zeichnung zu werfen, bevor sie sie verschandelt hat.«

»Ein Jammer«, sagte Gorman, während er die Skizze studierte. Bis auf die Klauen an Händen und Füßen wirkte die Kreatur erstaunlich menschenähnlich. Sie besaß breite Schultern und einen mächtigen Brustkorb. Die Gliedmaßen waren mit Muskeln bepackt. Ein Arm war länger als der andere, doch Gorman führte dies auf eine Ungenauigkeit des Zeichners zurück. »Wissen Sie, wie groß es ist?«

Käpt'n Frank nahm einen Schluck Bier und wischte sich über den Mund. »Etwa einen Meter. Jedenfalls zu dem Zeitpunkt, als mein Vater es vergrub. Da war es natürlich nicht älter als ein Jahr. Er behauptete, dass die ausgewachsenen Kreaturen, die sie auf dieser Insel töteten, fast zwei Meter maßen.«

Gorman nickte, und Käpt'n Frank blätterte um. Anstatt einer weiteren Zeichnung erschien ein Zeitungsausschnitt. Die hingekritzelte Bemerkung darüber lautete: »*Clarion*, 21. Juli 1902, Loreen.« Gorman las die fettgedruckte Überschrift des Artikels:

KOJOTE TÖTET KIND AUS MALCASA POINT

›Loreen, die dreijährige Tochter von Frank und Mary Newton, wurde auf dem Grundstück ihrer Eltern angefallen und zerrissen. Von den Schreien des Kindes aufgeschreckt …‹

Gorman schüttelte den Kopf, als wäre er ehrlich betroffen, und blätterte um, ohne den Rest des Artikels zu lesen. Es folgte die Todesanzeige des Mädchens, die er hastig überflog. Als er weiterblätterte, entdeckte er die gefaltete Titelseite des *Clarion* vom 3. August 1903. Er starrte auf die Überschrift:

DREI MORDE IM ANWESEN DER THORNS!

»Das ist fantastisch«, sagte Gorman.

»Mein Vater hat diese Artikel gesammelt. Ich habe diese Arbeit nach seinem Tod fortgeführt und alles hier zusammengetragen.«

Gorman warf einen kurzen Blick auf die vier eng bedruckten Spalten, dann faltete er die Zeitung wieder zusammen. Weitere Artikel handelten von der Verhaftung Gus Gouchers, der Gerichtsverhandlung und seinem unrühmlichen Ende. Auf einer weiteren Titelseite des *Clarion* wurde das Blutbad beschrieben, das dreißig Jahre später stattgefunden hatte und dem Maggie Kutchs Mann und ihre Kinder zum Opfer gefallen waren. Nach einigen Artikeln über dasselbe Thema fand Gorman einen Ausschnitt über das Verschwinden von Käpt'n Franks Vater.

»Ab hier habe ich übernommen«, sagte der alte Mann.

Gorman überflog einen Artikel, in dem die Eröffnung des Horrorhauses und der Beginn der Führungen angekündigt wurden. Dann folgten seitenweise Berichte über das Verschwinden von Einheimischen und Touristen, durchschnittlich etwa zwei bis drei pro Jahr. »Das sind ziemlich viele«, sagte er.

»Und das sind nur diejenigen, über die berichtet wurde. Ich nehme an, es gibt noch viele weitere, die jedoch einfach niemand vermisst hat.«

»Und Sie glauben, dass die Bestie dahintersteckt?«

»Vielleicht nicht hinter allen Vorfällen«, gab Käpt'n Frank zu. »Manche sind wohl einfach abgehauen, haben sich im Wald verirrt oder sind ertrunken. Ich kann beim besten Willen nicht sagen, wie viele von ihnen auf Bobos Konto gehen.«

»Wieso hat niemand etwas unternommen? Das sind bestimmt fünfzig bis sechzig Menschen, die in einem Zeitraum von zwanzig Jahren verschwunden sind.«

»Nun, die Polizei hielt die ganze Sache nicht für besonders außergewöhnlich. Gott allein weiß, wie oft ich ihnen erklärte, dass die Bestie dahintersteckt. Aber haben sie mir geglaubt? Nein, in der Tat nicht. Sie halten es wohl für ganz normal, dass jedes Jahr ein paar Menschen spurlos verschwinden.«

»Annehmbare Verluste«, murmelte Gorman.

»Sie halten mich schon lange für einen Spinner. Sie hören mir nicht mal mehr zu.«

»Haben Sie ihnen das hier gezeigt?«, fragte er und tippte auf das Buch.

»Natürlich. Aber, wie gesagt, die denken, ich hätte nicht alle Tassen im Schrank.«

Ein weiterer ganzseitiger Artikel beschrieb den Angriff auf Tom

Bagley und Larry Maywood im Jahre 1951. Nach einigen weiteren Berichten blätterte Gorman durch eine ganze Reihe von Vermisstenanzeigen. Das Ende des Buches bildeten die Berichte über die Morde an den Zieglers und dem Streifenpolizisten Dan Jenson.

Schließlich erreichte er eine leere Seite.

Käpt'n Frank nahm einen weiteren Schluck Bier. »Das ist alles. Bis zur morgigen Ausgabe des *Clarion* zumindest. Ich werde alles, was sie über das schreiben, was Sie mir soeben über die Crogans und Ihren Freund erzählt haben, hier einkleben, da können Sie Gift drauf nehmen.«

»Sind Sie sich sicher, dass Bobo sie erwischt hat?«

»Darauf würde ich meinen Hintern verwetten.«

Gorman nickte, schloss vorsichtig das Buch und starrte darauf. »Frank, das ist eine sehr beeindruckende Sammlung.«

»Ich habe mich immer verpflichtet gefühlt, alles genau aufzuzeichnen.«

»Was würden Sie dazu sagen, wenn wir es veröffentlichen?«

»Veröffentlichen?« Der alte Mann hob eine buschige Augenbraue.

»Ich würde gerne Ihre Geschichte aufschreiben. Kennen Sie das *People Magazine*?«

»Aye.«

»Ich arbeite als Reporter für diese Zeitschrift. Vielleicht kennen Sie meine Story über Jerry Brown? Über den kalifornischen Gouverneur wurde in letzter Zeit ja viel geschrieben.«

»Nein, leider …«

»Nun, das macht gar nichts. Worauf ich hinaus will, ist Folgendes: Was Sie mir heute Nachmittag erzählt haben, hat mich tief bewegt, ja geradezu erschüttert. Angefangen von den Informationen, die Sie über die bloße Existenz einer Monstrosität wie das Horrorhaus zusammengetragen haben, bis hin zu der offensichtlichen Gleichgültigkeit der örtlichen Behörden einer fünfundsiebzig Jahre währenden Mordserie gegenüber. Ihre Mitarbeit vorausgesetzt wäre es mir möglich, einen Artikel zu schreiben, der die Wahrheit ans Licht bringen wird. Unter dem Druck der Öffentlichkeit werden die Behörden gezwungen sein, Maßnahmen zu ergreifen. Natürlich werden Sie im Mittelpunkt dieses Artikels stehen.«

Käpt'n Frank runzelte die Stirn, als würde er über dieses Angebot nachdenken.

»Was sagen Sie dazu?«

Er seufzte. »Eigentlich hatte ich immer vor, Bobo eigenhändig zur Strecke zu bringen.«

»Umso besser. Wenn Sie das fertigbringen, bevor der Artikel erscheint, können wir auch einen Bericht über die Jagd und Fotos von Ihnen und Ihrer Trophäe abdrucken.«

»Ich weiß nicht so recht, Mr …«

»Wilcox. Harold Wilcox.«

»Ich weiß nicht so recht, Mr Wilcox. Klingt nach einer guten Idee. Einer sehr guten Idee sogar. Was muss ich dafür tun?«

»Im Prinzip gar nichts. Überlassen Sie alles mir. Sie haben mir bereits mehr als genug Informationen gegeben. Natürlich müssten Sie mir dieses Buch hier ausleihen, damit ich es fotokopieren kann. Ich weiß nicht, ob es hier ein Kopiergerät gibt …«

»Drüben in Lincolns Schreibwarengeschäft.«

»Prima. Ich könnte es Ihnen noch heute Nachmittag wieder zurückbringen …« Er unterbrach sich. »Oder würden Sie es mir eventuell bis morgen Früh ausleihen?«

»Ich gebe es nur sehr ungern aus der Hand.«

»Sie können mich gerne begleiten, wenn Sie mir nicht vertrauen.«

»Nein, nein, damit habe ich kein Problem, Mr Wilcox.«

»Wenn es Ihnen lieber ist, bringe ich es Ihnen noch heute Nachmittag vorbei.«

Käpt'n Frank kaute auf seiner Unterlippe herum.

»Ich mache Ihnen einen Vorschlag«, sagte Gorman. »Ich lasse Ihnen hundert Dollar als Sicherheit hier, bis ich das Buch zurückgebracht habe.«

»Nun, das klingt fair.«

Gorman zog zwei Fünfzig-Dollar-Noten aus seiner Brieftasche. »Haben Sie etwas Papier zur Hand, damit ich eine Quittung schreiben kann?«

»Das wird nicht nötig sein«, sagte Käpt'n Frank und nahm das Geld entgegen. »Sie passen einfach gut auf mein Buch auf, und ich werde dafür Ihr Geld im Auge behalten.«

Sie reichten sich die Hände.

Mit dem Buch unter dem Arm verließ Gorman den Bus.

Auf seinem Weg durch die Stadt sah er Lincolns Schreibwarengeschäft und fuhr grinsend daran vorbei.

Kapitel einundzwanzig

Tyler saß auf der Bettkante, streifte einen Seidenstrumpf über und befestigte ihn gerade an ihren Strapsen, als es klopfte. »Wer ist da?«, rief sie.

»Ich bin's«, ertönte Abes Stimme.

»Bin gleich fertig«, sagte sie. »Bist du allein?«

»Mutterseelenallein.«

»Du Armer.«

Sie öffnete die Tür, blieb aber dahinter stehen, sodass man sie von draußen nicht sehen konnte. Abe betrat das Zimmer. »Das ging aber schell«, sagte sie und schloss die Tür.

In den zehn Minuten seit sie vom Strand zurückgekehrt waren und er sein Apartment aufgesucht hatte, war er in eine dunkelblaue Hose und ein hellblaues Poloshirt geschlüpft. Tyler hatte es in dieser Zeit gerade mal geschafft, ihr Haar zu föhnen und damit anzufangen, sich anzuziehen.

»Ich konnte es eben nicht länger ohne dich aushalten«, sagte er.

Sie umarmte und küsste ihn. Seine Hände wanderten über ihren Rücken auf ihre nackten Pobacken. Er zog sie näher zu sich heran. »Nette Aufmachung«, sagte er nach einer Weile und fummelte an den Strapsen herum.

»Freut mich, dass es dir gefällt«, sagte sie und umarmte ihn fest, als Dan sich wieder in ihre Gedanken drängte. Dan, der ihr zu den Cocktails im White-Whale-Restaurant auf der Fisherman's Warf ihre ersten, in Geschenkpapier gewickelten Strapse präsentiert hatte. Die Verpackung war rot und mit Rüschen verziert gewesen. Neben den Strapsen hatte eine Strumpfhose darin gelegen. Sie hatte sich entschuldigt und war auf die Toilette geeilt, um sie sofort anzuziehen. Und jetzt war er tot, sein verstümmelter Körper wurde öffentlich zur Schau gestellt. Nicht sein Körper, ermahnte sie sich selbst. Nur eine Wachspuppe.

»Was ist los?«, flüsterte Abe.

Sie zuckte mit den Schultern. »Keine Ahnung.«

Er legte seine Hände auf ihre Schultern, schob sie von sich weg und sah ihr in die Augen. »Weißt du, was mich bedrückt?«

»Was?«

»Was nur morgen mit uns passieren soll.«

Sie stöhnte auf.

»Ich will dich nicht verlassen.«

»Wir könnten noch einen Tag bleiben.«

»Das würde ich sehr gerne, aber damit hätten wir es nur aufgeschoben.«

»Dann schieben wir es eben auf«, sagte Tyler mit brüchiger Stimme. Ihre brennenden Augen füllten sich mit Tränen. Sie senkte den Kopf, als sie ihre Wangen hinabliefen.

»Wann musst du denn wieder anfangen zu arbeiten?«

Sie zuckte mit den Schultern.

»Musst du überhaupt zurück?«

Sie sah zu ihm auf. »Von irgendetwas muss ich ja leben.«

»Komm mit mir.«

»Wirklich?«

»Wieso nicht? Ich … ich glaube … also, du und ich … was ich sagen will … ich liebe dich.«

»Oh Abe.« Schluchzend schlang sie die Arme um ihn. »Ich liebe dich auch.«

Die Umarmung schien eine Ewigkeit zu dauern. Dann hörte Tyler auf zu weinen, wischte ihr Gesicht an seinem Hemd ab und küsste ihn.

»So, nachdem das geklärt wäre …«, sagte er.

»Und was tun wir jetzt?«

»Mit Jack und Nora die Happy Hour genießen.«

»Ich meinte morgen.«

»Wie auch immer wir uns entscheiden – wir tun es gemeinsam.«

»Ich muss nach L.A. zurück. Früher oder später.«

»Kannst du es noch ein paar Tage aufschieben?«

»Klar. Denke schon.«

»Wir fragen mal Nora, und wenn sie einverstanden ist, fahren wir zu meinem Hotel.«

»Dein Hotel? Was für ein Hotel?«

»Die Pine Cone Lodge, ein Kurhotel in Shasta County.«

»Das gehört *dir*?« Tyler konnte ihre Überraschung nicht verbergen.

»Es gehört Dad und mir. Er will, dass ich das Geschäft übernehme, damit er mehr Zeit zum Angeln hat. Ich muss natürlich nicht sofort anfangen. Er hat nun schon lange genug auf mich warten müssen, da kommt es auf ein paar Tage auch nicht mehr an. Wir können also erst mal ausspannen. Es ist sehr schön dort oben. Wenn es dir gefällt, willst du dich ja dort vielleicht niederlassen, deine Kinder großziehen …«

»Kinder?«

»Du weißt schon, diese kleinen menschenähnlichen Wesen.«

»Du liebe Güte, Abe.«

»Wenn dir die frische Luft zu viel wird oder du deinen Job behalten willst, ist das auch kein Problem. Ein alter Kumpel von mir arbeitet bei der Polizei von Los Angeles. Er war ziemlich beleidigt, als ich sein Jobangebot damals ausgeschlagen habe. Trotzdem wird er mich mit offenen Armen begrüßen, wenn …«

»Keine Chance«, sagte Tyler. »Ich hab nichts gegen frische Luft, und mein Job …« Sie schüttelte den Kopf. »Ich komme auch ohne meine Arbeit klar. Außerdem«, sie sah ihm tief in die Augen, »ist L.A. nicht der richtige Ort, um Kinder großzuziehen.«

»Tja«, sagte er grinsend.

»Tja«, wiederholte Tyler und küsste ihn noch einmal. »Ich ziehe mich jetzt besser an.«

»Wegen mir nicht unbedingt.«

Abe beobachtete sie, während sie in einen Faltenrock und einen weißen Kaschmirpullover schlüpfte. Vor dem Frisiertisch legte sie eine Goldkette an. Abe stand hinter ihr und betrachtete ihr Spiegelbild, als sie ihr Haar bürstete und Lippenstift auftrug. Sie neigte leicht den Kopf, betrachtete einen kaum merklichen roten Fleck auf ihrem Hals und fragte sich, ob sie ihn mit Make-up verdecken sollte.

»Wo hast du den denn her?«

»Frag nicht so dumm.«

Er sah überrascht drein. »War *ich* das etwa?«

»Mit deinem eigenen Mund, mein Schatz. Ich könnte dir noch fünf oder sechs weitere Knutschflecken zeigen, aber da ich bereits angezogen bin …«

»Das kann bis nach dem Essen warten. Dann habe ich was, worauf ich mich freuen kann.«

Außer Nora und Jack würde niemand den Fleck bemerken, und die würden ohnehin annehmen, dass sie und Abe den Nachmittag im Bett verbracht hatten. Wahrscheinlich waren sie einer ähnlichen Beschäftigung nachgegangen.

Sie stand auf, schlüpfte in ihre Sandalen und nahm ihre Handtasche.

»Hast du deinen Schlüssel?«, fragte Abe.

Sie nickte. Er öffnete ihr die Tür und Hand in Hand gingen sie durch den Innenhof. Trotz der kühlen Brise brannte die Nachmittagssonne heiß auf Tylers Rücken. Die Luft duftete nach Pinien und Meer. »Sieht deine Pine Cone Lodge auch so aus?«, fragte sie.

»Sie ist ein bisschen größer. Aber davon kannst du dich morgen ja selbst überzeugen. Glaubst du, Nora hat etwas gegen den Ausflug?«

»Kann ich mir nicht vorstellen. Sie ist normalerweise für jedes Abenteuer zu haben. Besonders, wenn ein Mann für sie dabei rausspringt. Solange Jack also bei uns bleibt, glaube ich nicht, dass sie meutern wird.«

»Vielleicht würden sie gerne zusammen in einem Auto fahren.«

»Na, ich würde auch gerne mit dir fahren.«

Abe drückte ihre Hand. »Also ich hätte gegen einen neuen Beifahrer nichts einzuwenden. Außerdem bist du hübscher als Jack.«

»Du Schmeichler.«

Als sie an Gorman Hardys Mercedes vorbeikamen, erinnerte Tyler sich daran, dass Brian Blake verschwunden war. Blake sowie die Eigentümer des Welcome Inn und deren Tochter. Obwohl sie beim Essen über die Vermissten geredet hatten, hatte Tyler den ganzen Nachmittag über keinen weiteren Gedanken an sie verschwendet, was ihr mit einem Mal Schuldgefühle bereitete, als hätte sie dadurch auf selbstsüchtige Weise ihre Pflicht verletzt.

Was auch immer ihnen zugestoßen ist, ermahnte sie sich, ich kann nichts daran ändern.

Außerdem kannte sie das Mädchen überhaupt nicht, mit ihrem Vater hatte sie nur kurz beim Einchecken gesprochen und Brian Blake war ihr sowieso sofort unsympathisch gewesen.

Aber darum ging es nicht. Sollte ihnen wirklich etwas Schreckliches zugestoßen sein, hätten sie ihr Mitgefühl in jedem Fall verdient.

Also gut, ich mache mir Sorgen. Jetzt und hier. Ich grüble über sie nach, anstatt an mich und Abe zu denken. Das nennt man Anteilnahme. Ich hoffe, es geht ihnen gut. Zufrieden?

Was konnte ihnen nur passiert sein?

Plötzlich erschien eine grinsende Maggie Kutsch vor ihrem geistigen Auge. Sie öffnete einen roten Vorhang, hinter dem die verstümmelten Wachsfiguren von Blake und den anderen auf dem blutverschmierten Boden lagen. Blakes Kopf war vom Rumpf getrennt, und seine weit aufgerissenen Augen starrten sie an.

»Himmel«, murmelte sie.

Abe warf ihr einen fragenden Blick zu.

»Ich musste gerade an Blake und die anderen denken«, erklärte sie. »Dabei kenne ich sie doch kaum.«

»›Jedes Menschen Tod ist mein Verlust, denn mich betrifft die Menschheit.‹«

»Du glaubst also, dass sie tot sind?«

»Keine Ahnung. Wäre durchaus möglich.«

»Ob die Bestie …«

»Käpt'n Frank wäre sicher davon überzeugt, dass Bobo hinter allem steckt. Ob er damit nun Recht hat oder nicht – Tatsache ist, dass in dieser Stadt eine Menge Leute ermordet werden.«

»Aber dass ein Ungeheuer dafür verantwortlich sein soll, kann ich nicht glauben.«

»Meiner Erfahrung nach sind die schlimmsten Ungeheuer die Menschen selbst.« Er öffnete die hölzerne Doppeltür des Carriage House für Tyler und folgte ihr hinein.

Sie gingen auf das Reservierungspult zu. Die Leselampe darüber war ausgeschaltet.

»Wollen Sie zu Abend essen?«, rief ein Mädchen im Teenageralter, das aus dem Speisesaal auf sie zueilte. Sie hatte ihr braunes Haar zu einem Pferdeschwanz zusammengebunden, trug einen schwarzen Rock und eine bis zum Hals zugeknöpfte weiße Bluse. »Ich bin Lois«, sagte sie, bevor Abe Gelegenheit hatte, auf ihre Frage zu antworten. »Es ist mir eine Freude, Sie heute bedienen zu dürfen.«

»Ach, die schmerzlich vermisste Lois.«

»Nein, nein, ich werde nicht vermisst, sondern meine Kusine Janice, die …«

»Dein Vater hat vorhin nach dir gesucht«, sagte Abe. »Und dich anscheinend auch gefunden.«

Sie verdrehte die Augen. »Ach so. Ja, er hat mich gefunden. Mann, jetzt weiß ich, wie sich die Sklaven gefühlt haben müssen. Wieso hat mich Abraham Lincoln nicht auch mit befreit, als er schon mal dabei war? Na ja – einen Tisch für zwei?«

»Später, Lois. Jetzt wollen wir uns erst mal ein paar Cocktails hinter die Binde kippen.«

»Ach so, Sie sind wegen der Happy Hour hier.«

»Essen werden wir später.«

»Soll ich Sie auf die Liste setzen? Dann kriegen Sie auch garantiert einen schönen Fensterplatz.«

»Okay. Zwei Tische, bitte. Wir sind mit Freunden verabredet.«

»Soll ich die Tische zusammenschieben?«

»Nein, ist schon okay«, sagte Tyler.

Abe nannte dem Mädchen seinen Namen und sie schrieb ihn auf die Reservierungsliste. Es war der einzige Eintrag. »Alles klar, Mr Clanton. Soll ich Sie in etwa einer Stunde rufen?«

»Perfekt«, sagte er. »Du machst das sehr gut. Ich dachte, dein Vater hätte dich zum Saubermachen eingeteilt?«

»Hat er auch. Was für eine Plackerei. Hier gefällt's mir viel besser. Macht sogar Spaß, irgendwie.«

»Na schön. Dann bis später.«

Sie betraten die Cocktailbar, und Tyler warf unwillkürlich einen Blick auf die Nische, in der sie gestern gesessen hatten. Nora und Jack warteten dort bereits auf sie.

Gorman war auch dabei.

»Verflucht«, murmelte sie.

»Und du hast gar kein Höschen an.«

Tyler lachte und spürte, wie sie errötete, weil Abe sich dieser Tatsache so genau bewusst war. »Das wird er nie erfahren«, sagte er. »Außerdem interessiert ihn das wahrscheinlich gar nicht.«

Abe tätschelte ihren Hintern. »Jeden Mann würde das interessieren.«

Nora bemerkte sie und winkte ihnen zu. Hardy warf einen Blick über seine Schulter, schob seine beiden Drinks ein Stück von sich und stand auf.

»Guten Abend, Tyler. Abe.«, sagte er.

Tyler nickte ihm zu, machte sich jedoch nicht die Mühe, dabei zu lächeln. Abe schüttelte seine Hand.

Sie rutschte über die Sitzbank, wobei sie das kühle Kunstleder durch ihren Rock hindurch spürte. An der Stelle, wo Hardy gerade gesessen hatte, war das Leder noch warm. Tyler rutschte schnell weiter, während Abe sich neben sie setzte, und Hardy sich einen Stuhl vom Nachbartisch holte.

»Wir haben gerade über dich gesprochen«, sagte Nora.

Na toll, dachte Tyler. Großartig.

»Stimmt«, pflichtete Hardy bei. »Es muss ein gewaltiger Schock für Sie gewesen sein, dass Sie ihren früheren Liebhaber auf diese Weise wiedersehen mussten.«

Tyler sah Nora mit zusammengekniffenen Augen an, dann wandte sie sich Hardy zu, der sie erwartungsvoll anstarrte. »Ich hab mich schon besser gefühlt«, sagte sie.

»Lassen Sie mich noch einmal mein tiefstes Mitgefühl zum Ausdruck bringen.«

»Vielen Dank.« Mit Erleichterung bemerkte sie, wie die Kellnerin auf ihren Tisch zukam.

»Was willst du trinken?«, fragte Abe.

»Eine Margarita.«

Er bestellte Margaritas für sie beide.

»Erlauben Sie mir«, sagte Hardy, »noch eine Runde für alle zu spendieren.«

Etwas verfrüht, dachte Tyler. Schließlich hatte Nora ihren ersten Mai Tai nur zur Hälfte getrunken und ihren Gratisdrink noch nicht einmal angerührt. Jack machte sich gerade über seinen zweiten Bierkrug her, während Hardy ein langstieliges Glas hob und seinen ersten Martini leerte. Er rührte die Olive nicht an und wandte sich direkt dem zweiten Glas zu. Seine Augen richteten sich wieder auf Tyler.

»Wie Sie schon vermutet haben, arbeite ich tatsächlich an einem Buch über das Horrorhaus. Ich weiß, dass es sehr schmerzhaft ist, über alles zu sprechen, aber wenn Sie mir erlauben würden, Sie über ihr Verhältnis zu Mr Jenson und Ihre Reaktion auf seine Wachspuppe zu befragen …«

»Vergessen Sie's«, entgegnete Tyler.

»Vielleicht könnten wir uns später zu einem Interview treffen und …«

Seine Hartnäckigkeit trieb sie zur Weißglut. »Sind Sie schwerhörig, Mr Hardy?«

Nora starrte Tyler mit weit aufgerissenen Augen an, als könnte sie nicht glauben, was sie soeben gehört hatte. Jack sah in seinen Bierkrug und schien ein Lachen zu unterdrücken. Abe beobachtete eingehend seine gefalteten Hände.

»Natürlich wäre es mir eine Ehre«, sagte Hardy, »Ihre Mühen angemessen zu vergüten.«

»Die Dame hat bereits abgelehnt«, sagte Abe, ohne aufzublicken.

»Würden fünfhundert Dollar die Meinung der Dame ändern?«

»Fünfhundert Dollar«, sagte Tyler, »würden gar nichts ändern.« Sie stützte sich auf einen Ellbogen und wandte sich ihm zu. »Meiner Meinung nach ist jedes Buch, das Sie über das Horrorhaus schreiben, genauso sensationslüstern und menschenverachtend wie Maggie Kutchs gottverdammte Puppen. Damit will ich nichts zu tun haben. Ich weiß nicht, ob Sie sich bewusst sind, dass ich ein Recht auf Privatsphäre habe. Sollte mein Name in Ihrem Buch auftauchen, werde ich Sie in Grund und Boden klagen.«

Dieser Ausbruch brachte Hardy zum Grinsen. »Wie Sie wollen, Tyler. Sie sind eine harte Verhandlungspartnerin. Ich erhöhe auf achthundert.«

»Nein, vielen Dank.«

»Tausend.«

»Davon könntest du drei Monate lang deine Miete bezahlen«, sagte Nora bekümmert.

»So dringend brauche ich das Geld nicht.«

»Wie wär's, wenn Sie mir die Kohle geben würden?«, fragte Jack.

»Darauf wollte ich später noch kommen.«

»Okay, alles klar.«

Hardy schüttelte den Kopf, als wäre Tyler ein sturköpfiges Kind, das statt seinem Zorn nur Mitleid verdient hatte. »Sind Sie sicher, dass Sie Ihre Meinung nicht noch ändern wollen?«

»Ganz sicher.«

Die Kellnerin brachte die Drinks. Hardy zog einen Geldschein aus seiner Brieftasche.

»Ich werde für uns bezahlen«, sagte Abe.

»Aber ich bestehe darauf …«

»Ich werde unsere Getränke bezahlen«, wiederholte Abe mit ruhiger Stimme.

Sie bezahlten beide. Die Kellnerin räumte die leeren Gläser ab und verschwand.

Tyler nahm ihre Margarita mit zitternden Händen entgegen. Abe sah sie mit ernster Miene an, dann zwinkerte er ihr zu und stieß klirrend mit ihr an. Einige grobe Salzkörner fielen vom Rand des Glases auf ihre Finger.

»Nun«, sagte Hardy, »Ihnen habe ich ebenfalls ein Angebot zu unterbreiten.«

»Schießen Sie los«, sagte Jack.

Tyler sah Abe in die Augen und nippte an ihrem schaumigen Drink.

»Wie Sie ja wissen, ist mein Assistent Brian Blake spurlos verschwunden.«

Abe runzelte die Stirn. »Zusammen mit drei weiteren Personen«, sagte er.

»Stimmt genau. Die Polizei scheint keinerlei Hinweise auf ihren Verbleib zu haben. Ich habe gerade erst mit einem der Beamten gesprochen. Die Wälder in der Nähe des verlassenen Autos wurden durchkämmt – bis jetzt ohne Erfolg. Sie vermuten ein Verbrechen, doch meiner Meinung nach ist Brian mit dem Mädchen durchgebrannt. Und ihre Eltern haben die beiden verfolgt.«

»Ihre Theorie ist nicht besonders stichhaltig«, sagte Abe. »Sie haben doch genug Krimis geschrieben, um sofort zu erkennen, dass diese Story gewaltige Löcher hat.«

Hardy zuckte übertrieben mit den Schultern. »Sehr richtig. Wenn dies ein Krimi wäre, hätte ich tatsächlich gewisse Schwierigkeiten, diese offensichtlichen Unstimmigkeiten zu erklären. Die Löcher zu stopfen, wie Sie es so schön ausgedrückt haben. Andererseits habe ich mit Brian Blake mehrere Jahre lang eng zusammengearbeitet. Ihn als Schürzenjäger zu bezeichnen, ist noch stark untertrieben. Ich weiß nicht, was mit Janices Eltern geschehen ist, doch das Mädchen selbst ist in diesem Moment wahrscheinlich in einem Highwaymotel – mit Brian inmitten ihrer Schenkel.«

»Inmitten?«, murmelte Jack.

»Hoffen wir's«, sagte Abe.

»Ich nehme an, dass sie früher oder später wieder zurückkommen. Brian war einmal drei Wochen lang nicht aufzutreiben, nachdem er eine junge Dame im MGM-Hotel in Las Vegas kennen gelernt hat. Diese Vermutung habe ich natürlich auch der Polizei gegenüber geäußert. Zurzeit werden alle Hotels entlang der Küste überprüft. Leider kann ich es mir nicht leisten, auf ihn zu warten. Ich habe Verpflichtungen, die mich zwingen, schon morgen abzureisen.«

Er nickte Jack zu. »Und hier kommen Sie ins Spiel. Oder auch Sie, Abe – wenn Sie wollen. Ich halte Sie beide für mehr als fähig, einen kleinen Auftrag zu übernehmen. Brians Aufgabe war es, das Innere des Horrorhauses zu fotografieren. Er hatte vor, es heute Nacht zu tun, aber …«

»Sie wollen, dass wir das übernehmen«, fiel ihm Jack ins Wort.

»Ich biete Ihnen tausend Dollar dafür.«

»In bar?«, fragte Jack.

»Zweihundert in bar, den Rest per Scheck.«

»Da Sie uns so viel Geld anbieten«, warf Abe ein, »haben Sie vermutlich nicht die Erlaubnis der Eigentümerin.«

»Diese Kutch erlaubt keine Fotos der Ausstellungsstücke.«

»Also reden wir von einem Einbruch«, sagte Jack.

»Ich nehme nicht an, dass so etwas für Männer mit Ihrem Hintergrund ein Problem darstellen sollte.«

»Ein Spaziergang.«

Abe sah Hardy an. »Eigentlich hätte das Blake erledigen sollen. Sagen Sie, hat er etwa gestern Nacht versucht, einzubrechen und diese Fotos zu schießen?«

»Aber nein. Er hat nicht mal seine Kamera mitgenommen. Ich versichere Ihnen, dass sein Verschwinden nichts mit meinem Projekt zu tun hat.«

»Wenn Ihnen so viel an diesen Bildern liegt«, sagte Tyler. »Warum brechen Sie dann nicht selbst ein?«

»Diese Möglichkeit habe ich mir natürlich überlegt. Doch um die Wahrheit zu sagen – ich würde liebend gern darauf verzichten. Ich muss zugeben, dass diese Unternehmung ein gewisses Risiko birgt, und ich bin nicht mehr der Jüngste. Für mich ist so etwas kaum als ein ›Spaziergang‹ zu bezeichnen. Deshalb bin ich auch bereit, diese exorbitante Summe zur Verfügung zu stellen.«

Mit anderen Worten: Du hast die Hosen gestrichen voll, dachte Tyler.

Gorman nippte an seinem Martini. Dann lächelte er selbstzufrieden, zog seine Geldbörse hervor und entnahm ihr zwei Zweihundert-Dollar-Noten. »Gibt es Freiwillige?«, fragte er.

Jack und Abe sahen sich gegenseitig an.

»*Ich* werd's tun«, platzte Nora plötzlich heraus.

Hardy kicherte.

»Das ist mein Ernst! Ein bisschen Kohle nebenher kann ich immer …«

»Ich mach's«, sagte Jack ruhig. »Kein Problem.« Er streckte die Hand aus, und Hardy gab ihm die beiden Geldscheine.

»Bist du sicher, dass du das tun willst?«, fragte Abe.

»Hey, tausend Mäuse sind kein Pappenstiel.« Er grinste Hardy an. »Sie haben eine Kameraausrüstung?«

»Liegt alles in meinem Zimmer. Wenn Sie die Sachen abholen, werde ich Ihnen den Scheck ausstellen.«

»Was wollen Sie genau? Nur Fotos der Wachsfiguren?«

»Im Prinzip ja. Am besten wären mehrere Bilder von jedem Ausstellungsstück. Eines, auf dem man die gesamte Szenerie überblicken kann, sowie mehrere Detailaufnahmen. Wenn möglich auch Fotos von der Speichertreppe und dem Speicher selbst. Und vom Kinderzimmer, wenn Sie das Schloss knacken können. Und dann wäre da natürlich noch der Keller. Der Keller ist mir sehr wichtig. Meinen Informationen nach müsste sich dort ein Loch befinden, ein Tunnel von etwa einem Meter Durchmesser. Wenn dieser Tunnel wirklich existiert, müssen Sie ihn unbedingt fotografieren.«

»Also gut«, sagte Jack. »Abgemacht.«

»Ich komme mit«, sagte Nora.

»Vergiss es, Schätzchen.«

»Ach ja? Braucht ihr niemanden, der Schmiere steht?«

»Das krieg ich schon hin«, versicherte er ihr.

»Bitte. Ich werd dir schon nicht in die Quere kommen. Aber ich würde diesen Schuppen zu gerne bei Nacht sehen. Ist bestimmt gruselig.«

»Du bleibst bei Tyler und Abe.«

»Ob es nun gefährlich ist oder nicht«, sagte Abe, »illegal ist es auf jeden Fall. Es ist besser, wenn wir dich da nicht mit reinziehen.«

Sie starrte finster auf ihren Mai Tai. »Es gefällt mir gar nicht, dass du da allein reingehen willst«, sagte sie zu Jack.

»Er ist ja nicht allein«, sagte Abe.

Bei diesen Worten stieg Furcht in Tyler auf. Sie starrte Abe an, der eine Hand auf ihr Bein legte. »Keine Angst«, sagte er. »Wir sind im Handumdrehen wieder zurück.«

»Ich kann schon allein auf mich aufpassen«, sagte Jack.

»Klar. Aber du willst deinem besten Kumpel diesen Spaß doch nicht vorenthalten wollen, oder?«

Tyler schnitt einen Bissen von ihrem Lammkotelett ab und starrte darauf. Ihr Mund war trocken. Sie wollte weder das Lamm noch sonst irgendetwas essen.

»Tut mir leid«, sagte Abe.

»Ich weiß schon. Mir tut's auch leid. Dieses Arschloch.«

»Jack?«

»Der doch nicht. Ich meine diesen gottverdammten Gorman Hardy. Der ist an allem Schuld.«

»Ich kann Jack doch nicht alleine losziehen lassen.«

»Das weiß ich. Das verlange ich auch nicht von dir. Aber vielleicht kannst du es ihm irgendwie ausreden?«

»Tausend Dollar sind eine Menge Geld. Außerdem kenne ich Jack seit Jahren. Er liebt das Risiko. Das gibt ihm einen Kick. Verrate Hardy das jetzt nicht, aber er hätte Jack auch mit einem Sixpack überreden können.«

»Was, wenn ich ihm tausend Dollar gebe, wenn er nicht geht? Ich bin sogar bereit, dieses verdammte Interview zu machen. Und Jack kriegt dann alles, was dabei rausspringt.«

»Das würdest du tun?«, fragte Abe. »Nur, damit er nicht da reingeht?«

»Nur, damit du nicht da reingehst.«

Er sah auf seinen Teller herab, als könnte er ihren besorgten Blick nicht länger ertragen. »Ich sehe mal, ob er mit sich reden lässt. Ich bin mir sicher, dass er von dir kein Geld annehmen wird. Über das Interview musst du dir also keine Sorgen machen.«

»Glaubst du, er wird auf dich hören?«

»Ich kann ihn aufhalten, wenn es sein muss. Aber er ist immer noch mein Freund, und ich weiß, dass er es kaum erwarten kann, da reinzugehen. Wahrscheinlich hofft er, dass es wirklich eine Bestie gibt – nur, damit die Sache noch interessanter wird.«

Tyler spähte durch den schummrigen Speisesaal zu dem Ecktisch, an dem Jack und Nora saßen. Jack wirkte wie ein großes Kind, das grinsend sein Steak in sich hineinschaufelt.

»Will er wirklich so unbedingt da rein?«

»Zweifellos.«

»Und du?«

Abe hob die Augenbrauen. »Wie meinst du das?«

»Hoffst du auch, dass es eine Bestie gibt, die die ganze Sache – interessanter macht?«

Er sah sie mit ernster Miene an. »In diesem Haus sind viele Morde passiert. Wer – oder was – auch immer dahintersteckt hat auch Dan Jenson umgebracht. Und das nehme ich sehr persönlich.«

»Aber du kanntest Dan doch überhaupt nicht.«

»Du hast ihn mal geliebt. Wenn sich der Killer im Haus befindet und sich mit mir und Jack anlegen will – dann habe ich auch ein Hühnchen mit ihm zu rupfen. Ich erwarte nicht, dass wir ihn wirklich zu Gesicht bekommen, aber wenn doch, dann freue ich mich schon darauf.«

Kapitel zweiundzwanzig

Janice kam es vor, als würde sie schon eine Ewigkeit in der Dunkelheit warten. Sie bereute es, dass sie die Glühbirne zerbrochen hatte. Zwar besaß sie jetzt eine Waffe, doch die völlige Finsternis ging ihr an die Nerven. Sie spürte den Teppich unter ihrem Hintern und die Wand in ihrem Rücken, das beruhigte sie ein wenig. Sie war sogar glücklich über die Schmerzen und ihren vor Hunger knurrenden Magen – beides erinnerte sie daran, dass sie immer noch einen Körper besaß. Einen Körper, den sie nicht sehen konnte und an dessen Existenz sie gelegentlich zweifelte.

Ihre Hände strichen ständig über ihre unsichtbare, nackte Haut. Manchmal legte sie sich flach hin, um ihren Körper auf dem Teppich spüren zu können. In dieser Position legte sich dieses schummrige, körperlose Gefühl etwas.

Sie dachte fieberhaft nach.

Was, wenn doch niemand kam? Was, wenn sie sie hier verhungern lassen wollten? Zuvor würde sie vor Durst sterben. Ihre Zunge klebte jetzt schon am Gaumen, und ihre Zähne fühlten sich wie Granitblöcke an.

Sie hatte seit gestern Abend nichts mehr gegessen. Es hatte panierte Koteletts mit Reis in Teriyaki-Sauce gegeben, dazu Eistee. Den hätte sie jetzt literweise trinken können, direkt aus dem Krug, so dass er ihr Kinn hinunterlief und ihren Hals und die Brust benetzte.

Sie werden schon kommen, sagte sie sich. Früher oder später würden sie nach ihr sehen. Sie hatten ja wohl kaum ihre Wunden versorgt, um sie dann sterben zu lassen. Sie hatten sie für die Bestie aufgehoben.

Oh Gott, die Bestie.

Ich kann es schaffen. Sobald sie die Tür öffnen, werde ich wie der

Blitz loslaufen und mich nach Kräften wehren. Sie werden mich nicht kriegen. Jedenfalls nicht lebend.

Vielleicht öffnete sich auch die Tür, und Dad oder die Polizei kam, um sie zu retten. Sie suchten bestimmt schon nach ihr. Doch woher sollten sie wissen, wo sie zu suchen hatten?

Wenn sie letzte Nacht nur zu Hause geblieben wäre. Das war die Strafe dafür. Sie war auf Brian hereingefallen, und dafür musste sie jetzt bezahlen. Was war mit Brian geschehen? Wahrscheinlich war er tot oder ebenfalls im Haus gefangen.

Es gab noch andere Gefangene. Jemand mit einem Baby.

Vielleicht war das ganze Haus voll Gefangener. Deshalb hatte es die Kutch auch ohne Fenster gebaut. Nicht, um die Bestie fernzuhalten – wie sie während der Führung immer wieder behauptete –, sondern um ihre Gefangenen an der Flucht zu hindern.

Janice lag mit ausgestreckten Armen und Beinen auf dem Boden und presste das Gesicht gegen den Teppich. Die Gedanken rasten durch ihren Kopf, als sie plötzlich Schritte hörte. Ihr Herz setzte für einen Augenblick aus. Sie richtete sich auf und kroch los, wobei sie mit der linken Hand nach der Wand tastete. Ihre Fingernägel stießen dagegen, und bald erreichte sie den Türrahmen.

Die Schritte kamen näher.

Sie suchte den Teppich ab, konnte die Glühbirne jedoch nicht finden, obwohl sie sie neben der Tür hatte liegen lassen.

Dann hörte sie das metallische Geräusch, mit dem ein Schlüssel ins Schloss geschoben wurde.

Wo war das verdammte Ding nur?

Endlich stieß ihre rechte Hand gegen die Glühbirne. Sie packte die geriffelte Fassung und richtete sich auf, als die Tür nach innen aufging. Die Silhouette eines Mädchens erschien im blauen Licht, das vom Korridor in den Raum fiel. Das Mädchen hatte eine Tüte unter das Kinn geklemmt und hielt in der einen Hand eine Getränkedose, in der anderen den Schlüssel. Keuchend machte sie einen Satz zurück, als Janice auf sie zusprang. Sie ließ die Tüte fallen.

Janice, die von der geringen Größe und offensichtlichen Jugendlichkeit des Eindringlings überrascht war, brachte es nicht über sich, zuzustoßen. Stattdessen packte sie das Mädchen am T-Shirt und riss sie zu sich. Sie legte einen Arm um ihren Rücken und stieß sie gegen den Türrahmen. Mit einem Grunzen holte das Mädchen mit der Linken aus und schlug Janice die Dose ins Gesicht. Janice taumelte benommen zurück, ohne den sich windenden Körper loszulassen. Gemeinsam fielen sie zu Boden.

Janice landete unter dem Mädchen. Sie rollte sie herum und schnappte sich ihre Handgelenke. Das Mädchen zappelte, aber Janice drückte ihre Arme mit den Knien auf den Boden.

»*Runter* von mir!«, rief das Mädchen. »*Runter*!« Sie trat nach Janice, und ein Knie bohrte sich in ihren Rücken. »Du Schlampe!«

Janice hob die Faust. Das vom blauen Licht beschienene Gesicht des Mädchens war von Wut verzerrt. Sie war noch sehr jung, nicht älter als dreizehn oder vierzehn. Trotzdem steckte sie mit ihren Entführern unter einer Decke. Gerade, als Janice zuschlagen wollte, wurde das Licht schwächer. Im selben Moment, als sie ihre Faust in das Gesicht des Mädchens rammte, fiel die Tür ins Schloss.

Jetzt befanden sie sich wieder in völliger Dunkelheit.

Wie wahnsinnig schlug sie auf das Mädchen ein. Jeder Hieb schmerzte in ihren Knöcheln und Unterarmen.

»Nicht. Hör auf. Bitte«, schluchzte das Mädchen.

»Halt's Maul. Keine Bewegung, sonst bring ich dich um. Das ist mein Ernst.« Um ihren Worten Gewicht zu verleihen, umklammerte sie die Kehle des Mädchens.

»Also gut. Versprochen.«

»Okay.« Sie lockerte den Griff, ohne die Finger von ihrem Hals zu nehmen. »Wie komme ich hier raus?«

»Gar nicht.«

»Das wollen wir doch mal sehen.«

»Die Tür ist verschlossen«, jammerte das Mädchen.

»Du hast sie doch gerade aufgemacht.«

»Ja, aber … ich hab sie wieder zugetreten. Sieh doch nach, wenn du mir nicht glaubst.«

»Wo ist der Schlüssel?«

»Im Korridor. Ich hab ihn in den Korridor geworfen.«

»Das heißt also, dass wir gemeinsam hier eingeschlossen sind?«

»Ja, und du hörst besser auf, mir wehzutun, sonst wirst du's noch bereuen.«

Janice schlug ihr ins Gesicht. »Wer ist noch hier im Haus?«

»Das wirst du bald rausfinden.«

Janice schlug erneut zu. »Noch eine freche Bemerkung, du kleiner Klugscheißer, und ich … Wer ist hier?«

Das Mädchen schniefte. »Maggie«, stammelte sie. »Und Wick. Und Agnes. Und meine Mom und mein Bruder.«

»Ich hab ein Kind schreien gehört.«

»Das ist mein Bruder Jud. Er ist sechs Monate alt.«

»Was ist mit der Bestie?«

Sie zögerte.

»Halten sie sie hier gefangen?«

»Sie ist nicht *gefangen*. Sie wohnt hier.«

»Die Bestie läuft frei hier rum?«

»Klar.«

»Na toll.«

»Sie werden nach mir suchen. Wenn ich nicht bald wieder da bin …«

»Die sollen nur kommen. Ich bin bereit.«

»Du kannst nicht abhauen. Unmöglich. Glaubst du, dass meine Mom noch hier wäre, wenn es einen Ausweg gäbe? Sie versucht es immer wieder, und wir fangen sie immer wieder ein.«

»*Wir?* Soll das heißen, dass deine Mutter hier gefangen gehalten wird und du den anderen auch noch hilfst?«

»Wir können sie doch nicht freilassen. Sie würde alles kaputtmachen.«

»Was bist du nur für eine Tochter.«

Sie schwieg.

»Wie heißt du?«

»Sandy. Sandy Hayes.«

»Hör gut zu, Sandy Hayes. Ich *werde* von hier abhauen und alles kaputtmachen. Da kannst du deinen Arsch drauf verwetten.«

»Vergiss es.«

Janice verstärkte den Griff um ihre Kehle. »Bleib liegen. Keine Bewegung. Denk nicht mal dran.« Sie stieg von Sandy herunter, kniete sich neben sie hin und klopfte auf ihr herum, bis sie einen Gürtel ertastete. Sie öffnete die Schnalle, zerrte ihn aus ihrer Hose und legte ihn sich um den Hals, um ihn nicht zu verlieren. Dann durchsuchte sie die Hosentaschen des Mädchens. Nichts. Sie öffnete Hosenknopf und Reißverschluss und zog die Hose herunter. Das Mädchen trug Schuhe. Janice riss sie ihr von den Füßen, um ihr die Hose vollständig ausziehen zu können.

Dann versuchte sie in die Hose zu schlüpfen, doch sie war ihr viel zu eng. Nach einem kurzen Kampf gab sie auf.

Sie ließ ihre Hände Sandys Oberschenkel hinaufgleiten und schob ihre Finger unter den Gummizug ihres Höschens.

»Hey!«

»Schnauze.« Sie zog das Höschen hinunter und probierte es selbst an. Der dünne Stoff ließ sich so weit dehnen, dass sie bequem hineinpasste. Sie umklammerte Sandys Bein. »Setz dich und zieh das T-Shirt aus.«

Sie streckte die Hand aus und wartete. Das T-Shirt war ihr viel zu klein und hätte schmerzhaft auf ihre Verbände gedrückt. Janice zerrte daran herum und riss es in der Mitte durch. Jetzt konnte sie leicht hineinschlüpfen. Die Öffnung befand sich wie bei einem Flügelhemd in ihrem Rücken.

Mit Hilfe des Gürtels fesselte sie Sandys Füße.

Ihre Hände waren immer noch frei. Jetzt hätte sie einen BH gut gebrauchen können. Sie fuhr mit der Hand über den Bauch des Mädchens, bis sie Klebeband ertastete. »Ist das ein Verband?«

»Ich hab mir wehgetan.«

Ihre Finger glitten über Sandys Haut und berührten zwei weitere Verbände: einen an der Seite, einen auf einer Brust. Das Mädchen trug keinen BH.

»Was ist passiert?«, fragte Janice.

»Dasselbe, was dir auch passiert ist.«

»Was?«

»Du weißt schon.«

»War es die Bestie?«

»Ja, es war die Bestie. Manchmal wird er etwas grob, wenn wir es miteinander treiben.«

»Du lässt das zu?«

Das Mädchen packte in der Dunkelheit Janices Handgelenke.

»Das wirst du auch tun, wart's nur ab. Bald kannst du's kaum mehr erwarten, bis es endlich wieder so weit ist.«

Janice befreite sich aus dem Griff des Mädchens. »Du spinnst doch«, sagte sie.

»Wirst schon sehen. Sogar Mom gefällt es. Obwohl sie's nicht zugeben will.«

»Deshalb versucht sie wahrscheinlich auch zu fliehen.«

»Das macht sie nur wegen dem Baby. Sie hat Angst, dass sie es umbringen könnten. Tun sie aber nicht. Sie glauben, dass Mom Selbstmord begeht, wenn sie Jud was antun, und das wollen sie nicht. Sie wollen sie lebend.«

»Weshalb?«

»Aus dem gleichen Grund, weshalb sie dich haben wollen. *Er* will dich. Um Kinder zu machen.«

Janice spürte Kälte in ihrem Innersten. »Kinder?«, murmelte sie. »Was für Kinder? Wicks Kinder?«

»Sei doch nicht blöd. Wick darf uns nicht mal anfassen. Er hat mal versucht, mich zu ficken, und Maggie hat ihn windelweich geprügelt. Niemand darf an uns ran. Nur Seth und Jason.«

»Wer sind die denn?«

»Die Söhne von Maggie und Xanadu.«

»Xanadu?« Janice lief es kalt den Rücken herunter, als sie den Namen aus Lilly Thorns Tagebuch hörte.

»Er wurde letztes Jahr ermordet. Moms Freund hat ihn und Zarth und Achilles getötet. Dafür hat er bezahlt. Maggie hat ihm den Garaus gemacht.«

»Mein Gott«, flüsterte Janice. »Das waren alles solche … Bestien?«

»Zarth war Maggies Sohn und Achilles Agnes'. Xanadu war ihr Vater. Rucker hat alle drei umgebracht, aber Maggie konnte ihn umlegen, bevor er Seth und Jason erwischt hat.«

»Also gibt es … *zwei* dieser Ungeheuer hier? Vorhin hast du doch gesagt, dass es nur eins wäre.«

»Das hast *du* behauptet.«

»Du hast mich jedenfalls nicht verbessert.«

»Warum sollte ich?«

»Du kleiner Haufen Scheiße.«

»Hör mal, kannst du nicht von mir runtergehen? Wir können doch Freunde werden. Du wirst für eine lange Zeit hier sein, und es wäre besser für dich, wenn ich dich gut leiden kann. Dann kann ich dir ein paar Extrasachen zustecken.«

»Wie komme ich hier raus?«

»Gar nicht, hab ich dir doch schon gesagt.«

»Und warum nicht?«

»Sie werden dich kriegen.«

»Sind wir im ersten Stock?«

»Ja, aber …«

»In welcher Richtung ist die Treppe?«

»Sag ich nicht.«

Janice packte die Arme des Mädchens und drückte sie auf den Boden. »Du hast gesagt, dass sie bald nach dir sehen werden. Bis dahin bist du mausetot, wenn du mir nicht sagst, was ich wissen will. Also, wo ist die Treppe?«

»Ist doch egal. Sie erwischen dich sowieso.«

»*Raus damit*, verdammt noch mal.«

»Die Tür ist immer abgeschlossen. Selbst wenn du …«

»Wo ist der Schlüssel?«

»Das verrat ich dir nie.«

Janice schlug ihr hart ins Gesicht. Das Mädchen kreischte vor Schmerz auf und zuckte unter ihr zusammen.

»Mach nur so weiter«, schluchzte Sandy. »Schlag mich, so viel du willst. Ich sag nichts.«

Janice überlegte. Die zerbrochene Glühbirne musste irgendwo in der Nähe sein. Aber sie bezweifelte, dass sie in der Lage wäre, das Mädchen zu verletzen. Sollte sie ihr die Verbände abreißen und ihre Wunden öffnen? Schon allein beim Gedanken daran schüttelte sie sich vor Abscheu.

»Der Schlüssel, mit dem du die Tür hier aufgemacht hast«, sagte sie. »Passt der auch in die Eingangstür?«

»Nein«, murmelte Sandy.

»Dann hat den also Maggie bei sich.«

Das Mädchen schniefte, antwortete jedoch nicht. Janice schloss daraus, dass sie richtig geraten hatte. In diesem Fall würde sie Maggie überwältigen müssen, um an den Schlüssel zu gelangen. Was wiederum bedeutete, es mit allen Bewohnern dieses Hauses aufnehmen zu müssen. Es schien aussichtslos. »Diese Bestien«, sagte sie, »sind sie hier im Haus?«

»Vielleicht.«

»Wenn sie nicht hier sind, wo sind sie dann?«

»Manchmal …«, schluchzte sie, »manchmal sind sie auch im Horrorhaus.«

»Wie kommen sie dorthin?«

Sandy schwieg.

»Wie gelangen sie von hier nach da? Sie können ja schlecht unter der Straße durchkriechen.«

»Doch, können sie«, entgegnete das Mädchen einen Tick zu schnell.

Mit einem Mal begriff Janice.

Es war verrückt, aber was war hier überhaupt noch normal? Es gab nur eine Möglichkeit. Die erste Bestie – Xanadu – hatte einen Tunnel von den Hügeln bis zu Lilly Thorns Keller gegraben. Es war gut möglich, dass es noch einen weiteren Tunnel gab, der die beiden Häuser verband. Der musste dann zwar mehrere hundert Meter lang sein, aber warum nicht? Ein Gang von einem Keller zum anderen war die einzige Möglichkeit für die Bestien, sich frei zwischen den beiden Häusern zu bewegen. Sie konnten ja wohl kaum über die Hauptstraße spazieren, ohne früher oder später von jemandem bemerkt zu werden. Es musste einfach einen Tunnel geben.

Und den würde sie finden.

Sandy durfte auf gar keinen Fall herausfinden, was sie gerade dachte.

»Tja, dann muss ich mir wohl den Schlüssel von Maggie holen«, sagte sie.

»Das schaffst du nie.«

»Das werden wir ja sehen.«

Sie stieg von Sandy herunter, rollte sie herum und setzte sich auf ihren Hintern. Dann zog sie sich ihr T-Shirt hoch und betastete das Klebeband, mit dem der Verband über der zerfetzten Haut ihrer linker Brust und Schulter befestigt war. Sie riss so lange daran herum, bis sich der Verband löste und sie drei Streifen Klebeband von etwa dreißig Zentimetern Länge in der Hand hielt. Sie probierte, ob das Band stabil genug war, dann band sie Sandys Handgelenke mit den drei Streifen eng zusammen und stellte sicher, dass die Knoten festsaßen. Schließlich rollte sie das Mädchen wieder auf den Rücken.

»Mach den Mund auf.«

Sie tastete nach Sandys Lippen, die jedoch fest zusammengepresst waren. Als sie ihr die Nase zuhielt, wand sich Sandy und stöhnte, bevor sie endlich den Mund öffnete. Janice stopfte den Verband hinein, riss einen weiteren Klebestreifen von ihrem Bauch und befestigte ihn auf beiden Wangen.

»Keinen Laut«, warnte sie sie. »Wenn ich auch nur das Geringste höre, komme ich rüber und schlag dich zu Brei.«

Das Stöhnen verstummte, und außer der Luft, die Sandy zischend durch die Nase zog, war es vollkommen still.

Janice zog das T-Shirt wieder an, hängte sich die Hose des Mädchens über den Rücken und kroch langsam vorwärts, wobei sie eine Hand auf der Suche nach der Glühbirne über den Teppich gleiten ließ. Die scharfe Glaskante stach in ihre Handfläche. Vorsichtig hob sie die Birne auf. In der Nähe der Tür fand sie die Getränkedose.

Sie legte Hose, Glühbirne und Dose vor die Tür, um sie später leicht wiederzufinden, dann rüttelte sie am Griff, der jedoch nicht nachgab. Die Tür war ins Schloss gefallen, genau wie Sandy gesagt hatte. Obwohl sie sich ziemlich sicher war, dass der Schlüssel wirklich im Korridor lag, verbrachte sie doch eine Ewigkeit damit, ihn zu suchen.

Schließlich gab sie auf, setzte sich neben die Tür und lehnte den Rücken gegen die Wand. Sie breitete die Hose auf ihrem Schoß aus und legte die Birne mit der Fassung nach oben darauf. Dann hob sie die kalte, schwere Getränkedose auf, in der Flüssigkeit gluckerte.

Wahrscheinlich Limonade.

Ihre Zunge klebte am Gaumen und rieb gegen ihre trockenen Zähne.

Sandy hatte die Dose als Waffe benutzt und sie um ein Haar damit k. o. geschlagen. Janice würde sie zu demselben Zweck benutzen, sobald sich die Tür öffnete.

Was natürlich nicht möglich war, wenn sie sie austrank.

Also leckte sie das Kondenswasser von der Dose und wartete.

Kapitel dreiundzwanzig

»Und wenn wir im Auto warten?«, fragte Nora.

»Von mir aus«, seufzte Jack, schob seinen Pullover hoch und steckte seine .45er Halbautomatik in den Hosenbund.

»Es wäre besser«, sagte Abe, »wenn du und Tyler überhaupt nicht mit von der Partie wärt. Ich weiß noch nicht, wo wir das Auto abstellen werden, und wenn zufällig ein Cop vorbeikommt und euch da drin sitzen sieht, könnte er Verdacht schöpfen.«

»Ja«, stimmte Tyler ihm zu. »Das stimmt.«

»Warum geht ihr nicht so lange ins Carriage House und genehmigt euch ein paar Drinks?«, schlug Jack vor. »Wir sind im Handumdrehen wieder bei euch.«

Abe faltete seine dicke blaue Bettdecke zusammen, während Jack sich Hardys Kamera über die Schulter hängte.

»Geht schon mal vor«, sagte Abe. »Ich komme gleich nach.«

Sobald sie allein waren, nahm Tyler ihn in die Arme. Er hielt sie sanft an sich gedrückt. »Mach dir keine Sorgen«, sagte er.

»Und wie soll ich das anstellen?«

»Geh rüber und trink mit Nora ein paar Cocktails. Erzähl ihr von unserem Plan für morgen. Wenn ihr die Drinks nicht gerade in euch hineinschüttet, sind wir wieder da, bevor ihr die dritte Runde bestellt habt.«

»Ja, das will ich auch hoffen.«

»Du kannst mir vertrauen.« Er küsste sie, und Tyler schmiegte sich verzweifelt an ihn. Er ließ seine Hände unter ihren Pullover gleiten und streichelte ihren Rücken. »Ich liebe dich so sehr«, flüsterte er.

»Ich liebe dich auch, Abe.« Sie sah ihn aus tränenüberströmten Augen an.

»Ich will mal hoffen, dass du dich nicht von irgendeinem Kerl anmachen lässt, während ich weg bin. Sonst werde ich nämlich richtig sauer.«

Sie hätte beinahe gelächelt.

Nach einem letzten, kurzen Kuss löste er sich aus ihrer Umarmung, nahm die Decke und öffnete die Tür. Jack stand neben dem Mustang und hatte die Hände auf Noras Hüften gelegt.

»Los geht's«, sagte Abe, öffnete die Fahrertür, warf die Decke auf den Rücksitz und wandte sich zu Tyler um. »Sind gleich wieder da«, sagte er.

Sie nickte und wischte sich mit dem Handrücken über die Nase. Nora ging zu ihr hinüber, und Seite an Seite standen sie vor der Veranda.

»Wenn ihr in einer Stunde nicht wieder da seid, rufen wir die Armee«, sagte Nora.

»Dummchen«, rief Jack. »Wir *sind* die Armee.«

Sie reckte ihm beide Daumen entgegen, während Tyler Abe zuwinkte. Er winkte aus dem Fenster zurück, bevor er die Scheinwerfer anschaltete und durch den Innenhof fuhr.

»Das wird ein Riesenspaß«, sagte Jack.

»Ich wünschte nur, dass die Mädels keinen Wind von der Sache bekommen hätten.«

»Tja, leider musste Kollege Gorman ja alles herausposaunen.«

»Ein echtes Arschloch.«

»Und ein Feigling dazu. Scheiße, wenn ich ein Buch über diesen Schuppen schreiben müsste, würde ich doch wenigstens eine Nacht dort verbringen und mich mal umsehen. Wegen der Atmosphäre, verstehst du?«

»Er wird uns bestimmt darüber interviewen wollen«, sagte Abe und bog nach links ab.

»Das kostet ihn aber extra. Er wirft ja sowieso mit seinem Geld nur so um sich.« Jack kurbelte das Fenster herunter und streckte den Ellbogen hinaus. »Hoffentlich ist sein Scheck auch gedeckt.«

»Er wird es nicht wagen, dich zu bescheißen.«

»Das werden wir sehen, wenn ich morgen zur Bank gehe.«

»Mach dir darüber keine Sorgen.«

»Hey, die Hälfte gehört dir, schon vergessen?«

»Ich fahr nur zum Spaß mit.«

»Quatsch. Wir machen halbe-halbe.«

»Gib mir einfach einen aus, dann sind wir quitt.«

»Du bist echt einfach zufrieden zu stellen.«

Als er die Hauptstraße erreichte, drosselte Abe das Tempo. Das Café, in dem sie zu Mittag gegessen hatten, war noch immer geöffnet, ebenso der Schnapsladen gegenüber. Ansonsten wirkte die Stadt verlassen. Die Straßen waren bis auf einige parkende Autos und Lieferwagen völlig leer.

»Was hältst du übrigens davon, wenn uns die Mädels morgen begleiten?«

»Zu deinem Hotel?«

»Genau.«

»Cool!«

»Bist du einverstanden?«

»Machst du Witze?«

»Tyler wird mit Nora heute Abend darüber reden.«

»Nora kommt bestimmt mit. Sie ist scharf auf meinen Luxuskörper. Kein Wunder. Ihrer ist aber auch nicht schlecht.«

»Das ist mir aufgefallen.«

Jack lachte. »Ach ja? Wie denn das? Seit wir hier sind, hast du deine Augen nicht einmal von Tyler genommen. Euch hat's wirklich ganz schön erwischt, Mann. Mir ist aufgefallen, wie ihr euch anseht. Wann wollt ihr heiraten?«

»So weit sind wir nun auch wieder nicht.«

»Nicht? Das überrascht mich.«

»Ich will noch ein paar Tage mit ihr verbringen, bevor …«

»Recht hast du. Lass sie schmoren. Aber warte nicht zu lange, sonst macht *sie dir* einen Antrag.«

»Nichts dagegen. Was ist mit dir und Nora?«

»Die Braut ist eine richtig scharfe Nummer, aber noch denke ich nicht daran, mich zu binden. Scheiße, ich war immerhin zwölf Jahre mit der Truppe verheiratet. Ich muss mir erst noch die Hörner abstoßen, verstehst du? Andererseits bin ich ganz zufrieden, wenn ich noch ein bisschen Zeit mit ihr verbringen kann. Mir ging's noch nie so gut wie jetzt, das kann ich dir sagen.«

Abe fuhr langsamer und beobachtete das Horrorhaus, das zu seiner Linken auftauchte. Die Fensterläden der Ticketbude waren geschlossen und der Rasen hinter dem Zaun lag im Dunkeln. Keines der vielen Fenster war erleuchtet. »Sieht verlassen aus«, sagte er.

»Ob Bobo da drin ist?«

»Na, hoffentlich.«

Die Straße führte weiter in die bewaldeten Hügel hinauf. Abe suchte nach einem geeigneten Parkplatz, fand eine Einbuchtung, die breit genug für den Mustang war, und schaltete Scheinwerfer und Motor aus.

»Glaubst du, dass es so ein Ding wirklich gibt?«, fragte Jack.

»So ein Ding wie Bobo?«

»Ja.«

»Eher unwahrscheinlich. Aber wissen kann man es nie.« Abe beugte sich vor, öffnete das Handschuhfach, nahm seine .44er Ruger Blackhawk heraus und stopfte sie zusammen mit einer Schachtel Patronen in die Tasche seiner Nylonwindjacke. Unter dem Fahrersitz fand er seine Taschenlampe.

Sie stiegen aus.

Er holte die Decke vom Rücksitz und klemmte sie sich unter den Arm. Dann steckte er den Revolver in den Hosenbund und nahm die Taschenlampe in die Hand, ohne sie einzuschalten.

Sie überquerten die Straße, sprangen über den Straßengraben und wanderten durch das Gestrüpp eine Anhöhe hinauf, bis Abe die Straße hinter den Bäumen nicht mehr erkennen konnte. Dann gingen sie den Hügel hinunter. Trockene Piniennadeln knackten unter ihren Schuhsohlen.

»Du weißt doch, ich bin nicht besonders abergläubisch«, sagte Jack.

»Nein, gar nicht. Du hast nur eine verdammte Hasenpfote durch halb Vietnam geschleppt.«

»Das ist was anderes. Ich meine, ich bin wirklich der Letzte, der an Geister und Ungeheuer und so einen Scheiß glaubt, stimmt's?«

»Wenn du es sagst.«

»Aber hör mal, dieser Bobo soll doch von einer Insel vor Australien stammen. Und da gibt es haufenweise richtig seltsame Tiere: Kängurus, Wallabys, Wombats, Schnabeltiere. Vielleicht ist Käpt'n Franks altem Herrn wirklich irgendwas Irres über den Weg gelaufen, das er mit hierhergebracht hat.«

»Schon möglich.«

»Wir sollten die Augen offen halten.«

»Ich werd's versuchen.«

»Hoffentlich können wir dieses Ding zur Strecke bringen.«

»Wir steigen da so schnell wie möglich ein, machen ein paar Bilder und fahren zu den Mädels zurück. Ich weiß ja nicht, wie es Nora geht, aber Tyler macht sich solche Sorgen, dass sie kurz vorm Ausflippen ist.«

»Wenn uns Gorman schon tausend Dollar für ein paar lumpige Schnappschüsse zahlt, wie viel würde er dann erst für den Kadaver dieses Dings springen lassen?« Jack lachte leise. »Wahrscheinlich lässt er das verdammte Ding ausstopfen und nimmt es mit zu Johnny Carson in die *Tonight Show*.«

»*Wir* sollten es behalten und in die Lobby meines Hotels stellen.«

»Gute Idee! Wir können es ja als Bigfoot ausgeben.«

»Ich glaube nicht, dass Tyler davon besonders begeistert wäre.«

»Siehst du, du stehst bereits unter dem Pantoffel, und dabei bist du noch gar nicht verheiratet.«

Abe stieß ihn mit dem Ellbogen an. Dann tauchte der Zaun um das Horrorhaus vor ihnen auf. Sie gingen rechts herum daran entlang.

»Also verkaufen wir das Ding für ein Heidengeld an Gorman. Dann springt noch ein schönes Motorboot für die Lodge raus.«

»Abgemacht«, sagte Abe. »Vorausgesetzt, es existiert wirklich.«

»Wenn wir Glück haben, dann schon.«

Sie gingen schweigend am Zaun entlang, wobei Abe das Haus und die Umgebung genau beobachtete. Die Fenster waren dunkel. Wäre wirklich jemand im Haus, um zu putzen oder Wache zu schieben, hätte man mit Sicherheit ein Licht gesehen.

»Wenn wir jemanden dort bemerken«, sagte er, »brechen wir sofort ab.«

»Geht klar«, stimmte Jack ihm zu.

»Letzten Sommer gab es offensichtlich weder eine Alarmanlage noch eine Wache …«

»Nur die Bestie.«

»Also wenn sie in der Zwischenzeit keine weiteren Sicherheitsvorkehrungen getroffen haben, sollten wir keine Probleme haben, da reinzukommen.« Der Pfad führte in eine kleine Schlucht. Sie durchquerten sie und stapften durch das niedrige Buschwerk bis zum hinteren Teil des Zauns. Das Haus verdeckte die Hauptstraße vollständig. Abe sah über seine Schulter. »Wenn die Polizei auftaucht, müssen wir sofort die Waffen wegwerfen. Sollten wir nicht rechtzeitig entkommen können, wird die Anklage nur auf einfachen Einbruch lauten – ein Klacks gegen einen bewaffneten Raubüberfall oder Widerstand gegen die Staatsgewalt.«

»Wir können die Knarren ja später wieder einsammeln.«

Abe blieb vor dem Zaun stehen und warf die Decke über die Eisenspitzen. Leise landete sie auf dem Rasen auf der anderen Seite.

»Pass bloß auf diese Spitzen auf«, sagte Jack. »Sonst kannst du Sopran singen.«

Sie packten gleichzeitig die Querstrebe des Zauns, zogen sich hoch, stellten einen Fuß auf die Strebe zwischen den Spitzen und stießen sich ab. Auf der anderen Seite angekommen packte Abe die Decke und rannte an einem gespenstisch weißen Pavillon vorbei auf den Schatten zu, den das Haus auf die mondbeschienene Rasenfläche warf. Jack blieb ihm dicht auf den Fersen, während er die Verandatreppe hinaufeilte.

Als Abe sich der Hintertür näherte, knarrte der Holzboden unter seinen Füßen. Er spähte durch eines der Glasfenster der Tür. Bis auf das trübe Licht, das durch die Fenster in das Haus fiel, war alles stockfinster. Er trat zur Seite. »Jetzt kommt dein Einsatz«, flüsterte er. »Dann zeig mal, was du draufhast.«

Jack rammte einen Ellbogen gegen die untere rechte Glasscheibe der Tür. Mit einem Klirren regneten Splitter auf den Boden im Inneren des Hauses.

»Wie raffiniert«, sagte Abe.

»Hauptsache es funktioniert«, sagte Jack und schob einen Arm durch die Öffnung, um den Türgriff zu ertasten.

»Moment. Warten wir noch ein paar Minuten, ob nicht doch jemand auftaucht.«

Abe beobachtete die Tür und lauschte konzentriert. Er bemerkte kein Licht, und außer der nächtlichen Brise und dem Zirpen der Zikaden war nichts zu hören. Sein Herzschlag trommelte laut und schnell. Er befeuchtete seine trockenen Lippen. Seine Eingeweide krampften sich zusammen, und seine Beinmuskeln zitterten. Er hasste es, zu warten.

»Los«, sagte er schließlich.

Jack griff durch das zerbrochene Fenster und suchte nach dem Türriegel. Abe hörte ein trockenes Schnappen, dann zog Jack den Arm zurück, drückte auf die Klinke und öffnete die Tür. Das Türblatt schabte über die Glasscherben. Jack wischte seine Fingerabdrücke vom Türgriff ab.

Abe folgte ihm ins Innere. Er schaltete die Taschenlampe an und ließ den Strahl über Regale, eine große Arbeitsfläche samt Spülbecken und einen altmodischen Holzofen wandern.

»Soll ich ein Foto von der Küche machen?«, fragte Jack.

»Fangen wir lieber oben an und arbeiten uns dann nach unten

vor. Wenn du willst, kannst du dich hier ja zum Schluss noch austoben.« Abe schaltete die Taschenlampe aus und ging einen Korridor zwischen Treppenhaus und Wand entlang. In der Eingangshalle blieb er stehen und sah den Gang hinab, der zum Souvenirgeschäft führte. Alles war dunkel und still.

Als er die Treppe in Angriff nahm, musste er sich dazu zwingen, das Geländer nicht zu berühren. Egal, wie vorsichtig er auftrat – jede einzelne Stufe knarrte und seufzte unter seinen Füßen. Wenn schon niemand das Klirren der Scheibe gehört hatte, würde das hier auch keiner mitbekommen, sagte er sich. Dann kam ihm der Gedanke, dass sie eventuell doch von irgendjemandem gehört worden waren, dieser jemand sich jedoch entschlossen hatte, sich auf die Lauer zu legen anstatt nachzusehen.

Jemand oder *etwas*.

Dieser Ort zerrte schon jetzt an seinen Nerven.

Am Ende der Treppe sah er zu seiner Linken. Durch ein Flügelfenster schien blasses Mondlicht auf die Galerie. Nichts rührte sich. Er erinnerte sich, dass sich ein weiteres Fenster am Ende der Galerie befand, doch die Vorhänge um die Wachsfigur von Dan Jenson verdeckten jedes Licht.

»Gehen wir zuerst ins Kinderzimmer«, sagte er, »und arbeiten uns dann zur Vorderseite vor.«

Jack nickte und ging los. Abe folgte ihm und beobachtete, wie sein Freund die Vorhänge leicht zur Seite schob, als er daran vorbeihuschte. Beim Anblick des flatternden Stoffes hatte Abe den Eindruck, dass sich dahinter ein lebendes Wesen befand. Seine Nackenhaare stellten sich auf, als der Samtstoff seine Arme berührte. Schnell lief er daran vorbei.

Auf der anderen Seite angekommen sah er sich um. Die Vorhänge flatterten noch immer, als würden sie vom Wind bewegt. Er nahm die Taschenlampe in die linke Hand und zog den Revolver. Der Walnussgriff lag beruhigend schwer in seiner schweißnassen Hand, als er hinter Jack das Schlafzimmer betrat.

Er stieß mit dem Ellbogen gegen die Tür und lehnte sich mit seinem Rücken dagegen, bis das Schloss zuschnappte.

Jack hatte inzwischen die Kordel gefunden und zog daran. Die Vorhänge glitten zurück.

»Mach schnell«, flüsterte Abe, stopfte die Taschenlampe in seine Windjacke und den Revolver in die Vordertasche seiner Jeans.

Das Zimmer hatte zwei Fenster, eines zeigte in Richtung Stadt, das andere zu den bewaldeten Hügeln. Abe trat über die Wachsfiguren von Lilly Thorns hingeschlachteten Söhnen hinweg und warf einen Blick auf die Geschäfte entlang der Hauptstraße. Ein einsames Auto fuhr in nördliche Richtung vorbei. Dann faltete er die Decke auseinander und hielt sie vor das Fenster. »Okay«, sagte er und schloss die Augen, um nicht geblendet zu werden.

Durch die Augenlider bemerkte er den Blitz des Fotoapparates, gefolgt von dem Summen des Elektromotors, mit dem der Film weitertransportiert wurde.

»Bitte recht freundlich«, meinte Jack und schoss zwei weitere Fotos. »Fertig«, sagte er schließlich.

Abe legte sich die Decke um die Schultern, zog den Revolver und kehrte zur Tür zurück, während Jack den Vorhang wieder zuzog. Abe wünschte, er hätte die Tür nicht geschlossen, musste er sie jetzt doch wieder öffnen. Seine linke Hand ruhte auf dem Griff.

Reiß dich zusammen, ermahnte er sich.

Dann spannte er den Hahn seiner .44er und riss die Tür weit auf.

Als nichts auf ihn zustürzte, atmete er tief aus. Mit der Waffe im Anschlag betrat er die Galerie.

»Unsere Fingerabdrücke«, sagte Jack mit heiterer, einen Tick zu lauter Stimme. »Warte.«

Abe wartete, bis er die Türklinke abgewischt hatte und an ihm vorbei zum Kinderzimmer ging. Er versuchte die Tür zu öffnen. »Abgeschlossen. Kannst du das knacken?«, fragte er.

»Vergiss es«, sagte Abe.

»Soll ich sie eintreten?«

»Mach einfach ein Foto von der geschlossenen Tür. Hardy kann sich ja eine geheimnisvolle Bildunterschrift aus den Fingern saugen. Moment.« Er sicherte seine Waffe und eilte zum Ende der Galerie, wo er die Decke hochhielt, um das Fenster zu verdecken, während Jack die Fotos machte. Dann drehte er sich wieder um.

Jack war verschwunden.

Die Vorhänge um Dan Jensons Wachsfigur bewegten sich leicht.

Furcht stieg in Abe auf. »Jack?«, fragte er.

Keine Antwort.

Er lauschte nach verräterischen Geräuschen, konnte jedoch nur seinen eigenen Herzschlag hören.

Schnell näherte er sich dem Vorhang. »Jack, was ist los?«, fragte er und versuchte, die wachsende Panik in seiner Stimme zu verbergen.

Der untere Teil des Vorhangs wurde zurückgeschoben. Jack entsicherte den Revolver wieder. Eine düstere, massige Gestalt richtete sich auf. »Was gibt's?«, fragte Jack.

»Willst du mich zu Tode erschrecken oder was?«

Jack lachte. »Ich wusste nicht, dass du so empfindlich bist.« Er zog den Vorhang beiseite, und Abe trat hindurch.

»Wir sollten besser zusammenbleiben, Sportsfreund. Wie soll ich deinen Arsch retten, wenn ich ihn nicht mal sehen kann?«

Jack ließ den Vorhang fallen, und Abe schaltete die Taschenlampe ein. Der rote Stoff reichte von der Decke bis zum Boden und schloss sie von allen Seiten ein. Abe fühlte sich in dieser warmen, stickigen Zelle äußerst verwundbar.

Jack hob den Fotoapparat.

»Warte.«

»Was?«

Abe ließ den Lichtstrahl auf die Wachsfigur von Dan Jenson fallen. Der Körper lag neben denen der Zieglers auf dem Boden. Die Kehle war zerfetzt, und die Augen glänzten im Licht. »Den fotografieren wir nicht.«

Jack nickte. »Ja. Das wäre wohl unpassend.«

Abe ging in die Hocke, packte den rechten Fuß der Figur und zerrte sie durch die Lücke im Vorhang. Dann schaltete er die Lampe aus, richtete sich auf und spähte in den finsteren Korridor. Tief atmete er die kühle, frische Luft ein.

Er bemerkte einen Lichtblitz in seinem Rücken und hörte das Summen der Kamera. Jack umrundete auf der Suche nach einem geeigneten Blickwinkel das Ausstellungsstück.

Vor seinem geistigen Auge sah Abe noch einmal, wie Tyler nach Luft schnappte und kreidebleich wurde. Ihre Augen rollten nach oben, und die Knie gaben unter ihr nach. Er spürte ihr Gewicht, als er sie auffing. Dann erinnerte er sich an den leeren Ausdruck in ihrem Gesicht und daran, dass sie aus dem Haus gerannt war, um sich zu übergeben.

Er hob den Fuß und trat mit aller Kraft auf den Kopf der Puppe. Er spürte, wie das Wachsgesicht unter seiner Sohle zerbrach.

Jack eilte auf ihn zu. »Herrgott, was machst du denn …«

»Das Richtige«, sagte er und trat noch einmal auf den Kopf. »Sollen diese gottverdammten Schaulustigen doch jemand anderes begaffen.«

Als er fertig war, beleuchtete er sein Werk. Von dem Kopf war nicht mehr als ein plattgedrückter Wachshaufen, einige Haare und zwei zerbrochene Glasaugen zurückgeblieben.

Er schaltete die Taschenlampe wieder aus.

»Machen wir weiter«, sagte er. »Die Mädels warten auf uns.«

Kapitel vierundzwanzig

Janice hatte den Kampf gegen den Durst verloren.

Die Hälfte der Cola hatte sie heruntergestürzt und den Rest der kalten, süßen Flüssigkeit schlürfte sie nun in kleinen Schlucken. Die volle Dose wäre eine gute Waffe gewesen, und sie bekam Schuldgefühle, während sie trank. Trotzdem gab es gute Gründe dafür, die Dose zu leeren. Zum einen war sie halb wahnsinnig vor Durst, und die Cola würde ihr genug Energie für ihren Ausbruchsversuch geben. Außerdem hatte sie sowieso nur zwei Hände. Die eine brauchte sie, um mit der Glühbirne zuzustechen, die andere, um Sandys Hose demjenigen entgegenzuschleudern, der die Tür öffnete.

Wenn es überhaupt ein Mensch war.

Mit der vollen Dose hätte sie mit einem gut gezielten Hieb einen ihrer Bewacher bewusstlos schlagen können. Doch mit der Hose konnte sie ihren Gegner überraschen, indem sie ihm die Sicht nahm, und sich auf diese Weise einen Vorteil verschaffen.

Als sie den letzten Tropfen in ihren Mund goss, fragte sie sich, ob sie die richtige Entscheidung getroffen hatte. Doch jetzt war es zu spät.

Sie zerdrückte die Dose mit einem lauten, krachenden Geräusch. Etwas ritzte in ihre Handfläche. Offensichtlich war das Aluminium an einer Ecke der Dose aufgerissen und hatte eine scharfe Kante gebildet. Sie packte Deckel und Boden der Dose, drehte sie so lange hin und her, bis sie in zwei Hälften zeriss, und drückte die Kanten sanft gegen ihre Oberschenkel. Sie schienen sehr scharf zu sein.

Während sie überlegte, wie sie diese neuen Waffen zum Einsatz bringen konnte, hörte sie ein leises Knarren aus dem Korridor. Ihr Herz setzte für einen Moment aus. Jetzt hatte sie keine Zeit mehr, um nachzuprüfen, ob Sandy noch gefesselt und geknebelt war. Sie musste sich vorbereiten.

Sie klemmte sich die bitter und metallisch schmeckende Fassung der Glühbirne zwischen die Lippen, kniete sich hin und warf sich die Hose über den Rücken. Dann nahm sie die beiden Hälften der Dose und hielt sie mit den scharfen Kanten vor sich.

Das Geräusch langsamer Schritte drang aus dem Korridor. Schuhe auf einem Holzboden. Schuhe.

Also war es ein Mensch. Gott sei Dank.

Sie lehnte sich gegen die Wand. Ihr Herz klopfte wie rasend. Sie wich ein Stück von der Tür zurück.

Dann hörte sie ein leises »Hmmm?«, und die Schritte verstummten. Papier knisterte.

Die Essenstüte, die Sandy fallen gelassen hatte.

Ein Schlüssel wurde ins Schloss gesteckt, und jemand drückte die Klinke herunter. Janice erkannte eine Hand im blauen Licht aus dem Korridor. Dann einen Unterarm. Dann eine großgewachsene Frau, die durch den Türspalt in die Dunkelheit spähte. »Sandy?« Sie lispelte. Die Stimme hatte Janice noch nie zuvor gehört, also konnte es sich nicht um Maggie Kutch handeln. Doch Sandy hatte eine weitere Frau erwähnt: Agnes.

»Fandy, warum ift es fo dunkel?«

Die Tür öffnete sich weiter. Agnes betrat den Raum und beugte sich vor, um besser sehen zu können.

»Waf ift lof?«, fragte sie mit verwirrter, aber nicht verängstigter Stimme. Sie beugte sich weiter vor und stützte sich mit einer Hand auf ihrem Knie ab. In der anderen hielt sie die Papiertüte.

Sandy fing an, Grunzgeräusche von sich zu geben.

Agnes richtete sich blitzartig auf.

Janice schlich sich hinter sie und schlug mit beiden Dosenhälften auf ihr Gesicht ein. Ein Schmerzensschrei zerriss die Stille. Agnes hielt sich die Hände vors Gesicht und wirbelte herum. Janice stieß ein weiteres Mal zu und schnitt in ihre Handfläche. Winselnd streckte Agnes die Arme aus, schlug die Dose beiseite und umklammerte Janice. Ihr Atem roch faulig und sauer, ihr Körper war warm und ihre Kleidung von Schweiß durchtränkt.

Janice rammte ein Knie in ihren Bauch, und Agnes' Arme lösten sich von ihr. Wieder bohrte Janice ihr Knie in den weichen Bauch. Agnes krümmte sich vor Schmerzen. Ihr Gesicht streifte die Glühbirne und die Fassung wackelte zwischen Janices Zähnen. Quietschend ging Agnes zu Boden.

Janice trat von ihr zurück.

Die Tür stand offen.

Sie rannte hinaus, spähte in den Korridor, konnte niemanden erkennen und zog die Tür hinter sich zu. Dann riss sie den Schlüssel aus dem Schloss und nahm ihn mit. Sandy hatte behauptet, dass er die Eingangstür nicht öffnen würde, aber einen Versuch war es wert.

Einige Meter weiter endete der Korridor vor einer Wand. In der anderen Richtung entdeckte sie mehrere Türen, von denen die meisten verschlossen waren. Dort hinten befand sich auch eine Treppe. Janice nahm die Glühbirne aus dem Mund und ging schnell auf die Stufen zu. Offensichtlich war dieses Stockwerk verlassen, da niemand auf die Unruhe reagiert hatte.

Verlassen, bis auf Sandys Mutter und ihr Baby, die wohl in einem dieser Zimmer gefangen gehalten wurden. Während sie an den geschlossenen Türen vorbeirannte, fragte sie sich, ob sie sie befreien sollte. Nein. Zu gefährlich. Sie hatte nicht die geringste Ahnung, was sich alles hinter diesen Türen verbarg. Sobald sie von hier entkommen war, konnte die Polizei die Sache in die Hand nehmen.

Sie passierte die erste offenstehende Tür mit zwei schnellen Schritten und warf einen Blick hinein. Der Raum war dunkel und lag in völliger Stille.

Noch zwei Türen.

Unbeschadet rannte sie an beiden vorbei. Als sie die Treppe erreichte, zuckte sie zusammen, als sie ein Klopfen in ihrem Rücken hörte. Sie hatte es erwartet, doch nichtsdestotrotz ließ es das Blut in ihren Adern gefrieren.

»Hiiiiilfe«, schrie Agnes. Ihre Stimme klang gedämpft. »Hiiiiilfe. Lafft mich rauf!«

Janice hielt den Atem an, lief die Treppe hinunter und erreichte die von blauem Licht erhellte Eingangshalle. Und die Vordertür!

Der Raum zu ihrer Linken war finster. Rechts führte ein Bogengang in ein weiteres Zimmer, in dem ebenfalls blaues Licht brannte. Dunkle Vorhänge bedeckten die Wände, und sie konnte einige verstreute Kissen mit Satinbezug erkennen, jedoch keine Möbel.

Die Haustür war keine drei Meter mehr entfernt, doch jeder, der sich in dem angrenzenden Raum befand, würde sie auf dem Weg dorthin bemerken.

Sandy hatte behauptet, dass der Schlüssel nicht passte.

Janice beschloss, kein Risiko einzugehen. Ohne das blau beleuchtete Zimmer aus den Augen zu lassen, umrundete sie das Geländer und schlich auf Zehenspitzen einen dunklen Gang zwischen Treppe und Wand entlang, der in einem Raum mit Fliesenboden auf der Rückseite des Hauses endete. Anscheinend hatte sie die Küche erreicht.

Sie schloss die Schwingtür hinter sich und tastete nach einem Lichtschalter. Blaues Licht erhellte den Raum.

Sie ging am Herd vorbei und bemerkte ein Spülbecken, eine große Arbeitsfläche und mehrere Regale an der gegenüberliegenden Wand. Neben dem Spülbecken stand ein Messerblock. Sie legte Glühbirne, Schlüssel und die Überreste der Getränkedose ab und entschied sich für ein Schälmesser und ein weiteres Messer mit langer, geriffelter Klinge. Das Schälmesser steckte sie in den Bund des Höschens, wobei sie die kühle Klinge auf ihrer nackten Haut spürte. Mit dem langen Messer in der rechten Hand ging sie auf eine Tür neben dem Kühlschrank zu.

Sie war nicht abgeschlossen. Dahinter führte eine dunkle Treppe in den blau erleuchteten Keller hinunter. Sie zog die Tür hinter sich zu. Es war kalt. Zitternd sah sie hinab auf den blauen Teppich am Fuß der Treppe. Einige Kissen waren darauf verstreut.

Bitte, bitte, dachte sie. Hoffentlich ist niemand hier.

Und hoffentlich gibt es diesen Tunnel wirklich.

Sie holte tief Luft und rannte los.

Es war jemand dort.

Janice keuchte auf und blieb wie angewurzelt stehen. Sie umklammerte das Geländer und starrte auf die drei Gestalten im Dämmerlicht.

Zwei Frauen und ein Mann hingen reglos an der Wand. Ihre Köpfe hingen auf seltsame Art herab. Janice trat einen Schritt zurück, bevor sie bemerkte, dass die Füße der Gestalten den Boden überhaupt nicht berührten.

»Oh Gott«, flüsterte sie.

Langsam ging sie auf die Körper zu.

Leichen, dachte sie. Es sind Leichen.

Aus einem Oberschenkel der Frau waren große Stücke herausgerissen, als wäre sie von etwas Monströsem gebissen worden.

Aus der Brust jeder Leiche ragte eine Stahlspitze.

Sie waren an Haken aufgehängt.

Janice wurde übel. Taubheit überfiel sie, als sie mit zitternden Knien weiter auf die Körper zuging.

Jede der drei Leichen war übel zugerichtet und mit getrocknetem Blut überzogen, das im blauen Licht violett schimmerte.

Sie sah einem der Leichname ins Gesicht und schlug eine Hand vor den Mund, um einen Schrei zu unterdrücken.

Ein Auge war geschlossen, das andere starrte sie ausdruckslos an. Die Zunge hing heraus. Trotz der schmerzverzerrten Gesichtszüge erkannte sie Brian Blake.

Dann sah sie den Mann an, der neben ihm hing.

NEIN.

Und die Frau.

UNMÖGLICH! NEIN!

Fassungslos starrte sie in die Gesichter ihrer Eltern. Sie fiel auf die Knie und hielt sich die Hände vors Gesicht.

Hinter Janice ertönte das metallische Klicken eines Türschlosses. Sie wirbelte herum und sah die Treppe hinauf, an deren Ende sich die Tür öffnete.

Jack stand im Türrahmen und schoss ein Foto von der Treppe, die zum Keller des Horrorhauses führte. »Alles klar«, flüsterte er.

Abe schaltete die Taschenlampe an und ging an Jack vorbei die Stufen hinunter. Auf halbem Weg blieb er stehen, beugte sich über das Geländer und richtete den Lichtstrahl auf den Raum unter der Treppe. Außer einem großen Schrankkoffer war dort nichts zu erkennen. Dann besah er sich das Kellergewölbe. An den Wänden lehnte eine Sammlung alter Gartengeräte: Schaufeln, ein Rechen und eine Hacke. Ein paar Einmachgläser standen auf staubigen Regalbrettern. Der Boden bestand aus festgestampftem Lehm, auf dem einige Scheffelkörbe gestapelt waren.

»Die Luft ist rein«, sagte Jack.

Abe betrachtete den Schrankkoffer genauer. Er war verschlossen. »Mach die Fotos«, sagte er, »dann hauen wir ab.«

Jack stand am Fuß der Treppe und schoss drei Bilder. Abe schloss die Augen, um dabei nicht geblendet zu werden.

»Abmarsch.«

»Warte. Ich will mich noch umsehen.«

Abe reichte ihm die Taschenlampe. Während Jack durch den Raum ging, sah er zur Tür am oberen Ende der Treppe hinauf. Wenn sie jetzt zufiel, wenn jemand in diesem Moment den Riegel vorschob …

»Sieh mal«, sagte Jack.

»Was?«

»Da ist das Loch, von dem Gorman geredet hat.«

Abe eilte zu Jack, der hinter einem schiefen Stapel von Scheffelkörben stand. Das Loch zu seinen Füßen hatte einen Durchmesser von etwa einem Meter und war annähernd kreisförmig. In einem steilen Winkel führte es von der Rückwand des Kellers in die Finsternis. Jack machte ein Foto.

»Das war's«, sagte Abe. »Gehen wir.«

»Halt mal«, sagte Jack und reichte ihm die Kamera.

»Was soll ich damit?«

»Festhalten.«

Jack ging in die Hocke und leuchtete in das Loch hinein.

»Die Mädels warten auf uns«, sagte Abe.

»Ich weiß.«

»Wir sind schon viel zu spät dran.«

»Dann können sie auch noch ein paar Minuten länger warten.« Jack legte sich flach auf den Boden und begann, mit dem Kopf voraus in das Loch zu kriechen.

»Das ist doch nicht dein Ernst«, murmelte Abe.

»Ich will doch nur mal gucken.« Jacks Stimme klang gedämpft.

Bevor das Licht der Lampe völlig in dem Tunnel verschwand, kniete sich Abe hin und packte Jacks Hosenbeine. Dunkelheit umfing ihn. Er sah sich um und konnte einen schmalen Lichtstreifen unter der Kellertür erkennen.

Sie könnten schon dort oben sein, auf dem Weg aus diesem Haus heraus.

Er zerrte an Jacks Jeans. »Komm schon.«

Jack bewegte sich nicht.

»Alles klar?«

»Ja.« Seine Stimme war so dumpf, als hätte er sich ein Kissen in den Mund gestopft. »Der Tunnel nimmt kein Ende.«

»Komm jetzt da raus.«

»Oh Scheiße.«

»Was?«

»Da ist was. Es sieht mich an.«

Abes Nackenhaare stellten sich auf. »Was ist es?«

»Ich muss näher ran.«

»Was *ist* es? Kommt es auf dich *zu*?«

»Nein. Aha. Ein … Eulenkopf. Ohne Eule, nur der Kopf. Mann, hier liegen überall Knochen und solches Zeug.«

»Toll. Zeit für uns zu verschwinden.« Er packte Jack bei den Knöcheln und zog. Einige Augenblicke später tauchte das Licht der Taschenlampe auf. Jack robbte rückwärts über den Lehm, dann war er draußen.

»Unglaublich«, sagte er. »Scheiße, ich konnte nur ungefähr fünf Meter weit sehen, aber das hat völlig gereicht. Da drin ist alles voller Knochen.«

»Menschenknochen?«

»Nein, keine so großen. Hunde, Katzen, Eichhörnchen, Waschbären, vielleicht auch Mäuse oder Ratten. Willst du dir das auch mal ansehen?«

»Ich verzichte.«

»Soll ich ein Foto davon machen? Wäre einen Versuch wert, oder?«

Die schnellen, leisen Schritte auf der Treppe klangen mehr nach einem Tier als nach einem Menschen. Janice sah sich um und entdeckte den Eingang zu Tunnel. Sie trat einen Schritt hinein, drückte sich gegen die feuchte Lehmwand und starrte in das blaue Licht. Sie hatte das Gefühl, als würde ihr Herz jeden Moment aus ihrem Brustkorb springen. Ihr Atem entwich stoßweise ihren Lungen. Sie umklammerte das Messer mit beiden Händen und hielt den Atem an.

Dann sah sie die Bestie, als sie am Tunneleingang vorbeiging. Ihre Knie gaben nach, und sie musste sich fest gegen die Wand pressen, um nicht umzufallen. Ihr Magen krampfte sich zusammen, und sie schluckte die bittere, heiße Flüssigkeit hinunter, die sich in ihrer Kehle sammelte.

Dieses Ding – oder eines, das genauso aussah – hatte sie vergewaltigt. Seine Klauen hatten sich in ihr Fleisch gebohrt, die Schnauze hatte sich in ihren Brüsten verbissen, und sein Penis war tief in sie eingedrungen, was sie immer noch schmerzhaft spüren konnte.

Dieses Ding – oder sein Bruder – hatte ihre Eltern umgebracht und …

Sie hörte ein klatschendes, reißendes Geräusch.

Janice stieß sich von der Wand ab und machte einen Schritt nach vorne. Vorsichtig lehnte sie ihre Schulter gegen den kühlen Lehm auf der anderen Seite des Tunneleingangs und spähte um die Ecke.

Die Bestie war leicht nach vorne gebeugt. Mit dem Rücken zu Janice riss sie große Fleischbrocken aus dem Oberschenkel ihrer Mutter. Starr vor Entsetzen beobachtete Janice, wie das Monstrum die tropfende Masse in seinen Mund stopfte.

Eine innere Stimme flüsterte ihr zu, loszurennen, solange die Kreatur noch mit Fressen beschäftigt war.

Nein, dachte sie. Ich kann nicht.

Die Kaugeräusche ließen sie würgen. Sie hielt sich eine Hand vor den Mund und trat einen Schritt zurück.

Himmel. Das ist Mom. Dieses Ding frisst gerade Mom …

Dann rannte sie los.

Wider besseres Wissen verzichtete sie darauf, über den Teppich zu schleichen. Ein verzweifeltes Knurren entrang sich ihrer Kehle. Das Ding hörte sie und sah auf. Fleischfetzen hingen aus seinem Mund. Es starrte sie mit leeren, hellen Augen an, dann holte es mit einer Klauenhand aus, ohne aufzuhören zu kauen. Janice wich aus und rammte das Messer in seinen Bauch. Es heulte auf und spie das soeben verschlungene Fleisch in ihr Gesicht und auf ihr Haar. Dann taumelte es zurück und krachte gegen den Körper von Janices Mutter. Die Arme und Beine des Leichnams hoben und senkten sich durch den Aufprall, der Kopf wackelte hin und her. Der Haken löste sich aus dem Brustkorb, und ihre Mutter fiel auf die Bestie und riss sie mit sich zu Boden.

Janice trat einen Schritt zurück und starrte ungläubig auf das, was sich vor ihr abspielte. Einen Augenblick lang dachte sie, ihre Mutter wäre wieder zum Leben erwacht. Die Bestie, die mit dem Messer im Bauch an der Wand lehnte, packte ihre Mutter an der Kehle und schleuderte sie auf Janice zu. Der Leichnam landete auf dem Teppich vor ihren Füßen und rollte mit wedelnden Armen und Beinen auf sie zu.

Janice wich aus, wirbelte herum und rannte wieder in den Tunnel hinein.

Sie hätte weiter auf das Ding einstechen sollen. Verflucht!

Ihre Schulter prallte gegen die Tunnelwand, und sie schrie vor Schmerz auf. Schluchzend ging sie in die Knie, rappelte sich wieder auf und taumelte weiter, während sie tastend einen Arm ausstreckte. Der Tunnel besaß offenbar Biegungen. Ihre rechte Hüfte brannte, und etwas Warmes lief ihr Bein hinab. Wahrscheinlich hatte sie sich mit dem Schälmesser geschnitten. Sie zog es aus dem Höschenbund.

Bis auf ihr Schluchzen, Keuchen und dem Klatschen ihrer nackten Füße auf dem Lehmboden war nichts zu hören. Wenn die Bestie sie tatsächlich verfolgte, so war sie noch weit hinter ihr.

Hoffentlich hatte sie das Vieh schwer verletzt.

Es konnte im Dunkeln sehen. Das hatte zumindest im Tagebuch gestanden.

Jetzt wünschte sie, dass sie das gottverdammte Buch einfach verbrannt hätte.

Dann wäre nichts von diesem unglaublichen Mist passiert. Sie würde jetzt sicher in ihrem Bett liegen und ihre Eltern wären noch am Leben. Wie waren sie überhaupt hierhergekommen? Sie hatten wahrscheinlich nach ihr gesucht. Warum waren sie nicht zu Hause geblieben? Es war alles ihre Schuld. Sie verfluchte Brian Blake und Gorman Hardy. Die hatten sie da mit hineingezogen.

Aber sie selbst war dafür verantwortlich.

Sie hatte Mom und Dad in den Tod gerissen.

Jetzt konnte sie nur noch ihre eigene Haut retten. Und diese

Frau – Sandys Mutter und das Baby – wenn sie es schaffte, hier herauszukommen und Hilfe zu holen.

Sie musste das Horrorhaus erreichen und von dort aus ins Freie gelangen. Und dann die Polizei anrufen.

Die Wand entfernte sich von ihren Händen, und sie spürte, wie der Tunnel eine Biegung nach links machte. Sie hastete durch die Dunkelheit.

Was, wenn die Tür am anderen Ende verschlossen war?

Das konnte nicht sein. Das durfte nicht sein!

Und wenn die andere Bestie dort auf sie wartete?

Nein.

Und wenn Wick oder Maggie oder Agnes oder Sandy oder alle zusammen das Horrorhaus vor ihr erreichten und ihr den Weg abschnitten?

Dann habe ich immer noch ein Messer, sagte sie sich. Ich werde sie aufschlitzen.

Ihre Gedanken wurden jäh unterbrochen, als sie ein Knurren hinter sich wahrnahm. Von Angst getrieben rannte sie weiter. Das Geräusch wurden immer lauter. Sie lief so schnell sie konnte. Ihre Lungen brannten, und ihre Wunden schmerzten, als sie sich durch die Anstrengung wieder öffneten. Sie stöhnte auf, als sie mit dem rechten Arm gegen eine Wand stieß, rannte jedoch ohne langsamer zu werden weiter.

Die Bestie musste direkt hinter ihr sein.

Dann krachte sie mit der linken Körperseite gegen die andere Wand, prallte von der glitschigen Oberfläche ab und fiel auf den Rücken.

Die Bestie war nicht zu sehen, doch sie konnte ein trockenes Zischen hören, das fast an ein Kichern erinnerte.

Etwas Weiches, Schleimiges zwang ihre Schenkel auseinander. Das T-Shirt wurde grob von ihren Schultern gezerrt. Die Ärmel glitten über ihre vom Aufprall gelähmten Arme, dann wanderten spitze Klauen über ihren Bauch. Das Höschen wurde in Fetzen gerissen, und etwas Warmes tropfte auf ihre Brüste. Das Blut der Bestie.

Sie spürte den heißen Atem in ihrem Gesicht.

»Bastard!«, kreischte sie und rammte das Messer in das Fleisch des Dings. Während es vor Schmerz aufheulte, stieß sie wieder und wieder zu, bis ihr das Messer aus den tauben Fingern geschlagen wurde.

Über ihrem Kopf ertönte ein Geräusch, als würde Holz über Lehm geschleift werden.

Das Monstrum packte ihre Schultern und bohrte seine Klauen in ihr Fleisch. Sie versuchte sich nach Kräften zu wehren, konnte gegen seinen Griff jedoch nichts ausrichten. Sie spürte, wie sein Penis gegen ihren Oberschenkel stieß.

Sein Gesicht war bleich und glänzte wie die Unterseite einer Nacktschnecke. Speichel troff aus dem breiten Maul auf sie herab. Sie fragte sich, warum sie jetzt plötzlich sein Gesicht sehen konnte, als es sich auch schon wieder ruckartig entfernte.

Der ohrenbetäubende Knall klang, als würde die Welt selbst explodieren.

Ein Auge der Kreatur hatte sich in ein glänzendes Loch verwandelt.

Ein Teil der Schnauze wurde aus seinem Gesicht gerissen.

Der Kiefer löste sich in seine Bestandteile auf.

Sie wandte sich ab, als die Überreste des Kopfes auf sie herabregneten.

Ihre Ohren klingelten.

»Heilige Scheiße«, ertönte eine Männerstimme.

Kapitel fünfundzwanzig

»Kann ich Ihnen noch was bringen?«, fragte die Kellnerin.

»Ich hätte gerne …«, begann Nora.

»Ich glaube, wir gehen jetzt besser«, unterbrach Tyler.

»Aber wir sollen doch hier auf sie warten.«

»Mir egal.« Sie stand auf.

Nora sah die Kellnerin ratlos an. »Also dann doch nichts mehr«, sagte sie und folgte Tyler durch die schwach beleuchtete Cocktailbar.

»Ich halte diese Warterei nicht mehr aus. Sie wollten in einer Stunde wieder da sein.«

»Sie sind gerade mal zwanzig Minuten zu spät. Wahrscheinlich hat es länger gedauert, bis sie ins Haus gelangt sind.« Trotz der tröstenden Worte hörte Tyler die Anspannung in der Stimme ihrer Freundin.

Sie stieß die schwere Holztür auf und atmete tief die kühle Nachtluft ein. Dann blieb sie neben dem alten Pferdefuhrwerk neben dem Eingang stehen und warf einen Blick auf die verlassene Straße.

Nora schlang die Arme um die Brust. Offensichtlich fror sie in ihrer dünnen orangefarbenen Bluse. »Gehen wir doch wieder rein und genehmigen uns noch einen Drink. Sie tauchen bestimmt gleich auf. Ihnen ist schon nichts passiert.«

»Meinst du?«

»Klar. Hier draußen frieren wir uns nur den Hintern ab.«

»Wenn ich noch länger still sitzen muss, drehe ich durch.«

»Was schlägst du vor?«

»Keine Ahnung. Wo stecken sie nur?«

»Vielleicht sind sie gerade auf dem Weg zu uns. Jetzt, in diesem Augenblick.«

Tyler hielt den Atem an, als Scheinwerfer die Straße erleuchteten. Sie linste durch die Bäume und seufzte, als sie das vorbeifahrende Auto erkennen konnte. Nur ein Lieferwagen.

»Lass uns nachsehen fahren.«

»Also gut. Im Auto ist es wenigstens wärmer.«

Sie gingen in den Innenhof.

»Hast du die Schlüssel?«, fragte Nora.

»Ja.«

»Willst du dich erst umziehen?«

»Nein.«

Sie konnte nur mit Mühe mit Tyler Schritt halten. »Was rennst du denn so? Wahrscheinlich werden sie uns entgegenkommen, und dann können wir wieder zurückfahren.«

»Aber dann wissen wir zumindest, dass ihnen nichts passiert ist.«

»Und wenn wir sie verpassen? Wenn sie in einer Seitenstraße geparkt haben oder …«

»Dann kehren wir eben wieder um.« Sie schloss den Omni auf, ließ sich hinter das Steuer fallen und öffnete die Beifahrertür. Noch bevor Nora die Tür hinter sich zugezogen hatte, startete Tyler den Wagen und fuhr los.

»Jetzt beruhige dich doch.«

»Geht nicht.« Sie jagte durch den Innenhof.

»Kein Grund, in Panik auszubrechen.«

»Ich weiß, ich weiß.«

»Keine Angst.«

»Hab ich aber!« Sie warf einen kurzen Blick in beide Richtungen, dann gab sie Gas und bog mit quietschenden Reifen in die Hauptstraße ein.

Nora legte den Sicherheitsgurt an. »Willst du, dass uns die Cops anhalten?«

Tyler schüttelte den Kopf und fuhr langsamer. Hinter der Kurve tauchten die Lichter der Stadt vor ihnen auf. Sie fuhr an der geschlossenen Tankstelle vorbei und legte eine Vollbremsung hin, als ein VW vor ihnen aus einer Parklücke ausscherte. Dann kamen sie an eine rote Ampel, doch da an der Kreuzung kein Verkehr war, fuhr Tyler einfach weiter.

»Halt nach dem Mustang Ausschau«, sagte Nora. »Ich zur rechten, du zur linken Seite.«

Nur wenige Autos waren am Straßenrand abgestellt und vor dem Horrorhaus stand kein einziger Wagen. Als sie an der Beach Lane vorbeifuhren, nahm Nora aus den Augenwinkeln einen Lichtstrahl wahr.

»Halt an«, sagte sie.

Tyler stieg auf die Bremse. Als das Auto zum Stehen gekommen war, beobachtete sie das einzelne, sich langsam nähernde Licht. »Das können sie nicht sein.«

»Vielleicht ist einer ihrer Scheinwerfer kaputt.«

Sie wartete und wischte sich die schweißnassen Hände an ihrem Rock ab, dessen Wollstoff flüsternde Geräusche von sich gab, als er über ihre Strümpfe rieb. Dann hörte sie einen stotternden Motor.

Ein Motorrad kam die Beach Lane herauf, gefolgt von einer Wolke aus Staub und Abgasen. Käpt'n Frank war tief über den Lenker gebeugt. Sein weißes Haar und der Bart flatterten im Fahrtwind. In einer scharfen Kurve bog er auf die Hauptstraße und raste in nördlicher Richtung davon.

»Der Penner hat's ja ganz schön eilig«, murmelte Nora.

Tyler fuhr langsam am Horrorhaus vorbei und ließ ihren Blick über die Rasenfläche, die dunkle Veranda und die vielen Fenster wandern. Alles wirkte verlassen und trostlos. Sie fragte sich, wie man überhaupt auf die Idee kommen konnte, so einen Ort nach Einbruch der Dunkelheit zu betreten.

Abe und Jack sind wahrscheinlich grade da drin, dachte sie, schleichen durch stockfinstere Zimmer und Gänge, wissen, dass sie bereits zu spät sind, und beeilen sich …

Oder sie liegen bereits zerfetzt irgendwo herum, zwei weitere Opfer der …

Nein!

Ihnen geht's gut. Ihnen ist nichts passiert. Sie haben Waffen dabei. Sie sind gut ausgebildete Soldaten. Marines.

Das Horrorhaus geriet außer Sichtweite, als sie der kurvigen Straße in die Hügel hinauf folgte. Doch vor ihrem geistigen Auge erschienen die geöffneten Vorhänge, die verstümmelten Körper, und sie fragte sich, welche von ihnen aus Wachs und welche aus Fleisch waren und ob einer von ihnen Abe gehörte.

»Da!«, platzte Nora heraus.

Tylers Blick fiel auf den Mustang, der mit ausgeschalteten Scheinwerfern neben der Straße parkte. Sie warf einen Blick durch das Rückfenster, dann hielt sie hinter dem Wagen an. Niemand war zu sehen.

»Scheiße«, sagte Nora und tätschelte beruhigend Tylers Bein. »Lehn dich zurück und entspann dich. Sie werden jeden Augenblick auftauchen.«

Tyler schaltete den Motor ab.

»Ich hab eine Idee«, sagte Nora, öffnete das Handschuhfach und nahm den Autoatlas heraus. »Damit können wir uns die Zeit vertreiben. Mach mal Licht.«

Tyler schaltete die Innenbeleuchtung an. »Schauen wir mal. Shasta, da ist es, Shasta Lake! Die Pine Cone Lodge. Mann, der Kasten hat fünf Sterne! Nicht schlecht, was? Aber teuer. Einzelzimmer ab fünfundfünfzig, Doppelzimmer ab fünfundsechzig Dollar. Fünfundvierzig Betten. Zwölf Meilen nördlich von Redding an der Interstate 5, eineinhalb Meilen von der Ausfahrt Bridge Bay Road entfernt. Malerischer Ausblick auf den Lake Shasta. Ganzjährig geöffnet. Geräumige, anspruchsvoll ausgestattete Zimmer mit Dusche und Bad, Kabelfernsehen und Kamin. Beheiztes Schwimmbad, Whirlpools, kostenlose Ruder- und Motorbootbenutzung. Sportliche Aktivitäten: Angeln, Wasserskifahren. Klingt nicht gerade nach einer Absteige, was meinst du?«

Tyler schüttelte den Kopf.

»Willst du dich da oben zur Ruhe setzen?«

»Wenn er mich fragt«, flüsterte sie. »Verflucht, wo bleibt er denn?«

»Bleib ruhig. Das Haus ist bestimmt eine Viertelstunde von hier entfernt.«

»Gehen wir rüber.«

»Zum Horrorhaus? Spinnst du?«

»Du kannst ja hier warten.«

»Tyler! Himmel!«

Tyler öffnete die Tür, und Nora stieg ebenfalls aus. Gemeinsam überquerten sie die Straße.

»Für einen Marsch durch die Wälder haben wir wohl kaum das richtige Outfit.«

»Mir egal.«

»Du holst dir bestimmt Laufmaschen.«

Als Tyler den Straßengraben hinabstieg, rutschten ihre Sandalen auf dem taufeuchten Boden. Ranken griffen nach ihren Fußknöcheln.

Nora glitt aus und landete auf dem Hintern. »Scheiße. Was ist los mit dir?«, fragte sie, während sie sich wieder aufrappelte.

Wortlos begann Tyler auf der anderen Seite den Graben hinaufzuklettern.

»Wenn du vorhast, in dieses Haus zu gehen – vergiss es. Wir kommen doch noch nicht mal über den Zaun.«

Tyler war oben angekommen und streckte Nora die Hand hin, um sie das letzte Stück hinaufzuziehen. Dann schlichen sie zwischen den Bäumen dahin.

»Außerdem sind wir nicht bewaffnet. Sie schon. Nicht, dass ich mich überhaupt in die Nähe …« Nora verstummte.

Sie hörten hastige Schritte auf der Straße unter ihnen. Tylers Herz klopfte wie wild. Sie spähte durch die Pinien auf die mondbeschienene Straße.

»Sie sind es«, flüsterte Nora.

Doch Tyler konnte trotz angestrengtem Lauschen nur die Schritte *eines* Mannes hören. Sie musste sich dazu zwingen, nicht aufzuschreien, und lief zum Graben zurück. Jemand rannte auf dem Mittelstreifen entlang. Sie stöhnte auf, als sie Jacks massige Gestalt erkannte.

»Mein Gott«, murmelte Nora.

Tyler sprang in den Graben, stolperte durch das Gebüsch und erreichte schließlich die Straße.

»Jack!«

Aber er blieb nicht stehen, sondern winkte ihr nur zu. »Zurück ins Auto!«, rief er.

»Wo ist Abe?«

»Noch im Haus. Ihm ist nichts passiert. Wir müssen ihn an der Vorderseite abholen.«

»Was ist geschehen?«, fragte Tyler.

»Später.« Schnell schloss er den Mustang auf und kletterte hinein.

»Na also, Abe geht's gut«, keuchte Nora, sobald sie Tyler erreicht hatte. »Ich hab's dir doch gesagt … kein Grund zur Panik.«

»Irgendwas ist hier faul«, sagte Tyler. Ihre Angst hatte sich in Frustration verwandelt.

Sie beobachteten Jack, wie er den Mustang wendete und die Straße hinunterjagte. Tyler rannte zu ihrem eigenen Wagen. »Steig hinten ein«, befahl sie.

Sobald Nora im Auto war, kurbelte sie am Lenkrad und wendete ebenfalls. Die Scheinwerfer des Omni erleuchteten den Waldrand.

»Mach das Licht aus«, sagte Nora.

Tyler gehorchte. Jack war ebenfalls losgefahren, ohne die Scheinwerfer anzuschalten.

»Mann, wie aufregend!«

»Irgendwas muss schiefgelaufen sein.«

»Keine Angst. Abe ist nichts passiert.«

»Das glaube ich erst, wenn ich ihn sehe.«

»Du musst den Kerl wirklich gern haben.«

»Und wie«, sagte sie.

Sobald sie um die Kurve am Fuß des Hügels gefahren war, sah sie, dass der Mustang direkt vor der Ticketbude parkte. Sie warf einen Blick auf das Grundstück hinter dem Zaun, konnte jedoch niemanden erkennen.

Wo ist Abe?

Jack sprang aus dem Wagen, rannte um ihn herum und riss die Beifahrertür auf.

Tyler hielt dicht hinter dem Mustang an. Sie stieg aus und nach zwei schnellen Schritten bemerkte sie Abe, der hinter der Ticketbude hervorkam. Er trug einen menschlichen Körper auf seinen Schultern.

Tyler rannte zu ihm.

Er schleppte ein Mädchen mit sich, das in eine Decke gehüllt war. Blonde Strähnen klebten auf ihrer Stirn. Abe ging in die Knie und versuchte, sie auf den Gehweg zu stellen. Obwohl sie nicht ohnmächtig war, gaben ihre Beine unter ihr nach. Jack packte sie unter den Armen, und gemeinsam halfen die beiden Männer ihr auf den Rücksitz des Mustang. Jack schloss die Tür, während Abe sich Tyler zuwandte.

»Bist du verletzt?«, fragte sie.

Er schüttelte den kopf.

»Was ist passiert? Wer ist das?«

Er schüttelte erneut den Kopf. »Ich fahre bei dir mit«, sagte er. »Schnell, hauen wir ab.«

Gorman zuckte zusammen, als es laut an seiner Tür klopfte. Er erinnerte sich daran, wie Marty und Claire ihn letzte Nacht aus dem Schlaf gerissen hatten. Dann beruhigte er sich wieder. Es konnten nur Jack und Abe sein. Er sah auf die Uhr – zehn nach elf. Sie waren eine Stunde und vierzig Minuten unterwegs gewesen, hatten also eine gute Stunde im Horrorhaus verbracht und Fotos geschossen.

»Komme schon«, rief er, schloss Käpt'n Franks Buch und legte es in die Schreibtischschublade. Bevor er öffnete, schaltete er das Diktiergerät ein und ließ es in seine Tasche gleiten.

Vor der Tür stand weder Jack noch Abe.

»Käpt'n Frank!«, sagte Gorman und zwang sich zu einem Lächeln. »Gut, dass Sie gekommen sind. Sie wollen bestimmt Ihr Buch zurück.«

Der alte Mann wirkte verärgert.

»Kommen Sie doch rein. Verzeihen Sie mir, dass ich es Ihnen heute Nachmittag nicht zurückgebracht habe, aber das Kopiergerät im Laden war defekt. Es sollte aber bis morgen wieder repariert sein, also …«

»Wo ist es?«

»In besten Händen«, sagte Gorman.

Mit argwöhnischer Miene folgte ihm Käpt'n Frank um das Bett herum und beobachtete, wie er das Buch aus der Schublade holte. »Das nehme ich lieber wieder an mich, Mr *Wilcox*«, sagte er.

»Wie Sie wollen.«

»Der Kerl an der Rezeption hat gesagt, Ihr Name sei Hardy.«

»Das ist der Name, unter dem ich mich hier angemeldet habe.«

»Ist das Ihr richtiger Name?«

»Genau. Wilcox ist mein Pseudonym, mein *nom de plume*, wenn Sie verstehen. Damit unterzeichne ich meine Artikel für das *People Magazine*.«

»Ach ja?« Er klang nicht überzeugt. »Ich glaube, Sie wollten mir mein Buch stehlen.«

»Unsinn. Ich wollte es Ihnen gleich morgen zurückgeben.«

»Aye. Vielleicht, vielleicht aber auch nicht.« Käpt'n Frank zog einen abgewetzten Geldbeutel aus der Gesäßtasche seiner Bermudashorts, nahm die beiden Fünfziger heraus und hielt sie Gorman hin.

Gorman stand reglos da, das Buch in beiden Händen. »Also soll ich den Artikel nicht schreiben?«

»Das habe ich nicht gesagt, oder?«

»Ich kann keinen Artikel schreiben, wenn ich das nicht verwenden kann«, sagte er und wedelte mit dem Buch herum. »Es ist ein wahrer Schatz, und es muss unbezahlbar für Sie sein. Ich kann Ihnen versichern, dass ich keinerlei Absicht hatte, es Ihnen zu entwenden. Ich hätte es Ihnen schon heute Nachmittag zurückgebracht, hätte ich geahnt, dass Sie mich einer solchen Tat verdächtigen. Es ist schließlich nicht meine Schuld, dass das Kopiergerät defekt war.«

»Wahrscheinlich nicht«, gab Käpt'n Frank zerknirscht zu. »Trotzdem nehmen Sie jetzt Ihr Geld zurück und geben mir das Buch. Ich hätte es nie aus der Hand geben sollen. Passen Sie auf. Ich nehme es mit zu mir nach Hause, und wenn Sie diesen Artikel immer noch schreiben wollen, kommen Sie morgen vorbei und wir gehen gemeinsam in den Laden, um die Kopien zu machen.«

Gorman lächelte. »Das klingt sehr vernünftig«, sagte er, gab Käpt'n Frank das Buch, nahm die Geldscheine und stopfte sie in die Brusttasche. »Verzeihen Sie, dass ich Ihnen solche Umstände mache. Hätte ich geahnt …«

»Nein, nein. Ist schon in Ordnung.«

»Darf ich Sie auf einen Drink einladen? Leider habe ich kein Bier da, aber wie wäre es mit einem Martini?«

Die Augen des alten Mannes glänzten. »Gerne. Vielen Dank.«

»Setzen Sie sich«, sagte Gorman.

Während sich Käpt'n Frank auf einem der beiden Betten niederließ, ging Gorman zur Frisierkommode, öffnete eine frische Flasche Gin und goss die klare Flüssigkeit in den Mixbecher aus seiner Reisebar. Seine Hand zitterte.

Er hat ein verdammtes Waffenarsenal in seinem Bus, dachte er. Wenn ich mich hineinschleiche, könnte er mich glatt erschießen.

Mit ausreichend Martini intus wird der alte Furz hoffentlich schlafen wie ein Toter.

Gorman fügte einen Spritzer Wermut hinzu und rührte die Mixtur bedächtig um.

Wie ein Toter.

Er kennt meinen Namen. Wenn ich ihm sein ach so wertvolles Buch stehle, wird er Ärger machen. Vorausgesetzt natürlich, dass er nicht vorher aufwacht und mich erschießt.

Was, wenn er herausfindet, dass das Kopiergerät gar nicht defekt war? Dann könnte er rebellisch werden und die Zusammenarbeit verweigern.

Er ist ein alter Mann. Die Dorfpolizisten in diesem Nest würden annehmen, dass er unter natürlichen Umständen zu Tode kam. Wenn er ihm in den frühen Morgenstunden ein Kissen auf das Gesicht drückte …

Oder vielleicht wollte der Käpt'n ja auch Selbstmord begehen.

Gorman sah sich in dem dunklen Bus stehen, den Revolver unter dem Fahrersitz hervorholen, ihn auf die Stirn des alten Mannes richten und abdrücken.

Nein, nein. Die Nachbarn könnten den Schuss hören.

Trotzdem war es eine Möglichkeit. Er musste nur unbemerkt entkommen …

Er füllte zwei der hoteleigenen Gläser bis zum Rand und wandte sich Käpt'n Frank zu. »Bitte sehr«, sagte er.

»Vielen Dank, in der Tat.«

Gorman setzte sich auf das andere Bett und nippte an seinem Martini. Der alte Mann nahm einen kräftigen Schluck und seufzte. »Ah, genau das habe ich gebraucht.«

»Tun Sie sich keinen Zwang an. Es ist genug da.«

»Habe ich Ihnen eigentlich erzählt, dass ich einmal an der Führung teilgenommen habe?«

»Durch das Horrorhaus? Nein. Wann denn?«

»Gleich am ersten Tag, bei der allerersten Führung. Ich war damals noch ein kleiner Junge und hatte zwei Wochen lang Schuhe vor Hubs Friseurladen geputzt, bis ich endlich genug zusammenhatte, um den Eintritt bezahlen zu können. Die Führung war damals Stadtgespräch, zumindest sobald alle erfahren hatten, was Maggie plante – die Wachsfiguren und das alles. Meine Mutter hielt es für eine heidnische Gotteslästerung.« Er nahm einen weiteren Schluck. »Ich wusste, dass sie einen Anfall bekommen würde, wenn sie herausfinden sollte, was ich vorhatte. Also schlich ich mich gleich mit der ersten Gruppe hinein. So einen Andrang haben Sie noch nie gesehen. Die halbe Stadt stand für Eintrittskarten an – sie würde es mit Sicherheit erfahren. Ich wollte schon umkehren, doch ich *musste* einfach in dieses Haus. Schließlich erwartete ich, meinen Vater dort zu sehen.«

»Da war er schon tot?«

»Aye. Mir war ja klar, dass Bobo ihn erwischt hatte und ich fragte mich, ob Maggie eine Figur von ihm hatte anfertigen lassen.« Er trank noch einmal von seinem Martini. »Doch mein Vater war nicht dort. Eigentlich hätte ich mich darüber freuen sollen, hab ich aber nicht. Verdammt, er hatte das Recht, dort zu sein. Schließlich hatte er Bobo gefunden, hierhergebracht und war von ihm getötet worden. Wenn also irgendjemand es verdient hatte, dort ausgestellt zu werden, dann er. Sobald die Führung vorbei war, ging ich zu Maggie Kutch. ›Wo ist mein Vater?‹, habe ich sie gefragt. Sie grinste mich so höhnisch an, dass ich ihr am liebsten alle Zähne ausgeschlagen hätte. ›So viel ich weiß, ist er mit einer von Wandas Nutten durchgebrannt‹, hat sie geantwortet.«

»Wanda?«

»Sie führte damals in der Stadt ein Etablissement von zweifelhaftem Ruf. Jedenfalls machten sich die anderen Teilnehmer der Führung über mich lustig, und ich rannte davon, damit ich nicht vor aller Augen in Tränen ausbrach, weil ich mir und meinem Vater in aller Öffentlichkeit so eine Schande bereitet hatte.«

»Das muss schrecklich für Sie gewesen sein.«

»Aye.« Er leerte sein Glas bis auf einen winzigen Rest, starrte darauf und goss ihn dann ebenfalls seine Kehle hinunter. »Und als ob das nicht schon schlimm genug gewesen wäre, habe ich auch noch eine ordentliche Abreibung bekommen. Reverend Thompson hatte mich gesehen, und schon wusste meine Mutter über alles Bescheid. Sie ging mit einer Haselnussgerte auf mich los. Ich konnte zwei Wochen lang nicht richtig sitzen.«

Gorman schüttelte den Kopf, als würde er Mitleid empfinden, und stand auf. »Lassen Sie mich Ihnen nachschenken, Käpt'n.« Er nahm ihm das Glas ab und füllte es erneut. Dann setzte er sich wieder. »Erzählen Sie mir von Ihren Tagen auf hoher See. Sie müssen doch die ganze Welt bereist haben.«

»Ach, eigentlich nicht. Ich habe ein Fischerboot, das in der Brandner Bay vor Anker liegt. Das ist etwa zehn Meilen von hier die Küste rauf.« Er nahm einen Schluck. »Ich wollte immer auf Reisen, die Insel suchen, auf der mein Vater Bobo gefunden hat. Ich frage mich, ob es dort noch mehr von diesen Kreaturen gibt. Doch irgendwie bin ich nie dazugekommen. Ich konnte mich nie aufraffen, um die Wahrheit zu sagen. Als ob ich verpflichtet wäre, hier zu bleiben und das Horrorhaus im Auge zu behalten. Es ist wohl mein Schicksal, Bobo aufzuspüren und ihn zur Strecke zu bringen.«

»Glauben Sie wirklich, dass es dort noch …« Gorman hörte ein heranfahrendes Auto. »Entschuldigen Sie mich«, sagte er und ging zum Fenster. Er zog die Vorhänge zurück und spähte in die Finsternis hinaus.

Zwei Autos fuhren durch den Innenhof, ein Mustang und ein Omni. Sie hielten vor dem Bungalow, in dem Abe und Jack wohnten.

»Keine Ahnung, ob welche von diesen Bestien überlebt haben oder nicht«, murmelte Käpt'n Frank. »Wahrscheinlich schon.«

Gorman beobachtete, wie sich die Wagentüren öffneten. Tyler, Abe und Nora stiegen aus dem Omni.

»Wissen Sie, was mir spanisch vorkommt?«, fuhr Käpt'n Frank fort. »Auf dieser Insel gab es keine wilden Tiere, obwohl diese Kreaturen doch ganz offensichtlich Fleischfresser sind. Darüber habe ich lange nachgedacht.«

Abe öffnete die Beifahrertür des Mustangs, und gemeinsam mit Jack half er jemandem heraus.

»Sie müssen das Wild schon vor langer Zeit verputzt haben.«

Als sie das Licht auf der Veranda einschalteten, erkannte Gorman, dass es sich um eine junge Frau handelte. Ihr Haar war zerzaust, und Abe stützte sie auf dem Weg zur Tür. Sie war von Kopf bis Fuß in eine Decke gehüllt.

»Und da sie Fleischfresser sind, müssen sie wohl früher oder später übereinander hergefallen sein.«

Obwohl Gorman das Gesicht des Mädchens nicht sehen konnte, war er sich sicher, dass es sich um Janice Crogan handelte. Ihm wurde übel.

»So was passiert oft in primitiven Kulturen. Auch bei Menschen. Sie brauchen Protein, verstehen Sie? Also ziehen sie gegeneinander in den Krieg und essen diejenigen, die sie umgebracht haben. Das war früher gang und gäbe.«

Gorman wandte sich vom Fenster ab und ließ sich benommen auf das Bett fallen.

Janice Crogan.

Er hatte diese beiden Arschlöcher losgeschickt, um Fotos zu machen, und sie kamen mit Janice Crogan zurück.

Er hob sein Glas vom Boden auf und trank.

»Also bin ich zu dem Schluss gekommen«, sagte Käpt'n Frank, »dass mein Vater und die Mannschaft der *Mary Jane* nur auf eine versprengte Sippe dieser teuflischen Kreaturen gestoßen sind.«

Vielleicht ist es gar nicht Janice, dachte Gorman.

Wer sollte es denn *sonst* sein?

Das Mädchen hatte ihr jedenfalls verdammt ähnlich gesehen, aber er konnte sich nicht hundertprozentig sicher sein, bis …

»Wenn ich Recht habe, gibt es noch eine weitere Sippe dort. Vielleicht auch mehrere. Aye, wer weiß, die Insel könnte in der Tat …«

»Ich muss weg«, sagte Gorman und stand auf. »Ich würde Ihnen gerne noch länger zuhören, aber Freunde von mir sind gerade gekommen …«

»Also, dann sage ich mal vielen Dank für …«

»Hier.« Gorman schraubte die Ginflasche zu. »Als Abschiedsgeschenk.«

»Oh, das kann ich nicht annehmen.«

»Aber bitte.« Er hielt dem alten Mann die Flasche hin. »Gönnen Sie sich einen kleinen Schlummertrunk, wenn Sie wieder in Ihrem Bus sind. Ich komme dann morgen früh vorbei, und wir kopieren ihr Buch.«

»Aye, aye. Vielen Dank.«

Gorman öffnete Käpt'n Frank die Tür, dann stellte er sich auf die Veranda und starrte durch den Innenhof auf Abes Bungalow. Sein Herz klopfte wie rasend. Trotz der kühlen Nachtluft rann der Schweiß in Bahnen sein Gesicht hinunter.

Käpt'n Frank verstaute Buch und Ginflasche in den Satteltaschen seines Motorrads und stieg auf. Er trat den Kickstarter, und der Motor erwachte grummelnd zum Leben. Mit einem Winken wendete er, fuhr an Gormans Mercedes vorbei und raste auf die Straße zu.

Kapitel sechsundzwanzig

Abe hielt den Telefonhörer ans Ohr gepresst und lauschte gerade dem Klingelzeichen, als es klopfte.

»Wer ist da?«, fragte Jack.

»Gorman Hardy.«

Abe nickte, und Jack öffnete Gorman die Tür. Der Schriftsteller sah sich ängstlich und nervös im Zimmer um. »Was ist passiert?«, fragte er. Jack führte einen Zeigefinger an die Lippen.

»Wo sind die anderen?«

»Auf dem Klo.«

Gorman ging auf das Badezimmer zu, doch Jack packte ihn am Arm. »Moment«, sagte Jack.

»Polizei von Malcasa Point«, ertönte es im Hörer. »Hier spricht Officer Matthews. Wie kann ich Ihnen helfen?«

»Ich habe heute Morgen mit einem Ihrer Beamten gesprochen.«

»Haben Sie die Fotos?«, fragte Gorman Jack.

»Klar.«

»Sein Name war Officer Purcell«, fuhr Abe fort. »Er ist um diese Zeit wahrscheinlich nicht mehr im Dienst, aber ich muss mit ihm reden. Es ist dringend.«

Gorman starrte Abe an.

»Ich werde versuchen, den Chief zu Hause zu erreichen«, sagte Matthews. »Wenn Sie mir Ihren Namen und Ihre Nummer hinterlassen, wird er Sie gleich zurückrufen.«

»Gut.« Abe nannte seinen Namen und las die Nummer vor, die auf dem Telefon des Welcome Inn stand.

»Alles klar, Mr Clanton.«

»Sagen Sie ihm, dass es sehr wichtig ist. Wenn Sie ihn nicht erreichen können, rufen Sie mich bitte umgehend zurück.«

»Geht in Ordnung.«

Abe legte auf.

»Was ist los?«, fragte Gorman.

»Wir sind Ihrer Bestie begegnet.«

»Und haben das Drecksvieh erledigt«, fügte Jack hinzu.

Gormans Unterkiefer klappte herunter. »Sie haben es *getötet*?«

»Wir haben ihm die verdammte Rübe weggeblasen«, sagte Jack grinsend.

»Wer ist das Mädchen, das Sie dabeihatten?«

»Janice Crogan«, sagte Abe. »Offenbar war sie letzte Nacht mit Ihrem Kumpel Brian Blake in der Nähe des Horrorhauses unterwegs. Sie ist noch immer etwas verwirrt, aber soviel wir aus ihr rausholen konnten, wurde sie im Haus der Kutchs gefangen gehalten. Blake ist tot, genau wie ihre Eltern.«

»Brian? Brian ist tot? Oh nein!« Gorman schüttelte ungläubig den Kopf. »Das ist unmöglich. Er … er ist mein bester Freund.«

»Janice hat ihre Leichen im Keller gefunden, als sie gerade abhauen wollte …«

»Sie wurde von einer der Bestien verfolgt«, ergänzte Jack.

»*Einer* der Bestien?«, fragte Gorman.

»Laut Janice soll es zwei davon geben.«

»Unglaublich«, sagte Gorman.

»Ihr wurde ziemlich übel mitgespielt«, sagte Abe. »Zum Glück sind die meisten Biss- und Kratzwunden nicht besonders tief. Tyler und Nora kümmern sich um sie.«

»Wird Sie es schaffen?«

»In Anbetracht dessen, was sie durchmachen musste, scheint sie in erstaunlich guter Verfassung zu sein.«

Janice saß mit dem Rücken gegen den Spülkasten gelehnt auf dem Toilettensitz. Ihre Arme hingen herab, und sie starrte wie in Trance ins Nirgendwo. Tyler ging vor ihr in die Hocke und legte sanft die Hände auf ihre Knie. »Alles ist gut, Janice. Jetzt ist alles gut.«

Janice schüttelte den Kopf.

Nora drehte das Wasser in der Dusche auf.

»Jetzt wollen wir dich mal saubermachen«, sagte Tyler, schlug die Decke zurück und stöhnte auf, als sie Janices zerkratzte, mit Blutergüssen bedeckte Haut, das Blut und den Schmutz sah.

»Himmel«, murmelte Nora.

Tyler ließ die Decke von Janices Schultern gleiten.

»Kannst du aufstehen?«

Janice beugte sich vor und Tyler und Nora halfen ihr sich aufzurichten. Während Nora das Mädchen festhielt, trat Tyler hinter sie. In ihrem verfilzten Haar klebten rohe Fleischklumpen, und Blut bedeckte ihren Rücken. Tyler musste würgen, und Tränen schossen ihr in die Augen. Sie holte tief Luft und wischte sich über das Gesicht. Janices Schultern waren aufgerissen und mit Wunden übersät, Klauenspuren zogen sich über ihren Rücken und ihre Hinterbacken waren wund, als wäre sie darauf über einen rauen Untergrund gerutscht.

»Das Wasser wird jetzt ziemlich wehtun«, sagte Tyler.

»Es ist lauwarm«, sagte Nora, warf einen Blick auf Janices Rücken und verzog das Gesicht. »Herr im Himmel.«

»Eine von uns sollte mit ihr unter die Dusche.«

»Da hast du Recht.«

Während sich Nora auszog, hielt Tyler Janice am Arm fest. Sobald Nora nackt war, zog sie den Duschvorhang zur Seite und stieg in die Wanne. Gemeinsam halfen sie dem Mädchen über den Rand. Janice schrie auf, als der Duschstrahl auf ihren Rücken traf. Rosafarbenes Wasser, in dem Fleischstücke schwammen, gurgelte den Abfluss hinunter. Tyler wandte sich ab. Der Toilettensitz war blutverschmiert. Sie schloss die Augen, holte tief Luft und hoffte, sich nicht übergeben zu müssen.

Durch das Prasseln des Wassers hörte sie leise das Klingeln des Telefons.

»Abe Clanton.«

»Hier spricht Wallace Purcell von der Polizei.«

»Vielen Dank für Ihren Anruf. Ich habe heute Morgen mit Ihnen über das Horrorhaus gesprochen. Meine Freundin …«

»Ach ja. Was gibt's?«

»Wir waren heute Nacht am Strand spazieren«, log Abe. »Auf dem Rückweg bemerkten wir eine junge Frau, die offensichtlich in Schwierigkeiten steckte. Wir fanden sie gleich vor dem Zaun des Horrorhauses. Sie war nackt und ziemlich übel zugerichtet. Ihr Name ist Janice Crogan.«

»Sie haben sie *gefunden*?« Purcell klang mehr als verblüfft.

»Es ist ihr gelungen, aus dem Haus der Kutchs zu entkommen. Sie haben sie letzte Nacht dort eingesperrt. Brian Blake und ihre Eltern sind tot. Ihre Leichen liegen dort im Keller.«

Purcell schwieg.

»Das Mädchen ist jetzt hier bei uns. Wir wohnen im Welcome Inn.«

»Kann ich mit ihr reden?«

»Sie ist gerade im Badezimmer.«

»Konnte sie ihren Angreifer beschreiben?«

»Die Bestie hat sie angegriffen.«

»Die Bestie?«

»Sie existiert wirklich. Offenbar lebt sie im Haus der Kutchs. Maggie und ihre Bande halten sie wie eine Art Haustier oder so etwas.«

»Und Janice behauptet, dass die Bestie sie angegriffen und ihre Eltern und Blake getötet hat?«

»Genau. Da wäre noch etwas. Janice sagt, dass sie nicht die einzige Gefangene war. Eine Frau mit einem Säugling wird gegen ihren Willen dort festgehalten.«

Abe hörte ein Seufzen. »Okay, Mr Clanton. Vielen Dank für diese Informationen. Wir werden uns sofort darum kümmern und Sie später zurückrufen.«

»Wollen Sie dort rausfahren?«

»Da können Sie Gift drauf nehmen.«

»Okay. Sehr gut. Seien Sie vorsichtig.«

»Bin ich immer. Bis später.« Er legte auf.

»Was hat er gesagt?«, fragte Jack

»Jetzt übernimmt die Kavallerie.«

»Ohne uns?«, fragte Jack.

»Sie haben uns nicht eingeladen.«

»Dann laden wir uns eben selbst ein.«

»Gute Idee.« Abe ging an Gorman vorbei und klopfte an der Badezimmertür.

Tyler öffnete. Sie war kreidebleich.

»Wie geht's ihr?«

»Nicht so besonders. Zum Glück blutet sie nicht zu stark.« Sie warf einen Blick auf Gorman, dann sah sie wieder Abe an, trat aus dem Badezimmer und schloss die Tür hinter sich. »Was ist los?«

»Ich habe gerade mit der Polizei telefoniert. Sie sind jetzt unterwegs zu den Kutchs. Jack und ich sollen sie dort treffen.«

Ihr Mund verzog sich. »Geh da nicht rein.«

»Nur, wenn sie uns brauchen.«

»Himmel, Abe!«

»Du und Nora bleibt hier und kümmert euch um das Mädchen. Ich habe einen Erste-Hilfe-Kasten im Auto. Verarztet sie so gut ihr könnt. Wenn wir zurückkommen, bringen wir sie ins Krankenhaus.« Er nahm Tyler bei der Hand und führte sie zur Eingangstür.

Jack und Gorman folgten ihnen nach draußen. »Kommen Sie auch mit?«, fragte Jack.

»Aber natürlich. Das könnte der Höhepunkt meiner Story werden«, sagte Gorman und hängte sich die Kamera über die Schulter.

Abe öffnete die Beifahrertür, zog den Verbandskasten aus dem Handschuhfach und reichte ihn Tyler.

»Sei vorsichtig«, sagte sie.

»Keine Angst.«

Jack stand neben ihr und schob Patronen in das Magazin seiner .45er.

»Haben Sie auch eine Waffe für mich?«, fragte Gorman.

»Nein, tut mir leid.«

Tyler schlang die Arme und Abe und drückte ihn fest an sich.

»Können wir auf dem Hinweg bei Käpt'n Frank vorbeischauen?«, fragte Gorman. »Das liegt ja auf dem Weg. Der Alte hat ein richtiges Arsenal, und er würde mir sicher eine seiner Waffen ausleihen.«

»Keine Zeit«, sagte Jack.

Abe küsste Tyler fest auf den Mund. »Ich bin im Handumdrehen wieder da.«

»Das hast du vorhin auch schon gesagt.« Ihre Stimme klang gepresst und zitterte, als würde sie gleich in Tränen ausbrechen.

»Und ich bin wieder zurückgekommen.«

»Aber du hast dir Zeit gelassen.«

»Diesmal werd ich mich beeilen.« Er tätschelte durch die weichen Falten ihres Rocks ihren Hintern. »Jetzt kümmere dich um Janice.«

»Jawohl, Sir«, sagte sie mit bebendem Kinn, drehte sich um und eilte davon.

»Also, gehen wir's an«, sagte Abe.

Tyler schloss die Tür und lehnte sich dagegen. Tränen rollten ihre Wangen hinab. Durch ihre Schluchzer hörte sie, wie der Wagen davonfuhr.

Verdammt, wie konnte er sie nur noch einmal allein zurücklassen?

Weil er ein Mann ist.

Weil er seinen Stolz hat.

Weil es in seiner Natur liegt, anderen zu helfen, selbst wenn er dabei sein Leben riskiert.

Wenn er nicht so wäre, wäre er nicht Abe und ihm würde genau das fehlen, was sie ihn so verzweifelt lieben ließ.

Verflucht.

Sie wischte sich mit dem Ärmel ihres Pullovers über das Gesicht. Dann stieß sie sich von der Tür ab und ging durch den nun verlassenen Raum.

Aus dem Badezimmer drang das Rauschen der Dusche. Sie öffnete die Tür und konnte Nora und Janice als undeutliche Silhouetten hinter dem Plastikvorhang erkennen.

Mit einer Handvoll Toilettenpapier wischte sie die Blutspuren von der Klobrille.

»Wie geht's ihr?«, fragte sie und schob den Duschvorhang einen Spalt weit auf.

Nora schüttelte den Kopf. Sie biss sich auf die Unterlippe und ließ schluchzend ein Stück Seife sanft über Janices Rücken gleiten.

Janice stand unter dem Wasserstrahl, hatte die Handflächen auf die Wand gelegt und die Stirn gegen die Fliesen gelehnt. Jetzt, wo das Blut und der Schmutz fortgespült waren, konnte man ihre ungebräunten Hautpartien erkennen: einen dünnen blassen Streifen quer über ihren Rücken und ein ebenso bleiches Dreieck auf ihrem Hinterteil. Dadurch wirkte das Mädchen irgendwie realer und noch verletzlicher als zuvor – ein Teenager, der gerne ein Sonnenbad nimmt, im Meer badet und plötzlich von unsäglichem Schrecken heimgesucht wird.

Mit der Zeit würden die Beulen und Kratzer verschwinden, und Tyler hoffte, dass die Bisswunden und Krallenspuren keine bleibenden Narben hinterlassen würden. Was für ein Jammer bei einem so hübschen Mädchen.

Die Wunden waren nicht besonders tief, als hätte die Bestie sie nur festhalten, nicht aber töten wollen. Wenn sie Glück hatte, würde nichts davon zurückbleiben.

Nora ging in die Hocke und seifte Janices Beine ein.

»Abe hat mir einen Verbandskasten gegeben«, sagte Tyler. »Und sobald er wieder da ist, werden wir dich ins Krankenhaus bringen.«

Nora sah auf. »Wo sind sie hin?«

»Zurück zum Haus der Kutchs.«

Janice wirbelte den Kopf herum und starrte Tyler über die Schulter hinweg an.

»Jack und Hardy begleiten ihn. Sie wollen sich dort mit der Polizei treffen.«

»Scheiße«, sagte Nora.

Janice runzelte die Stirn. Ihre Augen wirkten sehr wachsam. »Die Polizei? Sie gehen rein?«

»Ich denke schon.«

Das Mädchen stieß sich von der Wand ab und trat aus dem Wasserstrahl. Nora ließ die Seife fallen und stand auf. »Was …?«

»Ich muss da hin.« Sie beugte sich vor und rieb sich die Seife von den Rückseiten ihrer Schenkel.

»Du solltest besser bei uns bleiben«, sagte Nora. »Du bist ja gar nicht in der Verfassung, um …«

»Ich muss dabei sein.«

Tyler packte ihren feuchten Arm, als Janice über den Rand der Wanne kletterte.

»Geht schon.«

Das Mädchen schien sich ohne Hilfe auf den Beinen halten zu können. Tyler ließ sie los und reichte ihr ein Handtuch, mit dem sich Janice hastig das Haar trocknete.

»Die Polizei wird das schon machen«, sagte Nora. »Du musst dich ins Bett legen und ausruhen.«

Sie schüttelte den Kopf. »Hier geht's um meine Eltern. Um mich. Ich muss dabei sein.«

Nora stellte das Wasser ab. »Du hast keine Klamotten hier.«

Janice verzog das Gesicht, als sie sich ihre verletzte Schulter abtrocknete. »Aber in meinem Zimmer.«

»Und wie willst du zu dem Haus kommen?«, fragte Nora, während sie aus der Dusche stieg. »Die Cops haben den Wagen deiner Eltern beschlagnahmt.«

»Ich fahre«, sagte Tyler.

»Ach verflucht. Du auch noch?«

»Ihr trocknet euch ab. Ich hole Janice was zum Anziehen.«

Sie rannte aus dem Badezimmer, schnappte sich ihre Handtasche, die auf Abes Bett lag, und eilte durch die angenehm kühle Nachtluft des Innenhofs.

Dieses Mal werde ich nicht auf ihn warten und mir endlos Sorgen um ihn machen, dachte sie. In zehn Minuten würde sie bei ihm sein. Und wenn er dieses Haus bereits betreten hatte, würde sie eben auch hineingehen und nicht von seiner Seite weichen.

Ihr eigenes Bett war noch immer vom nachmittäglichen Beisammensein mit Abe zerknüllt, und die Tagesdecke lag auf dem Boden. Auf dem anderen Bett befand sich ihr geöffneter Koffer, aus dem sie eine sorgfältig zusammengelegte Jeans, die gelbe Bluse, die sie während der Führung getragen hatte, sowie ein frischgewaschenes rosa Höschen und ihre Turnschuhe nahm. Auf einen BH verzichtete sie. Die Träger würden Janice nur Schmerzen zufügen.

Sie überlegte, ob sie sich selbst auch umziehen sollte. Aber dafür war keine Zeit. Sie drückte sich die Kleidungsstücke an die Brust und rannte aus dem Raum. Als sie die Verandatreppe hinuntereilte, fiel die Tür hinter ihr ins Schloss.

Bis auf Hardys Mercedes und ihren Omni standen keine weiteren Autos im Innenhof. Niemand war zu sehen, und die Fenster der anderen Bungalows waren dunkel.

Sie öffnete ihre Wagentür, wobei ihr ein Turnschuh entglitt und zu Boden fiel. Sie warf alles auf den Rücksitz und schleuderte den Schuh hinterher.

Dann rannte sie wieder zu Abes Bungalow zurück und rüttelte am Türgriff.

Verschlossen. Natürlich.

Sie klopfte gegen die Tür.

Nora öffnete. Ihr Haar war dunkel und feucht, da sie keine Zeit gehabt hatte, es zu fönen. Bis auf ihre Bluse war sie jedoch komplett angezogen. »Ich dachte, du wolltest Janice ein paar …«

»Ist alles im Auto. Sie kann sich unterwegs anziehen. Fahren wir.«

Nora schlüpfte in ihre Bluse und wandte sich um. »Los geht's«, rief sie in den Raum hinein.

Janice ging wortlos an ihr vorbei. »Dieses Auto?«, fragte sie und deutete auf den Omni. Sie betastete die Kratzer an ihrer Seite, machte jedoch keinen Versuch, ihre Nacktheit zu verbergen.

»Ich hab ein paar Klamotten für dich auf den Rücksitz geworfen.«

Janice nickte und ging auf das Auto zu. Sie humpelte leicht. Nora lief an ihr vorbei, um ihr die Wagentür zu öffnen.

Tyler stieg auf der Fahrerseite ein. Das Auto schwankte, als Nora sich auf den Beifahrersitz fallen ließ.

Tyler drehte den Zündschlüssel herum.

»Langsam«, sagte Nora. »Schließlich ist sie verletzt.«

»Los doch!«, rief Janice vom Rücksitz.

Tyler legte den Rückwärtsgang ein und trat aufs Gas.

Kapitel siebenundzwanzig

Abe nahm den Fuß vom Gaspedal, als ein Pick-up vor ihnen auf die Hauptstraße einscherte. Der Wagen fuhr bei Rot über die nächste Kreuzung und Abe folgte ihm.

»Das ist der Chief, wetten?«, sagte Jack.

Gegenüber der Einfahrt zur Beach Lane hielt der Pick-up mit quietschenden Reifen an, wobei er eine Staubwolke aufwirbelte. Abe parkte direkt dahinter.

»Verloren«, sagte Abe, als eine untersetzte Frau ausstieg. Linda? Nein, Lucy. Sie trug statt ihrer Uniform Jeans und ein Flanellshirt. Die Hemdzipfel lugten unter dem Pistolengürtel hervor, den sie um ihre Hüfte geschlungen hatte. Sie warf einen Blick auf Abes Wagen, dann lief sie in Fahrtrichtung weiter zu den anderen Einsatzfahrzeugen.

Abe und Jack stiegen aus und gingen ihr hinterher. Gorman folgte den beiden in ein paar Schritten Entfernung. Als die Polizeibeamten auf sie aufmerksam wurden, winkte Abe ihnen zu.

Neben Chief Purcell und Lucy standen zwei weitere Männer in Uniform neben der offenen Tür eines Streifenwagens. Ein weiteres Polizeiauto war direkt dahinter geparkt.

»Abe Clanton«, stellte Abe sich vor. »Das hier sind Jack Wyatt und Gorman Hardy.«

Purcell nickte. »Sie hätten im Welcome Inn bleiben sollen. Bleiben Sie jetzt zumindest in sicherer Entfernung vom Haus. Wir wollen nicht, dass uns Zivilisten in die Quere kommen.«

»Jawohl, Sir«, sagte Abe. »Das ist Ihr Auftritt. Aber rufen Sie uns ruhig, wenn Sie uns brauchen.«

»Wir werden schon klarkommen«, sagte Purcell.

Einer der Polizisten beugte sich in den Streifenwagen und zog eine Schrotflinte daraus hervor. Abe bemerkte, dass es sich um eine Ithica 12-Kaliber Halbautomatik handelte.

»Es gibt keinen Hinterausgang«, sagte Purcell.

»Und keine Fenster«, fügte Lucy hinzu.

Ein Lichtblitz ließ Lucy zusammenzucken. Purcell und die anderen warfen Gorman einen finsteren Blick zu.

Gorman schoss ein weiteres Foto. »Vielen Dank«, sagte er und ließ die Kamera sinken.

Purcell schüttelte den Kopf. »Los.« Er ging mit Lucy an seiner Seite den Weg zum Haus hinauf. Die anderen folgten ihm.

»Sollen wir hier einfach nur rumstehen?«, fragte Gorman.

»Wir tun, was sie gesagt haben.«

Gorman wollte losgehen, aber Jack packte ihn am Kragen. »Hiergeblieben«, befahl er, sah Abe an und deutete auf das Haus. »Glaubst du, die haben sich bereits verpisst?«

»Der Lieferwagen steht jedenfalls noch vor dem Garagentor.«

»Sie müssen doch bemerkt haben, dass das Mädchen weg ist. Und sie haben drei Leichen im Keller, halten eine Frau samt Kind als Gefangene und eine Bestie als Haustier. Wie wollen sie das erklären?«

»Das können sie nicht.«

»Hoffentlich wissen diese Cops, was sie tun.«

»Wir sollen uns nicht einmischen. Also mischen wir uns nicht ein.«

An der Vordertür angekommen machte Purcell eine Geste zu beiden Seiten. Die beiden Uniformierten positionierten sich links und rechts der Verandatreppe. Purcell und Lucy gingen die Stufen hinauf. Lucy zog ihren Revolver und lehnte sich mit dem Rücken gegen die Wand. Purcell stellte sich vor die Tür.

»Ich kann nichts sehen«, jammerte Gorman.

»Schnauze«, murmelte Abe.

Er starrte auf die Tür, beobachtete, wie Purcell die Hand hob, klopfte, und wieder sinken ließ.

Abe bemerkte, dass er die Luft anhielt und atmete tief aus.

Dann wurde Purcell in einen trüben blauen Lichtschein getaucht. Jemand stand im Türrahmen. Abes Herz klopfte schneller. Wenige Sekunden verstrichen. Offensichtlich redete Purcell mit der Person an der Tür. Wer war es? Maggie Kutch, die vielleicht versuchte, sich aus alledem herauszureden …

»Nein!«, ertönte eine Männerstimme. Purcell ging blitzartig in die Hocke. Ein Schuss dröhnte in Abes Ohren. Purcell krümmte sich zusammen und taumelte zurück. Ein weiterer Schuss, und der Polizist mit der Schrotflinte wurde herumgeschleudert. Sein Kollege drehte sich um, um auf den Pick-up zu zielen. Noch bevor er abdrücken konnte, riss ein weiterer Schuss seinen Kopf nach hinten.

Lucy presste sich gegen die Wand, als wäre sie gekreuzigt worden.

Abe rannte zwischen den geparkten Autos hervor. Er riss seinen Revolver aus dem Hosenbund und eilte gebückt über die Einfahrt. »In Deckung!«, rief er Lucy zu.

Die Vordertür fiel ins Schloss. Der blaue Lichtschein war verschwunden.

Lucy ging in die Knie. Einen Augenblick später ertönte ein Gewehrschuss. Sie richtete den Revolver auf den Lieferwagen und feuerte ihrerseits vier Schüsse ab. Ein Mann schrie auf, taumelte hinter der Motorhaube des Pick-up hervor, ließ sich auf ein Knie sinken und zielte erneut auf Lucy. Er wedelte wie wild mit den Armen und brach zusammen, als Abe und Jack ihn mit ihren Kugeln durchlöcherten.

Abe richtete sich auf. Seine Ohren klingelten.

Der Mann bewegte sich nicht.

Durch das Dröhnen hörte Abe, wie Patronenhülsen auf den Holzboden der Veranda fielen. Offensichtlich war Lucy dabei, ihre Waffe nachzuladen.

Gemeinsam mit Jack eilte er zu Purcell hinüber, der auf dem Rücken lag und mit schmerzverzerrtem Gesicht seinen Bauch umklammerte. »Ganz ruhig«, sagte Abe. »Wir holen Hilfe.«

Er hörte schnelle Schritte hinter sich. Das Gesicht und das blutverschmierte Hemd des Polizisten wurden in grelles Licht getaucht. »Verflucht noch mal, Hardy!«

Gorman trat einen Schritt zur Seite und machte ein weiteres Foto von Purcell, dann rannte er auf den Polizisten zu, der links der Verandatreppe zusammengebrochen war.

Jack kniete vor dem anderen Beamten. »Nichts zu machen«, sagte er.

Lucy ging vorsichtig die Stufen hinunter, wobei sie den Revolver auf die geschlossene Tür gerichtet hielt.

Gorman schoss zwei weitere Bilder von dem Polizisten zu seinen Füßen. Abe stieß ihn grob zur Seite, ging vor dem reglosen Körper mit der gewaltigen Brustwunde in die Hocke und suchte nach einem Puls. »Auch tot«, rief er und richtete sich auf. »Lucy, gehen Sie zum Auto zurück und rufen Sie einen Krankenwagen.«

Sie nickte und rannte los.

Jack stand über dem Mann, der die Beamten aus dem Hinterhalt angegriffen hatte. »Das ist der alte Scheißer, der die Eintrittskarten abgerissen hat«, sagte Jack.

»Tja, seine eigene ist jetzt wohl abgelaufen.«

Gorman tauchte keuchend neben ihnen auf. Der Blitz der Kamera beleuchtete den dürren, grauhaarigen Mann. Im grellen Licht erkannte Abe mehr als ein halbes Dutzend Einschüsse auf seinem blutgetränkten Hemd und der Hose – kleine Löcher, die aus Lucys .38er stammten und gewaltige Austrittswunden von Abes und Jacks Kugeln, die ihn im Rücken getroffen hatten. Gorman machte ein weiteres Foto.

»Sollen wir reingehen?«, fragte Jack mit leiser, erwartungsvoller Stimme.

»Klar.«

»Maggie wird uns erwarten.«

»Sie erwartet, dass wir die Vordertür stürmen. Also nehmen wir den Hintereingang.«

»Es gibt keinen Hintereingang«, warf Gorman ein.

»Sie haben den Tunnel vergessen.«

»Den Tunnel, in dem Sie die Bestie erschossen haben?«

»Wollen Sie mitkommen?«

»Ich muss wohl.«

»Dann schnappen Sie sich lieber eine Waffe«, sagte Abe.

Gorman nickte und rannte zu einem der toten Beamten hinüber. Während Abe und Jack nachluden, schoss er noch zwei weitere Bilder von dem Toten, dann hob er dessen Revolver auf.

»Wissen Sie, wie man damit umgeht?«, fragte Jack.

»Ich habe eine gewisse Erfahrung.«

»Zielen Sie einfach nicht auf Leute, die Sie nicht erschießen wollen.«

»Ich bin kein Narr«, entgegnete Gorman.

Abe ging zu Purcell hinüber, der noch immer seinen Bauch umklammert hielt. »Wir übernehmen«, sagte Abe. »Halten Sie durch. Der Krankenwagen ist bereits unterwegs.«

Als sie zur Straße zurückgingen, kam Lucy ihnen mit einem Verbandskasten entgegen. »Wir werden das Haus durch einen Tunnel betreten.«

»Vielleicht sollte ich lieber …«

»Sie müssen sich um Purcell kümmern. Behalten Sie die Vordertür im Auge, aber versuchen Sie nicht, einzudringen.«

Sie nickte.

»Wer hat auf Purcell geschossen?«

»Diese Kutch. Maggie. Sie redete ganz ruhig, und plötzlich …«

»Pusten Sie sie weg, sobald sie auftaucht.«

»Darauf können Sie Ihren Arsch verwetten.«

Abe klopfte ihr auf die Schulter und rannte zur Straße zurück. Jack und Gorman folgten ihm. Abe blieb neben einem der Streifenwagen stehen und holte eine Taschenlampe mit langem Griff daraus hervor. Während sie die Hauptstraße überquerten, bemerkte er Scheinwerfer, die auf sie zukamen. Sirenen ertönten. Sie rannten an der Ticketbude vorbei, sprangen über das Drehkreuz und eilten den Fußweg hinauf.

»Warten Sie!«, rief Gorman.

Abe nahm zwei Verandastufen auf einmal, blieb vor der Tür stehen und trat mit der Sohle gegen den Türgriff. Mit einem splitternden Krachen schwang die Tür auf.

Er schaltete die Taschenlampe ein.

Jack folgte ihm.

»So warten Sie doch«, rief Hardy. Einen Augenblick später keuchte auch er die Verandatreppe hinauf.

Die drei Männer betraten das Haus.

Der Schein der Taschenlampe fiel auf eine zähnefletschende Fratze. Abe richtete den Revolver darauf. Dann erkannte er, dass es nur der alte, ausgestopfte und als Schirmständer dienende Affe war. Er atmete tief aus.

»Wir müssen vorsichtig sein«, flüsterte er. »Im Haus befinden sich eine Bestie und drei Frauen.«

»Glauben Sie, dass sie hier sind?«, fragte Gorman.

»Wäre möglich«, meinte Jack.

»Der Tunnel ist ihre einzige Rückzugsmöglichkeit«, sagte Abe.

»Glauben Sie, dass sie genug Zeit hatten, um hierherzugelangen?«

»Ja«, sagte Abe und ging los. Vor ihm schnitt die starke Taschenlampe einen Lichtkegel in die Dunkelheit.

Tyler hielt hinter Abes Mustang an. Ein Krankenwagen rauschte an ihnen vorbei. Neben dem Haus der Kutchs stand eine Frau und winkte mit beiden Armen. Auf dem Boden vor ihr lagen mehrere reglose Gestalten. Tylers Kehle schnürte sich zusammen.

»Mein Gott«, murmelte Nora.

Der Krankenwagen bog mit heulender Sirene und blinkenden Lichtern in die Einfahrt.

»Fahren Sie hinterher«, sagte Janice vom Rücksitz.

Tyler trat aufs Gas und folgte dem Krankenwagen, bis er vor dem Haus anhielt. Zwei Sanitäter sprangen heraus und öffneten die hintere Tür. Tyler blieb stehen und zog die Handbremse an.

»Da drüben liegt ein Cop«, sagte Nora.

Tyler stieg aus und rannte an dem Krankenwagen vorbei. Im Schein der blauen und roten Blinklichter erkannte sie einen Körper, der links neben der Veranda lag. Er trug eine Uniform. Eine Frau mit einem Revolver in der Hand kniete neben einem weiteren, Tyler unbekannten Mann und winkte den Sanitätern zu, die mit einer Trage herbeieilten.

»Das ist der Typ aus dem Horrorhaus«, sagte Nora.

»Hey!«, schrie die Frau. »Wer zum Teufel sind Sie? Sie haben hier nichts zu suchen!«

»Haben Sie drei Männer gesehen?«, fragte Tyler.

»Ja.«

»Wo sind sie hin?«

Sie deutete auf das Haus. »Sie sagten, sie wollten durch einen Tunnel.«

»Sind sie verletzt?«

»Nein! Und jetzt hauen Sie ab!«

Tyler und Nora erreichten den Omni im selben Augenblick. »Rein da«, sagte Tyler zu Janice, die neben einer der hinteren Türen stand.

Sie stiegen ein.

»Was machen wir jetzt?«, fragte Nora.

»Wir suchen sie.« Tyler legte den Rückwärtsgang ein und fuhr zur Hauptstraße zurück.

»Und wozu soll das gut sein?«, fragte Nora. »Wir werden ihnen nur im Weg stehen.«

»Wir brauchen Waffen«, sagte Janice.

Tyler stieg in die Eisen. Gemeinsam mit Nora sprang sie aus dem Auto.

»Stehenbleiben!«, rief die Frau.

»Wir brauchen Waffen!«, sagte Tyler. »Wir müssen ihnen helfen.«

»Das können Sie am besten tun, wenn Sie von hier verschwinden.«

Die Sanitäter hoben den verletzten Polizisten auf die Trage.

»Bitte«, sagte Tyler. »Wir bringen sie auch zurück.«

Die Frau richtete ihren Revolver auf Tyler. »Verschwinden Sie!«

»Um Himmels willen!«, platzte Nora heraus.

Jetzt zielte sie auf Nora.

»Blöde Schlampe«, rief Tyler, wirbelte herum und stieg wieder ein.

Nora folgte ihr und schlug die Autotür hinter sich zu.

»Ohne Waffen können wir nichts ausrichten«, sagte Janice.

Tyler wendete den Wagen, dann bremste sie und starrte an dem Lieferwagen vorbei über das kahle Feld auf die Wälder hinter der Beach Lane.

»Käpt'n Frank«, sagte sie.

»Was ist mit dem?«

»Hardy hat behauptet, er hätte eine ganze Waffensammlung.«

»Na dann los!«, rief Janice.

Tyler fuhr mitten durch das Feld. Der Wagen wurde auf dem unebenen Boden wild durchgerüttelt. Mit knirschenden Reifen jagte er über Gestrüpp und kleine Büsche, so dass Nora sich am Armaturenbrett abstützen musste. Tyler hatte Mühe, das Lenkrad festzuhalten. Schon bald tauchten hinter einer Reihe Bäume die Briefkästen im Licht der Scheinwerfer auf. Zu ihrer Linken entdeckte Tyler eine Lücke zwischen den Bäumen, aber als sie darauf zusteuerte, warf sie ein kleiner Hügel aus der Spur.

»Scheiße!«, rief Nora.

Tyler riss das Steuer herum, konnte dem Baum jedoch nicht mehr rechtzeitig ausweichen. Der rechte Scheinwerfer splitterte, doch der Wagen prallte ab und fuhr weiter und sie schafften es, auf die Straße zu gelangen.

»Da!«, sagte Nora.

Tyler trat auf die Bremse und fuhr direkt auf den Bus zu. Bierdosen knirschten unter den Reifen. Sie drückte auf die Hupe.

Während sie noch die Handbremse anzog, waren Nora und Janice schon aus dem Wagen gesprungen und hämmerten gegen die Bustür. Tyler folgte ihnen.

»Was is' los?«

Tyler wirbelte herum. Käpt'n Franks weißbärtiger Kopf lugte aus einem der geöffneten Fenster in der Mitte des Busses. »Wir sind's nur«, sagte sie. »Tyler und Nora. Wir haben uns gestern in der Kneipe unterhalten, erinnern Sie sich? Wir brauchen Ihre Hilfe.«

»Wobei?«, fragte er schlaftrunken.

»Wir sind hinter der Bestie her. Bobo. Sie müssen uns helfen. Haben Sie Waffen für uns?«

»Bobo?«

»Schnell. Sie können uns begleiten, wenn Sie wollen.«

»Uhhh.« Sein Gesicht verschwand aus dem Fenster. Dann schaltete er eine Lampe im Bus ein und Licht fiel durch die bunt bemalten Scheiben. Einige Augenblicke später öffnete sich zischend die Tür.

»Mein Gott, bist du das, Janice Crogan?«

»Ich bin's«, sagte sie.

»Ich dachte, Bobo hätte dich erwischt.«

»Hat er auch.«

»Wir müssen uns beeilen«, sagte Tyler und ging auf die Tür zu.

Käpt'n Frank trug nichts außer gestreiften Boxershorts. Sein Oberkörper war mit grauen Haaren bedeckt. »Ziehen Sie sich an«, sagte Tyler. »Und zeigen Sie uns, wo Sie Ihre Waffen versteckt haben.«

»Aye, aye. Dann mal an Bord mit euch.«

Gorman hielt den Revolver des Polizisten in der schweißnassen Hand und folgte Abe und Jack die Kellertreppe hinunter. Mit einer

Hand umklammerte er das Geländer. Die Taschenlampe schnitt einen hellen Streifen in die absolute Finsternis um sie herum.

Bei jedem Schritt knarrten unter ihren Füßen die Stufen.

Der Lehmboden wirkte im blassen Licht fast grau. Der Strahl wanderte von Ecke zu Ecke und warf zitternde Schatten.

»Da ist Ihr Loch«, flüsterte Abe. Er richtete die Taschenlampe auf einen dunklen Fleck neben einem Stapel von Scheffelkörben.

Gorman versuchte etwas zu sagen, brachte jedoch nur ein krächzendes Geräusch heraus. Er räusperte sich. »Haben Sie Fotos davon gemacht?«

»Klar«, sagte Jack. »Bis wir Janice gehört haben.«

Schweigend folgte Gorman ihnen die letzten Schritte in den Keller hinunter. Als sie eng zusammengedrängt am Fuß der Treppe standen, beleuchtete Abe einen großen Schrankkoffer. »Eine Geheimtür«, sagte er. Gorman bemerkte ein kurzes Stück Seil, das an die Seite des Koffers genagelt war. Offenbar konnte man damit den Koffer hinter sich wieder an die Wand ziehen.

Dann wanderte der Lichtkegel zum Tunneleingang.

Und zur Bestie.

»Zum Glück ist sie nicht weggelaufen«, flüsterte Jack.

Sie näherten sich der Kreatur, die bäuchlings im Tunnel lag. Ihr glänzendes Fleisch war so weiß, dass es beinahe zu leuchten schien. Blut bedeckte ihren Rücken. Gorman wandte sich ab, als er die Überreste des Kopfes sah.

»Davon haben wir keine Fotos gemacht«, sagte Jack.

Gorman holte tief Luft. »Könnten Sie sie für mich umdrehen?«

»Keine Zeit«, sagte Abe. »Sie können ja hierbleiben, wenn Sie wollen.« Er stieg über einen der ausgestreckten Arme und betrat den Tunnel.

»Warten Sie. Sie können mich doch hier nicht zurücklassen.«

»Dann kommen Sie eben mit«, sagte Jack und folgte Abe.

Das Licht wurde schwächer, als Abe hinter einer Biegung verschwand. Bald würde Gorman im Dunkeln stehen. Er biss die

Zähne zusammen und ging langsam auf die Bestie zu. Schon befürchtete er, dass die mit Klauen besetzte Hand auf ihn zuschießen würde. Dann war das Licht verschwunden, und er konnte überhaupt nichts mehr sehen. Etwas berührte seinen Schuh. Er schrie auf, machte einen Satz und prallte gegen eine feuchte Wand. Langsam tastete er sich vor, bis er die davoneilenden Gestalten von Jack und Abe im Licht der Taschenlampe erkannte.

»Warten Sie!«, rief er.

Jack wandte sich um. »Ruhe, verdammt noch mal!«

Gorman eilte zu den beiden Männern. Er musste immer wieder an das Monstrum am Eingang des Tunnels denken. Es war tot. Aber was hatte dann seinen Schuh berührt? Wahrscheinlich war er beim Vorbeigehen auf eines seiner Beine getreten. Es war mit Sicherheit tot.

Und wenn nicht?

Wenn es sie verfolgte?

Lächerlich.

Und doch konnte er spüren, wie es immer näher kam.

Er trat gegen Jacks Absatz.

»Scheiße, passen Sie doch auf, wo Sie hinlatschen.«

»Würde es Ihnen etwas ausmachen, mich in die Mitte zu nehmen?«

»Oh Mann. Na gut, wie Sie wollen. Treten Sie eben Abe auf die Hacken.«

»Würdet ihr jetzt endlich die Schnauze halten?«, flüsterte Abe.

Jack drückte sich gegen die Tunnelwand, und Gorman ging an ihm vorbei. Sobald er Jacks Schritte hinter sich hörte, war er erleichtert. Doch noch immer klopfte ihm das Herz bis zum Hals. Sein Mund war trocken, und ihm war etwas übel. Seine Knie zitterten.

Wäre er doch nicht mitgekommen, sondern im Hotel geblieben. In Sicherheit.

Dann fiel ihm Janice ein.

Sie war also nicht tot. Das war ein herber Rückschlag. Zumindest schien sie keinen Verdacht zu hegen, dass er etwas mit dem Mord an ihren Eltern zu tun hatte. Gott sei Dank.

Trotzdem stellte sie ein Problem dar, auch wenn er die Verträge vernichtet hatte. Wenn sie vor Gericht zog … Natürlich konnte er die ganze Sache in beiderseitigem Einvernehmen lösen, indem er ihr die vereinbarte Summe überließ.

Die Hälfte von allem.

Der *Schrecken von Black River Falls* war ein Bestseller geworden, eine lächerliche Gespenstergeschichte mit nichts außer einem winzigen Selbstmord (ja, Selbstmord, Martha), um ihre Glaubwürdigkeit zu stärken und die Verkäufe anzukurbeln. Dieses Projekt dagegen würde alles in den Schatten stellen.

Wie viele Tote gab es bis jetzt? Vier in dieser Nacht, drei in der letzten. Janice war gefangen gehalten worden (er durfte nicht vergessen, sie darüber auszufragen), und es wurden noch mindestens zwei weitere Menschen gegen ihren Willen schon weiß Gott wie lange im Haus der Kutchs festgehalten. Und dann war da noch der Kadaver der Bestie – der größte Knüller von allen.

Landesweites Medieninteresse.

Und ich, Gorman Hardy, mitten im Zentrum der Aufmerksamkeit.

Allein die Vorstellung verschlug ihm den Atem.

Und das alles sollte er mit Janice teilen? Niemals. Wenn die Bestie sie doch nur umgebracht hätte.

Vergewaltigt hatte das Monster sie zweifellos.

Außerdem waren ihre Eltern ermordet worden.

Es würde wohl niemanden wundern, wenn sie in so einer Situation Selbstmord beging.

Andererseits konnte er schlecht Janices *und* Käpt'n Franks Suizid vortäuschen.

Nein, mit dem musste er irgendwie anders fertig werden.

Selbstmord war für Janice die ideale Lösung. Doch auf welche Art und Weise? Es war unwahrscheinlich, dass sich ein Mädchen wie sie das Hirn aus dem Schädel pusten würde. Ihre Handgelenke aufzuschlitzen kam nicht in Frage – schließlich war auch Brians Frau auf diese Art zu Tode gekommen, eine Ähnlichkeit, die sicherlich Verdacht erregen würde. Eine Überdosis Tabletten? Wieso nicht. Es würde zwar knifflig werden, so etwas zu inszenieren, aber …

Er folgte Abe um eine weitere Biegung und erkannte in der Ferne blaues Licht. Abe schaltete die Taschenlampe aus. Offensichtlich drang der Schein aus dem Keller des Kutch-Hauses. Seine Eingeweide krampften sich zusammen, und sein Herz schlug schneller. Seine Beine fühlten sich wie aus Blei an und weigerten sich, ihn weiter zu tragen.

Jack stupste ihn von hinten an. »Vorwärts.«

Er hatte gar nicht bemerkt, dass er stehen geblieben war und musste sich jetzt zu jedem weiteren Schritt zwingen.

Nur wenige Meter vor ihm streckte Abe den Kopf aus dem Tunnel und sah sich um. Dann betrat er den Keller.

Wenn dort eine Gefahr lauern würde, dachte Gorman, dann würde Abe wohl nicht so einfach hineinspazieren.

Er umklammerte den Revolver so fest, dass seine Hand schmerzte, und folgte ihm. Lautlos schlich er über den blauen Teppich. Während sich Abe der Treppe näherte, warf Gorman einen Blick zur Rechten. An der Wand hingen die Leichname von zwei nackten Männern – es waren Marty Crogan und Brian. Ihre Haut schimmerte in diesem seltsamen Licht blau, und ihr Blut wirkte fast schwarz. Claires Körper lag neben einem der im Raum verteilten glänzenden Kissen auf dem Boden. Er starrte auf die grässliche, klaffende Wunde in ihrem Oberschenkel. Panik stieg in ihm auf. Reglos stand er da und schnappte nach Luft.

Dann stand Jack vor ihm und rüttelte ihn an der Schulter. »Hey«, sagte er. »Weiter geht's.«

Gorman schlug Jacks Hand beiseite, taumelte zurück, drehte sich um und ging zum Tunnel. Am Eingang sah er noch einmal zu

Abe und Jack, die am Fuß der Treppe standen und ihn schweigend beobachteten. Dann rannte er in die Dunkelheit.

Sollen sie doch denken, was sie wollen.

Von mir aus können sie mich ruhig für einen Feigling halten.

Er streckte den linken Arm aus, um sich an der feuchten Wand zu orientieren, und floh aus dem widerwärtigen blauen Lichtschein.

Da war ihm ja die Dunkelheit noch lieber. Um keinen Preis würde er dieses Haus betreten. Doch schon jetzt fürchtete er sich davor, das Ende des Tunnels zu erreichen. Dort wartete die Bestie auf ihn. Aber sie war tot (sie war bestimmt tot), während im Haus der Kutchs eine höchst lebendige Kreatur auf die beiden wartete. Noch dazu eine bewaffnete Maggie und ihre Kameraden, doch am Schlimmsten war diese Bestie – sie fraß Menschen. Sollte sie sich nur an diesen beiden Narren gütlich tun.

Mich wird sie nicht kriegen!

Er rannte, bis er zusammenbrach. Auf allen vieren sog er tief die ranzige Luft ein. Außer seinem Keuchen und Herzklopfen war nichts zu hören. Es war stockfinster.

Wie weit war er gekommen? Er musste den Tunnel mindestens zur Hälfte durchquert haben. Er wollte sich ausruhen, doch noch war er nicht in Sicherheit. Wie sehr er sich nach der frischen Luft und dem hellen Mondschein sehnte! Schon stellte er sich vor, wie er das Horrorhaus verließ, auf die Hauptstraße rannte und sich in Abes Wagen einschloss … wenn er nur schon *dort* wäre!

Er richtete sich auf, warf einen Blick über seine Schulter und ging weiter. Nach ein paar zögerlichen Schritten verfiel er in einen gemächlichen Trab.

Alles wird gut, dachte er. Du bist schon fast da. Gleich hast du's geschafft.

Aber tritt nicht auf die Bestie.

Ich werde darüber stolpern, und dann …

Wenn er nur eine Taschenlampe bei sich hätte! Oder zumindest Streichhölzer!

Wenn er nur wüsste, wie weit das Monstrum noch entfernt war!

Es ist tot. Selbst wenn du direkt auf ihm landest, wirst du dich nur mit seinem Blut beschmutzen, mehr nicht. Es ist tot und kann dir nichts tun und im Nu bist du im Freien.

Doch wer hatte behauptet, dass sich die andere Bestie im Haus der Kutchs befand?

Sie konnte doch durchaus im Horrorhaus sein.

Bei diesem Gedanken schrillten Alarmglocken in seinem Kopf, doch er lief weiter, umrundete eine Biegung und sah einen schwachen Lichtschein vor sich.

Aber da durfte kein Licht sein.

Das ergab keinen Sinn – außer er hatte sich verirrt. Doch das Licht im Keller der Kutchs war blau und nicht weiß gewesen.

Er taumelte um eine weitere Kurve und blieb stehen. Mit angehaltenem Atem spähte er in den Lichtschein einer leise zischenden Gaslaterne.

Ein bärtiger Mann – Käpt'n Frank – war über den Kadaver der Bestie gebeugt. Er hatte ihn auf den Rücken gerollt. Hinter ihm stand ein Mädchen in gelber Bluse. Janice! Dann erkannte er auch Nora und Tyler. Alle waren bewaffnet und starrten die Bestie an.

Gorman hob den Revolver, zielte sorgfältig auf Janice und drückte ab.

Kapitel achtundzwanzig

Tyler hörte einen ohrenbetäubenden Knall. Janice wurde herumgewirbelt und prallte gegen sie. Die Pistole des Mädchens fiel auf Tylers Fuß. Sie legte einen Arm um Janice, um sie zu stützen. Gemeinsam taumelten sie zur Seite und fielen vor dem Tunnel auf den Kellerboden.

»Nicht schießen! Ich bin's!«, rief Hardy.

»Blöder Scheißkerl!«, rief Nora.

»Oh Gott, ich wollte nicht … ich dachte … Himmel, ist ihr etwas passiert?«

Während Tyler ihren Arm unter Janice hervorzog, kniete sich Nora neben sie. Käpt'n Frank näherte sich mit der Laterne.

»Oh Gott«, murmelte Hardy und sah auf das Mädchen herab. »Es tut mir leid. Es tut mir so leid. Ich hatte solche Angst und wusste nicht …«

»Ruhe!«, zischte Nora.

Janices Augen waren geöffnet, ihr Gesicht schmerzverzerrt. Ein roter Fleck breitete sich rasend schnell auf der Vorderseite ihrer Bluse aus. Nora riss sie auf, wobei ein Knopf absprang und Tylers Wange streifte. Das Blut strömte aus einer Wunde genau unterhalb ihrer linken Brust. Nora legte ihre Hand darauf und drückte fest zu. Janice schrie auf und zuckte zusammen.

Käpt'n Frank schob ein langes Messer den Ärmel des Mädchens hinauf und durchtrennte den Stoff. »Wir müssen sie umdrehen«, sagte er, »und ihren Rücken untersuchen.«

»Ja«, sagte Hardy. »Die Austrittswunde.«

»Da …«, keuchte Janice. »Da drunter.« Ihr linker Arm hob sich und fiel quer über ihre Brüste. Mit dem Finger deutete sie auf ihre Achselhöhle.

Käpt'n Frank nahm den Arm vorsichtig beiseite. »Da ist die Kugel ausgetreten. Der Arm hat auch was abbekommen.« Er zog ein großes rotes Halstuch aus der Hosentasche und drückte damit fest auf die Wunde. »Das wird die Blutung stillen.«

»Wir müssen sie ins Krankenhaus bringen«, sagte Nora und sah Tyler an. »Die Polizistin. Sie soll den Notarzt per Funk verständigen.«

»Und Abe?«

»Der kann auf sich selbst aufpassen, verdammt noch mal.«

»Ich gehe weiter«, murmelte Käpt'n Frank. »Aber ich werde die Laterne hierlassen.« Er packte das Messer und stand auf.

»Ich bleibe bei Janice«, verkündete Hardy. »Ich werde mich um sie kümmern. Nora, Sie verständigen die Sanitäter.«

»Okay«, sagte Nora.

Hardy ging neben Janice in die Knie. Nora nahm seine Hand und legte sie auf die Wunde. »Immer fest draufdrücken«, sagte sie. Mit der sauberen Hand strich sie über die Stirn des Mädchens. »Das wird schon wieder, Kleines. Ich bin in ein paar Minuten wieder da, dann holen wir dich hier raus.«

Während Nora auf die Kellertreppe zueilte, betrat Tyler den Tunnel. Im schummrigen Laternenlicht ging sie um den Kadaver der Bestie herum und folgte Käpt'n Frank in die Finsternis.

Jack stand mit dem Rücken zur Eingangstür, legte eine Hand auf den Griff und versuchte, ihn herunterzudrücken. »Abgeschlossen«, flüsterte er.

Abe nickte. Sie konnten also Lucy nicht ins Haus lassen. Da sie offenbar gut mit ihrer Waffe umgehen konnte, hätten sie ihre Unterstützung brauchen können. Er überlegte, ob er das Schloss aufschießen sollte, doch der Krach würde sie verraten.

Bis jetzt hatten sie die Küche, den Korridor und das Esszimmer durchkämmt. Alle Räume waren wie der Keller blau beleuchtet gewesen. Sie waren die ganze Zeit auf einen Angriff vorbereitet gewesen, doch niemand war dort gewesen. Das Haus schien verlassen.

Vielleicht waren seine Bewohner geflohen. Doch Abe bezweifelte, dass Maggie und ihre Spießgesellen durch den Tunnel zum Horrorhaus entkommen waren. Natürlich musste er die Möglichkeit in Betracht ziehen, dass es noch einen weiteren Ausgang gab – einen Tunnel auf der Rückseite etwa, der zum Strand führte. Obwohl Abe keine weiteren Ausgänge im Keller entdeckt hatte, war diese Theorie nicht von der Hand zu weisen.

Aber wahrscheinlicher war, dass sie sich immer noch im Haus aufhielten.

Er sah die Treppe hinauf.

Dann ertönte ein leises Geräusch zu seiner Linken. Das Weinen eines kleinen Mädchens.

Jack näherte sich geduckt dem bogenförmigen Durchgang zum Nebenzimmer. Abe blieb dicht hinter ihm und deckte seine Flanke.

Die Wände hinter dem Durchgang waren von der Decke bis zum Boden mit blauen Vorhängen bedeckt. Abe lief es kalt den Rücken hinunter, und seine Augen flogen auf der Suche nach verräterischen Ausbeulungen oder Füßen, die unter den Vorhangkanten hervorlugten, über die schweren Stofffalten. Nichts. Wachsam folgte er Jack in den Raum.

Das Zimmer war völlig unmöbliert, doch auf dem Teppich lagen massenhaft Kissen und mit seidigem Stoff überzogene Polster herum.

Wieder vernahm er das Schluchzen.

Es kam offensichtlich aus einem hüfthohen Kissenstapel nahe der gegenüberliegenden Seite des Raums. Abe richtete den Revolver auf die Polster und ging vorsichtig darauf zu, während Jack den Kissenstapel umrundete.

»Hier drüben«, flüsterte Jack, beugte sich vor und verschwand aus seinem Blickfeld.

Abe stieg über die Kissen und sah ein Mädchen, das bäuchlings auf dem Boden lag. Sie war nackt. Ein Arm lag neben ihrem Kopf, der andere war unter ihrem Bauch verborgen.

Jack kniete neben ihr und zielte mit seiner .45er auf sie. »Keine Bewegung«, flüsterte er.

Das Mädchen schniefte.

Abe trat gegen den Stapel und verteilten die Kissen im Raum, um sicherzustellen, dass dort nichts verborgen lag.

Das Mädchen hob den Kopf. »Hilfe«, sagte sie mit erstickter Stimme. »Bitte. Ich bin verletzt.«

»Zeig mir deine andere Hand«, sagte Jack. »Und zwar schnell.«

»Geht nicht. Ich … mein Arm ist gebrochen.«

Abe sah sich noch einmal im Raum um, dann bohrte er ein Knie in den Rücken des Mädchens. Ihr Rücken bog sich durch und der Kopf schnellte nach oben. Er rammte den Lauf seiner Waffe gegen ihren Oberarm und sprang zur Seite, als sie aufschrie. Mit der linken Hand zog er ihren Arm unter ihrem Körper hervor. Sie hielt eine kleinkalibrige Halbautomatik umklammert. Er schlug mit seiner Waffe auf ihre Fingerknöchel, und sie ließ die Pistole fallen.

Jetzt war ihr Weinen nicht mehr gespielt.

»Ihr Arschlöcher«, keuchte sie. »Ihr stinkenden Bastarde!«

»Sieh dich mal um«, sagte Abe.

Jack richtete sich auf.

Abe schob den Revolver in seine Tasche und drehte den Arm des Mädchens herum.

»Lass mich los, du Arschloch! Du wirst sterben!«

Er riss seinen Gürtel aus den Schlaufen, packte ihren anderen Arm und fesselte ihre Hände hinter dem Rücken.

»Wo sind die anderen?«, fragte er.

»Das wirst du schon noch rausfinden!«

»Oben?«

»Leck mich!«

Er zog den Revolver wieder aus der Tasche und hob die Pistole des Mädchens auf.

»Der Gürtel wird sie nicht lange aufhalten«, sagte Jack.

»Wenn sie uns nochmal Stress machen will, bringen wir sie um.« Abe stand auf, stellte einen Fuß auf ihren Rücken und gab ihr einen Stoß. »Verstanden, Schätzchen?«

»Leck mich!«

»Vorwärts«, sagte Abe.

»Nach oben?«, fragte Jack.

»Du hast's erfasst.«

Janice spürte, wie sich die Hand von ihrer Brust löste. Schnell presste sie ihre eigene Handfläche auf die Wunde und öffnete die Augen. Gorman Hardy war über sie gebeugt. »Was …?«

»Wir müssen hier raus, Janice. Wir sind hier nicht sicher.«

»Hä?«

»Die Bestie. Sie hat sich bewegt.«

Janice wandte den Kopf und sah in Richtung Tunneleingang, konnte jedoch nur die krallenbewehrten Füße der Kreatur erkennen. Und die bewegten sich keinen Millimeter.

Dann schrie sie auf, weil Gorman sie an den Armen packte und vom Boden hob. Sie spannte die Nackenmuskeln an, damit ihr Kopf nicht hin und her wackelte. Die Wunde brannte, als hätte jemand einen glühheißen Schürhaken hineingebohrt und dort vergessen. Das feuchte Halstuch löste sich von ihrem Arm, und warmes Blut lief ihre Brust und die Seite hinab.

Sie fiel vornüber und vergrub den Kopf zwischen den Knien. Gorman ließ sie los und trat hinter sie.

»Können Sie aufstehen?«, fragte er.

Sie spürte, wie er sie an der Hüfte packte, und zuckte zusammen, als eine Hand die Kratzspuren an ihrem Rücken berührte. Er ließ die Hände weiter nach unten gleiten. »So besser?«, fragte er.

Sie nickte, dann zog sie die Knie an und stemmte die Turnschuhe gegen den Lehmboden, während er gleichzeitig versuchte, sie aufzurichten.

Sie lehnte sich gegen ihn, und beide taumelten durch den Raum. Gorman keuchte auf. Seine Hand umklammerte eine ihrer Brüste.

»Verzeihung«, sagte er und nahm die Hand weg.

Dann führte er sie zur Treppe. Ihre Beine zitterten, hielten sie jedoch aufrecht. Sie sah die steile Treppe hinauf. »Geht nicht«, murmelte sie.

»Keine Angst. Ich stütze Sie. Wir sind im Handumdrehen oben und dann nichts wie raus.«

Im Handumdrehen. Er klang fast fröhlich.

Mit ihrer rechten Hand klammerte sie sich an das Holzgeländer und stellte einen Fuß auf die erste Stufe. Gorman umfasste ihre Hüfte und schob sie nach vorn. So bewältigte sie auch die nächste Stufe, bevor ihr schwarz vor Augen wurde und ihre Beine unter ihr nachgaben. Sie fiel gegen das Geländer und hielt sich mit beiden Armen fest.

»Gottverdammt«, murmelte Gorman.

»Geht nicht«, keuchte sie. »Ich schaffe es nicht. Lassen Sie … warten wir auf Nora.«

»Soll ich Sie hier etwa mit der Bestie alleine lassen? Ich sage Ihnen doch, sie ist nicht tot!«

»Lassen Sie mich nicht hier zurück.«

Sie versuchte, sich am Geländer abzustützen. Gorman schob an ihren Schultern, und sie schrie auf. Sie stützte sich auf ihren unversehrten Arm und kletterte weiter die Stufen hinauf.

»Sehr gut«, sagte Gorman. »So geht's.« Er ging an Janice vorbei die Treppe hinauf. »Sie haben's fast geschafft.«

Drei Stufen vor dem Ende der Treppe wurde sie erneut von Schwindel erfasst. Ihr Magen drehte sich um. Sie presste ihre Stirn gegen die Bretter der Treppe und übergab sich in die Lücke dazwischen. Keuchend und schluchzend lag sie da.

»Schnell!«, sagte Gorman. »Mein Gott, sie steht auf!«

Sie hob ihren Kopf und drehte sich um. Aus diesem Winkel konnte sie die Bestie überhaupt nicht sehen.

Genauso wenig wie Gorman, wie sie mit einem Mal begriff.

Sie sah ihn mit Tränen in den Augen an. »Sie können doch gar nicht …«

»Verdammt noch mal!«, brüllte er. »*Komm schon*!«

Sie hob den Arm, um die nächste Stufe zu erreichen. Er packte ihr Handgelenk mit beiden Händen und zerrte so fest daran, dass sie mit der Wange gegen das Holz prallte. Er schleifte sie schmerzhaft über die letzten Stufen und ließ sie auf den Absatz fallen.

»Okay«, sagte er. »Aufstehen.«

Es war ihr unmöglich, sich zu bewegen.

Gorman baute sich vor ihr auf, stellte seine Füße neben ihre Hüften und packte sie. Ein Finger bohrte sich in das Einschussloch unter ihrem Arm, und sengender Schmerz durchfuhr sie. Dann hob er sie hoch. Erst auf die Knie. Dann auf die Füße. Während sie versuchte, Halt zu finden, drehte er sie herum und schubste sie.

Sie stürzte mit dem Kopf voraus in die Tiefe. Es war ein scheinbar endloser Fall. Ein Schrei löste sich aus ihrer Brust, als die Stufen immer näher auf sie zuschossen. Sie hielt sich schützend einen Arm vors Gesicht. Beim Aufprall zerbrach eine Stufe und der Arm wurde taub vor Schmerz. Ihre Beine wurden in die Luft geschleudert und die Stirn prallte gegen die nächste Stufe, als sie sich überschlug. Ihr Rücken schrammte schmerzhaft über die Stufenkanten. Dann blieb sie am Kellerboden mit dem Rücken zur Treppe liegen.

»Ach du meine Güte«, ertönte eine Stimme über ihr. »Du bist hingefallen.«

Sie hob den Kopf und registrierte erleichtert, dass sie sich noch bewegen konnte. Ihre Beine lagen ausgestreckt auf dem Lehmboden und schienen einer anderen Person zu gehören. Bei dem Sturz hatte sie einen Turnschuh verloren. Sie wackelte mit ihren bloßen Zehen.

»Und du lebst immer noch.« Sie hörte Schritte auf der Treppe. »Wie eine Katze. Bist du eine Katze, Janice? Du bist ja noch schwerer um die Ecke zu bringen als deine Mutter. Ein weiblicher Rasputin.«

Hinter den Scheffelkörben tauchte eine Hand aus der Dunkelheit auf.

Sie kam aus einem Loch im Kellerboden.

Er war eine totenblasse, schmutzbedeckte Hand, die im Licht der Laterne glänzte. Eine Hand mit langen, gekrümmten Klauen.

Janice wurde nach vorne geschleudert, als etwas – Gormans Fuß? – ihren Rücken traf. Grunzend fiel sie mit dem Gesicht voraus zu Boden.

Gorman rollte sie herum.

Er setzte sich auf ihren Bauch und lächelte auf sie herab. »Leider«, sagte er. »Hast du dir bei dem Sturz das Genick gebrochen.« Mit beiden Händen umklammerte er ihren Kopf. »Ich weiß nicht, ob ich kräftig genug bin, aber ich werde mein Bestes geben.«

Sie rammte eine Faust in seine Flanke. Er grunzte, und sein Gesicht verzog sich vor Schmerz.

»Du bist ganz schön zäh.« Er grinste, doch dann sah er auf und öffnete erschrocken den Mund. Ein Schatten fiel auf Janice. Die Bestie stand über ihr und holte aus. Gorman holte tief Luft und streckte einen Arm aus, um den Schlag abzuwehren. Die andere Hand fuhr zu seiner Hüfte. Janice hob den Kopf und sah, dass er versuchte, einen Revolver aus seiner Hosentasche zu ziehen. Als die Bestie ihre Hände um seinen Kopf gelegt hatte, gelang es ihm die Waffe herauszuholen. Mit einer Kraft, die sie niemals für möglich gehalten hätte, ließ Janice ihren rechten Arm vorschießen, packte den Lauf des Revolvers und entriss ihn Gormans Griff.

Die Bestie hob ihn am Kopf hoch. Seine Füße zischten an Janices Gesicht vorbei und seine Schreie gellten in ihren Ohren.

Sie rollte sich herum, stützte sich auf die Ellbogen und spannte den Hahn des Revolvers.

Die Bestie hielt noch immer Gormans Kopf umklammert. Er wedelte mit den Armen, trat um sich und schrie, als sie ihn brutal schüttelte. Dann schleuderte sie ihn gegen eine Regalwand. Holz splitterte. Gorman fiel zu Boden und wurde von einer Lawine von Einweckgläsern begraben. »Schieß doch!«, krächzte er, während er versuchte, sich wieder aufzurappeln. Die Bestie näherte sich ihm in gebücktem Gang.

Janice schoss.

Die Kugel durchschlug Gormans Bein, und er fiel auf den Rücken. Die Kreatur warf sich auf ihn. Als sich ihre Zähne mit einem reißenden Knirschen in seine Hüfte bohrten, kreischte er auf. Bald konnte er nur noch wimmern. Die Bestie hob den Kopf und starrte ihn einige Augenblicke lang an. Dann öffnete sie weit das Maul und biss in sein Gesicht.

Janice beobachtete alles.

Irgendwann verstummte sein Stöhnen und Wimmern, und kurz darauf hörte sein zappelnder Körper auf, sich zu bewegen.

Das Monstrum ließ von ihm ab. Sein Körper war mit Gormans Blut verschmiert. Es wandte sich Janice zu und starrte sie an.

Sein Penis wuchs und wurde immer steifer.

Janice schoss.

Die Kugel prallte von der Steinwand hinter dem Kopf der Kreatur ab. Die Bestie ging in die Hocke und zögerte. Janice zielte auf ihre Brust und feuerte erneut, doch das Ding sprang zur Seite, durchquerte den Raum und näherte sich dem Tunnel, in dem sein Artgenosse lag. Janice schoss wieder und wieder, bis der Hahn mit einem trockenen Klicken auf eine leere Kammer traf. Die Bestie verschwand im Tunnel.

Kapitel neunundzwanzig

Tyler blieb abrupt stehen, als sie das Geräusch hörte – ein leises *Pop*, das durch den Tunnel hinter ihnen hallte. »War das ein Schuss?«, flüsterte sie.

»Aye«, sagte Käpt'n Frank.

Sie stand bewegungslos im Dunkeln, hielt die Hand des alten Mannes und fragte sich, was das wohl zu bedeuten hatte. Nora hatte eine Pistole, aber sie hatte ja das Haus verlassen und war bestimmt noch nicht zurück. Da blieb nur noch Gorman. Auf wen – oder was – hatte er geschossen?

»Da hinten gibt's Ärger«, sagte Käpt'n Frank.

»Ja.«

»Gehen wir besser weiter.«

Tyler nickte, was er in der Dunkelheit natürlich nicht sehen konnte, und zog an seiner Hand.

Ein weiterer Schuss hallte durch den Tunnel, gefolgt von einer ganzen Serie von Detonationen, die ineinander verschmolzen. Drei Schüsse? Vier?

Was war da hinten los?

»Grundgütiger«, murmelte Käpt'n Frank.

Tyler blieb stehen und lauschte, konnte jedoch nur ihren eigenen Herzschlag und den gehetzten Atem des Alten hören.

»Seltsam«, sagte sie.

Seine Hand war heiß und glitschig. Ohne sie loszulassen ging sie weiter, die Pistole nach vorn in den dunklen Tunnel gerichtet. Ihre Fingerknöchel berührten feuchten Lehm.

Sie wünschte, sie hätten die Laterne nicht zurückgelassen. Mit ihrem Licht hätten sie den Tunnel wahrscheinlich längst durchquert und müssten jetzt nicht blindlings gegen jede Biegung taumeln.

Irgendwann musste er doch ein Ende haben.

Doch der finstere Gang schien sich ewig hinzuziehen.

Gefolgt von Jack ging Abe die Galerie im ersten Stock entlang. Alle Türen waren verschlossen. Abe rüttelte erfolglos an ihren Griffen.

»Fangen wir wieder von vorne an und treten die Türen ein«, flüsterte er, sobald sie das Ende des Korridors erreicht hatten.

Als sie die Hälfte der Galerie überquert hatten, öffnete sich etwa fünf Meter vor ihnen eine Tür. Sofort nahmen sie Feuerposition ein.

»Wir kommen jetzt raus.« Abe erkannte Maggie Kutchs raue Stimme. »Nicht schießen.«

»Langsam und vorsichtig«, sagte Abe. »Waffen fallen lassen und Hände hoch.«

Eine junge Frau trat aus der Tür. Maggie, die sich hinter ihr befand, hatte einen Arm um ihren Hals gelegt und hielt ihr einen Revolver an den Kopf. Die Frau trug ein Baby in ihren Armen. Es schrie nicht, war jedoch wach und spielte mit einem Träger ihres Nachthemds.

»Lasst die Waffen fallen«, sagte Maggie.

»Lassen Sie Ihre fallen«, sagte Abe. »Und heben Sie die Hände über den Kopf.«

»Ich werde ihr das Hirn aus dem Schädel blasen.«

Abe befürchtete, dass sie ihre Drohung wahr machen würde. Doch ohne Waffen waren sie Maggie hilflos ausgeliefert. Er war sich sicher, dass sie das Feuer eröffnen würde, sobald sie sie niedergelegt hatten.

»Sie werden tot sein«, sagte Jack, »noch bevor ihr Körper den Boden berührt.«

»Ganz ruhig«, sagte Abe. »Lassen Sie die Frau und ihr Baby frei, und wir werden Sie unbehelligt ziehen lassen. Wir werden nicht versuchen, Sie aufzuhalten.«

»Haltet ihr mich für blöd?«, fragte Maggie. »Ich zähle jetzt bis drei. Werft eure Waffen weg, oder es passiert was. Eins.«

»Tun Sie das nicht«, sagte Abe.

»Bitte nicht«, flehte die Frau und drückte das Baby an ihre Brust.

»Zwei«, sagte Maggie. Sie wirkte nicht im Geringsten nervös, als wüsste sie genau, dass die Männer vor ihr alles tun würden, um die Frau zu retten.

Tyler trat in das blaue Dämmerlicht des Kellers. Wie angewurzelt blieb sie stehen und starrte auf die beiden Leichen, die an der gegenüberliegenden Wand hingen. Einen grauenhaften Moment lang hatte sie sie für Jack und Abe gehalten.

Käpt'n Frank lief in sie hinein. »Mein Gott«, flüsterte er.

Ihr Blick wanderte zu dem zerrissenen Körper einer Frau auf dem Boden. Tyler entwand sich Käpt'n Franks Griff, hielt sich eine Hand vor den Mund und drehte sich um. Da hörte sie Schüsse von irgendwo über ihnen. Sie rannte zur Treppe und eilte mit großen Schritten hinauf.

Oben warf sie einen Blick über ihre Schulter. Käpt'n Frank versuchte verzweifelt, ihr zu folgen. Doch sie konnte nicht auf ihn warten. Gerade, als sie sich wieder umdrehen wollte, bemerkte sie aus den Augenwinkeln eine blasse Gestalt, die aus dem Tunnel sprang.

»Hinter Ihnen!«, rief sie.

Doch der alte Mann war entweder zu langsam oder zu betrunken. Ehe er reagieren konnte, rammte die heranstürmende Bestie ihre Klauen in seine Schultern. Er schrie auf, und seine Beine gaben unter ihm nach. Die Bestie schlug gegen seinen Kopf und fletschte die Zähne. Ihr Maul schoss auf den Hals des Käpt'ns zu.

Tyler feuerte. Der Schuss dröhnte in ihren Ohren, und sie spürte den Rückstoß.

Sie hatte ziemlich hoch gezielt, um nicht versehentlich Käpt'n Frank zu treffen. Die Kugel riss ein Stück aus dem Teppich neben der Wand.

Die Bestie starrte sie aus schrägen Augen an. Ihre Schnauze war rot verschmiert, doch es konnte sich nicht um Käpt'n Franks Blut handeln. Tyler erinnerte sich an die Schüsse im Tunnel. Offensichtlich waren sie auf dieses Ding abgefeuert worden. Doch wessen Blut …

Es ließ von Käpt'n Frank ab und eilte gebückt wie ein Gorilla auf sie zu. Als es fast die Treppe erreicht hatte, drückte Tyler ein weiteres Mal ab. Diesmal traf sie das Geländer, und das Ungeheuer warf den Kopf zur Seite, als sich Holzsplitter in sein Gesicht bohrten. Aus seinem linken Auge spritzte Flüssigkeit. Es hielt sich eine Hand vors Gesicht und taumelte kreischend zurück.

Tyler zielte auf seinen Kopf, feuerte und verfehlte. Dann zielte sie auf seine Brust. Die Kugel hinterließ einen roten Streifen auf seiner Schulter.

Wie viele Schüsse hatte sie bereits abgefeuert?

Das Monstrum richtete sich auf, warf den Kopf zurück und brüllte vor Wut oder Schmerz. Jetzt sollte es eigentlich ein einfaches Ziel abgeben, doch von dort oben war der Winkel mehr als ungünstig.

Wenn sie es jetzt erschoss, würde sie dabei mit Sicherheit den Revolver leeren. Und wie sollte sie dann Abe zu Hilfe eilen?

Dann fiel ihr Käpt'n Franks Waffe ein.

Sie lag neben ihm auf dem Boden.

Mit einem vollen Magazin.

Wenn sie sie nur irgendwie erreichen konnte …

Sie umklammerte ihren Revolver mit beiden Händen, zielte sorgfältig auf die Brust des Ungeheuers und drückte ab.

Die Waffe hüpfte in ihrer Hand. Die Kreatur hielt sich unmittelbar über der Hüfte die Seite und ging in die Knie.

Tyler rannte die Treppe hinunter und auf die Bestie zu. Sie presste den Lauf der Waffe unmittelbar über einem Loch, wo sich eigentlich ein Ohr hätte befinden sollen, gegen ihren Kopf. Doch dann bohrte sich ein Ellbogen in ihren Oberschenkel, riss ihr das Bein weg und schleuderte sie herum. Der Lauf ihrer Waffe hinterließ einen tiefen Kratzer auf der Haut des Ungeheuers. Sie fiel und drückte ab und wünschte sich im selben Moment, sie hätte es nicht getan. Als der Schuss in ihren Ohren widerhallte, wusste sie bereits, dass sie die Bestie verfehlt hatte.

»Zwei«, sagte Maggie, und ein ohrenbetäubendes Dröhnen erfüllte die Galerie.

Abe und Jack feuerten gleichzeitig.

Abe hatte genau neben das rechte Ohr der Frau gezielt. Dort befand sich Maggies Waffe, und dahinter ihr Kopf.

Jack hatte offensichtlich dieselbe Idee gehabt.

Die Pistole flog aus Maggies Hand und prallte gegen ihre Stirn. Ihre Wange platzte in einem Schauer aus Blut auf. Sie fiel hintüber, und die Frau mit dem Baby sprang zur Seite, prallte mit einer Schulter gegen die Wand und ging in die Knie. Der Säugling fing aus Leibeskräften an zu schreien.

Maggie lag reglos auf dem Rücken.

»Sind Sie verletzt?«, fragte Abe die Frau mit dem Kind.

Sie schüttelte den Kopf, streichelte das Baby und sah zu ihm auf. »Passen Sie …« Sie steckte einen Finger in den Mund des Babys, das sofort aufhörte zu schreien und schluchzend daran sog. »Passen Sie auf, dass sie Sie nicht erwischen«, sagte sie. »Sie sind …« Ein dumpfer Knall unterbrach sie. Irgendwo im Haus war ein Schuss abgefeuert worden.

»Jack, bring sie hier raus.«

»Maggie lebt noch.«

»Egal. Du musst die beiden …«

Jack riss den Kopf zur Seite und hob die Waffe. Abe wirbelte herum, doch bevor er abdrücken konnte, landete eine Bestie auf ihm. Sie war nur etwa halb so groß wie die Kreatur, die sie im Tunnel erledigt hatten, besaß jedoch genug Gewicht, um ihn aus der Balance zu bringen. Er fiel auf die Frau und ihr Kind und rollte über sie hinweg. Dann ließ er die Waffe fallen, um die Bestie an der Kehle zu packen, als ihr Maul auf seinen Hals zuschoss.

»Lassen Sie das Messer fallen!«, rief Jack.

Weitere Schüsse ertönten.

Abe sah eine dicke Frau, die mit einem Fleischermesser in der Tür stand. Ihr Gesicht war mit Verbänden bedeckt. Als sich scharfe Krallen in seinen Rücken bohrten, schrie Abe vor Schmerz auf. Er drückte die Bestie zu Boden, und sie wand sich unter ihm und gab gurgelnde Geräusche von sich, als Abe seine Daumen in ihren Hals bohrte. Die Krallen zerrissen seine Arme. Er zog eine Hand zurück und schmetterte seine Faust gegen den Kopf des Ungeheuers. Als er ein weiteres Mal zuschlagen wollte, schnappte es zu und messerscharfe Zähne verbissen sich in seiner Hand. Schmerz durchfuhr seinen Arm. Er ließ den Hals der Bestie los, packte von oben seine Schnauze und drückte mit der eingeklemmten Hand den Kiefer nach unten. Die Bestie versteifte sich, als Abe mit einem knirschenden, grauenerregenden Geräusch ihre Schnauze weit aufriss. Der Kiefer der Kreatur baumelte schlaff herunter, und seine Zunge hing heraus.

Er duckte sich, als sie ausholte. Die Krallen bohrten sich in seine Kopfhaut und rissen ihn nach unten, so dass er mit dem Gesicht gegen die glitschige Haut auf der Brust des Ungeheuers prallte. Mit beiden Fäusten schlug er darauf ein. Die Klauen ließen von ihm ab, und er kam frei. Der Penis der Kreatur streifte seine Wange. Er zuckte zurück und packte die Knöchel des Monstrums.

Es setzte sich auf, schlug zu und verfehlte es. Auf Knien zerrte er es hinter sich her. Dann richtete er sich auf und zog es über den Teppich. Es wedelte hilflos mit den Armen und versuchte, nach ihm zu treten.

»Bleib stehen«, rief Jack. »Ich habe es im Visier.«

»Dieses Vieh gehört mir«, grunzte Abe. Er hob die zappelnde Bestie an den Knöcheln hoch, wirbelte herum und schleuderte sie gegen die Wand. Der Kopf prallte gegen die Holzverkleidung. Er ließ die Knöchel los, und das Monstrum fiel zu Boden.

Während es versuchte, sich aufzurappeln, trat Abe gegen seinen

Kopf. Es verlor das Gleichgewicht, taumelte und prallte gegen die Wand. Die dicke Frau in der Tür sah zu ihnen herüber, murmelte etwas und schüttelte den Kopf. Jack hatte die Pistole auf sie gerichtet. Das Messer lag zu ihren Füßen.

Schwer atmend schnappte Abe sich das Messer, kniete sich vor die Bestie, rollte sie auf den Rücken und schlitzte ihr die Kehle auf. Eine heiße Blutfontäne schoss in seine Augen und in seinen geöffneten Mund.

Tyler landete vor der kauernden Bestie auf dem Rücken. Sie richtete den Revolver darauf, aber das Ungeheuer schlug ihr die Waffe aus der Hand. Sie hob den anderen Arm, um einen Schlag gegen ihr Gesicht abzuwehren. Zu spät. Der Hieb ließ ihr schwarz vor Augen werden, und ihr Arm fiel nutzlos zu Boden. Sie wollte sich wehren, doch sie war viel zu kraftlos dazu. Es kam ihr vor, als hätte sie ihren Körper verlassen und würde die Situation von außen beobachten.

Das Monstrum streichelte sie.

Die Klauen verfingen sich in der Vorderseite ihres Pullovers und rissen ihn entzwei.

Die glitschigen Hände glitten über ihre Brüste. Ob sie wohl Schleimspuren hinterließen, ähnlich wie Nacktschnecken? Seine Klauen berührten sie nur leicht, kitzelten sie fast. Seine raue Zunge leckte über ihre Brustwarzen. Flüssigkeit aus dem verletzten Auge tropfte auf ihre Brust. Seine Schnauze war so kalt wie die eines Hundes. Dann spürte sie Zähne auf der Ober- und Unterseite ihrer Brust und wusste, dass das Ding sie vollständig in sein Maul genommen haben musste. Seine Zunge stieß heraus und umkreiste ihre Brust.

Dann ließ das Maul von ihr ab, und die kühle Kellerluft umspielte ihre feuchte Haut. Jetzt verschwand ihre andere Brust in seinem Mund. Diesmal war es weniger sanft zu ihr. Sie versuchte, ruhig dazuliegen, doch ihre Muskeln verkrampften sich. Die Kiefer der Kreatur schlossen sich fester um ihre Brust, und der Schmerz ließ sie wieder klar denken. Jetzt befand sie sich wieder vollständig in ihrem Körper, wagte aber nicht, sich zu wehren. Nicht jetzt. Nicht, wenn sich ihre Brust in seinem Maul befand.

Es gab ihre Brust frei. Klauen strichen über ihren Bauch, schoben sich unter ihren Rockbund und zogen mit einer solchen Kraft, dass sich ihr Hinterteil vom Boden hob. Sie sah, wie es zwischen ihren Beinen kniete und den Rock auseinanderriss. Dann schleuderte es die Fetzen von sich.

Sie sah seinen großen, steifen Penis.

Nein!

Sie zog die Knie an und versuchte sich umzudrehen. Ihre Füße streiften die Kreatur. Dann landete sie auf ihrem Bauch.

Sie kroch über den Teppich. Die Kellertreppe war noch ziemlich weit entfernt, aber sie rappelte sich auf und rannte darauf zu. Hinter sich hörte sie ein Knurren.

Klauen bohrten sich in ihre Schulter, und ein gewaltiges Gewicht in ihrem Rücken zwang sie in die Knie. Schmerzhaft fiel sie auf alle viere. Trotz des Dings auf ihrem Rücken kroch sie langsam in Richtung Treppe.

Es griff unter sie und packte ihre Brüste. Zerrte daran. Ihre Hände lösten sich vom Teppich. Gegen seine glitschige Brust gepresst wurde sie hochgehoben. Seine Zähne bohrten sich in ihren Nacken, um sie ruhig zu halten. Sie spürte seinen Penis zwischen ihren Beinen, während es sie immer höher wuchtete und in Richtung Treppe trug.

Tyler trat wie wild um sich, packte die Hände der Kreatur und versuchte, sie von ihren Brüsten zu lösen. Doch diese griffen nur noch fester zu und durchbohrten ihre Haut.

Das Monstrum schleuderte sie gegen die Treppe. Die Kanten der Holzstufen bohrten sich in ihren Körper. Sie spürte, wie die Hände ihre Brüste losließen und die Klauen sich in ihre Hüften bohrten. Der steife Penis zog sich zurück.

Tyler kniff die Beine zusammen. Sie konnte nicht anders. Es

leckte über ihren Hals und ließ seinen Penis wieder vorwärtsgleiten, als wäre es von ihrem verzweifelten Widerstand erregt. Sie griff mit einer Hand zwischen ihren Beinen und den Stufen durch und musste würgen, als sie sein schleimiges Fleisch ertastete. Mit aller Kraft packte sie sein Geschlechtsteil und versuchte, es umzuknicken. Doch es bog sich nicht einmal, stattdessen glitt es in ihrer Hand hin und her, während die keuchende Bestie weiter ihren Hals leckte.

Sie zog die Hand zurück.

Das Vieh packte ihre Schenkel und zwang sie auseinander. Tyler hielt sich an einer der Holzstufen fest, zappelte und trat um sich. »Nein!«, kreischte sie.

Dann presste sie ihre linke Hand zwischen ihre Beine.

Das Biest stieß mit solcher Wucht gegen ihre Handfläche, dass sie mit der Stirn gegen eine Treppenstufe prallte.

Unerbittlich versuchte der Penis, sich einen Weg an ihren Knöcheln vorbei zu bahnen. Tyler ließ die Hand noch tiefer gleiten.

Das Monstrum gab ein tiefes, gurgelndes Grunzen von sich. Sein Atem schlug heiß gegen ihr Genick.

Dann biss es zu.

Tyler winselte, als sich die Zähne in ihren Handrücken bohrten, die Haut zerrissen, an ihrem rohen Fleisch knabberten und tiefer eindrangen. Ihre Hand brannte wie Feuer, doch sie hielt sie fest gegen ihren Körper gepresst.

Sie glaubte, den Verstand zu verlieren.

Es konnte doch dort keine Zähne haben. Doch nicht *da unten*!

Aber so war es.

Sie vergruben sich in ihrer Hand wie die einer tollwütigen Ratte. Als würden sie sich durchfressen wollen.

Mein Gott.

Oh mein Gott.

Sein Knurren erinnerte an Gelächter, als es auf ihrer Hand herumkaute.

Es genoss das Ganze.

Wenn es wollte, könnte es mühelos meine Hand zur Seite schlagen. Will es aber nicht.

Tyler hörte, wie Blut auf die Holzstufen tropfte.

Sie wünschte, dass ihre Hand endlich taub würde. Stattdessen wurde sie nur immer empfindlicher. Die Zähne fühlten sich wie weißglühende Nadeln an, die unentwegt auf sie einstachen. Ihr ganzer Arm zitterte und brannte.

Dann waren die Zähne verschwunden.

Das Knurren klang jetzt weniger amüsiert.

Plötzlich brüllte es auf, bohrte seine Klauen in ihre Oberschenkel und rammte seinen Penis gegen sie. Tylers Hand schien vor Schmerz zu explodieren, als zwei ihrer Finger brachen.

Ein unbeschreibliches Krachen dröhnte in ihren Ohren.

Die Klauen lösten sich mit einem Ruck aus ihren Schenkeln. Sie fiel der Länge nach auf die Stufen.

Eine weitere Detonation. Sie setzte sich auf und starrte auf ihre rechte Hand, deren Rücken nur noch ein blutiger Brei zu sein schien. Die beiden gebrochenen Finger waren bereits angeschwollen. Tränenüberströmt drehte sie sich um und sah Käpt'n Frank, der über dem Monstrum stand.

Es lag zitternd auf dem Rücken. Ein Loch klaffte in seiner Schläfe, ein weiteres in seiner Brust. Tyler besah sich den gewaltigen Penis, der mit Blut verschmiert war. Ihrem Blut. Hautfetzen klebten an seinem stumpfen Ende, dessen Zahnreihen sich öffneten und wieder zuschnappten.

Käpt'n Frank feuerte so lange auf seinen Kopf, bis seine Waffe leer war.

Dann schenkte er Tyler ein schiefes, leicht betrunken wirkendes Lächeln. »Hab ich's nicht gesagt?« Er blinzelte ihr zu und ließ das Magazin aus seiner Luger auf den Boden fallen. Aus einer Tasche seiner ausgebeulten Bermudashorts holte er ein frisches Magazin, schob es in den Griff und ließ eine Kugel in die Kammer gleiten.

»Ich hab doch gesagt, dass ich's zur Strecke bringen werde«, sagte er und schoss weiter.

Tyler beobachtete, wie die tote Bestie zuckte, als sie von den Kugeln durchsiebt wurde. Dann schloss sie die Augen.

Sie spürte, wie die Treppe unter ihr erzitterte.

»Ahoi da oben«, rief Käpt'n Frank und stellte das Feuer ein.

Tyler öffnete die Augen und blickte in Abes auf den Kopf gestelltes Gesicht, das dicht über ihr hing. »Mein Gott«, sagte er.

Er kam die letzten Stufen hinunter und setzte sich neben Tyler. Sie wandte sich ihm zu und breitete die Arme aus.

Kapitel dreißig

Tyler hielt ihn fest an sich gedrückt. Abe streichelte ihren Kopf. »Es ist vorbei«, flüsterte er. »Es ist vorbei. Bist du schwer verletzt?«

»Nur … meine Hand.«

Abe warf einen Blick darauf und verzog besorgt das Gesicht. »Mein Gott«, murmelte er und fing an, sein Hemd auszuziehen.

»Ich hab ihm ordentlich eins übergebraten«, sagte Käpt'n Frank fröhlich.

»Wie geht es Jack?«, fragte Tyler, während Abe sein Hemd um ihre verletzte, geschundene Hand wickelte.

»Dem geht's gut. Wir sind vorsichtig vorgegangen. Wo ist Nora?«

»Keine Ahnung. Draußen, nehme ich an.«

»Dieser Hardy hat Janice ein Loch in den Pelz gebrannt«, sagte Käpt'n Frank. »Wir haben sie im anderen Haus zurückgelassen, und Nora ist los, um Hilfe zu holen.«

»Er hat sie *angeschossen*?«

»Hat sie mit der Bestie verwechselt.«

»Hat es sie schlimm erwischt?«

»Ich glaube, sie kommt durch, aber wir haben ein paar Schüsse aus ihrer Richtung gehört. Dieses Monstrum muss sie überrascht haben, bevor es uns angefallen hat. Hat mich ganz schön in die Mangel genommen, aber ich werd's überleben. Konnte mich rechtzeitig aufrappeln, um's ihm heimzuzahlen.«

Abe hatte Tylers Hand fertig verbunden. »Hauen wir ab. Wir müssen dich ins Krankenhaus bringen.« Vorsichtig schloss er ihren in Fetzen gerissenen Pullover vor ihrer Brust.

Als sie sich aufrichtete, stöhnte sie vor Schmerzen.

Käpt'n Frank hob die Überreste ihres Rocks auf und reichte ihn Abe, ohne Tyler anzusehen.

Abe wickelte den Rock um ihre Hüften und zog ihn mit Käpt'n Franks Gürtel fest. Dann machte er sich auf die Suche nach ihren Sandalen und fand eine unter der ersten Treppenstufe, die andere neben dem Kopf der Bestie. Auf wackeligen Beinen schlüpfte sie hinein.

Der alte Mann hob den Revolver auf, den er Tyler geborgt hatte, und steckte ihn in die Hosentasche. Die Luger ließ er in die andere Tasche gleiten. »Ich denke, wir sind hier so weit fertig.«

Er ging die Treppe hoch. Abe schlang einen Arm um Tylers Rücken, und gemeinsam folgten sie ihm hinauf.

Sie betraten die Küche der Kutchs und gingen von dort aus durch einen engen, blau beleuchteten Korridor. In der Eingangshalle standen mehrere Leute. Jack hatte seine Waffe auf eine dicke Frau mit bandagiertem Gesicht gerichtet, deren Körperbau starke Ähnlichkeit mit dem von Maggie Kutch aufwies. Eine dünne, blasse Frau im Nachthemd stand mit dem Rücken zur Tür und hielt einen Säugling an ihrer Brust.

Jack runzelte die Stirn. »Heilige Scheiße«, sagte er. »Was tust du denn hier? Tyler? Was ist passiert?«

»Sie sind einer weiteren Bestie begegnet.«

»Ich hab sie ins Jenseits befördert«, sagte Käpt'n Frank. »Ihr das Licht ausgeblasen.«

»Wo ist Nora?«

»In Sicherheit«, sagte Tyler. »Glaube ich zumindest.«

»Und das Mädchen?«, fragte Abe. »Die, die uns erschießen wollte?«

»Das ist meine Tochter Sandy«, sagte die Frau mit dem Baby.

»Wir haben überall nach ihr gesucht.« Jack zuckte mit den Schultern. »Keine Ahnung, wo sie abgeblieben ist.«

»Also gut. Hauen wir ab.«

»Die Tür ist immer noch abgeschlossen.«

»Dann schießen wir sie eben auf.«

»Ich weiß, wo der Schlüssel ist«, sagte die Frau mit dem Baby. »Ich hole ihn. Bin gleich wieder da.«

»Okay«, sagte Abe.

Sie hielt Jack das Baby hin. »Würden Sie ihn kurz für mich halten? Es wird nur eine Sekunde dauern.«

»Sein Name ist Jud. Judgement Rucker Hayes.« Ihre Stimme zitterte, als sie den Namen aussprach.

Jack nahm das Kind entgegen und lächelte ihm zu.

Die Frau wollte die Treppe hinaufgehen.

»Der Schlüssel ist da oben?«, fragte Abe. Er klang besorgt.

»Keine Angst«, sagte Jack. »Maggie ist k. o. Sie kann von Glück reden, wenn sie überhaupt durchkommt.«

»Okay. Aber gehen Sie nicht zu nahe an sie ran.«

Die Frau eilte die Treppe hinauf. Oben angekommen lief sie nach links und verschwand.

»Wir sind im Handumdrehen von hier verschwunden«, sagte Abe und tätschelte Tylers Rücken.

Das Baby in Jacks Armen gurgelte leise vor sich hin.

»Süßer kleiner Wurm«, sagte Jack. Lächelnd sah der Säugling auf und griff nach seiner Wange. »Und so tapfer«, sagte er und kitzelte Jud's Bauch.

Seine Mutter erschien oben an der Treppe.

»Haben Sie den Schlüssel?«, fragte Abe.

Sie nickte und kam die Stufen hinab.

Die Vorderseite ihres Nachthemds war dunkel und klebte an ihren Brüsten. Blut bedeckte ihr Gesicht und tropfte an ihrem Kinn herunter.

»Mein Gott«, murmelte Abe und rannte auf die Treppe zu. Sie streckte ihm den Arm entgegen. Von ihren Fingern baumelte eine dünne Kette.

»Der Schlüssel«, sagte sie.

»Was ist passiert? Sind Sie verletzt?«

»Nein. Mir geht's gut. Prima. Sie … Maggie … sie hat Jud ermordet. Meinen … den Vater meines Sohnes.«

Abe legte einen Arm um ihren Rücken.

»Ich hab sie das Messer spüren lassen.«

Er führte sie die Stufen hinab.

»Maggie hat ihn mit dem Messer umgebracht. Jetzt habe ich sie das Messer spüren lassen.«

»Ist schon gut«, sagte Abe.

»Hat sich auf jeden Fall gut angefühlt.«

»Maggie hat sie also angegriffen, als sie den Schlüssel holen wollten.«

»Nein. Nein, sie …«

»Das ist die Geschichte, die wir ihnen erzählen werden.«

»Ach so.«

Abe sperrte die Vordertür auf und öffnete sie langsam. »Wir kommen jetzt raus«, rief er der Polizistin zu, die auf dem Rasen stand. »Es ist vorbei.«

Die Frau steckte ihre Waffe weg.

Tyler folgte Abe auf die Veranda und sog tief die kühle, nach Meer duftende Nachtluft in ihre Lungen. Der Mond stand hoch am Himmel.

Kapitel einunddreißig

Sandy kauerte in dem kleinen Abstellraum unter der Treppe und wartete.

Während sie tatenlos den Schüssen gelauscht hatte, hatte sie ihre Knie fest umklammert. Sie hatte ja versucht zu helfen, doch die beiden Männer mit den Waffen waren zu clever und zu schnell für sie gewesen. Also hatte sie sich versteckt.

Weitere Schüsse.

Dann rannte jemand so schnell die Treppe hinunter, dass Staub auf ihre Schultern hinabrieselte.

Dann die Stimme ihrer Mutter: Sandy, wo bist du? Bitte, antworte mir. Ich liebe dich immer noch, Schatz. Alles wird wieder gut, versprochen.

Sie rührte sich nicht, wagte kaum zu atmen. Jemand ging ziemlich nah an dem Brett vor der Kammer vorbei, schob es jedoch nicht beiseite. Vielleicht wusste er gar nicht, dass dahinter noch ein Raum war.

Kurz darauf hörte sie Stimmen, konnte jedoch nichts verstehen. Jemand ging die Treppe hinauf, jemand anderes folgte ihm.

Dann waren wieder alle verschwunden.

Sandy wartete. Sie fragte sich, was passiert war. Wer war gestorben, wer hatte überlebt? Sie war kurz davor zu verzweifeln.

Wick war wahrscheinlich tot. Aber der war sowieso ein Widerling. Auch Maggie und Agnes wären kein großer Verlust. Aber Seth und Jason und der kleine Rune – wenn sie sie ermordet hatten … sie schniefte leise in der Dunkelheit, als Tränen ihre Wangen hinunterliefen.

Später kamen noch mehr Leute ins Haus. Sandy legte sich auf den Rücken, lauschte und wartete. Die Leute wollten einfach nicht wieder verschwinden. Sie war sehr müde, doch ihre Gedanken rasten und hielten sie wach.

Was, wenn sie sie gefunden hätten? Hatten sie aber nicht.

Was war mit Seth und Jason und Rune passiert?

Was würde mit ihr geschehen? Sie war doch erst vierzehn. Wick war wahrscheinlich tot. Maggie hatte diesen Cop erschossen und letztes Jahr Jud erstochen. Mom würde das bezeugen, also würde Maggie nie wiederkommen, selbst wenn sie sie lebendig geschnappt hatten.

Agnes könnte zurückkommen. Ihr konnten sie nichts in die Schuhe schieben. Wenn sie sie nicht in die Klapsmühle steckten. Agnes war zwar etwas schwer von Begriff, aber nicht verrückt. Vielleicht würden sie sie laufen lassen. Dann würde sie das Haus erben – und das Horrorhaus dazu.

Ja.

Wenn Agnes wieder kam, war alles halb so schlimm. Dann konnte Sandy die Sache selbst in die Hand nehmen und die Führungen fortsetzen.

Außerdem kannte sich Agnes mit Babys aus. Schließlich hatte sie geholfen, als Mom ihr Kind zur Welt brachte.

Sie würde auch ihr helfen.

Sandy ließ die Hände über ihren Bauch gleiten. Langsam legte sich das Durcheinander in ihrem Kopf.

Draußen ertönten immer noch Stimmen. Dauernd ging jemand die Treppe rauf und runter.

Sie fragte sich, welchen Namen sie ihrem Kind geben sollte. Seth? Jason? Sie wusste ja nicht genau, wer der Vater war. Außerdem waren das so altmodische Namen. Doofe Namen. Wie wäre es mit Rich oder Clint …

Dann schlief sie ein.

Epilog

Tyler löste ihren Finger aus dem festen Griff des Babys und klopfte an die Tür der Hütte.

»Wer ist da?«

»Ich bin's«, sagte sie.

»Einen Moment, Schätzchen. Ich bin nicht angezogen.«

Einen Augenblick später öffnete Nora die Tür. Sie trug einen nagelneuen Bikini, der nur sehr wenig verdeckte.

»Du verlierst ja keine Zeit«, sagte Tyler.

»Ich hab Jack unten am Kai gesehen. Er hat mich noch nicht bemerkt. Ich werde ihn überraschen. Gib mir mal den Kleinen.«

Lachend hielt ihr Tyler das Baby hin. Das Kind streckte Arme und Beine aus, als hätte es Angst, fallen gelassen zu werden, und packte einen Träger von Noras Bikini. Sie schlang die Arme um den Kleinen und drückte ihn an sich. »Dich behalt ich, Scotty«, sagte sie.

»Schaff dir selbst eins an. Jack wird dir sicher gern dabei helfen.«

»Zweifellos.« Sie setzte sich auf das riesige Bett. »Also, wie ist das Leben in der Provinz?«

»Könnte nicht besser sein. Und in der Stadt?«

»Geht mir langsam auf den Wecker. Ich hab das ganze Jahr nur an diesen Ort gedacht. Er ist mir irgendwie ans Herz gewachsen. Genau wie Jack.«

»Das sieht man. Du hast noch nicht mal ausgepackt.«

»Ich habe auch nicht vor zu bleiben.«

»Aber …«

»Ich werde Jack so lange auf die Nerven gehen, bis er mich bei sich wohnen lässt. Clever, was? Dann kannst du das Zimmer an zahlende Kundschaft vermieten. Ich hab das BELEGT-Schild nicht übersehen.«

»Aber Jack hat doch nur diese kleine Hütte unten am …«

»Ich weiß, ich weiß. Wir sprechen uns ab und zu, musst du wissen.« Sie ließ sich aufs Bett fallen und hob Scotty in die Luft. Er keuchte erschreckt und fing an zu weinen. Schnell ließ sie ihn wieder herunter. »Ach Scheiße. Jetzt hab ich's geschafft.« Sie setzte sich auf und gab ihn Tyler zurück.

Das Kind schlang einen Arm um ihren Hals und hielt sich fest. »Hat dich die große böse Nora erschreckt?«

»Hör auf, den Kleinen gegen mich aufzuhetzen. Ohne mich wäre er gar nicht hier. Hätte ich diesem Wichser damals nicht den Finger gezeigt, dann …«

»Du hast Recht. Bedank dich schön, Scotty.«

Scotty schluchzte.

»Übrigens«, sagte Nora. »Rat mal, wo ich letzte Nacht war – im Welcome Inn! Genau wie hier war dort alles belegt, aber Janice hat mich im Schlafzimmer ihrer Eltern untergebracht.«

»Wie geht es ihr?«

»Das weißt du nicht?«

»Ich hab sie ein paarmal im Fernsehen gesehen und weiß, dass ihr Buch seit sechs Wochen auf der Bestsellerliste ist.«

»Sie hat allein für die Taschenbuchrechte – halt dich fest – über eine Million bekommen. Die Dreharbeiten zu dem Film sollen in zwei Wochen anfangen. Sie werden vor Ort drehen.«

»Ja, aber wie geht's ihr?«

Das Lächeln verschwand aus Noras Gesicht. »Ich bin letzte Nacht von ihren Schreien aufgewacht. Sie hatte einen schlimmen Albtraum. Wir haben bis zum Morgen geredet. Früher hatte sie diese Albträume jede Nacht, jetzt nicht mehr so häufig. Sie sagt, dass es ihr sehr geholfen hat, das Buch zu schreiben – sie konnte viel Ballast abwerfen. Außerdem ist sie jetzt mit einem Typen namens Steve Saunders zusammen. Hardys Agent hat ihn ihr geschickt, um ihr mit dem Manuskript zu helfen. Er hat auch das Drehbuch verfasst. Die beiden sind richtig ineinander verschossen, doch jetzt ist er wieder in L.A. bis die Dreharbeiten anfangen. Ich habe sie überredet, ihn gleich heute Morgen anzurufen. Das hat sie aufgeheitert. Also, ich denke, ihr geht's soweit gut.« Jetzt lächelte Nora wieder. »Hey, wir sind nach dem Essen sogar rüber ins Last Chance. Der gute alte Käpt'n Frank war in Hochform. Er ist jetzt so etwas wie eine lokale Berühmtheit.«

»Das genießt er, da wette ich drauf.«

»Der Mann sonnt sich in seinem Ruhm. Du hättest ihn hören sollen: ›Aye, ich hab die Bestie erledigt, in der Tat.‹ Er bekommt einen Drink nach dem anderen spendiert. Ich soll dich schön von ihm grüßen und dir sagen, dass du seinen Gürtel ruhig behalten kannst.«

»Ich wollte ihn zurückschicken, wirklich.«

»Das Porto kannst du dir jetzt sparen.« Sie stand auf. »Also, ich würde ja gerne den ganzen Nachmittag mit dir quatschen, aber ich habe leider einen ganz dringenden Termin. Du weißt ja, wie das ist.«

»Ich weiß.«

Nora ging an ihr vorbei und öffnete die Tür.

»Moment«, sagte Tyler. »Hast du an der Führung teilgenommen?«

»Machst du Witze? Also zum einen war die Schlange vor dem Horrorhaus mindestens eine halbe Meile lang. Außerdem kostet die Eintrittskarte jetzt zwölf fünfzig. Sie müssen ein Vermögen verdienen.«

»Wer?«

Nora zuckte mit den Schultern. »Das Haus gehört jetzt Maggie Kutchs Tochter. Wer die Führungen macht, weiß ich nicht. Ich hab nur einen kurzen Blick auf sie geworfen. Ein Mädchen, kann nicht älter als vierzehn oder fünfzehn sein.«

»Sie hätten den Laden dichtmachen sollen.«

»Scheiße, sie hätten ihn bis auf die Grundmauern niederbrennen sollen. Zumindest wird Dan nicht mehr ausgestellt. Ich habe jemanden gefragt, der gerade rauskam. Offenbar haben sie keinen Wert darauf gelegt, seine Figur zu ersetzen.«

»Das freut mich.«

»Hey, jetzt hätte ich beinahe das Buch vergessen.« Sie ging zu ihrem geöffneten Koffer hinüber und zog ein Buch unter einem Nachthemd hervor. Der Schutzumschlag kam Tyler bekannt vor: *Der Schrecken von Malcasa Point* von Janice Crogan. Auf dem Titel war eine grobe, unbeholfene Zeichnung der Bestie abgebildet, deren Anatomie von der Hüfte abwärts unter dicken Bleistiftstrichen verborgen war. »Hast du schon eins?«

Tyler nickte.

»Aber das hier ist signiert. Warte, ich muss gucken, ob es nicht Jacks ist.« Sie schlug das Buch auf. »Ja, das ist deins.«

Tyler setzte sich auf das Bett, legte Scotty auf ihren Schoß und nahm das Buch entgegen.

»Bis später«, sagte Nora.

»Um sechs in der Cocktailbar«, erinnerte sie Tyler.

»Geht klar. Wir kommen auf jeden Fall.«

Dann ging Nora hinaus.

Tyler schlug das Buch auf. Unter dem Namen der Autorin stand etwas mit blauer Tinte geschrieben:

Für meine guten Freunde Tyler und Abe, die mir das Leben gerettet haben. Vielen Dank und alles Gute. Der Schrecken hat ein Ende. Viel Glück für die Zukunft. Janice Crogan, 3. August 1980.

MITTERNACHTSTOUR

Kapitel eins

Sandy – August 1980

»Autsch«, sagte Sandy. »Pass mit deinen Zähnchen auf, du Bengel. So. So ist's besser. Wer ist mein kleines Äffchen? Bist du mein kleines Äffchen?«

Plötzlich hörte sie durch das geöffnete Fenster Schritte neben ihrem Wohnwagen. Die Zweige und Piniennadeln des Waldbodens knackten leise.

Vor Angst hielt sie den Atem an.

Eric hörte auf, an ihrer Brust zu saugen, als hätte er ihre Furcht gespürt. Er ließ ihre Brustwarze aus seinem Mund gleiten, legte den Kopf in den Nacken und sah ihr ins Gesicht.

»Keine Angst«, flüsterte sie.

Eric wimmerte leise und beunruhigt.

»Pssst.« Sie warf einen Blick über ihre Schulter.

Die Vorhänge hinter ihr waren geschlossen. Obwohl ihr Wohnwagen auf einer abgelegenen Lichtung stand, die nur selten von Fremden betreten wurde, öffnete Sandy sie fast nie.

Man konnte ja nie wissen.

Die Abenddämmerung schimmerte durch den dünnen gelben Vorhangstoff. Sie bemerkte jedoch keine Bewegung, keine Spur des Eindringlings.

Zumindest kann er uns dann auch nicht sehen.

Sie fragte sich, woher sie wusste, dass es ein Mann war.

Vielleicht aufgrund der schweren, selbstsicheren Schritte.

Er war bereits an ihrem Fenster vorbeigegangen. Die knirschenden Schritte wurden langsam leiser.

Vielleicht haut er ja wieder ab.

Doch wahrscheinlicher war, dass er auf der Suche nach der Eingangstür den Wohnwagen umrundete.

Geh weg! Wer du auch bist, geh einfach weg!

Für einige Augenblicke war alles ruhig.

Eric nahm wieder die Brustwarze in den Mund und saugte weiter.

Dann stieg der Eindringling auf die kleine Treppe. Das Holz knarrte und ächzte unter seinem Gewicht.

Sandy starrte auf die Tür direkt gegenüber.

Habe ich abgeschlossen?

Ich schließe immer ab.

Diesmal auch?

Sie war ziemlich aufgeregt gewesen, als sie reingekommen war. Und schon gar nicht in der Lage, vernünftig zu denken.

Ich habe bestimmt abgeschlossen.

Kein Laut drang von der anderen Seite der Tür.

Sandys Herz klopfte ihr bis zum Hals. Sie hörte Erics leises Saugen und Schlürfen an ihrer Brust.

Der Eindringling klopfte.

Sandy zuckte zusammen, und Eric biss sie leicht.

»Wer ist da?«

»Marlon Slade«, ertönte eine tiefe, volle Stimme, die sie an Darth Vader erinnerte. »Wir haben uns heute Morgen kennen gelernt.«

»Ich weiß.«

»Mrs Blume, ich muss mich kurz mit Ihnen unterhalten.«

»Worüber?«

»Darf ich bitte reinkommen?«

»Lieber nicht. Mein Dad kommt jeden Augenblick nach Hause. Und er will nicht, dass ich jemanden reinlasse, wenn er nicht da ist.«

»Miss Blume, hier draußen fressen mich die Moskitos bei lebendigem Leib. Bitte lassen Sie mich rein.«

»Das geht nicht. Ich kann Sie auch sehr gut von hier aus hören.«

Er rüttelte am Türgriff. Das Geräusch ließ ihr die Haare zu Berge stehen. »Hey!«, rief sie und sprang auf. »Lassen Sie das!«

Er konnte die Tür nicht öffnen.

Sie *hatte* also abgeschlossen.

»Ich würde es vorziehen, diese Sache nicht durch die Tür mit Ihnen besprechen zu müssen.«

»Es gibt nichts zu besprechen.«

»Wie Sie meinen. Dann warte ich eben auf Ihren Vater. Ich bin mir sicher, dass er an meinem Angebot sehr interessiert sein wird, auch wenn Sie es nicht sind.«

Sie stand mitten im Raum, hielt Eric in den Armen und schüttelte den Kopf. »Ich habe Ihnen doch *gesagt*, dass ich nicht in Ihrem Film mitspielen will.«

»*Natürlich* wollen Sie. Und jetzt seien Sie ein gutes Mädchen und machen die Tür auf.«

»Nein, vielen Dank.«

Er schlug so hart gegen die Tür, dass sie erzitterte.

Sandy erzitterte ebenfalls.

Eric sah sich erstaunt um.

»Aufhören!«, rief Sandy.

Stille.

Marlon Slade stand noch immer auf der obersten Stufe vor ihrer Tür.

»Wir können morgen drüber reden«, schlug Sandy vor. »Ich werde in die Stadt fahren, und …«

»Nein«, sagte er, als wüsste er, dass sie ihn anlog. »Wir müssen jetzt darüber reden. Ich bin den ganzen Weg von der Straße zu diesem gottverlassenen … Wohnwagen marschiert. Und ich weigere mich, wieder zurückzugehen, ohne mit Ihnen von Angesicht zu Angesicht über unser Problem gesprochen zu haben.«

»Wir haben kein Problem.«

»Junge Frau, Sie weigern sich, bei meinem Film mitzumachen. Das kann ich nicht akzeptieren. Und das wiederum *ist* ein Problem für mich. Lassen Sie uns doch wie zivilisierte Menschen miteinander reden. Bitte! Die Moskitos bringen mich noch um.«

»Dann hauen Sie doch ab. So einfach ist das.«

»Passen Sie auf. Ich gebe Ihnen einhundert Dollar, wenn Sie mich reinlassen. Bar auf die Hand. Egal, ob Sie nun bei *Horror* dabei sind oder nicht. Wie klingt das?«

»Ich brauche Ihr Geld nicht. Ich komme schon klar.«

»Es überrascht mich, dass Miss Kutch Ihnen überhaupt etwas bezahlt.«

»Ich bekomme sehr viel Trinkgeld.«

»Das glaube ich gerne. Sie sind schließlich eine hübsche junge Frau.«

Sie verzog das Gesicht. »Ich mache meinen Job sehr gut.«

»Fünfhundert. Sie bekommen fünfhundert Dollar in bar, wenn Sie mich reinlassen.«

Das war eine Menge Geld. Zu viel, um es ohne triftigen Grund auszuschlagen. Sie musste ihn ja nur reinlassen und sich sein Angebot anhören …

Was habe ich schon zu verlieren?

»Also gut. Moment noch.«

Sie lief in Erics winziges Zimmer, beugte sich über das Gitter seines Bettchens und legte ihn auf die Matratze. Dann klappte sie den Deckel zu und ließ das Schloss daran zuschnappen.

»Sei ganz still, Schätzchen«, flüsterte sie.

Sie verließ den Raum und zog die Tür hinter sich zu.

»Augenblick!«, rief sie, lief in ihr eigenes Zimmer, wo die beigen Shorts und ihr zerknittertes Uniformhemd auf ihrem Bett lagen, wo sie sie hingeworfen hatte. Unterwäsche und Socken hatte sie bereits in den Wäschekorb gelegt, aber sie hatte nicht gewusst, was sie mit der Uniform anfangen sollte – in den nächsten Wochen, wenn nicht sogar Monaten würde es keine Führungen durch das Horrorhaus geben – also hatte sie die Klamotten erst mal dort liegen gelassen.

Sie schlüpfte in die Shorts und schloss den Gürtel. Dann zog sie sich das Hemd über und rannte aus dem Zimmer. An der Eingangstür sah sie sich noch einmal um, während sie das Hemd zuknöpfte.

Bis auf ein zerknittertes Handtuch auf dem Sofa war kein Hinweis auf das Baby zu sehen.

Dafür gab es genug Hinweise auf Sandys Vater: Ein Aschenbecher auf dem Beistelltisch; ein geöffnetes Päckchen Camel; Ausgaben von Angel- und Waffenmagazinen sowie dem *Hustler*, die verstreut herumlagen, außerdem eine fast volle Flasche Jim Beam auf der Arbeitsplatte der Küche. Alles war gut sichtbar arrangiert.

Sandy schloss den letzten Hemdknopf und warf das Handtuch hinter das Sofa. Dann sah sie sich noch einmal um.

Alles klar.

Sie ging zur Tür, sperrte sie auf und öffnete sie.

Marlon Slade wollte hereinkommen, doch sie stellte sich ihm in den Weg. »Das macht dann fünfhundert Mäuse«, sagte sie und streckte die Hand aus.

»Ach, natürlich. Das hätte ich beinahe vergessen.« Mit einem gequälten Lächeln griff er in die Gesäßtasche seiner Hose, die dieselbe Farbe wie Sandys Uniform hatte. Seine Beine steckten in Reitstiefeln aus schwarzem Leder. Er trug ein Hemd aus schwarzer Seide und dazu eine breite grüne Krawatte. Sandy nahm an, dass er versuchte, so auszusehen, wie man sich einen Regisseur eben vorstellte.

Ihr kam er jedoch eher wie ein pummeliges Kind in einem Karnevalskostüm vor.

Er zog seine Brieftasche hervor und öffnete sie. Sie war außerordentlich gut gefüllt.

»Sie scheinen's ja dicke zu haben«, sagte Sandy.

»Nicht mehr lange, wenn Sie mich weiterhin so erpressen.«

»Es war Ihre Idee«, erinnerte sie ihn.

Er zählte die versprochene Summe in Hundertern und Fünfzigern ab. »Vielen Dank«, sagte Sandy, nachdem sie das Geld erhalten hatte, und machte den Weg frei. Marlon kam herein und schloss die Tür hinter sich.

Sandy faltete die Geldscheine zusammen. Als sie sie in die Hosentasche steckte, fiel ihr auf, dass sie ihr Hemd falsch zugeknöpft hatte.

Ihre Blicke trafen sich. Marlon hatte es offenbar ebenfalls bemerkt.

»Ich war in Eile«, murmelte sie und errötete.

Er grinste. »Tut mir leid, wenn ich Sie gestört habe.«

»Ist schon in Ordnung.« Beinahe hätte sie ihm erzählt, dass sie gerade aus der Dusche gekommen war, hielt jedoch rechtzeitig den Mund. Sie wollte sich auf keinen Fall in irgendwelchen Lügengeschichten verzetteln.

»Wollen Sie was trinken?«

»Das wäre schick.«

Schick?

»Mein Dad trinkt Bourbon«, sagte sie und deutete mit dem Kinn auf die Flasche.

»Perfekt. Ohne Eis bitte.« Er ließ sich auf das Sofa fallen.

Auf dem Weg zur Arbeitsplatte warf Sandy einen Blick über die Schulter und grinste. »Sind Sie überhaupt alt genug, um Alkohol zu trinken? Ich will ja nicht mit dem Gesetz in Konflikt geraten.«

Er kicherte glucksend. »Ich bin älter, als ich aussehe.«

»Zum Glück. Sie sehen nämlich aus, als wären sie gerade mal zehn.«

»Sehr witzig.«

Sie holte ein Marmeladenglas aus dem Regal und schenkte ihm Bourbon ein.

»Trinken Sie mit mir?«, fragte er.

»Ich bin noch minderjährig«, sagte sie.

»Das sehe ich. Wie alt sind Sie denn?«

»Eine wahre Lady verrät niemals ihr Alter.«

»Vierzehn? Fünfzehn?«

»Ich bin älter, als ich aussehe.«

»Wirklich?«

»Wirklich.«

»Ich bin vierundzwanzig«, sagte Marlon.

»Herzlichen Glückwunsch.«

»Und Sie?«

»Das geht Sie nichts an.« Sie reichte ihm das Glas, trat einen Schritt zurück, verschränkte die Arme vor der Brust und verlagerte ihr Gewicht auf das linke Bein.

Marlon nahm einen Schluck und seufzte. »Setzen Sie sich. Bitte.« Er klopfte auf das Sofakissen an seiner Seite.

»Ich stehe lieber.«

»Wie Sie möchten.«

»Wie haben Sie mich gefunden?«

Sein Blick wanderte kurz zu ihren Brüsten, dann sah er ihr ins Gesicht. »Agnes Kutch hat mir gesagt, wo sie wohnen.«

»Wirklich?«

»Wirklich.«

»Das glaube ich nicht. Sie würde es *niemandem* verraten.«

»Mir schon.«

»Auf keinen Fall. Und sonst weiß niemand, wo ich wohne. Sind Sie mir gefolgt?«

»Natürlich nicht. Als Sie gegangen sind, war ich mit etwas anderem beschäftigt.«

»Sie haben jemanden beauftragt, mir zu folgen?« Sie sah ihn mit finsterer Miene an.

Er versuchte, möglichst unschuldig dreinzuschauen, doch seine Augen verrieten ihn.

»Also, Mister«, sagte Sandy. »Das stinkt ganz gewaltig.«

»Ich musste doch wissen, wo ich Sie finden kann.«

»Wen haben Sie auf mich angesetzt?«

»Einen meiner Assistenten.«

»Wen?«

»Das spielt keine Rolle.«

»Aber sicher spielt das eine Rolle! Was, wenn er den Mund nicht halten kann? Dann kommt früher oder später jeder hierher.«

»Sie wird schweigen wie ein Grab. Das verspreche ich. Ich gebe Ihnen mein Ehrenwort.«

»Ach, ihr Ehrenwort. Na, dann ist ja alles in Butter.«

»Mein Wort zählt.«

»Klar.« Sie verlagerte ihr Gewicht auf das andere Bein. »Na toll. Ganz fabelhaft.«

»Sandy, ich will, dass Sie in meinem Film mitspielen.«

»Ich hab Ihnen doch schon gesagt, dass ich keine Lust dazu habe. Hören Sie schlecht? Haben Sie mir deshalb einen *Spion* auf den Hals gehetzt?«

»Sie sollen die Rolle der Janice übernehmen.«

»*Was?*«

»Ich will, dass Sie Janice Crogan spielen.«

»Das ist doch lächerlich.«

»Überhaupt nicht.«

»Sie machen wohl Witze?«

»Ich mache nie Witze, wenn es um meine Arbeit geht.«

»Ich dachte, ich sollte eine … Statistenrolle oder so was übernehmen.«

»Sie sind die *Hauptdarstellerin*. Das hätte ich Ihnen heute Morgen schon alles erzählt, wenn Sie sich nicht so schnell aus dem Staub gemacht hätten.«

»Aber was ist mit … wie heißt sie noch? Die, die Sie angeheuert haben, um Janice zu spielen.«

Er nahm einen Schluck Bourbon. »Tricia Talbot. Sie hat das Handtuch geworfen.«

»Was?«

»Sie hat gekündigt. Gestern Abend.«

Sandy musste lächeln. »Wirklich? Weshalb denn?«

»Also, wir hatten … kreative Differenzen.«

»Was meinen Sie damit?«

»Sie hatte eine völlig andere Vorstellung von dem Film als ich. Aber ich wollte nicht nachgeben, deshalb ist sie ausgestiegen.« Er grinste. »Sie hat in Windeseile zusammengepackt, ist zurück nach San Francisco gefahren und hat uns *sans* Janice zurückgelassen. Und morgen beginnen die Dreharbeiten. Sie müssen also früh aufstehen.«

»Können Sie nicht irgendwen anrufen und sich eine richtige Schauspielerin besorgen?«

»Warum denn, wenn Sie doch hier sind?«

»Weil ich nicht in Ihrem Film mitspielen werde, darum.«

»Aber Sie *müssen.*«

»Ich muss gar nichts.«

»Sie wären perfekt. Sie sind die Verkörperung von Janice Crogan.«

»Warum fragen Sie sie nicht selbst? Janice wohnt hier in der Stadt.«

»Sie will nicht.«

»Dann sind wir schon zu zweit.«

»Fünfundzwanzigtausend.«

Sandy starrte ihn verblüfft an.

»Fünfundzwanzigtausend?«, flüsterte sie mit heiserer Stimme.

»Für nur zehn bis zwölf Wochen Arbeit.«

»Das geht nicht«, murmelte sie.

»Und wieso nicht?«

»Es geht nicht. Ich bin keine Schauspielerin.«

»Sie müssen ja keine Schauspielerin sein. Sie sind ein *Star.*«

Sie lächelte höhnisch. »Ja, klar. Ein Star. Wer's glaubt wird selig.«

»Sie haben das gewisse Etwas, Margaret.«

»Ich sehe aber nicht wie Janice aus.«

»Das müssen Sie auch nicht. Natürlich werden wir Ihr Haar färben. Aber auch in blond werden Sie umwerfend aussehen.«

»Glauben Sie?«

»Ich weiß es.«

Sie grinste.

»Was ist daran so lustig?«, fragte Marlon.

Sie stellte sich vor, wie sie ihm erklärte, dass sie unter dieser grässlichen braunen Tönung tatsächlich blond war.

Das könnte eine Menge Probleme bringen.

»Ich will nicht als dumme Blondine dastehen.«

»Das ist doch nur für die Rolle.«

»Ich will Ihre Rolle nicht.«

»Ich glaube Ihnen nicht, Margaret. Klar wollen Sie sie. Jeder will ein Star werden. Und Sie haben das Zeug dazu.«

»Nein, hab ich nicht.«

»Das gewisse Etwas.«

»Quatsch.«

Marlon nippte an seinem Bourbon, dann stellte er das Glas auf den Beistelltisch. »Ich will Ihnen etwas zeigen«, sagte er und stand auf. »Haben Sie einen Spiegel?«

»Was für einen Spiegel?«

»Den größten, den Sie auftreiben können.«

»Was haben Sie vor?«

»Kommen Sie.« Er ging auf Sandy zu. Sie hob abwehrend die Hand, doch er zog sie mit sich in den Korridor.

»Hey, was machen Sie denn?«

»Den Spiegel suchen.«

»Mein Dad wird jeden Augenblick nach Hause kommen.«

»Das bezweifle ich. Ich bin Regisseur, schon vergessen? Und ich erkenne eine Kulisse, wenn ich eine sehe. Hier wohnt kein Raucher.«

»Oh doch.«

»Da sagt mir meine Nase aber etwas ganz anderes. Und meine Nase irrt sich nie.«

Er ging mit ihr in das Badezimmer und blieb vor dem Spiegelschrank über dem Waschbecken stehen. »Nein. Wir brauchen einen größeren Spiegel.«

Wieder zog er sie hinter sich her.

»Sie leben alleine hier«, sagte er. »Geben Sie's zu.«

»Falsch.«

»Genau wie in *Das Mädchen am Ende der Straße* mit Jodie Foster. Kennen Sie den?«

»Nein.«

»Ich wette, den haben Sie doch gesehen.«

Er blieb vor Erics Zimmer stehen und streckte die Hand nach dem Türgriff aus.

Sandy packte seinen Arm und riss ihn beiseite. »Da ist kein Spiegel drin«, keuchte sie. »Das ist das Schlafzimmer meines Vaters.«

»Ach ja, Ihr Vater.«

»In meinem Zimmer ist ein Riesenspiegel«, platzte sie heraus.

»Ah, *brillant*!«

Sandy führte ihn in ihr Schlafzimmer, um das Bett herum zur Frisierkommode.

»Fantastisch«, flüsterte Marlon. »Jetzt brauchen wir Licht. Hier ist es viel zu duster. Ohne Licht kann ein Stern nicht funkeln.« Er ließ ihre Hand los. »Bleiben Sie hier. Betrachten Sie sich. Betrachten Sie sich im Spiegel.«

Sie starrte ihr Spiegelbild an.

»Und?«, murmelte sie.

Sie beobachtete, wie Marlon zum Lichtschalter ging. »Und siehe da!«, verkündete er mit tiefer, dröhnender Stimme. Dann betätigte er den Schalter.

Rotes Licht erfüllte den Raum.

»Mein Gott«, sagte Marlon.

»Ist nur eine rote Glühbirne.«

»Sehr ausgefallen.« Im Spiegel sah sie, wie er auf sie zukam und die Arme wie Flügel ausbreitete. Im roten Licht wirkte sein Hemd purpurfarben.

Sie spürte, wie sich ihre Nackenhaare aufstellten.

Warum benimmt er sich so seltsam?

Er legte seine Hände auf ihre Schultern.

Jetzt stand er dicht hinter ihr. Sie konnte nur noch seine Fingerspitzen erkennen, der Rest war hinter ihrem Körper verborgen.

»Meine zauberhafte Margaret«, verkündete er mit tiefer Stimme. »Mein Star.« Er fing an, ihre Schultern zu massieren. »Du wirst mein Star sein.«

»Das bezweifle ich«, murmelte sie.

»Stell dir doch vor: Du auf der großen Leinwand«, sagte er. Seine Hände strichen sanft und gleichzeitig entschlossen über ihre Schultern und ihren Nacken. »Vor uns ist kein Spiegel, vor uns ist die Leinwand. Und darauf bist du, Margaret Blume, überlebensgroß.«

»Ich sehe aus, als hätte ich einen ziemlich schlimmen Sonnenbrand«, sagte sie und gähnte. Gerade war sie noch ziemlich nervös gewesen, doch die Massage entspannte sie und machte sie schläfrig. Ihr Kopf folgte dem Rhythmus seiner Fingerspitzen.

Dann küsste Marlon sie auf den Hals.

»Hey, nicht.«

»Sieh in den Spiegel«, sagte er. Sein Atem strich über ihre Haut.

»Aufhören.«

»Keine Angst. Dir passiert nichts. Sieh dich an. Sieh nur, wie wunderschön du bist. Sieh, was auch das Publikum sehen wird.« Sein Spiegelbild lächelte sie an. Dann glitten seine Hände über ihre Schultern auf ihre Brüste zu. »Bezaubernd«, flüsterte er und schloss die Hände über ihren Brüsten. Er drückte sie durch den Hemdstoff.

Sandy wand sich. »Schluss damit«, sagte sie.

»Das willst du doch gar nicht. Es fühlt sich gut an, nicht wahr? Ich weiß, dass es so ist.«

Im Spiegel beobachtete sie, wie sie seine Hände packte und versuchte, von ihren Brüsten zu lösen.

Doch ohne Erfolg.

»Keine Angst«, sagte er. »Kämpf nicht dagegen an. Es ist so schön.«

»Nein!«

Plötzlich ließ er ihre Brüste los, riss ihr Hemd auf und zog es ihr in einer einzigen Bewegung von den Schultern. Jetzt war sie bis zur

Taille nackt und ihre Haut in scharlachrotes Licht getaucht. Ihre Brüste wippten, als sie versuchte, sich ihm zu entziehen.

Er packte ihre Arme.

»Sieh dich an«, sagte er mit ruhiger Stimme. »Das ist kein Spiegel. Das ist eine Leinwand. Tausende Menschen sehen ehrfürchtig zu dir auf. Du bist ein Star. Jeder will dich ansehen, berühren, ficken.«

»Lassen Sie mich zufrieden!«

»Das willst du doch gar nicht. Du willst auf die Leinwand, groß und berühmt sein. Sieh dich an.«

»Lassen Sie mich sofort los, Sie Arschloch!«

»Es gefällt dir, es gefällt dir, du liebst es. Siehst du, wie du dich selbst ansiehst? Du kannst deine Augen nicht abwenden. Es gefällt dir, was du siehst. Und jetzt stell dir all das noch hundertmal größer vor. Und hör mit der Zappelei auf!« Er schüttelte sie grob.

Sie beobachtete, wie ihr Körper hin und her gerissen wurde. Ihr Kopf wurde herumgeschleudert, und ihre Brüste hüpften.

»Halt still«, sagte er. »Dann lasse ich dich los.«

»Aufhören«, sagte sie mit hoher, zitternder Stimme. »Bitte.«

Marlon löste den Griff um ihre Arme und ließ ihr Hemd zu Boden gleiten. Dann schlang er seine Arme um ihren Körper und streichelte ihren Bauch. Seine dicken Finger näherten sich der Gürtelschnalle.

Sie versteifte sich und packte seine Handgelenke. »Nicht!«, keuchte sie.

Marlon lachte leise, während er den Gürtel öffnete. Gerade, als er sich an ihrem Reißverschluss zu schaffen machte, sprang Eric aus dem roten Dämmerlicht auf die Frisierkommode und sah ihn wütend an.

Marlon hörte auf zu lachen.

Eric stand gebückt auf der Kommode. Seine Haut glänzte rosig. Er knurrte, fletschte die Reißzähne und hob die Arme wie ein kleines Schreckgespenst.

Dann sprang er Marlon ins Gesicht.

Der Regisseur quiekte mit hoher Stimme, die nichts mit seinem tiefen Bass gemein hatte. Sandy beobachtete im Spiegel, wie Marlons erschrockenes, dickes Gesicht unter dem Körper ihres Sohns verschwand.

Marlon ließ ihren Reißverschluss los.

Die Shorts fielen zu Boden, und sie wäre fast darübergestolpert, als sie herumwirbelte. Marlon taumelte zurück. Eric hing an seinem Gesicht. Er stieß mit den Beinen gegen das Bett und verlor das Gleichgewicht. Während er stürzte, packte er den Kleinen und schleuderte ihn von sich.

»*Nein!*«, schrie Sandy.

Ihr Sohn prallte gegen die Wand über dem Bett und landete der Länge nach auf den Boden.

Sie befreite sich aus den Shorts und lief zu ihm.

Er lag auf dem Rücken und blinzelte verwirrt.

Seine Zähne und die Schnauze waren mit Blut verschmiert. Sandy hoffte, dass es Marlon gehörte.

Dann hörte sie, wie der Regisseur hinter ihr wimmerte. Sie sah sich um. Er hockte auf allen vieren, hob den Kopf und starrte sie mit aufgerissenem Mund und zerfetztem Gesicht an. »Es ist … eins von diesen *Dingern*!«, keuchte er. »Stimmt doch, oder? Oh Gott! Hast du gesehen, was der kleine Bastard mit mir angestellt hat?« Er richtete sich auf und starrte an Sandy vorbei auf das Baby, das auf dem Boden lag. »Sieh dir nur dieses hässliche Stück Scheiße an. Bastard! Wo kommt das Ding nur her? Zum Glück war ich hier, sonst hätte es *dir* noch etwas angetan.«

Sandy warf ihm einen wütenden Blick zu. »Das glaube ich nicht. Ich bin seine Mutter.«

»*Was?*«

»Er ist mein Sohn.«

Marlon taumelte auf das Baby zu. Blut tropfte von seinem entstellten Gesicht.

Sandy stellte sich ihm in den Weg.

»Weg da, du Schlampe«, schnaufte er. Blut spritzte von seinen Lippen und in Sandys Gesicht. »Ich hab noch eine Rechnung mit deinem kleinen Bastard offen, und dann …«

Sie schlug ihm auf die Nase.

Er taumelte mit weit aufgerissenen Augen zurück.

Sandy trat gegen eines seiner Beine. Er stolperte und fiel mit einem erschrockenen Keuchen auf den Hintern.

Sandy wirbelte herum und rannte zur Frisierkommode.

Sie riss die mittlere Schublade auf.

Und holte das Fleischermesser daraus hervor.

»Nimm das mit«, hatte Agnes Kutch gesagt und ihr das große, alte Messer gegeben. »Wenn du hier ausziehst und in deinem Wohnwagen hausen willst, brauchst du 'ne Waffe. Ich kann dir leider keinen Revolver geben, aber da hast du 'n richtig gutes Messer. Mama hat damit mal einen abgestochen.«

»Ich weiß«, hatte Sandy geantwortet. »Ich war dabei. Ich hab's gesehen.«

Sie knallte die Schublade zu und drehte sich zu Marlon um.

Er hatte sich halb aufgerichtet und versuchte, auf die Beine zu kommen.

Sie hob das Messer.

Marlon kreischte wie eine Frau.

Danach nahm Sandy Eric mit unter die Dusche. Unter dem warmen Wasserstrahl drückte sie ihn fest gegen ihre Brust.

Sie ertastete eine Beule auf seiner Stirn, die offenbar sehr schmerzte, da er zusammenzuckte, als sie ihn berührte – selbst als sie ihn sanft dort küsste.

Ansonsten schien er unverletzt zu sein. Nur etwas verunsichert.

»Mein armer Kleiner«, sagte sie, während sie ihn streichelte. »Du bist so tapfer. Mama war in Gefahr, und du bist ihr zu Hilfe geeilt. Mein kleiner Held. Aber ich müsste dir eigentlich eine Tracht Prügel geben, weil du dein Bettchen kaputt gemacht hast.«

Sie tätschelte sanft seinen Hintern.

Dann fing sie an zu weinen.

Eric wimmerte leise.

Nach einer Weile schniefte Sandy und seufzte tief. »Schätzchen, was hältst du von einem Tapetenwechsel? Hier können wir leider nicht bleiben. Jetzt nicht mehr.«

Kapitel zwei

Im Horrorhausbus – Juni 1997

Während der Bus über die Golden Gate Bridge fuhr, stand die junge Frau neben dem Fahrer auf, nahm ein Mikrofon in die Hand und wandte sich den Fahrgästen zu. »Guten Morgen, meine Damen und Herren! Es ist mir eine Ehre, Sie heute auf der Fahrt nach Malcasa Point zu begleiten. Ich heiße Patty – und jawohl, ich bin Irin. Mein Großvater stammt aus Cork.«

»Interessiert mich nicht«, murmelte Monica.

Owen nickte und lächelte gequält. Er hatte nichts gegen Patty, doch Monica schien sie von Anfang an nicht leiden zu können. Monica konnte vieles von Anfang an nicht leiden, besonders andere Frauen … und ganz besonders attraktive Frauen.

Und Patty war wirklich attraktiv. Owen schätzte sie auf etwa fünfundzwanzig. Ihre tiefgebräunte Haut und das kurze braune Haar ließen sie sehr athletisch wirken. Obwohl man sie nicht gerade als gertenschlank bezeichnen konnte, war sie auch nicht dick. Gut gebaut vielleicht. Owen fand, dass sie in dem beigen Uniformhemd und den Shorts umwerfend aussah.

»Wir überqueren gerade San Franciscos weltberühmte Golden Gate Bridge«, sagte Patty. »Wenn Sie aus dem Fenster sehen, werden Sie bemerken, dass sie nicht golden, sondern rot ist. Früher war sie golden, doch die Behörden entschieden im Jahre 1981, sie zu Ehren des berühmten Horrorhauses blutrot streichen zu lassen.«

Mehrere Passagiere kicherten, einige applaudierten sogar.

»Das ist die reine Wahrheit«, sagte Patty und hob die Hand zum Schwur.

Monica beugte sich zu Owen hinüber. »Das stimmt doch nicht, oder?«, flüsterte sie.

»Doch, doch«, sagte er.

»Auf keinen Fall. Sie würden sie doch nicht wegen dieser blöden Touristenfalle rot anstreichen. Außerdem ist dieses Horrorhaus doch noch über neunzig Meilen von hier entfernt.«

»Ja, wahrscheinlich hast du Recht.«

»Wie Ihnen vielleicht bekannt ist«, fuhr Patty fort, »ist die Golden Gate Bridge nach der berühmten goldenen Himmelspforte benannt, über die der heilige Petrus wacht. Schließlich haben sich viele dafür entschieden, vor diese Pforte zu treten, indem sie von dieser Brücke hier sprangen.«

Wieder erntete Patty Gelächter und Applaus.

»Danke, vielen Dank. Natürlich ist nichts von dem, was ich Ihnen gerade erzählt habe, wahr. Ein bisschen Flunkerei liegt uns Iren eben in den Genen. Aber lassen wir das. Sie befinden sich heute im Horrorhausbus. Wenn Sie die Wahrheit über die Golden Gate Bridge wissen wollen, müssen Sie wohl eine der Stadtrundfahrten mitmachen, obwohl ich Ihnen das nicht empfehlen kann. Ich war kürzlich auf einer und hatte einen Platz am Ende des Busses, genau neben der Toilette. Ich werde jetzt nicht ins Detail gehen, aber ich erinnere mich mit Grausen daran. Kommen wir zur Sache. Sie fragen sich sicher alle, warum Sie hier sind …«

»Da hat sie allerdings Recht«, sagte Monica.

»… Überblick über die kommenden Attraktionen. Zunächst haben wir eine ziemliche Strecke vor uns. Wir werden mehr als zwei Stunden die Küste entlangfahren, bevor wir Malcasa Point erreichen. Und – Sie ahnen es bereits – es wird auch wieder zwei Stunden dauern, bis wir zurück in San Francisco sind.«

»Ich soll es hier drin *zwei Stunden* lang aushalten?«, flüsterte Monica.

»Wir werden etwa gegen zehn Uhr dreißig ankommen. Dann werden Sie die Gelegenheit haben, auf eigene Faust all die gruseligen Sensationen des Horrorhauses zu genießen. Der Eintrittspreis beinhaltet eine etwa einstündige Audiotour. Natürlich können Sie so lange im Haus bleiben, wie Sie wollen. Manche kriegen gar nicht genug von den Mordschauplätzen und wollen so richtig in diese ganz spezielle Atmosphäre eintauchen.«

Mehrere Fahrgäste kicherten. Monica verdrehte die Augen.

»Sie haben also mehr als genug Zeit, um sich nicht nur das Horrorhaus anzusehen, sondern auch den Souvenirshop zu besuchen oder im Schatten des Hauses zu Mittag zu essen. Unsere Snackbar bietet großartige Chili-Käse-Hotdogs an. Ich liebe diese Hotdogs.«

»Das sieht man«, flüsterte Monica.

»Das sollten Sie also auf keinen Fall verpassen. Wenn Ihnen das Angebot der Snackbar nicht zusagt, haben Sie die Möglichkeit, eines der exzellenten Restaurants im Stadtzentrum zu besuchen. Sie sind mühelos zu Fuß erreichbar. Wir fahren um dreizehn Uhr dreißig wieder zurück, also haben Sie etwa drei Stunden zu Ihrer Verfügung. Genug Zeit, um auch Janice Crogans Horrorhausmuseum zu besuchen. Und wenn Sie dann immer noch unternehmungslustig sind, empfehle ich Ihnen einen Spaziergang am Strand, der nur ein paar hundert Meter vom Horrorhaus entfernt ist. Vielleicht wollen Sie sich ja etwas aus der Snackbar mitnehmen und dort picknicken. Aber sehen Sie gelegentlich auf die Uhr – die drei Stunden werden wie im Flug vergehen, und wir wollen ja nicht, dass Sie den Bus verpassen. Für gewöhnlich fahren wir pünktlich ab. So etwa gegen vier werden sie wieder in Ihren Hotels sein, können sich ausruhen und auf den Abend vorbereiten. Ich hoffe, Sie haben schon etwas Schönes vor – vielleicht ein nettes Abendessen in Fisherman's Wharf? Ich werde mich in ein paar Minuten wieder bei Ihnen melden und Ihnen etwas über die Geschichte des Horrorhauses erzählen.«

Patty lächelte, ließ das Mikrofon sinken und drehte sich um.

»Meine Güte«, sagte Monica. »Dabei geht ja der *ganze Tag* drauf.«

»So steht's ja auch in der Broschüre ...«

»Ich weiß. Mir wurde es jetzt nur gerade so richtig bewusst.«

»Wieso hast du nicht gesagt, dass du keine Lust hast? Jetzt ist es ein bisschen spät, um deine Meinung zu ändern.«

»Ist schon in Ordnung«, sagte sie. »Kommt mir nur wie Zeitverschwendung vor. Immerhin haben wir nur eine Woche in San Francisco, und davon verplempern wir einen ganzen Tag hiermit. Und noch dazu unseren ersten Tag. Wir haben noch überhaupt nichts von der Stadt gesehen.«

Owen war versucht, sie daran zu erinnern, dass sie gestern nach dem Einchecken mehrere Stunden damit verbracht hatten, durch Fisherman's Wharf zu bummeln. Nach einem köstlichen Abendessen hatten sie sich in den Souvenirgeschäften umgesehen, das Wachsfigurenkabinett besucht und sich auf Pier 39 herumgetrieben, den Jongleuren zugesehen und anschließend weitere Souvenirläden abgeklappert.

Für ihn hatten sie damit durchaus ein *klein wenig* von San Francisco gesehen. Aber Monica darauf hinzuweisen wäre ein großer Fehler gewesen.

»Wenn ich das gewusst hätte, hätten wir auch was anderes machen können.«

»Nein, nein, ist schon in Ordnung.« Lächelnd tätschelte sie sein Bein. »Wir bringen es einfach hinter uns, und dann bleibt uns noch der Rest der Woche.«

Bringen es hinter uns.

Oh Mann.

»Wir hätten nicht mitfahren müssen«, sagte er. »Wenn du mir gesagt hättest, dass du nicht mitwillst …«

»Wieso hätte ich denn mitwollen sollen? Was ist so toll daran, eine alte Bruchbude anzusehen, in der ein Haufen Leute ermordet wurde? Ich finde diese ganze Tour ziemlich krank. So etwas sollte verboten werden. Zumindest sollten die Leute so viel Anstand besitzen nicht daran teilzunehmen. Es ist pervers. Und außerdem sitzen wir vier Stunden in diesem verdammten Bus.«

Owen starrte sie an, als hätte sie ihn gerade ins Gesicht geschlagen.

»Willst du damit sagen, ich bin pervers?«

Sie lachte. »Quatsch, dich hab ich doch nicht gemeint.« Sie legte ihren Mund an sein Ohr. »Ich liebe dich, du Dummchen. Glaubst du, ich würde mich in einen Perversen verlieben?«

»Aber ich bin wirklich einer, weißt du das nicht?«

»Ha, ha. Du bist so witzig. Dummchen. Aber ich liebe dich trotzdem.« Sie küsste ihn auf das Ohr und ließ ihr *lüsternes Knurren* ertönen.

Gott allein wusste, wo sie das aufgeschnappt hatte. Wahrscheinlich aus irgendeinem Film.

Monicas *lüsternes Knurren*: ein leises Grummeln aus der Kehle, begleitet von einem winzigen Zähnefletschen und einem schwülen Blick.

Owen hasste es.

Er hatte es seit dem Zeitpunkt gehasst, als sie es zum ersten Mal an ihm ausprobiert hatte. Das war vor sechs Monaten gewesen.

Genau wie Owen lehrte auch Monica an der Crawford Junior Highschool in Los Angeles. Er hatte sie im September letzten Jahres zu Beginn des Wintersemesters kennen gelernt. Und er hatte sie von Anfang an nicht ausstehen können. Seinem Freund Henry, ebenfalls Lehrer an der Crawford, war es ähnlich gegangen. »Was für eine bescheuerte Klugschwätzerin«, hatte er gesagt, und Owen hatte ihm zugestimmt. »Die meint wohl, dass ihre Scheiße nach Rosen duftet.« Auch hier war Owen einer Meinung mit ihm gewesen. »Schade eigentlich«, hatte Henry gesagt, »weil sie ja eigentlich ziemlich hübsch ist. Ich würde gern mal das alte Rein-Raus-Spielchen mit ihr machen, wenn du verstehst, was ich meine.«

»Ich nicht«, hatte Owen geantwortet. »Wenn man da seinen Schniedel reinsteckt, gefriert er wahrscheinlich und bricht ab. Und dann ist Schluss mit lustig.«

Obwohl Monica eingebildet, herablassend, stocksteif, humorlos und überhaupt ziemlich nervtötend war, konnte man sie doch fast als schön bezeichnen. Sie hatte eine gewisse Ähnlichkeit mit der jungen Elizabeth Taylor.

Eine gewisse Ähnlichkeit. Die vielen Unterschiede waren in ihrer Gesamtheit nicht unbedingt zu Monicas Vorteil.

Niemand erwähnte diese Unterschiede.

Alle wiesen nur auf die Ähnlichkeiten hin.

So war es wahrscheinlich seit Monicas Kindheit gewesen: Freunde, Verwandte, Lehrer, Klassenkameraden und Fremde auf der Straße wurden nicht müde, ihr zu sagen: »Weißt du, dass du *genau* wie Elizabeth Taylor aussieht? Die Ähnlichkeit ist richtig unheimlich. Ich kann meinen Augen kaum trauen.«

Und natürlich hatte sie ihnen geglaubt.

Obwohl ihr jeder Spiegel das Gegenteil beweisen konnte.

Owen verwunderte es nicht, dass sie in dem Glauben aufgewachsen war, sie wäre die Königin von Saba, wenn nicht des Universums.

»Sie zu kennen heißt sie zu hassen«, hatte Henry gesagt.

Und Owen hatte ihm zugestimmt.

Während des Wintersemesters hatte er nach Möglichkeit versucht, ihr aus dem Weg zu gehen. Er wollte nichts mit ihr zu tun haben. Doch da sie beide Englischlehrer und noch dazu das erste Jahr an dieser Schule waren, blieben gelegentliche Treffen nicht aus.

Bei denen Owen freundlich zu ihr sein musste.

Sobald ein Gespräch unausweichlich war, lächelte er und tat so, als könne er sie leiden. So, wie er eigentlich allen anderen Mitmenschen auch gegenübertrat.

Sie schien ihn mit der für sie typischen kühlen Geringschätzung zu behandeln.

Bis zu diesem Dezembermorgen, als sie ihn fragte, ob er sie zur Weihnachtsfeier mitnehmen könne. Sie hatte ihn im Lehrerzimmer in die Ecke getrieben. »Owen, kann ich dich um einen großen Gefallen bitten?«

»Klar. Sicher.«

»Gehst du auch zur Weihnachtsfeier?«

»Ja. Klar.«

»Wie kommst du dorthin?«

Oh nein.

»Mit meinem Auto.«

»Hast du noch einen Platz frei?«

Leider ja.

»Ja, bis jetzt schon.«

»Ich frage dich deshalb, Owen, weil – ich kann doch nicht alleine zu dieser Party fahren. Schließlich ist es ziemlich gefährlich für eine Frau, nachts noch unterwegs zu sein.«

»Klar. Das ist für jeden gefährlich.«

»Aber für Frauen noch gefährlicher.«

»Klar. Sicher. Gefährlicher.«

»Die Party wird ja um Mitternacht noch nicht vorbei sein. Und ich kann so spät doch unmöglich ganz allein heimfahren. Würde es dir etwas ausmachen, mich abzuholen? Ich weiß nicht, was ich sonst tun soll.«

Owen wollte sie nicht mitnehmen. Er konnte sie nicht leiden. Doch er hatte bereits zugegeben, dass er noch Platz im Auto hatte. Aus dem Stegreif war er nicht in der Lage, eine halbwegs glaubwürdige Notlüge zu erfinden, um sie nicht mitfahren lassen zu müssen. »Klar. Das mache ich doch gerne«, hatte er gesagt und gelächelt.

Wie sich herausstellen sollte, war sie auf mehr als nur eine Mitfahrgelegenheit aus. Während der Feier wich sie nicht von seiner Seite. Sie hielt sich an seinem Arm fest, führte ihn hierhin und dorthin und ließ ihn nicht für eine Sekunde los, während sie mit anderen Lehrern und deren Ehepartnern plauderte, Leute, die Owen noch weniger als sie leiden konnte und denen er normalerweise tunlichst aus dem Weg ging.

Endlich schaffte es Owen, sich von ihr loszueisen, sich einen Becher roten, starken Punsch zu organisieren und etwa drei, vier Minuten lang mit seinen Freunden Henry, Jill und Maureen zu reden.

»Oha, da kommt Ärger«, sagte Henry. »Jetzt steckst du bis zum Hals in der Scheiße, Kumpel.«

»Na toll«, sagte Owen und stürzte den Punsch hinunter.

»Wenn du sie nicht leiden kannst«, sagte Maureen, »wieso sagst du ihr nicht einfach, dass sie sich aus dem Staub machen soll?«

»Das kann ich nicht.«

Monica begrüßte alle mit einem steifen Lächeln. Dann packte sie Owens Arm. »Würdet ihr uns bitte entschuldigen«, sagte sie.

»Dich schon, ihn nicht so gern«, sagte Henry.

»Ha, ha. Sehr witzig.« Sie zog Owen mit sich. Während sie ihn hinter sich her zerrte, machte sie einen Schmollmund. »Ich dachte schon, du wärst mir abhanden gekommen. Du kannst doch nicht einfach ein Mädchen ausführen und es dann mutterseelenallein stehen lassen, Owie.«

Er hasste es, wenn ihn jemand Owie nannte.

Genau wie er ihren Tonfall hasste – als würde sie mit einem Dreijährigen sprechen.

Außerdem hasste er es zu tanzen. »Wie wär's, wollen wir ein wenig das Tanzbein schwingen?«, fragte sie und umklammerte seinen Arm.

»Ich bin kein großer Tänzer.«

»Nicht so schlimm. Dafür bin ich eine *fabelhafte* Tänzerin. Und eine *fabelhafte* Lehrerin. Im Handumdrehen wirst du Fred Astaire Konkurrenz machen können.«

»Fred Astaire ist tot.«

Sie lächelte und schüttelte den Kopf. »Sei nicht so morbide, Schatz.«

Schatz? Oh Gott.

»Ich will lieber nicht tanzen.«

Er hasste es zu tanzen, ganz besonders mit Monica. Noch dazu auf der Weihnachtsfeier der Fakultät inmitten von Kollegen, Beratungslehrern, Sekretärinnen, stellvertretenden Rektoren … und nicht zuletzt dem Rektor persönlich. Menschen also, mit denen er jeden Tag zusammenarbeiten musste. Menschen, die ihn *kannten.*

»Du kannst mich doch nicht ausführen und dann nicht mit mir tanzen. Wie sieht das denn aus?«

Ich habe dich nicht ausgeführt, wollte er schreien. *Ich habe dich nur mitgenommen! Sag Danke und lass mich in Frieden.*

Aber er dachte es nur, er sprach es nicht aus. Damit würde er ihre Gefühle nicht nur verletzen, sondern richtiggehend auf ihnen herumtrampeln.

»Wir können's ja mal versuchen«, sagte er schließlich.

Sie führte ihn in den Freizeitraum im Keller, der mit roten und grünen Luftschlangen geschmückt war und nur von Lichterketten an der Decke erhellt wurde. Owen bemerkte, dass es keine einzige weiße Glühbirne gab. Sie waren entweder blau, rot, grün oder orange, wirkten festlich und wunderbar und tauchten alles in schummriges Dämmerlicht.

Zum Glück, dachte Owen.

Der Raum war mit tanzenden Pärchen gefüllt, von denen Owen zumeist mindestens einen Partner kannte. Viele nickten ihm zu, lächelten oder grüßten ihn, als sie sich einen Weg in die Mitte der Halle bahnten. Monica blieb stehen, drehte sich zu ihm um und sah ihm in die Augen.

Sie ist wirklich hübsch, dachte Owen.

Andererseits wirkte in dem anheimelnden Glanz der Lichterketten wohl jeder hübsch. Licht schimmerte in Monicas Haar und funkelte in ihren Augen. Es machte ihre Konturen weicher, ließ die harten Kanten verschwimmen, versteckte die arrogante Miene und den Argwohn, der normalerweise in ihrem Gesicht lag.

Sie hatte wirklich große Ähnlichkeit mit Elizabeth Taylor.

Außerdem stand ihr der Angorapullover außerordentlich gut. Er schmiegte sich an ihren Körper, so dass jede ihrer Brüste einzeln hervortrat – wie zwei flauschige weiße Hügel mit einer Schlucht dazwischen.

Der karierte, ziemlich kurze Faltenrock, der ihre Schenkel umspielte, hätte ihr ebenfalls gut gestanden, wäre seine Wirkung nicht durch eine schwarze Strumpfhose ruiniert worden, die ihre zugegebenermaßen wohlgeformten Beine völlig bedeckte und keinen Zentimeter Haut preisgab.

»Tu das, was ich auch tue, Schatz«, sagte sie.

Dann trat sie einen Schritt vor, und ihre Körper berührten sich. Sie nahm Owens linke Hand und legte ihre eigene auf seine Schulter. »Leg deine Hand auf meinen Rücken«, befahl sie.

Er tat wie geheißen.

»Genau so«, flüsterte sie.

Jetzt ertönte Bing Crosbys »White Christmas« aus den Lautsprechern.

Sie fingen an zu tanzen.

Es war ein langsamer Tanz, bei dem sie sich eng aneinanderschmiegten. Owen ließ sich von Monica führen. Es war gar nicht so schwer; sie bewegte sich kaum, schaukelte leicht hin und her und machte kleine Schritte in die eine, dann in die andere Richtung.

Sie roch verdammt gut nach einem Parfüm, das vor Owens geistigem Auge milde Nächte und eine sanfte Tropenbrise heraufbeschwor. Er hatte diesen Duft schon den ganzen Abend lang wahrgenommen. Doch jetzt schien ihn ihre Haut in warmen, aromatischen Wellen geradezu auszustrahlen.

Es war ein wunderbarer, exotischer Duft.

Doch lange nicht so wunderbar und exotisch wie das Gefühl, Monica in den Armen zu halten. Sie hatte ihr Gesicht an seine Schulter gelehnt, und ihr Haar kitzelte ihn an der Nase. Ihre linke Hand streichelte seinen Rücken und ihre Rechte hielt seine Hand fest umklammert. Entschlossen, aber zugleich sehr sanft drückte sie ihre Brüste gegen seinen Oberkörper. Ihre Bäuche berührten sich, und ihre Hüfte rieb sich wie zufällig an ihm. Bei jedem Schritt konnte er ihre Schenkel spüren.

Noch bevor Bing den Song zur Hälfte beendet hatte, spürte Owen, wie er eine Erektion bekam.

Na toll.

Das hat mir gerade noch gefehlt.

Er hoffte, dass Monica noch nichts bemerkt hatte, und beugte sich vor, um den Körperkontakt an dieser speziellen Stelle zu unterbrechen.

»Stell dich nicht so an«, sagte sie. Ihre linke Hand wanderte auf seinen Hintern. Sie drückte ihn fest an sich.

»Ooooh, Owen«, sagte sie, warf den Kopf in den Nacken und ließ ihr lüsternes Knurren ertönen.

Er hatte es sofort gehasst. Obwohl es offenbar Bereitschaft und Lust ausdrücken sollte, kam ihm diese so über die Maßen gekünstelte Geste wie der blanke Hohn vor.

Vielleicht ist sie der Meinung, es wäre niedlich. Womöglich sogar sexy.

»Was denkst du gerade?«, fragte Monica.

»Hä?«

»Woran du gerade denkst.«

»An nichts Besonderes.«

»Du ziehst dich *immer* in deine kleine Welt zurück.«

»Aber ich bin doch hier«, sagte er und versuchte zu lächeln.

»Jetzt schon.«

»Tut mir leid.«

»Du bist so ein Dummchen.« Sie kniff in seinen Oberschenkel. »Was soll ich nur mit dir anfangen?«

»Was immer du willst«, sagte er. Dann beugte er sich vor, um an Monica vorbei aus dem Fenster zu sehen. Nur wenige Meter von der Straße entfernt schien sich ein steiler Abhang zu befinden, denn dort unten war nichts außer dem Ozean. »Mein Gott«, sagte er.

»Aufregend, nicht wahr?« Sie klang nicht im Geringsten aufgeregt. Dafür lächelte sie, als hätte sie einen Witz gemacht, den außer ihr niemand verstand. »Wer ist schuld, wenn wir jetzt sterben?«

»Der Busfahrer?«

»Falsche Antwort.«

»Ich?«

»Ding! Gewonnen. Du hast auf dieser Fahrt bestanden.«

»Nicht unbedingt ›bestanden‹. Es war nur ein Vorschlag.«

»Wir könnten in diesem Moment mit der Cablecar fahren.«

»Das können wir morgen auch noch.«

»Wenn wir dann noch leben.«

Kapitel drei

Tuck und Dana

Lynn Tucker saß am Küchentisch, stellte ihre Kaffeetasse ab und lächelte Dana an, die gerade hereinkam. »Wow, sieh einer an.«

Dana grinste und hob die Arme. »Jetzt kannst du mich Frau Försterin nennen.«

»Quatsch. Du siehst großartig aus.«

»Danke, Tuck. Du auch.« Sie runzelte die Stirn. »Ich wünschte, die Uniform wäre nicht so unbequem.« Danas beiges Hemd und die Shorts waren frisch gestärkt, die Falten akkurat gebügelt. Tucks Dienstkleidung dagegen schien weich und sehr bequem. »Wollen wir tauschen?«

»Glaubst du, dass dir meine Klamotten passen würden?«

»Wahrscheinlich nicht«, sagte Dana.

Tuck lachte. »Das glaube ich auch nicht. Wie groß bist du überhaupt, zwei Meter? Zwei zwanzig?«

»Etwas über eins achtzig. Dafür aber sehr zierlich.«

Tuck rückte auf ihrem Stuhl zurück. »Dann setz dich mal, du Gazelle. Ich hol dir eine Tasse Kaffee.«

»Gut«, sagte Dana. »Danke.« Sie setzte sich an den Tisch.

»Mach dir keine Sorgen wegen der Uniform«, sagte Tuck. »Sie wird nach ein paarmal waschen viel bequemer sein. Wirf sie einfach jeden Abend in die Maschine, das macht sie weicher. Bald wird dich niemand mehr von uns Veteranen unterscheiden können. Übrigens – wie hast du letzte Nacht geschlafen?«

»Wie ein Stein. Mann, Tuck … ich kann's immer noch nicht fassen, dass ich hier bin. Hier ist es einfach toll!«

»Freut mich, dass es dir gefällt.«

Sie trug die Kaffeekanne und eine saubere Tasse zum Tisch hinüber.

»Übrigens«, sagte sie, während sie Dana Kaffee einschenkte, »nenn mich nicht Tuck, wenn wir drüben sind, okay? Du weißt schon – nicht vor den anderen.«

»Ich werd's versuchen. Das wird mir aber nicht leicht fallen. Schließlich nenne ich dich Tuck, seit wir im Sandkasten miteinander gespielt haben.«

»Gib dir Mühe, okay? Schließlich muss ich dort den Boss spielen. Es ist schon schwer genug, weil ich nicht älter als fünfzehn aussehe.«

»Ziemlich reife fünfzehn.«

»Verdammt, ich bin erst zwanzig und muss dort den ganzen Älteren Befehle erteilen. Und da kann ich es wirklich nicht gebrauchen, wenn sie mitkriegen, dass du mich Tuck nennst.«

»Wissen sie nicht, dass du Tucker heißt?«

»Vielleicht. Keine Ahnung. Niemand dort kennt meinen Nachnamen, aber alle wissen, dass Janice meine Stiefmutter ist. Wahrscheinlich denken sie, dass ich auch Crogan heiße.«

»Sie hätte den Namen von deinem Dad annehmen sollen.«

»Würdest du gerne Tucker heißen?«

»Wenn ich einen Mann heiraten würde, der Tucker heißt.«

»Tja, sie hat sich eben dagegen entschieden. Nenn mich einfach vor den anderen nicht Tuck, okay?«

»Wenn du mich nicht Giraffe nennst, nenn ich dich nicht Tuck.«

»Ich hab dich noch nie Giraffe genannt.«

»Doch.«

»Also gut, ich werde nicht Giraffe zu dir sagen. Versprochen. Nur Dana. Oder Miss Lake, wenn du Mist baust.«

»Ich baue doch keinen Mist.«

»Klar, du doch nicht.«

»Wie soll ich dich dann nennen?«, fragte Dana.

»Frau Chefin natürlich.«

Dana prustete los, und Tuck grinste. »Mit Lynn könnte ich leben«, sagte sie, als sich Danas Lachanfall etwas gelegt hatte.

Dana nickte und nahm ihre Tasse. Dampf stieg von der dunklen Oberfläche des Kaffees auf. Sie blies sanft darauf, dann trank sie einen Schluck. »Hmmm. Gut.«

»Willst du was essen?«

»Nein, eigentlich nicht.«

»Okay. Wir haben sowieso keine Zeit mehr. Wir können uns ja was an der Snackbar holen. Oder uns auf dem Weg Donuts kaufen. Bist du immer noch so wild auf Donuts?«

»Aber sicher«, sagte Dana. »Im Moment hab ich aber keinen Hunger. Ich esse morgens sowieso nur selten was.«

»Bist du fertig?«

»Jau. Gestiefelt und gespornt.« Schnell nahm sie einen weiteren Schluck Kaffee.

»Lass dir Zeit. So eilig haben wir es nun auch wieder nicht. Schließlich bin ich der Chef.«

»Genau deshalb solltest du nicht zu spät kommen.«

»Selbst wenn wir erst um halb zehn antanzen, werden wir die Ersten sein. Deine Kollegen sind keine großen Frühaufsteher. Für sie ist es einfach nur ein Beruf.«

»Und für dich?«

»Eine *Berufung*!«

Dana lachte. »Klar.«

»Soll ich dir die Wahrheit sagen?«

»Raus damit.«

»Ich mache das furchtbar gern. Wirklich. Ich bin gern der Chef …«

»Du hast auch schon immer recht gern andere herumkommandiert …«

»Darum geht es nicht. Jedenfalls nicht nur. Aber das Horrorhaus hat irgendwas. Es hat *Geschichte*, verstehst du? Klar, eine ziemlich blutige Geschichte, aber auch irgendwie … nostalgisch und romantisch und geheimnisvoll. Ich bin gern dort. Als ob man in die Vergangenheit reisen könnte … man kann sie zumindest richtig spüren.«

»Wenn du meinst.«

»Ist dir das gestern nicht aufgefallen?«

»Eigentlich hat's mich eher gegruselt.«

Tuck grinste. »Gut. Das soll es auch. Aber keine Angst, wenn du dich erst mal dran gewöhnt hast, ist es vielleicht gar nicht mehr so unheimlich.«

»Vielleicht?«

»Ja, gut, bei manchen wird die Angst schlimmer, je länger sie da drin arbeiten. Kommt aber nur selten vor.«

»Hoffentlich passiert mir das nicht.«

»Mach dir keine Sorgen. Wird schon schiefgehen. Mir jedenfalls gefällt das Haus von Tag zu Tag besser.«

»Vielleicht gehört es dir ja auch eines Tages.«

»Na, darauf will ich mich mal nicht verlassen«, sagte Tuck.

»Aber du bist doch Janices einzige Erbin, oder nicht?«

»Im Moment sieht es jedenfalls danach aus. Sie hat keine Geschwister, und was mit ihren Eltern passiert ist, weißt du ja.« Tuck runzelte die Stirn und dachte einen Moment lang darüber nach. »Außer Dad und mich hat sie niemanden, nur einen Onkel und eine Cousine. Andererseits ist sie gerade mal Mitte dreißig. Ich bezweifle, dass sie in nächster Zeit den Löffel abgeben wird. Außerdem wäre es ja gut möglich, dass sie irgendwann ein Kind bekommt.«

»Bist jetzt scheint sie keine Ambitionen in dieser Richtung zu haben.«

»Ja, aber sie ist ja auch erst seit ein paar Jahren verheiratet.«

»Wie alt ist sie jetzt genau?«

Tuck überlegte. »Sechsunddreißig.«

»Na, in dem Alter kann man eigentlich schon noch eine Familie gründen.«

»Wer weiß, vielleicht hat sie schon längst einen Braten in der Röhre. Und wenn nicht, dann bestimmt, wenn sie von dieser Kreuzfahrt zurückkommt. Zwei Monate im Südpazifik? Ich werde ja schon schwanger, wenn ich nur daran denke.«

»Haben sie es denn schon versucht?«

»Himmel! Woher soll ich denn das wissen? Sie ist eine tolle Frau und alles und wir mögen uns echt gern, aber ich kann ja schlecht mit ihr so reden wie mit dir. Immerhin ist sie die Ehefrau meines Vaters. Da sind manche Sachen einfach tabu.« Tuck hob die Augenbrauen. »Willst du noch Kaffee?«

»Nein, vielen Dank.«

»Dann machen wir uns lieber auf die Socken.« Sie streckte die Hand nach Danas Tasse aus. »Ich spüle noch schnell ab und mache hier die Schotten dicht. Vergiss deine Windjacke nicht. Dieser verdammte Nebel an der Küste ist völlig unberechenbar.«

Fünf Minuten später folgte Dana Tuck in die Garage, die Platz für drei Autos bot. Sie gingen an dem über fünf Meter langen Kajütboot und einem Mercedes vorbei und stiegen in den Jeep Wrangler.

»Ich weiß nicht, wie du in solcher Armut leben kannst«, sagte Dana.

»Es ist schon nicht einfach.« Während sich das Garagentor öffnete, ließ Tuck den Geländewagen an. »Wenn ich mal heirate, muss ich mir wohl was Größeres suchen.«

»Denk nicht mal dran. Es gibt keinen Mann, der dich verdient hat.«

»Zumindest keinen, den ich kenne«, sagte Tuck und stieß rückwärts aus der Garage.

Während sie in der Einfahrt wendete, betrachtete Dana das Haus. Mit den vielen Freitreppen, Galerien, Balkonen und Stuckverzierungen wirkte es wie ein gemütliches Hotel. »Unglaublich«, sagte sie.

»Nicht schlecht, was man sich für ein paar Millionen alles leisten kann.«

»Ich hätte nichts dagegen, in so einer Villa zu wohnen.«

»Du wohnst bereits in so einer Villa«, sagte Tuck. »Diesen Sommer zumindest.« Sie drückte auf den Knopf der Fernbedienung, und das Garagentor schloss sich hinter ihnen.

Als sie die enge Einfahrt hinunterrollten, zerzauste die Morgenluft Danas Haar. Sie holte tief Luft, roch den Wald und das Meer.

Bald schon führte die schmale Straße durch einen dichten Wald. Gelbes Sonnenlicht fiel durch die tiefen Schatten, und der Dunst über dem Waldboden glänzte wie goldener Staub.

Dana lächelte Tuck an und schüttelte den Kopf.

»Ist nicht gerade mit Los Angeles zu vergleichen, was?«, fragte Tuck.

»Nicht unbedingt. Ich kann noch gar nicht fassen, dass ich den ganzen Sommer hier verbringen werde.«

»Ich auch nicht. Mann, ich bin so froh, dass du gekommen bist.«

»*Du* bist froh!«

»Und wie.« Tuck trat aufs Gas und fuhr beängstigend schnell durch die Kurven.

Etwas zu schnell für Danas Geschmack.

Obwohl sie sich angeschnallt hatte, wurde sie auf dem Sitz hin und her geworfen, als sie über die gewundene Straße rasten.

Keine Angst, sagte sie sich. Tuck weiß schon, was sie tut. Sie fährt diesen Weg schließlich jeden Tag.

Tuck grinste sie an, dann konzentrierte sie sich wieder auf die Straße. Ihr langes, blondes Haar flatterte im Fahrtwind. »Das wird ein Riesenspaß«, sagte sie.

»Hoffentlich.«

Wenn wir nicht vorher gegen einen Baum krachen.

»Weißt du was?«, sagte Tuck. »Wenn du nicht gekommen wärst, hätte ich überhaupt nicht hierbleiben können.«

»Was? Wieso denn nicht?«

»Sie wollten mich unbedingt mit auf diese verdammte Kreuzfahrt nehmen.«

»Welch schreckliches Schicksal.«

»Ich hasse Kreuzfahrten. Bäh!«

»Spinnst du?«

»Warst du schon mal auf einer?«

»Nein.«

»Siehst du.« Eine Haarsträhne fiel ihr ins Gesicht. Sie strich sie mit einer Hand beiseite, während sie den Wagen mit der anderen um eine Kurve lenkte. »Es ist, als säße man mit einem Haufen überdrehter Rentner in einem schwimmenden Gefängnis. Dad wollte nicht, dass ich allein hierbleibe. Wenn du nicht zugesagt hättest, wäre ich jetzt irgendwo auf hoher See. Du hast also einen gut bei mir.«

Dana zuckte mit den Achseln. »Du hättest doch sicher jemanden anderes gefunden.«

»Wollte ich aber nicht. Du bist meine beste Freundin und außerdem der einzige Mensch, mit dem Dad einverstanden gewesen wäre. Du oder keine.«

»Wieso?«

»Frag mich nicht. Er mag dich einfach. Er vertraut dir. Er glaubt an dein treues Pfadfinderherz.«

»Na, den hab ich ja ordentlich drangekriegt.«

Tuck lächelte sie an. »Hast du nicht. Er hat nämlich Recht.«

»Ach, Quatsch.«

»Also, jedenfalls solltest du wissen, dass ich dir das alles gar nicht so selbstlos angeboten habe. Allein durch deine Anwesenheit tust du mir schon einen großen Gefallen.«

»Warum tust du mir nicht einen Gefallen und fährst ein bisschen langsamer?«

»Das ist noch gar nichts. Soll ich mal richtig auf die Tube drücken?«

»Nein, nein, ein andermal vielleicht. Am besten, wenn ich nicht dabei bin.«

»Also gut.« Tuck trat auf die Bremse und verlangsamte das Tempo.

»Danke«, sagte Dana.

»Manchmal bist du wirklich übervorsichtig.«

»Und du manchmal leichtsinnig. Vielleicht wollte dein Dad deshalb nicht, dass du allein hier bist.«

»Das glaube ich nicht.«

»Hatte er Angst, dass du jeden Abend eine wilde Party schmeißt?«

»Nö. Es war ja meine Idee, allein im Haus zu bleiben. Aber es ist so groß und ziemlich abgelegen. Keine Nachbarn, nichts. Das kann manchmal ein bisschen gruselig sein. Ich glaube, Dad hat gedacht, dass dann die Manson Family oder Hannibal Lecter über mich herfallen.«

»In diesem Fall bin ich natürlich eine große Hilfe.«

»Tja, da kannst du mal sehen, dass mein alter Herr nicht ganz richtig tickt. Aber er ist der Meinung, dass mir nichts passieren wird, wenn du bei mir bist. Obwohl du ja nicht unbedingt wie eine fiese Schlägertype wirkst.«

»Na hoffentlich.«

»Nur ein bisschen.«

»Das Leben im Luxus hat deinem fiesen Humor jedenfalls nicht geschadet.«

»Nö. Gott sei Dank.«

»Ja. Das wäre wirklich ein schlimmer Verlust gewesen. Außerdem – wenn du mit auf die Kreuzfahrt gekommen wärst, was hätten sie dann mit dem Horrorhaus gemacht?«

»Dann hätte sich Clyde um alles kümmern müssen.«

»Clyde?«

»Clyde Bennett. Er ist uns gestern über den Weg gelaufen. Ein echter Charmeur. Er ist bestimmt stinksauer, wenn er erfährt, dass ich diesen Sommer das Kommando habe.«

»Ist er so schlimm?«

»War er zumindest. Früher.«

Sie fuhren um eine Kurve, und vor ihnen erschien eine zweispurige geteerte Straße. Tuck hielt an.

»Ab jetzt heißt es aufpassen«, sagte sie. »Manche Leute hier fahren wie die Irren.« Sie sah in beide Richtungen, bevor sie wieder aufs Gas trat. »Horrorhaus«, rief sie, »wir kommen!«

Kapitel vier

Pattys Version der Geschichte

»Da bin ich wieder«, sagte Patty.

Owen war über die Unterbrechung sehr erleichtert, lehnte sich in seinem Sitz zurück und legte den Kopf zur Seite, um Patty besser sehen zu können.

»Genießen Sie alle die Landschaft?«, fragte sie. »Ziemlich aufregend, nicht wahr?«

Du auch, dachte Owen.

Patty hielt sich mit einer Hand an einer Stange fest, mit der anderen hielt sie das Mikrofon umklammert.

»Dieser Abschnitt des Küstenhighways kann manchmal ein bisschen beängstigend sein«, sagte Patty. »Andererseits sind Sie ja auf Nervenkitzel aus, sonst wären Sie ja jetzt nicht auf dem Weg zum Horrorhaus, hab ich Recht?«

»Genau«, antworteten einige der Passagiere. Andere kicherten.

»Um Sie zu beruhigen: Wir haben in den letzten drei Wochen keinen einzigen Bus verloren. Die Fahrt davor jedoch soll ziemlich aufregend gewesen sein, jedenfalls ein paar Sekunden lang. Ich vermisse meine Kollegin. Wir kamen ziemlich gut miteinander aus.«

»Was für ein Blödsinn«, murmelte Monica.

»Es war ein schrecklicher Unfall, aber ich bin mir sicher, dass wir es schaffen werden. Oder nicht, Al?« Der Fahrer hob einen Daumen. »Sein grauer Star macht ihm heute ein bisschen zu schaffen.« Patty legte eine kurze Pause ein. »Wer von Ihnen war schon einmal im Horrorhaus?«

Owen sah sich um. Ungefähr zehn Passagiere hoben die Hand.

»Also, ich würde sagen, etwa jeder Fünfte. Sehr gut. Das ist nichts Ungewöhnliches. Viele Leute kommen immer wieder. Irgendetwas am Horrorhaus zieht die Leute magisch an. Besonders die Spinner – nichts für ungut.«

Gelächter ertönte.

»Das Haus hat eine lange und schillernde Geschichte. Und eine sehr blutige dazu. Davon will ich Ihnen aber jetzt nicht allzu viel verraten. Stattdessen werde ich Ihnen etwas über die Dinge berichten, die während der Führung nicht erwähnt werden.

Das Horrorhaus ist seit 1932 eine bekannte und beliebte Touristenfalle, äh -attraktion. Für diejenigen unter Ihnen, die nicht besonders gut in Mathe sind – das ist schon eine ganze Weile her. Es war die Zeit der Weltwirtschaftskrise. Herbert Hoover war Präsident der Vereinigten Staaten, Edward VII. saß auf dem Thron von Großbritannien, und in Deutschland wäre ein politischer Aufsteiger, ein gewisser Adolf Hitler, um ein Haar Präsident geworden, wurde jedoch von einem Kerl namens Hindenburg in die Schranken verwiesen.«

»Aber nicht für lange«, warf jemand ein.

»Genau«, sagte Patty. »1932 besetzte Japan Shanghai. Al Capone wurde in Atlanta ins Kittchen geworfen. Das Baby der Lindberghs wurde entführt und umgebracht. Gary Cooper spielte die Hauptrolle in *In einem anderen Land*, und Shirley Temple trat zum ersten Mal überhaupt in einem Film auf. Und zu guter Letzt war 1932 auch das Geburtsjahr von Senator Edward Kennedy und Elizabeth Taylor.«

»Da haben wir's«, flüsterte Owen. »Liz.«

»Das wichtigste Ereignis dieses Jahres war natürlich die Eröffnung des Horrorhauses. Das Haus war etwa dreißig Jahre zuvor als Privatdomizil erbaut worden. Erst Maggie Kutch gelang es, daraus eine von Amerikas bizarrsten und berüchtigtsten Attraktionen zu machen.

Das Horrorhaus wurde im Jahr 1902 von Elizabeth Thorn, der Witwe von Lyle Thorn, erbaut. Lyle, der Anführer der Thorn-Bande, war ein gefürchteter Bandit, der gegen Ende des neunzehnten

Jahrhunderts den Westen unsicher machte. Es gab praktisch nichts, wovor er zurückschreckte. Er raubte Banken, Postkutschen und Züge aus, stahl Rinder und Pferde. Es heißt, dass er so viele Morde und Vergewaltigungen verübte, dass man irgendwann aufhörte, mitzuzählen. Manche Leute behaupten, dass er und seine Bande mehrere Familien in Arizona abgeschlachtet haben, obwohl andere der Meinung sind, die Apachen wären dafür verantwortlich. Aber das liegt genauso im Dunkeln wie das Schicksal von Lyle und seiner Spießgesellen. Jedenfalls bricht die Spur der Verwüstung, die sie hinter sich herzogen, Anfang 1890 einfach ab. Wir müssen wohl annehmen, dass ihn und seine Mörderbande zu dieser Zeit ein jähes, blutiges Schicksal ereilte.

Das schlechte Karma, das Lyle im Laufe seiner Karriere angesammelt hat, muss sich auf seine Frau und seine Kinder übertragen haben und schließlich im Horrorhaus gelandet sein.

Wie bereits erwähnt war der Name seiner Frau Elisabeth. Lilly und Lyle Thorn. Doch Lyle hat Malcasa Point nie betreten. Wahrscheinlich hatte er schon lange, bevor Lilly und ihre Söhne dort auftauchten, das Zeitliche gesegnet. Die Kinder hießen Sam und Earl, und niemand weiß mit Sicherheit, ob Lyle tatsächlich ihr Vater war.

Wie dem auch sei – Lilly und die beiden Jungen kamen Anfang 1902 in die Stadt. Und sie waren stinkreich – offenbar hatte sich Lyles Gangsterkarriere als äußerst lukrativ erwiesen. Es dauerte nicht lange, und schon war eine ganze Heerschar von Handwerkern dabei, Lillys Traumhaus aus dem Boden zu stampfen.

Danach lebten sie glücklich und zufrieden in ihrem Häuschen – bis zum 2. August 1903. An diesem Tag tauchte die Bestie aus dem Keller auf und lief Amok. Sie schlachtete Lillys gesamte Familie ab. Aber darüber werden Sie bei der Führung noch genug hören, also werde ich jetzt nicht weiter darauf eingehen.

Die nächsten achtundzwanzig Jahre stand das Haus leer. Wegen der grässlichen Morde wollte niemand dort wohnen, bis es eine gewisse Familie Kutch im Jahre 1931 kaufte. Maggie Kutch lebte dort zwei Wochen lang mit ihrem Mann, ihren zwei Töchtern und ihrem kleinen Sohn – bis zu einer regnerischen Nacht, in der ihre gesamte Familie auf grausame Weise von etwas dahingemetzelt wurde, das sie später als »tobsüchtige, bleiche Bestie« beschrieb. Maggie war die einzige Überlebende.

Man hätte denken können, dass Maggie nach dieser Tragödie fluchtartig die Stadt verlassen hätte. Doch weit gefehlt – sie blieb und baute sich direkt gegenüber des alten viktorianischen Gemäuers ein eigenes Haus, eine Festung aus Ziegelstein, die nicht ein einziges Fenster besitzt. Sie werden dieses Bauwerk heute sehen. Da Maggies Tochter bis auf den heutigen Tag dort wohnt, ist das Haus leider nicht Bestandteil der Führung.«

Wenige Reihen vor Owen hob ein blonder Junge die Hand.

»Hast du eine Frage?«

»Ja. Maggies gesamte Familie wurde doch von der Bestie umgebracht. Wie kann sie da eine Tochter haben?«

»Gute Frage. Wie heißt du, Kleiner.«

»Derek.«

»Hi, Derek. Maggie hat ihre Tochter – sie heißt Agnes – erst mehrere Jahre nach diesem schrecklichen Blutbad zur Welt gebracht.«

»Aber ihr Mann wurde doch auch getötet.«

»Stimmt. Doch dann trat ein neuer Mann in Maggies Leben. Und der war der Vater von Agnes.«

»Ach so, verstehe. Vielen Dank.«

»Ich danke dir, Derek. Wo waren wir …« Patty runzelte die Stirn. »Ach ja. Maggie zog also in diesen Ziegelsteinbau. Niemand wusste, was sie dort ausheckte … warum sie dort leben wollte, genau gegenüber des Ortes, an dem die Bestie ihre Familie ermordet hatte. Das Horrorhaus war zu dieser Zeit verlassen und verbarrikadiert. Viele dachten damals, es wäre das Beste, es abzureißen oder niederzubrennen. Die Einwohner hielten es für einen Schandfleck inmitten ihres schönen Städtchens.

Doch es wurde nicht abgerissen. Stattdessen wurden schon bald geheimnisvolle große Kisten angeliefert, die Veranda hinaufgeschleppt und in das Horrorhaus getragen. Hat jemand eine Vermutung, was sich darin befunden haben könnte? Eine Laboreinrichtung für gotteslästerliche Experimente? Oder vielleicht …«

Derek hob die Hand. »Ich weiß, ich weiß!«, platzte er heraus, noch bevor Patty ihn oder jemand anderen aufrufen konnte. »Die Wachsfiguren von den Toten!«

»Richtig. Die Wachsfiguren der Toten. Damals hatte natürlich niemand auch nur den blassesten Schimmer, was wohl in den Kisten sein mochte. Dieses Geheimnis wurde erst im Jahre 1932 gelüftet. Zuerst wurde eine kleine Bude aufgestellt. Dann ein paar Schilder, darunter ein ziemlich großes, auf dem HORRORHAUS stand. Damals kostete eine Führung gerade mal fünfundzwanzig Cent. Ein Pappenstiel im Vergleich zu dem, was man Ihnen heute abknöpfen wird. Aber zu jener Zeit war das viel Geld.

Maggie stellte noch ein weiteres Schild auf, bevor sie das Horrorhaus eröffnete. Das ist mein Lieblingsschild – mit roten Buchstaben auf einer Holztür. Leider ist es schon seit vielen Jahren verschollen. Aber es gibt Fotos davon in Janice Crogans Horrorhausmuseum. Auf ihm war ungefähr Folgendes zu lesen: ›DAS HORRORHAUS! DER LEGENDÄRE, HISTORISCHE SCHAUPLATZ GRÄSSLICHER, UNGEHEUERLICHER GRÄUELTATEN! SEHEN SIE MIT IHREN EIGENEN AUGEN DIE REALISTISCHE DARSTELLUNG DER BLUTIGEN GEMETZEL AN ORIGINALSCHAUPLÄTZEN! GENIESSEN SIE DIE DETAILGENAUEN REPRODUKTIONEN DER ZERFLEISCHTEN OPFER DER BESTIE – GENAU WIE SIE VORGEFUNDEN WURDEN (IN ORIGINALBEKLEIDUNG). HÖREN SIE DIE WAHRE GESCHICHTE DER BESTIE AUS DEM MUND DER EINZIGEN ÜBERLEBENDEN: MAGGIE KUTCH, DIE EIGENTÜMERIN DES HORRORHAUSES UND IHRE GASTGEBERIN.‹«

Patti grinste. »Ich liebe dieses Schild – im Gegensatz zu den Einwohnern, die versuchten, Maggie von ihrem Vorhaben abzuhalten. Doch Maggie war niemand, der schnell klein beigab. Die erste Führung fand wie geplant am 1. Juli 1932 statt.

Es gab keinen großen Andrang. Die Besucher waren überwiegend Einheimische, darunter auch ausgerechnet diejenigen, die am lautesten dagegen protestiert hatten. Vermutlich hofften sie, dass Maggie ihre schlimmsten Befürchtungen noch übertreffen würde. Und den Zeitungsartikeln nach zu urteilen wurden sie nicht enttäuscht. Die guten Menschen von Malcasa Point waren schockiert und entsetzt. Mehrere fielen während der Führung in Ohnmacht, andere rannten kreischend aus dem Haus.

Nachdem sie sich alles angesehen hatten, bezeichneten sie die Führung als Beleidigung für Moral und Anstand, Gottesfürchtigkeit, den Freuden der Mutterschaft und dem guten Ton im Allgemeinen. Ein Reporter nannte es eine ›obszöne Zurschaustellung vulgärster Barbarei, keinesfalls für die Augen zivilisierter Menschen geeignet‹. In einem anderen Leitartikel war Folgendes zu lesen: ›Ist unser Gemeinwesen so tief gesunken, dass seine Mitglieder sich an der unzüchtigen und blutrünstigen Darstellung nur spärlich bekleideter Mordopfer ergötzen müssen, wie man sie in jedem Winkel dieser Blasphemie findet, die sich das Horrorhaus schimpft? Schande über uns!‹« Patty schüttelte den Kopf. »Das gefällt mir auch sehr gut: ›Schande über uns!‹

Diese Leute *hassten* das Horrorhaus abgrundtief. Sie versuchten, es schließen zu lassen. Damit hatten sie zwar keinen Erfolg, doch die Stadtverwaltung erließ eine Verordnung, nach der Kinder unter sechzehn keinen Zutritt hatten.

Im Lauf der nächsten Wochen geschah jedoch etwas Bemerkenswertes: Die Geschäftsleute der Stadt bemerkten, dass sie plötzlich mehr Geld in ihren Kassen hatten. Bald dämmerte ihnen, dass der stetige Strom von Besuchern ihre Beutel füllte. Touristen ließen ihr sauer Erspartes in der Tankstelle, dem Café, der Eisdiele, der Apotheke und dem Gemischtwarenladen. Egal, um welches Geschäft es sich handelte – die Touristen gaben ihr Geld mit vollen Händen aus. Und was war wohl der Grund dafür, dass so viele Besucher kamen?«

»DAS HORRORHAUS«, rief ein Mädchen, noch bevor Derek den Mund aufmachen konnte. Dafür warf er ihr über die Schulter hinweg einen wütenden Blick zu.

»Genau!«, sagte Patty. »Das Horrorhaus! Die Leute strömten von den umliegenden Städtchen und Farmen nach Malcasa Point. Sie nahmen sogar den langen Weg aus Marin County, San Francisco oder der East Bay auf sich, nur um sich die neue Attraktion anzusehen. Die ganze Stadt profitierte davon. Plötzlich hörte man nur Gutes über das Horrorhaus, und niemand wollte es mehr schließen lassen. Sogar die Altersbeschränkung wurde aufgehoben.

Seitdem ist das Horrorhaus ein richtiger Publikumsmagnet, obwohl in den ersten Jahrzehnten gar nicht so viele Leute kamen. Den alten Aufzeichnungen zufolge waren es selten mehr als dreißig bis fünfzig Besucher pro Woche.

Dies änderte sich in den Fünfzigern, wahrscheinlich weil damals zwei Kinder dort einbrachen und mächtig Ärger bekamen – Ärger mit der Bestie, wie der überlebende Junge zu Protokoll gab. Er entkam, doch sein Freund hatte weniger Glück. Aber auch darüber wird Sie das Tonband während der Führung ausführlich informieren. Diese Tragödie jedenfalls fachte das Interesse am Horrorhaus aufs Neue an. Bis 1979 zog das Horrorhaus einen beständigen Strom an Besuchern an.

Nun, jeder weiß, was im Jahre 1979 geschah. Wenn Sie es nicht wüssten, würden Sie vermutlich heute nicht in diesem Bus sitzen.«

»Und das wäre ja wirklich eine Schande«, flüsterte Monica.

»Langer Rede kurzer Sinn – im Jahre 1979 geschahen einige wirklich üble Dinge im Horrorhaus. Die Details erfahren Sie während der Führung oder aus den Büchern und Filmen. Es reicht wohl zu sagen, dass der Sommer 1979 ein wahres Festival an Entführungen, Vergewaltigungen, mutigen Rettungsaktionen und brutalen Morden darstellte.

Nachdem sich der Pulverdampf gelegt hatte, wurden die Kadaver von sage und schreibe drei Bestien gefunden. Zwei davon verschwanden sofort unter ungeklärten Umständen. Der dritte Körper wurde von einem Präparator für die Nachwelt erhalten und in Janice Crogans Horrorhausmuseum ausgestellt, aus dem er 1984 gestohlen wurde. Das Museum besitzt noch immer Fotografien davon, die auch in den beiden von Janice verfassten Büchern zu sehen sind.«

Irgendjemand im Heck des Busses musste eine Hand gehoben haben. »Ja?«, fragte Patty und nickte.

»Stimmt es, dass die gestohlene Bestie in einem Wanderzirkus wieder aufgetaucht ist?«, fragte ein Mann.

Patty grinste. »Wie heißen Sie?«

»Marv.«

»Also, Marv, Sie meinen wahrscheinlich den haarlosen Orang-Utan aus Borneo. Er wurde nicht in einem Wanderzirkus, sondern in einem Etablissement namens ›Jaspers Kuriositätenkabinett‹ im Funland-Vergnügungspark ausgestellt.«

»Wo ist denn der Park?«, fragte Derek.

»In Boleta Bay«, antwortete Patty. »Das liegt südlich von San Francisco an der Küste.«

»Und da ist die Bestie?«

»Dort wurde jedenfalls eine Kreatur ausgestellt, die die Bestie *hätte sein* können. Ich habe sie vor vielen Jahren selbst gesehen.«

»Ich auch«, sagte ein Mann, der ein paar Reihen vor Owen saß. »Ich heiße Wayne. Glauben Sie, dass es die echte Bestie oder nur eine Fälschung war? Ich habe gehört, dass es sich nur um eine Imitation handelte.«

»Das kann ich nicht mit Sicherheit sagen. Ein weiteres Geheimnis des Horrorhauses, das wohl nie gelüftet werden wird. Niemand konnte seine Echtheit bestätigen, und dieser sogenannte haarlose Orang-Utan aus Borneo verschwand spurlos zusammen mit dem Rest des Kuriositätenkabinetts im Jahre 1988. Das Gebäude, in dem es sich befand, wurde kurz darauf abgerissen.«

»Hat sich Janice Crogan diesen haarlosen Orang-Utan nie angesehen?«, fragte Wayne.

»Nein, niemals.«

»Sie hätte sich das Ding besser wieder zurückholen sollen«, sagte Derek. »Wenn es ihr Ungeheuer war und es ihr jemand gestohlen hat …«

»Ich habe mit Janice darüber gesprochen, und sie sagte mir, dass sie ganz froh war, als sie das Ding endlich los war. Sie wollte es überhaupt nicht zurückhaben. Solange es noch in ihrem Museum stand, musste sie ja jeden Tag daran vorbeigehen und die schlimmen Ereignisse aus dem Jahr 1979 erneut durchleben. Außerdem roch das Ding wohl nicht besonders gut.«

»Igitt«, sagte das Mädchen, das vorher Derek zuvorgekommen war.

»Und wie heißt du, meine Kleine?«, fragte Patty.

»Geht Sie nichts an.«

»Das ist aber ein ungewöhnlicher Name. Hast du auch einen Spitznamen?«

»Wie wärs mit ›vorlaute Schlampe‹?«, flüsterte Owen.

Monica verdrehte die Augen.

»Sie heißt Shareel«, sagte der Mann neben ihr, bei dem es sich offensichtlich um ihren Vater handelte.

»Danke. Und danke auch für deinen Kommentar, Shareel. Janice sagte, dass der Gestank nur schwach, aber dafür seeeehr eklig war. Wie eine tote Ratte.«

»Iiiiiiih«, verkündete Shareel.

»Tja, das passiert, wenn der Präparator sein Handwerk nicht richtig versteht.«

»Wie ekelhaft«, flüsterte Monica.

»Genau«, sagte Owen grinsend.

»Jetzt sag bloß nicht, dir gefällt das alles.«

»Okay, ich sag ja gar nichts.«

Patty deutete auf jemand anderen. »Marv?«

»Was ist mit seinem Gerät?«

Sie errötete. »Seinem *Gerät*?«

»Sie wissen schon.«

»Ja, ich weiß, was Sie meinen. Aber darüber werde ich nicht sprechen.«

»In den Büchern wird es ziemlich genau beschrieben.«

»Da haben Sie Recht. Doch weder in den Filmen noch auf dieser Tour werden Sie darüber etwas erfahren. Wenn Sie sich so sehr für diese Dinge interessieren, darf ich Sie auf die Spezialführung für Erwachsene hinweisen, die jeden Samstag stattfindet. Vielleicht haben Sie schon davon gehört – die Mitternachtsführung. Es ist ein nächtlicher Rundgang durch das Horrorhaus, angeleitet von unseren besten Mitarbeitern. Der Eintrittspreis beträgt einhundert Dollar pro Person, inklusive einem Grillbüffet vor dem Horrorhaus und – was für die Schluckspechte unter Ihnen besonders von Interesse sein dürfte – einer unbegrenzten Anzahl von Getränken. Nach einer Sondervorführung von *Horror in Malcasa Point* im örtlichen Lichtspielhaus folgt eine unzensierte Führung, bei der Sie alles erfahren, was für die reguläre Führung zu anstößig ist. Wenn Sie daran interessiert sind, können Sie am Schalter Karten dafür reservieren lassen.«

»Und diese Führung findet nur Samstagnacht statt?«, fragte Marv.

»Genau. Nur eine Nacht in der Woche.«

»Bieten Sie auch dafür diesen Fahrservice an?«

»Leider gibt es keine Busfahrten speziell für die Mitternachtsführung. Üblicherweise kommen die Leute mit dem Samstagmorgenbus, bleiben den Tag über in Malcasa Point und verbringen die Nacht nach der Führung in einem der örtlichen Hotels, bevor sie Sonntagnachmittag wieder nach San Francisco zurückfahren. Wenn Sie kein Auto zur Verfügung haben, wird dies die einzige Möglichkeit sein, in den Genuss der Mitternachtsführung zu kommen. Stellen Sie sich nur die Taxikosten vor.«

»Aber Kinder dürfen nicht mit?«, fragte Derek etwas enttäuscht.

»Die Führung ist erst ab achtzehn Jahren freigegeben.«

»Doof.«

»Ich weiß. Aber jetzt hast du ja was, worauf du dich freuen kannst, wenn du älter bist.«

»Trotzdem doof.«

»Ein kleiner Tipp für dich, Derek: Praktisch alles, was auf der Mitternachtsführung erzählt wird, kann man auch in Janice Crogans Büchern nachlesen. Womit wir wieder beim Thema wären. Die Hauptperson der schrecklichen Tragödie von 1979 war ein achtzehnjähriges Mädchen namens Janice Crogan. Sie haben sicher alle schon von ihr gehört. Sie ist eine gute Freundin von mir und meine Arbeitgeberin.

Sie hat alles, was sie damals durchgemacht hat, in einem Buch namens *Der Schrecken von Malcasa Point* niedergeschrieben. Dieses Sachbuch beinhaltet Teile von Lilly Thorns Tagebuch, die Geschichte des Horrorhauses und eine detailgenaue Beschreibung dessen, was ihr im Jahre 1979 dort widerfahren ist. Außerdem ist es reich bebildert – unter anderem, wie schon erwähnt, mit Fotos der toten Bestie.« Sie lächelte jemandem im hinteren Teil des Busses zu. »Leider muss ich Sie enttäuschen, Marv – diese Bilder zeigen nicht die Körperteile, an denen Sie interessiert sind.«

»Ich bin nicht daran *interessiert*«, protestierte er. »Ich hab mich nur gefragt, ob an den Gerüchten was dran ist, mehr nicht.«

»Vielleicht können Sie ja an der Mitternachtsführung teilnehmen?«

»Das geht nicht. Ich muss am Samstag wieder in Chicago sein.«

»In diesem Fall will ich Ihnen ein kleines Geheimnis verraten«, sagte Patty. »Ich weiß aus gut unterrichteten Kreisen, dass alles, was darüber behauptet wird, der Wahrheit entspricht. Aber das haben Sie nicht von mir. Jedem unter Ihnen, der jetzt nicht weiß, wovon wir sprechen, empfehle ich die Mitternachtsführung oder die Lektüre von Janices Büchern. *Der Schrecken von Malcasa Point* erschien 1980 und war auf Anhieb mehrere Monate lang ein landesweiter Bestseller. Wie viele von Ihnen haben dieses Buch gelesen?«

Owen hob die Hand und sah sich um. Nur drei weitere Leute meldeten sich, unter ihnen ein dicker, glatzköpfiger Mann am Ende des Busses. Owen nahm an, dass das Marv war.

»Vier von fünfzig. Gar nicht so schlecht, wenn man bedenkt, dass es sich um ein Buch handelt. Wer von Ihnen hat einen der Filme gesehen?«

Owen hob die Hand, genau wie Monica und der Rest des Busses.

»Zu den Filmen komme ich später. Lassen Sie mich noch etwas über Janices Bücher erzählen. Den *Schrecken von Malcasa Point* hat sie in nur zwei Monaten fertiggestellt – eine bemerkenswerte Leistung, wenn Sie mich fragen, noch dazu, wenn man bedenkt, dass sie verletzt und traumatisiert war. Es ist verblüffend, dass sie überhaupt in der Lage war, darüber zu schreiben. Janice ist eine sehr starke Frau …« Patty verstummte und starrte für einen Augenblick auf den Boden. »Wie dem auch sei«, fuhr sie fort, »seit 1980 hat dieses Buch unzählige Auflagen erlebt und wurde in mehr als fünfzehn Sprachen übersetzt. Es ist natürlich im Souvenirshop und in Janices Museum erhältlich, entweder als Taschenbuchausgabe, Hardcover oder Sammlerausgabe mit einem weißen Ledereinband, der der Haut der Bestie nachempfunden ist. Janice ist normalerweise vor Ort, um Ihre persönliche Ausgabe zu signieren, doch momentan befindet sie sich mit ihrem Mann auf einer längeren Urlaubsreise. Vorher hat sie jedoch noch einige Bücher signiert, damit niemand von Ihnen mit leeren Händen nach Hause gehen muss.« Patty grinste übers ganze Gesicht. »Obwohl ich noch nie verstanden habe, wieso die Leute so scharf auf handsignierte Schmöker sind.«

»Das macht sie wertvoller«, sagte eine ältere Dame im vorderen Teil des Busses mit sanfter, leiernder Stimme. »Ich heiße Matilda.«

»Freut mich, Sie kennen zu lernen, Matilda.«

»Ich habe eine handsignierte Ausgabe von *Licht im August* von

William Faulkner, und ich bin sehr stolz darauf. Sie ist mein wertvollster Besitz.«

»Also, Janice Crogan ist nicht gerade mit Faulkner zu vergleichen. Sie ist um Längen hübscher, und ihr Autogramm ist auch leichter zu bekommen. Wenn Sie daran interessiert sind – die signierten Ausgaben sind zum gleichen Preis wie die unsignierten erhältlich. Was mich zu Janices zweitem Buch bringt – *Wilde Zeiten*. Es wurde 1990 veröffentlich und ist ebenfalls dort zu kaufen ... Wer von Ihnen hat dieses Buch gelesen?«

Owen hob die Hand. Marv auch. Sonst niemand.

»Wir haben wohl zwei echte Fans hier. *Wilde Zeiten* ist ein wunderbares Buch, aber es ist leider nicht billig – achtundfünfzig Dollar plus Steuern. Doch meiner Meinung nach ist es jeden Cent wert. Es ist eine umfassende, detailgenaue Geschichte von Malcasa Point und dem Horrorhaus, die sogar die Herkunft der Bestien erörtert. Janice schrieb das Buch in Zusammenarbeit mit einem echten Urgestein von Malcasa Point, Kapitän Frank Sullivan. Wenn Sie den *Schrecken* gelesen haben, wird Kapitän Frank kein Unbekannter für Sie sein. Er besaß ungeheures Wissen über die Bestien und hat alles Material über sie im Laufe der Jahre genauestens archiviert. Janice und Kapitän Frank arbeiteten fast zehn Jahre an diesem Buch, sammelten Informationen, führten Interviews und trugen Fotografien und Illustrationen zusammen. Werfen Sie einen Blick hinein. Auch wenn Sie es nicht kaufen wollen, lohnt es sich doch, es zumindest einmal durchzublättern.

Kommen wir zu den Filmen, die ja wohl jeder gesehen hat. Bis jetzt gibt es sieben Teile, die alle auf Videokassette im Souvenirshop und im Museum erhältlich sind. Der erste Film der Reihe, *Horror in Malcasa Point*, wurde 1982 gedreht. Den müssen Sie einfach kennen. Er wurde von einer kleinen, unabhängigen Filmgesellschaft namens Malcasa Pictures produziert. Ray Cunningham führte Regie, für das Drehbuch war Steve Saunders verantwortlich. Es basiert auf Janices Bestseller *Der Schrecken von Malcasa Point*.

Melinda James spielt Janice Crogan, und Gunther Sligo hat in diesem Streifen seinen ersten Auftritt als ›die Bestie‹. Der Film wäre um ein Haar niemals gedreht worden. Weiß jemand, wieso nicht?«

Owen hob die Hand.

Patty lächelte ihn an. »Sie sind …?«

»Owen.«

»Hi, Owen.«

»Hi, Patty.«

Monica grunzte leise.

»Also, warum wäre der Film beinahe nicht gedreht worden.«

»Also, zum einen wusste man nicht, wie man das ›Gerät‹ der Bestie hätte darstellen sollen.«

Einige der Passagiere lachten. Monica stöhnte auf.

»Aber das wollten Sie jetzt wohl nicht hören.«

»Nach Möglichkeit versuche ich, dieses Thema zu vermeiden«, sagte Patty.

Weiteres Gelächter.

»Ich denke, dass Sie darauf hinauswollen, dass vor den Dreharbeiten einige seltsame Dinge geschehen sind. Dieser Kerl, der eigentlich Regie führen sollte … jetzt habe ich seinen Namen vergessen …«

»Marlon Slade.«

»Ja, genau. Also offensichtlich hat dieser Kerl sich an Tricia Talbot rangemacht, die Schauspielerin, die den Part der Janice Crogan übernehmen sollte. Er hat sie – Sie wissen schon – *belästigt*. Doch sie konnte ihm entkommen und verließ noch in derselben Nacht die Stadt. Und in der darauffolgenden Nacht verschwand er selbst.«

»Sie meinen Marlon Slade, den Regisseur.«

»Genau. Bis heute hat niemand herausgefunden, was mit ihm geschehen ist.«

»Stimmt«, sagte Patti. »Er verschwand spurlos und wurde nie wieder gesehen. Ein Gerücht besagt, dass er mit einem jungen Mädchen namens Margaret Blume durchbrannte, die vor der Ankunft der Filmleute die Führungen im Horrorhaus leitete. Slades Assistentin erzählte den Behörden, dass er sie an jenem Abend in ihrem Wohnwagen aufsuchen wollte. Anscheinend trug er sich mit dem Gedanken, ihr die Rolle der Janice Crogan anzubieten, die ja frei geworden war. Doch er kehrte nicht zurück, und auch die hübsche junge Frau verschwand samt ihrem Wohnwagen. Vielleicht sind sie wirklich gemeinsam weggelaufen. Doch wenn Sie mich fragen, ist an dieser Geschichte etwas faul. Auf jeden Fall ist das ein weiteres Geheimnis, das das Horrorhaus umgibt.«

Kapitel fünf

Sandy – August 1980

Nach dem Duschen küsste Sandy Eric sanft und legte ihn in sein Bettchen. Sie machte sich nicht die Mühe, es abzuschließen. Schließlich war er gerade erst daraus ausgebrochen, um sie vor Slade zu retten, und hatte dabei zwei der Holzstäbe zertrümmert. Die Vorderseite des Betts erinnerte Sandy nun an einen grinsenden Mund, dem zwei Zähne fehlten.

Jetzt schien Eric ziemlich müde zu sein.

Sandy schaltete das Licht aus, zog leise die Tür hinter sich zu und ging in ihr Schlafzimmer, wo ihre Uniform noch auf dem Boden lag. Sie betrachtete das Hemd im roten Licht und entdeckte mehrere Blutstropfen darauf.

»Schönen Dank auch, Marlon«, murmelte sie.

Die Shorts hatten ebenfalls etwas Blut abbekommen.

Während sie die Uniform wieder anzog, dämmerte ihr, dass ihre Tage im Horrorhaus jetzt wohl vorüber waren. Sie musste die Stadt verlassen. Zumindest Slades Assistentin wusste, dass er vorgehabt hatte, sie aufzusuchen. Vermutlich würde niemand Slade vor morgen früh vermissen, aber sobald sie ihn vermissten, würde der erste Verdacht wohl zwangsläufig auf Sandy fallen. Und bis dahin mussten sie und Eric bereits über alle Berge sein.

Mit finsterer Miene betrachtete sie Slades Leichnam. Der dickliche Körper lag seltsam verdreht auf dem Boden. Seine von Sandys Messer zerfetzte Kleidung sah aus, als hätte sie jemand in Blut getaucht und dann an seine Haut geklatscht. Auch sein Gesicht bot einen schaurigen Anblick: zerrissen, blau angelaufen und glänzend. Das blutige Haar klebte an der Kopfhaut.

Hat nur bekommen, was er verdient hat, der Drecksack.

Ihn zu erstechen war ein tolles Gefühl gewesen. Vielleicht hätte sie es nicht so übertreiben müssen, aber sie hatte einfach die Kontrolle verloren.

Außerdem hatte er sich schließlich gewehrt, also war er für viele der Wunden selbst verantwortlich. Sandy hatte sich förmlich durch seine wedelnden Arme hindurchschneiden müssen, um die lebenswichtigen Stellen zu erreichen. Und selbst als sie das Messer in seine Brust und seinen Hals und sein Gesicht gerammt hatte, hatte er sich einfach geweigert zu sterben. Sie hatte immer weiter auf ihn eingestochen, selbst als er aufgehört hatte, sich zu wehren.

Selbst als sie gewusst hatte, dass er tot war.

Er hätte Eric nichts antun dürfen. Es hatte sie zur Weißglut gebracht, dass er ihren Sohn durch den Raum geschleudert und verletzt hatte. Und noch dazu hatte er sich ihr *aufgedrängt* – er hätte sie mit Sicherheit vergewaltigt, wenn Eric ihr nicht zu Hilfe geeilt wäre.

»Kannst von Glück reden, dass ich überhaupt aufgehört hab, auf dich einzustechen«, murmelte sie. Als sie begriff, was sie da gesagt hatte, musste sie grinsen.

»Glück gehabt«, wiederholte sie. »Ein echter Volltreffer.«

Hätte sie nur nicht so eine Schweinerei veranstaltet.

Sie hätte ihn erwürgen sollen, dachte sie, doch dann schüttelte sie den Kopf. Das hätte sie nicht geschafft. Ohne Agnes Kutchs Fleischermesser hätte sie nicht den Hauch einer Chance gehabt.

Er hätte sie vergewaltigt, geschlagen und vielleicht sogar umgebracht.

Was er mit Eric angestellt hätte, wollte sie sich gar nicht erst vorstellen.

Das Messer war ihre Rettung gewesen.

Das Blutbad vor ihr war der Preis, den sie für ihr Überleben hatte bezahlen müssen.

Bevor sie mit Eric unter die Dusche gegangen war, hatte sich Sandy überlegt, später aufzuräumen. Immer eins nach dem anderen. Erst musste sie aus dieser Stadt verschwinden, dann konnte sie sich um Slades Leiche Gedanken machen und das Blut von den Wänden und dem Boden wischen.

Barfuss ging sie auf den Leichnam zu. Der Teppich unter ihren Füßen war feucht und klebrig.

Jetzt verteile ich das Blut überall im Wohnwagen!

Angewidert kniete sie sich neben Slade hin, klopfte auf seine rechte vordere Hosentasche, ertastete einen flachen Gegenstand und hörte das leise Klirren eines Schlüsselbundes.

Sie griff in die Tasche und holte die Schlüssel heraus. Dann wischte sie das schwarze Ledermäppchen an ihrem Hemd ab.

Sie hoffte, dass das klebrige Zeug nur Blut war.

Dann stand sie auf und überlegte, wie sie es vermeiden konnte, auf dem Weg nach draußen eine Blutspur zu hinterlassen.

Ihr Hemd war ohnehin ruiniert. Sie zog es aus, stellte sich auf das rechte Bein und wischte sich die linke Fußsohle damit ab. Dann machte sie einen großen Satz in Richtung Schlafzimmertür, so dass sie mit dem sauberen Fuß auf einem Teil des Teppichs landete, der noch nicht völlig blutdurchtränkt war. Sie hob das rechte Bein und wischte auch diesen Fuß ab.

Obwohl nur der schwache Schein des Badezimmerlichts den Flur erhellte, war sie sich sicher, keine Blutspur zu hinterlassen, denn ihre Füße fühlten sich trocken an. Im Badezimmer ließ sie kaltes Wasser ins Waschbecken laufen und tauchte das Hemd hinein. Das Wasser verfärbte sich sofort. Während sie versuchte, die gröbsten Blutspuren herauszuwaschen, betrachtete sie sich im Spiegel, konnte jedoch keine Blutflecken auf ihrem Gesicht, ihren Brüsten oder ihrem Bauch erkennen.

Jetzt wollte sie das kalte, nasse Hemd nicht mehr anziehen. Außerdem schüttelte es sie vor Abscheu bei dem Gedanken, mit seinem Blut in Berührung zu kommen. Sie würde das Ding mit Sicherheit nie wieder anziehen. Andererseits müsste sie ins Schlafzimmer gehen, um sich etwas Sauberes zu holen, und dort würde sie ihn wieder ansehen müssen, seinen Gestank ertragen müssen.

Sie fing an, das Hemd einzuseifen und überlegte sich, was sie stattdessen anziehen könnte. Sie besaß nicht besonders viele Kleidungsstücke, und das wenige befand sich in einer kleinen Garderobe im Schlafzimmer.

Hängt noch was draußen auf der Leine? Nein. Und in Erics Zimmer sind nur Windeln und Decken. Und im Wohnzimmer und der Küche ist auch nichts.

Aber ich kann doch nicht halbnackt rumlaufen.

Andererseits – wer würde sie schon sehen?

Niemand. Und wenn doch, würde es ihm schlecht bekommen. Wenn mich jemand dabei beobachtet, wie ich Slades Auto klaue, kann das meinen ganzen Plan ruinieren.

Sie wusste nicht einmal, wo Slade seinen Wagen geparkt hatte. Wenn sie jetzt die halbe Stadt danach absuchen musste …

Sie schüttelte den Kopf.

Das Auto musste ganz in der Nähe sein. Dieser fette Faulpelz hatte bestimmt keinen Schritt zu viel gemacht. Doch wahrscheinlich war er den Hügel nicht bis zum Ende hinaufgefahren, aus Angst, stecken zu bleiben oder sich den Lack zu zerkratzen, und hatte das Auto am Straßenrand abgestellt. Kein Problem – der Wald reichte bis fast zur Straße hinunter.

Trotzdem schmeckte Sandy der Gedanke, den ganzen Weg nur mit ihren Shorts bekleidet zurückzulegen, überhaupt nicht.

Sie wrang das Hemd aus und sah, dass sie die Blutflecken nicht völlig hatte herauswaschen können.

Das kann ich unmöglich anziehen.

Sie warf das Hemd über die Duschvorhangstange.

Dann ging sie in die Küche, holte ein altes, fadenscheiniges und löchriges Geschirrtuch aus einer Schublade.

Das wird's auch tun, dachte sie.

Sie versuchte, es um ihre Brust zu wickeln, aber dafür war es viel zu kurz. Immerhin reichte es ihr von den Schultern bis zur Taille. Vergebens mühte sie sich ab, das Tuch in ihrem Nacken zusammenzubinden. Schließlich gelang es ihr, mit Hilfe eines Stücks Schnur eine provisorische Schürze zu basteln. Ihre Schultern und der Rücken blieben frei, aber das war ihr egal, Hauptsache ihre Brüste waren bedeckt.

Jetzt brauchte sie nur noch eine Waffe.

Agnes' Fleischermesser wäre genau das Richtige.

Doch nachdem sie Slade damit erstochen hatte, hatte sie es neben seiner Leiche fallen lassen und war zu Eric geeilt.

Sie würde schon ins Schlafzimmer gehen müssen, um es zu holen.

Auf gar keinen Fall.

»Messer ist Messer«, murmelte sie, obwohl sie insgeheim anderer Meinung war.

Agnes' Messer war etwas Besonderes.

Jetzt, da sie selbst damit getötet hatte, schien es eine gewisse schützende Magie zu besitzen. Es hatte sie vor Slade gerettet. Vielleicht würde es sie vor allen ihren Feinden beschützen.

»Quatsch«, sagte sie.

Außerdem brauchte sie wahrscheinlich gar keine Waffe. Slades Auto zu stehlen war eine Sache, die sie heimlich erledigen sollte, ohne dabei in einen Kampf verwickelt zu werden. Das Messer war eine reine Vorsichtsmaßnahme.

Nur für den Fall der Fälle.

Aus den Messern, die auf einem Regal über der Arbeitsfläche lagen, wählte sie eines aus, das ungefähr so lang wie Agnes' war.

Leise schlich sie zu Erics Zimmertür, blieb davor stehen und lauschte. Sie hörte seinen ruhigen, zischenden Atem und wusste, dass er tief und fest schlief.

Dann ging sie ins Wohnzimmer und öffnete die Eingangstür. Trotz des sonnigen, warmen Tages war die Nacht so kühl, dass eine Windjacke oder ein dickes Hemd durchaus angebracht gewesen wäre. Zitternd schloss sie die Tür und ging vorsichtig die Stufen hinunter.

Die alte, selbstgezimmerte Treppe wackelte unter ihren Füßen, und die Holzplanken waren feucht und glitschig. Sandy wohnte seit einem Monat in dem Wohnwagen und war schon mehrere Male darauf ausgerutscht. Zum Glück passierte ihr das heute Nacht nicht.

Der Boden vor der Treppe war kühl und feucht. Schon bald klebten Piniennadeln an ihren Füßen.

Sie umrundete einmal den Wohnwagen, wobei sie Acht gab, nicht über die Anhängerkupplung, den Grill, den Wasser- oder Propangastank zu stolpern oder in die Wäscheleine zu laufen. Sie bemerkte nichts Ungewöhnliches – leider war auch Slades Wagen nirgendwo zu sehen. Bis auf die vom Mondlicht beschienenen Rasenflächen war alles ziemlich finster, und der Wald lag in völliger Dunkelheit.

Dann fand sie die alten Reifenspuren, die den Hügel hinunterführten. Seit sie hier wohnte, hatte sie täglich diesen Weg benutzt, um in die Stadt zu kommen.

In jeder Kurve hoffte sie, dass dahinter endlich Marlon Slades Wagen auftauchen würde, und jedes Mal wurde sie enttäuscht.

Sandy machte es nichts aus zu laufen. Zwar wollte sie endlich dieses Auto finden und die Stadt verlassen, doch andererseits genoss sie diese Nachtwanderung. Es war aufregend, nur mit Shorts und einem Geschirrtuch bekleidet durch die Finsternis zu spazieren. Sie spürte die Bewegung ihrer Muskeln, spürte, wie der Stoff des Tuches sanft über ihre Haut strich. Die leichte Berührung des kühlen Windes und die feuchte Erde unter ihren Füßen fühlten sich gut an.

Sie schlich fast geräuschlos dahin, hörte den Wind in den Bäumen, das Kreischen der Möwen und das Murmeln der weit entfernten Brandung.

Wohin es uns auch verschlägt, dachte sie, es muss ein Ort wie dieser sein: Eine nette Lichtung in Küstennähe, auf der wir bis zu unserem Lebensende bleiben können.

Außer jemand findet uns.

Jemand wie Marlon Slade.

»Dieser widerliche Typ«, murmelte sie und spürte, wie ihr Tränen in die Augen schossen.

Wegen ihm sind wir jetzt auf der Flucht, dachte sie. Das ist so ungerecht.

Erst hatten sie diese gottverdammten Filmfritzen aus Agnes' Haus vertrieben, wo sie und Eric heimlich gewohnt hatten. Die Heimlichtuerei war vorher schon anstrengend genug gewesen, doch nach Beginn der Dreharbeiten wäre es ein Ding der Unmöglichkeit gewesen, sich weiterhin dort zu verstecken. Also hatte Agnes alle Vorbereitungen getroffen, damit sie in den Wohnwagen umziehen konnten.

Sie hatte Agnes mit gemischten Gefühlen verlassen.

Agnes war für sie Mutter, Schwester und beste Freundin in einem, und sie vermisste sie schrecklich. Noch dazu hatte sie große Angst davor gehabt, allein zu sein.

Andererseits fand sie es auch sehr aufregend, einen Platz ganz für sich allein zu haben – selbst wenn es nur ein abgehalfterter alter Wohnwagen war.

Bald fand sie heraus, dass sie gerne in diesem Wohnwagen lebte.

Wie sich herausstellte, hätte sie noch einen weiteren Monat bei Agnes bleiben können. Offenbar verzögerten irgendwelche Probleme den Beginn der Dreharbeiten.

Jetzt war sie froh um diesen Monat.

Denn so wie es aussah, würde es der einzige Monat bleiben, den sie jemals in ihrem Wohnwagen in den Hügeln über Malcasa Point hatte verbringen dürfen.

Hoffentlich fand sie irgendwo ein Plätzchen, das genauso schön war.

Nein. Unmöglich. Malcasa war ihre Heimat. Hier hatte sie Agnes und die anderen kennen gelernt, hier hatte sie sich in den Vater ihres Sohnes verliebt und ihr Kind zur Welt gebracht.

Ich will hier nicht weg!

Sandy fing an zu weinen.

Sie hatte keine andere Wahl. Sie musste fliehen, obwohl sie Marlon Slade aus Notwehr getötet hatte. Kein Gericht der Welt würde sie dafür des Mordes anklagen.

Doch wenn sie blieben, würde Eric früher oder später entdeckt werden. Und das wäre dann das Ende ihrer trauten Zweisamkeit.

Praktischerweise konnte sie sich mit dem Geschirrtuch die Tränen von Augen und Wangen wischen, während sie den Pfad hinunterging.

Es ist nicht fair, dachte sie. Wir haben doch niemandem etwas getan.

Na ja, fast niemandem.

Sie musste aufhören zu weinen. Das Geflenne war kindisch und außerdem viel zu laut.

Es wird alles gut, sagte sie sich. Wir fahren einfach woanders hin, lassen die Leiche dieses dreckigen Hurensohns irgendwo verschwinden, und dann können wir unentdeckt und in Frieden leben.

Als sie die zweispurige, asphaltierte Straße erreichte, kauerte sie sich hinter einen Baum und sah sich um.

Sie konnte nur ein Auto erkennen – ein kleines MG-Kabrio, das auf dem Schotter am Straßenrand geparkt war.

Sandy stöhnte auf.

Oh bitte, dachte sie. Hoffentlich ist nicht gerade *das* sein Auto.

Unmöglich konnte sie den Wohnwagen an dieses Gefährt hängen.

Sie holte den Schlüsselbund aus der Tasche und rannte zu dem Sportwagen hinüber. Dann riss sie die Tür auf, ließ sich auf den Schalensitz fallen und versuchte, einen der Schlüssel ins Zündschloss zu stecken.

Er passte.

Seufzend lehnte sie die Stirn gegen das Lenkrad.

Und was jetzt?

Wir müssen noch heute Nacht abhauen.

Wieso versuchte sie nicht einfach, das Kabrio zum Wohnwagen hinaufzufahren, und probierte einfach, ob …?

»Ach du Scheiße«, murmelte sie, stieg aus und rannte zum Heck des Wagens.

Noch bevor sie das Auto umrundet hatte, wusste sie, dass sie keine Anhängerkupplung finden würde.

Und sie behielt Recht.

Kapitel sechs

Tuck und Dana

Tuck öffnete das schmiedeeiserne Gatter, rannte zurück zum Jeep, stieg ein und fuhr auf den Parkplatz für die Besucher und Angestellten des Horrorhauses.

»Was hab ich dir gesagt?« Sie grinste. »Wir sind die Ersten.«

»Muss ja auch so sein«, sagte Dana. »Du hast den Schlüssel zum Parkplatz.«

»Wenn man früh genug dran ist, findet man auch ohne Probleme einen Platz an der Hauptstraße. Früher gab's überhaupt keinen Parkplatz. In der guten alten Zeit war das hier alles Rasenfläche.«

»Ja, der Fortschritt ist nicht aufzuhalten«, sagte Dana.

»Nach dem ersten Film ging es richtig ab. Sie *mussten* einen Parkplatz bauen.« Sie hielt genau zwischen zwei weißen Linien an und stellte den Motor ab.

»Parkst du immer so weit hinten?«, fragte Dana, als sie ausstiegen.

»Ja.«

»Weiter vom Tor weg geht es wohl nicht.«

»Hätte ich dich vorne rauslassen sollen?«

»Ist schon okay«, sagte Dana. »Komische Einstellung, aber du bist der Boss. Du kannst parken, wo du willst.«

»Das ist eben meine Ecke. Erstens steht es so in sicherer Entfernung vor irgendwelchen Rowdys. Und zweitens – und das ist am wichtigsten – will ich den zahlenden Kunden nicht die guten Plätze wegnehmen.«

»Verstehe. Sehr aufmerksam.«

Tuck grinste. »Und gut fürs Geschäft.«

»Kein Wunder, dass Janice dich zur Chefin gemacht hat.«

»Wahrscheinlich eher, weil ich die Tochter ihres Mannes bin.

Wenn man schon einen Familienbetrieb führt, muss auch jemand aus der Familie das Kommando haben. Ich habe sozusagen eine persönliche Bindung zu unserem Geschäft, während die meisten Angestellten sie bei jeder Gelegenheit übers Ohr hauen würden.«

Sie verließen den Parkplatz und gingen zur Ticketbude.

Ein Auto auf der Hauptstraße wurde langsamer und bog auf den Parkplatz. Dana erhaschte einen Blick auf zwei Erwachsene und zwei bis drei Kinder auf dem Rücksitz.

»Die ersten Kunden des Tages«, sagte Tuck.

»Wann macht ihr den Schalter auf?«

»Punkt zehn.«

Tuck ging an der Bude vorbei und öffnete das Eingangstor.

»Soll ich heute Eintrittskarten verkaufen?«, fragte Dana.

»Ich dachte, es wäre besser, wenn du gleich im Haus anfängst.«

»Okay.«

Tuck schloss das Tor hinter ihnen wieder ab. Gemeinsam gingen sie den Weg zum Horrorhaus hinauf.

Dana versuchte, den Blick vom Haus abzuwenden. Als sie es gestern zum ersten Mal gesehen hatte, hatte sie es immerzu anstarren müssen. Und plötzlich hatte sie solche Angst bekommen, dass sie fast nicht mit hineingegangen wäre.

Es ist nur ein Haus. Also reiß dich zusammen.

»Wir haben Stammpersonal, das sich um den Souvenirshop und die Snackbar kümmert«, sagte Tuck. »Du hast im Grunde genommen drei verschiedene Aufgaben: Eintrittskarten verkaufen, Kassettenrekorder verteilen und einsammeln sowie aufpassen, dass die Leute keinen Unfug anstellen.«

»Und was machst du?«

»Ich koordiniere die ganze Operation. Die meiste Zeit spaziere ich irgendwo herum, sehe nach, ob alles in Ordnung ist, und versuche, nett und hilfsbereit zu unseren Gästen zu sein. Ich bin diejenige, die du ansprechen musst, wenn du Probleme oder Fragen hast.

Du bist heute als Wärterin für das Obergeschoss eingeplant. Morgen gebe ich dir dann eine andere Aufgabe, und so wechselst du dich die Woche über mit deinen Kollegen ab. Du musst sehr flexibel sein, weil die anderen immer tauschen wollen. Die Busfahrt bleibt dir allerdings erspart. Das ist Pattys Job. Sie wohnt in San Francisco, taucht jeden Morgen um halb elf mit einem Bus voller Touristen auf, spaziert herum, futtert Hotdogs, fährt um halb zwei zurück und kommt erst am nächsten Tag wieder. Sie ist die Einzige aus der Truppe, die du gestern noch nicht kennen gelernt hast.«

Sie gingen die Verandatreppe hinauf.

Dana spürte, wie sich ihre Eingeweide mit einem Mal zusammenkrampften und ihre Knie weich wurden.

Sie wandte sich ab, um den Erhängten nicht ansehen zu müssen.

Keine Angst, sagte sie sich. Beruhige dich. Das ist nur eine Puppe. Die beißt schon nicht.

Sie wischte sich die schweißnassen Hände an ihrer Uniformhose ab und holte tief Luft.

»Alles klar?«, fragte Tuck lächelnd, als sie die sechs hölzernen Stufen erklommen hatten.

»Ich bin ein bisschen nervös.«

»Musst du nicht. Hier wurde schon seit Jahren niemand mehr umgebracht«, versicherte sie ihr. »Jedenfalls nicht, soweit wir wissen«, fügte sie grinsend hinzu.

Als Tuck die Vordertür aufsperrte, bemerkte Dana den Türklopfer aus Messing. Er hatte die Form einer Affenpfote. Sie hatte ihn seltsamerweise gestern überhaupt nicht bemerkt.

»Du kriegst das schon hin«, sagte Tuck.

»Na hoffentlich. Das Haus ist *wirklich* unheimlich.«

»Das soll es auch sein.«

»Ich werd' mich schon dran gewöhnen.«

»Da bin ich mir sicher«, sagte Tuck und öffnete die Tür. »Wenn du lieber nicht hier drin arbeiten willst …«

»Nein, nein. Je eher ich mich mit dem Haus vertraut mache, desto besser.«

Tuck zog die Tür zu, lehnte sich mit dem Rücken dagegen und steckte die Hände in die Hosentaschen. »Deine Aufgabe ist ziemlich einfach. Du musst einfach nur durch den ersten Stock spazieren und die Besucher im Auge behalten, damit sich niemand danebenbenimmt oder die Ausstellungsstücke anfasst. Du bist also für die Sicherheit und die Fragen unserer Gäste zuständig.«

»Und wenn es mal Ärger gibt?«

»Den meisten Ärger haben wir normalerweise mit halbstarken Jugendlichen. Sag ihnen einfach höflich, aber bestimmt, dass sie sich benehmen sollen – genau wie du es auch als Bademeisterin machst. Außerdem bekommst du ein Walkie-Talkie. Wenn wirklich mal was Ernstes passiert, lassen wir alles stehen und liegen und eilen dir zu Hilfe.«

»Was wäre denn was Ernstes?«

»Eine Schießerei zum Beispiel.«

»Was?«

Tuck lachte. »War nur ein Scherz. Aber im Ernst – sobald mehrere Leute auf einem Haufen sind, kann schnell etwas schiefgehen. Vielleicht fängt jemand eine Schlägerei an. Das passiert zwar nicht oft, ist aber schon vorgekommen. Manche Gäste sind angewidert von den Ausstellungsstücken und werden richtig wütend. Das liegt daran, dass sie keine Ahnung hatten, was sie hier erwartet. Dann musst du sie entweder beruhigen oder nach draußen begleiten. Und dann gibt's noch die, die ausflippen.«

»Na toll.«

»Wir nennen sie die ›Flipper‹.«

»Nett.«

»Sie erleiden Panikattacken. Immerhin ist es ein altes Haus und riecht ein bisschen modrig. Dann gibt es diese langen, engen Korridore und die blutigen Ausstellungsstücke. Die Leute hören sich grausame, unanständige Sachen über Kopfhörer an. Für manche ist das einfach zu viel, besonders, wenn viele Leute in einem Raum zusammengedrängt sind. Es gibt die Flipper, die Umkipper und die Kotzer.«

»Das klingt ja immer besser.«

»Und da wären natürlich noch die Herzanfälle.«

»Du hast Herzanfälle hier?«

»Ich nicht, aber andere schon. Kommt aber selten vor.«

»Großer Gott.«

»Du bist ja ziemlich schreckhaft für eine Rettungsschwimmerin.«

»Ich hätte nicht gedacht, dass ich in einer Touristenfalle mal bei jemandem Erste Hilfe leisten muss.«

»Stell dir das Horrorhaus einfach als großen, trockenen Swimmingpool vor. Die meisten Leute haben einfach nur ihren Spaß. Aber manchmal gibt es eben auch Notfälle. Die Kunst ist es, diejenigen, die am Rande eines Nervenzusammenbruchs stehen, rechtzeitig zu erkennen, was eigentlich ziemlich einfach ist. Halt Ausschau nach kreidebleichen, verschwitzten Gesichtern und glasigen Augen. Und nach Leuten mit wirklich roter Birne und schwerem Atem – das könnte ebenfalls Ärger bedeuten. Wenn dir so jemand auffällt, dann führ ihn nach draußen. Frische Luft wirkt normalerweise Wunder. Und vergiss dein Walkie-Talkie nicht – darüber kannst du mich ständig erreichen. Wenn es ein Problem gibt, mit dem wir nicht fertig werden, rufen wir den Notarzt oder die Polizei. Die sind normalerweise im Nu zur Stelle.«

Dana nickte.

»Abgesehen davon kann es manchmal ein bisschen langweilig werden. Die Gäste konzentrieren sich üblicherweise auf die Audioführung, also werden sie dir keine Löcher in den Bauch fragen. Nur ganz selten wollen sie etwas von dir wissen.«

»Wie ›Wo sind die Toiletten, bitte?‹, zum Beispiel?«

»Das ist die Frage, die sie dir am häufigsten stellen werden. Weißt du noch, wo sie sind?«

»Hinter dem Haus gleich neben der Snackbar. Sie können sie gar nicht verfehlen.«

»Sehr gut!«

»Mann, ich bin doch keine Amöbe!«

»Aber eine Giraffe vielleicht …«

»Hey, hey. Zum Glück habe ich keine Komplexe wegen meiner Größe.«

»Klar, du bist ja richtig froh drum.«

»So kann ich wenigstens Winzlinge wie dich in die Schranken verweisen.«

»Vergiss nicht, ich bin hier der Chef. Außerdem solltest du ja wohl keine Schwierigkeiten haben, ein paar Fragen zu beantworten. Du bist ja schließlich ein großes Mädchen. Und warst auf dem College.«

»Stimmt.«

»Und du hast beide Bücher gelesen …«

»Sie sogar *studiert*.«

»Also kennst du dich mit der Bestie ja aus. Wenn du mal keine Antwort weißt, dann schick die Leute zu mir. Ich bin die führende Expertin auf diesem Gebiet. Wenn ich es nicht weiß, weiß es niemand.« Sie grinste.

»Und noch dazu so bescheiden.«

»Eine weitere meiner zahlreichen guten Eigenschaften. Hast du noch Fragen?«

»Über deine guten Eigenschaften oder …«

»Nein, über die Arbeit.«

»Tja, im Lauf der Zeit werden mir sicher noch viele einfallen, aber im Moment …«

»Eins noch, bevor ich es vergesse. Unsere offizielle Position, was den Schniedel der Bestie angeht, ist: kein Kommentar.«

»*Danach* fragen die Leute auch?«

»Ständig.«

»Na toll.«

»Manche sind wirklich neugierig und glauben, dass wir Insider auf diesem Gebiet wären. Andere wollen einfach nur sehen, wie du rot wirst. Viele Männer halten es für einen echten Brüller.«

»Und ich soll es weder bestätigen noch leugnen?«

»Genau. Schlag ihnen vor, die Mitternachtsführung mitzumachen oder die Bücher zu lesen.«

»Ich soll also für die Mitternachtsführung werben?«

»Ja! Bitte! Bei jeder sich bietenden Gelegenheit!«

»Taugt sie denn auch was?«

»›*Taugt sie denn auch was*?‹ Sie ist spitze! *Ich* bin spitze! Ich erzähle alles. Außerdem hat man das Horrorhaus erst richtig gesehen, wenn man nachts hier war.«

»Ich kann's kaum erwarten.«

»Es wird dir gefallen.«

»Das bezweifle ich nicht.«

Tuck lachte. »Fertig?«

»Fertig wofür?«

»Für das.« Sie stieß sich mit dem Hintern von der Tür ab und ging durch die Eingangshalle in den Salon. »Als Erstes mache ich immer einen kurzen Rundgang, bevor wir öffnen … nur um sicherzugehen, dass alles seine Ordnung hat. Wir wollen ja keine unliebsamen Überraschungen.«

Dana folgte ihr.

»Schönen guten Morgen, Ethel«, begrüßte Tuck eine auf dem Boden liegende Gestalt. »Ich hoffe, du hast gut … Oha. Was zum Teufel?«

»Oh Mann«, murmelte Dana.

»Siehst du, was ich meine?«, sagte Tuck. Sie klang nicht besonders aufgeregt. »Eine Überraschung.«

Die Wachsfigur von Ethel Hughes lag hinter einer als Absperrung dienenden Kordel. Ein nacktes Bein lag auf dem Polster einer Couch. Ihre Augen waren weit aufgerissen und ihr Gesicht schmerzverzerrt. Das weiße Nachthemd war mit hellrotem Blut getränkt und zerrissen. Darunter war die blutige, zerfetzte Haut von Armen, Bauch und Beinen zu sehen.

Und ihre Brüste.

Und ihr Schambereich.

Noch gestern war alles von Ethels blutigem Nachthemd verdeckt gewesen.

»Was ist da nur passiert?«, fragte Tuck mit leiser Stimme. Sie warf einen Blick über die Schulter.

Dana folgte ihren Augen, konnte jedoch nur die leere Eingangshalle erkennen.

Sie blieb dicht bei Tuck, als diese sich dem Körper näherte. Wenige Meter vor der Absperrung blieben sie stehen.

»Irgendjemand wollte wohl sehen, wie sie drunter aussieht«, sagte Tuck.

»Wirkt ziemlich lebensecht«

Tuck runzelte die Stirn und nickte. »Maggie war in dieser Hinsicht eine echte Perfektionistin. Einfache Schaufensterpuppen waren nicht gut genug für sie. Sobald sie es sich leisten konnte, gab sie richtige Wachsfiguren in Auftrag, die bis ins letzte Detail authentisch sein sollten.«

»Und wie es aussieht, sind sie das auch.«

»Weißt du, weshalb sie so auf der korrekten Anatomie bestanden hat?«

»Keine Ahnung.«

»Weil sie nicht alle Tassen im Schrank hatte.« Lachend stieg Tuck über die Absperrung. »Nein, im Ernst. Sie wollte, dass die Ausstellungsstücke den Polizeifotos so ähnlich wie möglich sind.« Sie kniete sich vor der Puppe hin und legte einen Fetzen des zerrissenen Nachthemds zwischen Ethels Beine. »Das hätte natürlich bedeutet, alles zu zeigen, also hat sie die Wachsfiguren auch so realistisch wie möglich anfertigen lassen – und zwar überall. Dann hat sie es sich jedoch anders überlegt und sich entschlossen, die heiklen Stellen zu verdecken.« Vorsichtig legte sie einen weiteren Leinenstreifen auf Ethels Intimbereich. »Das Nachthemd haben sie ja ordentlich zugerichtet«, sagte sie.

»Ist mir gar nicht aufgefallen.«

»Es war vorher nur halb so zerfetzt.«

Sie machte sich daran, die Brüste zu verhüllen. »Ethel selbst scheint unversehrt zu sein. Sieht zumindest danach aus. Wahrscheinlich müssen wir nur das Nachthemd austauschen.«

»Ist das nicht das Original?«

»Nein, zum Glück nur eine Kopie. Janet hat das Original schon vor langer Zeit in ihr Museum bringen lassen. Anfangs hielt ich das für einen Fehler, was ich ihr auch gesagt habe. Ich fand, die Puppen sollten die authentischen Kleider anbehalten. Wie sich jetzt rausstellt, hatte sie wohl Recht.«

Tuck stand auf, trat einige Schritte zurück und begutachtete ihr Werk. »Was meinst du?«, fragte sie.

»Schlüpfrig und unanständig.«

»Es soll ja auch schlüpfrig und unanständig sein. Das Nötigste muss aber verdeckt bleiben. Siehst du noch was?«

»Das Nötigste?«

»Brustwarzen und Vagina.«

»Ach so.« Dana ging vor der Absperrung hin und her und beugte sich sogar ein paarmal nach vorn. »Ich glaube, das Nötigste ist nicht mehr zu sehen.«

»Okay. Gut.« Tuck stieg wieder über die Absperrung und ging auf die Tür zu.

Dana folgte ihr. »Wie ist das denn passiert? Du schließt doch nachts ab, oder nicht?«

»Vielleicht ist jemand eingebrochen. Ich werde mal die Fenster überprüfen. Möglicherweise hat sich auch jemand von der Führung abgeseilt und sich versteckt. Willst du draußen warten, während ich mich umsehe?«

»Weshalb?«

»Weil außer uns noch jemand hier sein könnte.«

Obwohl Dana diese Möglichkeit selbst schon in Betracht gezogen hatte, ließen sie Tucks Worte unwillkürlich zusammenzucken. »Ich soll rausgehen, damit du allein mit ihm fertig werden musst?«

Tuck zuckte mit den Achseln und lächelte.

»Vergiss es«, sagte Dana.

Aus Tucks Lächeln wurde ein Grinsen. »Du bist eine echte Freundin. Unerschütterlich, mutig und groß.«

Dana lachte.

»Also los.«

Gemeinsam durchsuchten sie das Erdgeschoss, wobei Tuck fast pausenlos redete. »Es kommt immer wieder mal vor, dass irgendjemand auf die tolle Idee kommt, hier die Nacht zu verbringen. Ich kann den Leuten eigentlich keinen Vorwurf machen, es ist nämlich wirklich aufregend. Trotzdem ist es gegen die Regeln und normalerweise können wir sie rechtzeitig aufspüren. Du weißt ja, jeder Gast bekommt am Anfang einen Kassettenrekorder samt Kopfhörer ausgehändigt. Zum Schluss müssen sie die Sachen wieder am Ausgang abgeben. Am Ende des Tages zählen wir die Rekorder durch, und wenn einer fehlt, können wir davon ausgehen, dass sich jemand hier versteckt hat. Normalerweise finden wir diese Spaßvögel auch ziemlich schnell.«

In der Küche rüttelte Tuck am Griff einer verschlossenen Tür.

»Hier ist jedenfalls niemand durchgekommen«, sagte sie, nahm ihre Schlüssel heraus und öffnete die Tür.

Dana, die neben ihr stand, starrte auf eine Treppe, die in den dunklen Keller führte.

»Jemand da unten?«, rief Tuck.

»Sehr witzig.«

»Finde ich schon.« Sie ließ die Tür offen stehen und setzte die Suche fort.

»Im Prinzip ist es nicht schwer, sich hier zu verstecken, wenn man sich einigermaßen geschickt anstellt. Man muss nur jemand anderen damit beauftragen, den Rekorder zurückzubringen, oder sich wieder ins Haus zurückschleichen. Mit etwas Köpfchen ist das ziemlich leicht.«

»Sind es normalerweise Teenager, die so etwas machen?«

»Zum Großteil ja. Zumindest die meisten, die ich erwischt habe. Manchmal ist es auch ein erwachsener Mann, der eine Wette verloren hat. Aber ich hab auch schon mal eine Gruppe von drei oder vier Leuten entdeckt und nicht wenige Pärchen. Hier gibt's viele Verstecke.«

»Die du alle kennst, möchte ich wetten.«

»Die meisten jedenfalls«, sagte Tuck.

Sie gingen die Treppe hinauf.

»Egal, wie wachsam wir sind, ein paar Leute schaffen es immer, uns zu entkommen. Dann sieht man erst am nächsten Tag die Spuren der nächtlichen Besucher: Zigarettenkippen, Schmierereien an den Wänden, Schokoriegelpapier, Kondome, Tampons …«

»Igitt.«

Im ersten Stock setzte Tuck die Suche fort, ohne mit ihrem Vortrag innezuhalten.

»… Unterwäsche, meistens BHs oder Höschen. Eine Brille, ein einzelner Schuh, Schlüssel und Kleingeld, das jemandem aus der Tasche gefallen sein muss, waren auch schon mal dabei. Dazu verschiedene Körperflüssigkeits- und Exkrementproben.«

»Du machst Witze, oder?«

»Manche Leute führen sich hier wie die Schweine auf.«

»Das glaub ich gern. Mein Gott, das klingt, als würde hier ständig jemand übernachten.«

»Nein, das passiert eigentlich nicht so oft. Aber wenn … weißt du, was sie manchmal tun? Sie warten, bis es dunkel ist, dann lassen sie ihre Kumpels durch den Haupteingang rein. Und schon laufen hier fünf, sechs Leute rum.«

Nachdem sie einige Räume durchsucht hatte, blieb Tuck vor der Tür zur Speichertreppe stehen und rüttelte am Griff. »Da ist auch niemand drin«, sagte sie und sperrte die Tür auf. Vor der Treppe war eine weitere Absperrung aufgebaut.

Dana sah die enge Treppe hinauf. Vom Dachboden schien die Finsternis wie Tinte herabzusickern. Schnell wandte sie den Blick ab.

Tuck ging wieder auf die Galerie zurück. »Weißt du, was komisch ist? Die Eindringlinge stellen so gut wie nie Unfug mit den Wachspuppen an. Es gab bis jetzt vielleicht zwei oder drei Fälle von Vandalismus. Keine Ahnung, wieso. Vielleicht wollen sie das Schicksal nicht herausfordern – oder die Bestie.«

»Ist so was wie das mit Ethels Nachthemd schon mal passiert?«

»Eigentlich nicht. Einmal bin ich morgens reingekommen, da hat sie eine Männerunterhose getragen.«

»Boxershorts oder einen Slip?«

»Einen weißen Slip. War ziemlich lustig – fand ich zumindest. Ein harmloser Streich. Aber das hier ist was ganz anderes. Als ob sich ein Kerl an ihr aufgeilen wollte und sie vielleicht sogar betatscht hat, verstehst du? Ein Perverser, wenn du mich fragst. Wenn der schon so heiß auf eine Wachspuppe ist, will ich mir gar nicht erst vorstellen, was er mit *echten* Mädchen wie *uns* machen würde.«

»Dazu muss er uns aber erst mal kriegen«, sagte Dana.

»Du hältst ihn fest und ich hole Hilfe.«

»Na toll. Glaubst du, dass er immer noch hier ist?«

»Wäre möglich. Bist jetzt habe ich morgens noch nie jemanden erwischt. Die meisten hauen vor der Dämmerung ab oder mischen sich unauffällig unter den ersten Schwung Touristen.«

Schließlich war die Suche beendet, und Tuck und Dana gingen wieder die Treppe hinunter.

»Wer auch immer das getan hat«, sagte Tuck, »er scheint nur an Ethel interessiert gewesen zu sein. Hätte schlimmer kommen können.«

»Vielleicht war es einer von den Angestellten«, sagte Dana. »Könnte doch sein, dass sie dir einen Streich spielen wollten.«

»Ein ziemlich dummer Streich, wenn du mich fragst. Für so was kann man fristlos gekündigt werden. Und sich noch dazu eine Anzeige einhandeln. Ich würde ihn wegen Sachbeschädigung verklagen.«

»Ihn?«

»Glaubst du nicht, dass es ein Mann war?«

Dana schüttelte den Kopf. »Nicht unbedingt. Könnte auch eine Frau gewesen sein, die wollte, dass es nach dem Werk eines Mannes aussieht. Man kann ja nie wissen.«

»Nein, da hast du Recht«, sagte Tuck.

Sie gingen zur Eingangstür. »Trotzdem war es höchstwahrscheinlich ein Mann. Keine Spuren eines Einbruchs, also nehme ich an, dass er sich von der Führung abgeseilt hat. Ethel muss es ihm ja schwer angetan haben.« Sie öffnete die Tür, und Dana folgte ihr auf die Veranda hinaus. »Erst hat er dafür gesorgt, dass jemand den Rekorder für ihn abgibt, dann hat er sich irgendwo versteckt und gewartet, bis wir abgeschlossen und Feierabend gemacht haben. Und danach hatte er alle Zeit der Welt, um an ihr rumzuspielen.«

Obwohl draußen die Sonne schien, bemerkte Dana weder Helligkeit noch Wärme, als sie ins Freie trat. In Gedanken war sie noch immer im Horrorhaus und starrte durch die Dunkelheit auf eine Gestalt, die über der Puppe von Ethel Hughes kauerte. Sie sah, wie er im dämmrigen Mondlicht das Nachthemd mit beiden Händen zerriss und keuchend und stöhnend ihre Brüste packte. Er küsste sie, leckte darüber und ließ seinen Mund bis zu der Spalte zwischen ihren Beinen wandern.

Tuck hatte wohl gerade an etwas Ähnliches gedacht. »Wenn er sich einen runtergeholt hat«, sagte sie, »hat er zumindest keine Schweinerei dabei angerichtet.«

Dana errötete. »Wie zuvorkommend von ihm.«

»Vielleicht hat er ein Kondom benutzt.«

»Aber er hätte doch gar nicht in sie *eindringen* können.«

»Nö. Weit wäre er jedenfalls nicht gekommen.« Plötzlich blieb Tuck stehen und drehte sich zum Haus um.

»Was ist?«, fragte Dana.

»Ich hab vergessen, ihren Mund zu überprüfen.«

»Gute Idee. Ich warte so lange hier.«

Tuck sah kopfschüttelnd auf die Uhr. »Keine Zeit mehr. Wir

kommen sowieso schon zu spät zur Morgenbesprechung. Komm mit.«

Sie gingen auf einem schmalen Pfad um das Haus herum. Als sie die Rückseite erreichten, bemerkte Dana drei Angestellte, die bereits vor der Snackbar warteten. Es waren Clyde und zwei junge Frauen namens Rhonda und Sharon. Sie alle trugen die beige Uniform mit dem rot-weißen Horrorhaus-Logo auf dem Hemdrücken. Clyde hatte eine lange Hose an, die anderen Shorts. Er hielt einen weißen Pappbecher in der einen und eine Zigarette in der anderen Hand. Rhonda, eine stämmige Brünette, trank ebenfalls Kaffee, während Sharon eine Zigarette rauchte. Sie war dünn und sonnengebräunt und hatte einen langen, blonden Zopf.

Sie wandten sich zu Tuck und Dana um. Die Frauen lächelten freundlich und nickten, Clyde jedoch schaute genervt drein.

»Morgen«, sagte Tuck. »Entschuldigt die Verspätung. Wie geht's euch?«

Niemand schien sich beschweren zu wollen.

»Ihr erinnert euch doch an meine Freundin Dana Lake?«

Rhonda und Sharon nickten, lächelten und murmelten Grußworte.

»Sie passt heute im ersten Stock auf. Wer übernimmt das Erdgeschoss?«

»Ich«, sagte Sharon, die mit zusammengekniffenen Augen durch den Qualm ihrer Zigarette spähte.

»Sehr gut.« Tuck lächelte Dana an. »Sharon ist die Dienstälteste hier.«

»Ich mach das jetzt seit sechs Jahren«, sagte Sharon mit tiefer, kräftiger Stimme. Sie sah aus, als wäre sie etwa Mitte zwanzig. Mit ihrem scharfgeschnittenen Gesicht und dem übertriebenen Make-up erinnerte sie Dana eher an eine Kellnerin in einem zwielichtigen Schuppen, auch wenn Dana noch nicht besonders viele zwielichtige Schuppen von innen gesehen hatte – außer in Filmen natürlich. »Wenn du Fragen hast«, sagte Sharon, »dann frag einfach. Ich weiß so ziemlich über alles Bescheid, was hier läuft. Ansonsten heißt's improvisieren.«

Dana nickte lächelnd.

»Gut«, sagte Tuck. »Wer übernimmt die Bude?«

»Das mache ich«, sagte Clyde.

»Ich gebe die Rekorder aus«, sagte Rhonda. Sie hatte rosige Wangen und große, freundliche Augen.

»Sharon, das hast du gestern gemacht, oder?«

»Stimmt«, sagte sie und zog an ihrer Zigarette.

»Hast du nachgezählt?«

»Klar doch. Stimmte alles. Wieso, was ist los? Hat jemand übernachtet?«

»Sieht ganz danach aus. Ethels Nachthemd ist zerrissen. Ich hab das Nötigste wieder verdeckt und mit Dana kurz das Haus abgesucht, aber sonst nichts Verdächtiges bemerkt. Keine Spuren eines Einbruchs. Wahrscheinlich hat sich einer unerlaubt von der Truppe entfernt.«

»Von den Rekordern hat keiner gefehlt. Nicht einer«, sagte Sharon.

»Okay. Haltet die Augen offen. Nur, weil wir ihn nicht gefunden haben, heißt das nicht, dass er auch wirklich verschwunden ist.«

»Ist klar«, sagte Sharon.

»Seid wachsam«, sagte Tuck und ließ den Blick über die versammelte Belegschaft wandern. »Der Kerl ist ein Perverser.«

»Hat er Ethel gevögelt?«, fragte Sharon.

Clyde lachte grunzend. Rhonda errötete.

»Glaube nicht«, sagte Tuck.

»So was würde doch keiner tun«, sagte Rhonda verschüchtert.

»Du hast ja keine Ahnung«, meinte Sharon grinsend und schüttelte den Kopf.

»Also, erhöhte Aufmerksamkeit. Seid vorsichtig«, sagte Tuck. »Jeder, der sich seltsam verhält, ist verdächtig.«

»Das wäre dann etwa die Hälfte der Kundschaft«, sagte Sharon, blinzelte Dana zu und zog wieder an ihrer Zigarette. »Sieh dir doch den armen Clyde an, zum Beispiel. Wenn der nicht seltsam ist.«

Clyde grinste ihr zu und zündete sich eine weitere Zigarette an. »Nur kein Neid«, sagte er.

»Okay. Alle Mann auf die Plätze. Es wird Zeit, dass wir anfangen. Noch Fragen? Nicht? Na, dann los.«

Kapitel sieben

Sandy – August 1980

Sandy startete den Motor von Marlon Slades MG, trat auf die Kupplung und schob den Schalthebel so lange hin und her, bis sie glaubte, den ersten Gang gefunden zu haben. Dann ließ sie die Kupplung kommen. Der Wagen machte einen Satz, wobei der Motor erstarb.

»Gar kein Problem«, sagte sie.

Sie hatte fast noch nie hinter dem Steuer eines Wagens gesessen – nur wenige Male in Agnes Kutchs altem Pick-up, und selbst das nur auf einer einsamen Landstraße. Schließlich war sie zu jung für den Führerschein.

Das Lenken war gar nicht so schwer gewesen, doch die Gangschaltung hatte ihr große Probleme bereitet. Wieder und wieder hatte sie den Motor abgewürgt.

»Nich' so schnell mit der Kupplung«, hatte Agnes ihr vom Beifahrersitz aus erklärt. »Schön langsam und vorsichtig, und gleichzeitig Gas geben.«

Sandy erinnerte sich an Agnes' Ratschlag, drehte den Zündschlüssel um, gab mit dem rechten Fuß leicht Gas und hob den linken ganz sachte vom Kupplungspedal. Das Auto rollte langsam los.

»Na also!«

Sie fuhr auf die Straße und gab Gas ohne zu schalten. Der Motor dröhnte laut in ihren Ohren.

Jetzt der zweite Gang. Hoffentlich würge ich ihn nicht gleich wieder ab.

Während sie am Schalthebel herumfummelte, bemerkte sie das bleiche, verschwommene Licht von Scheinwerfern im Rückspiegel.

Ruckartig drehte sie das Lenkrad und fuhr wieder an den Straßenrand. Der MG rollte knirschend über Gebüsch und Steine, so dass sie ordentlich durchgeschüttelt wurde. Schließlich kam der Wagen zum Stehen.

Sie sah über die Schulter. Das Auto fuhr gerade um eine Kurve. Als sich die Scheinwerfer in ihre Richtung bewegten, duckte sie sich schnell.

Atemlos lag sie auf dem Beifahrersitz. Ihr Herz raste wie wild.

War sie entdeckt worden? Hoffentlich würde sie keiner im Vorbeifahren bemerken.

Wenn sie mich hier so liegen sehen, halten sie mit Sicherheit an.

Sandy drückte sich das Geschirrtuch fest vor die Brüste.

Dann fiel das Licht der Scheinwerfer auf das Armaturenbrett und den Rückspiegel, der es genau in ihre Richtung reflektierte.

Nicht anhalten. Bitte bitte, nicht anhalten. Fahrt weiter. Was ich hier tue, geht euch überhaupt nichts an.

Ob sie wohl das Messer brauchen würde?

Bevor sie losgefahren war, hatte sie es unter den Sitz geschoben.

Jetzt lag sie so ungünstig, dass sie es nicht erreichen konnte, ohne sich vorher aufzusetzen.

Das ankommende Auto wurde langsamer.

Nein, nicht …

Der Wagen fuhr im Schneckentempo an dem MG vorbei.

Sandy fragte sich, ob er wohl eine Anhängerkupplung hatte.

Denk nicht mal dran.

Fahrt einfach weiter.

Die Bremsen quietschten leise, als das Auto anhielt.

»Ein echtes Prachtstück«, sagte eine Männerstimme.

Sie haben mich gesehen!

Vielleicht meint er aber auch den MG.

»Wieso steht der hier einfach so rum?«, fragte eine andere Stimme. Eine Frauenstimme.

Sandy spürte grenzenlose Erleichterung.

»Wahrscheinlich 'ne Panne«, sagte der Mann.

»Ja. Oder dem blöden Penner ist das Benzin ausgegangen.«

»Das ist doch dasselbe.«

»Ist es nicht.«

»Ein echtes Prachtstück.«

»Bill, steig aus und sieh mal nach. In so 'ner Prachtkarosse wird doch irgendwas zu holen sein.«

Nicht, Bill! Bleib im Auto!

»Lieber nicht. Was, wenn der Typ nur zum Pissen in den Wald ist?«, fragte er.

»Mach schon, oder willst du hier übernachten?«

»Willst du, dass sie mich auf frischer Tat ertappen?«

»Bekackte Memme.«

»Pass auf, was du sagst.«

»Memme, Memme, Memme!«

»Halt's Maul.«

»Leck mich.«

»Leck mich!«

»Red nicht so mit mir, du beschissene Memme!«

Sandy hörte ein klatschendes Geräusch. Dann schrie die Frau auf. Anscheinend hatte Bill sie geschlagen. »Beschissener Schwanzlutscher«, quietschte sie.

Darauf folgte ein wahres Trommelfeuer an Schlägen. Die Frau schrie, fluchte und flehte ihn an aufzuhören, während er vor Anstrengung keuchte und grunzte. »Wie gefällt dir das? Gefällt dir das? Blöde Schlampe. Gefällt's dir?«

»Hör auf!« Sie heulte wie ein Kind, das eine Tracht Prügel kassierte. »Du tust mir weh.«

»Memme, hä?«

»Nein! Hör auf. Tut mir leid. War nicht so gemeint!«

Er hörte nicht auf.

Die Frau schluchzte laut und schrie jedes Mal auf, wenn sie getroffen wurde. »Tut mir leid!«, keuchte sie. »Du bist keine Memme!«

»Ich hab die Schnauze voll von dir, du Schlampe!«

»Nicht. AUA!«

»Gefällt dir das? Und das?«

Klatsch!

Sandy stützte sich auf dem Ellbogen auf und spähte über die Fahrertür. Das andere Auto war höchstens zwei Meter von dem MG entfernt.

Sandy konnte aus ihrer niedrigen Position nicht erkennen, was im Inneren vor sich ging, und zog sich langsam am Lenkrad in die Höhe.

Bill schien auf dem Beifahrersitz zu knien und sich vorgebeugt zu haben, um die Frau hinter dem Steuer besser verprügeln zu können. Die Frau selbst konnte Sandy nicht sehen, hörte aber, wie sie weinte und flehte, hörte, wie ihre Kleider zerrissen wurden und Bills Schläge auf ihre nackte Haut klatschten.

Und was, wenn er endlich fertig ist? Dann werden sie aussteigen und mich finden.

Sie wünschte sich sehnlichst ein weiteres Auto herbei. Bills Wagen blockierte die Straße, und vielleicht würde er dann zur Vernunft kommen und weiterfahren.

Doch es war nur eine kaum befahrene Seitenstraße – besonders nachts konnte es Stunden dauern, bis hier wieder jemand entlangfuhr.

Sie musste von hier verschwinden.

Sandy setzte sich auf den Fahrersitz, obwohl dadurch ihr Kopf bis zu den Schultern deutlich sichtbar war. Wenn Bill aufhörte, die Frau zu schlagen und sich umsah …

Sie streckte den Arm aus und suchte unter dem Sitz nach dem Messer.

Der soll sich nur mit mir anlegen.

Sie legte das Messer auf ihren Schoß und drehte den Zündschlüssel. Stotternd erwachte der Motor zum Leben.

Bill wirbelte herum und streckte seinen Kopf zum Beifahrerfenster heraus. »Hey!«, rief er.

Sandy trat auf das Gaspedal und ließ die Kupplung kommen. Der MG machte einen Satz, dann starb der Motor ab.

Oh nein!

Leise rollte der Wagen vorwärts.

Sie versuchte erneut, den Motor anzulassen. Er keuchte, ächzte, sprang jedoch nicht an.

Die Beifahrertür des anderen Autos schwang auf.

Ihre Eingeweide verkrampften sich.

Dann endlich gelang es ihr, den Motor wieder anzulassen.

Ja!

Ruhe bewahren. Ruhe bewahren!

Langsam ließ sie die Kupplung kommen, und das winzige Auto fuhr so schnell los, dass sie in den Sitz gedrückt wurde und das kühle Leder auf ihrer bloßen Haut spürte.

»Warte!«, rief Bill.

Sie bemerkte, dass er ihr hinterherrannte.

Aufholte.

Er war ein großer, schwerer Mann mit lockigem, im Mondlicht bleichem Haar. Er trug ein ärmelloses graues T-Shirt.

»Lassen Sie mich in Ruhe!«, rief Sandy und steuerte den Wagen vom Seitenstreifen zurück auf die Straße.

»Warte. Wo willst du hin? Ich tu dir nichts!«

Der Motor heulte protestierend auf. Schneller konnte sie im ersten Gang beim besten Willen nicht fahren.

Sie warf erneut einen Blick über ihre Schulter.

Und keuchte auf.

Bill hatte sie beinahe erreicht.

Sie trat die Kupplung und riss den Schalthebel zurück, betete, dass sie den zweiten Gang erwischt hatte, und ließ die Kupplung wieder kommen. Das Getriebe gab ein ohrenbetäubendes Knirschen von sich, und sie trat erneut auf das Pedal.

Sie hatte keinen Gang eingelegt, zumindest aber auch den Motor nicht abgewürgt.

Der Wagen befand sich im Leerlauf.

»Keine Panik«, murmelte sie und versuchte, sich zu beruhigen. »Versuch's einfach noch mal, und ...«

Bill packte ihr Haar.

Sie konnte sich nicht umwenden, hörte aber sein lautes Keuchen und seine Schuhsohlen auf dem Asphalt. »Anhalten!«, rief er und zog so fest an ihrem Haar, dass ihr Kopf nach hinten und zur Seite gerissen wurde.

»Loslassen!«, rief sie.

»Anhalten, verdammte Scheiße!«

Plötzlich war es ihr egal, was der Mann mit ihren Haaren anstellte oder wie weh es tun würde – sie wollte einfach nur von ihm weg. Sie trat aufs Gaspedal, und der Motor brüllte auf. Der Wagen befand sich immer noch im Leerlauf.

Mist!

»Anhalten, oder ich reiß dir den Kopf ab!«

Sie riss das Lenkrad herum.

Das Auto scherte zur Linken aus.

»*Vorsicht*!«, rief Bill. »*Ah*!«

Sandy spürte eine leichte Erschütterung, und die Hand löste sich abrupt aus ihrem Haar. Sie sah sich um.

Im Licht der Scheinwerfer des anderen Wagens sah sie, wie Bill taumelte und hinfiel.

Sie beschloss, den zweiten Gang zu überspringen und gleich in den dritten zu wechseln. Erneut ließ sie die Kupplung kommen, betätigte den Schalthebel, und der MG schoss vor, als hätte ihm jemand einen gewaltigen Schubs verpasst.

»Geschafft!«, rief sie.

Im Rückspiegel sah sie, wie sich Bill mühsam aufrappelte. Er schien ihr hinterherzustarren.

Die Scheinwerfer waren irgendwie heller geworden.

Das Auto hinter ihm hatte sich in Bewegung gesetzt.

Die Frau hatte sich anscheinend wieder einigermaßen gefangen und schien ihm entgegenzufahren, um ihn wieder einsteigen zu lassen.

Und dann werden sie mich verfolgen!

Bill hob einen Arm.

Dann versuchte er verzweifelt, auf die Beine zu kommen.

»Niiiiiicht!«, rief er.

Im letzten Augenblick wollte er sich zur Seite werfen, doch das Auto riss ihm die Beine unter dem Körper weg. Er wurde auf die Motorhaube geschleudert und fiel mit dem Kopf voraus durch die Windschutzscheibe.

Er steckte jetzt bis zur Hüfte auf der Fahrerseite in der Scheibe.

Das Auto wurde schneller und hatte Sandy bald eingeholt.

Sie stieg aufs Gas.

Woher weiß die Frau, wo sie hinfährt? Sie kann doch nichts sehen!

Sandy bog um eine Kurve, und die Scheinwerfer verschwanden. Dann tauchten sie wieder im Rückspiegel auf.

Die Frau schien nicht einmal den Versuch zu machen, die Kurve zu nehmen. Stattdessen jagte sie schnurgerade von der Straße, als hätte sie vor, einen Waldspaziergang zu machen, ohne dazu das Auto zu verlassen.

Sandy lief es eiskalt den Rücken hinunter.

»Heilige Scheiße«, murmelte sie.

Im Rückspiegel sah sie die Scheinwerfer des Wagens in die Bäume neben der Straße leuchten, dann fuhr sie um eine weitere Kurve und hinter ihr war alles dunkel.

Sie wartete auf das Krachen, mit dem das Auto gegen einen Baum prallen würde.

Gleich ist es so weit.

Ob es wohl eine Explosion gab? Sie hoffte nicht. Eine Explosion könnte einen Waldbrand verursachen.

Sie stellte sich vor, wie das Feuer die Hügel in Brand setzte und ihren Wohnwagen einschloss, sich unaufhaltsam Eric in seinem Bettchen näherte.

Doch sie hörte nichts.

Ich bin viel zu weit weg, deshalb. Inzwischen muss das Auto längst irgendwo gegengeprallt sein oder angehalten haben. Wie weit kann man schon durch einen Wald fahren?

Sie stellte sich das gegen einen Baum gekrachte Auto vor. Flammen schossen aus der Motorhaube.

Sie fuhr schneller.

In wenigen Minuten würde sie Agnes' Haus erreicht haben. Leider war sie nicht so gut auf den Beinen, und es würde eine Ewigkeit dauern, bis sie ihr die Tür öffnete.

Und dann würde sie die ganze Sache erklären und die weite Strecke mit dem Pick-up zurückfahren müssen … Nur um sich möglicherweise mitten in einem Waldbrand wiederzufinden.

Sie hielt an, wobei sie den Motor abwürgte. Doch inzwischen hatte sie genug Übung, um ihn wieder anzulassen und den Wagen im ersten Gang zu wenden.

Die Stelle, an der Bills Auto von der Straße abgekommen und im Wald verschwunden war, war leicht auszumachen. Sie hielt am Straßenrand an, nahm das Messer und stieg aus.

Sie spähte in den Wald.

Nur vereinzelte Mondstrahlen schienen durch das dichte Blätterdach.

Sie konnte weder Bills Wagen noch irgendwelche Flammen erkennen.

Was nicht bedeuten muss, dass es nicht doch brennt.

Sandy rannte los, was wahrscheinlich keine so gute Idee war. Obwohl sie die Scheinwerfer des MG nicht eingeschaltet hatte und ihre Augen dadurch an die Dunkelheit gewöhnt waren, konnte sie kaum die Hand vor Augen sehen.

Und sie hielt ein Messer in der Hand. Wenn sie jetzt stolperte und hinfiel …

»*Sei vorsichtig*«, ertönte die Stimme ihrer Mutter in ihrem Kopf, »*sonst fällst du hin und stichst dir noch ein Auge aus.*«

Mom.

Denk nicht an sie. Zur Hölle mit ihr. Verräterin.

Sandy hasste es, wenn sie an ihre Mutter denken musste.

Wer braucht sie schon? Ich habe Eric, das genügt.

Sie rannte schneller. Ihre bloßen Füße flogen förmlich über den Boden aus Piniennadeln. Ihre Brüste, prall von Erics Milch, hüpften wie wild hin und her. Die Geschirrtuchschürze flatterte über ihre rechte Schulter.

Wo zum Teufel ist dieses verdammte Auto?

Obwohl kleine Büsche und Äste ihre Beine zerkratzten, bemerkte sie plötzlich, dass sie keinen Baumstämmen ausweichen musste. Offensichtlich rannte sie eine Schneise entlang.

Das kann ja nicht ewig so weitergehen.

Vielleicht war sie auf einer schon lange nicht mehr benutzten, inzwischen überwucherten Straße.

Aber wie konnte die Frau so zielsicher hier durchgefahren sein, wenn doch ihre Windschutzscheibe …

Dann blieb sie mit dem rechten Fuß hängen und fiel der Länge nach hin, wobei sie die Arme ausstreckte, um sich mit dem Messer nicht zu verletzen.

Sie landete auf dem feuchten Moosboden und rutschte mit der nackten Haut darüber hinweg. Schließlich lag sie atemlos auf dem Bauch.

Die taufeuchten, weichen Piniennadeln fühlten sich eigentlich ganz angenehm an und piekten fast überhaupt nicht. Allerdings spürte sie Äste und Pinienzapfen unter sich, die weit weniger angenehm waren.

Sobald sie wieder zu Atem gekommen war, stand sie auf. Mit der linken Hand wischte sie sich den Schmutz von Brüsten und Bauch.

Dann beugte sie sich vor, um ihre Shorts, die Schenkel und Knie zu säubern.

Trotzdem fühlte sich alles klamm und dreckig an.

Hat sich ja wirklich gelohnt, unter die Dusche zu springen.

Zumindest ist es kein Blut, sagte sie sich.

Jedenfalls glaube ich das.

Während sie weiterging, trocknete sie sich mit dem Geschirrtuch ab. Das feuchte Leinen klebte an ihrer Haut, und sie verzog das Gesicht.

Was mache ich hier überhaupt?, fragte sie sich. Es brennt doch gar nicht. Und selbst wenn – was könnte ich schon tun? Das Feuer mit meinem feuchten Lappen löschen?

Nichtsdestotrotz ging sie weiter.

Es gab also kein Feuer. Aber was war dann passiert?

Nichts Angenehmes, so viel war sicher.

Sie musste einfach herausfinden, was mit der Frau, dem Wagen und Bill geschehen war, wann und wo ihre Fahrt schließlich geendet war.

Irgendwann mussten sie ja mal angehalten haben.

Und das musste sie mit eigenen Augen sehen. Sonst würde sie noch Albträume von einem Auto bekommen, das mit Bill in der Windschutzscheibe unaufhaltsam durch den Wald raste.

Sie ging schneller, obwohl sie Angst hatte, noch einmal hinzufallen. Bis jetzt hatte sie Glück im Unglück gehabt.

Sie hätte auch auf einem spitzen Ast oder etwas Ähnlichem landen können.

Aber ich kann doch nicht die ganze Nacht hier verbringen.

Schließlich fing sie doch wieder an zu rennen.

Jetzt such das Auto und hau ab, fahr zu Agnes und …

Dann verlor sie plötzlich den Boden unter den Füßen.

Nicht schon wieder!

Sie fiel kopfüber einen Abhang hinunter, streckte die Arme aus und konnte in der Ferne rote Ovale erkennen: Die Bremslichter des Autos. Dazu einen einzelnen Scheinwerfer, der die Bäume anstrahlte.

Sandy rutschte auf dem Bauch über den Boden, bis sie mit der Schulter gegen einen Stein schlug. Sie schrie auf, als der Aufprall ihren Körper zur Seite schleuderte. Dann rollte sie diagonal den Abhang hinunter, bis ihre Hüfte gegen einen Baum stieß. Grunzend hielt sie sich daran fest.

Sobald sie wieder Luft bekam, rollte sie sich auf den Rücken. Zumindest hatte sie das verdammte Auto gefunden. Außerdem hielt sie das Messer in der Hand und war sich ziemlich sicher, dass sie sich nicht damit verletzt hatte.

Sie richtete sich auf. Alles tat ihr weh, doch die rechte Schulter hatte es am schlimmsten erwischt. Sie brannte, als wäre sie völlig aufgeschürft. Hoffentlich war sie nicht gebrochen. Wenigstens schien sie noch einigermaßen zu funktionieren.

Außerdem hatte sie das Geschirrtuch verloren.

Ich muss auf dem Rückweg danach Ausschau halten.

Im Moment war ihr das Tuch ziemlich egal. Sie war zu erschöpft und viel zu verdreckt, als dass sie sich damit hätte säubern können. Und hier unten war es sowieso egal, ob sie halbnackt war oder nicht.

Bill würde sie sicher nicht angaffen.

Und vor der Frau hatte Sandy keine Angst. Sie hatte noch nie Ärger mit einer Frau gehabt. Bis jetzt hatten sie nur Männer angestarrt und belästigt.

Alles Drecksäcke.

Zwei weniger in einer einzigen Nacht. Gar nicht schlecht.

Sie humpelte auf das Auto zu.

Offenbar war es den Abhang hinuntergerollt, durch die kleine Lichtung an seinem Ende gerast und schließlich gegen einen Baum geprallt. Die Bremslichter und ein Scheinwerfer funktionierten noch, doch der Motor war ausgegangen. Sie sah weder Rauch noch Feuer.

Sie ging näher heran und beugte sich vor, um durch das Fenster spähen zu können.

Die Frau saß aufrecht hinter dem Lenkrad, und schien durch das Loch in der Windschutzscheibe zu starren.

Bill war verschwunden.

Sein T-Shirt hing noch in der zersplitterten Scheibe, doch von ihm selbst fehlte jede Spur.

Besorgt trat Sandy einen Schritt vor und warf einen Blick auf die Motorhaube.

Auch da war er nicht.

Weit war er jedoch nicht gekommen. Keine drei Meter.

Der Scheinwerfer war direkt auf ihn gerichtet.

Sandy zuckte zusammen und wollte schon wegrennen, als sie bemerkte, dass er sich nicht für sie zu interessieren schien.

Er konnte sie ja nicht mal sehen.

Mit dem Rücken zu Sandy stand er aufrecht auf dem Kopf – und zwar nur auf dem Kopf, ohne sich mit seinen Händen abzustützen. Seine Arme hingen schlaff herunter.

Eine akrobatische Meisterleistung.

Bis sie begriff, dass er gar keinen Kopfstand machte. Seine Beine waren in einer Astgabel eingeklemmt.

Also war er doch kein Akrobat, sondern nur ein Toter, den der Zufall in eine mehr als ungewöhnliche Position befördert hatte.

Sandy schnitt ihm eine Grimasse.

Es musste ungefähr so abgelaufen sein: Als das Auto gegen den Baum gefahren war – wobei der rechte Scheinwerfer zu Bruch gegangen war –, musste Bill mit den Füßen voraus von der Motorhaube geschleudert worden und nach einer wilden Rolle rückwärts in einem weiteren Baum gelandet sein. Während er mit dem Kopf nach unten zu Boden gefallen war, hatten sich seine Beine in der Astgabel verkeilt.

Als sie ihn anstarrte, bekam sie Gänsehaut.

Sieht überhaupt nicht nach einem Unfall aus, dachte sie. Sieht so aus, als hätte ihn jemand dort aufgehängt.

Und wenn es so war, und dieser jemand war immer noch in der Nähe?

Blödsinn, dachte sie. Das war einfach nur Zufall.

Vielleicht.

Ich muss von hier verschwinden.

Aber das konnte sie nicht. Noch nicht. Erst musste sie nach der Frau sehen.

Sie umrundete das Auto. Das rote Glühen der Bremslichter beleuchtete eine Anhängerkupplung.

Die hilft mir jetzt auch nichts mehr.

Sie ging weiter, wobei sie das Messer krampfhaft mit der rechten Hand umklammert hielt. Nachdem sie sich umgesehen hatte, näherte sie sich der Fahrertür.

Es war so dunkel.

Bis auf das Licht des Scheinwerfers war nichts zu erkennen.

Wenn sich jetzt jemand an mich ranschleicht.

Jetzt mach mal halblang. Hier ist niemand außer uns dreien, und außer mir sind alle tot. Jedenfalls sieht es ganz danach aus.

Sie öffnete die Wagentür.

Die Innenbeleuchtung schaltete sich ein.

Die Frau war angeschnallt. Ihre zerrissene Bluse hing von einer Schulter herunter, was jedoch eher auf die Prügel als auf den Unfall zurückzuführen war. Sie war vom Gesicht bis zur Hüfte mit Blut verschmiert, das immer noch von ihrem Kinn tropfte.

Aus ihrem weit geöffneten Mund tropfte.

Der Mund war mit blutigen Haaren gefüllt.

Es waren nicht ihre Haare.

Sie war völlig kahlgeschoren. Das Haar musste Bill gehört haben.

Sandy konnte sich leicht vorstellen, wie das passiert war.

»Mein Gott«, murmelte sie.

Der Kopf der Frau drehte sich langsam zu ihr herum.

Ihre Augen öffneten sich.

Kapitel acht

Die reguläre Führung

»In wenigen Minuten haben wir unser Ziel erreicht«, verkündete Patty. »Hat noch jemand eine Frage? Ja, Marv?«

»Gibt es eigentlich Pläne, das Kutch-Haus jemals für die Öffentlichkeit zugänglich zu machen? Also, für mich wäre das nur logisch. Man müsste es beispielsweise durch diesen unterirdischen Gang betreten können. Das wäre doch eine echte Sensation.«

»Janice hat beide Häuser zur gleichen Zeit gekauft. Doch daran war die Bedingung geknüpft, dass Agnes bis zu ihrem Tod in dem fensterlosen Haus wohnen bleiben darf. Und bis dahin wird es auch nicht Teil der Führung werden.«

»Also müssen wir Agnes überleben, wenn wir es eines Tages sehen wollen?«

»Genau.«

»Wie alt ist sie denn?«

Patty schüttelte den Kopf. »Das weiß ich nicht genau. Ich schätze, dass sie auf die sechzig zugeht.«

»Na, so lange will ich nicht warten.«

Einige Passagiere kicherten, die meisten schenkten Marv jedoch keine Beachtung. Owen vermutete, dass inzwischen fast alle genug von seinen schier endlosen Fragen und Kommentaren hatten – ihm selbst reichte es jedenfalls.

Anscheinend gab es in jeder Reisegruppe einen Marv.

Die Marvs wirkten zunächst sehr interessant. Aber dann redeten sie so lange auf einen ein, bis man sich nur noch wünschte, dass sie endlich die Schnauze halten würden.

»Sonst noch Fragen? Ja, Marv?«

»Krieg ich Ihre Telefonnummer?«

Wieder ertönte Gekicher.

»Leider nicht, Marv.«

Gelächter und Applaus.

Owen warf einen Blick über seine Schulter. Auch Marv lachte, war jedoch puterrot angelaufen.

Patty wandte sich ab, beugte sich vor und spähte durch die Windschutzscheibe. Dann, als der Bus sich in eine Rechtskurve legte, hielt sie sich an einer Stange fest. »Okay, Leute, wir sind jetzt auf der Hauptstraße von Malcasa Point. Zu Ihrer Linken können Sie das Meer sehen.«

Owen lehnte sich nach vorne, um an Monica vorbeisehen zu können, und erhaschte durch eine Lücke zwischen den Bäumen einen Blick auf das hellblaue Wasser. Aber eigentlich interessierte ihn der Pazifik nicht besonders. Stattdessen blickte er nach Norden, wo sich irgendwo das Kutch-Haus befinden musste.

»Zu Ihrer Linken wird jeden Moment das Anwesen der Kutchs auftauchen«, sagte Patty. »Das Horrorhaus selbst ist zu Ihrer Rechten. Seien Sie nicht traurig, wenn Sie es jetzt nicht sehen können. Gleich haben Sie drei Stunden Zeit, um es eingehend zu betrachten.«

Da sah Owen das Kutch-Haus. Er hatte es schon unzählige Male auf Fotografien und in Filmen gesehen.

Und da war es. Da war es wirklich. Kein Foto, sondern das Gebäude selbst. Und ich kann es direkt vor mir sehen.

Bis auf den Maschendrahtzaun, der das Grundstück umgab, sah es genau wie in den Büchern und Filmen aus. Ein rotbrauner Ziegelsteinbau, dessen Farbe entfernt an getrocknetes Blut erinnerte. Es besaß nur eine verwitterte Eingangstür. Keine Fenster.

Das völlige Fehlen jeglicher Fenster ließ das Haus noch seltsamer erscheinen, als er es für möglich gehalten hätte.

Er stellte sich vor, wie Janice Crogan in einem Zimmer im ersten Stock eingeschlossen war, nackt auf einem Kissenberg aufwachte, nachdem man sie entführt und vergewaltigt hatte. Das war eine seiner Lieblingspassagen aus ihrem ersten Buch. Er hatte sie oft gelesen und in seinen Tagträumen auf den Kissen mit ihr geschlafen.

Er hatte sich so sehr gewünscht, sie persönlich kennen zu lernen.

Aber wie es der Zufall wollte, war sie gerade heute nicht da.

Außerdem wäre sie nicht die Janice aus den Büchern. Diese Janice war zarte achtzehn. Ein Teenager, keine inzwischen sechsunddreißig Jahre alte Frau.

Sie wäre wohl niemals in der Lage gewesen, Owens Fantasiebild von ihr zu entsprechen. Kein Mädchen auf der Welt konnte so schön, sexy, zäh und tapfer sein.

Wahrscheinlich kann ich mich glücklich schätzen, dass sie nicht hier ist.

»Haaaalo«, sagte Monica. »Jemand zu Hause? Erde an Owen, bitte kommen.«

Er sah sie an.

»Wollen wir hier sitzen bleiben?«, fragte sie.

Er zwang sich, sie anzulächeln, bevor er sich umsah.

Der Bus hatte bereits angehalten, und die Fahrgäste strömten durch den Mittelgang ins Freie.

»Auf, auf«, zwitscherte Monica lächelnd, was nicht besonders gut zu dem höhnischen Funkeln in ihren veilchenblauen Augen passte.

»Nur Geduld«, sagte er.

»Ich dachte, du könntest es kaum erwarten.«

»Immer mit der Ruhe. Wir haben drei Stunden Zeit.«

»Leider.«

Sobald der Gang einigermaßen frei war, hängte sich Owen seine Kamera um den Hals und stand auf. Er ließ Monica den Vortritt und bemerkte, dass ihm momentan nicht einmal ihre Hinteransicht gefiel.

Sie hatte sich das Haar mit einem rosa Schleifchen zu einem Pferdeschwanz zusammengebunden, was wie der verzweifelte Versuch wirkte, wie ein süßes, keckes Mädchen auszusehen.

Ihr Rücken war so steif, als hätte sie einen Stock verschluckt.

Ihr weißer Strickpullover war eng, aber nicht so eng wie ihr BH. Owen konnte den BH durch den Stoff erkennen. Der schwarze Streifen schnitt in ihre Haut, so dass Fleischwülste darüber hervorquollen.

Genau wie über dem engen Bund der Jeans.

Ihre Jeans war nagelneu, dunkelblau und bis zum Bersten gespannt, um ihre Hüften und den Hintern beherbergen zu können. Die Hose saß so eng, dass sie jeden Moment aufzuplatzen schien.

Sofort fühlte er sich schuldig, so etwas überhaupt zu denken.

Dann war er wütend auf sich, weil er sich schuldig fühlte.

Warum konnte sie nicht einfach Klamotten anziehen, die ihr auch passten?

Er folgte ihr die Stufen hinunter. Patty wartete vor dem Bus auf sie. »Vorsicht, Stufe«, sagte sie und lächelte Monica zu.

»Viel Spaß, Owen«, fügte sie hinzu.

»Danke«, sagte er und fragte sich, ob sie wohl einen Freund hatte.

Wahrscheinlich schon.

Einen strammen, attraktiven Burschen mit einem festen Händedruck und einem angriffslustigen Lächeln.

Vielleicht war sie auch lesbisch.

So oder so, ich hätte nicht den Hauch einer Chance.

Monica nahm seine Hand und drückte sie. »Na ja, machen wir das Beste draus. Vielleicht können wir ein Picknick am Strand oder sonst was Schönes machen, sobald wir die Führung hinter uns haben.«

»Ja, vielleicht.«

Sie zerrte ihn zur Schlange vor der Ticketbude. »Ich liebe Strände. Sie sind so romantisch.«

»Wir hätten unsere Badesachen mitnehmen sollen.«

»Sei nicht dumm. Wir können hier nicht schwimmen gehen.«

»Wir könnten schon.«

»Keine Badesachen und keine Handtücher. Und wo sollen wir uns umziehen? Außerdem werde ich bestimmt nicht ins Meer gehen. Wer weiß, was da alles drin schwimmt. Am Ende hole ich mir noch Hepatitis oder werde bei lebendigem Leib von einem Hai gefressen.«

Sie stellten sich an das Ende der Schlange.

»Jetzt sieh dir das an«, sagte Monica. »Fünfzehn Dollar pro Person. Das ist doch lächerlich. Wie können sie nur fünfzehn Mäuse dafür verlangen?«

»Warum nicht? So etwas gibt es im ganzen Land nicht noch einmal – wahrscheinlich auf der ganzen Welt nicht.«

»Das ist Wucher.«

»Niemand wird gezwungen, da reinzugehen.«

»Plus die fünfzehn Dollar für die Busfahrt. Das kostet uns zusammen *sechzig Dollar*.«

»Es kostet *mich* sechzig Dollar«, verbesserte er sie grinsend. »Und ich bereue keinen Cent davon. Du kannst von Glück reden, dass heute nicht Samstag ist, sonst würde ich dich auch noch zur Mitternachtsführung schleppen. Und das wäre dann richtig teuer.«

»Das bezweifle ich.«

»Wieso?«

Sie legte den Kopf in den Nacken und zeigte ihm die Zähne. »Weil ich es dir verbieten würde. Es reicht ja schon, dass du dein Geld für das hier ausgibst, da musst du nicht auch noch ein paar Hunderter für so eine grässliche ›Nur für Erwachsene‹-Show verschwenden.«

»Mir würde sie wahrscheinlich gefallen.«

»Das kann ich mir vorstellen.«

»Einfach nur nachts im Horrorhaus zu sein …«

Er sah sich um. Und da war das Horrorhaus.

Seit sie den Bus verlassen hatten, hatte es direkt vor ihm gestanden, doch er hatte es nicht beachtet.

Bis jetzt.

Genau wie das Kutch-Haus gegenüber ähnelte es bis ins Detail den vielen Fotos und Filmen, die er gesehen hatte.

Aber das hier ist das Original, sagte er sich. Das hier ist kein Foto. Das ist das Haus selbst.

Er starrte darauf.

Und war ein kleines bisschen enttäuscht.

Es wirkte wie ein stinknormales Gebäude in viktorianischem Stil, vielleicht noch ein bisschen unauffälliger als die meist aufwendig renovierten Bauwerke dieser Epoche, die er bisher zu Gesicht bekam. Es war klein, nicht besonders reich verziert und sah ziemlich verfallen aus.

Es soll ja auch verfallen aussehen, sagte er sich. Es ist schließlich das Horrorhaus.

Er wartete auf ein Gefühl der Furcht, das sich jedoch einfach nicht einstellen wollte. Wahrscheinlich hatte er die Fotos in Janice Crogans Büchern zu lange angesehen und war jetzt übersättigt. Die Menschenmenge davor tat ihr Übriges. Dies war kein bedrohliches Gemäuer, sondern eine gut besuchte Sehenswürdigkeit.

Ganze Familien marschieren rein und raus. Wie soll man da eine Gänsehaut bekommen?

Verdammte Touristen, dachte er.

Und was bin ich? Ein Einheimischer? Ich bin genauso ein Tourist wie alle anderen.

Ich bin der ULTIMATIVE Tourist – ich bin mit dem Bus angereist und muss in drei Stunden alles gesehen haben, um den Zeitplan auch ja einzuhalten.

Dabei würde ich gerne bleiben. Bis es dunkel wird, bis sie es abschließen. Nur so wäre es möglich, die Atmosphäre des Hauses zu spüren. Abwarten, bis alle verschwunden sind, und es dann in der Dunkelheit, im Mondlicht betrachten.

Er stellte sich vor, wie er Monica diesen Vorschlag unterbreitete: *Was hältst du davon, wenn wir über Nacht hierbleiben und erst morgen wieder nach San Francisco zurückfahren?*

Die Antwort darauf kannte er bereits im Voraus:

Spinnst du? Hast du den Verstand verloren? Drei Stunden sind schon drei Stunden zu viel, um sie in diesem verdammten Kaff zu vertrödeln. Irgendwas stimmt doch nicht mit dir, wenn du dir ernsthaft überlegst, hier die Nacht zu verbringen. Außerdem ist unser Zimmer im Holiday Inn bereits bezahlt. Und ich sehe nicht ein, für ein Zimmer zu bezahlen, ohne die Nacht darin zu verbringen. Also schlag dir das mal ganz schnell aus dem Kopf. So was Blödes hab ich ja noch nie …

Plötzlich bemerkte Owen, wie der Mann vor ihm zur Seite trat und niemand mehr zwischen ihm und der Ticketbude stand.

Er lächelte dem großen, stämmigen Mann hinter der Glasscheibe zu und griff nach seinem Geldbeutel. »Hi. Zwei Erwachsene bitte«, sagte er und bezahlte mit seiner Kreditkarte.

Der Mann schob zwei Tickets, eine Quittung, eine dünne Broschüre und einige Coupons unter der Scheibe hindurch.

»Heben Sie Ihre Eintrittskarte gut auf«, sagte er. »Wenn Sie sie im Horrorhausmuseum vorzeigen, bekommen Sie ermäßigten Eintritt. Mit diesen Coupons erhalten Sie zehn Prozent auf alles, was Sie im Souvenirshop oder in der Snackbar erwerben.«

»Danke.«

»Gehen Sie bitte hier herum. Rhonda wird Ihnen die Kassettenrekorder aushändigen.«

»Danke«, wiederholte er.

»Viel Spaß.«

»Danke.« Er trat von der Glasscheibe zurück.

»Hier lang«, sagte Monica.

Er folgte ihr um die Ticketbude herum.

»Guten Morgen«, begrüßte sie eine lächelnde und für diesen Job etwas zu jung und zu schüchtern wirkende Frau. »Darf ich bitte Ihre Eintrittskarten sehen?«

Owen reichte sie ihr, und Rhonda riss sie in der Mitte durch. »Heben Sie Ihren Abschnitt gut auf«, sagte sie und gab Owen die

Hälften zurück. »Damit bekommen Sie im Horrorhausmuseum ermäßigten Eintritt.«

»Das wissen wir«, sagte Monica.

Rhonda errötete. »Ach. Okay.« Sie zuckte mit den Schultern und wandte sich zur Rückwand der Bude um, auf der lange Regalbretter angebracht waren, auf denen die Kassettenrekorder lagen.

Rhonda nahm einen der Apparate aus schwarzem Plastik samt Kopfhörer herunter.

Er war etwas kleiner als ein Taschenbuch und mit einem grellen, orangefarbenen Riemen versehen. »Bitte schön«, sagte sie und reichte ihn Monica. »Mit dieser Schlaufe können Sie sich das Gerät umhängen.«

»Das sehe ich.«

Rhonda wurde wieder rot.

Owen hätte Monica eine Ohrfeige geben können.

»Vielen herzlichen Dank«, sagte er lächelnd, als Rhonda ihm einen Rekorder reichte, und legte sich die Schlaufe um den Hals.

»Gerne. Dieser Audiorekorder wird Sie durch die Ausstellung leiten. Die Veranda des Horrorhauses ist Station Nummer eins. Sie werden dort ein entsprechendes Schild vorfinden. Bleiben Sie dort stehen und betätigen Sie die Starttaste. Das ist dieser rechteckige Knopf hier.« Sie deutete auf Owens Apparat. »Das hier ist die Stopptaste. Nachdem Sie sich die Einführung angehört haben, gehen Sie von Station zu Station. Das Tonband wird Ihnen genaue Anweisungen geben, aber Sie dürfen sich selbstverständlich so viel Zeit nehmen, wie Sie möchten, okay? Wenn Sie fertig sind, bringen Sie mir einfach die Rekorder wieder hierher zurück.«

»Alles klar. Vielen Dank«, sagte Owen.

Dann gingen sie den Pfad zum Horrorhaus hinauf.

»Das wird ja ganz reizend«, sagte Monica. Dem abfälligen Ton ihrer Stimme nach zu schließen war sie von der Puppe, die von einem Querbalken über der Veranda hing, nicht besonders angetan.

»Das ist Gus Goucher«, erklärte er.

»Ja, ich erinnere mich, dass sie mal einen aufgeknüpft haben. In welchem Film war das noch mal? Dem zweiten?«

»In *Horror 3 in 3-D*. Aber es ist wirklich passiert, Monica. Gus Goucher war eine reale Person.«

»Das weiß ich.«

Sie blieben neben einer kleinen Menschentraube stehen, die sich vor der Verandatreppe versammelt hatte. Alle trugen ihre Kopfhörer und sahen sich um, während sie gespannt lauschten. Andere starrten zu Boden, flüsterten sich Kommentare zu oder kicherten. Die meisten jedoch standen bewegungslos da und sahen zu dem baumelnden Körper auf.

»Ganz allerliebst«, murmelte Monica.

»Es soll ja auch kein schöner Anblick sein«, flüsterte Owen.

»Das ist es tatsächlich nicht.«

Gus' Augen quollen aus den Höhlen, und eine schwarze, angeschwollene Zunge hing aus seinem Mund.

Sein Kopf hing so weit zur Seite, dass das Ohr fast die Schulter berührte. Das Schlimmste an Gus jedoch war sein Hals.

Er war viel zu lang.

Owen hatte bereits Fotografien von Erhängten gesehen.

Und sie hatten ihm gar nicht gefallen.

Der langgestreckte Hals war fast ein bisschen zu realistisch für seinen Geschmack.

Von den Schultern abwärts sah Gus ganz normal aus. Er trug ein kariertes Hemd, Jeans und Stiefel.

Monica inspizierte ihren Kassettenrekorder und drückte auf einen Knopf. Owen schaltete sein eigenes Gerät ein, dann wandte er sich wieder Gus zu.

»Guten Morgen und willkommen im Horrorhaus. Mein Name ist Janice Crogan.«

Janice!

Ihre volle, sinnliche Stimme ähnelte in nichts der eines jungen Mädchens. Hier sprach die erwachsene Janice.

»Ich habe die Ehre, Sie heute durch das Horrorhaus begleiten zu dürfen. Dabei wird mir die selige Maggie Kutch zur Seite stehen. Maggie machte vor langer Zeit aus dem Horrorhaus eine Sehenswürdigkeit, nachdem ihre Familie dort ermordet worden war. Bis zu ihrem Tod im Jahre 1979 hielt sie die Führungen persönlich ab. Stellen Sie sich vor, wie die alte, dicke und mit Narben übersäte Maggie auf der Veranda vor Ihnen steht und sich mit einem Gehstock in der Hand vorstellt.

›Willkommen im Horrorhaus‹«, ertönte eine tiefe, volle Stimme, die ganz sicher nicht Janice gehörte. Die Aufnahme schien von weiter weg erfolgt zu sein und knisterte wie eine alte Schallplatte. »›Ich bin Maggie Kutch, die Besitzerin dieses Hauses. Es ist seit 1931 für Besucher zugänglich, kurz nachdem mein Mann und meine drei Kinder einer fürchterlichen Schandtat zum Opfer fielen. Jetzt fragen Sie sich sicher, weshalb ich Menschen durch ein Haus führe, das der Schauplatz einer solch schrecklichen, persönlichen Tragödie war. Die Antwort ist einfach: G-E-L-D.‹

Sie hörten gerade eine Originalaufnahme von Maggie Kutch«, erklärte Janice. »Bis zu ihrem Tod führte sie viele Jahre lang unzählige Besucher durch ihr Haus. Obwohl sie streng darauf achtete, dass niemand ein Aufnahmegerät ins Haus schmuggelte, konnten wir doch an mehrere Aufnahmen gelangen. Maggie wird Ihnen ihre Geschichte also mit ihren eigenen Worten erzählen, ganz so, als würde sie selbst vor Ihnen durch das Haus humpeln.

Sie befinden sich jetzt bei Station eins, dem aufgeknüpften Leichnam von Gus Goucher. Maggie selbst hat nie eine Puppe von Gus in Auftrag gegeben. Sie wurde erst kürzlich auf meine Veranlassung hin zu den anderen Ausstellungsstücken hinzugefügt. Wenn Maggie noch hier sein könnte, würde sie jetzt mit ihrem Stock auf den Balken deuten, an dem Gus jetzt hängt, und Folgendes berichten: ›Dort oben haben sie den armen Gus Goucher aufgeknüpft. Er war erst achtzehn Jahre alt und auf dem Weg nach San Francisco, um mit seinem Bruder in den Sutro Baths zu arbeiten. Die Sutro Baths waren eine Badeanstalt mit gewaltigen überdachten Swimmingpools mit warmem Meerwasser. Das Cliff House liegt gleich daneben – oder zumindest das, was von ihm übrig ist. Sie können die Ruinen des Bades noch immer vom Cliff House aus sehen.

Seinerzeit waren die Sutro Baths ein wirklich mondäner Ort. Leider sollte Gus niemals dort ankommen. Am zweiten August des Jahres 1903 machte er hier Halt, um Feuerholz für Lilly Thorn zu schlagen, der damaligen Besitzerin des Hauses, die mit ihren beiden Kindern dort lebte und gerade ihre Schwester Ethel zu Besuch hatte. Im Gegenzug bekam er eine warme Mahlzeit, bevor er sich wieder auf den Weg machte.

In der Nacht schlug die Bestie zu. Niemand außer Lilly überlebte. Sie rannte schreiend durch die Straßen und weckte die halbe Stadt auf. Sofort fanden sich einige beherzte Männer, die das Anwesen vom Keller bis zum Dach durchsuchten, ohne eine lebende Seele zu finden. Alles, worauf sie stießen, waren die zerrissenen, halb aufgefressenen Leichen von Lillys Schwester und Lillys zwei kleinen Jungen. Die Männer durchstreiften die Wälder und Hügel hinter dem Anwesen und entdeckten dort den selig an seinem Lagerfeuer schlafenden Gus Goucher.

Ein paar Leute erinnerten sich, dass sie ihn an diesem Tag auf dem Gelände der Thorns gesehen hatten – da er ein Fremder war, konnte offensichtlich nur er diese Tat begangen haben. Es gab eine Gerichtsverhandlung, bei der sich niemand bereit fand, ihn zu verteidigen. Außerdem befand sich Blut an seiner Kleidung, was sein Schicksal besiegelte. Die Verhandlung fand im ehemaligen Gerichtsgebäude statt, das 1916 bis auf die Grundmauern niederbrannte.

Gus beteuerte seine Unschuld. Er behauptete, dass er sich in den Finger geschnitten hatte und konnte sogar eine Wunde zeigen, um dies zu beweisen. Der Ankläger sagte, er hätte sich absichtlich geschnitten, um seine Tat zu vertuschen. Die Geschworenen glaubten ihm.

›Was war mit Lilly?‹«, fragte die Stimme eines jungen Mannes. Er war deutlich zu hören, und Owen vermutete, dass sie demjenigen gehörte, der die Führung heimlich aufgezeichnet hatte. »›Sie hat doch gesehen, was passiert ist, oder nicht? Wieso hat sie Gus nicht entlastet?‹

›Nun, das konnte sie nicht, mein Junge. Zu diesem Zeitpunkt war Lilly vor Kummer bereits nicht mehr bei Sinnen. Sie war nicht in der Verfassung, über irgendetwas eine Aussage zu machen. Das Urteil war schnell gefällt. Gus wurde des dreifachen Mordes angeklagt und zum Tod durch den Strang verurteilt.

Dieses Urteil sollte jedoch nie vollstreckt werden. Ein Mob, der sich in der Nacht nach der Verhandlung bildete, kam den Behörden zuvor. Maskierte Männer zerrten Gus aus dem Gefängnis, brachten ihn hierher, warfen ein Seil über diesen Querbalken und hängten ihn auf.

Gus war natürlich völlig unschuldig. Zumindest so unschuldig, wie es ein Mann nur sein kann. Er hat niemanden umgebracht, außer, er besaß scharfe Krallen. Die Bestie war es. Die Bestie hat alle umgebracht. Wenn Sie mir nun bitte ins Haus folgen würden.‹

Wenn Sie das Horrorhaus betreten«, sagte Janice, »beachten Sie bitte, dass es sich nicht um die ursprüngliche Tür handelt, die im Jahre 1978 von einer Polizeischrotflinte aufgeschossen wurde. Sie befindet sich heute im Horrorhausmuseum.

Begeben Sie sich jetzt zu Station Nummer zwei, indem Sie sich in der Eingangshalle nach links wenden. Halten Sie das Band jetzt an und lassen Sie die Aufzeichnung weiterlaufen, sobald Sie sich im Salon befinden.«

Owen drückte auf die Stopptaste.

Monica grinste zynisch. »Wird das irgendwann noch mal besser?«

»Gehen wir rein und finden es raus.«

Aus den Augenwinkeln hatte Owen bemerkt, wie mehrere Leute die Veranda betreten hatten und dann im Haus verschwunden waren, während er der Tonbandaufnahme gelauscht hatte. Jetzt stand schon die nächste Touristengruppe unter dem Gehängten und betrachtete ihn mit Abscheu und Faszination.

»Nach dir«, sagte Monica, als sie die geöffnete Tür zum Horrorhaus erreicht hatten.

»Wenn du lieber nicht reingehen willst …«

»Doch.«

»Du musst nicht. Du kannst auch draußen bei der Snackbar warten oder …«

»Und mir den ganzen Spaß entgehen lassen?«

»Sieht nicht so aus, als würde es dir viel Spaß machen.«

»Ach, ist dir das auch schon aufgefallen?«

»Warum machst du nicht einen Spaziergang? Ich komme nach, so schnell ich kann.«

»Nein, abgelehnt. Vergiss nicht, ich tue das nur für dich, Owie. Obwohl ich überhaupt keine Lust habe, komme ich mit – weil ich dich liebe.«

Kapitel neun

Sandy – August 1980

Die Frau hinter dem Lenkrad versuchte etwas zu sagen, brachte jedoch nur ein undeutliches Krächzen heraus.

Sandy steckte Daumen und Zeigefinger der linken Hand in ihren Mund und zog angewidert Bills Haare heraus. Es war, als würde sie den Abfluss der Badewanne sauber machen, nur dass Fleischbrocken und Zähne an den Haarbüscheln klebten.

»Danke, Kleine. Taufend dank«, nuschelte die Frau, sobald Sandy das Gröbste aus ihrem Mund entfernt hatte.

»Sind Sie verletzt?«

Die Frau lachte würgend. »Hab ich den Schwanflutscher alle gemacht?«

»Denke schon.«

»Fieh nach. Ich muff ef wiffen.«

»Ich geh da nicht rüber, Lady. Wie schlimm hat es Sie erwischt?«

»Keine Ahnung.«

»Können Sie sich bewegen?«

»Keine Ahnung.«

»Lassen Sie den Motor an.«

Die Frau hob langsam die rechte Hand und drehte den Zündschlüssel herum. Der Motor sprang brummend an, und die Frau warf Sandy ein blutiges Lächeln zu.

»Rutschen Sie rüber. Ich fahre«, sagte Sandy, der sich der Magen umdrehte.

»Waf ift mit Bill?«

»Sehen Sie sich ihn doch an. Er ist tot. Wie könnte er auch noch am Leben sein? Sie haben sicher was von seinem Hirn verschluckt.«

Die Frau lachte wieder gurgelnd. »Und jetft find meine Pläne im Arsch.«

»Ich mache Ihnen einen Vorschlag«, sagte Sandy.

»Hm?«

»Rutschen Sie rüber und sehen Sie zu. Ich werde mich um ihn kümmern, und dann fahren wir los, okay?«

»Okay.«

Sandy stieg aus und trat in den Lichtkegel des Scheinwerfers. Ein großer Schatten fiel auf Bills nackten Rücken.

Sie trat einen Schritt zur Seite, damit die Frau alles sehen konnte. Dann kniete sie sich hin.

Es sah aus, als wäre Bills Kopf bis zu den Ohrenspitzen im Boden versunken.

Sandy packte das Haar an seinem Hinterkopf. Als sie daran zog, rutschte der Schädel über den Boden. Er war nicht versunken – sondern plattgedrückt.

Sie hob den Kopf so hoch, wie sie es schaffte, und hoffte, dass die Frau im Auto Bills eingedrückten und zur Hälfte geleerten Schädel gut sehen konnte.

Dann schlitzte sie ihm mit dem Messer die Kehle durch, rannte zum Auto zurück, stieg ein und knallte die Tür hinter sich zu.

»Danke«, sagte die Frau.

Sandy lächelte sie an. »Kein Ding.«

»Ich heife Lib.«

»Lib?«

»Libby. Lib.«

»Freut mich, Sie kennen zu lernen. Ich bin Charly. Mit Y. Machen wir, dass wir von hier … Hey! Cool!«

»Waf?«, fragte Lib.

»Automatikschaltung!« Sie legte den Rückwärtsgang ein. Einen Moment lang befürchtete sie, dass der Wagen sich nicht vom Baum lösen würde. Doch unter Knirschen und Klirren setzte sich das Auto in Bewegung.

»Wo fährft du hin?«, fragte Lib.

»Keine Ahnung.«

Sie wusste es wirklich nicht. Das Wichtigste war, dass das Auto überhaupt funktionierte. Sie wendete vorsichtig und fuhr langsam durch den Wald und den Abhang hinauf.

Auf der Hälfte der Anhöhe sah sie das Geschirrtuch auf dem Waldboden liegen. Doch sie traute sich nicht, an der steilen Stelle anzuhalten und es aufzuheben.

Schließlich hatten sie den Hügel überwunden.

»So!«, keuchte sie.

»Waf?«

»Wir haben's geschafft.«

Fast, dachte sie, während sie das Auto behutsam durch den Wald lenkte. Erst mal müssen wir es unbeschadet auf die Straße schaffen, und dann?

»Wo wohnst du, Lib?«

»Na hier.«

»Hier in Malcasa?«

»Nö. Im Auto.«

»Du wohnst in deinem *Auto*?«

»Ja.«

»In diesem Auto?«

»Ja.«

»Hast du denn kein richtiges Zuhause?«

»Und du?«

»Ich hab einen Wohnwagen«, sagte Sandy. »Gar nicht so weit von hier.«

»Ich hab ne Anhängerkupplung.«

»Ich weiß. Hab ich schon gesehen. Leider sind ein Scheinwerfer und die Windschutzscheibe kaputt. Wenn ein Cop uns so sieht, hält er uns sofort an. Und dann sind wir im Arsch.«

»Ef war Notwehr. Er hat mich geflagen.«

»Ja, aber nicht, als du ihn überfahren hast. Wenn sie rausfinden, was passiert ist, stecken sie dich ins Kittchen.«

»Feif drauf.«

Sobald Sandy die Straße durch die Bäume hindurch erkennen konnte, schaltete sie den Scheinwerfer aus und hielt am Straßenrand an. Alles war dunkel und verlassen. Sie starrte auf den kleinen MG.

»Ift daf deiner?«, fragte Lib.

»Nein.«

»Aber du …«

»Ja. Der Kerl, dem er gehört, ist tot. Ich hab ihn umgebracht.«

»Echt?« Sie lachte schniefend.

»Er hat mir und meinem Kind wehgetan.«

»Du haft ihn *umgebracht*?«

»Ja.«

»Ift ja irre. Wir find beide Killer.«

»Was soll ich mit seinem Auto machen?«

»Damit kannft du keinen Wohnwagen ziehen.«

»Ich weiß.«

»Laff ihn da stehen.«

»Da sind doch überall meine Fingerabdrücke drauf.«

»Mufft fie abwiffen.«

»Ja, stimmt. Warte hier.«

Ohne den Motor auszuschalten öffnete Sandy die Tür. Die Innenbeleuchtung schaltete sich ein, und sie sah zu Lib hinüber.

Ihre Blicke trafen sich.

Lib hatte sich einen Großteil des Bluts aus dem Gesicht gewischt und hielt sich ein rotes Halstuch vor Nase und Mund. An einem ihrer Ohren baumelte ein großer, goldener Ring, das andere Ohrläppchen war eingerissen und blutete. Sandy vermutete, dass sie um die dreißig war, obwohl das aufgrund ihrer Verletzungen schwer einzuschätzen war.

Sie war größer als Sandy, hatte breite Schultern und wirkte ziemlich muskulös. Mit dem kahlgeschorenen Kopf sah sie trotz ihres verquollenen Gesichts recht hartgesotten aus.

Libby nahm das Tuch vom Gesicht. »Wo ift dein Hemd?«

»Wo sind deine Haare?«

»Ha!«

»Bin gleich wieder da.«

Sandy stieg aus und schloss die Tür. Sie rannte zum MG hinüber, ließ sich auf den Fahrersitz fallen, zog den Zündschlüssel heraus und steckte ihn in ihre Hosentasche. Dann öffnete sie das Handschuhfach.

Und fand einen kleinen Revolver.

Sandy spitzte die Lippen, nahm die Waffe schnell an sich und stopfte sie in die Tasche.

Im Handschuhfach lagen außerdem ein paar Straßenkarten und ein Stapel Papierservietten, die Slade wohl aus verschiedenen Restaurants mitgenommen hatte.

Sandy nahm sie heraus und schloss das Fach. Mit den Servietten wischte sie das Handschuhfach, das Armaturenbrett, den Schalthebel und das Lenkrad ab. Dann öffnete sie die Fahrertür und säuberte auch den inneren Türgriff.

Die Straße lag immer noch verlassen da.

Sie stieg aus, entfernte auch außen ihre Fingerabdrücke, steckte die Servietten in die Hosentasche und kehrte zu Lib zurück.

»Wem gehört dieses Auto?«, fragte sie.

Lib schniefte laut. »Mir.«

»Bist du wirklich die Eigentümerin?«

»Klar.«

»Die *registrierte* Eigentümerin?«

»Willft du mich verarschen?«

»Heißt das jetzt ja oder nein?«

»Scheife, nein.«

»Ist es gestohlen?«

»Darauf kannft du wetten.«

»Na toll.«

Sandy fuhr auf die Straße und in Richtung Wohnwagen.

»Wann habt ihr es gestohlen?«, fragte sie, während sie den Scheinwerfer einschaltete.

»Vor einem Monat. Haben ef in Mexiko mitgehn laffen. Alfo keine Angft.«

»Bist du eine Kriminelle oder so?«

Lib lachte wieder grunzend. »Der war gut. Bill und ich hatten eine tolle Zeit. Wie Bonnie und Clyde. Aber Bill war nur ein Feigling mit grofer Schnauze und nem Spatzenhirn.«

»Wart ihr verheiratet?«

»Ha!«

»Also nicht.«

»Miefef Ftück Dreck.«

Sandy fuhr langsamer und bog in den Feldweg ab. Sie blickte in den Rückspiegel, aber dort war niemand, nur Dunkelheit und Flecken von Mondlicht. Äste und Gestrüpp strichen gegen den Unterboden.

»Da wohnft du?«

»Ja. Ich und mein Kind.«

»Wie alt?«

»Sechs Monate.«

»Ein Baby.«

»Ja.«

»Junge oder Mädchen?«

»Junge.«

»Oh. Fön, echt fön. Und dein Mann?«

»Kein Mann.«

»Der Bastard hat dich gefängert und ift abgehaun?«

»Er hat mich geschwängert und wurde umgebracht.«

»Oh.«

»Tja.«

»Haft du ihn geliebt?«

»Ja.«

»Scheife.«

»Ja.«

»Daf Leben ift hart.«

»Ja, das stimmt. Meistens zumindest.«

Lib lachte und tätschelte Sandys Bein.

»Du bift in Ordnung, Charly.«

»Danke.«

Als sie den Hügel erreicht hatten, fiel der Strahl des Scheinwerfers auf ihren Wohnwagen.

»Wir sind da«, sagte Sandy. »Sollen wir ihn an dein Auto hängen und abhauen?«

»Verfuchen können wir ef ja. Weift du, wie ef geht?«

»Klar. Agnes und ich haben ihn hier mit ihrem Pick-up raufgefahren. Ich hab mir alles genau angesehen.«

»Hab ich auch fon gemacht«, sagte Lip. »Mit nem Bootfanhänger. Aber da gibt's verfiedene Kupplungen.«

»Hoffentlich passen sie zusammen«, sagte Sandy. »Wenn nicht, müssen wir doch noch zu Agnes fahren.« Sie wendete und fuhr rückwärts auf den Wohnwagen zu. »Wenn wir ihn angehängt haben, können wir ja reingehen und uns saubermachen und so.«

»Einverfanden.«

Sandy stieg aus, ließ den Motor laufen und den Scheinwerfer angeschaltet. Lib umrundete ebenfalls den Wagen.

»Könnte passen, oder was meinst du?«

»Klar«, sagte Lib. »Hör mal, haft du Bier? Mein Mund fühlt fich irgendwie Scheife an. Da wär ein kaltes Bier klaffe.«

»Ich hab zwar kein Bier, aber Bourbon.«

»Auch gut. Ich fang fon mal hier an. Bring mir einfach die Pulle.«

»Okay. Geht klar.«

Sandy lief die wacklige Treppe zu ihrem Wohnwagen hinauf und öffnete die Tür.

Sie sah sich um. Alles war ruhig. Die Bourbonflasche stand noch immer geöffnet auf der Arbeitsplatte in der Küche. Mit der Flasche in der Hand ging sie zu Erics Zimmer, öffnete die Tür einen Spalt und lauschte konzentriert auf seinen langsamen, zischenden Atem. Ein wärmendes Gefühl der Erleichterung durchströmte sie.

Eric geht es gut. Er schläft tief und fest.

Sie schloss leise die Tür und schlich sich hinaus.

Lib war gerade über die Anhängerkupplung des Wohnwagens gebeugt.

»Kann ich dir helfen?«

»Geht fon. Eine Minute. Haft du den Schnapf?«

»Hier.«

»Danke.« Lib richtete sich auf und wischte sich die Hände an ihrer Jeans ab. Dann ging sie zu Sandy hinüber, nahm die Flasche entgegen, setzte sie an die Lippen und füllte ihren Mund mit Bourbon. Mit aufgeblähten Wangen atmete sie schnaufend durch die Nase ein. Sie gurgelte mit dem Bourbon, als wäre es Mundwasser. Nach einer Weile schluckte sie und seufzte tief.

»Mann, Charly, das hab ich echt gebraucht. Meine Zähne hätten mich beinahe umgebracht.«

»Ich glaube, du hast ein paar verloren.«

»Bills blöder Kopf hat mir die Fresse eingeschlagen. Sind mindestens zehn Zähne dabei draufgegangen. Jetzt hab ich diese ganzen blutenden Löcher. Der Schnaps ist gut gegen die Schmerzen. Genau das Richtige.«

Sie spülte sich noch einmal den Mund mit Bourbon aus und trank einen Schluck.

»Du bist echt nett, Charly.«

»Tja, freut mich, dass der Schnaps hilft.«

»Jetzt muss ich mir wohl ein Gebiss zulegen.«

»Ja, es gibt einiges zu erledigen, aber erst mal müssen wir von hier verschwinden. Hast du den Wohnwagen am Auto festgemacht?«

»Ja.«

»Vielleicht sollten wir reingehen und uns saubermachen. Außerdem müssen wir die Tanks abschrauben, die kann ich nicht mitnehmen. Hast du was Sauberes zum Anziehen? Ich hab Sachen im Wohnwagen, aber die werden dir zu klein sein.«

»Im Kofferraum«, sagte Lib und nahm einen weiteren Schluck.

Sandy zog den Schlüssel aus dem Zündschloss und öffnete den Kofferraum. Es war jedoch zu finster, um erkennen zu können, was sich darin befand.

Lib schluckte hörbar. »Greif einfach rein.«

Sandy steckte eine Hand in den Kofferraum und erwartete, Koffer oder etwas Ähnliches zu ertasten. Stattdessen berührten ihre Finger einen Haufen loser Kleidungsstücke.

»Nimm mir einfach irgendwas raus«, sagte Lib. »Und such dir auch was aus. Du siehst aus, als könntest du dringend Unterwäsche gebrauchen.«

»Danke. Ich hab zwar Sachen im Wohnwagen, aber da müsste ich wieder durch das ganze Blut latschen.«

»Nimm dir, was du willst.«

Sandy zog verschiedene Kleidungsstücke aus dem Kofferraum und hielt sie gegen das Mondlicht. Sie wühlte sich durch mehrere Röcke, eine Sportjacke, eine Hose und ein Abendkleid, bevor sie zwei Oberteile entdeckte, die Pullover oder Blusen zu sein schienen.

»Wie wär's damit?«

»Klar. Okay.«

Sandy schloss den Kofferraum. »Gehen wir erst mal rein.«

Lib nickte und hob erneut die Flasche.

»Pass auf, dass du nicht hinfällst. Die Treppe ist ziemlich wackelig«, sagte Sandy, die vorausging.

Als sie den Wohnwagen betrat, sah sie, was sie da eigentlich in der Hand hielt: Zwei weite, kurzärmelige Blusen aus rotem Seidenimitat, das im Licht der Lampe glänzte. Mit goldenen Buchstaben war *Blazing Babes* auf die Rückseiten gestickt.

Sandy wandte sich zu Lib um. »Blazing Babes?«

Lib grinste. Etwas Bourbon rann durch ihre aufgeschwollenen Lippen. Sie zuckte die Achseln, schluckte und wischte sich Mund und Kinn ab. »Wir dachten, das wäre ein Frauenfußballteam oder ein Bowlingclub oder so.«

»Die Sachen gehören dir gar nicht?«

»Jetzt schon.«

»Du hast sie geklaut?«

»Mann, Schätzchen, so ziemlich alles, was ich habe, ist geklaut. Ich bin eine Diebin. Schon immer gewesen. Alles klar?«

»Keine Ahnung. Willst du mich auch beklauen?«

»Nein! Für wen hältst du mich? Du bist meine Partnerin, oder nicht?«

»Denke schon. Aber wenn wir uns zusammentun, musst du mir versprechen, keinen Ärger zu machen. Immerhin haben wir heute Nacht zwei Männer umgelegt. Wir müssen in aller Stille von hier verschwinden. Wir können nicht durch die Gegend laufen und irgendwelche Sachen klauen.«

»Klar. Schon verstanden.«

»Keine krummen Dinger mehr.«

»Wie du meinst.« Sie hob die Augenbrauen. »Schicke Teile, oder?«

Sandy grunzte höhnisch. »Sehr schick. Jetzt waschen wir uns, dann ziehen wir sie an.« Sie führte Lib zum Badezimmer und schaltete das Licht ein.

»Du kannst dich hier waschen. Ich nehme das Waschbecken in der Küche.«

Sie hängte eine der Blusen über einen Haken.

»Bin gleich fertig«, sagte Lib und hielt Sandy die Flasche hin. »Willst du?«

»Nein danke.«

»Letzte Chance.«

»Kannst sie ruhig austrinken.«

»Weißt du was? Du bist eine echte Prinzessin. Eine richtige, echte, bekackte Prinzessin.«

Sandy schüttelte lachend den Kopf. »Genau«, sagte sie. Als sie die Küche betrat, hörte sie wie in der Dusche das Wasser aufgedreht wurde.

Sie warf ihre Blazing-Babes-Bluse auf die Arbeitsfläche und ließ heißes Wasser ins Spülbecken laufen. Dann nahm sie ein sauberes Geschirrtuch aus der Schublade.

Hier gab es keinen Spiegel, in dem sie ihr Gesicht hätte betrachten können.

Sie machte sich jedoch keine großen Hoffnungen. Wenn sie an sich herab auf ihre mit Kratzern, Schmutz und Blut beschmierten Schultern, Arme und Brüste sah, konnte sie sich ausrechnen, dass ihr Gesicht ebenfalls eine Katastrophe war. Selbst die Shorts und ihre Beine starrten vor Dreck.

Ich bräuchte die Dusche wahrscheinlich viel dringender als Lib.

»Was die braucht«, murmelte Sandy, »ift ein bekackter Fahnarft.«

Leise lachend tauchte sie das Tuch in das heiße Wasser, beugte sich über das Spülbecken und wusch sich das Gesicht. Sie war zu erschöpft, um nach Seife zu suchen.

Wird schon gehen.

Der warme, feuchte Lappen fühlte sich gut an auf ihrem Gesicht. Wasser lief ihren Hals und die Brust hinunter bis auf die Shorts. Sie trat einen Schritt zurück, um die Hose auszuziehen, bevor sie völlig durchnässt war.

Ich hätte sie erst ausziehen sollen und dann …

Jemand kreischte auf.

Sandys Herz setzte für einen Moment aus.

Sie wirbelte herum und ließ dabei das Geschirrtuch fallen. Es glitt zwischen ihren Brüsten hindurch und blieb an ihrem Bauch kleben.

Aus der Hosentasche zog sie Slades kleinen Revolver.

Sie fragte sich, ob er geladen war.

Bestimmt.

Lib musste geschrien haben. Sonst war ja keiner hier.

Aber warum?

War Slade doch nicht tot?

Im engen Korridor war niemand.

Das Tuch löste sich von ihrem Bauch, streifte ihren Oberschenkel und segelte zu Boden, als sie ins Badezimmer eilte.

Der Duschvorhang war geschlossen. Da Sandy dahinter nichts erkennen konnte, riss sie ihn weit auf.

Lib stand breitbeinig unter der Dusche. Sie hielt Eric in beiden Händen, als hätte sie ihn mitten im Sprung aufgefangen.

Sie keuchte.

Aus dem Duschkopf prasselte Wasser auf sie herunter.

Libs Körper war mit Blutergüssen bedeckt, die die Größe einer Faust, eines Knies oder einer offenen Hand hatten. Sie schillerten braun, violett, grün und gelb. Offensichtlich war sie auch gebissen und gekniffen worden.

Ganz sicher hatte Bill sie über einen langen Zeitraum hinweg ständig misshandelt.

Bis sie es heute nicht mehr ausgehalten hatte.

Sie starrte Eric an und schien Sandy überhaupt nicht wahrzunehmen.

Schließlich zog sie Eric an ihre Brust und wiegte ihn sanft. »Was ist das?«, fragte sie mit leiser Stimme.

»Mein Sohn.«

»Dein Haustier?«

»Mein Baby. Ich bin seine Mutter.«

»Ohne Scheiß?«

»Ohne Scheiß.«

»Also da soll mich doch einer …« Lib schüttelte den Kopf und streichelte vorsichtig Erics Rücken. »Tut mir leid, dass ich so geschrien hab. Aber der kleine Scheißer hat mich zu Tode erschreckt.«

Sandy nickte und ließ die Waffe sinken. »Nenn ihn nicht so.«

»Wie heißt er?«

»Eric.«

»Hallo, Eric. Ich bin Lib. Das ist die Kurzform von Libby.« Sie sah zu Sandy auf. »Kann er sprechen?«

»Nein.«

»Was für ein hässlicher kleiner Kerl. Wie hat sein Dad ausgesehen?«

»Genauso. Und er ist nicht hässlich.«

»Auf eine niedliche Art hässlich.«

»Ja, das ist besser.«

»Ist er ein Mensch?«

»Irgendwie schon.«

»Sieht aus, als wäre er zur Hälfte etwas anderes. Wie ein haarloser Affe oder der Schrecken vom Amazonas oder so. Aber niedlich. Ganz süß.«

Sie küsste seine Stirn.

»Du darfst niemandem von ihm erzählen«, sagte Sandy. »Das ist jetzt unser Geheimnis. Er ist der Letzte seiner Art – glaube ich zumindest – und sie werden ihn töten, wenn sie ihn finden.«

»Wer? Wer will ihn töten?«

»Eigentlich alle. Sie halten ihn für ein Ungeheuer. Eine Bestie.«

Lib riss erstaunt die Augen auf. »Er ist doch nicht etwa eins von den Dingern aus dem Horrorhaus?«

»Sein Vater war es zumindest.«

»Heilige Mutter Gottes. Heißt das, dass es sie *wirklich* gibt? Ich dachte, das hätten die sich nur ausgedacht. Wie Marsmenschen oder Werwölfe oder so.«

»Es gibt sie wirklich. Du hältst eins in den Händen.«

Lib schüttelte langsam den Kopf und hielt sich Eric vors Gesicht. »Sieh mal einer an«, sagte sie mit sanfter, trällernder Stimme. »Sieh mal einer an. So was. Ich hätte zu gerne deinen Vater kennen gelernt.«

»Versprichst du, uns nicht zu verraten?«, fragte Sandy.

»Klar. Großes Indianerehrenwort.«

»Nur ein Sterbenswörtchen, und ich bring dich um.«

»Wir können eine Familie sein, wir drei.«

Sandy steckte den Revolver weg. Lib reichte ihr Eric vorsichtig herüber. »Bis später, Schätzchen«, sagte sie.

Sandy bemerkte, dass sie Tränen in den Augen hatte.

»Alles okay?«

»Ich hatte noch nie ’ne Familie.«

Sandy spürte, wie sich ihre Kehle zusammenschnürte. Sie lächelte Lib zu. »Das mit der Familie weiß ich noch nicht so genau, aber Partner sind wir auf alle Fälle.«

»Partner.« Libby schniefte und drückte Sandys Schulter. »Bis zum bitteren Ende.«

Kapitel zehn

Die reguläre Führung II

Als Owen aus dem hellen Sonnenlicht in das Horrorhaus ging, hatte er das Gefühl, er beträte eine finstere Höhle. Er nahm die Sonnenbrille ab. Besser.

»Guten Morgen«, sagte eine Frau in Uniform, die hinter dem Eingang auf sie wartete. Auf dem Namensschild auf dem beigen Hemd stand SHARON. Ihre Augen waren blau und sie war blond, schlank und sonnengebräunt und bisher die mit Abstand attraktivste Angestellte. »Sie finden Station Nummer zwei im Salon, aber Sie können sich natürlich gerne überall umsehen.«

»Vielen Dank«, sagte Owen.

Während sie die Eingangshalle durchquerten, bemerkte er andere Besucher, die die Treppe hinauf und eine enge Galerie entlanggingen. Ein Pärchen kam aus dem Salon. Die beiden hatten zu der Gruppe gehört, die sich vor der Veranda versammelt hatte, und er glaubte, dass sie auch im Bus gesessen hatten. Sie schienen ihn und Monica jedoch nicht wiederzuerkennen.

Was ihn nicht besonders überraschte.

Wenn man jemandem Kopfhörer aufsetzte, verschwand die Welt um ihn herum.

Im Salon standen ein halbes Dutzend Touristen um eine Absperrung herum und starrten auf einen am Boden liegenden Körper. Er sah sich um, konnte jedoch kein Schild entdecken, das darauf hinwies, dass es sich um Station Nummer zwei handelte. Aber sowohl Janices Stimme auf dem Tonband als auch Sharon hatten sie hierher geschickt.

Monica schien jedenfalls keine Zweifel daran zu haben. Sie startete ihren Rekorder, und Owen folgte ihrem Beispiel.

»Willkommen in Station zwei«, begann Janices Stimme. »Sie

sollten sich jetzt im Salon befinden, wo in jener Nacht des zweiten August 1903 Ethel Hughes das erste Opfer wurde. Ihr Körper liegt vor Ihnen neben der Couch.«

Owen starrte die Wachsfigur an. Ein Bein lag noch auf einem Sofakissen. Ihr Gesicht war vor Entsetzen verzerrt. Offenbar war sie schreiend gestorben. Ihr weißes Nachthemd war zerfetzt und mit Blut bedeckt. Die Haut darunter war brutal von Klauen und Zähnen zerrissen worden.

Owen war überrascht, dass die Figur fast nackt war. Bis auf die Brustwarzen war fast der komplette Busen zu erkennen. Auch Hüfte und Beine waren entblößt, und nur einige dünne Stoffstreifen bedeckten ihren Intimbereich.

»Ethel war die Schwester von Lilly Thorn«, ertönte es über die Kopfhörer. »Sie wohnte in Portland, Oregon. In diesem Sommer schickte Lilly die Kinder zu ihr, damit sie allein im Haus sein konnte. Sie wollte ihre Ruhe, um sich gewissen Praktiken hinzugeben, deren Beschreibung nicht Bestandteil dieser Führung ist.«

Nach einer kurzen Pause fuhr Janice fort. »Um den 29. Juni herum kehrte Ethel zusammen mit den Kindern ins Haus zurück. Sie blieb, höchstwahrscheinlich um Ethels Hochzeit mit dem Arzt des Ortes beizuwohnen. Erteilen wir noch einmal Maggie das Wort:

›Ethel Hughes, Lillys Schwester, befand sich am zweiten August 1903 in diesem Raum. Sie war zu Lillys Hochzeit angereist, die in der nächsten Woche stattgefunden hätte, wenn nicht diese furchtbare Tragödie geschehen wäre. Eine Tragödie in Form eines grässlichen Ungeheuers, von dem niemand weiß, wie es ins Haus gelangte oder wo es herkam. Die Bestie sprang über die Couch und überraschte Ethel Hughes, die gerade in der *Saturday Evening Post* las. Wie Sie sehen können, wurde sie regelrecht zerfleischt.‹«

Dann fuhr Janice fort: »Die besagte Ausgabe der *Post* wurde auf dem Boden neben der Leiche gefunden. An genau der gleichen Stelle liegt jetzt eine andere Ausgabe des Magazins. Das Original lag viele Jahre hier im Salon, bevor es ins Horrorhausmuseum gebracht wurde. Das Nachthemd, das Ethel trug, ist ebenfalls dort ausgestellt. Vor sich sehen Sie eine bis zum letzten Blutstropfen und Riss identische Kopie des Originals.

Die Wachspuppe von Ethel Hughes wurde 1936 von Monsieur Claude Dubois angefertigt. Als Maggie den Auftrag für diese Figur und die Nachbildungen der beiden Jungen im Obergeschoss, die Sie später sehen werden, erteilte, legte sie Fotografien der Tatorte und die im Leichenschauhaus angefertigten Aufnahmen der Körper vor. Die Lage der Opfer und ihre Wunden wurden mit größter Detailgenauigkeit wiedergegeben.

Generationen von Besuchern aus aller Herren Länder haben vor Ihnen hier gestanden und diese Nachbildung von Ethels geschändetem Körper betrachtet. Außerdem war diese Puppe in mehreren Filmen der *Horror*-Serie zu sehen, die sich alle – wenn manchmal auch sehr frei – an meinen Büchern über das Horrorhaus orientieren.

Bevor wir zur nächsten Station kommen, möchte ich Sie darauf hinweisen, dass die Informationen, die Sie hier bekommen, fast vollständig auf den Führungen basieren, die Maggie Kutch von 1932 bis 1979 leitete. Maggie erzählte jedoch nicht immer die Wahrheit – ganz im Gegenteil. Sie wusste viel mehr, als sie preisgeben wollte. Als ich das Horrorhaus übernahm, entschied ich mich jedoch, bei Maggies Version der Geschichte zu bleiben. Dies hat mehrere Gründe. Erstens ist dies – obwohl ihr Inhalt durchaus nicht der Wahrheit entspricht – die authentische Führung durch das Horrorhaus. Ich wollte Ihnen, unseren Besuchern, einen Eindruck davon verschaffen, wie es war, sich vor vielen Jahren von derjenigen Frau durch die Räume führen zu lassen, die die ganze Ausstellung erst ins Leben gerufen hat. Zweitens ist die wahre Geschichte des Horrorhauses nicht jugendfrei. Wenn Sie Interesse am tatsächlichen Hergang der Ereignisse haben, dann empfehle ich Ihnen meine Bücher oder die Mitternachtsführung.

Nun erteile ich Maggie wieder das Wort. Danach ist es Zeit, das

Band anzuhalten und Station drei am oberen Ende der Treppe aufzusuchen.

›Sobald die Bestie mit Ethel fertig war, schlug sie den Salon kurz und klein. Sie warf eine Büste von Julius Cäsar um. Sehen Sie die Nase dort auf dem Kaminsims? Sie ist abgebrochen.‹« Owen entdeckte die Nase. Sie sah ziemlich schmutzig aus, als wäre sie durch tausend dreckige Hände gegangen. Er war überrascht, dass sie noch niemand gestohlen hatte. »Das ist das Werk der Bestie. Sie warf die Büste auf den Boden und ein halbes Dutzend Porzellanfigürchen in den Kamin. Außerdem zerstörte sie diesen Stuhl. Dieses Rosenholzpodest wurde durch das Erkerfenster geschleudert. Der Lärm weckte natürlich den Rest des Hausstandes. Lillys Zimmer ist gleich hier oben. Die Bestie muss gehört haben, wie sie aufstand und eilte auf die Treppe zu.«

Owen hörte ein Klicken. Monica hatte ihr Tonbandgerät abgeschaltet. Er selbst lauschte noch einige Sekunden dem leisen Rauschen, dann schaltete er seines ebenfalls ab.

Während sie zugehört hatten, waren sie immer näher herangetreten.

Owen war jetzt der Wachsfigur so nahe, wie es die Absperrung zuließ.

Er versuchte, sich die echte Person vorzustellen, als wäre er Pygmalion, der einer Statue Leben einhauchen wollte.

Aber es gelang ihm nicht.

Er war abgelenkt von den anderen Leuten, von Monica und von der Tatsache, dass Ethels Nachthemd nur das Nötigste bedeckte.

Owen wünschte, dass ein Windstoß die Fetzen zur Seite wehen würde.

Jetzt stellte er sich vor, wie er über die Absperrung kletterte, sich vor Ethel hinkniete und unter ihr zerfetztes Nachthemd spähte.

Krieg dich wieder ein, sagte er sich. Es ist nur eine *Puppe.*

Trotzdem …

Monica stieß ihn mit dem Ellbogen an. »Gehen wir weiter, Owie.«

Er folgte ihr zur Tür, wo sie einigen Leuten Platz machen mussten, bevor sie weiter zur Treppe gehen konnten.

Sharon begrüßte gerade die nächsten Neuankömmlinge und stand mit dem Rücken zu Owen und Monica. Ihr blondes Haar war zu einem dicken Zopf gebunden.

»Wie billig«, sagte Monica.

»Was?«

»Was glaubst du denn? Ethel natürlich, du meine Güte. Ich hatte ja keine Ahnung, dass ich in einer Peepshow landen würde. Kein Wunder, dass du unbedingt hierherkommen wolltest.«

Sie gingen die Treppe hinauf.

»Nichts, was man nicht auch an einem öffentlichen Strand zu sehen bekommt«, entgegnete Owen.

»In Frankreich vielleicht.«

»Es ist doch nur eine Puppe.«

»Ist schon komisch. Erst beteuern sie, dass sie die schmutzigen Details auf jeden Fall weglassen, und dann zeigen sie uns so was.«

»Ich fand's nicht *so* schlimm.«

»Natürlich nicht.«

Am Ende der Treppe hing ein Schild an der Wand: STATION NR. 3.

»Weiter geht's«, murmelte Monica genervt und schaltete ihren Rekorder ein.

Als Owen auf den Startknopf drückte, ertönte Janices Stimme.

»Sobald die Bestie Ethel ermordet hatte, rannte sie, eine Blutspur hinter sich herziehend, die Treppe hinauf. Die Flecken, die Sie vor sich auf dem Boden sehen, wurden exakt den Polizeifotos nachempfunden. Folgen Sie ihnen zu Lillys Schlafzimmer und hören Sie sich an, was Maggie dazu zu sagen hatte.«

Monica folgte mit gesenktem Kopf der roten Spur.

»Wir befinden uns jetzt genau über der Eingangshalle. Hier schlief Lilly Thorn in der Nacht, in der die Bestie zuschlug«, erklärte Maggie.

Die wenigen Touristen in diesem Raum hatten sich entlang der Absperrung verteilt. Owen hatte also freie Sicht auf das Bett, auf dem die Figur einer jungen Frau saß. Sie trug ein rosafarbenes Nachthemd, hatte die Augen und den Mund weit aufgerissen und hielt sich eine Hand vors Gesicht, was Owen an die dramatischen Gesten in alten Stummfilmen erinnerte.

»Der Lärm weckte Lilly auf«, fuhr Maggie fort. »Sie musste geahnt haben, dass etwas Grauenvolles im Gange war und dass sie und die Kinder in höchster Gefahr schwebten. Aber anstatt nach ihren Söhnen zu sehen, stieg sie aus dem Bett und schleppte den Frisiertisch zur Tür, um sich zu verbarrikadieren. Dann sprang sie aus dem Fenster. Sie landete auf dem Dach des Erkerfensters darunter und schließlich auf der Straße. Dann floh sie in die Nacht hinaus.«

»Lilly entkam«, schaltete sich Janice wieder ein. Ihre sanfte Stimme war im Gegensatz zu Maggies knarrendem Bass eine richtige Wohltat. »Sie entkam mit ihrem Leben, aber ihre geistige Gesundheit blieb auf der Strecke. Die Wachsfigur, die Sie auf dem Bett sehen, wurde von Monsieur Dubois nach einer Fotografie angefertigt, die ungefähr aus der Zeit stammte, als Lilly den berüchtigten Banditen Lyle Thorn heiratete. Das Nachthemd jedoch ist eine exakte Kopie …«

»… des Originals, das sie im Horrorhausmuseum bewundern können«, sagte Monica mit spöttischer, leiernder Stimme, die alles übertönte, was Janice noch zu sagen hatte.

Sie drückte auf die Stopptaste, und Owen warf ihr einen finsteren Blick zu.

Dann sah er sich um. Monicas kleine Vorstellung schien glücklicherweise niemanden belästigt zu haben.

»Lass das«, flüsterte er.

Sie fletschte die Zähne.

Owen hielt das Band an und suchte nach dem Knopf, mit dem man zurückspulen konnte.

»Du hörst dir das doch jetzt nicht *noch mal* an?«

»Doch, tue ich.«

»Aber das war doch das Ende.«

»Bei dir vielleicht. Du hast mich unterbrochen, und ich habe etwas verpasst.«

Sie rollte die Augen. »Das ist nicht dein Ernst«, murmelte sie.

Owen drückte auf Start. »… weckte Lilly auf«, sagte Maggie. »Sie musste geahnt haben, dass etwas Grauenvolles im Gange war und dass sie und die Kinder in höchster Gefahr schwebten.« Er hatte zu weit zurückgespult.

Sollte er vorspulen? Lieber nicht. Besser, er hörte sich alles noch mal an. Monica konnte ruhig warten. Warum hatte sie auch nicht den Mund halten können?

Ihre Blicke trafen sich.

Sie funkelte ihn wütend an.

»Ich hab zu weit zurückgespult«, sagte er.

»Na toll.«

»Eine Minute.«

»Wunderbar.«

»Psssst. Ich versuche, hier was mitzukriegen.«

»Spitzenleistung.«

»Du musst nicht auf mich warten.«

»Manchmal gehst du mir richtig auf die Nerven, weißt du das?«

»Jetzt verpasse ich wieder was. Dann muss ich's mir noch mal anhören.«

Sie presste die Lippen aufeinander und kniff die Augen zusammen.

Wieso ging sie nicht einfach? Er wollte sich ohne Ablenkung auf die Führung konzentrieren – vor allem ohne Monicas destruktive Kommentare. Sie verdarb ihm den ganzen Spaß.

Jetzt kam er zu der Stelle, die er verpasst hatte.

Wie Monica bereits vermutet hatte, war das Originalnachthemd, das Lilly in der besagten Nacht getragen hatte, im Horrormuseum zu bewundern.

»Gehen Sie jetzt die Galerie entlang, bis Sie Station vier erreichen.« Er hielt die Aufzeichnung an.

»Fertig?«, fragte Monica.

»Ja.«

»Hast du auch kein einziges ach so wertvolles Wort verpasst?«

»Ich glaube, das war's.«

Dieses Mal ging er voran und kümmerte sich nicht darum, ob ihm Monica folgte oder nicht.

Wenn ihr das nicht passte, umso besser. Er hatte sich schon seit Jahren auf das Horrorhaus gefreut. Und jetzt war er endlich da, und Monica machte alles kaputt.

Großer Fehler.

Wenn sie denkt, ich werde sie heiraten, hat sie sich geschnitten!

Am Sankt Nimmerleinstag!

Er wartete an der Tür, bis eine Familie mit drei Kindern in das Schlafzimmer gekommen war. Alle trugen Kopfhörer, sogar die jüngste Tochter, die etwa acht Jahre alt zu sein schien.

Er hielt es für bedenklich, ein Kind in diesem Alter an so einen Ort mitzunehmen.

Es gibt schon seltsame Zeitgenossen, dachte er.

Andererseits – was war schon so schlimm daran? Im Fernsehen konnte das Kind jeden Tag viel brutalere Sachen sehen.

Owen betrat die Galerie und wäre fast mit einem Mann zusammengestoßen, der einen Säugling in den Armen hielt.

Zumindest trug das Baby keine Kopfhörer. Owen lächelte.

Einen winzigen Augenblick lang dachte er daran, wie es wäre, selbst ein Kind zu haben – aber es wäre bestimmt ein Mädchen und sähe aus wie Monica.

Niemals, dachte er.

Vielleicht ist sie schon längst schwanger. Was weiß ich denn schon? Wenn das Kondom geplatzt ist?

Er wünschte, er könnte die Augen schließen, sich etwas wünschen, und Monica würde einfach verschwinden …

»Da oben gibt es sowieso nicht viel zu sehen. Außerdem ist der Dachboden etwas baufällig, deswegen ist er für Besucher gesperrt.«

Owen warf einen Blick auf die Sprecherin.

Eine Angestellte.

Sie bemerkte ihn und lächelte.

Er lächelte zurück.

Dann wandte sie sich von ihm ab und redete wieder mit ein paar Teenagern, die vor der Tür zum Dachboden stehen geblieben waren. Auf der Wand neben der Tür war groß die Zahl sieben gemalt.

Owen ging an der Angestellten vorbei, dann blickte er sie über die Schulter hinweg an.

»Verrenk dir nicht den Hals«, sagte Monica.

»Hä?«

»Meine Güte.«

»Was?« Er sah Monica an und hob die Augenbrauen. »Worum geht's?«

»Das weißt du verdammt genau.«

»Was?«

»Da, die dumme Blondine in der Uniform meine ich.«

Habe ich sie so offensichtlich angestarrt?

»Woher weißt du, dass sie dumm ist?«, fragte Owen und versuchte, belustigt zu klingen.

»Da reicht ein Blick.«

»Keine Ahnung. Ich hab sie ja nicht angesehen.«

»Nein, natürlich nicht.«

»Ich wollte einen Blick die Kellertreppe hinaufwerfen.«

»Aha. Verstehe. So toll sieht sie gar nicht aus. Erinnert mich irgendwie an ein Pferd.«

Stimmt genau. Ein rassiges Vollblut.

»Keine Ahnung«, wiederholte er. »Ich hab sie ja kaum gesehen.«

Er wünschte wirklich, er könnte sie genauer in Augenschein nehmen.

Sie arbeitet hier, dachte er. Also wird sie später auch noch da stehen. Wir kommen ja wieder hierher zurück – Station sieben.

Wahrscheinlich würde sie ihn nur enttäuschen. Niemand konnte so hübsch und gleichzeitig auch noch nett sein. Und wenn DOCH, würde er sowieso nie bei ihr landen.

Für sie existieren Typen wie ich überhaupt nicht …

»Wo willst du hin, Dummchen?«, fragte Monica. »Du bist gerade an Station vier vorbeigelaufen.«

Er blieb stehen und sah die große vier an der Wand der Galerie. »Ach«, sagte er und lächelte Monica gequält an. »Danke.«

»Du bist ein richtiger Hans-guck-in-die-Luft«, sagte sie mit einem süffisanten Lächeln.

»Wenn du meinst.« Er drückte auf den Startknopf.

Maggies Stimme ertönte. »Sobald die Bestie erkannt hatte, dass sie nicht in Lillys Zimmer gelangen konnte, rannte sie diesen Korridor hinunter. Sie war auf der Suche nach jemandem, den sie in Stücke reißen konnte. Wie ein Bluthund nahm sie Witterung auf.«

Owen warf einen Blick zurück zur Speichertür, aber es standen zu viele Leute im Weg, als dass er die Angestellte hätte sehen können.

Was, wenn sie nicht mehr da ist?

Nicht so schlimm, dachte er. Vergiss sie einfach und genieß die Führung.

Unmöglich.

»Sie konnte Lillys Kinder förmlich riechen«, sagte Maggie, »und folgte der Fährte bis zu ihrem Zimmer, genau hier. Treten Sie ein.«

Owen stellte sich vor, wie Maggie eine Gruppe Besucher in den Raum führte und wartete, bis sich alle um sie versammelt hatten, bevor sie fortfuhr.

Hinter der Absperrung standen zwei Messingbetten. Die Laken waren zur Seite geworfen und verknittert. Der helle Stoff leuchtete im Sonnenlicht, das durch die Fenster schien, wodurch die Blutflecken noch deutlicher zur Geltung kamen.

Die Kinder lagen zwischen den Betten. Ihre Schlafanzüge waren ihnen praktisch vollständig vom Leib gerissen worden. Einige Fetzen bedeckten notdürftig ihre Hinterteile.

»Hier schliefen die Kinder, obwohl ich annehme, dass sie bereits wach waren, als die Bestie eindrang. Schließlich ist dies ein nicht gerade großes, aber ziemlich hellhöriges Haus, ganz besonders nachts. Sie hörten wahrscheinlich, wie die Bestie das Mobiliar zerstörte, gegen die Tür zum Schlafzimmer ihrer Mutter hämmerte und vor Wut brüllte. Wahrscheinlich waren sie vor Schreck wie erstarrt. Sie konnten sich nur unter ihren Decken verkriechen, hoffen, dass alles nur ein Albtraum war und schell wieder vorüberging. Doch es war kein Traum. Die Bestie kam, um sie zu holen.

Earl war zehn Jahre alt und sein Bruder Sam erst acht. Sehen Sie das Blut? Die Bestie muss in den Betten über sie hergefallen sein und sie auf den Boden gezerrt haben. Genau dort wurden ihre Leichen gefunden.«

Maggie verstummte, und Owen erwartete, dass Janice wieder übernehmen würde. Doch nach ein paar Sekunden sprach Maggie in langsamem, ruhigem Ton weiter. »Stellen Sie sich vor, welch entsetzliche Angst die beiden Kleinen gehabt haben müssen. Vor ihnen stand eine Kreatur aus ihren schlimmsten Albträumen. Vielleicht dachten sie, dass sie im letzten Augenblick gerettet werden würden. Doch niemand rettete sie. Stattdessen fiel die Bestie über sie her.

Sie brachte sie nicht sofort um, das hätte ihnen viel Leid erspart. Was genau hier geschehen ist, wissen wir nicht mit Sicherheit. Die Anwohner berichteten jedoch von Kinderschreien, die einfach nicht verstummen wollten. Niemand wusste, woher sie kamen. Erst im Nachhinein kam die schreckliche Wahrheit ans Licht: Es waren Lillys Jungs, die vor Schmerz und Entsetzten schrien, als die Bestie sie misshandelte.

Es heißt, dass auch Lilly die Schreie hörte, als sie die Straße hinunterlief, und daraufhin den Verstand verlor.«

Erneut folgte eine kurze Pause. »Mit dem Tod der beiden Kinder endete die Mordserie«, fuhr Janice fort. »Die Bestie verschwand spurlos, und der arme Gus Goucher wurde für ihre Taten verantwortlich gemacht. Niemand wusste, dass die Bestie überhaupt existierte. Bis auf Lilly, die jedoch nur irre vor sich hin plapperte.

Es stellt sich jedoch die Frage, ob sie ihren Wahnsinn nur vortäuschte.§

Wenn Ihre Neugier geweckt ist, würde ich vorschlagen, dass Sie meine Bücher lesen oder die Mitternachtsführung besuchen. Sie werden überrascht und schockiert über das sein, was Sie dort erfahren werden.«

Sie machte eine kurze Pause. »Nach dieser grauenhaften Nacht im Jahre 1903 stand das Haus für die nächsten achtundzwanzig Jahre leer. 1931 erwarb es Joseph Kutch, der mit seiner Frau Maggie und ihren drei Kindern einzog. Sie wohnten gerade erst zwei Wochen hier, als die Bestie erneut zuschlug.

Sie erreichen Station fünf, wenn Sie sich nach rechts wenden, sobald Sie den Raum verlassen haben, und die Galerie bis zur Treppe zurückgehen. Dort wird Ihnen Maggie erzählen, wie die Bestie über ihre eigene Familie herfiel.«

Owen betätigte die Stopptaste.

Monica sah ihn abwartend an. »Fertig?«, fragte sie.

Er nickte.

»Willst du's dir nicht noch mal anhören? Vielleicht hast du ja ein, zwei Worte nicht mitgekriegt.«

»Gehen wir weiter«, sagte er und durchquerte den Raum. In Gedanken war er schon bei der großen, hübschen Blondine.

Dieses Mal würde er sie sich ein bisschen genauer ansehen.

An der Tür trat er zur Seite und machte eine einladende Geste. »Ladys first«, sagte er.

Sie warf ihm einen vielsagenden Blick zu, als wüsste sie genau, warum er sie unbedingt vorlassen wollte, blieb stehen und grinste höhnisch. »Alter vor Schönheit. Du zuerst.«

Er zuckte mit den Schultern. »Auch gut. Ich dachte, ich halte dir den Rücken frei.«

»Meinem Rücken geht's bestens.«

»Du weißt doch, die Bestie schleicht sich immer von hinten an.«

»Klar.«

Er ging an Monica vorbei auf die Galerie.

Langsam, damit sie nicht merkte, wie eilig er es hatte.

Langsam, damit er genug Zeit hatte, die Blondine in Augenschein zu nehmen.

Schon jetzt war sein Mund trocken, und er spürte, wie sein Herz schneller schlug und das Blut in sein Gesicht schoss.

Er erblickte die Speichertür vor sich.

Aber die Blondine war nirgends zu sehen. Auf der Galerie drängten sich einfach zu viele Leute.

Wo ist sie nur? Sie ist doch viel größer als die meisten anderen.

Falsch, dachte er, als er eine junge Frau in Uniform bemerkte, die vor der Speichertür stand. Sie ist weder besonders groß noch so hübsch wie ich gedacht habe.

Wie zum Teufel konnte ich nur …?

Für einen Augenblick war er verwirrt, dann begriff er, dass es nicht dieselbe Blondine war, die er zuvor gesehen hatte.

Erleichterung überkam ihn.

Gemischt mit Enttäuschung.

Wo ist sie hin? Vielleicht macht sie eine Pause. Ist zum Mittagessen gegangen.

Was, wenn ich sie nie wiedersehe?

Die Uniformierte sprach mit einer kleinen Schar Leute, die sich vor der geöffneten Speichertür versammelt hatten.

»Der Dachboden ist nicht Teil der regulären Führung.«

Er blieb stehen, um zuzuhören.

»Es ist nicht sicher da oben. Der Dachboden ist nur samstags im Rahmen der Mitternachtsführung zugänglich. Dabei sind die Besuchergruppen jedoch wesentlich kleiner. Manche der Bodenplatten sind lose, und dort oben steht sehr viel Gerümpel herum, hinter dem die Bestie lauern könnte.« Sie grinste.

Laut dem Schild auf ihrer Brust hieß sie Lynn.

»Wir wollen ja nicht, dass uns jemand verloren geht.«

Owen wollte sie nach ihrer Kollegin fragen, traute sich aber nicht.

Monica würde ausflippen.

»Warten wir einfach noch eine Weile ab«, flüsterte Monica. »Vielleicht verwandelt sie sich ja wieder in deine Traumfrau.«

»Sehr witzig«, sagte Owen und ging weiter.

Wo ist sie nur?

Er blieb bei Station fünf stehen, und Monica schaltete ihren Kassettenrekorder ein.

Was, wenn sie Feierabend hat? Was, wenn ich sie nie wiedersehe?

Das darf nicht passieren, dachte er.

»Wir wohnten seit genau sechzehn Tagen in diesem Haus«, sagte Maggie, »als die Bestie erneut zuschlug.«

Kapitel elf

Sandy – August 1980

Sandy trug Eric die wackeligen Stufen hinunter. Er lag in seinem Reisekörbchen – einer Wiege aus Weidengeflecht mit einem Deckel und zwei Griffen. Sie hatte Angst auszurutschen und ging äußerst vorsichtig. Als sie unten angekommen war, seufzte sie erleichtert und stellte den Korb ab.

Lib half ihr, die Treppe in den Wohnwagen zu schieben, dann schloss Sandy die Tür. Als sie sich umdrehte, hob ihre neue Freundin gerade den Korb auf.

»Soll er da drin bleiben?«, fragte Lib.

»Besser wär's. Für den Fall, dass wir angehalten werden.«

»Der arme kleine Scheißer.«

»Das macht ihm nichts aus. Der Korb ist schön bequem, und er hat seine Lieblingspuppen an Bord.«

»Kriegt er da überhaupt Luft?«

»Klar. Ihm passiert schon nichts. Wir stellen ihn einfach auf den Rücksitz.«

Wie sich herausstellte, passte der Korb nur knapp auf die Rückbank. Das Weidengeflecht knackte trocken, als Sandy ihn hineinschob. Wenigstens konnte Eric so nicht hin und her geschleudert werden.

»Ist wohl besser, wenn ich fahre«, sagte Sandy.

»Wieso?«

»Du bist voll wie eine Haubitze.«

»Ach was, das macht nichts.«

»Du hast die ganze Flasche ausgetrunken.«

»Nicht die ganze. Sie war nicht ganz voll.«

»Egal. Du bist jedenfalls nicht in der Verfassung, um zu fahren, selbst wenn du nicht besoffen wärst. Schließlich hat er dich windelweich geprügelt und du hast die Hälfte deiner Zähne verloren.«

»Die Hälfte nicht gerade. Aber schon ein paar.«

»Steig ein. Du kannst ja später übernehmen.«

»Mal sehen.«

Sandy zuckte mit den Schultern.

»Bist du schon mal mit einem Wohnwagen hintendran gefahren?«

»Nein«, sagte Sandy und ließ den Motor an.

»Hier.« Lib streckte die Hand aus und schob den Schalthebel von Parken auf Fahren. »Und fahr ja langsam.«

Sandy schaltete den Scheinwerfer ein und trat vorsichtig aufs Gaspedal. Langsam setzte sich das Auto in Bewegung. Sie spürte das Gewicht des Wohnwagens und hörte klappernde Geräusche, als er über den Waldboden rollte.

Sie stellte sich vor, wie Slades Leiche im Schlafzimmer umherpurzelte und überall Blut verteilte.

Vielleicht hätte sie ihn doch festbinden oder wenigstens in die Duschkabine legen sollen.

»Darf ich mal den Toten sehen?«, hatte Lib gefragt, nachdem sie sich gewaschen und in ihre *Blazing-Babes*-Hemden geschlüpft waren.

»Was?«

»Den Toten. Den Kerl, den du umgebracht hast.«

»Den willst du sehen?«

»Klar. Wo ist er?«

»Warum fahren wir nicht einfach los?«

Lib kniff die geschwollenen Augen zusammen. »Woher weiß ich, dass du wirklich einen Toten da drin hast?«

Jetzt begriff Sandy. Lib musste die Leiche sehen, damit sie wusste, dass sie nicht gelogen hatte, was Slade betraf.

Wir müssen beide jemanden um die Ecke gebracht haben. Sonst sind wir keine Partner.

»Okay«, sagte Sandy. »Wenn du drauf bestehst. Komm mit.« Sie legte Eric in sein Reisekörbchen und ging den Flur hinunter. Lib folgte ihr mit der Flasche in der Hand.

Sandy schob die Schlafzimmertür auf, schaltete das Licht ein und trat einen Schritt zurück. »Bitte«, sagte sie. »Aber sei vorsichtig, hier ist überall Blut.«

Lib betrat den Raum. Als sie die Leiche sah, legte sie den Kopf schief. Dann beugte sie sich vor und schüttelte langsam den Kopf. »Du hast den Kerl ja richtig massakriert.«

»Was?«

»Was hat er dir *getan*, um Himmels willen?«

»Er hat Eric durchs Zimmer geworfen. Und vergewaltigen wollte er mich auch.«

»Der ist hinüber, soviel steht fest.«

»Ja.«

Lib warf Sandy einen Blick über die Schulter zu und lächelte. »Du bist ein richtig schlimmer Finger, Charly.«

»Er hat's nicht anders verdient.«

»Was sollen wir mit ihm anstellen?«

»Ich dachte mir, wir lassen ihn erst mal liegen, bis wir weit weg von hier sind. Dann müssen wir ihn irgendwie verschwinden lassen. Er darf auf keinen Fall gefunden werden. Seine Leute wissen, dass er mich heute Abend besuchen wollte. Wenn wir uns einfach aus dem Staub machen ...«

»Einverstanden«, sagte Lib. »Hauen wir ab.« Sie richtete sich auf, stemmte die Hände in die Hüften und begutachtete den Leichnam. »Wenn wir losfahren, wird er durch das ganze Zimmer rollen. Sollen wir ihn nicht festbinden oder so?«

»Nö, da machen wir uns nur wieder schmutzig. Fahren wir einfach los.«

Zumindest kann er nicht aus dem Schlafzimmer rollen, dachte Sandy, als sie langsam den Hügel hinunterfuhr.

Oder habe ich die Tür offen stehen lassen?

Bestimmt nicht.

Vor ihrem geistigen Auge purzelte Slade in den Flur. Dann schlug sein blutiger, verstümmelter Körper Purzelbäume durch den ganzen Wohnwagen.

Jetzt ist es zu spät, dachte sie.

Versuch einfach, dich nicht mit dem Wohnwagen zu überschlagen. Das wäre dann richtig übel.

Der Wagen wurde schneller.

»Vorsicht«, sagte Lib.

Sandy trat einige Sekunden lang auf die Bremse und beobachtete die Tachonadel. Als sie den Fuß des Hügels erreicht hatten, fuhren sie kaum mehr Schrittgeschwindigkeit.

Die Straße schien frei zu sein. Sie bog vorsichtig links ab und gab Gas. Die kühle Luft, die ihr durch das Loch in der Windschutzscheibe direkt ins Gesicht blies, duftete nach Pinien und Meer.

»Geschafft«, sagte Lib und tätschelte ihr Bein.

Sandy holte tief Luft. Jetzt waren sie auf einer richtigen Straße, wo ihnen früher oder später andere Verkehrsteilnehmer entgegenkommen würden.

Vielleicht sogar die Polizei.

Ein mulmiges Gefühl machte sich in ihrem Magen breit.

»Ich weiß nicht, wie weit wir kommen«, sagte sie. »So wie das Auto zugerichtet ist, wird uns der erste Cop, der uns sieht, sofort anhalten.«

»Dann sagen wir, wir hätten ein Reh angefahren.«

Das schien gar keine schlechte Idee zu sein, besonders, weil diese Art Unfall in der Gegend keine Seltenheit war. Und damit würden sie auch die Blutspuren erklären können.

»Ich hab bloß keinen Führerschein«, sagte Sandy.

»Hä?«

»Egal, was wir ihm erzählen, der Polizist wird meinen Führerschein sehen wollen. Aber ich hab keinen.«

»Ich hab einen.«

»Aber du bist sternhagelvoll. Der sieht doch sofort, dass dich jemand in die Mangel genommen hat. Wenn wir angehalten werden, sind wir im Arsch.«

Das Scheinwerferlicht fiel auf ein Schild am Straßenrand:

WILLKOMMEN IN MALCASA POINT
EINWOHNERZAHL: 2600
DIE HORRORHAUSSTADT!
BITTE FAHREN SIE VORSICHTIG
UNSEREN KINDERN ZULIEBE

Sandy achtete peinlich genau auf die Geschwindigkeitsbegrenzung. Dann tauchte zu ihrer Linken Agnes' Haus hinter einer mondbeschienenen Rasenfläche auf.

Sandys Zuhause.

Ich werde es so sehr vermissen. Und Agnes auch.

Fast wäre sie abgebogen.

Nur noch einmal umsehen. Vielleicht wäre das die letzte Gelegenheit, Agnes noch einen Kuss zu geben. Möglicherweise sehe ich sie nie wieder. Und wenn ich doch mal zurückkomme, ist sie vielleicht schon tot …

»Der Kasten sieht nachts ja echt unheimlich aus«, sagte Lib.

Finde ich nicht. Es ist mein Zuhause.

Sie funkelte Lib böse an, bemerkte aber, dass sich diese bereits dem Horrorhaus zugewandt hatte, und musste unwillkürlich lächeln. »Da solltest du mal nachts reingehen«, sagte sie.

»Nein, schönen Dank auch. Hast du da Erics Vater kennen gelernt?«

»Ja, er war öfter dort.« Sie warf noch einen letzten Blick auf Agnes' Haus und spürte, wie Tränen in ihre Augen schossen.

Jetzt haust du einfach ab, ohne dich zu verabschieden oder danke zu sagen oder ÜBERHAUPT IRGENDETWAS. Sie ist der einzige Mensch auf der ganzen weiten Welt, der mich liebt.

Bis auf Eric natürlich.

Da meldete sich eine böse, quälende Stimme in ihrem Kopf: *Und was ist mit Mom?*

Nichts! Scheiß auf sie! Sie hasst mich! Ich hoffe, sie ist tot.

Nein, tust du nicht, flüsterte die Stimme. *Du vermisst sie ganz schrecklich.*

Quatsch!

Sandy wurde abrupt aus ihren Gedanken gerissen, als einige Kreuzungen vor ihr ein Auto auf die Hauptstraße bog. Sie kniff die Augen zusammen, um erkennen zu können, ob sich ein Blaulicht auf dem Dach befand.

Wenn ja, dann …

»Halt dich fest«, sagte sie, stieg in die Eisen und bog scharf rechts ab. Lib wurde gegen sie gedrückt. Im Rückspiegel sah sie, wie der Wohnwagen hin und her schlingerte.

Ein Knurren ertönte aus Erics Körbchen.

»Keine Angst, Schatz«, sagte Sandy mit lauter Stimme und versuchte, selbstsicher und ruhig zu klingen.

Sie raste zum Ende der Straße, bog dort links ab, hielt neben dem Randstein und schaltete Motor und Scheinwerfer aus.

»Wenn er kommt«, sagte sie. »Müssen wir uns ducken.«

Sie warteten.

Sandys Zunge klebte an ihrem Gaumen.

Lib lachte leise und heiser.

»Was ist daran so lustig?«

»Na, wir zwei. Der Polizist würde doch denken, dass wir geradewegs aus einem Horrorfilm kommen. Zwei Mädels auf Achse mit einer blutigen Leiche im Wohnwagen und einem Monsterbaby auf dem Rücksitz.«

»Eric ist kein Monster.«

»Erzähl das mal den Cops.«

»Das wird nicht nötig sein«, sagte Sandy. »Jedenfalls jetzt noch nicht.«

Sie ließ den Motor wieder an.

»Glaubst du, die Luft ist rein?«

»Ja. Wenn es wirklich die Polizei gewesen wäre, hätten sie uns inzwischen eingeholt.«

Sie schaltete den Scheinwerfer ein und fuhr los.

Sie wünschte, sie könnte über die Hauptstraße fahren. Wenn sie Malcasa Point wirklich für immer verlassen musste, hätte sie gerne noch ein letztes Mal die vertrauten Geschäfte gesehen.

Aber sicher ist sicher, dachte sie.

Außerdem, wieso sollte ich nicht zurückkehren dürfen?

Weil es gefährlich ist, sagte sie sich. Besonders nach heute Nacht.

Aber ich könnte, wenn ich wollte.

Sie bog links ab und fuhr wieder auf die Hauptstraße. Niemand war zu sehen, kein Geschäft geöffnet.

Die einsame Ampel blinkte gelb.

»Worauf wartest du?«, fragte Lib.

Sandy zuckte mit den Schultern. »Auf gar nichts.« Dann fuhr sie los und ließ das Städtchen hinter sich.

Als sie am Welcome Inn vorbeifuhren, musste sie gegen ihren Willen einen Blick darauf werfen.

Beim Anblick des Hotels stiegen alte Erinnerungen in ihr auf.

Mom …

Und Jud, dieser Scheißkerl. Obwohl er am Anfang so nett gewesen war …

Und Larry. Der arme, immer lustige Larry.

Sie spürte eine große Leere in sich. Wut.

Sie hatten sie alle verraten.

Bis auf Larry natürlich. Aber nur, weil er keine Gelegenheit mehr dazu gehabt hatte.

Am Anfang war es richtig aufregend gewesen. Klar, sie hatte auch ein bisschen Angst gehabt, als sie mit Mom so früh am Morgen losgefahren war. Den ganzen Tag die Küste entlang, bis sie im Nebel diesen Unfall gebaut hatten und Axel Kutch sie gerettet hatte.

Dann die erste Nacht im Welcome Inn, und am nächsten Tag waren sie zum ersten Mal im Horrorhaus gewesen.

Die guten alten Zeiten.

Unglaublich, dass das alles erst drei Jahre her war.

Es kam ihr wie eine Ewigkeit vor. Sie war noch ein Kind gewesen. Hatte Mom noch geliebt und …

Ihre Kehle schnürte sich zusammen.

Scheiß drauf, dachte sie.

»Alles klar?«, fragte Lib.

»Ja. Es ist nur … na ja … ich werde die Stadt hier vermissen.«

»Echt?«

»Oh ja. *Sehr.*«

»Du musst ja nicht abhauen. Zwingt dich ja niemand.«

»Ich würde auch nicht abhauen, wenn dieser gottverdammte Slade nicht gewesen wäre. Er hat alles ruiniert.«

»Na, dafür hat er bezahlt.«

Sandy sah Lib mit Tränen in den Augen an. »Ich wollte einfach nur meine Ruhe haben, verstehst du? Mehr nicht. Ich hatte meine Arbeit und mein Baby und Agnes und alles, und dann tauchen plötzlich diese beschissenen Filmleute auf und machen alles kaputt.«

»Tja, das Leben ist ungerecht.«

Zischend sog sie Luft durch die Zähne ein. »Aber wir werden schon irgendwie klarkommen. Möglicherweise ist es ja auch besser so, wer weiß? Könnte ja ganz aufregend sein, mal was Neues zu sehen. Vielleicht werde ich es überhaupt nicht bereuen.«

»Da würde ich mich nicht drauf verlassen.«

Sandy sah Lib an und lachte.

»Man muss es nehmen, wie es kommt. Alles hat seine guten und seine schlechten Seiten. Du musst nur auf dich aufpassen, das ist alles«, sagte Lib.

»Wir müssen beide auf uns aufpassen.«

»Aber das heißt nicht, dass wir's dabei nicht krachen lassen können.«

Danach schwiegen sie. Lib lehnte sich in ihrem Sitz zurück und senkte den Kopf. Sandy konzentrierte sich auf die Straße.

Sie war sich nicht sicher, wo sie überhaupt war.

Irgendwo nördlich von Malcasa auf dem Pacific Coast Highway, vielleicht fünf bis zehn Meilen außerhalb der Stadt.

Sie war diese Strecke schon öfter gefahren, jedoch nie im Dunkeln. Sie konnte sich an absolut nichts erinnern.

Alles war so wie überall.

Zur Rechten waren bewaldete Hügel, zur Linken fiel das felsige Gelände hinter der Leitplanke steil zum Meer ab. Das Wasser war schwarz und verschwand schon bald hinter der Küste im Nebel, der sich wie eine gewaltige, sanft gewellte Hügelkette über den Ozean gelegt hatte. Im Vollmond war er weißer als frisch gefallener Schnee.

Wunderschön, dachte Sandy.

Weniger schön, wenn man mitten drinsteckt.

Sie hoffte, dass der Nebel nicht landeinwärts zog.

Was er wahrscheinlich tun wird. Früher oder später.

Sie erinnerte sich, wie er sie und ihre Mutter damals so plötzlich überrascht hatte. Er hatte sich wie die Tentakel eines gespenstischen Seeungeheuers über den Asphalt gelegt, war vorangekrochen, bis er ihr Auto und den Highway und die Hügel und die ganze Welt in undurchdringliches Grau getaucht hatte. Bis keine Straße mehr zu sehen gewesen war und sie im Graben gelandet waren.

Was, wenn der Nebel nicht gekommen wäre?, fragte sie sich.

Dann wäre der Unfall niemals passiert, und Mom wäre einfach durch Malcasa Point hindurchgefahren. Sie hätten nie die Nacht im Welcome Inn verbracht oder das Horrorhaus besucht.

Und alles wäre anders gekommen.

Viele Leute wären noch am Leben, und Mom und ich wären wahrscheinlich immer noch zusammen.

Wenn Dad uns nicht vorher erwischt hätte.

Scheiß drauf, dachte sie. Der Nebel war da und wir sind im Graben gelandet und was danach passiert ist, ist passiert und nicht mehr zu ändern. Und würde sie es denn überhaupt ändern, wenn sie die Gelegenheit dazu hätte?

Dad hätte sie wahrscheinlich umgebracht.

Und Eric hätte es nie gegeben.

»Ist schon komisch«, sagte sie.

Lib antwortete mit einem leisen, brummenden Schnarchen.

Kapitel zwölf

Die reguläre Führung III

»Nur sechzehn Tage«, sagte Maggie mit tiefer, ruppiger Stimme. »Dann griff sie an. Sie kam diese Treppe hier herauf.«

Mehrere Besucher stiegen gerade die Stufen hinauf. Owen, Monica und die anderen, die an Station fünf standen, machten ihnen Platz, während Maggie mit ihrem Vortrag fortfuhr.

»Es geschah am Abend des siebten Mai 1931. Ich war mit Joseph in unserem Schlafzimmer am Ende der Galerie. Mein Mann weigerte sich, in Lillys Zimmer zu nächtigen, da er es für ein böses Omen hielt. Unsere Mädchen hatten jedoch keine Probleme damit, in dem Raum zu schlafen, in dem die beiden Jungen abgeschlachtet worden waren. Sie behaupteten, dass die beiden dort als Gespenster umgehen würden, dass sie sie aber gut leiden könnten. Theodore, mein kleines Baby, lag in seinem Kinderzimmer, das sich ebenfalls am Ende der Galerie befindet, jedoch nicht Teil der Führung ist. Das Kinderzimmer bekommt niemand zu sehen. Es ist immer verschlossen.

Wie dem auch sei. An diesem Tag regnete es wie aus Eimern. Wir hatten die Fenster geöffnet, und ich lauschte dem Plätschern, jedenfalls so lange, bis es von Josephs Schnarchen übertönt wurde.

Nichtsahnend schlief ich ein und wachte erst auf, als ich Glas splittern hörte. Das Geräusch schien aus dem ersten Stock zu kommen. Joseph, der es ebenfalls mitbekommen hatte, stand leise auf und ging auf Zehenspitzen zum Kleiderschrank, um seine Waffe zu holen.«

»Der folgende Abschnitt der Führung«, warf Janice ein, »fand in Maggies und Josephs Schlafzimmer statt. Maggie ging zu einer Kommode hinüber, öffnete eine Schublade und zog die alte Colt .45er Automatik ihres Mannes daraus hervor.«

»Genau diese Pistole!«, verkündete Maggies Stimme triumphierend. »Joseph war stets darauf bedacht, dass die Kammer leer war, jedoch ein volles Magazin in der Waffe steckte. Also musste er sie zunächst laden. So.« Owen hörte ein scharfes metallisches Klicken und stellte sich vor, wie Maggie grinsend eine Kugel in die Kammer gleiten ließ. »Dieses Geräusch kam mir in der stillen Finsternis entsetzlich laut vor. Mit der Pistole im Anschlag schlich sich Joseph auf die Galerie. Ich blieb im Bett und lauschte konzentriert. Der Regen hatte sich inzwischen gelegt, und bis auf Josephs Schritte herrschte Totenstille. Als er die Treppe hinunterging, konnte ich nicht mehr länger liegen bleiben. Ich stand auf, um nach meinen Kindern zu sehen.«

»An dieser Stelle«, unterbrach sie Janice, »legte Maggie die Pistole wieder zurück und führte ihre Gäste in die Galerie bis zur Treppe, wo Sie jetzt auch gerade stehen.«

»Ich war genau hier, als die Schüsse ertönten«, übernahm Maggie wieder. »*BAMM! BAMM!* Joseph schrie so laut, dass er selbst Tote hätte aufwecken können. Bei Gott, mir gefror das Blut in den Adern. Sobald der Schrei verstummt war, hörte ich Schritte wie von bloßen Füßen mit gewaltigen Klauen, die über das Holz kratzten.

Die Schritte kamen näher. Ich dachte, dass ein Bär im Haus wäre. Doch wie sehr sollte ich mich täuschen!

Mein einziger Gedanke war, mich und meine Kinder in Sicherheit zu bringen, doch blankes Entsetzen lähmte mich. Die Bestie kam die Treppe herauf. Ich konnte nur erkennen, dass sie gebückt, jedoch auf zwei Beinen wie ein Mensch ging. Sie lachte heiser und warf mich zu Boden. Dann bearbeitete sie mich mit Zähnen und Klauen. Ich wollte mich wehren, doch sie war viel größer als ich und stärker als zehn Männer. Ich hatte schon mein letztes Gebet gesprochen, als der kleine Theodore plötzlich zu schreien anfing. Die Bestie ließ von mir ab und stürmte auf das Kinderzimmer zu.

Obwohl ich verletzt war, rannte ich hinterher. Ich *musste* doch mein Baby retten.«

Janices Stimme erklang. »Maggie führte ihre Gruppe daraufhin zu der verschlossenen Tür des Kinderzimmers, Station Nummer sechs …«

Monica schaltete ihren Rekorder aus, sah Owen in die Augen und hob die Augenbrauen.

Owen hörte weiter zu.

»… die letzte Tür zu Ihrer Rechten. Bitte halten Sie jetzt das Tonband an, bis Sie das Kinderzimmer erreicht haben.«

Er drückte die Stopptaste.

»Ich war wieder schneller als du«, sagte Monica.

»Stimmt«, sagte er und beließ es dabei.

»Und jetzt müssen wir die ganze Galerie wieder zurückgehen?«

»Sieht so aus«, sagte Owen.

»Wie dämlich ist das denn?«, sagte Monica. »Da kommen wir doch gerade her.«

»Du musst ja nicht.«

»Ach nein? Soll ich etwa hier warten?«

»Wie du willst.«

»Wie öde. Und pervers dazu.«

»Ja, tut mir schrecklich leid. Aber du musst ja nicht weitermachen, wenn du nicht willst.« Owen wollte keinen Streit anfangen und versuchte deshalb, so freundlich wie möglich zu klingen. »Offenbar gefällt's dir hier nicht. Warum brichst du die Führung nicht einfach ab und wartest draußen auf mich? Ich komme bald nach. Wir können uns ja an der Ticketbude treffen oder so.«

»Damit du dann jedem erzählen kannst, was für ein Spielverderber ich bin?«

»Was? Wem denn erzählen?«

»Oh, du weißt schon. Den üblichen Verdächtigen.«

»Hä?«

»Henry zum Beispiel, dem tollen Hecht. Oder der ach so bezaubernden Maureen. Jill nicht zu vergessen und den Rest von deiner Gang.«

»Gang? Mein Gott, Monica. Das sind meine Freunde. *Gang?* Außerdem werde ich wohl kaum überall ausposaunen, dass du dich aus dem Horrorhaus abgeseilt hast. Also wirklich, wen würde das den interessieren?«

»Oh, das würde sie wirklich brennend interessieren, da wette ich. Wieder ein Grund mehr, um hinter meinem Rücken über mich zu lachen.«

»Niemand lacht über dich.«

»Oh doch.«

»Ich werde keinem ein Sterbenswörtchen verraten. Warum wartest du nicht einfach draußen? Viel wirst du nicht mehr verpassen. Ich komme in ein paar Minuten nach und dann können wir schön essen gehen. Was hältst du davon?«

Monica hob eine dünne Augenbraue. »Willst du mich etwa loswerden?«

»Aber nein, natürlich nicht.«

»Damit du dieser Blondine nachsteigen kannst?«

»Hä?«

»Du weißt genau, wovon ich rede.«

»Ich will mir einfach nur den Rest des Hauses ansehen, mehr nicht.«

»Dann nur zu. Keiner hält dich auf.«

»Prima. Kommst du jetzt mit oder wartest du lieber draußen auf mich?«

Sie starrte ihn aus ihren wunderschönen, veilchenfarbenen Augen durchdringend an, als könnte sie direkt in seinen Kopf sehen und würde für das, was sie dort entdeckte, nur Mitleid und Abscheu empfinden. Sie schwiegen einige Augenblicke lang. »Ich glaube, ich werde wirklich draußen warten, vielen Dank. Jetzt weiß ich auch, woran ich bin.«

Owen verzog das Gesicht. »Was soll denn das jetzt heißen?«

»Das ist doch wohl offensichtlich. Ich bin dir im Weg. Also gehe ich lieber und lasse dich in Ruhe diese Führung genießen.«

»Monica, um …«

»Bis später. Vielleicht.« Sie schenkte ihm ein grimmiges Lächeln, wirbelte herum und ging die Treppe hinunter.

Owen öffnete den Mund und schloss ihn gleich wieder. Er fühlte sich, als hätte er gerade einen schlimmen Verkehrsunfall verursacht.

Ist nicht meine Schuld, versuchte er sich zu beruhigen.

Er beobachtete, wie Monica die Treppe hinunterstolzierte. Ihr von der albernen rosafarbenen Schleife zusammengehaltener Zopf wippte auf und ab wie der Schwanz eines hochmütigen Hundes. Sie sah sich nicht nach ihm um.

Wenn ich ihr jetzt nicht hinterherrenne …

Sie will wirklich das Horrorhaus verpassen!

Glaubt sie im Ernst, dass ich ihr nachlaufe und sie anflehe, die Führung bis zum Ende mitzumachen?

Das kann sie vergessen.

Als Monica durch die Eingangstür verschwunden war, ging er die Galerie zum Kinderzimmer hinunter.

Wie kann sie mir das nur antun? Jetzt sind wir den ganzen weiten Weg hierhergekommen, und dann verlangt sie von mir, dass ich die Führung sausen lasse?

Das war nur ein beschissenes Machtspielchen.

Gut, dann spiele ich eben mit. Zum Teufel mit ihr und ihren Mätzchen.

Owen gesellte sich zu einer kleinen Gruppe, die sich vor dem Kinderzimmer versammelt hatte. Die Tür stand offen, der Raum selbst war jedoch durch eine weitere Seidenkordel abgesperrt. Er stellte sich auf die Zehenspitzen und konnte ein altes Schaukelpferd, eine Holzkiste und eine Krippe erkennen.

Er rückte den Kopfhörer zurecht und startete das Band.

»Maggie hielt diesen Raum Zeit ihres Lebens unter Verschluss«, sagte Janice. »Als ich das Haus erwarb, bestellte ich einen Schlüsseldienst.«

Sie weiß doch genau, wie sehr mich das hier interessiert. Warum kann sie nicht einmal zurückstecken?

»… im Handumdrehen. Wir entdeckten, dass seit der Nacht, in der Theodore ermordet wurde, praktisch nichts verändert worden war.«

Ich überlege mir doch auch nicht den ganzen Tag, wie ich ihr das Leben versauern kann.

»… Möbel, genauso wie Kinderrasseln und Plüschtiere.«

Das war einfach nicht fair.

»… Krippe, in der er schlief, sogar die Blutflecken auf dem Boden.«

Ich will mir schon seit Jahren das Horrorhaus ansehen. Ich habe mir alle Filme angesehen, die Bücher gelesen, und jetzt, wo ich endlich hier bin, verdirbt sie mir alles.

»… die Tür verschlossen und in all den Jahren niemals geöffnet worden wäre.«

Vielen Dank auch, Monica.

»… entschloss ich mich, alles unverändert zu lassen, so einen erschreckenden Anblick der Raum auch bietet.«

Wahrscheinlich schmollt sie jetzt den Rest der Reise über.

»… was Maggie …«

Als ob alles meine Schuld wäre. Als ob ich ein Riesenarschloch wäre. Und das muss ich mir jetzt den Rest der Woche anhören. Vielleicht will sie auch gleich morgen wieder zurückfliegen.

Was vielleicht gar nicht so schlecht wäre.

»… wie diese blasse Bestie mein Kind aus der Wiege zerrte und sich darauf stürzte.«

Scheiße. Das war Maggie. Ich hab gar nicht aufgepasst.

»… dass es nicht in meiner Macht stand, den kleinen Theodore zu retten.«

Mit zitternden Händen drückte Owen die Stopptaste und spulte zurück.

Während das Band in seinen Ohren zischte, trat das Pärchen vor ihm zur Seite. Jetzt hatte er einen unverstellten Blick auf das gesamte Kinderzimmer.

Ein Schaukelpferd mit abgeblättertem Lack. Bauklötze auf dem Boden. Ein im Laufe der Jahre vergrauter, staubiger Stoffhase.

Blut.

Getrocknetes, dunkelbraunes Blut an der Krippe, in der eine blutbedeckte Stoffpuppe mit ausgestreckten Gliedmaßen und O-förmigem Mund lag. Auch auf dem Holzboden vor dem Bettchen befanden sich dunkle Flecken.

Auf der geblümten Tapete etwa zwei Meter hinter der Krippe waren ebenfalls Blutspritzer zu erkennen. Owen fragte sich, ob die Bestie das Baby an den Füßen durch den Raum gewirbelt hatte, nachdem sie es ausgeweidet hatte.

Glücklicherweise schien es keine Wachsfigur des Säuglings zu geben.

Und glücklicherweise war Monica vorher gegangen. Jetzt wäre sie wirklich ausgeflippt. Er konnte sie förmlich hören. *Oh Owie, wie kannst du dir so etwas nur ansehen? Ich glaube, mit dir ist etwas nicht in Ordnung. Du brauchst Hilfe. Hast du schon einmal über eine Therapie nachgedacht? Ich glaube, du solltest dringend mit jemandem über deine Probleme reden.*

Du bist mein Problem, Schätzchen.

Owen lachte leise, woraufhin ihm eine Frau neben ihm einen finsteren Blick zuwarf.

Leck mich, Lady.

»Verzeihung«, murmelte er zerknirscht.

Da merkte er, dass sein Kassettenrekorder das Band immer noch zurückspulte.

Scheiße!

Er drückte auf Stopp, dann wieder auf Start.

Maggie. »… mit Ethel fertig war, schlug es den Salon kurz und klein. Sie warf eine Büste von Julius Cäsar um. Sehen Sie die Nase dort auf dem Kaminsims? Sie ist …«

Owen schaltete den Apparat ab und starrte darauf.

Wie weit zurück …? Verdammt, das war im Salon gewesen. Ganz am Anfang der Führung!

Er seufzte tief und hätte am liebsten losgeheult.

Vielen, vielen Dank, Monica.

Er spulte wieder vor.

Jetzt werde ich eine Ewigkeit brauchen. Und sie wartet unten auf mich und wird von Minute zu Minute wütender …

Er schaltete das Gerät aus, trat von der Kinderzimmertür zurück und bahnte sich einen Weg durch die überfüllte Galerie auf die Treppe zu.

Es war vorbei.

Jetzt konnte er die Führung beim besten Willen nicht mehr genießen. Nicht, wenn er dauernd an Monica denken musste.

Vielleicht kann ich ja eines Tages noch einmal kommen – ohne Monica – und mir ungestört alles in Ruhe ansehen.

Owen verließ das Horrorhaus. Das grelle Sonnenlicht schmerzte in seinen Augen.

Monica, die auf der Veranda stand, bemerkte ihn, legte den Kopf schräg und eilte auf ihn zu. »Hat ja gar nicht so lange gedauert«, sagte sie fröhlich.

»Nö«, sagte Owen und nahm die Kopfhörer ab.

Sie gingen am herabbaumelnden Leichnam von Gus Goucher vorbei die Verandatreppe hinunter.

»Also«, sagte Monica. »Hat's dir gefallen?«

»Ja, toll.«

»Super! Zumindest *einer* von uns hatte seinen Spaß.«

»Ja.«

Als sie auf die Ticketbude zugingen, nahm sie seine Hand. Er ließ es geschehen.

»Sieh dir nur die vielen Leute an«, sagte sie. »Die wissen ja gar nicht, worauf sie sich einlassen.«

»Wahrscheinlich nicht«, sagte Owen.

An der Bude angekommen bemerkte Owen, dass die Person, die jetzt die Rekorder verteilte, die große, fantastische Blondine war.

Der eisige Knoten in seinen Eingeweiden schien mit einem Mal zu schmelzen.

Mein Gott, sieh sie dir nur an.

»Na toll«, murmelte Monica, die sie offensichtlich ebenfalls bemerkt hatte. »King Kong.«

Owen war nicht wütend.

Er starrte sie an. Sie war tatsächlich sehr groß, aber auch äußerst wohlgeformt. Die beige Bluse und die Shorts, offenbar die Uniform der Angestellten des Horrorhauses, standen ihr ausgezeichnet.

Ihre bloßen Arme und Beine waren leicht gebräunt. Zu seinem Verdruss trug sie eine Sonnenbrille, so dass er ihre Augen nicht sehen konnte. Aber soweit er sich erinnern konnte, waren sie von einem tiefen, intelligenten, empfindsamen Blau gewesen.

Obwohl sie damit beschäftigt war, Rekorder zu verteilen und deren Bedienung einer vierköpfigen Familie zu erklären, schenkte sie Owen und Monica ein strahlendes Lächeln. »Ich nehme Ihnen die in einer Sekunde ab«, sagte sie.

»Okay«, sagte Owen und spürte, wie seine Knie weich wurden.

Er sah ihr zu, bis die Familie in Richtung Horrorhaus marschierte. »Entschuldigen Sie, dass Sie warten mussten«, sagte sie und nahm ihnen die Geräte und Kopfhörer ab. »Ich hoffe, dass Ihnen die Führung gefallen hat.«

»Ja, sehr gut, vielen Dank«, sagte Owen.

Sie trug ein Namensschild aus rotem Plastik über ihrer rechten Brust: DANA.

»Kommen Sie von weit her?«, fragte sie.

»Mit dem Bus aus San Francisco.«

»Wirklich? Wie war die Fahrt?«

»Schrecklich«, sagte Monica. »Endlos und …«

»Sehr schön«, sagte Owen und warf Monica einen vernichtenden Blick zu.

Sie antwortete mit einem süffisanten Lächeln.

»Die Dame im Bus – Patty – war sehr unterhaltsam«, sagte er zu Dana.

»Das freut mich zu hören. War das Horrorhaus also die Reise wert?«

»Auf jeden Fall«, sagte Owen und bemerkte aus den Augenwinkeln, wie Monica den Kopf schüttelte.

»Es war wirklich toll«, fügte er hinzu.

»Ausgezeichnet«, sagte Dana. »Dann wünsche ich Ihnen noch einen schönen Tag.«

»Vielen Dank, Ihnen auch.«

»Bis bald.«

»Wiedersehen«, sagte Owen, eilte davon und zerrte Monica an der Hand hinter sich her.

Kapitel dreizehn

Die Snackbar

Was haben *die* denn für ein Problem, dachte Dana, während sie dem seltsamen Pärchen hinterherschaute. Der Typ schien sich wegen irgendetwas furchtbar zu schämen. Wahrscheinlich hatte er Stress mit seiner Freundin, die dementsprechend höhnisch und gemein dreingeblickt hatte.

Sie erinnerte sich, sie vorher im ersten Stock gesehen zu haben.

Die Frau hatte dort schon so grimmig geguckt. Vielleicht war sie einer der Menschen, denen es hier nicht gefiel. Dana hatte bereits eine ganze Reihe von ihnen ausgemacht. Man konnte ihnen an der Nasenspitze ansehen, dass sie die Führung ekelhaft und widerlich fanden.

Doch das hatten sie sich selbst zuzuschreiben. Immerhin wussten sie doch, dass man sie mit gruseligen, blutigen Geschichten und ebensolchen Wachsfiguren konfrontieren würde.

Sicher, manche der Gäste waren wohl auf Drängen von Freunden, Partnern oder Kindern gekommen und wollten ihren Lieben, die unbedingt ins Horrorhaus wollten, den Spaß nicht verderben.

Dumme Idee.

Die Führung war ziemlich hart, auch für diejenigen, die wussten, was sie erwartete – oder zumindest *glaubten*, es zu wissen.

Dana begriff schnell, dass es für manche ein böses Erwachen gab.

Ich fand sie ja auch schlimmer, als ich erwartet hätte.

Obwohl Dana ebenfalls gewusst hatte, worauf sie sich eingelassen hatte, hatte sie es dort oben im ersten Stock nicht lange ausgehalten. Eine Zeit lang ging es gut, doch je weiter der Morgen fortschritt, umso heißer und stickiger wurde es auf der überfüllten Galerie. Mit jeder Minute schienen sich mehr Besucher in dem engen Gang zu drängen.

Manche stritten miteinander. Kleine Kinder mit quengeligen

Sirenenstimmen verlangten dieses oder jenes von ihren Müttern, die sie daraufhin barsch zurechtwiesen. Väter erteilten Befehle oder sprachen Drohungen aus, und Babys kreischten und plärrten.

Dazu kamen die Gerüche. Zum muffigen Gestank des Hauses gesellten sich süßliche Parfüms und Rasierwässer und saurer Schweißgeruch. Der Atem der Besucher roch nach Essen oder abgestandenem Zigarettenrauch. Ab und zu stieg Dana auch ein Furz in die Nase.

Schon bald hatte sie nach Luft gerungen. Ihr war schwindelig und übel geworden, und jedes Mal, wenn sie blinzelte, hatten grelle Blitze vor ihren geschlossenen Augen gezuckt. Schließlich hatte sie sich gegen die Wand gelehnt, das Walkie-Talkie aus dem Gürtel gezogen und Tuck um Hilfe gebeten.

Zwei Teenager rissen sie aus ihren Gedanken. »Willkommen im Horrorhaus, Jungs«, sagte sie.

Der eine lächelte schüchtern. »Danke«, sagte der andere.

»Darf ich eure Eintrittskarten sehen?« Die Jungen reichten sie ihr und sie riss sie in der Mitte durch. »Hebt euch die gut auf, okay? Damit bekommt ihr im Horrorhausmuseum fünfzig Prozent Ermäßigung.«

»Taugt das denn auch was?«, fragte der Größere der beiden. Er war schlaksig, und sein verfilztes braunes Haar fiel ihm über die Schultern. Seine Augen waren hinter einer dunkelblauen Sonnenbrille verborgen. Auf seinem T-Shirt stand: HOWARD STERN – KING OF ALL MEDIA.

»Aber sicher«, sagte Dana. »Viele der Originalsachen sind dort ausgestellt. Die Klamotten der Opfer zum Beispiel mit dem ganzen Blut dran.«

»Cool«, sagte der Howard-Stern-Fan.

»*Obercool*«, sagte sein Kumpel, ein kleiner, pummeliger Geselle in einem Beavis & Butthead-T-Shirt.

»Das wird euch bestimmt gefallen«, sagte Dana und nahm zwei Kassettenrekorder vom Regal.

»Mir gefällt's jetzt schon«, sagte der Howard-Stern-Fan.

Sein Kumpel kicherte.

»Hier, bitte«, sagte Dana und reichte ihnen die Apparate. »Am besten, ihr hängt sie euch um. Es ist eine Audioführung, und die Bänder sind zurückgespult, so dass ihr gleich loslegen könnt, sobald ihr auf der Veranda seid.«

»Wo dieser Steife hängt?«

Der Beavis & Butthead-Fan prustete vor Lachen. »*Steifer!* Er hat *Steifer* gesagt!«

Dana lachte ebenfalls und schüttelte den Kopf. »Genau. Station Nummer eins, die mit dem Steifen bestückt ist.«

»*Bestückt! Bestückt*!«

»Wenn ihr da seid«, fuhr Dana fort, »drückt ihr auf diesen Knopf.« Sie deutete mit dem ausgestreckten Zeigefinger darauf. »Hier könnt ihr das Band wieder anhalten. Geht einfach von Station zu Station. Die Aufnahme wird euch immer genau sagen, was ihr tun sollt.«

»Ich wüsste schon, was *wir* tun könnten, heh-heh.«

»Klar«, sagte Dana. »Ein andermal vielleicht. Ihr könnt euch so viel Zeit lassen, wie ihr wollt. Bringt mir danach die Geräte einfach wieder zurück.«

»*Gerät! Gerät!*«

»Bitte entschuldigen Sie meinen Freund«, sagte der Howard-Stern-Fan. »Er ist nicht ganz dicht.«

»Bleibt cool, Jungs, und viel Spaß bei der Führung. Passt auf, dass euch die Bestie nicht erwischt.«

Gemeinsam gingen die beiden weiter, wobei sie sich gegenseitig mit den Ellbogen anstießen, ihr verstohlene Blicke zuwarfen und grinsten.

»Du bist ein echtes Naturtalent.«

Überrascht drehte sich Dana um. Tuck stand neben der Ticketbude und grinste sie an.

»Hey! Alles klar, Chefin?«

»Könnte nicht besser laufen. Die Jungs hattest du wirklich prima unter Kontrolle.«

»Balzende Teenager sind meine Spezialität.«

Tuck lachte. »Geht's dir besser?«

»Viel besser.«

»Du siehst auch besser aus. Die frische Luft tut dir gut.«

»Tut mir leid, dass ich's da oben nicht mehr ausgehalten habe.«

»Gar kein Problem. Wie wär's mit Mittagessen?«

»Okay.«

»Ich übernehme für dich.«

»Prima. Wirst du ohne mich klarkommen?«

»Aber sicher. Der größte Ansturm ist jetzt erst mal vorbei. Außerdem läuft der Laden ja praktisch von selbst – von der Ticketbude mal abgesehen.« Sie sah sich um, dann beugte sie sich zu Dana vor. »Clyde wird zum Mittagessen gehen, sobald Sharon für ihn übernimmt. Also solltest du dich beeilen.«

Dana lachte leise. »Na gut. Wo isst er normalerweise zu Mittag?«

»Bei Sarah's ein paar Straßen weiter.«

»Wenn ich einfach zur Snackbar gehe ...«

»Die kann ich wärmstens empfehlen.«

»Bis dann«, sagte Dana und eilte davon, blieb jedoch stehen, als sie bemerkte, dass sie sich ihren Teenagerfreunden näherte.

Sie standen mit dem Kopf im Nacken unter den baumelnden Füßen von Gus Goucher.

Bei meinem Glück werden sie sich beim Essen zu mir setzen.

Quatsch. Sie sind wegen der Führung hier und nicht, um mich anzubaggern.

Ja, klar.

Sie ging quer über die trockene Rasenfläche auf die Snackbar zu, atmete tief durch und genoss den warmen, sommerlichen Duft, der sie an ihre Kindheit erinnerte. An den ersten Ferientag, wenn der ganze endlose Sommer vor einem lag. Nur für einen kurzen Augenblick fühlte sie sich wie damals, dann war die Erinnerung verschwunden, hatte sich in Luft aufgelöst wie das Gespenst des jungen Mädchens, das Dana einst gewesen war. Etwas wehmütig seufzte sie.

So ist das Leben, dachte sie.

»Hey, Dana!«, rief jemand, und sie drehte sich um.

Die beiden Jungen zu Gus Gouchers Füßen winkten ihr zu.

»Viel Spaß, Jungs«, rief sie und winkte zurück. »Bis später.«

Einer der beiden sagte etwas zu dem anderen, woraufhin dieser eifrig nickte. Dann kamen sie auf sie zu.

»Zurück, Marsch, Marsch«, rief sie und wedelte mit den Armen. »Guckt euch die Führung an.«

»Können wir nicht mit Ihnen mitkommen?«

»Tut mir leid, aber *dahin* gehe ich lieber allein.«

Sie blieben stehen und sahen sich an.

»Gehen Sie aufs Klo?«, fragte einer.

»Wir könnten Sie beschützen.«

»Die Tür bewachen zum Beispiel.«

»Nett von euch, aber danke, nein. Bis später.«

Sie winkten noch einmal und gingen zur Veranda zurück. Als Dana den Weg erreicht hatte, der um das Haus führte, starrten sie bereits wieder zu Gus hinauf.

Lächelnd ging sie um die Ecke. Sie fühlte sich geschmeichelt, konnte jedoch gut darauf verzichten, mit zwei hibbeligen Teenagern, die sie die ganze Zeit ehrfürchtig anstarren würden, zu Mittag zu essen.

Die meisten Tische hinter dem Haus waren belegt, doch Dana konnte noch ein paar freie Plätze sehen. Vor den beiden Verkaufsfenstern der Snackbar hatten sich überschaubare Schlangen gebildet.

Wenn ich erst aufs Klo gehe, bekomme ich wahrscheinlich keinen Tisch mehr.

Sie musste zwar dringend, konnte es sich aber noch bis nach dem Essen verkneifen.

Aber wenn sie nicht zur Toilette gehen würde, hätte sie die beiden Jugendlichen angelogen.

Und sie musste sich dringend die Hände waschen.

Sie wollte gar nicht wissen, was sie alles angefasst hatte.

Also ging sie zuerst auf die Toilette, wusch sich die Hände und stellte sich dann hinter die drei wartenden Leute vor der Imbissbude und studierte die Speisekarte.

Es gab den Original Bestienburger, den Bestien-Cheeseburger, den Bestienburger mit Bacon oder Chili, und den doppelten Monsterburger Deluxe. Wenn man keinen Appetit auf Hackfleisch hatte, konnte man auch das scharfe Bestienwürstchen bestellen.

Dana musste grinsen.

Sie brauchte einige Minuten, um sich zu entscheiden. Dann trat sie vor das Fenster und lächelte dem Mann dahinter zu. »Hi!«

»Oh, hallo«, sagte er. »Du musst Dana sein, stimmt's?«

»Genau.«

»Ich heiße Warren.«

»Hi, Warren.«

Wow!, dachte sie. *Wer ist denn das? Und wieso hat Tuck ihn mir gegenüber nicht erwähnt?*

»Wie fühlst du dich so an deinem ersten Tag?«, fragte er.

»Na ja, geht so. Oben hätte ich beinahe gekotzt …«

Grinsend schüttelte er den Kopf. Dana wurde puterrot. *Hatte sie das wirklich gerade gesagt?*

»Aber sonst geht's mir prima«, fügte sie hinzu.

Er lachte. »Mach dir keine Sorgen. Am ersten Tag hat jeder seine Probleme mit dem Haus. Das legt sich schnell.«

»Danke. Hoffentlich.«

»Also, was kann ich für dich tun.«

»Ich nehme den Hotdog.«

Sein Grinsen wurde noch breiter. »Hotdogs haben wir nicht.«

»Ach so. Also gut. Dann nehme ich eins von diesen … äh … scharfen Bestienwürstchen.«

»Sehr gute Wahl.«

»Muss das jeder sagen?«

»Nein, nicht jeder.«

»Nur die Neuen?«

»Nur die Frauen.«

»Das ist gemein!«

Er lachte sanft. »Ja, ein klein wenig schon. Aber die meisten haben ihren Spaß dabei. Vor allem ich.«

»Das sind ja ziemlich ausgefallene Namen für die Gerichte. Wer hat sie sich ausgedacht?«

»Äh … keine Ahnung. Ich vermutlich.«

»Vermutlich?«

»Ziemlich sicher eigentlich. Also, ein scharfes Bestienwürstchen. Noch was dazu?«

»Ja, die Chili …«, sie unterbrach sich, um die Speisekarte noch einmal zu lesen. »Einmal monströse Chilipommes mit Käse. Und dazu eine mittlere Kreaturencola.«

»Kommt sofort.« Er tippte die Bestellung in die Kasse ein.

Dana zog ein Bündel Geldscheine aus der Tasche und reichte Warren einen Zehner. »Ich bring dir das Essen, sobald es fertig ist«, sagte er und gab ihr das Wechselgeld.

»Woher weißt du, wo du mich findest?«

»Keine Angst. Weit kommst du nicht.«

»Okay. Danke.« Sie lächelte ihm zu und suchte sich einen freien Tisch. Er war für zwei Personen gedacht, es stand jedoch nur ein Stuhl daran.

Neben ihr saß eine fünfköpfige Familie um einen etwas größeren Tisch. Offensichtlich hatte sie ihren Stuhl in Beschlag genommen, was Dana etwas verärgerte. Sie überlegte sich, ob sie einen anderen Stuhl holen sollte. Aber dann würde Warren denken, sie hätte den Stuhl seinetwegen geholt. Und wie peinlich wäre das denn?

Mit finsterer Miene starrte sie die Familie an, bis ihr auffiel, dass sie ihr gerade noch im Horrorhaus begegnet war.

Sie lächelte bei dem Gedanken daran, wie sehr das kleine blonde Mädchen, ein süßes Ding von etwa fünf oder sechs Jahren, um ihre Freiheit gekämpft hatte. *Lass mich los, lass mich los. Biiiihiiiitee.* Woraufhin ihre Mutter ihr geduldig erklärt hatte, dass sie inmitten der ganzen Leute leicht verloren gehen könnte. *Ich geh nicht weg. Bitte, lass mich los*, hatte das Mädchen daraufhin unverdrossen und mit überraschend ruhiger Stimme wiederholt. *Du hast bestimmt Angst, dass ich was kaputtmache. Tu ich aber nicht. Kimmy macht nie was kaputt.*

Raffiniertes Kind, dachte Dana.

Im Moment knabberte das Mädchen hochkonzentriert an einer Fritte herum.

Es schien eine recht nette Familie zu sein – selbst wenn der Vater ihren Stuhl gestohlen hatte. Die Kinder hatten im Haus keine Faxen gemacht und schienen auch jetzt ziemlich brav zu sein. Sie strahlten vor Glück.

Wahrscheinlich, weil sie ihre Eltern wie Menschen behandelten.

Was leider nicht die Regel war.

Schlechte Eltern gab es überall. Im Supermarkt, im Kaufhaus, in öffentlichen Parks, und auch heute Morgen an ihrem ersten Tag im Horrorhaus. Doch das war alles nichts im Vergleich zu dem Freibad, in dem sie so viele Sommer lang als Bademeisterin gearbeitet hatte. Dort wimmelte es von schlechten Eltern.

Für einige von ihnen schien es eine Frage der Ehre zu sein, ihren Kindern so viel Freiheit wie möglich zu gewähren. Als ob ein wenig Disziplin das Selbstvertrauen ihrer Blagen ruinieren würde.

Wenn Dana so etwas sah, hatte sie Lust, ihnen einen saftigen Tritt in den Hintern zu verpassen. Den Eltern *und* den Kindern.

Andere dagegen behandelten ihre Kinder wie Schwerverbrecher. Sie erteilten ihnen Befehle, schimpften, zerrten an ihren Armen, versohlten ihnen die kleinen Hintern oder schlugen ihnen auf den Hinterkopf. Als ob das höchste Glück der Erde die Tränen ihrer Kinder wären.

Dana hätte ebenfalls losheulen können, wenn sie so etwas sah.

Am liebsten hätte sie diese Eltern ordentlich verprügelt und ihre Kinder fest in die Arme genommen.

Eine Familie wie diese machte sie richtig glücklich.

Solche Kinder hätte ich auch gerne, dachte sie.

Du bekommst die Kinder, die du verdienst.

Oder gar keine, wenn du deine Karten falsch ausspielst oder einfach nur Pech hast.

»Gefunden«, verkündete Warren.

Sie wandte sich um und lächelte ihn an.

Er stellte ein grünes Plastiktablett auf den Tisch. Das scharfe Bestienwürstchen und die monströsen Chilipommes mit Käse befanden sich in roten, mit Servietten ausgelegten Plastikkörben. Daneben standen zwei Becher mit Kreaturencola.

»Ist eine davon für dich?«, fragte Dana.

»Ja. Ich mach mal kurz Pause. Windy hält so lange die Stellung.«

»Ich hab leider keinen Stuhl hier …«

»Kein Problem.« Er ging zum Nachbartisch hinüber, an dem ein dicker, bärtiger Mann und eine stämmige Frau saßen. Sie trugen schwarze T-Shirts, Lederhosen und furchterregende Tätowierungen. Offensichtlich waren es Biker.

Der Tisch bot Platz für vier Personen.

»Darf ich?«, fragte Warren.

»Nur zu. Ist 'n freies Land, Kollege«, sagte der Mann freundlich grinsend.

»Danke«, sagte Warren und trug den Stuhl zu Danas Tisch.

»Setz dich und mach's dir gemütlich, Kollege«, rief ihm der Biker hinterher.

Er lachte leise. »Ich kenne den Typen überhaupt nicht.«

»Vielleicht erinnerst du ihn an jemanden?

»An einen Zellengenossen vielleicht?«

Sie lachten.

»Das war gemein«, sagte Dana. »Er scheint doch ein netter Kerl zu sein.«

»Das ist er wahrscheinlich auch«, sagte Warren und nahm seine Cola vom Tablett.

»Das ist das Schöne, wenn man hier arbeitet«, sagte er, während er einen Strohhalm aus der Papierverpackung zog. »Man trifft alle möglichen Leute – und die meisten sind wirklich freundlich. Selbst diejenigen, die aussehen, als wären sie Jünger von Charles Manson.«

»Du bist auch sehr freundlich«, sagte Dana.

Mit einem quietschenden Geräusch steckte er den Strohhalm durch den Deckel des Bechers. »Du bist also aus Los Angeles?«

»Ja, leider«

»Wieso?« Ohne die Augen von ihr abzuwenden schlürfte er Cola durch den Halm.

»Du weißt schon«, sagte sie. »Los Angeles, Katastrophenhauptstadt der USA. Unruhen, Erdbeben, Schießereien, Erdrutsche, Waldbrände. Es ist mir richtig peinlich.«

Warren nickte und beobachtete sie.

Sie nahm das scharfe Bestienwürstchen mit beiden Händen. Es war knusprig gegrillt und sah sehr lecker aus. Der Duft der mit Zwiebeln und Senf garnierten Wurst ließen ihr das Wasser im Mund zusammenlaufen.

Doch anstatt hineinzubeißen, redete sie weiter. »Wo ich auch hinkomme – wenn ich sage, dass ich aus L.A. bin, sehen mich die Leute komisch an. Als ob ich nicht ganz dicht wäre, nur, weil ich dort wohne.«

Warren ließ den Strohhalm aus dem Mund gleiten. »Na, ich werd dich bestimmt nicht komisch ansehen.«

»Freut mich zu hören«, sagte sie und biss in einen krossen Wurstzipfel.

»Ich bin aus Santa Monica«, sagte Warren, während sie kaute.

Ihr fiel die Kinnlade herunter. Schnell schloss sie den Mund wieder und schluckte. »Das ist ja noch schlimmer!«, platzte sie heraus und war froh, dass dabei keine Wurstbröckchen zwischen ihren Lippen hervorschossen.

Warren lachte kopfschüttelnd. »Das kannst du laut sagen. Das ist wirklich peinlich.«

»Ich werde es niemandem verraten.«

»Danke«, sagte er. »Wo in L.A. wohnst du?«

»In Rancho Park. Und du?«

»Ich bin in einem Haus auf der Euclid aufgewachsen.«

»Das ist die dreizehnte Straße, oder?«

Er lachte. »Wie bescheuert!«

»Meinst du *mich*?«

»Nein, *die Leute* natürlich. Das treibt mich in den Wahnsinn. Einfach einen Straßennamen ändern, nur weil es die dreizehnte Straße ist? Himmel, sie liegt nun mal zwischen der zwölften und der vierzehnten. Jeder weiß doch, dass es die dreizehnte ist!«

»Stimmt. Das ist wirklich verrückt. Genau, wie in einem Hochhaus den dreizehnten Stock wegzulassen.«

»Richtig.«

»Nicht, dass ich abergläubisch wäre«, sagte Dana.

»Ich auch nicht.«

»Warum sagt man nicht, was Sache ist?« *Was ist los mit mir? Ich rede ja wie ein Wasserfall! Und was für dummes Zeug!* »Es ist nicht der vierzehnte, sondern der dreizehnte Stock. Wenn der dreizehnte wirklich Unglück bringt, hilft es auch nicht, wenn man ihn den vierzehnten nennt.«

»Was für ein Blödsinn.«

»Totaler Blödsinn.«

»Die Leute haben anscheinend zu viel Zeit.«

Dana nickte eifrig und biss in ihr scharfes Bestienwürstchen.

»Wo waren wir?«, fragte Warren. »Ach ja. Also, ich bin auf der Euclid aufge…«

»Der dreizehnten Straße«, warf Dana mit vollem Mund ein.

Er grinste. »Lass das, Dana.«

»Sorry.«

»Und jetzt bin ich hier gelandet.«

»Im Horrorhaus.«

»Wo wohnst du?«, fragte sie.

»Gleich gegenüber. Ich hab ein kleines Häuschen mitten im Wald, nicht weit von hier.«

»Wie schön!«

»Ja, ist ganz nett.«

»Also lebst du die ganze Zeit über hier.«

»Ja, zurzeit schon.«

»Wieso hast du dich hier niedergelassen?«

»Niedergelassen? Oh Gott.«

»Du weißt schon, wie ich das meine.«

»Ja. Aber wenn ich dir das erzähle, dann hältst du mich sicher für verrückt.«

»Glaub ich nicht.«

»Also … du hast doch bestimmt schon mal vom *Ruf der Wildnis* gehört, oder nicht? Also, man könnte sagen, ich bin dem *Ruf der Bestie* gefolgt.«

Dana grinste. »Alles klar.«

»Das ist die reine Wahrheit. Als Kind habe ich mit meinen Eltern hier Urlaub gemacht. Ich muss damals etwa sechs gewesen sein.«

»Sechs? Wann war das?«

Er runzelte die Stirn. »'81? Warte. Ich bin jetzt zweiundzwanzig, und wenn ich damals sechs war und wir jetzt 1997 haben …«

»Ja«, sagte Dana. »Dann war das 1981. Ein Jahr, nachdem der *Schrecken* veröffentlicht wurde.«

»Stimmt! Meine Mutter war ziemlich begeistert von dem Buch, deshalb sind wir auch hierhergefahren. Sie wollte unbedingt die Führung mitmachen. Also sind wir in den Sommerferien den ganzen Weg von Santa Monica …«

»Genauer gesagt von der dreizehnten Straße …«

»… bis hierher gefahren. Diesen Urlaub werde ich nie vergessen. Wir sind immer die Küste entlanggefahren und haben in Carmel übernachtet, was mich damals jedoch nicht sonderlich beeindruckte. Ganz im Gegensatz zu Boleta Bay, wo wir einen ganzen Tag lang im Funland-Vergnügungspark waren. Das war toll.«

»Kann ich mir vorstellen.«

»Ich wollte gar nicht mehr weg. Sie mussten mich heulend zum Auto zerren. Am nächsten Tag sind wir ohne anzuhalten durch San Francisco gefahren. Bis hierher. Und da habe ich das Horrorhaus gesehen. Ich wusste vorher überhaupt nicht, dass es existierte. Aber dann … kam es mir so vor, als hätte ich mein Leben lang nur darauf gewartet.«

»Die ganzen sechs Jahre.«

»Ich weiß, es klingt komisch. Es war auch komisch. Als wäre ich zu Hause angekommen. Als hätte ich vorher schon einmal hier gelebt und es nur vergessen.«

»Das ist jetzt *wirklich* komisch«, sagte Dana.

»Vielleicht in einem früheren Leben …«

»Glaubst du an so was?«

»Eigentlich nicht«, sagte Warren. »Aber ich habe keine andere Erklärung für diese starke Anziehungskraft.«

»Vielleicht hat es dich an ein anderes Haus erinnert.«

»Möglich. Aber es kommt noch besser. Am nächsten Tag machten wir die Führung mit.«

»Das ist aber ziemlich schwere Kost für einen Sechsjährigen.«

»Es hat mir gefallen. Was aber richtig seltsam war, ist, dass ich dachte, ich wäre schon einmal in dem Haus gewesen. Ich kannte sozusagen seinen Grundriss.«

Dana lief es kalt den Rücken hinunter.

»Jeder Raum … kam mir bekannt vor. Ich wusste sogar, welche Tür zum Dachboden führte und wo es in den Keller hinunterging.«

»Mein Gott«, murmelte Dana.

»Ja.«

»Willst du mich gerade auf den Arm nehmen?«

»Leider nicht.«

»Das ist ziemlich gruselig.«

»Mir kam's damals überhaupt nicht gruselig vor. Darf ich dir eine Fritte klauen?«

»Aber bitte, Kollege.«

Lächelnd streckte er die Hand aus und nahm sich von Danas monströsen Chilipommes. Auf dem Weg zu seinem Mund tropfte etwas geschmolzener Käse herunter, den er mit der anderen Hand auffing.

»Pfui«, sagte Dana, als er die Fritte in den Mund steckte und danach den Chilikäse aus der Handfläche aß. »Was haben deine Eltern dazu gesagt?«, fragte sie.

»Eigentlich nichts.« Warren wischte sich die Hand mit einer Serviette ab. »Ich hab sie gefragt, ob wir schon einmal hier waren, was sie verneinten. Danach war die Sache gegessen. Aber ich kann mich erinnern, dass ich sie anflehte, die Führung am nächsten Tag noch mal mitzumachen. Dad war dagegen, aber meine Mutter wollte ebenfalls noch mal einen Blick auf das Horrorhaus werfen. Also sind Dad und mein Bruder zum Strand oder so gefahren, und wir haben die Führung noch mal mitgemacht. Ich kann mich nicht an allzu viel erinnern, aber es war einer der schönsten Tage meines Lebens. Danach wollte ich immer hierher zurückkehren.«

»Und das bist du ja auch.«

»Genau. Sobald ich achtzehn war, hieß es: Adios Santa Monica, sei gegrüßt, Malcasa Point.«

»Und seitdem arbeitest du hier in der Snackbar?«

»Angefangen habe ich als Aufseher.«

»Du hast also Karriere gemacht?«

Er lächelte. »So könnte man es sagen.« Er sah auf die Uhr. »Oha. Die Pause ist vorbei.« Er trank seine Cola aus und stand auf. »Dana, hat mich gefreut, mit dir zu plaudern.«

»Mich auch.«

»Bis bald mal, okay?«

»Klar.«

Nachdem er den Becher in einen Mülleimer geworfen hatte,

lächelte er ihr noch ein letztes Mal über die Schulter hinweg zu, bevor er wieder in seiner Imbissbude verschwand. Seine beige Uniform war genauso verwaschen wie Tucks. Seine linke Gesäßtasche war leicht ausgebeult, offenbar trug er dort seinen Geldbeutel. Daneben zeichnete sich seine rechte Hinterbacke unter dem Stoff ab. Seine Beine waren muskulös und gebräunt, seine Socken von strahlendem Weiß und seine braunen Wanderschuhe aus Leder staubig. Viele Ausflüge in die Natur schienen darauf ihre Spuren hinterlassen zu haben.

Dana biss von ihrem scharfen Bestienwürstchen ab. Es war nicht mehr besonders warm, schmeckte aber trotzdem gut.

Sehr gut sogar.

Es war wahrscheinlich der beste Hotdog, den sie je gegessen hatte.

Hotdogs haben wir nicht.

Oh Mann.

Jetzt mal halblang, ermahnte sie sich. Du kennst den Typen überhaupt nicht. Wahrscheinlich hat er ein Rad ab.

Das musste ja so sein. So ein Kerl lief einem nicht einfach aus heiterem Himmel über den Weg. Er hatte *bestimmt* eine Macke.

Aber keinen Ring am Finger.

Wahrscheinlich hat er eine Freundin.

Oder er ist schwul.

Oder er stirbt gerade an einer schrecklichen, unheilbaren Krankheit.

Oder er ist verrückt.

Seine Geschichten über das Horrorhaus jedenfalls klangen ein bisschen seltsam.

Aber das werde ich ihm nicht vorwerfen.

Lieber würde ich mich *auf ihn* werfen.

Sie legte den Hotdog beiseite und machte sich über die Pommes her. Als sie sich erinnerte, wie Warren seine Hand bekleckert hatte, musste sie grinsen.

Kapitel vierzehn

Sandy – August 1980

Auf der Fahrt den Pacific Highway entlang schnarchte Lib ununterbrochen. Eric in seinem Körbchen tat es ihr wahrscheinlich gleich. Leider konnte ihn Sandy aufgrund des Fahrtwindes, der durch die zerbrochene Windschutzscheibe blies, nicht hören. Außerdem war das Gebläse der Heizung bis zum Anschlag aufgedreht und der Motor ziemlich laut.

Ab und an kam ihnen ein Auto entgegen oder überholte sie.

Beim ersten Wagen wollte Sandy schon rechts ranfahren, doch zu beiden Seiten der Straße hatten sich Leitplanken befunden. Also hatte sie das Lenkrad fest umklammert, die Luft angehalten und war auf die entgegenkommenden Scheinwerfer zugefahren.

Wenn das jetzt die Polizei ist …

Ich werde einfach behaupten, dass ein Stein durch die Scheibe gekracht ist. Und nein, Officer, ich bin eigentlich zu jung für einen Führerschein, aber meine Mom ist am Steuer eingeschlafen und hätte beinahe einen Unfall gebaut, und wir hätten doch nicht einfach mitten in der Wildnis anhalten können. Das war uns zu gefährlich. Wir dachten, es wäre nicht so schlimm, wenn ich für ein paar Minuten das Steuer übernehme, damit sich Mom ein bisschen ausruhen kann. Ich weiß, das ist *gegen das Gesetz*, Officer, und es tut mir auch wahnsinnig leid, aber …

Aber es war nicht die Polizei gewesen.

Und irgendwann gewöhnte sie sich an den Gegenverkehr.

Außerdem hatte sie ja eine Geschichte auf Lager, die unter Umständen funktionieren könnte. Die Cops waren sowieso alle auf dem 101 unterwegs, weil dort mehr Verkehr herrschte. Auf dieser engen, kurvigen Straße hier hatte man außerdem überhaupt keine Chance, gegen die Geschwindigkeitsbegrenzung zu verstoßen.

Aber früher oder später würde man sie anhalten.

Und dann hätte ihre Glückssträhne ein Ende.

Wahrscheinlich würde es noch vor Sonnenaufgang so weit sein, schon allein deshalb, weil der Verkehr stärker werden würde und jeder das Loch in der Windschutzscheibe sehen konnte. Und Sandy dahinter, die beim besten Willen nicht alt genug wirkte, um einen Führerschein besitzen zu dürfen.

Doch bis zur Dämmerung blieben noch einige Stunden Zeit, als sie einen kleinen, vielversprechenden Feldweg entdeckte. Wie der Eingang zu einer geheimen Goldmine führte er direkt in den finsteren Wald. Sie fragte sich nur, ob er nicht zu eng für den Wohnwagen war.

Sandy hielt an und fuhr zurück, wobei der Wohnwagen aus der Spur geriet. »Mist«, murmelte sie und rangierte so lange, bis sie in den Feldweg einbiegen konnte.

Das Auto wurde sofort ordentlich durchgerüttelt, was Lib aus dem Schlaf riss. »Hä?«, fragte sie. »Was ist los?«

»Ich musste vom Highway runter«, erklärte Sandy.

Sie fuhr sehr vorsichtig durch den Wald. Äste und Zweige schlugen gegen den Wohnwagen.

»Er passt gerade so durch«, sagte sie.

»Hä? Ja.«

»Ich hatte schon meine Zweifel«, sagte sie.

»Wo fahren wir hin?«, fragte Lib schlaftrunken.

»Keine Ahnung. Einfach mal geradeaus. Sieht nach einem guten Versteck aus. Es ist wohl besser, wenn wir uns am helllichten Tag nirgendwo blicken lassen.«

»Stimmt«, murmelte Lib und stöhnte. »Scheiße. Ich fühle mich, als hätte mich jemand mit einem Baseballschläger vertrimmt.«

»Das kann ich mir vorstellen.«

Während Sandy tiefer in den Wald hineinfuhr, betastete Lib vorsichtig ihre Mundhöhle. Ab und zu zuckte sie vor Schmerz zusammen und nach einiger Zeit fing sie leise an zu weinen.

»Das wird schon wieder«, sagte Sandy.

»Scheiße. Es tut so weh. Es tut scheißweh. Und außerdem bin ich jetzt so scheißhässlich, dass mich die Kerle bestimmt nicht mal mehr ansehen wollen. Nicht, dass ich vorher besonders hübsch gewesen wäre.« Sie gab einen seltsamen Grunzlaut von sich.

Sandy legte eine Hand auf ihr Bein. »Alles wird gut, Libby. Wir besorgen dir neue Zähne, und dann siehst du noch besser aus als vorher.«

»Wirklich? Okay ...« Sie schniefte. »Du hast nicht zufällig irgendwo noch 'ne Flasche von dem Bourbon rumliegen?«

»Nein. Tut mir leid.«

»Ich muss mir irgendwas besorgen. Mir geht's beschissen.«

»Ich hab Aspirin im Wohnwagen.«

»Das könnte helfen.«

Vor ihnen erschien eine Lichtung. »Einen Augenblick noch«, sagte Sandy, fuhr auf die freie Fläche und parkte den Wagen. »Ich glaube, jetzt sind wir in sicherer Entfernung vom Highway.«

»Willst du hier bleiben?«

»Fürs Erste schon.« Sie schaltete den Motor ab, womit auch die Heizung aufhörte, warme Luft in das Wageninnere zu blasen. Bis auf den Wind in den Bäumen und das leise, regelmäßige metallische Knacken des abkühlenden Motors war alles still. »Was meinst du?«

Lib sah sich um. »Scheißdunkel da draußen.«

»Umso besser. Jetzt können wir die Leiche loswerden. Hier ist der ideale Ort dafür.«

Sie stiegen aus.

»Schlag die Tür nicht so fest zu«, flüsterte Sandy. »Sonst wacht Eric auf.«

»Schläft der noch?«

»Bestimmt. Sonst hätte er sich schon längst gemeldet.«

»Echt?«

»Aber ja. Der Kleine kann manchmal ziemlich laut werden.«

Lib ließ die Wagentür leise ins Schloss fallen. »Willst du ihn im Auto lassen?«

»Ja. Denke schon.«

Sandy ging zum Wohnwagen und öffnete die Tür. In der Dunkelheit tastete sie nach der hölzernen Treppe, die sie dort hineingeschoben hatten, aber sie fand sie nicht. Sie war einfach verschwunden.

»Was ist?«, fragte Lib.

»Ich geh rein.« Sandy schwang ein Knie auf die Türschwelle und zog sich hinauf.

»Wo ist die Treppe?«, fragte Lib.

»Keine Ahnung. Wahrscheinlich weggerutscht. Ich such sie mal.«

»Okay. Ich bleib hier und halt die Augen offen.«

»Feigling.«

»Tja.«

»Sie muss doch hier irgendwo sein«, murmelte Sandy.

»Ich brauch die Treppe nicht unbedingt. Ich will nur ein paar Aspirin.«

»Soll ich die ganze Arbeit allein machen? Komm gefälligst hier rauf.«

»Dann rutsch du erst mal zur Seite.«

Sandy krabbelte weiter in den Wohnwagen, bis ihre Hand etwas berührte, das ein Gesicht zu sein schien. Erschrocken zog sie den Arm zurück.

»Was?«

»Ich hab Slade gefunden.«

»Was macht er?«

»Nicht grade viel.« Sandy biss die Zähne zusammen, ballte die Hand zur Faust und streckte nur einen Zeigefinger aus, mit dem sie sich langsam in die Dunkelheit vortastete.

Ihre Fingerkuppe berührte etwas Klebriges. Sie drückte sanft darauf. Was konnte das nur sein? Die gewölbte Oberfläche gab leicht nach. Dann strich etwas Federartiges über ihren Finger.

Wimpern?

»Igitt!« Sie riss die Hand weg.

»Was?«

»Ich hab sein *Auge* angefasst! Gott! Sein geöffnetes Auge!«

Lib lachte.

»Locker bleiben, Baby!«

Jetzt hatte Sandy eine ziemlich genaue Vorstellung davon, wo sich Slades Kopf befand. Sie streckte die Arme aus und berührte klammen, klebrigen Stoff. Sein Hemd. Dann tastete sie sich bis zu seinen Achselhöhlen vor, schob die Arme darunter und ließ sich nach hinten fallen. So zog sie ihn Zentimeter um Zentimeter zur Tür.

»Kannst du mir mal helfen?«

»Klar.«

Gemeinsam packten sie Slade an den Armen und zogen ihn bis zur Hüfte aus der Tür. Plötzlich bekam sein Oberkörper Übergewicht, und seine Beine wurden in die Luft geschleudert.

»Vorsicht!«, rief Sandy.

Sie wollten sich in Sicherheit bringen, doch Lib war zu langsam. Slades linker Schuh prallte gegen ihre Schulter.

»Au!«, rief sie und taumelte zurück.

Slade fiel hinunter und blieb neben dem Wohnwagen auf den Knien liegen. Sein Hinterteil ragte in die Höhe, das Gesicht lag im Gras. Das gefiel Sandy überhaupt nicht, und sie trat mit dem Fuß gegen seine Hüfte, bis er zur Seite umfiel.

»Alles okay?«, fragte sie.

»Scheiße«, sagte Lib und rieb sich die Schulter. »Das ist heute einfach nicht meine Nacht.«

»Deine Schulter ist doch nicht gebrochen oder so?«

»Nö.«

»Kannst du sie bewegen?«

»Geht schon.«

»Dann hilf mir, ihn in den Wald zu schleppen. Danach kriegst du dein Aspirin und kannst dich aufs Ohr hauen oder so.«

»Klingt gut.« Sie beugte sich über Slade. »Welches Ende willst du?«

»Mir egal.«

»Dann nehm' ich die Füße.«

Sandy packte Slades Handgelenke und wartete, bis Lib seine Knöchel umfasst hatte. »Fertig?«, fragte sie.

»Hauruck!«, sagte Lib.

Sie richteten sich auf. Slades Leichnam hob sich vom Boden. Gemeinsam trugen sie ihn von der Lichtung.

»Warum muss der Hurensohn nur so *fett* sein?«, jammerte Libby.

»Fallenlassen, ihr zwei Hübschen.«

Eine Männerstimme. Lib gab einen erschrockenen Quietschlaut von sich und ließ Slades Füße fallen. Auch Sandy setzte ihre Last ab. Sobald Slades Kopf den Boden berührte, kreuzte sie seine Arme über seiner Brust.

Gemeinsam sahen sie sich nach dem Ursprung der Stimme um.

Der Mann war nirgends zu sehen.

Sandy fühlte sich, als hätte sie einen heftigen Schlag in die Magengrube kassiert.

»Und jetzt Hände hoch«, sagte der Mann.

»Wo sind Sie?«, fragte Sandy.

»Hände hoch!«

Sie gehorchten.

»Okay«, sagte der Mann. »Schon besser. Jetzt tretet von der Leiche zurück und geht zum Wohnwagen.«

Nur wenige Augenblicke später standen sie Seite an Seite mit den Rücken zum Wohnwagen.

Einige Meter vor ihnen schien ein Baumstamm zum Leben zu erwachen.

Jemand trat dahinter hervor, schaltete eine Taschenlampe an und ließ den hellen Lichtstrahl über den verstümmelten Leichnam wandern.

»Wer hat diesen Mann umgebracht?«, fragte er und richtete die Lampe auf Sandy.

Sie kniff die Augen zusammen und drehte den Kopf zur Seite.

»Ich nicht«, sagte sie.

Dann wurde Lib von der Lampe geblendet. »Ich auch nicht«, sagte sie.

»Was ist mit deinem Gesicht passiert?«, fragte er.

»Bin die Treppe runtergefallen.«

»Wie wär's, wenn ihr mir mal eine ehrliche Antwort geben würdet? Findet ihr das hier witzig? Also ich nicht. Der Kerl ist tot. Also, was ist hier passiert?«

»Sind Sie ein Cop?«, fragte Sandy?

»Nein, aber ich habe eine Knarre.« Er richtete die Taschenlampe auf seine rechte Hand, die eine große, dunkle Pistole umklammert hielt. Glücklicherweise zielte er damit nicht auf Sandy oder Lib. »Ihr befindet euch auf meinem Grund und Boden. Was habt ihr hier zu suchen?«

»Ist das nicht offensichtlich?«

»Pass bloß auf, du Klugscheißerin.«

Sandy zuckte mit den Schultern.

»Wir wollten nur die Leiche verschwinden lassen, das ist alles«, sagte Lib.

»Wir können sie auch wieder einpacken und abhauen«, schlug Sandy vor. »Wie wäre das? Wir wollten ihn ja nicht absichtlich auf Ihrem Besitz liegen lassen. Wir kennen Sie ja überhaupt nicht. Wir wollten ihn einfach nur loswerden, mehr nicht.«

»Wie ist er gestorben?«

»Er hat mich angegriffen.«

»Aha.«

»Er wollte mich vergewaltigen, okay? Also hab ich mich gewehrt. Und gewonnen. Zum Glück hatte ich ein Messer, sonst hätte ich wohl ins Gras gebissen.«

Der Mann leuchtete Lib ins Gesicht. »Und wie passt du da rein?«

»Sie ...«

»Ich hab sie gefragt, nicht dich. Wie heißt du?«, fragte er Lib.

»Bambi«, sagte sie.

»Bambi? Wie das Reh?«

»Jau. Ich kann von Glück reden, dass sie mich nicht Stopfer genannt haben.«

»Der heißt Klopfer«, verbesserte Sandy sie.

»Bambi, was ist mit deinen Zähnen passiert?«

»Er hat sie mir ausgeschlagen«, sagte sie und deutete mit dem Kinn auf Slade.

»Bevor oder nachdem er sie angegriffen hat?«

»Ich heiße Charly«, sagte Sandy. »Wie in *Drei Engel für Charlie*.«

»Er hat mich verprügelt«, sagte Lib. »Und dann ist er auf sie losgegangen.«

»Das ist mein Dad«, sagte Sandy. »Bambi ist meine Stiefmutter. Er hat uns immer windelweich geprügelt und … Sie wissen schon … an mir *rumgemacht*. Heute Nacht hab ich's ihm dafür mit dem Messer gegeben.«

Der Lichtstrahl fiel wieder auf Slade.

»Das soll dein Vater sein?«, sagte der Mann angewidert, aber mit ruhiger Stimme.

»Ja. Der Drecksack.«

»Du hast deinen eigenen Vater umgebracht?«

»Klar. Und das tut mir nicht im Geringsten leid. Er hat es verdient.«

Der Mann schüttelte den Kopf. »Wenn ihr mir hier keinen Blödsinn erzählt, klingt das wie Notwehr. Warum versucht ihr dann, die Leiche zu verstecken? Ihr hättet doch gleich die Polizei rufen und alles zugeben können. Niemand hätte euch einen Vorwurf gemacht.«

»Ich hatte Angst«, sagte Sandy. »Ich habe ein kleines Kind, müssen Sie wissen. Ich hatte Angst, dass sie es mir wegnehmen. Immerhin bin ich erst vierzehn, und …«

»Du hast ein *Kind*?«

»Jawohl, Sir. Und er ist der Vater.« Sie deutete auf Slades Leiche. »Er ist mein Daddy und der von meinem Baby auch.«

»Herr im Himmel.«

»Sie werden ihr den kleinen Eric ganz sicher wegnehmen«, sagte Lib. »Die von der Jugendschutzbehörde. Deshalb sind wir abgehauen und wollten den Scheißkerl verstecken.«

Der Mann schwieg. »Wo kommt ihr her?«, fragte er schließlich.

»Von nirgendwo«, sagte Sandy. »Die letzten paar Monate haben wir auf der Straße gelebt.«

»In dem Wohnwagen?«

»Jawohl, Sir«, sagte Sandy.

»Und wo wolltet ihr hin?«

»Nirgendwohin. Wir sind einfach losgefahren und haben das Beste gehofft.«

»Habt ihr Geld?«

»Ein paar Dollar vielleicht. Wollen Sie sie haben?«

Er ließ die Waffe sinken. »Ich weiß nicht so recht, ob ich euch glauben soll. Auf jeden Fall steckt ihr in Schwierigkeiten, das sieht auch ein Blinder. Ich würde euch ja gerne helfen, andererseits habe ich keine Lust, wie dieser Kerl da zu enden.«

»Wollen Sie uns vergewaltigen?«, fragte Sandy.

»Bestimmt nicht.«

»Dann bringen wir Sie auch nicht um«, sagte Lib.

»Da hat Mom Recht«, fügte Sandy hinzu.

»In diesem Fall … Darf ich euch in meine Hütte einladen? Sie ist nicht weit von hier. Vielleicht wollt ihr was essen und euch ein bisschen aufs Ohr hauen?«

»Haben Sie auch was zu trinken?«

»Alles, was du willst.«

»Verflucht! Gehen wir, Schätzchen!«

»Ich heiße Harry«, sagte der Mann. »Harry Matthews.«

»Ich hab mit ihr geredet«, sagte Lib und deutete mit dem Daumen auf Sandy. »Ich nenne sie immer Schätzchen. Aber vielleicht sage ich das auch bald zu Ihnen, wenn Sie uns gut behandeln.«

»Na gut. Kümmern wir uns erst mal um die Leiche. Dann gehen wir zu mir.«

Kapitel fünfzehn

Clyde

Dana musste den ganzen Nachmittag an Warren denken. Wie er aussah und was er gesagt hatte. Sie musste unbedingt alles über ihn in Erfahrung bringen.

Tuck würde ihr da ohne Zweifel behilflich sein können.

Andererseits hatte Dana ihre Bedenken. Der Kerl war mit Sicherheit nicht so toll, wie er ihr vorgekommen war. Die ganze Sache musste zwangsläufig irgendwo einen Haken haben.

Vielleicht wollte sie ja überhaupt nichts mehr mit ihm zu tun haben, nachdem sie mit Tuck geredet hatte.

Hier können wir uns sowieso nicht über ihn unterhalten, dachte sie. Ich werde wohl bis nach Feierabend warten müssen.

An die Ticketbude gelehnt hing sie ihren Tagträumen nach, bis Clyde um die Ecke kam. Er trug einen Hocker mit gepolsterter Sitzfläche vor sich her.

»Willst du?«, fragte er.

»Aber das ist doch dein Hocker«, sagte Dana.

»Ich hab zwei.«

»Vielen Dank.«

Während sie sich setzte, nahm Clyde sie genau unter die Lupe. Obwohl er eine Sonnenbrille trug, war es ziemlich offensichtlich, wo er hinstarrte: Auf ihre Brüste und ihren Schritt.

Daran war sie gewöhnt.

Manchmal fand sie diese Blicke schmeichelhaft, manchmal sogar erregend. Die meiste Zeit kamen sie ihr jedoch wie ein massiver Eingriff in ihre Privatsphäre vor. Es war ärgerlich und widerte sie an.

Aber es kam immer darauf an, wer sie gerade anstarrte.

Obwohl Clyde zweifellos attraktiv war – er war über eins achtzig groß und hätte sich locker bei der Wahl zum Mister Universum bewerben können –, ließ er sie irgendwie kalt.

»Also«, sagte er, verschränkte die Arme vor der breiten Brust und sah ihr in die Augen. »Soweit alles klar?«

»Alles klar.«

»Der erste Tag ist der schlimmste.«

»Ich komme zurecht.«

»Im Haus ging's dir wohl nicht so gut?«

»War nicht so wild.«

»Lynn hat dich hierher beordert.«

»Ich hab mich nicht wohl gefühlt. Hier an der frischen Luft geht's mir besser.«

»Na, das hab ich doch schon mal gehört.«

»Ach ja?«

»Das passiert jedem. Na ja, fasst jedem. Anfänger halten es normalerweise keinen ganzen Tag da drin durch. Ich wette, du hattest folgende Symptome: kalter Schweiß, Schwindel, Übelkeit, Angst zu Ersticken. Hab ich Recht?«

»Du hast Recht.«

»Natürlich hab ich Recht. Das hab ich schon tausendmal gesehen. Hast du gekotzt?«

»Nein.«

»Viele tun das. Du hast es wohl noch rechtzeitig ins Freie geschafft.«

Dana versuchte, freundlich zu lächeln. »Ja, da hab ich noch mal Glück gehabt.«

»Weißt du was?«

»Was?«

»Das ist rein psychologisch.«

»Aha.«

Er nickte, nahm ein Päckchen Camel aus seiner Brusttasche und hielt sie Dana hin.

»Nein, vielen Dank«, sagte sie.

Er zündete sich eine Zigarette an. »Man redet sich zwar ein, dass das nur ein Haus ist und man nur angestellt wurde, um ein paar Wachsfiguren zu bewachen. Und die Touristen natürlich.«

Sie nickte lächelnd.

»Man versucht sich also einzureden, dass nichts weiter dabei ist. Doch in Wahrheit ist eine *ganze Menge* dabei. Es ist eben *nicht nur* ein gewöhnliches Haus mit Puppen drin. Du weißt, was *wirklich* dort geschehen ist. Und je mehr du versuchst, das zu verdrängen, umso tiefer gräbt es sich in dein Unterbewusstsein.« Er nickte heftig. »Weißt du, was dann passiert?«

»Was?«

»Es greift auf deinen kompletten Stoffwechsel über. Deine Organe, deine ganze Körperstruktur weiß genau, wo du dich befindest. Also kannst du nicht mehr richtig atmen. Als hättest du Angst, tief Luft zu holen, sobald du dich da drin befindest. Als wäre die Luft verseucht mit Tod und Verderben. Und die willst du ja nicht in deinen Körper gelangen lassen. Verstehst du, was ich damit sagen will?«

»Klar«, sagte sie.

Ein so attraktiver Mann sollte nicht mit so wirren Theorien hausieren gehen.

»Die Folge ist Sauerstoffmangel im Gehirn. Weißt du, wieso man das Gefühl hat, kurz vor dem Ersticken zu sein?«

»Nein, wieso?«

»Weil man kurz vor dem Ersticken *ist*. Dein Unterbewusstsein versucht, die Luft anzuhalten. Klar?«

»Aha.«

»Kannst du mir folgen?«

»Ja.«

»Dein Unterbewusstsein will die verseuchte Scheißluft in diesem Haus nicht einatmen.«

»Genau.«

»Verstanden?«, fragte er. Die Zigarette zitterte in seinem Mundwinkel.

»Verstanden.«

»Das ist alles nur reine Kopfsache.«

»Ja.«

»Okay. Und weißt du, wie du damit fertig wirst?«

»Indem ich atme?«

»Genau. Aber so einfach ist das nicht. Dein Unterbewusstsein hat nämlich seinen eigenen Willen.«

Dieses Mal war Danas Lächeln echt.

Clyde erwiderte es selbstzufrieden.

»Du kannst deinem Unterbewusstsein nicht einfach befehlen zu atmen. Das klappt nicht. Stattdessen musst du mit dem Horrorhaus *ins Reine* kommen.«

»Ins Reine kommen?«

»Ganz genau. Verdrängung heißt das Zauberwort.«

Sie kicherte.

»Verdrängung ist die Ursache aller deiner Probleme.« Nach einem tiefen Zug nahm er die Zigarette aus dem Mund und deutete damit auf sie. »Du musst das Horrorhaus akzeptieren.«

Was für ein Blödsinn, dachte sie.

»Aha. Okay.«

»Und dann wird es auch dich akzeptieren«, fügte er hinzu.

Sie nickte.

»Ich kann dir dabei helfen.«

»Wirklich?«

»Du willst doch drüber wegkommen, oder nicht?«

»Klar.«

»Du musst sogar. Schließlich arbeitest du im Horrorhaus. Da kann dir ja nicht dauernd schlecht werden.«

»Stimmt.«

»Zufällig habe ich eine todsichere Behandlungsmethode parat. Interessiert?«

»Denke schon.«

»Sehr gut. Nach der Arbeit gehen wir essen und fangen damit an.«

»Fangen mit was an?«

»Mit der Behandlung.« Er warf die Kippe auf den Asphalt und trat sie aus.

»Beim Abendessen?«, fragte Dana.

Er lächelte. »Wieso nicht? Wie wär's mit dem Carriage House? Warst du schon mal da?«

»Nein, aber …«

»Es ist das beste Lokal der Stadt. Eigentlich die einzige Möglichkeit, hier ein vernünftiges Abendessen zu bekommen.«

»Das geht leider nicht«, sagte sie und versuchte, ihn bedauernd anzusehen. »Nicht heute Abend.«

»Ich lade dich ein.«

»Vielen Dank, das ist wirklich reizend von dir, aber ich habe schon was vor.«

»Na und?«

»Was meinst du?«

»Sag ab.«

»Das geht nicht.«

»Warum nicht?«

»Das wäre gemein.«

Er schüttelte mitleidig den Kopf.

»Na gut«, sagte er. »Ist ja dein Leben.«

»Ich hab's versprochen. Tut mir leid. Vielleicht ein andermal.«

»Vielleicht aber auch nicht«, sagte er. »Vielleicht ist das deine einzige Chance.«

Na hoffentlich.

Dana zuckte mit den Schultern. »Also, das liegt ja wohl an dir.«

»Ein gebranntes Kind scheut das Feuer.«

»Ich hab dich nicht verbrannt.«

»Du machst einen großen Fehler«, sagte er mit einem Lächeln, das nicht sehr freundlich wirkte.

»Tja, damit muss ich wohl leben.«

»Du musst nicht damit leben. Schieß diesen anderen Kerl einfach in den Wind, solange du noch kannst.«

»Kann ich nicht.«

»Wer ist es?«

»Das geht dich nichts an.«

»Es ist Warren, stimmt's?«

»Es ist nicht Warren.«

Ich wünschte, es wäre Warren.

»Ist er doch.«

»Ist er nicht.«

»Geh nicht mit ihm aus«, sagte Clyde und zündete sich eine weitere Camel an. »Er ist ein Versager.«

»Danke für den Tipp.«

»Und schwul dazu.«

»Solltest du nicht schon längst wieder in der Bude sein?«

»Wem soll ich denn Karten verkaufen? Siehst du jemanden?«

»Im Moment nicht.«

»Wirst du auch nicht. Um diese Zeit kommt keiner mehr.«

»Na ja, hier musst du auch nicht unbedingt stehen bleiben.«

Er grinste. »Lass dich lieber nicht mit Warren ein.«

»Tu ich ja auch nicht.«

»Dann essen wir doch gemeinsam zu Abend?«

»Nein!«

Er blies ihr Rauch ins Gesicht. »Warum nicht?«

»Weil – ich – schon – verabredet – bin.«

»Immer noch?«

Sie seufzte. »Ja.«

»Mit Warren?«

»Nein.«

»Mit wem dann?«

»Geht dich nichts an.«

»Ein Geheimnis.«

»Genau. So ist es. Ein Geheimnis.«

»Wo geht ihr hin.«

»Keine Ahnung. Es soll eine Überraschung werden. Und selbst

wenn ich es wüsste, würde ich es dir nicht sagen. Das alles geht dich überhaupt nichts an, Clyde. Du musst lernen, ein ›Nein‹ zu akzeptieren. Wieso findest du dich nicht einfach damit ab?«

Er klemmte die Zigarette zwischen die Lippen und hob beschwichtigend die Hände. »Schon gut«, sagte er, »vergessen wir es.«

»Danke.«

»Auf deine Verantwortung.«

»Kein Problem.«

»Du gehst lieber mit so einem jämmerlichen Versager aus statt mit mir?«

»Vielleicht bereue ich's ja.«

»Du wirst es *ganz bestimmt* bereuen, so oder so.« Seine Augen funkelten böse.

Dana spürte, wie ihr plötzlich kalt wurde und sie anfing zu zittern.

War das eine Drohung? Dieser Penner hat mich gerade bedroht.

Er wandte sich um und verschwand hinter der Ticketbude. Einen Augenblick später fiel eine Tür krachend ins Schloss.

Dana holte tief Luft und setzte sich auf den Hocker.

Clyde hatte behauptet, Warren wäre schwul.

Ob er die Wahrheit sagte?

Das hätte mir gerade noch gefehlt.

Andererseits hatte Clyde wahrscheinlich gelogen. Das wäre ihm durchaus zuzutrauen.

Was für ein mieses Ekel. Ich würde nicht mit ihm ausgehen, selbst wenn …

Zum Teufel mit ihm. Was war mit Warren?

Er hatte nicht den Eindruck gemacht schwul zu sein. Aber das musste ja nichts heißen.

Nicht alle Homosexuellen tänzelten affektiert herum, warfen die Hände in die Luft, rollten mit den Augen und redeten wie überdrehte Weiber. Manche ja, aber bestimmt nicht alle.

Tuck wird es schon wissen, dachte sie.

Wenn er schwul ist, können wir eben Freunde sein …

Verdammt! Immer, wenn man einen trifft, der …

Die Tür des Horrorhauses öffnete sich, fünf oder sechs Leute kamen heraus auf die Veranda und nahmen ihre Kopfhörer ab.

Wird auch Zeit, dachte Dana. Endlich Kundschaft.

Sie sprang vom Hocker auf und wartete, bis sie bei ihr waren und sie ihre Abspielgeräte entgegennehmen konnte. Nachdem sie ein paar Worte mit ihnen gewechselt hatte und die Leute gegangen waren, spulte sie die Bänder zurück und stellte die Geräte ins Regal.

Jetzt fehlten nur noch etwa ein Dutzend Apparate.

Sie sah auf die Uhr: 16.35.

In weniger als einer halben Stunde würden keine Tickets mehr verkauft werden, obwohl das Haus selbst bis 18 Uhr geöffnet blieb.

Jetzt wird's langweilig.

Aber lieber langweilte sie sich, als Clyde noch einmal an der Backe zu haben.

In einem hatte er jedoch Recht: Wie konnte sie den ganzen Sommer lang hier arbeiten, wenn ihr das Horrorhaus solche Angst machte?

Ich muss mich eben zusammenreißen und mich daran gewöhnen, dachte sie.

Und das geht nicht, wenn ich hier draußen in der Sonne rumstehe. Vielleicht sollte ich bis Feierabend wieder reingehen?

Das schien eine gute Idee zu sein.

Sie griff nach dem Walkie-Talkie an ihrem Gürtel, dann hielt sie inne.

Besser nicht. Tuck musste heute schon einmal den Plan wegen mir ändern. Ich will ihr nicht noch mehr Arbeit machen.

Nächstes Mal bringe ich eben ein Buch mit, dachte sie.

Die Zeit verging quälend langsam.

Um fünf schloss Clyde seine Bude und kam wieder um die Ecke. »Wie sieht's aus, hast du deine Meinung geändert?«

»Nein, tut mir leid.«

»Dein Fehler. Ich mach mich jetzt vom Acker. Das ist der Vorteil, wenn man in der Ticketbude arbeitet: Man hat eine Stunde früher Feierabend. Viel Spaß.«

»Tschüs«, sagte sie und nickte.

Clyde winkte ihr zu, ging an ihr vorbei, sprang elegant über das Drehkreuz und machte sich auf den Weg in die Stadt.

Sofort überkam Dana große Erleichterung.

Schon unglaublich, wie einem eine einzelne Person die ganze Stimmung versauen konnte.

Er ist weg. Freu dich.

Und das tat sie. Es war ein herrlicher Nachmittag. Die Hitze der Sonne wurde durch eine kühle, feuchte Pazifikbrise gemildert. Möwen kreischten, und sie meinte, das Meer, den Strand und den süßlichen Duft von Sonnenöl riechen zu können.

Dann stellte sie sich vor, gemeinsam mit Warren barfuss über den Strand zu spazieren.

Wenn er aber schwul ist …

Können wir trotzdem am Strand spazieren gehen, dachte sie.

Aber das wäre nicht dasselbe.

Sie fühlte sich irgendwie betrogen. Jetzt freute sie sich nicht mehr so auf den Feierabend. Dann würde sie eventuell Warren und ganz sicher Tuck treffen.

Und Tuck würde die Wahrheit über ihn wissen, die Dana gar nicht mehr so unbedingt herausfinden wollte.

Ich muss sie ja nicht fragen.

Als es auf sechs Uhr zuging, hatte sie mit einem Mal ganz andere Probleme.

Die Regale mit den Kassettenrekordern waren fast voll. Aber nur fast.

Drei Apparate fehlten.

Um Punkt 18 Uhr waren sie immer noch nicht zurückgegeben worden.

Kapitel sechzehn

Sandy – August 1980

»Ich hole eine Schaufel«, sagte Harry. »Ihr wartet einfach hier auf mich.«

»Haben Sie keine Angst, dass wir abhauen?«, fragte Sandy.

»Von mir aus. Ihr seid ja nicht meine Gefangenen. Aber wenn ihr bleibt, helfe ich euch, den Kerl zu vergraben. Und ihr dürft die Nacht in meiner Hütte verbringen. Ihr seht ganz danach aus, als könntet ihr eine Mütze voll Schlaf gebrauchen.«

»Da haben Sie verdammt Recht«, sagte Lib.

»Ihr könnt ihn in der Zwischenzeit ausziehen. Wir werden seine Klamotten und seine anderen Habseligkeiten in der Hütte verbrennen.«

»Haben Sie so etwas schon mal gemacht?«, fragte Sandy.

»Nein, aber das wäre nur vernünftig. Wenn man die Leiche doch irgendwann mal finden sollte, kann man sie dann nicht identifizieren.«

»Ja, verstehe«, sagte Sandy.

»Soll ich die Taschenlampe hierlassen?«, fragte Harry.

»Brauchen Sie sie nicht?«

»Ich komme schon ohne klar.« Er reichte Sandy die Taschenlampe. »Bin in etwa zehn Minuten wieder da.«

»Okay.«

»Bringen Sie was zu trinken mit, ja?«

»Ich werde sehen, was ich tun kann.«

Er verschwand im Wald, und nach wenigen Augenblicken konnte Sandy auch seine knisternden Schritte nicht mehr hören.

»Was hältst du von ihm?«, fragte sie.

»Von wem?«, fragte Lib.

»Na von ihm. Harry.«

»Lecker.«

»Im Ernst.«

»Das ist mein Ernst.«

»Er hat Slade gesehen. Und uns.«

»Ich glaube, er will uns helfen.«

»Wirklich?«

»Er hat doch gesagt, dass er eine Schaufel holt.«

»Vielleicht ruft er auch die Polizei.«

»Nö«, sagte Lib. »Wenn er das vorhätte, hätte er uns doch mitgenommen.«

Da hatte sie wohl Recht, vermutete Sandy. Der Typ hatte sich nicht so verhalten, als würde er sie ans Messer liefern wollen. Anscheinend hatte er ihre Geschichte geglaubt und sogar Mitleid mit ihnen gehabt. Andererseits hatte er sich einen Tick zu schnell auf ihre Seite geschlagen.

Vielleicht führte er etwas im Schilde.

»Ich glaube, er hilft uns, das Arschloch zu vergraben.«

»Weshalb sollte er?«, fragte Sandy.

»Er ist ein Kerl. Wir sind zwei Mädels. Was glaubst du denn? Der ist scharf auf uns.«

»Wenn er mich auch nur anrührt«, sagte Sandy, »dann bring ich ihn um.«

»Aber erst, wenn er das Loch gegraben hat.«

»Ich werd's versuchen.«

»Leuchte mal da rüber«, sagte Lib und ging vor Slades Leichnam in die Hocke.

»Gut so. Jetzt kann ich ihn ausziehen.«

Zuerst zog Lib Slade die Brieftasche aus der Hose und warf sie Sandy zu, ohne einen weiteren Blick darauf zu werfen.

»Wir machen halbe-halbe, okay?«

»Klingt fair«, sagte Sandy und steckte den Geldbeutel in die Gesäßtasche ihrer Shorts.

Lib durchsuchte Slades übrige Taschen, ohne etwas zu finden.

Dann zog sie ihm Stiefel, Socken und die restliche Kleidung aus. Socken, Unterwäsche und Krawatte stopfte sie in die Stiefel, Seidenhemd und Hose rollte sie zu einem Bündel zusammen.

»Fertig«, sagte sie.

»Vergiss die Armbanduhr nicht. Und die Ringe.«

»Hui. Das Zeug war nicht billig.«

»Wir sollten es trotzdem loswerden.«

Lib stand auf. »Soll ich den Kram in den Wald werfen?«

»Jetzt nicht. Später.«

»Okay.« Lib steckte die Ringe und die Uhr in ihre Hemdtasche, die sich über ihrer linken Brust ausbeulte.

Sandy ließ noch einmal den Schein der Taschenlampe über Slades Körper wandern.

»Wie oft hast du eigentlich auf den Kerl eingestochen?«, fragte Lib.

»Schon ein paarmal.«

»Allerdings. Mann! Hoffentlich wirst du nie sauer auf mich!«

»Sei einfach lieb zu Eric, und du musst dir keine Sorgen machen.« Sandy schaltete die Lampe aus.

»Hey, der Kleine mag mich.«

Kurz darauf kehrte Harry zurück. Obwohl eine Gaslampe leise quietschend von seinem Unterarm baumelte, lief er im Dunkeln. Über seiner rechten Schulter trug er eine Schaufel und eine Spitzhacke, die bei jedem Schritt gegeneinanderklirrten.

»Da bin ich wieder, Ladys«, sagte er.

Er stellte die Laterne ab und legte das Werkzeug daneben. »Ich hab euch was mitgebracht.« Aus den Vordertaschen seiner Hose zog er zwei Getränkedosen. »Ein Bier für dich«, sagte er und reichte es Lib, »und eine Pepsi für dich, Charly.« Auch ihr gab er eine gekühlte Dose.

»Danke.«

Lib öffnete die Dose und nahm einen tiefen Schluck. Dann seufzte sie. »Sie haben mir das Leben gerettet, Harry. Es geht doch nichts über ein kaltes Bier.«

»War mir ein Vergnügen«, sagte er und kümmerte sich um die Laterne, die schon bald darauf wie ein ganzes Schlangennest zischte und die Lichtung in ihren hellen Schein tauchte.

»Mann, ist die hell«, sagte Sandy.

»Das soll sie auch sein.«

»Was, wenn uns jemand sieht?«

»Das bezweifle ich.« Er nahm die Laterne am Drahtgriff und ging zur Leiche hinüber. »Heilige Scheiße«, murmelte er.

Sandy konnte ihn gut verstehen. Slade sah wirklich *ekelhaft* aus. Schon lebendig war er nicht gerade eine Schönheit gewesen: wabbelig, dick und birnenförmig. Jetzt war seine Haut bläulich grau, sein Blut schimmerte violett, und die Wunden wirkten wie aufgeworfene, glitschige Lippen.

»Du musst ihn wirklich abgrundtief gehasst haben«, sagte Harry.

»Ja«, sagte Sandy und nahm einen Schluck Pepsi. »Außerdem wollte er einfach nicht den Löffel abgeben.«

»Na ja, vergraben wir ihn.«

Harry nahm die Schaufel und überquerte die Lichtung. Ab und an blieb er stehen und stieß das Metallblatt in den Boden. Am anderen Ende der Lichtung setzte er schließlich die Laterne ab und trieb die Schaufel in die Erde. »Könnt ihr mir mal die Spitzhacke bringen?«

Sandy hob sie auf und ging gemeinsam mit Lib zu Harry hinüber.

»Moment noch.«

Sie beobachteten, wie Harry mit der Schaufel ein Rechteck auf dem Boden markierte. Dann löste er die Grasnarbe ab und legte sie beiseite, bis ein etwa zwei mal einen Meter großer Erdfleck entstand, in dessen Grenzen er anfing zu graben. Er achtete darauf, die lose Erde nicht auf die Grasnarbe zu schippen.

»Können wir irgendwie helfen?«, fragte Sandy.

»Im Moment nicht. Vielen Dank.«

Nach einer Weile kletterte er aus dem flachen Loch, zog sein Hemd aus und begann den Erdboden mit der Spitzhacke zu bearbeiten. Sandy beobachtete, wie sich seine Muskeln unter der gebräunten Haut spannten. Trotz der kühlen Nachtluft war er bald schweißgebadet.

Als das Loch ungefähr knietief war, legte er eine Verschnaufpause ein. Sein schweißnasses Haar klebte ihm am Kopf, und seine Haut glänzte im Schein der Laterne.

»Kann ich mal mein Hemd haben?«, fragte er.

Bevor Sandy reagieren konnte, hatte Lib es schon aufgehoben. Doch anstatt es ihm zu reichen, trat sie einen Schritt zurück.

»Wozu brauchst du's denn?«

»Gib's einfach her, okay?«

»Nur, wenn du's nicht anziehst.«

Lächelnd schüttelte er den Kopf. »Ich will mir doch nur den Schweiß abwischen.«

»Na gut, dann darfst du es haben.« Sie warf es ihm zu.

»Danke.«

Lib und Sandy sahen zu, wie er sein Gesicht, die breiten Schultern, die Brust und den Bauch abwischte.

»Ist schwere Arbeit, oder?«, fragte Lib.

»Kann man so sagen.«

»Vielleicht geht's ohne Hose leichter.«

Er lachte. »Danke für den Tipp. Ich behalte sie trotzdem lieber an.«

»Feigling.«

»Hör auf damit, Lib«, sagte Sandy.

»Ist er nicht heiß?«

»*Ihm* ist heiß.«

»Mir geht's gut«, sagte er.

»Du siehst auch gut aus«, sagte Lib.

»Danke. Hältst du mal?«, fragte er und warf ihr sein Hemd zu. Dann hob er wieder die Spitzhacke.

Bei der nächsten Pause warf ihm Lib das Hemd ungefragt zu. »Ist das Loch nicht schon tief genug?«, fragte Sandy.

»Es geht mir ja nicht mal bis zur Hüfte.«

»Wie tief soll es denn werden?«

»Keine Ahnung. Schon noch ein Stück.«

»Sollen wir mal übernehmen?«

»Es geht schneller, wenn ich's selbst mache.«

»*Quatsch!*«, platzte Lib heraus. »Ich bin stärker als zehn Mann!« Sie stellte sich an den Rand des Grabes. »Aus dem Weg! Platz für die beste Totengräberin des Universums!«

Harry sah zu ihr auf und schüttelte den Kopf. »Warum wartest du nicht einfach, bis ich …«

Sie riss ihr *Blazing Babes*-Hemd auf, zog es aus und warf es Sandy zu. Mit nacktem Oberkörper und hocherhobenen Armen sprang sie in das Grab.

Harry versuchte, sich in Sicherheit zu bringen.

Sie taumelte gegen die Erdwand, als sie in dem Loch landete, fing sich jedoch wieder und reckte Sandy die ausgestreckten Daumen entgegen.

»Hallo«, sagte sie zu Harry.

Er schüttelte den Kopf und sah kurz zu Sandy auf. »Hallo, Bambi. Du solltest besser wieder rausklettern. Wenn wir beide hier drin sind, hat keiner von uns Platz zum Graben.«

»Dann hau ab. Ich grabe jetzt.«

»Es wäre wohl besser, wenn du rauskletterst.«

»Komm schon, Mom«, sagte Sandy.

»Glaubt ihr, ich kann nicht graben?« Sie ging auf Harry zu und krümmte den rechten Arm in Bodybuilder-Pose. »Siehst du diesen Bizeps?«

»Sehr schön«, sagte Harry.

»Fühl mal.«

»Was?«

»Fühl meine Muskeln.«

Er machte keine Anstalten, sie zu berühren. »Sind bestimmt tolle Muskeln.«

»Darauf kannst du wetten. Fühl mal.«

»Danke, aber …«

»Willst du lieber meine Titten fühlen?«

»Das solltest du in Charlys Gegenwart besser lassen. Reiß dich mal zusammen. Das ist wirklich peinlich. Kletter' einfach wieder raus und lass mich weitergraben.«

Sie stürzte sich auf ihn, schlang ihre Arme um seinen Rücken und drückte ihn fest an sich.

»Mom!«, rief Sandy. »Hör auf damit!«

»Lass uns allein, Kleines.«

»Lass mich los, Bambi«, flehte Harry sie an. »Dies ist weder der Ort noch die Zeit für so was.«

»Quatsch«, sagte sie und glitt an seinem Körper hinunter, bis Sandy nur noch ihren Kopf und ihre Hände erkennen konnte, die dabei waren, Harrys Gürtel zu öffnen.

»Hör auf damit, Mom.«

»Hau ab. Oder willst du mitmachen?«

»Hey«, sagte Harry. »Ich glaube nicht, dass …«

»Für drei ist hier unten sowieso kein Platz.«

Harry sah Sandy hilfesuchend an. »Tut mir leid.«

»Ist ja nicht Ihre Schuld, sondern …«

»*Meine*!«, schrie Lib und riss ihm die Hose herunter.

»Hey!«, keuchte Harry. »Nicht!« Doch er versuchte nicht, sie aufzuhalten, sondern stand einfach nur da. Nackt, soweit Sandy sehen konnte.

Und sie sah viel.

»*Schöööööön!*«, sagte Lib.

Harry schüttelte mit finsterer Miene den Kopf, machte jedoch keine Anstalten, seine Blöße zu bedecken. »Sandy, du solltest das vielleicht besser nicht mit ansehen.«

»Aber wollen Sie sie nicht daran hindern?«

Lib lachte auf.

»Ich weiß nicht, ob ich sie aufhalten kann, ohne …«

Er keuchte und zuckte zusammen, als Lib ihre Finger um seinen Penis schloss.

»… ihr wehzutun.«

»Tu mir damit weh, du Hengst!«

»Und was ist mit dem Loch?«, fragte Sandy.

»Jetzt ist erst mal meins dran!«, rief Lib und lachte. Harry lachte ebenfalls.

»Na toll«, sagte Sandy und drehte sich um.

Trotz der zischenden Gaslampe hörte sie Harrys Stöhnen.

»Gut so?«

»Hmmm.«

»Komm her«, sagte Lib. »Zieh mir das aus.«

»Mit Vergnügen«, sagte Harry.

Lib grunzte ein paarmal. »Ja, genau so. Hmmmm. Schön.«

Danach folgte Stöhnen und Seufzen.

Sandy überlegte, ob sie weggehen sollte. Doch sie blieb. Sie wollte zuhören. Die Geräusche waren ihr peinlich, erregten sie aber auch. Sie konnte sich vorstellen, was gerade da unten geschah – konnte Harrys Körper förmlich auf dem ihren spüren.

Ich könnte an ihrer Stelle da unten sein. Ich sehe ja wohl hundertmal besser aus als Lib.

Scheiße, mit ihrer zahnlosen Fresse ist sie doch hässlich wie die Nacht.

Wie bringt er es nur fertig, sie überhaupt anfassen?

Wer will es schon mit dieser Nutte treiben? Die bespringt ja wohl alles, was nicht bei drei auf den Bäumen ist. Zum Teufel mit ihm.

Und zum Teufel mit Lib. Ist sie nymphoman oder was? Sie kennt den Typen doch überhaupt nicht.

»Nicht. Halt! Iiiiih!«, schrie Lib plötzlich auf. »Da krabbelt was unter mir. Runter! Hoch mit dir!«

»Tut mir leid. Was ist denn da?«

»Woher soll ich das wissen?«

»Wahrscheinlich nur ein Wurm oder so«, sagte Harry.

»Was erwartet ihr schon?«, rief Sandy. »Ihr treibt's schließlich in einem Grab!«

»Halt's Maul! Leg dich hin, Harry. Lass mich nach oben, okay?«

»Klar.«

»Jetzt musst du dich mit den Würmern rumplagen, Harry«, sagte Sandy.

»Guckst du uns etwa zu?«

»Nein. Aber ich stehe hier.«

»Geh spazieren.«

»Ich bleib lieber hier.«

»Dann halt den Mund.«

»Das ist ein freies Land.«

»Vielleicht ist es besser, wenn du gehst, Charly.«

»Mom, solltest du ihn nicht warnen?«

»Warnen? Wovor?«, fragte Harry.

»Na, vor den *Krankheiten.*«

»Du legst es wirklich drauf an, du kleine Schlampe.«

»Was für Krankheiten?«, fragte Harry.

»Sie lügt. Ich hab nichts.«

»Sie hat alles, was Sie sich nur vorstellen können. Also wenn ich einen Pimmel hätte, würde ich mich nicht in ihre Nähe trauen.«

»Hör nicht auf sie«, sagte Lib. »Sie weiß ja nicht, was sie da redet. Außerdem ist sie gar nicht meine Tochter.«

»Mom!«

»Wir kennen uns erst seit heute Nacht. Sie macht nur so einen Aufstand, damit wir aufhören. Sie ist eifersüchtig. Sie will dich. Bestimmt ist sie schon ganz feucht.«

»Das stimmt nicht«, sagte Sandy.

»Sie ist *nicht* deine Tochter?«, fragte Harry.

»Sei ruhig, Mom!«

»Ich hab sie heute Nacht erst kennen gelernt.«

»Und wer ist der Tote?«

»Irgendein Filmregisseur.«

»*Lib!*«

»*Nicht* ihr Vater?«

»Nö.«

»Ihr habt mir also nur Scheiße erzählt?«

»Wir wollten dir die Wahrheit sagen, nachdem …«

»Runter von mir«, sagte Harry. »Es ist besser, wenn …«

»Du willst *sie*?«, fragte Lib. »Du willst *Charly*?«

»Das hab ich nicht gesagt.«

»Ich zuerst. Du kannst sie haben, wenn du mit mir fertig bist. Versprochen. Wenn sie sich wehrt, halt ich sie sogar fest.«

»Aber …«

»Willst du sie etwa nicht?«

»Ich weiß nicht. Sie ist doch noch ein Kind.«

»Das macht nichts.«

»Jetzt verstehe ich gar nichts mehr. Einen Moment, ich muss …« Er verstummte und stöhnte auf.

»Jaaaaaa«, sagte Lib.

»Oh Gott. Oh.«

»Ganzzzzzzz rein.«

»Hmmmmmm.«

»Gut so?«

»Oh, Mann. Ja.«

Sandy ging mit der Laterne in der Hand auf das Grab zu. Von Harry konnte sie nur die Beine erkennen. Er lag offenbar ausgestreckt mit der Hose um die Knöchel im Grab. Lib war splitternackt, kniete über ihm und bewegte sich keuchend und stöhnend auf und ab. Ihr Rücken und ihr Hintern waren mit Schmutz bedeckt.

Sandy stellte die Laterne ab.

Sie holte mit der Schaufel aus und schlug zu.

Das Schaufelblatt dröhnte wie ein Gong, als es Libs Kopf traf.

Sie sank über Harry zusammen.

»Hey!«, keuchte Harry. »Was ist los? Bambi? Bambi? Was ist mit dir?«

»Ich glaube, die Schaufel hat sie erwischt«, sagte Sandy.

»*Was?*«

»Ich hab ihr die Schaufel über den Schädel gezogen.«

»Bist du *wahnsinnig*?«

»Wer, ich?«

»Mein Gott, Charly!«

Harry zog seine Hände unter Lib hervor und versuchte, sie aufzurichten.

Sandy warf die Schaufel beiseite und sprang auf Libs Rücken.

Harry grunzte.

»Alles klar?«, fragte Sandy.

»Uff.«

»Das wird sich gleich ändern!« Sie streckte die Arme aus, um das Gleichgewicht nicht zu verlieren, und sprang auf Libs Rücken herum. Jedes Mal, wenn sie landete, machte Harry ein Geräusch, als hätte ihm jemand in den Magen getreten.

Nach vier oder fünf Sätzen setzte sich Sandy auf den Rand des Grabes, ohne ihre Füße von Libbys Rücken zu nehmen.

»Alles klar, Harry?«

Er stöhnte.

Sandy starrte in das dunkle Loch hinunter. Sie konnte Libs Hinterkopf erkennen und vermutete, dass sich Harrys Gesicht genau darunter befand.

»Wie war sie, Harry? Gut genug, um dafür zu sterben?«

Er antwortete nicht.

Sandy stellte sich wieder auf Libs Rücken und verlagerte ihr Gewicht auf das rechte Bein. Dann trat sie mit ihrem linken Fuß gegen Libs Hinterkopf und spürte, wie ihr Schädel mit Harrys Gesicht kollidierte. Sie hörte ein knackendes Geräusch.

»Hat das wehgetan?«, fragte sie.

Keine Antwort.

Sie trampelte über Libs Hintern und ihre Beine. Am Ende des Grabes angekommen beugte sie sich über Harrys Hose und zog Pistole und Geldbeutel daraus hervor. Sie stopfte die Sachen in ihre eigenen Taschen und stieg aus dem Loch.

Dann eilte sie zu Marlon Slades Leiche hinüber.

Sie packte ihn bei den Füßen, hob seine Beine hoch und zerrte ihn über die Lichtung. Es war harte Arbeit, und als sie endlich das Grab erreicht hatte, war sie durchgeschwitzt und völlig außer Atem.

Sie ließ seine Füße fallen, hob die Laterne auf und spähte in das Grab.

Harrys Beine waren immer noch zwischen Libs Schenkeln ausgestreckt.

Sie hielt die Laterne über das Loch, um besser sehen zu können. Harrys linker Arm lag in einem seltsamen Winkel neben seinem Körper. Libs linke Brust hing vor seiner Achselhöhle. Ihr Gesicht war gegen seinen Kopf gepresst.

Sandy konnte Harrys linkes Auge, die Nase, seine Lippen und das Kinn erkennen.

Alles war voller Blut.

Als sie ihn anstarrte, blinzelte er.

»Hallo, Harry«, sagte Sandy.

Er stöhnte.

»Bist du noch in ihr drin?«

Seine Lippen bewegten sich leicht, ohne dass etwas zu hören gewesen wäre.

»War sie es wert?«

»Uhhhh«, sagte er.

»Ihr seid wirklich ein schönes Paar.«

»Hi…«

»Was?«

»Hilfe«, murmelte er.

»Vielleicht kann dir *Bambi* ja helfen. Sie ist immer sehr entgegenkommend.«

Sandy stand auf, trat einen Schritt zurück, stellte die Gaslampe ab und ging neben Marlon Slades Leiche in die Hocke.

»Char…?«

Sie stieß Slade in das Grab hinein.

Dann schüttete sie es zu.

Kapitel siebzehn

Die Ausreißer

Sobald Dana bemerkte, dass Warren auf sie zuging, sprang sie vom Hocker und winkte ihm zu.

Ihr Herz schlug schneller.

»Jetzt hast du den ersten Tag überlebt«, rief er ihr zu.

»Mehr oder weniger.«

»Wie war's?«

»Das Beste war das Mittagessen.«

Er grinste. »Fand ich auch.« Er blieb vor ihr stehen, steckte verlegen die Hände in die Hosentaschen und legte den Kopf schief. »Tja, hat mich gefreut, dich kennen zu lernen.«

»Fand ich auch.«

»Endlich mal ein Landsmann aus Südkalifornien«, sagte er.

»Wenn schon, dann Landsfrau.«

Sein Grinsen wurde breiter, und er errötete. »Klar. Also, man sieht sich.«

»Ja, wahrscheinlich morgen an der Snackbar.«

»Hoffentlich.«

Sieht nicht so aus, als würde er mich zum Essen einladen wollen.

»Okay«, sagte er. »Ich mach mich dann mal auf die Socken.«

»Okay. Bist du zu Fuß hier?«

»Ja. Ich wohne gleich da drüben.« Er deutete auf die Wälder hinter dem alten Kutch-Haus.

»Dein Häuschen ist dort im Wald?«

»Ja.«

»Kannst du das Meer sehen?«

»Nicht richtig. Nur ein bisschen durch die Bäume.«

»Klingt doch nett.«

»Ja, ist nicht schlecht.«

Wie lange muss ich noch mit dem Zaunpfahl winken, bis er's endlich versteht?

»Ich hau dann mal ab.«

»Okay. Bis morgen.«

»Bis dann.« Er drehte sich um und öffnete das eiserne Tor neben dem Drehkreuz. Als er hindurchgegangen war, warf er einen Blick zurück und lächelte. »Mach's gut, Dana.«

»Du auch.«

Er ging los.

»Hey, Warren!«

Er blieb stehen.

»Kannst du noch ein paar Minuten bleiben? Vielleicht muss ich noch einen Rundgang durch das Haus machen. Wie es aussieht, haben wir ein paar Ausreißer.«

Er runzelte die Stirn.

»Drei Kassettenrekorder fehlen«, erklärte sie.

»Du machst wohl Witze?«

»Leider nicht.«

Er sah auf die Uhr. »Es ist erst zehn nach. Die kommen bestimmt noch. Manche Leute vergessen da drin völlig die Zeit.«

»Das wäre möglich, ja.«

»Außerdem ist Lynn doch noch hier, oder?«

»Na hoffentlich. Sie ist meine Mitfahrgelegenheit.«

»Und sonst?«

»Ich glaube, Rhonda ist auch noch hier. Clyde ist um fünf gegangen, und Sharon ist vor ein paar Minuten abgehauen.«

Warren warf dem Haus einen finsteren Blick zu. »Okay, ich kann ja noch ein bisschen warten … zumindest bis … ach, da kommt ja Lynn.«

Dana sah, wie Tuck die Verandatreppe herunterkam.

»Okay«, sagte Warren. »Dann bis morgen.«

Er lächelte, winkte ihr zu und ging los. Sie lächelte zurück und versuchte tapfer, ihre Überraschung und Enttäuschung zu verbergen.

»Warren kennst du also auch schon«, sagte Lynn.

»Ja.«

Sie spürte, wie sich ihre Kehle zusammenschnürte.

Frag nicht. Lass es.

»Es fehlen drei Kassettenrekorder«, sagte sie.

»Drei?« Tuck rümpfte die Nase und ging näher an die Regale heran. Sie stemmte die Hände in die Hüften. Der Wind zerrte an ihrer Uniform und blies ihr lange Haarsträhnen ins Gesicht. Sie schien es nicht zu bemerken.

Die Regalfächer waren mit roten Nummern markiert. Über jeder Nummer war Platz für genau einen Rekorder samt Kopfhörer.

Dana hatte die zurückgegebenen Geräte sorgfältig der Reihe nach einsortiert.

Es war Platz für 150 Apparate.

Die Regale waren komplett gefüllt – nur die Fächer über den Nummern 148, 149 und 150 waren leer.

»Tuck?«

»Ich glaube, wir haben ein Problem.«

»Inwiefern?«

»Ich habe gerade einen Rundgang gemacht und niemanden gesehen. Die drei Personen müssen sich wirklich gut versteckt haben.«

»Ich dachte, so etwas kommt ständig vor?«

»Nicht gerade ständig. Und dass das jetzt so kurz nach der Sache mit Ethel passiert, beunruhigt mich.«

Dana erinnerte sich daran, wie sie Ethel heute Morgen vorgefunden hatten – mit zerrissenem Nachthemd und entblößten Geschlechtsteilen.

»Glaubst du, da gibt es eine Verbindung?«

»Ich hoffe nicht.« Dana sah finster drein. »Clyde ist schon weg, oder?«

»Er ist um fünf gegangen.«

»So ein Jammer. Manchmal wünschte ich, wir hätten mehr mutige Männer in der Truppe.«

»Ich hätte Warren nicht gehen lassen sollen.«

»Ist schon okay. Er wäre sowieso keine große Hilfe gewesen. Wer ist denn noch hier?«

»Nur wir und Rhonda, glaube ich. Und vielleicht das Mädchen, das mit Warren in der Imbissbude arbeitet.«

»Windy? Die ist schon lange weg. Genau wie Betty.«

»Wer ist denn Betty?«

»Die sitzt im Souvenirshop. Hast du sie noch nicht kennen gelernt?«

Dana schüttelte den Kopf.

»Eine ganz reizende alte Dame.«

»Ach die. Ich glaube, ich habe sie vorhin gehen sehen. Sie ist durch den Seiteneingang gegangen.«

»Wahrscheinlich zusammen mit Windy. Sie fahren immer gemeinsam.«

»Verstehe.«

»Also sind nur noch wir drei hier«, sagte Tuck, zog das Walkie-Talkie aus dem Gürtel und drückte auf den Sprechknopf. »Rhonda? Hörst du mich?«

»Ich höre«, sagte Rhonda nach einigen Augenblicken, in denen nur Rauschen und Knacken zu hören war.

»Wo bist du?«

»Auf der Toilette«, ertönte es nach einer längeren Pause.

»Brauchst du noch lange?«

»Ja … eigentlich schon. Was ist denn?«

»Wir haben drei Ausreißer.«

»Drei?«

»Genau. Ist noch jemand bei dir auf der Toilette?«

»Natürlich *nicht*! Spinnst du?«

»So war das nicht gemeint. Du hast eine schmutzige Fantasie, Rhonda«, fügte Tuck grinsend hinzu.

»Stimmt gar nicht!«

Tuck lachte. »Wenn du fertig bist, sieh mal in den Toiletten und im Souvenirshop nach. Ich schließe dann später ab. Wir müssen sie finden, verstanden?«

»Aber ich kann doch nicht in die Männertoilette gehen«, sagte Rhonda.

»Klar kannst du. Du musst eben vorher anklopfen. Außerdem soll sich ja niemand da drin befinden. Dana und ich sehen inzwischen im übrigen Teil des Hauses nach.«

»Wollt ihr nicht lieber auf mich warten?«

»Negativ. Wenn du fertig bist, geh auf die Veranda, komm aber nicht ins Haus. Halt Augen und Ohren offen, falls du Hilfe holen musst.«

Rhonda antwortete nicht.

»Hast du mich verstanden?«, fragte Tuck.

»Vielleicht solltet ihr lieber nicht da reingehen«, sagte Rhonda. Selbst durch das statische Rauschen konnte Dana die Besorgnis in ihrer Stimme hören.

»Uns passiert schon nichts. Tu einfach, was ich dir gesagt habe, okay?«

»Okay. Seid vorsichtig.«

»Roger.« Tuck lächelte Dana nervös an und befestigte das Walkie-Talkie wieder an ihrem Gürtel. »Mach dir keine Sorgen«, sagte sie.

»Aber du machst dir doch selbst Sorgen.«

»Ich? Ha! Ich lache der Gefahr ins Gesicht!«

Dana schüttelte lachend den Kopf.

»Dann los«, sagte Tuck. »Heute ist ein guter Tag zum Sterben.«

»Sehr witzig.«

Gemeinsam gingen sie auf das Horrorhaus zu.

»Wahrscheinlich nur ein paar dämliche Kinder«, murmelte Tuck.

»Sie haben ihre Rekorder nicht zurückgegeben«, sagte Dana. »Also wissen sie, dass wir nach ihnen suchen werden.«

»Vielleicht wollen sie ja, dass wir Verstecken mit ihnen spielen.«

»Du glaubst doch nicht …« Sie ließ den Satz in der Luft hängen.

»Was?«, fragte Tuck.

Sie zuckte mit den Schultern. »Ach, nichts.«

»Komm schon, raus damit.«

»Na ja … glaubst du, sie wollen über uns *herfallen*?«

»Deswegen nehme ich dich ja mit, du Giraffe.«

Dana gab Tuck einen Schubs, so dass sie ins Gras taumelte. »Hey! Hey! Immer langsam mit den jungen Pferden, ja?«

»Ich werd dir den Hintern versohlen.«

»Du bist ja eine ganz Harte.«

»Jetzt im Ernst. Was sollen wir machen?«

»Wenn sie über uns herfallen?«

»Genau.«

Als sie die Veranda betraten, sah Dana zu Gus Goucher auf, dessen Körper in der Brise sanft hin und her baumelte, während das Gebälk über ihm leise knarrte.

»Es passiert schon nichts«, sagte Tuck.

»Und wenn doch?«

»Dann rennen wir weg.«

»Jetzt hör mal, Tuck. Wenn da drin drei Männer auf uns warten …«

»Hübsche Männer?«

»Ich lach mich tot.«

Tuck überquerte die Veranda und hielt die Tür für Dana auf. »Keine Angst. Nach dir.«

»Ich zuerst?«

»Größe vor Schönheit.«

»Dumme Nuss«, sagte Dana und schritt lächelnd über die Schwelle. Sie fühlte sich seltsam, einerseits machte ihr die Sache Spaß, andererseits war sie nervös und ein wenig ängstlich.

Tuck klemmte einen Keil unter die Tür, damit sie geöffnet blieb. »Für den Fall, dass wir schnell abhauen müssen.«

»Na toll.«

Tuck grinste. »HALLO, SIE DA DRIN! ES IST BEREITS GE-

SCHLOSSEN! SIE MÜSSEN JETZT GEHEN! BITTE KOMMEN SIE JETZT AUS IHREM VERSTECK UND VERLASSEN SIE DAS HAUS DURCH DIE VORDERTÜR!«, schrie sie.

Danach schien Totenstille einzukehren.

Dana und Tuck standen reglos im Foyer. Dana hielt die Luft an und wünschte, sie könnte etwas sehen.

Das grelle Sonnenlicht, das durch die Eingangstür fiel, blendete sie und ließ die schattigen Bereiche noch dunkler erscheinen.

»Kannst *du* was sehen?«, flüsterte sie.

»Nicht viel.«

»Ich bin so gut wie blind. Sollen wir die Tür nicht doch schließen?«

»Und uns den Fluchtweg verbauen?«

»Ich pass schon auf dich auf.«

»In diesem Fall …« Tuck trat den Keil unter der Tür weg und zog sie hinter sich zu. Düsteres Zwielicht umgab sie.

»Toll«, flüsterte Tuck. »Jetzt sehe ich überhaupt nichts mehr.«

»Du musst abwarten, bis sich deine Augen dran gewöhnt haben.«

»In der Zwischenzeit … WIR WISSEN, DASS SIE HIER SIND. BITTE KOMMEN SIE RAUS. WIR WERDEN ERST WIEDER GEHEN, WENN WIR SIE ALLE DREI GEFUNDEN HABEN! WIR WERDEN JETZT ALLE RÄUME NACHEINANDER DURCHSUCHEN – UND WIR KENNEN JEDES EINZELNE VERSTECK! ALSO MACHEN SIE ES SICH UND UNS NICHT UNNÖTIG SCHWER UND KOMMEN SIE JETZT RAUS!«

Sie warteten.

»Wann sollen wir die Polizei rufen?«

»Am besten gar nicht. Das ist sicher nur ein dummer Streich. Aber wenn die Lage ernst wird …«

»He!«

Sie zuckten vor Schreck zusammen.

Gelächter ertönte aus derselben Richtung wie die Stimme. Zwei undeutliche Gestalten waren am oberen Ende der Treppe zu erkennen.

»Sehr witzig, ihr Spaßvögel«, sagte Tuck. Sie klang eher belustigt als verärgert.

Sie ist viel zu erleichtert, um wütend zu sein, dachte Dana.

Mir jedenfalls geht es so.

»Kommt runter«, sagte Tuck. »Wir schließen.«

»Jawohl«, sagte der eine.

»Kriegen wir jetzt Stress?«, fragte der andere.

»Bis jetzt noch nicht«, sagte Tuck.

Als sie die Treppe halb heruntergekommen waren, erkannte Dana sie.

»Meine speziellen Freunde«, sagte sie.

»Genau«, sagte der Junge im Howard-Stern-T-Shirt. »Hi, Dana.«

»Tut uns leid«, sagte der Beavis & Butthead-Fan. »Wir wollten euch keinen Ärger machen.«

»Was wolltet ihr *dann*?«, fragte Tuck.

»Na ja, ihr seid beide so scharfe Bräute …«

»Ja«, pflichtete ihm der andere bei. »Richtig scharfe Bräute. Wir dachten, na ja, wir warten hier auf euch.«

»Wir haben gehofft, dass ihr auftaucht.«

»Wollten euch, na ja, einen Schrecken einjagen.«

»Damit ihr zu kreischen anfangt oder so.«

»Tolle Idee«, sagte Dana.

»Aber wir wollten euch nichts tun.«

»Nichts Böses.«

»Nur erschrecken.«

»Und das findet ihr toll?«

»Ist doch lustig.«

»Na ja, bis zu einem gewissen Punkt«, sagte der andere.

»Nicht gemein erschrecken. Nur so zum Spaß.«

Dana schüttelte den Kopf.

»Wie wenn man einen Horrorfilm anguckt.«

»Aber dann haben wir's uns anders überlegt.«

»Genau.«

»Ja.«

»Aber das mit den drei Leuten …«

»Hat uns Angst gemacht.«

»Weil, na ja, wir sind ja nur zu zweit.«

»Und da dachten wir, wir kommen besser raus, versteht ihr?«

»Weil, also, wer soll denn der Dritte sein?«

»Gruselig.«

»Echt.«

»Krass.«

»Na, jedenfalls vielen Dank, dass wir wegen euch nicht das ganze Haus auf den Kopf stellen müssen«, sagte Tuck.

»Danke«, sagte Dana.

»Kein Ding. Aber, na ja, Scheiße, wer ist denn außer uns noch hier?«

»Hätte ja sein können, dass er sich da versteckt, wo wir uns auch versteckt hätten.«

»Vielleicht sogar im selben Zimmer.«

»Habt ihr etwas gesehen oder gehört?«

»Nur euch.«

»Aber sonst haben wir niemanden gesehen.«

»Oder ihn gehört.«

»Oder ihn gerochen.«

»Oder sie.«

»Oder es.«

»Aber, na ja, wir haben die *Anwesenheit* eines Dritten gespürt.«

»Da haben wir Schiss gekriegt.«

»Also, nicht so richtig Schiss. Hiermit melden wir uns nämlich freiwillig, um euch bei der Suche zu helfen.«

»Genau. Wir haben Schiss, aber wir sind keine Feiglinge.«

»Wir sind eure Bodyguards.«

»Danke«, sagte Tuck. »Aber wenn ihr uns wirklich helfen wollt, dann geht nach draußen und wartet auf Rhonda. Sie müsste jeden Moment kommen. Sagt ihr, dass so weit alles in Ordnung ist. Wenn ihr wollt, könnt ihr hierbleiben und abwarten, wen wir noch finden.«

»Rhonda?«

»Sie arbeitet auch hier«, erklärte Tuck.

»Ist sie auch so eine scharfe Braut?«

»Megascharf«, sagte Tuck grinsend. »Aber sie wird leicht nervös. Es wäre also nett von euch, wenn ihr Rhonda Gesellschaft leistet.«

»Kein Problem.«

»Machen wir gerne.«

»Okay, danke«, sagte Tuck. »Eins noch.«

»Ja?«

»Wir sind, na ja, ganz Ohr.«

»Bleibt in der Nähe, damit ihr uns hören könnt, wenn wir um Hilfe rufen.«

»Ihr wollt um Hilfe rufen?«

»Nur wenn es nötig ist.«

»Das klingt, als bräuchtet ihr ganz dringend Bodyguards.«

»Wir wären natürlich sofort zu Diensten.«

»Wir beschützen euch mit unserem Leben.«

»Oder werden bei dem Versuch sterben.«

Dana lachte leise. »Ihr Jungs seid schwer in Ordnung.«

»Vielen Dank.«

»Danke.«

»Wie heißt ihr?«

»Ich bin Arnold Anderson«, sagte der Junge im Howard-Stern-T-Shirt.

»Und ich bin Dennis Dexter?«, sagte der Beavis & Butthead-Fan, wobei er die Stimme am Ende hob, als würde er nachfragen, ob er wirklich so hieß.

»AA und DD. So nennen wir uns«, sagte Arnold. »Und ihr seid Dana und Lynn.«

»Genau«, sagte Tuck. »Großes D, kleines L. Okay, hat mich gefreut, eure Bekanntschaft zu machen.«

»Es war uns ein Vergnügen«, sagte Dennis.

»Ein großes Vergnügen«, fügte Arnold hinzu.

»Sollen wir jetzt, na ja, nach draußen gehen?«

»Genau. Leistet Rhonda Gesellschaft und bewacht den Ausgang.« Tuck öffnete ihnen die Tür. »Rhonda ist noch nicht da, aber sie wird jeden Augenblick kommen. Bis später, Jungs.«

Sie gingen durch die Tür.

»Ruft einfach, wenn ihr uns braucht«, sagte Arnold.

»Dann eilen wir zu eurer Rettung«, sagte Dennis. »Wenn euch einer was tut, werden wir ihm, na ja, in den Arsch treten.«

»Klingt gut«, sagte Tuck.

»Bis später«, rief ihnen Dana hinterher.

Kapitel achtzehn

Die Suche

Tuck sah Arnold und Dennis nach, wie sie die Verandatreppe hinunterschlenderten, dann schloss sie die Tür. »Okay! Zwei haben wir, einer ist noch übrig. Jetzt sind wir in der Überzahl.«

»Das schmeckt mir gar nicht«, sagte Dana. »Was für ein Irrer kommt denn auf die Idee, sich hier ganz allein zu verstecken?«

»Vielleicht versteckt er sich gar nicht.«

»Wie meinst du das?«

»Vielleicht ist er ohnmächtig geworden oder so.«

»Das wird ja immer besser.«

»Ohnmächtig oder eine Herzattacke, vielleicht ein Schlaganfall … ich würde sagen, wir fangen oben an und arbeiten uns nach unten vor.«

Dana nickte und folgte Tuck zur Treppe.

»Ich werd auch nicht schreien«, sagte Tuck.

»Freut mich zu hören.«

»Außer wir geraten in Gefahr. Und bei GROSSER Gefahr rennen wir wie der Teufel. Verstanden?«

»Alles klar.«

»Wenn jetzt zum Beispiel ein Irrer mit einer Kettensäge die Treppe runterkommt, rennen wir. Klar?«

»Klar.«

»Oder wenn eine große weiße Bestie versucht, uns zu vernaschen …«

»Dann rennen wir.«

»Genau.«

»Ich glaube, ich hab's kapiert. Danke.«

Oben angekommen sahen sie sich um. Die düstere Galerie zu beiden Seiten war leer.

»Du gehst da lang«, sagte Tuck. »Ich übernehme diese Seite.«

»Spinnst du?«

»Sollen wir uns denn nicht aufteilen?«

»Doch. Ich warte dann draußen auf dich.«

»Okay. Gut. Blöde Idee.«

Gemeinsam gingen sie zu Lilly Thorns Schlafzimmer. Dana wartete an der Tür, während Tuck einen Blick in den Kleiderschrank warf und sich auf den Boden legte, um unter das Bett sehen zu können.

Sie stand auf, wischte sich die Hände ab und schüttelte den Kopf.

Dann gingen sie in das Zimmer, das sich Maggie Kutch mit ihrem Mann geteilt hatte und in dem noch immer Maggies alte Möbel standen. Von Maggie und ihrer Familie gab es keine Wachsfiguren. Stattdessen war die Puppe eines zwölfjährigen Jungen zu sehen: Larry Maywood, der gerade das Fenster öffnen wollte und sich voller Entsetzen umsah. Sein Freund Tom Bagley lag zerfleischt in einer Blutlache auf dem Boden. Dana kannte ihre Geschichte. Die beiden Jungen aus Malcasa Point waren große Fans des Horrorhauses gewesen. Ihre Neugier wurde ihnen zum Verhängnis. In einer Nacht im Jahr 1951 waren sie in das Haus eingebrochen, um nach der Bestie zu suchen. Und offenbar hatten sie sie auch gefunden. Oder umgekehrt.

Larry hatte durch das Fenster entkommen können, Tom jedoch …

Dana warf einen Blick auf Toms abgetrennten Kopf, der auf dem Boden neben seinen Schultern lag und sie anstarrte.

Sie wandte sich ab und beobachtete Tuck, wie sie den Raum durchsuchte.

Dann musste sie wieder hinsehen.

Er starrte sie immer noch an.

Natürlich. Erst wenn er mich nicht mehr anstarrt, habe ich ein Problem.

Ihre Nackenhaare stellten sich auf.

Toms Blick schien sie zu hypnotisieren.

Endlich hatte Tuck ihre Suche beendet. Dana ging schnell auf die Galerie hinaus.

»Alles klar?«

»Ja.«

»Dir ist doch nicht schlecht geworden oder so?«

»So weit, so gut. Es hat mir nur nicht besonders gefallen, wie Tom mich angestarrt hat.«

Tuck grinste. »Er liebt schöne Mädchen.«

»Danke für die Blumen.«

»Und er hat tolle Augen, findest du nicht?«

»Sie sind schrecklich!«

»Genau das meine ich ja«, sagte Tuck. »Die Leute denken immer, er würde sie anstarren. Also, bereit für den Dachboden?«

»Jetzt oder nie.«

Dana folgte Tuck bis zur Tür zur Speichertreppe. Tuck löste ein Ende der Samtkordel und legte es vorsichtig auf dem Boden ab.

»Höchstwahrscheinlich finden wir unseren Ausreißer da oben«, flüsterte sie.

»Toll.«

»Sie verstecken sich immer auf dem Dachboden.« Tuck stützte sich auf Danas Schulter, hob ein Bein nach dem anderen und zog sich die Schuhe aus. »Wir wollen ihn ja auf frischer Tat ertappen.«

»Und wie soll ich ihm barfuss in den Hintern treten?«

»Mit den Zehenspitzen.«

Dana schüttelte den Kopf, stützte sich auf Tuck und zog sich ebenfalls die Schuhe aus. Sie bemerkte, dass sie zitterte und schwitzte. Die Bluse haftete an ihrem Rücken, und ihr Höschen klebte an ihren Hinterbacken. Auch ihre Socken waren völlig durchnässt.

»Ist alles in Ordnung?«, fragte Tuck.

»Ich hab Angst.«

»Willst du hier auf mich warten?«

»Nein. Wir bleiben zusammen.«

»Sicher?«

»Hundertprozentig.«

»Okay, ich gehe voraus.«

»Gut.«

Dana folgte Tuck die enge, steile Treppe hinauf, die sie schon den ganzen Morgen vor Augen gehabt hatte. Station sieben.

Jeder einzelne Besucher war davor stehen geblieben und hatte die Stufen hinaufgestarrt, während er der Geschichte von Maggie Kutchs wilder Flucht vor der Bestie gelauscht hatte.

Dana hatte mindestens zwanzigmal erklärt, dass der Dachboden aus Sicherheitsgründen nicht zugänglich war.

Aber das gilt nicht für uns.

Die obere Tür knarrte, als Tuck sie öffnete.

Dahinter lag tiefe Dunkelheit.

Tuck griff in eine Nische, zog eine Taschenlampe daraus hervor und schaltete sie ein.

Dann betrat sie den Dachboden.

Warte auf mich!

Dana eilte ihr hinterher, wäre fast mit ihr zusammengestoßen und legte ihr eine Hand auf die Schulter.

Atemlos und mit klopfendem Herzen verfolgte sie den blassen Lichtstrahl, der die Dunkelheit durchschnitt und ganze Galaxien von Staubflocken beleuchtete. Er fiel auf Stützbalken, ein Sofa, eine Kommode, Schrankkoffer, Stühle, Lampen, Tische …

Und einen Mann.

Dana sog hörbar die Luft ein.

»Nur eine Puppe«, flüsterte Tuck. Sie strahlte eine ganze Reihe weiterer Wachsfiguren an. »Das waren früher mal Ausstellungsstücke«, erklärte sie. »Bleib mal einen Augenblick hier stehen.«

Tuck leuchtete in jeden Winkel des Dachbodens. »Sieht nicht so aus, als wäre unser Ausreißer hier oben«, sagte sie. »Wenn wir gehen, werde ich die Tür zusperren. Dann ist er hier oben eingeschlossen. Und zwar die ganze Nacht.«

»Kein schöner Gedanke«, sagte Dana.

»Stimmt. Selbst ich krieg hier Gänsehaut. Wahrscheinlich, weil die Bestie Maggies Kinder hier umgebracht hat.«

»Der Raum hier ist Teil der Mitternachtsführung?«

»Aber sicher. Die Leute machen sich hier regelmäßig ins Hemd.« Sie lachte leise. »Also gut, wir sind hier fertig«, sagte sie.

Dana beobachtete, wie Tuck auf sie zukam.

Und behielt den Dachboden dahinter im Blick.

Halb erwartete sie, dass etwas aus der Finsternis auf sie zuspringen würde.

Beeil dich!

»Ich weiß nicht, was gruseliger ist«, sagte Tuck. »Der Dachboden oder der Keller.«

»Gehen wir.«

Tuck schaltete die Taschenlampe aus und stellte sie an ihren Platz zurück.

»Vergiss nicht, abzuschließen.«

»Die Tür kann man gar nicht abschließen.«

»Aber du hast doch gesagt …«

»Das war doch nur für den Fall, dass unser Freund uns belauscht hat.«

»Die Tür wird nachts nicht abgeschlossen?«

»Geht ja nicht. Das Schloss ist schon seit Jahren kaputt.«

»Vielleicht solltet ihr es mal reparieren lassen.«

»Ja, irgendwann mal.« Tuck lachte und ging die Treppe hinunter.

Dana folgte ihr dicht auf den Fersen. Sie wollte den Dachboden so schnell wie möglich hinter sich lassen.

Unten zogen sie ihre Schuhe wieder an, und Tuck hängte die Seidenkordel zurück an den Haken.

»Tut mir leid, dass ich dir nichts von den Wachsfiguren gesagt habe.«

»Ist schon in Ordnung. Wieso sind sie da oben?«

»Einfach so. Sie wurden früher mal ausgestellt. Eine Figur stellt diesen Cop dar …«

»Dan Jenson?«

»Genau den. Nach dem Einbruch '79 haben sie ihn dort raufgebracht. Als Janice das Haus übernommen hat, schickte sie auch die Zieglers in Rente nach da oben. Sie lagen ja mitten auf der Galerie. Das wurde einfach alles zu eng. Können wir weitergehen?«

»Ich bin fertig.«

»Nächster Halt: Das Kinderzimmer.«

Dana wartete wieder vor der Tür, während Tuck unter der Absperrung hindurchschlüpfte und eilig den Raum durchsuchte.

Nichts.

Als Nächstes war der Raum, in dem Lillys Söhne abgeschlachtet worden waren, an der Reihe. Wieder nichts.

»Sind wir hier oben fertig?«, fragte Dana.

»Ja. Die anderen Türen sind abgesperrt. Ohne Schlüssel kommt da niemand rein. Der Ausreißer muss also unten sein.«

»Oder die Ausreißerin.«

»Es ist ein Mann«, sagte Tuck. »Mädels kommen einfach nicht auf so einen Blödsinn. Zumindest nicht allein.«

»Niemals?«

»Sehr selten.«

»Heißt das, dass sie zu feige dafür sind?«

Tuck grinste. »Nicht zu feige. Nur schlauer.«

»Dem kann ich nur zustimmen.«

Lachend gingen sie die Treppe hinunter.

»Wie oft musst du eigentlich so einen Rundgang machen?«, fragte Dana.

»Ist nicht gerade angenehm, was?«

»Es ist beschissen.«

»Je öfter man es macht, desto leichter wird es.«

»Ich hoffe, das geht jetzt nicht jeden Tag so.«

»Kommt drauf an. Manchmal haben wir zwei oder drei Wochen lang unsere Ruhe. Dann wieder passiert so etwas zwei oder drei Tage hintereinander.«

»Ich würde auch ohne auskommen«, sagte Dana.

»Rhonda wartet bestimmt schon draußen. Wenn du also lieber …«

»Willst du mich loswerden?«

»Es ist dein erster Tag. Dafür hast du mehr als genug geleistet.«

»Ich bleib bei dir«, sagte Dana.

»Einverstanden. Dann sehen wir mal, was Ethel so treibt.«

Dana folgte Tuck in den Salon.

»Bist du sicher, dass es auch tatsächlich 150 Rekorder waren?«, fragte Dana. »Vielleicht war einer defekt und …«

»Nein. Ich hab's selbst überprüft. Es waren 150 perfekt funktionierende Geräte.«

»Und einer fehlt.«

»Genau.« Tuck warf Ethel einen Blick zu. »Ist sie immer noch jugendfrei?«

»Mehr oder weniger.«

»Gut. Aber wenn ich den in die Finger kriege, der sie so zugerichtet hat …«

»Lieber nicht.«

Gemeinsam gingen sie in den Speisesaal, spähten unter den Esstisch und betraten die Küche.

»Was, wenn wir ihn nicht finden?«, fragte Dana, während sie die Küche durchsuchten.

»Dann eben nicht.«

»Passiert das öfter?«

»Ab und zu mal.«

»Die Leute *verschwinden* einfach?«

»Ab und zu«, wiederholte Tuck grinsend.

Dana öffnete eine Tür, die mit NUR FÜR ANGESTELLTE beschriftet war, und warf einen Blick auf die altertümliche Badezimmereinrichtung, bestehend aus Toilette, Badewanne, Waschbecken und Boiler. In der Ecke stand ein nagelneuer Radiator. Die weichen violetten Vorleger passten farblich exakt zu den Handtüchern.

Aber von dem Ausreißer keine Spur.

»Guck mal in die Badewanne«, sagte Tuck.

Dana stöhnte auf und betrat den Raum.

Tuck hatte dieses Zimmer gestern nur beiläufig erwähnt. Jetzt stand Dana zum ersten Mal darin. Es roch nach Seife. Durch die sich leicht im Wind bewegenden Vorhänge drang nur wenig Licht.

Dana starrte die Badewanne an.

Sie war ziemlich alt und ziemlich groß und stand an der gegenüberliegenden Wand, wo es ziemlich dunkel war.

Von ihrer Position aus konnte sie nicht bis auf den Grund sehen.

Wenn sich wirklich jemand da drin versteckt …

Wäre schon peinlich, wenn ich mir ein paar Schritte von einem Klo entfernt in die Hose mache.

Angst stieg in ihr auf, als sie sich der Wanne näherte.

Sie spähte hinein.

Leer.

»Nichts«, sagte sie. »Aber wenn ich schon mal hier bin, kann ich doch auch kurz auf die Toilette gehen, oder?«, fügte sie hinzu.

»Tu dir keinen Zwang an.«

Sie setzte sich auf das Klo, das um einiges bequemer war als das in der öffentlichen Toilette hinter dem Haus.

Sie konnte den Blick nicht von der Badewanne abwenden.

Es war wirklich eine große Wanne.

Eine grüne Badematte hing über dem Rand.

Eine Badematte?

»Hey, Tuck«, rief sie und bedauerte sofort, dass sie den falschen Namen benutzt hatte. »Lynn? Badet hier manchmal jemand?«

Keine Antwort.

Dana spürte, wie sie langsam panisch wurde.

»Lynn? Antworte!«

Stille.

»Sehr witzig«, rief sie.

Nichts.

»Verdammt noch mal, Lynn!«

Immer noch nichts.

»Willst du weiter da draußen rumstehen und so tun, als ob du verschwunden wärst?«

Lynn antwortete nicht.

»Okay«, sagte Dana. »Wie du willst.«

Schnell betätigte sie die Spülung, zog die Hose hoch, eilte zur Tür zu und riss sie auf.

Lynn stand *nicht* höhnisch grinsend davor.

Und sie lag auch nicht blutüberströmt und tot auf dem Boden.

Tuck schien sich überhaupt nicht mehr in der Küche zu befinden.

Mit klopfendem Herzen zog Dana den Reißverschluss ihrer Hose zu und schloss den Gürtel.

Die Klospülung im Badezimmer verstummte gurgelnd.

Jetzt hörte Dana nur noch ihren eigenen Herzschlag und ihren Atem.

»*Tuck*!«, rief sie.

»Ich bin im Keller!«, ertönte eine gedämpfte, weit entfernte Stimme aus der geöffneten Tür zur Vorratskammer. »Ich bin gleich wieder da!«

Dana spähte in die Kammer.

Die Tür am anderen Ende, die zum Keller führte, stand weit auf.

Dana ging langsam darauf zu und sah die steile Holztreppe hinab. In der Dunkelheit blitzte der Strahl einer Taschenlampe auf. Tuck selbst konnte sie nicht erkennen.

»Alles klar da unten?«, rief Dana.

»Ja, ja. Ich dachte nur, ich gehe schon mal runter und erspare dir das zweifelhafte Vergnügen.«

»Herzlichen Dank.«

»Kein Problem.«

»Ich dachte schon, die Bestie hätte dich geholt.«

»Noch nicht«, sagte Tuck.

»Hast du jemanden gefunden?«

»Bis jetzt nicht.«

»Brauchst du noch lange?«

»Eine Sekunde.«

»Komm jetzt hoch, okay?«

»Willst du runterkommen?«

»Eigentlich nicht.«

»Dachte ich mir.«

»Aber ich werde dich holen, wenn du nicht sofort kommst.«

»Okay, okay.«

Tuck erschien auf der untersten Stufe. Sie grinste Dana an, schaltete die Taschenlampe aus und stieg die Treppe hinauf.

»Sieht so aus, als hätten wir tatsächlich einen Besucher verloren«, sagte sie.

»Und was machen wir jetzt?«

»Nichts. Wir sperren ab und sehen uns auf dem Parkplatz nach einem herrenlosen Auto um.«

Tuck schloss die Kellertür.

»Willst du nicht die Polizei rufen?«

»Was sollen wir denen denn erzählen? Dass einer unserer Kassettenrekorder fehlt?«

»Dass einer unserer *Besucher* fehlt.«

»Vielleicht hat das Gerät auch einer einfach mitgehen lassen. Kommt auch vor.«

»Kommt es auch vor, dass *Leute* verschwinden?«

»Während der Führung?«

»Ja.«

»Nur ganz selten«, sagte Tuck und grinste.

Kapitel neunzehn

In heißem Wasser

An diesem Abend zappte Dana nach dem Essen durch das Fernsehprogramm.

Sie war todmüde und fragte sich, ob sie gleich zu Bett gehen oder noch die Elf-Uhr-Nachrichten abwarten sollte.

Bis dahin lief jedenfalls nichts Interessantes im Fernsehen.

Und wenn sie jetzt anfing zu lesen, würde sie mit Sicherheit dabei einschlafen.

Tuck kam herein. Sie trug einen weißen Frotteebademantel.

»Gehst du ins Bett?«, fragte Dana.

»Ich gehe ins Wasser. Kommst du mit?«

»Machst du Witze? Es ist doch eiskalt da draußen.«

»Es ist nicht *eiskalt*. Außerdem gehe ich in den beheizten Whirlpool, nicht in das Schwimmbecken.«

»Ein beheizter Whirlpool?«

»In kühlen Nächten wie dieser sehr zu empfehlen.«

»Klingt gut«, musste Dana zugeben.

»Es ist wunderbar. Ich hole uns eine Flasche Wein, und dann treffen wir uns draußen. Wir müssen doch deinen ersten überstandenen Arbeitstag feiern.«

»Wir müssen feiern, dass ich überhaupt noch am Leben bin.«

»Das auch.«

Dana schaltete den Fernseher aus.

»Ich bringe auch ein paar Handtücher mit«, sagte Tuck. »Und ich würde dir raten, was Warmes zum Anziehen für später mitzunehmen, einen Bademantel oder so. Sonst frierst du, sobald du aus dem Wasser steigst.«

Dana ging in das Gästezimmer, zog ihren Pullover aus und fröstelte sofort.

Das ist doch Irrsinn, dachte sie.

Wird aber bestimmt einen Heidenspaß machen.

Sie zog ihre restlichen Sachen aus, warf Unterwäsche und Socken in den Wäschekorb und wühlte im Kleiderschrank herum. Sie hatte einen knappen Bikini und zwei rote Badeanzüge aus ihrer Zeit als Bademeisterin mitgenommen.

Der Bikini war besonderen Gelegenheiten vorbehalten – zum Beispiel einem Strandspaziergang mit genau dem richtigen Mann.

Womit sie in nächster Zeit wohl sowieso nicht rechnen konnte.

Zitternd schlüpfte sie in einen der roten Badeanzüge. Dann betrachtete sie sich im Spiegel. Der Anzug war dünn und eng und zeigte praktisch alles. Im Dienst hatte sie ihn immer unter einem T-Shirt und Shorts versteckt und war nur in Notfällen damit zu sehen gewesen.

Und besonders warm ist er auch nicht.

Sie bemerkte die Gänsehaut auf ihren Armen und Beinen. Ihre Brustwarzen hatten sich aufgerichtet und zeichneten sich so deutlich unter dem engen Stoff ab, als hätte sie nichts weiter als eine dünne rote Farbschicht am Leib.

Schnell warf sie sich einen Bademantel über.

Im Erdgeschoss bemerkte sie, dass das Schwimmbecken hinter einer Schiebetür aus Glas bereits beleuchtet war. Das Wasser glänzte klar und blau und warf sanfte Wellen.

Der Whirlpool war ebenfalls beleuchtet. Dampf stieg von ihm auf. Tuck war nirgends zu sehen – einige Gartenmöbel verdeckten Danas Sicht. Auf dem Tisch lagen jedoch ein paar Handtücher, und der weiße Bademantel war über einen der Stühle drapiert. Dana nahm an, dass Tuck bereits im Wasser war.

Sie öffnete die Tür und betrat den kalten Zementboden. Die Nachtluft ließ sie frösteln.

Tuck saß bis zu den Schultern in dem heißen, blubbernden Wasser. Eine Weinflasche und zwei Gläser standen hinter ihr am Beckenrand. Sie winkte Dana durch den weißen Dampf zu.

»Es ist eiskalt!«, rief Dana.

»Nicht hier drin. Beeil dich.«

Schnell warf Dana ihren Bademantel über einen Stuhl.

»Badeanzüge sind kein Muss«, sagte Tuck.

»Ist mir aber lieber.«

»Wie du willst.«

Der Whirlpool hatte einen Durchmesser von etwa zweieinhalb Metern und die Fliesen passten farblich zu denen im Schwimmbecken.

Tuck lehnte an der Wand des Pools. Ihr Körper wurde von der Unterwasserbeleuchtung angestrahlt. Durch die Wellen und die Luftblasen sah Dana, dass sie einen Bikini trug, dessen Farbe an Rehleder erinnerte. »Ach ja, kein Muss?«, fragte Dana. »Du trägst doch auch einen Bikini.«

Tuck grinste sie an. »Ich hab ja auch nicht das Gegenteil behauptet. Ich wollte dich nur mit den Hausregeln vertraut machen.«

»Gibt es sonst noch Regeln, von denen ich wissen sollte?«

»Nicht ins Wasser pinkeln.«

»Toll.«

Dana steckte eine Fußspitze ins Wasser und zog sie sofort wieder zurück. »Wie heiß!«

»Natürlich. Was denkst du denn?«

»Willst du uns kochen?«

»Giraffensuppe.«

Sie versuchte es noch einmal. Dieses Mal tat es schon weniger weh.

Langsam ließ sie sich ins Wasser hinunter.

»Siehst du«, sagte Tuck, »ist gar nicht so schlimm. Nur am Anfang.«

Dana ließ sich in den Whirlpool fallen.

Das heiße Wasser umspülte ihre Hüften. »*Iiiiii*«, keuchte sie.

»Weichei«, lachte Tuck.

»Bist du sicher, dass das so heiß sein muss?«

»Warte ein paar Minuten ab, dann kann es dir nicht heiß genug sein.«

»Das bezweifle ich.« Dana hob die Arme und setzte sich langsam, wobei sie das Gesicht verzog, als das Wasser ihren Bauch, ihren Rücken und ihre Brüste berührte. Dann seufzte sie erleichtert.

»Toll, oder?«

»Ich weiß nicht so recht.«

Dana spürte die kitzelnden Luftbläschen und die Strömung des Wassers, die ihren Körper angenehm streichelte.

»Ganz nett«, sagte sie schließlich.

»Willst du ein Glas Wein?«

»Klar.«

Tuck stand auf und holte die Flasche.

»Schöner Bikini«, sagte Dana.

»Danke.«

»Hast du den Tarzan abgeknöpft?«

»Nein. Jane.«

Tuck reichte Dana ein Glas.

»Auf einen tollen Sommer«, sagte Tuck.

»Darauf trinken wir«, sagte Dana.

Sie ließen die Gläser aneinanderklirren.

Dana nahm einen Schluck. Der Wein hatte eine fruchtige, herbe Note.

»Lecker«, sagte sie.

»Das ist das wahre Leben.«

»Nicht schlecht, ja.«

»Jetzt bräuchten wir nur noch ein paar Männer.«

»Um uns alles zu ruinieren«, fügte Dana hinzu.

»Ooooooch.«

»Du weißt schon, wie ich das meine. Jetzt ist alles prima, aber sobald ein paar Jungs hier wären, würden sie sich aufführen wie die Axt im Walde, uns betatschen und so weiter …«

»Uns womöglich die Badeanzüge ausziehen.«

»Genau.«

»Hört sich jetzt nicht *so* schlimm an.«

»Kommt auf die Jungs an, schätze ich.« Dana nippte an ihrem Wein. »Wen hättest du denn gern hier drin?«

»Niemand, den du kennst.«

»Wie heißt er?«

»Ichabod Bibsdiddle.«

Sie sahen sich an. Tuck nickte mit ernster Miene, bevor sie in Gelächter ausbrach. »Keine Ahnung. Ich hab ja keinen Freund. Im Moment zumindest nicht. Ich könnte mir niemand vorstellen, den ich jetzt gerne küssen würde, ganz zu schweigen von …«

»Hast du nicht gerade gesagt, dass du gerne ein paar Männer hier im Pool hättest?«

»Ja. Und?«

»Wen denn nun?«

»Ich weiß nicht.« Tuck überlegte. »Keine Arschlöcher jedenfalls.«

»Und die wären … wo zu finden?«

»Irgendwo bestimmt. Keine Ahnung. Wenn ich mal einen treffe, sage ich dir Bescheid.«

»Die Männer müssen dir doch förmlich nachlaufen.«

»Das tun sie auch. Täglich. Stündlich. Aber die meisten sind echte Ekelpakete. Spinner, Psychos, Wichser.«

»Aber doch nicht alle …«

»Nein, natürlich nicht. Manchmal lerne ich auch coole Jungs kennen. Aber die sind dann aus Juno oder Milbourne oder irgendeinem anderen Kaff mitten in der Pampa.«

»Vielleicht bist du nur zu wählerisch?«

»Ha!«

»Was ist mit den Einheimischen?«, fragte Dana.

»Hör bloß auf.«

»Es gibt keinen einzigen Mann in Malcasa Point, den du nicht für einen Volltrottel hältst?«

»Zumindest niemanden, mit dem ich zusammen sein will.«

Danas Herz klopfte schneller. »Und was ist mit Warren?«

»Aha! *Warren!* Es wundert mich, dass du den nicht schon früher erwähnt hast.«

»Wieso, was stimmt mit ihm nicht?«

»Hab ich behauptet, dass etwas nicht mit ihm stimmt?«

»Na ja, immerhin hast du ihn mit den ganzen anderen Versagern und Pennern hier in einen Topf geworfen. Was hat er denn für ein Problem?«

»Du magst ihn, oder?«

»Ich glaube schon. Wir haben uns kurz beim Mittagessen unterhalten. Und dann hab ich ihn noch mal gesehen, als er nach Hause gegangen ist. Ich hatte also noch keine Gelegenheit, ihn näher kennen zu lernen, aber er scheint doch ganz in Ordnung zu sein.«

»Ja, er ist nett, das stimmt.«

»Ist er schwul?«

Tuck lachte auf. »Warren? Schwul? Wer hat dir das denn erzählt?«

»Clyde.«

»Ach, Clyde. Das glaube ich. Clyde ist ein echtes Arschloch. Der würde das Blaue vom Himmel lügen, um dich ins Bett zu kriegen.«

»Also das kann er vergessen.«

»Du darfst ihm kein Wort glauben. Und lass dich nie allein von ihm erwischen. Er ist nicht nur ein Lügner, sondern auch ein Schürzenjäger. Dem traue ich alles zu, besonders, wenn es um dich geht. Dir ist doch wohl aufgefallen, dass du viel besser aussiehst als die anderen Mädels hier? Er würde alles dafür tun, um bei dir zu landen.«

»Na toll. Danke für die Warnung.«

»Er hat es mit der ganzen weiblichen Belegschaft getrieben.«

»Du machst wohl Witze.«

»Na ja, Betty vielleicht ausgenommen.«

»Auch mit *dir*?«

»Oh ja. Auch mit mir.« Tuck verzog das Gesicht und leerte ihr Glas. »Willst du noch was?«

»Wie hat er das denn angestellt?«

»Er hat Süßholz geraspelt, mir ewige Liebe und Treue geschworen.« Tuck wandte sich zur Flasche um. »Nicht zu vergessen der Alkohol. Ein Kuss hier, eine Hand dort, eins führt zum anderen. Du weißt ja, wie so was läuft.«

»Leider ja.«

»Mein Problem war, dass ich seinen ganzen Müll geglaubt habe. Ich habe ihm vertraut. Das darf dir nicht passieren.«

»Keine Angst.«

»Glaub ihm kein Wort.«

»Hat er Rhonda *auch* flachgelegt?«

»Aber sicher.«

»Himmel. Die Arme. Sie wirkt so unschuldig und … verletzlich.«

»Sie wusste gar nicht, wie ihr geschah.« Tuck reichte Dana ein volles Glas. »Ich habe sie zwar gewarnt, aber sie ist ihm trotzdem voll auf den Leim gegangen. Er hat sie geködert, gefangen, gevögelt und abserviert. Genau, wie er es mit allen anderen macht.«

»Aber nicht mit mir.«

»Halt immer die Augen offen.«

»Wenn er es versucht, bringe ich ihn um.«

Tuck lachte und schüttelte den Kopf.

»Wie kommt's, dass Clyde dann immer noch bei euch arbeitet? Hättet ihr ihn nicht schon längst rausschmeißen sollen?«

»Das würde ich ja gerne. Leider erledigt er seine Arbeit sehr gewissenhaft und geht immer erst nach Feierabend auf die Pirsch. Er hat noch gegen keine einzige Regel verstoßen – er hält sich einfach nur an die guten, altbewährten Verführungsmethoden. Bis jetzt zumindest. Ich hab schon mit Janice über ihn gesprochen, aber sie will ihn nicht entlassen.«

»Hat er sie auch gevögelt?«

»Janice? Pass auf, was du sagst. Sie ist immerhin die Frau meines

Dads!« Das Lächeln verschwand aus ihrem Gesicht. »Ich kann es mir nicht vorstellen. Da hat er nicht den Mumm zu. Immerhin ist sie die Eigentümerin des Horrorhauses. Wenn er sie wirklich erst verführen und dann fallen lassen würde wie eine heiße Kartoffel, würde sie ihn in hohem Bogen rauswerfen. Außerdem hätte er bei Janice keine Chance. Sie liebt meinen Dad wirklich und würde niemals einen anderen Kerl ranlassen. Außerdem ist sie ziemlich abgebrüht. Du weißt ja, was sie durchgemacht hat. Ihr kann niemand ans Bein pinkeln.«

»Und weshalb will sie ihn nicht rausschmeißen?«

»Er leistet exzellente Arbeit. Wenn sie ihn feuert, könnte er sie verklagen. Man kann ja die Leute nicht einfach so auf die Straße setzen, wenn sie sich nichts zuschulden kommen lassen. Und selbst wenn sie was falsch gemacht haben, ziehen sie noch vor Gericht.«

»Das ist doch nicht fair.«

»Früher oder später wird Clyde einen Fehler machen. Und dann werde ich dafür sorgen, dass er dafür bezahlt.« Sie nahm einen Schluck und senkte das Glas, bis es auf der blubbernden Wasseroberfläche zu stehen schien. »Vielleicht solltest du doch mit ihm ausgehen«, sagte sie grinsend. »Wenn wir Glück haben, versucht er, dich zu vergewaltigen.«

»Das ist ja eine tolle Idee.«

»Dann kannst du ihn anzeigen und …«

»Hör auf«, sagte Dana. »Und wenn er noch so ein großes Arschloch ist – ich will damit nichts zu tun haben.«

»Also gut …« Tuck zuckte mit den Achseln. »Irgendwie habe ich geahnt, dass du nicht auf meinen Plan eingehen würdest. Pfadfinderin.«

»Allzeit bereit.«

»Treue Seele.«

»Jetzt mach aber mal halblang.«

»Ich hab natürlich nur Spaß gemacht. Am besten, du gehst ihm einfach aus dem Weg. Sprich lieber nicht mal mit ihm, wenn es nicht unbedingt notwendig ist.«

»Das hätte ich alles vorher wissen sollen. Dann hätte ich mich nicht von ihm anquatschen lassen.«

»Das war bestimmt nicht sein letzter Versuch.«

»Der soll nur kommen.«

Schweigend tranken sie ihren Wein.

Dana war unglaublich warm. Sie wischte sich den Schweiß aus dem Gesicht.

Als sie ausgetrunken hatte, stellte sie das Glas auf den Beckenrand.

»Willst du noch?«

»Später vielleicht«, sagte sie und stand auf.

»Willst du schon rausgehen?«

»Ich brauche ein bisschen frische Luft.«

Sie setzte sich auf den Beckenrand und ließ die Beine ins warme Wasser baumeln. Die kalte Nachtluft strich um ihren Körper. Die Wasser- und Schweißtropfen auf ihrer Haut kühlten sich ab. Sie holte tief Luft. »Schon besser«, sagte sie.

Tuck sah sie an. »Wenn du so richtig masochistisch drauf bist, kannst du ja ins Schwimmbecken springen«, sagte sie mit lauter Stimme, um das Blubbern des Whirlpools zu übertönen.

Dana sah zum Becken. Dort stieg kein Dampf auf, und das von der Brise leicht gekräuselte Wasser wirkte ziemlich kalt.

»Im Moment nicht«, sagte Dana. »Erzähl mir was über Warren.«

»Ah. Okay.« Tuck setzte sich neben sie. »Was willst du wissen?«

»Was *sollte* ich denn wissen?«

»Also …« Tuck leerte ihr Glas. »Ich nehme noch einen. Wie steht's mit dir?«

»Ist es so eine lange Geschichte?«

Tuck zuckte mit den Achseln. »Wir müssen die Flasche wohl oder übel leeren. Rotwein kann man nicht aufheben.«

»Wenn du das sagst.«

Tuck füllte ihre Gläser und beide tranken einen Schluck. Sie richtete ihren Blick auf den Swimmingpool. »Also«, sagte sie. »Warren ist …«

Sie verstummte.

»Was?«

»*Scheiße*«, flüsterte sie, dann lächelte sie Dana zu. »Verhalt dich ganz normal. Tu so, als ob nichts wäre.«

»Was ist denn los?«

»Da drüben ist jemand.«

»Was?«

»Da drüben. Im Gebüsch.«

Kapitel zwanzig

Der Spanner

Dana versuchte, ihre Beunruhigung nicht zu zeigen und nickte. »Wo genau?«, fragte sie, ohne sich umzusehen.

Tuck nippte an ihrem Wein. Dann spähte sie an Dana vorbei.

»Was ist?«

»Ich kann ihn nicht mehr sehen.«

Dana wandte sich um und ließ ihren Blick über die verfallene Mauer und das Gebüsch hinter dem Schwimmbecken wandern. Das Blattwerk war einigermaßen gut beleuchtet, doch es gab auch viele schattige Stellen.

Dunkle, gähnende Löcher.

Dana konnte niemanden erkennen.

Doch plötzlich begriff sie, wie einsam sie hier waren – ganz allein in einem Haus mitten im Wald.

Niemand da, den man um Hilfe bitten konnte.

Niemand, der ihre Schreie hören würde.

»Ich sehe niemand«, sagte Dana.

»Ich auch nicht. Nicht mehr.«

»Vielleicht ist er weg.«

»Keine Ahnung. Er könnte überall sein.«

»Na ja … nicht gerade überall.«

»Aber fast«, sagte Tuck.

»Wo war er denn?«

»Ungefähr fünf Meter vom Rand des Pools entfernt.«

Dana sah wieder in die Richtung.

»Siehst du den Baum, der wie ein Weihnachtsbaum aussieht?«

»Ja.«

»Er stand rechts davon im Schatten.«

Dana nickte. »Aber jetzt ist er weg.«

»Warum gehst du nicht rüber und siehst nach?«, schlug Tuck vor.

»Sehr witzig. Vielleicht sollten wir reingehen.«

»Verflucht. Ja, das wäre besser.«

»Wir lassen einfach alles hier.«

Sie stellten ihre Gläser ab.

»Und jetzt?«, fragte Tuck.

»Rennen wir so schnell wir können zur Tür.«

»Besser nicht. Wir tun so, als hätten wir nichts bemerkt.«

»Warum denn?«, fragte Dana. »Er könnte jeden Augenblick über uns herfallen. Und je länger wir darüber diskutieren, desto näher kann er sich an uns ranschleichen.«

Tuck verzog das Gesicht. Dana erkannte Angst in ihren Augen.

Dieser Anblick tat Dana in der Seele weh. Tucks Blick sprühte üblicherweise vor Verschmitztheit, schrägem Humor und Mut. Sie spürte, wie eine ungeheure Wut auf diejenige Person in ihr aufstieg, die Tuck diese Angst eingejagt hatte.

»Hab keine Angst«, sagte sie und legte eine Hand auf Tucks Schulter. »Ich bin ja bei dir. Uns passiert schon nichts.«

»Okay«, sagte Tuck und nickte lebhaft. Doch die Furcht hatte ihre Augen nicht verlassen.

»Bereit?«, fragte Dana.

»Bereit.«

»Dann los.«

Sie richteten sich auf, wirbelten herum und rannten los. Ihre nackten Fußsohlen klatschten auf den Beton. Wasser spritzte umher. Gemeinsam eilten sie auf die Schiebetür zu.

Dana wurde langsamer, damit sie sie nicht im selben Moment erreichten und sich gegenseitig im Weg standen. Tuck riss die Tür auf und ließ Dana den Vortritt. Als sie beide drin waren, zog Tuck die Tür wieder zu. Sie fiel mit einem Krachen ins Schloss, und Tuck schob den Riegel vor.

Keuchend starrten sie nach draußen.

Nur der Dampf und die gekräuselte Oberfläche des Swimmingpools bewegten sich.

»Anscheinend hat er nicht versucht uns zu folgen.«

»Sieht nicht so aus. Alles klar?«

»Prima.«

»Hast du erkennen können, wer es war?«

»Nö.«

»Wie hat er ausgesehen?«

»Also … ich weiß nicht. Ich bin mir nicht sicher, was ich überhaupt gesehen habe. Einen Arm vielleicht.«

»Und dieser Arm, gehörte der zu einer Person?«

Tuck warf Dana einen finsteren Blick zu. »Nein, es war Bigfoot.«

»So war's nicht gemeint.«

Ein Grinsen erschien auf Tucks Gesicht. »Andererseits kann es Bigfoot nicht gewesen sein. Der Arm war gar nicht behaart. Vielleicht war es die Bestie.«

»Klar.«

»Die Haut war jedenfalls ziemlich blass.«

»Es war ein *nackter* Arm?«

»Ja«, sagte Tuck. »Wer es auch war, ich glaube nicht, dass er etwas anhatte. Hmmm.« Sie streckte die Hand nach dem Türgriff aus. »Vielleicht sollte ich ihn reinbitten.«

»Lass das.«

Sie standen eine Zeit lang schweigend da.

»Du weißt wirklich nicht, wer das gewesen sein könnte?«, fragte Dana schließlich.

»Ich habe keinen blassen Schimmer.«

»Jetzt können wir uns nicht mehr aus dem Haus trauen.«

»Weißt du was? Du behältst den Pool im Auge, und ich rufe die Polizei.«

Dana spürte ein unangenehmes Gefühl im Magen.

Die Polizei rufen?

Tuck ging zum Telefon auf dem Beistelltisch neben dem Sofa,

wobei sie eine Spur aus Wassertropfen hinter sich herzog. Sie nahm den Hörer ab.

»Ist das wirklich nötig?«, fragte Dana.

»Glaubst du nicht?«

»Doch.«

Tuck wählte.

Dana fragte sich, ob sie wirklich in so großer Gefahr schwebten. Dann wandte sie sich wieder dem Pool zu. Niemand zu sehen.

Natürlich nicht. Er versteckt sich ja auch.

»Hallo?«, sagte Tuck. »Ja, es ist ein Notfall. Denke schon. Hier ist jemand hinter dem Haus. Meine Freundin und ich waren gerade im Whirlpool, da habe ich jemanden im Gebüsch bemerkt.« Pause. »Tucker. Lynn Tucker. Oh, hallo, George. Ich hab deine Stimme gar nicht erkannt … ja, uns geht's gut. Wir sind ins Haus gerannt und haben hinter uns abgeschlossen, aber wir wissen nicht, ob er noch da draußen ist … nein, er ist uns nicht gefolgt. Jedenfalls bis jetzt noch nicht.« Sie gab ihre Adresse durch. »Keine Ahnung, wer das sein könnte. Ich hab sein Gesicht nicht gesehen … ja, wahrscheinlich ein Mann, aber ziemlich jung, würde ich sagen … nein, kein Kind … George, ich hab nur seinen *Arm und seine Schulter* gesehen … normal, würde ich sagen … Nein, stimmt nicht. Ich weiß es nicht. Doch eher groß. Vielleicht kam er mir auch nur so groß vor … bestimmt über eins achtzig … Woher soll ich das wissen? Ich hab doch nur seinen Arm gesehen … neunzig, hundert Kilo vielleicht. Wieso musst du denn das aufschreiben? Kannst du uns jemand rüberschicken? … Angehabt? Nichts. Ich hab jedenfalls nichts gesehen … Ob er *nackt* war, weiß ich nicht. Ich hab nur seinen Arm gesehen, George, und der war nackt … sonst fällt mir nichts ein … keine Ahnung. Er versucht jedenfalls nicht gerade, die Tür einzutreten … *Nicht* … Okay, danke … super … Du auch, George. Bis bald.«

Sie legte auf. »Das war George, den kenne ich von früher. Er schickt uns jemanden vorbei.«

»Hat er gesagt, wie lange es dauern wird?«

»Nein. Und wen er schickt, hat er auch nicht gesagt. Hätte ich ihn nur gefragt. Ich kenne jeden Polizisten in dieser Stadt …« Sie schüttelte den Kopf. »Hoffentlich nicht Cochran. Das ist ein echtes Arschloch. Jetzt zieh ich mir erst mal was an. Für den Fall, dass es wirklich Cochran ist.«

»Geh nur«, sagte Dana. »Ich halte hier Wache.«

»Okay. Schrei, wenn irgendwas passiert.«

Tuck rannte die Treppe hinauf, und Dana wandte sich wieder der Glastür zu.

Der Bereich um den Swimmingpool war leer. Trotzdem konnte man sich im Gebüsch dahinter leicht verstecken.

Und mich beobachten.

Und hätte einen unverstellten, exzellenten Ausblick auf sie.

Plötzlich kam sie sich in ihrem dünnen, nassen Badeanzug sehr verwundbar vor. Kaltes Wasser lief ihre Beine hinab, und sie zitterte leicht. Sie spürte, dass sie am ganzen Körper Gänsehaut hatte und ihre Brustwarzen steif hervorstanden.

Sie hätte nur zu gerne die Vorhänge geschlossen.

Aber dann kann ich überhaupt nicht mehr sehen, was draußen vorgeht. Er könnte sich zur Tür schleichen.

Soll er mich doch begaffen. Na und?

Tuck kam wieder die Treppe hinunter. Sie trug einen weiten grauen Pullover und weiße Shorts, die ihr fast bis zu den Knien reichten. In ihrer rechten Hand hielt sie einen sehr großen Revolver.

»Du hast eine Waffe?«, fragte Dana.

»Das ist nicht irgendeine Waffe«, sagte Tuck und richtete sie gegen die Decke. »Das hier ist eine Smith & Wesson .44er Magnum mit verlängertem Lauf.« Sie kniff die Augen zusammen und imitierte Clint Eastwood. »Die bläst einem den Kopf weg«, sagte sie mit schnarrender Stimme.

»Mein Gott«, murmelte Dana.

»Nein, Dirty Harry. Die gehört meinem Dad. Da sind Hohlspitzkugeln drin.« Sie ließ die Trommel kreisen. »Nur für den Fall, dass unser Besucher vor der Kavallerie auftaucht.«

»Pass auf, dass ›die Kavallerie‹ das Ding nicht sieht. Sonst erschießt sie *dich*.«

»Ich bin ja nicht blöd. Du kannst dich jetzt anziehen, wenn …«

Die Türklingel ertönte, und beide zuckten zusammen.

»Zu spät«, sagte Tuck. »Mach auf, ich verstecke in der Zeit die Kanone.«

Dana ging den Korridor zur Eingangshalle hinunter. »Wer ist da?«

»Polizei.«

Sie öffnete die Tür und sah sich einer Frau in Uniform gegenüber, die eine lange, schwarze Taschenlampe in der Hand hielt.

»Hallo, Officer«, sagte Dana.

Die Frau musterte sie. »Sie haben Ärger mit einem Spanner?«

»Genau. Kommen Sie doch rein.«

Dana schätzte die Beamtin auf Ende zwanzig, Anfang dreißig. Sie war ebenso groß wie Dana, besaß eine ähnliche Figur und war äußerst attraktiv. In ihren stahlblauen Augen lag eine gewisse Ironie. Das hellblonde Haar war ziemlich kurz geschnitten.

Eine Männerfrisur.

Dana fühlte sich in ihrem Badeanzug plötzlich sehr unbehaglich und errötete.

Auf dem Namensschild über der rechten Brusttasche war CHANEY zu lesen.

»Sie sind hier wohl die Rettungsschwimmerin«, sagte Officer Chaney, grinste schief und streckte ihr die Hand hin.

»Genau. Ich bin Dana Lake.« Sie schüttelten sich die Hände.

»Und ich bin Eve …«

»*… die Unerbittliche*!«, rief Tuck, die ohne den Revolver in die Eingangshalle gestürmt kam. »Wie geht's, Eve?«

»Hey, Lynn.«

»Hast du Dana schon kennen gelernt?«

»Jau.«

»Sie ist eine alte Freundin aus L.A.«, erklärte Tuck. »Wir halten hier die Stellung, solange Dad und Janice auf Kreuzfahrt sind. Das ist Eve Chaney«, sagte Tuck zu Dana. »Wir haben Glück. Sie ist eine verdammt gute Polizistin, die beste in ganz Malcasa Point, wenn nicht in ganz Kalifornien.«

Eve lächelte. »Ich bin nicht die Beste«, sagte sie. »Aber möglicherweise die Gefährlichste.«

»Deshalb nenne ich sie auch die Unerbittliche. Hätte ich gewusst, dass du kommst, hätte ich die .44er nicht verstecken müssen. Aber ich hatte Angst, dass Cochran oder ein anderer von diesen Pennern auftaucht.«

»Glück gehabt. Cochran hat die Tagschicht. Also, was ist los? Ein Spanner, hab ich gehört?«

»Genau. Beim Pool.«

»Sehen wir mal nach«, sagte Eve, trat zwischen den beiden hindurch und ging voraus.

Dana folgte ihr. Eves hellblaue, kurzärmlige Uniformbluse war etwas verknittert, wahrscheinlich, weil sie gerade noch im Streifenwagen gesessen hatte. Man sah, dass sie darunter keine kugelsichere Weste trug.

Weil hier in der Provinz die Cops nicht ständig unter Beschuss stehen.

Nur ab und zu einer von einer Bestie zerfleischt wird.

Bis auf die schusssichere Weste schien Eve alles dabeizuhaben. Ihr schwarzer Gürtel war mit so viel Ausrüstung beladen, dass das Leder bei jedem Schritt knarrte und Metall gegen Metall klirrte. Es klang, als würde sie einen Reitsattel mit sich herumschleppen.

»Wann habt ihr ihn gesehen?«, fragte sie.

Tuck zuckte mit den Achseln. »Vor zehn Minuten etwa.«

»So ungefähr«, pflichtete Dana ihr bei.

»Und ihr habt keine Ahnung, wer es gewesen sein könnte?«

»Ich hab nur einen Arm gesehen.«

»Wo war er genau?«, fragte Eve, die wenige Schritte vor der Glastür stehen geblieben war.

»Da drüben«, sagte Tuck und deutete auf den Pool. »Im Gebüsch dort. Aber ich glaube, er hat sich aus dem Staub gemacht.«

Eve öffnete die Schiebetür. »Ihr beiden wartet hier. Ich seh mich mal um. Schließt hinter mir ab.«

»Sie wollen ganz allein da rausgehen?«, fragte Dana.

»Aber sicher.«

»Seien Sie vorsichtig!«

»Immer.«

»Sollen wir nicht mitkommen? Ich kann die .44er holen und …«

»Nein, nein. Ihr bleibt schön hier.«

Kapitel einundzwanzig

Eve

Eve Chaney verließ das Haus, schloss die Tür hinter sich und ging auf den Pool zu.

»Die hat Mumm«, sagte Dana.

»Stimmt. Sie ist wirklich die beste Polizistin der Stadt. Im Vergleich zu ihr sind die anderen richtige Weicheier. Sie schreckt vor nichts zurück. Du würdest nicht glauben, wie viele Auszeichnungen sie schon hat. Sie hat sogar auf fünf oder sechs Verbrecher *geschossen.*«

»Sieh dir das an«, sagte Dana, die Eve durch die Glastür beobachtete. »Sie hat noch nicht mal ihre Waffe gezogen.«

Eve blieb neben dem Pool stehen und sah sich um. Dann rannte sie plötzlich los.

Sie läuft wie ein Mann, dachte Dana.

Dann verschwand sie im Gebüsch und schaltete die Taschenlampe ein.

»Sie trägt auch keine kugelsichere Weste«, meinte Dana.

»Das tut sie nie«, sagte Tuck. »Ich halte das für gefährlich, und das hab ich ihr auch gesagt. Die anderen Cops haben sie ja auch die ganze Zeit an. Aber sie will mit den Dingern nichts zu tun haben. Weil sie angeblich unpraktisch sind und man darin schwitzt. Und sie sich unvorteilhaft auf ihre zierliche Figur auswirken.«

»Das hat sie gesagt?«, fragte Dana kichernd.

»Sie hat einen ziemlich schrägen Humor.«

»Genau wie du. Kein Wunder, dass du sie so gern hast.«

»Manchmal mache ich mir Sorgen um sie. Sie riskiert zu viel. Es würde sie ja nicht umbringen, eine dieser Westen zu tragen.«

»Vielleicht hält sie sich für unverwundbar.«

»Möglich. Trotzdem könnte ich die Wand hochgehen. Sie ist so schlau und engagiert und alles, da … Wieso braucht sie denn so lange, verflucht?«

»Sie ist doch gerade erst los.«

»Sie glaubt, sie wäre so verdammt hart …«

»Das scheint sie auch zu sein, wenn es stimmt, was du erzählst …«

»Trotzdem könnte sich jemand an sie ranschleichen.« Tuck packte den Türgriff.

»Wir sollen doch hierbleiben.«

»Vielleicht steckt sie in Schwierigkeiten. Hier drin können wir sie ja nicht mal hören, wenn sie um Hilfe ruft.«

Tuck schob die Tür auf, und die kühle Nachtluft schlug Dana entgegen.

Niemand rief um Hilfe. Dana hörte nur das Blubbern des Whirlpools und das weit entfernte Kreischen der Möwen.

Tuck trat auf die Veranda.

»Komm wieder rein!«

Sie schüttelte den Kopf ohne sich umzudrehen.

Dana stellte sich neben sie. »Sie hat doch gesagt, dass wir im Haus auf sie warten sollen.«

»Ja. Na und? Was soll sie jetzt machen? Uns verhaften?«

»Na ja, jetzt, wo wir schon mal hier draußen sind …«

»Wo willst du hin? Bleib hier.«

Dana ging zu dem Stuhl, über den sie ihren Bademantel gehängt hatte, und schlüpfte in den weichen Stoff. Endlich war ihr wieder angenehm warm, und sie fühlte sich nicht mehr so schrecklich entblößt. Dann hob sie Tucks Bademantel und die Handtücher auf.

Als sie zur Tür zurückging, sah Tuck sie böse an.

»Mir war kalt«, entschuldigte sie sich. »Außerdem war es deine Idee, rauszugehen.«

»Aber doch nicht, um in der Gegend rumzuspazieren.«

»Ich bin nicht rumspaziert. Und lebendig zurückgekehrt.«

Sie brachte die Sachen ins Haus und stellte sich wieder neben Tuck.

»Tut mir leid. Ich bin etwas aufgeregt wegen dieser ganzen Sache.«

»Ich weiß. Geht mir genauso.«

»Als ob es nicht schon reichen würde, dass sich jemand an Ethel vergreift, drei Rekorder fehlen, wir einen Rundgang machen mussten und immer noch jemand vermisst wird, schleicht jetzt auch noch ein Spanner ums Haus herum, von dem Gott allein weiß, was in seinem kranken, perversen Hirn vorgeht. Was für ein beschissener Tag.«

»Vielleicht ein heimlicher Bewunderer.«

»Nein, ein kranker, perverser Irrer. Wo bleibt sie nur?«

»Sie sieht sich eben gründlich um.«

»Aber das dauert doch nicht so lange.«

»Ihr wird schon nichts passiert sein. Glaubst du, dass es da einen Zusammenhang gibt?«

»Zusammenhang?«, fragte Tuck. »Was für einen Zusammenhang?«

»Vielleicht hat der Kerl, der sich an Ethel zu schaffen gemacht hat, auch etwas mit dem verschwundenen Kassettenrekorder zu tun. Vielleicht ist es auch derselbe, der hier herumschleicht.«

»Keine Ahnung«, sagte Tuck. »Möglich wäre es.«

»Sollen wir Eve die ganze Geschichte erzählen?«

»Wenn sie nicht bereits tot ist«, sagte Tuck in einem Tonfall, aus dem Dana nicht schließen konnte, ob das ein Scherz sein sollte.

»Sie ist nicht tot. Möglicherweise kann sie sich ja einen Reim auf …«

»Eins nach dem anderen, okay? Eve muss von der Sache im Horrorhaus nichts wissen. Wenn sie eine Untersuchung in die Wege leitet, dann weiß im Nu die ganze Stadt Bescheid. Und das geht nun wirklich niemanden etwas an.«

»Wenn ein Besucher verschwunden ist …«

»Bis jetzt ist noch niemand verschwunden. Das können wir nicht mit Sicherheit sagen. Ein Rekorder fehlt, das ist alles.«

»Aber …«

»Niemand hat jemanden vermisst, und es stand auch kein verlassenes Auto auf dem Parkplatz. Das sind für mich Hinweise darauf, dass nichts passiert ist. Klar, es ist schon möglich, dass derjenige ohne Begleitung unterwegs war und auf der Hauptstraße geparkt hat oder zu Fuß gekommen ist. Im Moment gibt es aber noch keinen Grund, Alarm zu schlagen. Ich will nicht, dass die Polizei wegen jeder Kleinigkeit im Horrorhaus auftaucht.«

»Aber heute Abend hast du sie doch auch gerufen.«

»Ein Spanner am Pool ist keine Kleinigkeit. *Verflucht noch mal, wo ist Eve*?«

»Sie ist womöglich …«

»*EVE!*«, rief Tuck.

Keine Antwort.

»Oh Gott«, murmelte Tuck. »Ihr ist etwas passiert.«

»Vielleicht ist sie …«

»EVE! VERDAMMT NOCH MAL! WO BIST DU?«

Eve kam aus dem Gebüsch hinter dem Pool gestapft. Sie hatte den Blick auf den Boden gerichtet, erst als sie wieder den Betonboden erreichte, richtete sie sich auf. »Was ist denn?«, rief sie.

»Alles in Ordnung?«, fragte Tuck.

»Klar. Habt ihr ihn gesehen?«

»Nein.«

»Was macht ihr überhaupt hier draußen?«

»Wir haben uns Sorgen um dich gemacht.«

Eve grinste, schaltete die Taschenlampe aus und umrundete den Pool. »Gehen wir wieder rein«, sagte sie, als sie bei Dana und Tuck war.

Eve schloss die Tür hinter ihnen und schob den Riegel vor. Ohne ein Wort zu verlieren, zog sie die Vorhänge zu.

»Das gefällt mir gar nicht«, sagte Tuck.

Eve drehte sich zu ihr um. »Mir auch nicht. Da draußen war jemand, so viel ist sicher.«

Das war für Dana keine große Überraschung. Sie hatte nie an

Tucks Worten gezweifelt. Doch jetzt, da eine Polizistin sie bestätigte, spürte sie ein mulmiges Gefühl in der Magengrube aufsteigen.

»Hast du ihn gesehen?«, fragte Tuck.

Eve schüttelte den Kopf. »Leider nicht.«

»Hast du was gefunden?«

»Er hat ziemlich viel Gras niedergetrampelt. Wie es aussieht, war er wohl eine ganze Weile hier.«

»Scheiße«, murmelte Tuck.

»War sonst noch was zu sehen?«, fragte Dana.

»Eigentlich nicht. Ich kann nicht mal mit Bestimmtheit sagen, ob es überhaupt ein Mensch war. Könnte sich auch um ein großes Tier gehandelt haben.«

»Ich hab einen Arm gesehen«, gab Tuck zu bedenken. »Und eine Schulter.«

»Das bezweifle ich ja gar nicht«, sagte Eve. »Es war wahrscheinlich auch ein Mensch. Ich würde mal auf einen Spanner tippen. Er hat sich ein hübsches Versteck im Gebüsch gesucht und euch beiden beim Planschen im Swimmingpool zugesehen.«

»Wir waren im Whirlpool«, sagte Tuck.

Eve lächelte. »Freut mich zu hören. Das Schwimmbecken ist für eine solche Nacht auch viel zu kalt. Aber wie dem auch sei – offenbar hattet ihr Publikum.«

»Na toll«, sagte Tuck. »Zum Glück hatten wir unsere Badesachen an.«

»Was kein Muss war«, fügte Dana hinzu.

»Ich glaube nicht, dass er regelmäßig vorbeischaut. Da hinten ist ziemlich viel Gestrüpp, und ich konnte keinen Trampelpfad oder so erkennen. Vielleicht war heute seine erste Nacht. Das ist die gute Nachricht.«

»Und die schlechte?«, fragte Dana.

Eve lachte grimmig. »Wo soll ich anfangen?«

»Das klingt nicht gerade ermutigend«, sagte Tuck.

»Ich hab alles genau durchsucht. Anscheinend hat er sich aus dem Staub gemacht. Aber sicher bin ich mir nicht. Wie gesagt, da hinten ist der reinste Urwald. Könnte sein, dass er sich immer noch dort versteckt hält.«

»Ganz und gar nicht ermutigend.«

Eve zuckte mit den Achseln. »Ich bin auch nicht hier, um dich zu ermutigen, Lynn.«

»Weshalb dann?«

Eve lachte. »Sei ruhig und hör zu, okay?«

»Jawohl, Officer Chaney.«

»Das hier ist ernst.«

»Ich weiß.«

»Also. Euer Spanner könnte immer noch da draußen sein. Das können wir nicht ausschließen. Aber es kommt noch besser.«

»Na toll.«

»Wenn er abgehauen ist, kommt er morgen Nacht höchstwahrscheinlich wieder. Oder übermorgen Nacht … jedenfalls dann, wenn ihn das Verlangen packt, euch in euren Badeanzügen zu sehen … oder ohne.«

»Reizend.«

»Und irgendwann kommt unweigerlich der Zeitpunkt, an dem es den meisten Voyeuren nicht mehr ausreicht, einfach nur zuzugucken.«

»Ich hatte befürchtet, dass du so etwas sagen würdest.«

Dana verzog das Gesicht. »Mit anderen Worten, er wird versuchen, uns anzugreifen?«

»Der Kerl hat wahrscheinlich Gewaltfantasien und träumt davon, euch zu vergewaltigen. Und der nächste Schritt wird sein, dass er diese Fantasien *in die Tat umsetzt*.«

»Klingt nur logisch«, gab Dana zu. »Was sollen wir tun?«

»Haltet die Augen offen und Türen und Fenster immer fest verschlossen. Zieht die Vorhänge zu, damit er nicht ins Haus hineinsehen kann. Geht nicht alleine raus, besonders nicht in der Dunkelheit. Aber auch tagsüber müsst ihr aufpassen. Whirlpool und

Schwimmbecken könnt ihr die nächste Zeit vergessen. Lynn, du musst deinen Revolver ständig griffbereit halten.«

»Jetzt haben wir also einen Spanner an der Backe, der über unser Leben bestimmt.«

»Ich sage nur, dass ihr gewisse Vorsichtsmaßnahmen treffen sollt.«

»Ja. Sich im Haus verstecken. Nicht schwimmen gehen. Mann! Das ist doch scheiße! Was kommt als Nächstes? Sollen wir Gitterstäbe an den Fenstern anbringen?«

»Das nicht gerade«, sagte Eve. »Aber seid in der nächsten Zeit einfach vorsichtig, okay?«

»Was bedeutet denn ›*die nächste Zeit*‹?«

»Kommt drauf an.« Eve zuckte mit den Schultern. »Möglicherweise kommt der Kerl überhaupt nicht mehr zurück. Vielleicht weiß er, dass ihr ihn bemerkt habt, und sucht sich jetzt sicherere Jagdgründe. Andererseits könnte ihm genau dieses Risiko den Kick geben. Zwei Frauen zum Preis von einer. Und ihr seid ja auch beide heiße Bräute.«

»Also weißt du, Eve …«

»Ihr wisst es, ich weiß es, und *er* weiß es auch. Ihr seid ziemlich attraktiv, und er hat euch bereits in euren Schwimmsachen beobachtet. Das war schon mal ein gefundenes Fressen für ihn, aber er wird euch nackt sehen wollen. Wahrscheinlich taucht er früher oder später wieder auf. Also gebt ihm einfach nichts, was er angaffen könnte. Nach einer Weile wird er dann vielleicht merken, dass er sich die Mühe sparen kann, und sich anderweitig umsehen.«

»Vielleicht?«, fragte Tuck.

»Meiner Erfahrung nach jedenfalls«, erklärte Eve. »Oder es ist gar kein Spanner, und er war aus anderen Gründen hier.«

»Zum Beispiel?«, fragte Dana.

»Da gibt's viele Möglichkeiten.«

»Zum Beispiel?«

»Es könnte ein Einbrecher gewesen sein, der das Haus ausspioniert hat. Und dann seid ihr gekommen, und er hat sich zurückgelehnt und die Vorstellung genossen.«

»Wir haben ihn zum Spannertum bekehrt«, sagte Tuck.

Daraufhin mussten alle grinsen.

»Es gibt noch eine weitere Möglichkeit. Die werdet ihr aber nicht so gerne hören wollen.«

»Zur Abwechslung mal etwas, das uns so *richtig* runterzieht?«

»Ihr solltet euch wirklich Sorgen machen.«

»Noch mehr Sorgen als über einen Spanner oder einen Einbrecher?«

»Höchstwahrscheinlich ist es ja auch ein Spanner. Ich würde sogar darauf wetten. Aber ihr müsst auch in Betracht ziehen, dass es sich um einen … na ja, einen Kerl handeln könnte, der von einer von euch besessen ist. Ein Stalker.«

»Genau das wollte ich hören.«

»Die Kerle verlieben sich sicher ständig Hals über Kopf in euch.«

»Kommt schon vor«, sagte Tuck.

Dana nickte.

»Und dieser Eindringling könnte so einer sein«, sagte Eve. »Einer, der richtig in euch verschossen ist. Aus irgendeinem Grund jedoch glaubt er, dass er bei euch sowieso nicht landen kann. Also verwandelt sich seine Zuneigung in Besessenheit.«

»Ist das nicht romantisch?«, sagte Tuck.

»So romantisch wie eine Wurzelbehandlung«, fügte Dana hinzu.

»Das kann sehr gefährlich werden«, sagte Eve. »Es gibt bestimmt viele Typen, die euch auf den Wecker gehen und sich in eurer Gegenwart wie Idioten aufführen, aber wenn einer so weit geht, dass er euch verfolgt und euch *hinterherspioniert*, dann habt ihr ein Riesenproblem. So jemand gibt sich nicht damit zufrieden, von euch zu träumen, er will euch *haben*. Und das kann wahnsinnig gefährlich sein. Vielleicht will er euch sogar umbringen.«

Dana nickte. »Wenn er uns nicht haben kann, dann auch niemand sonst.«

»Genau.«

»Tja«, sagte Tuck. »Ihr heitert mich richtig auf.«

»Vielleicht kennt ihr ihn sogar«, sagte Eve und warf Tuck und Dana einen Blick zu. »Überlegt mal. Wer könnte in dieses Schema passen? Gibt es jemanden, der euch ständig beobachtet oder euch folgt? Ein Arbeitskollege? Oder ein Besucher des Horrorhauses?«

Dana dachte an Clyde. Sie dachte an Dennis und Arnold. Sogar Warren kam ihr in den Sinn. Aber sie hielt keinen davon für fähig, so etwas zu tun.

Sie schüttelte den Kopf.

»Mir fällt auch niemand ein«, sagte Tuck.

»Gibt es vielleicht jemanden, der regelmäßig an der Führung teilnimmt?«

»Das kommt schon vor«, sagte Tuck. »Manche kommen ein zweites oder drittes Mal. Wir haben sogar Stammgäste.«

»Vielleicht ist es einer von denen. Du denkst nur, dass ihn das Haus interessiert, dabei ist er hinter dir her.«

»Wäre schon möglich«, gab Tuck zu. »Aber das sind nicht gerade wenige. Keine Ahnung … Andererseits hast du gesagt, dass der Kerl heute zum ersten Mal hier war.«

»Sieht zumindest danach aus.«

»Dann war er wahrscheinlich nicht wegen mir hier. Ich bin schließlich jeden Tag im Horrorhaus. Warum hätte er also ausgerechnet heute Nacht auftauchen sollen? Plausibler erscheint mir, dass er wegen Dana gekommen ist. Schließlich war heute ihr erster Tag.«

Eve sah sie an. »Ihr erster Tag?«

»Ja.«

»War jemand ganz besonders interessiert an Ihnen?«

»Eigentlich fällt mir da nur Clyde ein. Er wollte sich zum Essen mit mir verabreden, aber ich habe ihm einen Korb gegeben. Trotzdem will ich ihn nicht grundlos verdächtigen. Das da draußen hätte schließlich jeder sein können.«

»Außerdem ist das nicht Clydes Stil«, sagte Tuck.

»Man kann nie wissen«, sagte Eve. »Dem traue ich alles zu.«

»Sie kennen Ihn also?«, fragte Dana.

»Darauf können Sie wetten«, sagte Eve. »Ein echtes Herzchen.« Tuck grinste breit. »Officer Chaney ist eine der wenigen, die er noch nicht flachgelegt hat.«

»Er hat Angst vor mir«, sagte Eve und fletschte die Zähne. »Obwohl ich mir nicht vorstellen kann wieso. Wie dem auch sei – gab es heute noch jemanden, der übermäßiges Interesse an Ihnen gezeigt hat?«

»Warren. Wir haben miteinander geplaudert. Er scheint aber nett zu sein …«

»Warren ist wirklich nett«, sagte Eve. »Der tut so etwas nicht.«

»Selbst wenn er es wollte«, sagte Tuck. »Er würde sich das niemals trauen.«

»Er ist sehr schüchtern«, pflichtete Eve ihr bei. »Sonst noch jemand? Vielleicht einer von den Besuchern?«

»Eigentlich nicht. Viele Leute haben … na ja, einen zweiten Blick riskiert. Aber da war niemand, der mich richtiggehend angestarrt hätte.«

»Halten Sie auf jeden Fall die Augen offen. Ihr beide. Merkt euch morgen jeden, der euch etwas zu eindringlich beobachtet, viele Fragen stellt oder immer in eurer Nähe ist. Eben alles, was euch verdächtig vorkommt. Alles klar? In der Zwischenzeit werde ich einen Bericht schreiben. Wenn ihr euch an das haltet, was ich euch gesagt habe, wird euch schon nichts passieren.«

»Toll«, sagte Tuck.

»Ich weiß, ich weiß. Angenehm ist es nicht.«

»So ist das heutzutage«, sagte Tuck. »Die unbescholtenen Bürger müssen sich nachts einschließen, und die Verbrecher laufen frei herum. Der *American Way of Life.*«

»Schlimm, dass so etwas in dieser Stadt passiert«, sagte Eve. »Glaubt mir, das gefällt mir ganz und gar nicht. Es ist sozusagen eine

Beleidigung für mich. Aber ich kann diesen Kerl erst festnehmen, wenn ich weiß, wer er ist. Bis dahin haltet euch bedeckt und seid wachsam. Ich werde alles tun, was in meiner Macht steht.«

»Wir werden auf uns aufpassen«, sagte Dana.

»Ist ja klar.«

Eve knöpfte eine Brusttasche auf und zog eine Visitenkarte daraus hervor. »Ich gebe euch meine Privatnummer«, sagte sie.

Mit einem Kugelschreiber kritzelte sie ihre Telefonnummer auf die Rückseite der Karte. »Jemand wie Cochran wird euch in so einer Situation keine große Hilfe sein. Also ist es besser, ihr ruft mich zu Hause an, wenn ich nicht im Dienst bin.«

»Machen wir«, sagte Tuck. »Vielen Dank.«

Eve reichte ihr die Karte. »Okay. Dann mache ich mich mal wieder auf den Weg. Haltet mich auf dem Laufenden. Und vergiss die .44er nicht, Lynn.« Sie wandte sich Dana zu. »Haben Sie eine Waffe?«

»Ihre Körpergröße«, sagte Tuck.

Eve und Dana warfen ihr einen finsteren Blick zu.

»Ich meine eine Feuerwaffe.«

»Nein.«

»Sie sollten sich eine zulegen.«

»Ja … ich könnte mich morgen mal nach einer umsehen.«

»Das bringt nichts. Die Wartezeit beträgt fünfzehn Tage. Lynn, du hast nur die Smith & Wesson, oder?«

»Leider.«

»Also.« Eve ging in die Hocke und krempelte das rechte Hosenbein hoch. An ihrem Schienbein war mit Klettband ein schwarzer Stoffhalfter befestigt. Sie zog eine kleine Pistole daraus hervor und reichte sie Dana. »Die kann ich Ihnen erst mal leihen. Es ist eine Sig Sauer .380er Halbautomatik.«

»Das kann ich nicht annehmen«, protestierte Dana.

»Die ist sowieso nur zur Reserve«, sagte Eve. »Zu Hause habe ich ein ganzes Arsenal – wie jedes vernünftige Mädchen. Wissen Sie, wie man damit umgeht?«

Kapitel zweiundzwanzig

Eis

»Owie, jetzt spiel doch nicht die beleidigte Leberwurst«, sagte Monica und drückte seine Hand.

»Ich bin nur müde«, sagte er. »Wir sind ja schon seit Stunden auf den Beinen.«

»Ooooch, du armer.«

»Ich habe schon Blasen an den Füßen.«

»Wir sind ja gleich zu Hause.«

Wird auch langsam Zeit, dachte Owen. Es war fast Mitternacht, und nachdem sie Stunden am Pier 39 verbracht hatten, spazierten sie jetzt über den Embarcadero zu ihrem Hotel zurück, das definitiv nicht sein *Zuhause* war. *Zuhause* war sein Ein-Zimmer-Apartment in Los Angeles, in dem er *allein* lebte.

Ohne Monica.

Er war immer noch sauer, weil sie ihm den Besuch im Horrorhaus verdorben hatte.

Ich hätte die Führung in Ruhe beenden sollen. Zum Teufel mit ihr. Bekacktes Machtspielchen. Typisch Frau.

Sie hatte gewonnen. Und das Horrorhaus hatte das Spiel verloren.

Ich habe verloren, dachte er. Ich habe nachgegeben, und sie hat alles kaputtgemacht.

Nach der Führung hatte Owen versucht, trotz seiner Frustration und Enttäuschung freundlich zu bleiben. Er war zwar nicht in Bombenstimmung gewesen, doch zumindest war ihm ein gelegentliches Lächeln gelungen. Er hatte so getan, als könnte er sie immer noch leiden.

In einem Restaurant in Malcasa Point hatte er vor einer Bloody Mary gesessen, während Monica mit einem Glas Weißwein in der

Hand versucht hatte, den Schaden zu begrenzen. »Ehrlich, ich wollte wirklich nicht, dass du früher gehst«, hatte sie gesagt.

Er wusste, dass sie log. Wenn jemand einen Satz mit »Ehrlich«, oder »Um die Wahrheit zu sagen« einleitete, folgte meistens eine faustdicke Lüge.

Natürlich hatte sie gewollt, dass er die Führung abbrach. Und zweifellos lachte sie sich insgeheim ins Fäustchen, weil sie diese Macht über ihn besaß.

»Ich verstehe gar nicht, wieso du früher gegangen bist«, sagte sie. »Das war dumm von dir. Es hätte mir doch nichts ausgemacht, auf dich zu warten.«

»Tja.«

»Willst du nach dem Essen noch mal zurückgehen?«

Er schüttelte den Kopf.

»Aber das solltest du. Wirklich, Owie. Damit hätte ich überhaupt kein Problem. Ich warte einfach draußen auf dich.«

»Um die Wahrheit zu sagen, ist mir der Rest egal«, sagte er. »Ich hab genug gesehen. So toll war es nun auch wieder nicht.«

»Ganz deiner Meinung. Was für ein Beschiss! Aber du solltest trotzdem noch mal hingehen. Ich will nicht, dass du denkst, ich hätte dich aufgehalten. Nicht, dass du noch mir die Schuld gibst.«

Ach ja? Wem denn sonst?

»Es ist nicht deine Schuld«, sagte er.

»Pass auf«, sagte Monica und sah ihn aus ihren großen, veilchenfarbenen Augen an. »Wir können in dieses Museum gehen, wenn du willst. Was hältst du davon? Ich für meinen Teil hätte mir ja eher einen Strandspaziergang vorgestellt, aber wenn du lieber ins Museum willst …«

»Nein, nein, gehen wir zum Strand.«

»Willst du das Museum gar nicht sehen? Jetzt sind wir so weit gefahren …«

»Ist schon in Ordnung.«

»Also gut. Wie du willst.«

»Der Strand ist auch okay.«

Das war nicht einmal gelogen. Er wollte das Horrorhausmuseum gar nicht besuchen. Nicht mit Monica. Sie würde neben ihm stehen, vielleicht sogar seine Hand halten und alles *verderben*.

Nach dem Essen gingen sie zum Strand. Sie folgten einem sandigen Fußweg, der an dem fensterlosen Kutch-Haus vorbeiführte. Owen betrachtete es desinteressiert durch den Maschendrahtzaun.

Wie konnte er überhaupt an *irgendetwas* Interesse zeigen, wenn er Monica im Schlepptau hatte?

Schließlich stiegen sie wieder in den Bus. Monica nahm den Fensterplatz in Beschlag, und Owen setzte sich neben sie.

Er wollte noch nicht einmal einen letzten Blick auf das Horrorhaus werfen. Als der Bus langsam durch die Stadt fuhr, starrte er verdrossen auf die Rückenlehne vor sich. Er drehte sich nicht einmal nach dem Welcome Inn um, das durch die Bücher und Filme ebenfalls eine gewisse Berühmtheit erlangt hatte.

Sie hat mir alles verdorben. Alles.

Owen schnürte es die Kehle zusammen.

Ob ich wohl jemals wieder hierherkommen werde?

Bis dahin haben sie das Haus wahrscheinlich abgerissen. Würde mich nicht wundern, wenn es morgen abbrennt …

Oder ich werde von einem Auto überfahren.

Man weiß ja nie.

Dies war wahrscheinlich die einzige und letzte Chance meines Lebens, diesen Ort zu besuchen.

Tausend Dank, Monica.

Hinter dem Welcome Inn wendete der Bus.

»Wir fahren noch einmal durch die Stadt«, verkündete Patty. »Die letzte Gelegenheit für heute, ein paar Fotos zu schießen, bevor es wieder auf den Highway geht.«

Die letzte Gelegenheit.

Owen starrte unverwandt vor sich hin.

Monica sah aus dem Fenster. Sobald sie Malcasa Point hinter sich gelassen hatten, tätschelte sie lächelnd sein Bein. »Vielleicht können wir ja eines Tages noch mal herkommen und uns alles in Ruhe ansehen.«

»Gute Idee«, entgegnete Owen.

Dann lehnte sich Monica in ihrem Sitz zurück, faltete die Hände und schloss die Augen.

Ein Nickerchen, dachte Owen. Prima. Dann muss ich wenigstens nicht mit dir reden.

Er lehnte sich in den Gang hinaus, um einen Blick auf Patty werfen zu können. Sie stand mit dem Rücken zu Owen im vorderen Teil des Busses und spähte durch die Windschutzscheibe.

Die ist bestimmt keine Zicke wie Monica, dachte er. Sie sieht so nett aus.

Und die andere?

Dana.

Ob Patty sie kennt? Bestimmt.

Vielleicht sollte ich sie nach ihr fragen.

Tolle Idee.

Er stellte sich vor, wie er sie ansprach: *Hey Patty, ich hätte da eine Frage. Ich habe heute eine Kollegin von Ihnen namens Dana getroffen. Kennen Sie sie?*

Na klar, würde Patty antworten. *Sie ist meine beste Freundin,* worauf Owen sagen würde … ja, was würde er sagen?

Egal, dachte er. Ich werde ja sowieso nicht aufstehen und sie fragen. Und Dana sehe ich auch nie wieder. Selbst wenn ich eines Tages nach Malcasa zurückkehren sollte, wird sie schon lange nicht mehr dort arbeiten.

Ich werde sie nie wiedersehen.

Er erinnerte sich daran, wie eine Brise durch Danas Haar geweht war und es im Sonnenlicht golden geglänzt hatte, als sie ihm seinen Kassettenrekorder überreicht hatte. An ihre leicht gebräunte, weiche Haut, ihre tiefblauen Augen voll Güte und Verständnis. Und an ihre freundliche Stimme.

Und ich bin an Monica gefesselt. Das ist einfach nicht fair.

Wut stieg in ihm auf.

Hör auf, dich darüber aufzuregen. Vergiss Monica. Denk lieber an Dana. Stell sie dir vor. Und lass alles andere hinter dir.

Er rutschte in seinem Sitz zurück, schloss die Augen und ließ seine Gedanken zu Dana schweifen, um sich zu beruhigen.

Sie war wunderschön, nett und schien ihn auch gut leiden zu können. Schon bald öffnete er in seiner Vorstellung einen Knopf ihrer Uniformbluse, ließ die Hand hineingleiten und stellte fest, dass sie nichts darunter anhatte. Seine Finger umschlossen die weiche Haut ihrer Brust.

Als er wieder aufwachte, näherte sich der Bus bereits der Mautstation vor der Golden Gate Bridge. Er fühlte sich ausgeruht und quicklebendig – bis er Monica neben sich sah und seine Stimmung wieder auf den Nullpunkt sank.

Zum Glück schlief sie noch.

Was sich jedoch änderte, als der Bus vor ihrem Hotel hielt.

Owen verließ den Bus als Erster. Patty lächelte ihm zu. »Ich hoffe, der Besuch im Horrorhaus hat Ihnen gefallen. Wir würden uns freuen, Sie einmal wieder begrüßen zu dürfen.«

»Das war sicher nicht das letzte Mal«, sagte Owen. »Vielen Dank.« Er hielt ihr eine gefaltete Fünfdollarnote hin. »Für Ihre Mühe«, sagte er.

»Haben Sie vielen Dank. Ich wünsche Ihnen beiden einen schönen Abend.«

Monica schwieg.

»Was hast du ihr gegeben?«, fragte sie, als der Bus weitergefahren war.

»Nur ein kleines Trinkgeld.«

»Oh, wie spendabel.«

»Sie war doch sehr freundlich. Besonders zum Schluss.«

»Dafür wird sie *bezahlt*. Du hättest ihr kein Trinkgeld geben sollen. Mann, du wirfst mit dem Geld nur so um dich.«

Ist ja auch mein Geld.

Er verkniff sich, das laut auszusprechen.

»Sollen wir erst aufs Zimmer gehen oder …«, begann er, um das Thema zu wechseln.

»Und noch mehr Zeit verschwenden? Wir haben ja noch *gar nichts* gesehen. Wie wär's mit einem Schaufensterbummel?«

Also durchstöberten sie die nächsten zwei Stunden verschiedene Geschäfte auf der Fisherman's Wharf, der Cannery und dem Ghiradelli Square.

»Hast du keinen Hunger?«, fragte Owen schließlich.

»Eigentlich könnte ich schon was vertragen.«

»Vielleicht sollten wir uns ein nettes Restaurant suchen?«

Sie nickte. »Ich bin mit allem einverstanden.«

»Tja …« Er zuckte mit den Achseln.

»Wir wäre es mit dem Alioto's?«, fragte sie.

»Gut.«

Sie mussten ein bisschen warten, dann bekamen sie einen Fensterplatz, von dem aus sie die Bucht von San Francisco sehen konnten.

Monica war begeistert. Owen dagegen interessierte sich nicht sonderlich für die Aussicht.

Er bestellte einen Mai Tai, knabberte etwas Sauerteigbrot und genehmigte sich einen zweiten Mai Tai zu seinen Krabben. Monica trank Weißwein, aß ein blutiges Steak und plapperte munter vor sich hin. Offenbar gefiel ihr das Lokal.

Wie schön für sie, dachte er.

Er fragte sich, wie es wohl wäre, mit Dana in so einem Restaurant zu essen. Oder auch mit Patty. Oder sogar … ach verflucht, einfach mit jeder – außer Monica.

Was zum Teufel mache ich überhaupt hier?

»Was hast du als Nächstes vor?«, fragte er sie nach dem Essen.

»Was würdest du denn gerne machen?«, fragte sie zurück.

Wieder nach Malcasa Point fahren, dachte er.

»Wie wär's denn mit diesem Kuriositätenkabinett, an dem wir gestern Abend vorbeigekommen sind?«

»Ach, da ist bestimmt nur so schauerliches Zeug drin. Davon hab ich erst mal genug, vielen Dank auch. Gehen wir doch lieber wieder zum Pier 39.«

»Okay.«

»Ein paar Sachen haben wir dort ja noch nicht gesehen.«

»Gut, dann wieder zum Pier 39. Prima.«

Monica schien sich jeden einzelnen Gegenstand in jedem einzelnen Geschäft ansehen zu wollen. In einem Laden für Weihnachtsartikel kaufte sie eine vergoldete Zierleiste mit der Skyline von San Francisco. Im Magnetladen kaufte sie einen Kühlschrankmagneten in Form der Golden Gate Bridge. Im Muschelladen kaufte sie einen kleinen Mann aus Muschelschalen, der in einem kleinen Muschelschalenauto fuhr. »Ist das nicht bezaubernd?«, fragte sie.

»Sehr schön«, sagte Owen.

Später warteten sie vor einer Bühne an einer Straßenkreuzung auf eine Alleinunterhalterin, die sich jedoch als Wilma die Wunderfrau herausstellte, der sie schon gestern Abend beim Jonglieren zugesehen hatten. »Oh Mann«, sagte Owen. »Die ertrage ich nicht noch mal.«

Monica warf ihm einen finsteren Blick zu. »Na, wir sind heute aber gut gelaunt.«

»Sie ist eine schnippische Klugscheißerin und einfach überhaupt nicht lustig. Außerdem haben wir sie ja schon gesehen. Ich kann mir nicht vorstellen, dass sich an ihrer Vorstellung groß etwas ändern wird. Bis auf den armen Teufel natürlich, den sie diesmal aus dem Publikum zerrt.«

»Wenn du dir das nicht ansehen willst, dann sag's doch einfach.«

»Ich bin müde. Können wir nicht ins Hotel zurückgehen?«

»Aber jetzt doch noch nicht. Dann verpassen wir die Seelöwen.«

»Das sind dieselben Seelöwen wie gestern Abend.«

»Aber die waren doch so *niedlich*. Ich will sie sehen. Nur ganz kurz, okay?«

»Klar.«

»Sie sind so süß.«

Owen folgte Monica zum anderen Ende des Piers, wo sie dem Bellen und Knurren folgten.

Im Wasser vor ihnen befanden sich Hunderte von Seelöwen. Die Schaulustigen hatten sich vor einem Holzgeländer versammelt. Monica zwängte sich zwischen sie.

»Sind sie nicht *wunderbar*?«

»Ja, Wahnsinn.«

Sie drückte seine Hand.

Owens Füße schmerzten, aber er beschwerte sich nicht. Er stand einfach nur da und sah sich die Seelöwen an.

Beobachtete sie.

Und beobachtete sie.

Wenn Monica die Seelöwen sehen will, dann tun wir das so lange, bis sie keine Lust mehr hat. Ich werde ihr nicht den Spaß verderben, so wie sie es andauernd mit mir macht.

Die Seelöwen schienen zu träge zum Schwimmen. Sie lagen einfach nur nebeneinander – oder übereinander – auf den zahlreichen Plattformen. Manchmal bellte einer.

Ansonsten passierte nicht viel.

Wie spannend, dachte Owen.

Ich stehe hier mit Monica und starre eine geschlagene Stunde lang diese stinklangweiligen Seelöwen an, und sie schafft es nicht einmal, mich durchs Horrorhaus zu begleiten. Das ist doch nicht fair.

»Gehen wir weiter?«, fragte sie endlich.

»Ja.«

Sie drückte seine Hand. »Wir müssen noch mal zurückkommen und sehen, was sie bei Tageslicht machen«, sagte sie.

»Gute Idee.«

»Ich könnte sie stundenlang ansehen, du auch?«

»Das haben wir doch gerade getan, oder nicht?«

Monica warf den Kopf zurück und lachte bellend. »Ach Owie, du Dummchen.«

Auf dem Embarcadero versuchte Owen weiterhin, gute Miene zum bösen Spiel zu machen. Er war bestimmt nicht der Einzige, dem die Füße wehtaten. Auf dem Gehweg drängten sich Pärchen und Familien, die zu ihren Hotels und Autos an der Fisherman's Wharf zurückkehrten.

Dabei mussten sie an einem Kordon aus Bettlern und Straßenkünstlern vorbei: ein Mann, der bewegungslos eine Statue imitierte; ein einsamer Saxofonist; ein Mann, der seine Beine laut einem Pappschild vor sich in Vietnam verloren hatte; ein Bongotrommeltrio; ein blinder Mann mit Hund; die unvermeidliche verkrüppelte Frau samt Baby; eine dicke Ballerina in schmutzig weißem Trikotanzug, die offensichtlich nicht mehr alle Tassen im Schrank hatte.

Owen warf ihnen nur einen flüchtigen Blick zu. Er wünschte, sie würden abhauen und die Leute in Frieden lassen.

Um ihnen zu entgehen, überquerte er mit Monica die Straße, nur um weiteren Bettlern und einem Volltrunkenen in die Arme zu laufen. Ein anderer war vor einer geschlossenen Bademodenboutique ohnmächtig geworden.

Wo man auch hingeht, dachte Owen, sie sind überall.

Endlich erreichten sie das Hotel.

Owen zog die Schuhe aus und ließ sich aufs Bett fallen.

»Nicht so schnell«, sagte Monica. »Wir brauchen noch Eis.«

Eis. Für ihr Sodawasser mit Vanillegeschmack. Monica musste unbedingt jeden Abend vor dem Schlafengehen Vanillebrause trinken.

Gestern hatten sie sich sofort nach dem Einchecken auf die Suche nach einem Sixpack gemacht und nach etwa einer Stunde auch einen gefunden.

Sie ist bereit, den ganzen Nachmittag für so etwas zu verplempern, hält es aber keine Viertelstunde im Horrorhaus aus ...

Und jetzt muss ich ihr gottverdammtes Eis holen, obwohl mich meine Füße fast umbringen. Und das weiß sie ganz genau.

Owen stöhnte, setzte sich auf und schlüpfte wieder in seine Schuhe. Dann humpelte er zur Kommode, auf der der Eiskübel stand.

»Soll ich mitkommen?«, fragte Monica.

»Nein, nein. Bleib hier und ruh dich aus.«

»Hast du den Schlüssel?«

Nickend verließ er den Raum und ging zur Eismaschine, die am Ende des Korridors stand.

Niemand war zu sehen.

Owen fühlte sich, als hätte man ihm Peitschenhiebe auf die Fußsohlen verpasst. Glücklicherweise war der Teppich einigermaßen weich.

Seine Schritte waren darauf kaum zu hören.

Hinter den Türen, an denen er vorbeikam, waren Stimmen zu hören. Und Gelächter.

Zumindest die amüsieren sich.

Endlich hatte er die Eismaschine erreicht, stellte den Kübel unter den Ausgabeschacht und drückte auf den Knopf. Ratternd und scheppernd spuckte die Maschine Eiswürfel in den Eimer.

Als das Gerät verstummt war, hörte er das leise Klingeln des Aufzugs hinter sich.

Mit dem Eiskübel in der Hand drehte er sich um.

Die Tür zum Aufzug stand offen.

Niemand zu sehen.

Der Aufzug war leer.

Warum hat er hier angehalten?, fragte er sich.

Für mich.

Steig ein und hau ab, dachte er. Auf Nimmerwiedersehen.

Er lächelte listig.

Das würde Monica fertigmachen. Sie würde ausflippen.

Aber wohin?, fragte er sich. Ich kann keinen Schritt mehr gehen, also fällt ein nächtlicher Spaziergang wohl flach. Außerdem muss ich ja irgendwo die Nacht verbringen.

Und wenn ich ein anderes Zimmer nehme?

Das könnte klappen …

Die Tür schloss sich und der Aufzug fuhr ohne ihn nach unten, als hätte er die Geduld mit Owen verloren.

Kapitel dreiundzwanzig

Fersengeld

Kann sie mir nicht einmal die Tür aufmachen?

Owen stellte den Eiskübel vor sich ab, zog den Geldbeutel aus der Gesäßtasche und suchte nach der Schlüsselkarte aus Plastik.

Als er sie durch den Schlitz an der Tür zog, blinkte ein grünes Licht.

»Bin wieder da«, verkündete er, hob den Kübel auf und ging hinein.

Monica antwortete nicht.

Die Badezimmertür war geschlossen, und er hörte das Prasseln des Wassers in der Dusche.

Sie duscht?

»Toll«, murmelte Owen.

Ich darf mich nicht eine Sekunde lang ausruhen, aber die Dame nimmt derweil eine Dusche. Sehr schön.

Er stellte den Eiskübel auf die Kommode, setzte sich auf das Bett und zog die Schuhe aus.

Er seufzte tief und wünschte, er könnte sich die Füße massieren. Aber dann müsste er ins Bad, um sich den Geruch seiner verschwitzten Socken von den Händen zu waschen. Damit würde er warten müssen, bis Monica fertig war.

Aber das würde wohl noch eine halbe Stunde dauern.

Oder länger.

Je länger desto besser, dachte er.

Von mir aus kannst du da drin versauern.

Owen legte sich auf die Matratze. Sobald sein Kopf auf dem Bettlaken lag, schienen alle seine Wehwehchen wie weggezaubert.

Mach's dir nur nicht zu bequem, warnte er sich. Du musst sowieso wieder aufstehen, wenn Monica aus der Dusche kommt.

Und Vanillebrause mit ihr trinken, den Pyjama anziehen, Zähne putzen, waschen …

Er schlief ein, wurde jedoch sofort wieder durch das Klirren der Eiswürfel aufgeweckt.

Er hob den Kopf.

Monica stand mit dem Rücken zu ihm und öffnete eine Getränkedose. Sie hatte sich ein rosa Handtuch um den Kopf gewickelt und trug das schwarze Nachthemd, das sie sich extra für diese Reise gekauft und ihm gestern Abend schon vorgeführt hatte.

Es ließ den Großteil ihres Rückens unbedeckt. Ihr Hinterteil und ihre Oberschenkel waren wie durch eine dunkle Rauchwolke zu sehen. Darunter trug sie nichts.

Owen spürte, wie sich in seiner Leistengegend etwas regte.

Sie drehte sich zu ihm um, wobei er einen Blick auf ihre rechte Brust erhaschen konnte. »Ich glaube nicht, dass ich mich noch mal aufrichten kann«, sagte er.

»Na, *da* richtet sich jedenfalls etwas auf.«

Er errötete und setzte sich, damit die Ausbeulung in seiner Hose nicht ganz so deutlich zu sehen war.

Mit dem Glas in der Hand kam sie grinsend auf ihn zu. Ihre Blicke trafen sich, und sie hob die Augenbrauen. Dann führte sie das Glas an die Lippen. Während sie trank, verlagerte sie das Gewicht auf das linke Bein und schob die Hüfte vor.

Sie posierte vor ihm.

Ohne ihn dabei anzusehen.

Sie war so nah, dass Owen sie fast hätte berühren können. Ihre Brüste schienen sich ihm entgegenzustrecken und jeden Moment aus dem dünnen Stoff heraushüpfen zu wollen.

Das Nachthemd umspielte ihre Hüfte und glitt an den Schenkeln hoch.

Owen musste unwillkürlich zwischen ihre Beine starren.

»Owie, was ist denn da so Interessantes?«, fragte sie in lockendem Singsang.

»Ach, nichts«, sagte er, errötete wieder und hob schnell den Blick.

»Ach, nichts?« Sie stellte das Glas ab, setzte sich auf die Kommode und streckte die Beine aus. Dann lächelte sie ihn an. »Ich weiß, was du willst«, sagte sie.

»Was?«

»Nichts«, sagte sie, spreizte einmal kurz die Beine und kniff sie dann zusammen.

Owen lächelte. »Was ist denn mit dir los?«, fragte er.

»Nichts.« Sie öffnete und schloss die Beine. »Was soll mit mir los sein?«

»Keine Ahnung.« Er zuckte mit den Achseln. »Das ist doch sonst nicht … deine Art.«

»Nicht?« Jetzt bewegte sie die Schultern hin und her, wobei ihre Brüste schwer von einer Seite zur anderen schwangen.

»Was machst du da?«, fragte Owen.

»Nichts.« Obwohl sie ihre Schultern nicht mehr bewegte, wippten ihre Brüste weiter, bis Monica sie mit ihren Händen festhielt.

»Wie gefällt dir das?«, fragte sie und sah Owen in die Augen.

»Gut.«

»Und *das*?«, fragte sie, klemmte die Finger unter den dünnen Stoff und zerrte daran, bis beide Träger rissen.

»*Mein Gott!*«, platzte Owen heraus.

Monica legte die Hände auf die Kommode, und das Nachthemd glitt langsam an ihr herab.

Owen starrte sie mit offenem Mund an.

Sie hat den Verstand verloren!

»Willst du weiter einfach nur da rumsitzen?«, fragte sie.

Owen schüttelte den Kopf. Er konnte kaum Luft holen. Sein Mund war trocken, sein Herz klopfte und sein steifer Penis pulsierte schmerzhaft. »Alles klar?«, fragte er.

Sie lächelte ihn schief an. »Wie sieht's denn aus?«

»Sehr gut«, sagte er.

»Wirklich?«

»Ja.« Sie sah *tatsächlich* gut aus. Bis auf das höhnische Grinsen und ihre Augen, in denen ein Funken Wahnsinn zu liegen schien.

»Wer ist die Schönste im ganzen Land?«

Bei dieser Frage überfiel Owen eine düstere Vorahnung.

»Das bist du«, sagte er.

Monica stieß sich von der Kommode ab, woraufhin das Nachthemd vollständig zu Boden glitt.

»Sagst du auch die Wahrheit?«, fragte sie und setzte sich wieder.

»Hä?«

»Wer ist die Schönste im ganzen Land?«

»Du.«

Ihr Lächeln erstarb. »Schöner als Dana?«, fragte sie.

Der Name traf Owen wie ein Schlag in die Magengrube.

»Als wer?«, fragte er. Er wusste, dass sie ihm seine Überraschung anmerken konnte.

»Dana«, wiederholte Monica. »Die aus dem Horrorhaus.«

»Wer? Ich weiß gar nicht …«

»Oh doch, das weißt du ganz genau.«

»Die aus dem Bus?«

»Dana!«

»Ach so, die Große? Die Blondine?«

»Versuch nicht, mich für dumm zu verkaufen, Owie. Dafür kenne ich dich viel zu gut. Ich durchschaue dich.«

»Ich kenne sie doch gar nicht.«

»Aber du *begehrst* sie, stimmt's?«

Er schüttelte den Kopf und versuchte zu lächeln. »Ich begehre nur dich.«

»Ich glaube dir kein Wort. Ich hab doch gesehen, wie du sie angestarrt hast.«

»Das ist doch lächerlich. Sie stand da. Wenn ich sie nicht angesehen hätte, wäre ich in sie *hineingelaufen*.«

»Ha, ha. Sehr witzig.«

»Du machst aus einer Mücke einen Elefanten. Ich kenne sie nicht. Sie bedeutet mir nichts. Wahrscheinlich werde ich sie nie wiedersehen.«

»Wahrscheinlich?«

»Die Chance ist ziemlich gering, oder nicht?«

»*Willst* du sie denn wiedersehen?«

»Nein. Warum auch?«

Monica grunzte leise, stand auf und zog das Handtuch vom Kopf. Sie rubbelte sich die Haare trocken, ohne Owen dabei aus den Augen zu lassen. »Ja, warum solltest du Dana auch wiedersehen wollen?« Ihre Brüste hüpften im Takt ihrer Armbewegungen.

»Ja, warum auch«, sagte Owen. »Können wir jetzt das Thema wechseln?«

Monica ließ das Handtuch sinken. Ihr Haar war ein dunkles Durcheinander. Sie ging auf Owen zu und stieß gegen seine Knie. Er öffnete seine Beine und ließ sie dazwischen. Sofort fing sie an, sein Hemd aufzuknöpfen.

Er wollte nach ihren Brüsten greifen.

Sie umklammerte seine Handgelenke. »Nicht so schnell, Owie.«

»Hä?«

»Du darfst mich erst anfassen, wenn ich es dir erlaube.«

»*Was?*«

»›*Was?*‹«, äffte sie ihn nach. »Strafe muss sein, Schätzchen.«

»Strafe für was denn?«

»Wir wollten doch das Thema wechseln.«

»Meine Güte, Monica.«

»Friss Vogel oder stirb.«

Dann sterbe ich lieber. Sie hat sich in eine krankhaft eifersüchtige Irre verwandelt. Wegen nichts und wieder nichts. Nichts!

Ich muss hier raus.

Aber jetzt noch nicht. Noch nicht.

Er wusste nicht weshalb – und es ergab auch gar keinen Sinn –, aber jetzt wollte er Monica mehr als jemals zuvor. Er verzehrte sich förmlich nach ihr.

»Also gut«, keuchte er.

»Okay.« Sie ließ ihn los. Owen stemmte die Hände in die Hüften und betrachtete Monicas nackten Körper. Er wollte den Schweiß von ihrer Haut lecken. An ihren Brüsten saugen. Doch er zwang sich dazu, still zu sitzen, während sie weiter sein Hemd aufknöpfte.

Dann zog sie das Hemd über seine Schultern und Arme.

Kaum hatte sich Owen aus den Ärmeln befreit, umklammerte sie seine Schultern und drückte ihn auf die Matratze zurück.

Sie stellte sich vor ihn, öffnete seinen Gürtel, den Hosenknopf und zerrte am Reißverschluss.

Owen seufzte.

»Gefällt dir das?«, fragte Monica.

»Die Hose ist plötzlich so verdammt eng.«

»Das Baby braucht seine Freiheit.«

»Genau.«

Sie ließ die Finger beider Hände unter den Gummizug seiner Unterhose gleiten. Als sie daran zog, spürte er große Erleichterung.

»Ooooh«, sagte Monica. »Sieh dir das an.«

Dazu hätte er den Kopf heben müssen, aber die Mühe machte er sich nicht. Stattdessen beobachtete er weiter Monica, die Jeans und Unterhose unter ihm hervorzerrte. Er rollte sich hin und her, um ihr dabei zu helfen.

Dann zog sie ihm die Socken aus.

Schließlich beugte sie sich vor und ließ die Hände über seine Hüften gleiten. Ihre Daumen massierten seine Leistengegend.

Ihr Gesicht befand sich direkt über seinem Penis. »Ooooh, du bist ja so groß und hart.«

Owen spürte, wie sie ihn mit den Fingern umklammerte und leicht drückte. Er stöhnte auf.

»Hart wie ein Stein. Oh Owie, so hart war er ja noch nie. Du musst ja spitz wie Nachbars Lumpi sein.«

Sie zog die Finger zurück.

»Ich wette, du kannst es gar nicht erwarten, ihn in mich reinzustecken«, sagte sie. »Stimmt's?«

»Hmmm.«

»In meine heiße, feuchte Muschi.«

Ihre Finger legten sich leicht um seinen Penis und glitten auf und ab.

Owen zuckte zusammen.

Monica ließ ihn los und tätschelte sanft seinen Oberschenkel. »Aber das muss leider warten, Schatz.«

»Hä?« Er hob den Kopf von der Matratze.

Monica schüttelte lächelnd den Kopf und trat einen Schritt vom Bett zurück. »Kein Gevögel heute Nacht, Owie. Du warst ein sehr böser Junge.«

»*Was?*«

»Tja, schade, dass Dana nicht hier ist, oder?«

»*Was?*«

»*Ciao*«, sagte sie, winkte ihm zu und verschwand im Badezimmer. Owen hörte, wie sie die Tür zuzog und mit einem Klicken absperrte.

Als er aufwachte, fiel graues Morgenlicht durch eine Lücke in den Vorhängen. Er war immer noch nackt, musste sich aber irgendwann in der Nacht unter die Bettdecke gekuschelt haben.

Das Letzte, woran er sich erinnern konnte, war, dass sich Monica im Badezimmer eingeschlossen und ihn enttäuscht und wütend zurückgelassen hatte.

Am Anfang hätte er am liebsten die Badezimmertür eingetreten, Monica gepackt, gegen die Wand geknallt und es ihr *ordentlich besorgt.*

Richtig ordentlich. Ihr den Verstand aus dem Schädel gevögelt.

Aber das hätte er sich niemals getraut.

Stattdessen hatte er in Betracht gezogen, leise zur Tür zu gehen und sich bei ihr zu entschuldigen.

Für was denn entschuldigen? Sie hat doch nicht mehr alle Tassen im Schrank!

Sag einfach, was du sagen musst, hatte er gedacht. Nimm alle Schuld auf dich. Fleh sie an, wenn es sein muss. Nur, damit sie wieder rauskommt.

Sie hat ihr Nachthemd gar nicht mitgenommen.

Sie ist völlig nackt da drin.

Wenn sie rauskommt, können wir vielleicht da weitermachen, wo wir gerade aufgehört haben.

Leider war Owen überhaupt nicht mehr in Stimmung gewesen.

Sie hätte mich nicht so behandeln dürfen.

Ihm war übel gewesen, seine Glieder hatten geschmerzt, und er hatte gute Lust gehabt, Monica in ihr höhnisch grinsendes Gesicht zu schlagen.

Als er jetzt daran zurückdachte, konnte er sich nicht erinnern aufgestanden oder überhaupt etwas getan zu haben. Auch hatte er nichts davon mitbekommen, dass Monica sich zu ihm ins Bett gelegt hatte.

Da hatte er wahrscheinlich bereits geschlafen.

Gerade eben erst hatte er sie neben sich bemerkt. Ihrem langsamen, flachen Atem nach zu schließen, schlief sie tief und fest.

Ohne sie auch nur anzusehen stand er auf. Er fröstelte und sah auf die Uhr. Zehn vor sechs.

Dann sah er zu Monica hinüber und die Erinnerung strömte wieder auf ihn ein. Sie lag auf der Seite, und ihre Hüfte zeichnete sich deutlich unter dem Laken ab. Ihr Gesicht war unter dem schwarzen Haar nicht zu erkennen. Das Haar selbst wirkte geschmeidig und glänzend. Sie musste es noch in der Nacht gebürstet haben.

Owen nahm an, dass sie nackt war.

Sollte er das Bettlaken zurückziehen und einen Blick riskieren? Er könnte sie auch mit sanften Küssen und Streicheleinheiten wecken.

Vielleicht habe ich ja Glück.

Wenn man das Glück nennen will.

Er spürte, wie hämische Freude in ihm aufstieg.

Wenn ich jetzt einfach abhaue …

Er suchte sich frische Kleidung aus dem Koffer, ging ins Badezimmer, traute sich jedoch nicht zu duschen. Er pinkelte ohne abzuziehen. Dann putzte er sich die Zähne und wusch sich. Die Rasur ließ er ausfallen und fuhr sich nur noch schnell mit einem Kamm durchs Haar.

Als er angezogen war, verließ er leise das Badezimmer.

Owen hatte seinen Koffer gar nicht erst komplett ausgepackt. Nach wenigen Minuten hatte er seine gesamten Habseligkeiten wieder darin verstaut.

Monica schlief noch immer.

Owen hängte sich die Kamera über die Schulter, nahm den Koffer und schlich sich aus dem Zimmer. Vorsichtig zog er die Tür hinter sich zu.

Ein Lächeln umspielte seine Mundwinkel.

Schnell ging er den Korridor hinunter.

Die Lobby war so gut wie verlassen. Leise Klaviermusik ertönte. Owen erkannte das Lied: »I Left My Heart In San Francisco«. Nur wenige Gäste saßen vor ihrem Kaffee. Die junge, uniformierte Frau hinter der Rezeption blätterte in einem Magazin und schenkte ihm keine Beachtung.

Direkt vor der Tür stand ein Taxi.

Er fuhr zum Flughafen, wo er sich umgehend zur Mietwagenzentrale begab.

Kapitel vierundzwanzig

Freitagmorgen

Dana wachte in ihrem Bett auf.

Die Vorhänge blähten sich leicht in der kühlen Morgenluft.

Noch hatte der Wecker nicht geklingelt.

Welcher Tag war heute? Freitag.

Sie rollte sich herum, schloss die Augen und dachte an den Tag, der vor ihr lag. Würde Warren ihr beim Mittagessen Gesellschaft leisten?

Natürlich.

Sie stellte sich vor, wie er lächelnd im strahlenden Sonnenschein saß.

Er streckte den Arm aus und ergriff ihre Hand.

Wie geht's dir heute, würde er fragen.

Sehr gut, danke. Besser als gestern.

Mir auch, würde er antworten. *Ich bin auf Wolke sieben.*

Hat das was mit mir zu tun?

Das hat einzig und allein mit dir zu tun.

Dana lächelte und errötete.

Danke, würde sie sagen. *Vielleicht können wir ja später gemeinsam etwas …*

Das Quietschen einer Schiebetür riss sie abrupt aus ihren Gedanken. Sie wusste nicht, ob das Geräusch aus dem Erdgeschoss oder von einem der Balkone im ersten Stock gekommen war.

Tuck ist wohl schon auf, dachte sie.

Dann hörte sie ein weiteres Quietschen, gefolgt von einem dumpfen Schlag.

Was macht sie da? Geht sie schon vor dem Frühstück schwimmen?

Gestern hatte sie das jedenfalls nicht getan.

Aber vielleicht heute.

Ist bestimmt angenehm, wenn man den Pool ganz für sich allein hat und …

Hatte sie den unheimlichen Besucher von gestern Nacht etwa vergessen?

Nein, das war unmöglich. Wahrscheinlich war sie trotzdem schwimmen gegangen.

Allein. Keine gute Idee. Selbst wenn der Spinner schon lange fort war …

Am besten, ich leiste ihr Gesellschaft.

Dana seufzte. Das Bett war so gemütlich. Andererseits war das klare, glitzernde Wasser sicher auch nicht zu verachten. Sie wusste genau, wie es sich anfühlen würde. Nach dem ersten Kälteschock beim Hineinspringen würde sie die angenehme Kühle genießen, während sie unter der Oberfläche dahinglitt.

Tuck sollte jedenfalls nicht allein schwimmen. Nicht nach gestern Nacht.

Sie schlug das Laken beiseite, und die kühle Luft durchdrang ihr dünnes Baumwollnachthemd. Zitternd eilte sie ins Badezimmer und schlüpfte in den klammen roten Badeanzug von gestern Nacht. Als der feuchte Stoff ihre Haut berührte, verzog sie das Gesicht.

Sie schlang sich ein Handtuch wie einen Umhang über die Schultern.

Was soll's, in der Sonne wird mir schon warm werden.

Sie hoffte, dass sie Tuck nicht störte.

Aber es war ja zu ihrer eigenen Sicherheit. Es war immer gefährlich, allein zu schwimmen – Spanner hin oder her.

Sie ging an Tucks Zimmer vorbei und warf einen Blick hinein.

Tuck lag auf die Ellenbogen gestützt auf dem Bett.

Dana blieb wie angewurzelt stehen.

»Morgen«, sagte Tuck mit rauer Stimme, als wäre sie soeben erst aufgewacht. »Gehst du schwimmen?«

Dana starrte sie an.

Tucks Haar war durcheinander. Sie trug ein halb zugeknöpftes, verknittertes Pyjamaoberteil.

»Was ist?«, fragte sie.

»Warst du schon mal auf?«

»Ich? Nein.«

»Du bist nicht gerade von draußen reingekommen oder …«

»Ich war hier.«

»Du hast das Bett heute noch nicht verlassen?«

»Nein.«

»Wirklich nicht?«

Tuck runzelte die Stirn. »Was ist passiert?«

»Ich hab eine Tür gehört.«

»Wann?«

»Gerade eben. Vor fünf Minuten vielleicht.«

Tuck spitzte die Lippen. »Ich war die ganze Zeit hier«, sagte sie.

»Hast du was gehört?«

»Eine Klospülung.«

»Das war ich.«

»Sonst …« Tuck schüttelte kaum merklich den Kopf. »Davor habe ich geschlafen.«

»Ich dachte, du wärst raus zum Schwimmen. Ich wollte dir gerade Gesellschaft leisten.«

Sie starrten sich eine Weile an.

»Bist du sicher, dass du eine Tür gehört hast?«

»Ganz sicher. Es war eine Schiebetür. Habt ihr eine Haushälterin oder so?«

Tuck schüttelte den Kopf. »Außer uns betritt niemand das Haus. Und einen Schlüssel hat auch keiner. Nur Dad und Janice.«

»Vielleicht sollten wir uns mal umsehen.«

»Besser wär's.« Tuck strampelte das Bettlaken zur Seite und stand auf. Sie trug keine Hose, aber das Pyjamaoberteil reichte wie ein sehr kurzes Kleid über ihre Oberschenkel. Sie schlüpfte in ihre Flipflops und zog die .44er Magnum aus der Schublade des Nachtkästchens. »Auf ein Neues«, sagte sie. »Willst du dir schnell die Waffe holen, die dir Eve letzte Nacht gegeben hat?«

»Das wird wohl nicht nötig sein«, sagte Dana. »Ich vertraue darauf, dass du den bösen Jungs die Birne wegpustest.«

Sie gingen hinaus in den Flur.

»Wir haben alle Türen abgeschlossen«, sagte Tuck.

»Ich weiß.«

»Das ist doch verrückt.«

Langsam stiegen sie die Treppe hinunter.

»Seit du hier bist«, sagte Tuck, »jagt eine Katastrophe die nächste.«

»Vielleicht liegt's ja an mir«, sagte Dana.

Tuck grinste. »Ja, vielleicht.«

»Sollen wir Eve anrufen?«

»Nein. Erst sehen wir uns mal gründlich um. Wir können sie ja nicht wegen jeder Kleinigkeit aus dem Bett klingeln. Schließlich wissen wir ja noch gar nicht, was hier vor sich geht.«

»Das kann ich dir sagen.« Sie hatten den Fuß der Treppe erreicht. »Jemand hat eine Tür geöffnet und wieder hinter sich geschlossen. Ich war's nicht und du sagst, du warst es auch nicht.«

»War ich auch nicht.«

»Dann war es jemand anderes.«

Tuck verzog das Gesicht.

»Er oder sie«, sagte Dana, »hat entweder gerade das Haus betreten oder es verlassen.«

»Wenn er jetzt hier drin ist«, sagte Tuck, »dann soll er sich auf was gefasst machen.«

Gemeinsam durchsuchten sie das komplette Erdgeschoss und den ersten Stock.

Sie fanden niemanden, auch keine Spuren, die auf die Anwesenheit eines Fremden hindeuteten. Die Fenster und Türen waren ohne Ausnahme geschlossen und verriegelt.

Dana grinste Tuck an. »Jedenfalls hat sich keiner an den Puppen zu schaffen gemacht«, sagte sie.

Dana sah sie verwirrt an. »Die Puppen? Ach so!« Sie lachte. »Wer weiß? Schließlich haben die Puppen geschlafen.«

»Beruhigender Gedanke. Ich mache uns erst mal Kaffee. Es ist ja noch ziemlich früh. Du kannst noch schwimmen gehen, wenn du willst.«

»Kommst du mit?«

»Nein«, sagte Tuck. »Aber geh ruhig.«

Sie betraten die Küche. »Wir bleiben besser zusammen. Es könnte sich immer noch jemand im Haus aufhalten.«

»Unwahrscheinlich«, sagte Tuck. »Vor mir kann sich keiner verstecken. Ich hätte ihn mit Sicherheit gefunden.«

»Den Kerl im Horrorhaus hast du auch nicht gefunden.«

Tuck gab Dana einen leichten Stoß mit dem Ellbogen. »Zwei von drei haben wir erwischt. Kein schlechter Schnitt.« Sie legte den Revolver auf den Tisch und öffnete den Küchenschrank. »Außerdem – vielleicht hat sich ja gar niemand dort versteckt. Könnte ja sein, dass irgend so ein Penner einfach nur den Rekorder hat mitgehen lassen.« Sie streckte sich nach den Kaffeefiltern. Das Pyjamaoberteil glitt nach oben und entblößte ihre Hinterbacken. »In diesem Fall wäre überhaupt niemand verschwunden. Wenn jemand im Horrorhaus wäre, hätten wir ihn gefunden.«

»Wenn du das sagst.«

»Ja. Und hier ist auch niemand. Jedenfalls nicht mehr.«

»Wahrscheinlich hast du Recht.«

»Ich bin mir sicher, dass ich Recht habe.« Tuck nahm die Kaffeedose aus dem Kühlschrank.

»Möglicherweise ist er gerade erst abgehauen. Und ich habe gehört, wie er die Tür hinter sich geschlossen hat.«

Nickend schaufelte Tuck Kaffee in den Filter. »Wenn überhaupt jemand hier war.«

»Aber ich habe doch etwas gehört. Wenn es keine Tür war … Mein Gott, ich weiß auch nicht.«

»Dann muss es etwas anderes gewesen sein.«

»Zum Beispiel?«

»Keine Ahnung.« Tuck schüttelte den Kopf. »Die Vorstellung, dass gerade jemand das Haus verlassen hat, gefällt mir überhaupt nicht. Wenn es … ja, wer könnte es gewesen sein? Wie lange war er hier bei uns? Was zum Teufel hat er hier getan? Wie ist er reingekommen? Und wie sollen wir ihn in Zukunft fernhalten?«

»Ich habe keinen blassen Schimmer«, sagte Dana. »Ehrlich nicht.«

Als sie die Hauptstraße entlangfuhren, deutete Dana auf einen alten Ford Granada, der am Randstein parkte.

»Guck mal«, sagte sie.

Tuck drehte den Kopf herum. Der Wind ließ Haarsträhnen in ihr Gesicht flattern. »Was soll damit sein?«

»Der stand doch gestern schon da. Als wir nach Hause gefahren sind.«

»Wirklich?«

»Sicher. Ich hatte mal einen Freund mit dem gleichen Auto.«

»Aha«, sagte Tuck grinsend. »Dieser Freund … war er von dir besessen?«

»Nein. Außerdem war sein Wagen grün. Aber das gleiche Modell. Deshalb ist er mir gestern wahrscheinlich aufgefallen.«

Tuck fuhr langsamer und schaltete den Blinker ein. »Worauf willst du hinaus?«, fragte sie.

»Vielleicht gehört er dem vermissten Besucher.«

»Der kann jedem gehören«, sagte Tuck und hielt vor dem Parkplatztor an. »Bin gleich wieder da.« Sie stieg aus und eilte zum Tor.

Dana sah sich um.

Der Parkplatz war leer.

Zur Linken warteten bereits mehrere Leute auf dem Bürgersteig vor der Ticketbude.

Vielleicht gehörte der Granada ja einem von ihnen.

Andererseits hatte er ja gestern schon dort gestanden – an *genau derselben* Stelle.

Wer weiß? Möglicherweise gehört er einem der Stammgäste.

Eve hatte ihnen geraten, diese genau im Auge zu behalten.

Sie beobachtete die Gruppe.

Und bemerkte einen Mann, der zurückstarrte.

Er wollte sich gerade umdrehen, überlegte es sich dann jedoch anders. Er lächelte und nickte ihr zu.

Kenne ich den?

Der schlaksige, mit Sommersprossen bedeckte Mann war etwa so alt wie sie und kam ihr irgendwie bekannt vor. Mit seiner hellbraunen Haartolle wirkte er wie ein menschgewordener Woody Woodpecker. Er hatte sein kurzärmliges, kariertes Hemd ordentlich in die beige Hose gesteckt. Dazu trug er braune Wanderschuhe.

Dana erinnerte sich, dass er gestern schon einmal im Haus gewesen war, aber da hatte er etwas anderes angehabt.

Auf jeden Fall ein anderes Hemd.

Und er war mit einer hochnäsig wirkenden Brünetten unterwegs gewesen.

Dana sah sich den Rest der Gruppe genau an. Die Frau war nicht dabei.

Tuck stieg wieder ein und ließ den Motor an. »Mach dir wegen diesem Ford keine Gedanken. Der könnte wirklich jedem gehören.« Sie fuhr auf den Parkplatz.

»Vielleicht sogar demjenigen, der gestern mit unserem Kassettenrekorder verschwunden ist.«

»Nicht unbedingt.«

»Das nennt man Verdrängung.«

»Clyde?«, fragte Tuck grinsend.

Sie stellte den Jeep wieder am gegenüberliegenden Ende des Parkplatzes ab. Als sie gerade den Schlüssel aus dem Zündschloss ziehen wollte, griff Dana nach ihrem Handgelenk.

»Da ist noch was. Es hat vielleicht nichts zu bedeuten, aber Eve hat gesagt, wir sollen die Augen offen halten, ob wir einen der Besucher wiedererkennen.«

»Ja. Viele kommen mehrmals.«

»An zwei aufeinanderfolgenden Tagen?«, fragte Dana und ließ Tuck los.

»Kommt vor, wenn auch selten. Die Teilnehmer der Mitternachtsführung nicht mitgerechnet natürlich. Die nehmen für gewöhnlich auch an der regulären Führung am Samstag teil.«

»Aber da ist dieser Kerl … er war gestern hier und heute schon wieder. Ich hab ihn gerade vor der Ticketbude gesehen.«

»Bist du sicher, dass es derselbe ist?«

»Hundertprozentig. Er hat mich gestern schon die ganze Zeit heimlich angestarrt. Als er gegangen ist, hab ich ihm seinen Rekorder abgenommen …«

»Also ist es zumindest nicht unser mysteriöser Ausreißer.«

»Aber möglicherweise unser mysteriöser *Besucher*. Das wollte ich damit sagen.«

»Nur, weil er dich angestarrt hat.«

»Gestern war er nicht alleine hier. Er hatte eine Frau dabei, wahrscheinlich seine Freundin. Ich glaube, sie haben sich nicht besonders gut verstanden. Sie war auf eine besondere Art hübsch, aber sie hatte so ein schreckliches, höhnisches Grinsen im Gesicht. Jedenfalls scheint er heute ohne sie gekommen zu sein.«

»Das klingt tatsächlich etwas merkwürdig.«

»Finde ich auch. Vielleicht ist er in mich verschossen. Oder in dich. Er könnte die Frau abserviert haben und uns nach Hause gefolgt sein.«

»Ich weiß nicht. Da interpretierst du jetzt ein bisschen viel rein. Eigentlich hat er dich ja nur angesehen.«

»Aber das ziemlich intensiv. Jetzt ist er ohne weibliche Begleitung wiedergekommen und hat mich *schon wieder* angeglotzt.«

»So sind die Männer eben. Wir dürfen keine voreiligen Schlüsse daraus ziehen.«

»Will ich ja auch nicht. Ich halte ihn nur für einen … möglichen Verdächtigen.«

»Er wartet vor der Ticketbude?«

»Gerade eben stand er noch da. Ich hab ihn beim Reinfahren gesehen.«

Tuck öffnete die Wagentür. »Gehen wir«, sagte sie und stieg aus. Gemeinsam gingen sie auf das Horrorhaus zu, während schon die ersten Autos auf den Parkplatz bogen.

»Es ist der Dürre mit der komischen Frisur und dem karierten Hemd«, sagte Dana.

»Ich werd ihn im Auge behalten. Warum redest du nicht einfach mit ihm?«

»Machst du Witze?«

»Nein. So findest du heraus, was er vorhat. Ich gehe mal vor und schließe auf.«

»Allein?«

Tuck schüttelte lächelnd den Kopf. »Klar. Das mache ich immer.«

»Auch nach allem, was passiert ist?«, fragte Dana. »Ich sollte dich besser begleiten. Ich kann später immer noch mit diesem Kerl reden.«

»Mir passiert schon nichts.«

»Und wenn doch, stehe ich dir treu zur Seite.«

»Pfadfinderin.«

Kapitel fünfundzwanzig

Sandy – Juli 1992

Als Sandy aus der Hütte kam, wartete Eric bereits auf dem Beifahrersitz. Wie ein hibbeliges Kind, das es kaum erwarten konnte, dass die Reise endlich losging.

Sandy fühlte ehrliches Bedauern.

»Ich würde dich wirklich gern mitnehmen, mein Schatz«, sagte sie, nachdem sie die Fahrertür geöffnet hatte.

Er legte den Kopf schief, sah sie traurig an und wimmerte wie ein kleiner Hund. *Bitte*, wollte er damit sagen.

Sandy stieg ein, legte einen Arm um ihren Sohn, zog ihn zu sich und gab ihm einen Kuss auf die Wange.

»Tut mir leid«, sagte sie. »Weißt du was? Bald machen wir wieder einen Nachtausflug. Vielleicht noch diese Woche. Einverstanden?«

Seufzend nickte er.

Seit geraumer Zeit hatte Sandy ihren Sohn regelmäßig auf nächtliche Ausflüge in die Stadt mitgenommen. Er schien diese Abenteuer zu lieben. Aber tagsüber musste er zu Hause bleiben. Immer. Es war schon nachts viel zu riskant. Am helllichten Tag wäre es Irrsinn gewesen.

»Und jetzt raus mit dir.«

Er winselte.

»Los.« Sie schubste ihn sanft.

Er streckte die Hand nach dem Türgriff aus, dann sah er Sandy noch einmal an.

Die Falten über seinen Augen vertieften sich, als wollte er seine nicht vorhandenen Augenbrauen heben. Eric besaß am ganzen Körper nicht ein einziges Haar. Selbst die Pubertät, die ziemlich früh bei ihm eingetreten war, hatte in dieser Hinsicht keine Spuren hinterlassen. Er war so kahl wie sein Vater.

»Los jetzt. Ich bin in ein paar Stunden wieder da.«

Er nickte, öffnete die Tür und sprang aus dem Wagen.

»Machst du bitte die Tür hinter dir zu?«

Er warf sie so heftig ins Schloss, dass Sandy zusammenzuckte.

Das war keine Absicht, sagte sie sich. Er ist einfach zu stark und hat noch nicht gelernt, seine Kraft zu kontrollieren.

»Das nächste Mal bitte etwas sanfter, okay?«

Er zuckte mit den Schultern.

»Du Affe«, sagte sie.

Er grinste.

Sandy ließ den Motor an. »Mach mir keinen Ärger, ja? Und lass dich nicht von Fremden ansprechen.«

Das war ein alter Scherz zwischen ihnen.

Eric nickte grinsend.

Sandy wendete den Pick-up und fuhr los. Im Rückspiegel sah sie Eric vor der Hütte stehen.

Er sah so einsam und verlassen aus.

Der arme Kleine, dachte Sandy.

Aber wir haben ja keine andere Wahl. Wir tun, was wir können. Und man kann nicht sagen, dass wir es leicht hätten. Zumindest sind wir noch am Leben und frei und haben einander. Und das ist alles, was zählt.

Sie bog um eine Kurve. Sobald sie Eric nicht mehr sehen konnte, vermisste sie ihn.

Sie hasste diese Fahrten in die Stadt.

Ihm wird nichts passieren, sagte sie sich. Wenn ich zu Hause bin, tobt er auch den ganzen Tag im Wald herum. Es spielt eigentlich keine Rolle, ob ich in der Hütte oder in der Stadt bin.

Doch, es spielt sogar eine sehr große Rolle.

Durch eine Lücke in den Bäumen war ihr kleiner Friedhof zu erkennen. Sie musste zwangsläufig hinsehen. Schon vor langer Zeit hatte sie es aufgegeben, gegen diesen Drang anzukämpfen.

Das Grab selbst lag unter hohem Gebüsch.

Sandy erinnerte sich an einen Tag, an dem die Stelle noch kahl gewesen war. Wie sich der Erdhaufen angefühlt, wie er ausgesehen und gerochen hatte in jener Nacht, als sie Lib, Harry und Slade dort begraben hatte. Sie hatte sich auf den Hügel gesetzt, weil sie so erschöpft gewesen war und nicht mit Sicherheit hatte sagen können, ob Lib und Harry wirklich tot waren.

Vielleicht, vielleicht auch nicht.

Möglicherweise hatten sie noch gelebt, schwer verletzt und ohne Luft, und sich langsam aber sicher zur Oberfläche vorgearbeitet.

Nicht, wenn ich darauf sitze.

Sie hatte auf ihrem Grab gesessen und sich über die drei Personen unter ihr Gedanken gemacht. Ein Sandwich aus nackten Körpern mit Lib in der Mitte. Wie eine Frikadelle.

Nein, nein, nein. Keine Frikadelle. Ein Salamisandwich.

Mit Lib in der Mitte.

Hoffentlich gefällt's ihr dort unten. Hätte sie mal lieber ihre große Klappe gehalten.

Während sie an dem Gebüsch vorbeifuhr, erinnerte sie sich, wie wütend sie in jener Nacht gewesen war. Lib und sie hatten sich so gut verstanden. Bis Harry aufgetaucht war.

Er hatte alles kaputtgemacht.

Wir hätten eine Familie sein können.

Aber Lib hatte sich ja nicht am Riemen reißen können und sich in eine Sexbesessene verwandelt.

In eine *verräterische, nymphomanische Plaudertasche* ohne auch nur den kleinsten Funken Loyalität im Leib. Sie hatte ja gar nicht schnell genug alles hinausposaunen können.

Sie hatte diesen Kerl nicht einmal gekannt!

Sandy schüttelte den Kopf.

Das Mädchen, das auf dem Grab gesessen hatte, war ein anderer Mensch gewesen.

Mein Gott, ich war so jung damals. Und so wütend.

Und eifersüchtig.

Lächerlich.

Sie wünschte, sie hätte Lib und Harry nicht umgebracht. Das hatte sie immer bedauert.

Nicht, dass sie sich deswegen schuldig fühlte. Die beiden hatten nur bekommen, was sie verdienten. Sie hatten sich gegen sie gestellt. Und damit früher oder später auch gegen Eric. Wenn sie sie nicht getötet hätte, hätte sie bitter dafür bezahlen müssen.

Aber sie hatte sie gemocht.

Beide.

Es hätte auch anders kommen können. Lib hätte ihre große Schwester und Harry ihr Bruder sein können.

Oder ihr Liebhaber.

Wer weiß?

Sie war nicht ein Mal in den vergangenen zwölf Jahren an ihrem Grab vorbeigekommen, ohne sich an all das zu erinnern.

Ohne sich zu wünschen, sie hätte sie nicht umgebracht.

Ohne sich zu fragen, warum sie sie dazu gezwungen hatten.

Aber es hatte sich ja noch einmal alles zum Guten gewandt.

Na ja, nicht unbedingt für die beiden da unten.

Selber schuld. Hätten sie sich eben zusammenreißen müssen.

Besser so, dachte sie. Sonst hätte ich ihnen am Ende noch blind vertraut, und sie hätten Eric und mich um die Ecke gebracht.

Sie war ihnen zuvorgekommen.

Gab es nicht einen militärischen Ausdruck dafür?

Präventivschlag.

Genau.

Denen hab ich's präventiv ordentlich gegeben. Hab sie erwischt, bevor sie uns erwischen konnten.

Dann tauchte der Küstenhighway vor ihr zwischen den Bäumen auf. Sandy blieb wenige Meter vor einem schweren Eisentor stehen und stieg aus. Sie ging durch Schatten und helles Sonnenlicht. Piniennadeln und Zweige knisterten unter ihren Stiefeln. Der aromatische Geruch des Waldes mischte sich mit dem Duft des Meeres. Sie konnte die frische Brise durch die süße, schwere Luft des Waldes spüren.

So war es immer, wenn sie das Tor öffnete.

Mein Tor.

Zu Harrys Zeiten hatte es noch kein Tor gegeben. Sandy höchstpersönlich hatte es in der Stadt gekauft und ein paar Leute angeheuert, die es für sie aufgestellt hatten.

Bis jetzt hatte es seine Aufgabe exzellent erfüllt.

Was womöglich auch an dem Schild lag, das sie daran angebracht hatte:

PRIVATBESITZ – KEIN ZUTRITT
ZUWIDERHANDLUNG WIRD STRAFRECHTLICH VERFOLGT
VON DER FEUERWAFFE WIRD GEBRAUCH GEMACHT

Sie hatte den Text selbst verfasst. Sie fand, der Teil mit der »Feuerwaffe« wirkte ziemlich bedrohlich.

Der Witz an dem Schild war, dass es überhaupt nicht *ihr* Privatbesitz war.

Das Grundstück gehörte Harry Matthews.

Er war der Eigentümer. Und er war darauf begraben.

Nachdem sie das Vorhängeschloss abgenommen hatte, zog sie das Tor auf, las ihr Schild und grinste. Dann fuhr sie den Lieferwagen hindurch und sperrte wieder ab. Schließlich erreichte sie den Highway.

Sie wartete ein gewaltiges Wohnmobil ab, und sobald die Straße frei war, trat sie aufs Gas.

Die nächste Ansiedlung hieß Ford Platt und lag etwa fünfzig Meilen die Küste hinauf. Sie schaltete das Radio an und beugte sich zum Handschuhfach. Aus dem halben Dutzend Kassetten suchte sie ihr Lieblingsband von Warren Zevon heraus – mit dem Stück »Roland The Headless Thompson Gunner« darauf. Sie schob die Kassette in den Schlitz der Stereoanlage.

»Auf ein Neues«, murmelte sie.

So sehr sie es auch bereute, Eric zurücklassen zu müssen, und sich um sein Wohlergehen sorgte – manchmal genoss sie einfach die Einsamkeit der Straße.

Freiheit.

Sie lehnte sich in ihrem Sitz zurück und lächelte dem Fahrtwind auf ihrem Gesicht entgegen.

Sie hatte den Ellbogen aus dem Fenster gelehnt und steuerte mit einer Hand. Luft blies durch ihre ärmellose weiße Bluse und strich über ihre Brüste. Sie öffnete einige weitere Knöpfe.

Zu ihrer Linken sah sie bis zum Horizont nichts außer dem Ozean. Vor ihr erstreckte sich ebenfalls ein großartiger Ausblick – schroffe Klippen, die sich mit Sandstränden abwechselten, auf die die schaumigen Wellen rollten. Das Wasser war glasklar und glitzerte im Sonnenlicht. Weit im Westen war eine Nebelbank zu erkennen, die sich wie eine Schneedecke auf das Wasser gelegt hatte.

Zur Rechten zogen sich dicht bewaldete Hügel unter einem wolkenlosen Himmel dahin.

Das ist das wahre Leben, dachte sie.

Wenn es einem nichts ausmacht, sich den Rest seiner Zeit zusammen mit einem Ungeheuer im Wald zu verstecken.

Sofort fühlte sie sich schuldig.

Er ist mein *Sohn*, sagte sie sich. Mein *Leben.*

Er ist ein Ungeheuer.

Aber er ist mein Ungeheuer und ich liebe ihn. Außerdem – was habe ich denn für eine andere Wahl?

Sie kannte ihre Alternativen.

Sie hatte sie oft genug während der einsamen Fahrten in die Stadt in Gedanken durchgespielt.

Eigentlich hatte sie nur zwei Möglichkeiten: Entweder sie versteckte sich weiterhin mit Eric, oder sie ließ ihn zurück.

Im Prinzip ist er nicht mehr auf mich angewiesen, dachte sie. Er würde auch allein klarkommen.

Vor Jahren schon hatte Eric angefangen, wilde Tiere zu jagen und zu erlegen (manchmal waren auch Menschen darunter), um seinen Hunger zu stillen. Er fraß sie auf der Stelle und brachte Sandy meistens einige Fleischbrocken als Geschenk mit. Natürlich schmeckten ihm auch Pizza, Popcorn, Kuchen und Schokoladenkekse – aber angewiesen war er darauf nicht.

Er brauchte Sandy eigentlich überhaupt nicht.

Natürlich würde er mich vermissen. Ich bin ja seine Mutter. Aber er würde auch ohne mich überleben.

Und ich wäre frei. Frei, mein eigenes Leben führen zu können.

Ohne ihn.

Sofort fühlte sie sich schuldig – und ein überwältigendes Gefühl der Einsamkeit überkam sie.

Niemals, dachte sie. Ich könnte ihn niemals auf diese Weise hintergehen. Ich würde ihn so schrecklich vermissen. Niemals.

Die Alternative war jedoch genauso schlimm: Sie würde den Rest ihres Lebens in dieser kleinen Hütte verbringen. Einsam und allein – bis auf Eric. Kein Partner, keine richtigen Kinder.

Richtige Kinder?

Wieder wurde sie von Schuldgefühlen übermannt.

So war es nicht gemeint, sagte sie sich. Eric ist ein richtiges Kind, Punkt! Aber, verflucht noch mal, ist es denn so falsch, sich ein normales Leben zu wünschen? Einen Mann und menschliche Kinder?

Nicht, dass ich Eric nicht lieben würde, aber …

»Scheiße«, sagte sie laut.

Sie hasste es, über diese Dinge nachzudenken.

Genau in diesem Moment fing ihr Lieblingslied an: »Roland The Headless Thompson Gunner«, eine eigenwillige, unheimliche Ballade.

Sie sang mit und versuchte, nicht an Eric und Freiheit und solche Dinge zu denken.

Als sie über eine Brücke in die Stadt fuhr, war es bereits nach zehn. Von einem öffentlichen Telefon im Sea Breeze Café rief sie eine Nummer an, die sie auswendig kannte.

»Ja bitte?«, fragte eine vertraute Stimme nach dem zweiten Klingeln.

»Hi, Blaze. Ich bin's.«

»Schätzchen!«

»Hast du heute Verwendung für mich?«

»Aber natürlich! *Unbedingt!*«

»Ich dachte, ich rufe vorher mal an. Nicht, dass du gerade auf einer Kreuzfahrt bist oder so.«

»Ach, erinnere mich nicht daran! Ich werde nie wieder auf ein Schiff steigen. Ich dachte, mein letztes Stündlein hätte geschlagen. Ha!«

»Tja. Soll ich zu dir rüberfahren oder treffen wir uns irgendwo?«

»Komm erst mal zu mir rüber. Dann können wir ja immer noch überlegen, ob wir einen Ausflug machen.«

»Okay. Super. Bis gleich dann.«

»Von wo aus rufst du an?«

»Aus dem Sea Breeze.«

»Aha. Dann solltest du in etwa einer Viertelstunde hier sein.«

»Bis dann, Blaze«, sagte sie und legte auf.

Sie fuhr über die Hauptstraße von Fort Platt. Die Stadt besaß zwar einen ziemlich großen Hafen und eine Werft, ihres Wissens jedoch keine militärischen Anlagen. Vielleicht hätten man sie lieber Port Platt nennen sollen.

Der Ort erinnerte sie immer an Malcasa Point, obwohl die beiden Städte eigentlich nicht viel gemeinsam hatten. Fort Platt konnte sich jedenfalls nicht mit so ausgefallenen Sehenswürdigkeiten wie einem Horrorhaus brüsten. Auch die Angelgeschäfte, Schnapsläden und billigen Souvenirshops waren deutlich spärlicher gesät. Fort Platt war eine Stadt mit *Klasse*. Zumindest hielten sie ihre Bewohner dafür.

Wie so viele andere Gemeinden entlang der kalifornischen Küste hatte auch Fort Platt vor langer Zeit den Ruf erworben, eine »Künstlerkolonie« zu sein. Doch als Sandy die Stadt in den späten

80ern das erste Mal besucht hatte, hatte sie sich bereits in ein angesagtes Urlaubsziel verwandelt.

Die Hauptstraße war gesäumt von malerischen Restaurants, Boutiquen, in denen Kerzen, Tee und Kunsthandwerk verkauft wurde, und Buchläden, die nach Räucherstäbchen dufteten und Schriften von Umweltschützern und obskuren Poeten anboten. Nicht zu vergessen die vielen Galerien mit den Werken ortsansässiger Künstler.

Künstlern wie zum Beispiel Blaze O. Glory.

Gleich hinter dem nördlichen Ende der Stadt bog Sandy auf den Buena Vista Parkway und folgte der breiten, kurvigen Straße landeinwärts in die Hügel, bis sie über den Emerald Drive die enge, gewundene Crestline Lane erreichte, an der sich Blazes Anwesen befand.

Sie hielt am Fuß der steilen Einfahrt an, schaltete in den ersten Gang und gab Gas. Die Front des Pick-up schien in den Himmel zu schießen, und sie wurde in den Sitz gedrückt.

Oben angekommen senkte sich die Motorhaube wieder. Es war, als wäre sie soeben auf einer Landebahn niedergegangen, die zu einer atemberaubenden Konstruktion aus Glas und verwittertem Holz führte.

Sie parkte neben der Garage und ging eine Holztreppe zur Veranda hinauf.

Als sie auf die Klingel drückte, hörte sie die Melodie des alten Liedes von dem Mann, der eine Frau sucht, die genau wie die Frau ist, die seinen alten Herren geheiratet hat.

Sie kicherte und schüttelte den Kopf.

Blaze öffnete die Tür. »Mein *Goldstück*!«, rief er und breitete die Arme aus.

Sandy trat über die Schwelle.

Er nahm sie in die Arme und drückte sie. Sie klopfte ihm auf die Schultern. Blaze trug einen Seidenkimono, durch dessen glatten Stoff sie die Wärme spüren konnte, die er ausstrahlte.

Er hielt sie an den Armen. »Sieh dich an. Oh, sieh dich nur an. Zauberhaft. Absolut zauberhaft! Wie immer. Bleib, wie du bist, Schatz. Was auch passiert, bleib wie du bist.«

»Du siehst auch ganz gut aus«, sagte sie.

»Ach du liebe Güte. Ich weiß. Ich weiß! Ich sehe fantastisch aus, nicht wahr?«

»Wie immer.«

»Oh, ich bin so froh, dass du heute kommst. Du hast meinen Tag gerettet.« Er ging an ihr vorbei, schloss die Tür und wirbelte wieder zu ihr herum. »Oh, ich vermisse dich immer so sehr. Du bist so eine *Augenweide*! Ich wünschte, du würdest bei mir einziehen. Ich habe doch so viel Platz!«

»Ich weiß. Vielleicht irgendwann mal.«

»Ach, quäl mich nicht mit deinen leeren Versprechungen. Ich weiß, dass das nie geschehen wird. Aber die Hoffnung stirbt zuletzt, nicht wahr? Wir könnten so viel Spaß zusammen haben.«

»Den hätten wir bestimmt.«

»Du bist so wunderschön. Ein richtiges Chamäleon. So viele Stimmungen, so viele Veränderungen und Nuancen. Wenn es nach mir ginge, wärst du mein einziges Motiv. Ich würde jede Stunde meines Lebens damit zubringen, nur dich zu malen.«

»Danke.«

»Dann hätten wir nicht nur eine tolle Zeit, sondern würden auch *stinkreich* werden.«

»Wie geht's uns denn in dieser Beziehung?«, fragte Sandy.

»Ganz gut.« Er wackelte mit den Augenbrauen, steckte die Hand in den Kimono und zog zwei dicke, mit Gummibändern umwickelte Geldscheinbündel daraus hervor. »Zwanzig Prozent, wie versprochen«, sagte er und drückte Sandy die Bündel in die Hand.

»Wow«, sagte sie.

»Allerdings. Zweitausenddreihundert hübsche Dollarchen.«

Sie grinste. »Nicht schlecht.«

Blaze beugte sich zu ihr vor, kniff ein Auge zusammen und senkte die Stimme. »Ashley, wir sind ein unschlagbares Team. Deine Schönheit und mein Genie, wenn es darum geht, sie auf die Leinwand zu bannen … aber du musst öfter kommen. Ohne deine *Anwesenheit* geht es nicht.«

»Es ist eine ziemlich lange Fahrt, Blaze.«

»Wie weit ist es denn?«

»Sehr weit.«

»Hast du kein Interesse daran, reich zu werden?«

»Zweitausend Mäuse im Monat sind nicht gerade ein Pappenstiel.«

»Aber wir könnten noch viel mehr verdienen. Ein Vermögen!«

»Ich dachte, ihr Künstler interessiert euch nicht für Geld.«

»Bin ich nicht auch Mensch? Aus Fleisch und Blut? Habe ich keine *Bedürfnisse*?«

Lachend stopfte Sandy das Geld in die Vordertasche ihrer Jeans. »Also gut, du Gierschlund. Fangen wir an.«

»Jawohl! Je eher, desto besser!« Er lächelte und streckte die Arme aus wie ein Kind, das den Regen auf den Handflächen spüren will. »So ein schöner Tag. Wollen wir wieder ans Meer fahren?«

»Von mir aus. Fährst du?«

»Ich habe schon alles eingepackt. Jetzt müssen wir uns nur noch umziehen, und schon geht's los.«

Kapitel sechsundzwanzig

Interne Angelegenheiten

Offenbar hatte niemand Ethel angerührt.

»So weit, so gut«, sagte Dana.

Dann setzten sie ihren Rundgang durch das Haus fort.

Niemand fiel über sie her.

Sie bemerkten nichts Ungewöhnliches.

An den Wachsfiguren schien nichts verändert worden zu sein.

»Vielleicht wird der heutige Tag ja ein bisschen ruhiger«, sagte Tuck, nachdem sie ihren Rundgang beendet hatten.

»Eigentlich ein ganz guter Anfang – von dem Eindringling in deinem Haus mal abgesehen.«

»Danke, dass du mich daran erinnerst.«

»Kein Problem.«

»Vielleicht ist er ja auch hinter dir her.«

»Danke auch.«

»War mir ein Vergnügen.« Sie traten auf die Veranda hinaus. »Sei vorsichtig und halt die Augen offen, okay?«, sagte Tuck. »Glaub nicht, dass du sicher bist, nur weil hier so viele Leute herumschwirren. Es gibt genug einsame Stellen im Haus, wo niemand mitbekommen würde, wenn etwas passiert. Also pass auf.«

»Du auch«, sagte Dana und nickte.

»Da kannst du drauf wetten.«

Gemeinsam gingen sie die Verandatreppe hinunter. Als sie das Haus umrundeten, spürte Dana, wie ihr Herz schneller schlug. »Warren kommt nicht zur morgendlichen Besprechung, oder?«

»Nein.« Tuck grinste sie an. »Tut mir leid.«

»Hab nur gefragt.«

»Klar. Er ist ja auch nicht hier angestellt. Zumindest nicht mehr, seit er die Imbissbude gekauft hat.«

»Sie *gehört ihm*?«

»Aber sicher. Er verdient nicht schlecht damit.«

»Aha.«

»Keine Angst, du wirst ihm früher oder später schon über den Weg laufen.«

»Ich weiß. Ich wollte nicht …«

»*Früher*, wenn du dir einen Kaffee holst, bevor wir anfangen.«

»Er ist jetzt schon hier?«

»Vielleicht.«

Sie erreichten die hintere Ecke des Hauses.

»Ja«, sagte Tuck. »Er ist schon da.«

Dana sah nur die anderen Angestellten. Rhonda winkte ihnen lächelnd zu. Sharon zündete sich eine Zigarette an. Clyde hatte ebenfalls eine Zigarette im Mund, einen Plastikbecher in der Hand und einen Fuß auf einen Stuhl gestellt. Als er Dana bemerkte, sah er schnell woandershin.

»Warren ist in der Imbissbude«, sagte Tuck.

Dana kniff die Augen zusammen, da das Sonnenlicht von der Glasscheibe der Budenfenster reflektiert wurde.

Sie lächelte Tuck an. »Soll ich dir was mitbringen?«

»Nein danke. Aber beeil dich.«

»Bin gleich wieder da.« Sie eilte zur Imbissbude hinüber.

Warren begrüßte sie lächelnd. »Morgen, Dana.«

»Hi. Ich hätte gerne einen Kaffee.«

»Welche Größe?«

»Welche Größen gibt's denn?«

»Däumling, Madame Blavatsky und Zyklop.«

»Du willst mich wohl veralbern.«

»Stimmt. Entschuldige.«

»Ich hoffe, dass du das nicht öfter machst.«

»Nur mit guten Freunden.«

Dana spürte, wie ihr das Blut ins Gesicht schoss. »Ich hätte gerne einen normalen Kaffee. Ist das dann Madame Blavatsky?«

»Richtig.«

»Also, einmal bitte.«

»Milch und Zucker?«

»Schwarz.«

»Kommt sofort.«

Dana sah sich um und bemerkte, dass sich die anderen bereits um Tuck versammelt hatten.

»Bitteschön.«

Sie griff in ihre Tasche.

»Das geht aufs Haus«, sagte Warren.

»Also … vielen Dank.«

»Kein Ding. Übrigens, habt ihr gestern die Kassettenrekorder noch gefunden?«

»Zwei schon. Der dritte fehlt immer noch.«

Warren verzog das Gesicht.

»Was?«

Er schüttelte den Kopf. »Das passiert in letzter Zeit ständig. Vielleicht werden sie geklaut. Ich glaube, Lynn wartet auf dich.«

»Dann mach ich mich mal auf den Weg. Bis später, okay?«

»Klar.«

»Und danke für den Kaffee.« Mit dem Plastikbecher in der Hand ging sie langsam auf die Gruppe zu, wobei sie aufpassen musste die dampfende, dunkle Flüssigkeit nicht zu verschütten.

Ob er noch am Fenster steht und mir nachsieht?

Ob er überhaupt an mir interessiert ist?

Er hat mir immerhin einen Kaffee ausgegeben.

Das schon, aber wieso ist er gestern nur so schnell abgehauen? Er schien es ja ziemlich eilig zu haben.

Vielleicht hatte er Angst davor, das Haus durchsuchen zu müssen.

»Okay«, sagte Lynn. »Jetzt wären wir komplett.«

»Hi, Dana«, sagte Rhonda.

»Hi, Rhonda. Sharon.«

Sharon deutete einen Gruß an. »Zweiter Tag«, sagte sie.

»Ja.«

Clyde starrte Dana durch den Qualm seiner Camel an. Sie nickte ihm grüßend zu, lächelte jedoch nicht.

Warst du das gestern Nacht am Pool, Clyde?

Oder heute Morgen im Haus?

Was hast du da getrieben, uns nachspioniert oder …?

»Die gute Nachricht«, sagte Tuck, »ist, dass gestern niemand im Horrorhaus Unfug angestellt hat.«

»Was nicht heißt, dass niemand über Nacht dort war«, sagte Sharon.

Dana nippte an ihrem Kaffe. Er war sehr heiß und ziemlich stark.

Warren macht guten Kaffee, dachte sie.

»Die schlechte Nachricht ist, dass einer der Kassettenrekorder fehlt. Erst haben wir *drei* Stück vermisst, aber Dana und ich haben zwei der Ausreißer erwischt. Das waren vielleicht Knalltüten. Sie haben behauptet, dass sie nichts von einer dritten Person wüssten, und wir haben auch niemanden gefunden. Also fehlt uns noch ein Rekorder.«

»Na toll«, sagte Clyde.

»Über vermisste Personen wollen wir zu diesem Zeitpunkt noch nicht spekulieren«, sagte Lynn.

»Das tun wir ja nie, oder?«

»Weil auch noch *nie* jemand vermisst wurde.«

»Wenn mit jedem Rekorder auch ein Besucher verschwinden würde, hätten wir schon vor Jahren dichtmachen können.«

»Das sagst du.«

»Hör auf damit, Clyde«, sagte Sharon.

»Ich sage, die Bestie ist wieder da.« Er warf Dana ein höhnisches Lächeln zu. »Und ab und zu holt sie sich jemanden. Frischfleisch, wenn ihr versteht, was ich meine.«

»Er will dir nur Angst machen«, sagte Rhonda.

»Ich zittere schon«, sagte Dana.

»Das solltest du auch. Du könntest die Nächste sein.«

»Das reicht, Clyde«, sagte Lynn. »Machen wir keine große Sache draus. Soweit wir wissen, wird niemand vermisst. Der Rekorder könnte auch gestohlen worden sein. Trotzdem müssen wir die Augen offen halten. Vielleicht ist wirklich jemandem etwas zugestoßen, wenn es auch keinen Grund für diese Annahme gibt. Eine weitere Möglichkeit ist, dass sich noch immer jemand im Haus versteckt hält. Und ich habe keine Ahnung, was dieser Jemand im Schilde führen könnte, also müssen wir ganz besonders wachsam sein.«

»Glaubst du, dass es da eine Verbindung gibt?«, fragte Rhonda mit gerunzelter Stirn.

»Was für eine Verbindung?«, fragte Lynn.

Rhonda errötete. »Du weißt schon. Die Sache mit Ethel und der verschwundene Kassettenrekorder. Das ist ja immerhin alles am gleichen Tag passiert.«

»Die Puppe wurde in der Nacht zuvor beschädigt«, sagte Lynn. »Aber ja, es könnte eine Verbindung geben. Noch wissen wir zu wenig, und wir wollen keine voreiligen Schlüsse ziehen.«

»Einen Schluss kann man daraus schon ziehen«, sagte Sharon durch den Rauch ihrer Zigarette. »Und zwar, dass hier irgendwas gewaltig stinkt. Das ist erst der Anfang.«

Clyde riss die Augen auf. »Seit Dana hier ist, gibt es Probleme.«

»Red keinen Scheiß«, sagte Sharon.

»Du kannst mich mal.«

»Nie im Leben.«

»Hört auf«, sagte Lynn. »Wir hatten schon diverse Vorfälle, *bevor* Dana zu uns gestoßen ist. Clyde, hör also auf, den Klugscheißer zu spielen.«

»Ooooh«, sagte er. »Pass auf, was du sagst, Kleine. Sonst muss ich dir den Mund mit Seife auswaschen.«

Lynn ignorierte seine Bemerkung und sah auf die Uhr. »Wir müssen gleich anfangen. Noch Fragen?«

»Ich würde gerne den ersten Stock übernehmen. Wäre das möglich?«, fragte Dana.

Sharon erklärte sich bereit, mit ihr zu tauschen.

»Rate mal, wer das Erdgeschoss macht?«, fragte Clyde höhnisch.

»Ich sehe da kein Problem«, sagte Dana. »Du?«

»Aber nein, nicht doch. Ich sehe eine *Gelegenheit*.«

»Sind wir dann so weit?«, fragte Lynn.

»Noch nicht«, sagte Clyde und drückte seine Zigarette mit der Schuhsohle aus.

»Was denn noch?«

»Du hast mich Klugscheißer genannt.«

»Stimmt. Und?«

»War das ein Kompliment?«

»Such's dir aus«, sagte Tuck. »Also, gehen wir's an.«

Clyde trottete hinter den anderen her, als sie das Haus umrundeten. Sharon und Rhonda gingen zur Ticketbude hinüber, während er Dana folgte. Sie musste den Drang bekämpfen, sich nach ihm umzudrehen.

»Glaubst du auch, dass ich ein Klugscheißer bin?«, fragte er.

Sie wandte sich zu ihm um. »Keine Ahnung.«

Er schloss zu ihr auf. »Lynn ist immer noch sauer, weil ich mit ihr Schluss gemacht habe. Seitdem hasst sie mich.«

»Ach, wirklich«, murmelte Dana.

»Ich glaube, ich habe ihr das Herz gebrochen.«

»Tja, du bist wohl ein echter Herzensbrecher.«

»Wie war deine Verabredung gestern?«

»Ganz nett.«

»Ganz nett? Das hört sich ja nicht gerade begeistert an. Wenn du mit mir ausgegangen wärst, hättest du jetzt mit ›Fantastisch‹ geantwortet. Vielleicht sogar mit ›Unbeschreiblich‹.«

»Zweifellos.« Sie ging die Verandatreppe hinauf.

Clyde öffnete ihr die Tür.

»Danke.«

Clyde zog die Tür hinter ihr wieder zu. Im trüben Dämmerlicht konnte sie kaum die Hand vor Augen sehen.

»Tut mir leid«, sagte Clyde. »Brauchst du Licht?«

»Geht schon.«

»Können wir uns mal kurz unterhalten?«

»Ich muss nach oben«, sagte sie und nahm die Treppe in Angriff.

»Die nächsten fünf Minuten kommt sowieso niemand. Also renn nicht gleich weg, okay?«

Eilig stieg sie einige weitere Stufen hinauf.

Warte mal. Warum hörst du dir nicht an, was er zu sagen hat? Vielleicht kannst du ihm ja auch ein paar Fragen stellen.

Sie blieb stehen und drehte sich um. Clyde kam auf sie zu.

»Keinen Schritt weiter, verstanden? Wir können reden, aber bleib mir vom Leib.«

Er blieb ebenfalls stehen. »So?«

»Prima. Also, was willst du, Clyde?«

»Ich will, dass wir Freunde sind.«

»Freunde. Klar.«

Er breitete die muskulösen Arme aus. »Warum nicht?«

»Sicher.«

»Hast du heute Abend schon was vor?«

Sie bemerkte, dass ihr Herz raste.

»Nein, hab ich nicht«, sagte sie. »Und um die Wahrheit zu sagen, hatte ich das gestern auch nicht. Ich wollte einfach nur nicht mit dir ausgehen.«

»Also hast du mich angelogen.«

»Stimmt.«

»Schäm dich.«

»Ich hasse es zu lügen. Deswegen mache ich jetzt auch reinen Tisch. Wir arbeiten zusammen und können auch gerne Freunde sein. Aber ich habe nicht die Absicht, mit dir auszugehen.«

»Ach, die alte ›Wir arbeiten nur zusammen‹-Masche.«

»Das ist keine Masche.«

»Klar ist das eine Masche. Eine billige Ausrede. Warum sagst du nicht einfach, dass du mich hasst?«

»Ich *hasse* dich nicht.«

»Deine *gute Freundin* Lynn hat dir bestimmt lauter grässliche Lügen über mich erzählt. Sie ist immer noch sauer, weil ich sie abserviert habe. Mann, die war vielleicht in mich verknallt. Sie konnte gar nicht genug von mir kriegen. Sie war richtig unersättlich. Weißt du, dass wir es sogar hier im Horrorhaus getrieben haben? Und das nicht nur einmal. In jedem einzelnen Raum. Sogar auf dem Dachboden. Und im Keller.«

»Na klar.«

»Sie wollte mich immer wieder. Sie wurde vor Lust fast wahnsinnig. Und vor Eifersucht. Sie war schrecklich eifersüchtig, richtig besitzergreifend. Das hielt ich dann einfach nicht mehr aus. Anschuldigungen, ständig *grundlose* Anschuldigungen. Sie dachte, ich würde es mit Sharon treiben. Sie hat mich sogar beschuldigt, Rhonda verführt zu haben. *Rhonda!* Kannst du dir das vorstellen? Kannst du dir auch nur für einen Augenblick vorstellen, dass ich Interesse hätte, dieses kindische, dumme Schweinchen zu vögeln?«

»Hör auf damit.«

»Ich weiß nicht, was Lynn dir für Lügen über mich aufgetischt hat. Und wahrscheinlich glaubst du ihr auch noch. Wieso auch nicht? Sie ist deine beste Freundin. In deinen Augen ist sie sicher über jeden Zweifel erhaben.«

»So weit würde ich nicht gehen.«

»Ich bin kein schlechter Mensch. Das weiß sogar sie. Sie hielt mich für toll. Deswegen hasst sie mich jetzt auch so.«

»Ich glaube, da gibt es mindestens noch einen anderen Grund.«

»Welchen denn?«

»Du bist ein Klugscheißer.«

Danas Augen hatten sich inzwischen an das Zwielicht gewöhnt. Sie sah, dass sich Clydes Lippen zu einer dünnen, wütenden Linie verzogen. Sie drehte sich um und ging die Treppe hinauf.

»Du wirst deine Meinung schon noch ändern.«

Dana antwortete nicht.

»Du weißt ja nicht, was dir entgeht.«

Sie sagte nichts.

»Wenn du einmal auf den Geschmack gekommen bist, wirst du gar nicht mehr genug von mir kriegen können. So geht es allen. Du wirst mich *anflehen*.«

Dana ging die Galerie entlang.

»Pass auf, dass die Bestie dich nicht holt!«, rief Clyde.

»Danke für den Tipp«, rief Dana zurück. »Schönen Tag noch.«

Sie hörte, wie er etwas vor sich hin murmelte und konnte sich schon denken, was er gesagt hatte.

»Ein echter Charmeur«, flüsterte sie und lächelte. Doch sie konnte nicht aufhören zu zittern.

Kapitel siebenundzwanzig

Sandy – Juli 1992

»Anscheinend haben wir den Strand ganz für uns«, sagte Sandy, als sie bemerkte, dass keine Autos am Ende des Feldweges parkten.

»Das hoffe ich doch sehr«, sagte Blaze. »Ich habe nämlich etwas ganz Besonderes vor.«

»Da bin ich ja mal gespannt.«

Er wendete seinen Chevrolet Silverado und hielt an. Sie stiegen aus und luden die Ausrüstung aus.

»Willst du die Kühlbox und die Staffelei tragen? Ich nehme dann den Rest.«

»Klar«, sagte Sandy. Sie trug *immer* die Kühlbox und die Staffelei, genau wie Blaze immer seine Leinwände, die Malutensilien und einen schweren Rucksack trug und darauf bestand, hinter ihr zu gehen, obwohl er doch die Richtung bestimmte.

»Das gibt mir die Gelegenheit, mich erneut auf deine Gestalt und deine Bewegungen einzustellen«, hatte er ihr einmal erklärt.

Sandy hatte ihre Klamotten bei ihm gelassen und trug jetzt ein blaues Seidenkleid, das sie in seinem Gästezimmer vorgefunden hatte. Es war tief ausgeschnitten und wurde von dünnen, wuscheligen Trägern gehalten. Der Stoff schien fast schwerelos zu sein und wie eine kühle Flüssigkeit um ihren Körper zu gleiten.

Obwohl sie Blaze niemals im Voraus wissen ließ, wann genau sie ihn besuchen kommen würde, hielt er jedes Mal ein fantastisches neues Outfit für sie bereit, das sie sofort bereitwillig anprobierte, auch wenn sie sein Atelier im ersten Stock nicht verließen.

Die Kleider waren ohne Ausnahme wunderschön, eng und gewährten tiefe Einblicke. Manche waren schon fast unanständig.

So wie dieses, das nicht nur nahezu durchsichtig, sondern auch vollständig den Launen des Windes ausgeliefert war.

Als sie die Kühlbox aufhob, kam zufällig gerade ein Windstoß.

»Oh, wie nett«, sagte Blaze.

»Alter Lustmolch.«

»Alt? Ich bitte dich.«

Sie vermutete, dass die Kühlbox das übliche Picknick in Form von Käse, italienischer Salami, Weintrauben und zwei Flaschen Champagner enthielt.

»Blaze, wie alt bist du eigentlich?«, fragte sie ihn grinsend.

»Neunundzwanzig.«

»Wow. Das ist beeindruckend. Du siehst keinen Tag älter als fünfzig aus.«

Er hob eine Augenbraue. »Achtundfünfzig, wenn du es unbedingt wissen willst.«

»Wirklich? Du hast dich gut gehalten.«

»Oh, ich weiß, ich weiß.« Er steckte sich grinsend eine graue Haarlocke hinters Ohr. »Ich war zeit meines Lebens ein gutaussehender Mann. Jetzt ist es zu spät, um damit aufzuhören.«

»Bereit?«, fragte Sandy.

»Immer voran, du Küken.«

Sie warf ihm einen finsteren Blick zu. »Vorsicht, mein Freund.«

Er legte den Kopf schief und sah sie wie ein gescholtenes, reumütiges Kind an. »Vergib mir, meine Liebe.«

Ein Fußpfad führte um einen flachen, grasbedeckten Hügel zum Strand, der Sandy an die Küste vor Malcasa Point erinnerte.

Wie oft war sie den Pfad zu jenem Strand hinuntergegangen? Hundert Mal?

Sie erinnerte sich an das *erste* Mal. Da hatten Mom, Jud und Larry sie begleitet.

Hör auf damit, ermahnte sie sich.

Sie war auf Larrys Rücken gesprungen, und dann hatte er sich plötzlich kreischend im Sand gewälzt.

Der arme Larry.

Hör auf! Denk nicht an ihn.

Blaze erinnerte sie an Larry.

Gut. Denk an Blaze. Fantastischer Einfall.

Während sie dem sandigen Pfad folgten, dachte sie daran, wie sie ihn vor zwölf Jahren kennen gelernt hatte. Es schien eine Ewigkeit her zu sein.

An dem Morgen, nachdem sie die beiden umgebracht hatte, holte Sandy Eric aus seiner Wiege und zog los, um die Gegend zu erkunden.

Etwa hundert Meter den Weg hinauf entdeckte sie Harry Matthews' Blockhütte, vor der ein großer, blauer Lieferwagen parkte.

Sie hatte Eric vorsichtig abgelegt, die Pistole gezogen und die Hütte umrundet.

Niemand war zu sehen.

Sie ging hinein und sah sich um.

Harry hatte offensichtlich allein dort gelebt.

Schnell holte sie Eric. »Sieht so aus, als hätten wir ein neues Zuhause, Schatz.«

Und sie blieben.

Sandy überlegte sich eine Geschichte für den Fall, dass jemand vorbeikommen würde.

Sie würde behaupten, dass sie Harrys Nichte aus Santa Monica war – schließlich hatte sie bis zu ihrem zwölften Lebensjahr in Santa Monica gelebt und kannte sich dort aus.

Wenn die Geschichte zu dünn war und es Ärger geben sollte – oder wenn jemand zufällig Eric sah – dann würde sie den Störenfried einfach erschießen.

Ohne Bills Waffe in der Tasche ging sie nirgendwohin.

Tag um Tag verging, doch niemand kam vorbei.

Die Hütte war das ideale Versteck, eine Zufluchtsstätte für sie und Eric.

Hier konnte er in Ruhe aufwachsen …

Doch Sandy wusste, dass sich ein Problem anbahnte.

Im Kühlschrank, den Schränken und der Speisekammer befand sich Essen für etwa zwei Wochen, und dieser Vorrat schmolz rasch dahin.

Bald würde sie die Wälder verlassen müssen, um einzukaufen. Bei diesem Gedanken befiel sie ein mulmiges Gefühl.

Zum Glück hatte sie Geld.

Aus Libs, Harrys, Slades und ihrer eigenen Geldbörse hatte sie insgesamt vierhundert Dollar zusammenkratzen können. Außerdem hatte sie in der Hütte mehrere Kreditkarten und Harrys Scheckbuch gefunden. Sein Kontostand betrug fast neuntausend Dollar.

Die Kreditkarten hatten ihr natürlich nicht weitergeholfen, die Schecks dagegen schon. Damit konnte sie alle Rechnungen bezahlen, die ihr geschickt wurden: Grundsteuer, Stromrechnung (zum Glück verfügte die Hütte über einen Stromanschluss) und was sonst noch anstand. Harrys Unterschrift war kinderleicht zu fälschen. Doch leider gab es keine Möglichkeit, die Schecks in Bargeld umzutauschen.

Und ewig würde das Geld auch nicht reichen.

Und dann …

Der Zeitpunkt, an denen ihnen die Vorräte ausgehen würden, rückte viel zu schnell näher.

Sandy wollte Eric nicht allein lassen, aber sie hatte keine andere Wahl.

Mitnehmen konnte sie ihn nicht, so viel war sicher.

Also säugte sie ihn an diesem Morgen, bis er eingeschlafen war, legte ihn vorsichtig in seine Krippe und eilte zu Harrys Lieferwagen, fuhr an Libs Auto und dem Wohnwagen vorbei und in Richtung Stadt.

Ford Platt war viel weiter weg, als sie gedacht hatte.

Es dauerte eine geschlagene Stunde, bis sie dort ankam.

Als Erstes fiel ihr das Sea Breeze Café ins Auge. Obwohl sie eigentlich schnell einkaufen und zu Eric zurückkehren wollte, sehnte sie sich nach einem ordentlichen Frühstück mit Spiegeleiern, Speck, Kartoffelpuffern, Toast und Kaffee.

Sie hielt auf dem Schotterparkplatz, betrat das Café und …

Nein, dachte sie. Da habe ich Blaze noch nicht kennen gelernt. Erst bei meinem nächsten Besuch in der Stadt habe ich vor dem Sea Breeze angehalten. Beim ersten Mal habe ich für zweihundert Dollar Lebensmittel gekauft und bin schnurstracks nach Hause gefahren und …

Brach in Panik aus, weil ich Eric nicht finden konnte.

Schließlich habe ich ihn quietschvergnügt unter dem Bett entdeckt.

Erst zwei Wochen später hielt ich vor dem Café, um zu frühstücken.

Sie hatte ihr Frühstück nicht richtig genießen können. Zum einen musste sie dauernd an Eric denken. Zum anderen waren die sechs Dollar einschließlich Trinkgeld reine Verschwendung.

Ich muss irgendwie an Geld kommen, dachte sie.

Nur wie?

Meinen echten Namen kann ich nicht verraten, und einen falschen Ausweis habe ich auch nicht. Und selbst wenn, würde ich in diesem Nest bestimmt keinen Job für ein paar Stunden in der Woche finden.

Denn länger kann ich Eric nicht allein lassen.

Scheiße.

Eine Möglichkeit gibt es noch …

Manchmal können Männer sehr großzügig sein, wenn …

Igitt. Niemals.

Aber ich muss doch irgendetwas tun können.

Was sind meine Qualifikationen?, fragte sie sich. Sie konnte verdammt spannende Führungen durchs Horrorhaus veranstalten, was ihr hier leider überhaupt nichts nützen würde.

Außerdem würde niemand sie ohne gültigen Ausweis einstellen wollen.

Vielleicht so eine Art Freiberuflerdasein?

Putzen? Gartenarbeit? Autowäsche?

Auf der Straße betteln?

Sobald sie mit dem Frühstück fertig war, bezahlte sie und verließ niedergeschlagen das Lokal.

Sie überquerte die Straße und ging zum Strand.

Ich sollte eigentlich zum Supermarkt fahren, dachte sie.

Später. Nur ein kleiner Spaziergang.

Der Strand heiterte sie immer etwas auf. Die frische Brise, das Sonnenlicht, das stete Rauschen der Wellen und der Sand unter ihren Füßen gaben ihr ein Gefühl der Freiheit.

Sie zog Schuhe und Socken aus, um den Sand zwischen den Zehen spüren zu können.

Mir wird schon was einfallen, dachte sie.

Offenbar war sie an dem öffentlichen Strand von Fort Platt gelandet. Obwohl er nicht gerade überfüllt war, lagen doch mehrere Leute auf ihren Handtüchern ausgestreckt, um ein Sonnenbad zu nehmen, ein Nickerchen zu halten, Radio zu hören oder zu lesen. Mehrere Kinder waren im Wasser, und eine Frau scheuchte ihren Golden Retriever durch die Brandung. Jugendliche warfen sich eine Frisbeescheibe zu, und in einiger Entfernung stand ein Maler vor einer Leinwand. Sein Motiv war offenbar ein gutgebauter Mann mit Surfbrett.

Das ist es, dachte Sandy. Ich werde Künstlerin.

Oder Straßenräuberin. Der Jesse James von Fort Platt.

Bei dieser Vorstellung musste sie lächeln.

Doch dann erinnerte sie sich an Harrys Pistole in ihrer Handtasche.

Sie könnte wirklich jemanden überfallen.

Niemals. Lieber eine Hure als eine Diebin.

Was ist schon dabei, ertönte eine Stimme in ihrem Kopf. *Bist dir wohl zu fein für einen bewaffneten Raubüberfall? Du hast drei Leute umgebracht, schon vergessen? Vier, wenn man bedenkt, dass du Libs Mann die Kehle durchgeschnitten hast.*

Der zählt nicht, dachte sie. Der war sowieso schon tot.

Jedenfalls bin ich noch nicht so tief gesunken, dass ich jemanden ausrauben müsste. Außerdem war es ziemlich riskant und dämlich. Dafür könnte sie im Gefängnis landen, und was würde dann mit Eric passieren?

Sie war direkt auf den Künstler und sein Modell zugegangen. Wenn sie keinen Bogen schlug, würde sie direkt zwischen den beiden hindurchlaufen. Der Mann mit dem Surfbrett stand ziemlich nah am Wasser, und Sandy würde nass werden, wenn sie versuchte, hinter ihm vorbeizugehen. Außerdem wollte sie ihm nicht zu nahe kommen. Er war zwar attraktiv genug, um einen Filmstar abgeben zu können, doch auf sie wirkte er etwas unheimlich. Sein muskelbepackter Körper glänzte vor Sonnenöl, und er hatte die knappste, engste weiße Badehose an, die sie je an einem Mann gesehen hatte.

Vielleicht sollte sie lieber hinter dem Maler vorbeigehen. Der sah jedenfalls relativ normal aus, ziemlich zart gebaut, aber voller Energie. Sein weißes Hemd und der Panamahut wirkten ziemlich elegant.

Oder sollte sie umkehren und endlich zum Supermarkt fahren?

»Ist er nicht fabelhaft?«, fragte sie der Maler, während sie noch überlegte, und warf ihr ein freundliches Lächeln zu.

»Klar«, sagte sie. »Wenn Sie das sagen.«

»Ha!«

Das Modell grinste ihr zu, spannte den Bizeps an und ließ ihn auf und ab hüpfen.

»Oh nein«, sagte der Maler. »Jetzt gibt er an.«

»Ich bin ja schwer beeindruckt«, sagte Sandy.

»Verpiss dich, du kleine Schlampe«, sagte das Modell.

»Tyrone!«, zischte der Künstler. Er wirkte aufrichtig entsetzt. »Wie *kannst* du nur?«

Tyrone schnaubte verächtlich.

»Ich dulde es nicht, dass du so mit fremden Leuten sprichst. Ganz besonders nicht mit so hübschen jungen Frauen. Noch dazu während deiner Arbeitszeit! Das erlaube ich nicht!«

»Das erlaubst du nicht?«, fragte Tyrone.

»Niemals.«

»Dann leck mich doch, du alte Schwuchtel.«

»Wie charmant. Du bist entlassen.«

»Ich kriege noch hundert Dollar.«

»Wir hatten fünfzig vereinbart.«

»Es sind hundert, du Arschloch.« Tyrone ließ das Surfbrett fallen und ging auf ihn zu.

»Nun ja, ich denke hundert sind zwar viel …« Der Künstler suchte in den Taschen seiner weißen Hose nach seinem Geldbeutel.

»Hundert Mäuse«, sagte Tyrone und schnippte mit den Fingern.

»Sie wollen ihm das Geld doch nicht etwa geben?«

Der Maler sah sie resigniert an. »Oh doch, ich fürchte, das muss ich.«

»Das dürfen Sie nicht tun!«

»Ich bange um meine Gesundheit.«

»Sie sollten ihm nicht mal fünfzig in den Rachen werfen«, fügte Sandy hinzu. »Sie mussten ihn feuern, und dabei haben Sie das Bild noch nicht einmal fertig gemalt, oder?«

»Nein. Ich habe gerade erst angefangen.«

»Na sehen Sie.«

Tyrone wandte sich ihr zu. »Jetzt hör mal, du kleine Schlampe. Ich hab es dir gerade schon gesagt. Jetzt verpiss dich, oder willst du Ärger?«

»Sie wollen den armen Mann ja ausrauben!«, rief Sandy erbost.

»Das ist schon in Ordnung, meine Liebe. Ich werde ihm das Geld geben, und …«

»Aber nur fünfzig.«

»Okay, das reicht.« Tyrone kam zu ihr herüber, beugte sich vor und streckte die Arme aus. »Du hast's ja nicht anders gewollt.«

Er blieb wie angewurzelt stehen, als Sandy die Pistole aus der Tasche zog und mitten auf seine Brust richtete. »Versuchs doch, du Penner«, sagte sie mit ruhiger Stimme. »Dann blas ich dir das Hirn aus dem Schädel.«

Tyrone starrte sie an.

Der Maler lächelte zufrieden und klatschte in die Hände. »Bravo, meine Dame! Bravo!«

Tyrone nahm die fünfzig Dollar entgegen, klemmte sich das Surfbrett unter den Arm und trottete mürrisch davon.

»Sie stecken voller Überraschungen«, sagte der Maler.

Sandy steckte die Pistole weg und streckte ihm die Hand hin. »Ich heiße Ashley.«

»Ich bin Blaze.«

»Könnten Sie unter Umständen ein neues Modell gebrauchen, Blaze?«

»Nun, ziemlich dringend sogar.«

»Für fünfzig Dollar dürfen Sie mich malen.«

»Das Vergnügen wäre ganz meinerseits.«

»Da gibt's nur ein Problem … was machen Sie mit den Bildern, wenn sie fertig sind?«

»Ich verkaufe sie, um meine Brötchen damit zu verdienen.«

»Das heißt, dass … nun ja … dass sie auch *andere Leute* zu Gesicht bekommen?«

»Stellt das ein Problem für Sie dar?«

»Eigentlich schon.«

»In Anbetracht Ihres jugendlichen Alters werde ich natürlich auf jede Form von Aktmalerei verzichten.«

Sie errötete. »Daran liegt es nicht.«

»Woran denn?«

»Ich will nicht, dass mich fremde Leute anstarren.«

Er lächelte höflich. »Sie erklären sich bereit, das Motiv eines Bildes zu sein, andererseits wollen Sie nicht, dass die Leute Sie ansehen? Nun, das birgt tatsächlich gewisse Schwierigkeiten.«

»Vielleicht müsste das Bild ja nicht unbedingt *mich* darstellen?«

»Und *wen* sollte es dann darstellen?«

»Na ja, eine gewisse Ähnlichkeit mit mir darf es schon haben.«

»Das hoffe ich doch sehr. Sonst ergäbe es ja keinen Sinn, dass Sie mir Modell stehen.«

»Ich brauche das Geld.«

»Das ich Ihnen auch wirklich gerne geben will. Sie haben schließlich verhindert, dass es Tyrone in die Hände fällt.«

»Ich nehme keine Almosen an.«

»Und ich will, dass Sie mir Modell stehen. Sie haben eine ganz besondere Ausstrahlung, eine geheimnisvolle Schönheit. Ich *muss* sie einfach malen. Und wenn ich auf hundert Dollar erhöhe?«

»Das ist sehr nett von Ihnen, aber selbst wenn Sie mir tausend anbieten, ist das Problem das gleiche. Blaze, ich will offen sein: Bestimmte Leute suchen nach mir. Wenn Sie mich jetzt malen und die das Bild zu Gesicht bekommen …« Sie schüttelte den Kopf. »Dann geht's mir an den Kragen.«

Blaze nickte ernst. »Ich verstehe. Sie sind auf der Flucht. Ein weiblicher Desperado sozusagen. Das erklärt auch die Waffe.«

»Da ist so ein Kerl hinter mir her, ein Wichser namens Steve aus Santa Monica, wo ich auch herkomme. Er ist von mir besessen. Er hat mich … angegriffen. Und vergewaltigt, um die Wahrheit zu sagen. Als ich noch ein kleines Kind war.«

»Meine Güte, wie schrecklich.«

»Sie haben ihn geschnappt und hinter Gitter gesteckt. Aber jetzt werden sie ihn bald freilassen.«

»*Freilassen*? So ein Mann sollte den Rest seines Lebens hinter Gittern verbringen! Das ist ein Skandal!«

»Stimmt. Wie dem auch sei, ich weiß, dass er mich suchen wird, deshalb bin ich von zu Hause abgehauen. Wenn er mich nicht findet, kann er mich auch nicht vergewaltigen.«

»Was ist mit Ihren Eltern?«

»Die sind tot.«

»Oh, wie furchtbar.«

»Ich habe bei meiner Tante gewohnt, die selbst ein paar Kinder hat. Kleine Mädchen in genau dem Alter, in dem ich war, als Dad *mich* missbraucht hat. Also hielt ich es für das Beste, mich aus dem Staub zu machen. Damit habe ich allen einen Gefallen getan.«

»*Dad?*«

»Was?«

»Ihr *Dad* hat Sie missbraucht?«

»Das habe ich nicht gesagt. Es war Steve.« Aber sie wusste, dass sie es *doch* gesagt hatte. Ihre Lügengeschichte war der Wahrheit so nahe gekommen, dass sie sich verplappert hatte. Sie spürte, wie sie errötete – ein weiteres unmissverständliches Zeichen.

»Steve ist Ihr eigener Vater?«, fragte Blaze. »Sie wurden von Ihrem Vater missbraucht?«

»Ja.«

»Und jetzt sind Sie auf der Flucht vor ihm?«

Sie nickte und sah ihm in die Augen. Er glaubte ihr.

Warum auch nicht?, dachte sie. Es ist ja auch so gewesen – mehr oder weniger. Außer dass ihr Vater Roy und nicht Steve geheißen hatte. Und dass Roys Jagd nach ihr vor Jahren ein blutiges Ende im Horrorhaus genommen hatte.

Wenn man es recht bedenkt, ist Dad der Grund, warum ich auf der Flucht bin.

Dieses dreckige Arschloch.

Blaze sah ihr in die Augen und legte die Hände auf ihre Schultern. »Brauchen Sie eine Unterkunft?«

»Nein, vielen Dank. Ich habe eine Hütte. Das ideale Versteck, nur ziemlich weit von hier.«

»Sie haben eine Hütte, aber kein Geld.«

»Nicht viel.«

»Ich werde Sie malen. Und Ihnen dafür hundert Dollar geben, bar auf die Hand. Sie müssen sich keine Sorgen machen, dass Sie jemand erkennt. Ich werde Ihre Essenz und Ihre Schönheit einfangen, aber nicht Ihre Identität.«

»Können Sie das denn?«

»Ich bitte Sie. Sie sprechen mit Blaze O. Glory, einem der größten Künstler unserer Zeit … was die Öffentlichkeit sicher auch früher oder später anerkennen wird.«

Kapitel achtundzwanzig

Owens nächster Versuch

Owen hatte durch den Zaun beobachtet, wie Dana mit den anderen Angestellten hinter dem Horrorhaus hervorgekommen war. Die drei anderen Frauen waren zur Ticketbude gegangen und Dana und ein männlicher Angestellter über die Veranda zum Horrorhaus.

Sie hatte nicht auf den Kerl gewartet, um mit ihm zu plaudern.

Vielleicht kann sie ihn nicht leiden.

Dann hat sie einen guten Geschmack, dachte er.

Owen hatte zwar noch nicht mit ihm geredet, aber er glaubte, diesen Typ Mann zu kennen. Attraktiv, groß, muskulös, arrogant und über die Maßen selbstsicher. Also genau die Art von Mann, der normalerweise die hübschesten Frauen abschleppt.

Wie Dana.

Die Art von Frau, für die Männer wie Owen nur Luft sind.

Vielleicht ist sie anders, dachte er. Sie wirkt zumindest nett und freundlich.

Aber ausgehen würde sie nie mit mir.

Nicht, dass ich den Mut hätte, sie zu fragen.

Er betrachtete ihre gebräunten, samtenen Waden, ihren Hintern in den beigen Uniformshorts. Glücklicherweise hatte sie nichts in den Gesäßtaschen, was Owen den Ausblick versperren konnte.

Ihr Kollege folgte ihr die Stufen hinauf, duckte sich unter Gus Gouchers Füßen hindurch und hielt ihr die Tür auf. Dann verschwanden sie im Horrorhaus.

Vorher hatte Dana mit einer anderen ziemlich kleinen und süßen Kollegin einen Rundgang gemacht.

Sie waren etwa fünf Minuten im Haus gewesen. Owen vermutete, dass sie jetzt ihre Positionen einnahmen und sich auf den Ansturm der Touristen vorbereiteten.

Die Seitentür der Ticketbude öffnete sich. Die pummelige, freundliche Frau, die von Monica gestern so angeblafft worden war, besetzte die Bude.

Monica. Oh Gott.

Owen war mit einem Mal fürchterlich heiß.

Was habe ich nur getan?

Er sah auf die Uhr. Zwei Minuten vor zehn. Obwohl Monica keine Frühaufsteherin war, musste sie inzwischen aufgewacht sein.

Und fragte sich wahrscheinlich, wo zum Teufel Owen nur steckte.

Wie konnte ich ihr das nur antun?

Sie hat's verdient, dachte er.

Aber sie einfach so zu verlassen …

Die kommt schon zurecht, sagte er sich. Sobald sie sich daran gewöhnt hatte, dass er nicht mehr da war, könnte sie sich entspannen und die Sehenswürdigkeiten San Franciscos ohne seine störende Anwesenheit genießen.

Das Hotel lief auf seinen Namen. Das Flugticket hatte er ihr dagelassen, falls sie es sich anders überlegen sollte. Außerdem hatte sie einiges an Bargeld dabei, nicht zu vergessen ihre eigene Kreditkarte.

Sie wird prima klarkommen.

Es ist ja nicht so, dass sie besonders glücklich über meine Anwesenheit gewesen wäre.

Jetzt hat sie bekommen, was sie sich gewünscht hat. Hoffentlich ist sie jetzt zufrieden.

Hab dir einen Gefallen getan, du Schlampe.

Aber warum fühle ich mich dann so schuldig?

Owen hatte sich die ganze Sache mehr als einmal durch den Kopf gehen lassen. Im Taxi zum Flughafen und während der langen Fahrt durch San Francisco, über die Golden Gate Bridge und an der Küste entlang nach Malcasa Point hatte er alles noch einmal Revue passieren lassen, sich mit seinen Schuldgefühlen herumgeschlagen, versucht, seine Tat zu rechtfertigen und sich gefragt, welche Konsequenzen sie wohl haben würde.

Geschlagene vier Stunden lang hatte er über nichts anderes nachgedacht.

Erst hatte er Angst gehabt, dass Monica die Polizei rufen könnte. Was sie wahrscheinlich auch getan hätte, wenn er nicht seinen Koffer mitgenommen hätte. So war ziemlich offensichtlich, dass er absichtlich gegangen war.

Und das war ja, soweit er wusste, nicht verboten.

Sie waren noch nicht einmal verlobt.

Also entschied Owen, dass er sich um die Polizei keine Gedanken machen musste.

Er hatte auch so genug Probleme.

Wieder und wieder kam er zu dem Schluss, dass es ziemlich gemein von ihm gewesen war, Monica einfach so zu verlassen. Ein echter Gentleman hätte so etwas nicht getan.

Aber er war so unglaublich *erleichtert*.

Sie hat es verdient. Hat sie wirklich geglaubt, dass er sich ihre Mätzchen ewig gefallen lassen würde?

Die pummelige Frau öffnete das Fenster der Ticketbude.

Ein großer, dicker Mann mit Brille und Käppi war der Erste in der Schlange. Er gehörte zu den etwa acht bis zehn Leuten, die vor Owen eingetroffen waren. Der Mann trug das schwarze Käppi verkehrt herum und Owen bemerkte, dass das Horrorhaus-Logo darauf eingestickt war.

Owen fragte sich, ob er ihn ansprechen sollte.

Einfach mal hallo sagen und fragen, wo er dieses tolle Käppi herhatte.

Warum nicht? Der Mann schien ebenfalls ohne Begleitung zu sein, war ungefähr in seinem Alter und wirkte eigentlich ganz nett.

Aber vielleicht wollte er auch einfach nur seine Ruhe haben.

Owen beschloss, ihn nicht zu belästigen.

Der Mann klemmte sich seine Eintrittskarte zwischen die Zähne, trat von der Bude zurück und stopfte das Wechselgeld in seine Brieftasche, die er anschließend in die Gesäßtasche seiner karierten

Bermudashorts steckte. Die gewaltigen Waden darunter waren sehr blass. Er trug Mokassins ohne Socken.

Ziemlich schlampig, dachte Owen und sah ihm hinterher, als er um die Ecke der Ticketbude bog.

Die anderen in der Schlange wirkten wie stinknormale Touristen. Die drei Frauen darunter interessierten ihn nicht. Sie konnten es nicht im Ansatz mit Dana aufnehmen.

Er zog die Kreditkarte aus der gut gefüllten Geldbörse und fragte sich, ob er die hundertfünfzehn Dollar nicht besser in bar bezahlen sollte.

Und was, wenn sie im Welcome Inn keine Kreditkarten akzeptieren?

Ich lasse die Scheine lieber, wo sie sind, dachte er. Sicher ist sicher.

Und wenn es ausgebucht ist?

Mach dir darüber keine Sorgen, dachte er. Du musst es nehmen, wie es kommt.

Er trat vor.

»Guten Morgen«, sagte die Frau. »Und willkommen im Horrorhaus.«

»Danke.« Er lächelte sie an und warf einen Blick auf ihr Namensschild. Rhonda. Er erinnerte sich an sie, hatte jedoch ihren Namen vergessen.

Ob sie sich auch an mich erinnert?

»Einmal für Erwachsene«, sagte er. »Außerdem hätte ich gerne eine Karte für die Mitternachtsführung.«

»Die Mitternachtsführung? Da muss ich kurz nachsehen.« Sie tippte etwas in ihren Computer. »Sie haben Glück«, sagte sie. »Sie ist noch nicht ausverkauft.«

»Ausverkauft?«

»Aber sicher. Es ist nur eine kleine, fast intime Gruppe. Dreizehn Gäste.«

»Dreizehn?«

»Keine Angst, Sie sind Nummer neun. Jemand anderes wird wohl die Dreizehn übernehmen müssen.«

»Der Glückliche. Oder die Glückliche.«

»Wir vergeben aber normalerweise keine Nummern.«

»Woher weiß ich dann, dass ich *nicht* die Dreizehn bin?«

Rhonda errötete. »Da müssen Sie mir schon vertrauen.«

»Aber natürlich.«

Ein warmes Lächeln breitete sich über ihr Gesicht aus. »Und einmal die reguläre Führung?«

»Genau. Einmal.«

»Das macht dann hundert Dollar für morgen plus die fünfzehn für heute. Wie möchten Sie bezahlen?«

»Mit Karte«, sagte er und schob sie über die Theke.

Nachdem er unterschrieben hatte, erhielt er eine Quittung, die Eintrittskarte für die reguläre Führung und ein großes rotes Ticket.

»Mit beiden Karten erhalten Sie an der Snackbar, im Souvenirshop und im Museum eine Ermäßigung.«

»Okay.«

»Das rote Ticket ist für die Mitternachtsführung. Außerdem haben Sie damit Zutritt zum Grillbüffet, das morgen Abend hier aufgebaut wird. Um zehn Uhr findet im örtlichen Kino eine Sondervorstellung von *Horror in Malcasa Point* statt. Danach beginnt dann die Führung.«

»Um Mitternacht?«

»Punkt Mitternacht. Die Details können Sie auf der Rückseite des Tickets nachlesen. Wenn Sie noch Fragen haben, stehe ich Ihnen gerne zur Verfügung. Ich werde heute und morgen den ganzen Tag über hier sein.«

»Gut. Dankeschön.«

»Viel Vergnügen.«

»Danke.« Er hätte beinahe noch ein »Rhonda« hinzugefügt, überlegte es sich aber im letzten Moment anders.

Sie war einen Tick *zu* freundlich gewesen. Owen wollte sie nicht ermutigen.

Wenn ich hier mit jemandem etwas anfange, dann sicher nicht mit Rhonda.

Er steckte das rote Ticket in seine Brusttasche. Es ragte ein paar Zentimeter daraus hervor.

Hoffentlich verliere ich es nicht.

Er überlegte sich, ob er das Ticket in der Mitte falten sollte.

Nein, das ist wohl nicht nötig. Solange ich mich nicht zu weit vorbeuge.

Er ging um die Ecke. »Guten Morgen«, sagte eine weitere Angestellte, die er ebenfalls gestern schon gesehen hatte. Es war eine stark gebräunte Blondine mit hellblauen Augen – eine echte Schönheit, die jedoch so athletisch und grimmig wirkte, dass Owen etwas eingeschüchtert war. Sie wirkte wie eine Skilehrerin aus den tiefsten Alpen. Laut dem Schild über ihrer straffen rechten Brust hieß sie Sharon.

»Guten Morgen«, erwiderte Owen und reichte ihr die Eintrittskarte.

Sie zerriss sie. »Sie wissen über die Ermäßigungen Bescheid?«

»Ja.«

Sie reichte ihm den Abriss und ging zu den Regalbrettern mit den Kassettenrekordern hinüber. »Sie sind zurückgespult und sofort einsatzbereit«, sagte sie und hob die Arme, um ihm das Gerät umzuhängen. Er roch Zigarettenrauch, Parfüm und Pfefferminzkaugummi.

Sie machte ihn etwas nervös.

»Danke«, murmelte er.

»Sie waren gestern schon hier, stimmt's?«

Er errötete bis über beide Ohren. »Stimmt. Aber ich habe nicht alles sehen können. Meiner Freundin ist schlecht geworden.«

»Tja, freut mich, dass Sie noch einmal gekommen sind. Sie wissen ja, wie die Führung abläuft, nicht wahr?«

»Ja.«

»Hoffentlich haben Sie heute mehr Spaß.«

»Danke. Ich denke doch.«

Owen setzte sich den Kopfhörer auf und ging auf das Haus zu.

Die Leute, die vor ihm in der Schlange gestanden hatten, versammelten sich bereits unter Gus Goucher. Der dicke Mann mit der Horrorhausmütze schoss eifrig Fotos.

Als Owen näherkam, verschwanden die anderen im Haus. Nur der Dicke blieb und machte wilde Verrenkungen, um Gus von allen Seiten auf Film bannen zu können.

Eine der Angestellten beobachtete ihn – die kleine, süße Blondine, die Dana in ihrem Jeep zur Arbeit gefahren und den Rundgang mit ihr gemacht hatte. Sie stand auf der Veranda, war gegen einen der Stützpfeiler gelehnt und hatte die Arme vor der Brust verschränkt.

Mit finsterer Miene musterte sie den fotografierenden Mann.

Owen würdigte sie keines Blickes.

Er fragte sich, ob er Station eins nicht überspringen sollte. Schließlich hatte er das gestern schon alles gehört.

Aber wenn ich nicht stehen bleibe, denkt sie, ich hätte mich vertan und wird mich auf meinen Fehler hinweisen.

Außerdem wollte Owen noch einmal ganz von vorne anfangen. Ohne die ständig quengelnde, nervtötende Monica an seiner Seite würde er sich ganz auf die Führung konzentrieren und sie vielleicht sogar genießen können.

Er blieb vor der Treppe stehen und wollte gerade den Startknopf drücken, als der Dicke ihn ansprach.

»Hey, Kumpel!«

Owen hob die Augenbrauen und deutete auf sich.

»Ja, Sie. Können Sie mir einen großen Gefallen tun?«

Die Angestellte auf der Veranda stieß sich von dem Pfeiler ab und stellte sich aufrecht hin.

»Können Sie mal ein Foto von mir und dem armen Gus hier machen? Okay? Geht das?«

»Kein Problem.«

Der Kerl eilte lächelnd auf ihn zu und hielt ihm die Kamera hin.

Owen nahm sie entgegen.

»Ist alles automatisch. Einfach nur hier draufdrücken.«

»Geht klar.«

Der Dicke stellte sich neben die baumelnden Beine, legte einen Arm darum und grinste.

»Fertig?«, fragte Owen.

»Einen Moment.« Er wandte sich zu der Frau auf der Veranda um. »Kommen Sie auch mit aufs Foto?«

»Ich weiß nicht, ob Sie das wirklich wollen.«

»Aber klar! Machen Sie Witze?«

»Sie kennen mich doch gar nicht.«

»Ich heiße John. John Cromwell.«

»Freut mich, John«, sagte sie und drehte sich zu Owen um. »Und Sie sind …?«

»Owen.«

»Hi, Owen.«

»Hi.«

»Ich bin Lynn.«

»Jetzt kennen wir uns ja alle«, sagte John. »Also kommen Sie rüber und lassen Sie ein Bild von sich machen.«

»Wenn Sie meinen …«

»Los doch.«

Sie ging zu ihm. »Aber schnell«, sagte sie. »Damit wir den anderen nicht im Weg stehen.«

Owen warf einen Blick über die Schulter. Eine fünfköpfige Familie schlenderte auf sie zu. Die Kinder wirkten außerordentlich wohlerzogen.

Als er seine Aufmerksamkeit wieder der Veranda zuwandte, bemerkte er, dass John zwischen Lynn und der Wachsfigur des Gehenkten stand – und die Arme um beide gelegt hatte.

Lynn schien ebenfalls einen Arm um John gelegt zu haben.

Mann! Wie hat er das denn geschafft?

»Los geht's«, sagte Lynn.

Er machte das Foto.

»Noch eins, nur für den Fall«, sagte John und drückte Lynn fest an sich. Sie kreischte lachend auf, und Owen machte das zweite Bild. Dann entwand Lynn sich dem Mann und gab ihm einen Klaps auf dem Hintern.

»Noch mal«, sagte er. »Bitte.«

»Das reicht, Johnny-Boy«, sagte sie lachend.

Owen ging auf die Veranda, um John die Kamera zurückzugeben.

»Danke, Kumpel«, sagte John.

»Kein Problem.«

Lynn warf einen Blick auf Owens Brust. »Aha! Sie nehmen an der Mitternachtsführung teil?«

Er errötete. »Ja. Ich kann's kaum erwarten.«

»Morgen Nacht?«, fragte sie.

»Genau.«

»Dann sehen wir uns ja. Ich werde die Führung leiten.«

»Wirklich? Toll.«

Sie wandte sich an John. »Kommen Sie auch mit?«

Der Dicke öffnete den Mund und starrte sie an. »*Sie* werden die Führung leiten?«, fragte er.

»Das ist mein Job. Und *meine* Führung. Ich hab sie mir ausgedacht.«

»Wow«, sagte John beeindruckt.

»Also, kann ich mit Ihnen rechnen?«

»Ich … also … ich würde ja gerne. Aber sie kostet so um die hundert Dollar, nicht wahr?«

»*Exakt* hundert Dollar.«

Er verzog das Gesicht. »Das ist viel Geld.«

»Aber jeden Cent wert.«

»Das glaube ich gern«, sagte er und schüttelte den Kopf. »Mal sehen.«

»Also, ich hoffe, Sie entscheiden sich dafür. Ich glaube, es sind noch Plätze frei.«

»Ich bin Nummer neun«, sagte Owen.

»Von dreizehn«, sagte Lynn und klopfte John auf den Rücken. »Sie müssen sich schnell entscheiden.«

»Vielleicht komme ich ja mit«, sagte er.

»Ich muss los«, sagte Lynn. »Bis später, Owen. Bis später, John. Ich hoffe, ich sehe Sie beide morgen Abend.«

»Wiedersehen«, rief ihr Owen hinterher.

»Bis bald«, sagte John.

Lynn ging um die Besuchergruppe an Station eins vorbei.

»Rattenscharf, oder?«, sagte John.

»Ja«, entgegnete Owen und reichte ihm die Kamera.

»Die würde ich nicht von der Bettkante schubsen, wenn Sie verstehen, was ich meine.«

»Klar.«

»Mann, ich muss bei dieser Mitternachtsführung dabei sein.«

»Ja, ich freue mich auch schon darauf.«

»Aber dafür fehlen mir hundert Dollar.«

Oha.

»Man kann auch mit Karte zahlen«, sagte Owen, dem die Situation mit einem Mal ziemlich peinlich war.

»Wer hat denn schon eine Kreditkarte?«

Jeder, den ich kenne, dachte Owen.

»Ich hab alle überzogen«, erklärte John.

Na toll, dachte Owen.

John zückte die Brieftasche und öffnete sie. Owen erhaschte einen Blick auf das Banknotenfach und wandte sich schnell wieder ab.

Er wollte nichts mit John zu tun haben.

Stattdessen wollte er ins Haus gehen und in Ruhe der Führung lauschen.

»Dreiundzwanzig Mäuse«, verkündete John. »Scheiße.«

Das ist ja wohl nicht meine Schuld.

Ich geh dann mal weiter, wollte Owen sagen. Aber das wäre ziemlich unfreundlich gewesen. Wie wäre es mit: *Deine Geldsorgen ge-*

hen mir echt am Arsch vorbei, Freundchen. Ich kenn dich überhaupt nicht. Und jetzt lass mich zufrieden. Besser?

»Haben Sie keine Schecks dabei?«, fragte Owen.

»Nein. Die liegen zu Hause.«

»Wo kommen Sie denn her?«

»Mattoon.«

»*Woher?*«

»Mattoon, Illinois.«

»Meine Güte, Sie sind aber weit gereist.«

»Das können Sie laut sagen.«

»Wie konnten Sie denn da Ihre Schecks vergessen?«

»Ich hab mein Konto abgeräumt, bevor ich gefahren bin.«

»Aha. Und wie sind Sie hierhergekommen?«

»Mit dem Auto.«

»Sie haben einen Wagen?«

»Eigentlich gehört er meinem Bruder. Ich hab ihn mir ausgeliehen.«

»Und jetzt haben Sie nichts außer dreiundzwanzig Dollar?«

»So ungefähr.«

Owen schüttelte lachend den Kopf.

»Was ist daran so lustig?«

»Sie sind Tausende von Meilen von zu Hause entfernt, haben gerade mal zwanzig Dollar und ein paar Zerquetschte, und trotzdem haben Sie sich ein sündteures Horrorhauskäppi gekauft und fünfzehn Dollar für die Führung ausgegeben?«

John grinste. Seine braunen Zähne schrien förmlich danach, geputzt zu werden. Owen wandte den Blick ab. »Und das ist noch nicht alles«, sagte John. »Ich hab *gestern* auch schon fünfzehn Dollar hiergelassen.«

»Meine Güte. Sie müssen verrückt sein.«

»Verrückt nach dem Horrorhaus«, sagte er stolz. »Ich wollte schon immer hierherkommen. Mit genug Geld für die Mitternachtsführung in der Tasche, versteht sich. Aber dann hatte ich einen Unfall und brauchte einen neuen Kühler. Das Auto ist ein einziger Schrotthaufen.«

»Tja, ich wünschte wirklich, ich könnte Ihnen weiterhelfen, aber …« Owen zuckte mit den Schultern.

»Vergessen Sie's«, sagte John. »Ich will keine Almosen. Aber könnten Sie mir vielleicht noch einen Gefallen tun?«

Owen verkniff sich ein Stöhnen und versuchte, freundlich zu lächeln. »Was denn?«

»Können Sie meine Kamera mit zur Mitternachtsführung nehmen? Schießen Sie ein paar Fotos von den Highlights. Und von Lynn auch, wenn möglich. Damit hätte ich zumindest einen kleinen Eindruck von dem, was mir entgeht. Okay?«

»Also …«

John hielt ihm die Kamera hin.

Owen hob abwehrend die Hände. »Nein, nein, jetzt mal langsam. Behalten Sie Ihre Kamera, okay?«

»Aber …« John sah aus, als würde er jeden Moment in Tränen ausbrechen.

»Die Führung findet doch erst morgen Nacht statt. So lange will ich nicht für Ihre Kamera … verantwortlich sein. Ich mache Ihnen einen Vorschlag. Haben Sie Hunger?«

»Ich verhungere fast.«

»Ich auch. Wieso gehen wir nicht rüber zur Snackbar und essen einen Happen?«

John schüttelte den Kopf. »Ich muss mein Geld zusammenhalten.«

»Ich lade Sie ein. Kommen Sie. Das Haus kann warten.«

»Also gut. Warum nicht?«

Gemeinsam verließen sie die Veranda.

Wo bin ich da nur reingeraten?, fragte sich Owen verwirrt. *Das ist die Strafe dafür, dass ich Monica sitzen gelassen habe.*

Kapitel neunundzwanzig

Sandy – Juli 1992

Sie erreichte den Strand vor Blaze und sah sich um.

Niemand schien im Wasser zu sein, und auch auf den zerklüfteten Klippen war keiner zu entdecken. Zum Glück – denn heute hatte Blaze vor, einen Akt zu malen.

Sie stellte Staffelei und Kühlbox in den Sand und beobachtete Blaze, wie er mit flatterndem weißem Hemd langsam den steinigen Weg hinunterging.

»Sei vorsichtig!«, rief sie.

»Es geht schon«, antwortete er.

Ein paar Minuten später stand er mit rotem Kopf und völlig außer Atem neben ihr im Sand. »Sehr erfrischend«, sagte er schließlich.

»Du siehst eher nach einem Herzanfall aus.«

Er legte den Kopf in den Nacken und atmete tief durch. »Aaaaah. Wunderbar.«

»Ganz nett, ja«, sagte sie und lächelte.

»Und wir haben unsere Ruhe.«

»Außer uns ist anscheinend niemand verrückt genug, diese Kletterpartie auf sich zu nehmen.«

»Hoffentlich bleibt das auch so. Je eher wir anfangen desto besser.«

»Ich bin bereit, wenn du bereit bist.«

Er lachte und machte sich an seiner Ausrüstung zu schaffen.

Sandy setzte sich auf die Kühlbox und beobachtete ihn. Blaze war sehr eigen, was die Position von Leinwand und Staffelei anging und hätte ihre Hilfe nur als störend empfunden.

Er entschied sich für eine Stelle, die gerade so außerhalb der Reichweite der Wellen war, und richtete die Leinwand ungefähr im 45-Grad-Winkel zur Wasserlinie aus.

»Wo soll ich denn dann stehen – im Wasser?«

Er grinste sie an. »Ganz genau! Das wird ein Meisterwerk. Du schleppst dich durchnässt, völlig erschöpft und halb ertrunken an Land – als wäre dein Schiff eine Meile vor der Küste untergegangen. Ich werde es *Die einzige Überlebende* nennen.« Er klatschte in die Hände. »Oder wie wär's mit *Die überlebende Seele*? Klingt das zu gekünstelt?«

»Ein bisschen schon.«

»Na ja, ich werde mir etwas überlegen. Fangen wir an.«

Sandy stand auf und fingerte an ihrem Kleid herum. »Soll ich das ausziehen?«

»Lieber nicht, wenn es dir nichts ausmacht, dass es nass wird.«

»Wie du willst.«

»Ich glaube, so ganz *sans* Garderobe fehlt der erzählerische Aspekt. Man könnte ja denken, dass du nur zum Spaß schwimmen warst – und dann wäre die ganze Tragik verloren. Nein, nein, auf das Kleid können wir nicht verzichten! Nur so begreifen die Leute, dass du einen dramatischen Unfall hattest und nicht freiwillig baden gegangen bist. Vielleicht weil dein Schiff untergegangen ist oder weil du von Bord gesprungen bist, um einem Verrückten zu entfliehen. Aber niemand wird mit Bestimmtheit sagen können, *weshalb* du im Wasser gelandet bist. Verstehst du?«

»Verstehe.«

»Das ist eine gewisse *Undefinierbarkeit*. Sie gibt Spielraum für Interpretationen und unterscheidet den Künstler vom gewöhnlichen Feld-, Wald- und Wiesenmaler. Wir deuten geheimnisvolle Tiefen an.«

»Also soll ich das Kleid anbehalten.«

»Genau.«

»Und ins Wasser waten.«

»Du musst völlig durchnässt sein.«

»Die Haare auch?«

»Aber sicher!«

»Dann sind sie aber verfilzt.«

»Das ist der Preis … schließlich bist du seit Stunden geschwommen, hast darum gekämpft, endlich Land zu erreichen, da muss dein Haar natürlich … Nein! Nein, nein, nein! Dein Haar muss *trocken* sein. Trocken und vom Wind bewegt und so großartig wie jetzt. Die Menschen werden staunen und sich fragen: *Weshalb? Weshalb ist ihr Haar trocken geblieben?* Das wird alle vor ein Rätsel stellen.«

»Ein weiteres Stück Undefinierbarkeit«, sagte Sandy grinsend.

»Genau! Seht sie an. Um ein Haar wäre sie von den Fluten verschlungen worden, doch ihr Haar ist trocken! *Weshalb? Weshalb* liegt der Kadaver eines Leoparden auf dem Gipfel des Kilimandscharo?«

»Hä?«

»Hemingway.«

»Muriel?«

»Banausin.«

»Vielleicht sollte das Kleid auch trocken bleiben.«

»Quatsch. Und jetzt steig ins Wasser. Du musst triefnass sein, aber pass auf dein Haar auf.«

Sie zog ihre Sandalen aus und ging über den warmen, feuchten Sand zum Meer. Eine Welle brach sich am Strand. Das kalte Wasser an ihren Füßen ließ sie zusammenzucken.

Dann rannte sie los, bis sie bis zu den Oberschenkeln im Wasser stand. Eine weitere Welle durchnässte sie bis zur Hüfte. Dann beugte sie sich vor, bis auch ihre Brüste nass waren. Schließlich schöpfte sie Wasser auf ihre Schultern.

Sie sah an sich herab. Ihre Schultern und die Ansätze ihrer Brüste glänzten im Sonnenlicht. Das blaue, durchsichtige Kleid klebte an ihrem Körper und fühlte sich nicht mehr besonders angenehm an. Der Stoff bedeckte sie wie die Haut eines anderen.

Sie wandte sich Blaze zu, der sich bereits hinter die Staffelei gestellt hatte. »Gut so?«, fragte sie.

»Superb! Einfach toll! Aber sei so nett und komme ein paar Schritte näher. Wir wollen ja nicht, dass das Wasser diese außerordentlich schönen Beine verdeckt.«

»Soll ich am Strand stehen?«

»Nein, nein.«

Als sie ein Stück aus dem Wasser gekommen war, eilte Blaze zu ihr und nahm sie sanft bei den Schultern. »So«, sagte er. »Etwas mehr in diese Richtung. Ja. Genau. Rechtes Bein nach vorn. So. Gewicht auf das Bein. Jetzt dreh dich zu mir herüber. Beug dich vor. Du bist zu Tode erschöpft und kannst dich kaum noch auf den Beinen halten.« Er trat einen Schritt zurück und begutachtete ihre Position.

»Rechte Hand aufs Knie. Genau. Nein. Jetzt beugst du dich zu weit vor. Der linke Arm darf nicht so herunterbaumeln. Er verdeckt ja deine Brust. Etwas gerader. Noch ein bisschen. So. Exzellent.«

Er stellte sich wieder hinter seine Leinwand und sah sie mit zusammengekniffenen Augen an. »Sieh mich an, mein Schatz. Als wäre da etwas über meiner linken Schulter. Genau.« Er beobachtete sie eine geraume Zeit. »Nein.«

»Was?«

»So geht das nicht … Du musst irgendwie erschöpfter aussehen.«

»Soll ich mich in den Sand legen?«

»*So* erschöpft nun auch wieder nicht. Ein bisschen Bewegung muss dabei sein.« Er überlegte einen Augenblick. »Halt still«, sagte er und kam wieder zu ihr ins Wasser. »Leider Gottes werden wir dein schönes Kleid ruinieren müssen.«

»Alles für die Kunst.«

Er zog sein Schweizer Taschenmesser und durchtrennte den linken Träger von Sandys Kleid. Dann zupfte er an dem feuchten Stoff und legte ihre Brust frei. »Viel besser«, sagte er. »Jetzt siehst du wirklich aus, als wärst du in Not.«

»Ich fühle mich auch besser«, sagte sie und war froh, den nassen Stoff wenigstens teilweise los zu sein. »Vielleicht sollte ich mich *ganz* ausziehen.«

»Nein, nein, nein. Das habe ich dir doch schon erklärt.«

»Ich weiß, ich weiß.«

»Das wird ein großartiges Bild.« Er ging wieder zur Staffelei zurück.

»Blaze?«

»Ja?«

»Wie wär's damit?« Ohne seine Erlaubnis abzuwarten riss sie die Vorderseite ihres Kleids auf, bis ihr rechtes Bein bis zur Hüfte entblößt war.

Er strahlte sie an. »Perfekt! Du bist ein Genie!«

»Deshalb bin ich auch zwanzig Prozent wert.«

»Nein, nein. Da hast du mir keine andere Wahl gelassen.«

»Du kannst mich jederzeit entlassen.«

»Führ mich nicht in Versuchung.«

Sie wusste, dass er das nie im Leben tun würde. Blaze verdiente mit seinen Bildern von Sandy so gut, dass er ihr wohl auch *fünfzig* Prozent überlassen hätte, wenn sie darauf bestehen würde.

Er schien anfangen zu wollen, also starrte sie wie gebannt an seiner linken Schulter vorbei.

Nicht, dass dort etwas Besonderes zu sehen gewesen wäre.

Etwa fünf Meter hinter ihm war eine Felsklippe. Sandy tat so, als wäre sie nicht da und starrte durch sie hindurch, als würde sie in der Ferne etwas erspähen können. Einen sich nähernden Fremden beispielsweise.

Dann fragte sie sich, wie viel Blaze wohl tatsächlich herausrücken würde. Möglicherweise sogar mehr als fünfzig Prozent.

Was würde er ohne mich tun?

Als sie sein Anwesen zum ersten Mal betreten hatte, war sie der Meinung gewesen, dass er ein enorm erfolgreicher Künstler wäre.

Aber dem war nicht so.

Er hatte das Haus geerbt. Seine Werke verkauften sich nur schleppend und erlaubten ihm einen einigermaßen angenehmen Lebensstil.

Bis er Sandy kennen gelernt hatte.

In den darauffolgenden Jahren hatte er ihr nicht mehr als fünfzig Dollar pro Sitzung bezahlt, die sie auch mit Freuden angenommen und sofort für Lebensmittel, Vorräte und Mitbringsel für Eric ausgegeben hatte. Dann war sie wieder in den Lieferwagen gestiegen und nach Hause gefahren.

Am Ende ihres ersten Jahres in der Hütte hatte Eric angefangen, mehr und mehr Zeit mit Streifzügen durch die bewaldeten Hügel zu verbringen. Wenn Sandy aus der Stadt zurückkehrte, war er des Öfteren nirgends zu finden. Langsam fragte sie sich, weshalb sie sich mit der Rückfahrt überhaupt so beeilte.

Eines Tages blieb sie etwas länger, machte einen Schaufensterbummel und durchstöberte die Läden, die sie bisher nur von außen gesehen hatte.

Wie die Beachside Gallery.

Als sie die Kunstgalerie betrat, hatte sie sich sofort fehl am Platze gefühlt. Es war so ruhig. War sie die einzige Kundin? Leise ging sie an den Bildern vorbei und wagte kaum zu atmen. Sie erwartete, dass man sie hinauswerfen würde, sobald man sie entdeckte.

Obwohl sie eigentlich schick angezogen war. Blaze hatte sie an diesem Tag mit einem weißen Tennisrock und dazu passendem Strickpullover ausstaffiert und auf einem Sportplatz hinter der Highschool Modell stehen lassen. Die Sachen hatte sie anbehalten und sah damit wie die Tochter schwerreicher Eltern aus.

Wenn die mir blöd kommen, drohe ich ihnen mit den Beziehungen meiner Familie.

Du musst nur so tun, als würde dir der Laden gehören, dachte sie.

Sie holte tief Luft und ging weiter. In Ruhe betrachtete sie jedes Bild.

Viele stellten die Brandung dar, die sich an den Felsklippen brach – im Tageslicht, bei Sonnenuntergang, im Mondenschein. Neben diesen prächtigen Ozeanpanoramen gab es auch Bilder von Walen und Delfinen, die sich im Wasser tummelten, von Segelbooten, die in den Abendhimmel hinausfuhren, dazu aufgewühlte Meere bei Sturm, ein Geisterschiff mit zerfetzten Segeln, Fußspuren im Sand und Möwen, die durch den blauen Himmel glitten.

Und *Surferboy*, das einen gebräunten, muskulösen jungen Mann darstellte, der eine äußerst knappe Badehose trug und mit seinem Surfbrett posierte. Sandy erschrak.

Tyrone!

Sie betrachtete das Gemälde genauer und entdeckte Blazes Signatur in einer Ecke.

Das Preisschild, auf dem einst 450$ gestanden hatte, war durchgestrichen worden. Jetzt kostete das Bild nur noch hundertfünfzig Dollar.

Sandy grinste.

Hat wohl Schwierigkeiten, seinen Krempel an den Mann zu bringen.

»Das ist eins meiner Lieblingsbilder.«

Sie zuckte zusammen und drehte sich um.

Vor ihr stand eine kleine, rundliche Frau, die Sandy durch eine riesige Brille mit rotem Gestell anstarrte. Ihr graues Haar war gleichmäßig zu kurzen Borsten geschoren. Sie trug große, goldene Ohrreifen und ein weites Ballonkleid.

»Megan Willows, die Galeristin«, sagte sie und streckte Sandy die Hand hin.

»Hi.« Sandy schüttelte sie. »Ich bin Ashley.«

»Ashley. Was für ein schöner Name. Ich habe bemerkt, dass Sie sich für unseren *Surferboy* interessieren.«

»Ja, er ist mir ins Auge gefallen.«

»Sie scheinen ein sehr gutes Auge zu besitzen. Es ist ein Frühwerk eines sehr vielversprechenden ortsansässigen Künstlers, Blaze O. Glory. Sein Talent ist in den vergangenen Jahren förmlich *aufgeblüht.*«

»Das muss aber *nach* diesem Bild hier passiert sein«, sagte Sandy.

Megan lachte glucksend. »Sie haben wirklich ein gutes Auge. Dies ist mit Sicherheit keines seiner reiferen Werke. Aber es hat eine gewisse urwüchsige Kraft, finden Sie nicht?«

»Wenn Sie das sagen.«

»Ein schöner Junge. Ist er nicht zum Anbeißen?« Grinsend fletschte Megan die Zähne.

»Ich weiß nicht so recht«, sagte Sandy.

»Das war nur eine Redewendung. Aber stellen Sie sich ihn doch an Ihrer Schlafzimmerwand vor.«

»Ich weiß nicht.«

»Oder wollen Sie es vielleicht jemandem schenken?«

»Nein. Ich hab einen Haufen Geld zum … Geburtstag bekommen.« Um ein Haar hätte sie ›Highschool-Abschluss‹ gesagt, war sich aber nicht sicher, ob ihr Megan das abkaufen würde. Obwohl Sandy ziemlich reif für ihr Alter war, würde man ihr nicht unbedingt zutrauen, die Schule schon beendet zu haben. Sie zuckte mit den Schultern und lächelte. »Also dachte ich, ich kauf mir ein bisschen Kunst.«

»Das ist eine sehr weise Entscheidung, Ashley. Ein schönes Kunstwerk ist nicht nur eine Wohltat für die Seele, sondern oft auch eine rentable Wertanlage. Mit unserem *Surferboy* hier können Sie nichts falsch machen, und außerdem ist er für hundertfünfzig Dollar ein echtes Schnäppchen.«

»Ich glaube nicht, dass es das wert ist«, sagte Sandy. »Mir jedenfalls nicht.«

»Also … ich wäre bereit auf, sagen wir … hundert Dollar herunterzugehen.«

»Nein, wirklich nicht.«

»Für diesen Preis ist es praktisch geschenkt. Dafür dürften Sie eines seiner jüngsten Werke nicht einmal anfassen …«

Sandy schüttelte den Kopf.

»Fünfundsiebzig Dollar. Das ist mein letztes Wort. Was meinen Sie? Der Rahmen ist natürlich mit inbegriffen, und der allein ist schon fünfzig wert.« Sie blinzelte und lächelte sie an. »Also, kommen wir ins Geschäft?«

»Leider nicht. Wissen Sie, ich glaube nicht, dass meine Eltern davon begeistert sind, wenn ich so ein Ding mit nach Hause bringe. Ich meine, es ist vielleicht ein bisschen zu gewagt. Man kann ja fast sein Gerät sehen, wenn Sie verstehen, was ich meine.«

Megan kicherte. »Ich verstehe. Ihre Eltern wollen wir natürlich auf keinen Fall verschrecken.«

»Nein.«

»Kann ich Sie vielleicht für ein anderes Gemälde interessieren?«

»Ich würde gerne etwas Neueres von diesem Maler sehen, wie heißt er noch … Blazer?«

»Blaze.«

»Genau der. Hätten Sie da was im Angebot?«

»Wir haben ein weiteres Bild von ihm, aber das ist leider schon verkauft. Sie dürfen es sich natürlich gerne ansehen, wenn Sie möchten.«

»Sehr gerne. Vielen Dank.«

Megan führte sie durch die Galerie.

»Wir erwarten jeden Moment ein neues Werk. Es müsste in zwei bis drei Wochen eintreffen. Seine Bilder sind momentan schrecklich gefragt. Ach ja. Hier.« Megan trat einen Schritt zur Seite und machte eine einladende Geste. »*Voilá*!«

»Oh! Wie bezaubernd.«

»Ja, finden Sie? Hmmm.«

Sandy hatte für das Bild vor etwa einem Monat Modell gestanden.

Die Szenerie war mit Bedacht gewählt – eine Lichtung im dichten Wald. Tiefes Grün, Schatten und Sonnenstrahlen, die durch das Laubwerk fielen. An diesem Tag hatte sich kein Lüftchen geregt, und die Moskitos hätten sie bei lebendigem Leib aufgefressen, wenn sie kein Abwehrmittel aufgetragen hätte. Sie waren sogar in ihre Ohren geflogen, und einer hatte sich in ihr Auge verirrt.

Dem Mädchen auf dem Bild merkte man das natürlich nicht an. Sie schien so sorglos wie ein Schulkind am ersten Ferientag.

Und erinnerte ein bisschen an einen Affen.

Sie hatte auf einem Hocker gestanden, der auf dem Bild natürlich nicht zu sehen war. Stattdessen wirkte es, als wäre sie durch den Wald spaziert, hätte einen Ast entdeckt und sich nur zum Spaß mit einer Hand daran festgeklammert. Der andere Arm hing ausgestreckt herab, genau wie das rechte Bein.

Du bist ein Wildfang, der sorglos durch den Wald tollt, hatte Blaze ihr eingeschärft.

Ein barfüßiger Wildfang mit abgeschnittenen Jeans und einem ärmellosen roten Hemd. Die Shorts waren sehr knapp, ziemlich ausgeblichen und ausgefranst und das Hemd etwas zu klein für sie gewesen.

So wie sie an dem Ast hing, gab es ihre Rippen und ihren Bauchnabel frei, und ihre Shorts schienen ihr jeden Moment von der Hüfte zu rutschen. Das Hemd war zum Teil aufgeknöpft und ließ ihre linke Brust erkennen.

Blaze hatte das Bild *Huckleberry Fem* getauft.

Sandy warf einen Blick auf das Preisschild unter dem VERKAUFT-Aufkleber.

5800 $.

»Das gibt's doch nicht«, murmelte sie.

»Wenn Sie mich fragen«, sagte Megan, »ist das ein echtes Meisterwerk. Ich verehre es geradezu. Sehen Sie sich dieses Mädchen an. Sie ist so … natürlich und unschuldig und gleichzeitig so … verführerisch. Blaze hat hier wirklich eine kindliche Unschuld am Rande der aufblühenden Sinnlichkeit eingefangen.«

»Sieht ganz so aus«, sagte Sandy.

»Würde sich das nicht ganz *prächtig* an Ihrer Wand machen?«

»Allerdings. Schade, dass es schon verkauft ist.«

»Wie gesagt, sein neuestes Werk wird bald eintreffen.«

»Sind alle seine Bilder so gut?«

»Aber sicher. Die jüngsten Werke auf jeden Fall – seit ihm Electra Modell steht.«

»Hä?«

»Electra. Das ist sein Modell.«

»Er hat nur ein Modell?«

»Natürlich. Sie ist eine echte *Entdeckung*. Sieht sie nicht *umwerfend* aus?«

Sandy hätte sich beinahe bedankt.

»Sie ist Blazes Nichte, müssen Sie wissen. Zweimal im Monat kommt sie eigens aus San Francisco, um mit ihm zu arbeiten. Ich habe sie persönlich kennen lernen dürfen. Eine ganz *reizende* Person.«

Unverschämte Lügnerin.

»Tja«, sagte Sandy. »Ich muss dann mal wieder. Vielleicht komme ich noch mal vorbei und sehe mir das neue Bild an.«

»Versuchen Sie es Anfang nächster Woche. Wie alle Künstler ist Blaze sehr unberechenbar, aber wir sind die einzige Galerie, der er vertraut. Wenn Sie eine Electra wollen, bekommen Sie sie nur bei uns. Aber wie gesagt, die Bilder sind sehr begehrt. Am besten, Sie schauen jeden Tag mal kurz vorbei.«

»Wir werden sehen. Vielen Dank.«

Sandy verließ die Galerie. Sie war erstaunt, dass Megan sie nicht erkannt hatte, und gleichzeitig hocherfreut, dass die Bilder von ihr so einen hohen Preis erzielten. Sie nahm sich vor, mehr Geld von Blaze zu fordern.

Viel mehr Geld.

Und sie hatte es auch bekommen.

Obwohl sie ihm nie von ihrem Besuch in der Galerie erzählt hatte.

»Sei ein braves Mädchen und steig noch mal ins Wasser«, sagte Blaze und riss sie aus ihren Erinnerungen. »Das Kleid wird sonst zu trocken.«

»Und das wollen wir ja auf keinen Fall«, sagte sie, streckte sich, watete wieder in die Fluten und tauchte bis zu den Schultern unter. Das Wasser war angenehm kühl. Als sie sich wieder aufrichtete, war das Kleid völlig durchnässt, und ihre Haut glänzte.

»Fantastisch«, sagte Blaze.

Sie warf sich wieder in Positur und starrte auf die Klippe hinter Blaze.

»Den Kopf ein bisschen zur Seite. Gut so. Fantastisch.«

Blaze malte weiter.

»Das wird unser Meisterwerk«, sagte er nach einer Weile.

»Was wollen Sie dafür haben?«, ertönte eine Männerstimme aus den Klippen hinter Blaze.

Kapitel dreißig

Die Abmachung

Owen bestellte sich ein scharfes Bestienwürstchen, Pommes und eine mittlere Kreaturencola. John Cromwell entschied sich für den doppelten Monsterburger Deluxe, dazu monströse Chilipommes mit Käse und eine große Kreaturencola. Owen bezahlte.

»Du bist ein echter Kumpel«, sagte John und klopfte ihm auf die Schulter.

»War mir ein Vergnügen.«

»Die meisten Leute würden so etwas nicht machen, weißt du das?«

»Also …«

»Bist ein guter Mensch. Hoffentlich kann ich mich eines Tages mal revanchieren.«

»Ist schon in Ordnung. Mach dir keine Sorgen.«

Sie trugen ihre Tabletts zu einem Ecktisch und setzten sich.

John steckte einen Strohhalm in den Plastikbecher, trank einen großen Schluck Cola und seufzte. »Weißt du, wie ich mich revanchieren kann? Ich mach ein Foto von dir!«

»Aber das …«

John schob den Stuhl zurück und stand auf.

»Das ist doch nicht nötig.«

»Doch, doch. Unbedingt.« Er trat ein paar Schritte zurück und brachte die Kamera in Anschlag. »Ganz natürlich bleiben«, sagte er. »Vergiss diese ›Cheese‹-Scheiße.«

Owen lachte.

John schoss ein Foto, trat ein paar Schritte zur Seite und machte noch ein Bild. »Ich werd's dir schicken«, sagte er und setzte sich wieder.

Schicken? Dazu müsste ich ihm meine Adresse geben.

Und wenn er mich dann besuchen kommen will?

»Aber nein«, sagte Owen. »Das musst du nicht …«

»Weißt du was, Kumpel? Ich hab doch gesehen, wie du diese Lynn beäugt hast. Ein echtes Prachtstück, nicht wahr? Wie wär's, wenn ich dir Abzüge von den Fotos schicke, auf denen sie zu sehen ist? Das würde dir gefallen, oder?«

»Kann schon sein«, gab Owen zu.

»›*Kann schon sein.*‹« John lachte.

»Ja, das wäre nett.«

»Ist gebongt, Mann.« Er riss den Mund auf und biss in seinen riesigen Hamburger. Fleischsaft und geschmolzener Käse tropften auf die Papierservietten im Plastikkorb darunter.

Owen nahm sein scharfes Bestienwürstchen in die Hand. Das Wasser lief ihm im Mund zusammen, und er biss herzhaft in die offensichtlich auf dem Holzkohlengrill zubereitete Wurst. Warmer, würziger Saft erfüllte seinen Mund.

John wollte etwas sagen, doch da er den Mund voll hatte, konnte Owen kein einziges Wort verstehen.

»Was?«

John kaute und schluckte. »Würstchenlutscher.«

»Na und?«

Sie aßen schweigend.

Owen dachte über Johns Angebot nach. Er hätte wirklich gern die Fotos von Lynn gehabt, andererseits wollte er John nicht unbedingt seine Adresse verraten.

Wahrscheinlich schickt er mir die Bilder sowieso nicht. Die Leute machen immer Versprechungen, die sie dann nicht einhalten.

»Und, wirst du es tun?«

»Was tun?«

»Nimmst du meine Kamera mit zur Mitternachtsführung? Dafür schick ich dir auch Abzüge.«

Owen schüttelte den Kopf.

»Bitte, Mann. Das ist doch keine große Sache.«

»Ich hab selbst eine Kamera dabei.«

»Ist doch kein Problem. Dann fotografierst du eben mit beiden.«

»Ist es überhaupt erlaubt, im Haus Fotos zu machen?«

»Ohne Blitz schon. Hab mich schon erkundigt. Dafür hab ich einen empfindlicheren Film. 800 ASA. Da brauchst du gar keinen Blitz, außer es ist wirklich stockdunkel. Was für einen Film nimmst du?«

»200er.«

»Das kannst du vergessen. Der bringt dir da drin überhaupt nichts. Nicht ohne Blitz.«

»Ich kann mir ja einen 800er kaufen.«

»Hey, Mann. Bitte.«

»Ich könnte doch die Bilder mit meiner Kamera machen und sie dir dann schicken.«

John verzog das Gesicht. »Wo willst du sie denn hinschicken? Ich lebe in meinem Auto, Mann. Die würde ich ja niemals kriegen.« Plötzlich lächelte er. Brötchenreste klebten zwischen seinen Zähnen. »Außerdem sind die Bilder von dir und Lynn auf *meiner* Kamera. Und die willst du doch, oder?«

Wenn es nur Bilder von Dana wären, dachte Owen.

Dana!

Da kam ihm eine Idee.

Eine geniale Idee.

Er dachte einen Augenblick darüber nach.

»Was ist jetzt?«, fragte John.

»Pass auf«, sagte Owen. »Wie wäre es, wenn du mich morgen Nacht begleitest?«

»Willst du mich verarschen?«

Owen holte seine Geldbörse heraus, zog eine Fünfzigdollarnote hervor und hielt sie John hin.

»Wofür ist die?«, fragte er stirnrunzelnd.

»Ein Vorschuss. Ich habe einen Job für dich.«

»Wen soll ich umbringen?«

»Niemanden. Aber *schießen* musst du schon – nämlich ein paar Fotos von einer der anderen Angestellten.« Owen grinste, zufrieden mit seinem mehr oder weniger gelungenen Wortspiel und seinem Plan im Allgemeinen. »Sie heißt Dana und befindet sich in diesem Moment im Horrorhaus.«

»Wie sieht sie aus?«

»Groß, blond und sehr attraktiv.«

»Ach ja, die. Ich weiß schon, wen du meinst. Ist mir gestern selbst schon aufgefallen. Eine echte Schönheit. Ich hätte beinahe einen Steifen gekriegt, als ich sie nur …«

»Hey.«

»Klar. 'tschuldige. Nichts für ungut. Wenn du Fotos von ihr willst, dann mache ich welche. Sollen es Nacktfotos sein?«

»Red kein Blech. Ich will nur ein paar gute Schnappschüsse. Frag sie um Erlaubnis, mach die Bilder heimlich, mir egal. Aber du musst mich unter allen Umständen da raushalten. Tu so, als würdest du die Bilder für dich machen, okay?«

»Null Problemo.«

»Am besten gehen wir nicht zusammen rein. Ich gehe vor, und du wartest ungefähr eine halbe Stunde, bevor du die Fotos von Dana machst. Sobald du fertig bist, treffen wir uns vor dem Haus wieder und sehen uns mal in der Stadt um. Vielleicht gibt's hier ja so einen Schnellentwicklungsdienst. Morgen früh sollten wir die Bilder auf alle Fälle haben.«

»Schon möglich«, sagte John und nahm einen Schluck Cola.

»Sobald ich die Bilder habe, kriegst du die restlichen fünfzig Mäuse und kannst dir ein Ticket für die Mitternachtsführung kaufen.«

John nickte zufrieden. Dann runzelte er die Stirn. »Und wenn sie bis dahin ausverkauft ist?«

»Kannst du nicht noch eine Woche bleiben?«

John rümpfte die Nase. »Ich weiß nicht so recht, Mann. Eine Woche ist 'ne lange Zeit, wenn man völlig abgebrannt ist. Wieso kaufst du das Ticket nicht jetzt und behältst es, bis du die Bilder hast? Was meinst du? Wenn was schiefgeht, kannst du es ja weiterverkaufen. Scheiße, wahrscheinlich noch mit Gewinn.«

Owen wollte diese Fotos wirklich gerne haben.

»Okay«, sagte er. »Abgemacht.«

»Das wirst du nicht bereuen, Alter. Super! Ich werd ein paar echt heiße Fotos für dich schießen.«

Sobald sie fertig gegessen hatten, schlenderten sie zur Ticketbude zurück. Owen wartete, während John mit Sharon redete und dann zum Schalter ging. Kurz darauf kam er mit dem roten Ticket in der Hand zurück und wechselte wieder ein paar Worte mit Sharon. Sie schien sich darüber zu freuen, dass er eine Karte bekommen hatte.

»Gut, dass wir nicht gewartet haben«, sagte er zu Owen und wedelte mit der Eintrittskarte herum. »Das war das letzte Ticket.«

Dann ist er Nummer dreizehn.

»Schwein gehabt«, sagte Owen.

»Mann, heute ist echt mein Glückstag! Ich würde dich am liebsten umarmen und abküssen, aber dann denken die Leute womöglich, wir wären schwul.«

Owen versuchte zu lächeln. »Das wäre nicht so gut«, sagte er und streckte die Hand nach der Eintrittskarte aus.

»Ich kriege sie, sobald du die Bilder von Dana hast, okay?«, sagte John und reichte ihm die Karte.

»Genau.« Owen steckte sie zu seiner eigenen in die Brusttasche. »Ich gehe jetzt rein. Du kannst ja im Souvenirshop warten oder so.«

»Vielleicht schnappe ich mir noch einen Burger. Hast du noch ein bisschen Kleingeld?«

»Klar.« Owen gab ihm zehn Dollar. »Damit solltest du dich eine Stunde lang beschäftigen können.«

»*Eine Stunde*? Gut, du bist der Boss.«

Während John zur Imbissbude eilte, ging Owen zu Station eins zurück, drückte auf den Startknopf, sah zu Gus auf und hörte sich Janices Geschichte dazu an.

Nachdem er sich Ethel angesehen hatte, ging Owen die Treppe hinauf und hielt Ausschau nach Dana. Sie war nirgends zu sehen.

Keine Angst, sagte er sich. Sie wird schon gleich wieder auftauchen.

Er besuchte Station drei, verließ Lilly Thorns Schlafzimmer und machte sich auf den Weg zu Station vier. Gestern hatte Dana neben der Tür zum Speicher gestanden.

Jetzt standen dort nur einige Touristen, die die Treppe hinaufspähten.

Aber keine Dana.

Wo ist sie nur?

Dann sah er sie.

Sein Herz machte einen Satz.

Sie stand vor dem Schlafzimmer der beiden Jungen, nickte und lächelte vorbeigehenden Besuchern zu.

Das Schlafzimmer war Owens nächste Station.

Er musste also an ihr vorbeigehen!

Sofort hatte er das Verlangen, sich umzudrehen.

Jetzt sei nicht so ein verdammter Feigling, sagte er sich. Geh weiter, verhalte dich ganz unauffällig. Sie weiß ja nicht, was ich für sie empfinde. Für sie bin ich nur ein weiterer Besucher.

Langsam umrundete er einige Leute und versuchte, Dana dabei nicht anzusehen.

Doch als er sich der Tür näherte, trafen sich ihre Blicke.

»Morgen«, sagte Dana.

»Hi.«

»Schon wieder hier?«

Sie erinnert sich an mich!

Er nickte und wurde puterrot.

»Wo ist denn Ihre Freundin?«, fragte sie.

Owen nahm die Kopfhörer ab. »Meine Freundin?«

Na toll.

»Die junge Frau, die gestern bei Ihnen war«, sagte Dana.

»Ach, die.«

Ich will sie nicht anlügen. Nicht Dana.

»Ihr hat's hier nicht gefallen«, sagte er. »Sie hat sich … andauernd beschwert und mir alles verdorben. Also bin ich heute ohne sie hier.«

»Sie haben ihr den Laufpass gegeben?«

»So ähnlich, ja.«

Dana sah auf die Uhr. »Ich habe gleich Pause. Wollen Sie mich nach draußen begleiten?«

»Sie begleiten? Nach draußen?«

»Ja.«

»Jetzt?«

»Wenn Sie lieber nicht …«

»Nein. Nein. Ich komme mit. Klar.«

Dana nahm das Walkie-Talkie vom Gürtel, hielt es sich vor den Mund und drückte auf einen Knopf. »Lynn, hier Dana. Ich mach kurz Pause, okay? Over.«

»Viel Spaß.«

Dana lächelte Owen an. »Gehen wir.«

Er folgte ihr über die Galerie und die Treppe hinunter.

»Clyde, ich mach mal Pause«, sagte sie zu ihrem Kollegen im Erdgeschoss.

Clyde warf Owen einen kurzen, verächtlichen Blick zu.

Owen beeilte sich, ihr die Tür aufzuhalten und folgte ihr auf die Veranda hinaus.

»Gehen wir da rüber«, sagte sie.

Gemeinsam schlenderten sie durch das weiche Gras. Owens Herz klopfte wie verrückt. Schweiß lief in Bahnen seinen Körper hinunter. Sein Mund war trocken, und die Morgensonne schien unbarmherzig auf ihn herab.

Die schwache, kühle Brise sorgte kaum für Erleichterung. Er holte tief Luft und seufzte.

Wir gehen Seite an Seite. Ich kann's nicht fassen.

Aber was will sie nur von mir?

Sobald sie das Haus umrundet hatten, blieb Dana stehen und wandte sich zu ihm um.

In einiger Entfernung gingen die Besucher zwischen Ticketbude und Haus hin und her. Andere waren auf dem Weg zur Imbissbude, zum Souvenirshop oder zu den Toiletten.

Dana und Owen waren völlig ungestört.

»Nett hier, finden Sie nicht?«, fragte Dana.

»Fantastisch.«

Er starrte sie an.

Ich kann nicht glauben, dass ich neben ihr stehe.

Sie sieht so unglaublich gut aus.

Das grelle Sonnenlicht schien ihre makellose Schönheit noch zu betonen. Ihr Haar glänzte in verschiedenen Gelb-, Gold-, Rot- und Brauntönen. Er bemerkte einen weichen, blonden Flaum auf ihren Wangen. Ihre Augen hatten die Farbe des wolkenlosen Himmels über ihr.

»Wie heißt sie?«, fragte Dana.

»Wer?«

Sie runzelte die Stirn. »Die Frau von gestern.«

»Ach die. Das war Monica.«

»Wo ist sie jetzt?«

Er verzog das Gesicht. »Im Hotel, nehme ich an.«

»Hier in der Stadt?«

»Nein, am Fisherman's Wharf.«

»Sie haben sie in *San Francisco* sitzen lassen?«

»Ich weiß, ich weiß. Aber ihr hat es hier *überhaupt nicht* gefallen. Und sie hat mir die Führung ruiniert. Ich freue mich schon seit Jahren auf das Horrorhaus, und sie hat alles kaputtgemacht. Sie musste *alles und jeden* lächerlich machen.«

»Mich eingeschlossen, nehme ich an.«

Owen starrte sie mit offenem Mund an. Er nickte. »Woher wissen Sie das?«

Sie lächelte geheimnisvoll. »Ich weiß so einiges.«

»Haben Sie uns belauscht, oder …?«

»Mir ist aufgefallen, wie Sie mich gestern angesehen haben.«

Er wäre am liebsten im Erdboden versunken.

»Tut mir leid«, sagte er kleinlaut.

»Ist schon in Ordnung. Das macht mir nichts. Aber Monica hat es was ausgemacht, hab ich Recht?«

»Na ja …«

»Ich glaube, sie war ziemlich wütend. Im Haus, und als ich Ihnen am Ausgang die Apparate abgenommen habe. Sie hat mich angesehen, als würde sie mir gleich an die Kehle springen wollen.«

»Sie macht gerne aus einer Mücke einen Elefanten. Ich meine, manchmal muss ich einfach andere Frauen ansehen. Verstehen Sie? Sonst stoße ich noch versehentlich mit ihnen zusammen.«

Dana lachte leise. »Deshalb haben Sie mich dauernd angesehen – um einen Zusammenstoß zu vermeiden.«

»Genau.« Er lächelte. »Außerdem … nun ja … konnte ich irgendwie nicht anders.«

»Wieso?«

»Sie wissen schon.«

»Ja, ich weiß. Mich kann man gar nicht übersehen. Dafür bin ich zu groß.«

Owen lachte. »Das ist nicht der Grund. Aber … ich habe noch nie jemanden getroffen, der so schön ist wie Sie.«

Dana errötete bis in die Haarspitzen. »Danke für das Kompliment.«

»Es ist die Wahrheit. Haben Sie sich schon mal im Spiegel betrachtet?«

»Ich komme mir eigentlich nicht so toll vor, Owen.« Sie holte tief Luft. »Aber zurück zu Ihnen und Monica.«

»Muss das wirklich sein? Können wir dieses Thema nicht lassen?«

»Leider nicht. Sie sind heute wieder hierhergekommen, und ich könnte einer der Gründe dafür sein.«

»Also …«

»Außerdem haben Sie zwei Eintrittskarten für die Mitternachtsführung in der Hemdtasche.«

Er nickte und klopfte mit der Handfläche darauf.

Wie soll ich jetzt das zweite Ticket erklären?

»Für morgen Nacht?«

»Genau.«

»Monica hasst das Horrorhaus. Und sie hasst mich.«

»Oh, so weit würde ich nicht …«

»Also nehme ich nicht an, dass *sie* Sie auf der Mitternachtsführung begleiten wird.«

»Nein.«

»Und vor morgen Nacht werden Sie wohl kaum nach San Francisco zurückfahren, oder?«

»Nein.«

»Also haben Sie Monica für ein paar Tage allein gelassen?«

»Eigentlich will ich überhaupt nicht mehr zu ihr zurück.«

»*Was?*«

»Ich habe sie *verlassen*. Ich habe mich aus dem Zimmer geschlichen, während sie noch geschlafen hat und …«

»Meine Güte! Ohne ein Wort zu sagen?«

»Genau.«

»Haben Sie ihr nicht mal eine Nachricht hinterlassen?«

Er schüttelte den Kopf.

»Jetzt denkt sie bestimmt, dass man Sie *gekidnappt* oder *ermordet* hat.«

»Das glaube ich nicht. Ich habe meine ganzen Sachen mitgenommen. Sie wird annehmen, dass ich nach Hause geflogen bin. Und sie wird sich auch denken können, warum.«

Dana schüttelte den Kopf. »Das war nicht sehr nett von Ihnen, Owen.«

»Ja. Ich weiß. Aber sie wird drüber wegkommen.«

»Das wird sie *nicht*. Sie wird am Boden zerstört sein.«

Er grinste. »Da kennen Sie Monica aber schlecht.«

»Jede Frau wäre am Boden zerstört, wenn sie während des Urlaubs von ihrem Freund verlassen wird.«

»Ich weiß, das war kein feiner Zug von mir. Aber sie hat es verdient. Sie hat es drauf angelegt.«

»Wo wohnen Sie eigentlich?«

»In Los Angeles. Sie hat das Rückflugticket, Geld und alles, was sie sonst noch braucht. Sie kann jederzeit nach Hause fliegen. Oder den Urlaub ohne mich genießen. Wahrscheinlich ist sie sogar froh, dass sie mich los ist. Andauernd hat sie sich beschwert. Das haben Sie ja selbst erlebt. Sie ist furchtbar. Und sie dachte schon, sie hätte mich eingefangen. Sie glaubte im Ernst, ich würde sie *heiraten*. Da musste ich einfach die Notbremse ziehen.«

Dana verzog das Gesicht. »Waren Sie verlobt?«

»Noch nicht.«

»Und wie lange zusammen?«

»Seit Weihnachten.«

»Und wegen dieser Sache gestern haben Sie sie verlassen.«

»Ja, so kann man es ausdrücken.«

»Weil sie Ihnen die Führung verdorben hat? Oder wegen mir?«

Owen zuckte zusammen.

»Ich wollte *vorher* schon Schluss machen«, sagte er. »Ich bin nur nicht dazu gekommen.«

»Und was hat dann den Ausschlag gegeben?«

»Sie hat sich über alles beschwert und war ständig gemein zu mir.«

»Habe ich etwas mit Ihrer Entscheidung zu tun?«

Das ist deine Chance!

Er zuckte mit den Achseln. »Irgendwie schon. Es kam einfach

alles zusammen. Ich wollte das Haus sowieso noch einmal besuchen – ohne Monica – und außerdem hat mich die Mitternachtstour interessiert. Und die hätte sie mir niemals erlaubt. Und außerdem … habe ich gehofft, Sie wiederzusehen.«

»Sie haben Sie *wegen mir* verlassen, stimmt's?«

»Nicht direkt.«

»Na toll. ›Nicht direkt.‹ Das heißt: Eigentlich schon.«

Owen zog die Schultern ein. Er war nicht mehr in der Lage, ihr in die Augen zu sehen, und starrte auf den Rasen vor seinen Schuhen. »Es … na ja, es ist ja nicht so, dass ich mir Hoffnungen gemacht hätte, mit Ihnen auszugehen oder so. Ich meine, so jemand wie Sie … Sie haben bestimmt schon einen Freund. So einer wie ich hat Ihnen sicher gerade noch gefehlt. Aber erinnern Sie sich, wie wir miteinander geredet haben, als ich Ihnen den Kassettenrekorder zurückgebracht habe? Ich habe Sie angesehen – Sie sind alles, was Monica nicht ist. Alles, was sich ein Mann jemals wünschen könnte. Und ich war an diese höhnische, hochnäsige Zicke gekettet. Wie könnte ich mein Leben mit ihr verbringen, wenn es Menschen wie Sie auf der Welt gibt? Verstehen Sie?«

»Vielleicht haben Sie da eine etwas zu hohe Meinung von mir«, sagte Dana mit einem seltsamen Klang in der Stimme.

Owen hob den Kopf.

Danas Augen waren feucht und glänzten. Sie wandte sich ab.

»Ich muss wieder an die Arbeit«, sagte sie und ging los.

Owen begleitete sie. »Tut mir leid, wenn ich Sie aufgeregt habe.«

»Ist schon gut.«

»Sie müssen sich keine Sorgen machen. Ich werde Sie nicht belästigen oder zu einem Date einladen oder so.«

Sie warf ihm einen Blick zu.

Er versuchte zu lächeln. »Außer, Sie wollen, dass ich das tue.«

»Keine Ahnung«, sagte sie. »Ich werde darüber nachdenken.«

Oh Gott! Sie wird darüber nachdenken!

»Wo übernachten Sie eigentlich?«

Wow! Das wird ja immer besser.

»Ich weiß noch nicht. Wahrscheinlich im Welcome Inn, wenn da noch etwas frei ist.«

»Sie haben noch gar nicht eingecheckt?«

»Das wollte ich gleich nach dem Mittagessen machen.«

»Und wo haben Sie die *letzte* Nacht verbracht?«

»Fisherman's Wharf.«

»Ach, stimmt ja. Das haben Sie schon gesagt.«

»Ja.«

»Sind Sie sicher, dass Sie nicht hier waren? Ich glaube, ich habe Sie gesehen.«

Lächelnd schüttelte er den Kopf. »Ich *wünschte*, ich wäre hier gewesen. Aber ich habe mir stattdessen von der guten alten Monica die Hölle heiß machen lassen.«

Dana klopfte ihm auf die Schulter. »Vielleicht wird der heutige Abend ja angenehmer für Sie.«

Sie hat mich berührt!

Owen konnte an der Stelle noch eine Weile ihre Wärme spüren.

Gemeinsam gingen sie zur Veranda hinauf. Owen öffnete ihr die Tür. Clyde unterhielt sich gerade, und mehrere Besucher kamen die Treppe herunter.

Er folgte Dana ins Haus und beobachtete, wie sich ihre Shorts an ihre Hinterbacken schmiegten.

Vielleicht geht sie mit mir aus.

Sie denkt darüber nach.

Wahnsinn!

Während er hinter ihr die Treppe hochging, war er sich sicher, dass es die beste Entscheidung seines Lebens gewesen war, Monica zu verlassen.

Kapitel einunddreißig

Sandy – Juli 1992

Sandy konnte den Fremden nirgendwo entdecken.

Bis er hinter einem Felsen hervortrat. Sein Versteck war nur wenige Meter von der Stelle entfernt gewesen, auf die sie während des Modellstehens andauernd gestarrt hatte.

Sofort war ihr die ganze Situation schrecklich peinlich, obwohl es nicht das erste Mal war, dass ein Fremder in eine ihrer Sitzungen platzte. Dieses Mal war sie glücklicherweise nicht vollständig nackt. Sie bedeckte ihre Brust mit der linken Hand.

»Entschuldigen Sie die Störung«, rief der junge Mann und kam auf sie zu.

»Kein Problem«, sagte Blaze und lächelte freundlich.

Natürlich hat *Blaze* kein Problem damit, dachte Sandy. Schließlich steht er ja nicht halbnackt herum. Außerdem war er schwul und der Fremde war mit seiner braunen Haut und den geschmeidigen Muskeln *durchaus* als attraktiv zu bezeichnen. Er trug nichts außer einer verwaschenen Shorts.

Der Mann sprang von dem Felsen herunter und landete im Sand.

»Ich wollte auf keinen Fall stören«, sagte er. »Ich wusste nicht, dass Sie hier sind. Das habe ich erst bemerkt, als ich hier herumgeklettert bin.« Er deutete auf die steile Klippe. Dann sah er zu Sandy hinüber. »Aber sobald ich Sie gesehen habe, konnte ich nicht mehr zurück.«

»Jetzt haben Sie mich ja gesehen, also …«

»Ich bin Terry.«

»Also, Terry, lass dich nicht aufhalten.«

Er zuckte mit den Schultern. »Ich störe *doch*.«

»Wir sind sehr beschäftigt.«

»Ich weiß. Entschuldigung.« Er ließ seinen Blick auf Sandys

Hand schweifen, mit der sie ihre Brust bedeckte, dann sah er ihr wieder ins Gesicht. »Darf ich deinen Namen erfahren?«

»Muss das sein?«

Er lächelte. Sein Lächeln war wunderschön – voller weißer Zähne und Aufrichtigkeit. »Aber unbedingt. Wirklich, ich muss es wissen.«

»Vielleicht ein andermal«, entgegnete sie.

»Ich kann es kaum erwarten.«

»Ich bin Blaze«, verkündete Blaze. »Blaze O. Glory.«

»Sehr erfreut, Mr Glory.«

»Nenn mich doch einfach Blaze.«

»Blaze.« Terry warf Sandy ein weiteres Lächeln zu, dann ging er zu Blaze hinüber. »Darf ich mal einen Blick drauf werfen?«, fragte er.

»Aber natürlich.« Blaze trat zur Seite.

»Hey!«, platzte Sandy heraus. »Kommt nicht in Frage! Wenn er es sehen will, soll er gefälligst in die Galerie gehen!«

»Ach, sei doch keine Spielverderberin«, sagte Blaze.

Terry blieb stehen und vermied es, einen Blick auf die Leinwand zu werfen.

»Ich warte, bis es in der Galerie hängt«, sagte er.

»Ach was, hör nicht auf sie.«

»Ist schon in Ordnung. Entschuldigen Sie die Störung.« Er ging den Weg zurück, der zu den Klippen hinaufführte. »Bis bald«, rief er Sandy zu. »Vielleicht laufen wir uns ja mal wieder über den Weg.«

»Wiedersehen«, rief Sandy zurück.

Sie beobachteten ihn, wie er den Pfad hinaufstieg.

»Ein entzückender Bursche«, sagte Blaze.

»Und so zurückhaltend.«

»Und so gutaussehend.«

»Er gehört dir.«

»Nein, leider nicht. Er gehört dir, Schätzchen – sofern du ihn haben willst. Er war ja völlig hingerissen von dir.«

»Wie alle.«

»Also gut … ich werde nicht weiter darauf eingehen. Ich weiß, dass du sehr schlimme Erfahrungen mit Männern gemacht hast. Aber nicht alle sind gewissenlose Verbrecher. Es gibt auch wundervolle Exemplare dieser Gattung, denen *im Traum* nicht einfallen würde, dich zu belästigen oder zu schlagen oder … zu verlassen.«

»Ich weiß, Blaze. Das Problem ist nur, dass man sie nicht unterscheiden kann. Erst, wenn es zu spät ist.«

»*Fini*!«, rief Blaze aus.

»Endlich«, murmelte Sandy. Sie war verspannt und ihr war heiß. Nachdem sie sich umgesehen hatte, zog sie ihr Kleid aus und warf es an den Strand. Dann reckte sie sich, stürzte sich in die Fluten und schwamm ein Stück.

Anschließend trocknete sie sich mit einem Handtuch aus Blazes Rucksack ab. Er hatte ihr außerdem Shorts und eine Bluse mit Blumenmuster mitgebracht, die sie während des Picknicks und auf der Fahrt nach Hause tragen konnte.

Sie setzten sich auf ein Strandtuch, tranken Champagner, knabberten Cracker, harte italienische Salami und würzigen Cheddarkäse.

»Wie alt bist du jetzt?«, fragte Blaze.

Er wusste, wie alt sie war. Obwohl sie Blaze allerhand Lügen aufgetischt hatte, hatte sie ihm ihr Alter nie verschwiegen.

»Ich weiß, worauf du hinauswillst«, sagte sie.

»Es muss ja nicht unbedingt Terry sein. Aber irgendjemandem solltest du einmal eine Chance geben.«

»Vergiss es.«

»Nicht *alle* Männer sind Bestien.«

»Du bist ganz in Ordnung.«

»Und was ist mit deinem Sohn? Ist *der* eine Bestie?«

Sandy lachte und schüttelte den Kopf. »Nein, natürlich nicht.«

»Siehst du? Jetzt gibt es schon zwei von unserer Sorte. Sicher, ich bin stockschwul. Aber trotzdem ein Mann.«

»Mehr oder weniger.«

»Du Ekel.«

»Du meinst also, ich sollte mal mit einem Mann ausgehen.«

»Könnte nicht schaden.«

»Konnte *doch* schaden.«

»Aber es wäre das Risiko wert. Lass mich dir eins sagen, meine Liebe, und das weiß ich genau: Nichts ist schlimmer als Einsamkeit.«

»Ich bin nicht einsam.«

»Oh doch. Sehr einsam sogar.«

»Das stimmt nicht.«

»Du willst es nur nicht zugeben.«

Zurück in Blazes Haus sprang Sandy unter die Dusche und schlüpfte wieder in ihre eigenen Klamotten.

Blaze wartete in der Eingangshalle auf sie. »Die gehören dir«, sagte er und reichte ihr die neuen Shorts und die Bluse. »Ein Jammer, dass wir dieses schöne Kleid ruinieren mussten.«

Sandy lächelte. »Das werde ich schon verkraften. Schließlich wusste ich ja, was du damit vorhattest.«

»Blödsinn. Woher denn?«

»Weil du mir Ersatzkleidung mitgebracht hast.«

»Stimmt. Richtig. Na ja.«

»Ist schon in Ordnung. Du machst die Sachen ja jedes Mal kaputt.«

Blaze lachte. »So bin ich eben.«

»Manchmal frage ich mich, ob du wirklich so schwul bist, wie du tust.«

»Wenn nicht, dann wäre ich schon vor Jahren über deinen großartigen Körper hergefallen. Und zwar bei jeder sich bietenden Gelegenheit.«

Sie lächelte, umarmte ihn und küsste ihn auf die Wange. »Vielleicht hätte mir das sogar gefallen.«

»Oh, ich hätte dich *wahnsinnig* vor Lust und Ekstase gemacht. Aber dann wären wir nie so dicke Freunde geworden, nicht wahr? Und wir wären immer noch arme Schlucker, weil ich nie auch nur ein Bild hätte vollenden können. Sobald du dich in Positur geworfen hättest, hätten mich sofort fleischliche Gelüste übermannt.«

»Lustmolch.«

Er gab ihr einen Klaps auf den Hintern. »Nun hau schon ab«, sagte er und öffnete die Tür für sie.

»Bis bald«, sagte sie.

»Nicht bald genug, fürchte ich.«

»Jetzt schmoll nicht.«

»*Ciao*, mein Schatz.«

Sie winkte ihm zu und ging zu ihrem Lieferwagen. Als sie die Tür öffnete, sah sie sich um. Blaze stand noch immer in der Eingangshalle und winkte ihr zu. Sie stieg ein, wendete und fuhr aus der Einfahrt.

Wie immer stimmte sie der Abschied etwas traurig.

Blaze war ihr einziger Freund. Jetzt musste sie wieder in die Einsamkeit zurück.

Es ist nicht einsam dort, sagte sie sich. Ich habe doch Eric.

Ich liebe Eric.

Aber er war kein besonders guter Gesprächspartner. Obwohl er das meiste, was sie sagte, zu verstehen schien, antwortete er nie.

Vielleicht ist es auch besser so, dachte sie.

Nein, ist es nicht.

Außerdem war Eric sowieso den ganzen Tag im Wald unterwegs.

Was sie traurig machte.

Wir müssen mehr Zeit miteinander verbringen, dachte sie.

Und was sollen wir dann gemeinsam tun? Durch den Wald rennen?

Früher hatten sie das getan. Als Eric noch klein war, hatten sie oft stunden-, manchmal tagelang die Hügel durchstreift. Waren auf die Jagd gegangen.

Falsch. Er war auf die Jagd gegangen und sie hatte auf ihn gewartet.

Er hatte ihr seine Beute immer sofort gezeigt. Dann hatte sie ihren Anteil über dem Lagerfeuer gebraten, während er seine Portion roh verschlungen hatte.

Die guten alten Zeiten.

Jetzt waren sie vorbei.

So ist das eben, dachte sie. Die Kinder werden erwachsen, und ehe man sich's versieht, ist man nicht mehr ihr bester Freund. Selbst wenn man nicht das Geringste falsch machte, empfanden sie einen plötzlich als nervtötend.

Aber ich habe etwas falsch gemacht. Und ich gehe ihm auf die Nerven.

Das hatte angefangen, als Eric auf die Jagd nach einem Reh gegangen und mit einem Jungen zurückgekommen war.

Vielleicht hätte ich nicht so einen Riesenaufstand veranstalten sollen.

Mit düsterer Miene fuhr sie über die hügelige Straße.

So schlimm war es nun auch wieder nicht. Ich habe ihn ja nicht einmal geschlagen. Nur in aller Ruhe erklärt, dass er so etwas nie wieder tun darf. Himmel, ich habe ihn diesen kleinen Scheißer sogar *essen* lassen. Das war ziemlich verständnisvoll von mir, würde ich mal behaupten.

Nur, dass ich nichts davon abhaben wollte. Und das hat ihn so wütend gemacht. Ich hatte bereits Feuer gemacht und alles, und er kommt mit seiner Beute an – die er ganz allein gejagt und erlegt hat –, und ich rühre nichts davon an.

Sie erinnerte sich, wie er blutig und schweigend vor ihr gesessen, an einem Bein geknabbert und sie dabei nicht aus den Augen gelassen hatte – mit diesem verletzten Blick, als könnte er einfach nicht verstehen, wieso seine Mutter plötzlich gegen ihn war.

Sie spürte, wie ihr Tränen in die Augen schossen.

Hätte ich den kleinen Hosenscheißer doch wenigstens probiert.

Aber sie bezweifelte, dass sie überhaupt einen Bissen hinuntergebracht hätte.

Danach war nichts mehr so wie früher.

Er hatte ihr nie wieder auch nur eine weitere verdammte Leiche gebracht.

Sandy war sich sicher, dass er sie genauso liebte wie zuvor, doch die Nähe und das Vertrauen zwischen ihnen waren verschwunden.

Unwiederbringlich.

Das war noch nicht entschieden. Einen Versuch war es wert. Sie könnte ja mal wieder einen Ausflug mit ihm machen.

Hey, Sportsfreund! Wie wär's, wenn deine alte Mutter mitkommt?

Nein. Das würde er nicht wollen. Womöglich würde sie sich wieder über irgendetwas beschweren.

Was durchaus passieren könnte. Ich will gar nicht dran denken, was er den ganzen lieben langen Tag so treibt.

Am Ende des Buena Vista Parkway angekommen musste Sandy eine Weile warten, bis sie sich in den Verkehr auf der Hauptstraße einreihen konnte.

Vielleicht sollte sie Eric doch die Stadt zeigen. Darauf wartete er schon seit Jahren. Es würde ihm gefallen, und möglicherweise konnten sie dann wieder Freunde sein. Natürlich musste sie ihn gut verstecken. Ob sie ihm ein Kostüm schneidern sollte?

Mein Gott, das wäre wirklich riskant.

Sie könnte ihn Blaze vorstellen.

Und wenn Blaze ausflippt?

Oder von Eric *gefressen* wird?

Nein, das war keine gute Idee.

Sie sah in den Rückspiegel. Ein Auto fuhr beängstigend schnell auf sie zu. Es war ein weißes Sportcabrio.

Als sie an einer Ampel warten musste, hielt das Cabrio nur Zentimeter hinter ihr an.

Der Fahrer hob einen Arm, winkte ihr zu und lächelte.

Es ist der Typ vom Strand!

Terry?

Er ist mir gefolgt!

Sandy öffnete die Tür und spähte hinaus. Da keine weiteren Autos in Sicht waren, zog sie die Handbremse und stieg aus.

Terry machte keine Anstalten, den Wagen zu verlassen.

Und ein Hemd hatte er auch nicht angezogen.

»Hi«, sagte Sandy.

»So trifft man sich wieder«, sagte Terry.

»Was für ein Zufall.« Sie versuchte, verärgert zu klingen. Vergeblich. »Was machst du denn hier?«

»Ich belästige dich«, sagte er und hob die Augenbrauen.

»Bist du mir vom Strand bis hierher gefolgt?«

»Ich bin ziemlich gut, das musst du zugeben. Ist dir was aufgefallen?«

»Gar nichts. Bis gerade eben.«

»Da wollte ich dir ja auch auffallen. Ich dachte, ich tauche mal einfach so aus dem Nichts auf, um dich schwer zu beeindrucken.«

»Tatsächlich. Und … was jetzt?«

»Jetzt sollten wir ein bisschen Zeit miteinander verbringen.«

»Warum denn das?«

»Warum denn nicht?«, fragte er zurück.

»Erstens bin ich beschäftigt. Und zweitens kenne ich dich überhaupt nicht.«

»Terry Goodwin«, sagte er, ließ das Lenkrad los und hielt ihr die linke Hand hin.

Sandy schüttelte sie. »Ashley.«

»Ashley wer?«, fragte er, ohne ihre Hand loszulassen.

»Vielleicht will ich nicht, dass du meinen Nachnamen erfährst. Du kommst mir verdächtig vor. Du könntest im Telefonbuch nachschlagen und plötzlich vor meiner Tür stehen.«

»Pfff. Stimmt! Gar keine so dumme Idee.«

Sie lachte.

»Ich musste dir einfach folgen. Ich weiß, dass sich das verrückt anhört, aber … ich konnte nicht anders. Ich muss dich einfach näher kennen lernen. Was, wenn ich dich nie wiedergesehen hätte? Das wäre …« Er schüttelte traurig den Kopf. »Das hätte ich für den Rest meines Lebens bedauert.«

Sie starrte ihn an.

Und spürte ein seltsames, warmes, aufregendes Gefühl in sich aufsteigen.

»Also, was willst du?«

»Ich will, dass du jetzt nicht einfach so verschwindest.«

»Noch bin ich ja hier. Außerdem hältst du meine Hand fest. Wie soll ich denn da verschwinden?«

»Wo wohnst du?«

»Jetzt hör mal zu. Sehe ich wie eine Idiotin aus?«

»Im Augenblick nicht.«

Sie lächelte und befreite ihre Hand.

»Ich bin auf dem Weg zum Supermarkt. Willst du mich begleiten?«

»Aber sicher!«

»Okay. Bis gleich.«

Sie stieg wieder ein.

Terry folgte ihr und stellte seinen Wagen neben ihr auf dem Parkplatz des Supermarkts ab. Als er ausstieg, zog er sich ein T-Shirt an.

»Endlich läufst du mal ein bisschen anständiger rum«, sagte Sandy.

»Wenn du meinst.« Auf dem T-Shirt war die Comicfigur eines Zauberers zu sehen, der auf Sandy deutete. »Verwandle dich in Scheiße!«, war in einer Sprechblase über ihm zu lesen.

Sie lachte. »Das ist lustig.«

»Ich weiß. Eigentlich sollte ich das in der Öffentlichkeit nicht tragen.«

»Tust du aber.«

Gemeinsam gingen sie zum Eingang.

»Leider. Soll ich wieder gehen?«

»Nein. Halte nur gebührenden Abstand.«

Er fiel zurück, so dass Sandy nach seiner Hand greifen und ihn hinter sich herziehen musste.

Im Geschäft erwischte sie einen Einkaufswagen mit einem defekten Vorderrad, das dem Wagen einen leichten Drall verlieh.

»Soll ich ihn für dich schieben?«, fragte Terry.

»Nein, nein. Geht schon. Ich komme zurecht.«

»Sicher?«

»Willst du mir auf den Wecker gehen?«

»Ich will nur, dass wir Freunde sind.«

»Oh ho ho.«

Langsam schlenderte sie durch einen Gang, nahm verschiedene Sachen aus den Regalen und stellte sie in den Wagen. Terry ging neben ihr her.

»Wohnst du allein?«, fragte er.

»Nein. Du?«

»Ich? Ganz allein. Ich habe ein kleines Strandhäuschen südlich der Stadt. Du bist dort jederzeit willkommen – sowohl tagsüber als auch nachts.«

»Du bist sehr gastfreundlich.«

»Du bist doch nicht verheiratet, oder?«, fragte er.

»Nein. Du?«

»Nein.«

»Warst du denn mal verheiratet?«, fragte Sandy.

»Du stellst aber viele Fragen.«

»Du hast angefangen.«

»Ich war nie verheiratet«, sagte er. »Und du?«

»Nie. Wie alt bist du?«

»Achtundzwanzig.«

»Und da warst du noch nie verheiratet? Wie das?«

»Keine Ahnung.« Er grinste. »Wie alt bist du?«

»Nicht so alt wie du. Du bist ja *steinalt*. Erstaunlich, dass du noch nie verheiratet warst. Stimmt irgendetwas nicht mit dir?«

Er lachte. »Ich bin sehr wählerisch. Mit wem wohnst du denn zusammen?«

Sie sah ihm in die Augen. »Mit meinem Sohn.«

Wenn Terry von dieser Neuigkeit abgeschreckt war, so zeigte er es jedenfalls nicht. »Wirklich? Wie heißt er?«

»Eric.«

»Ein Kind zu haben, muss toll sein. Wie alt ist er?«

»Zwölf.«

Jetzt geriet er doch aus der Fassung. »*Zwölf*?«

»Genau.«

»Dann warst du … wie alt, *sieben*, als du ihn bekommen hast?«

Sie lächelte. »Na, ein bisschen älter schon.«

»Erstaunlich. Was machst du mit Eric, wenn du für Blaze Modell stehst?«

»Er geht zur Schule.«

»Aber doch nicht in den Sommerferien.«

»Nein, natürlich nicht. Jetzt ist er zu Hause. Meine Mutter passt auf ihn auf.«

»Das ist ja wunderbar. Du kannst deine Sachen erledigen, und deine Mutter kann etwas Zeit mit ihrem Enkel verbringen.«

»Ja, es klappt ganz gut«, sagte Sandy und versuchte vergeblich, ihr Lächeln aufrechtzuerhalten. Schnell wandte sie sich um und starrte auf ein Regal mit Senfgläsern. Sie brauchte zwar keinen Senf, besah sich die Gläser jedoch sehr genau, als wüsste sie nicht, welches davon sie kaufen sollte.

Hätte ich doch nur den Mund gehalten. Wieso musste ich Mom erwähnen? Jetzt hab ich mir den ganzen schönen Tag ruiniert.

»Alles klar?«, fragte Terry.

»Ja. Nur … Eric ging es heute Morgen nicht besonders gut. Ich mache mir Sorgen um ihn. Besser, ich beeile mich, damit ich bald wieder zurück bin.«

»Wie weit musst du denn fahren?«, fragte er.

Sie wollte schon antworten, doch dann warf sie ihm einen wütenden Blick zu.

»Das geht dich gar nichts an.«

»Ich meine ja nur. Wenn du sehr weit fahren musst, solltest du vielleicht deine Mutter anrufen und fragen, wie es ihm geht. Das würde dich sicher beruhigen.«

»Das ist eine gute Idee«, sagte sie. »Passt du auf meinen Wagen auf? Ich bin gleich wieder zurück.« Sie eilte zum Eingang hinüber. Auf halbem Weg sah sie sich um, damit sie sicher war, dass Terry ihr nicht folgte.

So ein Blödsinn. Das hat man von den ständigen Lügen.

Die öffentlichen Fernsprecher befanden sich gleich neben dem Eingang. Sie sah sich noch einmal um, dann tat sie so, als würde sie telefonieren. Nachdem sie ein paar Minuten mit dem Freizeichen gesprochen hatte, ging sie zurück zu Terry, der an genau derselben Stelle stand, an der sie ihn verlassen hatte.

Sehr aufmerksam, dachte sie.

»Eric geht's gut«, sagte sie.

»Freut mich zu hören. Dir auch, hoffe ich?«

Sie nickte.

»Das Telefon ist eine großartige Erfindung«, sagte Terry.

»Manchmal schon.«

»Jetzt kannst du dich entspannen und in Ruhe einkaufen.«

»Ja.«

»Und da an der Heimatfront alles ruhig ist, kannst du auch noch auf einen Sprung mit zu mir kommen, wenn du hier fertig bist.«

»Und wieso sollte ich das wollen?«

Er grinste. »Ich habe eine sehr nette kleine Hütte mit einem netten Ausblick auf den Ozean. Ich bin nett. Du bist nett. Wir werden bestimmt eine nette Zeit miteinander verbringen.«

»Wenn du mich nicht in deine Hütte locken willst, um über mich herzufallen.«

Er sah Sandy an, als wäre sie ein groteskes und zugleich interessantes Tier einer Gattung, die er noch nie zu Gesicht bekommen hatte. »Das würde ich niemals tun«, sagte er mit ernster Stimme.

»Und woher soll ich das wissen?«

»Gar nicht, schätze ich«, sagte er, ohne sie aus den Augen zu lassen.

»Du könntest ein – zugegebenermaßen sehr gut aussehender und freundlicher – Serienmörder sein, der mich in die Falle locken will.«

»Bin ich aber nicht.«

»Das würdest du ja auch wohl kaum zugeben, oder?«

Lachend schüttelte er den Kopf. »Wenn ich dich vergewaltigen wollte, hätte ich das schon am Strand tun können. Ich glaube nicht, dass Blaze da ein großes Hindernis dargestellt hätte.«

»Jemand hätte vorbeikommen können«, warf Sandy ein. »Du bist ja auch zufällig in unsere Sitzung geplatzt. In deiner reizenden kleinen Strandhütte müsstest du dir jedenfalls keine Sorgen machen, dass dich irgendjemand stören könnte. Wir wären ganz allein. Ich wäre dir auf Gedeih und Verderb ausgeliefert.«

»Klingt gar nicht mal so schlecht.«

»Wer weiß, vielleicht ist es gar nicht deine Hütte. Es könnte ja auch ein verlassener Schuppen im Nirgendwo sein.«

»Erwischt!« Grinsend griff er in die Gesäßtasche, zog seine Geldbörse hervor und klappte sie auf. Neben einem Ausweis war dort eine glänzende, silberne Dienstmarke zu sehen.

Kapitel zweiunddreißig

Ärger um die Mittagszeit

Als Warren Danas Tablett durch die Durchreiche schob, fiel mit einem Mal ein Schwarm japanischer Touristen über die Snackbar her. Sie schienen alle gleichzeitig zu reden, während sie die Tische besetzten, gegenseitig Fotos von sich schossen oder sich mit ihren Camcordern filmten. Die Schlange hinter Dana wuchs rapide an, obwohl die Hälfte der Gruppe in den Souvenirshop strömte.

»Du lieber Himmel«, sagte Dana.

»Das Horrorhaus ist bei den Japanern sehr beliebt«, sagte Warren. »Wir kriegen an zwei bis drei Tagen in der Woche eine ganze Busladung von ihnen rein.«

»Gut fürs Geschäft, nehme ich an.«

»Ich kann mich nicht beschweren«, sagte Warren. »Leider kann ich später nicht mit dir zu Mittag essen.«

»Schade.« Dana nahm ihr Tablett und versuchte, ihre Enttäuschung zu verbergen. »Vielleicht sehen wir uns ja später.«

»Nach Feierabend?«, platzte er heraus.

»Heute?«

»Wenn du Lust hast.«

»Klar!«

»Wir können zu mir gehen. Ich zeige dir den Strand, und danach könnten wir grillen oder so …«

»Hey, das klingt toll.«

»Treffen wir uns an der Ticketbude?«

»Alles klar«, sagte sie. »Bis dann.«

Dana entdeckte Tuck vor der Tür zu Lilly Thorns Zimmer. »Pause schon vorbei?«, fragte Tuck.

Dana nickte grinsend.

»Was ist los?«

»Eine ganze Busladung voll Japaner ist angekommen, und Warren konnte leider nicht mit mir zu Mittag essen.«

»Aha. Und weshalb grinst du dann so?«

»Weil er mich zu sich nach Hause eingeladen hat! Gleich nach der Arbeit!«

»Heute?«

»Ja. Er will grillen.«

»Also kommst du nicht zum Abendessen.«

»Nein.«

»Du versetzt mich wegen eines *Kerls*?«

»Genau.«

»Und wie kommst du nach Hause?«

Dana zuckte mit den Schultern.

»Vielleicht solltest du über Nacht bleiben. Dann könnt ihr morgen gemeinsam zur Arbeit fahren.«

»Ich bleib doch nicht über Nacht.«

»Woher willst du das so genau wissen?«

»Weiß ich eben.«

»Soll ich dich irgendwann abholen?«

»Er kann mich ja nach Hause fahren.«

»Und wenn nicht?«

»Warum sollte er nicht?«

»Vielleicht, weil er nicht will, dass du gehst. Oder ihr geratet euch so in die Haare, dass er dich rauswirft. Möglicherweise ist er auch sturztrunken und fällt ins Koma oder …«

»Hat er so etwas schon mal gemacht?«

»Soweit ich weiß, nicht. Aber du kennst ja die Männer.«

»Da mache ich mir bei ihm keine Sorgen. Aber wenn es Ärger gibt, rufe ich dich sofort an.«

»Er hat kein Telefon.«

»Ehrlich?«

»Tja, da sitzt du wohl in der Falle.«

»Ach was.«

»Pass auf. Wenn du bis zu einer bestimmten Uhrzeit nicht da bist, hol ich dich ab.«

Dana verzog das Gesicht. »Ich weiß nicht, ob das so eine gute Idee ist.«

»Sicher ist sicher. Wenn du vorher schon zu Hause bist, hat es sich erledigt. Wenn du noch bleiben willst, wenn ich dich abholen komme, weiß ich auch, was Sache ist.«

»Also gut. So machen wir's.«

»Wann soll ich kommen? Um zwei Uhr morgens?«

»Sehr witzig. Sagen wir – Mitternacht?«

»Okay.«

»Ich komme bestimmt schon viel früher nach Hause.«

»Hoffentlich nicht.« Sie tätschelte Danas Arm. »Ich muss runter und Clyde ablösen. Bis dann.«

»Entschuldigung?«

Dana drehte sich zu dem dicken Mann um, der hinter ihr stand.

»Oh, hi«, sagte Tuck. »John, stimmt's?«

Er strahlte. »Stimmt genau.«

»Hi, John«, sagte Dana. Er war ihr vorher schon aufgefallen. Einen Mann von diesen Ausmaßen mit schwarzgeränderter Brille und Horrorhauskäppi konnte man gar nicht übersehen. Er hatte sich alles genau betrachtet, von jeder Kleinigkeit ein Foto gemacht und der Audioführung äußerst konzentriert gelauscht. Offensichtlich war er ein großer Fan des Horrorhauses.

»John und ich sind alte Freunde«, sagte Tuck.

»Ich hab Bilder von ihr und Gus«, erklärte John und klopfte auf seine Kamera. »Kann ich von euch zwei Hübschen auch ein Foto machen? Ich schicke euch auch Abzüge.«

»Na gut«, sagte Tuck. »Was meinst du, Dana?«

»Klar. Wieso nicht.«

»Super«, sagte John. »Echt spitze.« Er trat ein paar Schritte zurück, und Tuck und Dana stellten sich nebeneinander auf.

»Die werde ich alle in ein Album kleben«, sagte er. »Moment. Noch eins, nur für den Fall.«

Er machte mehr als nur noch ein weiteres Bild.

Er ging um sie herum, zoomte für Nahaufnahmen heran und schien den ganzen Film verschießen zu wollen.

»Ich muss los«, sagte Tuck.

»Okay. Verstehe. Kann ich noch ein paar Fotos mit Blitz machen?«

»Also …«

Er löste den Blitz aus, und sie waren für einen Moment geblendet.

»Ich hab *(Blitz)* einen ziemlich lichtempfindlichen Film drin *(Blitz)*, aber man kann ja nie wissen. Es ist *(Blitz)* nicht gerade hell hier drin *(Blitz)*.«

»Das reicht, John«, sagte Tuck und hielt eine Hand vor die Augen. »Hören Sie auf.«

»Oh. Okay. Klar.« Er ließ die Kamera sinken. »Vielen, vielen Dank. Sie wissen gar nicht, wie glücklich Sie mich gemacht haben.«

»Vergessen Sie die Abzüge nicht«, sagte Tuck.

»Keine Angst. Aber dafür bräuchte ich Ihre Namen und so weiter.«

Tuck zog eine Visitenkarte aus ihrem Geldbeutel. »Bitte schön. Schicken Sie die Bilder einfach an mich, dann gebe ich sie an Dana weiter.«

Er nahm die Karte entgegen, starrte sie mit zusammengekniffenen Augen an und steckte sie in die Brusttasche seines weiten, unglaublich verknitterten Hemds. »Kein Problem«, sagte er. »Und noch mal vielen Dank.«

Er eilte davon.

»Ich glaube, er hat sich in dich verliebt«, sagte Lynn.

»Leck mich.«

»*Er* würde das mit Vergnügen tun.«

»Hey! Wolltest du nicht gerade Clyde ablösen?«

»Stimmt ja.« Sie gab Dana einen leichten Klaps auf den Arm. »Bis später.«

»Ja, ja. Du mich auch.«

Lachend ging Tuck die Treppe hinunter.

Eine halbe Stunde später betrat die japanische Touristengruppe das Haus. Dana spähte die Galerie hinunter. Die Eingangshalle war brechend voll.

Es herrschte ein wahres Blitzlichtgewitter.

Tuck lächelte, nickte und ließ die Touristen gewähren.

Dana erblickte eine dünne, junge Frau mit einer Miniaturflagge in der Hand. Es schien die Reiseleiterin zu sein. Sie sprach laut und deutlich auf Japanisch, und Dana konnte einige vertraute Namen wie *Lilly Thorn, Ethel Hughes, Horrorhaus* und *Maggie Kutch* aufschnappen.

Die Japaner trugen keine Wiedergabegeräte mit sich.

Ist ja auch schöner, alles in der Muttersprache erzählt zu bekommen, dachte Dana.

Wie lange würden sie für das Erdgeschoss brauchen? Fünf Minuten?

Dana warf einen Blick in alle Räume im Obergeschoss. Sie zählte achtundzwanzig Besucher.

Jetzt wird's richtig eng werden.

Soll ich sie vorwarnen?

Was würde das denn bringen?, fragte sie sich. Sollen sie später noch mal kommen?

Die meisten Gäste schlenderten gedankenverloren durch die Zimmer.

Vielleicht bemerken sie die Japaner gar nicht.

Dana kehrte wieder zur Treppe zurück.

»Ist ja mächtig was los da unten«, sagte ein Mann.

Er war in etwa so alt wie Danas Vater und hatte ein nettes Lächeln. »Die werden gleich alle hier heraufkommen, Herbie«, sagte eine Frau hinter ihm.

»Da haben Sie leider Recht«, sagte Dana. »Vielleicht wollen Sie ja einen Augenblick draußen warten. Die Snackbar ist sehr zu …«

»Lieber nicht. Diese Treppe schaffe ich beim besten Willen nicht noch mal«, sagte die Frau. »Wir müssen eben etwas geduldig …«

»Lance?«

»… sein.«

»Lance!«

Dana wirbelte herum.

»Lance! Wo steckst du, Lance?«

Mitten auf der Galerie stand eine Frau mit besorgtem Gesichtsausdruck. Der Kopfhörer hing um ihren Hals.

Ob ihr Kind ausgebüchst ist?, fragte sich Dana.

Sie wirkte viel zu jung, um ein Kind zu haben, das ihr davonlaufen konnte.

Sie hob die Hände und sah sich um. *»Lance!«*, rief sie. *»Wo bist du? Komm sofort her!«*

Dana eilte zu ihr.

Alle Augen waren auf die Frau gerichtet.

Manche Besucher nahmen die Kopfhörer ab.

»Was ist passiert?«, fragte Dana die Frau.

»Mein Junge ist weg. Er war gerade noch hier, und plötzlich … er ist einfach *verschwunden*!«

Dana zog das Walkie-Talkie aus dem Gürtel. »Tuck«, sagte sie. »Hier wird ein Junge vermisst. Over.«

»Beschreib mir den Kleinen.«

»Wie alt ist er?«, fragte Dana die Frau.

»Neun.«

»Haarfarbe?«

»Blond.«

»Er ist neun Jahre alt«, gab sie an Tuck weiter. »Blond.«

»Wie lange ist er schon … na toll. Ich muss mich um die …«

Das Walkie-Talkie verstummte, doch Dana konnte Tuck trotzdem hören. »Moment!«, rief sie. »Yoshi! Sag ihnen, sie sollen sich von der Treppe fernhalten. Es gibt ein Problem.«

Mit lauter, klarer Stimme gab die japanische Reiseleiterin die Anweisungen an die Gruppe weiter.

Dana wandte sich wieder Lances Mutter zu. »Wie lange ist er schon weg?«

»Eine Minute, vielleicht zwei«, sagte sie mit tränenerstickter Stimme.

»Bist du noch dran, Tuck?«

»Ja. Hier unten ist alles unter Kontrolle. Im Moment jedenfalls.«

»Das Kind ist erst seit ein paar Minuten verschwunden.«

»Es muss noch oben sein. Sieh dich um und sag mir dann Bescheid.«

»Alles klar. Weit kann er nicht sein«, sagte sie zu der Mutter. »Keine Angst, wir finden ihn schon. Wo waren Sie, als Sie bemerkt haben, dass …«

»Vermisst jemand ein Kind?«

»Hier«, rief Dana.

Ein Mädchen mit kurzen Haaren und Latzhose trat vor. Dana schätzte sie auf etwa zehn. »So ein kleiner Scheißer mit blonden Haaren?«

Die Mutter schnaubte. »Er ist kein kleiner Scheißer.«

»Ansichtssache«, sagte das Mädchen. »Er ist unter der Absperrung durch und auf den Dachboden gerannt.«

»Wann?«, fragte Dana.

»Na, kurz bevor die Lady hier ihren Anfall bekommen hat.«

»War jemand bei ihm?«

»Nein. Er war ganz allein. Sie hätten mal sein Gesicht sehen sollen. Er hält sich wohl für clever, ist er aber nicht. Ich find's jedenfalls nicht clever, wenn man sich nicht an die Regeln hält.«

Dana grinste das Mädchen an. »Ich auch nicht. Vielen Dank für deine Hilfe.«

»Kein Problem.«

»Wie heißt du?«

»Janey.«

»Bleib mal einen Moment hier, Janey.« Dana ging auf den Dachboden zu. Während sie sich ihren Weg durch die Besucher bahnte, sprach sie wieder ins Walkie-Talkie. »Tuck? Ich hab ein Mädchen hier, das ihn gesehen hat. Sieht so aus, als wäre Lance auf dem Dachboden. Ich bin bereits auf dem Weg dorthin.«

»Ist er allein da oben?«

»Denke schon.«

»Okay. Halte die Sprechtaste gedrückt, damit ich mithören kann, was da vor sich geht.«

»Alles klar.«

Dana sah die dunkle Treppe hinauf. Die Tür an ihrem Ende wirkte wie ein schwarzer Granitbrocken.

»Lance, bitte komm wieder runter«, rief sie, während sie die Absperrung löste. »Es ist sehr gefährlich da oben. Wir wollen ja nicht, dass dir etwas passiert.«

Lance antwortete nicht.

Dana wandte sich an die Besucher, die sich um sie herum versammelt hatten. »Sie bleiben bitte alle hier unten. Der Dachboden ist nicht für die Öffentlichkeit zugänglich.«

»Soll ich Wache stehen?«, fragte Janey.

»Warum nicht? Danke.«

Janey stellte sich vor die Tür und verschränkte die Arme vor der Brust.

Dana ging die Treppe hinauf. »Lance«, rief sie. »Ich komme jetzt hoch. Bitte …«

Ein Kreischen ertönte in der Finsternis.

Dana lief es kalt den Rücken herunter.

Sie rannte die Stufen hinauf. War da außer dem Ächzen der alten Stufen noch etwas anderes zu hören? Wimmern? Schnelle Schritte?

Dann erschien etwas im Türrahmen und kam auf sie zu.

Ist das der Junge?

Um ein Haar hätte sie selbst losgekreischt.

»Halt!«, rief sie.

»Es ist hinter mir her!«, schrie der Junge.

Er wollte an Dana vorbeirennen. Sie ließ das Walkie-Talkie fallen, packte mit der rechten Hand das Geländer, streckte den linken Arm aus und fing ihn auf. Sein Gewicht drohte sie mit sich zu reißen, aber sie konnte sich am Geländer festhalten. Dann zog sie das Kind zu sich.

»Loslassen!«, keuchte der Junge und trat um sich. »Es kommt! Es kommt!«

»Ganz ruhig«, sagte Dana und trug ihn die Treppe hinunter.

»Loslassen! Es holt uns beide!«

»Da ist nichts, was uns holen könnte.«

»Schnell!«

Während sie die Treppe hinunterrannte, lauschte sie nach Schritten.

Sie war nur noch wenige Stufen von der unteren Tür entfernt. *Geschafft. Jetzt werde ich die Galerie erreichen, bevor es mich erwischen kann.*

Reiß dich zusammen, ermahnte sie sich. Da ist nichts hinter dir her.

Die Zuschauer applaudierten, als sie mit Lance auf die Galerie trat. »Sehr gut!«, rief jemand. »Ausgezeichnet!«, ein anderer.

Sie stellte Lance auf den Boden und ging vor ihm in die Hocke. »Alles ist gut, Lance. Alles okay.«

Mit vor Schreck weit aufgerissenen Augen spähte er die Treppe hinter Dana hinauf. Er keuchte und zitterte.

»Da oben ist nichts«, sagte Dana.

»Oh doch.«

Dana sah ihn sich genauer an. Sein hellblaues T-Shirt war vom Schweiß dunkel verfärbt.

Aber er schien nicht verletzt zu sein.

Sie drehte ihn herum.

Nichts, was nicht wieder …

»Mach das ja nicht noch mal! Hörst du? NIE WIEDER! Du hast mich zu Tode erschreckt!«

»Ich hab doch nur …«

Klatsch!

Lance zuckte zusammen.

Dana richtete sich auf. »Hey!«

Er fing an zu weinen.

»Sie können ihn doch nicht schlagen«, zischte Dana.

»Und ob ich das kann.« Um es ihr zu beweisen, holte Lances Mutter noch einmal aus.

»Nicht!« Dana packte ihr Handgelenk.

»Lassen Sie mich los!«

»Sie dürfen das Kind nicht schlagen«, sagte Dana. »Das gehört sich nicht.«

Die Mutter spuckte sie an.

Der Speichel landete auf Danas Uniformbluse, direkt über ihrer linken Brust.

»Lady«, sagte Dana.

Dann trat Janey der Frau vors Schienbein.

»Aua! Du kleine *Fotze*!«

Das Mädchen sprang zur Seite, als die Frau nach ihr schlagen wollte. Dana packte den rechten Arm der Frau und wirbelte sie herum, so dass sie mit dem Rücken gegen die Wand stieß.

»Das *reicht*!«, rief sie.

Die Frau blinzelte.

Ihr Speichel hatte Danas Bluse durchnässt. Sie spürte die kühle Feuchtigkeit auf ihrer Haut.

Mit beiden Händen packte sie die Frau am Kragen ihres weißen T-Shirts. *»Beruhigen Sie sich!«*

»Lassen Sie mich los!«

»Sie können doch nicht einfach auf andere Leute losgehen«, sagte Dana.

Oder sie anspucken, dachte sie.

Sie *roch* die Spucke der Frau auf ihrer Bluse. Sie *stank* nach Jasmin. Und nach Rotz.

Plötzlich musste sie würgen.

»Lassen Sie mich los, oder …«

Dana hätte noch Zeit gehabt, sich umzudrehen, entschied sich aber dagegen. Ohne die Frau loszulassen beugte sie sich vor und übergab sich auf ihr Gesicht.

Zum Mittagessen hatte sie ein scharfes Bestienwürstchen, monströse Chilipommes und einen Milchshake mit Erdbeergeschmack, den Warren als »Eimer voll Blut« verkaufte, verzehrt.

Kapitel dreiunddreißig

Sandy – Juli 1992

Beim Anblick von Terrys Marke erstarrte Sandy vor Schreck.

Um Himmels willen, werd jetzt bloß nicht ohnmächtig! Fang nicht an zu kreischen! Renn nicht davon! Verhalt dich ganz normal!

»Bist du ein Cop?«, fragte sie, ohne die Marke aus den Augen zu lassen, und versuchte, die harten Jungs aus den Gangsterfilmen zu imitieren.

»Jawohl. Gemeindepolizei von Fort Platt.«

»Und das soll ich glauben?«

»Wenn ich kein Cop bin, sind das verdammt gute Fälschungen. Sieh dir das Foto an. Das bin ich, stimmt's?«

Sie starrte auf das Bild. »Stimmt.«

»Also bin ich entweder ein Cop oder ein *wirklich gerissener* Schurke. Aber darum geht's ja nicht.« Er zeigte ihr seinen Führerschein unter dem Polizeiausweis. »Siehst du die Adresse hier? Beach Drive Nummer 14. Da steht mein Häuschen. Du kannst dich also ohne aus dem Auto zu steigen, davon überzeugen, dass alles stimmt. Und wenn dir was faul vorkommt, fährst du einfach weiter.«

»Okay«, sagte Sandy. Sie fühlte sich wie betäubt. »Klar. Wieso nicht.«

»Super!«

Sie lächelte, nickte und erledigte ihre Einkäufe.

Sie war verwirrt.

Oh Gott. Oh mein Gott. Ein Polizist. Er ist ein Polizist. Was mache ich jetzt?

Soll ich ihn in seiner Hütte erschießen?

Nein, nein, nein. Das kann ich nicht tun. Er ist ein netter Kerl. Ich mag ihn.

Ich kann ihn nicht umbringen.

Wirklich nicht?

Unter Umständen schon.

Aber damit würde ich nie durchkommen. Eine Menge Leute haben uns zusammen gesehen.

Spiel einfach mit. Warte ab, wie sich das Ganze entwickelt.

In der Schlange vor der Kasse begrüßten einige Leute Terry wie einen guten Freund. Auch die Kassiererin schien ihn zu kennen. Laut ihrem Namensschild hieß sie MARGE. »Hey, Ter. Was machst du denn hier?«

»Nur Unfug, wie immer.«

»Ha!«

»Ist der Kerl wirklich ein Polizist?«, fragte Sandy, als sie ihre Sachen auf das Laufband packte.

»Aber klar. Hey, Ter? Legst du ihr jetzt Handschellen an?«

»Ich werd's versuchen.«

Er bestand darauf, den Einkaufswagen zu Sandys Auto zu schieben. »Du scheinst ja ziemlich beliebt zu sein«, sagte sie.

»Für einen Serienmörder.«

»Ich glaube, diese Theorie können wir ausschließen.«

»Manchmal geben sie sich tatsächlich als Polizisten aus. Man kann nie vorsichtig genug sein.«

»Na, mich hast du überzeugt.«

Terry lud die Sachen für sie ins Auto. Er stellte sogar Milch, Butter, Eier und das Fleisch in die Kühlbox, die sie dabeihatte, damit auf der langen Fahrt nichts verdarb. Sie bedankte sich. »Du fährst vor.«

»Du wirst mir doch nicht abhauen, oder?«

»Wenn doch, kannst du ja eine landesweite Fahndung nach mir ausrufen.«

»Könnte ich schon. Werde ich aber nicht. Höchstwahrscheinlich nicht.«

»Bis gleich«, sagte sie, stieg ein und wartete, bis Terry aus der Parklücke gefahren war.

Ein Polizist. Er ist ein Polizist.

Was, wenn er das Nummernschild überprüft?

Dann würde er herausfinden, dass der Wagen auf einen gewissen Harry Matthews registriert war. Und schon hätte er Harrys Adresse herausgefunden – und Sandys Versteck.

Aber darauf war sie vorbereitet. In den letzten Jahren hatte sie sich Papiere für vier verschiedene falsche Identitäten besorgt. Darunter auch diejenige einer gewissen Ashley Matthews.

Ashley Matthews war zwei Jahre älter als Sandy gewesen und im Alter von neun Jahren Opfer eines Hausbrandes geworden.

Ralph hatte das für sie herausgefunden. Er hatte ihr auch die anderen Decknamen besorgt. Sie vertraute ihm – schließlich verdiente er sich mit solchen Sachen seinen Lebensunterhalt.

Ein Hoch auf das Privatdetektivhandwerk, dachte sie, als sie Terrys Auto auf die Hauptstraße folgte.

Und ein Hoch auf Blaze. Ohne die gewaltigen Summen, die seine Bilder erzielten, hätte sie sich Ralphs Dienste niemals leisten können.

Terry kann mich ruhig überprüfen. Es gibt keinen Grund zur Annahme, dass ich nicht Harrys Nichte bin.

Und wenn er mich nach Harry fragt – der ist gerade im Urlaub.

Wird schon schiefgehen, sagte sie sich.

Außer, wenn er mich besuchen will.

Das darf nicht passieren.

Wie kann ich ihn nur davon abhalten?

Terry bog nach rechts ab.

Jetzt könnte ich geradeaus weiterfahren, dachte Sandy.

Aber er weiß ja, wie er mich finden kann.

Dann müssten wir unsere Sachen packen und abhauen. Und zwar sofort.

Noch heute.

Und dann? Sollten sie bei Blaze einziehen?

Sie schüttelte den Kopf und folgte Terry auf den Beach Drive, der parallel zur Küste verlief. Zu beiden Seiten standen Holzhäuser und

Wohnwagen. An einem der Wohnwagen war eine Schaukel befestigt, auf der ein Junge in einer Badehose stand. Ein deutscher Schäferhund mit einem roten Halstuch lief neben der Straße her. Eine Frau pflanzte gerade Blumen in ihrem Vorgarten.

Ein älteres Pärchen saß auf Gartenstühlen und las. Ein junger Mann wusch voll Hingabe seinen alten, grünen Pontiac.

Eine nette Gegend.

Schöner als ein altes Kabuff mitten im Wald.

Sofort bereute Sandy diesen Gedanken.

Man kann nicht alles haben, dachte sie. Stell keine Ansprüche.

Terry wurde langsamer und fuhr in eine Schottereinfahrt. Sandy warf einen Blick auf den Briefkasten: Beach Drive Nr. 14.

Er hatte nicht gelogen.

Sie blieb stehen und stieg aus. »Lange kann ich aber nicht bleiben«, sagte sie.

»Aber du hast doch Zeit für einen Drink?«

»Ich weiß nicht, ob ich mit reinkommen will.«

»Dann nicht. Wir können es uns auch auf der Terrasse bequem machen.«

Sandy folgte ihm um das Haus herum. Das Meer war nur ein paar hundert Meter entfernt, und der Strand reichte bis an die Rückseite des Häuschens heran.

Sie zog die Schuhe aus, nahm sie in die Hand und spürte den heißen, trockenen Sand unter ihren Füßen.

Terry stieg die Treppe zur Terrasse hinauf. Seine Beine waren mit feinen, goldenen, leicht gekräuselten Haaren bedeckt. Sie konnte seine festen Hinterbacken unter den Shorts erahnen.

Es war normalerweise nicht ihre Art, anderen Leuten auf den Po zu starren.

Sie fragte sich, was er wohl unter den Shorts trug.

Jetzt mal halblang, sagte sie sich. Der Kerl ist ein Polizist. Ich kann nichts mit ihm anfangen.

Und was mache ich dann hier?

»Worauf wartest du?«, fragte er.

Sie ging die Stufen hinauf. Die Terrasse war von einem Hartholzgeländer umgeben. Das Wände des Häuschens schienen zum Großteil aus Glas zu bestehen. Da die Vorhänge geschlossen waren, konnte sie keinen Blick ins Innere werfen. Auf der Terrasse standen ein runder Glastisch, einige Klappstühle, zwei gepolsterte Liegen, einige Beistelltische und ein Grill.

»Was kann ich dir anbieten?«, fragte Terry.

»Ich muss doch gleich wieder los.«

»Ich habe auch was ohne Alkohol. Oder willst du ein Bier? Mit ein, zwei Bier kannst du doch noch fahren.«

»Bier klingt gut«, sagte sie.

»Ich muss vorne herumgehen«, sagte er.

Sandy warf einen Blick auf die beiden Schiebetüren. »Kann man die nicht öffnen?«

»Sie sind von innen verschlossen. Ich bin gleich wieder da. Fühl dich ganz wie zu Hause.«

»Ich komme mit«, sagte Sandy.

»Ich dachte, du wolltest nicht reingehen?«, fragte Terry, als sie das Haus umrundeten.

»Ich war nur vorsichtig.«

»Und jetzt nicht mehr?«

»Vielleicht war ich etwas übervorsichtig. Du bist ja schließlich ein Polizist, oder nicht?«

»Richtig.«

Er öffnete die Vordertür, und Sandy folgte ihm hinein. Das Wohnzimmer war mit Parkett und mehreren Teppichen ausgelegt. Sie sah Bücherregale, einen offenen Kamin, einen Fernseher, einen Sessel und ein altes Sofa samt Beistelltischen mit Lampen darauf. An einer Wand hing ein Gemälde vom Ozean bei Sonnenuntergang. An der anderen hing *Die Schlafende*.

Von Blaze O. Glory.

Eines seiner jüngsten Werke.

Es zeigte Sandy, die mit geschlossenen Augen auf einem Bett lag. Ihr Haar war über das Kissen gebreitet, und Sonnenlicht fiel durch ein Fenster auf sie. Sie wirkte, als hätte sie sich während der Nacht hin und her gewälzt. Das zerknitterte Laken bedeckte ihr linkes Bein, ihren Bauch und ihre linke Brust bis zur Schulter. Die rechte Brust war unverhüllt.

Sandy starrte mit offenem Mund darauf. Dann sah sie Terry an.

Sein Lächeln wirkte unsicher, und er errötete.

Sandys Herz klopfte wie wild. »Das bin ich«, flüsterte sie.

»Ich weiß«, flüsterte er zurück.

»Mein Gott.«

Was geht hier nur vor?

Sie fühlte sich verwirrt, bloßgestellt, getäuscht, verraten, ängstlich, geschmeichelt, verwundbar und erregt. Und das alles zur gleichen Zeit.

»Das Bild ist wunderschön«, sagte Terry. »Genau wie du.«

»Dann … war das gar kein Zufall heute Morgen. Du bist uns nicht einfach so über den Weg gelaufen.«

»Jemand hat mir einen Tipp gegeben.«

»Blaze?«

Terry nickte.

»Das ist doch …«

»Er wollte nur das Beste. Er dachte, wir beide würden uns gut verstehen.«

»Er hat mich reingelegt.«

»Er hat mir nur gesagt, wo ich dich finden kann.«

»Und dann hat er auch noch dafür gesorgt, dass ich halbnackt dastehe.«

Terry grinste. »Das waren rein künstlerische Überlegungen.«

»Na klar.«

»Er wollte nur helfen. Er denkt, dass du jemanden brauchst … einen Freund. Und er wusste ja, dass ich dich unbedingt treffen wollte.«

»Wegen *dem da*?« Sie deutete mit dem Kinn auf das Gemälde.

»Wegen dem da. Und wegen den anderen Bildern.«

»Du hast noch mehr davon?«

»Nein. Nur das. Das ist alles, was ich mir leisten konnte. Aber ich habe ein paar der anderen gesehen. Ich wünschte, ich hätte sie alle.«

Sie sah ihm tief in die Augen. »Warum?«

»Weil du darauf abgebildet bist.«

»Ich bin doch gar nicht wiederzuerkennen.«

»Natürlich bist du das. Keines davon gibt dich *naturgetreu* wieder, dafür sorgt Blaze schon. Aber in allen liegt … also, wie soll ich das ausdrücken.« Er wurde noch röter. »Deine Schönheit. Deine Magie. Ich wünschte, er würde einmal ein Bild malen, auf dem du du bist.«

»Das habe ich ihm verboten«, erklärte Sandy. »Ich will nicht, dass mich jemand erkennt.«

»Man erkennt dich sofort«, sagte Terry. »Wenn man dich auch im wirklichen Leben kennt.«

»Blaze muss mir eine dickere Nase oder so etwas verpassen.«

Terry lachte leise. »Sag ihm das bloß nicht. Er sollte dich so malen, wie du bist. Wenn sich die Frauen auf dem Bild zu sehr von dir unterscheiden, verlieren sie das gewisse Etwas.«

Sie starrte ihn an.

»Entschuldigung«, sagte er. »Ich wollte dich nicht in Verlegenheit bringen.«

»Nicht? Wieso hast du mich dann hierhergebracht? Hast du gedacht, ich würde das Gemälde nicht bemerken?«

»Vielleicht wollte ich, dass du es bemerkst.«

»Damit ich schreiend davonlaufe?«

»Noch bist du ja hier.«

»Wer weiß, wie lange noch.«

»Wie wäre es jetzt mit einem Bier?«

»Vielleicht sollte ich mich lieber aus dem Staub machen. Das Ganze kommt mir ziemlich … seltsam vor.«

»Willst du nicht doch noch mit auf die Terrasse kommen?«

Sie war nicht sicher, was sie in seinen Augen sah. Vielleicht Hoffnung? Verzweiflung?

Oder Begierde.

Was sie jedoch nicht finden konnte, war auch nur der kleinste Funken Bösartigkeit.

»Also gut«, sagte sie.

Er öffnete eine der Schiebetüren. »Ein Bier?«, fragte er noch einmal.

»Hast du Wodka? Das wäre nett. Ich könnte jetzt wirklich etwas Stärkeres gebrauchen.«

»Wie wäre es mit einem Wodka-Tonic?«

»Genau das Richtige.«

»Kommt sofort.«

Sandy ging auf die Terrasse. Sie lehnte sich an das Geländer und sah auf den Strand hinaus. Es waren nur wenige Leute zu sehen. Eigentlich gab es mehr Möwen als Menschen hier. Sie segelten durch die Luft, flatterten mit den Flügeln und kreischten.

Die Sonne schien heiß auf sie herab, doch eine kühle Brise wehte ihr ins Gesicht und strich durch ihre Bluse.

Wie schön, dachte sie.

Und wie schrecklich.

Mein Gott, dieser Kerl ist ja fürchterlich in mich verschossen.

Nicht in mich. In die Frau auf den Gemälden.

Aber das bin doch ich.

Was soll ich nur tun?

Meinen Wodka trinken und abhauen, antwortete sie sich selbst. Und ihm von jetzt ab aus dem Weg gehen.

Und wenn er mich nicht in Ruhe lässt?

So eine blöde Situation.

Aber für so eine blöde Situation fühlte sie sich geradezu fantastisch.

Stimmt nicht.

Doch.

Okay. Himmelhoch jauchzend und zu Tode betrübt.

Sie hörte Schritte auf der Terrasse und drehte sich um. Terry stellte ein Tablett, auf dem sich zwei Wodka-Tonic und ein Körbchen mit Kartoffelchips befanden, auf den Glastisch.

»Die Drinks sind serviert, Madam«, sagte er und rückte einen Stuhl für sie zurecht.

»Danke«, sagte sie und setzte sich.

»Danke, dass du geblieben bist. Du hättest den Tatort auch verlassen können.«

»Das muss ich auch bald. Mom und Eric …« Sie zuckte mit den Achseln. »Ich will sie nicht zu lange allein lassen.«

»Sag einfach Bescheid, wenn du es hier nicht mehr aushältst.« Terry setzte sich ebenfalls und hob das Glas. »Zum Wohl.«

»Zum Wohl.«

Sie stießen an und tranken.

»Ah«, seufzte Sandy. »Das habe ich gebraucht.«

»Freut mich, dass er dir schmeckt. Weißt du, du machst hier wirklich gute Miene zum bösen Spiel.«

»Spielen wir denn ein Spiel?«

»Ich bin sehr froh, dass du nicht ausgeflippt und weggefahren bist.«

»Ich kann mich gerade so beherrschen.«

»Hätte ich das Bild verstecken sollen? Heute Morgen, bevor ich zum Strand gekommen bin, habe ich mir genau das überlegt. Aber das hätte so ausgesehen, als hätte ich *von vornherein* gewusst, dass du hier landen würdest. Und diese Gewissheit hätte sich nicht unbedingt positiv auf die ganze Operation ausgewirkt.« Er nippte an seinem Drink. »Blöd, oder?«

»Nicht unbedingt.«

»Jedenfalls habe ich das Bild nicht versteckt. Ich dachte mir, wenn du schon in meine Hütte kommst, musst du auch das Bild sehen. Ich wollte reinen Tisch machen.«

Sandy stellte ihr Glas ab. »Warum hast du nicht von Anfang an reinen Tisch gemacht?«

»Also …«

»Also?«

»Bis vor drei Monaten wusste ich überhaupt noch nicht, dass es dich gibt. Und dann wurde in die Beachside Gallery eingebrochen.«

»Davon weiß ich gar nichts.«

»Es gelangte auch nie an die Öffentlichkeit. Jemand hat die Hintertür aufgebrochen und einige Bilder zerstört. Eigentlich alle Bilder, die mit Homosexualität zu tun hatten.«

»Da müssen auch einige Bilder von Blaze darunter gewesen sein.«

»Stimmt. Ich wurde am Morgen zur Galerie gerufen. Megan, die Galeristin, hatte den Einbruch bemerkt. Sie führte mich herum. Und da sah ich *Die Schlafende* zum ersten Mal. Ich war … wie vom Donner gerührt. Ich musste dieses Bild haben. Noch nie hat mich ein Gemälde so tief im Innersten bewegt.«

»Blaze hat Talent«, sagte sie.

»Und sein *Modell* erst.«

»Ich bin nur ein einfaches Mädchen.«

Terry lachte. »Klar. Jedenfalls habe ich das Bild gleich an Ort und Stelle gekauft – während der laufenden Ermittlungen. Jetzt bin ich pleite, aber …« Er zuckte mit den Achseln. »Das war es mir wert.«

»Es war sicher nicht billig.«

»Ich musste das Bild haben. Und ich musste … dich kennen lernen. Megan wusste nicht viel von dir. Und was sie mir über dich erzählte, schien sie sich ausgedacht zu haben. Zum Beispiel erzählte sie mir, dein Name wäre Electra.«

»Das ist mein Aktname.«

Terry lachte. »Außerdem bist du angeblich Blazes Nichte aus San Francisco. Du bist nicht seine Nichte, oder?«

»Nein.«

»Was ist mit San Francisco? Wohnst du dort?«

»Das verrate ich nicht. Wenn ich alle meine Geheimnisse ausplaudere, werfen Sie mich aus dem Club für geheimnisvolle Aktmodelle.« Sie steckte einen Kartoffelchip in den Mund. »Und was soll dann aus mir werden?«

»Verrat mir zumindest deinen richtigen Namen?«

»Wie hat Blaze mich denn genannt?«

»Ashley. Deinen Nachnamen wollte er nicht rausrücken.«

»Das war auch richtig so!«

»Er hat gesagt, ich soll dich selbst fragen.«

»Was hat er noch über mich erzählt?«

»Er hat behauptet, nicht zu wissen, wo du wohnst. Er sagte, dass du alle paar Wochen unangemeldet auftauchst und nach der Sitzung wieder verschwindest. Außerdem erwähnte er, dass du einen Sohn hast. Mehr nicht. Ach ja … und dass er glaubt, dass wir ein hübsches Paar abgeben würden.«

»Der gute alte Blaze.«

»Ich fragte ihn, ob er mich dir nicht mal vorstellen könnte, aber er hatte einen anderen Plan. Er wollte nicht, dass es so aussieht, als würde er dich mit jemandem verkuppeln wollen. Das würde dir gar nicht gefallen, und ich hätte bessere Chancen, wenn ich dich ganz zufällig kennen lerne. Er schlug vor, dass ich einfach so in eine Sitzung hineinplatze. Damit war ich einverstanden. Ich weiß, das war eine ziemlich dämliche Idee, aber Blaze wollte uns einfach nicht auf die übliche Art und Weise bekannt machen.«

»Er liebt dieses melodramatische Zeug.«

»Kann sein. Ich hätte schließlich zu allem Ja und Amen gesagt, nur um dich kennen zu lernen. Heute Morgen hat er mich angerufen und gesagt, wo ihr zu finden wärt.«

Sandy schüttelte den Kopf.

»Tut mir leid. Aber ich musste dich einfach treffen. Dafür hätte ich alles getan.«

»*Alles?*«

»Fast alles.«

»Ein verzweifelter Mann. Das ist schmeichelhaft und unheimlich zugleich.«

»Von jetzt an werde ich offen und ehrlich mit dir sein. Versprochen.«

»Ja, das wäre nett.«

Er wirkte erleichtert.

»Aber es gibt ein Problem bei der ganzen Sache. Eric. Und dass wir wirklich ziemlich weit weg wohnen. Ich schaffe es nur alle paar Wochen in die Stadt.«

»Damit könnte ich leben.«

»Du hättest auch keine andere Wahl. Wir könnten uns nur zweimal im Monat sehen.«

»Gibt es noch andere Männer in deinem Leben?«

»Nur Eric.« Sie sah ihm in die Augen. »Ich hatte ziemlich viel Pech mit meinen Beziehungen. Ich kann also für nichts garantieren.«

»Aber du willst mir eine Chance geben? *Uns* eine Chance geben?«

»Unter einer Bedingung.«

»Und die wäre?«

»Du musst mir versprechen, mich niemals zu Hause zu besuchen«, sagte sie.

»Ich weiß ja nicht einmal, wo das ist.«

»Du bist Polizist. Das könntest du leicht rausfinden, wenn du wolltest. Wenn du das nicht sowieso schon getan hast.«

»Keine Sorge.«

»Ich will nicht, dass Eric dich kennen lernt. Weißt du, er und ich … wir sind sozusagen unzertrennlich. Ich glaube, er würde dich als Störenfried betrachten, der ihm seine Mom wegnehmen will. Er ist sowieso nicht besonders selbstbewusst, musst du wissen. Also versprich mir, *niemals, unter keinen Umständen,* zu mir rauszufahren.«

»Ich verspreche es.«

»Ehrenwort?«

»Ehrenwort.« Er hob die Hand wie zum Schwur. Dann beugte er sich vor, und Sandy kam ihm entgegen. Er nahm ihre Hand und drückte sie sanft.

Ein paar Minuten später hatte sie ihren Drink geleert. »Ich fahre dann mal besser.«

»Willst du nicht noch bleiben?«

»Das geht nicht. Und das solltest du inzwischen begriffen haben.«

»Habe ich. Aber ich will dich einfach nicht gehen lassen.«

»Ich bin bald wieder in der Stadt.«

»Woher weiß ich, wann du kommst?«, fragte er.

»Vielleicht gibt dir Blaze ja einen Tipp.«

Er lachte. »Im Ernst.«

»Ich rufe dich an. Oder ich komme vorbei.«

»Und wenn ich nicht zu Hause bin?«

Sie grinste. »Dann hast du Pech gehabt.«

»Tagsüber bin ich meistens zu Hause. Ich habe normalerweise die Nachtschicht, und Mittwoch und Donnerstag sind meine freien Tage. Außerdem kannst du mir auf den Anrufbeantworter sprechen …«

»Wir werden sehen«, sagte Sandy und stand auf.

Terry sprang ebenfalls auf und zog eine Visitenkarte aus der Brieftasche. »Warte. Ich hole nur einen Stift. Dann gebe ich dir meine Privatnummer. Willst du noch kurz mit reinkommen?«

»Ich warte lieber draußen.«

Als er im Haus verschwunden war, aß Sandy noch einige Kartoffelchips und trank das geschmolzene Eis in ihrem Glas.

Terry kam zurück und reichte ihr die Karte. »Bitte. Die Nummer steht auf der Rückseite.«

»Danke.« Sie steckte sie in die Gesäßtasche ihrer Jeans. »Jetzt muss ich aber wirklich.«

Terry ging auf die Tür zu.

»Ich gehe lieber außen herum.«

»So ist es aber kürzer.«

»Aber es könnte *länger dauern*. Du willst mir bestimmt dein Schlafzimmer zeigen und mich dann überreden, in deinem Bett Probe zu liegen.« Sie schüttelte den Kopf. »Und wer weiß, was dann passiert. Das könnte Stunden dauern.«

»Wow!«

»Und ich bin sowieso schon spät dran. Also gehe ich lieber hier herum.«

Sie hob ihre Schuhe auf und ging zur Terrassentreppe.

»Ich komme mit.« Er nahm ihre Hand. »Vielleicht haben wir ja nächstes Mal mehr Zeit für uns. Wie wär's mit einem Picknick am Strand oder so? Wir könnten schwimmen gehen.«

»Irgendwas wird uns schon einfallen.«

»Der Strand ist sehr nett hier.«

»Und du bist ein sehr netter Kerl.« Sie ließ seine Hand los und legte einen Arm um seine Hüfte. Er zog sich an sich, und sie spürte seine Hand auf ihrem Schulterblatt.

Als sie die Garage umrundet hatten, blieb sie stehen, um ihre Schuhe anzuziehen. Terry hielt sie dabei fest.

Sie war groß genug, um ihm direkt in die Augen sehen zu können.

Er sah sie lange an, als könnte er nicht genug von ihr bekommen. Sie erwiderte seinen Blick voll Erstaunen und Hoffnung.

»Jetzt wir's aber Zeit«, sagte Sandy schließlich. »Danke für den Drink und alles.«

»Gerne. Ob Tag oder Nacht, du kannst mich jederzeit …«

Sie gab ihm einen Kuss auf die Lippen, wirbelte herum und eilte zu ihrem Wagen. Als Terry sie einholte, war sie bereits eingestiegen und hatte die Tür hinter sich geschlossen.

»Ich werde dich vermissen«, sagte er durch das geöffnete Fenster.

»Du kannst mich nicht vermissen. Wir kennen uns doch kaum.«

»Oh. Okay. Gut zu wissen.«

»Außerdem kann dir ja *Die Schlafende* Gesellschaft leisten.« Sie beugte sich zu ihm vor. Er sah so traurig aus, als wäre sie bereits weggefahren, doch sein Mund fand ihre Lippen. Sie küssten sich sanft und mit Verlangen und stummer Leidenschaft.

Dann fuhr sie los und winkte ihm zum Abschied. Terry stand in der Einfahrt und winkte zurück.

Oh Gott, dachte sie. Ich vermisse ihn jetzt schon.

Ich kann ihn nicht vermissen. Wir kennen uns ja kaum.

Sie hatte das tiefe Verlangen, umzukehren.

Warum nicht? Warum zum Teufel eigentlich nicht? Eric tollt in der Zwischenzeit durch den Wald – dem ist es völlig egal, wann oder ob ich zurückkomme.

Aber sie fuhr weiter, fuhr nach Hause.

Wie eine pflichtbewusste Mutter.

Und ließ den einzigen Mann zurück, für den sie jemals etwas empfunden hatte.

Was empfand sie denn genau für ihn?

Liebe?

»Das kann keine Liebe sein«, flüsterte sie. »Ich kenne ihn ja kaum.«

Sie stellte sich vor, wie sie auf der Stelle umkehrte und zu seinem Haus zurückraste.

Ich werde ihn schon früh genug wiedersehen, dachte sie. Nur keine Eile. Jetzt habe ich schon so lange auf einen Mann gewartet, da machen zwei Wochen auch nichts mehr aus.

Kapitel vierunddreißig

John der Große

»Mann, du hast was verpasst«, sagte John, als Owen auf ihn zuging. Der dicke Mann stand auf dem Gehweg neben der Ticketbude und grinste breit. »Wo warst du denn überhaupt?«

»Ich hab mich mal in der Stadt umgesehen. Und ich war im Museum.«

»Da war ich gestern. Ziemlich cooles Zeug, findest du nicht?«

»Ja. Ich hätte so gerne Janice Crogan getroffen. Ihr gehört das Museum.«

»Anscheinend gehört ihr die halbe Stadt.«

»Ich hab ein Fotogeschäft gefunden, das Filme in einer Stunde entwickelt. Es ist nicht weit von hier, einfach die Straße rauf.« Er warf einen Blick auf die Ticketbude, in der Rhonda saß. Sharon stattete gerade eine Familie mit Kassettenrekordern aus. »Gehen wir ein Stück«, sagte Owen.

Sie spazierten auf der Hauptstraße nach Norden.

»Hast du die Fotos?«, fragte er.

»Ooooooh ja.«

»Ist Dana drauf?«

John grinste. »Ich hab ne Menge Bilder von ihr. Und von Lynn auch. Und dann ist was passiert – Mann, das glaubst du nicht. Schade, dass du nicht mit dabei warst. Wow.«

»Willst du es mir nicht erzählen?«

»Klar. Warum nicht? Wofür hat man denn Freunde?«

Freunde?

Toll. Jetzt glaubt er, ich wäre sein Freund.

»Also gut. Pass auf. Ich habe noch auf der Galerie rumgestanden, nachdem diese scharfen Bräute für mich posiert haben, verstehst du, und dann ist auf einmal der Teufel los. Irgend so ein kleiner Scheißer ist seiner Mutter weggelaufen. Die Frau ist natürlich völlig aus dem Häuschen: ›*Oh Gott, er ist entführt worden! Ich werde ihn nie wieder sehen!*‹ Lynn war schon weg, also musste Dana die Sache alleine in die Hand nehmen, verstehst du? Sie rennt die Galerie runter, um nachzusehen. Das hättest du sehen sollen, Mann. Die hat Titten, die …«

»Hey.«

»Ja, ja. ’tschuldige. Kann ich ja wohl auch nichts dafür. Du solltest sie einfach mal beobachten, wenn sie rennt.«

»Lass das!«

John lachte. »Jedenfalls … da kommt so ein Mädchen an und sagt, sie hat den kleinen Rotzlöffel gesehen, wie er die Treppe zum Dachboden rauf ist.«

»Also wurde er nicht entführt.«

»Nö. Er dachte nur, er müsste sich unbedingt den Speicher ansehen. Der ja für Besucher gesperrt ist, wie du weißt.«

»Ich weiß.«

»Also. Dana geht rauf, um ihn zu holen, und plötzlich schreit der Kleine los, als wäre Freddie Krueger hinter ihm her. Ich hab nicht viel sehen können, weil die ganzen Leute natürlich vor mir gestanden und blöd gegafft haben. Doch das Kind hat wie am Spieß geschrien, dass irgendwas hinter ihm her wäre. Und dann trägt Dana den Bengel die Treppe runter.«

»Sie hat ihn *getragen*?«

»Ja! Sie muss ihn auf der Treppe abgefangen und *so* gepackt haben.« John stellte die Szene mit den Armen nach. »Ich hab eine Idee, Kumpel. Du muss nur auf den Dachboden rennen, dann trägt sie *dich* vielleicht auch runter.«

»Ich werd’s mir überlegen. Ist dem Kleinen was passiert?«

»Nein. Der war nur zu Tode erschrocken. Aber jetzt kommt’s. Dana sieht sich grade das Kind an, da kommt seine Mutter und verpasst ihm eine. Und da sieht Dana rot. Sie schreit die Frau an, weil sie das Kind geschlagen hat, und die Frau spuckt sie an.«

»Sie hat sie *angespuckt*?«

»Ja! Mann, das hättest du sehen sollen. Ein echt fetter Klumpen. Genau hier hin.« Er deutete die Stelle auf seinem eigenen Hemd an. »Und jetzt hab ich ihre Titten mit keinem Wort erwähnt.«

»Sehr aufmerksam.«

»Dann packt Dana sie und drückt sie gegen die Wand und kotzt sie voll.«

»*Was?*«

»Sie hat die Frau von oben bis unten *vollgekotzt.*«

Owen verzog das Gesicht.

»War echt eklig, Mann. Ich weiß ja nicht, was Dana gegessen hat, aber …«

»Schon gut«, sagte Owen. »Erspar mir die Details.«

»Auf jeden Fall muss es …«

»Hey!«

»Schon gut, schon gut.«

»Und was ist dann passiert?«

»Dann ist Verstärkung gekommen. Lynn, Sharon und dieser Kerl.«

»Clyde, nehme ich an.«

»Genau. Sharon und Clyde haben die Mutter und den Kleinen aus dem Haus begleitet. Sie wollten sie wohl sauber machen. Mann, du hättest sie sehen sollen. Sie hat eine richtige Kotzspur hinter sich hergezogen.«

»Und Dana?«

»Lynn hat den Dachboden abgesperrt und die Leute zurückgetrieben. Währenddessen hat Dana einen Wischmopp und einen Eimer geholt. Lynn hat den Verkehr geregelt, und Dana hat alles aufgewischt.«

»Haben die denn keinen Hausmeister?«

»Anscheinend kümmert sich Lynn um alles. Sie ist Janice Crogans Tochter, wusstest du das?«

»Was? Wirklich?«

»Ihre Stieftochter«, erklärte John. »Ihr Vater ist mit Janice verheiratet.«

»Das ist mir neu.«

»Janice ist gerade auf Reisen …«

»Das weiß ich.«

»Und Lynn hat in der Zwischenzeit das Kommando.«

»*Woher* weißt du das alles?«

John zuckte mit den Schultern. »Ich bin schon ein paar Tage hier. Und ich halte Augen und Ohren offen. Die Leute tratschen so viel, da muss man nur zwei und zwei zusammenzählen.«

»Was weißt du über Dana?«

»Sie hat einen schwachen Magen.«

»Sehr witzig.«

»Sie hasst es, wenn man Kinder schlägt.«

»Ich werde mich in ihrer Gegenwart beherrschen.«

»Sie hat klasse Titten.«

»Hör auf.«

»Und wohnt bei Lynn.«

»Woher weißt du das denn?«

»Sie sind heute Morgen zusammen hier angekommen.«

»Das hab ich auch gesehen. Aber das heißt noch lange nicht, dass sie auch zusammen wohnen. Vielleicht bilden sie nur eine Fahrgemeinschaft, oder …«

»Ich hab da so gewisse Dinge aufgeschnappt …«

»Was für Dinge?«

»Zum Beispiel, dass sich Dana heute Abend mit jemandem treffen will.«

Diese Neuigkeit ließ Owen zusammenzucken.

»Sie sprachen darüber, dass Lynn sie später abholen und nach Hause fahren sollte. Und ›nach Hause‹ bedeutet: zu Lynn. Also wohnen sie zusammen.«

»Sie trifft sich mit jemandem?«

»Ruhig bleiben, Casanova.« John klopfte ihm auf die Schulter. »Zumindest ist sie nicht lesbisch.«

»Mit wem denn?«

»Das hab ich nicht mitgekriegt. Auf jeden Fall mit einem *Mann*. Es hat sich nicht so angehört, als wäre sie schon mal mit ihm ausgegangen.«

Vielleicht meint sie *mich*?, dachte Owen. Ob sie über ein Treffen mit *mir* gesprochen hat?

Unmöglich!

Er erinnerte sich an ihr Gespräch von heute Morgen. Dana schien ihn zu mögen. Ein bisschen jedenfalls.

Schließlich hatte sie Tränen in den Augen, als ich ihr gesagt habe, dass sie alles ist, was sich ein Mann je wünschen könnte.

Ich habe sie tief berührt. Erschüttert.

Und ich hab ihr versprochen, sie in Ruhe zu lassen … es sei denn, sie will sich gerne mit mir treffen. Und sie hat gesagt, sie wird drüber nachdenken.

Und dann hat sie gefragt, wo ich übernachte!

Mein Gott, dachte Owen. Vielleicht will sie wirklich mit mir ausgehen.

Ich könnte der Mann sein, mit dem sie sich treffen will!

Ich habe ihr gesagt, dass ich im Welcome Inn wohne. Hoffentlich haben sie noch ein Zimmer frei. Das muss ich sofort überprüfen.

Er sah auf die Uhr. Es war fast zwei.

»Was ist los?«, fragte John. »Jetzt wünschst du dir sicher, dass du der Glückliche wärst.«

»Ja, so ähnlich.«

»Zeitverschwendung, Kumpel. Wenn's um so heiße Feger wie Dana oder Lynn geht, haben wir zwei keine Chance. Es gibt eine Bezeichnung für Typen wie uns.«

»Und die wäre?«

»*Versager.*«

»Das trifft vielleicht auf dich zu.«

John lachte. »Du hast nur eine Chance, Dana zu einem Rendezvous zu bringen – schlag sie bewusstlos und fessle sie.«

»Das ist doch krank.«

Er lachte wieder. »Die Wahrheit tut weh.«

»Leck mich.«

»Soll ich?«

Owen schnaubte ihn verächtlich an.

John streckte plötzlich den Arm aus und kniff Owen in die Brustwarze.

»Au!«, rief Owen und schlug seine Hand beiseite.

»Ist ja nichts dran an dir«, sagte John.

»Hör auf damit!«

»Ach komm. Das hat doch gar nicht wehgetan.«

»Doch.« Owen blieb stehen. Auf der gegenüberliegenden Straßenseite befand sich das Fotogeschäft. »Behalt deine Hände bei dir, ja?«

»Wie du meinst. Ist das der Laden?«, fragte John.

»Ja. Hast du den Film?«

»Hier.« Er zog eine schwarze Plastikdose aus der Brusttasche. »Hab schon einen neuen eingelegt.«

Sie betraten das Geschäft.

Der Mann hinter dem Tresen sah auf. Er war völlig kahl, selbst die Augenbrauen fehlten. Sein Körper war lang und viel zu dünn, als hätte sich jemand einen bösen Scherz mit ihm erlaubt, indem er ihn an beiden Enden gepackt und in die Länge gezogen hätte. »Kann ich Ihnen helfen?«, fragte er.

»Wir würden gerne diesen Film entwickeln lassen«, sagte Owen und stellte die Dose auf den Glastresen. Der Mann öffnete sie und ließ die Filmrolle in seine Hand fallen. Seine Finger waren fast doppelt so lang wie Owens. »Aha«, sagte er. »Vierundzwanzig Farbbilder. Das kann ich machen.«

»Wir hätten gern von jedem Negativ zwei Abzüge«, sagte Owen.

»Vier wären besser«, sagte John.

»Wieso vier?«, fragte Owen.

»Zwei für uns, zwei für die Mädels. Ich hab's ihnen versprochen.«

»Also gut.«

»Vier Abzüge?«, fragte der Mann. »Das kostet aber.«

»Kein Problem«, sagte Owen. »Wann können wir sie abholen?«

»Wann brauchen Sie sie denn?«

»So schnell wie möglich.«

Der Mann sah auf die Wanduhr hinter sich. Sie war über der Tür befestigt und trotzdem auf seiner Augenhöhe. »Ich glaube, das werde ich heute noch schaffen.«

»Wann schließen Sie denn?«

»Um sechs.«

»Das sind *vier* Stunden«, sagte John und warf dem Mann einen finsteren Blick zu. »Da draußen steht aber: ›Filme entwickeln in *einer* Stunde!‹«

»Sie wollen doch vier Abzüge?«

»Wollen Sie etwa behaupten, dass es dann auch viermal so lange dauert?«

Der Mann kniff seine dünnen Lippen zusammen und hob leicht die Mundwinkel. »Vielleicht sogar noch länger. Und trotzdem schließe ich um Punkt sechs.«

»Sechs Uhr reicht völlig«, sagte Owen und versuchte, besonders freundlich zu klingen. »Wirklich. Das ist überhaupt kein Problem. Mein Freund hier macht nur gerne viel Wind.«

»Sieht ganz so aus«, sagte der Mann.

Owen nahm einen Fünfzigdollarschein aus dem Geldbeutel »Ich würde gerne im Voraus bezahlen.«

Der Mann beäugte kritisch die Banknote, dann nickte er, als hätte er soeben mit sich selbst eine Übereinkunft getroffen. »Das ist nicht nötig«, sagte er. »Kommen Sie um fünf noch mal vorbei. Vielleicht sind die Bilder dann schon fertig.«

»Vielen Dank. Dankeschön.«

Sobald sie den Laden verlassen hatten, gab John Owen einen Klaps auf den Rücken. »Gut gemacht, Sportsfreund.«

»Tja.«

»Jetzt heißt es warten. Was sollen wir die nächsten drei Stunden machen?«

»Keine Ahnung.« Sie überquerten die Straße.

»Willst du noch mal zum Horrorhaus zurück und die Mädels begutachten?«

»Eigentlich nicht.«

»Was willst du dann machen?«

»Also, eigentlich … Wir könnten uns doch trennen und so gegen fünf wieder hier treffen.«

»Willst du mich loswerden?«, fragte John lachend.

»Nein, das nicht … aber ich brauche ein bisschen Zeit für mich selbst.«

»Wozu?«

»Ich wäre jetzt eben gerne ein bisschen allein.«

»Willst du dich im Hotel frisch machen?«

»Ich habe kein Hotel, schon vergessen?«

»Ach so, ja. Du suchst dir jetzt ein Zimmer, hab ich Recht?«

»Ja, ich dachte, ich fahre mal herum und sehe, ob was frei ist.«

»Gute Idee. Wie wär's mit dem Welcome Inn? Das erste Haus am Platze. Außerdem hat es Geschichte. Ich wollte mich ja selbst dort einmieten, aber dann ist mir der Scheißkühler geplatzt. Wenn du ein Doppelzimmer nimmst, leiste ich dir Gesellschaft.«

Owen sah gequält drein. »Eigentlich kann ich keinen Zimmergenossen brauchen.«

»Klar doch.«

»Nein, wirklich nicht.«

»Sei doch nicht so. Ich muss sonst *im Auto* übernachten, Mann. Ich hab seit einer Woche nicht mehr geduscht. Und der Aufschlag für ein Doppelzimmer ist wirklich ein Pappenstiel.«

Owen schüttelte den Kopf.

»Komm schon, Mann. Tu mir den Gefallen.«

»Ich will wirklich lieber allein sein.«

»Allein sein kannst du doch *immer*. Du musst mich ja nicht

gleich heiraten. Außerdem sind wir ein verdammt gutes Team. Du kannst mich brauchen. Die Fotos hab ich doch auch für dich gemacht, oder nicht?«

»Dafür bekommst du ja auch ein Ticket im Wert von hundert Dollar von mir.«

»Du hättest nie den Mumm gehabt, diese Fotos zu machen. Du bist auf mich angewiesen. Ich kann die Sachen machen, die du dich nicht traust. Ich tu alles für dich, Mann. Bitte.«

Den werde ich wohl nie los!

»Hör zu«, sagte Owen. »Ich will meine Ruhe haben.«

»Ja, aber …«

»Jetzt pass mal auf! Du gehst mir auf die Nerven! Wenn du heute Nacht in meinem Zimmer schlafen willst, dann lass mich wenigstens jetzt zufrieden. Ich will jetzt ins Auto steigen und zum Welcome Inn rüberfahren – und zwar ohne dich. Wer weiß, vielleicht ist ja alles belegt. Und je länger ich hier mit dir diskutiere …«

»Okay, okay. Ich werd schon ohne dich klarkommen.«

»Gut. Wir treffen uns also um fünf hier. Und wenn ich die Bilder habe, entscheide ich über heute Nacht.«

John hob die Hand. »Bis dann«, sagte er und blieb stehen. Sie waren noch ein gutes Stück vom Parkplatz des Horrorhauses entfernt.

»Okay«, sagte Owen.

»Okay. Geh schon.«

»Gut.« Owen wandte sich um und ging los.

Und er würde sich nicht nach John umdrehen.

»Hey, Owen?«

Er drehte sich um.

»Vergiss nicht, es ist eine *Mitternachtsführung*. Du solltest also besser für zwei Nächte buchen.« Er hob zwei Finger und lächelte niedergeschlagen.

Als Owen ein paar Minuten später mit seinem Mietwagen vom Parkplatz fuhr, stand er immer noch an derselben Stelle.

Er sah aus wie ein zu groß geratenes, von allen verlassenes Kind.

Owen hielt an und ließ das Beifahrerfenster herunter. »Also gut«, rief er. »Steig ein.«

John beugte sich vor. »Nein, vielen Dank, aber wir haben eine Abmachung. Fahr du los und reserviere das Hotel. Ich werd mich bis fünf Uhr schon irgendwie beschäftigen.«

»Sicher?«

»Ja. Ich muss ja nicht die ganze Zeit an dir hängen wie eine Klette, oder?«

»Stimmt. Also, bis dann.«

»Bis dann, Kumpel.«

Owen fuhr weiter und beobachtete im Rückspiegel, wie John ihm nachblickte.

Er ist doch kein so schlechter Kerl.

Owen wurde durch das Piepsen seiner Armbanduhr geweckt. Er lag auf einem Bett. Das Zimmer war ziemlich dunkel. Nur ein schmaler Streifen Sonnenlicht schien durch eine Lücke in den Vorhängen.

Er hob den Arm und sah auf die Uhr. 16:30.

Er schaltete das Piepsen aus, blieb jedoch liegen.

Keine Eile, dachte er. Zum Fotogeschäft brauche ich maximal zehn Minuten.

Wenn ich überhaupt hinfahre.

Es gibt ja kein Gesetz, das mich dazu zwingt, die Bilder auch abzuholen. Ich kann einfach hierbleiben. Dann hätte ich vor John zumindest für heute meine Ruhe.

Was, wenn Dana anruft, und ich bin nicht da?

Er drehte den Kopf herum und starrte auf das Telefon.

Sie könnte jeden Augenblick anrufen.

Wahrscheinlich ruft sie überhaupt nicht an, dachte er. Sie geht doch nicht mit einem Typen wie mir aus. Sie ist bestimmt mit einem gutgebauten, attraktiven, sonnengebräunten Sportler verabredet.

Außerdem kann sie ja an der Rezeption eine Nachricht für mich hinterlassen.

Vielleicht kommt sie auch einfach so vorbei.

Er stellte sich vor, wie sie an seiner Tür klopfte. Sie trug immer noch ihre Uniform. Die obersten Knöpfe ihrer Bluse waren geöffnet. »Ich dachte, ich komme mal vorbei und sehe nach, wie's dir geht, Owen.«

»Willst du reinkommen?«

»Ich dachte schon, du würdest nie fragen.« Sie betrat das Zimmer, schlang die Arme um ihn und zog ihn an sich. »Ich weiß, wir haben uns gerade erst kennen gelernt«, sagte sie, »aber ich kann an nichts anderes mehr denken als an …«

Jemand klopfte an Owens Tür.

Er setzte sich ruckartig auf. Sein Herz klopfte bis zum Hals.

Das kann nicht wirklich Dana sein, dachte er, während er eilig aus dem Bett stieg.

Unmöglich. Solche Sachen passieren nicht im wirklichen Leben. Mir jedenfalls nicht.

Nur dieses eine Mal …

Er riss die Tür auf.

»Na Kumpel, alles klar?«

»Was machst du denn hier?«

»Schau mal«, sagte John und hielt Owen eine Tüte vor die Nase. »Die Bohnenstange ist früher fertig geworden, also hab ich uns viel Zeit gespart und die Fotos gleich abgeholt.« Er betrat das Zimmer. »Dafür hab ich aber meinen letzten Groschen ausgeben müssen. Ich hoffe, du gibst mir die Kohle wieder. Schade, dass du keinen von den alten Bungalows bekommen hast.«

»Die waren alle schon belegt.«

»Kann ich mir vorstellen. Jeder will ja dort wohnen, wo die ganze Sache passiert ist. Du kannst von Glück reden, dass es nicht völlig ausgebucht war.«

»Das war das letzte freie Zimmer«, sagte Owen.

»Ich weiß, ich weiß. Sie haben das BELEGT-Schild eingeschaltet, sobald du die Rezeption verlassen hast.«

»Bist du mir *gefolgt* oder wie?«

»Scheiße, nein. Du hast doch gesagt, dass du hierherkommen würdest. Also bin ich ins Auto gesprungen und rübergedüst. Wollte ja mal unser Zimmer begutachten.« Er grinste. »Nicht schlecht.«

»Ja, ist ganz nett.«

»Außerdem habe ich dich nicht gestört. Ich habe deine Privatsphäre respektiert.«

»Ja, vielen Dank auch.«

Owen zog die Vorhänge auf. Die Abendsonne erfüllte den Raum.

»Nicht schlecht, nicht schlecht. Ein normales Bett und ein Zusatzbett, oder? Wer schläft in dem richtigen Bett?« Er ließ sich auf das Bett fallen, in dem Owen gerade noch gelegen hatte.

»Ich.«

»Aber ich bin größer als du. Sollte ich dann nicht auch das größere Bett haben?«

»Nein. Ich bezahle schließlich. Wie kommst du überhaupt auf die Idee, dass du bleiben darfst?«

»Was willst du machen, mich rausschmeißen? Wenn du das tust, nehme ich die hier mit.« Er zog einen prall mit Fotos gefüllten Umschlag aus der Tüte. »Ich hab schon mal reingesehen. Echt scharf. Diese Dana ist wirklich nicht zu verachten.«

»Lass sehen.«

»Wer kriegt das große Bett?«

»Jetzt geht mir doch gleich …«

»Ich kann auch wieder gehen.«

»Du bist ein echtes Arschloch.«

»Ein Arschloch, das Mumm genug hat, deine große Liebe zu fotografieren.«

»Also gut. Du hast gewonnen. Nimm das große Bett.«

»Vielen Dank.«

Kapitel fünfunddreißig

Bei Warren

»Wieso bist du nicht in Uniform?«, fragte Warren, als er Dana vor der Ticketbude traf.

»Ich hatte einen kleinen Unfall.«

»Hab ich schon gehört.« Er lächelte, und für einen Augenblick dachte sie, er würde ihre Hand nehmen. »Die Frau hatte es offenbar verdient.«

»Das habe ich eigentlich nicht mit Absicht gemacht. Gott, ist mir das peinlich. Ich wäre am liebsten im Erdboden versunken. Und dann hatte der Souvenirshop keine T-Shirts mehr in meiner Größe. Schrecklich.« Sie sah an sich herab. Das riesige, viel zu weite T-Shirt rutschte ihr beinahe über die Schultern und bedeckte ihre Shorts fast vollständig, wenn der Wind es nicht gerade anhob. »Ich weiß, dass ich ziemlich groß bin, aber dieses Ding würde sogar Jabba the Hutt passen.«

»Sieht doch gut aus«, sagte Warren.

»Danke.«

»Fertig?«

»Klar.«

Sie warteten die vorbeifahrenden Autos ab und überquerten die Hauptstraße. Vor dem hohen Maschendrahtzaun, der das Anwesen der Kutchs umgab, blieben sie stehen.

Dana starrte das Haus an.

»Warst du schon mal da drin?«, fragte sie.

»Im Haus selbst noch nicht. Aber auf dem Grundstück. Ich hab mich reingeschlichen und gehofft, einen Blick reinwerfen zu können.«

»Aber es hat doch gar keine Fenster.«

»Ich hab an die Tür geklopft.«

»Du hast *angeklopft*?«

»Klar. Ich wollte mich Agnes vorstellen. Ich hab ihr sogar einen Blumenstrauß mitgebracht.«

»Wie nett von dir.«

»Ich dachte immer, alle Frauen wären ganz wild auf Blumen. Und Agnes hat zwar nicht alle Tassen im Schrank, aber sie ist trotzdem eine Frau. Also wollte ich sie auf diesem Weg für mich gewinnen. Ich hoffte, dass sie mir vielleicht das Haus zeigen würde. Aber sie hat nicht mal die Tür geöffnet. Das tut sie nie.«

»Sie soll ja so eine Art Einsiedlerin sein.«

»Stimmt genau. Sie hat sich da drinnen regelrecht verbarrikadiert. Das Tor im Zaun öffnet sie mit einer Fernbedienung. Was sie zum Leben braucht, bestellt sie per Telefon und lässt es sich liefern. Siehst du die Absperrung um die Veranda herum? Da stellen sie die Sachen ab, und sie holt sie sich später.«

Sie schlenderten den sandigen Fußweg zwischen Hauptstraße und Maschendrahtzaun entlang. »Aber sie kann doch nicht ihr ganzes Leben in diesem Haus verbringen?«

»Anscheinend doch.«

»Und wovon bezahlt sie ihre Rechnungen?«

»Das erledigt Janice für sie. Sie übernimmt alle Ausgaben.«

»Trifft Janice sie ab und zu?«

Warren schüttelte den Kopf. »Nicht in den letzten vier oder fünf Jahren. So lange hat sie niemand mehr zu Gesicht bekommen.«

»Das ist richtig unheimlich.«

»Kein Wunder, dass Agnes eine Schraube locker hat. Wenn man bedenkt, was sie alles durchmachen musste.«

»Da hast du wohl Recht«, sagte Dana.

»Es ist erstaunlich, dass sie das Ganze überhaupt überlebt hat«, sagte Warren. »Hier entlang.«

Sie gingen eine schmale Anhöhe hinauf. Der Asphalt war gesprungen und mit Rissen bedeckt, aus denen Gras und Löwenzahn wuchs.

»Vielleicht war der Wahnsinn ihre einzige Möglichkeit, damit fertig zu werden«, sagte Dana.

»Ja. Entweder man wird verrückt oder man bringt sich um.«

Dana sah sich noch einmal nach dem Kutch-Haus um.

Sie stellte sich vor, wie eine runzlige, bucklige Greisin durch die blau beleuchteten Zimmer schlich. »Aber wie lebt sie da drin? Was macht sie den ganzen Tag?«

»Das weiß der Himmel«, sagte Warren.

»Ich will's mir gar nicht vorstellen. Ob sie einen Fernseher hat?«

»Als Janice sie das letzte Mal besucht hat, hatte sie keinen.«

»Und das blaue Licht …«

»Rot. Es ist rot.«

»Ich dachte …«

»Es war früher mal blau. Damals, als das alles passiert ist. Ein Jahr später hat Agnes sich dann für rot entschieden.«

»Das wusste ich nicht. Sie wollte wohl ein bisschen Stimmung in die Bude bringen.«

Warren lachte leise. »Das scheint ja nicht so toll geklappt zu haben. Laut Janice war es, als würde man die Welt durch eine blutfarbene Brille betrachten.«

»Ich hätte erwartet, dass Janice froh über den Farbwechsel gewesen wäre.«

»Das könnte man meinen. War aber nicht so.«

»Wie hat sie es nur fertig gebracht, dieses Haus noch einmal zu betreten? Nach all dem, was sie ihr dort angetan haben.«

Warren sah Dana in die Augen, dann wandte er sich schnell ab. »Keine Ahnung.«

Schweigend gingen sie weiter.

Der Wind wurde stärker, je näher sie dem Meer kamen. Er zerzauste Danas Haar und wirbelte Sandkörner gegen ihre Beine. Das T-Shirt wurde abwechselnd an ihren Körper gedrückt und wie ein Ballon aufgeblasen. Einmal riss eine heftige Böe es weit nach oben, als wollte sie Warren ihren BH zeigen.

»Sollen wir erst an den Strand gehen?«, fragte Warren. »Oder direkt zu mir?«

»Direkt zu dir.«

»Gute Idee. Ist ziemlich windig heute.«

»Ist mir auch schon aufgefallen.«

Warren zog einen Stapel Briefumschläge und Kataloge aus einem altmodischen Briefkasten. Dann deutete er auf eine schmale, unbefestigte Seitenstraße, die in ein schattiges Wäldchen führte. »Da lang«, sagte er.

Die Bäume hielten den Wind ab, und Dana konnte die Wärme der Sonne spüren. Piniennadeln knackten unter ihren Schuhsohlen, und der Duft der Nadelhölzer erinnerte sie an Weihnachten.

»Nett hier«, sagte sie.

»Nicht gerade L.A., was?«

»Ich frage mich, weshalb ich überhaupt noch dort wohne.«

»Und weshalb?«

»Keine Ahnung. Ich bin in L.A. aufgewachsen. Meine Eltern leben dort. Ich habe oft daran gedacht, woanders hinzuziehen, aber ich würde die Stadt so schrecklich vermissen. Besonders die Erdbeben, Unruhen, Feuersbrünste, Überschwemmungen und die romantischen nächtlichen Schießereien.«

Warren lachte.

»Aber ganz im Ernst. Die Restaurants und Kinos würden mir schon fehlen. Und der Strand.«

»Du bist Rettungsschwimmerin, stimmt's?«

»War ich zumindest.«

»Wie in *Bay Watch*?«

»Ja, genau. Ich und Mitch. Ehrlich gesagt habe ich in erster Linie an Schwimmbecken aufgepasst.«

»Und dazu hattest du diesen Sommer keine Lust?«

»Ich wollte schon immer mal hierherkommen. Und Lynn hatte ich auch seit Ewigkeiten nicht mehr gesehen.«

»Sie hat einen Swimmingpool. Da kannst du zumindest sie retten.«

»Stimmt. Manchmal könnte sie schon jemanden gebrauchen, der auf sie aufpasst.«

Könnte sie *tatsächlich*, fiel Dana plötzlich ein. Vielleicht geht sie wirklich schwimmen – egal, ob ich dabei bin, egal, wer vor dem Haus lauern könnte.

Hoffentlich passiert ihr nichts!

»Du musst sie im Auge behalten«, sagte Warren. »Manchmal … riskiert sie einfach zu viel.«

»Ja, ich weiß. Mehr Herz als Verstand.«

»Wir sind da.« Er deutete auf eine Blockhütte zur Linken. Eine Veranda zog sich über die ganze Vorderseite und ein hoher Steinkamin ragte aus dem Dach. Die Abendsonne tauchte die Hütte und den Vorgarten in goldenes Licht. Der Garten selbst schien Teil des Waldes zu sein. Der Boden war mit Piniennadeln, Zapfen, Steinen, Ästen und Baumschösslingen übersät.

»Sieht wie ein Ferienhaus aus«, sagte Dana.

»Nur, wenn man ganz billig Urlaub machen will.«

»Ist doch nett hier«, sagte Dana und folgte Warren auf die Veranda.

»Mir gefällt's. Aber warte, bis du meine Nachbarn kennen lernst. Dort drüben«, er deutete nach rechts, »wohnen die sieben Zwerge. Und da …«, er deutete auf eine ziemlich schäbig aussehende Hütte zu seiner Linken, »lebt mein alter Freund Ed. Ed Gein.«

»Oh, wie reizend. Du musst mich ihm unbedingt vorstellen.«

»Ach, ich weiß nicht. Er ist ein Eigenbrötler.«

»Mich würde er bestimmt mögen.«

»Er hätte dich zum Fressen gern.«

»In Weinsoße, mit etwas Senf?«

Warren sah sie überrascht und amüsiert an. »Du bist ja richtig makaber.«

»Du hast mit diesem Kannibalen angefangen.«

»Er wohnt nicht wirklich da.«

»Freut mich zu hören.«

Warren zog einen Schlüsselbund heraus und öffnete die Tür für Dana. Bevor sie die Hütte betrat, blieb sie stehen. »Ich hoffe, ich stehe nicht auf deinem Speisezettel.«

»Bei mir bist du sicher.«

»Also gut. Weshalb schließt du eigentlich ab? Hier kommt doch sowieso niemand vorbei.«

»Mit Ed Gein und den drei kleinen Schweinchen als Nachbarn kann man nicht vorsichtig genug sein.«

»Den sieben Zwergen meinst du wohl.«

»Ach ja, richtig. Komm rein.«

Dana betrat das Wohnzimmer. Auf der gegenüberliegenden Seite befand sich ein großes Panoramafenster, durch das Sonnenlicht in den Raum fiel. Sie ging an einem Sofa vorbei darauf zu.

Hinter dem Haus waren nur wenige Bäume, durch die Dana den Strand sehen konnte. Ein ziemlich dürrer Mann joggte am Wasser entlang.

Warren stellte sich neben sie.

»Tolle Aussicht«, sagte sie.

»Sieh dir mal den Nebel an.«

Weit draußen befand sich eine dicke, im Sonnenlicht weiß leuchtende Nebelbank.

»Wird der zu uns rüberziehen?«, fragte Dana.

»Schwer zu sagen. Manchmal hängt er die ganze Nacht über dem Meer.«

»Sieht im Mondschein bestimmt toll aus.«

»Oh ja. Wenn du lange genug bleibst, kannst du dich mit eigenen Augen davon überzeugen.«

»Das wäre toll«, sagte Dana. »Aber ich weiß nicht, ob ich so lange durchhalte. Ich habe ein schlechtes Gewissen, weil Lynn ganz allein im Haus ist.«

Warren sah besorgt aus. »Ist etwas passiert?«

Dana fragte sich, ob sie ihm die ganze Geschichte erzählen sollte. Schließlich konnte ja auch er der geheimnisvolle Spanner sein.

Das war eher unwahrscheinlich.

»Jemand hat sich gestern Nacht im Gebüsch hinter dem Haus herumgetrieben.«

Und war heute Morgen sogar im Haus!

»Ein Spanner?«, fragte Warren.

»Wahrscheinlich. Wir saßen gerade im Whirlpool, als Lynn ihn zwischen den Büschen entdeckt hat.«

»Hat sie ihn erkannt?«

»Sie hat nur einen Arm gesehen. Einen nackten Arm.«

Warren runzelte die Stirn. »Wie habt ihr reagiert?«, fragte er.

»Wir sind ins Haus gelaufen und haben die Polizei angerufen.«

Wieso habe ich ihm nichts von Lynns Revolver erzählt?

»Welcher Polizist ist gekommen?«, fragte er.

»Eve Chaney.«

»Aha! Eve, die Unerbittliche. Was hältst du von ihr?«

»Sie ist sehr beeindruckend.«

»Das stimmt. Ich hoffe, dass ich sie nie verärgern werde.«

»Aber sie sieht ziemlich gut aus, findest du nicht?«

»Nicht schlecht, ja.« Warren zögerte einen Augenblick. »Aber du siehst noch besser aus.«

»Ich weiß nicht so recht.«

»Aber ich.«

»Also … danke schön.«

Er sah ihr in die Augen.

Ihr Herz klopfte schnell und fest.

»Das ist jedenfalls meine Meinung«, flüsterte Warren.

»Und die bedeutet mir sehr viel.«

Sein Blick wanderte zu ihren Lippen, dann wieder zu ihren Augen zurück.

Mach schon, trau dich. Nicht nur gucken.

»Wie wär's mit einem Drink?«, fragte er.

Verflucht!

»Klar. Wieso nicht.«

»Eine Margarita?«

Sie nickte.

»Setz dich doch und genieß die Aussicht. Ich ziehe mich schnell um, dann mache ich die Drinks. Nur eine Minute.«

Warren eilte ins Schlafzimmer. Nachdem er die Tür hinter sich geschlossen hatte, legte sie ihre Handtasche auf das Sofa und setzte sich.

Sie seufzte tief.

Immer mit der Ruhe, sagte sie sich.

Er hat's nicht mal versucht! Er hätte mich hier und jetzt küssen sollen. Was ist los mit ihm?

Er ist eben ein Gentleman, dachte sie.

Oder doch schwul.

Vielleicht ist hier auch irgendetwas faul.

Die Tür öffnete sich. Dana sah über die Schulter. Warren hatte die Uniform abgelegt und trug jetzt Sandalen, eine weiße Hose und ein grelles Hemd mit Blumenmuster.

»Die Drinks kommen sofort«, sagte er und lief in die Küche.

»Kann ich dir helfen?«

»Klar.«

Sie folgte ihm in die Küche. »Du hast dich ja richtig schick gemacht.«

»Ich kann es immer kaum abwarten, endlich die Uniform abzulegen. Am Ende des Tages riecht sie immer fürchterlich nach Frittierfett.«

»Das ist doch ganz appetitlich.«

»Irgendwann hat man es über.« Er holte einige Flaschen aus einem Schrank. »Aber du wolltest doch die Geschichte von eurem Spanner weitererzählen.«

»Ach ja. Also, Eve hat überall nach ihm gesucht, aber er ist ihr entkommen. Das Gras war niedergetrampelt – Tuck hat sich also nicht getäuscht. Sie nimmt an, dass er uns länger beobachtet hat.«

»Das gefällt mir gar nicht.«

»Uns auch nicht.«

Warren stellte die Flaschen auf die Arbeitsfläche. »Es war also wirklich ein Spanner.«

»Das ist eine Möglichkeit, ja.«

»Kein Wunder, dass du dir Sorgen machst. Hast du eine Ahnung, wer es sein könnte?«

Sie schüttelte den Kopf. »Clyde vielleicht?«

Warren musste lachen und Dana stimmte in sein Gelächter ein. »Glaubst du nicht, dass Clyde zu so was fähig ist«, fragte sie schließlich.

»Keine Ahnung. Dem traue ich alles zu. Lustig, dass dieser Vollidiot dir als Erstes einfällt.«

»Wir haben eigentlich keinen Grund, ihn zu verdächtigen – außer, dass er so ein Vollidiot ist. Und er hat mir schöne Augen gemacht.«

»Ich wette, dass er dich gerne vernaschen würde.«

»Da kann er lange warten.«

Warren fing an, die Drinks zu mixen.

»Er ist nicht mein Typ«, sagte sie.

»Das ist aber ungewöhnlich. Die meisten Frauen finden ihn unwiderstehlich.«

»Ist mir nicht entgangen. Ich persönlich finde ihn unheimlich.«

»Freut mich zu hören.«

»Aber ich glaube eigentlich nicht, dass er der Spanner ist. Er kommt mir nicht so vor, als würde er herumschleichen und andere ausspionieren.«

»Trotzdem musst du dich vor ihm in Acht nehmen.«

»Keine Angst, das werde ich. Aber dieser Spanner macht mir wirklich Sorgen. Niemand weiß, was er als Nächstes vorhat. Und ich befürchte, dass Tuck wirklich …«

»Tuck?« Warren drehte sich um.

Oh nein!

»Lynn.«

»Du hast sie gerade Tuck genannt?«

»Dafür wird sie mich umbringen.«

Warren grinste bis über beide Ohren. »Wie *Bruder Tuck*? Der aus *Robin Hood*?«

»Es ist die Kurzform von Tucker. Ich sage schon immer Tuck zu ihr, aber sie wollte nicht, dass ich sie in eurer Gegenwart so nenne.«

»Wieso nicht? Ist doch süß.«

»Manche Leute haben sich deshalb ziemlich derbe über sie lustig gemacht. Sie waren richtig fies. Es reimt sich auf ein bestimmtes Wort, verstehst du?«

»Verstehe.«

»Tu einfach so, als hätte ich das nie gesagt.«

»Mal sehen. Was bekomme ich für mein Schweigen?«

»Was willst du denn?«, fragte Dana.

Er starrte auf ihre Lippen.

Nächster Versuch, dachte sie, während sich ihr Herzschlag beschleunigte.

»Kann ich mal deinen Lippenstift probieren?«, fragte er.

NEIN!

Sie konnte den Schock nicht verbergen.

»Und zwar den auf deinem Mund«, fügte er mit einem Lächeln hinzu.

Kapitel sechsunddreißig

Sandy – Juli 1992

Sie konnte keine zwei Wochen warten.

Sie konnte keine zwei Tage warten.

Sie hielt es nicht einmal eine Nacht lang aus. Sie wälzte sich im Bett herum. Ihre Gedanken rasten wie im Fieber, während sie zwischen Hoffnung und tiefer Furcht schwebte.

Am nächsten Morgen wachte sie nackt unter dem zerknitterten Laken auf.

Überrascht bemerkte sie, dass sie tatsächlich hatte einschlafen können.

Als sie den Kopf hob und an sich heruntersah, musste sie lächeln.

Genau wie *Die Schlafende*. Nur schweißbedeckt, mit geröteter Haut und den Körper voll Falten vom verknitterten Bettzeug.

Kein schöner Anblick, dachte sie. Zum Glück kann mich Terry jetzt nicht sehen.

Aber insgeheim wünschte sie sich, dass er es könnte. Wünschte, dass er genau jetzt in diesem Raum wäre.

In ein paar Stunden könnte ich bei ihm sein.

Diese Vorstellung machte ihr Angst.

Warum nicht?

Sie streckte sich und stand auf.

Ihr Nachthemd lag auf dem Boden. Sie erinnerte sich dunkel, dass sie schweißgebadet und atemlos mitten in der Nacht aufgewacht war, es ausgezogen und von sich geschleudert hatte.

Sie hob es auf. Es war immer noch feucht.

Dann hörte sie ein Grunzen. Eric stand in der Tür, lächelte und hob eine Hand.

»Morgen, du Frühaufsteher«, sagte sie. »Ich hab dir was ganz Besonderes zum Frühstück mitgebracht. Warte ein paar Minuten. Ich springe nur schnell unter die Dusche.«

Er nickte, blieb jedoch im Türrahmen stehen und starrte sie weiter an.

»Was?«, fragte sie.

Er zuckte die Achseln, drehte sich um und trottete davon.

Sie warf ihr Nachthemd in den Wäschesack und ging ins Badezimmer.

Wieso hat er mich nur so angesehen?, fragte sie sich.

Sie war nackt, aber das war nichts Neues für ihn. Sie lief öfter unbekleidet in der Hütte herum, und Eric hatte sowieso niemals etwas an. So war es schon immer gewesen, und es kam ihr nur natürlich vor.

Also warum hat er mich so angestarrt?

Vielleicht sehe ich irgendwie anders aus, dachte sie und betrachtete sich im Spiegel. Ihre leicht gebräunte Haut war etwas gerötet. Sie hatte gestern wohl zu viel Sonne abbekommen. Das passierte ab und zu, aber …

Hat er Verdacht geschöpft?

Vielleicht fragte er sich, wie man vom Einkaufen so braun werden kann.

Oder war es etwas anderes?

Wusste er, dass sie Terry kennen gelernt hatte, nur, indem er sie ansah …?

Sie zog den Duschvorhang beiseite und entdeckte Blutspuren in der Badewanne.

»Eric!«, rief sie. »Komm sofort her!«

Er war sofort zur Stelle und lächelte sie nervös an.

»Was ist das?« Sandy deutete in die Wanne.

Eric stöhnte auf.

»Wie oft hab ich dir gesagt, dass du die Wanne sauber machen sollst, wenn du fertig bist? *Besonders* wenn du wieder mal irgendetwas abgeschlachtet hast!«

Eric sah unglücklich drein.

»Also, wirklich! Findest du nicht, dass du langsam alt genug bist, um deine Sauereien selbst wegzumachen? Du bist jetzt *dreizehn Jahre* alt! Ich hab Besseres zu tun, als mein Leben lang ständig hinter dir herzuräumen!«

Eric wimmerte und senkte den Kopf, was Sandy zu Tränen rührte. »Oh«, sagte sie. »Hey.« Sie schlang die Arme um ihn und drückte ihn fest an sich. »Tut mir leid«, sagte sie und streichelte sanft seinen Rücken. »Tut mir leid, Schätzchen. Mami hätte dich nicht anschreien dürfen. Wieder gut?«

Er drückte sein Gesicht an ihren Hals.

»Besser?«, fragte sie.

Er seufzte.

»Ich will dich nicht anschreien, Schatz. Aber du musst lernen, Ordnung zu halten. Du bist jetzt schon ein großer Junge, weißt du das? Und wir wollen doch nicht, dass die Leute sagen, dass mein großer Junge keine Ordnung halten kann.«

Sein Körper fing an zu wackeln, und Sandy wusste, dass er lachte. Er schien so viel von dem zu verstehen, was sie sagte. Wenn er doch nur antworten könnte …

»Besser jetzt?«, fragte sie.

Er nickte schniefend.

»Das hier mache ich sauber«, sagte sie. »Aber gib dir von jetzt an bitte etwas mehr Mühe. Einverstanden?«

Er grunzte.

»Okay.«

Sie ließ ihn los, aber er klammerte sich immer noch an ihr fest. »Lass los. Ich will unter die Dusche.«

Er schüttelte den Kopf.

»Was ist denn?«

Er ließ seine Hände in großen Kreisen über ihren Rücken wandern, als würde er sie einseifen.

»Okay«, sagte Sandy. »Du kannst mitkommen. Wir haben schon lange nicht mehr miteinander geduscht, oder?«

Sie stellten sich gemeinsam unter den heißen Wasserstrahl.

Eric schäumte sie ein, ließ das glitschige Stück Seife überall über ihren Körper wandern. Dann tat sie dasselbe bei ihm.

Nachdem sie sich die Seife abgespült hatten, stellte Sandy das Wasser ab und Eric zog den Vorhang zurück. Sie stiegen aus der Wanne, und er reichte ihr ein Handtuch.

»Ich muss noch mal in die Stadt. Heute Morgen«, sagte sie, während sie sich abtrocknete.

Eric runzelte die Stirn.

»Ich weiß, ich war erst gestern dort. Aber ich muss noch was erledigen, wofür ich keine Zeit mehr hatte.«

Ist ja nicht gelogen, sagte sie sich.

Eric war nicht besonders erfreut.

»Jetzt sei nicht beleidigt. Was macht es dir schon, wenn ich nicht da bin? Du bist ja sowieso den ganzen Tag unterwegs. Und da darf ich ja auch nicht mit. Was stellst du dir denn vor? Soll ich den ganzen Tag im Haus sitzen und warten, bis du *zufällig* mal reinschneist?«

Er knurrte sie an.

»Reizend«, sagte sie. »Aber ich fahre, Punktum. Du wirst schon ohne mich klarkommen.«

Er fauchte.

»Hey!«, ermahnte sie ihn.

Eric zuckte zusammen, funkelte sie böse an und warf sein Handtuch auf den Boden. Dann wirbelte er herum und stampfte aus dem Badezimmer.

»Warte«, rief Sandy. »Eric!«

Er lief den Korridor hinunter. Seine Klauen klickten auf dem Parkett.

»Ich hab dir Schokoladendonuts mitgebracht!«, rief sie.

Einige Augenblicke später fiel die Eingangstür krachend ins Schloss.

»Scheiße!«

Sie hätte am liebsten losgeheult.

Fast wäre sie nicht gefahren. Aber sie musste Terry einfach wiedersehen. Weshalb sollte sie auch bleiben? Eric war nirgends zu finden. Entweder beobachtete er sie heimlich, oder er war beleidigt in die Wälder abgerauscht.

Sie ging zum Lieferwagen hinüber.

Gestern hatte Eric auf dem Beifahrersitz auf sie gewartet.

Jetzt war der Sitz leer. Ihre Kehle schnürte sich zusammen.

»Eric?«, rief sie in den Wald hinein. »Es tut mir leid! Okay? Ich bleibe hier, wenn du willst. Ich hab Schokodonuts für dich. Was hältst du davon?«

Sie wartete, lauschte und hielt nach ihm Ausschau. Aber er blieb verschwunden.

»Wenn du nicht willst, dass ich fahre, dann musst du jetzt rauskommen.«

Er kam nicht.

Sie warf ein Strandtuch und eine Segeltuchtasche, in die sie ihren Badeanzug, Sonnencreme, ein paar Handtücher und ein Taschenbuch gepackt hatte, auf die Ladefläche.

»Letzte Chance, Eric!«, rief sie. »Ich bleibe, wenn du willst, aber dann musst du jetzt rauskommen! Ich werde fahren, wenn du dich nicht zeigst.«

Sie wartete.

»Nicht? Okay. Bis später.«

Sie stieg ein, legte ihre Handtasche auf den Beifahrersitz und ließ den Motor an.

Als sie über die holprige Straße durch den Wald fuhr, hielt sie weiter nach ihm Ausschau.

Aber er war nirgendwo zu sehen.

Sie warf einen Blick auf die Stelle, wo Slade, Harry Matthews und Lib begraben lagen.

Und jetzt will ich einen Polizisten besuchen?

Wirklich clever.

Wenn ich nur einen Funken Verstand hätte, würde ich mich mit niemandem einlassen, schon gar nicht mit einem Cop. Ich muss verrückt sein.

Doch sie fuhr weiter auf das Tor zu.

Ich komme heute Nacht noch zurück. Nachdem ich Terry besucht habe. Vielleicht ist es dann sogar noch hell.

Als sie das Tor aufschloss, überlegte sie, ob sie noch einmal nach Eric rufen sollte.

Warum denn? Er hat seine Chance gehabt.

Aber sie konnte nicht anders. »Eric?«, rief sie.

Keine Antwort.

Sehr gut!

Er hat seine Wahl getroffen, dachte sie, während sie das Tor hinter dem Lieferwagen schloss. Dann fuhr sie den schattigen Feldweg entlang, bis sie den Küstenhighway erreichte.

Es war kurz nach neun, als sie in den Beach Drive einbog. Niemand war zu sehen.

Auf den Rasenflächen und Einfahrten lagen noch immer die Zeitungen. Entweder waren Terrys Nachbarn schon zur Arbeit gefahren oder noch gar nicht aufgestanden.

Was, wenn Terry noch schläft?

Nicht so schlimm, dachte sie. Dann wecke ich ihn eben.

Hoffentlich ist er überhaupt zu Hause.

Sein Auto stand in der Einfahrt, und die Zeitung lag im Gras vor der Veranda.

Sandy hielt an.

Und wenn er eben erst ins Bett gegangen ist?, dachte sie. Wann ist so eine Nachtschicht zu Ende, um acht?

Aber heute ist Freitag. Er hat Mittwoch und Donnerstag frei, also hat er gestern Nacht nicht gearbeitet.

Sie steckte die Autoschlüssel in die Handtasche und stieg aus. Vorsichtig schloss sie die Wagentür und umrundete den Lieferwagen – bis sie bemerkte, dass sie auf Zehenspitzen ging.

Wenn ich mir solche Sorgen mache, ihn aufzuwecken, kann ich auch gleich wieder fahren.

Sie könnte im Café nett frühstücken und in einer Stunde wieder kommen.

Sie hob Terrys Zeitung auf, trug sie die Veranda hinauf und blieb vor der Eingangstür stehen. Sie starrte auf den Klingelknopf, ohne ihn zu betätigen.

Was, wenn ich ihn aufwecke?

Was, wenn er nicht allein ist?

Was, wenn er verheiratet ist? Vielleicht ist seine Frau gestern in der Arbeit gewesen.

Mach dich nicht lächerlich, dachte sie. Er ist nicht verheiratet.

Keine Frau würde erlauben, dass sich ihr Mann ein Bild wie *Die Schlafende* ins Wohnzimmer hängt. Selbst eine feste Freundin sähe so etwas nicht gerne.

Er ist Single und ungebunden, genau wie er es gesagt hat.

Ihre zitternde Hand näherte sich dem Klingelknopf.

Ihr Finger verharrte nur wenige Zentimeter davon entfernt.

Lieber nicht. Er erwartet mich nicht. Er wird denken, dass ich nicht ganz bei Sinnen bin. Ich fahre einfach wieder und komme später noch mal vorbei.

Sie trat einen Schritt zurück und legte die Zeitung auf die Fußmatte. Dann drehte sie sich um und ging die Stufen hinunter.

Der Kerl hat fünftausend Mäuse für ein Bild von mir ausgegeben. Hat mit Blaze einen Plan ausgeheckt, um mich kennen zu lernen. Ist über diese Klippen geklettert, um mich »ganz zufällig« zu treffen.

Und jetzt hätte er was gegen einen Überraschungsbesuch?

Sie ging die Treppe wieder hinauf. Ohne zu zögern drückte sie auf die Klingel. Dann hob sie die Zeitung wieder auf.

Ihr Selbstvertrauen war zurückgekehrt. Nervös war sie trotzdem.

Sie wartete gespannt. Unter ihrer weiten Bluse lief der Schweiß ihren Körper hinunter.

Sie hörte leise Schritte.

Oh Gott. Er kommt.

Sie holte tief Luft.

Ruhig, ruhig.

Er öffnete die Tür.

»Ihre Zeitung, Sir«, sagte Sandy.

Er starrte sie verblüfft an.

»Ashley?«, flüsterte er.

»Zu Ihren Diensten, Sir.«

Grinsend machte er ihr Platz. »Komm rein«, sagte er und schüttelte den Kopf.

»Danke.« Sie trat ein und schloss die Tür.

»Ich kann gar nicht fassen, dass du hier bist.«

»Ich war gerade in der Gegend.«

Er lachte.

»Es ist noch ziemlich früh, und ich hatte Angst, dich aufzuwecken. Habe ich auch, oder?«

»Ich muss furchtbar aussehen.«

Sandy lachte. »Du siehst perfekt aus.«

Sein Haar war völlig durcheinander. Er trug einen alten, verwaschenen blauen Morgenmantel, der ihm mindestens eine Nummer zu klein war. Die Ärmel waren zu kurz, und er war zu eng, als dass er ihn vor der Brust hätte schließen können.

»Ich hab dich geweckt, stimmt's?«

»Frag mich, ob es mir was ausmacht.«

»Macht es dir was aus?«

»Mann, machst du Witze? Soll ich Kaffee machen?«

»Ich hätte gerne einen Kuss.«

»Ich dachte, damit willst du noch zwei Wochen warten.«

»Ich hab's nicht länger ausgehalten.«

»Was ist mit deinem Sohn?«

»Dem geht's gut. Er ist bei meiner Mutter. Den ganzen Tag über.«

»Den *ganzen Tag*?«

»Er bleibt sogar über Nacht.« Sie ließ ihre Handtasche auf den Boden fallen.

»Also kannst du den ganzen Tag bleiben?«, fragte Terry.

»Wenn du willst.«

»Oh Mann.« Er legte die Arme um sie. »Ja«, sagte er und zog sie zu sich.

Sie legte den Kopf schief, damit ihre Nasen nicht aneinanderstießen.

Sein Mund berührte ihre geöffneten Lippen.

Sein Körper drängte gegen ihre Brüste.

Die Zeitung landete mit einem leisen Knistern auf dem Boden. Sie drückte sich fester an ihn.

Und plötzlich kam es ihr vor, als wäre sie an einem verzauberten, wunderbaren Ort, den sie noch nie zuvor gesehen hatte.

Verirrte sich dort.

Oh Gott, dachte sie.

Sein Mund löste sich zu schnell von ihrem. »Wow«, flüsterte er.

»Selber wow.«

»Willst du jetzt eine Tasse Kaffee?«

»Nein. Aber mach dir ruhig eine. Wenn du lieber Kaffee als mich haben willst.«

Er stöhnte lachend auf. Dann verstummte er und legte seine Lippen wieder auf ihre. Seine Hände glitten über ihren Rücken, streichelten sie durch die glatte Seidenbluse. Als er ihre Hinterbacken umfasste, seufzte er tief. Dann schob er die Hände sanft unter ihre Bluse. Sandy spürte, dass etwas Hartes gegen die Vorderseite ihres Rocks stieß.

Er versuchte, die Hände zwischen ihren Körper zu bewegen. Vergeblich, denn sie presste sich dicht an ihn.

Sie wollte für immer so bleiben, Terrys warmen, straffen Körper spüren, seinen feuchten Mund, seine Hände auf ihren Brüsten, auf ihrem Bauch und überall sonst. Also trat sie einen kleinen Schritt zurück.

Seine Hand umschloss eine ihrer Brüste. Er sah sie mit glasigen Augen an. Sein Mund stand offen, und Lippen und Kinn glänzten vor Feuchtigkeit.

Sein Morgenmantel schien sich auf wundersame Weise ein Stück weit geöffnet zu haben. Sie sah an ihm herab, doch seine Hände beulten ihre Bluse aus und versperrten ihr den Blick auf tiefere Regionen.

Sie öffnete einen Knopf nach dem anderen, dann ließ sie die Bluse hinter sich auf den Boden gleiten.

Terry ließ sie los und starrte sie an.

Sie starrte zurück.

Der Gürtel des Morgenmantels hatte sich gelöst. Er schien es gar nicht bemerkt zu haben, so sehr war er von ihrem Anblick bezaubert. Doch dann begriff er, worauf ihr Blick ruhte. »Uh«, sagte er leise und versuchte, den Morgenmantel zu schließen.

»Nicht«, sagte Sandy. »Zieh ihn aus.«

Er schloss den Mund und wischte sich mit dem Handrücken darüber. Dann streifte er den ab.

»Dreh dich um«, sagte Sandy.

Er hob die Augenbrauen.

»Ich will dich ansehen.«

»Ich bin nur ein ganz gewöhnlicher Kerl«, sagte er mit brüchiger Stimme.

»Davon hab ich bis jetzt noch nicht viele gesehen.«

»Wirklich? Okay.« Langsam drehte er sich um die eigene Achse. Durch die Vorhänge drang genug Licht, und Sandy betrachtete sein Profil, seinen Rücken und dann die andere Seite.

»Willst du deinen Rock ausziehen?«, fragte er, als er ihr wieder gegenüberstand.

Lächelnd öffnete sie Knopf und Reißverschluss an der Seite des Rocks, der sofort zu Boden rutschte. Dann beugte sie sich vor, zog ihre Turnschuhe aus und warf sie zur Seite.

»Jetzt bin ich an der Reihe«, sagte Terry. »Dreh dich um.«

»Ich bin nur ein ganz gewöhnliches Mädchen.«

»Nicht mal im Ansatz.«

Sie drehte sich sehr langsam um die eigene Achse.

»Mein Gott«, murmelte Terry.

»Komm her«, flüsterte Sandy.

Kurz bevor er sie berührte, bedeutete sie ihm, stehen zu bleiben.

Ohne hinzusehen streckte sie die Hand aus und umschloss seinen Penis.

»Wo genau willst du den reinstecken?«, flüsterte sie.

Er lächelte.

»Dahin?«, fragte Sandy.

Sie ging auf ihn zu, ohne ihn loszulassen. Als ihre Brüste ihn berührten, spürte sie, wie er gegen sie stieß. Sie küsste ihn und kniff die Schenkel zusammen, so dass sie seine Wärme dazwischen spüren konnte.

Seine Hände glitten fieberhaft über ihren Rücken.

Er schnappte nach Luft. »Schlafzimmer?«, keuchte er.

»Hier.«

»Sofa?«

»Hier.«

Seine Hände packten sie unterhalb ihres Hinterns. Er hob sie sanft an, wobei sich ihre Hinterbacken spreizten, so dass sie die kühle Luft dazwischen spüren konnte. Erst stand sie auf den Zehenspitzen, dann verloren ihre Füße den Kontakt zum Boden und sie spreizte weit die Beine.

Ihre schweißbedeckten Brüste glitten über seinen Oberkörper und ihre glitschigen Bäuche rieben sich aneinander.

Dann hielt er sie so hoch, dass sie über seinen Kopf hinwegsehen konnte.

Sie starrte die hellen Vorhänge an, ohne sie wahrzunehmen. Sie sah überhaupt nichts mehr. Ihre Welt bestand nur noch aus Terrys Penis, der sie berührte, sie öffnete, sie erforschte.

Sie vergrub die Hände in seinem feuchten Haar.

Keuchend und wimmernd warf sie den Kopf zurück.

Dann ließ er sie sanft ein wenig nach unten gleiten.

Um sie herum war er glitschig und nass, in ihr war er prall und hart. Ganz langsam und vorsichtig ließ er sie weiter hinunter, ohne jedoch in seiner ganzen Länge in sie einzudringen, als wollte er sie absichtlich quälen. Sie küsste ihn auf Augen und Nase. Er hielt inne.

»Was?«, keuchte sie.

»Alles … klar?«

»Was?«

»Tue ich … dir weh?«

»Nein.«

»Soll ich aufhören?«

»Nein!« Sie schrie so laut, dass sie vor ihrer eigenen Stimme erschrak.

Terry zuckte zusammen. »Ah«, grunzte er. Dann nahm er die Hände von ihren Pobacken. Sie schrie vor Lust auf, als er tief in sie eindrang. Ihre Hüften berührten sich. Er war in ihr, ganz und gar in ihr.

»Ja!«, flüsterte Sandy.

Ihre Münder trafen sich.

Sie hatte ihre Arme und Beine um Terry geschlungen, als wollte sie einen Baum hinaufklettern, stöhnte und wand sich vor Begierde.

Terry, der kaum größer als Sandy war, ging auf alle viere, hielt eine Hand gegen ihren Rücken gepresst und ließ sie auf den Teppich gleiten.

Sandy rammte ihre Füße in seine Flanken.

Er zog sich fast völlig aus ihr zurück, dann stieß er wieder zu.

Sie bog den Rücken durch und schrie auf.

Terry hob den vor Schweiß triefenden Kopf. »Hat das … wehgetan?«, keuchte er.

»Nein. Himmel, Nein!«

»Sicher?«

Sie bemerkte ein hinterlistiges Funkeln in seinen Augen.

»Bastard«, sagte sie.

Er lächelte. »Soll ich aufhören?«

»Nein!« Sie lachte und schluchzte. *»Hör auf mit dem Scheiß …«*, schrie sie ihn an.

Terry drang wieder in sie ein.

»… und fick …«

Das Geräusch von splitterndem Glas erfüllte den Raum.

»… mich!«

Terry, dessen Penis gerade pulsierend ejakulierte, drehte seinen Kopf zur Quelle des Geräuschs um.

Sandy sah, dass sich der Vorhang vor den Überresten der Glasscheibe wölbte. Ein dunkler Schatten drang von der Veranda aus in den Raum.

Es war eine fast menschliche Gestalt.

Aber kein Mensch.

»Nein!«, kreischte sie durch das Geräusch der herabregnenden Scherben.

Terry stieß sich von ihr ab, glitt aus ihr heraus und spritzte Samen auf ihren Oberschenkel. Während er sich aufrappelte, gelang es Eric, den Vorhang herunterzureißen.

Er schien am ganzen Körper zu bluten. Glassplitter ragten aus seiner Haut.

Er breitete die Arme aus und brüllte.

Und griff an.

»Nein!«, schrie Sandy. *»Nicht!«*

Terry warf sich auf Eric.

»Nicht!«, rief Sandy. *»Hört auf!«* Sie sprang auf sie zu, wollte sich zwischen die beiden werfen.

Aber alles geschah so schnell.

Sandy fühlte sich, als befände sie sich tief unter Wasser oder in einem Albtraum, in dem sie sich nur in Zeitlupe bewegen konnte, während sie quälend langsam die wenigen Meter zwischen sich und dem Mann, den sie liebte, und dem Sohn, den sie ebenso liebte, zurücklegte. Sie streckte die Arme aus. »Nein!«, schrie sie. Ihre Stimme wurde von Erics wütendem Gebrüll übertönt.

»Zurück!«, rief Terry ihr zu und streckte ihr den Arm entgegen, um sie von ihm fernzuhalten.

Eric holte aus und riss ihm das halbe Gesicht weg.

Kreischend warf sich Sandy auf Eric.

Er schlug sie mühelos beiseite. Mit wedelnden Armen taumelte sie zurück.

Sie sah, dass Terry versuchte zu fliehen.

Wollte er seine Waffe holen?

Eric rannte ihm hinterher.

Dann fiel Sandy über einen Beistelltisch. Sie landete mit dem Hinterteil auf einigen Zeitschriften, die darauf lagen, und rutschte hintüber in die Lücke zwischen Tisch und Sofa. Ihre Beine wurden in die Luft geschleudert, ihr Kopf stieß gegen das Polster. Die Tischkante hinterließ eine brennende Spur auf ihrem Rücken.

Während sie schmerzhaft Luft holte, hörte sie Eric knurren und grunzen.

»Eric!«, schrie sie. *»Lass ihn in Ruhe!«*

Sie trat um sich. Tisch und Sofa rückten beiseite, so dass sie ganz auf dem Boden landete. Sie sah auf. Eric hatte sich nach vorn gebeugt und seine blutige Schnauze in Terrys Leistengegend vergraben.

Ein gewaltiges Brüllen dröhnte in ihren Ohren.

Von Eric konnte es nicht kommen – er hatte den Mund voll.

Das Brüllen schien kein Ende nehmen zu wollen. Sie rappelte sich auf und rannte auf Eric zu.

Sandy wusste, was sie tat, doch es war, als würde eine fremde Person auf die Bestie und den toten Mann zurennen.

Das bin ich nicht. Das kann alles nicht wahr sein. Das ist jemand anderes.

Jemand anderes warf sich auf Eric und riss ihn von Terrys Leiche herunter.

Jemand anderes lag unter ihm, wurde von ihm festgehalten, starrte auf seine blutige Schnauze und in die kalten, blauen Augen.

Dann wurde dieser Jemand festgehalten, abgeschleckt und gebissen.

Jemand anderes lag unter seinem kräftigen Körper, wimmerte und versuchte, ihn von sich abzuschütteln. Die Haut von jemand anderem wurde von den Glasscherben in Erics Fleisch zerschnitten, während er grunzend in diese Person eindrang.

Es war jemand anderes.

Nicht ich.

Das kann doch nicht wahr sein.

Bitte nicht.

Kapitel siebenunddreißig

Geheimnisse

Warren küsste Dana, als hätte er sich schon sehr lange danach gesehnt.

Aber er berührte sie nicht mit den Händen, zog sie nicht an sich. Dana beugte sich vor, bis ihre Brüste seinen Oberkörper berührten.

Warren hörte auf, sie zu küssen und sah ihr in die Augen.

»Wo waren wir?«, flüsterte er.

»Wir haben uns geküsst.«

Ein Lächeln huschte über sein Gesicht. »Ja«, sagte er.

»Du wolltest meinen Lippenstift probieren.«

»Ich glaube, du trägst gar keinen.«

»Stimmt.«

»Ich wollte dich nur küssen.«

»Das ist schön«, sagte Dana.

»Es war auch schön.«

Wieso machen wir dann nicht weiter?, dachte sie.

Aber ich will ihn zu nichts drängen.

»Es war sogar sehr schön«, sagte sie.

»Das müssen wir mal wieder machen.«

Weshalb denn nicht jetzt?

»Auf jeden Fall ist dein Geheimnis gut bei mir aufgehoben.«

»Welches Geheimnis?«

»Dass du Tucks Spitznamen verraten hast.«

»Ach ja. Stimmt.«

»Ist nie passiert.«

»Und wenn es noch mal passiert«, sagte sie, »Wissen wir ja, was wir zu tun haben.«

»Genau.«

»Tuck.«

Warren legte seine Arme um Dana und küsste sie noch einmal. Dieses Mal streichelte er dabei ihren Rücken.

»Tuck«, flüsterte sie, als sich ihre Lippen wieder lösten.

Er küsste sie noch fester, intensiver. Sie schmiegte sich an ihn.

Doch seine Hände zögerten, bewegten sich nicht tiefer oder nach vorn, sondern blieben auf ihrem Rücken. Sie wollten anscheinend nicht einmal unter ihr T-Shirt wandern.

Dana schob ihre Hände unter seinen Hemdzipfel, streichelte seine Hinterbacken und ließ sie höher gleiten, bis sie die weiche Haut seines Rückens fanden.

Er zog seinen Mund weg.

»Tuck«, flüsterte sie.

Er sah ihr tief in die Augen. Sein Mund war feucht und glänzend.

»Tuck«, wiederholte Dana.

»Hmmm … vielleicht sollten wir es langsam angehen lassen.«

»Das ist normalerweise mein Spruch«, sagte Dana.

»Tut mir leid.«

»Ist schon in Ordnung. Ich hatte sowieso nicht vor, ihn aufzusagen.«

»Hatte ich auch nicht erwartet.«

»Alles klar?«, fragte Dana.

»Könnte nicht besser sein.«

»Wirklich?«

»Aber ja. Es ist nur … ich dachte nicht, dass … du weißt schon … dass sich die Dinge so schnell entwickeln.«

»Ich hätte auch nicht gedacht, dass du so ein netter Kerl bist.«

»Pass auf. Ich mache jetzt die Margaritas, dann setzen wir uns und lernen uns erst mal besser kennen. Einverstanden?«

»Einverstanden.«

Dann wird er mir ja hoffentlich erzählen, was mit ihm los ist. Das ist doch nicht normal.

Habe ich Mundgeruch?

Ist er verheiratet?

Hat er eine tödliche Krankheit?

Oh Gott, bitte nicht so etwas Schreckliches. Bitte. Ich mag ihn wirklich sehr.

Warren füllte zwei Gläser und bat Dana, sie mitzunehmen.

»Wohin?«, fragte sie.

»Wie wär's mit der Veranda? Da steht ein Tisch.«

»Okay.«

»Bin gleich bei dir«, sagte er.

Dana ging mit den Gläsern hinaus und stellte sie auf einen kleinen Holztisch, der einigermaßen sauber wirkte. In seiner Mitte stand eine rote Kerze.

Warren brachte Tortillachips und eine Schüssel mit scharfer Soße.

Sie setzten sich auf die Korbstühle.

Eine milde Brise wehte vom Meer herüber, das Dana durch die Bäume sehen konnte. Die Nebelbank war immer noch weit von der Küste entfernt. Warren hob sein Glas.

»Auf das schönste Mädchen, das ich kenne«, sagte er.

»Danke. Auf den nettesten Mann, den ich kenne.«

Sie stießen an und tranken.

»Hmmm, lecker«, sagte Dana.

»Ich mache die Margaritas auf mexikanische Art.«

»Im Gegensatz zu …«

»… denen, die man in den Restaurants nördlich der Grenze bekommt. Aber sei vorsichtig. Sie sind ziemlich stark.«

»Dann werde ich langsam trinken.«

Warren setzte das Glas ab. »Du bleibst doch zum Essen, oder?«

»Du hast mich doch eingeladen?«

»Nicht nur das. Ich bin gleich danach nach Hause gerannt, habe ein Steak aufgetaut und es mariniert.«

»Das will ich auf keinen Fall verpassen. Außer du schmeißt mich raus.«

»Du musst mir noch von Lynn und dem Spanner erzählen.«

»Tuck?«

Er lächelte. »Nicht schon wieder.«

Dana grinste unschuldig. »Es wird schon nichts passieren. Ich sollte nur nicht allzu spät nach Hause kommen.«

»Vor Einbruch der Dunkelheit?«

»*So früh* nun auch wieder nicht.«

»Sag einfach Bescheid.«

»Fährst du mich dann nach Hause?«

»Das lässt sich durchaus einrichten.«

Warren hatte ihnen nachgeschenkt und noch mehr Tortillachips geholt. »Jetzt werde ich mal den Grill anwerfen«, sagte er.

»Kann ich dir helfen?«

»Klar. Nimmst du die Gläser mit?«

Dana steckte sich einen knusprigen, salzigen Chip in den Mund und stand auf.

Die Veranda schien fast unmerklich zur Seite zu kippen.

»Deine Margaritas sind *ziemlich* stark«, sagte sie. »Aber köööstlich.«

Warren warf ihr ein Lächeln zu, holte Holzkohle und Brennspiritus aus einer Ecke und ging damit die Verandatreppe hinunter.

Dana folgte ihm, wobei sie aufpassen musste, die Drinks nicht zu verschütten.

Hinter dem Ende der Veranda befand sich ein Grill aus roten Backsteinen. Warren schüttete Kohle hinein.

»Nimmst du immer deine Arbeit mit nach Hause?«, fragte Dana.

»Manchmal schon.«

»Jetzt hast du den ganzen Tag vor einem heißen Grill gestanden, und sobald du Feierabend hast, fängst du wieder damit an.«

»Das macht mir nichts. Es gefällt mir.« Er stellte die Tüte ab, verteilte die Kohle und legte den schwarzen Eisenrost darüber.

»Stimmt es, dass die Imbissbude dir gehört?«

»Das stimmt.« Er spritzte Spiritus auf die Holzkohle.

»Erst Ticketverkäufer, dann Imbissbudenbesitzer. Wie geht das?«

Der Spiritus ließ die Kohle für einen Moment feucht glänzen.

»Um die Wahrheit zu sagen«, sagte er, »*musste* ich einfach den Job wechseln.«

»Weshalb?«

Kopfschüttelnd stellte er die Spiritusflasche neben den Grill. »Es war das Haus. Irgendwann hielt ich es nicht mehr darin aus.« Er zog ein Streichholzbriefchen aus der Hosentasche. »Ich hatte Angst davor, es zu betreten.« Er beugte sich vor, riss ein Streichholz an und hielt es an die Kohlen. Blau-gelbe Flammen schossen empor und bald loderte ein kleines, flackerndes Feuer. »Sieht gut aus«, sagte er.

Dana reichte ihm sein Glas. Seite an Seite nippten sie an ihren Margaritas.

Dana holte tief Luft. Sie konnte das Meer, die Pinien und den warmen Duft der brennenden Kohlen riechen. Es war ein angenehmer, vertrauter Geruch, der sie an ihre Kindheit erinnerte, an die Abende, an denen ihr Vater Steaks auf dem Grill hinter ihrem Haus zubereitet hatte.

»Wenn das Feuer nicht ausgeht«, sagte Warren, »können wir in etwa einer halben Stunde das Fleisch auflegen.«

»Klingt gut.«

»Sollen wir uns wieder auf die Veranda setzen?«

»Bleiben wir einfach hier. Ist doch ganz gemütlich.«

»Das stimmt.«

»Also«, sagte Dana und trank einen Schluck. »Nur damit ich das richtig verstehe. Gestern hast du mir erzählt, dass das Horrorhaus diese gewaltige *Anziehungskraft* auf dich ausübte. Dass es dein *Zuhause* war.«

»War es auch.«

»Und weshalb konntest du es dann plötzlich nicht einmal mehr betreten?«

Er zuckte mit den Achseln. »Ich habe Angst davor.«

»Wieso?«

»Also … irgendwann begriff ich, dass diese vielen Menschen tatsächlich da drin gestorben sind. Vorher hielt ich das Haus immer für eine Art gruseligen Rummelplatz. Aber das ist es nicht. Die Ermordeten erschienen mir plötzlich so real, dass … ich es einfach nicht mehr ausgehalten habe.«

»Gab es dafür einen Auslöser?«

»Es ist einfach passiert«, murmelte er und nippte an seiner Margarita. »Janice wollte mich nicht entlassen, also hat sie mir die Imbissbude angeboten.«

»Sie hat sie dir *geschenkt*?«

»Mehr oder weniger. Sie bekommt einen Teil der Einnahmen.«

»Aber sie gehört dir?«

»Genau.«

»Cool.« Sie strich ihm leicht mit der Handfläche über den Rücken. »Jetzt weiß ich schon mal, dass du ein erfolgreicher Geschäftsmann bist. Erzähl mir dein tiefstes, dunkelstes Geheimnis.«

Was frage ich ihn denn da?

»Habe ich denn so ein Geheimnis?«

»Bestimmt.«

Vielleicht hat es ja etwas damit zu tun, warum du dich in der Küche so seltsam verhalten hast. Jeder andere Mann …

»Wie kommst du darauf?«

»Jeder hat doch ein tiefes, dunkles Geheimnis«, sagte sie. »Und jetzt will ich deines wissen.«

»Hast du auch eins?«

»Ich hab zuerst gefragt.«

»Ob das Feuer noch brennt?«

Warren hielt eine geöffnete Hand über den Grill. »Ja, alles in Ordnung.«

»Ich werde dir meines erzählen«, sagte Dana.

Er drehte sich zu ihr um. »Das musst du nicht.«

»Aber ich will. Ich will, dass du mich ganz genau kennst. Willst du mich denn kennen lernen?«

»Ja.«

»Dann muss ich dir auch mein Geheimnis erzählen.« Ihr Herz klopfte wie rasend. Ihre Stimme klang, als gehörte sie jemand anderem.

»Sei vorsichtig. Ich glaube, du bist nicht mehr nüchtern.«

»Ich weiß schon, was ich tue.«

»Und morgen wirst du dir wünschen, du hättest die Klappe gehalten.«

»Nein, nein. Ich erzähl dir meins und du mir deins.«

»Dana, ich weiß nicht, ob das so eine gute Idee ist.«

»Hey«, sagte sie. »Wenn es erst mal raus ist, haben wir das Schlimmste hinter uns. Dann kann es nur noch besser werden. Verstehst du, was ich meine?«

»Vielleicht sollten wir damit noch warten.«

»Nein. Jetzt …«

»Ich kenne doch noch nicht mal deine Lieblingsfarbe, und da willst du mir schon …«

»Blau. Königsblau.«

»Und dein Lieblingslied?«

»Als ich fünfzehn war, hab ich mich unsterblich in meinen Englischlehrer verliebt. Er hieß Mr Johnson und war so um die dreißig. Auf jeden Fall …«

»Erzähl nicht weiter. Du bist betrunken.«

»Mr Johnson hatte eine Frau …«

»Ich wurde im Horrorhaus angegriffen«, sagte Warren.

»*Was?*«

»Das ist etwa zwei Jahre her.«

»Oh Gott.«

Das hatte sie nicht erwartet.

»Wie?«, fragte sie. »Was ist passiert?«

Er leerte sein Glas und stellte es neben dem Grill ab.

»Das muss aber unser Geheimnis bleiben. Du darfst es niemandem erzählen. Nicht einmal Lynn. Versprochen?«

Das ist sein Ernst.

»Versprochen«, sagte Dana. »Aber du musst es mir nicht erzählen.«

»Ach, jetzt plötzlich nicht mehr?«

Sie lächelte und war doch den Tränen nahe. »Es tut mir leid. Ich wollte dich nicht zwingen …«

»Ist schon okay. Früher oder später muss ich es dir ja sagen. Also warum nicht jetzt?«

»Wirklich?«

Er nickte. »Wir haben kurz vor Feierabend noch ein paar Kassettenrekorder vermisst. Janice und ich durchsuchten das Haus, konnten jedoch niemanden finden. Sie war ziemlich wütend, da in letzter Zeit einiges schiefgelaufen war: verschwundene Rekorder, Leute, die im Haus übernachteten, Vandalismus. Dieses Mal wollte ich diese Penner nicht so leicht davonkommen lassen. Also bin ich um Mitternacht allein ins Haus gegangen. Ich habe niemandem erzählt, was ich vorhatte. Ich wollte mich reinschleichen, vielleicht ein paar Teenager zu Tode erschrecken und sie in hohem Bogen rauswerfen. Aber ich konnte niemanden finden. Dafür entdeckte ich etwas anderes … Im Keller ist doch diese Eisentür.«

»Ja.« Dana hob ihr Glas und bemerkte, dass es leer war.

»Soll ich dir nachschenken?«

»Nein, danke. Was war mit der Tür?«

»Sie war von der Kutch-Seite aus verschlossen. Und zwar immer.«

»Ja.«

»In dieser Nacht stand die Tür offen. Das Vorhängeschloss lag daneben.«

»Mein Gott.«

»Ich dachte, dass ein paar Spaßvögel durch die Gitterstäbe gegriffen und das Schloss aufgebrochen hatten, um in den Tunnel zu gelangen.«

»Um der alten Kutch einen Besuch abzustatten.«

»Genau. *Jeder* will doch wissen, was sie da drin treibt.«

»Dich eingeschlossen.«

»Damals jedenfalls. Und da witterte ich meine große Chance: Das Schloss war geöffnet worden, und ich musste nach den Eindringlingen suchen. Somit hatte ich eine gute Entschuldigung, sollte ich Agnes in die Arme laufen.«

»Bist du hineingegangen? In den Tunnel?«

»Dazu ist es nie gekommen. Ich öffnete die Tür und beugte mich vor, um das Schloss aufzuheben und … na ja, ich war nicht allein da unten. Ich wurde angegriffen.«

Er öffnete das Seidenhemd und zog es aus.

Dana starrte auf die Narben auf seinen Schultern.

Er drehte sich um.

»Mein Gott«, murmelte Dana.

Vom Nacken bis zur Hüfte zog sich ein dickes Narbengeflecht über seinen Rücken, als hätte ihn eine ganze Armee tollwütiger Katzen in die Mangel genommen.

Er drehte sich wieder um und sah sie traurig an. »Deshalb war ich in der Küche so … abweisend. Ich wollte nicht, dass du das ohne Vorwarnung zu Gesicht bekommst.«

Dana spürte, wie Tränen in ihre Augen schossen und ihre Wangen hinunterliefen.

Sie legte die Arme um ihn. »Tuck«, sagte sie.

Bevor er etwas antworten konnte, küsste sie ihn. Ihre Hände glitten über seinen Rücken. Sie wollte seine Narben spüren, sie streicheln, ihn wissen lassen, dass sie sie nicht abstoßend fand.

Sanft schob er sie von sich und schüttelte den Kopf.

»Was ist?«

»Es geht nicht.«

»Du hast ein paar Narben. Das ist doch …«

»Das sind nicht die schlimmsten.«

»Mir egal.«

»Aber mir nicht.«

»Zeigst du sie mir?«

Er sah ihr in die Augen und schüttelte fast unmerklich den Kopf. »Niemand hat sie bisher … ich hab sie noch niemandem gezeigt. Nur Janice … sie hat meine Wunden versorgt.«

»Darf ich sie sehen?«

Er starrte sie schweigend an.

»Früher oder später werde ich sie ja doch sehen.«

»Wieso?«

»Was glaubst du denn?«

»Keine Ahnung.«

»Es ist doch so üblich, dass man sich auszieht, bevor man miteinander schläft.«

Noch während sie es aussprach, spürte sie, wie sie errötete.

»Das müssen wir nicht.«

»Was müssen wir nicht? Miteinander schlafen oder uns ausziehen.«

»Beides.«

»*Willst* du nicht?«

»Natürlich will ich. Machst du Witze? Ich habe nur … also … ich habe niemanden mehr an mich rangelassen, seit … Ich sehne mich nach dir. Seit wir uns gestern kennen gelernt haben, musste ich dauernd an dich denken. Aber ich kann nicht …«

Dana fing an, seinen Gürtel zu öffnen.

Er umklammerte ihre Handgelenke.

»Nicht«, sagte er.

»Ist schon gut.«

»Nein, ist es nicht. Wenn du wüsstest …«

»Ich will es wissen. Ich will alles wissen.«

»Das sagst du *jetzt*.«

»Warren …«

»Vertrau mir.«

»Ich vertraue niemandem, der ›*Vertrau mir*‹ zu mir sagt.«

»Okay, okay.« Er schob Dana von sich und drehte sich um.

»Sei mir nicht böse«, sagte sie.

»Nein, aber …« Er schüttelte den Kopf. Dann hörte Dana das metallische Klingen einer Gürtelschnalle.

»Wenn du lieber nicht …«

»Es muss sein.« Er beugte sich vor und zog mit einer schnellen Bewegung seine Hose und die Unterhose herunter.

Dana biss die Zähne zusammen und gab keinen Laut von sich.

Warren richtete sich auf.

Seine Hinterbacken und die Rückseiten der Oberschenkel sahen aus, als wären sie von Klauen und Zähnen zerrissen worden.

Dana musste die Augen abwenden.

»Ist nicht so schlimm«, sagte sie.

»Es ist grässlich.«

»Wer hat dir das angetan?«

»Das Ding, das mich im Keller angefallen hat.«

»Aber was war es?«

»Was glaubst du denn, was es war?«

»Keine Ahnung.«

Warren zog die Hose wieder hoch, knöpfte sie zu und drehte sich mit finsterer Miene zu ihr um.

»Ein Bär? Ein Luchs?«, fragte er. »Oder womöglich ein entlaufener Gorilla?«

»Ich weiß nicht. Was war es?«

»Das sage ich dir nicht.«

»Weshalb denn nicht?«

»Weil du mich dann für verrückt hältst. Oder für einen Lügner.«

»Es war die *Bestie*?«

»Meinst du wirklich?«

»Glaub schon.«

»Du meinst also es gibt tatsächlich diese Bestien?«

Sie zuckte mit den Schultern. »Keine Ahnung. Ja. Vielleicht. Schließlich gab es Augenzeugen.«

»Und wenn die verrückt oder betrunken waren? Wenn sie einfach nur gelogen haben?«

»Man hat tote Bestien gefunden.«

»Ich hab noch keine tote Bestie gesehen, du?«

»Nein, aber …«

»Und das hätten genauso gut Fälschungen sein können, hab ich Recht?«

»Das glaube ich nicht«, sagte Dana und sah ihm in die Augen. »Ich glaube, dass es die Bestien wirklich gab. Lynn glaubt fest an ihre Existenz. Und wenn es sie nicht gab, ist Janice eine Lügnerin.«

»Oder verrückt.«

»Auf keinen Fall. Genauso wenig wie du. Aber diese Bestien … sollten sie nicht alle tot sein?«

»Das dachte ich auch.«

»Ich war der Meinung, man hätte sie '79 alle umgebracht.«

Warrens Mundwinkel zuckte. »Offenbar nicht.«

»Also war es eine Bestie!«

»Oder jemand in einem Bestienkostüm.«

»*War es eine Bestie?*«

»Was glaubst du – warum habe ich seitdem keinen Fuß mehr in das Horrorhaus gesetzt?«

»Oh Gott.«

»Und das war noch nicht alles«, sagte Warren. »Was immer mich in jener Nacht so zugerichtet hat, es … es hat mich auch missbraucht. Es warf mich zu Boden und …«

Dana eilte zu ihm und nahm ihn fest in die Arme.

Er fing an zu weinen.

»Ist schon gut«, flüsterte sie und streichelte sanft seinen Rücken. »Ist schon gut. Alles okay.«

Kapitel achtunddreißig

Sandy – Juli 1992

Irgendetwas stimmte hier nicht.

Alles tat ihr weh. Sie lag auf dem Rücken, aber nicht auf einem Bett, sondern auf einem Teppich auf dem Fußboden.

Sie fühlte sich, als hätte sie jemand so richtig in die Mangel genommen.

Innen und außen. Mit einem Knüppel. Mit den Zähnen. Vielleicht sogar mit einem Messer.

Dann erinnerte sie sich an alles.

Sie öffnete die Augen und drehte den Kopf.

Neben ihr lagen Körperteile auf dem Boden. Überreste.

Terry. Oh Gott!

Unter Schmerzen richtete sie sich auf.

Terry war quer durch den Raum verstreut.

Sie schluchzte.

Das Weinen tat sehr weh.

Später zwang sie sich dazu, aufzustehen.

Sie versuchte, nicht auf die Glasscherben oder auf Terrys Überreste zu treten, während sie das Haus durchsuchte.

Eric war verschwunden.

Natürlich, dachte sie. Nach dem, was er hier angerichtet hat …

Er ist weggelaufen.

Sie musste ihm folgen.

Ihn finden.

Ihn nach Hause bringen.

Oder ihn töten.

Sieh nur, was er mit meinem Terry gemacht hat!

Sieh nur, was er mit mir gemacht hat!

Beschissenes Ungeheuer!

In diesem Zustand konnte sie nirgendwohin.

Sie ging ins Badezimmer und stellte sich unter die Dusche. Das heiße Wasser brannte wie Feuer in ihren Wunden. Blut lief ihren Körper hinab.

Schon die zweite Dusche heute, fiel ihr auf. Bei der ersten war Eric bei ihr gewesen, und er war so sanft, so vorsichtig …

Wie konnte er nur!

Vielleicht hat er gedacht, er müsste mich beschützen. Wie damals bei Slade. Dachte, er müsste mich retten.

Sie erinnerte sich dunkel daran, ein- oder zweimal »Nein!« gerufen zu haben, während sie sich geliebt hatten. Vielleicht hatte Eric unter der Veranda gelauscht und die ganze Situation missverstanden.

Wie ist er überhaupt hierhergekommen?

Auf der Ladefläche des Pick-up. Es gab keine andere Möglichkeit. Als sie das Tor geöffnet hatte, war die Ladefläche leer gewesen, dessen war sie sich sicher. Möglicherweise hatte er sich in den Bäumen versteckt und gewartet. Die Straße war so holprig, dass ihr nicht aufgefallen wäre, wenn er plötzlich aufgesprungen wäre.

Er wollte einfach nur mit in die Stadt fahren.

Oder rausfinden, was ich dort so treibe. Wieso ich ihn zwei Tage hintereinander allein lasse. Das habe ich noch nie getan. Was gab es so Besonderes, das ich nicht erwarten konnte?

Terry.

VERFLUCHT!

Wäre sie nur zu Hause geblieben.

Oder hätte Terry überhaupt nicht kennen gelernt. Dann wäre er jetzt noch am Leben.

Oder hätte Eric nicht geboren.

Nein, das wünschst du dir nicht wirklich.

Doch! Doch! Wäre er doch nie geboren worden!

Er wollte doch nur …

Er wollte mich nicht retten, erkannte sie mit einem Mal. Es war Trotz. Es war Eifersucht.

Er will mich mit niemandem teilen.

Sandy starrte auf das blutige Handtuch.

Sie hatte so viele Wunden von den Glassplittern und Erics Klauen, dass es zwecklos war, überhaupt mit dem Verbinden anzufangen.

Keine der Wunden schien tief zu sein. Sie bluteten nur ein bisschen.

Außerdem konnte sie manche der Kratzer gar nicht erreichen. Die an ihrem Rücken zum Beispiel. Oder die in ihrem Inneren.

Sie ging in Terrys Schlafzimmer und schlüpfte in eine seiner kurzen Hosen und in ein T-Shirt, das sofort an ihrem blutigen Rücken festklebte.

Im Wohnzimmer hob sie den Rock und die Bluse auf, die sie getragen hatte. Da kein Blut darauf zu sein schien, zog sie beides über Terrys Sachen. Dann schlüpfte sie in ihre Turnschuhe. Ihre Handtasche lag in der Nähe der Tür.

Sie war ziemlich schwer, was an der Pistole darin lag.

Sie blickte sich in Terrys zerstörtem Wohnzimmer um. Sah seinen zerstückelten Leichnam.

Sie hatte sich bereits entschieden, alles so zu lassen, wie es war.

Wie hätte sie auch die Beweise vernichten sollen? Das war ein Ding der Unmöglichkeit.

Die Polizei würde sich wohl zusammenreimen, dass Terry Frauenbesuch gehabt hatte.

Aber das war kein Verbrechen.

Außerdem konnte ihn keine Frau so zugerichtet haben.

Terry war ermordet, in Fetzen gerissen und teilweise aufgefressen worden. Das sah man auf den ersten Blick.

Und auf den zweiten Blick – oder nach einigen Labortests – würden die Zahn- und Klauenspuren, die Speichel- und Samenproben die Vermutung bestätigen, dass Terry Godwin von einem wilden Tier getötet worden war.

Nur, dass niemand wusste, was das für ein Tier gewesen sein könnte.

Wann immer in den letzten Jahren Überreste von Erics Opfern gefunden worden waren, war die Schuld regelmäßig Kojoten, Pumas oder Bären in die Schuhe geschoben worden.

Eines dieser Tiere würden sie wohl auch für dieses Massaker verantwortlich machen. Nicht, dass sie Beweise für diese Vermutung hatten. Aber alles deutete unweigerlich auf ein Raubtier mit scharfen Zähnen und Klauen hin. Etwas, das so *ähnlich* war wie ein Puma, Kojote oder Bär.

Natürlich würden manche Leute auch vermuten, dass Terry Opfer einer dieser Bestien geworden war. Immerhin war Malcasa Point nur hundert Meilen von hier entfernt. Und die Geschichte des Horrorhauses kannte ausnahmslos jeder.

Wahrscheinlich hatte der Großteil der Einwohner von Fort Platt die Führung bereits mitgemacht, die Filme gesehen oder die Bücher gelesen.

Die Leute würden anfangen, sich Gedanken zu machen.

Doch die Vermutung, dass eine Bestie Terry geholt hatte, würde niemand laut aussprechen. Die Bestien waren so etwas wie UFOs. Nur Betrunkene, Kinder und Idioten glaubten daran.

Und ich, dachte Sandy. Ich auch.

Sie öffnete die Tür und trat auf die Veranda. Ohne sich nach möglichen Zeugen umzusehen hob sie eine Hand zum Gruß.

»Tschüs, Terry«, sagte sie mit fröhlicher Stimme. »Und danke noch mal. Hat wirklich Spaß gemacht.«

Plötzlich hatte sie den Drang, einfach loszuschreien.

Stattdessen lächelte sie weiter. »Klar. Sicher. Morgen passt mir ausgezeichnet. Bis dann.«

Dann zog sie die Tür zu und ging immer noch lächelnd zu ihrem Lieferwagen.

Sie erspähte hier und da einige Nachbarn, jedoch niemanden in ihrer Nähe. Zumindest schien sie nicht beobachtet zu werden.

Statt in den Wagen zu steigen, ging sie zum Heck und warf einen Blick auf die Ladefläche.

Ihr Strandtuch war über etwas ausgebreitet, das grob der Gestalt eines Mannes ähnelte.

Von Eric selbst war nichts zu sehen.

Doch den Umrissen nach zu schließen hatte er sich unter der Decke zusammengerollt.

Um dich kümmere ich mich, sobald wir zu Hause sind, dachte Sandy.

Ohne ihn anzusprechen stieg sie ein und fuhr los.

Während der langen Fahrt nach Hause ließ sie alles noch einmal Revue passieren.

Sie hatte sich noch niemals so schrecklich gefühlt.

Nie.

Zerrissen von Schuldgefühlen, Scham und dem Verlust.

Ich hab nicht nur Terry verloren, sondern auch Eric. Er ist nicht mehr mein Sohn. Nicht nach dem, was soeben geschehen ist.

Wie konnte er Terry das nur antun?

Wie konnte er MIR das nur antun?

Mein Gott! Hoffentlich werde ich nicht schwanger.

Ist alles schon passiert …

Sie stöhnte verzweifelt auf.

Da sterbe ich lieber, als …

Zu ihrer Rechten befand sich ein steiler Abhang, der nur stellenweise mit Leitplanken gesichert war.

Nur ein dünner Schotterstreifen und etwas Gebüsch trennte sie von dem Abgrund.

Ein kurzer Ruck am Lenkrad und alles wäre vorbei.

Ein langer Sturz.

Eine harte Landung auf den Klippen.

Das Ende für sie und Eric und das Baby, das vielleicht bald in ihr wachsen würde.

Erics Bruder. Erics Sohn.

Ein Monster.

Ein blutrünstiges Ungeheuer.

Ich habe schon genug angerichtet, dachte sie. Und die Bestien haben ebenfalls weiß Gott genug Unheil gebracht.

Ich bringe mich, Eric und seinen möglichen Nachkommen um, und das war's.

Keine Bestien mehr.

Es könnte alles in wenigen Augenblicken vorbei sein.

Während sie auf eine Lücke zwischen den Leitplanken wartete, spürte sie etwas Nasses zwischen ihren Beinen. Blut oder Sperma, dachte sie.

Was es auch war, es tropfte langsam aus ihr heraus.

Terrys Samen?

Vielleicht werde ich ja von ihm schwanger, dachte sie.

Die Chancen stehen fünfzig zu fünfzig.

Sie umklammerte das Lenkrad.

Genau wie bei Mom, dachte sie.

Ihre Mutter hatte ihre ganze Schwangerschaft über nicht gewusst, ob sie das Kind ihres toten Mannes oder das eines Ungeheuers unter dem Herzen trug.

Wahrscheinlich werde ich überhaupt nicht schwanger, dachte Sandy.

Aber wenn doch, bin ich in exakt derselben Situation wie Mom.

Ein unheimlicher Zufall.

Aber trotzdem ein Zufall, dachte sie.

Auch wenn es sich nicht wie ein Zufall anfühlte, sondern eher wie ein unausweichliches Schicksal. Als wäre sie Opfer einer Verkettung von Ereignissen, die schon lange zuvor von unbekannten Mächten geplant worden waren.

Es ist meine Bestimmung, dachte sie.

Die Wiederholung all dessen, was Mom durchmachen musste.

Vielleicht war irgendetwas bei ihr schiefgelaufen, und jetzt versuchte jemand, die Sache wieder geradezubiegen.

»Lächerlich«, murmelte sie.

Dieser Jemand treibt auf jeden Fall ein böses Spiel mit mir.

»Aber da spiele ich nicht mit«, sagte sie.

Doch noch während sie diese Worte aussprach, wusste sie, dass sie keine andere Wahl hatte. Ihr Leben wurde von Gott oder dem Schicksal oder sonst einem Witzbold manipuliert. Es war ein Spiel, über das sie nicht die Kontrolle hatte. Sie konnte nichts dagegen tun.

Ist es mir bestimmt, von der Klippe zu stürzen?, fragte sie sich.

Woher soll ich das wissen?

»Wen zum Teufel interessiert das überhaupt?«, fragte sie laut. »Ich mache, was ich will.«

Was genau das ist, was SIE wollen.

Wirklich?

Was *will* ich denn überhaupt?

Erst mal lange genug am Leben bleiben, um herauszufinden, ob ich schwanger bin oder nicht. Und ob es Terrys Kind ist.

Also werde ich mich heute nicht umbringen, dachte sie. Und was mache ich mit Eric?

Ich erschieße ihn.

Auf dem Feldweg wurde Sandy in ihrem Lieferwagen tüchtig durchgerüttelt. Sie ignorierte ihre Schmerzen, nahm sie nur aus einer gewissen Distanz heraus zur Kenntnis.

Sie blieb vor dem Tor stehen und starrte ins Leere.

Das bringe ich nicht fertig, dachte sie.

Wieder hatte sie das Gefühl, nicht in ihrem Körper zu stecken.

Die Frau hinter dem Steuer stellte den Motor ab, beugte sich über den Beifahrersitz und zog den Revolver aus der Handtasche.

Wetten, das mir *das* nicht bestimmt ist, dachte sie.

Ich bringe es nicht übers Herz.

Und wie. Pass nur auf.

Sie schien sich an zwei Orten gleichzeitig zu befinden.

Zum einen beobachtete sie von einem Ort außerhalb ihres Körpers aus mehreren Metern Entfernung diese wütende, verletzte Frau mit gebrochenem Herzen und fragte sich, was sie wohl vorhatte.

Zum anderen war sie in ihrem schmerzenden Körper, benommen, betäubt und trotzdem wild entschlossen.

Der Revolver lag schwer in ihrer Hand.

Schnell, solange er noch unter der Decke liegt, sagte sie sich. Bevor er mitbekommt, was mit ihm geschieht.

Bevor er mich ansehen kann.

Wenn er mir in die Augen sieht, bringe ich es nicht fertig, ihn …

Mit abgewandtem Blick ging sie zum Heck des Wagens, dann spannte sie den Hahn, wirbelte herum, hob die Waffe und richtete sie auf das Strandtuch auf der Ladefläche.

Es war zerknittert und blutig.

Eric lag nicht mehr darunter.

Er war verschwunden.

Kapitel neununddreißig

Fliegende Fäuste

»Ein köstliches Mahl«, sagte John. »Ich danke dir von ganzem Herzen und ganzem Bauch.«

»Bitteschön«, murmelte Owen, schlug zwanzig Prozent Trinkgeld auf die Rechnung und unterschrieb den Kreditkartenbeleg. »Fertig?«

»Denke schon.«

Sie erhoben sich von der weichen Ledersitzgarnitur und gingen durch das schwach beleuchtete Restaurant. Auf dem Weg nach draußen dankte ihnen die Kellnerin für ihren Besuch. Owen antwortete ihr weit freundlicher, als er es eben bei John getan hatte.

Die Bäume warfen in der goldenen Abendsonne lange Schatten. Staubflocken tanzten durch die Luft.

Sie gingen über den Parkplatz in Richtung Bungalow.

»Also gut«, sagte Owen. »Jetzt waren wir also im Carriage House essen. Wie lautet der weitere Plan für diese Nacht, an die ich mich angeblich für den Rest meines Lebens erinnern werde?«

»Wie wär's, wenn wir deiner Freundin einen kleinen Besuch abstatten?«

»Dana?«

»Wem denn sonst? Ich weiß, wo sie wohnt.«

»Aber sicher.«

»Doch, wirklich.«

Owen öffnete die Zimmertür und warf sofort einen Blick auf das Telefon.

Kein blinkendes rotes Licht.

Keine Nachricht.

Er war enttäuscht, aber nicht besonders überrascht. Er und John hatten den Raum erst um halb sieben verlassen. Dana hätte bis dahin sicher angerufen, wenn sie sich wirklich mit ihm hätte verabreden wollen.

Sie hatte offenbar mit jemand anderem ausgehen wollen.

Natürlich nur für den Fall, dass sie sich überhaupt mit jemandem hatte treffen wollen.

Vielleicht hatte sich John das alles nur aus den Fingern gesogen.

Owen ließ sich auf die Bettkante fallen. »Selbst wenn du weißt, wo sie wohnt – hast du vergessen, dass sie heute Abend schon was vorhat?«

»Das kann ja nicht ewig dauern.« John lehnte sich mit dem Hintern gegen die Frisierkommode. Er hob die Augenbrauen. »Wenn sie wieder nach Hause kommt, werden wir bereits auf sie warten.«

»Das ist ja eine großartige Idee. Und dann? Sollen wir sie überfallen und ihr die Kleider vom Leib reißen?«

»Willst du?«

»Leck mich.«

John kicherte. »Du würdest gerne *sie* lecken, stimmt's?«

»Halt den Mund.«

»Ich will dich doch nur ein bisschen ärgern.«

»Hör auf damit.«

»Aber sehen würdest du sie schon gerne, oder?«

»Nicht wenn du dabei bist.«

»Aber ich muss dabei sein. Ich weiß schließlich, wo sie wohnt. Und ich hab die bessere Kamera. Wir könnten noch viel mehr Fotos schießen.«

Owen starrte ihn an.

»Die Bilder von ihr und Lynn haben dir schließlich auch gefallen, oder? Dir wäre ja beinahe einer abgegangen.«

»Stimmt nicht.«

»Stimmt doch. Und wenn du sie in dieser Uniform schon so heiß findest, wie muss sie erst aussehen, wenn sie zu einem Rendezvous geht? Da trägt sie bestimmt keine Uniform, sondern wahrscheinlich ein schönes Kleid. Vielleicht so was Enges mit tiefem Ausschnitt, weißt du, was ich meine? So einen Minirock, der kaum ihre Möse verdeckt.«

»Du bist ein Schwein.«

»Und das gefällt dir.«

»Nein.«

»Du kriegst einen Steifen, wenn du nur daran denkst.«

»Stimmt nicht.«

»Ach ja? Lass sehen.«

»Lass mich in Frieden.«

»Steh auf.«

»Ich stehe höchstens auf, um dir eins in die Fresse zu geben.«

»Oooooh. Ich zittere.«

Owen sprang auf.

John deutete auf seine Hose. »Siehst du? Was hab ich dir gesagt?«

»Und was hab ich *dir* gesagt?«, fragte Owen und schlug ihm ins Gesicht. John quietschte erschrocken auf, als sein Kopf zur Seite geschleudert wurde. Speichel spritzte aus seinem Mund. Seine Brille flog in hohem Bogen gegen die Wand und landete auf der Kommode.

Abwehrend streckte er einen Arm aus.

Mit der anderen Hand stieß er sich von der Kommode ab.

Owen vergrub seine Faust in seinem großen, schwabbeligen Bauch.

John kreischte und krümmte sich zusammen, doch Owen schubste ihn zurück, schlug ihm mit der Linken gegen die Brust und mit der Rechten noch einmal in den Bauch. John wimmerte bei jedem Schlag.

Dann ging er zu Boden und rappelte sich keuchend und schluchzend wieder auf. Er humpelte zum Bett hinüber, ließ sich bäuchlings darauf fallen und vergrub sein Gesicht im Kissen.

»Ich hab dich gewarnt«, sagte Owen mit einem mulmigen Gefühl im Bauch.

John heulte herzzerreißend.

»Du hättest das nicht sagen sollen.«

»Du hättest mich … nicht … schlagen dürfen«, sagte John, die Stimme durch das Kissen gedämpft.

Owen hatte in seinem ganzen Leben noch nie jemanden … *geschlagen.*

Er dachte, es wäre ein tolles Gefühl, einem fetten, widerwärtigen Ekelpaket wie John die Scheiße aus dem Leib zu prügeln.

Wenn er sich nur gewehrt hätte, dann vielleicht.

Es war, als hätte er einer Katze einen Tritt verpasst.

Seine Kehle schnürte sich zu, seine Eingeweide verkrampften sich. Er fühlte sich, als ob er sich jeden Augenblick übergeben müsste oder ebenfalls losheulen würde.

»Alles klar?«, fragte er mit heiserer Piepsstimme.

»Nein. Du hast mir *wehgetan.*«

»Tut mir leid.«

»Ich wollte doch nur … dein Freund sein.«

»Tut mir wirklich leid.«

John rollte sich schluchzend auf die Seite. Ohne seine Brille sah er irgendwie anders aus. Verwundbarer. Er hielt sich den Bauch.

»Ich hol dir deine Brille«, sagte Owen.

John schniefte.

Owen ging zur Kommode hinüber und fand Johns Brille auf einem Plastiktablett neben dem Eiskübel. Als er sie aufhob, fiel das rechte Glas heraus, prallte gegen die Kante der Kommode und zersprang in drei Stücke.

»Scheiße«, murmelte Owen.

»Was?«

»Sie ist zerbrochen.«

John seufzte laut auf und schluchzte wieder. »Lass mal sehen«, sagte er schließlich.

Owen hob die Glassplitter auf. »Tut mir leid«, sagte er. »Ich wollte deine Brille nicht kaputtmachen.«

John setzte sich auf und streckte beide Hände aus. Owen ließ die Überreste der Brille in seine Handflächen fallen.

»Du bist ja ein toller Freund«, sagte er.

Owen setzte sich auf das andere Bett.

»Wie geht's dir?«

John schüttelte nur den Kopf.

»Brauchst du einen Arzt?«

»Woher soll ich das wissen? Ich wurde noch nie zusammengeschlagen.«

»Das überrascht mich.«

»Ha, ha«, entgegnete John.

»Willst du mich auch schlagen?«

»Nein. Weshalb sollte ich dich schlagen wollen?«

»Weil ich dich geschlagen hab.«

»Davon wird es auch nicht besser.«

»Los. Verpass mir eine.«

»Nein, danke.«

»Los doch!«

»Ich bin kein Schlägertyp. Eher ein feuriger Liebhaber.«

Owen lachte. John lächelte ebenfalls gequält.

Seine linke Wange war gerötet und angeschwollen.

Owen fühlte sich ziemlich mies.

»Wir müssen die Brille gleich morgen früh reparieren lassen. Ich brauche ein neues Glas. Und ein Gestell. Das hier ist ja völlig verbogen.«

Owen besah sich das Gestell.

»Das warst du«, sagte John.

»Ich weiß. Keine Sorge, du kriegst eine schöne, neue Brille.«

»Und damit ist die Sache für dich erledigt?«, fragte John.

»Nein. Es tut mir leid, dass ich auf dich losgegangen bin.«

»Mir tut's noch viel mehr leid.«

»Ich weiß. Entschuldige. Wie wär's mit einem Eis oder so? Würde das deine Laune heben?«

»Genau. Ein großes Eis für den fetten kleinen Jungen, und dann ist alles wieder gut.«

»Ich hätte jetzt selbst Lust auf eines. Neben dem Fotogeschäft war eine Eisdiele.«

»Ja.«

»Sollen wir rüberfahren? Ich geb' dir eines aus.«

»Ob sie da auch Waffeln haben?«

»Bestimmt.«

»Ich liebe Waffeln.«

»Finden wir's raus.«

»Aber nicht mehr schlagen. Versprochen?«, fragte John.

»Versprochen.«

»Ehrenwort?«

»Indianerehrenwort.«

»Das war nämlich nicht so prickelnd, musst du wissen.«

»Ich weiß.«

»So haben sie Houdini umgebracht.«

»Ich weiß. Es tut mir leid.«

John wischte sich über die Augen und stand auf, wobei er vor Schmerz zusammenzuckte. »Oh Mann. Mein Bauch ist total im Arsch.«

»Vielleicht sollte ich dich wirklich zu einem Arzt bringen.«

»Das Eis wird mir schon helfen.«

»Okay. Ich muss nur noch schnell pinkeln.«

Als Owen aus dem Badezimmer kam, blätterte John gerade in einem Telefonbuch. Er bemerkte Owen, grinste und riss eine Seite heraus.

»Hey! Was soll das denn?«

»Nur für den Fall.«

»Für welchen Fall?«

»Für den Fall, dass du deine Meinung änderst und Dana doch noch besuchen willst.«

Seine geröteten, wässrigen Augen wirkten ohne Brille ganz anders als zuvor. »Da steht ihre Adresse drauf.« Er wedelte mit der Seite herum. »*Lynns* Adresse.« Er faltete sie zusammen.

»Du weißt ihren Nachnamen?«

»Ich weiß viele Dinge.«

»Wie lautet er?«

»Tucker.«

»Und wie heißt Dana mit Nachnamen?«

»*Das* weiß ich nicht. Ich kann ja schließlich nicht alles wissen. Aber wenn wir sie heute Nacht besuchen, werden wir's ja rausfinden.«

»Wir gehen ein Eis essen«, sagte Owen. »Sonst gar nichts. Außerdem solltest du kein Telefonbuch zerreißen, das dir nicht gehört.«

John grinste hämisch. »Entschuldige vielmals.«

»Du bist echt ein Arschloch.«

»Ich spaziere jedenfalls nicht durch die Gegend und *schlage Leute zusammen.*«

Sie verließen den Bungalow.

»Du zahlst«, sagte John. »Ich fahre.«

»Ohne Brille? Das kann ja was werden.«

John zwinkerte ihm zu. »Kontaktlinsen, Mann. Schon mal davon gehört?«

»Du trägst Kontaktlinsen?«

»Klar.«

»Wozu dann die Brille?«

»Sie steht mir einfach.«

»Oh Mann.«

»Also, ich fahre.«

»Kommt nicht in Frage. Das ist ein Mietwagen. Den darf niemand fahren außer …«

»Wir nehmen *meinen* Wagen. Komm mit.« Er deutete mit dem Kinn auf einen uralten Ford Granada am anderen Ende des Parkplatzes. Der Wagen sah aus, als hätte er schon vor Jahrzehnten verschrottet werden müssen.

»Fährt der überhaupt noch?«, fragte Owen.

»Klar. Der Kühler ist brandneu. Vielleicht explodiert der Motor ja – überhitzen kann er sich jedenfalls nicht.«

»Vielleicht sollten wir doch besser mit meinem Wagen fahren.«

»Nein, nein. Ich bestehe darauf.«

John öffnete die Beifahrertür. Der Sitz war unter Schokoriegelverpackungen, Straßenkarten, Zeitschriften und Büchern vergraben. Owen sah Porno- und Horrormagazine sowie eine Taschenbuchausgabe von *Der Schrecken von Malcasa Point*. Dann drängte ihn John beiseite und fing an, die Sachen auf die Rückbank zu werfen.

»Toll«, murmelte Owen.

»Hä?«

»Ganz toll, wie du mit deinen Sachen umgehst.«

»Also manchmal bist du echt pingelig, Owen. Mach dich mal locker.«

»Damit ich so werde wie du?«

»Wieso nicht?« John machte eine einladende Geste. »*Voilá*.«

Owen konnte jetzt zumindest den Sitz sehen. Der Boden war zwar immer noch mit Müll bedeckt, doch auf dem Sitzpolster lag nur noch etwas fettiges Popcorn, ein Kaugummipapier und die Krümel eines ganzen Sortiments von Kartoffelchips und Keksen. Owen wollte sie mit der Hand wegwischen, aber dazu hätte er das Polster ja *berühren* müssen.

Das Polster war mit Flecken in allen Schattierungen übersät. Manche sahen klebrig aus. Owen vermutete Ketchup, Senf, Blut, die nach »Geheimrezept« hergestellte Sauce von Big Macs, Salsa, Honig, Kaffee und vielleicht noch Chilisoße. Er hoffte, dass sich unter den Substanzen weder Rotz noch Exkremente oder Sperma befanden.

Doch ausschließen konnte er es nicht.

»Ist nicht sehr sauber«, sagte er.

John ließ sich auf den Fahrersitz fallen. Der Wagen wackelte. »Jetzt hab dich doch nicht so.«

»Ich will mir die Hose nicht dreckig machen.«

»Dann setz dich auf eine Straßenkarte oder so.«

Zwischen dem Müll auf dem Boden entdeckte Owen eine Ausgabe von *Fangoria.* »Kann ich?«, fragte er und hielt sie hoch.

»Klar.«

Owen schlug das Magazin auf, breitete es auf dem Sitz aus und setzte sich darauf.

John ließ den Motor an. »Was glaubst du, was Dana gerade macht?«, fragte er, während sie über den Parkplatz fuhren.

»Ich weiß nicht. Und ich will nicht über sie reden. Und vor allem will ich nicht, dass du über sie redest. Denk nicht mal an sie.«

John lachte. »Mann, dich hat's echt schlimm erwischt. Weißt du was? Mir ist sie egal.«

»Gott sei Dank.«

Sobald sie die Hauptstraße erreicht hatten, trat John aufs Gas. »Lynn ist die Richtige für mich. Scheiße, sie ist so süß. Ich würde ihr am liebsten die Kleider vom Leib reißen und …«

»Würdest du *bitte* den Mund halten?«

»Du kriegst Dana, ich krieg Lynn.«

»Wir kriegen erst mal gar nichts außer einem Eis. Und dann fahren wir wieder zum Welcome Inn zurück.«

»Wir könnten doch wenigstens mal an ihrem Haus vorbeifahren.«

Kapitel vierzig

Die Fahrt nach Hause

Warren wartete einen vorbeifahrenden Kleintransporter ab und bog links ab. Die Stadt vor ihm war hell erleuchtet, doch es herrschte nur wenig Verkehr.

»Weißt du, wie du fahren musst?«, fragte Dana.

»Ich war schon ein paarmal dort. Janice schmeißt gerne mal eine Party für die Belegschaft. Grillen am Pool und so. Ich glaube, Lynn hat vor, in ein paar Wochen diese Tradition auch in Janices Abwesenheit fortzuführen.«

»Das wird sicher lustig. Kommst du auch?«

»Wenn ich eingeladen bin.«

»Da bin ich mir sicher.«

Er lächelte Dana in der Dunkelheit an.

»Nur schwimmen gehen werde ich wohl nicht.«

»Du könntest doch einen Badeanzug tragen.«

»Lieber nicht.«

»Gehst du denn nie schwimmen?«

»Doch, manchmal schon. Nachts im Meer.«

»Das müssen wir mal gemeinsam machen.«

»Okay. Das Wasser ist aber ziemlich kalt.«

»Wir könnten auch in Lynns Pool springen.«

»Besser nicht.«

»Ich könnte sie uns schon ein paar Stunden vom Hals schaffen.«

Warren schüttelte den Kopf. »Dieses Risiko will ich nicht eingehen.«

»So schlimm sind deine Narben doch gar nicht. Es ist ja nicht so, dass du völlig entstellt oder … abstoßend wärst.«

»Na, dich haben sie anscheinend nicht abgestoßen.«

Dana legte eine Hand auf sein Bein und spürte die Wärme seines

Körpers durch den Hosenstoff. »Weißt du was?«, sagte sie. »Wieso zeigst du Lynn die Narben nicht einfach?«

»Kommt nicht in Frage.«

»Sie sind nicht so …«

»Sie muss nur einen Blick drauf werfen und weiß sofort, was mit mir passiert ist.«

»Was hast du ihr gesagt?«

»Die Wahrheit. Bis zu einem gewissen Grad. Offiziell war ich auf der Suche nach den vermissten Rekordern. Im Keller des Horrorhauses haben mich dann ein paar Jugendliche überfallen und zusammengeschlagen. Dabei hab ich mich an herumliegenden Glasscherben verletzt. Das ist das, was Lynn glaubt.«

»Und die Polizei?«

»Die haben wir gar nicht eingeschaltet. Wir haben überhaupt niemandem etwas gesagt. Außer Lynn. Janice hat sich um meine Verletzungen gekümmert, also mussten wir uns eine Geschichte für Lynn und ihren Vater ausdenken.«

»Wieso nicht die Wahrheit?«

Er schüttelte den Kopf. »Auf den Rummel kann ich verzichten.«

»Und Janice hat mitgespielt?«

»Ja. Sie wollte auch nicht, dass die Sache an die Öffentlichkeit gerät.«

»Wäre aber gut fürs Geschäft gewesen.«

»Das ganz bestimmt. Darüber haben wir sogar unsere Witze gemacht. ›Die Bestie ist zurück – und jetzt will sie dich‹, und so ein Zeug. Aber sie hat niemals auch nur angedeutet, die Sache öffentlich machen zu wollen.«

»Aber vielleicht sollten es die Leute erfahren – sie müssen doch gewarnt werden.«

»Vielleicht.« Warren hielt an einer blinkenden Ampel, vergewisserte sich, dass die Kreuzung frei war, und fuhr weiter. »Aber wer hätte uns schon geglaubt? Die meisten Leute denken, dass die Bestie nicht existiert, Beweise hin oder her. Es ist wie mit Bigfoot,

Vampiren oder Werwölfen. Wir würden wie Spinner dastehen, oder wie Betrüger … Man kann nie wissen, wie so eine Sache ausgeht. Am Ende versuchen womöglich noch mehr Leute, sich nachts in das Haus zu schleichen. Und das hätten wir dann von unserer Warnung – weitere Angriffe.«

Dana sah ihn mit finsterer Miene an. »Aber die Mitternachtsführung findet doch auch nachts statt.«

»Bis jetzt ist dabei noch niemandem etwas passiert.«

»Bis jetzt.«

»Soweit wir wissen«, sagte Warren, »hat sich die Bestie seit jener Nacht, in der sie mich angegriffen hat, nie wieder gezeigt.«

»Aber sie könnte *immer noch* dort sein.«

»Nein. Janice ging auf Nummer sicher. Sie sagte die Mitternachtsführung für die nächsten zwei Wochen ab und hielt jede Nacht dort Wache.«

»Allein?«

»Ja. Nur mit Jerrys .44er Magnum bewaffnet. Sie saß im Keller und hat darauf gewartet, dass die Bestie auftaucht.«

»Meine Güte. Das ist doch Wahnsinn.«

»Mutig«, sagte Warren.

»Das auch. Ich könnte das nicht.«

»Sie fühlte sich irgendwie verpflichtet dazu.«

»Und wie hat sie *Mister* Tucker ihre nächtlichen Ausflüge erklärt?«

»Sie hat gesagt, dass sie das Haus bewachen wollte, falls jemand versucht, dort einzubrechen. Dass sie die Jungs fangen wollte, die mich in die Mangel genommen hatten. Jerry und Lynn wollten sie begleiten, aber das erlaubte Janice nicht. Sie bestand darauf, die Sache selbst in die Hand zu nehmen. Aber nichts geschah. Die Bestie hat sich nicht wieder gezeigt. Und jetzt hängt auf *unserer* Seite der Tür ein Schloss.«

»Ist die Bestie so in das Horrorhaus geschlichen? Durch den Kutch-Tunnel?«

»Möglich. Zumindest war die Tür geöffnet.«

»Hat jemand mit Agnes darüber gesprochen? Oder ihr Haus durchsucht?«

»Nein. Dazu hätten wir ja die Polizei alarmieren und einen Durchsuchungsbefehl anfordern müssen.«

»Warum hat Janice sie nicht einfach besucht?«

»Agnes hat ihr nicht geöffnet. Also ließ Janice die Sache auf sich beruhen. Die damalige Abmachung beinhaltete ja, dass Agnes' Haus tabu war.«

»Also könnte Agnes dort ungestraft das *beherbergt* haben, was dich angegriffen hat?«

»Könnte sein«, sagte er. »Vielleicht hat sie auch mit der ganzen Sache nichts zu tun. Dieses Ding könnte genauso gut von unserer Seite ins Haus gelangt sein. Vielleicht war es hinter dem Grundstück im Wald und hat den Eingang zu dem Gang gefunden, der von dort in den Keller führt.«

»Aber der Gang ist mit einer Falltür versperrt …«

»Erst seitdem ich angegriffen wurde.«

»Ach so.«

»Vorher stand das Loch im Keller offen und war nur von einer Absperrung umgeben, damit die Touristen nicht hineinfielen. Und niemand wusste, was nachts daraus hervorkroch.«

Dana bemerkte, dass sie Gänsehaut bekam. Sie rubbelte sich über die Unterarme. »Und jetzt kann nichts mehr daraus hervorkriechen?«

»Auf jeden Fall nicht mehr so leicht. Außerdem würden wir es am nächsten Morgen sofort bemerken. Du weißt doch, wie gewissenhaft Lynn das Haus durchsucht.«

»Ja, ich war schon mal dabei.«

»Sie geht jedes Mal in den Keller, stimmt's?«

»Ja.«

»Um sicherzugehen, dass die Luke nicht offen steht. Janice hat ihr die Anweisung gegeben, sobald sie etwas Verdächtiges bemerkt, die

Beine in die Hand zu nehmen, das Haus zu evakuieren, die Vordertür abzuschließen und sie sofort zu benachrichtigen.«

»Damit sie dann mit ihrer Smith & Wesson angerannt kommt?«

»Das ist der Plan«, sagte Warren und bog rechts ab. Zu beiden Seiten der Straße standen dunkle Bäume. »Bis jetzt ist noch nie etwas passiert«, sagte er. »Nichts ist eingedrungen und niemand ist angefallen worden.«

»Zumindest wisst ihr von niemandem.«

»Ja … du spielst auf die verschwundenen Kassettenrekorder an, stimmt's? Aber dafür gibt es so viele Erklärungen. Und bis heute wurde niemand vermisst.«

»Ständig wird jemand vermisst.«

»Das schon, aber nicht im Horrorhaus. Wenn jemand während der Führung plötzlich verschwinden würde, würden wir das wohl mitkriegen.« Er grinste Dana an. »Das hast du ja gestern selbst erlebt.«

»Erinnere mich nicht daran.«

»Ich wünschte, ich wäre dabei gewesen.«

»Willst du mir beim Kotzen zusehen? Dann hättest du mir lieber noch eine oder zwei Margaritas aufgeschwatzt.«

»Vielleicht ein andermal.«

»Hoffentlich nicht. Übrigens – wenn wir schon bei dem kleinen Bengel sind, der auf den Dachboden gerannt ist – wie hieß er noch, Lance? Das mit seiner Mutter hast du ja mitbekommen, aber weißt du auch, dass er wie am Spieß geschrien hat, als er dort oben war? Er ist außer sich vor Angst die Treppe runtergerannt und hat gebrüllt, dass irgendetwas *hinter ihm her* wäre.«

»Ja. Das habe ich auch gehört.«

»In der ganzen Aufregung habe ich völlig vergessen, ihn danach zu fragen.«

»Niemand hat ihn danach gefragt«, sagte Warren. »Er und seine Mutter sind sofort verschwunden. Und Lynn ging auf den Dachboden, um nachzusehen.«

»Genau. Das hat sie mir erzählt.«

»Aber da war niemand, genau wie sie es erwartet hatte. Das passiert manchmal – die Leute glauben so fest an die Bestie, dass sie sie dann wirklich vor sich sehen. Besonders Kinder. Dann fangen sie an zu plärren, rennen wie wild herum und erschrecken alle zu Tode. Dabei hat ihnen nur ihre Fantasie einen Streich gespielt.«

Er bog in die enge, kurvige Seitenstraße.

Wir sind gleich da!

Dana hatte plötzlich ein hohles Gefühl im Magen.

»Kommst du noch mit rein?«, fragte sie.

»Wenn du willst.«

»Bitte.«

»Ja, ich kann ja mal nach dem Rechten sehen. Und *Tuck* Hallo sagen.«

»*Untersteh dich!*«

Warren lachte.

»Ich hab mir dein Schweigen bereits erkauft. Erinnerst du dich?«

»Vielleicht war das nur die erste Rate.«

»Erpresser«, sagte sie grinsend.

»Tja.«

»Und was willst du diesmal?«

»Keine Ahnung. Überrasch mich.«

»Okay. Aber nicht, während du hinterm Steuer sitzt.«

Schon bald sahen sie das Haus vor sich. Alle Lichter brannten. Sogar die Verandabeleuchtung und die Lampe vor der Garage waren eingeschaltet. Zur Linken stand ein blauer Range Rover.

Warren hielt dahinter an und stellte den Motor ab.

»Tuck hat wohl Besuch«, sagte er.

»*Lynn* hat Besuch.«

»Tuck«, korrigierte sie Warren. »Bis jetzt habe ich noch keine zweite Rate bekommen.«

»Also gut«, sagte sie. »Aber du musst die Augen schließen.«

Er schloss die Augen.

»Erst aufmachen, wenn ich es dir sage.«

»Okay.«

»Das ist schrecklich. Nur, weil ich mich verplappert habe, muss ich in alle Ewigkeit dafür büßen.«

»Bis in alle Ewigkeit«, bekräftigte Warren.

»Vielleicht wird dich *das hier* zufrieden stellen.«

»Hmmmm?«

»Streck die Hände aus.«

»Okay.«

»Jetzt darfst du die Augen wieder aufmachen.«

Er öffnete sie und starrte verblüfft auf den BH in seinen Händen. Sie hatte ihr T-Shirt bereits wieder heruntergezogen.

»Reicht das, damit du den Mund hältst?«

Er lachte. »Klar. Darf ich den behalten?«

»Natürlich.«

Er legte den BH in seinen Schoß und beugte sich vor, um sie zu küssen. Während sich ihre Lippen berührten, spürte sie seine Hand auf ihrer rechten Brust. Durch den dünnen Stoff des T-Shirts konnte sie die Wärme seiner Handflächen spüren. Sanft kniff er ihr mit den Fingerspitzen in die Brustwarze.

Stöhnend legte sie eine Hand in seinen Schoß. Bald stöhnte auch Warren auf.

Sie zog das T-Shirt über den Kopf.

Sie zog an dem Reißverschluss seiner Hose.

»Jetzt kann ich leider … nicht mehr mit reinkommen«, flüsterte Warren, als sie sich später in den Armen lagen und nach Luft schnappten.

»Wir warten … noch ein bisschen.«

»Geht nicht. Meine Hose.«

»Was ist damit?«

»Flecken.«

»Hä?«

»Hier, fühl mal.«

Er führte ihre Hand zu besagter Stelle.

»Oh«, sagte sie. »Tut mir leid.«

Er lachte.

»Warum kommst du nicht … kommst du nicht im Haus noch mal?«

Er lachte lauter.

»Wir können sie ja schnell in die Maschine werfen«, sagte Dana.

»Klar. Während ich mich mit Lynn und ihrem Besuch unterhalte?«

»Wir müssen uns eben reinschleichen.«

»Nein, nein. Ich fahre lieber.«

»Hoffentlich ist es ein *freundlicher* Besuch.«

»Hat sie denn jemanden erwartet?«

»Nicht dass ich wüsste.«

»Ich glaube nicht, dass was passiert ist.«

»Weißt du, wem das Auto gehört?«

»Mein Gott, ich kenne niemanden, der sich so einen Wagen überhaupt leisten könnte. Bis auf Janice natürlich. Sieht ziemlich neu aus. Und er hat keine Nummernschilder.«

»Vielleicht solltest du doch mit reinkommen.«

»Ich kann dich ja zur Tür begleiten.«

»Du kannst den Fleck ja unter dem BH verstecken.«

»Vielleicht solltest du den lieber wieder anziehen.« Er ließ ihn an einem Träger vor ihrer Nase hin und her baumeln.

»Der gehört dir. Du musst ihn behalten, als Erinnerung an heute Nacht.«

»Diese Nacht werde ich nie vergessen.«

»Ein Souvenir kann trotzdem nicht schaden.«

Er schüttelte den Kopf. »Wenn du darauf bestehst.«

»Ich bestehe darauf.«

»Danke.«

»Und jetzt lass deine Unterhose rüberwachsen.«

»Hä?«

»Ich will auch ein Souvenir.«

»Das ist nicht dein Ernst.«

»Ich fürchte doch.«

»Aber sie ist … nass.«

»Umso besser.«

Er kicherte leise und öffnete seinen Gürtel. »Das wird nicht einfach«, sagte er. »Das Lenkrad …«

»Es soll ja auch anstrengend sein.«

»Sag mir, wenn jemand kommt.«

Dana lachte. »Dann schlage ich sofort Alarm.«

»Hoffentlich baue ich auf dem Heimweg keinen Unfall«, sagte er mit der Hose um die Knöchel.

»Wenn der Unfall so schlimm ist, dass sie merken, dass du keine Unterhose trägst, wirst du dir darüber keine Sorgen mehr machen.«

»Da könntest du Recht haben.«

Er reichte Dana die Unterhose. »Danke, der Herr«, sagte sie und faltete sie zusammen. Als er seine Hose wieder angezogen hatte, gab sie ihm einen Kuss. »Und danke für das Essen. Das Steak war traumhaft. Hat nur ein bisschen lang gedauert, bis es fertig war.«

Er sah ihr tief in die Augen. »Ich wünschte, du würdest bei mir bleiben.«

»Ich auch. Aber ich muss los. Ich bin sowieso schon spät dran. Tuck macht sich bestimmt schon Sorgen.«

»Womöglich denkt sie im Moment gar nicht an dich.«

»Kann schon sein – aber ich muss wissen, wer ihr geheimnisvoller Besucher ist.« Sie streckte die Hand nach dem Türgriff aus.

»Warte«, sagte Warren. »Wann sehen wir uns wieder?«

»Morgen, denke ich.«

»Willst du nach der Arbeit wieder zu mir kommen?«, fragte er. »Vielleicht ist das Wetter morgen ja besser, und wir können zum Strand gehen.«

»Ich weiß noch nicht. Ich muss ja um acht wieder im Horrorhaus sein.«

»Weshalb?«

»Wegen dem Grillbüffet und so. Ich will das Ganze miterleben.«

»Die Mitternachtsführung?«

Sie nickte.

»Muss das sein?«

»Ich möchte so gerne. Und ich hab's Tuck versprochen. Sie zählt auf mich. Außerdem muss ich mich von dem heutigen Abend erst mal erholen.«

Warren blies die Backen auf. »Du glaubst, *du* hättest dich verausgabt?«

»Armer Junge.« Lächelnd tätschelte sie seine Wange.

»Schade, dass du morgen Abend keine Zeit hast.«

Danas Hand verharrte auf seiner Wange. »Finde ich auch. Aber ich hab's versprochen.«

»Wenn du Lynn sagen würdest ...«

»Ausgeschlossen. Wie wär's mit Sonntagabend? Das Horrorhaus hat Montag geschlossen. Wir haben also den ganzen Tag nur für uns.«

Er nickte. »Das wäre toll.«

»Ja.«

»Trotzdem ist mir nicht wohl dabei, wenn du mit auf die Mitternachtsführung gehst.«

Dana ließ die Hand sinken. »Uns wird schon nichts passieren.«

Er schwieg.

»Oder doch?«

»Ich würde selbst am helllichten Tag nicht mehr da reingehen.«

»*Du* vielleicht.«

»Ich meinte, auch wenn ich du wäre.«

»Also *könnte* uns was zustoßen?«

»Eher nicht«, sagte er mit ungewöhnlich hoher Stimme. »Die Bestie ist ja nicht mehr aufgetaucht. Und es gab schon eine ganze Menge Mitternachtsführungen seitdem. Ich glaube nicht, dass dir was passieren wird. Aber man kann nie wissen. Wenn ich das Kommando hätte, würde ich diese Mitternachtsführungen sofort einstellen. Ich würde nach Einbruch der Dunkelheit überhaupt niemanden mehr ins Horrorhaus lassen. Es ist ein Spiel mit dem Feuer. Irgendwann wird es dort gewaltig krachen.« Er sah Dana eindringlich an. »Und ich will nicht, dass du dabei bist, wenn das passiert.«

»Tuck ist jede Woche dort«, sagte Dana. »Und sie hat *keine Ahnung*, dass dich eine Bestie angefallen hat. Sie denkt, sie wären alle tot. Sie weiß ja nicht, was für ein Risiko sie eingeht – und das nur, weil du und Janice ihr die ganze Sache verschwiegen habt.«

»Ich bezweifle, dass sie das abhalten würde.«

»Vielleicht nicht. Aber sie muss es trotzdem wissen.«

»Du wirst ihr doch nichts sagen?«

Sollte ich eigentlich schon, dachte Dana.

»Die Leute dürfen nie erfahren, was mir da drin passiert ist.«

»Mir hast du's auch erzählt.«

»Ja … das musste ich auch. Zwischen uns darf es keine Lügen geben.« Er lächelte gequält. »Außerdem wolltest du doch mein tiefstes, finsterstes Geheimnis erfahren, oder nicht?«

»Ja.«

»Und ich hab's dir erzählt. Trotzdem bleibt es ein Geheimnis. Wenn das jemals rauskommt … bin ich am Ende, verstehst du? Dann muss ich meine Sachen packen und abhauen.«

»Abhauen?«

»Ich könnte nicht in einer Stadt bleiben, in der jeder das weiß. Ich müsste auf Nimmerwiedersehen verschwinden.«

»Das kann ich nicht zulassen«, sagte Dana.

»Dann erzähl's niemandem.«

»Einverstanden«, sagte Dana. »Aber die Mitternachtsführung mache ich trotzdem mit.«

Warren schüttelte den Kopf.

»Wenn ich in Gefahr schwebe«, sagte Dana und beugte sich vor. »Dann betrifft es Tuck genauso. Und unsere dreizehn Gäste. Ich muss mitkommen.«

»Du wärst keine große Hilfe …«

»Aber ich muss es zumindest versuchen. Ich bin Rettungsschwimmerin, schon vergessen?« Sie gab ihm einen Kuss, dann öffnete sie die Wagentür.

»Pass auf. Du musst nicht mit reinkommen. Ich sehe nach dem Rechten und komme noch mal zurück.«

Sie nahm ihre Handtasche und stieg aus. Während sie um die Motorhaube herumging, stopfte sie die Unterhose in die Vordertasche ihrer Shorts.

»Bin gleich wieder da«, rief sie. »Wenn nicht, dann musst du mir zu Hilfe eilen.«

Kapitel einundvierzig

Die Spanner

»Wie wär's mit einer kleinen Spritztour?«, hatte John gefragt, als sie im Auto hinter der Eisdiele gesessen und an ihren Waffeln geknabbert hatten.

»Hältst du mich für bescheuert? Ich weiß ganz genau, wo du hinwillst.«

»Was hast du denn vor? Willst du zurück ins Hotel fahren und den ganzen Abend nur rumsitzen?«

»Ich weiß …«

»*Fernsehen?*«

»Ich finde nur, wir sollten nicht …«

»An mir *rumfummeln*?«

»Nein.«

»Meinen Schwanz lutschen?«

»Halt den Mund!«

»Mich noch mal verprügeln?«

»Führ mich nicht in Versuchung.«

»Hey, Mann, du bist mir noch was schuldig. Du hast mir wehgetan und meine Brille zerbrochen.«

»Du hast doch Kontaktlinsen.«

»Ich liebe meine Brille, Mann. Damit sehe ich so intellektuell aus.«

»Dass ich nicht lache.«

»Ich werde jedenfalls ein bisschen rumfahren. Wenn du zu feige bist, um mitzukommen – auch in Ordnung.« Er steckte den tropfenden Rest seiner Eistüte in den Mund, wischte sich die Hände an seiner Bermudashorts ab und ließ den Motor an. »Also, wie lautet deine Entscheidung?«, fragte er mit vollem Mund. »Soll ich dich am Hotel absetzen und ohne dich fahren?«

»Du findest ihr Haus sowieso nicht. Nur, weil du die Adresse hast …«

»Das ist ein Argument.«

John bog in eine Tankstelle und rannte in den Shop.

Als er wieder herauskam, trug er stolz eine Karte von »Malcasa Point und Umgebung« vor sich her.

»Was sagst du jetzt?«

»Du solltest nicht da hinfahren.«

»Okay, ich setze dich vorher ab. Nicht dass du noch gegen deine *Prinzipien* verstößt. Ist ja nicht mein Problem, wenn du die Chance deines Lebens sausen lässt.«

»Ich fahre mit.«

John grinste breit. »Ich wusste es.«

»Aber nicht, um irgendjemand auszuspionieren. Ich will dich nur im Auge behalten.«

»Natürlich«, sagte John lachend.

Natürlich.

Natürlich! Was dachte er denn?

Er hätte Dana wirklich *sehr gerne* heimlich beobachtet.

Aber so etwas machte er nicht.

Niemals.

Außerdem werden wir das Haus sowieso nicht finden, dachte er, als sie am Welcome Inn vorbei und den Küstenhighway hinauffuhren.

»Da!«, rief John und hielt vor einer Einfahrt an. Auf dem Briefkasten standen die Namen TUCKER und CROGAN.

Owens Eingeweide krampften sich zusammen.

Die Dämmerung war bereits in tiefe Nacht übergegangen. Die Einfahrt führte in ein dunkles Wäldchen.

Owen konnte weder ein Haus noch den geringsten Lichtschein erkennen.

»Hier können wir nicht stehen bleiben«, sagte er.

»Stimmt.«

John fuhr um die nächste Kurve, hielt an und schaltete die Scheinwerfer aus. »Von hier aus können wir laufen.«

»Hauen wir lieber ab«, sagte Owen. »Fahren wir in die Stadt zurück. Wir können doch auch etwas anderes machen.«

»Ich werde jetzt dieses beschissene Haus suchen und rausfinden, was unsere Mädels so treiben. Wenn du nicht mitkommen willst, bleibst du eben hier.«

»Wir werden Riesenärger kriegen.«

»Nicht, wenn sie uns nicht erwischen«, sagte John und öffnete die Tür. »Also?«

»Ich weiß nicht so recht.«

»Jetzt trau dich doch mal was. Du kannst doch nicht dein ganzes Leben lang ein Versager bleiben.«

»Ich bin kein Versager.«

»Ich gehe jetzt, ob mit oder ohne dich.« John stieg aus, schloss die Tür hinter sich und eilte zum Kofferraum.

Owen folgte ihm und sah, dass John ein Teleobjektiv auf seine Kamera schraubte.

»Nein.«

»Doch.«

»Nicht.«

»Ich geb dir auch die Abzüge. Vorausgesetzt, wir finden was zum Fotografieren.«

»Das kannst du nicht machen.«

»Klar kann ich das. Das ist der Unterschied zwischen mir und dir, Kumpel. Du *willst*, ich *kann*.« Lachend schlug John den Kofferraum zu. »Also los.«

»Du Arschloch.«

»Hey! Sei froh, dass du mich hast.«

»Quatsch.«

Gemeinsam gingen sie den dunklen, bewaldeten Hügel hinauf. John keuchte und schnappte nach Luft.

»Hoffentlich kriegst du einen Herzanfall, du fetter Sack«, sagte Owen grinsend.

»Leck mich«, entgegnete John.

Nach langer, anstrengender Suche entdeckten sie endlich das Haus. Im Schatten der Bäume schlichen sie um das Gebäude herum. Das Schwimmbecken war verlassen, aber beleuchtet. Das klare, blaue Wasser glitzerte. Von dem Whirlpool daneben stieg Dampf auf.

»Warten wir ab … was passiert«, flüsterte John atemlos.

»Wir sollten lieber abhauen.«

»Keine Chance, Alter. Wenn du die Hosen voll hast, dann verschwinde. Ich bleibe hier. Das will ich nicht verpassen.«

»Das nennt man *Einbruch.*«

»Na und? Scheiß drauf.«

»Wenn wir dafür ins Gefängnis kommen, verpassen wir die Mitternachtsführung.«

»Dieses Risiko gehe ich ein, Mann … Wirst schon sehen. Lynn kann jeden Moment aus dem Haus kommen … um eine Runde zu schwimmen. Vielleicht setzt sie sich auch in den Whirlpool.« Er holte tief Luft. »Wer weiß, was sie dabei anhat? Vielleicht gar nichts! Keine Nachbarn weit und breit, Mann … möglicherweise kommt Dana ja auch noch dazu.«

»Dana hat eine Verabredung.«

»Vielleicht, vielleicht auch nicht. Willst du die Chance verpassen, sie … nackt zu sehen?«

Darüber musste Owen nicht lange nachdenken. »Eigentlich nicht«, sagte er.

»Dachte ich mir.«

Aber so viel Glück werden wir nicht haben. Ich hab ja nie Glück.

Sie entdeckten ein gutes Versteck im Gebüsch am Ende des Schwimmbeckens. Der Whirlpool lag genau gegenüber. Sie knieten sich hin und warteten.

Im Haus brannte Licht, doch die Vorhänge waren geschlossen. Owen konnte nur das Rascheln der Zweige im Wind hören.

Vielleicht ist niemand zu Hause.

Doch, dachte er. Musste ja so sein. Sonst hätten sie kaum die Beleuchtung in Schwimmbecken und Whirlpool eingeschaltet.

Früher oder später würden sie nach draußen gehen.

Aber niemand kam.

Zehn Minuten vergingen. Eine Viertelstunde.

Owen wäre gern selbst in den Whirlpool gesprungen. Er hatte vergessen, seine Windjacke mitzunehmen und trug nur ein T-Shirt. Er dachte an sein gemütliches Zimmer im Welcome Inn.

Nach einer halben Stunde stieß er John an. »Können wir jetzt endlich gehen?«

»Du kannst gehen, wann du willst. Ich bleibe.«

»Wie lange denn noch?«

»So lange, wie es eben dauert.«

»Ist dir nicht kalt?«

»Das macht mir nichts aus.«

»Das ist doch verrückt.«

»Ach ja? Und wenn du jetzt abhaust, und zwei Minuten später kommen sie raus ... und zwar splitternackt?«

»Das wird nicht passieren.«

»Und das wirst du nicht rausfinden, wenn du davonrennst wie ein ...«

Ein Vorhang wurde zurückgeschoben. Owen bemerkte eine Gestalt. Es war Lynn, die die Tür öffnete und ins Freie trat.

John stieß ihn mit dem Ellenbogen an. »Jetzt geht's ab!«

Ungläubig beobachtete er, wie Lynn auf den Whirlpool zuging. Sie konnte zwar im Vergleich mit Dana nicht bestehen, war aber trotzdem irgendwie süß. Ziemlich süß sogar.

Sie trug weiße Turnschuhe und Socken und hatte sich ein blaues Handtuch unter den Arm geklemmt, das sie neben dem Whirlpool ablegte.

Owen hörte ein Klicken neben sich, konnte seinen Blick jedoch nicht von Lynn lassen.

Es machte nichts, dass sie nicht nackt war.

Ihr knapper Bikini schien aus braunem Leder zu sein und war mit dünnen Riemen an ihrem Rücken befestigt.

John schoss ein Foto nach dem anderen. Der automatische Filmtransport summte unablässig.

Lynn schien die Kamera nicht hören zu können.

Anstatt in den Whirlpool zu steigen, ging sie zum Haus zurück.

Von hinten sah sie fast nackt aus. Owen konnte kaum die Lederriemen erkennen.

John stöhnte auf. Die Kamera klickte und summte.

»Heb noch ein paar Bilder für Dana auf«, flüsterte Owen mit zitternder, heiserer Stimme.

»Keine Sorge, Mann. Ich hab genug Filme dabei. Sieh sie dir nur an!«

»Ja.«

»Würdest du der nicht gern den Schweiß vom Hintern lecken?«

»Sei ruhig.«

»Da wette ich drauf.«

Lynn verschwand hinter dem Haus. Dann startete eine Pumpe, und im Whirlpool finge es an zu blubbern. Das Wasser in dem kleinen Becken schäumte auf.

Lynn kam wieder um die Ecke. Ihre Brüste hatten die Größe von Orangen und wippten in dem Bikini aufreizend hin und her. Um ihre Hüften verliefen Schnürriemen, die in ihrem Schritt an den oberen Ecken eines winzigen Lederdreiecks endeten.

John machte Bild um Bild.

Owen stöhnte leise auf. Er konnte nicht glauben, dass er hier im Gebüsch lag und sich *das* ansehen durfte.

Lynn zog die Schuhe aus und tauchte bis zum Hals in den Whirlpool.

»Willst du immer noch gehen?«, flüsterte John.

»Schnauze.«

John kicherte.

Es war nur eine Frage der Geduld. Lynns hübscher Körper befand sich nun leider im Wasser.

Aber Dana würde sicher auch gleich auftauchen.

Wieso auch nicht?, dachte Owen. Schließlich wohnte sie hier. Ihr Date musste ja irgendwann ein Ende finden.

Was nicht heißt, dass sie dann noch in den Whirlpool steigen wird.

Aber es war im Bereich des Möglichen.

Und selbst wenn sie *nicht* auftaucht, dachte Owen, war es die Warterei wert. Lynn konnte ja nicht die ganze Nacht da drin verbringen. Also würden sie zumindest einen weiteren Blick auf sie werfen können.

John legte einen Arm um Owen und zog ihn zu sich. »Sollen wir mal rübergehen?«, flüsterte er ihm ins Ohr.

»Spinnst du?«

»Wer weiß, vielleicht kann sie Gesellschaft gebrauchen.« Sein warmer Atem kitzelte in Owens Ohr. »Zwei so stramme Burschen wie wir …«

»Nein.«

»Ich bin so geil …«

»Wenn du auch nur den Versuch machst, zerreiße ich dein Ticket und trete dir in den Arsch, verstanden?«

»Woher willst du wissen, dass sie was dagegen hätte?«

»Dass wir plötzlich auftauchen? Da wette ich eine Million Dollar.«

»Ich weiß nicht, Mann. Sie muss doch auch richtig heiß sein.« Er drückte Owens Arm. »Das ganze warme Wasser, die Blubberbläschen, und sie hat ja praktisch nichts an. Sie hätte jetzt bestimmt nichts gegen ein paar Jungs einzuwenden.«

Owen schüttelte den Kopf. Sein Herz raste. »Vergiss es.«

»Los doch. Gib dir einen Ruck, Kumpel. Das ist die Chance deines Lebens.«

»Im Gefängnis zu landen vielleicht«, entgegnete Owen mit zitternder Stimme.

»Wir wollen sie doch nicht *vergewaltigen.* Nur mal rübergehen und Hallo sagen. Mehr nicht.«

»Nein.«

»Du willst es, Mann. Ich *weiß*, dass du es willst.«

»Stimmt nicht.«

»Feigling.«

»Bist du jetzt völlig verrückt geworden?«

»Willst du nicht zu ihr ins Wasser springen, ihr den Bikini vom Leib reißen und …«

»Nein. Und jetzt hör auf damit. Halt den Mund.«

»Ich gehe«, sagte John. »Bleib ruhig hier. Wirst schon sehen, was du davon hast. *Ich* werd mich jetzt ins Vergnügen stürzen.«

Owen packte ihn an der Schulter.

»Hey!«, rief jemand.

Owens Herz setzte aus.

Eine Frau kam hinter dem Haus hervor und hob grüßend die Hand.

Dana!

Sie ist hier. SIE IST HIER! Oh Gott!

Owen starrte sie überrascht und überglücklich an. Das war zu schön, um wahr zu sein.

Aber was ist denn mit ihrem Haar passiert?

Das letzte Mal, als er Dana gesehen hatte – am Nachmittag –, hatte sie wallendes blondes Haar gehabt. Jetzt trug sie eine kurze Männerfrisur.

Warum hat sie sich die Haare geschnitten?

Sieht aber gut aus, dachte er. Wirklich gut.

In den letzten Minuten war er so mit Lynn beschäftigt gewesen, dass er ganz vergessen hatte, wie unglaublich schön Dana war.

Mein Gott, sieh sie dir nur an!

Sie trug verwaschene Jeans und ein blaues Baumwollhemd mit hochgekrempelten Ärmeln, unter dem sich deutlich ihre Brüste abzeichneten.

Lächelnd und kopfschüttelnd ging sie zu Lynn. Sie redete mit ihr, doch Owen konnte kein Wort verstehen.

Wenn ich sie nicht hören kann, können sie uns auch nicht hören.

»Wer zum Teufel ist das denn? Die ist ja scharf«, flüsterte John.

»Das ist Dana.«

»Bullshit. Das ist nicht Dana.«

»Sie hat sich die Haare schneiden lassen, aber sonst ...«

Es war nicht Dana!

»Du hast Recht«, sagte Owen.

Die Fremde war so groß wie Dana und hatte in etwa dieselbe Figur und einen ähnlichen Teint. Auch ihr Haar leuchtete in demselben Goldton. Auf die Entfernung schienen sich sogar ihre Gesichter zu gleichen.

Aber nur fast.

Sie hätte ihre Schwester sein können. Eine ältere, etwas durchtrainiertere, stämmigere Schwester.

Und schöner dazu.

Niemand ist schöner als Dana, ermahnte sich Owen.

»Unglaublich«, flüsterte John. »Sie sieht wie dieses australische Supermodel aus.«

»Ja.«

Lynn streckte den Arm aus und zog blitzschnell etwas aus dem Handtuch hervor.

Einen Revolver.

Einen *riesigen*, silbern glänzenden Revolver.

»Heilige Scheiße«, sagte John.

Lynn fuchtelte mit der Waffe herum und sagte etwas.

Die Neue grinste und nickte.

Lynn legte den Revolver wieder unter das Handtuch, stand auf und klettere aus dem Whirlpool.

Owen starrte auf ihren Rücken, ihren Hintern und ihre Beine. Ihre Haut glänzte.

Während Lynn ins Haus ging, sah sich die andere um. Prüfend ließ sie den Blick über das Gebüsch hinter dem Schwimmbecken schweifen.

Weiß sie, dass wir hier sind?

Nein. Woher denn auch?

Einige Augenblicke lang starrte sie direkt auf ihr Versteck.

Owen hielt den Atem an.

Dann sah sie weg.

»Puh«, schnaufte John.

Owen schnappte nach Luft.

Die schöne Fremde fing an, sich das Hemd aufzuknöpfen.

»Oh Mann«, murmelte John.

Owen sah, dass sie etwas Rotes unter dem Hemd trug – ein enges T-Shirt, über das Ledergurte geschnallt waren.

Ein Schulterhalfter.

Sie nahm eine dunkle Pistole aus dem Halfter und legte sie auf Lynns Handruch. Dann hängte sie das Hemd über einen Stuhlrücken und legte das Halfter daneben. Schließlich setzte sie sich, um ihre Stiefel auszuziehen.

John stieß ihn an. »Sie geht *rein*, Mann.«

»Sieht so aus.«

»Scheiße. Heute ist unsere Glücksnacht!«

»Wir können von Glück reden, wenn wir nicht erschossen werden.«

»Leck mich.«

Nachdem sie die Socken ausgezogen hatte, stand die Frau wieder auf und stieg aus ihren Jeans. Das rote T-Shirt war kaum länger als ein sehr knappes Minikleid.

Als sie sich umdrehte, um die Hose über den Stuhl zu hängen, sah Owen ihren nackten Po.

Er hielt den Atem an.

Dann zog sie sich das T-Shirt über den Kopf.

Sie war jetzt vollständig nackt.

Sie warf das T-Shirt über den Stuhl und ging zum Whirlpool hinüber.

Und drehte sich zu Owen und John um.

Owen hörte das Summen der Kamera.

Die Kamera! Er macht Fotos von ihr!

Los doch!

Gesegnet seist du, John Cromwell, für dein Teleobjektiv.

Wenn wir doch nur einen Camcorder hätten.

Owen glotzte die Frau an. Er konnte sein Glück kaum fassen – er sah eine Frau, die nicht nur splitternackt, sondern auch schöner und aufregender war als alles, was er sich in seinen wildesten Träumen vorstellen konnte.

Eine leichte, zarte Bräune überzog lückenlos ihren Körper. Jeder Muskel war genau definiert. Ihre festen, runden, schweren Brüste waren von großen, hoch aufgerichteten Brustwarzen gekrönt. Der Bauch unter den Rippen war absolut flach. Zwei kleine Grübchen führten von ihren Hüften zu einem goldenen, lockigen Haarbüschel.

Als sie auf den Whirlpool zuging, erspähte Owen die rosa Spalte zwischen den Locken. Errötend hob er schnell den Blick zu ihren wippenden Brüsten.

Sie streckte die rechte Fußspitze ins Wasser, zuckte mit den Achseln und stieg hinein, wobei sie die Arme ausbreitete, um das Gleichgewicht nicht zu verlieren. Wieder konnte Owen direkt zwischen ihre Beine sehen.

Johns Kamera klickte.

Owen schloss die Augen, um nicht die Kontrolle über sich zu verlieren.

Spinnst du? Mach die Augen wieder auf! Du verpasst ja alles!

Aber dann werde ich in meiner Hose kommen.

Na und?

Als er die Augen wieder öffnete, stand sie bereits bis zu den Schultern im Wasser.

Okay, dachte er. Krieg dich wieder ein.

Dann kam Lynn mit einer Flasche Rotwein, zwei Gläsern und einem großen blauen Handtuch aus dem Haus.

»Alles klar, Mann?«, fragte John.

»Ja.«

»Das ist der Hammer, oder?«

»Tatsache.«

Grinsend packte John seine Schulter. »Die wollen wohl richtig Party machen.«

»Ja.«

»Ich muss den Film wechseln.«

»Beeil dich«, sagte Owen und beobachtete, wie Lynn die Gläser mit Wein füllte und eines davon der schönen Fremden reichte.

Sobald Lynn im Wasser war, prosteten sie sich zu.

Owen stellte sich das Klirren der Gläser vor. Hören konnte er es natürlich nicht.

Er hörte seinen pulsierenden Herzschlag.

Das Summen von Johns Kamera.

Den Wind in den Bäumen.

Das Blubbern des Whirlpools.

Und ein leises, rasselndes Husten.

Es kam aus dem Gebüsch zu seiner Linken.

»Was war das?«, flüsterte Owen.

»Was war was?«

»Hast du das nicht gehört? Ein Husten. Von da drüben.«

»Nö.«

Kapitel zweiundvierzig

Die Poolparty

Dana rannte zu Warrens Auto zurück. »Alles klar«, sagte sie. »Ich glaube, Dana hat Besuch. Und zwar von einem Freund.«

»Aber sicher bist du nicht?«

»Ich hab sein Gesicht nicht gesehen.« Dana umklammerte den Fensterrahmen. »Er hatte kurzes blondes Haar. Fällt dir da jemand ein?«

»Clyde?«

»Na, den können wir ausschließen. Auf jeden Fall sitzen sie im Whirlpool und trinken Wein.«

»Dann ist es zweifellos ein freundlicher Besuch.«

»Genau. Du musst dir also keine Sorgen machen.«

»Ich denke nicht.«

Dana beugte sich vor und küsste ihn sanft auf den Mund. »Bis dann«, flüsterte sie. »Und pass auf, dass du keinen Unfall baust.«

Lachend ließ Warren den Motor an.

Während er wendete, überlegte sich Dana, ob sie zurück zu ihm ins Auto springen sollte.

Doch ehe sie sich zu einem Entschluss durchringen konnte, war Warren schon davongefahren.

Sie seufzte und ging ins Haus.

Ohne BH fühlte sie sich fast nackt und war nicht besonders wild darauf, gerade jetzt Tucks Freund über den Weg zu laufen.

Außerdem wollte Tuck vielleicht auch mit ihm alleine sein.

Ich gehe einfach nach oben.

Wer kann das nur sein?, fragte sie sich.

Ich kann ja mal Hallo sagen. Alles andere wäre unhöflich. Außerdem weiß Tuck dann, dass ich wieder da bin.

Sie öffnete die Schiebetür und ging zum Pool hinaus.

Die beiden saßen mit dem Rücken zu Dana im blubbernden Wasser und hielten ihre Weingläser in der Hand. Tuck redete und lachte. Von dem Fremden war nur der Hinterkopf zu erkennen.

Auf dem Gartentisch lag etwas, das wie ein Schulterhalfter aussah.

Ein blaues Hemd und ein rotes T-Shirt hingen daneben über einem Stuhl.

Hat sich der Kerl hier einfach ausgezogen?

Dann kam ihr der »Kerl« plötzlich bekannt vor.

Eve!

»Hi, Leute!«, rief Dana lachend.

»Hallo«, sagte Eve und lächelte freundlich.

»Schon zurück?«, fragte Tuck. »Wie war's?«

»Ganz nett.«

»Eve ist gerade gekommen. Willst du mit reinkommen? Ich hol dir ein Glas, oder möchtest du gleich aus der Flasche trinken?«

»Keinen Wein für mich«, sagte Dana und ging zu ihnen. »Ich hatte schon ein paar Margaritas.« Zu ihren Füßen lagen zwei zusammengefaltete Handtücher, auf denen eine Pistole lag. »Gehört die dir?«, fragte Dana.

»Ja«, antwortete Eve und nippte an ihrem Wein. Auf ihren glänzenden Schultern waren keine Träger zu erkennen. Dana sah in den hell erleuchteten Whirlpool und bemerkte, dass Eve völlig nackt war.

Sie warf einen Blick auf Tuck und bemerkte den knappen Lederbikini. Eve stellte ihr Glas auf dem Beckenrand ab.

»Ich habe heute frei«, sagte sie. »Also dachte ich, ich schau mal vorbei. Nach letzter Nacht habe ich mir Sorgen um euch gemacht.«

»Sie hat mich zu Tode erschreckt«, sagte Tuck grinsend. »Sie ist einfach um die Ecke gekommen und hat gerufen.«

»Sonst hättest du mich ja nicht gehört.«

»Ich wäre vor Schreck fast aus dem Becken gesprungen.«

»Ich war ziemlich überrascht, sie hier draußen zu sehen«, sagte Eve.

»Mich überrascht das nicht«, sagte Dana.

»Keine Angst. Ich hatte doch die Kanone dabei.«

»Sie liegt unter den Handtüchern«, erklärte Eve. »Zum Glück.«

»Also haben wir jetzt zwei Schießeisen.«

»Wir können eine Waffenmesse aufmachen«, sagte Tuck. »Jetzt musst du nur noch deine Pistole holen, dann sind wir alle bewaffnet.«

»Allzeit bereit.«

»Was?«

Lächelnd klopfte Dana auf ihre Handtasche.

»Du hast sie *dabei*?«, fragte Tuck.

»Wenn sie nur in meinem Zimmer liegt, bringt sie mir ja nicht viel.«

»Nimm sie fest, Eve.«

Eve lachte. »Ich soll sie verhaften, weil sie meine Pistole trägt? Wohl kaum. Außerdem soll sie sie ja griffbereit halten.«

»Du bist mir ein schöner Cop«, sagte Tuck, dann sah sie zu Dana auf. »Willst du jetzt endlich reinkommen oder weiter nur dumm rumstehen?«

»Ja, komm doch rein«, sagte Eve.

»Du siehst aus, als würdest du frieren.«

»Ist wirklich ein bisschen frisch hier draußen.«

»Hier drin ist es warm und gemütlich«, sagte Tuck. »Zieh dich aus und spring rein. Eve hat's genauso gemacht.«

»Ich hole mir meinen Badeanzug.«

»Ach was, den brauchst du nicht.«

»Ohne ist es viel besser«, sagte Eve.

»Ich dachte, wir sollen den Spannern nichts zu spannen geben«, sagte Dana. »Und jetzt rennen wir splitterfasernackt hier draußen herum.«

»Du hast Recht«, sagte Eve. »Das, was wir hier machen, ist nicht besonders klug. Aber da Lynn schon mal drin war …«

»Also ich fühle mich sehr sicher«, sagte Tuck. »Eve ist Polizistin und du Rettungsschwimmerin. Und jetzt, wo ihr es erwähnt … ich glaube, ich mache auch mal von der ›Badeanzüge sind kein Muss‹-Regel Gebrauch. Warum auch nicht? Der Spanner soll ja nicht umsonst den weiten Weg hierhergekommen sein.« Sie stellte das Glas ab und griff hinter ihren Kopf.

»Was soll's?«, sagte Dana, schlüpfte aus ihren Schuhen und zog Socken, Shorts und Höschen aus. Das weite weiße T-Shirt reichte ihr bis zu den Oberschenkeln.

»Das gibt ein tolles Nachthemd ab«, sagte Tuck.

Wenn ich es jetzt ausziehe, fragen sie mich sicher, warum ich keinen BH anhabe, überlegte sie.

Mann, das haben die schon lange bemerkt. Sie sind ja nicht blind.

Tuck legte ihr tropfendes Bikinioberteil neben die Weinflasche. »Uuuuuh«, sagte sie. »Das tut gut.«

Ein kühler Windstoß fuhr unter Danas T-Shirt und ließ sie frösteln.

Also los.

Sie zog das T-Shirt aus, ließ es zu Boden fallen und ging schnell zum Whirlpool hinüber. Sie setzte sich an den Rand, steckte die Füße in das heiße Wasser und glitt langsam hinein.

»*Uh*!«, stöhnte sie.

»Toll, oder?«, fragte Tuck.

»Ich koche.«

»Mimöschen«, sagte Tuck.

Eve lachte.

Dana ließ sich neben den anderen auf der Sitzbank nieder. Sie keuchte, als das heiße Wasser ihre Brüste umspülte. Dann seufzte sie und lehnte sich zurück.

»Toll, oder?«, sagte Eve.

»So muss sich also ein Frühstücksei fühlen.«

»Wie es aussieht, ist der Abend prima verlaufen«, sagte Tuck.

»Ganz gut, ja.«

»Wenn nicht sogar mehr als nur ganz gut.« Aus dem Grinsen auf

Tucks Gesicht konnte Dana schließen, dass sie auf den verschwundenen BH anspielte.

Aber Dana wollte nicht darüber reden, schon gar nicht in Eves Gegenwart. Sie mochte Eve, kannte sie jedoch kaum und wollte nicht ihre Gefühle vor ihr ausbreiten. Sie war sich nicht mal sicher, ob sie Tuck alles erzählen würde. Es war wohl das Beste, wenn sie das Ganze erst einmal für sich behielt.

»Ich wäre immer noch bei ihm«, sagte sie, »wenn ich nicht Angst gehabt hätte, dass du irgendeinen unglaublichen Blödsinn machst und dabei dein Leben riskierst. Was du natürlich auch getan hast.«

»Natürlich«, sagte Tuck.

»Das war wirklich ziemlich unbesonnen«, stimmte Eve ihr zu, lächelte aber dabei.

»Ihr seid *beide* solche Weicheier«, sagte Tuck. »Ich war doch für alle Eventualitäten gerüstet.«

»Du solltest es nicht provozieren«, sagte Eve, »selbst wenn du eine Waffe hast.«

»Tust *du* doch auch!«

»Das ist mein Job.«

»Aber heute bist du außer Dienst. Trotzdem bist du hierhergekommen.«

»Ich wollte mich nur davon überzeugen, dass ihr keinem Perversen zum Opfer gefallen seid, das ist alles.« Sie schenkte sich und Tuck nach. »Das hier habe ich natürlich nicht erwartet. Sehr nett hier.«

»Du bist jederzeit willkommen.«

»Danke«, sagte Eve und hielt Dana die Flasche hin. »Willst du?«

»Nein, danke.«

»Ich hatte *eigentlich* vor, das Gelände zu durchsuchen«, sagte Eve und senkte das Glas etwas, um das dichte Gebüsch hinter dem Swimmingpool beobachten zu können. »Aber dazu bin ich irgendwie nicht gekommen.«

»Schäm dich«, sagte Tuck.

»Du hast mich abgelenkt mit deinem Wein und deinem Whirlpool.«

Dana bemerkte mit einem Mal, dass sie ebenfalls unwillkürlich ins Gebüsch starrte.

Besonders auf die schattige Stelle, an der Tuck gestern den Spanner gesehen hatte.

»Machst du dir Sorgen?«, fragte Tuck.

»Wenn ihr noch nicht da hinten nachgesehen habt …«

»Na und? Wir sind bis an die Zähne bewaffnet. Wir brennen jedem, der uns dumm kommt, ein Loch in den Pelz.«

»Ich hätte nachsehen sollen«, sagte Eve.

»Ach was. Vergiss es.«

»Aber deswegen bin ich doch überhaupt hier.«

Eve stand auf und stellte das Glas ab.

»Hey, jetzt lass das doch«, sagte Tuck.

»Bin in ein paar Minuten wieder da. Dann können wir uns richtig entspannen.«

»Wir sind doch hier völlig sicher. Ich will nicht, dass du da rübergehst. Was, wenn da wirklich einer lauert?«

»Dann steckt er ziemlich tief in der Scheiße.« Eve stieg aus dem Becken. Als sie sich vorbeugte, um ihre Pistole aufzuheben, tropfte Wasser auf den Beton.

»Warte«, sagte Dana. »Tuck hat Recht. Du solltest nicht allein da rübergehen.«

»Macht euch keine Sorgen. Bin gleich wieder da.«

»Und wenn nicht?«, fragte Tuck. »Du ruinierst die ganze Party.«

Eve nahm die Pistole in die linke Hand, schob die rechte unter das Handtuch und zog Tucks .44er Magnum darunter hervor. »Darf ich mir die mal ausleihen?«

»Nein. Und bleib hier.«

»Wenn sich jemand dort versteckt hält«, sagte Eve, »müssen wir das herausfinden.«

»Das heißt doch nicht, dass du deinen Arsch riskieren sollst.«

Mit dem großen Revolver in der einen und der schwarzen Automatik in der anderen Hand stand sie auf. »Ist er geladen?«, fragte sie.

»Verdammt noch mal, Eve!«

Sie lächelte. »Keine Panik«, sagte sie und ging auf den Swimmingpool zu.

Dana sprang auf. »Warte!«, rief sie. »Ich komme mit.«

»Ich auch!«, sagte Tuck.

Eve blieb stehen und drehte sich um. »Kommt nicht in Frage. Ihr …«

Die beiden stiegen gleichzeitig aus dem Whirlpool.

»Einer für alle und alle für einen!«, rief Tuck.

»Gütiger Gott«, sagte Eve.

Tropfnass ging Dana zu ihrer Handtasche hinüber und kramte nach der Pistole, die Eve ihr letzte Nacht geborgt hatte.

Eve reichte Tuck die Smith & Wesson.

»Sei vorsichtig damit«, sagte Eve.

»Willst du uns nicht zu Hilfssheriffs ernennen?«, fragte Tuck.

»Und wo soll ich eure Sheriffsterne festmachen?«

»Wir brauchen deine Scheißsterne nicht, Fremder.«

Dana und Tuck folgten Eve um den Pool herum und auf das dunkle Gebüsch zu.

»Wenn da wirklich ein Spanner sitzt«, sagte Tuck, »dann denkt er bestimmt grade, er wäre im Spannerhimmel gelandet.«

»Oh Mann«, murmelte John. »Wenn ich davon nur *ein* Foto machen könnte.«

»Hör auf. Wir müssen hier weg.«

Owen stellte sich vor, wie John seine Warnung in den Wind schlug, aus dem Gebüsch sprang, vor dem spektakulären Trio landete und das Teleobjektiv hob, um das beste Foto seines Lebens zu machen – als sie das Feuer eröffneten. Vor seinem geistigen Auge sah er, wie ihre nassen, nackten Körper im Mündungsfeuer aufleuchteten, während John von Kugeln durchsiebt wurde und wie in Zeitlupe mit den Armen wedelnd auf den Rücken fiel.

Er packte Johns Arm. »Los doch!«

John entschied sich gegen das Foto. »Okay«, sagte er. »Verziehen wir uns.«

Sie krochen auf allen vieren davon.

Ganz ruhig, dachte Owen. Hier werden sie uns nicht finden. Nicht ohne Taschenlampe.

Und sie hatten doch keine Taschenlampe dabei, oder etwa doch?

Er kroch rückwärts und hielt nach ihnen Ausschau. Jeden Moment rechnete er damit, dass ihre Beine zwischen den Büschen am Beckenrand auftauchten.

Zu seiner Linken raschelte etwas.

Oh Gott, es ist NOCH JEMAND hier.

Das leise Husten kurz vor Danas Ankunft hatte ihn zu Tode erschreckt.

Aber danach hatte er nichts mehr gehört.

Und während er fasziniert zugesehen hatte, wie sie sich auszog, hatte er seine Ängste vergessen. Zu seiner Überraschung hatte sie keinen BH getragen.

»Sieh dir die Möpse an«, hatte John gesagt und sie durch sein Teleobjektiv beobachtet.

Owen hatte sich zusammenreißen müssen, um nicht wieder auf ihn loszugehen. Aber er hatte seine Lektion gelernt. Außerdem hätte er dabei die Kamera treffen und sie beschädigen können.

Der Fotoapparat hatte unablässig geklickt und gesummt, als Dana sich das T-Shirt über den Kopf gezogen hatte und in den Whirlpool gestiegen war.

»Die Vorstellung ist vorbei. Hauen wir ab?«, hatte John gefragt.

»Auf gar keinen Fall.«

»Jetzt willst du also gar nicht mehr gehen? Vorhin konntest du es doch kaum erwarten?«

»Leck mich, Cromwell.«

»Glaubst du, dass sie noch eine Orgie veranstalten?«

»Pssst.«

»Zu dritt?«

»Ruhe.«

»Und wir mittendrin?«

Owen war erregt, wenn er nur daran dachte. »Sei jetzt endlich ruhig, okay? Willst du, dass sie uns hören?«

»Die hören gar nichts … das Ding blubbert doch viel zu laut.«

»Sie vielleicht nicht. Aber ich glaube, wir sind nicht allein hier.«

»Meinst du dein hustendes Phantom?«

»Es *klang* zumindest wie ein Husten.«

»Warum gehst du nicht rüber und gibst deinem Phantom ein Hustenbonbon?«

»Weil ich keins dabeihabe.«

»Jetzt sitzt doch nicht die ganze Nacht rum und bechert, Mädels. Ich will Action sehen!«

»Würdest du bitte etwas leiser sein?«

Kurz darauf war die schöne Fremde aus dem Becken gestiegen.

»Mannomann«, hatte John gemurmelt und drauflos fotografiert.

»Oh Scheiße. Sie holt die Knarren! Sie hat dich *gehört,* du Arschloch!«

»Bleib locker.«

Dann waren auch Dana und Lynn aufgestanden.

»Oh Mann«, hatte John gesagt und wie wild Bilder geschossen. »Sieh dir Lynn an, sieh dir Lynn an! Mann, sie hat sich rasiert!«

Ich seh's ja, ich seh's ja!

»Wir sind im Himmel, Mann!«

Nur, dass Dana gerade die Pistole aus der Handtasche gezogen hatte. Und die Fremde Lynn den großen silbernen Revolver gegeben hatte.

Jetzt gingen sie um den Pool herum wie eine bizarre Ausgabe der Earps auf dem Weg zum O.K. Corral.

Gemeinsam krabbelten Owen und John davon.

»Ich wollte ja eine Taschenlampe mitbringen«, sagte eine der Frauen. Ihre Stimme kam aus einiger Entfernung von links.

»Soll ich eine holen?« Das war Lynn.

»Nein. Bringen wir's hinter uns.«

»Was war das?«, fragte Dana.

Owen blieb stehen. John ebenfalls.

»Hast du etwas gehört?«, fragte die Fremde.

»Ich glaube schon. Da drin.«

»Was denn?«, fragte Lynn.

»Ein Rascheln.«

»Vielleicht nur der Wind«, sagte Lynn.

»Möglich.«

»*Ich bin Polizeibeamtin*«, rief die Fremde plötzlich mit harter, lauter Stimme. Owen zuckte zusammen. »*Kommen Sie da raus. Wir wissen, dass Sie da drin sind. Kommen Sie langsam mit erhobenen Händen raus.*«

Owen und John sahen sich gegenseitig ratlos an.

»Psssst«, zischte Owen leise.

»*Sie haben genau fünf Sekunden. Danach werde ich stinksauer!*«

Owen zählte langsam bis fünf, dann bis zehn.

»Ich komme!«, verkündete sie.

»Du willst doch nicht …«, begann Lynn.

»Ihr beiden wartet hier. Seid wachsam, aber schießt um Gottes willen nicht auf *mich.*«

»Ich komme mit«, sagte Dana.

»Ich auch«, sagte Lynn. »Einer für alle …«

»Scheiße, hauen wir ab«, flüsterte John.

Sie krabbelten weiter.

Schnell.

Dann hörte Owen die laute Stimme der Unbekannten: »*Ihr habt es so gewollt!*«

Kapitel dreiundvierzig

Sie kommen

Owen hörte ein Rascheln im Gebüsch zu seiner Linken.

Die Mädels?

Nein. Dafür waren sie noch zu weit entfernt.

Es muss dieser andere Typ sein.

Inzwischen hatten sie das dichte Unterholz verlassen. Owen richtete sich auf, drehte sich um und rannte in den Wald.

John lief keuchend neben ihm her. Zweige knackten unter ihren Schuhen.

Es war stockdunkel. Im bleichen Mondlicht konnte Owen nur mit Mühe die Konturen der Umgebung ausmachen. Jeden Augenblick lief er Gefahr, hinzufallen oder gegen einen Baum zu prallen.

Aber zumindest entfernte er sich von den schwerbewaffneten Frauen.

Als er den sanft abfallenden Hügel erreichte, wurde er langsamer.

Bis hierher werden sie uns schon nicht folgen, dachte er.

Er warf einen Blick über die Schulter.

Nichts außer dem finsteren Wald.

Wir haben sie abgehängt.

Sie hätten sich sowieso nicht viel weiter getraut.

In ein paar Minuten sind sie wieder im Wasser.

Ob wir dann noch mal zurückkehren sollten?

Dumme Idee. Das wäre zu hoch gepokert.

Das darf ich auf keinen Fall John vorschlagen. Der wäre natürlich sofort Feuer und Flamme für so eine Schnapsidee.

John?

Owen verfiel in einen langsamen Trab und sah sich noch einmal um.

Er konnte John weder sehen noch hören.

Keine schweren Schritte, kein Keuchen.

Wo ist er hin?

Wahrscheinlich konnte er nicht mit mir mithalten, der Fettsack. Ist vermutlich zusammengeklappt. Oder hingefallen.

Owen lehnte sich gegen einen Baum und wartete. Er war selbst völlig außer Atem, und seine Kleidung klebte an seinem Körper. Schweiß lief ihm über das Gesicht, und er wischte sich mit dem Handrücken über die Augen.

Okay, Cromwell. Wo steckst du?

Machst du ein Nickerchen oder was?

Owen starrte den Hügel hinauf.

Tuck hob die .44er Magnum und stieg wieder in das dampfende Wasser. »Die beschissenen Dornen haben mir die ganze Haut aufgerissen«, sagte sie.

»Ich habe dich gewarnt«, sagte Eve und legte ihre Pistole auf das Handtuch.

Dana schob ihre Waffe wieder in die Handtasche und folgte Eve in den Whirlpool.

Obwohl das Wasser so heiß wie zuvor war, empfand sie es jetzt als überaus angenehm.

Die Hitze entspannte ihre Muskeln und half gegen die schmerzenden Kratzer.

»Glaubst du, er kommt noch mal zurück?«, fragte Tuck.

»Keine Ahnung«, sagte Eve. »Auf jeden Fall haben wir ihn ziemlich erschreckt.«

»Und ihm eine tolle Show geliefert«, fügte Dana hinzu.

»Heute Nacht werden wir ihn wohl nicht mehr sehen«, sagte Eve.

»Der ist abgezischt wie eine gesengte Sau.« Tuck legte ihren Revolver auf den Beckenrand und nahm das fast leere Weinglas.

»Schade, dass er nicht schon früher abgehauen ist«, sagte Eve. »Dann hätten wir nicht durch diese verdammten Dornbüsche laufen müssen.«

»Du wärst ihm doch um ein Haar hinterhergerannt«, sagte Tuck und leerte ihr Glas. »Zum Glück bist du hiergeblieben.«

»Einen Augenblick lang hab ich's mir überlegt.«

»Er muss ziemlich groß gewesen sein. Hat sich jedenfalls so angehört.«

Eve zuckte mit den nackten Schultern. Dana bemerkte darauf einige rote Schrammen und ein paar kleine Narben, so als würde sie öfter nackt durch den Wald laufen. »Ich wollte euch nicht allein lassen. Er hätte im Kreis rennen können und …«

»Ich hätte dich sowieso aufgehalten«, sagte Tuck.

»Wohl kaum.«

»Okay, ich vielleicht nicht. Aber die Giraffe …«

Eve sah Dana erstaunt an.

»Sie meint mich.«

»Du bist ungefähr so groß wie ich. Du hättest mich tatsächlich aufhalten können.«

»Deswegen behalte ich sie bei mir«, sagte Tuck. »Bleibt schön im Wasser. Die Nacht ist noch jung, also hole ich noch eine Flasche.« Sie stellte das Glas ab, stieg aus dem Becken und lief nackt und tropfend ins Haus.

»Bist du tatsächlich früher nach Hause gekommen, weil du Angst um sie hattest?«, fragte Eve.

»Leider ja.«

»Das ist echte Freundschaft.«

»Ich *wusste*, dass sie in den Whirlpool gehen würde.«

»Ja, den Verdacht hatte ich auch.«

»Ich bin froh, dass du vorbeigekommen bist.«

»Trotzdem … hätte ich die Umgebung vorher mit meiner Taschenlampe abgesucht …«

»Na ja, ist ja noch mal gut gegangen.«

»Da wäre ich mir nicht so sicher. Wir haben diesem Kerl einiges geboten. Er wird früher oder später zurückkommen.«

»Dann musst du uns eben beschützen.«

»Macht dir das was aus?«

»Überhaupt nicht.«

»Ich könnte ja ein paar Tage Urlaub nehmen und mich hier auf die Lauer legen.«

»Wirklich?«

»Klar.«

»Ich hab sowieso nicht so viele Freunde, also passe ich auf, dass den wenigen zumindest nichts passiert.«

Dana sah Eve an und nickte.

»Ich beschütze meine Freunde«, sagte Eve, »und vernichte meine Feinde.«

»Na, zum Glück bist du auf unserer Seite.«

»Den kriegen wir schon noch. Morgen Abend vielleicht …«

»Morgen Abend werden wir nicht hier sein.«

Eve sah sie verwirrt an. Dann fiel der Groschen. »Ach ja! Natürlich. Die Mitternachtsführung. Du gehst auch mit?«

»Ich will's mir mal angucken.«

»Wird bestimmt lustig.«

»Warst du schon mal dabei?«

»Schon öfter. Sie ist großartig.«

»Hier kommt der *vino*«, verkündete Tuck, während sie mit Korkenzieher und Flasche in den Händen aus dem Haus kam. Sie blieb vor dem Whirlpool stehen und klemmte sich die Flasche zwischen die Schenkel. »Huh! Kalt!«

»Keine Obszönitäten, ja?«, sagte Eve.

Lachend legte Tuck eine Hand um den Flaschenhals. »So eine bin ich nicht«, sagte sie und fing an, den Korkenzieher in die Flasche zu drehen. »Hab ich was verpasst?«, fragte sie.

»Ich habe Dana vorgeschlagen, dass ich ein paar Tage frei nehme und versuchen werde, diesen Kerl zu schnappen.«

»Gute Idee!«

»Und ich hab ihr von morgen Nacht erzählt«, sagte Dana.

»Ach ja. Dana kommt mit zur Mitternachtsführung.«

»Hat sie schon gesagt.«

»Was ist mit dir, Eve? Kommst du auch?«

»Wieso nicht? Ist denn noch ein Platz frei?«

»Für dich immer. Du musst nur deine Uniform tragen.« Ächzend zog sie an dem Korkenzieher und umklammerte die Flasche so fest mit den Schenkeln, dass ihr ganzer Körper erzitterte. »Die Leute … werden begeistert sein.« Mit einem *Plopp!* sprang der Korken aus der Flasche. »Geschafft!«

»Bravo!«, rief Eve.

Dana klatschte in die Hände.

»Also kommst du mit?«, fragte Tuck, während sie wieder ins Wasser stieg.

»Wenn du drauf bestehst.«

»Unbedingt. Die Gäste sind immer ganz angetan von ihr«, sagte sie zu Dana. »Du hast sie ja in Uniform gesehen.« Sie füllte ein Glas. »Wir tun immer so, als müsste sie dabei sein … aus Sicherheitsgründen, verstehst du? Sollte die Bestie auftauchen …«

»Was ja bis jetzt noch nicht passiert ist«, sagte Dana.

»Bis jetzt nicht.« Tuck reichte Eve das Glas und schenkte sich selbst ein. »Aber wer weiß? Eines Nachts …«

»Und genau davor hat Warren so große Angst«, sagte Dana.

Beide sahen sie mit großen Augen an.

Oh nein! Was erzähle ich denn da?

»Vielleicht nehme ich doch noch einen Schluck Wein.«

»Glas?«, fragte Tuck.

Dana schüttelte den Kopf, packte die Flasche und nahm einen tiefen Schluck. Der Wein war kalt und nicht zu süß. »Er glaubt einfach, dass die Mitternachtsführung gefährlich ist. Er hat Angst, dass jemandem dabei etwas zustoßen könnte.«

Tuck setzte sich in das blubbernde Wasser.

»Er hat die Hosen gestrichen voll«, sagte sie, »seit er dort angegriffen wurde.«

»Was?«, fragte Eve. »Warren wurde angegriffen? Wann?«

»Vor ein paar Jahren.« Tuck zuckte mit den Achseln und nippte an ihrem Wein. »Er wurde von ein paar Teenagern zusammengeschlagen.«

»Im Horrorhaus?«

»Ja.«

»Habt ihr das gemeldet?«

»Der Polizei? Nein. So schlimm war es nun auch wieder nicht. Er trug ein paar blaue Flecken davon, mehr nicht. Er musste nicht mal zum Arzt.«

»Was ist *sonst noch* da drin passiert?«, fragte Eve.

»Nichts Besonderes.«

»Zum Beispiel?«

»Nur Kleinigkeiten.«

»Zum Beispiel?«, wiederholte Eve.

»Du weißt schon. Das Übliche. Verschwundene Kassettenrekorder. Leute, die sich über Nacht verstecken.«

»Weitere Angriffe? Morde?«

»Aber nein.«

»Vermisste?«

»Eigentlich nicht«, sagte Tuck. »Meistens ist es falscher Alarm. Wie heute.« Sie nickte Dana zu.

»Heute Mittag ist eine Mutter ausgeflippt«, erklärte Dana. »Sie dachte, ihr Kind wäre verschwunden.«

»Wie gesagt, falscher Alarm«, sagte Tuck.

»Der Junge hat sich auf den Dachboden geschlichen.«

»Ist ihm was passiert?«, fragte Eve.

»Nein. Ihm nicht.« Dana kicherte und trank einen Schluck aus der Flasche. »Ich war noch nicht mal oben, da ist er mir schon kreischend entgegengekommen. Er hat behauptet, dass ihn dort oben etwas … *verfolgt* hat.«

»Und, war irgendwas da oben?«

Dana zuckte mit den Schultern. »Ich hab nicht …«

»Ich hab mich umgesehen«, unterbrach Tuck sie.

»Bist dort aber offensichtlich keiner Bestie begegnet«, sagte Eve.

»Nein. Aber ich hab trotzdem eine interessante Entdeckung gemacht.« Sie beugte sich vor und sah Dana an. »Erinnerst du dich an Donnerstagmorgen? Als wir gesehen haben, dass Ethels Nachthemd zerrissen war?«

»Was ist denn los bei euch?«, fragte Eve.

»Jemand war nachts im Haus und hat sich an der Wachsfigur von Ethel zu schaffen gemacht. Ihr Nachthemd war zerrissen. Also – noch zerrissener als vorher. Man konnte *alles* sehen, verstehst du? Ich glaube, es war ein Perverser. Er hat an ihr rumgemacht. Jedenfalls war ich heute Nachmittag auf dem Dachboden, und wisst ihr, was ich gefunden habe? Ein Stück von Ethels Nachthemd.«

Dana sah sie erstaunt an. »Du machst Witze.«

»Nein.«

»Wie kommt *das* denn dahin?«

»Es lag einfach auf dem Boden.«

»Bist du sicher, dass es von Ethels Nachthemd stammt?«

»Ziemlich sicher.«

»Nach der Sache mit Ethel – habt ihr da Anzeichen für gewaltsames Eindringen gefunden?«

Tuck grinste. »Bei Ethel?«

»In das Haus.«

»Nichts«, sagte sie. »Aber du weißt ja, wie es abläuft. Die Leute verstecken sich tagsüber irgendwo.«

»Und dieser Junge hat behauptet, dass er jemanden auf dem Dachboden gesehen hat?«

»Ja, aber da war niemand.«

»Bist du dir sicher?«

»Ich hab doch nachgesehen.«

»Überall?«, fragte Eve.

Tuck zuckte mit den Schultern. »Du warst doch selbst schon mal da oben. Da herrscht ein fürchterliches Durcheinander. Da hätte ich stundenlang suchen können.«

»Ist in den letzten Tagen sonst noch was passiert?«

»Ein paar Rekorder sind verschwunden.«

»Nicht zu vergessen das Auto an der Hauptstraße«, warf Dana ein. »Es steht seit Donnerstag an derselben Stelle.«

»Was für ein Auto?«, fragte Eve.

»Ein alter, blauer Ford Granada.«

»Steht der immer noch da?«

»Ich glaube schon«, sagte Dana. »Vermutlich. Heute Morgen war er noch da.«

»Ich werde ihn mir auf dem Nachhauseweg ansehen. Wo steht er genau?«

Dana dachte einen Moment nach. »Etwa einen Block vom Horrorhaus entfernt.«

»Ich werd mal die Nummernschilder überprüfen. Mal sehen, was ich über den Eigentümer in Erfahrung bringen kann.«

»Wenn er spurlos verschwunden ist«, sagte Tuck, »dann gib uns sofort Bescheid.«

»Darauf kannst du Gift nehmen.«

Owen lehnte immer noch an dem Baum. Er konnte nicht mehr länger warten.

Er hatte einfach zu viel Angst.

Er wünschte, er hätte wenigstens den Mut, Johns Namen zu rufen. Aber wenn ihn dann jemand anders hörte – und in der Finsternis nach ihm suchte?

Außerdem würde das sowieso nichts bringen.

Owen hatte sich bereits alle Möglichkeiten durch den Kopf gehen lassen.

Entweder wollte ihm John einen Streich spielen – dann war er längst weg oder hatte sich in der Nähe versteckt, um sich an seiner Angst zu weiden.

Oder er war zum Haus zurückgegangen, um weiter die Mädels zu beobachten.

Oder er hatte sich verirrt und war inzwischen längst außer Rufweite.

Oder er hatte einen schlimmen Unfall, war bewusstlos oder tot.

Oder er war angegriffen, entführt oder ermordet worden.

Eine andere Möglichkeit fiel Owen beim besten Willen nicht ein.

Und in keinem der Fälle hatte es einen Sinn, nach ihm zu rufen.

Aber ich kann doch nicht die ganze Nacht hier rumstehen!

Was soll ich jetzt machen?

Eins würde er ganz bestimmt nicht tun: Den Hügel wieder hinaufklettern.

Und wenn John gegen einen Baum gelaufen ist und bewusstlos da oben liegt?

Das hätte ich gehört, sagte er sich. Er war doch direkt hinter mir.

Und ich hab gar nichts gehört.

Wie war das nur möglich?, fragte er sich.

Owen lief es kalt den Rücken herunter.

Dieses Arschloch ist wahrscheinlich einfach stehen geblieben und hat sich davongeschlichen.

Und jetzt wartet er unten beim Auto auf mich.

Mit Gänsehaut am ganzen Körper stieß er sich vom Baum ab und rannte in der Finsternis weiter den Hügel hinunter.

Er streckte die Arme aus, damit er nicht gegen einen Baum stieß.

Während er rannte, glaubte er, Atemgeräusche hinter sich zu hören.

Er drehte sich um. Niemand zu sehen.

Dann dachte er, er würde schnelle, stampfende Schritte hören.

Wieder blickte er sich um.

Jetzt beruhig dich. Da ist niemand.

Aber er sah sich immer und immer wieder um.

Keuchend schnappte er nach Luft.

Und dachte, jemand anderes würde hinter ihm keuchen.

Lass den Scheiß! Da ist keiner!

Jetzt gehe ich zu Johns Rostlaube. Wetten, dass er bereits drinsitzt und mich auslacht?

Endlich erreichte Owen die Straße.

Und fand das Auto.

Er keuchte, schnaufte und konnte sich kaum noch auf den Beinen halten, als er den schmalen Feldweg entlang auf den alten Ford Granada zutaumelte. Er beugte sich vor und spähte durch das Beifahrerfenster.

Wo zum Teufel bist du, John?

Er öffnete die Tür. Die Innenbeleuchtung schaltete sich ein.

John saß nicht auf dem Fahrersitz.

Und auch nicht auf der Rückbank.

Kein Schlüssel im Zündschloss.

Wo ist er nur? Was soll ich jetzt machen?

Verwirrt, erschöpft und hilflos stieg Owen ein. Er setzte sich auf die verknickte *Fangoria*-Ausgabe und zog die Tür hinter sich zu.

Die Innenbeleuchtung ging wieder aus.

In völliger Dunkelheit wartete er auf John.

Kapitel vierundvierzig

Sandy – Juni 1997

Sie suchte die gesamte Hauptstraße nach einem blauen Ford Granada ab. Nur wenige Autos parkten in der Umgebung des Horrorhauses, und keines passte zu der Beschreibung, die sie erhalten hatte.

Vielleicht war sein Eigentümer doch nicht verschwunden.

Andererseits hatte es in der letzten Zeit *ziemlich viele* seltsame Vorkommnisse im Horrorhaus gegeben.

Also würde sie dieser Spur auch nachgehen.

Sandy wendete den Range Rover und fuhr in Richtung Stadt zurück.

Hinter dem Horrorhaus bog sie in eine Seitenstraße und stellte den Wagen ab. Die Geschäfte hatten bereits geschlossen.

Dieses Mal vergaß sie ihre Taschenlampe nicht.

Während sie zum Horrorhaus ging, fröstelte sie. Es wehte eine kühle Brise, ihr Haar war feucht und sie hatte gerade über eine Stunde in einem ziemlich heißen Whirlpool verbracht, doch das war nicht der Grund für ihr Zittern. Der Grund war Eric.

Bist du da drin, Eric?

Seit dem Tag vor fünf Jahren, an dem er ihr weggelaufen war, fieberte sie mit einer Mischung aus Hoffnung und Furcht der Stunde ihres Wiedersehens entgegen.

Wenn er damals nicht geflohen wäre, hätte sie ihn erschossen. Daran zweifelte sie nicht.

Und jetzt?

Werde ich ihn erst recht erschießen, sagte sie sich. Für das, was er Terry angetan hat. Für das, was er mir angetan hat. Und um ihn davon abzuhalten, noch jemand anderem wehzutun.

Ich werde ihn töten, so wahr mir Gott helfe.

Wenn ich ihn finde.

Sandy erreichte den alten schmiedeeisernen Zaun mit den Spitzen auf der Rückseite des Hauses. Vieles hatte sich im Laufe der Jahre verändert, doch der Zaun schien der gleiche geblieben zu sein.

Sie sah sich um und erinnerte sich an die Zeit, in der es noch keine gepflasterte Terrasse hinter dem Haus gegeben hatte. Und keine Imbissbude, keine Stühle, Tische, keinen Souvenirshop und keine Toiletten. Nichts außer dem alten Pavillon, der jetzt in Janices Museum ausgestellt war, und der großen Rasenfläche, die Wick einmal pro Woche gemäht hatte. Sie dachte daran, wie sie abends allein im Pavillon gesessen hatte. Oder sich spät nachts im taufeuchten Gras mit Seth und Jason ihrer Leidenschaft hingegeben hatte.

Eric war wohl gezeugt worden in einer solchen Nacht, in der die Haut seines Vaters wie Schnee im Mondlicht geleuchtet hatte.

Sandy hoffte, dass Seth Erics Vater war. Seth war ein echtes Goldstück gewesen und sehr sanft. Ganz im Gegensatz zu Jason. Doch sicher sein konnte sie sich nicht.

Egal, dachte sie und verdrängte das Gefühl des Verlusts, das in ihr aufstieg. Sie sind beide tot. Und Eric wird ebenfalls tot sein, sobald ich ihn gefunden habe.

Sie warf die Taschenlampe durch die eisernen Stäbe und kletterte auf den Zaun. Oben stellte sie sich vor, wie es wäre, in die Spitzen zu fallen. Sie würden sich durch ihre Jeans bohren und …

Hör auf damit!

Sie sprang herunter, landete im Gras und rollte sich ab. Dann packte sie den geriffelten, feuchten Griff der Taschenlampe und wischte ihn mit dem Hemdzipfel ab.

Über die vom Mondlicht erhellte Rasenfläche rannte sie durch eine Lücke zwischen Souvenirshop und Imbissbude zur Terrasse.

Warrens Imbissbude.

Wenn ihn wirklich Jugendliche zusammengeschlagen hatten, überlegte sie, wozu dann die Geheimniskrämerei?

Es waren keine Teenager. Es war eine Bestie. Eric. Und Warren hat Angst, jemand könnte herausfinden, dass ihm Eric mehr zugefügt hat als nur ein paar blaue Flecken – also hat er sich eine Lügengeschichte ausgedacht.

Das erklärt so einiges, dachte Sandy.

Zum Beispiel, wieso Warren nicht mehr im Horrorhaus arbeitete und über Nacht Inhaber einer Imbissbude geworden war.

Janice muss ihn damit bestochen haben.

Was bedeutet, dass sie die Wahrheit kennt.

Was bedeutet, dass sie die Führungen weiterhin zulässt – sogar die Mitternachtsführung –, obwohl sie weiß, dass eine Bestie zurückgekehrt ist.

Wie kann sie nur?, dachte Sandy.

Dann ertönte die wohlbekannte Stimme der alten Maggie Kutch in ihrem Kopf: »Die Antwort ist einfach: G-E-L-D.«

Nein, dachte Sandy. Janice ist anders. Sie würde niemals das Leben Unschuldiger riskieren. Also weiß sie nicht, was mit Warren passiert ist.

Oder es waren *tatsächlich* Jugendliche.

Nicht unwahrscheinlich. Eric hätte Warren vermutlich umgebracht.

Sandy ging die Holztreppe zum Hintereingang hinauf.

Wenn sich Warren wirklich mit Eric angelegt hätte, wäre er jetzt tot. So tot wie Terry und die anderen. Eric konnte somit nicht verantwortlich sein für …

Mich hat er auch nicht umgebracht.

Das ist etwas anderes, dachte sie. Ich bin seine Mutter – eigentlich ist er ziemlich sanft zu mir gewesen. Ein paar Kratzer hier, ein paar Bisse dort, nichts Ernstes.

Jeden anderen jedoch reißt er in Stücke.

Er hätte Warren zu Hackfleisch verarbeitet.

Die Hintertür war abgesperrt. Sandy klemmte sich die Stablampe zwischen die Beine und zog ein Taschenmesser aus ihrer Hose.

Sie klappte die etwa zehn Zentimeter lange Klinge aus und ließ sie in den Spalt zwischen Tür und Rahmen gleiten.

Die Tür war nur mit einem einfachen Schnappschloss gesichert, das sie zwar nicht sehen konnte, aber genau kannte. Seit ihrer Zeit als Angestellte des Horrorhauses hatte sich daran nichts geändert, das wusste sie, da sie das Haus in der Zwischenzeit nicht nur einmal heimlich betreten hatte.

Nachdem sie 1993 wieder nach Malcasa Point zurückgekehrt war, war sie zwei- oder dreimal pro Woche eingebrochen. Doch das hatte sie schnell wieder aufgegeben und schließlich nur ein-, zweimal im Monat nach dem Rechten gesehen. Ihre Theorie, dass Eric in seine Geburtsstadt und die Heimat seiner Vorfahren zurückkehren würde, schien sich nicht zu bestätigen.

Doch dann erinnerte sie sich an diese Geschichten von Katzen und Hunden, die über unglaubliche Strecken hinweg wieder nach Hause gefunden hatten.

Dagegen war die Distanz zwischen ihrer Hütte und Malcasa Point nahezu ein Katzensprung.

Ein Mensch konnte diese Strecke in weniger als einer Woche bequem zu Fuß zurücklegen.

Eric wäre vermutlich schneller gewesen.

Wenn er denn überhaupt hier war. Vielleicht interessierte ihn Malcasa Point überhaupt nicht, oder er *konnte* nicht kommen, weil er verletzt oder bereits tot war.

Und wenn ich der Grund bin? Vielleicht ist er schlau genug, um zu wissen, dass ich hier auf ihn warte.

Tatsache war, dass Sandy während ihrer heimlichen Besuche im Horrorhaus nie auf Eric – oder auf Hinweise seiner Anwesenheit – gestoßen war.

Ende 1994 war sie zum letzten Mal eingebrochen.

Bis heute, dachte sie und öffnete das Schnappschloss. Dann klappte sie das Messer zusammen, schob es in die Tasche zurück und öffnete die Tür.

Sie sah sich um, ohne die Taschenlampe einzuschalten. Tagsüber fungierte dieses Zimmer als Aufenthaltsraum für das Personal. Sie wusste, dass sich ein Sofa, ein Tisch, einige alte Sessel und ein kleiner Kühlschrank im Raum befanden. Sie roch abgestandenen Zigarettenrauch.

Sandy lauschte konzentriert.

Außer ihrem Herzschlag, dem Schrei einer Eule und einem leisen Rauschen, das entweder die Brandung oder ein vorbeifahrendes Auto sein konnte, war nichts zu hören.

Niemand hier außer mir.

Sie ging durch eine weitere Tür in die Küche, wo sie tief Luft holte und versuchte, sich zu beruhigen.

Jetzt erinnerte sie sich auch, *warum* sie die Einbrüche aufgegeben hatte.

Die nervliche Belastung war einfach zu groß gewesen.

Ihr Herz drohte, aus ihrer Brust zu springen. Schweiß bedeckte ihr Gesicht und ihre Handflächen. Die Taschenlampe fühlte sich glitschig an.

Hier ist nichts, wovor man Angst haben müsste, versicherte sie sich.

Ich bin die härteste Braut der ganzen Stadt, schon vergessen?

Sandy lächelte mit zitternden Lippen.

Sie hatte keine Angst vor Schmerzen und schon gar nicht vor »der Bestie«. Außerdem brauchte sie eine Entdeckung nicht zu fürchten. Sie war schließlich Polizistin und eine gute Freundin von Lynn Tucker. Wenn sie jemand sehen sollte, konnte sie immer noch behaupten, sie hätte etwas Verdächtiges bemerkt und wolle dem nachgehen. Vielleicht ein Lichtschein in einem der Fenster …

Davor hatte sie keine Angst. Wovor sie Angst hatte, war, ihren Sohn wiederzusehen.

Ihr Baby.

Eric.

Sie hatte ihn immer geliebt. Schon vor seiner Geburt.

Und danach noch viel mehr. Sie hätte alles für ihn getan. Sie wäre für ihn gestorben. Sie hatte für ihn getötet, und er für sie.

Doch er hatte auch Terry ermordet.

Und er hatte Sandy vergewaltigt, sie geschwängert und *dies alles* verursacht.

Sie musste ihn töten. Für das, was er Terry und ihr angetan hatte und für all das, wozu er sie *gezwungen* hatte. Doch sie liebte ihn immer noch und das würde sich auch nicht ändern. Trotzdem musste sie ihn töten.

Wahrscheinlich ist er gar nicht hier, dachte sie.

Aber die Möglichkeit bestand.

Irgendetwas hatte diesem Jungen auf dem Dachboden einen gewaltigen Schreck eingejagt.

Also war der Dachboden ihr erstes Ziel. Das hatte sie beschlossen, als sie noch im Whirlpool gesessen war.

Sie verließ die Küche und ging durch einen engen Korridor zur Treppe hinüber. Sie machte sich nicht die Mühe, möglichst geräuschlos die Stufen hinaufzugehen. Das Holz ächzte unter ihren Cowboystiefeln.

Sandy nahm an, dass man ihre Schritte im ganzen Haus hören konnte – mit Ausnahme des Dachbodens und des Kellers.

Sie könnten Eric warnen.

Das war auch gut so.

Sei schlau und renn um dein Leben, mein Schatz. Mami ist hier, um dich abzuknallen.

Mit festen Schritten ging sie über die Galerie und blieb vor der Tür zum Dachboden stehen.

Sie war geschlossen. Sandy löste die Seidenkordel und ließ sie zu Boden fallen. Dann drückte sie den Türgriff herunter. Niemand hatte zugesperrt. Sie öffnete die Tür bis zum Anschlag.

Die Treppe zum Dachboden war so dunkel wie ein Bergwerksschacht.

Sandy schaltete die Taschenlampe ein, nahm sie in die linke

Hand und zog ihre 9mm Sig Sauer Halbautomatik, in deren Kammer sich bereits eine Hohlspitzpatrone befand. Sie musste nur noch abdrücken.

Dann ging sie die Treppe hinauf. Die Luft war stickig und heiß. Keuchend blinzelte sie sich den Schweiß aus den Augen. Das T-Shirt klebte an ihrem Rücken. Schweiß lief die Innenseiten ihrer Schenkel hinunter. Ihre feuchte Jeans spannte sich bei jedem Schritt über die Hinterbacken.

Hoffentlich ist er nicht da oben, dachte sie.

Bitte, lieber Gott, ich will ihn nicht umbringen. Aber ich werde es tun. Du weißt, dass ich es tun werde. Wenn du das nicht willst, dann mach, dass er nicht hier oben ist.

Sie klemmte sich die Taschenlampe zwischen die Beine und stieß die obere Tür auf. Mit quietschenden Angeln schwang sie nach innen und ließ das Licht ihrer Lampe in den Raum fallen.

Sandy trat über die Schwelle und ließ den Strahl über das schräge Dach und die dicken Stützpfeiler wandern. Staubflocken tanzten im Licht. Dann fiel der Strahl auf das zertrümmerte Gesicht der Wachspuppe von Streifenpolizist Dan Jenson.

Das Kind ist einer Bestie nicht mal nahe gekommen, dachte sie. *Es hat sich einfach nur vor dem armen Dan so erschreckt.*

Rätsel gelöst.

Obwohl Sandy spürte, wie die Spannung von ihr abfiel, sah sie sich weiter auf dem Speicher um. Das Licht der Lampe fiel auf alte Schrankkoffer, Pappkartons, die Figuren der beiden Zieglers, gerahmte Bilder, die an der Wand lehnten, Teppichrollen, einen uralten Rollstuhl, ein verschlissenes Sofa, einen Tisch und verschiedene andere Möbelstücke.

Und auf eine gebückte, haarige Kreatur mit wilden Augen und gefletschten Zähnen.

Es war Vincent, der ausgestopfte Affe. Ein Schirmständer aus dem neunzehnten Jahrhundert, der lange in der Eingangshalle gestanden hatte.

Sandy lächelte, als sie daran dachte, wie sich die Kinder immer vor ihm gefürchtet hatten.

Deshalb hat ihn Janice wahrscheinlich auch hier raufbringen lassen.

»Vincent! Wie geht's, altes Haus?« Sie grinste den grässlichen Affen an. »Siehst ein bisschen zerrupft aus.«

Sein kurzes braunes Fell war noch verfilzter, als sie es in Erinnerung hatte. Wenn sie ihm jetzt auf die Schulter klopfte, würde eine Staubwolke aufwirbeln.

Er schien ihr direkt in die Augen zu starren.

Früher hatte sie immer den Zeigefinger in sein Maul gesteckt. Als Mutprobe. Sie war sich nie ganz sicher gewesen, ob ihr Vincent nicht doch den Finger abbeißen würde, auch wenn er tot und ausgestopft war. Doch wenn er es versucht hätte, wäre ihm vermutlich der Kiefer abgefallen.

Schon komisch – die Mäuler lebender Bestien hatten Sandy keine Angst eingejagt, wohl aber die morschen Zähne des armen alten Vincent.

»Ich hab keine Angst mehr vor dir«, flüsterte sie.

Sie ging in die Hocke und legte die Pistole auf den Boden.

»Du würdest doch deine alte Freundin nicht beißen, oder?«

Vincent starrte sie zornig an.

»Das würde ich dir auch nicht raten«, warnte sie ihn.

Dann steckte sie ihm den Zeigefinger ins Maul.

Und kreischte auf, als sie von hinten im Schritt gepackt und in die Luft gehoben wurde. Die Taschenlampe fiel ihr aus der Hand, und ihr Kopf prallte gegen einen der Stützpfeiler. Als das Licht ausging, spürte sie, wie sie auf den Speicherboden geworfen wurde.

Kapitel fünfundvierzig

Ein böses Erwachen

Dana wachte auf, weil ihr kalt war. Sie lag zusammengekrümmt auf der Seite. Offenbar hatte sie die Decke von sich gestrampelt.

Graues Morgenlicht fiel in das Schlafzimmer.

Sie warf einen Blick auf den Wecker. 6:28 Uhr.

Hmmm. Da kann ich ja noch ein bisschen schlafen. Wenn mir nur nicht so kalt wäre.

Sie streckte den Fuß nach der Decke aus.

Nichts.

Die Decke musste aus dem Bett gefallen sein.

Ihr blieb wohl keine andere Wahl – sie musste aufstehen.

Dana stöhnte.

Sie wollte nicht. Wenigstens war die Matratze unter ihr kuschelig warm.

Sie stellte sich vor, dass Warren bei ihr lag.

Wie schön, dachte sie.

Er wäre bestimmt auch kuschelig warm. Sie würde sich an ihn schmiegen, ihren Kopf an seine Schulter, einen Arm an seine Brust und ein Bein über seine Oberschenkel legen. Und dann wieder einschlafen.

Was trägt er wohl im Bett?, fragte sie sich.

Einen weichen Flanellpyjama.

Sie würde morgens zuerst aufwachen und ihn beim Schlafen beobachten.

Dann würde sie ihre Hand in den Hosenschlitz seiner Schlafanzughose gleiten lassen …

Seufzend drehte sich Dana herum.

Das Bett neben ihr war leer.

Natürlich.

Warren schlief nämlich gerade tief und fest in seinem eigenen Bett.

Oder er ist bereits aufgewacht. So wie ich. Und wünscht sich, dass er sich herumdrehen und mich in die Arme nehmen könnte.

Wenn diese blöde Mitternachtsführung nicht wäre, hätten wir den ganzen Abend für uns.

Die Führung wird lustig werden.

Außerdem hab ich's Tuck versprochen.

Würde es ihr so viel ausmachen, wenn ich nicht dabei wäre?, fragte sie sich. Eve kommt ja mit. Tuck brauchte ja wohl keine *Entourage*. Ich könnte heute Warren treffen und nächste Woche mitkommen.

Keine dumme Idee, dachte sie.

Sie stellte sich vor, wie sie zum Imbissstand ging.

Warren würde sie anlächeln. »Dana, du siehst heute Morgen fantastisch aus.«

»Weißt du was?«, würde sie sagen. »Wir können uns heute Abend doch treffen! Ich werde die Mitternachtsführung einfach sausen lassen.«

»Toll!«

Jetzt war sie zu aufgeregt, um weiterschlafen zu können.

Aber es war noch zu früh, um den Tag zu beginnen.

Ich gehe erst mal aufs Klo, dachte sie. Und dann schnappe ich mir die Decke und haue mich noch ein paar Stunden aufs Ohr.

Sie rollte sich auf den Rücken und sah an sich herab.

Vor dem Schlafengehen hatte sie sich ein weißes Baumwollnachthemd angezogen.

Das sie immer noch trug.

Nur, dass es auf der Vorderseite von oben bis unten aufgerissen war.

Was zum Teufel ist hier los?

Sie starrte auf den zerfetzten Stoff.

Das war ich nicht.

Aber wer dann?

Sie erinnerte sich an das seltsame Geräusch, das sie gestern Morgen gehört hatte – eine Schiebetür. Als hätte sich ein nächtlicher Gast aus dem Haus geschlichen.

Mit einem Mal bekam sie Gänsehaut.

Ruhig bleiben, dachte sie. Vielleicht habe ich es selbst im Schlaf zerrissen.

Möglich, aber nicht wahrscheinlich.

Aber andererseits nicht so weit hergeholt wie die Vorstellung, dass ein Fremder sich daran zu schaffen gemacht hatte.

Was hat er wohl sonst noch angestellt?

Hat er mich berührt?

Sie stand auf. Es schmerzte.

Das war Warren, dachte sie.

Wirklich?

Sie wollte ins Badezimmer gehen, das Licht anmachen und sich im Spiegel betrachten.

Aber zwei Schritte vom Bett entfernt stieß ihr linker Fuß gegen etwas Schweres, Hartes.

Sie schrie vor Schmerz auf.

Das Objekt schoss durch den Raum und verschwand hinter einer Kommode.

Dana humpelte auf dem gesunden Fuß zum Bett zurück und setzte sich. Mit verzerrtem Gesicht wartete sie, bis der pulsierende Schmerz in ihren Zehen nachließ.

Sie schaltete die Nachttischlampe ein. Drei ihrer Zehen waren gerötet. Dann entdeckte sie die Kratzer auf ihren Beinen, ihrem Bauch und ihren Brüsten. Und mehrere blaue Flecken in Form eines geöffneten Mundes.

Die Zehen hatte sie sich an diesem Ding auf dem Boden gestoßen.

Die Kratzer hatte sie sich zugezogen, als sie durch das Gebüsch hinter dem Haus gerannt war. Höchstwahrscheinlich.

Die blauen Flecken waren Warrens Schuld. Höchstwahrscheinlich.

Warren hat mich wirklich übel zugerichtet, dachte sie. Das wird Tage dauern, bis alles verheilt ist.

Aber ihm geht's auch nicht besser, das weiß ich.

Sie lächelte und kam zu dem Schluss, dass sich außer ihm niemand an ihrem Körper zu schaffen gemacht hatte.

Höchstwahrscheinlich.

Vielleicht hatte sie das Nachthemd *tatsächlich* selbst zerrissen.

Ein sehr lebhafter Traum vielleicht.

Als Kind war sie ein paarmal schlafgewandelt.

So etwas Ähnliches musste ihr in der Nacht passiert sein.

Aber wogegen bin ich gerade getreten?, fragte sie sich. War das ein Schuh?

Nein, kein Schuh.

Sie stellte sich vorsichtig auf ihre schmerzenden Zehen.

Dann humpelte sie zur Kommode hinüber.

Auf dem Boden vor ihr lag ein teuer aussehender Fotoapparat mit Teleobjektiv.

Sie beugte sich darüber.

Eine Minolta.

Sie streckte die Hand danach aus.

Das große Teleobjektiv war feucht und klebrig.

Schnell zog sie die Hand zurück und starrte auf ihre rotverschmierte Handfläche.

»Oh Scheiße«, murmelte sie. »Tuck!«

Sekunden später hörte sie Schritte.

Gott sei Dank, ihr ist nichts passiert.

Wenn das Tuck IST.

Hoffentlich.

Tuck kam in das Zimmer gestürmt. Sie trug ein blaues Pyjamaoberteil, das offensichtlich nicht zerrissen war. Ihr Haar war durcheinander, und sie war völlig außer Atem. Ihre Hände hielten die schwere Magnum umklammert. »Was ist?«, keuchte sie.

»Jemand … sieh nur.« Dana deutete mit den Fingerspitzen auf die Fetzen ihres Nachthemds.

»Hä? Wie ist das denn passiert?«

»Keine Ahnung. Ich bin aufgewacht und …« Sie schüttelte den Kopf. »Es muss jemand hier gewesen sein, während ich geschlafen habe.«

»Glaubst du?«

»Also ich war's jedenfalls nicht. Du etwa?«

»Nein.«

»Und sieh dir das an.« Sie stieß mit dem rechten Fuß gegen die Kamera.

»Schöne Kamera.«

»Aber wem *gehört* sie? Mir nämlich nicht.«

Tuck verzog das Gesicht. »Jetzt schon.«

Dana musste lachen. »Ja, wahrscheinlich.«

»Sieht teuer aus«, sagte Tuck und griff danach.

»Fass sie nicht an. Sie ist voller Blut.«

»Was?«

Dana hielt ihr die blutverschmierte Hand hin.

»Igitt. Das stammt von der Kamera?«

»Ja.«

»Scheiße.« Tuck stand auf und trat einen Schritt zurück. Mit gerunzelter Stirn sah sie von der Kamera zu Dana. »Wessen Blut ist das?«

»Meins nicht.«

»Dann muss es *seines* sein.« Sie ließ ihren Blick über den Teppich schweifen. »Sonst ist kein Blut zu sehen.« Sie hielt Dana den Revolver hin. »Halt mal. Ich rufe Eve an.«

Tuck ging zum Telefon auf dem Nachtkästchen hinüber. Sie wählte und wartete. »Malcasa Point, die Nummer von Eve Chaney bitte. C-H-A-N-E-Y … genau.«

Sekunden später wählte sie erneut.

Tuck sah Dana an und lauschte konzentriert. Dann verzog sie das Gesicht. »Der Anrufbeantworter.«

Sie wartete. »Eve? Hier spricht Lynn Tucker. Geh ran, wenn du da bist. Eve! Hallo, Eve! Tut mir leid, dass ich dich so früh schon anrufe, aber wir haben ein Problem. Jemand war in Danas Zimmer. Er hat ihr Nachthemd aufgerissen und möglicherweise Fotos von ihr gemacht. Er könnte noch im Haus sein. Sein Fotoapparat liegt hier. Da ist Blut dran. Vielleicht hat er sich selbst verletzt, keine Ahnung. Wo zum Teufel bist du? Egal, ruf mich so schnell wie möglich an.« Sie legte auf. »Scheiße.«

»Sie scheint einen gesunden Schlaf zu haben«, sagte Dana.

»Wer weiß.«

»Hoffentlich ist sie gestern gut nach Hause gekommen.«

»Als hätten wir nicht schon genug Ärger.«

»Und wenn wir die Polizei rufen? Die Notrufnummer?«

»Wegen uns oder wegen Eve?«

»Wegen uns, würde ich sagen. Ich glaube, es wäre etwas verfrüht, wegen Eve …«

»Ich will die aber nicht anrufen, Punkt. Nicht dass in einer halben Stunde so ein Arschloch wie Cochran auftaucht. Wenn du *dem* erzählst, was hier passiert ist, kriegt er glatt einen Ständer.« Sie hielt Dana die Hand hin und nahm den Revolver entgegen. »Hol deine Pistole, dann sehen wir uns mal um. Dieser Scheißkerl ist wahrscheinlich schon lange über alle Berge, aber man weiß ja nie.«

Danas Handtasche hing am Griff der Kleiderschranktür.

Sie ging hinüber und zog die Waffe heraus, die Eve ihr geliehen hatte.

»Wie ist er nur hier reingekommen?«, fragte sie.

Tuck schüttelte den Kopf. »Keine Ahnung. Aber ich weiß, dass er das nicht noch mal machen wird. Nicht, wenn wir ihn jetzt finden. Dann werd ich ihm nämlich das Licht ausblasen.«

Kapitel sechsundvierzig

Owen schläft schlecht

Sie jagten Owen über einen sonnigen, einsamen Strand.

Er hatte eine Heidenangst, wusste jedoch nicht, weshalb. Schließlich waren seine Verfolger Dana und die schöne Fremde aus dem Whirlpool. Sie sahen fantastisch aus. Ihre Körper glänzten golden im Sonnenlicht. Bis auf die Cowboyhüte und die Stiefel waren sie nackt.

Sie werden mich niemals erwischen, nicht in diesen Hinterwäldlerstiefeln.

Doch sie holten auf!

Wenn sie mich kriegen …

Er wusste nicht, was geschehen würde, wenn sie ihn schnappten, aber er war sich sicher, dass es sehr unangenehm werden würde.

Sie werden mich fertigmachen. Genau wie sie Cromwell fertiggemacht haben.

Obwohl er natürlich keine Ahnung hatte, *was* sie mit John gemacht hatten. Er wusste nur, dass sein Freund gerade noch mit ihm den Strand hinuntergerannt war. Und jetzt war er verschwunden.

Was haben sie nur mit ihm gemacht?

Etwas Unaussprechliches.

Und das werden sie auch mit mir machen.

Er warf einen Blick über die Schulter.

Sie hatten ihn beinahe eingeholt!

Ein Schrei formte sich in seiner Brust.

Dann hörte er das Brummen eines Motors. Johns alter blauer Strandbuggy fuhr direkt auf ihn zu, wobei er eine Sandwolke hinter sich aufwirbelte.

Die Rettung naht!

»Schneller!«, rief Owen.

Der Buggy kam näher und näher.

Er sah sich um. Die Frauen waren stehen geblieben.

Sie geben auf!

Lachend vor Erleichterung rannte er auf den Strandbuggy zu.

Dann bemerkte er, dass es nicht John war, der am Steuer saß.

Natürlich nicht. Sie haben ihn erwischt, schon vergessen?

Monica saß mit gefletschten Zähnen hinter dem Lenkrad. Ihre violetten Augen sprühten vor Hass, ihr rabenschwarzes Haar flatterte wild im Fahrtwind. Sie hatte sich einen Seidenschal in der Farbe ihrer Augen um den Hals geschlungen, der wie eine Fahne hinter ihr herwehte.

Sie will mich überfahren!

»Nein!«, schrie er und wachte auf.

Endlich war die Nacht vorbei.

Doch er hörte noch immer das Motorengeräusch.

Mit klopfendem Herzen stand er auf und rannte zum Fenster. Als er die Vorhänge zurückzog, erfüllte gleißendes Sonnenlicht den Raum.

Ein weißer Porsche schoss aus einer Parklücke und überquerte dröhnend den Innenhof.

Owen sah sich nach Johns altem Ford um.

Nur wenige Parkplätze waren belegt.

Gestern Nacht war alles noch hoffnungslos überfüllt gewesen. Das Neonschild mit dem Schriftzug »BELEGT« hatte in der Dunkelheit geleuchtet.

Und wie froh er gewesen war, endlich dieses Schild vor sich zu sehen.

Owen hatte befürchtet, nie wieder ins Welcome Inn zurückzukehren.

Er hatte in Johns Auto gesessen. Finsternis umgab ihn.

Da er Angst hatte, dass eine Hand plötzlich nach ihm greifen könnte, hielt er Türen und Fenster geschlossen.

Schon bald machte sich ein seltsamer, ekelhafter Geruch im Wageninneren breit.

Er versuchte eine Weile, den Gestank auszuhalten.

Er versuchte sich einzureden, dass er im Wagen auch nicht viel sicherer als draußen wäre. Aber so ganz gelang es ihm nicht. Er musste sehr viel Mut aufbringen, um die Tür zu öffnen und auszusteigen.

Aber zumindest stank es nicht mehr so fürchterlich.

Jetzt fühlte er sich verwundbar.

Nach einer Weile setzte er sich auf die Motorhaube.

Und wartete in der Dunkelheit, zitternd vor Angst und Kälte.

Ich bin völlig ungeschützt!

Trotzdem blieb er sitzen.

Ständig sah er auf die Uhr. Die Zeit kroch unerträglich langsam dahin. Als es halb zwölf war, beschloss er, noch bis Mitternacht zu warten.

Wenn John bis dahin nicht zurück ist, werde ich zu Fuß zum Hotel gehen.

Oder es zumindest versuchen.

Auf dem Weg hierher hatte er dem Straßenverlauf keine große Aufmerksamkeit geschenkt, doch er war sich sicher, dass er irgendwie auf die Hauptstraße kam, wenn er immer bergab marschierte. Und von der Hauptstraße aus würde er ja wohl zum Welcome Inn finden.

Es können nicht mehr als vier oder fünf Meilen sein, dachte er.

Wenn ich wirklich den ganzen Weg zurücklatschen muss, bin ich fertig mit John. Ich werde ihn nicht ins Zimmer lassen, und die Mitternachtsführung kann er sich auch abschminken. Das Ticket, das ich für ihn gekauft habe, bekommt er jedenfalls nicht. Da zerreiße ich es lieber.

Dumme Idee, dachte er. Vielleicht konnte er es ja zurückgeben oder weiterverkaufen. Und einen hübschen Gewinn erzielen. Möglicherweise konnte er hundertfünfzig, zweihundert Dollar dafür heraushandeln.

Ich fange mit zweihundert an und …

Klar. Vergiss nicht, John hat die Fotos. Du wirst ihm alles geben, wonach er verlangt.

Wenn er überhaupt wieder auftaucht.

Um 23:41 Uhr hörte Owen knirschende Geräusche im Wald zu seiner Rechten.

Es hörte sich wie Schritte an.

Sein Hodensack schrumpfte zusammen.

Vielleicht ist es John, dachte er.

Er öffnete den Mund, brachte es jedoch nicht über sich, nach ihm zu rufen.

Wenn es John ist, warum kommt er dann nicht raus? Er macht mich noch völlig fertig.

Und wenn es NICHT John ist?

Owen sah auf die Uhr. 23:43 Uhr.

»Tja«, sagte er. »Zeit zum Aufbruch.«

Er hüpfte von der Motorhaube und entfernte sich langsam von Johns Wagen.

Nach ein paar Schritten ging er schneller.

Und schneller.

Als er die nächste Kurve erreichte, fing er an zu rennen. Seine Schuhe klapperten über den Asphalt. Er lief, so schnell er konnte.

Schließlich war er so erschöpft, dass er in einen gemächlichen Trab verfiel. Keuchend, schwitzend und mit Seitenstechen sah er sich um.

Niemand verfolgte ihn.

Ich bin gerade noch mal davongekommen.

Auf dem Weg zum Welcome Inn blickte er ständig über die Schulter zurück.

Niemand war zu sehen.

Auch auf der Hauptstraße begegnete ihm kein einziges Auto.

Endlich sah er das »BESETZT«-Schild vor sich. Er war gerettet.

Jetzt wird alles gut.

Der Parkplatz war voller Autos, doch keine Menschenseele war zu sehen. Die Fenster der Bungalows waren dunkel. Er hörte keine Stimmen, kein Gelächter.

Bin ich denn der Einzige, der noch auf ist?

Leise schlich er sich in sein Zimmer. Die Luft war heiß und stickig. Er machte Licht und sah sich um. Johns zerbrochene Brille lag auf dem Nachtkästchen, daneben das Telefonbuch, aus dem er die Seite mit Lynns Adresse gerissen hatte.

Von John selbst keine Spur.

Hast du gedacht, er ist früher wieder da als du? Er ist immer noch da oben und amüsiert sich wahrscheinlich prächtig.

Oder er ist tot.

Der kommt schon noch, dachte Owen. Es wird jeden Augenblick an der Tür klopfen, und dann wird er reinkommen wollen, um mir die ganzen Sachen zu erzählen, die ich verpasst habe.

Owen ging ins Badezimmer, schloss die Tür hinter sich und zog die durchgeschwitzten, schmutzigen Klamotten aus. Er warf sie in eine Ecke und drehte den Hahn über der Badewanne auf. Donnernd schoss das Wasser in die Wanne.

Er hoffte, dass das niemanden störte.

Aber er musste einfach duschen.

Als er unter dem Wasserstrahl stand, glaubte er, Stimmen zu hören, Leute, die an seine Tür klopften. Einmal dachte er sogar, sein Telefon würde klingeln.

Doch als er aus der Dusche kam, war alles ruhig.

Das rote Licht am Telefonapparat blinkte nicht. Niemand hatte angerufen oder eine Nachricht hinterlassen.

Er ging ins Badezimmer zurück und ließ die Tür weit offen stehen, während er sich abtrocknete, pinkelte und die Toilettenspülung betätigte.

Dann zog er einen weißen, ordentlich zusammengelegten Schlafanzug aus seinem Koffer. Es konnte ja sein, dass John doch noch kam.

Und dann muss ich ihn reinlassen, dachte Owen.

Er legte sich ins Bett und machte das Licht aus.

Wie bequem.

Er seufzte, schloss die Augen und schlief ein.

Und schreckte schweißgebadet, keuchend und mit rasendem Herzen auf.

Er setzte sich auf, schaltete die Nachttischlampe ein und sah auf die Uhr. 3:20 Uhr.

Dann warf er einen Blick auf das Beistellbett.

Wo zum Teufel steckt er nur?

Er schaltete das Licht wieder aus, legte sich wieder hin und schob die Decke zur Seite. Es war unerträglich warm, aber er schloss trotzdem die Augen und versuchte zu schlafen.

Seine Gedanken kreisten unablässig um John, Dana, Lynn und die schöne, aber gefährliche Fremde, um den oder das, was dort im Gebüsch gelauert hatte, ja sogar um Monica. Manche der Traumbilder jagten ihm Angst ein. Andere erfüllten ihn mit Schuldgefühlen oder Hoffnung. Bei manchen bekam er sogar einen Ständer.

Er wälzte sich auf dem Bett herum. Der Schlafanzug klebte ihm an der Haut. Er wusste nicht, ob er wachte oder schlief. Die Bilder, die er vor sich sah, schienen zu real für Träume zu sein.

Waren es Halluzinationen?

Er hörte Autos vorfahren. Er hörte, wie es an der Tür klopfte, und stand auf, um John hereinzulassen. Beim ersten Mal stand John ohne Kopf vor der Tür. Ein anderes Mal schien er unversehrt zu sein, hatte jedoch einen irren Blick und keuchte. *»Lass mich rein! Lass mich rein! Es ist hinter mir her!«*

»Was ist hinter dir her!«

»Der große weiße Affe! Lass mich rein!«

Dann wiederum öffnete Owen die Tür und sah einen nackten,

blutigen und mit Wunden übersäten John vor sich, der seinen steifen Penis wie eine Zigarre zwischen die Zähne geklemmt hatte.

»Brauchst du Feuer?«, fragte Owen.

John antwortete, indem er den Mund weit aufriss, so dass der Penis herausfiel, und wie ein Irrer loskreischte.

Das war die verflucht längste Nacht meines Lebens, dachte Owen, während er in den sonnigen Innenhof starrte.

Johns Auto war nirgendwo zu sehen.

Soll ich die Polizei rufen?

Und was soll ich denen erzählen?, fragte er sich. Dass sie gestern Nacht oben in den Hügeln heimlich drei nackte Frauen in einem Whirlpool beobachtet hatten, als John plötzlich verschwunden war?

Glänzende Idee.

Außerdem – woher wusste Owen, dass John wirklich etwas zugestoßen war? Wahrscheinlich war er mit einer der Frauen in der Kiste gelandet.

Das war auszuschließen.

Zum Teufel mit ihm. Er ist sowieso ein Idiot.

Owen wandte sich ab.

Jetzt ziehe ich mich erst mal an, und dann …

Aber zunächst musste er noch einmal duschen. Vielleicht würde das warme Wasser seinen verspannten Muskeln guttun und ihn etwas beruhigen.

Im Badezimmer zog er den feuchten Schlafanzug aus.

Während er duschte, beschloss er, nach einem ordentlichen Frühstück zum Horrorhaus zu gehen und zu versuchen, Johns Ticket umzutauschen.

»Dein Ticket? Na ja, du warst plötzlich wie vom Erdboden verschluckt, alter Freund. Also hab ich's verkauft.«

»DU HAST MEIN TICKET VERKAUFT?«

»Tut mir leid.«

Owen lächelte müde.

Kapitel siebenundvierzig

Samstagmorgen

»Aufstehen! Hallo? Raus aus den Federn, Eure Hoheit! Ich bin's, Lynn. Bist du da? Gehst du mal ran? Wo zum Teufel steckst du? Wir hatten heute Nacht Besuch – aber das weißt du ja, sofern du die vorherige Nachricht abgehört hast. Wir haben das Haus gründlich durchsucht. Ohne Erfolg. Wir wissen auch nicht, wie er reingekommen ist. Aber du bist hier die Ermittlerin, nicht wir. Leider machst du dich gerade ziemlich rar, du Ziege. Langsam machen wir uns Sorgen um dich. Wir glauben zwar nicht, dass du nicht auf dich selbst aufpassen könntest, aber … egal. Wir werden in ein paar Minuten zur Arbeit fahren. Du kannst ja dort anrufen oder vorbeikommen. Und vergiss nicht – du wirst heute Abend bei der Führung erwartet. Und zwar in voller Montur. Vielleicht kannst du ja schon zum Grillbüffet kommen? Melde dich bitte, sonst sitzen wir den ganzen Tag wie auf glühenden Kohlen. Hoffentlich hattest du keinen Unfall oder dir versehentlich eine Zehe abgeschossen oder so. Aber denk nicht, dass wir dann Mitleid mit dir hätten. Auf jeden Fall – bis dahin, mach's gut.«

Auf der Fahrt zum Horrorhaus stellte sich Dana vor, wie sie heute Nacht in ihrem Bett schlief, als sich jemand über sie beugte, ihr Nachthemd zerriss und ihren nackten Körper fotografierte.

Ob er einen Blitz verwendet hat?

Warum bin ich nicht aufgewacht?

Und warum zum Teufel hat er seine Kamera zurückgelassen?

Dann bemerkte sie, dass Tuck etwas zu ihr gesagt hatte. »Was?«

»Der blaue Granada ist weg.«

Dana sah zum Straßenrand, wo er gestanden hatte. »Du hast Recht. Anscheinend ist sein Besitzer doch noch aufgetaucht.«

»Oder Eve hat ihn letzte Nacht abschleppen lassen.«

»Und wo ist *sie* jetzt?«

Tuck schüttelte den Kopf. »Keine Ahnung. Vielleicht war sie heute Nacht bei einem Liebhaber, von dem wir nichts wissen. Oder sie konnte das Telefon vom Schlafzimmer aus nicht hören oder wollte nicht rangehen.«

»Glaubst du, dass ihr was zugestoßen ist?«

»Ich weiß nicht. Aber noch sollten wir uns darüber keine Sorgen machen.«

»Und wann sollten wir anfangen, uns Sorgen zu machen?«

Tuck blieb vor dem verschlossenen Tor des Horrorhausparkplatzes stehen. »Wenn sie bis zur Mitternachtsführung noch nicht wieder aufgetaucht ist.«

Dana begleitete Tuck auf ihrem täglichen Rundgang.

Auf dem Dachboden zeigte ihr Tuck den Fetzen von Ethels Nachthemd – es lag zu Füßen des räudigen, ausgestopften Affen.

Dana hatte das Tier noch nie zuvor gesehen. »Wo kommt der denn her?«, fragte sie.

»Das ist Vincent, der Schirmständer. Vielleicht hat er an Ethel rumgemacht.«

Dana schüttelte lächelnd den Kopf.

»Weißt du was?«, sagte Tuck. »Eigentlich ist Vincent hier am falschen Platz. Das hätten wir Eve sagen sollen.«

»Wo ist er denn normalerweise?«

»Früher stand er in der Eingangshalle, damit jeder ihn gleich zu Beginn der Führung sehen konnte. Er hat den Leuten richtig Angst gemacht. Die Kinder fingen an zu heulen, und selbst die Erwachsenen gruselten sich vor ihm. Ich war damals leider noch nicht dabei. Janice ließ ihn vor meiner Zeit hier heraufschaffen. Ich glaube, sie hat was gegen den süßen kleinen Kerl hier.«

»Ich find ihn überhaupt nicht süß.«

»Ach was.« Tuck tätschelte seinen Kopf, so dass eine graue Staubwolke aufstieg. Der Affe zitterte leicht. »Fass mal an.« Tuck wandte sich wieder Dana zu. »Janice hatte ihn ganz hinten in die Ecke gestellt und ein Laken darüber gelegt, damit ihn niemand sehen konnte.«

»Du hast ihn gesehen.«

»Ich habe ja auch lange genug hier oben rumgeschnüffelt. Bis gestern war er noch in seinem Versteck. Und dann hat ihn anscheinend jemand hierhergestellt.«

»Na toll«, murmelte Dana.

»Wahrscheinlich derjenige, der sich auch an Ethel zu schaffen gemacht hat. Oder es war dieses Kind.«

»Lance?«

»Ja.«

»Das hätte er wohl kaum geschafft. Aber es könnte vielleicht dieser Affe gewesen sein, der ihn so erschreckt hat.«

»So ein netter kleiner Kerl wie Vincent?«, fragte Tuck und tätschelte noch einmal den Kopf des Affen.

Dana wollte nicht allein in der Küche warten und begleitete Tuck in den Keller. Die Stufen knarrten unter ihren Füßen. Sie roch feuchte, kühle Erde.

»Reizendes Plätzchen«, sagte sie.

»Du solltest es mal nachts sehen.«

»Ich kann's kaum erwarten.«

»Manchmal weigern sich die Leute, hier runterzukommen. Oder sie rennen hysterisch davon. Kann man sich das vorstellen? Da drücken sie hundert Mäuse für die Führung ab, und dann haben sie nicht mal den Mumm, den Keller zu betreten.«

»Kann ich gut verstehen«, sagte Dana.

Unten angekommen sah sie sich um. Sie war nur einmal hier unten gewesen – als ihr Tuck an ihrem ersten Tag das ganze Haus gezeigt hatte. Schon da hatte ihr der Keller nicht gefallen. Jetzt gefiel er ihr noch viel weniger. Er wurde nur von einer einzigen nackten

Glühbirne erhellt, die an einem Kabel von der Decke hing. In diesem Raum schien es noch mehr Gerümpel zu geben als auf dem Dachboden – zu viele Schatten, zu viele dunkle Ecken, in denen jemand sich verkriechen oder ihnen auflauern konnte.

»Ich warte lieber hier«, sagte sie.

»Angsthase.«

»Tja.«

Tuck ging auf den Eingang des Tunnels zu. Der Boden um die Luke herum war großzügig freigeräumt worden.

Die runde Eisenluke war Station Nummer zwölf der regulären Führung.

Dana konnte nicht viel davon erkennen. Tuck versperrte ihr die Sicht.

»Hast du *Das Haus auf dem Geisterhügel* mit William Castle und Vincent Price gesehen? Der Film lief vor ein paar Monaten im Kabelfernsehen. Da gibt's diese *gruselige* Szene im Keller. Plötzlich gehen die Kerzen aus …« Sie grinste. »Mann, hab ich mich gefürchtet.«

»Na toll. Können wir jetzt gehen.«

Lachend beugte sich Tuck über die Luke und überprüfte das Vorhängeschloss. »Alles klar«, sagte sie.

»Siehst du immer nach den Schlössern?«

»Jeden Morgen«, sagte sie. »Wir wollen ja keine bösen Überraschungen erleben, oder?«

»Die erleben wir trotzdem, ob wir wollen oder nicht.«

»Aber manche Überraschungen sind böser als andere.«

Tuck ging zu dem Gitter hinüber, das Janice hatte anbringen lassen, um den Tunnel zwischen dem Horrorhaus und dem Anwesen der Kutchs abzusperren.

Hinter dem Gitter lag absolute Finsternis.

Hier unten wurde Warren überfallen.

Dana ließ ihre Hand in die Tasche ihrer Uniformshorts gleiten und umklammerte den Griff ihrer Pistole.

Wieso hat Janice Tuck nie erzählt, was mit Warren passiert ist?

Tuck ist jeden Tag hier. Und einmal pro Woche sogar nachts.

Weil sie keinen blassen Schimmer hat, was hier unten vorgefallen ist.

Für sie ist das nur ein großer Spaß.

Ich sollte ihr alles erzählen.

»Alles in Ordnung«, sagte Tuck.

»Gut. Hauen wir ab.«

Dana winkte ihren Kollegen zu und eilte zum Imbissstand hinüber, in dem Warren bereits auf sie wartete.

»Morgen«, sagte er.

»Hi.« Sie hätte ihn am liebsten auf der Stelle umarmt.

»Kann ich mal kurz reinkommen?«, fragte sie.

»Dann weiß aber jeder Bescheid.«

»Das macht mir nichts. Dir?«

»Geh hintenrum. Ich mach dir auf.«

Dana lief um die Bude herum, ein paar Stufen hinauf und in den engen Innenraum. Warren schloss die Tür hinter ihr. »Ich hab dich vermisst«, sagte er und nahm sie in die Arme.

»Ich dich auch.«

Sie küssten sich sanft. Dana zog ihn fest an sich, spürte die Feuchtigkeit seines Mundes, die Wärme seines Oberkörpers, seinen Atem. Sie stöhnte auf.

Nach ein paar Sekunden lösten sie sich voneinander.

»Habt ihr gestern noch lange gemacht?«

»War ganz nett. Aber nicht so nett wie mit dir. Und du?«

»Ich fühlte mich so einsam, da hab ich deinen BH anprobiert.«

»Und ich deine Unterhose«, sagte Dana und lachte leise.

»Igitt. Wirklich?«

»Ich trage sie jetzt, in diesem Augenblick.«

Er ließ eine Hand auf ihren Hintern gleiten und strich über den Stoff ihrer Uniformhose. »Du willst mich verschaukeln, oder?«

»Wer weiß …«

»Wie kann ich das rausfinden?«

»Ich wüsste schon wie. Aber nicht jetzt. Ich muss an die Arbeit.« Sie gab ihm einen Kuss auf den Mund. »Bis später.«

Warren öffnete die Tür für sie. »Willst du die Führung immer noch mitmachen?«, fragte er.

»Leider ja.«

»Ich wünschte, du würdest deine Meinung ändern.«

»Ja, ich mir auch«, sagte Dana und eilte davon.

Kapitel achtundvierzig

Ein Ticket zu viel

Nach dem Frühstück ging Owen zum Horrorhaus. Der Morgen war kühl und sonnig, was er jedoch nicht besonders genießen konnte. Auch der Mitternachtsführung sah er mit gemischten Gefühlen entgegen.

Er musste ständig an John denken.

Wenn ich sein Ticket verkaufe, wird er mich umbringen.

Na ja, vielleicht nicht gerade umbringen, dachte Owen. Aber verzeihen wird er es mir nie. Und die Fotos von gestern Nacht kann ich auch vergessen.

Oh Gott, die muss ich einfach sehen. Ich brauche Abzüge davon!

Wirklich? Selbst wenn die Bilder großartig wären, kämen sie doch nie an das heran, was er mit eigenen Augen gesehen hatte.

Als er die Hauptstraße entlangging, erinnerte er sich daran, wie Dana neben dem Whirlpool gestanden und sich das weite weiße T-Shirt über den Kopf gezogen hatte. Er spürte, wie sich sein Penis versteifte.

Zum Teufel mit Johns Bildern, dachte er. Und zum Teufel mit John selbst. Wenn er auftauchte, würde er ihn einfach angrinsen und sagen: »Tut mir leid, aber du bist einfach verschwunden. Ich dachte nicht, dass du noch mal wiederkommst, also hab ich das Ticket zurückgegeben.«

»DU HAST WAS?«

Ich werde ihn höchstwahrscheinlich sowieso nie wiedersehen, dachte Owen. Möglicherweise ist ihm tatsächlich was passiert.

Dem geht's gut, keine Angst.

»Wenn er seinen fetten Hintern erst mal aus dem Loch bekommt, in dem er die Nacht verbracht hat, und herausfindet, dass ihm sein blöder Streich die Mitternachtsführung vermasselt hat, wird's ihm weniger gut gehen«, murmelte Owen.

Er war bis zum Zerreißen angespannt – und der Schlafmangel setzte ihm zusätzlich zu.

Wenn John auftaucht, wird die Sache längst gelaufen sein, dachte er.

Wenn er auftaucht.

Nur etwa acht bis zehn Leute standen vor der Ticketbude an.

Da werde ich ja nicht lange warten müssen.

Ich tausche die Karte um, nahm er sich vor, dann gehe ich ins Hotel zurück und mache erst mal ein Nickerchen. Ein langes Nickerchen. Wenn ich den Nachmittag durchschlafe, bin ich heute Abend für die Führung frisch und ausgeruht.

Er ging zur Bude hinüber, spähte hinein und sah Dana am Schalter sitzen.

Oh nein.

Er errötete. Seine Haut fühlte sich an, als könnte sie jeden Augenblick in Flammen aufgehen. Er schwitzte aus jeder Pore.

Dana hatte ihn noch nicht bemerkt. Sie redete gerade mit einem Kunden.

Um kein Aufsehen zu erregen, tat er so, als würde er auf jemanden warten, dann schlenderte er beiläufig davon.

An der nächsten Kreuzung bog er ab und versteckte sich hinter einer Bäckerei auf der Ecke.

Jetzt kann sie mich nicht mehr sehen.

Er holte tief Luft und versuchte, sich zu beruhigen.

Und jetzt? Ich kann Dana doch nicht bitten, das Ticket umzutauschen. Sie weiß alles über mich und Monica und meine Gefühle für sie und … ich hab sie gestern Nacht nackt gesehen. Wie kann ich ihr jetzt noch in die Augen schauen?

Sie *wusste* doch nicht, dass er sie gesehen hatte.

Außer John hatte es ihr verraten.

Vielleicht hatten sie ihn gestellt und verhört?

Das ist doch lächerlich, dachte John. Da war es ja noch wahrscheinlicher, dass er sich freiwillig zu ihnen gesellt und alles ausgeplaudert hatte.

Was ich ihm durchaus zutrauen würde.

Aber selbst wenn, wo steckte er dann jetzt?

Im Gefängnis?

Möglich, dachte Owen. Vielleicht ist er zurückgegangen und verhaftet worden.

Das würde allerdings erklären, warum er bis jetzt noch nicht aufgetaucht war.

Andererseits hatte Owen das Hotelzimmer vor eineinhalb Stunden verlassen.

Vielleicht wartet er jetzt dort.

Also ging Owen zum Hotel zurück. Er hatte schließlich den ganzen Tag Zeit, das verdammte Ticket umzutauschen. Am besten während Danas Mittagspause.

Dazu durfte er aber die Ticketbude nicht aus den Augen lassen.

Zu riskant. Und zu anstrengend.

Er konnte das Ticket ja auch in letzter Minute einem anderen Touristen aufschwatzen.

Vielleicht lässt sich John ja vorher blicken.

Dann sage ich ihm, dass ich es bereits verkauft habe. Sein Gesicht möchte ich sehen. Und wenn er sich anständig benimmt, kann ich ihn damit überraschen.

Gute Idee, dachte Owen.

Doch John wartete nicht auf ihn.

Die beiden Betten waren bereits gemacht. Auf dem Tablett neben dem Eiskübel standen saubere Gläser, und im Badezimmer hingen frische Handtücher.

Owen schloss die Vorhänge, zog den Schlafanzug an und legte sich ins Bett.

Dann sah er auf die Uhr.

Ich stelle den Wecker auf fünf oder sechs, dachte er. Dann kann ich auf keinen Fall verschlafen und die Führung verpassen.

Andererseits – sicher ist sicher.

Er stellte den Wecker auf vier Uhr. Dann konnte er immer noch das Ticket umtauschen. Er stellte sich vor, wie er vor sie trat. »Hi, Owen«, sagte sie mit einem warmen, sanften Lächeln.

»Hi, Dana.«

»Sehe ich dich jetzt jeden Tag?«

»Ich kann gar nicht genug vom Horrorhaus kriegen«, sagte er. *Und von dir auch nicht*, fügte er in Gedanken hinzu.

»Wo warst du gestern Abend?«, fragte sie.

Die Frage ließ ihn zusammenfahren.

»Ich dachte, wir hatten eine Verabredung«, sagte sie, während er noch fieberhaft nachdachte.

»Wirklich?«

»Ich stand vor deinem Hotelzimmer, aber du warst nicht da«, sagte sie mit enttäuschter Miene.

Oh nein. Oh nein. Das darf doch nicht wahr sein.

»Ich wollte dich so gerne sehen.«

»Ich wollte dich auch gerne sehen.«

»Ich hab dich so vermisst, Owen.« Sie griff durch das Loch im Glasfenster und nahm seine Hand.

In der anderen Hand hielt er Johns Ticket für die Mitternachtsführung.

»Kommst du heute Abend?«, fragte sie ihn.

»Ja.«

»Ich auch.«

»Toll.«

»Kommst du ganz alleine?«

Sein Herz schlug schneller. »Ja.«

»Ich auch. Vielleicht können wir die Führung ja … gemeinsam machen?«

Irgendwo fiel eine Autotür ins Schloss.

Owen begriff, dass er nur geträumt hatte, und hätte beinahe angefangen zu heulen.

Er wollte einfach nur wieder einschlafen und genau an dieser Stelle weiterträumen.

Aber das klappte nie. Nur bei Albträumen.

Owen rannte durch ein großes, altes Schulgebäude, riss Türen auf und spähte in die Klassenzimmer. Die Stunde würde jeden Augenblick anfangen. *Wo ist mein Zimmer? Ich muss es finden! Oh Gott, wo ist es nur? Das schaffe ich nie rechtzeitig. Wenn ich wenigstens die Zimmernummer wüsste.*

Dann klingelte die Glocke.

Oh nein! Ich bin zu spät.

Er wachte auf, weil das Telefon klingelte.

Wer kann das sein? Niemand weiß, dass ich hier bin.

Nur John.

Ich muss ihm bestimmt irgendwie aus der Patsche helfen.

Er stützte sich auf einen Ellbogen und hob ab. »Hallo?«

Er hörte nur ein leises Zischen.

»Hallo?«

Der Anrufer legte auf.

Owen ließ den Hörer sinken, legte sich auf den Rücken, schloss die Augen und seufzte.

Wahrscheinlich nur verwählt, dachte er.

Aber alle Anrufe wurden doch von der Rezeption weitergeleitet.

Na und? Egal.

Er sah auf die Uhr. 15:50 Uhr.

In zehn Minuten würde die Uhr anfangen zu piepsen. Er war todmüde. Er konnte unmöglich aufstehen und zur Ticketbude gehen.

Wahrscheinlich sitzt Dana immer noch da drin. Ich verkaufe das verdammte Ticket einfach heute Abend. Irgendwie werde ich es schon loswerden.

Er stellte den Wecker auf 18:30 Uhr. So würde er noch eine Stunde Zeit haben, um sich auf das große Ereignis vorzubereiten, und eine halbe, um Johns Ticket unter die Leute zu bringen.

Owen wachte schweißgebadet und hungrig auf.

18:10 Uhr.

Er setzte sich auf und sah sich um. Als er Johns zerbrochene Brille auf dem Nachttisch liegen sah, regte sich sofort wieder sein schlechtes Gewissen.

Er ist immer noch nicht da.

Die Führung fängt in ein paar Stunden an. Mann, wo bleibst du?

Owen stand auf, duschte, sprühte sich Deodorant unter die Achselhöhlen, rasierte und kämmte sich und putzte sich die Zähne.

Um 18:45 Uhr war er bereit.

Er hängte sich die Kamera über die Schulter und steckte die beiden Tickets in die linke Brusttasche seines Polohemds.

Er würde zu Fuß gehen.

Eigentlich hatte er Sonnenschein und eine milde Brise erwartet. Doch als er die Tür öffnete, bemerkte er, dass sich während des Nachmittags eine Nebelbank über die Stadt gelegt hatte.

Graue Schwaden umhüllten die Autos auf dem Parkplatz. Owen konnte kaum bis ans andere Ende des Innenhofs sehen.

Es war merklich kühler geworden.

Owen ging ins Zimmer zurück, legte die Kamera aufs Bett und schlüpfte in eine Windjacke, auf deren Rücken mit goldenen Buchstaben CRAWFORD JUNIOR HIGHSCHOOL geschrieben stand.

Auf einen Pullover verzichtete er. Die Führung würde ja sowieso zum Großteil im Haus stattfinden.

Sollte er doch den Mietwagen nehmen? Nein. Erstens hatte er Angst, einen Unfall zu bauen, und zweitens freute er sich auf einen Spaziergang durch den Nebel.

Auf halbem Wege zum Horrorhaus fiel ihm ein, dass er seine Kamera im Zimmer vergessen hatte.

Egal. Ist sowieso der falsche Film drin.

Er fragte sich, was wohl noch alles schiefgehen würde.

Owen blieb vor dem hohen Eisenzaun stehen und spähte hindurch. Er war eine halbe Stunde zu früh. Noch waren keine Touristen auf dem Grundstück zu sehen. Die Angestellten trafen die letzten Vorbereitungen für das Grillbüffet. Er erspähte Dana, die zusammen mit einem Mann einen Tisch über den Rasen schleppte.

Neben den Tischen stand ein Grill mit drei Rosten. Ein Mann in rotem Jackett, weißem Hemd und Fliege baute daneben gerade eine Bar auf.

Dana setzte den Tisch ab. Der Angestellte ging zu ihr hinüber, lächelte und unterhielt sich mit ihr.

Wer zum Geier ist das denn?

Er kam ihm irgendwie bekannt vor.

Der Typ aus der Imbissbude!

Als sie wieder in Richtung Haus schlenderten, schob Dana eine Hand in seine Gesäßtasche.

Owen fühlte sich, als hätte man ihm in den Magen getreten.

Was hast du denn erwartet? Natürlich hat sie einen Freund.

Klar, dachte er. Aber enttäuscht war er schon.

Dana und ihr Lover verschwanden hinter dem Haus.

Wer sitzt jetzt wohl in der Ticketbude?, fragte sich Owen.

Wahrscheinlich niemand. Die regulären Führungen waren vorbei, und die Mitternachtsführung war seit gestern ausverkauft.

Ein paar Leute standen davor herum und schienen darauf zu warten, dass es endlich losging.

Vielleicht kann ja einer von denen eine Eintrittskarte gebrauchen.

Owen ging auf die Gruppe zu.

John war nicht dabei, dafür einige ziemlich gutaussehende Frauen, von denen eine äußerst schräg aussah.

Schade. Du verpasst was, Kumpel.

Owen nickte denjenigen, die ihn bemerkten, freundlich zu, ging an ihnen vorbei und zum Parkplatz hinüber. Nur sieben oder acht Autos waren dort abgestellt.

Johns blauer Ford Granada war nicht darunter.

Ob er noch oben auf dem Hügel steht? Vielleicht haben sie ihn inzwischen auch abgeschleppt und beschlagnahmt.

Owen wandte sich wieder der Gruppe zu. Die attraktivste der Frauen war um die dreißig, hatte hellbraunes Haar, wache Augen und war tiefgebräunt und athletisch gebaut. Aus irgendeinem Grund trug sie Tennisklamotten: ein Strickhemd, einen sehr kurzen karierten Rock, Söckchen mit Bommeln daran und Turnschuhe. Sie hatte sich einen Pullover über die Schultern gelegt.

Ihr Begleiter trug einen roten Strickpullover und karierte Bermudashorts. Der Mann wirkte ziemlich stämmig, durchtrainiert und außergewöhnlich gut gelaunt.

Kein Wunder bei so einer Braut, dachte Owen.

Dann richtete er seine Aufmerksamkeit auf die Frau, die komplett in *Vampirchic* gekleidet war. Sie konnte nicht älter als zwanzig sein, war über eins achtzig groß und so schlank wie ein Model. Ihre Haut wirkte glatt und unnatürlich blass. Ihr rabenschwarzes Haar war kurz geschnitten und an den Kopf geklatscht. Sie trug ein Piercing in ihrer linken Augenbraue und hatte blauen Lidschatten aufgetragen. Außerdem steckten in ihrer Nase und ihrer mit schwarzem Lippenstift bedeckten Oberlippe goldene Ringe. In jedem Ohr schienen ebenfalls mindestens sechs Ringe zu hängen, und um ihren Hals herum verlief eine Stacheldraht-Tätowierung. Am Oberkörper trug sie nur einen schwarzen Satin-BH und eine offene schwarze Lederjacke. Owen konnte ein Bauchnabelpiercing über dem ultrakurzen schwarzen Lederrock erkennen. Die hohen Stiefel reichten fast bis zu den Knien ihrer blassen Beine.

Sie war nicht allein.

Ihr attraktiver, ebenfalls sehr junger Freund besaß ein fein geschnittenes, etwas feminin wirkendes Gesicht. Im Vergleich zu ihr sah er fast normal aus. Owen konnte weder Tatoos oder Piercings noch Make-up erkennen. Sein zotteliges, blondes Haar flatterte leicht im Wind. Er trug ein weites, schwarzes Seidenhemd, dessen obere Knöpfe geöffnet waren, so dass man seine blasse, unbehaarte Brust erkennen konnte. Dazu hatte er eine schwarze Lederhose an, deren Gürtelschnalle die Form einer weißen Bestie hatte und womöglich aus Elfenbein war.

Ein echter Fan, dachte Owen.

Die beiden sind ja richtige Paradiesvögel. Wenn mir die Führung langweilig wird, muss ich nur sie beobachten.

Owen bemerkte, dass er nicht der Einzige war, der sie anstarrte: Zwei Jungen standen auf dem Gehweg. Der eine war dürr wie eine Bohnenstange und hatte verfilztes braunes Haar. Der andere war klein und pummelig und hatte einen Stoppelhaarschnitt. Sie trugen beide graue Pullover, Bermudashorts, weiße Tennissocken und Turnschuhe.

Sie konnten unmöglich alt genug für die Mitternachtsführung sein. Sie waren höchstens sechzehn und damit zwei Jahre zu jung. Ob sie sich ihre Eintrittskarten mit gefälschten Ausweisen besorgt hatten?

Vielleicht haben sie gar keine Karten.

Vielleicht waren sie gar nicht wegen der Führung hier, sondern nur zufällig vorbeigekommen und beobachteten jetzt die Vampirkönigin und ihren Eunuchen. Sie kicherten, flüsterten und stießen sich gegenseitig mit den Ellbogen an.

Idioten.

Owen hoffte *inständig*, dass sie nicht an der Führung teilnahmen. Sie würden Lynn ständig unterbrechen, lachen und pausenlos idiotische Kommentare abgeben.

Der Großwildjäger schien Owens Meinung zu teilen. Er war etwa fünfzig Jahre alt, hatte ein schmales, wettergegerbtes Gesicht und beobachtete die beiden Jungen mit finsterer Miene durch eine Brille mit Goldrand. Er trug ein Safarihemd mit Schulterklappen, Pattentaschen und einem Stoffgürtel. Die farblich genau abgestimmte

Hose steckte in hohen Armeestiefeln. Owen vermisste die Elefantenbüchse und das große Jagdmesser. Wenigstens hatte er sich einen altmodischen schwarzen Fotoapparat um den Hals gehängt.

Vielleicht war er Fotojournalist – und hatte gerade noch über eine Stammesfehde in Ruanda berichtet.

Außerdem befand sich noch ein schlankes, attraktives, gut gekleidetes Ehepaar unter den wartenden Leuten. Owen schätzte die beiden auf Mitte bis Ende dreißig.

Der Mann schien seine beginnende Glatze mit buschigen Augenbrauen und einem gewaltigen Schnurrbart wettmachen zu wollen. Er hatte aufgeweckte, verschmitzte Augen, die sich ständig nach irgendetwas Aufregendem oder zumindest Empörenswertem umzusehen schienen. Er trug einen braunen Pullover mit rundem Ausschnitt, eine maßgeschneiderte graue Hose und schwarze Lederschuhe.

Seine Frau hatte fülliges braunes Haar, ein hübsches Gesicht, einen cremefarbenen Teint und unglaubliche Augen.

Was für eine scharfe Braut, dachte Owen, und empfand sofort Schuldgefühle. Sie war zwar sehr attraktiv, jedoch so … würdevoll. Keine Braut. Eine Frau.

Ihre Augen wirkten ruhig, aufgeregt, amüsiert und intelligent zugleich. Sie trug einen flauschigen, dunkelgrünen Pullover über einer weißen Bluse mit offenem Kragen. Ihr Hals war lang und schlank. Der Pullover reichte ihr bis zu dem in Schottenkaro gemustertem Rock. Die strumpflosen Füße steckten in braunen Slippern.

Was für ein attraktives Pärchen, dachte Owen. Bestimmt Ärzte oder Professoren. Was machen die denn nur an so einem Ort?

Owen zählte durch. Mit ihm waren es bereits zehn Gäste.

Also fehlten noch zwei (John natürlich ausgenommen).

Er sah auf die Uhr. 19:52 Uhr.

In acht Minuten würde die Show beginnen.

Also sollte ich mal besser zusehen, dass ich das Ticket irgendwie loswerde. Owen zog es aus der Brusttasche und hielt es hoch.

»Entschuldigung! Entschuldigen Sie bitte«, rief er. »Braucht jemand eine Eintrittskarte? Ich habe eine übrig und würde sie gerne verkaufen.«

Die Vampirkönigin warf ihm einen vernichtenden Blick zu. Ihr Eunuch ignorierte Owen einfach. Die Tennisspielerin und ihr Mann sahen Owen höflich an und schüttelten die Köpfe.

»Tut mir leid, Mann«, sagte die Bohnenstange.

»Tut uns echt leid – aber wir haben schon Karten«, fügte sein pummeliger Freund hinzu.

Eigentlich ganz nette Jungs.

Der Großwildjäger nahm die Pfeife aus dem Mund, grunzte verächtlich und verkündete mit unnötig lauter, hoher Stimme: »Bitte um Vergebung, alter Junge. Aber wir alle hier hatten wohl den Weitblick, unsere Karten im Voraus zu kaufen.«

»Das habe ich ja auch getan«, erklärte Owen. »Ich habe zwei gekauft, und jetzt ist meine Begleitung krank geworden. Ich dachte, dass mir die Karte vielleicht noch jemand abkaufen würde.«

»Vielleicht sollten Sie versuchen, sie umzutauschen«, schlug der gut angezogene Schnurrbartträger vor.

Seine Frau nickte zustimmend und sah Owen mit ihren großen Augen besorgt an. »Ich glaube nicht, dass Sie Schwierigkeiten haben werden, die Karte loszuwerden. Das hier ist schließlich eine *unglaublich* gut besuchte Attraktion.«

»Wir haben gehört«, sagte ihr Mann, »dass die Mitternachtsführung *immer* ausverkauft ist.«

»Genau. Es kommt bestimmt in letzter Sekunde noch jemand vorbei.«

»*Ich nehme das Ticket!*«, ertönte eine vertraute Stimme hinter Owen.

Seine Eingeweide krampften sich zusammen.

Die Frau mit den großen Augen lächelte. Offensichtlich freute sie sich für Owen.

»Sehen Sie?«, sagte ihr Mann.

»Alles klar, Mann!«, rief der dicke Teenager.

Sein dünner Kumpan hob einen Daumen.

Der Großwildjäger klemmte sich die Pfeife zwischen die Zähne und nickte Owen stolz zu, als hätte er persönlich den Neuankömmling hierherbestellt.

Owen drehte sich um und versuchte zu lächeln.

»Überraschung!«, rief Monica. »Mir geht's auf einmal wieder viel besser«, verkündete sie. »Jetzt musst du meine Karte doch nicht verkaufen.«

Er starrte sie an.

Höhnisch grinsend riss sie ihm das Ticket aus der Hand, legte einen Arm um ihn, zog ihn an sich, stellte sich auf die Zehenspitzen und gab ihm einen Kuss auf den Mund.

»Hallo zusammen!«, sagte sie einen Augenblick später. »Ich bin Monica! Ich hatte einen schrecklichen Migräneanfall, aber der war auf einmal wie weggeblasen. Ich glaube, dass wir heute Abend eine *tolle* Zeit miteinander verbringen werden!«

Kapitel neunundvierzig

Eintrittskarten und Anstecker

»Kann ich dir helfen?«, fragte Dana, als Warren einen Hamburger auf den Grill warf. Das Fleisch zischte.

»Du musst einfach nur dastehen und wunderschön aussehen«, sagte Warren.

Sie lachte.

»Ich muss gleich kotzen«, sagte Tuck, die plötzlich hinter ihr aufgetaucht war.

Dana drehte sich um. »Also ich finde, die Hamburger riechen großartig.«

»Ich meine ja auch nicht die Burger, ich meine *ihn*.« Sie nickte Warren zu. »Hör auf, während der Mitternachtsführung Süßholz zu raspeln. Das verdirbt mir den Appetit.«

»Also ich fand's ganz nett«, sagte Dana.

»Das kann ich mir vorstellen.« Tuck boxte Dana leicht gegen den Oberarm, wobei in der kleinen Papiertüte, die sie in der Hand trug, irgendetwas klapperte. »Darf ich dich für einen Augenblick entführen, ich möchte nämlich unsere geschätzten Gäste begrüßen. Wenn du dich also von unserem Casanova hier losreißen könntest …«

»Also …« Sie sah Warren an.

»Geh nur. Ich komm schon alleine klar.«

»Okay. Bis gleich.«

»Ach ja«, sagte Tuck, die neben Dana ging und die Tüte schwang. »Sommerliebe.«

»Kommt mir eher wie eine Winterromanze vor.«

»Ja, ist frisch geworden, oder? Der Nebel sorgt für genau die richtige Stimmung.« Sie sah zum Horrorhaus hinüber. »So sollte es immer sein – düster und geheimnisvoll. Den Leuten wird es gefallen.«

»Was ist mit Eve?«

Tuck verzog das Gesicht. »Keine Ahnung. Aber es ist noch früh am Abend. Die Führung fängt ja noch nicht sofort an.«

»Langsam mache ich mir echt Sorgen um sie.«

»Ja, ich auch. Aber ihr wird schon nichts passiert sein. Ich habe Mitleid mit jedem, der sich mit ihr anlegt. Sie heißt nicht umsonst Eve, die Unerbittliche.« Tuck hob grüßend die Hand. »Guten Abend allerseits!«, rief sie den Leuten zu, die vor dem Zaun warteten.

Manche beachteten sie gar nicht, andere murmelten Grußworte, nickten oder winkten. Ein Mann, der entweder für einen Kostümball oder eine Safari ins tiefste Afrika angezogen war, nahm eine Pfeife aus dem Mund und deutete mit dem Stiel auf sie. »Die Todgeweihten grüßen Euch!«

»Ach was, heute Nacht stirbt keiner«, sagte Tuck. »Wenn wir Glück haben«, fügte sie hinzu.

Sie schloss das Tor auf, und die Besucher strömten herein.

Dana erkannte zwei … nein, *vier* von ihnen wieder.

Da waren ihre beiden jungen Verehrer vom Donnerstag – Arnold und … wie hieß der andere noch? Sie hatten sich nach Feierabend im Horrorhaus versteckt, waren sonst aber ganz nett gewesen.

Ob sie alt genug für die Mitternachtsführung waren?

Ist ja nicht mein Problem.

Die anderen bekannten Gesichter gehörten Owen und seiner hochnäsigen Freundin Mona. Nein, Monica.

Die er ja angeblich in San Francisco zurückgelassen hat.

Was macht die denn hier?, fragte sich Dana.

Owen schien nicht besonders glücklich zu sein. Ihre Blicke trafen sich, dann sah er schnell weg und wurde rot im Gesicht. Monica warf Dana ein höhnisches Lächeln zu.

Dana lächelte zurück, dann bemerkte sie ein Paar, das anscheinend gerade für eine Rolle in einer Aufführung der *Rocky Horror Picture Show* vorgesprochen hatte.

Reizend, dachte sie.

Wenigstens *ein paar* der Gäste wirkten wie normale Menschen. Doch warum man in Tenniskleidung zur Mitternachtsführung kam, war Dana ein Rätsel. Hatte die Frau keine Zeit mehr gehabt, sich umzuziehen?

»Haben Sie alle Hunger?«, fragte Tuck.

»Bestialischen Hunger«, antwortete der Großwildjäger.

Danas spezielle Freunde von Donnerstag kicherten und stießen sich gegenseitig an.

»Lassen Sie mich noch ein paar Worte sagen, bevor wir loslegen. Mein Name ist Lynn Tucker, ich bin während dieser Mitternachtsführung Ihre offizielle Begleiterin. Dies hier ist meine alte Freundin und Assistentin Dana Lake. Wir werden bis zum bitteren Ende bei Ihnen bleiben. Was so etwa gegen zwei Uhr sein wird. Ich gebe Ihnen jetzt einen kurzen Überblick über unser Programm.

Sie haben zwei Stunden Zeit, um das Grillbüfett zu genießen. Die Bar steht zu Ihrer freien Verfügung, das heißt, alle Speisen und Getränke sind bereits im Eintrittspreis enthalten. Das gilt jedoch nicht für alkoholische Getränke. Wenn Sie sich einen hinter die Binde kippen wollen, müssen sie leider gesondert dafür bezahlen. Sehen Sie sich ruhig überall um. Das Horrorhaus ist bis zum Beginn der Führung geschlossen, der Souvenirshop hat jedoch bis neun Uhr geöffnet. Als Teilnehmer der Mitternachtsführung erhalten Sie dort auf alle Artikel zehn Prozent Ermäßigung.

Sie können das Grundstück natürlich jederzeit verlassen. Wir werden Plastikanstecker ausgeben, an denen man Sie erkennen wird, so dass sie wieder hineinkönnen. Außerdem geben die Anstecker ein tolles Souvenir ab.

Die Sondervorführung von *Horror in Malcasa Point* findet im Geisterschloss-Lichtspielhaus an der Hauptstraße statt.« Sie deutete zu ihrer Rechten. »Sie können es gar nicht verfehlen. Wir treffen uns um Punkt zehn vor dem Haupteingang. Nach dem Film werden Dana und ich Sie hierher zurückbegleiten, und die Führung kann beginnen. Noch Fragen?«

Tuck wartete etwa eine halbe Sekunde. »Okay! Dann legen wir los! Willkommen zur Mitternachtsführung. Ich werde jetzt Ihre Tickets einsammeln, und Dana wird Ihnen dafür einen Anstecker aushändigen.«

»Dürfen wir den dann behalten?«, fragte der dicke Junge.

»Du bist Dennis, oder?«

Er strahlte übers ganze Gesicht, weil Tuck sich an seinen Namen erinnern konnte. »Genau. Dennis Dexter. D.D.«

»Und ich bin Lynn. Klar dürft ihr den Anstecker behalten.«

Sie reichte Dana die Papiertüte und fing an, die Tickets einzusammeln.

Dana griff in die Tüte. Eine Nadel stach sie in den Finger. Sie verzog das Gesicht und zog die Hand schnell aus der Tüte. Auf ihrem Mittelfinger sammelte sich ein großer Tropfen hellroten Blutes.

Leck ihn einfach ab und …

»Meins!«, rief jemand, als sie gerade den Finger in den Mund stecken wollte, und packte ihr Handgelenk.

Dana sah in gierige, von blauem Lidschatten umrahmte Augen.

»Nichts da«, sagte sie. Obwohl sie sehr leise sprach, verstummten die Leute um sie herum und sahen irritiert zu ihr herüber. Einige drängten sich näher heran, um nichts zu verpassen. »Lassen Sie mich los«, sagte Dana. »Ich will nicht …«

Ihr Finger verschwand im Mund der unheimlichen Vampirlady. Sie spürte das Saugen warmer Lippen.

Die Zuschauer zuckten zurück und stöhnten auf.

»Hey!« Dana riss ihre Hand los.

Tuck beobachtete alles mit einem seltsamen Lächeln, als könnte sie nicht so recht glauben, was sich vor ihren Augen abspielte.

»Hmmm, köstlich«, sagte die Vampirfrau und leckte sich über die schwarzen Lippen. »Jetzt sind wir Blutsschwestern. Ich bin Vein. Vein – wie die Vene.«

»Alles klar«, murmelte Dana. Vorsichtig griff sie wieder in die

Tüte und nahm einen Anstecker heraus. Er war rund und so groß wie eine Dollarmünze. Auf ihm war eine kleine Abbildung des Horrorhauses vor blutrotem Hintergrund zu sehen. Um den Rand herum stand in schwarzen Lettern MITTERNACHTSFÜHRUNG geschrieben.

»Stecken Sie ihn mir an«, sagte Vein, öffnete weit die Lederjacke und hielt Dana ihre in dem schwarzen BH ruhenden Brüste hin.

»Lieber nicht«, sagte Dana. »Das müssen Sie schon selber machen.«

»Nein, nein. Stecken Sie ihn mir an, Schätzzzzzzchen.«

»Gibt's hier ein Problem?«, fragte Tuck.

»Dana ist schüchtern«, sagte Vein.

»Sie schon. *Ich* nicht«, sagte Tuck und nahm Dana den Anstecker aus der Hand. »Wohin hätten Sie ihn denn gerne?«, fragte sie grinsend.

Vein tätschelte die Vorderseite ihres Körbchens, so dass die Brust darin leicht erbebte.

»Ich will Sie aber nicht stechen.«

»Ach, das macht gar nichts.«

»Wie wär's hiermit?« Ohne eine Antwort abzuwarten ließ Tuck einen Finger unter den linken Träger des BH gleiten, hob ihn an und stach die Nadel hindurch.

»Vielen Dank, mein Schatz.«

Tuck klopfte auf die Anstecknadel. »Zu Ihren Diensten.«

Dann holte sie einen weiteren Anstecker aus der Tüte. »Und wo darf ich Ihnen den anbringen?«, fragte sie Veins blonden Freund.

Er sah Tuck mit schwülem Blick an. »Ich bin Darke.«

»Ach ja?«

Darke ließ die Zunge hervorschellen und wedelte damit vor Tuck herum.

»Sie wollen wohl der Bestie die Schau stehlen«, sagte Tuck.

Die anderen Gäste lachten.

»Cool«, sagte Arnold.

Vein und Darke gingen händchenhaltend von dannen.

Alle starrten ihnen hinterher.

»Ihre armen Eltern«, sagte die Frau im Tennisdress, sobald sie außer Hörweite waren.

»Ja, die sind nicht zu beneiden«, sagte ihr Begleiter. Dana vermutete, dass es sich um ihren Ehemann handelte.

»Hast du das gesehen?«, sagte Dennis. »Sie hat Danas Blut gesaugt!«

»Cool«, sagte Arnold.

»Das ist überhaupt nicht cool, junger Mann! Tätlichen Angriff mit Körperverletzung würde ich das nennen! Sie sollte sofort ins Kittchen geworfen werden!«

»Die beiden sind wirklich *etwas* exzentrisch«, sagte ein Mann mit Schnurrbart, der soeben einer Männermodezeitschrift entsprungen zu sein schien. »Aber ich will mich nicht beschweren. Die Führung war bis jetzt jeden Cent wert. Ich kann kaum abwarten, was Vein wohl als Nächstes tut.«

»Vielleicht will sie ja auch mal an *mir* saugen«, rief Dennis und errötete, als sein Kommentar Gelächter erntete.

»Halt den Mund, du Trottel.«

Dana lachte.

Tuck hob die Hand. »Ich würde vorschlagen, ich nehme jetzt die restlichen Tickets entgegen. Irgendwelche Freiwilligen?«

Der Großwildjäger trat vor. »Soll ich mir mal Ihre Verletzung ansehen?«, fragte er, als Dana ihm seinen Anstecker reichte. »Ich bin Doktor, müssen Sie wissen.«

»Wirklich?«

»Clive Bixby, Doktor der Literaturwissenschaft an der Universität von Santa Cruz.«

»Sie sind gar kein Arzt?«

»Das ist auch nicht nötig. Ich bin auf vielen Gebieten beschlagen, worunter selbstverständlich auch die Heilkunst fällt.«

Dana zeigte ihm ihren Finger.

Er nahm die Pfeife aus dem Mund, setzte die Brille ab und untersuchte ihre Fingerspitze. »Antiseptikum! Verbände! Nehmen Sie zwei Aspirin und legen Sie sich hin.« Er hob eine Augenbraue, steckte die Pfeife wieder in den Mund und setzte die Brille auf. »Wenn die Wunde sich entzündet«, sagte er, »müssen wir leider *amputieren.*«

»Oh Gott.«

»War mir ein Vergnügen«, sagte er und ging weiter.

Danach waren der stämmige Mann und die Tennisspielerin an der Reihe. »Ich bin Biff, und das ist meine Frau Eleanor«, sagte der Mann. Sie nahmen lächelnd ihre Anstecker entgegen und gingen weiter.

Normale Menschen, dachte Dana. Gott sei Dank.

Dann standen Owen und Monica vor ihr.

Ich passe lieber auf, was ich sage.

»Willkommen an Bord«, sagte sie zu Owen.

»Hi.« Er sah aus, als wollte er gleich schreiend davonlaufen.

»Freut mich, dass Sie es beide geschafft haben«, meinte Dana und verteilte die Anstecker. »Ich hoffe, dass Sie sich heute Abend gut amüsieren«, sagte sie zu Monica.

Sie nickte. »Vielen Dank. Es wird sicher ein unvergesslicher Abend. Für uns alle.«

Owen zuckte zusammen.

Armer Kerl. Ob sie ihm gefolgt ist?

Monica nahm seine Hand und zog ihn mit sich.

Dann stand Arnold vor Dana. »Krasse Tussi.«

»Ziemlich krass.«

»Hat's wehgetan?«

»Was?«

»Wie sie deinen Finger in den Mund genommen hat. Hat sie, na ja, *reingebissen*?«

»Ach *die* meinst du. Nein, gebissen hat sie mich nicht. Alles bestens.«

»Gut. Also, das war ja cool und alles, aber weniger cool wäre, wenn sie dich verletzt hätte.«

»Hoffentlich hat sie nicht die Tollwut«, warf Dennis ein.

»Schnauze, Schwachkopf.«

»Ich hätte ihr den Anstecker in die Titte gestochen. Mitten in die Titte.«

»Mach mal halblang, Dennis«, sagte Dana.

»Die würd ich gerne mal *stechen*.«

Arnold schlug ihn auf den Arm.

»Au!«

»Du bist ein echtes Arschloch.«

»Das hat *wehgetan*, Mann.«

Dana reichte ihnen schnell ihre Anstecknadeln. »Viel Spaß, Jungs. Und benehmt euch, okay?«

Der Schnurrbartträger war der Nächste in der Schlange. »Haben Sie immer so … *extravagante* Gäste?«, fragte er.

»Das ist mein erstes Mal«, sagte Dana und hielt ihm einen Anstecker hin.

»Mir brauchen Sie dabei nicht zu helfen.«

»Wäre mir ein Vergnügen.«

Er errötete leicht und warf einen Blick auf die Frau an seiner Seite. »Ich bin mir nicht sicher, ob Alison das gutheißen würde. Trotzdem vielen Dank für das Angebot. Übrigens, ich bin Andy Lawrence, und das ist meine Frau Alison.«

»Freut mich«, sagte Dana. »Ich hoffe, dass Sie einen schönen Abend bei uns verbringen werden.«

»Es hat ja schon ganz gut angefangen«, sagte Andy. »Die beiden gehören zur Show, hab ich Recht?«

»Bitte?«

»Vein und Darke. Das war doch gespielt, nicht wahr?«

»Leider nicht.«

»Wir dachten, das wäre Teil der Vorführung«, sagte Alison amüsiert. »Die ganze Sache war etwas *zu* bizarr.«

»Da sprechen Sie mir aus der Seele.«

»Geht es Ihnen gut?«, fragte Alison.

»Natürlich.«

»Sie sollten die Wunde wirklich desinfizieren.«

»Das meine ich auch«, pflichtete Andy ihr bei. »Man kann nie wissen, wo dieser Mund vorher schon überall gewesen ist.«

»Danke. Ich werde Ihren Rat befolgen.«

Als sie weitergingen, kam Tuck zu ihr herüber. »Es fehlen noch zwei Gäste. Ich bleibe hier und warte. Geh du und genieß das Büffet – außerdem solltest du Warren nicht so lange allein lassen. Sonst stirbt er noch vor Sehnsucht. Oder er fängt an zu heulen oder so.«

Dana zeigte ihr den Mittelfinger.

Tuck lachte. »Jetzt verwandelst du dich in eine von *ihnen*«, sagte sie.

»Wenn das passiert, dann erlöse mich bitte sofort von meinem Leid.«

»Mit Vergnügen. Was braucht man dazu? Einen Nippelringlöser?«

Dana verzog das Gesicht. »Mein Gott! Schon beim Gedanken daran tut mir alles weh. Außerdem – woher weißt du, dass sie Nippelringe *hat*?«

»Und woher weißt du, dass sie *keine* hat?«

»Ich gehe«, sagte Dana und reichte Tuck die Tüte mit den Ansteckern. »Bis später. Und versuch, nicht zu kotzen.«

Kapitel fünfzig

Das Büfett

»Hol mir ein Glas Weißwein, Owie.«

»Natürlich«, sagte er und eilte über den Rasen zur Bar.

Darke stand vor ihm und bezahlte gerade zwei Gläser Rotwein.

»Ich dachte, ihr trinkt nur Blut«, sagte Owen.

Darke sah ihn aus müden, halbgeschlossenen Augen an. »Ist das eine Beobachtung oder ein Angebot?«, fragte er.

Owen wünschte sich, die Klappe gehalten zu haben, und zuckte mit den Achseln. »Ich meine ja nur. Ich bin Owen.« Er wollte ihm die Hand reichen, doch dann fiel ihm auf, dass Darke ja zwei Gläser in den Händen hielt.

Egal.

Eigentlich wollte er so einen seltsamen, weibischen Kerl sowieso nicht *anfassen*.

»Ich bin Darke.«

»Ich weiß. Ich hab's mitbekommen.«

»Owen, was haben Sie für eine Blutgruppe?«

Die Frage machte Owen nervös. »Keine Ahnung.«

»Vein bevorzugt null negativ.«

»Aha.«

»Mir ist es egal, solange es *warm* ist.«

»Ich trinke es am liebsten auf Eis«, sagte Owen und versuchte ein Lächeln.

Darke schien nicht amüsiert. »Bis später.«

Owen holte tief Luft, als Darke weitergegangen war.

»Lassen Sie sich von ihr nicht provozieren«, sagte der Barkeeper.

»Was?«

»Sie will Sie nur hochnehmen.«

»Sie?«

»Sie.«

Owen warf einen Blick über seine Schulter. »Sie? Das ist doch keine Frau. Oder?«

»Aber sicher, Sportsfreund.«

Er fand diese Vorstellung seltsamerweise erregend. »Woher wissen Sie das?«

Der Barkeeper winkte ab. »Mir entgeht nichts. Was kann ich Ihnen bringen?«

»Einen Weißwein und einen Wodka-Tonic.«

»Kommt sofort.« Er begann Owens Drink zu mixen. »Mit Zitrone?«

»Ja. Bitte. Sind Sie sicher, dass das eine Frau war?«

»Nicht nur war. Ist.«

Owen kicherte nervös und schüttelte den Kopf. Er bezahlte und gab dem Barkeeper ein ordentliches Trinkgeld. Dann nahm er die Gläser und drehte sich um.

Und sah Darke bei Vein stehen.

Ist es möglich?

Der Kerl hat mich auf den Arm genommen, sagte er sich, während er nach Dana Ausschau hielt. Er erspähte sie, wie sie gerade auf den Grill zuging … hinter dem ihr Freund eifrig dabei war, Hamburger zu braten.

Sie trug keine Jacke.

Friert sie denn gar nicht?, fragte er sich.

Sollte er ihr seine Windjacke anbieten?

Oh, das würde Monica sicher gefallen.

Er betrachtete Danas Hinterteil.

Dann wendete er sich ab und sah, dass Monica ihn anstarrte.

Lächelnd ging er zu ihr.

Warum zum Teufel ist sie zurückgekommen? Wieso kapiert sie nicht, dass ich sie nicht mehr sehen will?

Er reichte ihr das Weinglas.

»Vielen Dank, der Herr«, sagte sie mit trällernder Stimme.

»Keine Ursache.«

»Du freust dich gar nicht, dass ich hier bin.«

»Warum bist du überhaupt hier?«

Sie nippte an ihrem Wein. »Hast du wirklich geglaubt, ich würde dich ungeschoren davonkommen lassen?«

»Monica …«

»Ich hab dich von Anfang an durchschaut«, sagte sie. »Ich wusste genau, wohin du verschwunden bist. Zurück zum Horrorhaus und deiner geliebten Schlampe.«

»Rede bitte nicht so über sie.«

»Ich rede so, wie ich will.« Monica warf Dana einen bitterbösen Blick zu. »Dieses zu groß geratene Miststück. Ich weiß gar nicht, was du an ihr findest.«

»Ich habe dich nicht wegen ihr verlassen. Sondern wegen *dir*.«

»Quatsch.«

»Das ist die Wahrheit.«

»Du hast mich *geliebt* – bis sie aufgetaucht ist.«

Themenwechsel, dachte er. Und zwar schnell. »Wie bist du überhaupt hierhergekommen? Mit dem Bus oder …«

»Bist du noch bei Trost? Glaubst du, diese Fahrt hätte ich noch einmal mitgemacht?«

»Wie dann?«

»Mietwagen.«

»Seit wann bist du hier?«, fragte Owen und hatte mit einem Mal schreckliche Angst vor der Antwort.

Was, wenn sie mich die ganze Zeit über beobachtet hat? Mir gefolgt ist? Vielleicht war SIE das letzte Nacht im Gebüsch … und dann hat sie John irgendwie außer Gefecht gesetzt, um an sein Ticket zu kommen.

Das war doch lächerlich.

»Ach, eine ganze Weile schon«, sagte sie mit einem liebevollen Lächeln. »Wusstest du, dass wir Zimmernachbarn sind?«

»*Was?*«

»Im Welcome Inn.«

Monica steckte hinter dem geheimnisvollen Anruf!

Obwohl er schockiert und verwirrt war, spürte Owen doch auch eine gewisse Erleichterung. Das Telefon hatte etwa um Viertel vor vier geklingelt. Wenn Monica schon früher in der Stadt gewesen wäre, hätte sie sich eher gemeldet.

»Hast du mich angerufen?«, fragte er.

»Stimmt genau.«

»Aha.«

Owen nahm einen Schluck von seinem Drink.

Sie ist also erst heute Nachmittag angekommen – und hat nichts mit John oder diesem unheimlichen Kerl in den Büschen oder mit sonst etwas zu tun, was gestern passiert ist.

Höchstwahrscheinlich.

»Du warst ganz allein in deinem Zimmer«, sagte Monica selbstzufrieden. »Ich dachte mir, dass du mich schrecklich vermisst und wollte dich zu einem kleinen Schäferstündchen einladen.« Sie sah ihn über den Rand ihres Weinglases hinweg an. »Ich lag auf dem Bett, so wie Gott mich schuf. Ich hatte sogar schon meine Zwischentür aufgemacht. Als du abgenommen hast, wollte ich gerade sagen: ›Komm rüber und besorg's mir, Großer.‹ Aber dann fiel mir ein, dass du mich gar nicht verdient hast. Du warst ein sehr unartiger Junge, Owie. Also habe ich wieder aufgelegt.«

»Schade aber auch«, sagte Owen.

»Du musst dir meine Gunst erst wieder *verdienen*.«

»Vielen Dank, kein Interesse.«

»Aber natürlich. Mich kannst du nicht hinters Licht führen. Ich weiß, dass du mich willst. Du willst mich immer noch. Du bist so berechenbar.« Sie kam auf ihn zu und legte die Hand auf seinen Schritt.

Owen sprang zurück.

Monica kräuselte die Oberlippe und knurrte leise.

»Hör auf damit.«

»Du willst mich. Jetzt«, sagte sie.

»Ich will jetzt einen Hamburger.«

Er drehte sich um und ging los. Monica blieb wie ein rachsüchtiger Schatten dicht an seiner Seite.

Wie soll ich sie nur jemals loswerden?, fragte er sich.

Er fühlte sich in die Ecke getrieben. Ausgeliefert.

Was auch passiert, den heutigen Abend kann ich vergessen. Sie wird mir alles verderben.

Owen nippte an seinem Drink, nickte den anderen Gästen zu und ging zu dem Grill, auf dem die Hamburger brutzelten.

Dana und ihr Freund standen dahinter. Die pummelige, schüchterne Rhonda bereitete auf dem Grill daneben Filetsteaks zu, während auf dem dritten Rost Hotdogs und Krakauer lagen. Eine junge Brünette, die Owen nicht kannte, wendete die Würstchen mit einer Zange.

»Da!«, sagte Monica und ging auf die Würstchen zu.

»Ich möchte aber lieber einen Hamburger.«

»Red keinen Blödsinn. Ich weiß doch, wie sehr du Krakauer magst.«

»Hamburger aber auch.«

»Du willst nur mit der Schlampe flirten. Jetzt schau doch mal genau hin. Sie hat schon einen Freund, und der sieht um Längen besser aus als du. Du hast nicht den Hauch einer Chance. Also, gib's zu, du willst lieber eine Krakauer.«

Dann hole ich mir meinen Hamburger eben später, dachte Owen und folgte Monica zu dem Würstchengrill.

»Was darf's sein?«, fragte die Unbekannte. Genau wie die anderen trug sie eine Horrorhausuniform. Owen schätzte, dass sie um die zwanzig war. Sie hatte kurzes braunes Haar und einen nervösen Blick. Auf ihrem Namensschild stand WINDY.

»Zwei Krakauer mit allem, bitte«, sagte Monica.

»Sind Sie auch hier angestellt?«, fragte Owen. »Ich hab Sie hier noch gar nicht gesehen.«

»Ich arbeite in der Snackbar«, sagte sie mit einem leichten Lächeln.

»Ich dachte, das macht *der da*«, sagte Owen und deutete mit dem Kinn auf Danas Lover.

»Warren? Ihm gehört die Imbissbude. Ich helfe nur aus. Wissen Sie nicht mehr? Ich habe Ihnen doch gestern Ihr Essen gebracht. Ihnen und Ihrer Begleitung.«

Heilige Scheiße!

»Ach ja«, sagte Owen und lächelte, als wäre alles in bester Ordnung. »Jetzt erinnere ich mich.«

Windy fing an, die Würste in Brötchen zu stecken.

»Was für eine Begleitung?«, fragte Monica.

»Nur so ein Kerl, den ich kennen gelernt habe.«

»Ein Kerl. Aha.«

Windy reichte ihnen zwei Pappteller mit den Würstchen im Brötchen und Senf, Zwiebeln und Peperoni dazu.

»Guten Appetit«, sagte sie.

»Danke, Windy«, sagte Owen.

»Sie sind ein Goldstück«, sagte Monica.

Das Lächeln verschwand aus Windys Gesicht, und Owen zuckte zusammen.

»Erzähl mir was von deiner geheimnisvollen Begleitung, Owie.«

»Es war ein Mann.«

»Hmmm. Klar.«

»Wenn du mir nicht glaubst, dann frag doch Windy.«

»Ach was. Ich glaube dir. Wenn du sagst, dass deine Begleitung männlich war, dann wird das wohl auch stimmen.«

Er eilte zum nächsten Tisch, an dem bereits einige Leute saßen. »Stört es Sie, wenn wir uns zu Ihnen setzen?«, fragte er.

»Setz dich, Kumpel.«

»Du dich auch, Kumpelin.«

»Hi«, sagte Owen, als sie sich niedergelassen hatten. »Ich bin Owen, und das ist Monica.«

»Hi, Kumpel. Ich bin Dennis.«

»Arnold.«

»A.A. und D.D.«

»Freut mich.«

Monica ignorierte sie und trank einen Schluck Wein.

»Dr. Clive Bixby! Hier drüben!«, verkündete der Großwildjäger und biss in einen Hamburger.

Monica stellte ihr Glas ab und sah Owen mit gekünstelter Freundlichkeit an. »Wie heißt denn deine ›Begleitung‹?«

»John.«

»Ein ungewöhnlicher Name.«

»Findest du?«

»Für eine Frau. Und wie war John im Bett?«

»John ist ein Mann.«

»Sagst du.«

Er sah in Monicas Augen und fand dort nur kalte Verachtung und Spott.

Er nahm Glas und Teller wieder in die Hand, stand auf und verließ den Tisch. »Entschuldige mich.«

»Wo willst du jetzt wieder hin?«

»Bleib einfach hier.«

Er eilte davon. Nach ein paar Sekunden riskierte er einen Blick.

Monica hatte sich zu ihm umgedreht, war jedoch sitzen geblieben.

Die beschissene Schlampe muss mir immer alles kaputtmachen!

Er rannte in die hell erleuchtete, saubere Herrentoilette hinter der Veranda. Dort betrat er eine der fünf Kabinen, setzte sich auf den Deckel der Toilette und schob den Riegel vor.

Er trank seinen Wodka.

Er aß seine Krakauer.

Und musste sich beherrschen, um nicht in Tränen auszubrechen.

Nach einer Weile ging es ihm etwas besser. Der Wodka hatte ihn beruhigt – außerdem war die Krakauer ziemlich lecker gewesen.

Er sah auf die Uhr. 20:40 Uhr.

Der Film würde erst in einer Stunde und zwanzig Minuten anfangen.

So lange werde ich hier warten, dachte er. Soll sich Monica doch mit sich selbst beschäftigen. Mal sehen, wie ihr das gefällt.

Aber ich verpasse ja alles.

Ich will noch einen Drink. Ich will einen Cheeseburger. Ich will irgendwo sein, wo ich wenigstens ab und zu einen Blick auf Dana werfen kann.

Er stellte sich vor, wie John Cromwell kichernd zu ihm sagte: »*Was ist los mit dir, Alter? Du versteckst dich im Klo, weil du Angst vor dieser schnippischen Fotze hast? Scheiß drauf, Mann. Geh da raus und amüsier dich. Und wenn sie dir Ärger macht, dann tritt ihr in den Arsch.*«

Owen lächelte. Stimmt genau, dachte er.

Dann hörte er, wie sich die Toilettentür öffnete.

Scheiße!

Er hörte Schritte auf dem Fliesenboden. Die Tür fiel ins Schloss.

Stille.

Ob es Monica war? Sie würde es nicht wagen, die Herrentoilette zu betreten!

Unwahrscheinlich … aber ausschließen wollte er es nicht.

Warum steht sie da nur rum?, fragte er sich.

Das gefiel ihm gar nicht.

»Haaaaaaalo! Oooooooowen!« Das war nicht Monicas Stimme.

»Huuuuuhuuuu!« Eine zweite Stimme, die ebenfalls nicht Monica gehörte.

Die eine Stimme war weiblich, die andere gehörte … Darke.

Es sind Vein und Darke.

Oh Gott!

»Wir wissen, dass du da drin bist«, sagte Vein.

»Du kannst dich nicht vor uns verstecken«, sagte Darke.

»Ich verstecke mich nicht«, sagte Owen. »Ich habe nur … ich fühle mich nicht wohl.«

»Du lügst!«, rief Darke.

»Wir wissen, warum du hier bist«, sagte Vein.

»Keine Angst, sie ist dir nicht gefolgt.«

»Wir sind ganz alleine.«

»Nur wir drei.«

»Ähem«, begann Owen und versuchte, nicht nervös zu klingen. »Das hier ist eine Herrentoilette.«

»Hoppla«, sagte Vein. »Du wirst uns doch nicht verpetzen?«

»Nein, aber …«

Schritte.

Sie kommen!

»Ich bin gleich fertig«, sagte Owen. »Wollen wir uns nicht draußen treffen oder so?«

»Hier sind wir vollkommen ungestört«, sagte Vein.

Die Tür der Kabine zu seiner Linken öffnete sich quietschend. Dann öffnete sich eine weitere Tür, diesmal zu seiner Rechten.

Was haben sie vor?

Sie wollen doch nicht …

Er sah auf.

Vein und Darke grinsten Owen über den Rand der Kabinenwände hinweg an. Er vermutete, dass sie auf den Schüsseln standen.

»Da bist du ja«, sagte Darke.

»So ein schüchterner Junge«, sagte Vein. »Geht kacken, ohne die Hose vorher runterzulassen.«

Owen errötete bis in die Haarspitzen. »Ich will nur meine Ruhe haben«, sagte er, stand auf und schob den Riegel der Tür zurück. »Ich haue ab. Macht doch, was ihr wollt.«

Vein und Darke sprangen aus den Kabinen.

Vein blockierte den Ausgang. Mit einem anzüglichen Grinsen stand sie vor der Tür und breitete die Arme aus. Owen starrte auf ihre schneeweißen Brüste, die aus dem schwarzen BH ragten.

»Ich muss jetzt wirklich weiter«, sagte er und sah über die Schulter. Darke näherte sich ihm von hinten mit trägem Blick. »Bleib hier«, flüsterte er.

Er drehte sich wieder zu Vein um, die ihm noch immer mit ausgestreckten Armen den Weg versperrte.

Soll ich sie einfach umrennen? Sie ist zwar größer als ich, aber …

Sie hob das linke Bein. Mit einer schnellen, graziösen Bewegung beugte sie sich vor, streckte die rechte Hand aus und zog ein Messer aus dem Stiefel.

Owen erstarrte.

»Hey«, sagte er.

Vein grinste.

Owen sah von Vein zu Darke und wieder zurück. Er konnte nicht beide gleichzeitig im Auge behalten. Langsam kamen sie auf ihn zu. Er wich zurück.

»Was wollt ihr von mir?«, fragte er mit zitternder Stimme.

»Dein Blut«, sagte Vein.

»Ihr macht wohl Scherze.« Sein Rücken stieß gegen die Wand.

»Komisch, wir lachen gar nicht«, sagte Darke.

Sie lachten tatsächlich nicht. Dafür grinsten sie geheimnisvoll.

»Das könnt ihr doch nicht tun«, sagte Owen.

»Natürlich können wir«, sagte Vein.

»Und das werden wir auch«, sagte Darke und nahm ihm das Glas aus der Hand.

»Bestimmt kommt gleich jemand«, sagte Owen.

»Wir brauchen nur ein paar Minuten«, sagte Darke und stellte das Glas auf den Boden.

»Das geht doch nicht.«

»Doch«, sagte Darke. »Das geht.«

Vein packte sein Haar und drückte seinen Kopf gegen die Wand.

»Ich schreie! Jemand wird mich hören und …«

Er verstummte, als seine Hand gepackt und unter Darkes offenes schwarzes Hemd geführt wurde.

Der Barkeeper hatte Recht gehabt.

In Owens Hand lag ein kleiner, sanfter Hügel mit einer aufrechten Spitze.

Veins schwarze Lippen berührten seinen Mund. Als ihre Zunge vorstieß, spürte er, wie sein Hemd aufgeknöpft wurde. Während er Darkes Brust streichelte, öffnete jemand seine Hose.

Gegen die Wand gelehnt spürte er Hände, Münder, Zungen, Zähne und die schnellen, brennenden Schnitte der Klinge.

Sie saugten sein Blut.

Wenn uns jemand so sieht …

Niemand kam.

Sie saugten an ihm und streichelten ihn.

Er liebkoste sie und saugte an ihnen und drang in sie ein.

Gemeinsam sanken sie auf den kühlen Fliesenboden.

Vein presste seinen Kopf gegen ihre gewaltigen Brüste, während Darke auf ihm ritt.

Owen lag völlig verausgabt auf dem Rücken, als Vein und Darke endlich von ihm abließen.

»Warum ich?«, fragte er.

Vein, die bis auf ihre Stiefel nackt war, leckte Blut von der Messerklinge. »Frag nicht mich, Schätzzzzzzchen. Das war Darkes Einfall.«

Sie hob das linke Bein und steckte das Messer wieder in den Stiefel zurück.

Darke beugte sich vor und stieg in ihre schwarze Lederhose.

»Du bist ein netter Kerl«, sagte sie.

»Ja?«

»Süß«, fügte Darke hinzu und schloss den Gürtel mit der weißen Bestienschnalle. Owen starrte auf ihre Brüste. Sie waren klein und blass und hatten dafür sehr große, dunkle Brustwarzen. Er erinnerte sich an ihre Elastizität, ihre Wärme, ihren Geschmack. Schon wurde sein Penis wieder steif.

Darke warf einen Blick darauf, dann sah sie ihm lächelnd in die Augen.

»Nette Jungs soll man nicht warten lassen.« Sie griff in die Hosentasche, zog ein paar eingeschweißte Mullverbände heraus, beugte sich über ihn und riss eine Packung auf.

Kapitel einundfünfzig

Die letzte Warnung

Es war nur noch eine knappe halbe Stunde bis zur Vorführung, und die meisten Gäste hatten das Essen beendet. Manche saßen noch an den Tischen und unterhielten sich, tranken Cocktails oder Wein. Andere wanderten auf dem Grundstück umher.

Monica saß an einem der Tische, nippte an ihrem Wein und unterhielt sich angeregt mit Dr. Clive Bixby und einem frischverheirateten jungen Paar namens Phil und Connie, die erst später zur Gruppe gestoßen waren.

Phil und Connie schienen nette Leute und echte Horrorhaus-Fans zu sein.

Während sie auf ihre Hamburger gewartet hatten, hatten sie Dana erzählt, dass sie die Eintrittskarten für die Mitternachtsführung bereits sechs Monate im Voraus reserviert hatten, den ganzen Weg von San Diego hierhergefahren waren und nur einmal in Boleta Bay angehalten hatten.

Leider war ihnen fünf Meilen vor der Stadt ein Kühlschlauch geplatzt, so dass sie zu Fuß gehen mussten und deshalb etwas zu spät gekommen waren.

So hatten Phil und Connie zwar das Essen nicht verpasst, waren dafür aber Monica und dem Professor in die Arme gelaufen.

Die amüsieren sich bestimmt prächtig mit den beiden, dachte Dana.

Vielleicht sollte ich sie retten.

Sie legte eine Hand auf Warrens Schulter. »Ich werde mich mal mit unseren Gästen unterhalten«, sagte sie.

»Klar. Bis gleich.«

»Willst du nicht mitkommen? Ich glaube nicht, dass noch jemand etwas essen will.«

Rhonda und Windy hatten ihre Stände bereits verlassen, saßen an einem Tisch, aßen Steaks und unterhielten sich.

»Ich könnte auch was vertragen«, sagte Warren. »Was ist mit dir?«

»Ich bin halb verhungert.«

»Wieso hast du dann nicht schon zugeschlagen?«

»Ohne dich?«

»Was hättest du denn gerne?«

»Einen Cheeseburger. Mit allem drum und dran.«

»Das ist meine Spezialität«, sagte er und warf einen Blick auf die drei verkohlten, trockenen Frikadellen auf dem Grill. »Ich lege schnell frische auf. Setz dich doch. Ich bring dir dann die Burger.«

»Ich hole inzwischen was zu trinken«, sagte Dana. »Was möchtest du?«

»Ein Bier.«

»Kommt sofort.« Sie klopfte ihm auf den Rücken und ging zur Bar hinüber.

Biff stand am Tresen und wartete auf weitere Drinks für sich und seine Frau Eleanor.

Wenn die so weitermachen, werden die bald richtig einen sitzen haben, dachte Dana, als sie sah, wie der Barkeeper großzügig Scotch in zwei mit Eis gefüllte Gläser goss.

»… und fünf Bier für die Männer vom Sägewerk«, sagte Biff.

Dana erkannte den alten Witz und fragte sich, wie oft der Barkeeper ihn wohl schon gehört hatte.

Er lachte trotzdem.

Biff bezahlte, nahm die Gläser und stand auf. Dana trat einen Schritt zur Seite, aber er schien sie gar nicht zu bemerken. Vorsichtig balancierte er seine Drinks zu seiner Frau hinüber, die bei Tuck und den Lawrences stand. Trotz der Kälte hatte Eleanor ihren Pullover noch immer nur um die Schultern gelegt.

»Die spüren bald gar nichts mehr«, sagte der Barkeeper.

»So wie die angezogen ist«, sagte Dana, »muss sie ja ordentlich einen heben – nur, um sich warmzuhalten.«

»Was kann ich dir bringen?«

»Zwei Bier.«

»Bud, Bud Light, Corona?«

»Zwei Budweiser.«

Er beugte sich über einen Kühlschrank.

»Übrigens, ich bin Dana.«

»Hank.«

»Freut mich, Hank«, sagte Dana, als er zwei Bierdosen auf den Tresen stellte.

»Ich sehe dich heute zum ersten Mal«, sagte er und öffnete die Dosen.

»Das ist ja auch meine erste Mitternachtsführung.« Sie nahm einen Zehndollarschein aus ihrer Brieftasche.

»Du willst *da rein* gehen?«, fragte Hank und nahm das Geld entgegen.

»Ja.«

»Da bringen mich keine zehn Pferde rein. Zumindest nicht nachts.« Er reichte ihr das Wechselgeld. »Nicht, dass ich ein Feigling wäre. Aber ich bin ja nicht blöd. Womit ich natürlich nicht sagen will, dass du blöd bist.«

Dana lachte und gab ihm Trinkgeld.

»Danke.«

»Ist denn schon mal etwas passiert?«, fragte sie.

»Manche gehen rein und kommen nicht mehr raus.«

»Tatsächlich?«

»Hab ich zumindest gehört.«

»Weißt du das genau?«

»Ich an deiner Stelle, würd' da nicht reingehen.«

»Dieses Gerede ist schlecht fürs Geschäft.«

Hank lachte.

»Erzählst du das auch den Gästen?«

»Klar. Wieso nicht? Schließlich haben sie schon bezahlt. Und wer hundert Dollar berappt hat, lässt sich nicht mehr so leicht abschrecken. Lynn und Janice haben auch nichts dagegen, dass ich die Leute warne. Schließlich kommen sie ja, um sich zu gruseln, nicht wahr? Ich tue ihnen damit nur einen Gefallen.«

»Ich verstehe. Du spielst ihnen was vor.«

»Überhaupt nicht. Ich würde nicht für eine Million Dollar einen Fuß in dieses Haus setzen. Auch nicht am helllichten Tag, wenn du die Wahrheit wissen willst. Niemals.«

»Aber die letzte Bestie wurde doch '79 umgebracht.«

»Das behaupten sie zumindest. Aber darauf würde ich nicht wetten. Und das solltest du auch nicht. Du bist 'ne verdammt attraktive Frau, und es wäre jammerschade, wenn dich eine von diesen verdammten Bestien in die Fänge bekommt.«

»Davon wäre ich auch nicht gerade begeistert«, sagte Dana grinsend.

»Jetzt lachst du drüber, aber das ist kein Spaß – wenn eines von diesen Dingern dich zu fassen kriegt, reißt es dir die Kleider vom Leib und nimmt dich ordentlich ran, verstehst du?«

Sie nickte. »Ich muss dann mal wieder. Hat mich gefreut, Hank.«

»Sein Teil ist so groß wie ein Gummiknüppel. *Und es hat so scharfe Zähne wie eine Ratte!*«

»Bis dann, Hank.« Anstatt Phil und Connie zu retten, ging sie schnurstracks zu Warren hinüber und reichte ihm sein Bier. »Hank hat mich gerade vor der Mitternachtsführung gewarnt.«

»Und Recht hat er«, sagte Warren.

»Er ist mir unheimlich.«

»Was hat er denn gesagt?«

Dana erinnerte sich an Warrens eigene Erfahrungen mit dem Horrorhaus und errötete. »Das Übliche. Aber er hat die Anatomie der Bestie ziemlich bildhaft beschrieben.«

Warren schob einen Spatel unter eine Frikadelle und drehte sie um. Das Fleisch zischte auf dem Rost. »Ob die Bestie da unten wirklich einen Mund und Zähne hat, kann ich dir nicht sagen. Es könnte auch nur eine Legende sein.«

Er wendete den zweiten Burger. »Aber trotzdem – glaub mir, du willst nicht von so einer Bestie angefallen werden.«

»Das kann ich mir vorstellen.«

»Selbst wenn du es überlebst, wirst du nie mehr dieselbe sein.«

»Dann hätten wir Narben im Partnerlook«, sagte Dana.

»Darüber solltest du besser keine Witze machen.«

»Tut mir leid.« Sie hob die Bierdose und nahm einen Schluck.

»Aha«, sagte Warren.

»Was?«

»Sieh mal.« Er deutete mit dem Kinn nach links.

Drei Gestalten schlenderten über den Rasen. Obwohl sie im Nebel kaum auszumachen waren, erkannte Dana Vein sofort an ihrer Größe. Darke begleitete sie. Aber wer war der Kerl in der Mitte?

Owen?

»Was treibt der sich denn mit *denen* rum?«, fragte Dana.

»Hat wohl ein paar neue Freunde gefunden«, schlug Warren vor.

»Oh Mann.«

Händchenhaltend ging das Trio auf das Eingangstor zu.

Ob sie auf dem Weg zum Kino waren?

Owen hat wohl vor, bei ihnen zu sitzen, dachte Dana.

Kein Wunder. Ich würde mich auch zu ihnen setzen, wenn ich dafür Monica los wäre.

Sie warf einen Blick auf Owens Exfreundin.

Monica hatte die ganze Zeit über an derselben Stelle gesessen und war nicht einmal aufgestanden. Dr. Bixby, der ihr gegenübersaß, war ab und zu losgezogen, um ihr ein neues Glas Wein zu bringen.

Im Moment hielt der Professor im Brustton der Überzeugung einen Vortrag über Bigfoot. Monica, Phil und Connie lauschten gespannt.

Jeden Moment würde Monica Owen, Vein und Darke bemerken.

Wenn ihr Bixbys Kopf nicht die Sicht verdeckt …

Tuck schien das Problem ebenfalls bemerkt zu haben. Sie entschuldigte sich bei Biff, Eleanor, Andy und Alison und beobachtete Owen. Dann warf sie Dana einen Blick zu.

Dana nickte ihr zu.

Tuck nickte zurück.

Jeden Moment war es so weit …

Monica zuckte zusammen und versteifte sich.

»Erwischt«, murmelte Warren.

»Ja«, pflichtete Dana ihm bei.

Monica stand halb auf, wahrscheinlich, um besser an Bixbys Kopf vorbeisehen zu können.

»Vielleicht erkennt sie Owen nicht«, sagte Warren. »Bei dem Nebel …«

»Er war die ganze Zeit weg«, sagte Dana. »Das wird sie misstrauisch gemacht haben.«

Monica setzte sich wieder.

Bixby sagte etwas zu ihr. Dana konnte nur das Wort »falsch« hören.

Monica schüttelte so heftig den Kopf, dass ihr Pferdeschwanz wild durch die Luft wirbelte. Dann beugte sie sich vor und tätschelte die Hand des Professors.

»Krise abgewendet«, sagte Warren.

Tuck schien das ähnlich zu sehen. Sie blickte auf die Uhr und wandte sich wieder der kleinen Gruppe zu.

»Die Burger sind fertig«, sagte Warren.

»Ich hol mal Brötchen. Majo oder Senf?«

»Majo.«

»Sehr gute Wahl.«

Warren warf Käsescheiben auf das gebräunte Hackfleisch, während Dana die Brötchenhälften mit Mayonnaise bestrich.

»Es ist zehn vor zehn, Herrschaften«, verkündete Tuck, während Warren die Frikadellen auf die Brötchen legte. »Jeder, der die Vorführung von *Horror in Malcasa Point* nicht verpassen will, sollte sich jetzt zum Geisterschloss begeben. Der Film wird Punkt zehn anfangen. Ich werde jetzt dorthin gehen. Wenn Sie möchten, können Sie mich begleiten.«

Tuck ging auf das Tor zu.

Als Dana und Warren sich zu den Tischen begaben, saßen dort nur noch Windy und Rhonda. Hank räumte einsam seine Bar auf.

Dana beobachtete, wie Monica gemeinsam mit Dr. Bixby das Grundstück verließ.

»Vielleicht hat sie ja jetzt die wahre Liebe gefunden«, sagte Warren.

Dana lachte. »Schön wär's. Aber ich hab da so meine Zweifel.«

»Sollen wir uns zu Rhonda und Windy setzen?«, fragte er.

»Ja, gerne.«

»Stören wir?«, fragte Warren.

»Aber woher denn, Chef«, sagte Windy. Rhonda lächelte ihnen zu.

»Wenn du dich nicht beeilst, wirst du den Film verpassen«, sagte Warren zu Dana.

»Den hab ich schon gesehen.«

»Aber nicht die Sondervorstellung für die Gäste der Mitternachtsführung.«

»Die kann ich mir auch nächste Woche ansehen.«

»Das wäre ein Fehler. Wenn du schon dabei bist, dann musst du auch das volle Programm durchziehen. Oder hast du deine Meinung geändert?«, fragte er in hoffnungsvollem Ton.

»Nein.«

»Dann solltest du auch den Film nicht verpassen.«

»Und wann soll ich essen?«

»Na ja … sie fangen nie pünktlich an. Du hast also noch etwa eine Viertelstunde Zeit.«

»Dann esse ich erst und gehe dann zum Kino rüber.«

Sie setzten sich zu Windy und Rhonda.

»Was ist mit Hank?«, fragte Dana. »Ob er sich nicht zu uns setzen will?«

»Bitte nicht«, sagte Rhonda. »Hast du schon mal mit ihm gesprochen? Igitt.«

»Der ist nicht ganz dicht«, sagte Windy.

»Außerdem isst er sowieso nicht mit uns«, meinte Warren. »Ich hab ihn schon mal gefragt. Er ist froh, wenn er so schnell wie möglich von hier verschwinden kann. Übrigens – will jemand noch was trinken?«

»Ein Bier für mich«, sagte Dana.

»Mädels?«

»Vielen Dank«, sagte Rhonda. »Ich mache mich mal besser ans Aufräumen.«

»Ich helfe dir«, sagte Windy. »Je eher wir anfangen, desto früher sind wir fertig.«

Warren stand auf und ging zur Bar.

Windy beugte sich vor. »Ich weiß ja nicht, was du mit ihm gemacht hast, aber hör nicht auf damit, okay? Seit du hier zum ersten Mal aufgetaucht bist, ist er wie ausgewechselt.«

Dana grinste. »Freut mich zu hören.«

»Er macht sich Sorgen um dich. Er hat wirklich Angst davor, dass jemand nachts ins Haus geht. Weißt du, was ihm dort passiert ist?«

»Er hat's mir erzählt«, sagte Dana und fragte sich, was er wohl Windy erzählt hatte. Eine Menge, schätzte sie. Schließlich arbeiteten sie Tag für Tag zusammen in der Imbissbude. »Er wurde von Jugendlichen zusammengeschlagen, nicht wahr?«

Zu Danas Erleichterung nickte Windy. »Er hat *wirklich* Angst, dass dir was passieren könnte.«

»Ja, das merkt man.«

»Wenn du mich fragst«, sagte Windy, »Dann hat er sich Hals über Kopf in dich verliebt. Da kommt er. Verrat ihm bloß nicht, dass ich das gesagt habe, okay?«

Dana lächelte sie verlegen an.

Warren stellte eine Bierdose vor Dana auf den Tisch, dann setzte er sich neben sie.

»Danke«, sagte sie und legte einen Arm um ihn.

Er schmiegte sich an sie. »Jetzt fang endlich an, sonst kommst du wirklich noch zu spät.«

»Ich wollte auf dich warten.«

»Jetzt bin ich ja hier.«

Sie biss in ihren Cheeseburger. Er war köstlich.

»Wieso guckt ihr euch den Film nicht gemeinsam an?«, fragte Windy.

»Gute Idee«, stimmte Rhonda ihr zu.

Warren schüttelte den Kopf. »Ich kann euch doch nicht die ganze Arbeit alleine machen lassen.«

»Wir bestehen darauf«, sagte Windy. »Außerdem ist Lynn ja gleich wieder da. Die kann uns helfen.«

»Das ist sehr nett von euch, aber …«

»Kein Thema«, sagte Windy.

»Du kannst ja nächste Woche für uns aufräumen, wenn du dich dann besser fühlst«, fügte Rhonda hinzu.

»In diesem Fall …«

»… nehmen wir euer Angebot an«, sagte Dana. »Vielen Dank. Das ist wirklich sehr nett von euch.«

»Dann macht euch mal auf die Socken.«

»Nehmt eure Burger mit«, schlug Rhonda vor. »Die könnt ihr unterwegs essen.«

»Sollen wir?«, fragte Warren.

»Okay.«

Mit Burgern und Bier in den Händen standen sie auf.

»Bis später«, rief Windy ihnen hinterher.

»Macht keinen Blödsinn«, rief Rhonda.

Windy stupste sie an. »Das brauchst du ihnen gar nicht erst zu sagen. Das hat sowieso keinen Sinn.«

Die beiden Frauen lachten.

»*Macht Blödsinn!*«, rief Rhonda.

»Und zwar *ordentlich!*«

Kapitel zweiundfünfzig

Das Geisterschloss

Als Owen zusammen mit Vein und Darke am Kino ankam, war die Tafel, an der das Programm angeschlagen war, noch dunkel und der Ticketschalter unbesetzt. Nur das Foyer war beleuchtet. Owen sah einen einsamen Angestellten des Horrorhauses auf dem roten Teppich stehen und sie anstarren.

Es war der große Typ mit dem höhnischen Lächeln.

Der bescheuerte Bodybuilder.

Gottes Geschenk an die Frauen.

Clyde.

Er kam zur Tür hinübergeschlendert und öffnete sie. »Mitternachtsführung?«, fragte er, ohne die Zigarette aus dem Mund zu nehmen.

Owen tippte mit dem Finger auf den Anstecker an seiner Brust. Clyde nickte, dann sah er Darke an. Sie steckte die Hand in die Brusttasche ihres Seidenhemds und fischte den Anstecker heraus.

»Und Sie?«, fragte er Vein, die nach der Episode auf der Herrentoilette ihre Lederjacke geschlossen hatte. Sie zog am Reißverschluss und riss die Jacke weit auf.

Clyde grinste. »Aha«, sagte er. »Da ist er ja. Bitte kommen Sie rein.«

Sie betraten das Foyer.

Obwohl Clyde seine Augen nicht von Veins Brüsten nehmen konnte, verkniff er sich jeden anzüglichen Kommentar.

Wahrscheinlich hat er Angst vor uns, dachte Owen.

Clyde war groß und kräftig genug, um es mit ihnen dreien gleichzeitig aufzunehmen, doch Owen nahm an, dass ihn Vein und Darkes Auftreten eingeschüchtert hatte – zumindest ein bisschen.

»Der Film fängt in wenigen Minuten an«, sagte er. »Sie können hier im Foyer warten oder sich bereits einen Platz suchen.« Dann wandte er sich Vein zu. »Ich bin Clyde und werde mich heute Abend um Sie kümmern.«

»Werden Sie die Führung abhalten?«, fragte Vein.

»Heute nicht. Diese Aufgabe übernimmt Lynn Tucker.«

»Schade.«

»Ich bin der Filmvorführer«, sagte er und schnippte Asche von seiner Zigarette. »Aber ich arbeite von Mittwoch bis Sonntag im Horrorhaus.«

»Vielleicht sieht man sich ja noch«, sagte Vein.

Clyde nickte grinsend.

»Das war keine Aufforderung«, sagte Darke. »Das war eine Drohung.«

Clyde richtete sich auf und kniff die Augen zusammen. »Vielleicht sollten Sie sich jetzt Ihre Plätze suchen.«

Vein spitzte die schwarzen Lippen und warf ihm einen Kuss zu. »War mir ein Vergnügen, Schätzzzzzchen«, zischte sie. »Kommt mit, ihr Süßen«, befahl sie Owen und Darke.

Sie folgten ihr in den Zuschauersaal. Zwei Gänge führten durch die zahlreichen Stuhlreihen und endeten vor einer gewaltigen weißen Leinwand mit einem kleinen Podest davor.

Etwa in der Mitte der zweiten Reihe saßen Dennis und Arnold. Sie sahen sich um und winkten.

»Leute!«, rief Dennis.

»Hallo!«, rief Arnold.

»Die Kinder der Nacht!«

»Vampire rocken!«

Vein fletschte die Zähne.

»Wow!«

»Krass!«

»Wie geht's euch Jungs?«, fragte Owen.

»Alles klar, Mann.«

»Erste Sahne!«

Darke streckte die Zunge heraus und wackelte damit herum.

Dennis johlte.

Arnold kreischte.

Dann zog Vein ihre Jacke aus, schwang sie über die Schulter und ging den Gang hinunter.

Dennis und Arnold starrten sie mit großen Augen an.

Vein blieb ein paar Reihen hinter den Jungs stehen. »Hier rein«, sagte sie und steuerte auf einen Platz in der Mitte der Reihe zu. Owen folgte ihr und Darke bildete das Schlusslicht. »Das scheint ja eine sehr vielversprechende Nacht zu werden«, sagte sie zu den gaffenden Teenagern, sobald sie sich gesetzt hatte. Sie räkelte sich lasziv, ließ ihre Zunge über die Lippen gleiten und massierte langsam ihre Brust durch ihren BH. »Bis später, ihr Schätzzzzzzchen«, sagte sie und versank in ihrem Sitz.

Dennis und Arnold drehten sich schnell zur Leinwand um.

Vein grinste. Darke lachte leise. Owen, der zwischen den beiden saß, war etwas nervös, fühlte sich seltsamerweise aber auch sehr sicher. Als hätte er zwei aufsehenerregende Leibwächter engagiert. Seltsame Leibwächter zwar – aber seine Leibwächter.

Alles kam ihm wie ein irrer Traum vor.

Ein großartiger Traum.

Dass ihm nach allem, was schiefgelaufen war, zwei bizarre, unglaubliche Fremde in die Toilette gefolgt waren …

Ist das wirklich alles passiert?

Aber sicher, dachte er und grinste. Er spürte die Folgen dieses Techtelmechtels überall auf seiner Haut.

Eigentlich sind es jetzt keine Fremden mehr.

Er wandte sich zu Darke um. Sie starrte mit halb geschlossenen Augen vor sich hin.

Wie konnte ich sie nur für einen Mann halten.

Sie sah ihn an und zog einen Mundwinkel hoch.

Dann beugte sie sich vor und nahm seine Hand.

Sein Herz klopfte. Sein Mund war staubtrocken.

Wie verrückt, dachte er.

Sie hält Händchen mit mir. Wie ein ganz normales Mädchen.

Owen hatte sich schon lange nicht mehr so gefühlt. Zum letzten Mal als er dreizehn war und Nancy Farrows Hand gehalten …

»Wäre Ihnen diese Reihe recht, Professor?«

Monicas Stimme.

Owen zuckte zusammen.

Darke verstärkte ihren Griff.

»Nach Ihnen, meine Dame«, sagte Bixby mit dröhnender Stimme.

Owen spähte über seine rechte Schulter und sah, wie Monica und der Professor den Gang hinunterkamen.

»Was hast du vor?«, flüsterte Darke.

Beim Klang ihrer Stimme fühlte Owen Wärme in sich aufsteigen. Er sah ihr in die Augen. »Keine Ahnung.«

»Wir wollen nicht, dass du unseretwegen Ärger bekommst«, sagte sie.

»Du vielleicht nicht«, zischte Vein.

»Das ist mein Ernst.« Darke wollte die Hand wegnehmen, doch Owen hielt sie fest. Ihre Augen weiteten sich, und sie presste die Lippen aufeinander.

»Hier?«, fragte Monica.

Owen sah weiterhin Darke an. Monicas Stimme war ganz aus der Nähe gekommen.

»Wenn du sie zurückgewinnen willst«, sagte Darke, »kann ich dir dabei helfen.«

»Nein.«

»Wirklich nicht?«

»Ich kann sie nicht ausstehen.«

Darke nickte leicht und drückte seine Hand. Sie sah sich kurz um, dann blickte sie wieder Owen an. »Anscheinend sitzt sie direkt hinter uns.«

»Owie, bist du das?«

Er drehte sich um und lächelte gezwungen. »Hallo, Monica.«

Sie saß direkt hinter Darke. »Das hier ist Professor Bixby. Habt ihr euch schon kennen gelernt?«

»Hi, Clive.«

»Owie«, dröhnte Clive und ließ sich in den Sitz hinter ihm fallen. »Schade, dass Sie das Grillfest verpasst haben. Wir hatten einen Heidenspaß.«

»Freut mich zu hören«, sagte Owen.

»Hattest du wieder Verdauungsbeschwerden?«

»Genau.«

»Schade. Das lag wohl an der Krakauer«, sagte Bixby. »Obwohl Ihre Schwester auch eine gegessen hat, und ihr ist sie wohl ausgezeichnet bekommen.«

»Owie hat einen sehr empfindlichen Magen«, sagte Monica und lächelte Darke an.

Schwester?

Owen sah Bixby direkt ins Gesicht. »Mein empfindlicher Magen rührt daher, dass meine Schwester so eine Nervensäge ist. Ich hatte keine Verdauungsbeschwerden. Ich habe das Fest verlassen, um sie nicht mehr sehen zu müssen. Außerdem ist sie nicht meine Schwester. Sie ist meine *Exfreundin.* Und im Moment läuft sie mir ständig unaufgefordert hinterher.«

Clive wirkte verblüfft. »Aha«, sagte er.

Monica saß reglos und steif da und lächelte Owen an. »Ich bin das Beste, was dir je passiert ist, Freundchen.«

»Dass ich nicht lache. Du bist eine gemeine Schlampe. Ich hab die Schnauze voll von dir.«

»So redet man aber nicht mit einer Dame, alter Freund«, sagte Bixby.

Darke drehte sich ebenfalls um. »Was mischen Sie sich eigentlich ein – Professor?«

»Aha! Jetzt meldet sich der *castrato* zu Wort!«

»Schnauze«, zischte Darke.

Vein wirbelte herum. »Könnt ihr bitte mal ruhig sein?«, sagte sie und sah Bixby und Monica zornig an. »Sonst werd ich euch da hinten während der Vorführung mal einen Besuch abstatten. Und das wird euch gar nicht gefallen.«

Sie sahen Vein verblüfft an.

Dann ging das Licht aus.

Owen wandte sich zur Leinwand.

»Ich habe jetzt genug von deinen Mätzchen, Owie. Du setzt dich jetzt sofort neben mich. Ich meine es ernst.«

Er antwortete nicht.

Ein Scheinwerfer wurde eingeschaltet und beleuchtete das kleine Podest vor der Leinwand, auf dem Lynn Tucker stand und ein Mikrofon in der Hand hielt.

»Ich denke, wir sind komplett«, sagte sie. »Willkommen im Geisterschloss. Lassen Sie mich Ihnen vor dem Film noch einige Hintergrundinformationen zukommen lassen. Als *Horror in Malcasa Point* 1982 in die Kinos kam, gab es in diesem Ort kein Lichtspielhaus. Das alte Kino war ein paar Jahre vorher abgebrannt. Doch Janice Crogan bestand darauf, dass der Film in Malcasa Point gezeigt würde. Schließlich hatte sie die Vorlage geschrieben, und der Film spielte in genau dieser Stadt. Wie schade wäre es, dachte sie, wenn ihre Freunde oder Nachbarn ihn nicht zu sehen bekämen. Also bat sie um die Erlaubnis, den Streifen in der Aula der örtlichen Highschool zeigen zu dürfen. Ohne Erfolg. Auch die Amerikanische Legion und verschiedene andere Vereinigungen lehnten ab. Sie fragte sogar bei mehreren Kirchen nach. Vergebens. Als *Der Horror* erschien, gab es nur eine Möglichkeit, ihn in Malcasa Point vorzuführen – im Speisesaal des Welcome Inn, das Janice ja schließlich *gehörte.*«

Mehrere der Gäste kicherten.

»Langweilig«, sagte Monica.

»Die erste Vorführung fand genau dort statt – an einem Samstag um zweiundzwanzig Uhr. Der Film wurde auf ein Bettlaken projiziert, das Janice an die Wand gehängt hatte, und die Zuschauer mussten stehen. Kurz darauf kaufte Janice ein Grundstück und fing mit dem Bau ihres eigenen Lichtspielhauses an. Sie orientierte sich dabei an einem Bauwerk, über das sie bei …«

»… Poe gelesen hatte«, verkündete Dr. Bixby. »›Aus dem Tor in wilden Wellen, Wie ein Meer, Lachend ekle Geister quellen – Weh! sie lächeln niemals mehr‹.«

Lynn lächelte. »Wunderbar.«

»Das Gedicht heißt ›Das Geisterschloss‹ und ist in der Erzählung ›Der Fall des Hauses Usher‹ zu finden.«

»Das war aber *nicht* Janices Quelle«, sagte Darke mit klarer, fester Stimme.

»Da bin ich anderer Ansicht«, meinte Bixby.

»Darke hat Recht«, sagte Lynn. »Sie kennen sich aus.«

»Danke.«

»Janices Inspiration für das Geisterschloss stammte nicht von Edgar Allan Poe, sondern aus einer relativ unbekannten Horrornovelle aus dem Jahr 1982, in dem es um ein Kino geht, in dem ausschließlich Horrorfilme gezeigt werden …«

»Und verbotene noch dazu. *Snuff-Filme*«, flüsterte Darke Owen zu.

Er nickte.

»… was auch Janice mit ihrem Kino vorhatte.«

»Ich hab's gelesen«, sagte Owen. Darke lächelte, als er ihr Titel und Autor des Buches nannte.

»… im Bau befand, zeigte sie weiterhin den Horror jeden Samstagabend im …«

»Ich liebe seine Bücher«, flüsterte Darke.

»… des Welcome Inn.«

»Ich auch«, flüsterte Owen und drückte ihre Hand.

»… bis sie schließlich das Geisterschloss im Jahre 1984 eröffnete. Seitdem werden hier ausschließlich Klassiker und Neuerscheinungen des Genres aufgeführt. Und jeden Samstag schließt dieses Kino seine Pforten für die Allgemeinheit, um exklusiv für die

Gäste der Mitternachtsführung um genau zweiundzwanzig Uhr den *Horror* zu zeigen. Haben Sie noch Fragen hierzu?«

»Zeigen Sie hier, na ja, auch die guten Filme?«

Lynn schüttelte lächelnd den Kopf. »Zum Beispiel?«

»*Ich spuck auf dein Grab*. Das ist der Beste!«

»Oder *Mondo Cannibale*? Der ist auch ultrakrass!«

»*Hügel der blutigen Augen*?«

»*Kettensägenmassaker*?«

Lynn hielt eine Hand hoch. »Ja, die wurden seinerzeit alle hier gezeigt, aber …«

»Was ist *Ihr* Lieblingsfilm?«

»Schwer zu sagen. Aber jetzt müssen wir wirklich anfangen. Wenn ihr mir eure Namen und Adressen gebt, dann bekommt ihr das aktuelle Programm zugeschickt. Formulare findet ihr im Foyer. Noch Fragen?«

»Was ist mit *Schiffsjunge Ahoi!*?«

»Ist das denn ein Horrorfilm?«

»Klar. Da kommt ein Riese drin vor.«

»Und David Letterman.«

»Junger Mann!«, bellte Bixby. »Nicht alle Leute hier sind an deinem Gefasel interessiert!«

»Bleib locker, Kumpel«, sagte Dennis.

»Nimm 'ne Prozac, Arschgesicht«, sagte Arnold.

Lynn warf ihnen einen finsteren Blick zu. »Das reicht, Jungs. Ich muss noch etwas zu dem Film sagen.«

»Hat mich einer von diesen kleinen Scheißern gerade Arschgesicht genannt?«, murmelte Bixby hinter Owen.

»Okay«, sagte Lynn. »Die meisten von Ihnen sind sicher mit der Handlung von *Horror in Malcasa Point* vertraut – sonst wären Sie ja nicht hier. Also fasse ich mich kurz. Der Film basiert auf Janice Crogans Bestseller *Der Schrecken von Malcasa Point* aus dem Jahr 1980 und wurde von einer unabhängigen Firma namens Malcasa Pictures produziert. Das Drehbuch stammt von Steve Saunders,

Regie führte Ray Cunningham. Es wurde ausnahmslos an Originalschauplätzen gedreht.

Die Dreharbeiten verzögerten sich durch einen Vorfall, der den geheimnisvollen Geschehnissen um das Horrorhaus in nichts nachsteht und schon viele Male in den Medien erwähnt wurde.

Wie viele von Ihnen höchstwahrscheinlich wissen, sollte zunächst der legendäre Marlon Slade Regie führen. Die Hauptrolle war für Tricia Talbot vorgesehen, eine damals wunderschöne junge Schauspielerin, die später mit Filmen wie *Das Stumme Kreischen* oder *Wenn die Sonne untergeht* berühmt wurde, bevor sie 1988 einen tragischen Tod fand.

Tricia sollte die Rolle der Janice Crogan übernehmen. Einen Tag vor Beginn der Dreharbeiten wurde sie jedoch von Marlon Slade brutal zusammengeschlagen und vergewaltigt, was jedoch sofort von allen Beteiligten unter den Tisch gekehrt wurde. Sie reiste noch in derselben Nacht ab. Slade erklärte ihre Abwesenheit mit ›künstlerischen Differenzen‹. Tricia meldete den Vorfall natürlich sofort der Polizei, doch die Wahrheit kam erst Jahre später ans Licht.

Tatsache ist jedoch, dass Slade am nächsten Tag spurlos verschwand. Er löste sich sozusagen in Luft auf.

Laut seiner Assistentin wollte er eine junge Frau besuchen, die sich als Margaret Blume ausgab und im Horrorhaus arbeitete. Offenbar war sie ein hübsches Mädchen von gerade mal sechzehn Jahren. Bis heute ist ihr Geheimnis nicht gelüftet. Man vermutet, dass sie sich bei der Wahl ihres Decknamens von Judy Blume und ihrem sehr populären Buch *Bist du da, Gott? Ich bin's, Margaret* inspirieren ließ.

Sonst ist über Margaret Blume praktisch nichts bekannt. Vor der Ankunft der Filmleute hielt sie etwa ein Jahr lang Führungen im Horrorhaus ab. Man nimmt an, dass sie von zu Hause abgehauen und irgendwie nach Malcasa Point gelangt war, wo sie von Agnes Kutch angestellt wurde. Agnes schweigt sich – natürlich – darüber aus. Wir wissen nur, dass Margaret ziemlich jung und äußerst attraktiv war. Attraktiv genug, um Marlon Slade in ihren Bann zu ziehen.

Nach seinem Angriff auf Tricia Talbot wollte Slade Margaret die Hauptrolle in seinem Film anbieten. Sie hörte sich seine Offerte gar nicht erst zu Ende an und fuhr nach Hause, wurde jedoch von Slades Assistentin verfolgt, die dem Regisseur daraufhin ihren Aufenthaltsort mitteilte. Anscheinend lebte sie ganz allein in einem alten Wohnwagen im Wald.

Slade muss sie an demselben Abend aufgesucht haben. Sein Wagen wurde später nicht weit von der Stelle gefunden, an der Margarets Wohnwagen gestanden hatte. Sie selbst war verschwunden. Bis heute hat man von den beiden nichts mehr gehört.

Manche behaupten, dass sich Slade und Margaret unsterblich ineinander verliebten, zusammen durchbrannten und ihre Identität änderten – und seitdem glücklich und zufrieden miteinander leben. Ich halte das für ausgemachten Blödsinn. Wahrscheinlicher ist, dass Slade vorhatte, Margaret genau wie Tricia Talbot zu vergewaltigen. Möglicherweise überwältige sie ihn jedoch, tötete ihn in Notwehr und entschloss sich, die Flucht zu ergreifen. Noch wahrscheinlicher ist jedoch, dass Slade die arme Kleine vergewaltigt und umgebracht hat. Danach versteckte er ihre Leiche und verschwand auf Nimmerwiedersehen.«

»Die erste Möglichkeit hat mir besser gefallen«, flüsterte Darke.

»Mir auch.«

Sie drückte noch einmal Owens Hand.

»Dieser rätselhafte Vorfall regt zwar die Fantasie an«, sagte Lynn, »wird jedoch für immer ein Geheimnis bleiben. Wir werden wohl nie erfahren, was mit Marlon Slade oder dem Mädchen, das sich Margaret Blume nannte, geschehen ist. Und wir können nur spekulieren, wie der Film geworden wäre, wenn Slade Regie geführt und Tricia Talbot die Hauptrolle übernommen *hätte*.

So bildete der *Horror* den Anfangspunkt der steilen Karriere von Ray Cunningham, der inzwischen einer unserer bedeutendsten Regisseure ist. Die Hauptrolle ging an Melinda James, die Janice Crogan auch in vier Fortsetzungen verkörperte und zudem in vielen anderen Thrillern zu sehen war.«

»Melinda rockt!«, rief Dennis.

»Scharfe Braut«, rief Arnold.

»*Grenzenloser Hass*!«

»*Kreuzfahrt des Todes*, Mann!«

»Cool.«

»Obercool.«

»Weißt du noch, wie sie so kopfüber hängt?«

»Logisch. Abgefahren!«

Lynn hob eine Hand. »Arnold und Dennis scheinen ja richtige Fans zu sein. Melinda spielte in diesen Filmen die Hauptrolle, und es war wirklich beeindruckend, als sie auf dem Höhepunkt von *Kreuzfahrt des Todes* kopfüber aufgehängt wurde.«

Einige aus dem Publikum lachten.

Sogar Darke.

»Man hat ihre Schultern überhaupt nicht mehr gesehen«, sagte Dennis.

»Vielleicht habt ihr nur woanders hingeguckt«, sagte Lynn grinsend.

»Ich würde es sehr schätzen, wenn die Vorführung endlich beginnen würde«, grummelte Bixby.

»Als würde jemanden dieser ganze Blödsinn interessieren«, sagte Monica. »Das ist alles fürchterlich langweilig und pseudointellektuell.«

Vein drehte sich um. »Fresse halten da hinten.«

»… ersten ›Bestien‹-Films, und verkörperte das Monstrum bis *Horror 3: Die Wiedergeburt*.«

»Sligo rockt!«

»Krasser Typ!«

»Jungs«, sagte Lynn. »Beruhigt euch. Bitte.«

»Cool«, sagte der eine.

»'tschuldigung«, der andere.

»Gunther Sligo arbeitete danach als Stuntkoordinator für diverse Actionfilme. Erst kürzlich feierte er mit *Die Nacht der Auslö-*

schung sein Regiedebüt, das auch auf dem Sundance Festival großen Erfolg hatte.

Der *Horror* war, wie Sie alle wissen, ein Kassenschlager. Der Film legte nicht nur den Grundstein für viele erfolgreiche Karrieren, sondern trat auch eine Lawine von Fortsetzungen los. Soweit ich weiß, geht es gerade mit *Horror VII: Der Schlächter* in die siebte Runde. Manche dieser Streifen sind ganz gut, andere einfach nur enttäuschend. Aber das muss jeder für sich entscheiden. Die meisten Leute halten jedoch nach wie vor den ersten Teil für unerreicht – ein echter Klassiker des Genres.

Heute haben Sie die Gelegenheit, *Horror in Malcasa Point* in der völlig unzensierten Urfassung auf der Leinwand genießen zu dürfen. Diese Version wird in keinem anderen Kino gezeigt und auch nicht im Fernsehen ausgestrahlt. Auch auf Videokassette ist nur die gekürzte Fassung erhältlich, der ja immerhin dreizehn Minuten fehlen – und auf diese dreizehn Minuten werden Sie heute Abend nicht verzichten müssen.«

Lynn sah auf die Uhr. »Wir sind ein bisschen spät dran, deshalb würde ich vorschlagen, dass Sie mir weitere Fragen nachher stellen. Clyde, Film ab!«

Der Scheinwerfer ging aus.

Einige Augenblicke später hatte Lynn die Bühne verlassen, und die Leinwand erhellte sich.

In schwarzen Buchstaben war auf einem blutroten Hintergrund zu lesen: MALCASA PICTURES PRÄSENTIERT.

Dann ertönten Buschtrommeln.

Die Buchstaben verschwammen, so dass die Leinwand wie ein gewaltiges Meer aus Blut wirkte.

Die Trommeln wurden lauter.

Eine Bestie sprang von links mitten auf die Leinwand und der Applaus, die Pfiffe und das Schreien der im Saal verstreuten Zuschauer schallten durch das Geisterschloss.

Die Bestie wandte sich dem Publikum zu und brüllte.

Kapitel dreiundfünfzig

»Hauen wir ab!«

Kurz vor Lynns Vortrag betraten Dana und Warren den Saal. »Wo willst du sitzen?«, fragte Dana.

»Hoffentlich ist überhaupt noch ein Platz frei.«

Von etwa zweihundert Sitzen waren exakt dreizehn belegt.

»Wenn wir Glück haben, sitzen wir nebeneinander«, sagte Dana.

»Kannst du dich da reinquetschen?«, fragte Warren und deutete auf die letzte Reihe, die völlig leer war.

Sie ließen sich in der Mitte der Reihe in die weichen Sessel fallen.

»Ist das zu weit weg?«

»Mir egal.«

»Ist mir lieber, wenn ich die Wand hinter mir habe.«

»Sicherer ist es auf jeden Fall«, sagte Dana. »Außerdem können wir hier ungestört knutschen.«

Während Tucks Vortrag war Warren ziemlich locker gewesen und hatte sogar ein paarmal über die Kommentare von Arnold und Dennis gelacht. Doch als der *Horror* anfing, spürte Dana seine Anspannung. Sein Rücken versteifte sich, seine rechte Hand, die gerade noch über ihren Rücken gestrichen hatte, hielt inne. Während der Angriffe der Bestie merkte Dana, wie er die Oberschenkelmuskeln anspannte und hektisch ein- und ausatmete.

Sie sah ihn an. Er starrte mit großen Augen und offenem Mund auf die Leinwand.

»Alles klar?«, flüsterte sie.

Er antwortete nicht.

Sie rüttelte an seinem Bein. »Warren?«

»Hä?« Er sah sie an, als wäre er soeben aus einer tiefen Trance aufgewacht.

»Alles okay?«

»Ja. Glaub schon.«

»Du hast den Film doch schon mal gesehen, oder?«

»Doch, doch.« Seine Wundwinkel zuckten. »Des Öfteren. So ungefähr fünfzig-, sechzigmal.«

»Dafür bist du aber ziemlich aufgeregt.«

»Also … tja … es ist das erste Mal, dass ich ihn sehe, nachdem ich, du weißt schon, angefallen wurde. Ich dachte, ich käme damit klar. Fehlanzeige.«

»Hauen wir ab!«

»Nein, nein. Es geht schon. Wirklich.«

»Klar«, sagte Dana und stand auf. »Also ich haue ab. Kommst du mit?« Sie ergriff seine Hand und zerrte ihn aus dem Sitz, ohne eine Antwort abzuwarten.

Sie zog ihn hinter sich her ins Foyer.

»Du kannst mich jetzt loslassen. Mir geht's bestens.«

Sie ließ ihn nicht los.

»Jetzt verpasst du den Film.«

»Den hab ich schon gesehen.« Sie öffnete die Glastür und trat mit Warren im Schlepptau ins Freie. Dann drehte sie sich zu ihm um und nahm ihn fest in die Arme. Er keuchte und zitterte am ganzen Körper, schien sich jedoch schnell wieder zu entspannen.

Dana streichelte seinen Rücken und berührte seine Wange leicht mit den Lippen. »Besser?«, flüsterte sie.

»Ich komme mir wie ein Idiot vor«, sagte er.

»Ach was, weshalb denn?«

»Ich kann mir nicht mal einen blöden Film ansehen, ohne …«

Sie küsste ihn auf den Mund, schmiegte sich stöhnend an ihn und knetete seine Hinterbacken.

Dann spürte sie seine Hände auf ihrem eigenen Hintern.

Plötzlich wurde ihr bewusst, dass sie direkt unter der hell beleuchteten Anschlagtafel des Geisterschlosses standen. Jeder, der die Hauptstraße entlangkam, konnte sie sehen.

»Vielleicht sollten wir woanders hingehen«, sagte sie.

»Was hast du denn da in der Tasche?«

»Was?«

»Da ist was *Hartes*«, sagte Warren.

»Ach das. Mein Gerät.«

»Dein was?«

»Fühl doch.«

Mit gerunzelter Stirn griff Warren in die Vordertasche ihrer Shorts. Die Pistole stieß sanft gegen ihren Oberschenkel. »Eine *Waffe*?«

»Eve hat sie mir gegeben.«

Als sie den Namen aussprach, überkam sie ein Gefühl der Beunruhigung.

Wo steckt sie nur?

Wenn sie nicht zur Führung auftaucht, dachte Dana, müssen wir nach ihr suchen.

Sie bemerkte, wie Warrens Hand sie durch den dünnen Stoff ihrer Hosentasche streichelte.

Sie sah ihm in die Augen.

Er lächelte. »Ich glaube, du hast meine Unterhose gar nicht an.«

»Ach ja?«

»Ich würde sagen … du hast überhaupt nichts drunter an.«

»Stimmt genau.«

»Oh Mann.«

»Also, wo wollen wir hin?«

Warren zog seine Hand aus ihrer Tasche. »Sollen wir nicht doch wieder reingehen? Da ist es zumindest wärmer als hier.«

»Nein«, sagte sie und gab ihm einen Kuss.

»Dann geh du wieder rein, ich marschiere in der Zwischenzeit zum Horrorhaus zurück und helfe den anderen beim Aufräumen.«

»Nein«, sagte Dana und küsste ihn noch einmal. »Das geht nicht. Sie erwarten von uns, dass wir einen netten, romantischen Abend im Kino verbringen.«

»Ich glaube, das können wir vergessen.«

»Stimmt.« Sie küsste ihn. »Jedenfalls im Kino.« Sie sah auf die Uhr. »Wir haben noch eineinhalb Stunden, bis die Führung losgeht. Diese Zeit sollten wir sinnvoll nutzen.«

Warren lachte. »Ich dachte, du wärst von gestern Nacht noch erschöpft?«

»Nicht erschöpft genug. Wo können wir nur hin?«

»Zu mir?«, schlug Warren vor.

»Da sind wir doch mindestens zehn Minuten unterwegs«, sagte sie.

»In etwa.«

»Also würden wir zwanzig Minuten nur mit der blöden Latscherei verschwenden.«

»Wie wär's mit der Imbissbude? Nein, da würden uns sicher Windy und Rhonda über den Weg laufen.«

»Lieber nicht.«

»Ich hab's! Das Museum!«

»Das *Horrorhausmuseum*?«

»Klar.«

Dana konnte es gleich gegenüber auf der anderen Straßenseite sehen. HORRORHAUSMUSEUM stand in roten Neonbuchstaben, wobei der Schrifttyp an verlaufendes Blut erinnern sollte, über dem Eingang.

Darüber war der blaue Neonumriss einer über zwei Meter großen, gebückten Bestie angebracht.

Vor dem Eingang befand sich ein etwas kleineres Schild: GESCHLOSSEN.

»Und wie kommen wir da rein?«, fragte Dana.

»Ich hab den Schlüssel«, sagte er und nahm ihre Hand.

Gemeinsam überquerten sie die Straße.

»Macht dir das nichts aus?«, fragte sie.

»Nein.«

»Wirklich? Wenn dich der Film schon so beunruhigt hat … dann muss das Museum doch noch viel schlimmer für dich sein.«

»Nein, keine Sorge.«

»Warst du in letzter Zeit mal drin?«

»Vor einer Woche. Wenn Janice hier ist, besuche ich sie öfter dort. Und das macht mir gar nichts aus.«

»Nachts auch nicht?«

»Wer weiß. Danke, dass du mich daran erinnerst.«

Als sie sich der Tür näherten, zog Warren einen Schlüsselbund aus der Tasche.

»Sobald ich aufgeschlossen habe, muss ich losrennen und die Alarmanlage entschärfen.«

»Sie darf auf keinen Fall losgehen.«

»Das wird sie nicht – wenn ich es rechtzeitig schaffe. Keine Sorge, das hab ich schon öfter gemacht. Wir dürfen nur nicht so lange herumtrödeln.«

»Also darf ich dich nicht voll Leidenschaft an meine Brust drücken?«

Er kicherte. »Das ist was anderes. Scheiß auf den Alarm.«

Warren steckte einen Schlüssel ins Schloss. »Das ist, wie wenn man bei einem Einbruch Schmiere steht«, sagte sie.

»Kommt jemand?«

Der Gehweg war zu beiden Seiten völlig verlassen. Dana sah den roten Rücklichtern eines Lieferwagens hinterher. Ansonsten herrschte kein Verkehr.

»Die Luft ist rein«, sagte sie.

»Warst du schon mal im Gefängnis?«, fragte Warren, als er die Tür öffnete.

»Nein.«

»Na ja«, sagte er, blieb in der Tür stehen und grinste. »Es gibt für alles ein erstes Mal.«

»*Warren!*«

Lachend verschwand er in der Dunkelheit.

Dana betrat das Museum und schloss die Tür hinter sich. Im Vergleich zum kühlen Nebel draußen war es hier angenehm warm.

Und es duftete wunderbar nach den Kerzen und Seifen aus dem Souvenirgeschäft.

Das GESCHLOSSEN-Neonschild tauchte den Eingangsbereich in unheimliches blaues Licht, das von der Glastheke neben Dana reflektiert wurde. Der Großteil des Museums lag jedoch in absoluter Finsternis.

Dann hörte sie Schritte.

»Alles klar.«

»Wir werden nicht im Gefängnis landen?«

»Ich hoffe nicht.«

Dana sah eine Gestalt, die sich ihr langsam näherte. »Das bist doch du, oder?«

Die Gestalt blieb vor ihr stehen und streckte den Arm aus. Eine warme Hand berührte ihr Gesicht. »Es ist besser, wenn wir nicht direkt am Fenster stehen«, sagte Warren. »Das könnte ziemlich peinlich werden.«

»Wir sollten überhaupt nicht hier sein.«

»Verboten ist das nicht. Schließlich hab ich einen Schlüssel.« Er nahm Dana bei der Hand und führte sie in die Dunkelheit. »Und Janice hat mir erlaubt, das Museum jederzeit zu betreten.«

»Wirklich?«

»Klar. Sie denkt, ich würde hier schon keinen Unfug treiben.«

»Ob sie von dem, was wir vorhaben, so begeistert wäre …?«

»Aber sicher. Warte nur, wenn ich ihr erzähle …«

»Du willst es ihr *erzählen*?«

»Na ja …«

»Du kannst ihr doch nicht sagen, dass wir hier mitten in der Nacht reingeschlichen sind.«

»Wenn du das nicht willst, dann nicht.«

»Lieber nicht. Erzählst du ihr eigentlich alles?«

»So gut wie.«

»Na toll.«

»Ich kann es gar nicht erwarten, ihr von dir zu berichten. Sie war immer … ein bisschen besorgt um mich. Seit dem Vorfall im Horrorhaus, verstehst du. Sie hatte Angst, dass ich mich … zurückziehe.«

Sie blieben in einer Ecke des Raumes stehen. Ein paar Meter weiter begann der Hauptausstellungsraum des Museums. Dana blickte zum Eingang zurück. Bis auf das schwache blaue Leuchten des Neonschildes konnte sie nichts erkennen.

»Janice wird überglücklich sein, wenn sie erfährt, dass ich jemanden … gefunden habe, den ich mag.«

»Magst du mich denn?«, flüsterte Dana.

»Mehr als … ja. Klar.«

»Mehr als was?«

»Mehr als alle anderen. Jemals.«

Sie schlang ihre Arme um ihn.

Dana setzte sich schwitzend und atemlos auf, wobei sie aufpasste, dass er nicht aus ihr herausrutschte.

Sie hob die Hand und schaltete die Beleuchtung ihrer Armbanduhr ein.

11:47 Uhr.

»Wie spät ist es?«, fragte Warren.

»Viertel vor zwölf.«

Er stöhnte.

»Dann ziehen wir uns besser mal an.«

Er umklammerte ihre Schenkel. »Warte.«

»Ich hab's Tuck versprochen.«

»Ich weiß … nur noch fünf Minuten, okay?«

Sie lächelte in die Finsternis und beugte sich über ihn. Dann stützte sie sich mit den Händen auf dem Teppichboden ab und schaukelte langsam hin und her, so dass ihre Brustwarzen über Warrens Gesicht strichen. Sie spürte, wie er sich in ihr bewegte. Wuchs.

»Das machst du mit Absicht, stimmt's? Damit ich die Führung verpasse.«

»Du wirst sie nicht verpassen. Fünf oder zehn Minuten …«

Er hob das Becken und drang tiefer in sie ein.

Dana stöhnte auf. »Du machst es mir nicht leicht.«

»Tut mir leid.«

»Nicht so schlimm.«

»Du solltest dich jetzt auf den Weg machen.«

»Ja. Sollte ich.«

Sie warf sich auf ihn und steckte ihre Zunge tief in seinen Mund. Dann richtete sie sich auf und legte seine Hände auf ihre Brüste. »Ich glaube, ein oder zwei Minuten …«, sagte sie keuchend und umklammerte seine Schultern, »… sollten noch drin sein.«

Um genau 11:55 Uhr standen sie angezogen im Foyer vor der Eingangstür des Museums.

Dana umarmte Warren und gab ihm einen flüchtigen Kuss. »Jetzt muss ich aber los«, sagte sie. »Vielleicht solltest du dich noch mal umsehen, ob wir was vergessen haben.«

»Die Pistole hast du aber nicht vergessen, oder?«

Sie spürte das Gewicht der .380er in ihrer Hosentasche wie eine Hand, die versuchte, ihre Shorts herunterzuziehen. »Nein, die hab ich dabei.«

»Hoffentlich brauchst du sie nicht.«

»Und wenn, dann hebe ich die letzte Kugel für mich selbst auf.«

»Darüber macht man keine Scherze.«

»Ich muss los.«

»Ich begleite dich.«

Sie schüttelte den Kopf. »Das brauchst du nicht. Bleib hier und sieh nach, ob wir irgendwelche Unordnung gemacht haben.«

»Okay.«

»Bis morgen.«

Warren nickte.

Dana zog ihn an sich und gab ihm einen langen, festen Kuss. Dann drehte sie sich um und öffnete die Tür.

»Sei vorsichtig«, rief er ihr hinterher.

»Mach's gut, Schatz«, sagte sie und eilte davon.

Der Nebel war jetzt noch dichter als zuvor.

Sie konnte kaum bis zur anderen Straßenseite sehen. Die Straßenlaternen wirkten, als wären sie in Watte gepackt.

Die Leuchtreklame des Geisterschlosses war nur noch ein verschwommener roter Fleck.

Zitternd rieb sich Dana über die Arme.

Sie sah sich um, dann rannte sie die Straße hinauf, um noch vor Mitternacht im Horrorhaus zu sein.

Kapitel vierundfünfzig

Warnungen

»Ich weiß, dass Sie alle fürchterlich durchgefroren sind«, sagte Lynn. Sie führte rückwärts gehend die Gruppe an. »Also werde ich Ihnen meinen üblichen zwanzigminütigen Vortrag auf der Veranda ersparen und vorschlagen, dass wir sofort ins Haus gehen.«

»Hört, hört«, bellte der Professor.

Vein zog den Reißverschluss ihrer Lederjacke zu, und Darke ließ Owens Hand los, um sich an ihn zu schmiegen. Er legte einen Arm um sie und spürte, wie sie zitterte.

»Warte«, sagte er, zog seine CRAWFORD-JUNIOR-HIGH-SCHOOL-Jacke aus und hielt sie ihr hin. Sie schlüpfte hinein, schloss die Jacke und lächelte Owen an.

»Danke«, sagte sie.

Owen vergrub seinen Kopf in ihrem weichen Haar.

»Oh, wie süß«, ertönte Monicas Stimme in seinem Rücken. »Owie hat einen Freund.«

Darke ließ eine Hand in Owens Gesäßtasche gleiten.

»Wenn Sie sich nach links wenden«, sagte Lynn, »werden Sie bemerken, dass etwas fehlt.«

Owen spähte durch den Eisenzaun in den Nebel über dem Rasen. Vom Horrorhaus war nicht das Geringste zu erkennen.

»Jetzt fällt die Führung wohl leider aus«, sagte Lynn.

»Das ist echt cool«, sagte Darke leise.

»Ja.«

»Ich liebe den Nebel.«

»Ich auch«, sagte er. »Gibt es dort, wo du herkommst, viel Nebel?«

»Nein.«

»Gehen Sie einfach auf das Haus zu«, sagte Lynn irgendwo im Nebel vor ihnen.

»Und wo kommst du her?«, fragte Owen.

»Tucson.«

»Tucson, *Arizona*?«

Darke nickte. »Ich schreibe gerade an meiner Abschlussarbeit.«

»In welchem Fach?«

»Gehen Sie einfach weiter.« Lynn schien jetzt nicht mehr so weit entfernt zu sein. »Ich bin in einer Minute bei Ihnen.«

»Literatur. Vein auch. Wir teilen uns ein Zimmer.«

Sie folgten den Gästen vor ihnen um die Ticketbude herum und gingen an Lynn vorbei, die ihnen das Tor aufhielt.

»Gehen Sie einfach weiter«, wiederholte Lynn. »Ich bin in einer Minute bei Ihnen.«

»Heißt du wirklich Darke?«, fragte Owen.

»Natürlich nicht«, antwortete sie.

Schon bald erkannten sie den dunklen Umriss des Horrorhauses. Owen musste an ein Geisterschiff denken, das direkt auf sie zugesteuert kam.

»Sieh dir das an«, sagte er. »Wie aus einem Roman von William Hope Hodgson.«

Sie kniff in seine Hinterbacke. »Hat dir Vein das verraten?«

»Wieso?«

»Ich liebe Hodgson.«

»Du machst Witze«, sagte Owen. »Die meisten Leute kennen ihn noch nicht mal.«

»Auf so einer Horrorhausführung trifft man die coolsten Leute«, sagte sie. »Wen liest du noch gerne?«

»Herbert.«

»Herbert wie?«, fragte Darke.

»James.«

»Herbert James? Ist der mit Henry James verwandt?«

»Er heißt eigentlich James Herbert. Und ich *hasse* Henry«, sagte Owen.

»Und ich *liebe* Herbert«, sagte Darke. »Und du hast Recht –

Henry ist stinklangweilig. Und er hat keine Ahnung von Ratten.«

Sie stiegen die Stufen zur Veranda hinauf und warteten zusammen mit den anderen Gästen, die sich nach und nach aus dem Nebel schälten.

»Alles bereit für die Mitternachtsführung?«, fragte Lynn von unten aus dem Nebel.

»Jawohl« und »Jederzeit«, antworteten ein paar versprengte Stimmen.

»Es ist *fürchterlich* kalt hier draußen«, sagte die Frau im Tennisoutfit, die jetzt ihren Pullover angezogen hatte, wie Owen bemerkte.

»Kälter als die Titte einer Hexe«, sagte Arnold.

»Kälter als ein Zombieschwanz«, sagte Dennis.

»Kälter als …«

Lynn hob die Hand. »Jungs. Bitte.«

»Idioten«, murmelte Monica. Sie musste direkt hinter Owen stehen.

»Es sind Frauen anwesend!«, ermahnte Clive die Jungen.

»Das ist 'ne *unzensierte* Führung, Kumpel«, sagte Dennis.

»Genau«, fügte Arnold hinzu.

Lynn blieb am Fuß der Treppe stehen. »Ich würde vorschlagen, dass …«

Eine dunkle Gestalt rannte aus dem Nebel auf sie zu.

»Vorsicht!«, rief jemand.

Lynn wirbelte herum.

»Ich bin's, ich bin's!«

Owen erkannte die Stimme. Und den schlanken, wohlgeformten Körper.

Dana.

Er hatte das Gefühl, ein alter Freund wäre in letzter Minute gekommen. Aber er fand ihre Ankunft weder erregend noch besonders interessant.

Irgendwie fühlte er sich deswegen, als hätte er sie betrogen.

Blödsinn, dachte er. Sie wollte doch sowieso nichts von mir wissen. Wir sind Fremde.

Aber ich war doch so verliebt!

Er versuchte sich vorzustellen, wie sie nackt neben dem Whirlpool stand. Doch das Bild, das ihm in den Kopf kam und ihn wirklich erregte, war Darke, wie sie in der Männertoilette ihr Hemd auszog.

»Gerade rechtzeitig«, sagte Lynn.

»Hallo miteinander!«, rief Dana.

»Dana!«, rief Dennis und winkte ihr enthusiastisch zu.

»Die Oberbraut!«, rief Arnold.

»Lynn ist die Oberbraut«, sagte Dana. »Ich helfe ihr nur. Hoffentlich habe ich euch nicht aufgehalten.«

»Ich wollte gerade anfangen«, sagte Lynn. »Ich gehe voraus, und du übernimmst die Nachhut. Pass auf, dass niemand zurückbleibt.« Lynn wandte sich wieder der Gruppe zu. »Sobald wir das Haus betreten haben, müssen wir alle zusammenbleiben. Nur so bekommen alle alles mit, und wir verlieren niemanden. Den Letzten beißt die Bestie.«

Owen hörte leises Lachen.

»Ich hoffe, sie macht nur Spaß«, sagte Eleanor.

»Wenn Sie Fragen haben, möchte ich Sie bitten, sich noch einen Augenblick zu gedulden. Gehen wir erst mal ins Warme.«

Owen hörte das Klirren von Lynns Schlüsselbund.

Er und Darke drehten sich zur Tür um.

Darke nahm seine Hand. »Ich warte schon eine Ewigkeit auf diesen Moment«, sagte sie.

»Ich auch.«

»Ich kann's gar nicht fassen, dass ich jetzt wirklich hier bin.«

Ich auch nicht, dachte Owen.

Sie ist hier. Ich bin hier. Und es ist kein Traum.

Hoffentlich nicht.

Ohne Darkes zierliche, warme Hand loszulassen betrat er das Haus.

Lynn hatte das Licht eingeschaltet. Der Kronleuchter tauchte die Eingangshalle in schummriges Zwielicht.

Sie ging zur Treppe hinüber und stellte sich auf die dritte Stufe. »Willkommen im Horrorhaus«, sagte sie.

Dana schloss die Tür.

»*Horror in Malcasa Point* haben Sie jetzt ja alle gesehen. Ich nehme an, dass Sie auch die reguläre Führung mitgemacht haben. Wahrscheinlich haben zumindest einige von Ihnen Janice Crogans Bücher gelesen. Wenn das nicht der Fall sein sollte, zäumen Sie das Pferd heute leider sozusagen von hinten auf. Die Mitternachtsführung ist so etwas wie ein Kurs für *Fortgeschrittene*. Wir werden das, was Ihnen schon bekannt sein sollte, nicht mehr gesondert erwähnen. Aber keine Angst – wir legen großen Wert darauf, dass Sie diese Führung genießen und eine Erfahrung machen, an die Sie gerne zurückdenken.

Während der nächsten zwei Stunden werden wir das ganze Haus besichtigen, auch die Räume, die während der regulären Führung verschlossen bleiben. Sie werden Dinge erfahren, die Sie vielleicht noch nicht wussten. Lassen Sie mich hierzu eine Warnung aussprechen: Während der Führung werden wir sowohl den Dachboden als auch den Keller betreten. Beide Räume sind nur über sehr engc und steile Treppen zu erreichen. Wenn sie damit Probleme haben, sollten Sie besser nicht teilnehmen. Das Gleiche gilt für sehr schreckhafte oder überaus schamhafte Personen. Diese Führung ist nichts für prüde Gemüter. Ich werde Ihnen Dinge erzählen, die jeder normale Mensch schockierend und abstoßend findet. Darum geht es ja hier – Sie sollen die ganze, unzensierte Wahrheit erfahren. Aber das wussten Sie ja schon, bevor Sie die hundert Mäuse berappt haben. Trotzdem – machen Sie sich auf etwas gefasst. Ich werde kein Blatt vor den Mund nehmen. Es ist keine Schande, wenn Sie sich jetzt entschließen, nicht teilzunehmen. In diesem Fall werden wir Ihnen den Eintrittspreis zu hundert Prozent zurückerstatten.«

»Zu *hundert* Prozent?«, fragte der Mann mit dem Schnurrbart. Er klang überrascht.

»Ich weiß«, sagte Lynn. »Sie haben bereits gegessen und den Film gesehen. Aber wir wollen nicht, dass uns irgendjemand während der Führung Probleme bereitet. Das könnte allen den Spaß verderben.«

»Das ist ein großzügiges Angebot«, sagte seine Frau mit den tollen Augen.

»Es *klingt* vielleicht wie ein großzügiges Angebot. Um die Wahrheit zu sagen, ist bis jetzt noch niemand darauf eingegangen. Wer so weit gekommen ist, schafft es einfach nicht, einen Rückzieher zu machen.«

Die Gäste nickten kichernd.

»Noch eine letzte Warnung. Manche Menschen empfinden diese Führung als extrem stressig. Natürlich gruseln Sie sich gerne – sonst wären Sie ja nicht hier. Aber Sie sollten sich darauf gefasst machen, echte, tiefe Angst zu empfinden. Haben wir schwangere Frauen unter uns?«

Owen sah, wie mehrere Teilnehmerinnen den Kopf schüttelten. Darke eingeschlossen.

Er hörte ein verächtliches Kichern. Wahrscheinlich Monica.

»Wir sind nur schwanger vor Erwartung«, sagte Bixby.

»Oh Maaaaann«, jammerte Dennis verzweifelt.

»Ganz schwach, Sesselpuper«, sagte Arnold.

»Klappe halten«, entgegnete Bixby.

»Hu, hu.«

»*Klappe*!«

Lynn hob die Hand. »Also gut. Niemand ist also schwanger – zumindest nicht mit einem Baby. Sehr gut. Es kam schon einmal vor, dass eine Frau so aufgeregt war, dass die Wehen zu früh anfingen. Außerdem hatten wir einige Herzanfälle. Wenn Sie also unter Bluthochdruck oder einer Herzkrankheit leiden, wäre es unter Umständen besser, auf die Führung zu verzichten. Gibt es da jemand unter Ihnen?«

Sie wartete. Die Gruppe schüttelte die Köpfe.

»Wirklich? Ich will nicht, dass uns jemand da drin zusammenbricht.«

»Wie es aussieht, erfreuen wir uns alle bester Gesundheit«, sagte der stämmige Mann, der mit der Tennisspielerin verheiratet war.

»Also gut. Eines noch. Sollten Sie sich während der Führung psychisch oder körperlich unwohl fühlen, dann sagen Sie bitte sofort Bescheid. Dana wird Sie dann aus dem Haus begleiten.«

»Wie viel Prozent bekommt man dann zurückerstattet?«, fragte der Schnurrbartträger.

»Nachdem die Führung angefangen hat«, sagte Lynn, »verfällt dieses Angebot leider.«

»Und wann fängt sie an?«

»Ich zähle jetzt bis fünf. Bis dahin haben Sie Zeit, um es sich noch einmal zu überlegen. Eins.« Sie machte einen Moment Pause. »Zwei.« Pause. »Drei.«

Als sie bei vier angelangt war, ertönten schwere Schritte hinter ihr in der Dunkelheit.

Die Leute zuckten zusammen.

Owens Herz machte einen Satz.

Darke versteifte sich und umklammerte fest seine Hand.

Manche kreischten. »*Vorsicht*!«, rief jemand. »*Hinter Ihnen*!«. »*In Deckung*«, schrie eine einzelne weibliche Stimme, als eine glänzende, völlig unbehaarte weiße Kreatur die Treppe heruntergestürmt kam.

Die Bestie!

Lynn sah sich um und kreischte auf.

Dana bahnte sich einen Weg durch die Gruppe, indem sie die Leute unsanft zur Seite stieß.

Irgendjemand – Owen konnte nicht erkennen, wer es war – riss die Eingangstür auf.

Die totenbleiche Bestie schien nur aus Muskeln, Zähnen, Klauen und einem Penis zu bestehen, der wie ein Besenstiel zwischen seinen Beinen aufragte.

Zwei Stufen hinter Lynn blieb die Kreatur stehen und nahm den Kopf ab.

Es war der über das ganze Gesicht grinsende Clyde. »Willkommen im Horrorhaus!«, rief er.

Dana blieb am Fuß der Treppe stehen.

Viele der Gäste lachten vor Erleichterung, klatschten heftig und seufzten.

»Bravo!«, rief Bixby.

Darke sah Owen an, lächelte und schüttelte den Kopf.

»Das war lustig«, sagte Owen.

»Ich hätte mir um ein Haar in die Hose gemacht«, sagte Darke.

»So ein harter Kerl wie du?«

Sie grinste.

Mehrere Leute schossen Fotos von Lynn und Clyde.

Vein sah sich um, hob eine tiefschwarze Augenbraue und steckte das Messer in ihren Stiefel zurück. Niemand schien die Waffe in ihrer Hand bemerkt zu haben. Sie ging zu Owen und Darke hinüber. »Ich wusste gleich, dass das nur gespielt ist«, sagte sie.

Beide lachten.

Clyde hatte sich den grässlichen weißen Kopf wie einen Footballhelm unter den Arm geklemmt, nickte, lächelte und winkte.

Lynn hob beide Arme. »Würde bitte jemand nach draußen gehen und die Angsthasen zurückholen?«

»Schon dabei.«

»Vielen Dank, Phil.«

Phil wirkte ziemlich normal, genau wie seine Frau. Owen hatte nicht mit ihm gesprochen, doch ihm war aufgefallen, dass er schwarzes Haar hatte, das an der Stirn bereits ergraut war, was ihn an Cotton Hawes erinnerte, einem der Cops aus Ed McBains Romanreihe um das 87. Polizeirevier.

»Ich komme mit«, sagte seine Frau. Sie war ziemlich stämmig und hatte ein freundliches Gesicht. Mit ihrem Flanellhemd, den Jeans und Stiefeln wirkte sie, als käme sie gerade aus dem tiefsten Wald.

»Sie können in der Zwischenzeit ein paar Minuten verschnaufen«, sagte Lynn. »Freut mich, dass noch alle auf den Beinen stehen.«

»Was für ein billiger Trick«, sagte der Schnurrbartträger im braunen Pullover und schüttelte kichernd den Kopf. »Ich bin *begeistert*.«

»Ich hätte mir fast in die Hosen geschissen«, sagte Arnold.

»Das sagt man nicht, Kumpel.«

»Pfff.«

»Hey Kumpel, kannst du dem mal eins mit deinem Schwengel überziehen?«

»Das sagt man *erst recht* nicht.«

Phil und seine Frau betraten wieder das Haus, gefolgt von der Frau im Tennisdress und ihrem Mann, der der Gruppe verlegen zulächelte. »Wir waren nur kurz mal frische Luft schnappen«, sagte er und hob den Daumen in Richtung Clyde. »Tolle Show, Kumpel. Ich bin voll drauf reingefallen.«

»Geht es Ihnen gut?«, fragte Lynn.

»Alles bestens.«

Seine Frau schwieg und warf Lynn und Clyde einen vernichtenden Blick zu.

»Nichts für ungut«, sagte Lynn und holte tief Luft. »Letzte Chance, auf die Führung zu verzichten und Ihr Geld wiederzubekommen.«

»Biff?«, murmelte die Tennisspielerin mit finsterer Miene.

»*Ich* bleibe«, sagte er. »Du kannst ja im Auto auf mich warten.«

»Eleanor, wie lautet Ihre Entscheidung?«

Die Frau schnaubte. »Ich bleibe auch.«

»Also gut«, sagte Lynn. »Dann können wir ja anfangen.«

Kapitel fünfundfünfzig

Die Anatomie der Bestie

Dana hatte tatsächlich geglaubt, dass Tuck ernsthaft in Gefahr wäre. Mit klopfendem Herzen wischte sie sich ihre schweißnassen Hände an der Shorts ab.

Sie hatte die Pistole schon fast gezogen, als Clyde sich die Maske vom Kopf riss.

Um ein Haar hätte ich auf ihn geschossen!

Tuck hätte mich warnen sollen, dachte sie.

Vielleicht wollte sie mir die Überraschung nicht verderben.

»Das hier ist Clyde«, sagte Tuck und klopfte ihm auf den Rücken.

»Hallo zusammen«, sagte er.

»Er ist mit Abstand die beste Bestie in unserem Team. Einige unserer weiblichen Angestellten werden das gerne bestätigen.«

Clyde kicherte und zog sich wieder die hässliche, mit einer Schnauze versehene Maske über den Kopf.

»Sehen Sie sich ihn genau an«, sagte Lynn. »So sehen die Bestien tatsächlich aus. Kein Vergleich zu den Filmen, in denen sie fast etwas zu *harmlos* dargestellt werden, finden Sie nicht? Und das hier bekommt man natürlich auch nicht zu sehen.«

Tuck schlug mit dem Handrücken gegen den gewaltigen Penis, der daraufhin leicht hin und her zu wackeln begann. Einige Zuschauer kicherten, andere stöhnten angewidert auf. Auf Tucks Gesicht machte sich ein listiges Grinsen breit.

»Keine Angst«, sagte sie. »Der ist nicht echt. Genau wie der Rest des Kostüms besteht er aus Kunststoff. Ich versichere Ihnen jedoch, dass jedes Detail bis hin zu Größe und Farbe genauestens den Berichten der Leute entspricht, die die Bestien *mit eigenen Augen* gesehen haben. Sehen Sie sich nur die scharfen Klauen an Händen und Füßen an. Und die Zähne – in *beiden* Mäulern.«

Sie umklammerte den Penis mit der rechten Hand, was weiteres Stöhnen und Kichern hervorrief.

»Geh ran!«, munterte Dennis sie auf.

»Ich bin mir sicher, dass Sie alle *davon* gehört haben«, sagte Lynn und deutete mit der linken Hand auf die abgeflachte Spitze des Penis, auf der sich eine mundähnliche Öffnung befand, die sich zu einem schauerlichen Grinsen verzogen hatte.

»Janice erwähnt dieses Ding beiläufig in ihren Büchern, und es ist auch nicht unbedingt eine Sache, auf der man gerne herumreiten will – entschuldigen Sie das Wortspiel.«

Dennis und Arnold stießen sich gegenseitig mit den Ellbogen an und kicherten. Eleanor schüttelte den Kopf. Owen und Darke lachten.

Monica, die dicht hinter ihnen stand, verzog das Gesicht, als hätte sie gerade an etwas Verdorbenem gerochen.

»Dies ist wohl die bemerkenswerteste anatomische Besonderheit der Bestie, obwohl man nur wenig darüber hört und sie in den Filmen garantiert nicht zu sehen bekommt«, sagte Tuck. »Auch während der regulären Führung ist dieses Thema tabu. Es ist sozusagen das tiefste, dunkelste Geheimnis der Bestie.«

Mit der linken Hand zog Lynn eine etwa zwanzig Zentimeter lange Taschenlampe hervor. »Sehen Sie sich das an.« Sie schaltete die Lampe ein und richtete sie auf den Mund. »Wer will näher treten und einen Blick riskieren?«

Niemand meldete sich.

»Ich weiß, dass Sie das alle mal sehen wollen. Dennis, Arnold, was ist mit euch?«

»Krass«, sagte Arnold.

»Cool«, sagte Dennis.

»Die Bestie besitzt von Natur aus ein Maul mit rasiermesserscharfen Zähnen«, fuhr Lynn fort, während sich die beiden der Treppe näherten. »Nicht zu vergessen die gespaltene Zunge, die bei einem ausgewachsenen Exemplar eine Länge von fünf bis sieben

Zentimetern erreichen kann. Bei diesem Modell ist zumindest die Zungenspitze zu erkennen.«

Dennis beugte sich vor. »Wow, Alter«, murmelte er. Während er Arnold Platz machte, traten Andy und Alison Lawrence vor.

»Wir wissen nicht hundertprozentig, welche Funktion dieses zweite Maul erfüllt«, sagte Tuck. »Es ist nicht bekannt, ob die Kreaturen damit Nahrung zu sich nehmen oder atmen können. Was wir wissen, ist, dass sie damit zubeißen.«

Einige Leute verzogen das Gesicht.

»Reizend«, murmelte Eleanor.

Nach und nach näherten sich alle dem Mund.

»Sie beißen und saugen. Und schmecken. Lilly Thorn erwähnt in ihrem Tagebuch, dass die Bestie ›durch diese Öffnung samt Zunge nicht nur meine Lust ins Unermessliche steigern kann, sondern auch seine eigene Leidenschaft durch den Geschmack meiner Säfte erhöht‹.«

»Abgefahren«, sagte Arnold.

Dana erinnerte sich an diesen Abschnitt des Tagebuchs. Die Auszüge, die sich mit der Bestie beschäftigten, waren in Janice Crogans erstem Buch *Der Schrecken von Malcasa Point* wiedergegeben. Fotografien des Originalmanuskripts waren in *Wilde Zeiten* zu finden. Tuck erzählte hier also nichts Neues.

Trotzdem presste sie unwillkürlich die Schenkel zusammen, spürte die klebrige, gerötete Haut in ihrem Schritt, vergaß plötzlich die Bestie und war wieder bei Warren im Museum, fühlte seine Umarmung, seinen Körper, spürte ihn in sich.

Nach einer Weile bemerkte sie, dass sie überhaupt nicht zuhörte.

»… *großartige* Liebhaber. Aufgrund ihrer ungestümen Art, ihrer grenzenlosen Lust und den atemberaubenden Ausmaßen ihrer Geschlechtsteile und Mäuler verlieren die Frauen schnell das Interesse an normalen Männern, sobald sie einmal mit einer Bestie engeren Kontakt hatten. So geschah es auch mit Lilly Thorn, der Frau, die das Horrorhaus erbauen ließ.«

Dana fragte sich, ob sie ebenfalls einen Blick auf Clydes Kostüm werfen sollte.

Warum nicht? Wenn ich schon mal hier bin …

Sie trat vor.

»Sobald Sie sich sattgesehen haben«, sagte Tuck, »werde ich Sie in den Keller führen. Dort können Sie einen Blick auf den Ort werfen, an dem sozusagen alles seinen Anfang nahm. Fragen?«

»Was ist mit *weiblichen* Bestien?«, fragte Monica mit spöttischem Lächeln. »Oder gibt es die nicht?«

»Wir wissen, dass die Männer der *Mary Jane* im Jahre 1901 auf der Insel vor der australischen Küste auf weibliche Exemplare trafen. Sie wurden jedoch alle niedergemacht. Nur Bobo, ein männlicher Säugling, überlebte und wurde in die Staaten gebracht. Alle Bestien im Horrorhaus stammen von ihm ab.«

»Ihre Mütter waren gewöhnliche Frauen?«, fragte Eleanor skeptisch.

»Ganz genau.«

»Wenn das zutrifft«, sagte Andy, »wäre der erste Nachkomme ja halb Mensch gewesen.«

»Genetisch gesehen«, fügte seine Frau Alison hinzu.

»Wenn sich dieser Nachkomme dann wieder mit einer menschlichen Frau gepaart hat«, fuhr Andy fort, »dann war der Abkömmling aus dieser Beziehung wiederum nur noch zu einem Viertel Bestie.«

»Ich weiß«, sagte Tuck. »Theoretisch klingt das durchaus plausibel. Doch Tatsache ist, dass sich die physische Erscheinung der Bestien nicht geändert hat, seit Bobo vor über hundert Jahren an diesen Ort gelangte. Vielleicht gab es winzige Veränderungen, die jedoch niemandem auffielen.«

»Wissenschaftlich betrachtet ist das ein Ding der Unmöglichkeit«, sagte Andy.

Tuck grinste. »Und trotzdem ist es die Wahrheit.«

»Haben sie niemals weibliche Nachkommen?«, fragte Connie.

Dana beobachtete, wie sich Professor Bixby über das Maul beugte.

Will ich das Ding wirklich sehen?, fragte sie sich.

Eigentlich nicht. Ganz und gar nicht.

Weshalb stehe ich dann hier an?

»... in Malcasa Point?«, fragte Tuck. »Nicht dass wir wüssten. Wenn es weibliche Nachkommen gegeben hat, dann ...« Sie zuckte mit den Achseln. »Es gibt heute noch menschliche Kulturen, in denen weibliche Neugeborene getötet werden, da sie dem sozialen Status abträglich sind.«

»Das ist eine Lüge«, platzte Eleanor heraus. »Das kann ich nicht glauben.«

»Es ist leider so«, eilte Alison Tuck zu Hilfe.

»In Indien etwa«, warf Andy ein.

»Genau«, sagte Tuck. »Selbst heutzutage werden dort weibliche Säuglinge in großem Stil getötet. Offensichtlich stellen sie nichts weiter als eine finanzielle Belastung für die Familie dar.«

»Das ist doch lächerlich«, sagte Eleanor.

»Wie dem auch sei«, sagte Tuck. »Ich wollte damit nur sagen, dass die Bestien eine ähnliche Praxis verfolgt haben könnten. Das würde erklären, warum nie weibliche Exemplare gesichtet wurden.«

Endlich trat Bixby zur Seite.

Dana stellte sich vor Clyde und beugte sich vor. Tuck hatte noch immer den Strahl der Taschenlampe auf die mundähnliche Öffnung gerichtet, die von dünnen, weißen Erhebungen umrahmt war – Lippen? Die Zähne wirkten messerscharf, und die Zunge war hellrot.

Wie es wohl wäre ...?

Dana spürte, wie sie errötete.

Das halb geöffnete Maul schoss plötzlich auf ihre Nasenspitze zu.

Dana sprang zurück.

»Hey!«, zischte Tuck und stieß Clyde mit dem Ellbogen an.

»Sehr witzig, Clyde«, sagte Dana.

Aus der Bestienmaske erklang gedämpftes, leises Lachen.

»Weitere Fragen?«

»Ist es wahr, dass die Bestien bisexuell sind?«, fragte Bixby.

»Das ist sogar noch untertrieben. Man könnte sie eher als *omnisexuell* bezeichnen. Mit anderen Worten: Sie bespringen alles, was nicht bei drei auf den Bäumen ist. Wenn es keine geeignete Öffnung für sie gibt, schaffen sie sich eine mit ihren Zähnen. Sie beißen sich förmlich den Weg frei.«

»Um Himmels willen«, sagte Eleanor angewidert.

»Haben alle Clydes Anatomie bewundern können?«, fragte Tuck. »Er wird uns auf der Führung begleiten, also haben Sie noch genug Gelegenheit, seine körperlichen Merkmale zu studieren.«

»Die körperlichen Merkmale der Bestie«, korrigierte Clyde sie.

»Die auch.«

»Lynn hält sich für sehr witzig«, sagte Clyde. »Der Rest der Welt leider nicht.«

»Er glaubt immer noch, dass ich ihn nicht entlassen könnte«, sagte Tuck.

Mit der Taschenlampe in der Hand ging Tuck den Korridor zur Küche hinunter. Dana wartete, bis ihr alle gefolgt waren. Clyde war auf der Treppe stehen geblieben. Sein haarloser weißer Kopf drehte sich, als er zwischen der Gruppe und Dana hin und her schaute.

»Ladies first«, sagte er und machte eine einladende Geste.

»Lynn will, dass ich die Nachhut übernehme.«

»Ich bin immer der Letzte.«

»Okay«, sagte Dana. »Wie du willst.« Sie folgte den anderen in den Korridor.

Clyde hüpfte die Treppe hinunter.

Die Gruppe musste sich durch den engen Gang quetschen.

Clyde gab Danas Hinterteil einen Stups.

Sie wirbelte herum. »Lass das«, flüsterte sie.

»Mein Ruf eilt mir voraus.«

»Bleib mir ja mit diesem Ding vom Leib.«

Er stieß sie erneut mit dem Kunstpenis an. »Wie würde dir der *im Leib* gefallen?«

»Lass gut sein, ja?«

»Wenn wir uns schnell auf die Angestelltentoilette verziehen wollen …«

»Ich verzichte.«

»Ich besorg's dir so gut wie die echte Bestie.«

Sie blieb stehen und sah ihn grimmig an. »Jetzt hör mal gut zu, Clyde. Ich bin nicht interessiert, okay? Also behalt diesen verfluchten Schwanz bei dir, halt den Mund und lass mich in Ruhe. Verstanden?«

Sein leises Lachen wurde durch die Maske unheimlich verzerrt.

»Und wenn nicht?«, fragte er mit höhnischer Stimme. »Willst du es Lynn petzen? Glaubst du, sie feuert mich dann? Das wagt sie nicht.«

»Lass mich einfach zufrieden.«

»Willst du mich wegen sexueller Belästigung anzeigen?«

»Vielleicht.«

Er hob eine blasse Hand und legte sie auf ihre linke Brust. Sie konnte die scharfen Klauenspitzen durch den Stoff des T-Shirts hindurch spüren.

Sie schlug seine Hand beiseite. »Fass mich noch mal an, und du wirst es bereuen«, sagte sie und eilte den leeren Korridor hinauf. Die Gruppe war längst verschwunden.

Clyde folgte ihr.

Bei jedem Schritt stieß die Pistole gegen ihren Oberschenkel.

Vergiss sie schnell wieder, dachte sie. Ich kann ihn ja schlecht erschießen, nur weil er mich angegrabscht hat.

Eve würde es tun.

Eve!

Wo war sie nur?

Die Gäste hatten sich in der dunklen Küche neben der Tür zum

Vorratsraum versammelt. Als Dana den Raum betrat, richtete Tuck die Taschenlampe auf sie.

»Ich dachte schon, die Bestie hat dich geholt.«

»Nein. Alles bestens.«

Clyde erschien in der Tür. »Mach keinen Blödsinn«, sagte Tuck und strahlte ihn an.

Er winkte. Die Klauen an seinen Händen warfen lange, krumme Schatten an die Wand hinter ihm.

»Also gut«, sagte Tuck. »Bevor wir in den Keller gehen, möchte ich Sie darauf hinweisen, dass die Audioführung im Grunde nur aus Lügen und Halbwahrheiten besteht. Maggie Kutch hatte viel zu verbergen, wie Sie ja bereits wissen, wenn sie Janices Buch gelesen haben. Hat jemand von Ihnen noch keines der Bücher gelesen?«

Etwa die Hälfte der Leute hob die Hand.

»Also gut. Wenn Sie nur die Audioführung kennen, wurden Sie in vielerlei Hinsicht hinters Licht geführt. Während dieser Führung werden Sie endlich die Wahrheit erfahren.

Fangen wir am besten am Anfang an. Die Bestie tauchte laut der offiziellen Version am zweiten August 1903 zum ersten Mal auf. Sie wanderte angeblich frohgemut durch die Hügel, erspähte das Haus und ermordete die nichtsahnende Ethel Hughes. Dann rannte sie die Treppe hinauf und brachte Lillys Kinder um. Lilly selbst konnte durch das Schlafzimmerfenster entkommen. Soweit Maggies Geschichte. Doch die Wahrheit sieht anders aus.

In Wirklichkeit begann alles zwei Monate vor dieser blutigen Nacht im August. Am 18. Mai ging Ethel in den Keller, um sich ein Glas eingemachtes Obst zu holen – und machte eine beunruhigende Entdeckung. Zwei Einweckgläser waren zerbrochen, ein drittes geleert. Jemand hatte ihr offensichtlich einen Besuch abgestattet. Ein sehr hungriger Jemand.

Folgen Sie mir jetzt in den Keller«, sagte Tuck.

Dana hörte Stöhnen und Gemurmel.

»Niemand zwingt Sie, mitzukommen«, sagte Tuck. »Wenn es

Ihnen zu viel wird, können Sie gerne hier auf uns warten. Natürlich verpassen Sie dann einen der Höhepunkte der Führung.«

»Wie lange werden Sie da unten sein?«, fragte Eleanor.

»Zehn Minuten, vielleicht länger. Würden Sie lieber hierbleiben?«

»Ich weiß nicht. Vielleicht. Gehen denn sonst alle mit?«

»*Ich* werd' mir das bestimmt nicht entgehen lassen«, sagte Biff.

»Das hab ich ja auch nicht von dir verlangt.«

»Will noch jemand hier warten?«, fragte Tuck. Niemand meldete sich. »Sieht so aus, als wären Sie die Einzige, Eleanor.«

»Aber ich kann doch nicht mutterseelenallein hier warten.«

»Wenn wir Sie nach draußen begleiten sollen …«

»Damit ich den Rest auch noch verpasse?«

»Kommen Sie einfach mit«, sagte Tuck. »Keine Angst. Der Keller ist zwar unheimlich, aber Ihnen kann dort überhaupt nichts passieren. Wir haben dort unten noch keinen Besucher verloren … komischerweise kommen uns nur die abhanden, die in der Küche warten.«

Gelächter ertönte. »Das war nur ein Scherz. Natürlich ist noch nie jemand verschwunden. Ihnen wird nichts zustoßen, ob Sie nun mitkommen oder nicht.«

»Komm mit, Schatz«, sagte Biff.

»Also gut … ich habe wohl keine andere Wahl.«

»Bravo!«, rief Bixby.

»Tapferes Mädchen«, sagte Biff.

»Ich gehe vor und schalte das Licht ein«, sagte Tuck. »Bitte warten Sie so lange hier. Sobald Sie das Licht sehen, gehen Sie bitte vorsichtig die Treppe hinunter. Aber Achtung, die Stufen sind sehr steil. Halten Sie sich also am Geländer fest.«

Tuck verschwand in der Vorratskammer.

Dana hörte Flüstern und gedämpftes Kichern »*Huhuuuuuu*«, rief jemand.

»Wie kindisch«, sagte eine Frauenstimme. Dana vermutete, dass es Monica war.

»Hier kommt sie, die grauenvolle Bestie. Erst fickt sie und dann frisst sie. Und wenn du ihr nicht schmeckst, spuckt sie dich aus wie Dreck«, summte eine andere Frauenstimme.

Gelächter und Applaus.

»Krasser Text«, sagte Arnold.

»*Fickt! Fickt!*«, fügte Dennis hinzu.

Schwaches Licht erhellte den Vorratsraum.

»Bitte kommen Sie jetzt nach unten«, rief Tuck. »Aber seien Sie vorsichtig.«

Dana versuchte, Clyde hinter sich nach Möglichkeit zu ignorieren, als sie den anderen durch den Vorratsraum in den Keller folgte.

Kapitel sechsundfünfzig

Der Keller

»Los geht's«, flüsterte Owen.

Darke drückte seine Hand.

Gemeinsam gingen sie die Treppe hinunter.

Owen zitterte vor Furcht und Aufregung.

Jetzt ist es so weit, dachte er. Wir gehen in den Keller.

Ich kann es immer noch nicht fassen.

Owen hatte immer gehofft, dass er eines Tages an der Mitternachtsführung würde teilnehmen können. Doch damit gerechnet hatte er eigentlich nicht. Jetzt kam ihm alles sehr unwirklich vor.

Wozu Darke natürlich beitrug.

Es war unglaublich, dass so eine seltsame, wunderschöne Kreatur sein Blut getrunken, ihn in sich aufgenommen hatte und jetzt an seiner Hand die Stufen zum Keller des Horrorhauses hinunterspazierte.

Die beste Nacht meines Lebens!

»Das gefällt mir überhaupt gar nicht«, flüsterte eine Frau vor ihm.

Obwohl Owen die Stimme nicht erkannte, vermutete er, dass sie Connie – Phils Frau – gehörte.

»Keine Angst, Schatz«, sagte ein Mann. War es Phil?

»Jetzt schlägt die Stunde der Bestie«, sagte Vein. »Und wir gehen direkt in seine Höhle.«

Nervöses Gekicher.

»Ich hoffe, dass du dich auch amüsierst, Owie«, murmelte Monica hinter ihm.

Leck mich, dachte Owen, sagte aber nichts.

Darke sah zu ihm auf. Ihre Augen ließen ihn Monica sofort vergessen. Stattdessen wollte er Darkes dunkelste Geheimnisse erfahren.

Was, wenn uns nur diese eine Nacht bleibt?, dachte er. Vielleicht ist sie morgen nicht mehr an mir interessiert und verschwindet gemeinsam mit Vein? Dann werde ich sie nie wiedersehen, nie mehr ihre Hand halten, sie nie wieder küssen …

Tiefe Traurigkeit erfüllte Owen.

Zumindest ist sie jetzt bei mir, dachte er. Genau jetzt, in dieser Sekunde, in der besten aller vorstellbaren Nächte. Verdirb sie dir nicht, indem du an morgen denkst.

Unten angekommen gingen sie über den Lehmboden zu den anderen Gästen, die bereits einen Halbkreis um Lynn herum gebildet hatten.

Er legte einen Arm um seine eigene Windjacke und umfasste Darkes Schulter.

»Oooooh«, sagte Monica. »Was für ein hübsches Pärchen.«

Darke legte einen Finger auf seine Lippen.

»Sind alle da?«, fragte Lynn und sah sich um. »Oder hat die Bestie jemanden geholt?«

»Alle anwesend«, verkündete Bixby.

»Dann lassen Sie mich mit Lillys Geschichte fortfahren. Wie bereits erwähnt bemerkte sie, dass sich jemand in ihrem Keller über ihre Vorräte hergemacht und mehrere Gläser zerbrochen hatte. Sie wusste, dass es nicht ihre Söhne gewesen sein konnten – ein geleertes Glas hatte Runkelrüben enthalten, die die Jungs zutiefst verabscheuten. Also war sie sich sicher, dass ein Fremder hier gewesen sein musste. Lilly Thorn war beileibe kein Feigling. Statt Hals über Kopf davonzurennen, durchsuchte sie den Keller und fand ein Loch im Boden. Genau *dieses Loch* hier.« Lynn trat einen Schritt zur Seite und deutete hinter sich auf den Boden.

Owen konnte nichts erkennen; die Leute versperrten ihm die Sicht. Aber er hatte ja Zeit – früher oder später würde er es sich in Ruhe betrachten können.

»Als Lilly das Loch entdeckte«, sagte Lynn, »befand sich natürlich noch keine stählerne Falltür darüber. Wir brachten sie erst vor ein paar Jahren an und sicherten sie mit einem Vorhängeschloss. Eine reine Vorsichtsmaßnahme. Dies hier ist der Eingang zum Tunnel, der in die Hügel hinter dem Haus führt, und es kam vor, dass von dort verschiedene Waldbewohner eindrangen.

Lilly begriff natürlich sofort, dass der Eindringling durch dieses Loch gekommen war. In der nächsten Nacht rückte sie mit einer Schaufel an, um es zu schließen. Doch in der Zwischenzeit hatte sich der geheimnisvolle Besucher einige Gläser Pfirsiche genehmigt, was Lilly zu Tränen rührte. ›Da mir selbst weder Einsamkeit noch Furcht fremd sind‹, so schreibt sie in ihrem Tagebuch, ›schloss ich diese leidende, verzweifelte Seele, die sich nur aus purer Not einen Weg in meinen Keller gegraben hatte, sofort in mein Herz. Ich schwor mir, mich ihm zu offenbaren und nach Kräften zu helfen.‹

Sobald ihre Kinder im Bett und ihr Verlobter nach Hause gegangen waren, ging sie nur mit einem Nachthemd bekleidet in den Keller hinunter. Sie setzte sich auf die unterste Stufe und wartete in völliger Dunkelheit auf die Ankunft des hungrigen Eindringlings.

Schon bald hörte sie Geräusche aus dem Loch und konnte in der Finsternis eine blasse Kreatur erkennen. ›Dann richtete sich mein Gast zu seiner vollen Größe auf, und Entsetzen erfüllte mein Herz. Er war weder Mann noch Affe.‹

Lilly musste einfach einen genaueren Blick auf diese Kreatur werfen. Also zündete sie ein Streichholz an.«

»›Ob er eines von jenen seltsamen Geschöpfen, die der Herr in seiner Unergründlichkeit geschaffen, oder eine Ausgeburt des Teufels ist, vermag ich nicht zu sagen. Obwohl mich seine Hässlichkeit und Nacktheit über die Maßen entsetzte, befiel mich doch ein unwiderstehliches Verlangen, seine missgebildete Schulter zu berühren‹«, sagten Vein und Darke plötzlich im Chor.

»Sehr gut!«, sagte Lynn verblüfft.

Dennis und Arnold klatschten eifrig. »Absolut abgefahren.«

»Extrem.«

Mehrere der anderen Gäste applaudierten ebenfalls oder nickten wohlwollend.

»Für diejenigen, die es noch nicht wissen«, sagte Lynn, »Vein und Darke haben soeben sehr schön aus Lillys Tagebuch zitiert und mir meinen Job um einiges leichter gemacht. Geht es noch weiter?«

»Wenn Sie wollen«, sagte Darke und drückte Owens Hand.

»Bitte. Fahren Sie fort.«

»›Das Streichholz erlosch. In der undurchdringlichen Finsternis spürte ich, wie sich die Kreatur zu mir umwandte‹«, sagten sie erneut im Chor. Ihre Stimmen hallten durch die Stille.

Währenddessen bahnte sich die Bestie – Clyde – einen Weg durch die Gruppe. Die Gäste zuckten zusammen und machten ihm schnell Platz.

»›Sein warmer Atem auf meinem Gesicht duftete nach Erde und wilden, unergründeten Wäldern. Er legte seine Hände auf meine Schultern, und Krallen bohrten sich in meine Haut. Starr vor Schrecken und Verwunderung stand ich hilflos vor der Kreatur, die den Stoff meines Nachthemdes zerriss‹.«

Clyde stieg auf einen alten Schrankkoffer neben Lynn und begann, wie ein Bodybuilder zu posieren.

»›Als ich völlig entblößt war, leckte er mich wie ein Hund ab. Seine Zunge fuhr über meine Brüste. Er schnupperte selbst an meinen intimsten Körperteilen und stieß mit seiner Schnauze dagegen.‹«

Lynn war fasziniert. »Exzellent. Weiter.«

»›Dann trat er hinter mich. Seine Klauen in meinem Rücken zwangen mich in die Knie.‹«

Clyde stellte die Bewegungen der Bestie nach.

»›Ich spürte die glitschige Wärme seines Fleisches und erkannte mit einem Mal, was er mit mir vorhatte. Diese Vorstellung widerte mich an, doch gleichzeitig war ich von seinen Berührungen auf das Seltsamste erregt.

Er nahm mich von hinten, eine für Menschen ungewöhnliche, bei niederen Tieren jedoch sehr verbreitete Manier. Bei der ersten

Berührung mit seinem Organ durchfuhr mich große Furcht. Ich bangte nicht um die Unversehrtheit meines Leibes, sondern um meine unsterbliche Seele. Doch ich ließ es geschehen. Nun weiß ich, dass ich ihn ohnehin niemals davon hätte abhalten können, mir seinen Willen aufzuzwängen. Aber ich machte nicht einmal Anstalten, mich ihm zu entziehen. Im Gegenteil, freudig erwiderte ich sein Eindringen, als hätte ich seine gewaltige Pracht in meinem Körper vorhergesehen.

Herr im Himmel, wie er mich zerrüttet hat! Seine Klauen zerrissen mein Fleisch! Seine Zähne bohrten sich in meine Haut! Sein erstaunliches Organ bedrängte meinen sanften Bauch. So brutal er in seiner Wildheit ist, so edel ist er doch in seinem Herzen.

Als wir erschöpft auf dem Kellerboden lagen, wurde mir bewusst, dass kein Mann – nicht einmal Glen – meine Leidenschaft je in ähnlicher Weise in Wallung bringen kann.

Ich weinte, und die Kreatur, von meinen Tränen verstört, verschwand in ihrem Loch.‹«

Vein und Darke verbeugten sich gemeinsam wie Bühnenschauspieler. Clyde hob triumphierend die Arme.

Die Zuschauer applaudierten und johlten vor Begeisterung.

»Bravo!«, rief Bixby. »Wow!«, riefen andere, »Sehr gut!«, »Klasse!«. Owen hörte, wie Dennis und Arnold »Abgefahren!« und »Alter!« und »Die Bestie rockt!« schrien.

Owen umarmte Darke. »Das war unglaublich«, flüsterte er.

»Vielen, vielen Dank«, sagte Lynn, sobald sich die Gruppe wieder einigermaßen beruhigt hatte. »So eine Einlage hatten wir ja noch nie. Haben Sie sich speziell für diesen Abend vorbereitet?«

Vein schüttelte den Kopf. »Wir haben das mal anlässlich einer Halloweenparty an der Uni zum Besten gegeben.«

»Wirklich?« Lynn wirkte amüsiert und begeistert.

»Aber wir haben die Vorstellung nicht beenden können«, fügte Darke hinzu. »Man hat uns unterbrochen.«

»Und von der Bühne eskortiert.«

»Wir wären beinahe von der Uni geflogen.«

Lynn lachte leise. »Das überrascht mich nicht.«

»Heute haben wir zum ersten Mal den ganzen Text aufsagen können.«

»Ich wünschte, Sie könnten jeden Samstag hier sein«, sagte Lynn. »Ich kann das jedenfalls nicht auswendig. Ich erzähle die Geschichte nur nach. Nochmals vielen Dank. Das war ein echtes Highlight.«

Sie erhielten erneut Applaus.

»Und jetzt«, sagte Lynn, »kommen wir zu einem weiteren Highlight der Mitternachtsführung. Ich werde jetzt diese Luke öffnen, damit Sie einen Blick in das Loch werfen können, aus dem die Bestie damals hervorkroch.«

Lynn zog ihren Schlüsselbund hervor und ging in die Hocke.

»Werden Sie den anderen Tunnel auch öffnen?«, fragte der Mann im braunen Pullover.

»Leider nicht«, sagte Lynn. »Dieser Tunnel wird nicht einmal für die Mitternachtsführung aufgeschlossen. Der Kutch-Tunnel ist absolut tabu. Aber dazu komme ich später noch.«

Owen hörte ein leises Klicken. Das Vorhängeschloss sprang auf, und einen Moment später stand Lynn auf und trat einen Schritt zur Seite.

»Das soll unsere Bestie für uns erledigen«, sagte Lynn. »Ich bin zwar hübscher, aber sie ist stärker.«

Clyde sprang vom Koffer, ging in die Hocke und öffnete die Luke. Die Angeln quietschten, dann ertönte ein schweres metallisches Scheppern.

»Vielen Dank, Bestie«, sagte Lynn.

Clyde tippte sich grüßend mit einer Klaue gegen die Stirn.

»Sie können jetzt einer nach dem anderen vortreten und einen Blick in das Loch werfen. Versuchen Sie, sich vorzustellen, wie die Bestie vor vielen Jahren in einer Sommernacht daraus hervorkroch. Wer will anfangen?«

Alle schweigen.

»Hiiiilfe! Heeeelft mir!«, erklang eine schwache, weit entfernte Stimme.

Einige Leute schnappten erschrocken nach Luft, andere kicherten.

»Cool«, sagte Arnold.

»Sie haben jemanden da drin?«, fragte der Schnurrbartträger amüsiert und erstaunt.

»Prächtig!«, verkündete Bixby.

»Krass«, sagte Dennis.

»Wahrscheinlich nur ein Tonband. Wie langweilig«, sagte Monica.

Lynn hob eine Hand. »Ruhe bitte. Dies ist nicht Teil der Führung.«

»Na klar«, murmelte Monica, wofür sie von mehreren Umstehenden ein »PSSSSSST!« erntete.

»…iiiiilfe.«

Es war eine Frauenstimme, die aus dem Loch im Keller zu kommen schien.

»Heilige Scheiße«, murmelte Lynn.

»Lassen Sie mich durch«, sagte Dana mit leiser, aber drängender Stimme. »Verzeihung. Verzeihung. Lassen Sie mich durch.«

Lynn kniete nieder und beugte sich über das Loch. »HALLO?«, rief sie.

Dana ging neben ihr in die Hocke.

»Das ist nur Show«, sagte Monica.

»Pssst.«

»Ich bin hier unten! Ich kann nicht raus! Meine Hände sind gefesselt!«

»Scheiße«, murmelte Lynn.

»EVE? BIST DU DAS?«, rief Dana in das Loch.

»Dana? Lynn?«

»WIR SIND'S!«, schrie Lynn. *»WAS ZUM TEUFEL IST PASSIERT?«*

»Wo zum Teufel habt ihr so lange gesteckt?«, fragte die Stimme.

»ALLES KLAR BEI DIR?«, rief Dana.

»Mir ging's schon besser. Könnt ihr mich hier rausholen?«

»BIST DU ALLEIN?«, fragte Lynn.

»Im Moment schon. Aber er könnte jeden Augenblick zurückkommen.«

»Mist«, sagte Lynn.

Die Gäste tuschelten verwirrt und beunruhigt miteinander.

»Ist das nun gespielt oder nicht?«, wollte Bixby wissen.

»Leider nicht«, sagte Lynn. »Bitte seien Sie still.«

»Wir müssen doch was tun«, sagte Dennis.

»Wir müssen sie retten«, fügte Arnold hinzu.

»Jemand muss die Polizei verständigen«, sagte der Mann im braunen Pullover.

»Wo ist das nächste Telefon?«, fragte Biff.

»Bin schon unterwegs«, sagte eine gedämpfte Stimme.

Lynn sprang auf. »Clyde! Wir brauchen die Polizei und einen Krankenwagen! Sofort!«

»Geht klar.«

Owen beobachtete, wie die glänzende weiße Bestie die Kellertreppe hinaufrannte.

»Gib her«, sagte Dana hinter ihm.

Owen wirbelte herum und sah, wie Dana Lynn die Aluminiumtaschenlampe aus der Hand riss. »Ich gehe rein«, sagte sie.

»Nein, du bleibst besser …«

»Bis später.«

Dana ließ den Strahl der Taschenlampe in das Loch fallen. *»ICH KOMME!«*, rief sie und stürzte sich kopfüber hinein. Nach weniger als einer Sekunde waren nur noch ihre Knöchel zu sehen.

Sie strampelte so lange, bis die Sohlen ihrer Stiefel in der Dunkelheit verschwunden waren.

Kapitel siebenundfünfzig

Die Rettungsmission

Nach allen Berichten, die Dana über den Tunnel gelesen hatte, erwartete sie, sich gerade so durchzwängen zu können.

Doch entweder stimmten die Berichte nicht, oder der Tunnel war in den letzten Jahren vergrößert worden.

Das erste Stück war Dana unkontrolliert in die Tiefe gerutscht, doch dann erkannte sie, dass der Tunnel groß genug war, um auf allen vieren vorwärtskriechen zu können.

Der Strahl ihrer Taschenlampe fiel auf graue Lehmwände, die sich endlos hinzuziehen schienen.

Sie fühlte sich, als würde sie durch Eingeweide kriechen.

Riecht auch nicht besonders gut hier unten.

Was ist das nur für ein Gestank?, fragte sie sich.

Irgendwas Totes!

»Eve?«, rief sie.

»Ich bin hier.« Es klang ziemlich weit entfernt.

»Wo?«

»Kriech einfach weiter. Du kannst mich gar nicht verfehlen.«

»Liegt hier unten ein Kadaver oder was?«

»Allerdings.«

Dana verzog das Gesicht und kroch weiter. Der Boden unter ihren Händen war feucht und kühl. Schon bald keuchte sie vor Anstrengung.

»Wie bist du hierhergekommen?«

»Man hat mich k. o. geschlagen.«

»Mein Gott. Wer denn?«

»Keine Ahnung. Ich bin gestern Nacht ins Haus gegangen … heute ist doch Samstag, oder?«

»Ja.«

»Die Mitternachtsführung?«

»Genau.«

»Ich hab doch gesagt, dass ich komme.«

»Freut mich, dass du's noch geschafft hast.« Dana blieb stehen und schnappte nach Luft.

»War knapp«, sagte Eve. »Ich hab Klatschen und Schreien gehört.«

»Das waren wir. Eine improvisierte Aufführung.«

»Gott sei Dank. Wenn ich euch nämlich nicht gehört hätte, hätte ich nicht geschrien. Hier unten verhält man sich besser ruhig, verstehst du?«

»Hast du Angst?«

»Wer, ich? Aber sicher hab ich Angst.«

Dana kroch weiter.

»Weißt du, warum sie mich ›Eve, die Unerbittliche‹ nennen? Weil ich *sie* fertig mache, bevor sie *mich* fertig machen können. Diesmal hat's leider nicht geklappt.«

»Wie das?«

»Man hat mir aufgelauert. Auf dem Dachboden. Und mich voll aufs Kreuz gelegt. Keine Ahnung, wer das war. Auf jeden Fall ist er scheißkräftig. Vielleicht war's ja eine Bestie.«

»Quatsch.«

»Sah wie eine Bestie aus. Hat sich wie eine Bestie angefühlt.«

»Hast du … viel Erfahrung mit Bestien?«

»Um die Wahrheit zu sagen – ja.«

Dana holte wieder Luft. »Wie kommt's?«

»Das ist mein Geheimnis.«

»Vielleicht solltest du deiner Retterin mal deine Geheimnisse erzählen.«

»Wieso bist *du* eigentlich hier unten? Wo ist Lynn?«

»Ich hab mich vorgedrängelt. Außerdem bin ich größer und stärker. Und Muskeln werden doch hier unten gebraucht, oder nicht?«

»Schon möglich. Waren keine Männer dabei?«

»Ich hab nicht auf Freiwillige gewartet.«

»Das rechne ich dir hoch … Ich kann dein Licht sehen!«

»Sehr gut!«

»Du bist fast da.«

Dana kroch schneller. »Er hat dich den ganzen Weg hierhergeschleppt?«

»Denke schon. Ich war bewusstlos.«

»Was für eine Heidenarbeit.«

»Ja. Schade, dass er keinen Herzanfall bekommen hat.«

»Kriegen denn Bestien Herzanfälle?«

»Ich weiß nicht, ob es wirklich eine war.«

Direkt vor Dana endete die linke Wand im Nichts.

»Hier bin ich«, sagte Eve.

Dana leuchtete in den unterirdischen Raum.

Eve saß nackt auf dem mit Stofffetzen bedeckten Boden. Ihre Arme waren über dem Kopf mit einer Kette straff an einem Querbalken befestigt. Blutige Kratzer und verkrustete Wunden bedeckten ihre Haut.

»Oh Gott«, murmelte Dana.

Eve lächelte. Ihre Lippen waren aufgerissen. Auf einer Wange verlief ein hässlicher Kratzer. Ihr linkes Auge war fast völlig zugeschwollen. »Sieht schlimmer aus, als es ist«, sagte sie.

Dana drehte den Kopf. »*ICH HAB SIE GEFUNDEN!*«, rief sie.

»Wie geht's ihr?«, fragte Lynns Stimme nach einer Weile.

»*ICH WERD'S ÜBERLEBEN!*«, rief Eve.

»Dana? Kannst du sie da rausholen?«

»Sag ja.«

»Wie soll ich dich denn nur losmachen?«

»Das kriegen wir schon hin.«

»*JA!*«, rief Dana.

»Sag Bescheid, wenn du Hilfe brauchst«, rief Lynn nach einer kurzen Pause.

Dana nickte. »Der Krankenwagen ist schon unterwegs. Und die Polizei.«

»Hoffentlich ist der Gerichtsmediziner auch dabei.«

Dana leuchtete zögerlich durch den Raum.

Zwei weitere Personen baumelten an Ketten vom Querbalken herab.

Die eine war offensichtlich ein Kind gewesen, obwohl nicht mehr genug von ihr übrig war, als dass Dana hätte erkennen können, ob es sich um einen Jungen oder ein Mädchen handelte. An dem anderen Körper konnte sie immerhin eine weibliche Brust ausmachen, die jedoch an Stelle der Brustwarze eine Bisswunde aufwies.

Dana beugte sich vor und übergab sich auf die Fetzen auf dem Boden.

Kleidungsstücke.

Eine Woge der Übelkeit nach der anderen überrollte sie. Sie spie brennende Magensäure, den Cheeseburger, das Bier und vielleicht sogar das scharfe Bestienwürstchen, das sie zu Mittag gegessen hatte, auf den Boden. Tränen rannen aus ihren Augen. Ihre Lunge tat so weh, dass sie befürchtete, sie sich aus dem Leib husten zu müssen.

Endlich ebbten die Krämpfe ab. Sie schnappte keuchend nach Luft.

»Alles klar?«, fragte Eve.

»Die Leute … man hat sie *aufgefressen*.«

»Ja.«

»Himmel! Bist du verletzt?«

»Noch ist alles dran.«

»Was hat die Bestie mit dir gemacht?«

»Nichts, was sie nicht schon vorher getan hätte. Hauen wir ab.«

Dana richtete die Taschenlampe auf Eves Handgelenke. »Sind das deine Handschellen?«

»Schon möglich. Dabei hatte ich auf jeden Fall welche.«

»Und wo war der Schlüssel dazu?«

»In einer Tasche meiner Jeans.«

Dana suchte zwischen den verstreuten Klamotten nach einer Jeans. Mehrere Male fiel ihr Blick auf die verstümmelten Leichen, woraufhin sie sich schnell abwandte.

Endlich entdeckte sie die Hose. Um sie zu erreichen, musste sie zwischen Eve und dem weiblichen Leichnam hindurchkriechen.

Sie stieß gegen Eve, die zusammenzuckte.

»Tut mir leid.«

»Nicht so schlimm. Aber sei vorsichtig, ja?«

»Okay.« Sie griff nach der zerknüllten Jeans, hob sie hoch und faltete sie auseinander.

Eve drehte sich stöhnend um und warf einen Blick darauf. »Ja. Das ist meine.«

Dana legte die Lampe auf den Boden und begann, die Taschen zu durchsuchen. »Was hast du gestern eigentlich im Horrorhaus gemacht?«, fragte sie.

»Nach der Bestie gesucht.«

»Und die hast du ja auch gefunden.«

»Sie hat mich gefunden. Oder irgendjemand zumindest.«

»Die Taschen sind leer.«

»Ist das Innenfutter zerrissen?«

»Nein.«

»Okay. Dann ist mir alles klar.«

»Was ist dir klar?«

»Es war keine Bestie.«

»*Was?*«

»Ich war mir noch nicht hundertprozentig sicher.«

»Es muss eine Bestie gewesen sein«, sagte Dana. »Sieh doch nur, was sie mit dir angestellt hat … und mit *denen*!«

»Bestien kramen nicht in den Hosentaschen ihrer Opfer herum«, sagte Eve. »Wenn sie was aus einer Tasche haben wollen, greifen sie nicht hinein, sondern reißen sie einfach auf. Aber das ist noch nicht alles. Was glaubst du, wie der Eindringling das Schloss an der Luke aufbekommen hat?«

»Keine Ahnung.«

»Mit einem *Schlüssel.* Ich wette, dass euch gerade eben nichts Ungewöhnliches daran aufgefallen ist.«

»Stimmt.«

»Also hat er einen Schlüssel benutzt. Und das tun Bestien auch nicht.«

»Aber du hast gesagt, dass er sich wie eine Bestie angefühlt hat. Und so ausgesehen hat.«

»Aber er hat nicht so gerochen.«

»Was?«

»Bestien rauchen nicht.«

»Also war es ein Mann in einem Bestienkostüm?«

»Richtig, Watson.«

»Scheiße«, murmelte Dana und ließ die Hose fallen. Sie nahm die Taschenlampe in die linke Hand und griff mit der rechten in die Hosentasche. »Es war Clyde.«

»Wäre möglich, ja.«

Dana zog die Pistole. »Er ist bei der Führung dabei. Er rennt in einem *detailgetreuen* Bestienkostüm durch die Gegend. Und er raucht.«

»Wirklich?« Eve zog die Arme nach unten, bis die Kette sich spannte.

Dana kroch zu ihr hinüber und kniete sich vor sie hin. Sie sah, dass Eves Rücken und Schultern mit Klauenspuren überzogen waren.

Genau wie bei Warren!

Clyde war es! Er hat damals Warren angegriffen und vergewaltigt. Und dann hat er Eve hierhergeschleppt und …

»Möglicherweise hat er auch gar nichts mit der ganzen Sache zu tun«, sagte Eve.

»Hat er dich … vergewaltigt?«

»Jemand hat's mir ordentlich besorgt, ja.«

Mit diesem großen Plastikschwanz samt Maul und Zähnen?

»Ich werde ihn umbringen.«

»Das überlass mal mir. Noch wissen wir nicht, wer dahintersteckt.«

»Es muss Clyde sein«, sagte Dana. »Er hat das Kostüm. Er raucht. Und er hat wahrscheinlich den Schlüssel zum Vorhängeschloss. Er trägt die Verantwortung, wenn Tuck nicht da ist.«

»Klingt plausibel«, sagte Eve.

»Oh Gott!«

»Was?«

»Und er ist derjenige, der losgelaufen ist, um die Polizei anzurufen.«

»Oder auch nicht.«

Dana beleuchtete die Handschellen. Dann streckte sie den Arm aus und drückte die Mündung der Waffe gegen die dünne, glänzende Kette, die die beiden Ringe der Handschellen miteinander verband. Wenn die erst mal zerschossen war, war Eve auch von der schweren Kette befreit, mit der sie an den Stützbalken gefesselt war.

»Warte«, sagte Eve.

»Was?«

»Wenn du jetzt schießt, dann sind wir halb taub. Also reden wir vorher miteinander. Wahrscheinlich wird es mit dem ersten Schuss klappen. Wenn nicht, feuerst du weiter, bis ich frei bin. Dann gibst du mir die Pistole.«

Dana hätte beinahe gelächelt. »Sie gehört sowieso dir.«

»Stimmt.«

»Und Gott sei Dank hast du sie mir geborgt.«

»Sobald ich frei bin, will ich sie zurück. Danach gehst du mir besser aus dem Weg.«

»Was ist mit der Taschenlampe?«

»Ich werd dich hier nicht in der Finsternis zurücklassen. Behalt sie. Wenn du mit mir mithalten kannst, dann leuchte uns den Weg.«

»Ich werd's versuchen.«

»Okay.«

»Fertig?«, fragte Dana.

»Los.«

Sie presste die Mündung fest gegen die Kette und drückte ab. Die Pistole machte einen Satz. Eine rote Feuerzunge schoss daraus hervor. Der Schuss dröhnte in ihren Ohren.

Eve ließ die Arme sinken.

Es hat geklappt.

Eve wirbelte herum und riss ihr die Waffe aus der Hand.

Und ließ sie fallen.

An ihren Lippenbewegungen erkannte Dana, dass Eve fluchte. Dann schüttelte sie kräftig ihre Arme aus. Dana begriff, dass sie völlig taub sein mussten, und hob die Waffe für sie auf.

Eve dehnte ihre Muskeln, schüttelte noch einmal die Arme aus, dann nickte sie und streckte die Hand aus.

Dana reichte ihr die Pistole.

»ZEIG'S DIESEM BASTARD!«, brüllte sie Eve ins Gesicht.

Eve nickte, dann kroch sie in den Gang.

Dana hob die Taschenlampe auf und folgte ihr.

Kapitel achtundfünfzig

Der Angriff

Lynn richtete sich auf und wandte sich der Gruppe zu. »Damit habe ich nicht gerechnet. Wie es aussieht, bahnt sich hier ein neues Kapitel in der Geschichte des Horrorhauses an. Offenbar ist eine unserer Gemeindepolizistinnen, Eve Chaney, entführt und in den Tunnel verschleppt worden. Anscheinend geht es ihr gut. Dana wird sie in wenigen Minuten in Sicherheit gebracht haben. Ansonsten wird sich die Polizei, die jeden Augenblick eintreffen wird, um sie kümmern. Sie dürfen natürlich bleiben, ich sehe mich jedoch leider gezwungen, die Führung für heute zu beenden. Sie dürfen das Haus jederzeit verlassen, wenn Sie möchten. Wenn Sie sich morgen an der Ticketbude melden, werden wir Ihnen den Eintrittspreis erstatten oder … Ich könnte morgen auch eine außerplanmäßige Mitternachtsführung organisieren. Wer wäre dazu bereit?«

Owen hob die Hand, ebenso Darke, Vein, Dennis, Arnold und Bixby. Die drei Pärchen diskutierten offenbar noch über den Vorschlag.

»Also gut«, sagte Lynn. »Die Sonderführung findet auf jeden Fall statt – außer es kommt noch etwas Unvorhergesehenes dazwischen.«

»Ich denke, dass wir es einrichten können«, sagte der Mann im braunen Pullover.

»Toll«, sagte Lynn.

Die Kellertür fiel ins Schloss.

Clyde kam in seinem Kostüm die Treppe heruntergerannt.

»Keine Verbindung«, keuchte er.

»Was?«

»Das Telefon ist tot.«

»Das im Büro?«

»Genau.«

»Und sonst funktioniert auch keins?«

Die Bestie schüttelte den Kopf.

»Du bist mir ja eine große Hilfe.«

Die breiten weißen Schultern zuckten.

»Ich habe ein Handy«, sage Eleanor, die Tennisspielerin.

»Hier unten haben Sie wahrscheinlich keinen Empfang«, sagte Lynn. »Aber wir können es ja mal versuchen.« Sie streckte die Hand aus. »Lassen Sie mal sehen.«

»Ich werde das überprüfen«, sagte Bixby, griff in eine Tasche seiner Safarijacke und zog seinerseits ein Mobiltelefon daraus hervor.

»Gute Idee«, sagte der Mann im braunen Pullover. »Alison?«

Seine Frau griff in ihre Handtasche.

»Ich wähle die Notrufnummer. Versuchen Sie, die Vermittlung … ach Scheiße, rufen Sie irgendwen an, sagen Sie ihm, wo wir sind und dass wir die Polizei und einen Krankenwagen brauchen.«

Der Keller hallte vom Piepen der Geräte wieder.

»DAS SEHE ICH ANDERS!«

Owen drehte sich um.

Clyde hatte die Maske abgenommen. Sein Gesicht war feuerrot, seine Augen rollten wild. Die Maske schien auf seiner Schulter zu liegen. Plötzlich holte er aus und schleuderte die Maske wie einen übergroßen Softball von sich.

Owen hörte ein Knallen aus weiter Entfernung. Ein Schuss?

Einen Augenblick später prallte die Maske gegen die von der Decke baumelnde Glühbirne.

Die Birne explodierte.

Es wurde stockfinster.

Schreie ertönten.

Owen legte die Arme um Darke und zog sie fest an sich.

Überall schrien Leute vor Schmerz und Angst auf.

»Nein!«

»Wer ist da?«

»Vorsicht!«

»Connie? Connie, bist du das? AAAAAH!«

»Beruhigen Sie sich!«, rief Lynn. »Keine Panik! Versuchen Sie, die Treppe zu erreichen.«

»Oh Gott!«

»Weg da!«

»Es ist die BESTIE!«

»Das ist nicht besonders cool.«

»Mann.«

»Hilfe! Helfen Sie mir!«

»Scheiße«, *rief Lynn.* »Alle raus hier! Sofort!«

»Lassen Sie das!«

»Owie?«, wimmerte Monica. Sie schien direkt hinter ihm zu stehen.

»Monica?«

»Owie, wo bist du?«

»Phil?«

»Runter von mir!«

»Die Tür ist ZU!«

»Mach hin, Alter.«

»Wer hat die verdammte Tür zugesperrt?«

»Direkt vor dir«, sagte Owen.

»Oh nein. NICHT!«

»Um Himmels willen!«

»Andy? Andy, wo bist du?«

Owen fühlte, wie eine Hand sein rechtes Schulterblatt berührte. Darkes Arme waren um seine Hüfte geschlungen.

»Bist du das, Owie?«

»Ja. Bist du verletzt?«

»Mir geht's blendend, Schätzchen.«

Irgendetwas fuhr in seinen Rücken. Er stöhnte, als ihn eine heiße Welle des Schmerzes durchfuhr. Das Ding wurde wieder herausgezogen, dann noch einmal in seinen Körper gerammt. Er schrie auf.

Darke gab einen seltsamen Grunzlaut von sich und befreite sich aus seiner Umarmung. Sie stieß ihn vor sich her. Er prallte gegen andere Körper und versuchte, sich auf den Beinen zu halten. Es war, als ob er Rugby in einem viel zu engen, stockdunklen Stadion spielen würde – und ein kleiner, wütender Gegenspieler ihn aus dem Feld treiben wollte.

Dann fiel er zu Boden.

Er landete hart auf der Seite.

Darke rappelte sich auf und drehte ihn mit dem Gesicht zum Lehmboden.

»Sie hat auf dich eingestochen«, hörte er Darke durch die Schreie und den ohrenbetäubenden Lärm sagen.

»Wo …?«

»In den Rücken. Das Messer steckt noch drin.«

»Wo ist sie?«, keuchte Owen.

»Keine Ahnung. Im Dunkeln wird sie uns nicht finden.«

»Außer, ich HÖRE euch!«, schrie Monica mit triumphierender Stimme.

Owen brüllte vor Schmerz, als das Messer plötzlich aus seinem Rücken gerissen wurde.

Kapitel neunundfünfzig

Sandy – Juni 1997

Die Reste der Handschellen klapperten an ihren Handgelenken, als Sandy mit der Pistole im Anschlag durch den Tunnel kroch. Dana war dicht hinter ihr; die Taschenlampe warf lange Schatten auf den Boden vor Sandy.

Alles tat ihr weh.

Aber das war ja nichts Neues.

Nur dass es diesmal schlimmer war. Eric hatte ihr in Terrys Strandhäuschen lediglich ein paar kleine Kratzer verpasst – verglichen mit dem, was sie letzte Nacht hatte durchmachen müssen.

Ein Kinderspiel.

Sozusagen.

Sie hatte halb bewusstlos im Tunnel gelegen und sich darauf eingestellt, wie die zwei halb aufgefressenen Körper zu enden, die neben ihr von dem Balken baumelten. Und noch dazu hatte sie dieses Schicksal verdient.

Es war die Strafe für ihre Verbrechen.

Sie hätte Slade, Lib und Harry nicht umbringen dürfen.

Sie hätte nicht zulassen dürfen, dass Terry ermordet wurde.

Und sie hätte Erics Baby am Leben lassen sollen.

Ob Eric das irgendwie herausgefunden hatte?

Hatte er sie etwa heimlich beobachtet, nachdem er weggelaufen war? Sie während dieser schier endlosen neun Monate in den Wäldern ausspioniert, vielleicht sogar durchs Fenster die Geburt beobachtet … beobachtet, wie sie entdeckt hatte, dass es nicht Terrys, sondern *sein* Sohn war, und mit ihrem Taschenmesser erst die Nabelschnur und dann die Kehle des Ungeheuers durchtrennt hatte?

Ist das seine Rache?

Als die Bestie letzte Nacht in sie eingedrungen war, hatte sie sich in einem versteckten Winkel am Rande des Bewusstseins gefragt, ob es wirklich Eric war.

Wer sonst?

Es gibt nur noch EINE Bestie – Eric. Er ist der Letzte.

Vielleicht steht er ja unter Artenschutz.

Und wann hat er eigentlich angefangen zu rauchen?

Jetzt ergab alles einen Sinn. Es war ein Psychopath in einem Bestienkostüm gewesen, der mit falschen Klauen und Zähnen ihre Haut zerrissen und sie mit einem Gummipenis vergewaltigt hatte – oder war das Ding aus Plastik gewesen …

Doch er war gekommen!

Unmöglich. Das hatte sie sich nur eingebildet.

Außer, er hatte das Kostüm abgenommen.

Daran konnte sie sich nicht erinnern, was jedoch nicht viel zu bedeuten hatte.

Dieses Arschloch hätte sogar noch fünf seiner Kumpel mitbringen und eine Orgie mit mir feiern können – ich war dermaßen weggetreten, dass …

Sie kroch so schnell wie möglich durch den Tunnel. Ob sie wohl erneut schwanger werden würde?

Das wäre das Letzte, was ich brauchen könnte.

Tu mir das nicht an, Gott. Bist du da, Gott? Ich bin's, Sandy. Bitte tu mir das nicht noch einmal an. Bitte, bitte. Wenn ich wieder ein Kind kriege, dann lasse ich es am Leben. Zwing mich nicht noch einmal dazu, mein eigenes Kind zu töten, okay? Das wäre einfach nicht fair. Hörst du mir überhaupt zu?

Dann schien der Tunnel eine Biegung nach oben zu machen.

Endlich geschafft!

Und ich bin splitternackt.

Auch nichts Neues.

Schade, dass der gute alte Blaze nicht hier sein konnte, um sie auf Leinwand zu bannen. Er hätte das Bild bestimmt ›Angriff der Höhlenfrau‹ oder so ähnlich genannt und einen Riesenreibach damit gemacht.

Nur, dass ich ihm im Moment wahrscheinlich zu ungepflegt gewesen wäre. Er hätte mich sauber gemacht und in eines von seinen durchsichtigen Kleidern gesteckt.

Sie sah auf.

Ihr Kopf stieß gegen etwas Schweres, Weiches.

Ein Körper?

War jemand in das Loch gefallen und steckengeblieben?

Sandy hob eine Hand und berührte feuchten Stoff. Sie schob mit aller Kraft, und das Hindernis rollte beiseite.

Dann kletterte sie aus dem Loch und befand sich in völliger Finsternis.

Obwohl ihre Ohren von dem Schuss dröhnten, konnte sie Schreie und durchdringendes Kreischen hören.

Jemand stieß mit ihr zusammen und hätte sie um ein Haar zu Boden gerissen. Als sie spürte, dass dieser Jemand kein Bestienkostüm trug, schubste sie ihn beiseite. Sie streckte den Arm aus und bahnte sich einen Weg durch das Chaos.

Die Menschen um sie herum weinten, stöhnten und schrien.

»Was war das?«

»Sind Sie verletzt?«

»Wo ist sie hin?«

»Oh Gott. Oh Gott!«

Dann hörte sie von oben ein Klopfen, als schlüge jemand gegen Holz. War es die Kellertür?

»Wer SIND Sie?«

»HOLEN SIE UNS HIER RAUS!«

Plötzlich erschien ein grelles rotblinkendes Licht, als wäre ein Feuerwehrauto in den Keller gefahren. Sandy nahm blutrote Gestalten wahr, die umherrannten, auf dem Boden lagen oder in Ecken kauerten.

Und eine Bestie, die im Kutch-Tunnel verschwand.

Das Gitter stand sperrangelweit offen.

Das rote Blinklicht war genau dahinter an einem Stützbalken befestigt.

»Sieh nur!«

»Scheiße!«

»Sie hat eine Kanone!«

»Ihr nach!«

»BLEIBEN SIE ZURÜCK!«, rief Sandy und rannte in den Tunnel.

Clyde war bereits hinter einer Biegung verschwunden.

Sandy warf einen Blick auf das Blinklicht. Es war mit einem Bewegungsmelder verbunden.

Clyde musste den Alarm ausgelöst haben.

Aber wie hatte er nur das Gitter aufbekommen?

Mit einem Schlüssel, wie sonst?

Als Kind hatte Sandy dieser Tunnel Angst gemacht. Sie hatte ihn wenn möglich gemieden.

Jetzt wünschte sie, sie hätte damals mehr Zeit hier unten verbracht.

Sie erinnerte sich vage, dass der Tunnel viele Biegungen, Kurven, Abzweigungen, Winkel, Schleifen und Gänge ins Nichts besaß.

Er könnte mir überall auflauern.

Langsam näherte sie sich einer Biegung. Über ihr befand sich ein weiteres Blinklicht.

Von Clyde keine Spur.

Was hat er vor?, fragte sie sich. Will er durch Agnes' Haus flüchten?

Mit einer seltsamen Mischung aus Sehnsucht und Furcht begriff Sandy, dass sie Agnes in den nächsten Minuten höchstwahrscheinlich wiedersehen würde.

Die Frau, die einst ihre beste Freundin – ihre einzige Freundin – und so etwas wie eine Mutter für sie gewesen war. Nein, eher eine große Schwester. Sie hatte sie seit jenem Sommer im Jahre 1980 nicht mehr gesehen, als Marlon Slade vor ihrem Wohnwagen aufgetaucht und alles ruiniert hatte.

Obwohl sie schon lange in der Stadt war, hatte sie doch nie Gelegenheit gehabt, Agnes wiederzusehen.

Am Tag ihrer Wiederkehr hatte sie an die Tür des Kutch-Hauses geklopft. *»Agnes, ich bin's, Sandy!«*, hatte sie gerufen. *»Wie geht's dir? Ich bin wieder da und würde dich gerne besuchen.«* Aber niemand hatte geantwortet.

Am nächsten Tag hatte sie es noch einmal versucht.

Wieder keine Antwort.

Nach zwei Wochen hatte sie endlich eine Antwort erhalten.

»Hau ab«, hatte eine Stimme gesagt.

»Agnes? Ich bin's, Sandy! Kannst du dich nicht an mich erinnern?«

»Klar erinnere ich mich.« Agnes hatte nicht gerade begeistert geklungen.

»Lass uns wieder Freunde sein.«

»Hau ab.«

»Agnes? Was ist denn los?«

»Ich kann dich nich' brauchen. Du bist mit dem Kind abgehaun. UNSERM Kind. Das war nich' dein RECHT!«

»Aber ich hatte keine andere Wahl. Wir …«

»Ich will nichts davon hören. Hau ab. Am besten, du hängst dich auf.«

Danach hatte Sandy nie wieder versucht, zu Agnes Kontakt aufzunehmen.

Vielleicht kann ich Clyde ja stellen, bevor er den Tunnel verlässt, dachte sie. Bevor er ihr Haus erreicht.

Sie hasst mich.

Ich will sie nicht wiedersehen.

Aber bald werden wir uns wohl von Angesicht zu Angesicht gegenüberstehen.

»Warten Sie!«, rief jemand hinter ihr.

Sie sah sich um. Zwei Teenager liefen auf sie zu, gefolgt von einer stämmigen jungen Frau in Flanellhemd und Jeans, die im Gesicht blutete.

»Zurück«, sagte Sandy.

»Wir wollen helfen«, sagte der größere der beiden Jungen.

Sein pummeliger Freund nickte.

»Er hat meinen Mann getötet!«, rief die Frau.

Dann kamen zwei weitere Personen hinzu – ein schlanker, adretter Mann in einem blutbefleckten braunen Pullover und eine verwirrt dreinblickende Frau, die sich an seiner Hand festhielt. »Ist der Ausgang in dieser Richtung?«, fragte der Mann.

»Nein, hier ist kein Ausgang«, sagte Sandy. »Gehen Sie in den Keller zurück. Alle. Sie behindern eine polizeiliche Ermittlung.«

»Sind Sie ein Cop?«, fragte der größere Junge.

»Wo ist dann Ihre Marke?«, fragte der pummelige und starrte auf ihre Brüste.

»Wollen Sie meinen Pullover anziehen?«, fragte der größere.

»Zurück!«, rief Sandy noch einmal, wirbelte herum und rannte so schnell sie konnte in den Tunnel, um die verlorene Zeit wieder gutzumachen – fast ein bisschen zu schnell.

Wenn er jetzt hinter einer Biegung auf mich wartet …

Sie konnte gerade noch einer Lehmwand ausweichen, schlitterte um eine Kurve und prallte gegen die Seite des Tunnels.

Vor ihr lag ein Abschnitt, der so gerade wie der Korridor eines Schulhauses war. Sandy erinnerte sich, dass der Tunnel hier unter der Hauptstraße hindurchführte.

Ein weiteres Blinklicht färbte den Gang scharlachrot.

Sie sah Clyde – eine Bestie mit einem menschlichen Kopf, die rannte, was das Zeug hielt.

Er war etwa fünfzehn bis zwanzig Meter von ihr entfernt.

Sandy blieb stehen und hob die Pistole. *»POLIZEI!«*, rief sie. *»STEHENBLEIBEN ODER ICH SCHIESSE!«*

Clyde sah sich um. »Nicht!«, keuchte er, hob die Arme und hielt an.

»Hände über den Kopf«, befahl Sandy. »Keine Bewegung.« Sie richtete die Waffe auf seine Brust und kam näher.

»Ich gebe auf«, schnaufte er.

Hinter sich hörte Sandy Schritte und schnelles, angestrengtes Atmen.

Ohne sich umzudrehen ging sie auf Clyde zu. »Auf die Knie«, sagte sie.

»Jawohl.«

»Wow!«, rief jemand hinter Sandy.

»Mann!«

»Erschießen Sie den Penner!«

Sie ging weiter auf Clyde zu.

»Sie haben ihn erwischt!«, sagte eine Frau.

Etwa fünf Meter vor Clyde blieb Sandy stehen.

»Sie sollten doch in den Keller zurückgehen!«, rief sie mit scharfer Stimme. »Tun Sie, was ich sage!«

»Wir wollen nur helfen.«

»Können wir Sie irgendwie unterstützen?«, fragte eine Männerstimme. Sandy vermutete, dass es der Mann im blutigen Pullover war.

»Nein, vielen Dank. Bitte gehen Sie sofort zurück.«

»Nicht!«, platzte Clyde heraus. »Gehen Sie nicht! Sie wird mich umbringen! Sie wird mich kaltblütig erschießen!«

»Stimmt das?«, fragte der Mann.

»Los doch«, drängte einer der Teenager.

»Ballern Sie ihm die Rübe weg«, fügte der andere hinzu.

»Vielleicht sollten wir lieber hier bleiben«, sagte eine Frau.

»VERSCHWINDEN SIE, GOTTVERDAMMT! UND ZWAR SOFORT!«

»Bitte gehen Sie nicht!«

Sandy hörte, wie jemand auf sie zurannte.

»Vorsicht!«

Sie drehte sich um. Die stämmige Frau, die ihren Mann verloren hatte, stürzte sich mit ausgestreckten Armen auf sie. »Her damit!«, rief sie. »*Ich* werde ihn umbringen!«

»Niemand wird hier irgendjemanden …«

»Oh Gott!«, rief jemand.

»*Scheiße!*«

»Vorsicht!«

»*CLYDE, MEIN SCHATZ! GEH IN DECKUNG!*«

Sandy erkannte die Stimme sofort.

Clyde warf sich flach auf den Boden.

Hinter ihm tauchte Agnes Kutch im Tunnel auf. Ihr Haar schimmerte rosafarben im blinkenden Licht. Sie hatte im Laufe der letzten siebzehn Jahre ordentlich an Gewicht zugelegt. Ihr massiver Körper hüpfte, wabbelte und wippte unter ihrem dünnen Nachthemd.

Agnes umklammerte etwas, das verdammt nach einer Thompson-Maschinenpistole mit Trommelmagazin aussah.

»*AGNES!*«, rief Sandy. »*NICHT SCHIESSEN! ICH BIN'S! LASS DIE …*«

»Her damit!«, kreischte die Frau in Sandys Ohr. Ein Arm zischte an ihrem Kopf vorbei, ein Körper prallte gegen sie und ließ sie vorwärtstaumeln.

Sie versuchte, das Gleichgewicht zu halten. Vergeblich.

Noch während sie fiel, eröffnete Agnes das Feuer. Die Thompson in ihren Händen spuckte mit ohrenbetäubendem Krachen Feuer und Kugeln.

Die Frau auf Sandys Rücken versuchte, die Waffe in ihrer Hand zu erreichen.

Dann zuckte sie plötzlich zusammen.

Blut spritzte auf Sandys Kopf und Genick.

Das Gewicht der Frau drückte sie auf den Tunnelboden. Mit Mühe gelang es Sandy, den Kopf zu heben.

Agnes schoss ununterbrochen. Das Mündungsfeuer erhellte ihr grinsendes Gesicht und ihren vom Rückstoß der Waffe zitternden Körper.

Sandy blinzelte sich Schweiß und Blut aus den Augen, dann gab sie einen einzigen Schuss ab.

Er traf Agnes mitten in die Stirn.

Sie ging in die Knie und feuerte eine Garbe in die Tunneldecke, bevor sie auf dem Rücken landete.

Die Thompson verstummte und blieb noch einen Augenblick aufrecht neben ihr stehen, ehe sie umfiel.

Sandy befreite sich vom Körper der toten Frau. Sie rollte den Leichnam herum und sah, dass sich eine Kugel direkt ins rechte Auge gebohrt hatte.

Clyde lag ebenfalls auf dem Boden.

Sandy stand auf.

Sie wollte sich nicht umdrehen. Und tat es trotzdem.

Alle waren den großkalibrigen Geschossen aus Agnes' Maschinenpistole zum Opfer gefallen: die beiden Teenager, der Mann mit dem braunen Pullover und seine Frau. Alle. Sie sah sie nur lange genug an, um zu erkennen, dass für sie jede Hilfe zu spät kam. Sie starben oder waren bereits tot.

Sie wandte sich wieder zu Clyde um.

»Aufstehen«, sagte sie.

Als er sich hinkniete, sah Sandy, dass der große künstliche Penis abgebrochen war und von seiner Hüfte baumelte.

Sie ging auf ihn zu.

Er hob die Arme.

»Ich gebe auf«, sagte er und lächelte nervös.

Sie schoss ihm ins Gesicht.

Blut spritzte auf ihren Bauch und ihre Brüste.

Er fiel hintüber.

Seufzend ließ sie die Waffe sinken.

Und stand einfach da.

Ich sollte besser zu den anderen zurückgehen, dachte sie. Aber dafür war sie viel zu müde.

Kapitel sechzig

Auf Leben und Tod

Dana kroch durch den Tunnel und bemühte sich den Anschluss an Eve nicht zu verlieren. Doch jedes Mal, wenn sie den Kopf hob, waren die nackten Beine und der Hintern ihrer Freundin weiter entfernt.

Sie war versucht »Langsamer!« zu rufen.

Aber damit hätte sie nur ihren Atem verschwendet.

Eve würde nicht auf sie warten. Sie war eine Frau auf einer Mission; sie wollte die Sache zu Ende bringen.

Also kroch Dana schwitzend weiter.

Als sie erneut den Kopf hob, war Eve verschwunden.

Der Tunnel vor ihr machte eine Biegung nach oben.

Auf Knien und Ellbogen arbeitete sich Dana die Steigung hinauf. Warum drang kein Licht aus dem Keller nach hier unten? Vielleicht war sie doch noch weiter entfernt, als sie dachte.

Durch das Klingeln in ihren Ohren hörte sie Schreie.

Dann war ihr Kopf plötzlich außerhalb des Tunnels.

Was zum …?

Der Keller war von einem roten, blinkenden Licht erhellt, das aus dem Kutch-Tunnel drang.

Als sie begriff, dass die Gittertür offen stand, rannte auch schon jemand hindurch und verschwand im Tunnel.

Eve?

Es musste Eve gewesen sein, dachte sie. So viele bewaffnete nackte Frauen liefen hier ja nun auch nicht herum.

Außerdem hatte niemand der Gäste auch nur ansatzweise eine derart perfekte Figur gehabt.

Ob Clyde in den Tunnel gerannt ist?

Sie ließ den Strahl der Taschenlampe durch den Raum gleiten.

Die Menschen lagen auf dem Boden, kauerten in den Ecken oder rannten ziellos herum.

Von Clyde keine Spur.

Als Dana aus dem Loch stieg, kam jemand auf sie zu. Sie hob schützend den Arm, doch es war nur Tuck, die ihr aus dem Loch helfen wollte. »Die Kacke ist am Dampfen«, sagte sie. »Clyde ist übergeschnappt. Er hat die Glühbirne kaputtgemacht und ist mit den Klauen auf die Leute losgegangen. Es war die Hölle, verdammte Scheiße.«

»Wo ist er jetzt?«, fragte Dana.

»Im Kutch-Tunnel verschwunden. Eve ist hinterher.«

»Geht's dir gut?«

»Alles klar.«

Dana ließ das Licht der Lampe auf sie fallen.

Tucks linke Wange war gerötet und geschwollen. Das Uniformhemd war von der linken Schulter bis zur Hüfte aufgerissen, der BH darunter schien jedoch intakt zu sein, und offensichtlich war sie auch nicht verwundet. Das zerfetzte Hemd hing fast bis zu den Knien herunter.

»Hat Clyde das getan?«, fragte Dana.

»Er hatte scharfe Klauen. Zum Glück hat er mich nicht richtig erwischt. Ich brauche dich hier«, sagte Tuck. »Wir haben ein paar Reserveglühbirnen hier unten.«

»Dann holen wir sie.«

»Hab ich schon. Komm mit.« Sie führte Dana zu einem Schrankkoffer, hob ein Ende an und begann ihn durch den Raum zu ziehen. »Leuchte mir mal den Weg.«

Dana suchte an der Decke nach dem herunterhängenden Kabel. »Da.«

Tuck zerrte den Koffer direkt unter die Birnenfassung und kletterte darauf.

Dana richtete die Lampe auf die scharfen Splitter der zerbrochenen Glühbirne. »Schneid' dich nicht.«

»Hast du einen Lappen oder so?«

Dana zog einen Stofffetzen aus ihrer linken Vordertasche. Zu spät bemerkte sie, dass es sich um Warrens Unterhose handelte, die er ihr gestern Nacht im Auto überreicht hatte. Egal.

Tuck klemmte sich die neue Glühbirne zwischen die Zähne und griff mit der Unterhose nach den Überresten der alten.

Professor Bixby stellte sich interessiert dazu.

Endlich gelang es Tuck, die Birnen auszutauschen. »Wie viele Horrorhausangestellte braucht man, um eine Glühbirne zu wechseln?«, fragte sie.

Die Lampe erwachte flackernd zum Leben.

»Ausgezeichnet!«, verkündete Bixby.

Dana schaltete die Taschenlampe aus und sah sich um. Phil lag mit durchschnittener Kehle vor dem Loch. Er war tot. Seine Frau Connie war nirgends zu sehen, genauso wenig wie Andy und Alison Lawrence. Eleanor kniete vor ihrem Mann Biff und legte ihm ihren Pullover unter den Kopf. Biff schien eine tiefe Wunde in der Brust davongetragen zu haben – sein Strickpullover war völlig zerfetzt und blutig. Glücklicherweise war er bei Bewusstsein.

Dennis und Arnold fehlten auch.

Owen lag bäuchlings und mit nacktem Oberkörper auf Veins Lederjacke. Darke kniete vor ihm und presste Owens Hemd mit beiden Händen auf eine Wunde an seinem Rücken. Zwischen ihren Zähnen klemmte ein Taschenmesser mit rotem Griff.

Ein paar Meter weiter saß Vein rittlings auf Monica und hielt ihr ein Messer an die Kehle. Mit ihrem schwarzen Seiden-BH, den Lederhotpants und den Stiefeln wirkte sie wie Draculas Braut persönlich.

»Vein?«, rief Dana. »Was ist hier los?«

»Sie hat auf Owen eingestochen.«

»*Wer* hat auf Owen eingestochen?«

»Monica.«

Darke sah Dana an und nickte bekräftigend.

»Hab ich nicht«, protestierte Monica. »Verlogene Schlampen. Sie hat auf ihn eingestochen. Aus *Eifersucht*!«

»Er ist ziemlich schwer verletzt«, sagte Vein. »Er muss sofort ins Krankenhaus.«

Tuck sprang vom Schrankkoffer herunter. »Was immer Clyde da oben auch getan hat, er hat mit Sicherheit nicht die Polizei verständigt. Wenn wir die Tür nicht aufbrechen können, dann …«

Tuck verstummte.

Alle Köpfe drehten sich in Richtung des Kutch-Tunnels. Dumpf war eine Salve von Schüssen zu hören. Auf die Entfernung klang der Feuerstoß, als risse jemand ein dickes Tuch oder eine Leinwand entzwei.

»Heilige Scheiße«, sagte Tuck.

»Was ist da los?«, fragte Dana.

»Maschinenpistole«, sagte Bixby knapp.

»Das ist kein gutes Zeichen«, sagte Tuck.

Die Waffe verstummte.

»Könnte das Eves Pistole gewesen sein?«, fragte Dana.

Bixby schüttelte den Kopf. »Wenn Sie die Waffe der nackten Dame meinen, muss ich Sie leider enttäuschen.«

Tuck starrte in den Tunnel hinein. »Eve wird nichts passieren«, sagte sie. »Die kann nichts aufhalten.«

Plötzlich sprang Eleanor auf. »Wir müssen hier raus!«, rief sie und rannte die Treppe hinauf.

»Da geht's nicht raus«, rief Tuck ihr nach. »Die Tür ist verschlossen.«

»Vielleicht sollten wir mal nach Eve sehen«, schlug Dana vor.

»Wo sind die anderen hin?«, fragte Tuck.

»Keine Ahnung.«

»Sie sind Eve gefolgt«, sagte Bixby. »Etwa ein halbes Dutzend Gäste, darunter auch die beiden jungen Männer.«

Aus dem Tunnel dröhnte ein einzelnes, kurzes BAMM!

Tuck grinste. »*Das* war Eve«, sagte sie.

Gespannt warteten sie auf weitere Schüsse.

Und hörten ein tiefes Knurren, das an einen bösartigen Hund erinnerte. Aber es kam nicht aus dem Kutch-Tunnel.

Dana drehte sich um.

Aus dem Loch im Boden lugte ein haarloser Kopf, dessen hellblaue Augen hin und her rollten.

»*SCHEISSE!*«, rief Tuck.

Das ist doch nicht möglich, dachte Dana. Clyde war doch die Bestie.

Wer ist *DAS* dann?

Der glänzende Mund öffnete sich und fletschte seine Zähne.

Da wusste Dana, dass es sich nicht um einen Menschen in einem Bestienkostüm handelte.

Alles in ihr zog sich zusammen.

Dies war die Kreatur, die Warren angefallen hatte, die Eve entführt und verletzt und missbraucht und gefesselt in ihrer Höhle zurückgelassen hatte – und diese beiden anderen Menschen gefressen hatte.

Nein. Clyde war Eves Bestie. Der Zigarettenrauch, die Schlüssel …

Seelenruhig kletterte die Kreatur aus dem Loch.

»Was ist da unten los?«, fragte Eleanor von der Treppe aus.

»Hier unten *ist* eine Bestie«, sagte Tuck mit unglaublich ruhiger Stimme.

»Tatsache«, murmelte Bixby.

»Eine *was*?«, fragte Eleanor.

»Zeit zu verschwinden!«, rief Tuck mit lauter, fester Stimme. »In den Kutch-Tunnel! Rennen Sie, so schnell Sie können!«

Bixby stürzte auf den Tunnel zu.

Eleanor rannte die Treppe hinunter. Der Tennisrock flatterte um ihre Beine.

Darke ließ das Messer aus dem Mund fallen. »Ich kann doch Owen nicht zurücklassen.«

»Bleib hier«, sagte Vein. »Sie auch«, warnte sie Monica, als sie sich aufrichtete und sich mit dem Messer in der Hand der Bestie zuwandte.

Monica kroch sofort auf den Tunnel zu.

Vein ließ das Messer durch die Luft wirbeln, fing es an der Klinge wieder auf und holte zum Wurf aus.

»Nicht!«, rief Darke. »Das Messer brauchst du noch!«

Vein ließ den Arm sinken.

Monica lief in den Tunnel. Eleanor folgte ihr.

Die Bestie stand vor dem Loch, krümmte die krallenbewehrten Finger und sah sich um. Es schien die vier Frauen genau zu studierten. Sein Knurren klang wie das Schnurren einer überdimensionalen Katze.

Clydes Kostüm war wirklich sehr wirklichkeitsgetreu.

Doch das Ding vor ihnen besaß *von Natur aus* schneeweiße, schleimig glänzende Haut, unter der sich gewaltige Muskelpakete abzeichneten. Seine Zähne waren gelb und troffen vor Speichel.

Anders als bei Clydes Kostüm war die Erektion der Bestie nicht dauerhaft.

Doch sie wuchs und wuchs, je länger das Ungeheuer die Frauen betrachtete.

Das Maul am Ende des Penis war kein Mythos.

Es deutete direkt auf Tuck und fletschte die Zähne. Eine gespaltene Zunge schoss daraus hervor.

»Ach du Scheiße«, murmelte Tuck.

Dana sah zu Vein und Darke hinüber. »Haut ab, so schnell ihr könnt«, sagte sie. »Nehmt Owen mit. Zerrt ihn hinter euch her, wenn's sein muss. Aber verschwindet. Sofort!«

»Geh mit ihnen«, murmelte Tuck.

»Vergiss es.«

»Ich werde es ablenken.«

»Quatsch. Du haust ab.«

»Kommt nicht in Frage.«

»Ich bleibe«, sagte Vein. »Drei gegen einen.«

»*Vier* gegen einen«, sagte Darke, tätschelte Owens Rücken und hob das Taschenmesser auf.

Brüllend fiel die Bestie über Tuck her, die ihr geistesgegenwärtig eine Faust entgegenstreckte.

Dana schwang die Taschenlampe wie einen kleinen Knüppel und ließ sie auf die Stirn der Kreatur niedersausen.

Knurrend wirbelte die Bestie herum und schlug Dana die Lampe aus der Hand. Dann kam das Ungeheuer auf sie zu.

Tuck sprang die Bestie an. Ein unglaublich kräftiger Arm schlug gegen ihre Brust. Sie wurde förmlich durch die Luft geschleudert.

Während sie durch den Keller segelte, bohrte die Bestie ihre Klauen in Danas Schulter und zwang sie zu Boden. Breitbeinig saß sie auf ihr und zerrte an ihrer Kleidung. Dana schlug mit aller Kraft zu, doch das Monstrum schien ihre Schläge nicht einmal zu bemerken. Die Krallen ritzten ihre Haut auf, als die Bestie ihr mit blitzartiger Geschwindigkeit Hemd, BH und Hose vom Körper riss.

Aus den Augenwinkeln sah sie, wie sich jemand auf die Bestie stürzte. Das Monstrum ließ von ihr ab.

Sie rollte sich zur Seite. Darke lag unter dem Rücken der Bestie und hatte den rechten Arm um ihren Hals gelegt. Mit dem Messer in ihrer Linken stieß sie zu.

Die kurze Klinge schaffte es nicht, die Haut des Ungeheuers zu durchdringen und klappte zu, wobei sie Darkes Hand einklemmte. Sie kreischte vor Schmerzen auf, hielt jedoch weiterhin den Hals des Untiers umklammert und schlang die Beine um seine Hüfte.

Es zappelte auf ihr herum. Sein Penis ragte hoch auf. Die Kiefer schnappten ins Leere.

Während Dana sich aufrappelte, rannte Vein auf die Kämpfenden zu, ging in die Knie und hob ihr Messer mit beiden Händen über den Kopf. Sie hatte kein kleines Taschenmesser, sondern einen Dolch mit einer etwa zwanzig Zentimeter langen Klinge, die sie auf die Brust der Bestie richtete.

Die Kreatur schlug ihr die Waffe aus den Händen. Sie segelte durch den Raum und bohrte sich kurz über der linken Brust mehrere Zentimeter tief in Danas Fleisch.

Der nächste Hieb der Kreatur riss Vein eine Gesichtshälfte weg und schleuderte sie zur Seite. Während sie zurücktaumelte, klatschte die abgerissene Gesichtshaut wie ein Lappen gegen ihre Wange.

Dana packte das Messer und zog es aus ihrer Brust.

Dann rappelte sie sich auf.

»*Schnell!*«, keuchte Darke, die immer noch unter der Bestie lag.

Dana hob das Messer und sprang zwischen die Beine des Ungeheuers. Sie landete auf seinem Penis und rechnete damit, dass er unter ihrem Gewicht nachgeben würde.

Was er jedoch nicht tat.

Steif wie eine Zaunlatte bohrte er sich in ihren Bauch. Nach Luft ringend krümmte sie sich darüber zusammen und versuchte, das Messer in die Brust der Bestie zu rammen.

Dann packte etwas ihre Handgelenke.

Anstatt sie zu zerfleischen, zog die Bestie sie an den Armen zu sich. Dana lag mit ihrem vollen Gewicht auf dem steifen, aufgerichteten Penis.

Obwohl Darke noch immer verzweifelt den Hals der Bestie umklammert hielt, gab die Kreatur zischende Geräusche von sich, die an ein Lachen erinnerten.

Der Mund, der eng an Danas Bauch gepresst war, biss zu.

Sie schrie vor Schmerz und Entsetzen auf, strampelte und trat um sich.

Schließlich landete sie auf dem Boden. Die Bestie hielt weiterhin ihre Handgelenke umklammert. Dann war sie über ihr. Darke hing noch immer am Rücken des Ungeheuers, was es jedoch nicht weiter zu stören schien. Es konzentrierte sich ganz auf Dana, legte sein Maul auf ihren Mund, zwang ihre Lippen auseinander und steckte ihr die Zunge in den Rachen.

Das andere Maul ließ von ihrem Bauch ab und wanderte tiefer.

Sie spürte es zwischen ihren Beinen.

Leckend, knabbernd.

NEIN!, schrie eine Stimme in ihrem Kopf.

Sie biss mit aller Kraft auf die Zunge der Bestie, doch ihre Zähne wollten das kräftige Fleisch nicht durchdringen.

Dann ertönte ein Krachen – als ob jemand eine Tür eingetreten hätte.

Die Bestie riss ihre Zunge aus Danas Mund und wandte den Kopf. Jemand eilte die Treppe hinunter.

»Was ist denn hier los?«

Eine Männerstimme

Warrens Stimme.

»Hilfe!«, rief Darke.

»Oh Gott!«, rief Warren.

Brüllend stieß sich die Bestie vom Boden ab. Als sie über Dana hinwegstürzte, umklammerte sie fest den glitschigen Penis. Die Bestie ließ sich nicht aufhalten.

Mit Darke auf ihrem Rücken und Dana unter sich rannte das Monstrum auf Warren zu.

Dana zog sich mit aller Kraft an dem schleimigen Pfahl hoch.

Dann stieß sie das Messer in den Bauch der Kreatur und ließ die Klinge nach unten gleiten.

Sein Unterleib platzte wie eine glänzende weiße Plastiktüte auf. Blut und Eingeweide regneten auf Dana herab.

»NEIN!«, rief eine Frauenstimme.

Die Bestie brüllte vor Schmerzen.

Dana ließ los und fiel auf den kühlen Lehmboden.

»Oh Gott, nein!«

Eve?

Dana rollte sich herum, wischte sich über das Gesicht und sah, wie Eve nackt und mit einer Maschinenpistole bewaffnet auf die Bestie zurannte.

Die Kreatur hatte ihren Kopf auf die unterste Stufe der Treppe gelegt.

Darke stieg von ihrem Rücken, während Warren ungläubig und mit offenem Mund von der Treppe aus das Geschehen beobachtete.

Eve kniete sich schluchzend neben die Bestie, legte die Maschinenpistole beiseite, packte eine Schulter der Kreatur und rollte sie herum.

Weinend strich sie mit der Hand über das grässliche Gesicht.

»Eve?«, fragte Dana. »Was ist los?«

Einer ihrer Schluchzer klang wie ein »Was?«.

Sie richtete sich auf.

»Was ist los?«, fragte Dana noch einmal.

»Nichts.« Eve sah sie mit geröteten, feuchten Augen an, wischte die Tränen beiseite und lächelte mit zitternden Lippen. »Gar nichts«, sagte sie. »Alles bestens.« Sie schlug der Bestie mit der Handfläche fest ins Gesicht und hob die Maschinenpistole auf. »Jemand sollte jetzt endlich mal einen Krankenwagen holen.«

Kapitel einundsechzig

Sonntagmorgen

1. Tucks Anruf

»Tut mir leid, wenn ich dich stören muss, Janice, aber wir hatten gestern Nacht im Horrorhaus ziemlichen Ärger.«

2. Krankenbesuch – Owen

Owen wachte im Krankenhaus auf. Darke saß neben seinem Bett. »Hi«, sagte er.

Sie lächelte.

Statt des schwarzen Seidenhemds trug sie ein schwarzes T-Shirt, das ihr ein paar Nummern zu klein war. Jedenfalls konnte sie jetzt niemand mehr für einen Mann halten.

Owen bemerkte ihre bandagierte Hand.

»Was ist passiert?«, fragte er.

»Monica hat dich niedergestochen.«

»Oh … daran kann ich mich erinnern. Was ist mit dir passiert?«

»Nur ein kleiner Schnitt. Nichts Ernstes.« Plötzlich lagen Tränen in ihren Augen. »Vein hat's nicht geschafft.«

»Monica hat *Vein* erstochen?«

»Die Bestie hat sie umgebracht.«

»Oh Gott.«

»Sie … hat gehofft, dass es die Bestien wirklich gibt und sich so gewünscht, mal eine von ihnen zu sehen. Jetzt ist ihr Wunsch auf schreckliche Weise in Erfüllung gegangen.«

Owen schüttelte verwirrt den Kopf. »Ich verstehe nicht … wie ist sie gestorben?«

»Wir haben mit der Bestie gekämpft. Lynn, Dana, Vein und ich. Und wir haben sie getötet.«

»Du meinst Clyde? Ihr habt Clyde umgebracht?«

Sie schüttelte den Kopf.

»Du hast von der ganzen Sache wirklich nichts mitbekommen, stimmt's? Als Clyde weg war, ist eine *echte* Bestie aufgetaucht. In der ganzen Aufregung ist Monica abgehauen. Wir konnten sie ja schlecht in Schach halten *und* gegen die Bestie kämpfen. Sie ist in den Kutch-Tunnel gerannt. Seitdem hat niemand mehr etwas von ihr gehört.«

3. Tucks Anruf – Teil II

»Wir nehmen an, dass Clyde nicht die Polizei, sondern Agnes angerufen hat. Und die eilte dann mit einer Maschinenpistole bewaffnet zu seiner Rettung.«

4. Krankenbesuch – Sandy

»Also gut, Schätzchen. Jetzt lass die Faxen und sag mir, wer es war.«

»Ich bin nicht dein Schätzchen, Cochran.«

»Entschuldigen Sie vielmals, *Officer Chaney*.«

»Wenn ich aufstehen muss, wirst du's bitter bereuen.«

»Ich will ja nur die Wahrheit wissen«, sagte Cochran errötend.

»Und die Wahrheit ist … es waren beide, Clyde und die Bestie.«

»Wer von den beiden hat dich auf dem Dachboden niedergeschlagen?«

»Keine Ahnung.«

»Und wer hat dich in den Tunnel gezerrt?«

»Wahrscheinlich Clyde. Zumindest hat er das Schloss geöffnet.«

»Wer hat dir die Handschellen angelegt?«

»Das muss auch Clyde gewesen sein.«

»Und wer hat dir die Verletzungen zugefügt?«

»Ich hab Zigarettenrauch gerochen, aber … nicht die ganze Zeit über. Wahrscheinlich beide.«

»Abwechselnd?«

»Ja. Vermutlich.«

»Wer hat diese Leute gefressen?«

»Keine Ahnung.«

»Haben sie dich auch angeknabbert?«

»Pass bloß auf.«

»Und wer hat dich sexuell missbraucht?«

Sandy starrte Cochran aus zusammengekniffenen Augen an. »Beide«, sagte sie schließlich.

»Und welcher von beiden war besser?«

Sie sprang aus dem Bett. Cochran kam nur ein paar Schritte weit, dann schubste sie ihn. Er versuchte, aus dem Zimmer zu stolpern, doch seine linke Schulter prallte gegen den Türrahmen. Er schrie vor Schmerzen auf.

»Ist ein Arzt in der Nähe?«, rief Sandy, als er zu Boden fiel.

5. Tucks Anruf – Teil III

»Also … Wir vermuten, dass Clyde eine Affäre mit Agnes hatte … Nein, ich mache *keine* Scherze. Bevor sie das Feuer eröffnete, rief sie ihm zu, er solle in Deckung gehen. Eve sagt, sie hat ihn ›Schatz‹ oder ›Schätzchen‹ oder so genannt. Klingt ganz so, als hätten sie was miteinander gehabt … Ich weiß, ich weiß … Ja, sie war stinkreich. Vielleicht hat Clyde auf ihr Erbe spekuliert. Möglicherweise *hielt* er sich ja auch für eine Bestie. Wenn du mich fragst, war das eine klassische *ménagerie à trois* … Nein, nicht *ménage* – Menagerie … Ja, ich finde das auch nicht besonders witzig. Ich *weiß*, dass viele Menschen gestorben sind.«

6. Krankenbesuch – Owen – Teil II

»Was hast du jetzt vor?«

Darke zuckte mit den Achseln. »Ich bleibe hier sitzen, bis sie mich rausschmeißen.«

»Und dann?«

»Werde ich in der Stadt rumhängen und darauf warten, dass sie dich entlassen. Das wird wohl noch ein paar Tage dauern, haben sie gesagt.«

Sie wartet auf mich!

»Wo willst du denn übernachten?«

»Ich kann bei Lynn wohnen.«

Owen erinnerte sich, wie er mit John im Gebüsch vor Lynns Haus gelegen hatte … und die Frauen beobachtet hatte. Und dann fiel ihm der dritte Spanner ein, den er nur gehört, aber nie gesehen hatte.

Was wohl mit John passiert ist? Ob er immer noch um das Haus herumschleicht oder …

»Ich hab ein Zimmer im Welcome Inn«, sagte Owen. »Da liegen noch meine Sachen. Und mein Mietwagen steht auch dort. Wenn du willst … könnte ich anrufen und noch ein paar Nächte verlängern.«

»Ich hab eine bessere Idee«, sagte Darke. »Ich hole die Sachen aus deinem Zimmer und bringe sie zu Lynn. So kannst du dir das Hotel sparen.«

»Also … ich weiß nicht, ob du wirklich bei Lynn wohnen solltest.«

»Warum nicht?«

Er konnte ihr ja schlecht von dem geheimnisvollen Fremden im Gebüsch erzählen.

»Vielleicht ist es nicht sicher dort.«

»Keine Angst. Dana ist auch dort. Ich glaube, wir drei werden mit allem fertig. Schließlich haben wir auch die Bestie zur Strecke gebracht … mit Veins Hilfe.« Wieder schossen ihr Tränen in die Augen.

7. Tucks Anruf – Teil IV

»Warren war vor dem Haus. Du weißt doch, dass er es nicht mehr betritt, seit diesem Vorfall damals. Wie man hört, waren es *keine* Teenager, die ihn so zugerichtet haben. Vielen dank für die Ehrlichkeit, Janice … Ach, hab ich irgendwo aufgeschnappt … *Solltest* du auch … Ach so, er hat darauf gewartet, dass die Führung zu Ende war. Er und Dana haben sich schrecklich ineinander verliebt. Er hat es nicht ausgehalten, so lange von ihr getrennt zu sein.«

Tuck grinste Warren und Dana an, die neben ihr am Küchentisch saßen und erröteten.

»Egal«, fuhr Tuck fort. »Er war draußen auf der Straße, als er Agnes' Maschinenpistole gehört hat. Oder, besser gesagt, unter seinen Füßen gespürt hat – er wusste sofort, dass im Keller irgendwas verdammt schiefgelaufen war. Und da er um das Leben seiner großen Liebe bangte, hat er seine Paranoia glatt für einen Augenblick vergessen und ist ihr zu Hilfe geeilt … Nein, das war Dana. Aber Warren hat die Tür eingetreten.«

»Hey!«, protestierte Dana. »Warren hat die Bestie abgelenkt. Das hat uns alle gerettet. Sag's ihr.«

»Dana sagt, ich soll dir sagen, dass Warren uns gerettet hat, weil er die Bestie abgelenkt hat.«

Tuck lauschte nickend, dann lächelte sie Warren zu. »Janice sagt, sie wusste schon immer, dass ein Held in dir steckt.«

Warren wurde noch röter. »Sag danke.«

»Warren sagt danke.«

8. Sandys Anruf

Als sie seine Stimme hörte, musste sie lächeln. »Spreche ich mit dem einzigartigen Blaze O. Glory? … Ja, ich bin's. Wie geht's dir? … Ja, ich vermisse dich auch … *Sehr* lange her, stimmt … Fünf Jahre … Ich musste mich um meinen Sohn kümmern … Nein, nein. Er ist einfach abgehauen. Er hatte schon immer so eine wilde Ader … Nein, leider nicht. Aber ich bin mir sicher, dass es ihm gut geht, wo er auch ist … Ich rufe an, weil ich einen kleinen Unfall hatte. Ich bin die nächsten Wochen krankgeschrieben, und da dachte ich mir, ich könnte dich doch mal besuchen … *Modellstehen?* Ich werd's mir überlegen. Ich bin ziemlich übel zugerichtet … Mal sehen … Wie wär's mit übermorgen … Das wäre toll, Blaze.« Sie spürte, wie ihr Tränen in die Augen schossen. »Ich freue mich auch, dich wiederzusehen.«

9. Krankenbesuch – Owen – Teil III

Darke beugte sich über das Bett und gab ihm einen sanften Kuss. »Bis später«, flüsterte sie.

»Okay.«

»Übrigens, ich heiße Karen.«

»Karen?«

»Karen Marlowe.«

»Ein schöner Name«, sagte Owen.

»Jedenfalls ist es mein richtiger Name. Ich dachte, das würde dich vielleicht interessieren.«

10. Tucks Anruf – Teil V

»Hi, Dad. Wie ist die Kreuzfahrt? … Mir geht's gut … *Wirklich.* Dana sei Dank. Sie hat mich gerettet, als die Bestie versucht hat, mich zu … Ja, ich weiß.« Tuck hörte nickend zu. Obwohl sie lächelte, fing ihr Kinn an zu zittern, und Tränen liefen ihre Wangen herunter. »Ich liebe dich auch, Dad.« Sie schniefte und holte tief Luft. »Kriegst du Janice denn jetzt endlich mal schwanger? Ich warte immer noch auf eine kleine Schwester.«

Kapitel zweiundsechzig

Sonntagabend

Er saß mit dem Geschenk auf dem Schoß hinter dem Haus und zuckte zusammen, als plötzlich das Licht in den beiden Becken eingeschaltet wurde. Kurz darauf kamen drei Frauen aus dem Haus und gingen auf das kleine, dampfende Becken zu.

Gestern Nacht war gar niemand hier gewesen.

Er hatte gedacht, dass sie vielleicht weggeblieben waren, weil der einen, die ihm am besten gefiel, das Geschenk nicht zugesagt hatte, das er in ihr Zimmer gelegt hatte.

Aber jetzt war sie wieder da. Und ihre Freundin, die Kleine mit den langen blonden Haaren, auch.

Und noch eine Frau, die er nie zuvor gesehen hatte. Sie war klein und dünn und hatte ganz kurze Haare. Sie musste sich an der Hand verletzt haben – wegen dem Verband.

Seine Mutter war nicht dabei. Zum Glück.

Die eine, die ihm am besten gefiel, sah seiner Mutter so *ähnlich*, dass es ihn immer ein bisschen vor ihr gruselte. Dabei war sie doch gar nicht seine Mutter.

Mutter war zweimal hier gewesen. Beim ersten Mal war er erschrocken und glücklich und ängstlich gewesen – alles zur gleichen Zeit. Er wollte zu ihr laufen und sie umarmen, aber er hatte Angst, dass sie böse auf ihn war. So böse wie an dem Tag, als er ihr wehgetan und dann weggelaufen war. Vielleicht war sie *immer noch* böse und wollte es ihm heimzahlen.

Er wusste, dass seine Mutter sehr gefährlich sein konnte, wenn sie böse war.

Zweimal schon hatte sie ihn gejagt und beinahe erwischt. Wenn sie ihn erwischt hätte, hätte sie ihm wehgetan. Doch er hatte immer schnell genug abhauen können.

Heute Nacht würde er nicht abhauen müssen.

Wenn Mutter nicht da war, brauchte er auch keine Angst zu haben.

Dana stellte die Weinflasche am Beckenrand ab. Sie war schrecklich müde – zuerst hatte sie mit Warren Margaritas getrunken, dann Rippchen gegrillt und anschließend mit ihm geschlafen. Sie hatten sich gegenseitig ihre Wunden gezeigt und gelacht, geweint und sich geliebt. Warren war sehr zärtlich gewesen. Obwohl sie eigentlich die Nacht bei ihm hatte verbringen wollen, ließ sie sich schließlich doch von ihm nach Hause fahren.

Die Sache mit dem Spanner war noch nicht erledigt.

Tuck und Darke würden sicherlich in den Whirlpool steigen, und Eve lag im Krankenhaus und konnte sie nicht beschützen.

Tuck legte einen Stapel Handtücher neben das Becken, zog den Bademantel aus und stieg in ihrem Lederbikini ins blubbernde Wasser. »Ah«, sagte sie. »Schön warm.«

Darke stand am Rand und hielt die Zehen des rechten Fußes in den Whirlpool.

»Badeanzüge sind kein Muss«, sagte Tuck.

Darke nickte. Sie trug einen enganliegenden schwarzen Badeanzug. »Ich behalte meinen lieber an«, sagte sie und stieg ins Wasser, wobei sie den Arm hob, damit ihr Verband nicht nass wurde.

»Hast du eine Frage, Darke?«

Darke lachte.

»Kommst du nicht mit rein?«, fragte Tuck.

Dana streckte sich. »Lieber nicht. Ich glaube, dass diese heiße, dreckige Brühe meinen Wunden nicht besonders guttun wird.«

»Dreckige Brühe?«, protestierte Tuck.

»*Du* sitzt ja schließlich drin.«

Tuck lachte. »Ist es sehr schlimm?«

»Ziemlich, ja.«

»Das können wir wohl besser beurteilen«, sagte Tuck. »Ausziehen.«

Dana sah sich um.

»Tu's für unseren Spanner«, sagte Tuck.

Dana zog sich das Horrorhaus-T-Shirt über den Kopf.

»Und, was meint ihr?«

Tuck und Darke starrten sie an.

Dana wusste, dass sie aussah, als wäre sie in ein Rudel tollwütiger Katzen geraten. Die meisten Kratzer waren jedoch nicht besonders tief, und nur wenige hatten verbunden werden müssen. Nur auf den Stellen, an denen die Bestie sie gebissen hatte, klebte dicker Mullverband.

»Na ja«, sagte Tuck. »Du könntest wenigstens die Füße reinstrecken.«

»Ach was«, sagte Darke. »Sieht doch gar nicht so schlimm aus, Dana – bis zu den *Knien* jedenfalls.«

Er beobachtete sie aus dem Gebüsch heraus und stöhnte.

Die, die ihm am besten gefiel, war nackt.

Und *verletzt.*

Er fragte sich einen Augenblick lang verwirrt, ob er das gewesen war.

In der Nacht, in der er ihr das Geschenk gebracht hatte und …? Er hatte sie berührt und gestreichelt. Aber er hatte ihr nicht wehgetan.

Hatte sie nicht gekratzt.

Und nicht gebissen.

Aber jetzt, wo er ihre Wunden sah, stellte er sich vor, wie es wäre, wenn sie unter ihm liegen würde, wenn er sie mit Zähnen und Klauen packen und sie mit seinem großen und seinem kleinen Maul beißen könnte. Wie es wohl wäre, wenn er in sie eindringen würde …

Eine gebeugte weiße Gestalt schoss brüllend aus dem Gebüsch hinter dem Swimmingpool. Sie trug einen abgetrennten Kopf in der Hand.

Der Kopf baumelte an den Haaren hin und her. Das Gesicht war angefressen und kaum noch als solches zu erkennen.

»Heilige Scheiße!«, rief Tuck.

Während die Kreatur den Swimmingpool umrundete, ließ Dana das T-Shirt fallen, umklammerte den Hals der Weinflasche und hob sie wie eine Keule. Wein lief über ihren Arm und spritzte auf den Betonboden.

Darke sprang aus dem Whirlpool und sah sich nach einer Waffe um.

Die Bestie rannte direkt auf Dana zu.

»Aus dem Weg!«, rief Tuck.

Dana sprang zur Seite.

Die Bestie schlug einen Haken.

Die Weinflasche zersplitterte auf der Stirn der Bestie.

Knurrend holte das Monstrum mit dem abgetrennten Kopf aus.

Er landete direkt in Danas Gesicht.

Während sie fiel, hörte sie das Dröhnen von Tucks .44er Magnum.

Sie rollte sich auf dem Betonboden ab. Die Bestie erwischte Dana, als sie auf dem Bauch lag. Das Monstrum schob einen warmen, glitschigen Arm unter ihren Körper und umklammerte ihre Brüste. Die andere Hand fuhr zwischen ihre Beine.

Die Bestie hob sie hoch und wirbelte sie herum.

Tuck, die mit dem Revolver im Whirlpool saß, und Darke, die auf sie zurannte, waren nur noch verschwommene Schatten.

Dann lief die Bestie mit ihr auf dem Rücken auf das Gebüsch zu.

»SCHIESS DOCH!«, rief Dana.

Aber sie hörte keinen weiteren Schuss. Tuck musste sie beim ersten Mal verfehlt haben. Jetzt wollte sie keinen weiteren Versuch wagen – aus Angst, Dana zu treffen.

Gott, oh Gott, tut doch was! Sie nimmt mich mit!

Kapitel dreiundsechzig

Der Traumkuss

Er träumte, dass Karen ihn küsste.

Es war ein tiefer, feuchter Kuss. Sie schob ihre Zunge weit in seinen Mund.

Owen spürte das Gewicht ihres Körpers. Seine Hände wanderten über die weiche Haut ihres Rückens.

Dann wachte er auf. Es war kein Traum.

Sie war bei ihm.

In seinem dunklen Krankenzimmer.

In seinem Bett.

Auf ihm.

Ihre feuchten Lippen lösten sich voneinander.

»Karen«, flüsterte er.

»Owie.«

Kapitel vierundsechzig

Dana

Wenn er mit mir fertig ist, bringt er mich um. Tötet mich, frisst mich.
Oder nicht?
Vielleicht mag er mich zu sehr.
Oh!
Vielleicht lässt er mich am Leben.
Wenn ich lebe, kann ich fliehen. Vielleicht.
Vielleicht retten sie mich auch.
Tuck und Darke.
Nein, nein, die sind weg.
Schon lange, lange weg.
Er war zu schnell für sie gewesen.
OH!
Sind sie wieder nach Hause gegangen?
Haben sie die Polizei gerufen?
Ruft Eve an.
Eve.
OH!
Holt Eve aus dem Krankenhaus.
Sie findet mich.
Sie rettet mich.
Eve, die Unerbittliche!
OH!
Sie wird ihn zur Strecke bringen.
Ihn festnageln.
Nageln!
OH!
OH!
JA!!!